W0354882

BASTEI
LÜBBE

ROGER TAYLOR
im BASTEI-LÜBBE-Taschenbuchprogramm:

20 262 Traumfinder

Hawklan der Heiler
20 280 Band 1 Der Aufbruch nach Riddin
In Vorbereitung
20 290 Band 2 Der Untergang Fyorlunds
20 298 Band 3 Dämmerung über Orthlund
20 304 Band 4 Entscheidung in Narsindal

ROGER TAYLOR

Traum Finder

Fantasy-Roman

Ins Deutsche übertragen
von Susanne Tschirner

BASTEI LÜBBE

BASTEI-LÜBBE TASCHENBUCH
Band 20 262

Erste Auflage:
August 1995
Zweite, überarbeitete
Auflage:
Juni 1996

© Copyright 1991 by Roger Taylor
All rights reserved
Deutsche Lizenzausgabe 1995
Bastei-Verlag Gustav H. Lübbe
GmbH & Co., Bergisch Gladbach
Originaltitel: Dream-Finder
Lektorat: Stefan Bauer
Titelillustration: Mark Harrison
Kartenzeichnung:
Helmut W. Pesch
Umschlaggestaltung:
Quadro Grafik, Bensberg
Satz: KCS GmbH
Buchholz/Hamburg
Druck und Verabeitung:
Brodard & Taupin,
La Flèche, Frankreich
Printed in France
ISBN 3-404-20262-7

FÜR MEINE FRAU
UND MEINE TÖCHTER

DIE
Morloy
Calarn
Paran
Irman
Voldra
Miduc
Morbeth
Bethlar
Hyndrak
Stor
Flechr
Whendrak
Tellar
Meck
West-
Ost-
Naith
Veldan
Herion
Imaith
Nestar
Jonil
Mellathry
Breiss
Rollans
Lingren
Haile
Vazie
Crowhell
(unabhängige
Stadt)
Glovr
Lorris

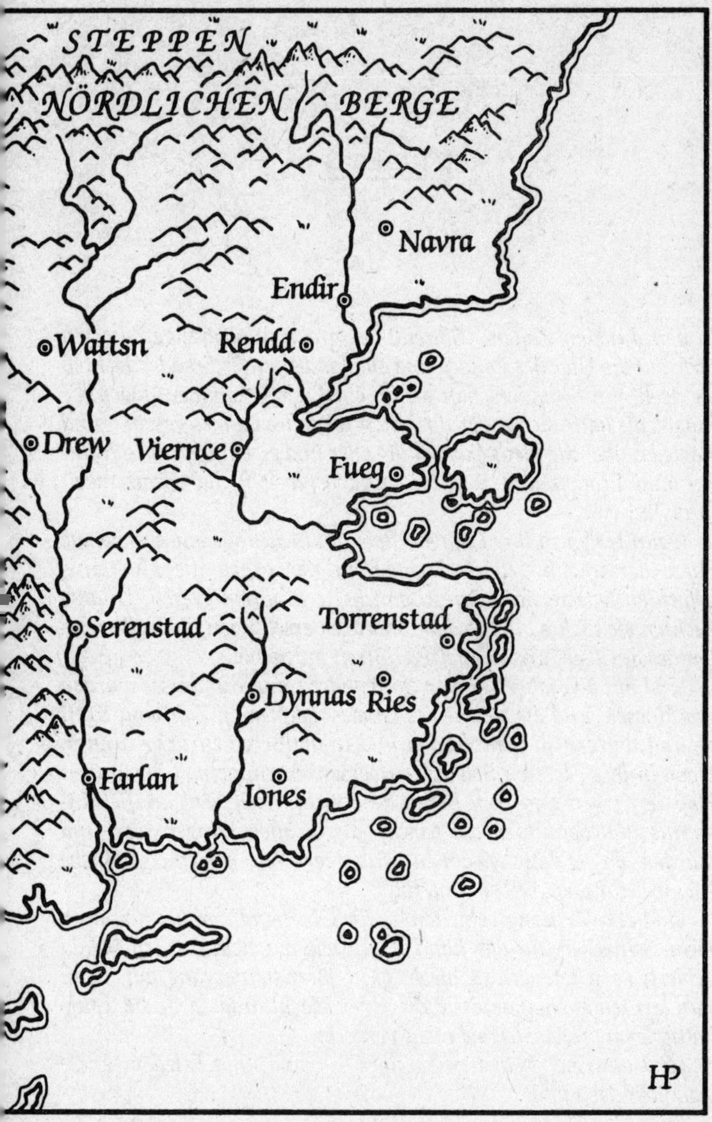
STEPPEN
NÖRDLICHEN
BERGE
Navra
Endir
Wattsn
Rendd
Drew
Viernce
Fueg
Serenstad
Torrenstad
Dynnas
Ries
Farlan
Iones
HP

PROLOG

In den dunklen Zeiten, während der großen Völkerzüge, blickten viele auf die Ufer des Landes und empfanden große Freude, dachten sie doch, ihre Wanderschaft sei an ein Ende gekommen. Doch die Finsternis hatte sich sogar über die Völker des Landes gesenkt, und sie fielen über die Neuankömmlinge her und erschlugen sie – Männer und Frauen und Kinder – und bejubelten die Grausamkeit ihrer Tat.

Dann trafen in ihren langen Booten Flüchtlinge ein, welche die Hitze der unzähligen Schlachten, die sie gegen die Finsternis gefochten hatten, milder gestimmt hatte in ihrem Wesen. Und so suchten sie nichts als Frieden, und doch erschlugen die Völker des Landes auch sie, und ein heftiger Streit brach aus.

Und mit den Jahren kamen noch andere, und Bündnisse wurden geschlossen, und die Völker des Landes nahmen an Zahl und Kraft ab und wurden in den Norden und in die Berge zurückgedrängt. Doch in ihren letzten Schlachten versanken einige von ihnen, von Haß zerfressen und vom Bösen beherrscht, noch tiefer in die Finsternis und benutzten die Macht, die in allen Dingen war, und wurden, da sie diese Macht in verderbter Weise als eine gräßliche Magie benutzten, selbst verderbt.

Und eine Zeitlang behielten sie die Oberhand und häuften noch mehr Schrecken auf das Land. Doch wie das Schwert den Schild gebiert, so leitete ihre Schlechtigkeit ihren Untergang ein, denn nun lernten auch andere die Wege der Macht, und da sie sie wahrhaftig lernten, wurden sie nicht verderbt.

Und am Ende behielten sie die Oberhand, und Frieden senkte sich über das Land.

Und die Sieger wandten sich der Zukunft zu.

Und die Erinnerung an die großen Schlachten, die sie ins Land gebracht hatten, und selbst an die Schlachten, die sie dort gefochten hatten, verblaßten und wurden zu Legenden und Mythen, und ebenso verblaßte das Wissen vom Gebrauch der Macht.

Und doch ist es immer noch lebendig …

Ivaroth Ungwyl brachte sein Pferd zum Stehen und ließ niedergeschlagen den Blick in die Runde schweifen. In alle Himmelsrichtungen bot sich der gleiche Anblick: eine flache, öde Steppe, die sich bis an den verschwommenen, von Winternebeln verhangenen Horizont ausdehnte. Bedeckt war sie mit der rauhen und verkümmerten Vegetation, die allein der bitteren Kälte und dem trockenen, beißenden Wind standhalten konnte, der den Großteil des Jahres über und auch jetzt erbarmungslos blies.

Er wußte, daß sich in Frühling und Sommer die schwarzbraune Monotonie in ein gelbes und grünes Farbenmeer und eine Myriade weiterer leuchtender und blasser Farbtöne verwandeln würde, wenn Gräser und Blumen emporwachsen würden, hervorgelockt von der Berührung der wärmeren Sonne und der leichten Regenfälle. Hirsche und Stiere würden um die Vorherrschaft über die Herden kämpfen, die Alten würden den Jungen Platz machen, und Vögel und Insekten und zahllose kleine Tiere würden auftauchen und ihre kurzen Leben leben, als sei der kalte, gnadenlose Hauch des Winters dahin und werde nie wiederkehren.

Ivaroths Lippen verzogen sich angesichts dieses sonnendurchfluteten Bildes zu einem boshaft-spöttischen Lächeln, und er wandte den Blick westwärts in Richtung der grauen Sonnenscheibe, die gleichgültig dort hing. Er spuckte vor ihr aus, als wolle er ihr seine Herausforderung ins Gesicht schleudern, um sich dann mit seiner in Pelzhandschuhen steckenden Hand rauh über die aufgesprungenen Lippen zu fahren – eine unüberlegte Geste, und der Schmerz und die Erkenntnis, wie gedankenlos er gewesen war, ließen ihn zusammenzucken und ärgerlich fluchen.

Sein Pferd bäumte sich daraufhin ein wenig auf, und er zwang es mit einer nicht gerade sanften Zügelbewegung wieder zum Stehen. Nachdem er so sowohl seinen vorübergehenden Ärger besänftigt als auch seine Überlegenheit demonstriert hatte, spornte er das Tier wieder vorwärts.

Widerwillig wandte sich das Roß nach Norden, in die Richtung, in die es gezogen war, seit Ivaroth es viele Tage zuvor eingefangen hatte.

Nach Süden hin erstreckte sich ein weniger rauhes Gebiet, doch auch ohne die Gefahren, die dort auf ihn lauerten, harmonierte Ivaroths Stimmung besser mit der ihn umgebenden Ödnis und dem drohenden Wintereinbruch.

»Geh«, hatte die Entscheidung des Ältesten gelautet. »Nur die Achtung vor dem Geist deines Vaters und das Zeugnis der Frau deines Bruders haben dich vor der sofortigen Hinrichtung bewahrt.«

Widerstreitende Empfindungen von Furcht und Zorn hatten Ivaroth wirkungsvoller als jede Wache in drohendem Schweigen verharren lassen, als das Urteil über ihn gesprochen wurde. Ein Teil von ihm hätte gerne seine Häscher beiseite gefegt und sich auf jene Tattergreise gestürzt, die meinten, sich ein Urteil über ihn anmaßen zu dürfen – über *ihn*, den Sohn von Ivaroth Dargwyl und den wahren Erben des Häuptlingsmantels. Doch in der Menge, die sich um ihn geschlossen hatte, lauerten zu viele feindliche Augenpaare. Zu viele Hände, die nur darauf warteten, einen Speer oder einen Pfeil gegen ihn zu lenken und so ihren eigenen Weg oder den Weg ihrer Sippe zur Führerschaft des Stammes freizumachen. Und jene, die seine Freunde waren, waren gelähmt und verunsichert; zur Ohnmacht verurteilt durch den überraschenden Totschlag an seinem älteren Bruder, auch wenn der anscheinend in Notwehr erfolgt war.

»Du bist aus diesem Stamm verstoßen. Wenn am morgigen Tage die Dämmerung anbricht, bist du vogelfrei.«

Ivaroth zog die Schultern gegen den Wind hoch, während er sich an diese Worte erinnerte. Wieder stieg der Zorn in ihm auf, schwarz und überwältigend. Er würde zurückkehren. So gewiß, wie er bislang immer diejenigen, die ihm im Weg gestanden hatten, vernichtet hatte, würde er jene bestrafen, die ihm das angetan hatten. Und er würde herrschen, wie keiner vor ihm geherrscht hatte. Er würde der größte Häuptling werden, den der Stamm jemals gehabt hatte. Das war sein Schicksal. Und er würde nicht nur über seinen eigenen, sondern auch über alle anderen Stämme herrschen. Zu einer gewaltigen Streitmacht vereint, würden sie ihre kleinlichen Ränke vergessen und ihm durch die Berge folgen in das fruchtbare, reiche Land des Südens, würden die vielgepriesenen Städte schleifen und die verhaßten Völker dem Schwert überantworten.

Soweit er zurückdenken konnte, hatte dieses Lied seine Wachträume erfüllt, und die oft gesungene Weise ergriff ihn und trug ihn für einen Moment über die harte und gefahrvolle Wirklichkeit seiner augenblicklichen Situation hinaus.

Niemand konnte verhindern, daß sich sein Schicksal erfüllte.

Und war es nicht sein Schicksal gewesen, daß ihm – verbannt, ohne Nahrung und Waffen – den jungen Ketsath über den Weg geschickt hatte; war er nicht siegestrunken von seiner einsamen Mannbarkeitsprüfung in der Wildnis zurückgekehrt, hatte sich darauf gefreut, als Krieger begrüßt und in die Gemeinschaft der Männer aufgenommen zu werden? Gut ausgerüstet, beritten und bewaffnet und mit Nahrung und Wasser an seinem Sattel, war er auf dem Heimweg gewesen. Heim zu einem frühen Tod durch die Hände von Ivaroth Ungwyl, wie ein gottgesandtes Opfer, das einer höheren Notwendigkeit dargebracht wurde.

Ivaroth lächelte bei dieser Erinnerung. Er hätte die Leiche des Jungen verstecken können, doch er hatte sie liegenlassen als Speise für die Aaskrähen. Sollte der Stamm ruhig wissen, daß er zwar außerhalb ihres, sie aber nicht außerhalb seines Zugriffs waren. Sollten die Jäger ruhig den Speer und den Pfeil aus dem Schatten fürchten, bis er sich wieder zeigen und sein wahres Erbe beanspruchen würde.

Und doch befanden sie sich nun in Wirklichkeit weit außerhalb seines Zugriffs. Ein angeborener Sinn für Vorsicht hatte die Oberhand über seine wüsten Gedanken gewonnen und ihn in diese abgeschiedene Region gebracht, wohin ihm etwaige rächende Verfolger nur ungern nachsetzen würden und ohnehin meilenweit zu sehen wären. Und er war auch kein unreifer Jüngling. Er verfügte über genügend Fähigkeiten, um hier zu überleben, bis – ja, bis *was* geschah?

Wie sooft verflüchtigte sich Ivaroths Euphorie, und eine bittere Verzweiflung begann in seine Gedanken zu sickern. Wie sollte er hier nur sein Schicksal erfüllen? Welche großen Taten konnte er hier schon vollbringen? Welche gewaltigen Armeen aufstellen? Waren denn all seine Träume nur ein Scherz der Götter, mit dem sie ihn in den Wahnsinn treiben wollten, während er seine Tage als umherirrender Einsiedler beschloß, der gegen den heulenden Wind tobte?

Ein plötzlicher beißender Windstoß traf ihn ins Gesicht, als wolle er seine trüben Gedanken bestätigen, was ihn unsanft in die Gegenwart zurückbrachte, so daß er sich zusammenkrümmte und über die Pferdekruppe duckte. Und bei dieser Bewegung fiel ihm etwas ins Auge.

Es war eine Gestalt in der Ferne, ein kleiner, aber scharf umrissener und unheilvoller Strich in der kargen Ödnis.

Für einen kurzen Augenblick zog die Furcht Ivaroths Magen zusammen. War er verfolgt und entdeckt worden? War dies die Vorhut von Ketsaths Sippe, die Vergeltung suchte? Oder waren es die Gefolgsleute seines Bruders? Er konnte doch nicht so unachtsam gewesen sein, sie unentdeckt so nah herankommen zu lassen?

Der Mund wurde ihm trocken, und seine Augen huschten unruhig umher, um Anzeichen für einen Hinterhalt zu erspähen. Doch sonst war nichts zu entdecken. Nichts als die einsame Gestalt, die auf ihn zukam.

Und doch war irgend etwas Seltsames an der Gestalt. Sie bewegte sich merkwürdig und schien eine Präsenz zu haben, die größer war als die eines einzelnen Mannes. Ivaroth blickte finster drein. Als die Furcht vor Rächern sich verflüchtigte, überkam ihn eine urtümlichere Angst. Die uralte Angst vor dem Unbekannten; die uralte Furcht vor Fremden.

Doch wenn er auch ein Verräter sein mochte, ein Feigling

war Ivaroth nicht. Und bislang war er noch keinem Mann begegnet, der ihn besiegt hätte oder der nicht gestorben oder unter Schmerzen das Feld geräumt hätte. Unwillkürlich lockerte er seine Schultern und das Schwert in seiner Scheide und überprüfte seinen Speer und seine zahllosen Messer; die im Gürtel, in den Ärmeln und – mit einer raschen Drehung seiner Waden – die in seinen Stiefeln. Dann wandte er das Pferd auf die ferne Gestalt zu und trieb es mit sanftem Schenkeldruck voran.

Für eine Weile sah es so aus, als käme er der Gestalt um keinen Deut näher. Es war wirklich so, als befinde sie sich an einem ganz anderen Ort und bleibe für immer außerhalb seiner Reichweite. Ivaroth spürte mit Widerwillen, wie ein fremdartiger Traum in ihm Gestalt annahm.

Heftig schüttelte er seinen Kopf. Du hättest vorher etwas essen sollen, redete er sich vernünftig zu. Dir ist heute ein wenig schwindlig, weil du zuwenig gegessen hast und zuviel geritten bist.

Dann war der Widerwille verflogen, und die Gestalt war nichts weiter als ein Mann, der zögernd über den kargen Boden schritt.

Ivaroth mußte zugeben, daß er einen kleinen Stich von Enttäuschung und Abscheu verspürte, als er sich dem Mann näherte. Der Fremde trug einen schmutzigen und verwahrlosten Umhang, dessen Kapuze über seinen gebeugten Kopf gezogen war. Kurz wollte es Ivaroth scheinen, als sei er die Verkörperung seiner eigenen finsteren Gedanken, die er noch einen Moment zuvor gehegt hatte; ein umherirrender Einsiedler, der gegen den heulenden Wind tobte.

Ivaroth gab sich indes keinen nutzlosen Mutmaßungen hin; seine Gedanken waren unwandelbar pragmatisch. Es war schade, daß der Mann kein Pferd besaß, doch er sah alt und schwach aus, und er mochte Nahrung und Wasser bei sich haben, auch wenn er keinen Rucksack trug. Ivaroth kam schon bald zu dem Ergebnis, daß ihm eine kleine Anstrengung die Mühen eines Jagdtages ersparen könnten. Nichts weiter blieb zu tun, als sich erst einmal zu vergewissern, daß der Mann keine Gefährten in der Nähe hatte.

Ein freundliches Lächeln erhellte Ivaroths Züge. Jene, die ihn kannten, hätten nun gewußt, daß es an der Zeit war, sich unauffällig zurückzuziehen.

»Sei gegrüßt, Wanderer«, sagte er leutselig und hielt sein Pferd ein Stückchen vor der immer noch näher kommenden Gestalt an.

Der Mann blieb augenblicklich stehen und drehte seinen Kopf ohne aufzublicken langsam hin und her, als habe er soeben einen schwachen, aber vertrauten Laut vernommen. Es war etwas Vogelähnliches, ja Schlangenhaftes an seinen Bewegungen, und Ivaroth biß die Zähne aufeinander. Beiläufig ließ er die Hand zu seinem Schwertgriff gleiten.

»Sei gegrüßt, Fremder«, wiederholte er mit nun schon etwas lauterer Stimme. »Ein rauher Ort für einen Spaziergang. Wohin gehst du? Hast du dich verlaufen?«

Wieder drehte und wand sich der Kopf, und der ganze Körper reckte sich leicht vor. Dann streckte der Wanderer einen Arm aus und ließ ihn langsam hin und her kreisen, als suche er etwas in der Dunkelheit. Eine lange, knochige Hand tauchte aus dem zerschlissenen Ärmel auf und tastete klauengleich durch die Luft. Antwort gab der Fremde nicht.

Ivaroths Augen verengten sich angesichts dieser Herausforderung zu Schlitzen. Er spornte sein Pferd, bis er bei dem Mann war.

»Ich sagte: ›Hast du dich verlaufen?‹« Eine überraschende Schärfe klang in seiner Stimme mit, eine Schärfe, die ihn selbst erstaunte. Bei jedem anderen hätte er sie für ein Anzeichen von Furcht gehalten.

Sein Lächeln verblaßte und wurde durch ein finsteres Stirnrunzeln ersetzt. Er griff nach unten, um die Kapuze zurückzuschlagen und das Antlitz dieses frechen Fremden zu entblößen, doch da schwang die knochige Hand herum und schloß sich um sein Handgelenk.

Ivaroths Kämpferinstinkte registrierten mehrere Dinge gleichzeitig: die Hand war die eines Greises, und auch die Haltung des Fremden war die eines Greises, doch die Bewegung war mühelos gewesen, leicht und flüssig und präzise gezielt, und der Griff war voll der frischen Kraft eines Jünglings.

Ivaroth hielt sich allerdings nicht lange bei diesen Widersprüchen auf, sondern drückte augenblicklich seine Knie fester an den Pferdebauch, um sich abzustützen, falls er seinen Arm losreißen wollte. Doch noch während er dies tat, spürte er, daß der Griff seine Balance kontrollierte.

Mit seiner freien Hand zog er ein Messer aus seinem Gürtel und drehte es, so daß es den ausgestreckten Arm aufschlitzen konnte.

Ein Seufzer stieg von dem Fremden auf. Kein Seufzer der Trauer oder Verzweiflung, vielmehr ein Seufzer der ... Befriedigung ... ja sogar des Erkennens.

Der Laut ließ Ivaroth zögern, und so starrte er nur auf den verhüllten Kopf, und seine Miene verriet sowohl Ärger als auch Neugier. Das Haupt hob sich seinem neugierigen Blick entgegen, die Kapuze glitt zurück und enthüllte das Antlitz des Fremden.

Es waren die Züge eines sehr alten Mannes, hager und ausgezehrt und von einer ungesunden Blässe. Doch es war der Anblick der zerfetzten Binde über den Augen des Mannes, die Ivaroth zurückzucken ließ. Blind!

Mutmaßungen überfluteten Ivaroths Gehirn. Ein Blinder, hier? So weit fort von jeglichem Stammesgebiet? Wie das? Die meisten Stämme töteten entweder die Blinden oder behandelten sie als heilige Männer. Kein ihm bekannter Stamm hätte sie einfach allein in die Wildnis geschickt.

Und außerdem sah der Mann auch nicht wie ein Stammesangehöriger aus, und wie einer von den südlichen Stadtvölkern schon gar nicht.

Er verspürte einen kurzen Anflug von Furcht. Man sagte, daß jenseits der großen Ebenen, weit im Westen, andere Länder lägen, fremdartige, geheimnisvolle Länder voller gewaltiger Wunder, bevölkert von Stämmen, die sowohl schön als auch schrecklich waren.

Könnte dieser Mann womöglich ...

Der Griff um sein Handgelenk verstärkte sich, und Ivaroth fühlte, wie er herabgezogen wurde.

»Ich habe geschlafen. Verloren in meiner Qual. Und nun bin ich wiedergefunden worden.« Die Lippen des Greises bewegten sich zwar, aber Ivaroth war, als erklänge ein Laut in seinem Kopf und ein zweiter in seinen Ohren.

Und in der Stimme lag eine monströse, wahnsinnige Freude. Ivaroth umklammerte sein Messer noch fester.

»So bin ich also doch noch nicht vergessen. Ich werde noch geleitet. Zu diesem Ort geleitet … Zu diesem Mann.«

Der Alte wandte sein Antlitz von Ivaroth ab und holte einmal tief Atem. Er war wie ein Raubtier, das Witterung von seiner Beute aufnahm und wußte, daß jetzt Geduld gefordert war, bevor er sich über sein Opfer hermachen konnte.

»Zu diesem Ort geleitet, der so durchtränkt ist mit der alten Magie.« Die verbundenen Augen wandten sich wieder Ivaroth zu. »Und zu dir.«

Ein kreatürlicher Schrecken durchströmte Ivaroth, als er das Wiedererkennen sah, das die Züge des Alten belebte. Seine Messerhand wollte sich nicht rühren.

»Ich kenne dich nicht, alter Mann«, platzte er heraus, und seine Stimme zitterte. »Aber ich verschaffe dir den Genuß dieses prachtvollen Ortes bis in alle Ewigkeit, wenn du nicht sofort meine Hand losläßt.«

Der Alte kicherte. Ein abscheulicher, überschäumender Laut, voll von gewaltiger Selbstsicherheit und Gewißheit. Dann hob er seine freie Hand in aller Ruhe hoch und zog sich die Binde von den Augen.

Ivaroth versuchte, den Blick abzuwenden, doch seine Augen mit der schwarzen Iris wurden gnadenlos von dem blinden Blick des Fremden gebannt, als sei dieser ein flammender Speer, der durch ihn hindurch brach und sich in seine Seele bohrte. Die Augäpfel des Alten waren weiß und trübe, als habe er die Sehkraft durch ein zu helles Licht verloren, doch tatsächlich war es – und Ivaroth wußte das mit einem Mal – eine zu gräßliche Wahrheit gewesen.

»Es gibt Blindheit und Blindheit«, ließ sich die Stimme des Fremden vernehmen. »Ich sehe mehr, als du dir jemals zu träumen wagst, auch wenn du meine Augen sein wirst und ich die deinen … Ivaroth Ungwyl … Brudermörder, Schlächter des Jünglings und … zukünftiger Häuptling … Häuptling aller Stämme.«

KAPITEL 1

Das Licht aus der Tür schickte Antyrs Schatten hinaus in die wirbelnde Düsternis des dichten Nebels, der ihm beim Verlassen des Wirtshauses entgegenschlug.

Er hielt am oberen Absatz der kurzen steinernen Treppenflucht inne, eine schwankende Silhouette. Dann verzog sich sein Gesicht zu einem Grinsen. Er hatte sein Leben bislang recht zufrieden in der Serenstad zugebracht, aber diese fürchterlichen Nebelschwaden erinnerten ihn an die Ferien auf dem Lande, die er als kleiner Junge gemacht hatte. Dort waren die winterlichen Nebel allerdings trotz all ihrer kalten Nässe grau und milde gewesen, wohingegen der Dunst hier wegen der unzähligen Schmieden und Werkstätten der Stadt immer mit Ruß und Rauch vermischt war. Sie verwandelten die Straßen und Fußwege in glitschige, gefährliche Rutschbahnen, setzten sich in den Kleidern fest und machten den Stoff feucht und schweflig und jeden Atemzug zur Qual, die einem die Brust versengte.

Seine finsteren Träumereien wurden durch zunehmendes Schimpfen aus der lärmigen Gaststube in seinem Rücken unterbrochen.

»Hau richtig ab, wenn du abhaust, Mann. Wir frieren uns noch alle zu Tode wegen dir«, lautete der Tenor der rauhen Rufe.

Ohne sich umzudrehen, winkte er seinen Saufkumpanen von vorhin geringschätzig zu, packte die schwere schmiedeeiserne Klinke und knallte die Tür zu. Auch die Tür war schwer und zudem für ihre Sperrigkeit berüchtigt, so daß ihr häufiges, die ganze Nacht währendes Quietschen ein dauerhaftes Ärgernis für die Schläfer in der Nachbarschaft darstellte. Jetzt jedoch wurde ihr markerschütterndes Zukrachen von den klebrigen Schwaden gedämpft, und Antyr ging gerade das Bild einer sich schließenden Gruft durch den Kopf, als ihn ein unheimlicher Widerhall aus der nebligen Finsternis erreichte.

Das Düstere dieses unvermutet auf ihn eindringenden Bildes wurde noch dadurch verstärkt, daß das Klappern und Lärmen aus der Kneipe auf einen Schlag verstummte und das warme gelbe Licht, das seinen langgezogenen Schatten so kühn in den Nebel vorausgeworfen hatte, genauso plötzlich erlosch. Für einen kurzen Moment verlor er die Orientierung, als habe er sich im Traum eines anderen in jener Schenke bei jenen rohen Zechkumpanen befunden und sei nun mit einem Mal erwacht, um sich als Schlafwandler wiederzufinden.

Ein beunruhigender Gedanke für einen Traumfinder. Unwillkürlich tastete er hinter sich und berührte rasch die rauhe Holztür, um sich seiner selbst und seiner Umgebung zu vergewissern. Dann knurrte er in den Nebel, erleichterter, als er vor sich selbst zugeben mochte, und wickelte sich fest in seinen Umhang.

»Zuviel Ale«, murmelte er. »Morgen trinke ich weniger.«

Es handelte sich um eine schon zum Ritual gewordene nächtliche Bemerkung, doch wie die meisten Rituale hatte sie längst ihre wahre Bedeutung verloren.

Er spähte die Straße hinauf und wieder hinunter. In beiden Richtungen waren nur die Flammen der Pechfackeln zu sehen, die trotz der Windstille flackerten und ihre eigenen schwarzen Rauchfähnchen zu dem undurchdringlichen Dunst hinzufügten. Der klamme Hauch des Nebels mochte die Menschen so wirkungsvoll wie ein tosender Wintersturm von den Straßen gefegt haben – die Gilde der Fackelentzünder erfüllte dennoch ihre Pflicht. Ein unangenehmes Lächeln umspielte Antyrs Lippen.

Scheinheiliges Pack, dachte er, als er erfolglos versuchte,

seine Augen auf den schimmernden Lichtkranz einer der wabernden Fackeln scharfzustellen. Er konnte diese wichtigtuerischen, von der Sened ernannten Gildenangehörigen mit ihrer salbungsvollen Selbstzufriedenheit nicht ausstehen.

Wenn *sie* nicht ihre Arbeit täten, ließ sich eine ruhigere, freundlichere Stimme in seinen Gedanken vernehmen, würdest *du* verloren durch die Nacht torkeln, nicht wahr?

Er lehnte es ab, sich auf ein inneres Zwiegespräch einzulassen, und setzte vorsichtig seinen Weg die schlüpfrigen Treppen hinunter fort. Das eiserne Geländer war kalt und unangenehm feucht, so daß er sich die Hand am Umhang abwischte, als er die Straße erreicht hatte.

Nachdem er eine Fackel von dem Ständer neben sich genommen hatte, hielt er sie, leicht schwankend, an die Flamme einer Straßenleuchte. Fast auf der Stelle loderte sie hell auf, Wärme und willkommenes Licht verbreitend. Auch ihr beträchtliches Gewicht spendete ihm irgendwie Trost; er war länger als beabsichtigt in der Schenke geblieben, und selbst ohne Nebel wären die Straßen verlassen und unsicher zu dieser nachtschlafenden Zeit.

Nicht, daß es wahrscheinlich gewesen wäre, daß man ihn hier überfallen würde, dachte er optimistisch, doch der kleine Hoffnungsschimmer erlosch so rasch, wie er aufgeflammt war. Er wußte, daß trotz der Wachsamkeit der Wache immer ein gewisses Risiko bestand; mißratene Sprößlinge aus einem der Adelshäuser der Sened-Lords, Rekruten aus den Kasernen, Unzufriedene aus dem Moras-Distrikt. Gewiß würde es für so jemanden keine unüberwindliche Schwierigkeit darstellen, der Wache aus dem Weg zu gehen und sich in den Hinterhalt zu legen, bis solch ein einsamer nächtlicher Flaneur wie er des Weges käme.

Antyr blies die Wangen auf, verstärkte seinen Griff um die Fackel und lockerte die gewichtige Keule an seinem Gürtel, um daraufhin kühn, wenn auch ein wenig schwankend, auszuschreiten.

Das Echo seiner Schritte hallte dumpf aus der fackelerleuchteten Düsternis hinter ihm wider.

Als die verschiedenen Orientierungspunkte drohend aus

dem Nebel aufragten, sich identifizieren ließen und wieder vorbeiglitten, legte sich Antyrs Unbehagen ein wenig. Bei all seinen unangenehmen Begleiterscheinungen hatte der Nebel doch sein Gutes. Schließlich wäre nicht nur jeder einsame Straßendieb, sondern auch sein Opfer nicht zu sehen. Darüber hinaus war er schließlich keine schutzlose alte Frau, sprach er sich Mut zu, während das Ale seine Urteilskraft noch mehr trübte.

Pflichtschuldig erhellten ihm die Straßenfackeln seinen Weg; jede der kleinen, qualmenden Flämmchen schien in nicht näher zu bestimmender Entfernung in der Luft zu schweben. Hin und wieder glitt ein anderer einsamer nächtlicher Spaziergänger an ihm vorbei, den Kopf in die Dunkelheit vorgereckt. Manchmal näherten sich alarmierende Schritte, die ganz in der Nähe vorübergingen, ohne daß ihr Urheber sich blicken ließ.

Die hastige Zielstrebigkeit solcher Passanten verstärkte Antyrs Gefühl der Isolation eher, als daß sie es gemildert hätte, und seine Gedanken verfinsterten sich erneut.

Alle fliehen wir, sinnierte er. Aber vor was? Er würdigte sich keiner Antwort.

Endlich erreichte er eine Straße, die parallel zu der hohen Mauer verlief, die die Stadt umgab. Er blickte empor und sah ihre rauhen, flechtenbedeckten Steine feucht im Baldachin des Nebels verschwinden, den die Fackeln von unten anstrahlten. Obwohl sie erbaut worden war, um die Feinde der Stadt aufzuhalten, erschienen sie Antyr nun eher wie die Mauern eines Gefängnisses, die die Menschen wie Ratten in einem überfüllten Nest zusammenpferchten.

Zuviel Ale, dachte er erneut, um seine düstere Vision zu entschuldigen, doch als er sich mit der Zunge über die Lippen fuhr, schmeckten sie klamm und schmierig vom Nebel, und der ätzende Geschmack des Rußes auf seiner Zunge setzte sich mühelos gegen den Nachgeschmack seiner nächtlichen Sauforgien durch. Er spuckte aus.

»Hallo, wer da?«

Die Stimme ließ ihn zusammenfahren, und linkisch tapste er nach seiner Keule. Während sie sich rettungslos in Gürtel und Umhang verfing, tauchten glühwürmchenartige Lichtquellen auf, die ein Stück vor ihm einherschwenkten. Sie wurden begleitet von gedämpftem Rüstungsrasseln, und bevor Antyr sich auch nur annähernd entscheiden konnte, was er tun sollte, kristallisierte sich ein dunkler Schatten neben den Lichtern heraus. Antyr sah zu, wie er sich bewegte und in eine Gruppe einzelner Gestalten zerfiel. Einer von ihnen trat vor, eine Fackel emporhaltend. Es handelte sich um einen alten Mann, auch wenn er sich aufrecht und gerade hielt.

»Oh, du bist es Antyr«, sagte er und spähte mit ernstem Blick in den Nebel. »Ich hätte es mir denken können, daß du der einzige bist, der in so einer Nacht durch die Straßen zieht.«

Ein vertrauter Vorwurf schwang in der Stimme mit, was Antyr ärgerte, doch seine Erleichterung, daß er von der Streife und nicht von den Liktoren oder sonst einer finsteren Schar aufgegriffen worden war, nahm seiner Erwiderung die Spitze. Zudem fiel es ihm schwer, unter dem festen Blick des alten Mannes gegen die offensichtliche Wahrheit anzureden.

»Du wirst doch einem Mann seine kleine Zechtour mit ein paar Freunden nicht mißgönnen, Avran, oder?« gelang es ihm mit übertrieben aufgeräumter Herzlichkeit zu antworten, die jedoch sein schlechtes Gewissen nicht verbergen konnte.

Mit steinerner Miene sah Avran ihn an. »Doch, das tue ich«, versetzte er ungerührt. »Wenn der Mann der Sohn eines alten Freundes ist und sich und seine Gabe mit diesen Mätzchen zerstört.«

Antyr machte den Mund auf, doch keine Widerrede kam hervor, nur ein langsamer, dampfender Atemzug, der gelblich in dem Dunst schwebte wie ein lauschender Geist. Ein Teil von Antyr – der laute, achtlose – wollte Avran sagen, daß er nicht in der richtigen Stimmung sei für einen seiner Vorträge, doch ein Blick in die Augen des alten Mannes sagte ihm, daß der ihn eher ohne Umschweife in einer Zelle der Wache einlochen als sich in diesen nebelverhangenen Straßen darauf einlassen würde, eine alte Meinungsverschiedenheit wieder aufleben zu lassen.

Der klügere Teil von Antyr setzte sich also durch; er wahrte die Fassung, ja, es gelang ihm sogar, eine ansatzweise reuige Miene aufzusetzen.

Da er auf keinen Widerstand traf, wurde Avrans Blick milder. »Die Straßen sind ruhig heute nacht, Antyr«, stellte er fest. »Aber treib dich nicht länger als nötig hier herum, und …« Er zögerte. »… gib besser acht auf dich. Du beschreitest eine Straße, die bei weitem dunkler und gefährlicher ist als diese hier und auf der du vielleicht nicht mehr umkehren kannst. Ich habe das schon zu oft erlebt. Es ist …«

Ein kurzer Hustenanfall beendete den Satz vorzeitig, und Avran machte keine Anstalten, ihn zu Ende zu führen, nachdem er sich wieder erholt hatte. Statt dessen entließ er Antyr mit einem gereizten Nicken, wobei er sich gleichzeitig wehmütig über die Brust strich, und begab sich wieder zu seinen wartenden Kameraden.

Antyr spuckte erneut aus, nachdem die Wache in den wallenden Schwaden verschwunden war. Der Geschmack nach Nebel herrschte immer noch vor, und die naßkalte Feuchtigkeit schien nun auch in seine Knochen zu sickern. Sein Magen fühlte sich bleischwer und zugleich unheilverkündend rumorend an.

Während er weiterging, merkte er, daß Avrans mahnende Worte die Erinnerung an seinen Vater und damit an den emotionalen Aufruhr und das Gefühl des Versagens geweckt hatten, das ihn seit dem Tode seines Vaters bei der Ausübung seiner Kunst immer wieder erfaßt hatte.

Er blieb kurz stehen und ließ den Blick über die vom Fackelschein erhellte Kugel aus wirbelnden braunen und gelblichen Nebelschwaden schweifen, deren Mittelpunkt er bildete. Seine Unfähigkeit, das zu sehen, was, wie er wußte, jenseits davon liegen mußte, schien ein Spiegelbild jener Blindheit zu sein, die er verspürt hatte, wenn er bei unzähligen Gelegenheiten die Träume seiner immer geringer werdenden Kundenschar durchforscht hatte …

Verflucht sei der alte Gauner, verteidigte ihn eine innere Stimme, um ihn vor den grimmigen Selbstvorwürfen zu retten, die sich in der Dunkelheit da draußen sammelten, um seine Schwäche und seinen Wahnsinn in die Welt hinauszuposaunen.

»Warum kümmert er sich nicht um seinen eigenen Kram?«

Die laut vor sich hin gesprochenen Worte, die ausdruckslos und fremd in der Stille schwangen, vervollständigten seine Rettung und trieben Antyr wieder voran.

Den Rest seiner nächtlichen Wanderung absolvierte er in einer Stimmung, die so trübe und unbestimmt war wie der Nebel selbst; die berauschte, unbesonnene Laune, die er aus der Schenke mitgebracht hatte, äffte ihn jetzt, wo sie ihn noch kurz vorher scheinbar aufgerichtet und bestätigt hatte.

In Grübeleien versunken, fand er sich vor seiner Haustür wieder, ohne daß er hätte sagen können, wie er dorthin gekommen war, und ohne nachzudenken erstickte er die Fackel in der spitz zulaufenden Haube, die neben der Tür hing.

Übergangslos in tiefste Dunkelheit getaucht, fluchte Antyr und zog wütend die Haube herunter. Sie baumelte klirrend am Ende ihrer Kette, um dann dumpf an der Wand entlangzuschaben und ein paarmal hin und her zu schwingen, bevor sie endlich zur Ruhe kam.

Während sich seine Augen langsam an das schwache Licht gewöhnten, das die Straßenfackeln verbreiteten, tastete sich Antyr auf der Suche nach seinem Schlüssel mit wachsender Gereiztheit durch das Sammelsurium in seinen Taschen. Als er ihn schließlich gefunden hatte, fummelte er nicht minder gereizt eine Weile herum, um das Schlüsselloch zu finden und aufzuschließen. Es kostete ihn eine Menge ernsthaften Peilens mit zusammengekniffenen Augen und mehrere erfolglose Versuche, bevor ihm das Öffnen der Tür gelang.

Langsam schob er sie auf und trat ein. Trotz aller Vorsicht gab die Tür jedoch ihr vertrautes Quietschen von sich und erinnerte ihn daran, daß er neben seinem Gewerbe noch andere Dinge vernachlässigt hatte. Dann wiederholte die Tür trotz weiterer Vorsichtsmaßnahmen ihre Beschwerde, als er sie wieder schloß.

Mit einem leisen, aber müden Seufzer schob Antyr die großen Riegel vor, um dann in der Dunkelheit zu einem vertrauten Bord hinaufzulangen und eine Schachtel mit Zündsteinen und einen gesprungenen Steingutkerzenhalter herunterzunehmen. Die Zündsteinschachtel flackerte ungestüm auf, als er sie anzündete, und die Dunkelheit des Flurs platzte unvermittelt in tanzende und hüpfende Schatten auf.

Antyr ignorierte die schweigende Menge und konzentrierte sich darauf, die durchgebogene und widerwillige Kerze anzustecken. Dann hängte er, während er sachte die Zündsteinschachtel löschte, seinen klammfeuchten Umhang auf den abgenutzten Haken und durchschritt leise, wenn auch schwankend den Flur, hin zur rückwärtigen Hausseite.

»Gib dir keine Mühe, leise zu sein.«

Eine wohlvertraute Stimme erklang in seinem Kopf. »Ich habe dich schon drei Straßen weiter weg kommen gespürt. Es ist ein Wunder, daß Avran dich nicht in den Kerker der Wache geschmissen hat – in dem Zustand, in dem du dich befindest.«

Antyr runzelte die Stirn. »Ich wünschte, du würdest das nicht tun«, sagte er gereizt. »In die Gedanken meines Vaters hättest du dich nicht so eingeschlichen.«

Mit diesen Worten erreichte er den Raum, wo er einen Augenblick leicht taumelnd in der Tür stehenblieb. Die Schatten aus dem Flur fluteten an ihm vorbei und säumten die Wände wie wartende Geschworene, die einander auf Geheiß der tanzenden Kerzenflamme entschlossen zunickten. Schwach glommen die Überbleibsel eines Feuers im Kamin.

Antyr betrat den Raum und setzte die einsame Kerze auf einem kleinen Wandbord ab. Die Jury wurde allmählich still und aufmerksam.

Als sich Antyr auf einen nahebei stehenden Stuhl warf, erklang die Stimme erneut. »Ich schleiche mich nicht ein, Antyr, das weißt du ganz genau«, ließ sie sich böse vernehmen. »Du *brüllst*. Ich kann nichts dafür, daß ich dich höre. Ich hab' dir das schon mehrmals gesagt. Ich erwarte ja nicht, daß du dieselbe Selbstbeherrschung wie dein Vater an den Tag legst, aber …«

»Nein, jetzt nicht, Tarrian«, setzte Antyr müde an, während er sich zurücklehnte. »Ich bin nicht in der Stimmung für …« Jetzt konnte er die Worte loswerden, die er sich für Avran zurechtgelegt hatte. »… für noch einen von deinen Vorträgen.«

Als die Kerze aufflackerte, war eine schon zielgerichtetere Bewegung in den tanzenden Schatten zu erkennen. In der gegenüberliegenden Zimmerecke rührte sich eine dunkle Gestalt und bewegte sich auf den Traumfinder zu.

»Sprich bitte nicht in diesem Ton mit mir.« Tarrians Stimme war wütend, und ihr Klang in Antyrs Kopf vermischte sich mit einem bedrohlichen Knurren, das von dem näher kommenden Schatten ausging. »*Ich* kann deiner inneren Verwirrung nicht aus dem Weg gehen, sie überschwemmt mich wie fauler Atem. Das scheinst du zu vergessen.«

»Es tut mir leid«, versetzte Antyr schnell und richtete sich auf. »Es war eine schlimme Nacht. Ich …«

»Es war ein schlimmes Jahrzehnt«, entgegnete Tarrian unerbittlich.

Antyr zuckte zusammen. Er hatte schon zahllose Streite mit Tarrian ausgefochten, doch in letzter Zeit waren sie zunehmend unerfreulicher geworden, und in der Stimme seines Freundes schwang etwas mit, das er noch nie zuvor gespürt hatte.

Kurz schimmerten die Augen des sich nähernden Schattens in einem strahlenden Grün auf, als würden sie aus unvorstellbaren Tiefen erleuchtet. Es war nur ein Trugbild des tanzenden Kerzenlichts, doch es ließ Antyr frösteln und gemahnte ihn nicht nur an die wahre Natur seines Gefährten, sondern auch an die finstre Fremdartigkeit seiner eigenen Berufung.

Gnadenlos trat Tarrian in den Schein des Kerzenlichts. Die leuchtenden grünen Augen hatten nun wieder ihr gewohntes kaltes Grau, obwohl sie kaum weniger bedrohlich wirkten als zuvor: Tarrian war ein Wolf. Alt, aber wild und voll der muskelstrotzenden Kraft der Jugend.

»Aha«, sagte er, als er Antyrs kurz aufflackernde Angst

spürte. »Du hast also immer noch ein rudimentäres Wahrnehmungsvermögen, wie ich sehe. Du solltest öfter daran denken, wer ich bin und wie wir aneinander gebunden sind.«

Antyr wandte sich ab. Er klappte den Mund auf, um etwas zu sagen, doch kein Laut drang über seine Lippen. Fast wehmütig streckte er die Hand aus und streichelte den seidig glänzenden Nacken des Wolfs.

Wieder füllte Tarrians Stimme seinen Kopf aus, doch diesmal war sie voll von Mitgefühl und Sorge. »Avran hatte recht. Sogar mehr, als er selbst begriff. Der Pfad, dem du folgst, wird dich schrecklicher als einen gewöhnlichen Menschen zerstören. Du *mußt* wieder zu der Disziplin deines Gewerbes zurückfinden, oder du weihst uns beide dem Untergang.«

Da war noch ein anderer Unterton in der Stimme des Wolfs, den Antyr nie zuvor vernommen hatte: Angst.

»Ja, ich habe Angst«, sagte Tarrian, noch bevor Antyr selbst den Gedanken klar formulieren konnte. Um dann impulsiv hinzuzufügen: »Jetzt kannst du einmal spüren, wieviel Angst ich habe!«

»Nein!« schrie Antyr auf und preßte sich gegen die Rückenlehne des Stuhls, als wolle er fliehen. Doch die machtvolle Persönlichkeit des Wolfs hielt ihn fest, und plötzlich überfluteten tosende Schrecken und Dunkelheit seinen Geist, huschende Alptraumgestalten. Er kämpfte dagegen an, versuchte sie abzuwehren, doch vergeblich, denn Tarrians Wut war zu mächtig. Und dann fühlte er, wie die Präsenz einer unsichtbaren Bedrohung ihre Fühler nach ihm ausstreckte. Ihre Macht zuckte hierhin und dorthin wie ein durch die Luft fuchtelnder Arm. Unwillkürlich wollte Antyr seine Beine zum Laufen zwingen, doch wie das sooft in Träumen der Fall ist, wollten sie ihm in seiner Verzweiflung nicht gehorchen, ließen sich nicht mehr kontrollieren.

Ganz plötzlich war er wieder frei; und zornig.

»Verdammter Hund!«, brüllte er. »Probier deine Kabinettstückchen an jemand anderem aus!«

Tarrians Lefzen zogen sich zu einem Knurren zurück, und ein tiefes Grollen rumorte in seiner Kehle. Seine Stimme platzte gewaltsam in Antyrs Geist. »Du bist nur gut für Kabinettstückchen, Petrans Sohn«, fauchte er voller Verachtung. »Bildest du dir ein, du hättest das Zeug, meinen *wahren* Ängsten ins Gesicht zu blicken? Ich, der ich vielleicht an der Schwelle zum Großen Traum selbst stand und spürte, wie dein Vater mir entglitt? Willst du, daß ich dir *das* zeige?«

Unbeholfen erhob sich Antyr und ging an dem Wolf vorbei. Er hatte die Augen weit aufgerissen, schnappte sich ein Öllämpchen und hob es an die Kerze.

»Genug«, keuchte er atemlos. »Ich mache uns Licht.« Seine Hände jedoch zitterten so heftig, daß er die Lampe nach mehreren erfolglosen Versuchen wieder auf das Bord stellen mußte, befürchtete er doch, er könne sie fallen lassen. Die lauernden Schatten tanzten und hüpften erwartungsvoll.

Tarrian musterte ihn, die grauen Augen blieben ungerührt.

Antyr lehnte sich kurz nach vorn gegen die Wand, um ein Minimum an Haltung wiederzufinden. Dann entzündete er vorsichtig, allerdings immer noch schwer atmend, die Lampe.

Als die Schatten wichen und sich die vertrauten Umrisse des Raums vor seinen Augen herausformten, setzte sich Antyr erneut hin; dem Wolf streckte er eine abwehrend erhobene Hand entgegen.

»Bitte laß es genug sein, Tarrian«, flehte er und nahm die Hand wieder herunter, um seinen Kopf damit zu stützen. »Ich brauche keine Demonstration deiner überlegenen Fähigkeiten und auch keine Mahnung an mein eigenes Versagen.« Dann, als der Zorn wieder in ihm hochstieg, fügte er hinzu, was er eigentlich hatte verschweigen wollen: »Und an meinen Vater muß ich auch nicht erinnert werden, und dein Geschwätz über seinen Tod kann ich noch viel weniger gebrauchen.«

Der Wolf wandte sich von ihm ab und trottete in seine Zimmerecke zurück, ohne ihn einer Antwort zu würdigen. Er ließ sich schwerfällig auf den Boden fallen, legte den Kopf auf die ausgestreckten Vorderpfoten und beobachtete Antyr geduldig. Ein müder Abklatsch des Nebels draußen vor der

Tür hing gelblich zwischen den beiden Streithähnen im Raum.

»Sein Herz war zu schwach«, sagte Antyr nach einem kurzen Moment abwehrend in das Schweigen hinein, wobei er den Blick des Wolfs erwiderte. »Nach diesem Fieber hat es ihm nichts als Ärger gemacht.«

Tarrian gab immer noch keine Antwort, doch Antyrs Kopf dröhnte von seinem Widerspruch.

»Nein«, protestierte Antyr. »Ich will nichts davon wissen. Der Traum eines Sterbenden ist bekanntermaßen überaus gefährlich ...« Seine Stimme brach. »Mein Vater hätte nie danach suchen dürfen ... Und du ... sein Gefährte ... sein Erdhalter ... Du hättest ihn nicht gehen lassen dürfen.«

Der Vorwurf war ungerecht, und Antyr wußte das: Tarrian hätte sich dem Willen des Traumfinders in einer Angelegenheit von solcher Tragweite nicht widersetzen können, und Antyr konnte spüren, wie Tarrian nun seinerseits zu einem Vorwurf ansetzte. Er machte eine entschuldigende Geste.

»Es tut mir leid«, bemerkte er. »Ich hätte das nicht sagen dürfen.«

Er massierte sich die Stirn, als könne er so seine beiläufige und grausame Bemerkung wieder ungeschehen machen. »Aber ich bin nicht willens, deine ... Mutmaßungen zu teilen«, fuhr er nach einer Weile fort. »Ich wollte sie nicht teilen, als Vater sie äußerte, und ich werde sie auch aus deinem Mund nicht akzeptieren ... Sie sind Unsinn ...«

Tarrians Augen schlossen sich. »Ob du sie akzeptierst oder nicht, wird keinerlei Auswirkungen auf die Realität haben, Traumfinder«, erwiderte er. Aus seiner Stimme klang eine Art resignierter Gleichgültigkeit heraus: Dieser Streit zwischen ihnen war schon alt und mittlerweile über das Stadium der Leidenschaft hinausgegangen. »Du magst dich entschließen, nicht an einstürzendes Mauerwerk zu glauben, falls diese Vorstellung dir zuwider ist, doch wenn dir ein Ziegel auf den Schädel fällt, befördert er dich nichtsdestotrotz ins Jenseits.«

Antyr lehnte sich gegen Tarrians Anmaßung auf, daß er

und nur *er* im Recht sei. »Das ist etwas ganz anderes, und das weißt du auch. Wir sind keine ... Maurer, wir ... arbeiten nicht an etwas Solidem und Realem. Wir ... wir ... wir sind nur ... Führer ... Helfer«, stotterte er und gestikulierte unbestimmt in Richtung des Wolfs. »Wir haben die Gabe, Menschen Trost zu spenden, das ist alles. Den Verwirrten, Gequälten ...«

»Du glaubst ja selbst nicht mehr daran, oder?« Obwohl Tarrian zu schlafen schien, brachen sich seine Gedanken brutal ihren Weg durch Antyrs unzusammenhängendes Gestammel. »*Du* glaubst doch, daß wir nur Scharlatane sind, die unsere ›Kabinettstückchen‹ einsetzen, um jedem, der dumm genug ist, für unsere Dienste zu zahlen, die Pfennige und Kronen aus der Tasche zu luchsen, nicht wahr?«

Antyr geriet unter diesem stummen, aber wilden Angriff ins Wanken. »Nein ... Ja ... Ich ...«

»Du weißt es nicht«, beendete Tarrian seinen Satz mit gehässiger Befriedigung. »Du bist so ausgehöhlt vom Ale und von deiner Zügellosigkeit, daß du schon deine eigenen kümmerlichen Ausflüchte vergißt. Du fängst schon an, wie eine Ratte im Rad herumzulaufen. Läufst schneller und immer schneller ins Nirgendwo. Geh schlafen, du Säufer, du machst mich noch krank. Wir reden morgen früh weiter, wenn du wieder halbwegs nüchtern bist.«

Die plötzliche beißende Verachtung in Tarrians Stimme traf Antyr wie ein Schlag ins Gesicht und erstickte die Antwort, die ihm auf der Zunge gelegen hatte. Taumelnd rappelte er sich auf und griff sich die Kerze.

»Fahr zur Hölle, Hund«, versuchte er zu schreien, doch sein Fluch verkam zu einem elenden Krächzen, als seine Stimme, vom Nebel und Saufen angegriffen, ihm den Dienst verweigerte.

Beim Verlassen des Raums verlor Antyr, da er mit dem Türpfosten zusammenstieß, auch noch den letzten Fetzen Würde.

Er hatte eigentlich nach oben und zu Bett gehen wollen, doch sein plötzliches Aufstehen und der Zusammenprall mit der Tür regten die vegetativen Körperfunktionen wieder an, die er schon früher am Abend in Gang gesetzt hatte. Sein Magen übernahm mit einem unwiderstehlichen und explosiven Anfall die Kontrolle über Antyrs Handlungen.

Irgendwie gelang es ihm, im letzten Moment die Küche und einen leeren Kübel zu erreichen, und nach ein paar höchst unerfreulichen Minuten des Würgens sackte er schlaff und elend auf den kalten Küchenboden, den Rücken gegen die Wand gelehnt und den rechten Arm in einer grotesken Parodie eines glücklich Verliebten um den stinkenden Kübel geschlungen.

Sein Kopf fühlte sich zwar nunmehr ein wenig klarer an, doch trug das lediglich dazu bei, sein Elend zu vermehren.

»Du besitzt eine seltene Gabe, Antyr«, hatte sein Vater gesagt. »Bei weitem größer als meine. Doch sie wird dir nichts als Kummer bringen, wenn du sie nicht aus vollem Herzen akzeptierst und hegst und pflegst. Wir sind Traumfinder. In manchen Dingen haben wir keine Wahl. Manche Träume suchen uns, nicht wir sie.«

»Du weihst uns beide dem Untergang.« Die Erinnerung an seinen Vater und seine besorgten Worte gemahnten ihn an Tarrians Bemerkung. Antyr versuchte wieder, den Wolf zu verwünschen, doch der gehässige Fluch erstickte ihm in der Kehle, als er zum Küchenfenster hochblickte – ein schwach glimmendes gelbes Rechteck in der Dunkelheit, erhellt vom nebelumwallten Fackellicht draußen. Er wußte, daß Tarrian recht hatte und daß der Wolf selbst jetzt noch stumm um die dunklen Grenzen seines angetrunkenen Geistes strich, um ihn vor unsichtbaren Gefahren zu schützen, genauso, wie seine wilden Artgenossen auf der Suche nach Beute durch die Wälder strichen. Was Antyr auch anstellte oder dachte, Tarrian würde tun, was er für seine Pflicht hielt, darauf wartend, daß sein Schützling eines Tages die Bürde seiner Berufung akzeptieren werde.

Antyr wischte sich den Mund mit dem Handrücken ab und stand auf. Sein Kopf schmerzte von der Anstrengung. Er ging zu dem steinernen Spülbecken und nahm sich eine Schöpfkelle voll Wasser aus einem Eimer. Nachdem er sich geräuschvoll den Mund gespült hatte, trank er auch einen kleinen Schluck. Er spürte, wie das kalte Wasser ihm durch die Speiseröhre in seinen rebellierenden Magen rann, wo es wie ein Vergeltungsschlag landete.

Zur weiteren Buße spritzte er sich eine Handvoll des kühlen Nasses ins Gesicht.

»Morgen *werden* wir darüber reden, Tarrian«, versprach er dem gelben Fenster.

Ein schwacher Hauch aus Zweifel und Bedauern sickerte zögerlich in seinen Geist ein; er wußte, daß er von dem wachsamen Wolf ausging.

»Nein, diesmal meine ich es ernst«, behauptete Antyr feierlich, war sich allerdings sehr wohl der Tatsache bewußt, daß diese Absichtserklärung seines guten Willens keineswegs neu war. »Ich meine es ernst«, wiederholte er stumpf.

»Da kommt jemand.« Tarrian war auf einmal hellwach. Antyr fuhr hoch. Es erstaunte ihn noch immer, daß der Wolf in Sekundenbruchteilen aus tiefstem Schlaf zur höchsten Aufmerksamkeit erwachen konnte.

»Nein«, widersprach Antyr, bedächtig den Kopf schüttelnd. »Die Straßen draußen sind so finster wie alle Träume, die heute nacht geträumt werden dürften.«

»Es sind mehrere«, stellte Tarrian fest, Antyrs Einwand einfach ignorierend. »Ich wittere keine Gefahr, aber ...«

Antyr spürte, daß Tarrian aufstand und neugierig in den Flur ging, doch bevor er erneut zum Reden ansetzen konnte, trommelte jemand einen keinen Aufschub duldenden Zapfenstreich gegen die Haustür.

»Bei den Göttern«, brummte Antyr stirnrunzelnd. »Es ist mir ganz gleich, wer es ist, aber ich setze heute nacht für nichts und niemanden mehr einen Fuß vor die Tür.« Und dann, als ihm Tarrians Bemerkung richtig zu Bewußtsein kam, stürmten die ganz alltäglichen Sorgen wieder auf ihn ein. »Mehrere! Es sind doch nicht die Eintreiber, Tarrian, oder etwa doch?« zischte er mit gesenkter Stimme.

Verachtung schwang in Tarrians Stimme. »Seit wann verdienst du genug, um die Aufmerksamkeit der Steuereintreiber zu erregen, Antyr? Sieh einfach nach, wer es ist, und zwar schnell. Das ist faszinierend.«

Wie um Tarrians Aufforderung zu unterstreichen, klang ein zweites Klopfen von der Tür herüber und hallte durch das dunkle Haus. Antyr nahm die Lampe vom Boden.

»Bist du dir auch sicher, daß es nicht die Eintreiber sind?« flüsterte er Tarrian ein zweites Mal zu.

Der Seufzer des Wolfs erfüllte seinen Kopf. »Mach dich nicht *lächerlich*«, erscholl die gereizte Antwort, und dann, unvermutet witzig: »Nebenbei bemerkt, die Steuereintreiber sind Raubtiere, sie tragen Stiefel mit leisen Sohlen, damit du sie nicht kommen hörst – und sie klopfen nicht an.«

»Sehr komisch, Tarrian«, entgegnete Antyr, während er vorsichtig den schmalen Sehschlitz in der Tür öffnete. Er war erleichtert, daß diese überraschenden Besucher zumindest vorübergehend den Streit in den Hintergrund gedrängt hatten, doch die Erregung, die er aus den Gedanken des Wolfs herausspürte, bereitete ihm ein wenig Sorgen. Tarrian hatte vermutlich einen ›interessanten‹ Kunden gewittert, doch Antyr war heute nacht ganz gewiß nicht in der Stimmung zu arbeiten.

»Wer ist da?« rief er, während er durch den schmalen Schlitz spähte. »Wißt Ihr denn nicht, wie spät es ist?«

Als Antwort erschien umgehend eine geballte Faust direkt vor seinem Gesicht, so daß er ein wenig zurücktreten mußte, um sie scharf zu sehen. Auf dem Mittelfinger der Faust steckte ein Siegelring. Es handelte sich um das Siegel der Sened-Wache.

»Öffnet die Tür«, ertönte eine herrische Stimme.

Hastig schob Antyr den Riegel zurück und öffnete die Tür. Er setzte ein entschuldigendes Lächeln auf, als sie wie gewohnt ihren quietschenden Protest hören ließ, dann trat er heraus und musterte mit trübem Blick seine Überraschungsgäste.

Der Mann, der ihm das Siegel der Wache unter die Nase gehalten hatte, trat ehrerbietig zur Seite und hob die Fackel hoch, um den Blick auf eine weitere Gestalt, die etwa einen Schritt hinter ihm stand, freizugeben. Trotz des langen

Umhangs, in den sie gewickelt war, und der Kapuze, die ihr Gesicht verdeckte, strahlte diese zweite Gestalt Autorität aus, und hinter diesem Mann standen – weiter hinten im Nebel verschwimmend – noch mehr Gestalten, ganz wie Tarrian es vorhergesagt hatte. Einige von ihnen trugen Fackeln. Die anderen trugen – Antyr spähte angestrengt in den Nebel, dann weiteten sich seine Augen vor Schrecken – die anderen trugen die kurzen Piken der Palastwache mit den tödlichen Klingen.

Die Sened-Wache? Wachsoldaten aus dem Palast? Was ...?

»Ihr seid Antyr der Traumfinder, der Sohn des Petran«, erklärte der Mann. Seine Stimme unterstrich sein Auftreten, schnitt durch Antyrs wachsende Verwirrung.

Antyr schluckte nervös. »Äh, ja«, gelang es ihm schließlich zu stammeln. »Wer seid ...«

»Kommt mit uns. Ihr werdet gebraucht«, befahl ihm der Mann, indem er Antyrs halb hervorgebrachte Frage einfach überging.

»Aber ...«

»Wir werden Euch eskortieren«, unterbrach ihn die Gestalt, wandte sich zur Seite und wies auf die Männer hinter sich. »Holt Euren Gefährten.«

Antyr war drauf und dran, seine Frage zu wiederholen, als der Umhang des Mannes aufschwang und die Abzeichen auf seinem Waffenrock enthüllte. Es war ein Adler mit einem Lamm in seinen Klauen: die Insignien von Herzog Ibris. Und die einzigen, die diese Insignien trugen, waren ...

»Die persönliche Leibgarde des Herzogs«, beendete Tarrian den Satz für ihn.

KAPITEL
2

Aaken Uhr Candessa, vormals schlicht Aaken Candes, Schäfer, Söldner, Schildträger und erfolgreicher Verschwörer, nun Kanzler von Herzog Ibris, stand mit kläglicher Miene neben seinem ehemaligen Mitverschwörer und jetzigen Herrn, der ruhelos auf und ab schritt.

Der Raum wurde von nur drei Lampen erleuchtet, und obwohl sie hell strahlten, spiegelten sie die Stimmung des Herzogs wider und warfen mehr Dunkelheit als Licht zurück: Die verschwenderischen Gemälde an den Wänden waren zu schwarzen, in die Nacht blickenden Fenstern geworden, und die Gesichter der zahlreichen Schnitzwerke, die das Gemach schmückten, wirkten – der tiefen Schatten zwischen ihren scharfkantigen Zügen wegen – auf ihrer reglosen Nachtwache um Jahre gealtert.

Nur die Rüstungen und Waffen warfen das Licht zurück, schimmerten wachsam auf, als würden sie von den lodernden Feuern eines feindlichen Lagers angestrahlt.

»Sire ...«, setzte Aaken an.

Der Herzog winkte ihm zu schweigen und setzte seinen ruhelosen Tigerschritt fort. Aaken verlagerte sein Gewicht heimlich vom einen auf den anderen Fuß und fügte sich in sein Schicksal, diese Nacht vermutlich noch eine geraume Weile nicht wieder in sein Bett zurückkehren zu dürfen – wenn überhaupt.

Der Herzog war zwar vier Jahre älter als er, doch aufgrund seiner vielen Begierden und seiner körperlichen Kraft hätte er gut zehn Jahre jünger sein mögen, und er war nur allzugut in der Lage, die ganze Nacht das Zimmer zu durchmessen, um über irgendein unausgesprochenes Problem zu grübeln, und das, ohne ein Wort zu verlieren, bis zum Tagesanbruch, wenn der Palast sich wieder zu regen beginnen würde. Aaken fing an, an seinem spärlichen grauen Bart zu zupfen.

Abrupt blieb der Herzog vor einer kleinen Statuette stehen. Es war ein Krieger, der sich hinter seinem Schild vorreckte und gerade seinen Speer schleudern wollte. Seine Augen hatten, ganz der neuesten Kunstrichtung verpflichtet, weder Iris noch Pupille, was ihm einen kalten, tödlichen Blick verlieh, doch dennoch war das Werk überaus lebendig und gab die verzweifelten und spontanen Gefühle eines Mannes im Kampf sehr genau wieder.

Herzog Ibris war ein rücksichtsloser und grausamer Herrscher, wenn sein Amt es erforderte, doch er war auch ein Mann mit einem guten Urteilsvermögen, der alle möglichen schönen und feingearbeiteten Kunstgegenstände schätzte. So gediehen also trotz des furchterregenden Rufs, den der Fürst bei seinen Feinden genoß, unter seiner Schirmherrschaft viele Künste und Kunsthandwerke, und zum Lohn dafür gediehen sein Palast und seine Stadt.

»Ich werde Serenstad zu einer so atemberaubenden Metropole machen, daß sie alle Welt anzieht«, hatte er einmal gesagt, wobei er seine Hand auf seinen Schwertgriff gelegt hatte.

Er berührte die Statuette. »Buonardis Werk ist wundervoll«, stellte er ohne sich umzuwenden fest. »Wie aus dem Leben gegriffen. Er wurde bei den Mantynnai ausgebildet, nicht wahr?«

Aaken nickte. »Ja, Sire. Ich glaube, er verließ sie kurz vor der Belagerung von Viernce. Es scheint, als seien seine Fähigkeiten zum Abschätzen politischer Ereignisse ebenso ausgeprägt wie seine Fähigkeiten als Bildhauer.«

Nun wandte der Herzog sich zu ihm um. »Vielleicht hatte er auch nur Glück«, entgegnete er und nahm seinen Tigerschritt wieder auf.

Aaken zuckte andeutungsweise die Schultern und riskierte ein Lächeln. »Eine lebenswichtige Eigenschaft für einen Krieger«, meinte er.

Der Herzog schien die Bemerkung allerdings gar nicht zu registrieren, denn er war wieder völlig in jene Sorge versunken, die ihn aus dem Schlaf geschreckt hatte.

»Wie lange ist Feranc schon weg?« fragte er, hielt inne und sah seinen Kanzler erneut an.

Aaken holte eine unhandliche Uhr aus seiner Robe hervor und brachte sie in eine Lage, in der ein wenig Licht auf sie fiel.

»Beinahe eine volle Stunde, Sire«, antwortete er. »Doch die Stadt erstickt im Nebel, und wir haben keine Garantie, daß dieser … Antyr … zu Hause ist, ja, noch nicht einmal, ob er immer noch in diesem Stadtbezirk lebt.«

Der Herzog blickte finster drein.

»Feranc wird ihn finden, wenn er noch in der Stadt ist«, fügte Aaken beschwichtigend hinzu. »Das wißt Ihr doch. Aber es wird seine Zeit brauchen. Ist diese Angelegenheit denn wirklich so dringend?«

Der Herzog antwortete nicht sofort, sondern kratzte sich erst einmal nachdenklich sein Stoppelkinn. »Ich weiß nicht«‹ erwiderte er zögernd nach einer Weile. »Aber ich fürchte, ja.«

Unwillkürlich huschten Aakens Augen durch den Raum, um festzustellen, ob einer der Diener diesen untypischen Ausbruch von Unsicherheit an seinem Herrn bemerkt hatte. Allein diese nächtliche Aktivität war schon hinreichend dazu angetan, ein Dutzend Gerüchte zu nähren, die in zahllose Komplotte und Verschwörungen einfließen und Bestürzung, ja sogar Panik unter den Kaufleuten der Stadt erregen mochten. Falls solche Gerüchte sich dann noch mit Anzeichen einer möglichen Schwäche des Herzogs verbanden, wer konnte dann schon sagen, wohin das führen würde?

Doch noch während er in die Schatten starrte, wußte Aaken schon, daß es sich um eine reine Routinemaßnahme gehandelt hatte. Er wußte genau, daß sich außer ihm und dem Herzog niemand in dem Gemach aufhielt. Der Herzog war sich selbst der Notwendigkeit, sich gegen unbedachte Äußerungen zu schützen, nur allzugut bewußt.

»Ihr fürchtet es?« wiederholte Aaken. Aufgrund des starken Selbstvertrauens, das diese Bemerkung ausgedrückt hatte, riskierte er eine Vertraulichkeit, wie sie unter Kriegern üblich war. »Ibris, was ist passiert?« fragt er. »Heute nacht sind doch wohl keine Boten eingetroffen? Ich habe Euch schon seit Jahren nicht mehr so aufgekratzt erlebt. Selbst in Kriegszeiten …« Er unterbrach sich, wurde er doch aufgrund der Richtung, in die seine Bemerkungen zielten, selbst ganz aufgekratzt. »Ihr habt doch nicht Wind von einem Angriff der Bethlarii bekommen, oder? Oder daß womöglich eine unserer Grenzstädte abtrünnig wird?«

Geistesabwesend schüttelte der Herzog den Kopf. Nein, dachte Aaken, Serenstad war nie stärker gewesen, sowohl in militärischer als auch in wirtschaftlicher Hinsicht. Sollten tatsächlich Nachrichten vom unerwarteten Abfall einer ihrer Föderatenstädte eingetroffen sein, müßte es schon ein sehr törichter Diener gewesen sein, der aus diesem Grunde Herzog Ibris' Nachtruhe störte. Und wenn es sich um einen Angriff der Bethlarii handeln würde, hätte der Herzog die Armee mobil gemacht und würde nicht unruhig in seinem Gemach auf und ab gehen.

Da er keine Abfuhr erhielt, bohrte Aaken an dem Punkt, der ihm am meisten am Herzen lag, nach. »Und warum ein Traumfinder, Sire?« verlangte er mit gedämpfter Stimme zu wissen. »Sie standen in hohem Ansehen, als wir jung waren, aber jetzt leben wir in einem anderen Zeitalter. Der Aberglauben schwindet im Lichte der Vernunft und der Zivilisation …«

Der Herzog hob die Hand, um weitere Fragen abzuschneiden. »Setz dich, Aaken, du siehst müde aus«, befahl er, als würde er sich erst jetzt der Anwesenheit seines Kanzlers bewußt.

Aaken neigte den Kopf und ließ sich steif auf einem nahe stehenden Stuhl nieder. Der Herzog beobachtete ihn und lächelte leicht. »Du siehst älter aus als ich, alter Freund«, sagte er. »Ich hab' dir ja immer gesagt, daß du zu eilfertig aus dem Sattel heraus und auf einen Stuhl kommen wolltest. Nun siehst du, was du davon hast. Deine Gelenke ächzen wie eine Galeone im Wind.«

Dann erlosch sein Lächeln, das nicht gegen die Macht seiner düsteren Gedanken ankam. »Und du warst nie gläubig«, schloß er sanft; dann wirkte er wieder, als sei er mit seinen Gedanken weit weg.

Bei dem Wort ›gläubig‹ zuckte Aaken fast zusammen. Bei den Göttern, es hat irgend etwas mit Religion zu tun. Seine Gedanken überschlugen sich, er senkte den Kopf. Er mußte seine Gefühle verbergen und noch umsichtiger als gewöhnlich mit seinen Fragen sein, falls dies der Fall sein sollte.

Ibris' Bemerkung war nur allzu wahr gewesen. Aaken war nicht gläubig, zumindest glaubte er nicht an das ganze absurde und riesige Götterpantheon, an das die Völker der Stadt sich von Zeit zu Zeit wandten. Wie die meisten praktisch und vernünftig denkenden Männer seines Zeitalters glaubte er, daß der Zufall und die Fähigkeit, auf diesen Zufall zu reagieren, sein und jedermanns Schicksal formte, und ganz gewiß fürchtete er seine Mitmenschen weit mehr als irgendeine Gottheit. Doch die Religion war eine wirksame und gefährliche Macht; eine Macht, die im Verlauf seines Lebens Tumulte und Unruhen auf die Straße und furchterregende, wilde Armeen aufs Schlachtfeld gebracht hatte. Eine Macht zudem, die der Herzog nie geringgeschätzt oder auf die leichte Schulter genommen hatte, auch wenn er nie gezögert hatte, sie für seine eigenen, durch und durch weltlichen Zwecke zu benutzen.

Ja, trotz seines scheinbaren Zynismus duldete Ibris in bezug auf die Religion weder Intoleranz noch Spott, und in der Tat hegte er einen gewissen Glauben in seinem Inneren, irgendein eigenartiges, tief verankertes Schweigen, das Aaken über die Jahre zu umgehen gelernt hatte, wie er das Lager eines gefährlichen Tieres umgehen würde.

Er hatte in seinem Leben schon viele Führerpersönlichkeiten gesehen – und keine von ihnen wirklich verstanden. Es genügte ihm zu wissen, daß der Herzog der Mann war, der über Serenstad herrschte. Welche inneren Kräfte ihn zum Herrscher bestimmten, das war nicht von Belang … jedenfalls so lange nicht, wie sie im Verborgenen ruhten und von daher nicht zu packen waren, schloß er.

In dem Maße, wie Aaken sich allmählich von der anfänglichen Bestürzung erholte, die die Bemerkung des Herzogs in ihm ausgelöst hatte, gewannen Neugier und Besorgnis wieder die Oberhand. In letzter Zeit hatte es keine Unruhen gegeben, weder religiöser noch sonstiger Art, nicht in der Stadt und noch nicht mal im Moras-Distrikt. Genausowenig hatte es Nachrichten oder auch nur Gerüchte von irgendeinem neu erstandenen ›Boten Gottes‹ gegeben, der hier oder anderswo im Land Probleme gemacht hätte. Er wagte eine nochmalige Wiederholung seiner Frage.

»Sire, was ist geschehen?« bohrte er nach. »Und was hat mein Glauben, oder besser: der Mangel an selbigem, damit zu tun? Herzöge wandern nächtens durch ihr Gemach und holen Kanzler mit ächzenden Knochen aus ihren Betten, um dringende politische Probleme zu lösen, nicht um über philosophische Fragen zu debattieren. Und Traumfinder ...« Er gestattete sich ein bescheidenes Schnauben. » ... sind dafür gut, die überhitzte Phantasie von reichen, gelangweilten Damen zu kühlen.«

Ibris zog die Augenbrauen in die Höhe, und ein leichtes Lächeln huschte wieder über seine Züge, blieb jedoch nicht lange haften. »Ich hatte vergessen, wie ungehalten du werden kannst, wenn du im Schlaf gestört wirst, Aaken«, sagte er. »Doch wache einfach mit mir und halte erst einmal den Mund. Hilf mir warten. Schon bald wirst du wissen, was ich weiß.«

Hilf mir warten! Die Bitte eines Kriegers; eine Bitte, die man nicht ablehnen konnte. Aaken stieß einen knappen Seufzer aus, der Ergebenheit und Zustimmung signalisierte, und ließ sich wieder auf seinen Stuhl zurückfallen. Der Herzog schien einen Augenblick ins Grübeln über seine eigene Bitte versunken zu sein, dann setzte er sich ebenfalls hin. Er suchte sich eine lange, mit Flügeln versehene Liege aus, warf ein Bein lässig darüber, ließ seinen Arm auf der Rückenlehne und einer Seite ruhen und legte den Kopf in den Nacken, so daß er an die schwach erleuchtete Decke hoch über sich starrte.

Die beiden Männer wurden ebenso regungslos wie die

wachsam lauernden Statuen, und langsam breitete sich die Stille der Nacht wieder über den Raum. Das leise Zischeln der Kerzen vertiefte diese Stille nur noch.

Antyr schlang sich seinen Umhang um die Schultern und zog sich die Kapuze tief in die Stirn. Aus ihrem Schatten warf er einen verstohlenen Blick auf den Anführer seiner Eskorte. Zweimal hatte Antyr, wie es Bürgerpflicht für alle männlichen Einwohner Serenstads war, in der Armee gedient, um das sich immer weiter ausbreitende Herrschaftsgebiet der Stadt zu verteidigen, und obwohl er kein Fachmann für militärische Rangstufen war, besaß er doch jenen Fußsoldatenstolz, daß er einen hohen Offizier auf fünfzig Schritt riechen konnte. Und dieser hier war unbestreitbar einer. Seine jüngste Untersuchung gab allerdings nicht mehr Aufschluß als seine vorherigen Versuche. Der Mann war einen halben Kopf größer als er, wirkte jedoch weitaus größer, da er sich beim Gehen sehr gerade hielt, allerdings ohne jene Steifheit, die Antyr immer mit den Offizieren der Palastwache in Verbindung brachte.

»Du läßt dich hängen, nebenbei bemerkt.« Tarrians ätzender Kommentar drang ihm ins Hirn, so daß er sich unwillkürlich straffte.

Eine empörte Antwort begann sich in seinen Gedanken abzuzeichnen, doch er wischte sie beiseite. Tarrian machte sich bereit, und Antyr wußte es besser, als daß er versucht hätte, in dem Moment Wortgefechte mit seinem Gefährten auszutragen, in dem die Jagdinstinkte des Wolfs wach wurden, um sich mit seinem scharfen Intellekt zur gemeinsamen Suche zu vereinen.

Bald war Tarrian bereit, und Antyr sah sich kurz durch die Augen des Wolfs blicken, spürte den Ekel vor dem aufdringlichen, rußgeschwängerten Nebel, der sich über den scharfen Geruchssinn des Wolfes legte. Eine angenehmere Empfindung war es da schon, die seltsame, zutiefst harmonische Bewegung des vierbeinigen Gangs zu fühlen. Trotz der beunruhigenden Drohung, die darin mitschwang, mitten in der Nacht von Angehörigen der Palastwache und von der

Leibwache des Herzogs durch die Stadt eskortiert zu werden, amüsierte ihn der unterschwellige Ärger von Tarrian über das Schneckentempo jener linkischen Zweibeiner, die haushoch um ihn herum aufragten.

Antyr stolperte leicht, als Tarrian den Geist wieder seinem eigenen Körper zuwandte, und eine starke Hand packte ihn am Arm. »Tut mir leid«, erreichte ihn Tarrians Gedanke. »Ich könnte nie so gehen wie ihr.«

»Seid Ihr in Ordnung?« Nach der leisen Gedankenunterhaltung mit Tarrian tönte die Stimme des Offiziers laut und rauh in Antyrs Ohren. Doch obwohl sie befehlsgewohnt klang, schwang eine gewisse echte Anteilnahme in ihr. Es war das erste Mal, daß der Mann überhaupt etwas gesagt hatte, seit sie das Haus des Traumfinders verlassen hatten, abgesehen von seiner Antwort auf Antyrs anfänglichen Fragenschwall, die gelautet hatte: »Alles zu seiner Zeit.«

Antyr nickte. »Mir ist nur kalt, und ich fühle mich ein wenig erschöpft, danke ... Sir.« Der Mann nickte und ließ Antyrs Arm los, sagte jedoch nichts mehr. Der Druck vom Griff des Mannes wirkte noch eine Weile nach, und Antyr fühlte, wie eine schwache, aber unangenehme Gefühlswallung ihn erfaßte. Die Hand hatte ihn gestützt, hatte sich, aus welchem Grund auch immer, Sorgen um ihn gemacht. Es war schon lange her, daß irgend jemand ihn auf diese Weise berührt hatte. Und doch wird eben diese Hand mit eben derselben Zielstrebigkeit in der Vergangenheit Männer getötet haben, während ihr Besitzer seinen Weg durch die Kriege und die zeitweise ebenfalls blutigen Irrwege der Stadt- und Palastpolitik verfolgt hatte, um schließlich in die Leibwache des Herzogs aufgenommen zu werden.

Antyr verspürte aus Tarrians Richtung eine überraschende Woge der Zustimmung angesichts dieser Einsicht.

Zögernd versuchte Antyr, seinen kapuzenverhüllten Hüter erneut zu erreichen. »Ich hatte nicht erwartet, heute nacht noch einmal in diesen Nebel heraus zu müssen«, begann er. »Ich habe etwas so Schlimmes nicht mehr erlebt, seit ...« Doch sein Vorstoß verpuffte, als er spürte, daß er an der Gleichgültigkeit des Mannes zerschellte.

Diesmal strahlte finstere Erheiterung von Tarrian aus. »Ich hab's dir doch gesagt, du Wiesel«, ließ er sich in seinem Kopf vernehmen. »Er ist ein Leitwolf. Er gibt sich nicht mit den jungen Welpen des Wurfs ab, es sei denn, um ihnen zu sagen, was sie tun sollen.«

Aus den tiefen Schatten seiner Kapuze warf Antyr seinem Gefährten einen bösen Blick zu.

»Verzeih, wenn ich deine Kaltschnäuzigkeit in dieser Sache nicht teilen kann, Tarrian«, maulte er. »Aber das hier sind Palastwachen, und sie bringen uns irgendwohin, und ihr ›Leitwolf‹ gehört zu Ibris' persönlicher Leibgarde.« Wieder gärte die Furcht in ihm. »Wir können genausogut geradewegs in eins der vielen Palastverliese marschieren.«

Tarrian antwortete, als rede er auf ein lästiges Kind ein. »Aus welchem Grund?« sagte er mit aufreizender Lässigkeit. »Ich persönlich würde dich ja für die Verbrechen, die du gegen dich selbst verübst, jederzeit einlochen, aber mit Sicherheit hast du nicht gegen die Gesetze der Stadt verstoßen. Und seit wann erledigen Ibris' persönliche Offiziere die Arbeit der Stadtwache? Es geht hier um ein Geschäft, sonst nichts, ich fühl's in meinen Pfoten. Es wird um die Frau irgendeines wichtigen Hofschranzen gehen ...« Sein Ton wurde ironisch. » ... die ›unermeßliche Schrecken‹ heraufziehen sieht ... für die Stadt ... für das Land ... für die gesamte Welt. Ein hundsgewöhnlicher Alptraum, sonst nichts.« Er schwieg. »Aber es sollte ein anständiges Honorar dabei herausspringen – und gute Kontakte, wenn du dich entsprechend benimmst.«

Antyr runzelte die Stirn. »Vor wenigen Minuten hast du mich noch dafür getadelt, daß ich so denke«, beschwerte er sich.

Die Antwort ließ auf sich warten. Statt dessen zog ein untypisches und peinliches Schweigen herauf, und dann: »Wir müssen mal wieder etwas essen, Antyr.«

Doch hinter diesen Worten lauerte etwas anderes. Angst – irgendeine *große* Angst.

»Du verbirgst etwas.« Das Alarmsignal, das durch die Selbstbeherrschung des Wolfes hindurch in seinen Geist geschlüpft war, war so eindringlich, daß Antyr fast laut gesprochen hätte, und erneut strauchelte. Er merkte, wie der Blick des Offiziers zu ihm herüberglitt. »Wir bereiten uns nur vor«, erklärte er ihm mit einer wegwerfenden Handbewegung. Stimme und Geste waren schroffer, als er beabsichtigt hatte, so daß er innerlich zusammenzuckte, weil er sich einem solchen Mann gegenüber so dumm benahm, doch der Offizier wandte sich lediglich ab, ohne sein Verhalten als Beleidigung aufzufassen.

Schweigen herrschte im Geist des Traumfinders und seines Gefährten, während um sie herum das rhythmische Stampfen der marschierenden Wachen und das Spucken und Zischen ihrer Fackeln dumpf durch den Nebel hallte.

Antyr spürte, daß sich Tarrian unter großen Mühen zusammenriß, und die Furcht wurde von seinen Schultern genommen. »Was war das?« verlangte er in dringlichem Tonfall zu wissen.

Schweigen.

»Tarrian!« brüllte er in den Geist des Wolfs.

»Nichts!« schnappte Tarrian wütend zurück. »Zumindest nichts, was uns jetzt interessiert.«

»Um Himmels willen, das reicht mir nicht«, entgegnete Antyr. »Du hast selbst gesagt, daß wir uns vermutlich auf eine Suche begeben werden ...«

»Ich weiß sehr wohl, wohin wir gehen, und es gibt nichts, worüber wir uns hier sorgen müßten. Vertrau mir.« Trotz seiner letzten Worte war Tarrians Einwurf beinahe wild, und wie um seine Gedankenrede zu untermalen, bleckte er die Zähne, und ein bedrohliches Knurren stieg in seiner Kehle hoch.

Der Offizier bedachte den Wolf und dann Antyr mit einem scharfen Blick, und seine Hand fuhr diskret, aber bedeutungsvoll unter seinen Umhang. Antyr erwiderte den unsichtbaren Blick und bemühte sich, etwaigen Schaden, den seine frühere Schroffheit angerichtet haben mochte, wieder zu beheben. »Es ist alles in Ordnung, Sir«, erklärte er, seine Worte mit einer beruhigenden Geste verbindend. »Er hat nichts Böses im Sinn. Er mag nur einfach den Nebel nicht. Der Gestank macht ihn gereizt.«

Gleichzeitig antwortete er Tarrian: »Schon gut, es ist ja alles gut. Beruhige dich. Du vergißt, wie nervös du Menschen machen kannst. Ich vertraue dir – nicht, daß ich im Augenblick groß die Wahl hätte. Aber ich mag das nicht, was ich da gespürt habe, und ich will auch wissen, warum du es für dich behältst. Ich werde nicht ...«

Wieder unterbrach ihn Tarrian, auch wenn seine Stimme jetzt ruhig und beherrscht war. »Es tut mir leid, Antyr«, meinte er. »War mein Fehler. Wir reden später drüber ... ich verspreche es.«

»Aber ...«, setzte Antyr an.

Ein Befehl von einem der Wachsoldaten unterbrach seine Mutmaßungen und ließ ihn aufblicken. Da er in seine innere Debatte mit Tarrian vertieft und zufrieden gewesen war, von seiner Begleitmannschaft mitgeschleppt zu werden, hatte er nicht darauf geachtet, wohin sie gingen. Als er nun in die Runde sah, merkte er, daß hier wesentlich mehr Straßenfackeln brannten. Manche standen allein und leuchteten strahlend hell, andere bildeten ordentliche Reihen, die sich von ihm weg in alle Richtungen erstreckten. In dieser Anordnung lag etwas Vertrautes, doch die Lichter so scheinbar verbindungslos im Nebel schweben zu sehen, nahm ihm vorübergehend die Orientierung.

»Wir sind im Palasthof«, stellte Tarrian fest.

»Ich weiß, ich weiß«, log Antyr gereizt. »So betrunken bin ich noch nicht.«

Verächtliches Schweigen kam aus der Richtung, wo der Wolf sein mußte.

Als die Schar zielstrebig den Palasthof überquerte, verblaßten die Fackeln, welche die sie umgebenden Gebäude mit ihren Balkonen und den hohen, gewundenen Laufstegen schmückten, zu stumpfen Flecken, während über ihren Köpfen mehrere Fackelreihen zusammenzulaufen begannen.

Sie würden alle an der Spitze des spektakulären Ibrisschen Monuments zusammentreffen – die Hinterlassenschaft eines früheren Herzog Ibris, der es hatte errichten lassen anläßlich eines Sieges des damals noch wesentlich schwächeren Serenstad über ein zahlenmäßig bei weitem überlegenes

Bündnis anderer Städte, sofern man die Gegner in jenen frühen Tagen überhaupt ›Städte‹ nennen konnte. Nun jedoch waren die Schrecken, die seine Entstehung begleiteten, längst mit dem Lauf der Zeit verblaßt, und das Denkmal wurde von jenen Bürgern Serenstads, die überhaupt einen Gedanken daran verschwendeten, mit amüsierter Zuneigung betrachtet. Die herrschende öffentliche Meinung – nicht die der Künstler und Kunsthandwerker allerdings – sah recht herablassend auf das Bauwerk herab.

Ganz wie es sein sollte, tauchten oben an dem Monument, wo die Fackelreihen im düsteren Nebel über ihren Köpfen zusammenliefen, vor der näher kommenden Gruppe nunmehr auch jene Fackeln auf, die das Denkmal selbst zierten. In ihrem Licht konnte Antyr gerade einmal die unteren Partien des Siegesmals erkennen; dichtgestaffelte Reihen kampfeswütiger Fußsoldaten, die ihre Piken mit den schweren Schneiden schwangen. Es war eigentlich ein vertrauter Anblick, doch wie die reglosen Steinfiguren dort drohend aus dem wallenden, schlecht erleuchteten Nebel herausragten, wirkten sie wie ein grimmiger Hinterhalt, so daß Antyr einen vorübergehenden Schauder und Alarmbereitschaft verspürte. Schlimmer noch, er fühlte, daß die Alarmbereitschaft nicht die seine war, sondern von Tarrian ausging. Er warf dem Wolf einen flüchtigen Blick zu, doch dann war der Augenblick auch schon vorüber, und Tarrians entschlossene Selbstbeherrschung verbot jede weitere Frage.

Dann befanden sie sich vor dem Palast, dessen breites, doppelflügeliges Tor aus dem Nebel auftauchte und sie begrüßte. Der massive Holzkern des Tors verbarg sich hinter einer schmuckreichen schmiedeeisernen Fassade, die unerbittlich mit gewaltigen Piken und Bolzenköpfen verziert war. Im Zentrum jedes Torflügels, erhellt von riesigen, flackernden Fackeln, befand sich ein Schnitzrelief der herzoglichen Insignien, das Lamm in den Klauen des Adlers. Das Schnitzwerk war traditionsverhaftet und von einem primitiven Realismus, doch *niemand* erlaubte sich Bemerkungen über die Vorzüge oder Nachteile *dieser* speziellen Arbeit.

In dem tanzenden Fackellicht schienen die Insignien

lebendiger als je zuvor zu sein, und Antyr betrachtete nervös das zu Tode erschreckte Lamm. Auf einmal verflüchtigte sich jedoch seine Anteilnahme, und kurzfristig fand er sich durch Tarrians Augen zu dem Lamm hochsehend und den warmen Geschmack frisch erjagter Beute kostend.

»Tut mir leid«, kam Tarrians eilige und aufrichtige Entschuldigung, bevor Antyr gegen diese unerwartete und unwillkommene Störung aufbegehren konnte.

Wieder in seinem eigenen Geist, hob Antyr den Blick zu den Torflügeln; er erwartete, daß sie jeden Augenblick aufschwingen würden. Statt dessen öffnete sich eine winzige Pforte in entgegengesetzter Richtung, durch die der Offizier mit Antyr und Tarrian auf den Fersen ohne das geringste Zögern hindurchschritt. Hinter ihnen löste die Eskorte ihre Marschformation auf und senkte ihre Piken, um ihnen ihrerseits zu folgen. Als er einen Blick über die Schulter zurück warf, schien es Antyr einen Moment lang, als würden sie von den alten Steinfiguren aus dem Siegesmal verfolgt, als sie in den hellerleuchteten Innenhof traten.

Der Offizier blieb stehen, während sich die Begleitmannschaft auf zwei schnurgerade Reihen aufteilte und Habtachtstellung annahm. Antyr, vorübergehend zu einem unbeachteten Zuschauer geworden, ließ den Blick umherwandern. Noch nie in seinem Leben hatte er auf dieser Seite jener gewaltigen Torflügel gestanden, obwohl er den Innenhof viele Male vom Platz draußen gesehen hatte. Der Anblick, der sich ihm nun bot, war völlig neu für ihn, denn der Hof erstrahlte so hell im Licht der Fackeln, daß ihre Hitze den Nebel zu zerstreuen schien.

»Folgt mir.«

Antyr wurde aus seiner Träumerei geschreckt. Es war wieder der Offizier; seine Stimme war immer noch ruhig, strahlte aber genau wie sein ganzes Gebaren eine unangreifbare Autorität aus. Antyr wandte sich von den stummen Reihen der Eskorte ab und folgte der verhüllten Gestalt, die eine breite Treppenflucht hinaufging.

Als sie sich dem oberen Treppenabsatz näherten, schwang eine Tür auf, und der Mann schritt wie vor kurzem an der

Torpforte durch die Öffnung, ohne auch nur im Schritt zu verhalten. Antyr bemerkte einen Diener hinter der Tür, als er dem Mann folgte, doch selbst das tat seiner Ahnung keinen Abbruch, daß die Tür sich vor der unerbittlichen Annäherung dieser Gestalt auch ohne menschliches Zutun würde geöffnet haben.

Nach der Helligkeit, die im Innenhof geherrscht hatte, erschien ihm das Innere des Palastes recht dunkel, und Antyr zögerte ein wenig, bis sich seine Augen an die schwachen Lichtverhältnisse angepaßt hatten. Die Wärme hier drinnen überflutete ihn allerdings sehr angenehm, und mit einiger Erleichterung schlug er seinen Umhang zurück. Der Offizier tat es ihm gleich, nahm dann den Umhang ganz ab und legte ihn sich über den Arm. Die Qualität seiner Uniform allein bestätigte Antyrs Vermutung bezüglich des Offiziersstatus dieses Mannes in der Leibwache des Herzogs, auch wenn er nicht die geringste Vorstellung hatte, was genau die verschiedenen Rangabzeichen bedeuteten. Während er sich der Erscheinung des Mannes widmete, fiel sein Blick auf sein Schwert und seinen Dolch. Beider Griffe waren exquisit verziert, jedoch von häufiger Benutzung abgegriffen.

Dann blickte der Mann ihm ins Gesicht. Antyr schätzte, daß er ein paar Jahre jünger als er selbst sein mußte, obwohl sein eindrucksvolles kantiges Gesicht bleich und von der Kälte gezeichnet war. Feuchte Tropfen funkelten unter dem Lampenlicht in seinem kurzen schwarzen Haar wie unangemessener Schmuck.

Braune Augen, in die er gerne geblickt hätte, wenn sie einer Frau gehört hätten, musterten ihn kühl und abschätzend und ohne mit der Wimper zu zucken. Auch das sagte ihm einiges über den Mann, denn nur wenige konnten so leicht einem Traumfinder ins Auge blicken, der eins war mit seinem Gefährten. Antyr spürte einen kalten Klumpen in seinem Magen, und ihm fiel ein, was er sich zuvor über die mögliche Geschichte dieses Mannes ausgedacht hatte. »Fürchte dich«, sagten die Augen des Mannes.

»Fürchtet Euch nicht«, sagte seine Stimme, wie um dem

Blick zu widersprechen. »Der Herzog bat mich, Euch zu ihm zu bringen …«

Der *Herzog*? Das Wort hallte wie Donner in Antyrs Ohren, so daß er das Ende des Satzes gar nicht mehr mitbekam. Er riß die Augen weit auf, sog unwillkürlich scharf den Atem ein und hielt die Luft an. Sein Mund begann auszutrocknen.

»Herzog Ibris?« stieß er nach einem Moment hervor.

Ein schwaches, amüsiertes Aufblitzen ließ die inquisitorischen braunen Augen aufleuchten, und der zusammengepreßte Mund verzog sich zu einem kleinen Lächeln. »Wie viele Herzöge haben wir denn hier in Serenstad, Traumfinder?« sagte er und fuhr sich mit der Hand über sein feuchtes Haar.

Antyr reagierte mit ein paar unbestimmten, stummen Mundbewegungen. »Der *Herzog*!« keuchte er inwendig an Tarrians Adresse. Der Wolf gab keine Antwort, doch Antyr fühlte, daß er hellwach und auf der Hut war.

»Ich werde Euch jetzt zu ihm führen«, fuhr der Offizier fort; seine Stimme forderte durch Antyrs Verwirrung hindurch Aufmerksamkeit. »Verbeugt Euch einfach, wenn Ihr vor ihn tretet, dann steht gerade, redet, wenn Ihr angesprochen werdet, und antwortet ohne Umschweife, ehrlich und offen heraus. Der Herzog haßt Dummköpfe und Duckmäuser.«

»Aber …?« setzte Antyr an.

Der Offizier brachte ihn mit einer Handbewegung zum Schweigen und bedeutete Antyr, ihm zu folgen.

»Ich sollte mich wirklich … ein wenig zurechtmachen«, stammelte Antyr, während er hinter der sich entfernenden Gestalt herzockelte.

Er erhielt jedoch keine Antwort, und es fiel Antyr auf – so lebhaft, als hätte man es laut herausgebrüllt –, daß sein Erscheinungsbild, wenn dieses denn wichtig gewesen wäre, schon längst einer Korrektur unterzogen worden wäre. Da man jedoch nicht Hand an sein Äußeres gelegt hatte, war es offensichtlich nicht von Bedeutung, und so würdigte man ihn auch keiner Antwort. Das lehrte ihn allein die Haltung des Mannes vor ihm, ohne daß ein Wort fiel.

Aus seiner lange vergessenen Vergangenheit stiegen Erinnerungen an Männer auf, denen er während seiner Soldatenzeit begegnet war. Männer, die durch alles, was sie ansahen, in eine wahrhaftigere, elementarere Wirklichkeit hindurchzublicken schienen. Männer, die ohne Zögern, aber mit einer eigenartigen Sparsamkeit der Mittel und mit hemmungsloser Zielstrebigkeit handelten. Männer, in deren Nähe es einem vielleicht nicht unbedingt wohl war, mit denen er jedoch zutiefst erleichtert die Schilderkette schloß, wenn Speere und Pfeile heranflogen. Dieser hier war zweifelsohne ein solcher Mann.

Und Tarrian hatte ihn einen Leitwolf genannt, erinnerte er sich.

Dann bemerkte er, daß der Wolf an der Seite des Offiziers einhertrottete, und ein schwacher Anflug von Stolz trieb ihn voran, um zu ihnen aufzuschließen.

Während er den mühelosen Schritten des Mannes folgte, versuchte er sich den ungefähren Weg zu merken, den sie nahmen, doch nach drei oder mehr Richtungswechseln gab er es auf. Jedenfalls ragte seine bevorstehende Begegnung mit dem Herzog und was immer sie bedeuten mochte wie eine dunkle, unerklimmbare Felsfassade in seiner Zukunft auf, und er konnte genausowenig darüber hinausdenken, wie er fliegen konnte.

Trotzdem und trotz der schwachen Nachtbeleuchtung, die die hohen, gewölbten Korridore erhellte, durch die sie schritten, ertappte sich Antyr dabei, wie er sich in ehrfürchtigem Staunen umblickte. Einmal abgesehen von der Architektur selbst, waren die Wände mit Gemälden und Schnitzwerken von außergewöhnlicher Qualität geschmückt. Er wußte, daß der Herzog der Mäzen vieler Künstler und Kunsthandwerker war, hatte sich jedoch nie zuvor das gewaltige Ausmaß dieses Mäzenatentums ausgemalt.

»Das ist ja überwältigend«, stieß er leise hervor, eine Bemerkung, die größtenteils für seine eigenen Ohren bestimmt war.

Wieder gab der Mann keine Antwort, doch er neigte kaum merklich den Kopf, um anzudeuten, daß er Antyrs Worte mitbekommen hatte.

Die Korridore lagen zum großen Teil verlassen, doch wenn sie gelegentlich einem Diener begegneten, so blieb dieser stehen und verbeugte sich vor dem Offizier, und die Wachposten nahmen Haltung an, wenn er vorbeikam.

Schließlich verlangsamte er seinen Schritt ein wenig, und der kunstvolle Fliesenboden wurde von einem weichen, gemusterten Teppich abgelöst. Neben anderen, subtileren Unterschieden in der Raumausstattung machte das gedämpfte Geräusch ihrer Schritte allein die Atmosphäre schon intimer, und Antyrs Magen begann sich schmerzhaft zusammenzuziehen, als der Traumfinder erkannte, daß er sich in oder doch in der Nähe der Privatgemächer des Herzogs befinden mußte. Unbehaglich fuhr er sich mit der Zunge immer wieder über die Lippen, doch sein Mund blieb wie ausgedörrt.

In Zukunft also kein Ale mehr, dachte er kläglich und zuckte leicht zusammen, als der Klang des Wortes ›Zukunft‹ ihm Hohn zu sprechen schien.

»Ganz ruhig«, schlug Tarrian freundlich, aber ohne Erfolg vor.

Dann blieben sie stehen. Vor einem imposanten zweiflügligen Portal, das in einem tiefen Türbogen saß, fiel Antyr auf, daß die beiden Posten, die die Tür flankierten, eine Uniform trugen, die der Livree seines Führers ähnlich war.

»Verzeiht«, wandte sich der Mann überraschend höflich an ihn. »Ganz ruhig.«

Bevor Antyr noch Widerspruch einlegen konnte, fuhr der Mann mit den Händen über seinen Körper; geübte Hände, die ihn da untersuchten. Rund um seinen Hals, seine Arme herunter, seinen Rücken, die Brust, die Seiten ... Es gab eine kurze Pause.

»Leert Eure Taschen«, ertönte der sanfte Befehl.

Antyr gehorchte, ohne nachzudenken, und leerte seine Schlüssel, Münzen, Papierfetzen, ein kurzes Messer, einen Flaschenöffner und verschiedene andere Kleinigkeiten auf ein makellos glattpoliertes Tischchen neben sich. Ein schwacher Anflug von Gereiztheit – oder war es Widerwillen? – huschte über die Züge des Mannes, während der unordentliche kleine Haufen immer größer wurde.

»Ich trage keinerlei Waffen am Leib«, erklärte Antyr in beschwichtigendem Ton, doch mit angehaltenem Atem, als der Mann seine Leibesvisitation mit einer Untersuchung seiner Beine beendete, so daß der Traumfinder sich genötigt sah, zimperlich auf den Zehenspitzen zu balancieren.

Der Mann nickte knapp.

»Möchtet Ihr meinen Gefährten vielleicht auch untersuchen?« bemerkte Antyr, der selbst kaum glauben mochte, was für ein Unterton beleidigter Würde sich da in seine Stimme geschlichen hatte.

Diesmal merkte er indes, daß der Mann mit Mühe ein Lächeln unterdrückte.

»Nein, nein«, beeilte er sich zu versichern. »Der Wolf mag zwar wilder sein als Ihr, doch die Gefahr, die es hier auszuschalten gilt, ist Verrat und nicht Wildheit, nicht wahr, Wolf?« Und er streckte die Hand aus, als wolle er Tarrians Schädel tätscheln. Ohne nachzudenken fiel Antyr ihm in den Arm. Als die Hand des Traumfinders sich um seinen Arm schloß, sah der Mann mit strengem Blick auf. Diesmal jedoch zuckte er kaum merklich mit den Lidern, auch wenn er Antyrs Blick erwiderte.

»Mein Fehler«, sagte er sanft, als Antyr seinen Kopf in stummer Warnung schüttelte.

Sodann öffnete einer der Wachposten die Tür, und der Offizier ging hinein, wobei er Antyr bedeutete, ihm zu folgen.

»Feranc«, ließ sich eine Stimme vernehmen, als der Mann in den Raum trat. »Endlich. Hast du ihn gefunden?«

Feranc! durchfuhr es Antyr. Gnädige Götter! Ciarll Feranc; abwechselnd Feranc der Schild und Feranc der Schlächter und Träger vieler anderer, noch viel unfreundlicherer Namen in den Mündern derer, die sich dem Herzog einmal gewaltsam widersetzt hatten. Nicht einer der Leibwächter des Herzogs, sondern ihr *Hauptmann*. Ein Mann, dessen bloßer Name Wogen der Angst unter den Streitkräften der Feinde der Stadt verbreitet und die Entschlossenheit ihrer Verbündeten wirkungsvoller als das Eintreffen einer ganzen Division auf dem Schlachtfeld gestärkt hatte.

Und ich habe versucht, mit ihm über das Wetter zu plaudern … habe ihn geneckt, ob er nicht auch Tarrian durchsuchen wolle. *Und ihn am Arm gepackt!* Der letzte Rest von Feuchtigkeit in Antyrs Mund trocknete aus.

»Das habe ich, Sire«, hörte er Feranc soeben durch das Tosen seines pochenden Herzens hindurch antworten. »Hier ist er.«

Dann war der Schild auch schon zur Seite getreten, und Antyr fand sich mit offenem Mund vor einer Gestalt stehen, die lässig hingegossen auf einer Liege ruhte, das Antlitz größtenteils im Schatten verborgen, den drei Lampen warfen, die nur mühsam den Raum erhellten.

»Du glotzt!« erreichte ihn auf einmal Tarrians wütender Appell. »Verbeug dich elegant und dann steh gerade!«

Irgendwie gelang es Antyr, der Anweisung seines Gefährten nachzukommen. Dann streckte die müßig daliegende Gestalt den Arm aus und winkte den Traumfinder und seinen Gefährten zu sich.

Kapitel 3

Menedrion, ältester Sohn des Herzogs Ibris, fuhr senkrecht im Bett hoch. Er war auf einen Schlag hellwach. Sein Herz raste vor Entsetzen, und er war in Schweiß gebadet.

Einen kurzen Augenblick lang schlug er wie wild um sich, als wolle er Heerscharen angreifender Feinde abwehren. Dann, als sein Bewußtsein die vertraute Umgebung in dem schwachen Schimmer der kleinen Nachtlampe in sich aufzunehmen begann, ließ er fast auf der Stelle von seinem Tun ab.

Er zog die Beine an, schlang die Arme um seine Knie und ließ den Kopf auf die Brust sinken. In dieser Stellung verharrte er eine Weile, bis sich sowohl Atmung als auch Herzschlag wieder einigermaßen beruhigt hatten. Angestrengt untersagte er seinen Gedanken, zu dem Alptraum zurückzukehren, der ihn gerade geweckt hatte. Er würde gleich darüber nachdenken – wenn die Zeit einen etwas sichereren Abstand zwischen ihn und das Alpdrücken gelegt hatte.

Schließlich drehte er sich, den Kopf immer noch auf die Knie gestützt, zur Nachtlampe um. Sie stand auf einem nahe gelegenen Tischchen, und ein weicher, gelblicher Lichthof umschloß ihre Flamme und sagte ihm, daß selbst die gutbewachten Tiefen des Palastes nicht gegen den Angriff eines so schwer zu fassenden Feindes schützten, wie der Nebel es war. Doch war er sich dieser Folgerung nur undeutlich bewußt. Kurzfristig war er wieder zum Kind geworden, das den Trost des Lichts in der Dunkelheit sucht.

Und doch erzürnte ihn eben dieser Trost. Ein Menedrion, der Angst vor der Dunkelheit hatte! Geängstigt von einem Traum! Fast schuldbewußt schielte er rasch nach links und rechts, als fürchte er, daß seine Entgleisung nicht unbeobachtet geblieben sein mochte. Dann verzog sich sein Mund zu einem bösartigen kleinen Lächeln. Es war unmöglich. Das hatte nicht geschehen können. Er würde sich nicht von den zügellosen Ausschweifungen seiner eigenen Phantasie den Schneid rauben lassen.

Doch es lag nicht in Menedrions Natur, Schuld oder eine wie auch immer geartete Form des Selbstvorwurfs zu akzeptieren, und so hieb er wütend seine Faust in den Körper an seiner Seite.

Sie fand ihr Ziel mit einem befriedigend dumpfen Schlag, woraufhin fast auf der Stelle ein verzweifelter Schmerzens- und Entsetzensschrei ertönte. Der Schrei erhob sich wie ein Gespenst, um ihn mit seiner Angst, die er sich gerade auszubrennen suchte, zu verspotten, und rasend vor Wut schlug er erneut zu.

»Nein, bitte, Irfan«, erklang eine furchterfüllte, zitternde Stimme aus der Dunkelheit. In der finsteren Beleuchtung versuchte eine Gestalt, dem grundlosen Angriff zu entgehen. »Bitte, ich …«

Wieder schlug Menedrion zu und beendete das Flehen, indem er den Sprecher – unbeabsichtigt – auf den Mund traf. Zähne schrammten schmerzhaft an seiner Hand entlang, und mit einem wütenden Knurren holte er mit der anderen Hand aus, um sein Opfer mit der flachen Hand gnadenlos ins Gesicht zu schlagen.

Der Körper fiel auf das Kissen zurück; Menedrion warf sich herum, setzte sich rittlings auf ihn und packte ihn an der Kehle.

»Genug!« brüllte er und verstärkte seinen Würgegriff. »Du machst mich krank!« Hände – flehende Hände – erhoben sich und legten sich auf sein Gesicht.

Dann erwachte er, so abrupt wie zuvor. Doch obgleich er wußte, daß er wach wurde, krallten sich immer noch Hände in sein Gesicht.

»Nein!« schrie er, bevor er erkannte, daß die Hände ihm selbst gehörten.

In einer Mischung aus Zorn, Demütigung und Erleichterung ließ er die Hände heftig auf die bestickten Bettlaken fallen, die ihn bedeckten.

Neben ihm ertönte ein ersticktes Grunzen. »Was ist los, Arwain?« war schließlich zu hören.

»Nichts«, versicherte Arwain rasch und legte seiner Frau eine nunmehr zärtliche Hand auf den Arm. »Nur ein Traum. Ich dachte, ich sei …« Er unterbrach sich. »Es tut mir leid, daß ich dich geweckt habe. Schlaf einfach weiter.«

Der Rat erwies sich als überflüssig, denn Lady Yanys atmete schon wieder ruhig und friedlich. Arwain streichelte liebevoll ihren Arm.

Nur ein Traum, dachte er bei sich. Nein, eigentlich kein Traum. Ein Nachtmahr. Und zu allem Überfluß ein Nachtmahr in einem Nachtmahr. Er erschauderte, als er an das Entsetzen seines ersten Erwachens dachte. Als *jemand anderes* aufzuwachen! Und dann ausgerechnet als Menedrion!

Er hätte sich so etwas nicht vorstellen können, und doch war es geschehen; er war vollständig und zur Gänze sein eigener Halbbruder gewesen, erfüllt von seinem Haß, seiner Angst – seiner Dunkelheit. Ein Schauder des Entsetzens lief ihm bei der Erinnerung daran den Rücken hinunter.

Zögernd fuhr er sich mit der Hand über die Brust … sie fühlte sich warm und trocken an. Als Menedrion war er vor lauter Entsetzen schweißgebadet gewesen.

Und dieser gräßliche Angriff auf seine Bettgenossin …?

Er sah zu der schlafenden Gestalt seiner Gattin hinüber. Was wäre geschehen, wenn er richtig wach gewesen wäre? Was, wenn er vom wahnsinnigen Geist Menedrions …

Der Gedanke war so unerträglich, daß er sein zur Fratze verzerrtes Gesicht heftig abwandte, als könne der Anblick seiner Frau auf irgendeine Weise dazu führen, daß sein Halbbruder wieder Besitz von ihm ergriff.

Leise stand er auf und kleidete sich in seinen Morgenrock. Ein Teil seines Verstandes sagte ihm, daß er zu wach war, um wieder einschlafen zu können, ein anderer Teil jedoch sagte ihm, daß er auch Angst hatte. Angst, wieder einzuschlafen und noch einmal als Menedrion zu erwachen.

»Nein«, murmelte er wütend in die ihn sanft umhüllende Dunkelheit. Dort lauerte der Wahnsinn. Ich hatte einen bösen Traum, sonst nichts. Wahrscheinlich irgend etwas, was er gegessen hatte; oder dieser verdammte rußgeschwängerte Nebel; aber sicher, der konnte einen schon an Menedrion erinnern! Es waren schließlich seine Schmieden und Werkstätten, die den grauen Winterdunst in diese gelblichen, erstickenden Nebelschwaden verwandelten.

Arwain schüttelte den Kopf. Nur ein Traum, sagte er sich erneut. Substanz- und wirkungslos, außer daß er einen erschreckte. Kein Mensch, kein Ding und am wenigsten ein Abbild von diesem Rüpel Menedrion konnte ihn dazu bringen, seiner Frau etwas Böses anzutun.

Und doch – der Traum war so außergewöhnlich lebensecht gewesen.

Arwain starrte in die schwache Flamme der Nachtlampe. Irgendwo im Palast schlug eine Uhr gedämpft die Stunde und brachte ihn wieder in die Gegenwart zurück. Vier Uhr. Mitten in der Nacht, aber es würde nicht mehr lange dauern, bis sich im Palast wieder das erste Leben regte. Arwain wußte genau, daß er – aus welchem Grunde auch immer – diese Nacht nicht mehr einschlafen würde, und so begann er sich, nachdem er die Nachtlampe ein wenig hochgedreht hatte, in aller Stille anzukleiden.

Er würde in sein Arbeitszimmer gehen und ein wenig lesen; ein wenig nachdenken. Er lächelte versonnen vor sich hin. Vielleicht war der Traum nur eine unbewußte Äußerung seines klügeren Ichs gewesen, das ihn aus seiner angeborenen Trägheit gerissen und ihm so Gelegenheit gegeben hatte, ein paar der zahlreichen Probleme, die ihn wie gewöhnlich bedrückten, einmal in aller Ruhe zu überdenken.

Seine Miene wurde strenger. Probleme waren nicht ganz das richtige Wort, um das Chaos aus Intrigen und Gegenintrigen zu beschreiben, das jederzeit in den Gängen und Hallen des Palastes zu herrschen schien, wo Angehörige des Hofs und der Sened und des Gythrin-Dy endlos um Macht und Vorteile stritten. Intrigen, denen er von Zeit zu Zeit nur allzugerne den Rücken kehren würde, wenn ihn das nicht zu einem dankbaren Opfer gemacht hätte. Mit fast hundertprozentiger Sicherheit würde es nämlich dann so ausgehen, daß ihn Menedrion wieder einmal fälschlicherweise irgendeines Verrats an seinem Vater zeihen oder vielleicht auch nur einen Anschlag auf sein Leben inszenieren würde. Er runzelte die Stirn. Einfach weggehen; das war ein Traum. Sein ganzes Leben lang war er in Intrigen verstrickt gewesen, und er war ein ebenso guter Spieler wie alle anderen ... und doch schien das Spiel jetzt, seit seiner Heirat mit Yanys, viel schlimmer und viel wichtiger zugleich geworden zu sein. Jetzt war es nicht mehr nur ein Spiel. Sollte er stürzen, würde sie mit ihm untergehen. Und möglicherweise auch ihre ganze Familie ...

Er verdrängte diese Gedanken. Er wußte aus Erfahrung, daß er nur bis zu einem gewissen Punkt vorausplanen konnte; vor allem, wenn es um Menedrion ging. Wichtiger für sein Überleben waren seine permanente Wachsamkeit, sein guter Ruf in der Stadt und ihren Institutionen sowie der Schutz, den die Zuneigung seines Vaters ihm verschaffte.

Er plagte sich mit einer widerborstigen Gürtelschließe. Nein, statt dessen würde er sich die Muße nehmen, über den Traum nachzudenken – die Träume –, die ihn geweckt und ihm diese seltsame, ungewollte Atempause in der stillsten Stunde der Nacht beschert hatten, wenn die Träume von Tausenden von Schläfern unbehindert in sachte atmendem Schweigen durch die dunklen Seitenstraßen der Welt schweiften.

Einen kurzen Moment lang hielt er inne und blickte nach oben, als wäre er plötzlich in der Lage, dieses stille Pandämonium zu hören.

Dann erkannte er, daß der Traum – der *erste* Traum –, aus dem er zu Tode entsetzt und schweißnaß als Menedrion erwacht war – fort war.

Nein, das kann nicht sein, dachte er. Doch nicht solch ein Alptraum. Ganz flüchtig streifte ihn der Hauch einer Ahnung – eine wirbelnde, ferne Dunkelheit? –, leicht wie eine Schneeflocke, die durch eine geöffnete Tür ins warme Zimmer treibt, und dann war auch das vorbei. Nicht die geringste Spur blieb zurück. Er war nicht mehr Menedrion, der Traum nicht länger der seine.

Über sich selbst spottend, blies er die Wangen auf und schüttelte den Kopf. Es sah so aus, als hätten Träume nicht nur die Macht, zu ängstigen, sondern auch die Macht, einen zu reizen und zu quälen, entschied er.

Da ließ er ihn ziehen. Hatte der Traum irgendeine Bedeutung gehabt, so würde sie sich ihm im Laufe der Zeit schon offenbaren. Falls nicht, warum sollte er dann seine Zeit damit verschwenden, sich darüber den Kopf zerbrechen?

Er hatte nun seine Tunika vollständig angelegt und trat an die schweren Vorhänge, die beinahe die halbe Wand bedeckten. Sie waren mit mythologischen Szenen der Gründung von Serenstad geschmückt und weder nach seinem noch nach dem Geschmack seiner Gemahlin. Doch sie waren dick, und er war dankbar, daß sie in den kalten Wintern, die in der Stadt herrschten, die Wärme im Raum hielten.

Und tatsächlich, als er zwischen den Vorhängen hindurch in die breite Fensternische dahinter trat, war der Temperaturunterschied sofort spürbar, so daß er sie rasch schloß, um eine weitere Abkühlung des Schlafgemachs zu verhindern.

Der Blick aus der Nische fiel auf einen von besonders vielen Fackeln erhellten Innenhof. Trotz all ihrer Bemühungen, den Platz zu erleuchten, schienen sie indes nur die gelbliche Undurchdringlichkeit des Nebels zu verstärken, und die gegenüberliegende Wand des Hofs war schon kaum noch zu erkennen.

Arwain lehnte sich gegen den stabilen hölzernen Mittelpfosten des Fensters und sah nach draußen. Dann suchte er nach irgendwelchen Anzeichen, daß es sich nur um einen Bodennebel handelte, doch weder Mond noch Sterne waren zu sehen. Der Nebel war offensichtlich ebenso hoch wie ausgedehnt. Es war, als wolle er die Stadt für alle Ewigkeit unter seinem Dunst begraben.

Merkwürdige Gedanken, grübelte er. Zweifellos aus merkwürdigen Träumen geboren.

Sein Atem ließ die Scheibe beschlagen, und müßig hob er die Hand, um sie wieder sauberzuwischen. Dabei bekam er im Augenwinkel eine Bewegung unten im Hof mit; eine Gestalt.

Arwains Grübeleien und Sorgen verflogen auf der Stelle; er verbarg sich hinter dem Fensterpfosten, so daß er beobachten konnte, ohne selbst entdeckt zu werden. In diesem Licht war das zwar eine überflüssige Vorsichtsmaßnahme, doch für jemanden, der im Palast lebte, war diese Handlungsweise unumgänglich – er hatte sich versteckt, bevor er auch nur den leisesten Gedanken daran verschwendet hatte.

Mit angestrengtem Blick durchdrang er die gelbliche Düsternis und sah schließlich nicht nur eine, sondern gleich drei Gestalten. Sie hasteten über den Innenhof; es waren allerdings keine Wachen, und in ihrem Verhalten lag etwas Verstohlenes, Heimliches. Und mindestens einer von ihnen schien bewaffnet zu sein.

Arwain blickte finster drein. Irgend etwas stimmte hier nicht. Es bestand zwar kein Ausgehverbot, doch niemand wanderte so spät durch den Palast, ohne dafür zu sorgen, daß er von einer Wache begleitet wurde. Er verweilte nicht länger auf seinem Beobachtungsposten, sondern eilte durch die Vorhänge zurück ins Zimmer, schnappte sich Schwert und Dolch und glitt geräuschlos aus dem Schlafgemach.

Er ließ seine Privatgemächer hinter sich und lief schweigend einen kurzen, schwach erleuchteten Flur entlang, dann eine breite, geschwungene Treppe hinunter, die ihn in eine weite Eingangshalle brachte, die sich auf den Innenhof öffnete.

»Seid still«, zischte er, als er sah, daß die beiden Wachposten vortraten, um ihn abzufangen und zu überprüfen.

Wie befohlen, verhielten sich die Männer still, doch ihre Piken senkten sich, bereit, den unerwarteten Fremden zu töten, noch bevor er in Reichweite ihrer Schwerter geriet, wenn es erforderlich sein sollte. Erst als Arwain ins Licht trat, hoben sie sie wieder.

Er nickte ihnen kurz zur Begrüßung zu, drückte jedoch, ohne innezuhalten, eine nahe gelegene Tür auf. Von den vier

Männern in der Wachstube waren zwei schon fast auf ihren Sitzen eingedöst, die beiden anderen saßen an einem Tisch und spielten ein Brettspiel.

Arwain, der in der Tür stand, machte keine großen Worte, während die Wachen sich sputeten, auf die Beine zu kommen. »Drei Männer sind im Hof, mindestens einer von ihnen ist bewaffnet«, stieß er mit unverhüllter Dringlichkeit hervor. »Zwei von euch bleiben hier an dieser Tür. Sterne …« Er sah einen der Männer am Tisch an und hob bedeutungsvoll den Finger. »Du bewachst meine Gemächer.« Um dann mit Blick auf die anderen hinzuzufügen: »Der Rest folgt mir.«

Er sparte sich jegliche Aufforderungen zur Eile, sondern wandte sich einfach um und schritt durch die Eingangshalle auf die nach draußen führende Tür zu. Einer der auf Wache stehenden Männer öffnete ihm die Tür, und ohne auch nur den Schritt zu verlangsamen, trat Arwain in den von Fackeln erhellten Nebel hinaus.

Sterne, der wachhabende Offizier, teilte den Posten mit einigen wenigen stummen Gesten ihre Aufgabe zu, während er auch schon den Raum verließ und leise auf die Treppe zurannte. Die anderen brachen etwas weniger geordnet auf, doch Arwain hatte keine zehn Schritte in der diesigen Finsternis zurückgelegt, als sie an seiner Seite waren, hastig ihre Helme überstülpend und Schwertriemen und Gürtelschnallen festzurrend.

An einer Ecke zögerte Arwain eine Sekunde. Der dichte Nebel hatte ihn vorübergehend der Orientierung beraubt.

»Hier entlang«, sagte er fast zu sich selbst. Und dann lief er los, die drei Wachen eifrig auf seinen Fersen. Arwain warf einen flüchtigen Blick zu dem Fenster seines Schlafgemachs hinauf. Was immer hier auch vor sich ging, es entfernte sich diesmal von ihm, doch es beruhigte ihn dennoch, daß Sterne unauffällig Yanys' Schlaf bewachte.

Kurz kam ihm der Gedanke, daß er sich womöglich töricht verhielt. Vielleicht waren die Gestalten, die er erspäht hatte, ja nichts als Auswüchse seiner seltsamen Träume? Doch dann tat er diesen Gedanken ab. Er war wach gewesen, und die Gestalten waren aus Fleisch und Blut gewesen – und zudem bewaffnet. Und obwohl es offensichtlich war, daß sich ihre Aktivitäten nicht gegen den abgelegenen Palastflügel richteten, den er bewohnte, bewegten sie sich doch innerhalb des Hauptteils des Palastes, und das mochte alles mögliche bedeuten.

Als er die gegenüberliegende Seite des Hofs erreicht hatte, starrte Arwain aufmerksam in den glühenden Nebel, um irgendwelche Spuren der drei Gestalten zu entdecken. Er hatte den Kopf gespannt vorgereckt, als könne er wie ein Spürhund eine kaum faßbare Duftmarke wittern. Indessen war nichts zu sehen.

»Sir.« Einer der Wachposten faßte ihn am Arm. Er wies auf eine schmale Pforte am Fuß einer steinernen Treppenflucht. Es handelte sich um den Eingang zu einem Teilabschnitt der labyrinthartigen Keller des Palastes, und sie hätte eigentlich von innen verriegelt sein sollen. Nun war sie lediglich angelehnt.

Arwain wies mit dem Kinn in Richtung eines nahen Fackelhalters und hastete dann die Treppen hinunter. Aufgrund des Nebels waren sie feucht und rutschig, und er glitt aus, als er die unterste Stufe erreichte. Als er instinktiv die Arme ausstreckte, um das Gleichgewicht wiederzufinden, prallte er gegen die Tür, so daß sie weit aufschwang und mit einem dumpfen Widerhall gegen die dahinterliegende Wand stieß.

Er fluchte vor sich hin. Wenig Chancen auf eine lautlose Verfolgung, wenn sie noch in der Nähe sind, dachte er. Aber keine Geräusche von Alarmbereitschaft oder übereiltem Aufbruch drangen an seine Ohren, und so nahm er einem der Wachsoldaten seine Fackel ab und ging hinein. Die Wachen folgten ihm auf dem Fuße.

Die Tür führte in einen höhlenartigen Keller mit niedrigen Gewölben auf stabilen, rechteckigen Stützenreihen. Jede der Stützen war über und über mit verschnörkelten Schnitzereien bedeckt und hatte ein ausladendes, protziges Kapitell: Aus dem Stein gehauene Gesichter sahen ihnen entgegen, fremdartig und mit starrem Blick und jedes individuell gestaltet.

Eine Vorhut des Nebels war hinter ihnen her in das Untergeschoß eingedrungen, als suche sie nach ihrem angestammten Heim, und ein schwacher gelber Dunst schwebte wie ein Miasma zwischen den Fässern und Tonnen und namenlosen Stapeln aus Materialien, die zum Wegwerfen zu kostbar waren, im Moment aber nirgendwo anders untergebracht werden konnten. Die flackernden Fackeln warfen große Muster aus tanzenden schwarzen Schatten, Muster, die die Stille abrupt zum Leben erweckten.

Arwains Blick wurde allerdings fast augenblicklich von den feuchten Fußabdrücken angezogen, die durch eines der breiteren Säulenschiffe führten. Er begab sich in dieselbe Richtung.

»Sollen wir Alarm geben, Sir?« erkundigte sich einer der Wachsoldaten.

Arwain schüttelte den Kopf. »Nein. Daß sie hier heruntergegangen sind, zeigt, daß sie sich im Palast auskennen und irgend etwas Böses im Schilde führen. Wenn wir Alarm schlagen, erleichtert ihnen das ihr Vorwärtskommen, weil sie die Verwirrung ausnutzen können. Wir müssen sie nur schnell aufstöbern.« Arwain begann, ohne Umschweife loszulaufen.

Die feuchten Fußabdrücke verschwanden schon bald, nicht jedoch, bevor sie den Verfolgern gesagt hatten, welchen Weg ihre Urheber genommen hatten, und eine Weile hasteten die Männer, so lautlos sie konnten, an Heerscharen aus dem Stein gemeißelter, starrender Gesichter entlang.

Arwain zögerte kurz, als sie unter einem Bogen am Ende der langen Kammer hindurchtraten und sich in einer Kreuzung von vier Gängen wiederfanden. Aus dem Schlußstein des Bogens hatte man eine Art Dämonenkopf gemeißelt, und im Licht der Fackeln schien es, als verlache der aufgesperrte Rachen stumm und bösartig Arwain und seine Bedenken.

»Schirmt die Fackeln ab und seid still«, flüsterte eine der Wachen dringlich.

Schwärze und Stille schlossen sich um die kleine Schar, dann, als die abgeschirmten Fackeln dumpf zu leuchten begannen, war ein »Da!« zu hören.

Arwain fühlte mehr, als daß er es sah, wie sich der ausgestreckte Arm des Mannes vor seinem Gesicht bewegte, um seinen Blick auf ein schwaches Licht in der Ferne zu lenken.

»Leise«, wisperte er, als fürchte er, einer der Soldaten könne plötzlich einen Schlachtruf schmettern. »Sie scheinen uns nicht gehört zu haben. Nehmt die Haube ein wenig von der einen Fackel herunter, so daß wir sehen können, wo wir unsere Füße hinsetzen.«

Vorsichtig zog er sein Schwert und setzte sich in Bewegung, die Lichtquelle vor ihnen nur im Augenwinkel behaltend, so daß er undeutlich den Boden vor sich sehen konnte.

Als er näher kam, spürte er, wie sein Herz zu pochen begann. Bis jetzt hatte ihn die Hitze der Verfolgung vor finsteren Gedanken bewahrt, doch nun näherte er sich mit dem Schwert in der Hand einer vermutlich bewaffneten Gruppe, von der er nur wußte, daß sie verzweifelt genug war, zur finstersten Nachtstunde durch den Palast zu schleichen, und daß sie ihren Weg durch die Palastkeller gut kannte.

»Ein schwerwiegender Fehler«, warnte eine Stimme in ihm. »Ein Gefecht ohne anständige Aufklärung zu beginnen.« Seine Vernunft konnte den Vorwurf jedoch im Zaum halten. Es war kein Fehler. Er hatte drei Palastwachen bei sich, und auch er selbst hatte schon vielen Männern im Kampf gegenübergestanden. Alarm zu geben, hätte diesen … Verschwörern? … sehr wohl die Flucht oder – schlimmer noch – die heimliche Erfüllung ihres Auftrags inmitten all des Aufruhrs ermöglichen können. Er hatte keine Wahl gehabt.

Mit einem Mal machte es ihn wütend, sich gegen seine eigenen Anwürfe verteidigen zu müssen. Er merkte, daß er die Zähne bleckte und seinen Schwertarm lockerte.

Das Licht floß um eine Mauerecke vor ihnen und schälte die Gesichter der Kapitellköpfe als Silhouette aus dem dunstigen Hintergrund. Und als sprächen die Gesichter in der Finsternis miteinander, erklang das Geräusch gedämpfter Stimmen. Arwain wandte sich zu den Wachen um und flüsterte ihnen einen knappen Befehl zu, und dann trat er unversehens mit wieder enthüllter Fackel und den Soldaten dicht auf den Fersen um die Ecke, das Schwert gesenkt.

»Halt, im Namen des Herzogs!« rief er gebieterisch.

Ein Aufkeuchen und ein Schrei waren zu hören, dann ließ jemand eine Fackel fallen. Schließlich vernahm er das Schleifen eines Schwerts, das gezogen wird, und eine Gestalt stellte sich vor die überraschte Gruppe. Die drei Wachen senkten ihre Piken in einer Reihe mit Arwains Schwert.

»Nein, warte, Dirkel«, ertönte eine strenge Stimme aus der Gruppe.

Arwain musterte flüchtig seine Beute. Es waren insgesamt fünf, jedoch nicht das, was er erwartet hatte. Gut, der Mann, der nach vorn gehastet war, sah mit der Kapuze, die sein Gesicht bedeckte, recht finster aus, doch von seinem Standpunkt aus konnte Arwain gut erkennen, daß er keinen ausgebildeten Schwertkämpfer vor sich hatte; außerdem zögerte er, sei es aufgrund des unvermuteten Befehls, sei es aufgrund von Arwains grimmigem Gesicht und den drei pikenbewehrten Wachen neben ihm. Hinter diesem standen zwei weitere Gestalten, ein alter Palastdiener, der aussah, als sei er bis vor kurzem zu schnell gerannt, und der seine Livree offensichtlich in großer Eile übergeworfen hatte, und noch ein weiterer Mann, der seine Kapuze weit übers Gesicht gezogen hatte. Zwischen diesen beiden hing eine junge Frau, die sich schwer auf den Kapuzenmann stützte. Sie hielt ihren Kopf gesenkt, und ihr langes braunes Haar fiel über ihr Gesicht und verdeckte das meiste von ihren Zügen, aber Arwain konnte Blut auf ihrem Nachtgewand und an ihren Händen entdecken. Im Rücken der Gruppe befand sich eine alte Frau, die die Hände rang; eine Dienerin, folgerte Arwain, vermutlich aus der Wäschekammer oder der Küche.

Mit einer gereizten Geste schlug der Mann, der die junge Frau stützte, seine Kapuze zurück, um sich zu erkennen zu geben.

Arwain glotzte ihn nur ungläubig an. Er hatte schon gedacht, daß die Stimme ihm merkwürdig bekannt erschien.

»Drayner?« rief er aus. Und dann, nach einem peinlichen Schweigen: »Wie kommt der Leibarzt meines Vaters dazu, mitten in der Nacht in Höfen und Kellern herumzuschleichen?«

»Diesen Leibarzt hätte um ein Haar ein vorzeitiges Ende ereilt – dank junger Männer, die plötzlich aus der Dunkelheit stürzen und mit Schwertern vor seiner Nase herumfuchteln«, versetzte der alte Mann bissig. Arwain zuckte angesichts des nur allzu vertrauten Tonfalls leicht zusammen, doch nachdem er sein Gift verspritzt hatte, wandte sich Drayner nun ohne Umschweife praktischeren Dingen zu.

»Dirkel, nimm dein Schwert runter«, sagte er. »Du schneidest dich noch, und ich habe heute nacht schon genug zu tun, ohne daß ich auch dich noch zusammenflicken muß. Und irgend jemand soll doch um Himmels willen diese Fackel aufheben, wir haben draußen schon genug Nebel und müssen hier nicht noch unseren eigenen Qualm produzieren.«

Die alte Frau nahm nun endlich ihre Hände auseinander, die einen Augenblick nervös flatterten, bevor sie sich unter Keuchen und Stöhnen bückte und die blakende Fackel aufhob. Drayners Verteidiger schob mit leicht mürrischer Miene sein Schwert wieder in die Scheide; Arwain tat es ihm nach, und auch die drei Wachen hoben ihre Piken. Eron Drayner war nicht nur Herzog Ibris' Leibarzt, er genoß auch in und über Serenstad hinaus großes Ansehen und war einer der wenigen Männer des öffentlichen Lebens, die es sich leisten konnten, verächtlich über dem ewigen Gezänk und den ständigen Komplotten zu stehen.

Darüber hinaus hatte er eine Zunge, deren Schärfe ›zehn Pikenträger wert war‹, wenn man denen glauben durfte, die es wissen mußten; wer ihn mit einer Waffe bedrohte, verhielt sich überaus unklug.

Drayners Antlitz verzog sich für einen Moment zu einer Grimasse der Unentschlossenheit, als habe er den Faden verloren, doch dann stieß die Frau, die er stützte, ein leises Stöhnen aus, und mit einer Miene, die von vorübergehender Selbstkritik zeugte, riß er auf der Stelle die Initiative wieder an sich.

»Wie dem auch sei, jetzt seid Ihr hier, und Ihr könnt mir

helfen, diese junge Dame in meine Behandlungsräume zu bringen«, erklärte er. Er wandte sich zu den Dienern um. »Ihr beide dürft jetzt wieder gehen, Lord Arwain wird uns von nun an seinen Schutz angedeihen lassen.«

Der Diener verneigte sich und wandte sich zum Gehen, doch die alte Frau hielt ihn am Arm, um ihn zurückzuhalten. Sie warf erst der jungen Frau und dann Drayner einen besorgten Blick zu. »Geh schon, geh«, sagte Drayner drängend, aber freundlich. »Sie kommt schon wieder in Ordnung.« Und fügte sodann bedeutungsvoll hinzu: »Denkt an Euch selbst.« Die Alte zögerte noch ein wenig, doch nach einem weiteren beruhigenden Nicken von Drayner knickste sie flüchtig und verschwand.

Ohne darum gebeten worden zu sein, trat Arwain vor und legte seinen Arm um die junge Frau, doch sie zuckte unter seiner Berührung heftig zusammen, schüttelte seine Hand ab und klammerte sich fest an Drayners Arm. »Es geht schon«, gelang es ihr mit erstickter, erschöpfter Stimme zu sagen. Arwain sah Drayner verdutzt an.

»Erlaubt, daß der Lord Euch stützt. Er ist stärker als ich«, erklärte der Arzt, wobei er ihren Arm besänftigend tätschelte. »Und er ist ganz anders als ...« Er hielt mitten im Satz inne und wandte sich abrupt von Arwain ab.

»Dirkel, lauf mit einem der Wachsoldaten vor und laß die Behandlungsräume vorbereiten«, befahl er schroff, bemüht, seinen offensichtlichen Versprecher zu kaschieren. Arwain erteilte den Wachen mit einem Kopfnicken seine Erlaubnis und streckte dann unentschlossen den Arm aus, um die junge Frau erneut zu stützen. Diesmal nahm sie seine Hilfe an.

»Was ist geschehen?« fragte Arwain, während sie langsam weitergingen. »Und warum stehlen wir uns durch die Kellergewölbe?«

»Die junge Dame ist böse gestürzt«, antwortete Drayner. »Und wir haben diesen Weg gewählt, weil es der schnellste ist und weil sich das arme Mädchen in ihrem augenblicklichen Zustand im Nebel draußen noch verkühlen und Fieber bekommen würde.« Seine Stimme klang allerdings ein ganz klein wenig zu laut, als bemühe er sich, nicht zuviel über den Vorfall verlauten zu lassen. Kurzfristig spielte Arwain mit dem Gedanken, hier nachzuhaken, doch die Frau hatte seine Aufmerksamkeit offenbar dringend nötig; außerdem handelte es sich um eine Angelegenheit, die man nicht unbedingt vor den Wachen besprechen mußte, da Drayner es vorzog, zu lügen: Drayner mochte über den alltäglichen Ränken stehen, aber er schätzte sie nicht gering.

Arwain nickte kaum merklich und hielt den Mund, bis sie schließlich an Drayners Praxis anlangten und er die Wachen entließ.

»Ich danke Euch, Lord Arwain«, bemerkte Drayner beim Betreten der Behandlungsräume. »Ich bitte um Verzeihung, daß ich Euren Schlaf gestört habe, doch Eure Hilfe kam gerade zur rechten Zeit. Wenn Ihr mich nun entschuldigen wollt – ich muß mich um meine Patientin kümmern. Ich entlasse Euch wieder in die weichen Federn Eurer Schlafstatt.«

Noch während er sprach, führte er die Frau in einen nahe gelegenen Raum und beendete seine Ausführungen über die Schulter, fast aufreizend lässig. Arwain gab keine Antwort, doch anstatt zu gehen, ließ er sich auf eine lange Holzbank fallen.

Nach der Reise durch die kalten Kellergewölbe und den noch kälteren Nebel war die Praxis angenehm warm und hell, doch wie dankbar er auch die Wärme aufsog, Arwain fühlte sich unbehaglich.

Abgesehen von den Auswirkungen seines eigenartigen, frühzeitigen Aufstehens und seiner Neugier betreffs der Vorgänge, die keinen Geringeren als Drayner aus dem Bett gescheucht hatten, steckte der Raum für ihn voller Kindheitserinnerungen, von denen die meisten nicht eben erfreulicher Natur waren. Drayner war viele Jahre lang Hofmedikus gewesen, bevor er zum herzoglichen Leibarzt aufgestiegen war, und Arwain hatte seine Künste mehr als einmal widerwillig über sich ergehen lassen müssen.

Während er also dort saß und auf Drayner wartete, tat er, was er auch als Kind getan hatte; er musterte die Borde und Regale, die den Raum säumten. Ein wahres Schlachtenaufgebot uralter Geheimnisse bot seinem Erwachsenenblick Trotz: hohe Flaschen, grün und dickbäuchig; kurze, braun und untersetzt; trüb schimmernde, rot und gefährlich. Verstaubte Flaschen mit sich abschälenden, verblichenen Schildchen, merkwürdig fleckig; glänzende, frisch etikettierte Flaschen; Flaschen mit seltsam kannelierten Schnauzen und verdrehten Hälsen.

Dann gab es da noch die Flankenstellungen: Reihen kleiner Kisten und solide Gebrauchsgläser aus durchsichtigem Glas, voll von Pillen und Pülverchen und ... anderen Dingen.

Arwains Blick wanderte weiter und schweifte zu den Schränken hin. Einige von ihnen hatten gläserne Frontseiten und gaben einen verschwommenen Blick auf die furchteinflößenden Waffen von Drayners Kunst frei; andere hatten gnädigerweise glattpolierte hölzerne Türen, glänzende Messingscharniere und -griffe.

Flüchtig inspizierte er auch den Rest des Gemachs: die große Vitrine mit ihren lächerlich kurzen Beinen und den Reihen über Reihen von winzigen Schubladen; die Schautafeln und Bilder; gelegentlich ein trauriger Knochen; dieser verfluchte Schädel mit seinen stumpfen Augenhöhlen und schließlich *der Tisch*. Dann bahnte sich der Geruch des Raums, der nur allzu lebendige Erinnerungen heraufbeschwor, seinen Weg durch Arwains nebelverkleisterte Sinne, und unglücklich blies er die Backen auf.

Ein unwiderstehlicher Fluchttrieb schien direkt aus seinen Kindheitserinnerungen in seine Beine zu fahren, und eilig und ziemlich verunsichert umfaßte er seine Knie mit den Händen, um sie ruhigzustellen. Dann setzte er sich kerzengerade auf und richtete seine Überlegungen wieder auf den vorliegenden Fall.

Im Nebenraum herrschte stetes Kommen und Gehen, und hin und wieder war eine gedämpfte Bemerkung zu hören, die Arwain allerdings nicht verstehen konnte. Ein- oder zweimal kam Dirkel, ein mondgesichtiger, ernst dreinblickender Jüngling, aus dem Zimmer, um eine Flasche oder einen Krug zu holen, doch er wich dem Blick des Mannes, der sich ihm eben erst mit einem Schwert in der Hand entgegengestellt hatte, aus.

Schließlich erhob sich Arwain, teils aus Neugier, teils, um die Beherrschung über seine Beine zurückzuerlangen, und begab sich zur Tür des angrenzenden Raums. In diesem Augenblick stürzte Drayner heraus, der gleichzeitig zufrieden und ärgerlich aussah. Er fuhr leicht erschrocken zusammen, als er Arwain erblickte.

»Geh wieder zu Bett, Dirkel!« rief er schnell in den Raum zurück. »Ihr wird es jetzt bessergehen, und ich möchte nicht, daß du morgen den ganzen Tag am Gähnen bist; wir werden viel zu tun haben nach diesem Nebel.« Dann nahm er Arwain väterlich am Arm.

»Es gibt nichts, was Ihr tun könntet, mein Herr«, raunte er verständnisvoll und mühte sich, Arwain von der Tür wegzulotsen.

Der jedoch rührte sich keinen Zoll weit und ließ den Arzt einen Moment unbeholfen an seinem Arm zerren.

»Irgendein böser Kobold sah sich bemüßigt, mich zu dieser gottlosen Stunde aus dem Schlaf zu reißen und mich just in dem Augenblick, als Ihr unten vorbeigingt, ans Fenster zu scheuchen«, erklärte Arwain. »Ich werde nun dieser Angelegenheit auch bis zu Ende nachgehen.«

Drayner hielt kurz inne, war jedoch nicht in der Lage, Arwains Blick standzuhalten, und so trat er widerwillig beiseite, um ihn an sich vorbei ins Zimmer zu lassen.

Dieses war beengt und schlicht eingerichtet, doch die sanfte Beleuchtung verlieh ihm eine friedliche Atmosphäre. An einer Wand stand ein Bett, und darauf lag die junge Frau.

»Sie schläft jetzt«, stellte Drayner fest. »Und wird das auch noch die nächsten Stunden über tun. Ich habe ihr einen Trank verabreicht. Ihr könnt wirklich nichts mehr tun.«

Arwain ignorierte dieses letzte Ablenkungsmanöver einfach und ging zu dem Bett hinüber.

Beim Anblick der Schlafenden vertiefte sich sein Stirnrunzeln. Die junge Frau war vermutlich überaus hübsch und zudem kaum der Kindheit entwachsen; Arwain bezweifelte, daß sie die Zwanzig bereits erreicht hatte. Aber das war schwer zu beurteilen, denn ihre Züge waren, wenn auch entspannt im Schlaf, zugeschwollen und von Blutergüssen entstellt; ihre Lippen waren böse aufgeplatzt, und über dem einen Auge befand sich eine Schnittwunde. Er hatte solche und ähnliche Verletzungen schon oft gesehen – an Männern.

»Das war kein Sturz«, erklärte er gelassen und wandte sich zu Drayner um. »Sie ist geschlagen worden. Schlimm verprügelt worden. Wer hat das getan? Und warum erfordert es die Anwesenheit von meines Vaters Leibarzt – mitten in der Nacht?«

Diesmal hielt Drayner seinem Blick stand, antwortete jedoch nicht.

Arwain wollte ihn schon weiter bedrängen, als ihm die Erinnerung an Zähne wiederkam, die zufällig an seiner Hand entlangschrammten – und daran, wie er außer sich vor Wut ausgeholt hatte. Zärtlich streckte er die Hand aus und öffnete die aufgeplatzten Lippen; eine blutverschmierte Lücke prangte neben einem milchweißen Nachbarn. Arwain verzog den Mund, um sich sodann die andere Gesichtshälfte der Frau anzusehen; sie war von vier dicken Striemen gezeichnet, wie sie ein mit voller Kraft ausgeführter Schlag mit der flachen Hand hervorrufen würde. Er wußte, daß er, zöge er das Laken ein Stückchen herunter, Würgemale an ihrem Hals entdecken würde.

Seine Hand begann zu zittern, und er spürte, wie ihm das Blut aus dem Gesicht wich. Einen Augenblick lang begann sich der Raum zu drehen, doch er stoppte die Bewegung mit einem langen, tiefen Atemzug. Er wandte sich Drayner zu. Das Antlitz des alten Arztes zeugte von ruhiger Entschlossenheit. Arwain wußte, daß er kein Wort über das Geschehene verlieren würde und daß es keinen Zweck hätte, ihn zu bestürmen.

Arwain musterte ihn nachdenklich. Er konnte sich nun mit einem Achselzucken entfernen, und der Vorfall würde wahrscheinlich noch eine Zeitlang Palastgeschwätz bleiben und dann in Vergessenheit geraten. Doch der lebhafte Eindruck seines ersten Erwachens war noch in ihm, verstörte ihn aus Gründen, die er nicht verstand. Als er vor langer Zeit einmal in einen Hinterhalt marschiert war, hatte er sich ähnlich gefühlt.

Er durfte die Sache nicht auf sich beruhen lassen.

»Erzählt mir von dem Traum, der Menedrion dazu gebracht hat, so etwas zu tun«, sagte er.

Kapitel
4

Nervös trat Antyr vor, wobei er Ferancs Anweisungen im Kopf zu behalten versuchte und von Tarrians Entschlossenheit zehrte.

»Sire«, brachte er heraus, soviel professionelle Selbstsicherheit an den Tag legend, wie er vermochte.

Sie schmolz indes gnadenlos im Angesicht jener Erscheinung, die sich nun zu seiner Begrüßung von ihrer Liege erhob. Antyr hatte schon viele Porträts des Herzogs zu Gesicht bekommen, ja er hatte ihn sogar mehrere Male leibhaftig gesehen. Doch den Porträts, so merkte er nun, fehlte, auch wenn sie die einzelnen Züge annähernd wahrheitsgetreu wiedergaben, die überwältigende Präsenz dieses Mannes – genau wie den flüchtigen Blicken, die er auf ihn hatte erhaschen können; eine ferne Gestalt hoch zu Roß in einer Schlacht, ein Herrscher, der, eingekeilt von seinem Gefolge, huldvoll die Spaliere anläßlich eines kleinen örtlichen Festakts abgeschritten war. Dieser Mann war ohne jeden Zweifel ein ›Leitwolf‹.

Ibris hatte in etwa die gleiche Größe wie sein Leibwächter Feranc, doch war er weitaus schwerer, wobei er trotz seines Alters eher den Eindruck solider Muskelpakete als von Fett vermittelte. Doch wo Feranc eine unheimliche, beunruhigende Zurückhaltung an den Tag legte, strahlte der Herzog Macht aus wie ein gewaltiger, mauerneinreißender Rammbock. Jegliche Selbstsicherheit schmolz Antyr dahin.

»Gerade halten«, dröhnte Tarrians erzürnte Stimme in seinem Gehirn.

Antyr war nicht mehr in ausreichendem Maße Herr seiner Gedanken, doch irgendwie gelang es ihm, der Mahnung seines Gefährten Folge zu leisten. Dabei wurde er sich undeutlich einer weiteren Präsenz in dem Gemach bewußt, bevor seine Aufmerksamkeit wieder voll und ganz von dem Herzog beansprucht wurde, der nunmehr kaum einen Schritt vor ihm stand.

Und er sagte etwas!

»Er bittet uns um Verzeihung, daß er uns so spät und bei solch einem Wetter in unserer Nachtruhe stören mußte«, schnarrte Tarrian, während Antyr wieder an der Schwelle eines panischen Anfalls stand. »Eine Routinefloskel, um dir zu schmeicheln. *Wirst du dich jetzt wohl endlich zusammenreißen!*«

»Ihr macht einen etwas abgekämpften Eindruck«, tönte die herzogliche Stimme durch Antyrs Panik. »Möchtet Ihr eine kleine Erfrischung?«

»Die Wahrheit!« verlangte Tarrian.

»Danke nein, Sire«, erwiderte Antyr zögernd. »Um der Wahrheit die Ehre zu geben, wegen des schlimmen Nebels heute nacht hatte ich nicht erwartet, noch einmal aus dem Haus geholt zu werden, und so habe ich vielleicht ein bißchen zu ausgiebig mit ein paar Freunden gefeiert. Mein Magen ist noch ein wenig … angegriffen.«

Der Herzog schürzte die Lippen und legte ein wenig die Stirn in Falten. »Äußerst unklug, Traumfinder«, meinte er. »Ihr vor allen anderen solltet um die Gefahren solchen Benehmens wissen.« Seine Stimme nahm einen bedauernden Tonfall an. »Ich entsinne mich noch der Worte Eures Vaters, er glaube, Ihr würdet den wahren Wert Eurer Gabe nicht kennen.«

Gegen seinen Willen gaffte Antyr den Herrscher mit offenem Mund an, nicht wegen des Vorwurfs, der ihm vertraut genug war, sondern wegen der überraschenden Erwähnung seines Vaters. Der Herzog indes übersah sein unhöfisches Benehmen, nahm ihn am Arm, geleitete ihn zu der Liege und hieß ihn Platz nehmen.

»Doch verzeiht mir auch dies«, fuhr er fort, als er sich an

seiner Seite niederließ. »Ihr seid kein Kind mehr und durchaus in der Lage, Euren Angelegenheiten auch ohne meine Ratschläge nachzukommen, da bin ich mir sicher. Verschwendung bekümmert mich nun einmal, und ich schätze außergewöhnliche Begabungen viel zu sehr. Wir scheinen sie so dringend zu benötigen, und ...«

Er unterbrach sich mit einem barschen Schnauben und trommelte gedankenverloren mit den Fingerspitzen auf seine Knie. Einen Moment lang sah er Tarrian an, um dann anerkennend zu nicken.

»Also dann zum Geschäft, Sohn des Petran«, erklärte er. »Ihr und Euer Gefährte habt mein vollstes Vertrauen. Suche meine Träume zu ergründen.«

Die Schroffheit und Unvermitteltheit des Befehls verblüfften Antyr zutiefst. Die meisten Kunden pflegten immer noch ein wenig herumzuzaudern und sich lang und breit zu erklären, bevor sie die traditionelle Bitte an ihn richteten.

Antyr, immer noch in Ehrfurcht erstarrt, war drauf und dran zu erklären, daß er nicht würdig sei, einem solchen Mann wie dem Herzog zu helfen; schließlich gab es erfolgreichere und wohlhabendere Traumfinder in der Stadt; doch das Benehmen des Herzogs wischte die Floskel wie nichts beiseite.

Nun gut, Auftrag ist Auftrag, dachte Antyr ergeben. Und außerdem sollte ein anständiges Honorar dabei herausspringen.

»Einen Stuhl, bitte«, befahl der Herzog mit einem Seitenblick in Ferancs Richtung, der im Schatten neben der Tür stand. Der Leibwächter rührte sich nicht, doch neben Antyr tauchte ein Stuhl auf. Als er den Blick hob, sah er einen schmalgesichtigen alten Mann mit einem schütteren grauen Bart und einem auffallend krummen Rücken. Leuchtende, forschende Augen jedoch straften das Alter seines Körpers Lügen. *Diesen* Mann erkannte Antyr sehr wohl wieder.

Aaken Uhr Candessa. Der Kanzler trägt eigenhändig einen Stuhl für mich herbei!

Doch gestärkt, wie er sich durch das Vertrauen des Herzogs fühlte, und ganz vom Beginn seiner Suche in Anspruch genommen, hatte die Anwesenheit dieser dritten illustren

Persönlichkeit nur wenig Wirkung auf ihn, und so nahm er einfach den Stuhl entgegen und stellte ihn mit einem Dankesnicken neben die Liege. Als er jedoch erneut zu dem Kanzler aufblickte, wandte sich der alte Mann brüsk ab.

Antyr warf Tarrian einen flüchtigen Blick zu, um eine endgültige Bestätigung für den Grund dieser offensichtlichen Unhöflichkeit zu erhalten. Der Wolf erwiderte seinen Blick mit weit aufgerissenen Augen. Antyr nickte zufrieden. Die grauen Augen des Wolfs waren nun gelb und strahlend wie die Sonne, aber auch durchdringend und wild, die Augen eines Gefährten, der sein Führer und Beschützer in beiden Welten sein würde. Dann war Antyr ganz kurz wieder Tarrian, der hochblickte und Augen begegnete, deren schwarze Iris die gesamten Augäpfel auszufüllen begonnen hatten, so daß sie wie tiefe, furchteinflößende Gruben aus Nacht waren.

Alles stand zum besten.

Antyr begab sich zu dem Stuhl, während Tarrian sich zweimal um die eigene Achse drehte, um sich schließlich neben ihm zu Boden zu werfen.

Als die unheilverkündenden Augen des Wolfs sich langsam schlossen, wandte sich Antyr an den Herzog. »Würdet Ihr Euch jetzt bitte niederlegen und Eure Augen schließen, Sire«, bat er mit sanfter Stimme.

Wortlos tat der Herzog, wie geheißen, und streckte seine Hand aus. Antyr verspürte einen vorübergehenden Anflug von Trauer angesichts dieses Verhaltens des Herzogs: Es zeigte ihm den Einfluß seines Vaters. Wieder stiegen Fragen in ihm hoch, doch er schob sie beiseite.

Sachte ergriff er die Hand mit seiner Rechten, während seine Linke über die geschlossenen Lider des Herzogs fuhr. »Schlafe wohl«, sagte er mit verebbender Stimme. »Was auch geschieht, nichts kann dir schaden. Träume sind nur Schatten, und du wirst auf allen Wegen von einer großen und uralten Macht beschützt.«

Antyr nickte, als er spürte, wie der Herzog fast auf der Stelle in Schlaf sank. Dann fühlte er, wie die Umgebung ihm entglitt, und die Dunkelheit, die aus seinen Augen strahlte, schien seinen gesamten Geist zu durchströmen, bis dort nichts mehr als Finsternis und Stille war; doch in seinem Herzen, hart wie ein Diamant und doch körperlos wie eine träge Sommerbrise, ruhte sein Bewußtsein.

Allmählich traten Lichtfetzen, die keinen sichtbaren Beginn zu haben schienen, in die Dunkelheit. Langsam wurden sie heller und fingen an, um ihn zu kreisen. Eine Myriade von Farben, von denen einige hin und her huschten wie Spatzen, die zwischen den Gartenhecken flatterten, andere sich drehten und im Kreis tanzten und wieder andere wachsam in der Luft schwebten: Alle aber flossen und wandelten sich, wuchsen und schwanden wieder. Und alle entzogen sich einer näheren Untersuchung.

Mit ihnen kamen unzusammenhängende, seltsame Töne, wie zahllose ferne Gespräche, die ein stiller, aber brausender Wind herbeitrug.

Dann, scheinbar ohne daß eine Veränderung stattfand, war der Traumfinder wieder ganz; bewußt, zielgerichtet und so massiv wie die Gestalt, die dort saß und die Hand des Herzogs hielt. Bei ihm war sein Gefährte; gegenwärtig und doch unsichtbar.

Antyr ließ den Blick in die Runde schweifen. Er befand sich im Traum-Nexus des Herzogs von Serenstad; das fremde, übervolle Gedränge von Bildern und Geräuschen, die die Tore zu zahllosen Träumen waren, vergessenen und erinnerten, Schlaf- und Wachträumen, die der Herzog während seines langen und turbulenten Lebens geschaffen hatte.

Hier war Antyr völlig verlassen.

Hier konnte ihn allein der Gefährte leiten.

Antyr fühlte, wie Tarrian sich vortastete und den Weg suchte, genauso, wie er im Wachzustand den Kopf heben und die Luft nach Duftmarken absuchen würde, die weit über jede menschliche Wahrnehmungsfähigkeit hinausgingen. Und wie immer spürte er, wie der Wolf der Versuchung widerstand, nach Lust und Laune all die Seitenwege entlangzustreunen, die er wittern konnte. Er langte hinunter und streichelte das weiche Fell, das gar nicht da war, um den Wolf – unnötigerweise – daran zu erinnern, daß er nicht allein war.

Ein schwaches Winseln erreichte sein Ohr, dann hörte er: »Hier entlang. Hier entlang«, sagte Tarrian.

Antyr fühlte, wie er durch den Willen des Wolfs vorangezogen wurde.

Die sich wandelnden Bilder und Töne glitten noch einmal an ihm vorbei und durch ihn hindurch, bis Gefährte und Traumfinder, ohne daß ein Wechsel zu bemerken gewesen wäre, der Herzog waren.

»Wir sind da, Sire«, erklärte Antyr. »Alles wird sein, wie es war. Was Ihr seht und fühlt, werden auch wir sehen und fühlen.«

Doch er erhielt keine Antwort. In diesem Traum war der Herzog mit Stummheit geschlagen gewesen. Er konnte sich anstrengen, wie er wollte, er würde keinen einzigen Laut hervorbringen, wie er genau wußte. Doch der Kriegerführer in ihm akzeptierte dies und schob die Furcht beiseite, die einen geringeren Mann nach Luft ringend hätte aufwachen lassen.

Er befand sich in seinem Empfangszimmer.

Tagesgeschäfte, dachte Antyr. In diesem Rahmen würde der Traum entstehen.

Gestalten kamen und gingen, äußerten stumme Fragen; eine fließende Mischung aus Bekanntem und schwer Faßbarem, irgendwie Vertrautem. Ihre Rollen und Livreen waren wie zufällig vertauscht, und manche von ihnen waren sogar schon lange tot, auch wenn dies den Herzog nicht im geringsten überraschte.

Trotz des herrschenden Schweigens führte er auf irgendeine Weise eine Reihe kurzer, zusammenhangloser Gespräche mit ihnen, die mühelos die vielfältigen Probleme des Wirtschafts- und Staatslebens wieder in Ordnung brachten, welche ihm zur persönlichen Entscheidung vorgelegt wurden. Irgend etwas jedoch bereitete ihm Sorgen, und plötzlich fand er sich in einer fremden Festhalle wieder, wo er donnernd die Faust auf den Tisch niederfahren ließ. In der Halle, die irgendwo in einer fernen, fernen Dunkelheit dahinschwand, wurde es totenstill, und alle Augenpaare wandten sich ihm zu.

Ein wenig in Verlegenheit geraten, senkte er den Blick auf die Tischplatte vor sich. Vor ihm stand ein prächtig verzierter silberner Trinkpokal. Die Gravur schien feiner zu sein als alles, was er jemals gesehen hatte, und sie schimmerte verführerisch im Licht der unzähligen und riesigen Kandelaber, die sich erfolglos bemühten, die Dunkelheit der gewaltigen Halle zu durchdringen. Er griff nach dem Kelch, doch als er ihn an die Lippen heben wollte, merkte er, daß er sich nicht bewegen ließ.

Verdutzt beugte er sich vor, um ihn näher in Augenschein zu nehmen. Große Nieten mit runden Köpfen befestigten ihn am Tisch. In ihre Köpfe waren höhnisch grinsende Gesichter geschnitzt. Von irgendwoher hörte er ein Kichern. Er war das Ziel eines Scherzes.

Wütend über diese Kränkung, legte Ibris seine gewaltige Hand über den Pokal und drehte mit aller Kraft an ihm. Diejenigen, die sich so leichtfertig über ihn lustig machten, sollten erfahren, warum er der Herzog von Serenstad war!

Der Kelch gab nicht nach.

Ein seltsamer, zeitloser Augenblick folgte, in dem der Kelch und seine eigene Hand unter Ausschluß aller anderen Dinge Ibris' Gesichtsfeld ausfüllten, obwohl er wußte, daß er beobachtet wurde und daß der Widerstand des Kelches seine gesamte Machtposition bedrohte.

Verachtung für seine Schwäche breitete sich um ihn aus.

»Ich brauche keine Hilfe.« Die Worte bildeten sich in Ibris' Geist, und auch wenn er sie nicht aussprechen konnte, erreichte ihre Bedeutung doch seine unsichtbaren Beobachter, die unter dem Ansturm seines Willens wankten. Da wandelte sich die Verachtung zu einer unausgesprochenen, aber heftigen Drohung.

Im Gemach des Herzogs sprangen plötzlich Tarrians gelbe Augen auf, und ein leises Knurren entstand in seiner Kehle. Sowohl Aaken als auch Feranc wußten, daß keine Gefahr für sie bestünde, solange der Traumfinder nicht in irgendeiner Weise bedroht wurde, doch die Reaktion des Wolfs war erschreckend, und unwillkürlich wich der Kanzler einen Schritt zurück, während der Hauptmann der herzoglichen

Leibwache das Tier mit zusammengekniffenen und wachsamen Augen fixierte.

In schwarzem Zorn zog Ibris an dem Kelch, sein ganzer Körper war unter der Anstrengung gespannt.

»Irgend etwas stimmt nicht.« Tarrians Stimme, zögernd und unsicher, drang in Antyrs Kopf und hallte in seinen Gedanken wider.

Dann gab das Trinkgefäß nach, und mit einem stummen Siegesschrei zog der Herzog es zu sich heran. Doch es war nicht der Kelch, der nachgegeben hatte. Der ganze Tisch wurde umgerissen. Tatsächlich wollte es scheinen, während der Herzog immer weiter zog, daß sein Bemühen den Boden selbst, auf dem er stand, ins Wanken brachte, denn auf einen Schlag war die Luft von einem gräßlichen Donnergrollen erfüllt, und alles um ihn herum begann sich zu bewegen, auch wenn der Herzog fest und unverrückbar stand.

Triumphierend hielt er den Kelch in die Höhe, doch der Kelch war nicht länger ein Kelch, und der Tisch war nicht länger ein Tisch. Statt dessen war er nun eine große Tür, die mit seltsamen, beweglichen Mustern geschmückt war, und er umklammerte einen geschnitzten Metallgriff, geformt wie der Kopf eines gehörnten mythologischen Tiers von unendlicher Häßlichkeit.

Stille.

Ibris wartete.

Antyr und Tarrian warteten mit wachsendem Unbehagen. Irgend etwas *stimmte* ganz und gar nicht. Zum ersten Mal, seit er Lehrling geworden war, wollte Antyr aus einem Traum fliehen.

Aaken schluckte nervös, als sich Tarrians Rückenhaare unheilverkündend sträubten, seine Lefzen sich zurückzogen und die gefährlichen Reißzähne enthüllten.

Hinter der Tür ertönte ein … Befehl? … eine Bitte?

Ibris fühlte, wie ein machtvoller Wille den seinen beiseite wischte und ihn dazu zwang, die Tür zu öffnen. Er zauderte. »Nur deine gewaltige Kraft vermag das zu leisten«, ließ sich die Schmeichelei irgendeines Höflings vernehmen, die ihn gleichzeitig anzog und abstieß. Doch während er noch die

Stirn über diese Bemerkung runzelte, war der fremde Wille zu seinem eigenen geworden, und er packte den glitzernden Griff fester und begann zu ziehen.

Er spürte eher, als daß er es sah, wie die Tür sich zu öffnen begann, und ein Seufzer wie eine gewaltige Windbö umtoste ihn; es war eine Mischung aus Erleichterung und Triumph. Die beweglichen Muster begannen wie wild zu tanzen. Eine dunkle Linie erschien auf dem Rand der Tür, als sie aufschwang, doch Ibris merkte, daß er gegen einen unsichtbaren Widerstand kämpfte. Kurzfristig fühlte er sich, als sei er der Bauer auf dem Schachfeld zweier gigantischer Gegner, doch auch das war nun nicht mehr wichtig; er hatte sich dieser Sache verschrieben.

Mit unerträglicher Langsamkeit öffnete sich die Tür, und die dunkle Linie an ihrem Rand wurde deutlicher und breitete sich aus, als beginne eine große Finsternis aus ihr zu sickern.

Ein Anfall von Panik – nein, von Entsetzen – ergriff ihn mit einem Mal und schnitt ihm die Luft ab.

Dann wurde sein Handgelenk von einer Hand ergriffen und die Tür mit unwiderstehlicher Gewalt zugedrückt.

Die Tür fiel mit einem hallenden Krachen ins Schloß, und die Schwärze verschwand.

Ibris fuhr auf, plötzlich hellwach. Antyr wand seine Hand aus dem immer fester werdenden Griff des Herzogs, und Tarrian stieß ein leises, unheimliches Heulen aus.

Als der Schrei zu einem entfernten Flüstern verebbte, senkte sich tiefes Schweigen über den Raum, und die drei Gestalten wurden ganz still. Schließlich sagte Antyr verlegen: »War dies der Traum, den Ihr suchtet, Sire?«

Der Herzog fuhr beim Klang von Antyrs Stimme leicht zusammen, dann schwang er seine Beine zu Boden und richtete sich, noch ein wenig schwankend, auf, um sich jedoch fast umgehend wieder auf die Liege fallen zu lassen. »Ja, ja«, sagte er, während seine linke Hand sein Handgelenk massierte, als sei es irgendwie verletzt worden. »Ihr besitzt die Geschicklichkeit Eures Vaters. Mit ein wenig Übung und Disziplin könntet Ihr meiner Ansicht nach sogar noch besser als er werden.«

Die Bemerkung erfolgte ganz beiläufig, als sei der Herzog mit anderen, wichtigeren Gedanken beschäftigt. Antyr neigte jedoch leicht das Haupt zum Dank; beiläufig oder nicht, er hatte gerade ein seltenes Kompliment erhalten.

Der Traum des Herzogs indes hatte ihn in seinen Grundfesten erschüttert. Irgend etwas daran hatte auf entsetzliche Weise nicht gestimmt, und er wollte nur noch weg von hier. Die Pflicht hielt ihn im Augenblick jedoch noch zurück. »Habt Ihr gefunden, wonach Ihr suchtet, Sire?« fragte er.

Der Herzog wandte sich dem Traumfinder zu und begegnete dessen ruhigem, nachtschwerem Blick, ohne mit der Wimper zu zucken. »Ich bin mir nicht sicher«, gab er zur Antwort. »Wem gehörte die Hand, die die Tür schloß?«

»Euch selbst, Sire«, erwiderte Antyr schlicht.

Ibris nickte, als beantworte ihm dies eine andere Frage, dann hob er beide Hände vors Gesicht und betrachtete sie. »Meine Linke hat meine Rechte überwunden?« murmelte er.

Ein Symbol des Zweifels, Sire, wollte Antyr schon leichtfertig äußern. Sonst nichts. Nichts als der Widerhall des komplizierten Interessenausgleichs, der Euch tagtäglich beschäftigt.

Doch wenn dies auch bei vielen Herren so sein würde, wußte er doch, daß es in diesem Fall anders war. Er war schon durch zahllose Alpträume geschritten, hatte all den Dämonen und Ungeheuern, die der menschliche Geist erschaffen konnte, ins Auge geblickt – und über sie gelächelt, doch an dem Traum des Herzogs war eine ... Fremdheit ... gewesen, der er nie zuvor begegnet war. Es war gerade so gewesen, als sei der Wille, der die Tür hatte öffnen wollen, tatsächlich von außerhalb des Herzogs gekommen. Nicht nur irgendeine ›geheimnisvolle Präsenz‹, die das Schuldbewußtsein des Träumers allein geschaffen hatte, sondern eine eigenständige, eine andere Wesenheit, die ein unbekanntes Ziel verfolgte.

Plötzlich verspürte er große Angst.

Er brauchte etwas zu trinken.

Tarrians Bestürzung und Wut durchströmten ihn, doch der Herzog unterbrach den drohenden stummen Streit.

»Wer sonst war noch da, Antyr?« verlangte er zu wissen.

Antyrs Kehle trocknete aus. Der Herzog hatte seit über vierzig Jahren die Stadt und ihre Herrschaftsgebiete regiert. Jahre voll von Schlachten, Unruhen, Seuchen, Parteienhader und Ränken, zivilen und militärischen Aufständen jeglicher Art. Und doch waren jene Jahre auch Jahre der Vollendung gewesen, in denen prachtvolle Bauwerke über den Mauern der Stadt emporgewachsen waren, in denen große Werke der Gelehrsamkeit, der Poesie, Musik, der Malerei und Plastik entstanden waren, und …

Antyr senkte den Blick. Ibris hatte dieses Zeitalter sowohl überlebt als auch initiiert. Er war zu vollendet und zu scharfsinnig, als daß er einen Traumfinder aus einer törichten Grille heraus konsultiert hätte.

Eins mit seinem Gefährten, vermochte ein Traumfinder nicht zu lügen, doch Antyr wünschte sich sehnlichst, daß die Frage nicht gestellt worden wäre.

»Ich weiß es nicht, Sire«, erklärte er schließlich.

»Doch Ihr empfandet Furcht?« hakte der Herzog nach.

Antyr schwieg.

»Ihr müßt nicht antworten«, fuhr der Herzog fort. »Ich kann Eure Furcht riechen. Schämt Euch deswegen nicht. Ich …«

Er unterbrach sich und senkte den Blick.

Einen langen Augenblick saß er regungslos da, dann legte er seine Hand kurz auf die Antyrs und stand auf. »Ich danke Euch, Sohn des Petran«, sagte er. »Und dir, Tarrian. Ihr habt mir heute nacht gute Dienste geleistet.« Er vollführte ein paar Handbewegungen in Aakens und Ferancs Richtung. »Sorgt dafür, daß er angemessen entlohnt und sicher wieder nach Hause geleitet wird, bevor ihr beide Euch wieder zurückzieht.«

Dann schritt er auch schon auf eine nahe gelegene Tür zu, einen linkisch auf die Füße schnellenden und sich verbeugenden Antyr zurücklassend, der krampfhaft versuchte, seinen Stuhl am Umkippen zu hindern. An der Tür wandte Ibris sich noch einmal um. »Es mag sein, daß ich Euch erneut brauche«, erklärte er schroff. »Verlaßt die Stadt also nicht. Und sprecht mit niemandem über diesen Besuch.«

Antyr fühlte sich, als schlössen sich die Wände und die Decke dieses Gemachs um ihn wie ein Kerker. Bebend verneigte er sich erneut.

Nachdem der Herzog gegangen war, drehte Antyr sich um. Feranc hatte sich von der Tür entfernt, so daß er nun dicht hinter ihm stand.

Antyr fuhr hoch. »Ich ... ich verlasse die Stadt ohnehin nur selten«, stammelte er hastig, doch das Antlitz der Leibwache zeigte keine Regung außer einem kurzen Blick in Richtung des auf sie zukommenden Kanzlers.

»Geht mit Lord Aaken wegen Eures Lohns«, befahl er mit ausdrucksloser Stimme. »Dann werde ich Euch zu Eurem Haus zurückbringen lassen, es sei denn, Ihr zöget es vor, den Rest der Nacht hier zu verbringen.«

Antyrs einziger Wunsch war, von hier wegzukommen. In sein eigenes Heim zurückzukehren, fort von der nachklingenden, hartnäckigen Fremdartigkeit des herzoglichen Traums und der stählernen Kälte von Ferancs Gegenwart.

»Und zurück zu deiner Flasche«, erreichte ihn ein verächtlicher Gedankenschub von Tarrian, auch wenn er im Hintergrund Zweifel und Ungewißheit ahnte.

Antyr legte sich eine heftige Erwiderung zurecht, doch sie verblaßte, fast bevor er sie artikulieren konnte. Das Gefühl einer Bedrohung von außen, das ihn im Traum des Herzogs angerührt hatte, war der Empfindung sehr ähnlich, die Tarrian ihm eine kleine Weile zuvor mit seiner Erinnerung an Petrans Tod vermittelt hatte.

»Ja ... Nein ... Ich«, stotterte Antyr. »Ich möchte nichts mehr damit zu tun haben. Es ist ...«

Seine Entgegnung verebbte. Er hatte ohnehin keine Wahl. Ganz gleich, was er empfand, wenn der Herzog ihn wieder zu sehen wünschte, wäre damit das letzte Wort in dieser Angelegenheit gesprochen; er war nicht der Mann, der sich von einem einfachen Traumfinder einen Korb geben ließ. Antyrs Magen revoltierte, und einen Augenblick lang glaubte er, sich wieder übergeben zu müssen.

»Ich denke, Ihr bleibt besser hier«, schlug Aaken mit besorgter Stimme vor. »Ihr habt eine noch weit unruhigere

Nacht hinter Euch als der Rest von uns, und Ihr seht nicht mehr allzu frisch aus.« Antyr zögerte. »Wir werden einen Platz zum Schlafen für Euch finden. Und etwas zu essen und zu trinken auch. Es ist ein langer Weg zu Eurem leeren Haus, durch diesen verdammten Nebel«, schloß Aaken.

Antyr nickte. Er hatte das Gefühl, gegängelt zu werden, doch Aaken hatte recht. Er war müde und erschöpft, und der Fußmarsch zurück durch die diesigen Straßen hatte wenig Anziehendes.

»Danke, Sir, ich werde bleiben, wenn ich darf«, entgegnete er. »Und wenn es nicht zuviel verlangt ist, ein wenig zu essen wäre sehr willkommen, und vielleicht auch ein wenig Ale ... oder Wein ...?«

Eine schwere Hand legte sich auf seine Schulter. »Zu essen ja, aber Ale und Wein, nein, Traumfinder.« Es war Ferancs Stimme, und auch die duldete keinen Widerspruch. »Ich weiß nur wenig über Euer seltsames ... Handwerk ..., Traumfinder, aber doch genug, um zu wissen, daß Ale und Wein Eure Fähigkeiten ernsthaft beeinträchtigen, und ich stehe dem Herzog gegenüber in der Pflicht, dafür zu sorgen, daß er die Dienste des fähigsten Traumfinders erhält.«

Antyr erwog kurzfristig, gegen dieses willkürliche Verbot zu protestieren; auf seinen Rechten als freies Gildenmitglied zu bestehen. Doch selbst wenn Ferancs pure Gegenwart die Vergeblichkeit eines solchen Protests nicht schon genügend verdeutlicht hätte, wußte er sehr wohl, daß die Phrase: ›Das Wohl des Staates erfordert es‹ mit ihrer subtilen Kombination aus Appell an seine Bürgertreue und Drohung (falls er sich diesem Appell zu entziehen wagen sollte) seinen Widerspruch im Keim ersticken würde.

Er spielte den Gleichgültigen. »Wasser wäre phantastisch«, erwiderte er mit einem schwachen Lächeln und ließ sich von Feranc zur Tür führen. Tarrian kicherte gehässig.

Wenig später, nach einem verwirrenden Gang durch sich windende Korridore und Treppenfluchten und dem Versprechen Aakens, ihn zu bezahlen – »Morgen, ganz bestimmt« –, fand Antyr sich allein in einem kleinen, schmucklosen Raum auf einer Bettkante sitzen. Auf einem Tischchen vor ihm standen eine Schüssel mit heißem, zähflüssigem Eintopf, ein freigebig mit Fleisch- und Brotscheiben belegter Teller und ein schlichter Glaskrug voll klaren Wassers.

Auch für Tarrian hatte man einen Freßnapf bereitgestellt, und nach einer kurzen, geräuschvollen Suche hatte er ihn in einer Ecke der Kammer entdeckt und begonnen, seinen Inhalt gierig zu vertilgen.

Feranc hatte sie mit einem beiläufigen »Gute Nacht« allein gelassen, die Mahlzeit war kurz darauf eingetroffen, hereingetragen auf einem hölzernen Tablett von einem Diener mit schlafverquollenen Augen, dessen Gesichtsausdruck unmißverständlich besagt hatte: »Dies ist der Herzogspalast und keine Kneipe, damit Ihr's wißt!«

Sollte der Mann indes vorgehabt haben, diese Bemerkung auch laut zu äußern, so wurde ihm das verleidet, als Antyr und Tarrian sich ihm zuwandten, die Augen so dunkel wie die Nacht und so gnadenlos wie die Wüstensonne.

Eine Zeitlang blieb Antyr regungslos auf seinem Platz sitzen, stierte finster in den Krug und spielte ziellos mit einem Löffel herum. Dann verstummten Tarrians zügellose Freßgeräusche, und eine Schnauze schob sich über den Rand von Antyrs Schüssel.

»Ich nehme es, wenn du es nicht willst«, erklärte Tarrian.

Antyr wollte ihn fragen, warum er ihm nie erzählt hatte, daß sein Vater als Traumfinder des Herzogs gearbeitet hatte, doch er wußte, daß das jetzt zu nichts führen würde.

»Verdirbt dir denn *gar nichts* den Appetit?« maulte er statt dessen.

»So ist die Natur des Tieres«, versetzte Tarrian. »Wir überleben da draußen in der Wildnis nicht, indem wir zimperlich in unserer Beute herumstochern. Jede Mahlzeit ist unsere letzte. Bist du fertig?«

»Nein, verdammt, ich habe noch nicht einmal angefangen«, schleuderte Antyr ihm ärgerlich entgegen, wobei er ein Stück Fleisch nahm und es über den Kopf des Wolfes hinweg ins Zimmer schmiß. Tarrian wirbelte herum und fing das Stück, bevor es den Boden erreichte. Er verschlang es mit einem einzigen Bissen und drehte sich schon wieder herum, weitere Gaben erwartend. Seine zügellose Begeisterung über dieses unerwartete Festmahl war so ansteckend, daß Antyr sich, wenn auch mit einiger Überwindung, über seinen Eintopf hermachte.

Trotz des säuerlichen Gesichts, das der Diener gezogen hatte, der es gebracht hatte, war der Eintopf ausgezeichnet, und nach den ersten zögernden Bissen begann Antyr mit einigem Appetit zu essen.

Allmählich wich seine Weltuntergangsstimmung einer stummen Litanei aus Selbstanklagen, und eine schon bis zum Überdruß durchexerzierte Ideenfolge begann durch seine Gedanken zu ziehen. Er sollte wirklich etwas tun; ein bißchen Ordnung in sein Leben bringen; mit dem Trinken aufhören, sich um mehr Kunden bemühen, sein Handwerk wieder ausüben – sein Vater hatte ja wirklich bei allen Kollegen in hohem Ansehen gestanden, und die Gabe war erblich.

Doch nun schien es, als betrachte er alles von einem anderen Standpunkt aus. Irgend etwas hatte sich geändert. Es war, als habe der beunruhigende Traum des Herzogs eine große Last in seinem Inneren in Bewegung gesetzt, die er für unbeweglich gehalten hatte und die sich nun wie eine langsame Lawine zu Tale wälzte.

Seine eigenen Worte kamen ihm wieder in den Sinn – es war die Pflicht eines Traumfinders –, sein Privileg, würde sein Vater sagen –, den Menschen zu helfen, sie zu trösten – die Verwirrten, die Gequälten. Doch seine Kunst war, zumindest in Serenstad, in die Schußlinie einer unbewußten Allianz aus medizinischen Praktikern, Wissenschaftlern und Philosophen geraten, die allesamt unter Ibris' schützender Hand gediehen waren und Karriere gemacht hatten. Antyrs Vater war die Hauptstütze der Traumfindergilde gewesen, und sein Ansehen und seine Erfahrung hatten viel dazu beigetragen, ihr Handwerk zu erhalten. Doch nach seinem Tod hatten sich seine Nachfolger als ängstlich und tatenlos erwiesen; sie hatten einfach händeringend zugesehen, wie sich ihre uralte Kunst immer geringerer öffentlicher Wertschätzung erfreute und in eine Ecke mit Scharlatanen und Wunderpredigern geraten war.

Jung, gramgebeugt und nur ungenügend ausgebildet, hatte Antyr das Vakuum, das der Tod seines Vaters in der Gilde hinterlassen hatte, nicht ausfüllen können, und schon bald sah er sich ins Abseits gedrängt, ein orientierungsloser und zunehmend verbitterter Zuschauer.

Eine Zeitlang nach seines Vaters Tod hatte er sich um die Bedürfnisse der alten Klienten seines Vaters gekümmert. Doch deren Anzahl war nach und nach geschrumpft; manche waren rücksichtslos verstorben, doch die meisten hatten sich einfach von ihm abgewandt, abgestoßen von seinem zunehmend unfreundlichen und geringschätzigen Gebaren. Eben dieser Charakterzug hatte es ihm auch so schwer gemacht, sich einen neuen Kundenstamm zuzulegen.

Nun, da er in diesem schlichten Kämmerchen im herzoglichen Palast hockte, änderte sich Antyrs Lebensperspektive. Er erkannte jetzt, daß er den Pfad der Verbitterung und der gegenseitigen Beschuldigungen *aus freiem Willen* beschritten hatte; *aus freiem Willen* hatte er dem Niedergang seines Handwerks zugesehen, hatte nichts getan, um ihn aufzuhalten, sondern vielmehr große Mühe darauf verwendet, den anderen die Schuld in die Schuhe zu schieben.

Sein Vater hätte das nicht getan. Er hätte das Wort ergriffen, wenn es nötig gewesen wäre, hätte seine ganze Integrität gegen all den Spott und all die Verachtung in die Waagschale geworfen.

Gewiß, er war nicht sein Vater, doch die Worte ›aus freiem Willen‹ brachten ihn vollends durcheinander. Er erkannte schaudernd, daß er durch seine *eigenen* Bemühungen zu dem geworden war, was er heute darstellte. Er hatte nicht den scharfen Verstand und den Zynismus gehabt, reich zu werden, indem er die Kaprizen und Hirngespinste reicher Händlerfrauen und verwöhnter Aristokratinnen päppelte; er hatte auf der anderen Seite aber auch nicht den Mut aufgebracht, ihnen seine Fähigkeiten ehrlich und furchtlos anzubieten.

Müßig nahm er ein Fleischstück in die Hand und hielt es Tarrian hin, doch der Wolf beachtete es nicht. Statt dessen ließ er sich an seiner Seite nieder und schmiegte sich eng an sein Bein. Antyr spürte, wie die äonenalte, stumme Gemeinschaft des Rudels ihn einhüllte. Als Reaktion darauf schlang er den Arm um den Wolf.

»Geh nicht so streng mit dir ins Gericht. Nur wenige wären befähigt, in die Fußstapfen deines Vaters zu treten, und klügere Männer als du haben weit Schlimmeres mit ihrem Leben angefangen«, beruhigte ihn Tarrian überraschend teilnahmsvoll.

Antyr nickte und tätschelte den Wolf. »Ist das nur ein nettes Gespräch mitten in der Nacht bei gutem Essen, Hund?« wollte er wissen.

»Nein«, versetzte Tarrian nach langem Schweigen. »Es ist der Traum des Herzogs. Ich glaube, das Mauerwerk steht endlich kurz davor, über dir zusammenzustürzen.«

Sein Tonfall war sowohl ernst als auch traurig, und Antyr erschauderte. Ein letzter Schauspieler betrat die Bühne seiner Selbsterkenntnis: Furcht.

Selbst jetzt noch widerstrebte es ihm, sich zu stellen. Doch es näherte sich, wie er nur zu gut wußte, mit der Unerbittlichkeit einer Flutwelle. Es würde sich bemerkbar machen, ungeachtet seiner persönlichen Wünsche oder Taten. Diese ferne Unruhe, die er zeitlebens gespürt hatte, selbst als Lehrling schon. Diese schwer faßbare Ahnung um das tiefe Mysterium der Träume, durch die er so achtlos streifte.

»Wir wissen nicht, was wir tun, wie wir es tun oder welchem Zweck es dient«, murmelte er leise vor sich hin. »Uns mangelt es an Demut, an Ehrfurcht.« Er sah zu Tarrian hinunter. »Wir sind Kinder, die in der Waffenkammer spielen, von Spitzen und Schneiden eingeengt, über die wir nichts wissen. Wir wissen noch nicht einmal etwas über unsere Ursprünge, nicht wahr, Hund?« fuhr er fort, den Kopf des Wolfs kraulend. »Du gehörst nicht richtig zu deiner Art, und ich gehöre nicht richtig zu der meinen. Wir nennen das Aufspüren eine Fähigkeit, ein Handwerk, doch es kann nur von jenen gelernt werden, deren Väter die Gabe auch schon besaßen.«

Tarrian gab keine Antwort.

Dann schloß Antyr ganz langsam. »*Solche Unwissenheit kann nur gefährlich sein.*«

»Unser Leben ist nur ein Traum innerhalb des Großen Traums«, hatten die Urväter der Legenden gesagt. Doch sie hatte man nicht Traumfinder genannt; ihr Name war Traumkrieger gewesen, Adepten des Weißen Wegs, Männer von großer Macht und Weisheit, die die Geister der Menschen schützten …

Ja, wovor denn? Und von wo?

Aberglauben, dachte Antyr, gewohnheitsmäßiger Aberglauben. Ammenmärchen, wie die Geschichten von Zauberern und Elfen und Drachen …

Aber …?

Jäh überfiel ihn die Furcht, und einen Moment lang verlor er völlig die Kontrolle über sich. Sein ganzer Körper zitterte und bebte heftig. Nie zuvor hatte er solche Angst gekannt; nicht einmal damals, als er Schild an Schild mit seinen Kameraden gestanden und den Angriff der Bethlarii-Kavallerie bei Herion erwartet hatte. Und damals hatte er wirklich geglaubt, er müsse sterben!

Die plötzliche Erinnerung wirkte wie ein Schwall kalten Wassers ins Gesicht. Jene stampfenden Pferde und brüllenden Männer, die im letzten Moment vor ihrem Speerwall kehrtmachten. Dann hatte er Freunde und Fremde gleichermaßen um sich herum sterben gesehen im Hagel der Pfeile und Speere von den Fußtruppen der Bethlarii. Menschen, die noch kurz zuvor gelebt, geredet, gerufen hatten – und dann, von einer Sekunde auf die andere nicht mehr; ihre Leiber wie leere Hülsen; wie *Dinger*, die keine Ähnlichkeit mehr mit den Männern hatten. Und doch: Damals hatte er nicht solche Angst verspürt wie jetzt.

Warum? fragte er sich. Was ist furchtbarer als der Tod?

Er erhielt keine Antwort auf seine Frage, doch in dem Schweigen, das nun hereinbrach, erkannte er, daß er aufgehört hatte zu zittern; daß seine Angst verflog. Irgendwie, so wie Tarrian sich den Regen in einem großen Tropfenschauer aus dem Pelz schüttelte, schien seine innere Erschütterung sein Entsetzen zerstreut zu haben.

Nur eine schlimme Nacht, dachte er vernünftig. Zu viele Dinge passieren, zu schnell.

Fast auf der Stelle verwarf er diese Erklärung mit einem wehmütigen Lächeln. Tarrian wandte sich ihm zu.

Mauerwerk, dachte Antyr. Unvermeidlichkeit.

»Was ist geschehen, Tarrian?« fragte er, während er den Tisch sachte beiseite schob und sich wieder auf seinem Bett ausstreckte. »Was ängstigt dich so, daß du es mir nicht sagen willst? Was weißt du?«

Ein langes Schweigen senkte sich über den Raum.

»Ich weiß, daß du ein besserer Traumfinder bist als selbst dein Vater«, erreichte ihn endlich die Antwort seines Gefährten. »Es tut mir leid, daß ich dich vorhin erschreckt habe, aber es schien mir das Richtige zu sein.«

Antyr legte die Stirn in Falten; nie zuvor hatte er Tarrian so verunsichert erlebt, und auch die Selbstanklage des Wolfs war alles andere als typisch.

»Ich habe es vermutlich herausgefordert«, meinte er einsichtig. »Aber lenk bitte nicht von meiner Frage ab. Der Traum des Herzogs war recht mittelmäßig und gewöhnlich, und doch wohnte eine Drohung und ein Verhängnis in ihm, das jeden Alptraum, den wir erkundet haben, in den Schatten stellt. Was ...?«

»Schlaf jetzt«, erwiderte Tarrian, bevor Antyr seine Frage beenden konnte.

»Was?« rief Antyr reichlich verärgert aus.

»Schlaf jetzt«, wiederholte Tarrian. »Ich wache. Dieser Tag ist zu lang gewesen. Wir schauen morgen, was wir davon zu halten haben.«

Antyr öffnete den Mund, um zu widersprechen, aber Tarrian schottete sich einfach gegen ihn ab. Vorübergehend zog er in Erwägung, gegen seinen Gefährten vorzugehen, doch er wußte, daß er auf diese Weise keinen Erfolg haben würde. Darüber hinaus hatte Tarrian recht. Was immer auch in ihm gärte, in seinem erschöpften Zustand konnte er nur schlecht damit fertig werden.

Er streckte den Arm aus und löschte die einzige Lampe, die den Raum erleuchtete, um sich dann zurückzulegen und die Augen zu schließen. Als er jedoch langsam in Schlaf sank, war er sich Tarrians Gegenwart bewußt, der, ungewöhnlich wachsam und auf der Hut, um die Grenzen seines Geistes strich.

Es schien, als sei er kaum in die Traumwelt hinübergeglitten, als er auch schon wieder jäh aus dem Schlaf gerissen wurde. Eine schwankende Laterne geriet in sein Blickfeld, und dann ragte ihr Träger turmhoch und drohend vor ihm auf, ein baumlanger, in eine Kapuze gehüllter Schatten.

KAPITEL 5

Antyr riß den Mund auf, um die Erscheinung anzubrüllen, und eine Mischung alptraumhafter Phantasien und wilder Ängste vor Palastverschwörungen raste durch sein Gehirn.

Gleichzeitig schrie sein Geist unwillkürlich nach seinem Gefährten. »Tarrian!«

Keine Antwort.

Er versuchte sich aufzusetzen, doch irgend etwas hinderte ihn daran. Seine Befürchtungen bezüglich einer Palastverschwörung vertieften sich. Das Essen war vergiftet gewesen. Man hatte ihn insgeheim in die Folterkammer irgendeines Lords gebracht, um die Geheimnisse des herzoglichen Traums aus ihm herauszupressen.

Nein! Das war unmöglich. Da war immer noch das Gesetz. Er war ein Mitglied der Gilde. Ohne Vollmacht konnte er nicht verhaftet werden wie irgendein Schläger aus dem Moras, aber ...?

Seine Gedanken verebbten ziellos. Das Gesetz war stark in Serenstad, doch Macht und Reichtum blieben Macht und Reichtum.

Antyr versuchte, den Tumult in seinem Inneren zu besänftigen, indem er seine Aufmerksamkeit auf die dunkle Gestalt vor seinem Bett richtete.

Die Lampe schwang hin und her, als werde sie von einem böigen Wind geschüttelt, doch sie warf kein Licht auf ihren Träger. Sie schien ihn eher in noch dunklere Schatten zu tauchen, ihn in gewisser Weise noch finsterer zu machen.

Und waren da nicht noch andere Schatten in seinem Rücken?

Antyr spürte, wie sich eine Hand nach ihm ausstreckte.

Wieder versuchte er zu schreien, um seinen unheimlichen Besucher zu fragen: »Wer bist du? Was willst du?« Aber kein Laut kam über seine Lippen.

Doch wenn auch seine Stimme blockiert war, sein Geist war frei und ohne Fesseln. »Tarrian, Tarrian«, gellte er verzweifelt. Die Gestalt stutzte und legte den Kopf schräg, als erhasche sie ein unerwartetes Geräusch. Doch da war nur Stille.

Dann wurde sich Antyr des seltsamen Wesens dieser Stille bewußt. Sie war allumfassend, vollständig. Daß die Gestalt keinerlei Geräusche verursachte, war an sich schon beängstigend, doch schlimmer als das war die Stille in seinem Kopf. Da war nichts außer seinen zunehmend panischen Gedanken. Nichts. Keine Spur von jenen schwachen Bewegungen, die ihm, solange er denken konnte, Tarrians ständige Gegenwart angezeigt hatten, selbst wenn sie räumlich weit getrennt waren.

Eine tödliche Kälte durchflutete ihn. Eine solche Stille konnte nur bedeuten, daß Tarrian tot war.

Aber wie das? Trotz seines langen Lebens unter den Menschen hatte Tarrian all seine natürlichen Instinkte bewahrt; er war wild und vorsichtig bis in die tiefsten Winkel seiner Existenz hinein. Es war unmöglich, daß er getötet wurde, ohne nicht wenigstens einen letzten Verzweiflungsschrei auszustoßen. War möglicherweise irgendein raffiniertes Gift im Essen gewesen? Ein blitzschneller, unerwarteter Schwertstreich? Antyr entsann sich, wie prompt Ciarll Feranc nach seinem Schwert gegriffen hatte. Und in der Stadt mangelte es nicht an Männern und Frauen, die sich auf das Geschäft des Tötens verstanden.

Das Gefühl der Verlassenheit war erschreckend und entsetzlich, und Antyr spürte, wie sich ein gewaltiger Schrei der Angst und der Trauer in ihm aufbaute.

Doch der Schrei konnte sich nicht entladen, und während er wuchs und wuchs, begann Antyr unhaltbar zu zittern.

Die schwankende Laterne begann wie aus Sympathie mitzuzittern, und sein Beobachter schien zögernd wieder in die Schatten hinter ihm zurückzuweichen.

Antyr fühlte, daß sich die unsichtbare Hand zurückzog, und auf irgendeine Weise wußte er, daß er nicht mehr im Mittelpunkt der Aufmerksamkeit stand. Die Schatten rührten sich, und sie waren besorgt. Dann vernahm er tief in seinem Innern als Antwort auf seinen Hilferuf einen schwachen Laut, einen Laut, der wie das verzweifelte Krabbeln eines kleinen Insekts klang. Und für Sekundenbruchteile sah er irgendwo in der Ferne ein winziges Licht, unbeweglich und still wie der Abendstern und doch auch tanzend und glitzernd wie Sonnenstrahlen auf einer weit entfernten Rüstung.

Das Bild verschwand, fast bevor er es in sich aufnehmen konnte, doch wie ein Alchemistentrick veränderte sein Erscheinen das ganze Szenario unaufhaltsam innerhalb kürzester Frist, und Antyrs Furcht und Trauer wurden plötzlich in schäumende Wut verwandelt, während sich sein bebender Körper aus den Fesseln der unsichtbaren Macht, die ihn festhielt, zu befreien begann.

Die Gestalt schien einen letzten Versuch zu unternehmen, ihn zu erreichen, indem sie sich schnell wie eine zubeißende Schlange auf ihn stürzte, doch die Schatten zogen sie fort, und das merkwürdige Krabbeln und Kratzen wurde lauter und dringender.

Dann wollte es ihm einen Augenblick lang scheinen, als befinde er sich im Herzen eines riesigen Schlachtfelds, und eine Hand umklammere ein zerfetztes, blutgetränktes Banner, während die andere mit dem Schwert um sich haute und hackte.

»Zu mir! Zu mir!«

Seine Stimme füllte das Universum aus, hallte und hallte, und mit einem letzten Atemstoß des Hasses und Abscheus verschwanden die Schatten.

»Wo bist du? Wo bist du?« schmetterte ihm Tarrians verzweifelte und schockierte Stimme entgegen. »Wo bist du gewesen?«

Antyr fand sich immer noch auf dem Bett liegend, doch

glotzte er nun in die Augen des Wolfs, die leuchtend gelb und wild brannten, als sei er auf Traumsuche gewesen.

»Was …?« murmelte er verwirrt.

»Wo bist du gewesen? Was ist passiert?« wiederholte Tarrian seine Fragen, wobei er Antyrs Hemd ins Maul nahm und ihn kräftig durchrüttelte. »Bist du in Ordnung …?«

Antyr schlang die Arme um den Hals des Wolfes, sowohl, um ihn zum Aufhören zu zwingen, als auch, weil er Trost suchte. Er konnte spüren, wie das Tier zitterte, ganz genau so, wie er gezittert hatte. Und, so wurde ihm nun bewußt, noch nie hatte er seinen Gefährten so verstört, so verzweifelt erlebt.

»Ich weiß nicht«, gelang es ihm zu sagen, während er allmählich die Palastkammer wiedererkannte und sich an die Ereignisse der letzten Nacht erinnerte.

»Du weißt es nicht? Was soll das heißen? Gnädige Götter, Mann …« Tarrians Stimme verriet seine Erleichterung, doch schwang auch eine kaum im Zaum gehaltene Hysterie mit.

»Bitte, Tarrian. Mir geht es gut. Ich weiß nicht, was hier vor sich gegangen ist. Laß mir ein bißchen Zeit, meine Gedanken wieder zu sammeln«, bat Antyr, wobei er seinen Freund noch fester umarmte. »Nur ein bißchen Zeit.«

Tarrian legte sich einen Moment ruhig hin, entwand sich dann jedoch seiner Umklammerung und sprang zu Boden.

Antyr mühte sich in eine sitzende Position, bis er auf der Bettkante hockte. Ein schwaches graues Rechteck bewies ihm die Existenz eines Fensters, das er nicht bemerkt hatte, als er den Raum vorhin betreten hatte. Darüber hinaus zeigte es ihm, daß der Morgen graute. Er blieb ein paar Minuten regungslos so sitzen, den Kopf in die Hände gestützt, dann sah er auf und erwiderte den wachsamen Blick des Wolfs.

»Ich brauch' etwas zu trinken«, erklärte er.

Tarrians Ärger überwältigte ihn. »Vermutlich ist es die ewige Sauferei, der du das hier zu verdanken hast, du Esel«, donnerte er los. »Sie hat das Fitzelchen an Disziplin, das du noch hattest, so weit ausgehöhlt, daß du wehrlos gegen …« Er unterbrach sich, unfähig, den Satz zu Ende zu bringen. »In all der Zeit, die ich mit deinem Vater zusammen war, habe ich nie so etwas erlebt – nie! Und dein Vater hat Gefilde durchwandert, in die sich kein anderer gewagt hat, das kann ich dir sagen.«

Gegen seinen Willen antwortete Antyr in demselben Tonfall. »Ich will es gar nicht wissen!« rief er mit lauter Stimme aus. »Das ist verrückt. Was wandere ich auch durch die Träume von fremden Leuten? Durchwühle ihre Phantasien wie irgend so ein Scharlatan von Priester die Innereien eines Opfers? Die Hölle weiß, welchen Trugbildern ich damit Einlaß in meinen eigenen Geist verschafft habe. Mir reicht's! Ich wasche mich von jeglicher Schuld rein, bevor ich noch den Verstand verliere. Ich gehe ...«

»... aufs Land, suche mir irgendwo einen einfachen Job auf einer Farm, ziehe Wein und schneide Getreide«, beendete Tarrian mit ätzendem Hohn die Litanei. »Irgendwo, wo Ruhe und Frieden herrschen. Irgendwo, wo ich mir von irgendwelchen Strolchen die Kehle durchschneiden lassen kann ...«

»Verfluchter Hund«, zischte Antyr zwischen zusammengepreßten Zähnen hervor. »Geh und spiel mit deinem Rudel.«

Schweigen herrschte zwischen den beiden Streithähnen, wie es nur zwischen zwei sehr alten Freunden entstehen kann; gallig und äußerst unangenehm.

Tarrian legte sich hin und bettete die Schnauze auf die Vorderpfoten. Seine Augen leuchteten immer noch und fixierten den Traumfinder entschlossen. Antyr schwang seine Beine zurück aufs Bett und streckte sich aus, um diesem Blick nicht begegnen zu müssen.

»Erzähl mir, was geschehen ist«, verlangte Tarrian kurz und bündig nach einem Augenblick.

Antyr schüttelte den Kopf. Er wollte den Wolf schon mit einer neuerlichen Verwünschung bedenken, doch der kurze Ausbruch hatte kathartische Wirkung gehabt. »Ich weiß es nicht«, seufzte er ergeben. Ein erneutes Zittern durchlief ihn, so daß er die Arme fest um den Oberkörper schlang. »Ich weiß es nicht. Aber es war entsetzlich. Wir waren getrennt. Wirklich und wahrhaftig getrennt. Als seist du ... getötet worden. Und es war jemand hier. Eine Gestalt … mit einer Laterne … und hinter ihm waren Schatten. Lauernd, wartend … sie versuchten mich zu erreichen … Ich …«

Seine Stimme verlor sich, und wieder legte sich Schweigen über sie. Allmählich begannen die Geräusche des zum Leben erwachenden Palastes zaghaft in den Raum zu sickern.

Er sah auf und begegnete Tarrians Blick. »Es war wie ein Traum«, sagte er mit ausdrucksloser, aber furchterfüllter Stimme.

Tarrian erwiderte zunächst nichts, doch seine Besorgnis und sein Leugnen strömten in Antyrs Geist. Traumfinder träumten nicht; sie *konnten* es nicht. Und trotz dieser Antwort lauerten dort auch Zweifel.

»Du warst fort … irgendwo«, erklärte er schließlich. »Dein Körper war hier, aber dein Traum-Ich war fort. Von der Bildfläche verschwunden, als hätte es nie existiert. Und alle Wege waren mir verschlossen. Wie damals beim Tod deines Vaters.«

Die Ruhe und Gelassenheit des Wolfs ließen Schauer der Furcht über Antyrs Rückgrat rieseln.

»Glaubst du wirklich, ich hätte das alles selbst inszeniert?« fragte er fast klagend.

Diesmal schwang Verwirrung in Tarrians Erwiderung mit: die gewöhnliche Gereiztheit, die unvermeidlich einsetzte, wenn es um Antyrs Disziplinlosigkeit ging, und eine neue, tiefergehende Besorgnis; ein Einverständnis mit der Notwendigkeit, im Angesicht dieser unbekannten Bedrohung Freundschaft zu geben und anzunehmen.

»Ich weiß nicht«, schloß Tarrian sachlich. »Laß das Tageslicht herein, und dann erzähl mir *genau*, was passiert ist … was du gesehen, was du empfunden hast.«

Antyr war erstaunt, wie unsicher er sich fühlte, als er zum Fenster hinüberging, um den Vorhang zurückzuziehen. Nichtsdestotrotz war er auch ein wenig gespannt. Er hatte die vage Vorstellung, daß sich hinter dem Fenster ein phantastischer Blick auf die Stadt eröffnen werde, da der Palast ein hohes und beherrschendes Gebäude war. Statt dessen jedoch sah er über eine schmale, von Mauern eingeschlossene Kluft, deren Wände düster und von Flechten überwuchert in dem grauen Dämmerlicht lagen, das von einer ausgefransten Gebäudesilhouette hoch oben hereinsickerte. Der Blick nach unten zeigte ihm einen gepflasterten Hof, übersät mit zusammengewürfelten und schlecht instand gehaltenen Nebengebäuden, deren Dächer im Frühtau schimmerten.

Ein kleines Stückchen Moras-Distrikt im Herzen von Herzog Ibris' Palast, dachte er sarkastisch. Das Tageslicht jedoch erfüllte ihn mit mäßigem Optimismus.

»Nun, wenigstens hat sich der Nebel verzogen«, stellte er fest, als er sich wieder vom Fenster abwandte. »Und wir haben überlebt und dürfen uns eines neuen Tages freuen.«

Eine Floskel, die er nicht mehr benutzt hatte, seit er in der Armee gewesen war. Tarrian ließ das allerdings kalt. »Erzähl«, forderte er ihn auf.

Antyr brauchte nur ein paar Minuten, um seine Erlebnisse wiederzugeben, gelangte allerdings zu dem Ergebnis, daß das Tageslicht wenig dazu beitrug, die tiefe Angst zu dämpfen, die er empfunden hatte und die drohte, ihn wieder zu überfallen.

»Und?« fragte er, als er seinen Bericht abgeschlossen hatte.

Tarrian hatte während seiner Erzählung geschwiegen, und auch jetzt gab er keinerlei Vermutungen zum besten.

»Laß uns gehen«, erklärte er, erhob sich und reckte sich genüßlich. »Laß uns für eine Weile aufs Land gehen. Wir brauchen beide Zeit zum Nachdenken.«

Antyr zögerte. »Glaubst du wirklich, wir sollten das tun?« zweifelte er. »Der Herzog hat uns doch verboten, die Stadt zu verlassen.«

Tarrian tat Antyrs Einwand ab. »Er meinte, daß wir nicht ins Ausland reisen sollten«, erklärte er. »Als ob wir das jemals getan hätten. Er wird nichts dagegen haben, wenn wir ein oder zwei Stündchen in der frischen Landluft spazierengehen.«

Antyr war immer noch nicht restlos überzeugt. »Ich weiß nicht«, wandte er ein. »Vielleicht sollten wir besser jemandem Bescheid geben.«

»Um Himmels willen, nun mach schon die Tür auf«, drängte Tarrian mürrisch. »Nach allem, was passiert ist – was auch immer es war –, brauche ich jetzt Bewegungsfreiheit und Luft zum Atmen. Und du brauchst ... auch irgend etwas ... ich weiß nur nicht, was. Ein bißchen körperliche Ertüchtigung vermutlich. Komm schon, niemand vermißt uns, und vor Mittag sind wir wieder zurück.«

Antyr beugte sich der Hartnäckigkeit seines Freundes und öffnete vorsichtig die Tür. Halbwegs hatte er schon erwartet, einen Wachtposten vor seiner Tür vorzufinden, und als er sah, daß der Flur menschenleer war, wußte er nicht, ob er Erleichterung oder Enttäuschung verspüren sollte. »Ich hab' dir ja gesagt, daß uns niemand vermißt«, erklärte Tarrian mit lässiger Siegermiene. »Komm jetzt.«

Antyr indes hatte nicht die leiseste Ahnung, wo er sich befand oder wie er den Weg nach draußen finden sollte.

»Du solltest besser achtgeben«, tadelte ihn Tarrian ungeduldig. »Hier geht es lang. Folge einfach deiner Nase.«

Es bereitete ihnen keine Probleme, den Palast zu verlassen. Tarrian führte ihn unbeirrt durch ein verwirrendes Labyrinth von Korridoren, Gängen und Treppenfluchten, und diejenigen, denen sie über den Weg liefen, schenkten ihnen ohnehin keine Beachtung, beschäftigt mit ihren eigenen Angelegenheiten, wie sie waren. Erst als sie das Palasttor durchschritten, wurden sie von einigen der Wachen erkannt. Ihre Eskorte von letzter Nacht, vermutete Antyr.

Das Wetter war kühl und feucht, wobei ein letzter hartnäckiger Rest des gestrigen Nebels noch in der Luft hing und dem grauen, sonnenlosen Himmel eine gelbliche Färbung verlieh. Auch die Straßen trugen noch die feucht schimmernden Spuren des Nebels und lagen fast menschenleer, abgesehen von den Lehrlingen der Fackelentzündergilde, die pflichtbewußt die öffentlichen Fackeln löschten. Ein Wald aus zerfasernden schwarzen Rauchsäulen reckte sich wie schlanke Stützen in den grauen Himmel.

Tarrian trottete unerbittlich durch die erwachende Stadt, wobei er hin und wieder anhielt, um auf Antyr zu warten, nicht ohne indes bei dieser Gelegenheit seine Ungeduld zu demonstrieren.

Schließlich erreichten sie das große Norstseren-Tor. Da es recht früh am Tag war, war das Haupttor noch geschlossen, mit Ausnahme einer schmalen Schlupfpforte, gerade hoch genug, um ein Pferd durchzulassen. Dieser Einlaß war geöffnet worden, um diejenigen Reisenden hereinzulassen, die die Nacht draußen vor den Toren verbracht hatten. Später am Tag würden Karren und Wagen und unzählige Reisende eintreffen und die Stadt wieder verlassen, und beide Torflügel wären weit aufgeschwungen, um sie willkommen zu heißen.

»Tarrian nimmt dich wohl zu einer kleinen sportlichen Übung mit«, sagte einer der Wächter grinsend, unwissentlich die Bemerkung des Wolfs wiederholend, als sie durch die Pforte in den Schutz des breiten Torbogens traten. Antyr zuckte schüchtern mit den Achseln, vorübergehend etwas durcheinander angesichts der Woge von Mißbilligung, die von Tarrian zu ihm herüberschwappte.

»Einer deiner Saufkumpane, nehme ich an«, zischte er verächtlich.

Der Torwächter kam herüber und schenkte Antyr einen Blick wissender Vertraulichkeit. »Sieh zu, daß du dich beim Eintreiber meldest«, stieß er zwischen sich kaum bewegenden Lippen hervor. »Er ist neu hier und ein richtiger Hurensohn. Er würde Torsteuer von seiner eigenen Mutter erheben – für den Dreck, den sie unter ihren Schuhsohlen in die Stadt trägt.« Er beschloß seinen Ratschlag mit einem breiten Zwinkern.

Antyr nickte ihm zum Dank zu, konnte sich gleichzeitig aber eine höhnische Bemerkung an Tarrians Adresse nicht verkneifen. »Siehst du. Meine Saufkumpane erweisen sich eben doch manchmal als nützlich. Du wärst gewiß alles andere als erfreut, wenn ich bei unserer Rückkehr einen halben Tag lang beweisen müßte, daß du mir gehörst, oder?«

»Dir gehören?« erwiderte Tarrian mit vernichtender Geringschätzung. »Ihr Menschen seid unbegreiflich.« Dann brach sich trotz seines soeben geäußerten Vorurteils ein kleiner, selbstgerechter und sehr menschlicher Wutanfall Bahn. »Und du bist genauso blöd wie barbarisch! Eintreiber! Wer, der noch alle Sinne beieinander hätte, würde schon Steuern bezahlen, um Kriege zu führen, damit man noch mehr Geld raffen kann, um noch mehr Steuern zu zahlen …?« Die kleine Hetzrede endete in einem unartikulierten Knurren.

Antyr grunzte. »Ja, ja«, sagte er mit einer beschwichtigenden Geste, während er zu der kleinen Einfriedung schritt, in der der Toreintreiber hauste. »Du hast ja recht. Du hast es mir schon sooft gesagt, und wie immer ist deine Logik makellos. Ich weiß genau, welchen Stellenwert wir in deinem Weltbild haben. Aber jetzt bitte ich, ein bißchen weniger Philosophie und ein bißchen mehr praktische Lebenskunst an den Tag zu legen. Sorg einfach dafür, daß dieser Bursche hier sich bei unserer Rückkehr an dich erinnert, wenn du vor Sonnenuntergang wieder zu Hause sein willst.«

Nachdem ihr kleines, wohlvertrautes Scharmützel beendet war, wurden die beiden wieder zu verschworenen Spießgesellen, und Tarrian setzte mit einem Sprung über die Einfriedung.

Antyr, ein paar Schritte weiter zurück, hörte das erschrockene Kreischen aus dem Inneren, und als er durch die Tür trat, strahlte er den Mann mit seinem breitesten Lächeln an.

Tarrian stand mit den Vorderpfoten auf dem Tisch des Steuereintreibers und hechelte fragend einem Beamten mit schreckgeweiteten Augen ins Gesicht, der starr dort saß, während seine rote Amtsmütze unverzeihlich schief auf seinem Kopf hing.

»Wir sind vor Sonnenuntergang wieder zurück«, erklärte Antyr mit Nachdruck. »Keine Warenbewegungen.« Die Augen des Steuereintreibers sahen ihn hilfesuchend an, was Antyr mit voller Absicht als Zustimmung mißdeutete, woraufhin er sich mit einem freundlichen Winken verabschiedete und den Tatort verließ. Tarrian hörte auf zu hecheln und leckte, indem er sich ein wenig vorreckte, dem Eintreiber schnell mit nasser Zunge übers Gesicht, bevor er sich wieder zu Boden fallen ließ und Antyr folgte.

Vor dem Norstseren-Tor schlängelten Antyr und Tarrian sich durch die Zelte und Behelfsunterkünfte, die sich dort immer zusammendrängten. Bei den Bewohnern Serenstads war diese Siedlung unter dem Namen ›das Dorf‹ bekannt. Sie bestand aus einer eigenartigen, sich neptunisch immerzu wandelnden Gemeinschaft aus den unterschiedlichsten Menschen, die Ruhm und Glanz von Ibris' Stadt aus aller Herren Länder hierhergelockt hatten. Kaufleute, Scholaren, Gaukler, Reisende, Jäger nach Ruhm und Reichtum und solche, die Anonymität und Vergessen suchten; sie alle weilten dort von Zeit zu Zeit.

Es war ein farbenprächtiger und erregender Ort, doch heute verlieh die kühle morgendliche Feuchtigkeit, die auf den naßkalten nächtlichen Nebel gefolgt war, der Siedlung ein triefendes, heruntergekommenes Aussehen, und all die grellbunten Aushängeschilde wirkten trübsinnig und sinnentleert, während Wimpel und Flaggenschmuck schlaff und traurig herunterhingen wie der unverkaufte Fang eines müden Fischers.

Eine Zeitlang schwebten Antyr und Tarrian auf einer Wolke gehässiger Befriedigung, die ihnen der an dem Steuereintreiber verübte Streich verschafft hatte, doch die einzigen lebendigen Wesen, denen sie begegneten, waren vier stur dreinblickende Reiter, und als sich die schwermütige Atmosphäre des Dorfes sich allmählich über sie legte, begannen die seltsamen Ereignisse der vergangenen Nacht bald wieder ihre Gedanken zu beherrschen.

»Wo gehen wir hin, Tarrian?« fragte Antyr schließlich, eine Weile, nachdem sie das Dorf verlassen hatten.

Tarrian schreckte aus seinen Tagträumen hoch. »Nun … westwärts«, gab er geistesabwesend zur Antwort, als habe er es sich just in diesem Augenblick überlegt.

»Westwärts«, wiederholte Antyr ausdruckslos. »Zu den Klippen, darf ich annehmen?«

Wieder entstand ein kurzes Schweigen, bevor Tarrian unbestimmt erwiderte: »Ja … ja.«

Serenstad war am Ufer des Flusses Seren in einem saftigen, fruchtbaren Tal erbaut, doch die praktischen Schwierigkeiten, Gebäude auf dem weichen Talboden zu errichten, und die unaufhörliche Notwendigkeit, Verteidigungsanlagen gegen eine Vielzahl von Feinden zu unterhalten, hatte mehrere Herrscher davon überzeugt, die Stadt auf den Abhang des Tals auszudehnen, bis sie im Westen einen Bergkamm erreichte, der auf der anderen Seite steil in jähen Klippen abfiel und so der Stadt zumindest eine Grenze bescherte, die keiner oder nur geringer Verteidigungsanlagen bedurfte.

Antyr sparte sich einen Kommentar. Es hatte ohnehin keinen Sinn. Tarrian mußte sich bewegen, mußte nachdenken, mußte tun, was immer auch ein Wolf tun mußte, wenn er die Bürde menschlicher Torheiten und Taten auf sich lasten spürte, Taten, die dem, was in seinem Wesen lag, völlig zuwiderliefen. Es würde ein langer Marsch werden mit einem steilen Anstieg am Ende, wo die Wälle der Stadt niedriger zu werden und mit den höher werdenden Felsen zu verschmelzen begannen.

Antyr merkte, wie sein innerer Widerstand seine Füße lähmte wie Wüstensand, als seine alten Zweifel hinsichtlich seiner Berufung wieder in ihm aufzusteigen begannen. Was hatte er in den Träumen des Herzogs verloren? Wie konnte er sich mit Leuten wie Aaken Uhr Candessa und Ciarll Feranc gemein machen? Und wie kam er auf die blödsinnige Idee, Tarrian auf diesen kalten und sinnlosen Spaziergang vor den Stadttoren zu folgen? Er wußte, daß Tarrian nicht auf seine Gedanken horchte, doch aus Angst vor den beißenden Kommentaren des Wolfs versuchte er seine Befürchtungen und die Sehnsucht, die er nach einem anderen, weniger … absonderlichen … Beruf hegte, zu zerstreuen.

Doch noch während er die schon sooft gewälzten Gedanken dachte, veränderten sie sich. Er sehnte sich nicht mehr nach einem anderen Beruf. Er sehnte sich nach *irgendeinem* anderen Beruf. Aus tiefstem Herzen. Er wünschte sich sosehr, die Bürde seiner Gabe, seines Talents abschütteln zu können.

Die Empfindung war so leidenschaftlich, daß er stehenblieb.

»Inwiefern trägst du eine Bürde?«

Tarrians Stimme ließ Antyr zusammenfahren. »Ich … ich … wußte nicht, daß du –«, stammelte er verlegen.

»Lauschst?« beendete Tarrian den Satz für ihn. »Das habe ich auch nicht. Ich war an einem anderen Ort. Doch du hast mich zurückgerufen.«

»Das verstehe ich nicht«, wunderte sich Antyr.

»Ich auch nicht«, entgegnete Tarrian schlicht, um dann seinen gemächlichen Trott wieder aufzunehmen. Wie gewöhnlich trabte er ein gutes Stück vor Antyr einher, wie es ein guter Leitwolf gemeinhin tut.

Antyrs Gedanken tasteten fragend zu ihm hinüber, aber er erhielt keine Antwort; Tarrian war wieder ›an einem anderen Ort‹.

Sie setzten ihren Marsch fort, jeder mit seinen eigenen Gedanken beschäftigt und sowohl die Umgebung als auch das trübe Wetter mit der Zeit völlig vergessend. Als Antyr schließlich doch noch um sich blickte, war er überrascht. Er hatte nicht bemerkt, daß sie so weit und so hoch hinaus gewandert waren, auch wenn nunmehr seine Füße wie auf Kommando zu schmerzen begannen.

Von ihrem jetzigen Standort aus konnte man eine atemberaubende Aussicht genießen. Nach Osten hin schwangen sich die Stadtmauern in die üppig grünen Wiesen und Weiden des Tals hinab, und das silberne Band des Seren mäanderte südwärts durch die sanft gewellte Landschaft auf seinem Weg flußabwärts zum Hafen von Farlan und zum weiten Ozean. Nach Westen hin reckte sich die imposante, düstere Felskulisse des Nachbartals empor, ein ebenbürtiger Vetter desjenigen Gebirgszugs, der die westliche Grenze von Serenstad bildete.

Am heutigen Tage indes verhüllte der Winterdunst nicht nur den Horizont, sondern auch den Großteil des Tals. Antyr hob den Blick zu der dunklen Masse der äußeren Stadtmauer, die sich, dem Anstieg der Felsabhänge angepaßt, über ihm erhob. In dem alles beherrschenden Grau wirkte sie massiv und grimmig. Letzte Nacht hatte er die Stadt und ihre Mauern für ein Gefängnis gehalten, doch nun erschienen sie ihm eher wieder wie ein Schutzmantel, so unverrückbar und fest, wie die Wälle dort standen und bereitwillig den Haß und Zorn der Feinde der Stadt auf sich zogen.

Den Haß und Zorn der Feinde. Die Worte hallten in seinen Gedanken nach.

Feinde. Wessen Feinde? Was für Feinde?

Die Fragen überfielen ihn ungebeten und hatten eine Hartnäckigkeit, die Antyr die Stirn in Falten legen ließ. Er hatte nicht das geringste Interesse an der verwickelten und komplexen Politik von Serenstad und den der Stadt untertanen Gebieten, abgesehen davon natürlich, daß auch er in jüngeren Jahren verpflichtet gewesen war, als Soldat die Interessen der Stadt zu verteidigen oder an einer Strafexpedition gegen eine aufständische Föderatenstadt teilzunehmen, die größenwahnsinnig geworden war.

Doch die Fragen hockten beinahe trotzig in seinem Kopf. Noch einmal hob Antyr den Blick zu der Befestigungsmauer. Sie sah ihn finster an wie eine strenge Matriarchin, die keine Gnade kannte.

Warum, um alles in der Welt, stellte er sich solche Fragen, und warum ausgerechnet an diesem Ort und zu diesem Zeitpunkt? Nicht, daß diese Angelegenheit besonders subtiler Überlegungen bedurft hätte. Es gab jederzeit Widerstand der einen oder anderen Gruppierung gegen Herzog Ibris, doch die gewaltsameren Vorstöße gingen immer von den Bethlarii aus, den Bürgern von Bethlar, einer Stadt, die einige Tagesritte in nordwestlicher Richtung lag.

Ein hartes, kriegerisches Volk, das einstmals fast das gesamte Land südlich der Berge im Norden beherrscht hatte und auch heute noch die meisten Städte im Norden und Westen beherrschte.

Das Problem mit den Bethlarii war, daß sie immer noch die Oberherrschaft über das ganze Land beanspruchten, indem sie sich, vielleicht sogar zu Recht, darauf beriefen, daß sie die direkten Nachkommen der ersten Siedler seien, jener Seevölker, die nach ihrer Ankunft die barbarischen Stämme vertrieben hatten, die das Land bis dahin besetzt hatten.

Die Seren, so behaupteten sie, seien lange nach ihnen gekommene Usurpatoren, bloße Händler und Handwerker, die das Knie vor den Krieger-Gründern des Landes beugen müßten.

Doch der wahre Haß der Bethlarii entstammte, so wie jeder Seren wußte, ihrem finsteren, menschenfeindlichen Fanatismus und war in Wirklichkeit nichts als Neid auf die lockere, lebensbejahende Art der Seren und die Tatsache, daß diese verachteten Händler und Handwerker Serenstad eine solche Macht und einen solchen Reichtum beschert hatten (sowohl mit ihren Aktivitäten in der Stadt als auch mit ihrem Fernhandel), daß Bethlars Föderatenstädte eine nach der anderen das Bündnis gewechselt hatten.

Wer auch letztendlich recht haben mochte, die Feindschaft zwischen den beiden Städten und ihren Verbündeten gipfelte immer wieder in wilden, erbitterten Kämpfen. Die Bethlarii hatten allerdings einsehen müssen, daß die schwächlichen und degenerierten Seren sich, wenn es sein mußte, sehr wohl auf die Kunst der Kriegsführung verstanden und daß sie sich vor allem eine schlagkräftige Söldnertruppe leisten konnten, die ihre Reihen verstärkte und ihren Bürgern das Kriegshandwerk beibrachte.

Die Tatsache, daß sich die Bethlarii, obwohl sie solche Praktiken verachteten, hin und wieder gezwungen sahen, eben dieselbe Taktik anzuwenden, war eine ständige Quelle hämischer Erheiterung für die Seren.

Nun jedoch, nachdem Ibris nach der Belagerung von Viernce den Vertrag mit den Bethlarii geschlossen hatte, herrschte eine Art labilen Gleichgewichts im Land. Die Seren verachteten die Bethlarii weiterhin wegen ihrer strengen, kriegerischen Lebensweise, ihrer trübsinnigen öffentlichen Häuser, ihrer sturen, geistlosen Disziplin und ihrer abscheulichen Priesterschaft, die engstirnig und eingleisig den Kriegergott Ar-Hyrdyn verehrte. Und die Bethlarii fuhren darin fort, die Seren zu verachten, angeblich aufgrund dessen, was sie für ihre Verderbtheit und Dekadenz hielten, in Wahrheit jedoch wegen ihrer wachsenden wirtschaftlichen Potenz und der politischen Macht, die damit einherging.

Das Gleichgewicht war jedoch ein dynamisches, und innerhalb des lockeren Regelwerks des Vertrags wurden unablässig Verschwörungen und Gegenverschwörungen geschmiedet, wurde um diesen oder jenen Vorteil gekämpft, bestochen und Druck ausgeübt; von einzelnen Personen, Parteien, ganzen Städten; beide Seiten manövrierten und lavierten, um mehr Macht und Einfluß zu gewinnen und sich gegen den Gegner abzusichern.

Antyr begriff genug von den politischen Realitäten im Land, um zu wissen, daß sie nicht mehr durch reine Vernunft zu erfassen waren, und auch wenn er hin und wieder an dem Wahnsinn des Ganzen zu verzweifeln drohte, besaß er doch weder Reichtum noch Macht, um die Verhältnisse zu ändern.

Sicher, wie jeder andere Gildenangehörige konnte er sich um ein Amt im Gythrin-Dy bemühen, der gemeinsam mit der Sened dem Herzog beratend zur Seite stand, doch das erschien ihm nur wie derselbe Wahnsinn in kleinerem Format: Dutzende von Fraktionen und Gruppierungen, die permanent die Bündnisse wechselten, wobei Verrat und Mißtrauen die wichtigste Handelsware darstellten.

Es stimmte zwar, daß seine Verachtung für die politischen Institutionen der Stadt und seine Weigerung, sich in sie einzubringen, auch nicht unbedingt vernünftiger Überlegung entsprangen, doch das war eine Schlußfolgerung, die er – wie auch die Mehrzahl der Seren – zu ignorieren vorzog. Für ihn reichte es, daß er sein Handwerk ausübte, seine Steuern zahlte – wenn es unvermeidlich war – und sich ganz allgemein im Rahmen der städtischen Gesetze hielt.

Warum sollte er dann also an den westlichen Ausläufern der Stadt herumstreichen, zudem an einem solch feuchten und ungemütlichen Tag, und sich den Kopf über ihre Feinde zermartern? Und doch tat er genau das; denn das Wort ›Feinde‹ haftete nicht nur in seinen Gedanken, es schien darüber hinaus auch eine andere Bedeutung anzunehmen, eine Bedeutung, die am Rande seines Bewußtseins schwebte wie ein geheimnisvoller Schatten, der verschwand, sobald man den Blick direkt auf ihn richtete.

Weitere Tagträume wurden indes dadurch verhindert, daß Antyr und Tarrian ans Ziel ihrer Wanderung gelangten. Die westlichen Klippen, die Aphron Dennai, Aphrons Treppe, verdankten ihren Namen dem tyrannischen Herzog Aphron, dessen Lieblingsbeschäftigung darin bestanden hatte, Leute über jene Klippen werfen zu lassen, so daß sie auf den Felsspitzen darunter zerschellten, bis die Bürger sich eines guten Tages gegen ihn erhoben und ihm die Gelegenheit verschafften, das Spektakel aus einem noch persönlicheren Blickwinkel zu erleben.

Vermutlich von den Tollkühnen dieser Welt zu erklimmen, wenn auch nicht im Eiltempo und ganz gewiß nicht vom durchschnittlich trainierten Seren, bildeten die Aphron Dennai die sicherste Grenze der Stadt.

Tarrian sprang auf einen Felsüberhang und spähte über den Rand. Antyr gab sich damit zufrieden, das Ganze aus sicherer Entfernung zu genießen.

Die beiden verharrten einen Augenblick in Schweigen; die einzigen Geräusche kamen von kleinen Bachläufen, die irgendwo in der Ferne in das Tal hinunterstürzten. Dann drang von oben ein heiseres Krächzen an ihre Ohren. Tarrian hob den Blick. Zwei Raben drehten hoch über ihren Köpfen ihre Bahnen.

»Ich kannte einmal einen Raben«, meinte Tarrian geistesabwesend.

»Wie bitte?« rief Antyr verärgert über diese vermeintlich nichtige Störung aus.

»Vergiß es«, erwiderte Tarrian leise. »Es ist schon lange her.«

Antyr stieß einen verzweifelten Seufzer aus. »Was machen wir eigentlich hier, Tarrian?« wollte er wissen. »Meine Füße sind durchgeschwitzt, und ich friere mich fast zu Tode. Ich muß dich wohl nicht daran erinnern, daß dieser Ausflug deine Idee war. Ich für meinen Teil wäre liebend gern im Palast geblieben.« Er schwieg, kurzfristig wieder auf den Boden der Tatsachen zurückgeholt. »Was mich daran erinnert, daß Aaken uns immer noch den Lohn für letzte Nacht schuldet.«

Er ließ den Blick über den großen, offenen Talkessel schweifen, den die Klippen säumten, und sah dann zum Himmel empor.

»Und außerdem wette ich, daß es gleich zu regnen anfängt. Wir werden naß bis auf die Knochen. Und es würde mich nicht wundern, wenn die Palastwache bei unserer Rückkehr schon auf uns wartet. Der Herzog hat nämlich wirklich gesagt ...«

»Um Himmels willen, halt doch mal den Mund!« Tarrians Stimme schnitt wie ein Axthieb durch die Luft. Antyr war an barsche Worte von seinem Gefährten gewöhnt, doch diese Rüge hatte etwas an sich, das er noch nie zuvor gehört hatte; er war zu überrascht, um spontan etwas entgegnen zu können.

»Wir müssen uns mit schlimmeren Problemen als deinen Fußbeschwerden und einer unbezahlten Rechnung herumschlagen«, fauchte Tarrian. »Oder, wenn wir schon mal dabei sind, selbst Herzog Ibris' Ungnade.«

Unter anderen Umständen hätte Antyr um eine sofortige Klärung der letzten Behauptung gebeten, doch Tarrian, allein auf dem Felsvorsprung – seine Silhouette hob sich scharf vor dem grauen Himmel ab –, schien so völlig in seinem Element zu sein und hatte mit solcher Autorität gesprochen, daß es genausogut der Berg selbst hätte sein können, der geredet hatte.

Antyr sperrte den Mund auf, doch kein Laut drang über seine Lippen.

»Irgend etwas stimmt nicht«, stellte Tarrian fest, dieselben Worte benutzend, die er auch in des Herzogs Traum gewählt hatte. »Es war etwas Falsches an Ibris' Traum. Etwas durch und durch Falsches.« Er schwieg, um dann, als habe er das schon zahllose Male wiederholt, zu sagen: »Da waren *andere.*«

Antyr begann den Kopf zu schütteln, als sei die Geste in der Lage, Tarrians Worte zu zerstreuen, bevor sie sein Ohr erreichten. »Ich möchte nicht darüber reden. Nichts Falsches war daran. Wir haben uns alles nur eingebildet. Ich war ermüdet und erschüttert und nicht in bester Verfassung, nachdem man mich zu dieser nachtschlafenden Zeit durch die Straßen geschleppt hatte, und daß auch noch unter Begleitschutz. Und vergiß bitte nicht, wir ... ich ... habe noch nie Träume von solch einem bedeutenden Mann gesehen. Er ist eine große Führerpersönlichkeit, ein Kriegsherr, ein Staatsmann. Seine Träume *müssen* einfach ungewöhnlich sein. Wir haben uns geirrt, das ist alles. Wie hätte denn jemand anders in einem Traum sein können? Laß uns heimgehen … ins Warme … vielleicht zum Palast … unseren Lohn kassieren … und …«

Tarrian beachtete ihn nicht, tat einfach so, als sei er nur ein weiterer blubbernder Bach.

»Da waren andere«, sagte er ein zweites Mal, noch überzeugter. »Andere mit … Fähigkeiten …, die ich nicht begreifen kann. Fähigkeiten, die sie auf der Suche nach dir an diesen Ort gebracht haben, die dich aus meiner Obhut gerissen haben …«

Seine Stimme, voller Verblüffung, verlor sich.

»Tarrian, hör sofort auf damit!« In Antyrs Kopf begann sich alles zu drehen. »Ich habe dir schon zweimal gesagt, daß ich nichts, aber auch gar nichts davon hören will. Es war ein langer, seltsamer Tag, und …« Er machte eine einlenkende Geste. »Vielleicht hast du recht … ja, wahrscheinlich hast du wirklich recht … ich habe zuviel getrunken, habe mich nicht genug um meine Angelegenheiten gekümmert. Es ist uns einfach über den Kopf gewachsen, das ist alles. Wenn wir diesmal zurückkommen, werde ich mich mit dem Problem auseinandersetzen, ehrlich. Ich fang' an, besser auf mich aufzupassen … besorg' uns ein paar Stammkunden …«

»Antyr!« Wieder schnitt Tarrians Stimme wie ein Schwert durch das zunehmend panische Gefasel des Traumfinders. »Hör auf, hör auf damit, um Himmels willen! Ich versuche nachzudenken. Versuche herauszufinden, was das alles bedeutet. Ich habe Angst. Ich brauche deine Hilfe, nicht deine leeren Besserungsversprechen.«

Plötzlich waren die allzu menschlichen Vorwürfe, mit denen der Wolf Antyrs Hirn vollstopfte, verschwunden, und Tarrian legte den Kopf zurück und heulte.

Mit vor Schreck aufgerissenen Augen lauschte Antyr. Der Gesang stieg an und flaute wieder ab, und obwohl der

Traumfinder nichts davon verstand, spürte er doch die brennende Leidenschaft.

Als er fertig war, schwieg Tarrian lange Zeit mit hängendem Kopf. Aus der grauen Eintönigkeit um sie herum kam keine Antwort.

»Sieh«, sagte er schließlich. »Mein Rudel ist fort. Zu anderen Bergen gezogen, in andere Täler. Meine Gefährtinnen haben andere Liebhaber. Meine Jungen sind erwachsen geworden und fortgegangen. Glaubst du denn, nur du würdest dich danach sehnen, anders zu sein, als du bist? Glaubst du denn, ich würde dieses Leben, diesen widerwärtigen Gestank der Menschheit, ertragen, wenn ich die Wahl hätte?«

Antyr zuckte angesichts der Verbitterung und des Zorns in Tarrians Stimme zusammen.

Die Worte: ›Es tut mir leid‹ formten sich in seinem Geist, doch er sprach sie nicht. Sie wären eine gewollte Beleidigung gewesen im Angesicht von Tarrians Leid.

Statt dessen ging er zu dem Felsüberhang hinüber und ließ sich an der Seite seines Gefährten nieder.

»Niemand hält dich, alter Freund«, sagte er zärtlich.

»Du hältst mich, Traumfinder«, erwiderte der Wolf. »Du hältst mich. Wie dein Vater vor dir. Nicht aus eigenem Willen binden wir uns aneinander. Es ist das Wesen des Rufs, und es liegt nicht bei uns, es zu ändern. Ich verstehe deinen Schmerz. Ich tue es wirklich, denn dein Schmerz ist der meine. Doch er erwächst nur aus deinem Widerstand, die Wahrheit zu akzeptieren, und wird erst enden, wenn du sie hinnimmst.«

»Ich begreife nicht«, sagte Antyr nach langem Schweigen.

»Doch, das tust du«, widersprach Tarrian. »Du begreifst mehr, als du wahrhaben willst.« Seine Stimme wurde weicher. »Vielleicht ist dein Schmerz teilweise meine Schuld. Vielleicht habe ich versucht, dich zu dem Traumfinder zu machen, der dein Vater war, wo ich doch erst einmal genauer hätte hinsehen und beobachten sollen. Dich subtiler führen. Nicht versuchen, dich auf die alten Wege unserer Kunst zu zwingen, nur weil diese Wege schon immer so und nicht anders begangen worden sind. Vielleicht habe ich dir im Licht gestanden, anstatt es dir zu zeigen.«

Antyr schüttelte den Kopf. Der Geist von Tarrians Gesang schien noch immer Besitz von ihm zu nehmen. Er griff nach dem Wolf, um ihn irgendwie zu trösten. »Nein. Du hast getan, worum mein Vater dich gebeten hat, und du hast es gut getan. Ich bin das, zu dem ich selbst mich gemacht habe. Wenn ich es bin, der dich hält, dann gebe ich dich frei. Geh zurück zu deinen Artgenossen und sei glücklich. Ich bin kein richtiger Traumfinder mehr und hege nicht den Wunsch, einer zu werden.«

Er versuchte, die Worte aus ehrlichem Herzen zu sprechen, doch im selben Augenblick schon hörte er, wie falsch sie klangen.

Tarrian wandte sich ihm zu und sah ihn an.

»Du hast keine Wahl«, sagte er. »Du *bist* Traumfinder. Ich habe es dir nie gesagt, aber du besitzt ein Talent, das alles übertrifft, was ich jemals erlebt habe. Selbst deinen Vater hättest du in den Schatten gestellt.«

Antyr versuchte sich dem Mitleid und dem Schmerz zu entziehen, die die Gedanken des Wolfs ausfüllten.

Tarrian fuhr fort: »Ich glaube, darum werde ich auch so schnell wütend auf dich. Ich zweifle an meiner Fähigkeit, dich zu führen, wie ich es sollte. Ich habe Angst, entweder ein Zuschauer zu sein, der ohnmächtig danebensteht, während du dich zerstörst, oder gar unbeabsichtigt deine Zerstörung herbeizuführen.«

Antyr schüttelte langsam den Kopf, doch Tarrians eiserner Wille gestattete keinen Widerspruch.

»Warum sagst du solche Dinge?« brachte er schließlich hervor.

»Weil ich nicht weiß, was ich sonst tun soll«, lautete die überraschende Erwiderung. »Irgend etwas stimmt nicht. Das weißt du so gut wie ich. Irgend etwas ... irgend jemand ... hat letzte Nacht erst den Herzog und dann dich angegriffen. Du mußt akzeptieren lernen, was du bist, und endlich damit aufhören, jemand anders sein zu wollen, oder ...«

»Oder was?«

»Oder wir werden zugrunde gehen, vernichtet werden,

und andere mit uns. Sie werden wiederkommen. Du stehst zwischen ihnen und dem Herzog.«

»Sie? Wer ...?« setzte Antyr zu einem letzten Fluchtversuch an. »Woher willst du das wissen?« fragte er schließlich wütend.

»Ich weiß es so, wie du es weißt, aber du willst ja nicht auf dich hören«, entgegnete Tarrian leise, stand dann auf und kletterten wieder die Felsen hinunter. »Antyr, damals, Schild an Schild mit deinen Kameraden, hast du auch nicht gegen die Kavallerieattacke der Bethlarii standgehalten, indem du so getan hast, als seist du ein anderer. Du hast deinen Feind als solchen erkannt und bist ihm im offenen Kampf begegnet. Dies hier ist nichts anderes. Ein Feind, dem du dich nicht stellst, wird dir in die Flanke fallen und dich umzingeln – um dich dann zu vernichten.«

»Aber ...?«

»Ich muß jetzt laufen«, sagte Tarrian mit ruhiger, aber fast verzweifelt klingender Stimme. »Geh heim. Warte auf mich. Ich komme später zurück.«

Und dann war er auch schon fort, und seine dunkle, pelzige Gestalt verlor sich rasch zwischen den zerklüfteten Felsen.

Als der Wolf zu laufen begann, erklang seine Stimme von weither in Antyrs Geist. »Du hast zwei Feinde, Antyr. Dich selbst und jenen, der den Herzog zu vernichten trachtet. Ergreife Schild und Speer gegen beide! Verteidige dich! Ich werde bei dir sein.«

Antyr erhob sich und starrte ihm hinterher. Tarrians Worte hatten ihn auf jenes furchtbare Schlachtfeld zurückgebracht: das übelkeitserregende Warten, während der Feind hin und her paradierte, Reitmanöver und Finten ausführte; dann das brüllende Entsetzen, als der donnernde Angriff einsetzte, wenn nur noch der Augenblick zählte und alles, was man tun mußte, standhalten war; standhalten um jeden Preis; für dich selbst, für all die anderen an deiner Seite.

»Haltet die Stellung, und ihr überlebt!« hatte man ihnen während der Ausbildung permanent zugebrüllt. »Habt ihr jemals einen Gaul gesehen, der blöd genug gewesen wäre, sich auf einer Pike aufzuspießen?« Unsicheres Lachen. »Und außerdem sind sie auch nur Menschen. Häßlich, das gebe ich zu, doch hier unter euch sehe ich Häßlichere stehen. Erinnert euch an die Exerzierübungen, bleibt zusammen. Und habt Wut, nicht Angst. *Sie* haben hiermit angefangen. *Sie* sind der Feind.«

Antyr bebte heftig, ob vor Kälte oder Furcht, wußte er nicht zu sagen. Er hatte Angst empfunden – und auch Wut. Und er hatte standgehalten. Und überlebt. Hatte sich dem Feind gestellt, Stahl um Stahl, Pfeil um Pfeil. Hatte sich ihm entgegengestellt und den Sieg davongetragen.

Sich dem Feind stellen.

Wieder erbebte er, wickelte sich fester in seinen feuchten Umhang und stieg die Felsen hinunter auf den Pfad, der ihn zum Norstseren-Tor zurückbringen würde.

Kapitel
6

Nefron begutachtete sich eingehend im Spiegel. Ihr langes schwarzes Haar war voll wie immer und gerade so weit zurückgekämmt, um die zarte Struktur ihrer Gesichtsknochen zu unterstreichen. Ihre Haut war makellos und, obwohl blaß, nicht fahl. Eine beiläufige Berührung mit den Fingerspitzen bestätigte ihr, daß sie genauso zart war, wie sie aussah. Sie nickte anerkennend. Obwohl sie vorgab, solche Eitelkeiten zu verachten, war Nefron doch überaus zufrieden mit ihrem Aussehen. Es würde ihr noch für eine Weile gute Dienste leisten.

Ja, wirklich, entschied sie, ihr schmales, feines Gesicht war in vielerlei Hinsicht schöner, als es vor – wieviel eigentlich genau? – sechsunddreißig Jahren gewesen war, als sie Ibris geheiratet hatte.

Sechzehn war sie damals gewesen. Und schön. Aber auch ohne besondere Eigenarten – und naiv dazu. Sie war ein dummes kleines Weibchen für einen mächtigen, weltgewandten Mann gewesen, der fast doppelt so alt war wie sie. Ein klügerer Mann wäre achtlos an ihr vorbeigegangen. Heute waren sie und ihr Gesicht bei weitem interessanter.

Bei der Erinnerung an ihr jüngeres Ich verzogen sich ihre Lippen zu einem vernichtenden Lächeln. Was Nefron nie wirklich in ihrem Spiegel sah, waren jenes höhnische kleine Lächeln und die feinen Fältchen um ihre Augen, die ihren forschenden, intriganten Blick hervorhoben.

Von ihrer Untersuchung lassend, schaute sie erneut auf

den auf dem Tisch liegenden Brief. Der Empfang eines Briefs war ein ungewöhnliches Ereignis für Nefron, da sie die meisten Informationen von Mund zu Mund erhielt. Eine notwendige Übung für sie, die sie über die Jahre hinweg vervollkommnet hatte. Schriftliche Botschaften konnten verlorengehen, in Umlauf gebracht, abgeschrieben, als Zeugnis gegen sie verwandt werden. Sie hatten wenig Empfehlenswertes an sich. Es gab allerdings ein oder zwei unter ihren vertrautesten ›Verbündeten‹, wie sie ihre Spione nannte, die nicht jederzeit ungefährdet bei ihr vorsprechen konnten und für die eine verschlüsselte Nachricht die einzige Möglichkeit der Kontaktaufnahme darstellte. Dieser hier war ein solcher. Ihr spöttisches Lächeln wurde zu einem annähernd triumphierenden Grinsen. Es war ihr immer eine Quelle der Befriedigung, wenn eines ihrer Augen und Ohren in Ibris' Palast ihr etwas zusteckte, das der Herzog unbedingt geheimzuhalten wünschte.

Der Inhalt des Briefs war indes verwirrend, und eine Zeitlang meinte sie, ihn womöglich mißverstanden zu haben. Ibris sollte einen Traumfinder konsultiert haben? Versonnen schüttelte sie ihren Kopf.

Irgendwo in ihrem Gedächtnis stieß sie auf eine verblaßte Erinnerung, daß Ibris in seiner Jugend Traumfinder gerufen hatte, aber mit Sicherheit hatte er dies in all der Zeit, in der sie zusammen gewesen waren, nicht mehr getan. Und danach, soweit sie wußte, auch nicht. Und sie wußte das meiste, was in Ibris' Palast vor sich ging.

Und wen hatte er konsultiert? Antyr. Sie formte den Namen prüfend und stumm mit den Lippen. Ziemlich unbekannt. Wer er auch war, zu den beliebten, erfolgreichen Traumfindern gehörte er nicht. Worauf war Ibris aus? Wie dem auch sei, sie mußte es in Erfahrung bringen. Es würde sich irgendwann als nützlich erweisen. Sie würde jemanden schicken, der die Gilde ausfragen sollte, wer dieser überraschende Berater ihres Herrn und früheren Gemahls sein mochte.

Ein zaghaftes Klopfen an der Tür unterbrach ihre Gedankengänge.

»Herein«, sagte sie, legte den Brief wieder hin und tippte gedankenverloren mit ihren langen Fingern auf das Papier.

Es war ihre Zofe mit einem weiteren Brief. Nefron legte die Stirn in Falten. Zwei Briefe an einem Tag! War das ein Komplott, durch das Ibris sie in irgendeiner Weise belasten wollte? Eine falsche Verschwörung aufbauen und ihr dann damit drohen, sie der Sened auszuliefern? War einer ihrer Spione enttarnt und umgedreht worden? Es wäre nicht das erste Mal, und Ibris war immer auf der Suche nach einer Gelegenheit, ihre Bewegungsfreiheit noch weiter einzuschränken. Sie kniff die Augen zusammen, als sie den Brief von ihrer Zofe entgegennahm.

Er trug das Siegel der Ärztegilde. Nefron konnte es nicht verhindern, daß eine Augenbraue vor Erstaunen hochzuckte.

»Wer hat das gebracht, Maara?« verlangte sie zu wissen, während sie das Siegel eingehend prüfte.

»Es war Dirkel, Herrin, der Diener des Leibarztes Drayner«, erwiderte die Frau. »Sonst hätte ich das Schreiben gar nicht erst in Empfang genommen.«

Nefron nickte anerkennend und entließ sie. Maara war ihr zweifellos treu ergeben und fast ebensosehr wie sie selbst darauf bedacht, ihre Interessen zu wahren.

Drayner! Nefrons Lippen wichen zurück und enthüllten die weißen Zähne, während sie den Brief öffnete und auseinanderfaltete. Was mochte Ibris' unbestechlicher Blutegel wohl von ihr wollen?

Der Brief war in diesem Punkt so deutlich, daß es fast schon unhöflich war.

»Meine Lady«, begann er, »Ihr müßt mit Eurem Sohn, Lord Menedrion, sprechen.« Ihr müßt! registrierte Nefron finster.

> Letzte Nacht hat er beinahe ein junges Mädchen umgebracht – eine der Töchter der Diener. Das sieht ihm gar nicht ähnlich, wie Ihr wohl wißt. Er will mich nicht empfangen, und seine Diener berichten, daß er, obwohl es ihm körperlich offenbar gutgeht, in irgendeiner

Weise außer sich zu sein scheint. Nach dem, was ich von ihnen hörte, bin ich zutiefst besorgt, und ich möchte Euch bitten, einzugreifen, da ich denke, daß Eure besondere Liebe nötig ist, um ihn zu beruhigen. Sollte der Vorfall vor den Gythrin-Dy kommen, wie es sehr wohl möglich sein könnte, und der Lord würde dort in einem erschöpften Zustand auftreten, könnte großer Schaden daraus erwachsen. Ich verbleibe Euer gehorsamer Diener, Eron Drayner.

Nefron zischte eine unterdrückte, ungläubige Verwünschung hervor. Sie wand und drehte den Brief in den Händen, als wolle sie irgendwelche Anzeichen dafür entdecken, daß er gefälscht wäre, doch das Siegel war unbestreitbar das der Ärztegilde, und außerdem waren Handschrift und Stil unzweifelhaft die von Drayner.

Was, zum Donner, hatte Menedrion getan? Sie las den Brief ein zweites Mal: ›beinahe ein junges Mädchen umgebracht … sieht ihm gar nicht ähnlich …‹

Das sieht ihm gar nicht ähnlich, wiederholte sie noch einmal im stillen. Nein, das stimmte, pflichtete sie Drayner insgeheim bei. Menedrion war ein physisch gefährlicher Mann, der in der Schlacht und auch im Streit schon oft willentlich getötet hatte, und wenn er betrunken war, prügelte er häufig auf Diener und gar auf unschuldige Bürger ein, die ihm versehentlich über den Weg liefen. Darüber hinaus war er ein Lustling und benutzte Frauen eingehend und skrupellos. Doch diese seine beiden grausamen Charakterschwächen waren noch nie zusammen aufgetreten. Trotz seiner Gefühllosigkeit kamen die Frauen freiwillig zu ihm zurück und behaupteten, er sei ein zärtlicher und bedächtiger Liebhaber.

Nefron blickte finster drein. Sie hatte einen Ältesten geboren, der zweifellos ein Rohling war. Die Vorstellung, er könne in gewissen Situationen zärtlich und bedächtig sein, hatte sie immer für sehr amüsant gehalten. Nun, sein Vater hatte diese Eigenschaften gewiß nicht besessen, auf der anderen Seite, sie war ja auch nicht eben nett gewesen. In diesem Augenblick jedoch kam die Heiterkeit ungebeten, vermengte sich mit den ernsteren Überlegungen und störte sie.

›... außer sich ...‹, hatte es in dem Schreiben geheißen. Meinte er ›wahnsinnig‹? Nein, Drayner hätte ›wahnsinnig‹ geschrieben, wenn er ›wahnsinnig‹ gemeint hätte.

Mit großer Überwindung ließ sich Nefron auf einer langen Sitzbank neben einem der Fenster nieder und zwang sich dazu, den Brief noch einmal langsam und sorgfältig zu lesen. Das graue Morgenlicht fiel kühl auf die Zeilen und wirkte beruhigend. Sie vermochte kein auch noch so subtiles Komplott darin zu wittern, keine auch noch so verborgene Gefahr zu entdecken. In diesem Brief stand nichts, was man nicht auch vor den Herzog bringen konnte. Nur Sorge um einen Patienten und den Schaden, den der Vorfall in der Stadt anrichten mochte, falls Menedrions befremdliches Verhalten bekannt werden sollte.

Drayner wußte nur zu gut, daß, obwohl erbitterter Streit zwischen dem Herzog und seiner Gemahlin herrschte, dieser Streit doch vorwiegend die Nachfolgeregelung in Serenstad und den unterworfenen Gebieten betraf, und daß niemandem – außer vielleicht den Bethlarii – damit gedient wäre, den ältesten Sohn des Herzogs in einen Skandal zu verwickeln, der das Vertrauen der Bürger in die Zukunft erschüttern könnte. Und zudem hätte er nie geschrieben, wenn es nicht wirklich um eine überaus ernste Angelegenheit ginge.

Kurzfristig kam Nefron der Gedanke, daß ein Großteil des Parteien- und Familiengezänks, das sie alle peinigte, aufhören würde, wenn es mehr Männer wie Drayner im öffentlichen Leben gäbe. Der Gedanke fand indes kaum ihre Zustimmung. Drayner konnte es sich leisten, über den Dingen zu stehen. Alles, was er tun mußte, war, eingeschlagene Schädel und Schnittwunden zu heilen. Habgierige Kaufleute, ränkeschmiedende, neidische Verwandte, unzufriedene Bürger, machthungrige Lords und Gildenvorsitzende waren eine ganz andere Sache.

Dann wallte eine echte Woge mütterlicher Sorge in ihr auf. Ihr kleiner Junge war krank. Mit einem Mal stand sie wieder an seinem Kinderbettchen, den besorgten Herzog an ihrer Seite, strich zärtlich über eine fiebrige Stirn und saugte gierig Drayners zuversichtliche Worte auf. »Nur eine Kinderkrankheit, es besteht kein Anlaß zur Sorge. Er ist ein kräftiger Junge, und in ein oder zwei Tagen wird es ihm schon wieder bessergehen. Macht Euch keine Sorgen.«

Die Erinnerung und die damit einhergehenden Gefühle trafen sie unvorbereitet, und sie fuhr sich mit der Hand an den Hals, wie sie es damals zu tun pflegte, wenn sie Angst hatte. Dann, als sie ihr Spiegelbild erblickte, straffte sie sich und rief leicht gereizt nach ihrer Zofe.

»Hole sofort Lord Menedrion zu mir«, trug sie der eintretenden Frau gebieterisch auf. Maara klappte den Mund auf, als wolle sie den Befehl in Frage stellen, doch als sie die Stimmung ihrer Herrin bemerkte, verstummte sie. »Ich muß ihn auf der Stelle sehen, ganz gleich, was er gerade macht, hast du mich verstanden? Sorg dafür, daß mein Befehl befolgt wird.«

Maara verbeugte sich und machte sich schleunigst davon.

Seit Ibris Nefron in ihren alten Familienpalast verbannt hatte, den Erin-Mal, hatte der Herzog ohne seine ausdrückliche Erlaubnis niemandem den Besuch gestattet mit Ausnahme ihrer Söhne Menedrion und Goran. Es war zwar ein Risiko gewesen, aber in diesem Fall hatte er keine Wahl gehabt. Die wirkungsvolle Gefangensetzung seiner Frau vor etwa dreizehn Jahren, der Tochter eines der mächtigsten Senedwr der Stadt, hatte eine ganze Menge politischer Unruhe hervorgerufen, die Erklärungen wie: ›Die Herrin Nefron hat sich auf den dringenden Rat ihrer Ärzte hin dazu entschlossen, sich aus dem öffentlichen Leben zurückzuziehen‹ nur unzureichend hatten besänftigen können. Ihr auch noch ›den Trost und die Zuwendung ihrer Kinder‹ zu entziehen, wie ihre Anhänger es in ihrem Namen überall verbreitet hatten, hätte zu einem handfesten Hofskandal geführt.

Ibris stimmte damals dem Ganzen zu – in der Öffentlichkeit bereitwillig, insgeheim jedoch vor Wut schäumend.

»Diese Hündin kann froh sein, daß ich sie nicht habe hängen lassen«, erklärte er mehr als einmal im Kreise seiner engsten Berater. »Sie kann ihrem Vater dafür danken. Ich brauche ihn zu sehr.«

Bei ihrer letzten Begegnung indes hatte er es an Deutlichkeit nicht mangeln lassen. »Vater oder nicht, Nefron. Wenn mir auch nur die geringste Andeutung zu Ohren kommt, daß du oder deine Anhänger wieder gegen Arwain intrigieren, wird dir eines Nachts ein Kissen aufs Gesicht gedrückt.«

Nefron war angesichts der Rage ihres Gatten erbleicht, wie es auch viele gestandene Krieger getan hätten, doch sie hatte seinem Blick standgehalten und ihre Fassung bewahrt. »Ich leugne nicht, daß ich gejubelt hätte, wenn diese Assassinen Erfolg gehabt hätten«, versetzte sie gehässig. »Aber wenn du glaubst, daß ich es war, die sie gedungen hat, um den kostbaren Bastard meiner Schwester zu töten, dann bist du auf dem Holzweg, und das weißt du auch ganz genau. Wenn du auch nur den Hauch eines Beweises hättest, würdest du mich erbarmungslos vor Gericht zerren, meines Vaters und meiner Familie ungeachtet, nur um mich loszuwerden, nicht wahr, o du großer Herzog?« Dann sah sie ihn rätselhaft an. »Wie schade, daß alle Assassinen umkamen«, fügte sie spitz hinzu.

Ibris Augen schleuderten Blitze. »Halt deine Glückssträhne gut fest, Nefron, es wird deine letzte sein«, stieß er hervor. »Eines Tages ... eines Tages ...« Ohnmächtig verebbte sein Satz.

Nefron führte ihn für ihn zu Ende: »Eines Tages wird *unser* Sohn Herzog von Serenstad sein. Herzog Menedrion wird dein Nachfolger sein. Du hast keine Wahl, du mußt ihn früher oder später zum Thronfolger ernennen lassen. Und sollte ihm davor irgend etwas zustoßen, ganz gleich, was, werde ich deinen ehebrecherischen Froschlaich zur Hölle schicken, und wenn du mich von den Aphron Dennai stürzen läßt.«

»Führe mich nicht in Versuchung, Frau«, schleuderte Ibris ihr zornentbrannt entgegen.

Nefron lachte. Das grausame Hohngelächter, das nur ein Liebender lachen kann.

»Dich versuchen, mein Geliebter?« gurrte sie gespielt verführerisch. »Weißt du denn nicht, daß *kein einziger* der *unzähligen* Liebhaber meiner unersättlichen Schwester es verdient, daß man ihn in Versuchung führt?«

Ibris stürzte sich mit erhobener Hand auf sie. Nefron zuckte unwillkürlich in Erwartung des Schlags zusammen, doch davon abgesehen wich sie keinen Zollbreit zurück.

Eine lange, lange Zeit hatten sie einander in die Augen geblickt, bevor Ibris den Kopf gesenkt und sich, ohne noch ein einziges Wort zu sagen, zum Gehen gewandt hatte.

Das leise Schließen der Tür hinter ihm hatte Nefron überraschend mitten ins Herz getroffen, und unwillkürlich hatte sie ihm einen stummen Fluch hinterhergeschickt, während sie sich die Tränen aus den Augen gewischt hatte.

Nun hatte sie nur noch wenige Tränen.

Menedrion hatte sehr schlechte Laune, als er endlich eintraf, und platzte unangekündigt in das Gemach seiner Mutter.

»Mutter! Was, zum Teufel ...«

Nefron hob beiläufig die Hand, um seinen zornigen Auftritt zu entschärfen, und lächelte der empörten und ganz aus der Fassung gebrachten Maara zu, die versucht hatte, Menedrion mit gehörigem Anstand in ihr Zimmer zu geleiten, zu ihrem Kummer aber einfach von ihm beiseite gefegt worden war.

»Laß uns allein, Maara«, sagte sie. »Ich entschuldige mich für die unziemliche Eile meines Sohns. Er ist nicht an die Gesellschaft feiner Damen gewöhnt. Oh, und bitte sprich dem Boten meinen Dank aus, daß er meine Nachricht so rasch befördert hat.«

Besänftigt verneigte sich Maara und verließ das Gemach, und Nefron konnte ihre ungeteilte Aufmerksamkeit nun ihrem Sohn zuwenden.

»Ich wäre dir dankbar, wenn du ein wenig höflicher zu meinen Dienern wärst, Irfan«, bemerkte sie mit sanftem Tadel, während sie ihm die Wange hinhielt. »Der Himmel weiß es, in diesen Tagen habe ich nur noch wenige, denen ich vertrauen kann.«

Menedrion beugte sich vor, und nachdem er die Anspannung seiner Kiefer gelockert hatte, gelang es ihm, seine Mutter ohne Knurren zu küssen.

»Mutter …«, setzte er zielstrebig an.

Nefron brachte ihn mit einem erhobenen Zeigefinger zum Schweigen. »Laß dich ansehen«, sagte sie und strich ihm mütterlich über seinen Waffenrock. »Ich habe dich ja seit Wochen nicht gesehen.«

»Du hast gesagt, ich solle nicht zu oft kommen, als wir uns das letzte Mal trafen«, protestierte Mendrion umgehend.

»So, so«, sagte Nefron, während sie gleichzeitig seinen Arm ergriff. »Setz dich, du bist zu groß für mein bescheidenes Kämmerchen.«

Menedrion warf einen amüsierten Blick auf das geräumige, exquisit eingerichtete Empfangszimmer, um dann der Aufforderung seiner Mutter wie ein genesender Invalide Folge zu leisten.

Nefron setzte sich ihm gegenüber und blickte ihm ernst in die Augen.

»Erzähl mir genau, was letzte Nacht passiert ist«, verlangte sie schroff, gerade als er den Mund öffnete, um etwas zu sagen.

Die Frage bewirkte, daß er mit aufgesperrtem Mund dasaß, während er die aufmerksam geweiteten, forschenden Augen seiner Mutter auf sich ruhen fühlte. In seinem Gesicht flackerte ganz kurz etwas auf, das Nefron erschreckte, doch sie ließ sich nichts anmerken und fixierte ihn weiterhin durchdringend.

Menedrion schien kurzfristig die Möglichkeit zu erwägen, alles abzustreiten, um dann unverblümt zu fragen: »Warum?«

»Weil ich es wissen muß«, erklärte Nefron in einem Ton, der keinen Widerspruch duldete. »Ich weiß, daß du um ein Haar eins deiner Weiber umgebracht hättest. Und ich muß wissen, warum.«

Wieder schien Menedrion in Erwägung zu ziehen, die ganze Sache einfach zu leugnen, doch plötzlich verzerrte sich sein Gesicht vor Wut, und er stieß den Stuhl zurück und sprang auf. »Wer hat dir das erzählt?« rief er. »Wenn es dieser verdammte …«

»Setz dich«, befahl Nefron, bevor Menedrion seine Drohung präzisieren konnte. Er schwankte.

»Setz dich!« wiederholte seine Mutter mit Nachdruck; sie mußte zwar den Kopf zu ihm hochheben, redete aber, als spreche sie zu den Knien des Kindes, das sie großgezogen hatte. Sie beugten sich gehorsam.

Wieder sitzend und fürs erste gefügig gemacht, beugte Menedrion sich vor und tat so, als untersuche er eingehend seine Stiefelspitzen.

»Es spielt keine Rolle, von wem ich es erfahren habe«, fuhr Nefron fort, und jetzt richtete sie ihre Worte an seinen Haarschopf. »Kurz und gut, ich weiß es. Und wenn ich es weiß, werden es auch andere wissen. Und wenn andere es wissen, kann es gut auch dem Gythrin-Dy zu Ohren kommen …«

Menedrion wiederholte den Namen mit einem verächtlichen Knurren.

Ein vorübergehender Anflug wütender Enttäuschung zog über Nefrons Antlitz. »Manchmal verzweifle ich an dir, Irfan. Der Gythrin-Dy ist nicht die Sened. Es sind emporgekommene Händler und Gildenleute, die sich selbst für ungemein wichtig halten. Immer darauf bedacht, der Macht der großen Kaufmannshäuser und der Lords einen Schlag zu versetzen. Selbst dein Vater hat manchmal Probleme, in diesem Gremium alles ruhig über die Bühne zu bringen. Wenn sie Wind von dieser Sache bekommen, werden sich genug finden, die von deinem Vater deine Bestrafung verlangen, und andere werden das Wort erheben und fordern, daß du vor Gericht gestellt wirst.«

Menedrion blickte auf, und auf seinen Zügen lag eine Mischung aus Wachsamkeit und Ungläubigkeit. »Dazu haben sie nicht die Macht«, entgegnete er unsicher.

»Nein«, stimmte ihm Nefron zu. »Das haben sie nicht. Aber sie dürfen sagen, was sie wollen, und sie haben Geld und das Ohr der Öffentlichkeit. Und wenn sich das Ganze erst einmal zu einem Skandal auswächst, wirst du bald feststellen müssen, daß der Pöbel, der frenetisch deine Schlachtenerfolge beklatscht hat, deinen Kopf fordert. Und wenn es einmal so weit ist, wird man nur noch sehr wenig für dich tun können.«

Sie schwieg. Selbst Menedrion kannte die Macht des Pöbels, und doch schien er nicht zuzuhören.

»Verstehst du denn nicht?« drängte Nefron; ihre Augen verengten sich zu Schlitzen, ihr Tonfall verschärfte sich. »Du könntest am Ende für ein oder mehr Jahre auf eine der Inseln verbannt werden, die Thronfolge könnte dir gar für immer vorenthalten werden. Arwain würde an deiner Statt herrschen.« Da sie spürte, daß sie ihm keine Antwort entlocken konnte, schleuderte sie ihm ihre letzten Worte wie einen Speer entgegen: »Also, *was* ist passiert?«

Von der körperlichen Erscheinung her war Menedrion ganz der Sohn seines Vaters. Geringfügig kleiner, aber genauso kraftvoll gebaut, war er ein tapferer Mann, der eine gebieterische Ausstrahlung hatte. Da jedoch endete die Ähnlichkeit, denn Menedrion ging die angeborene und feine Menschenkenntnis seines Vaters ab. Statt dessen vertraute er auf seine Fähigkeit, die meisten Probleme mit Gewalt und Wutausbrüchen zu regeln. Er hatte viele treue und ergebene Anhänger, doch insgesamt gesehen hatte seine Veranlagung dafür gesorgt, daß seine Beliebtheit großen Schwankungen unterlag.

Während sie auf Menedrions Antwort wartete, kam Nefron ein Ausspruch Aaken Uhr Candessas in den Sinn, den dieser einmal über seinen Sohn gefällt hatte. »Der Herzog könnte tausend Männer an den Galgen bringen und sich doch des Jubels ihrer Verwandten und Freunde sicher sein. Menedrion würde sich selbst an den Galgen bringen, weil er einer Katze auf den Schwanz getreten hat.«

Nefron vermochte diesen Ausspruch nicht so rückhaltlos abzutun, wie sie es gerne gewollt hätte. So machte sie sich auf eine heftige, wortreiche Erwiderung gefaßt, erwartete, ihr Sohn werde den Vorfall entweder abstreiten oder sich trotzig und stolz dazu bekennen. Statt dessen jedoch stützte Menedrion seinen Kopf in die Hände, und einen Moment lang, während ihr Herz fast stillstand, meinte sie, er werde in Tränen ausbrechen.

Doch den Gesichtsausdruck, den er nun aufsetzte, hatte sie noch nie zuvor gesehen. Das schwache Flackern, das sie vorhin schon bemerkt hatte, strahlte nun in vollem Glanz auf. Das Antlitz ihres Sohns wirkte gehetzt, gequält.

Ihr eigener Gesichtsausdruck spiegelte den seinen wider, und ihre Hände schienen – ganz untypisch für sie – unsicher zu schwanken; sie streckten sich unwillkürlich aus, um ihn zu berühren, und wurden doch gleichzeitig abgestoßen.

»Was ist los?« fragte sie leicht beunruhigt.

Menedrion sah sie an, um dann seinen Blick durch den Raum wandern zu lassen wie ein Tier in der Falle, das nach einer Fluchtmöglichkeit sucht. Und in der Tat, Nefrons Hände waren den Klauen von Raubtieren nicht unähnlich, als sie jetzt plötzlich vorschossen und seinen ruhelosen Kopf packten, um ihn festzuhalten.

»Was ist los?« fragte sie in einem Tonfall, der darauf angelegt war, *jedes* Schreckengespenst auszutreiben.

Trotz all seiner Stärke vermochte sich Menedrion nicht aus seiner Mutter Griff zu befreien. »Ich habe sie geschlagen, Mutter«, erklärte er zögernd, als könne er seine eigenen Worte nicht glauben. Seine Augen begegneten den ihren, und sie ließ ihn los. »Ich ... ich habe sie ... wirklich geschlagen.« Er streckte seine kraftvollen Hände vor sich aus und starrte sie an. »Ich habe sie fast erwürgt. Aber es war nicht wirklich ich ... Ich ...« Seine Stimme erstarb.

»Was meinst du damit, daß du es nicht wirklich warst?« fragte Nefron streng, nicht geneigt, irgendwelche Ausflüchte zu akzeptieren.

Menedrion entzog sich ihrem Griff. »Ich möchte nicht darüber reden«, erklärte er brüsk und machte Anstalten, sich zu erheben. »Ich regele die Sache mit dem Mädchen und ihren Eltern. Sie sind die einzigen, die davon wissen. Es wird keine Probleme geben, keinen Skandal. Ich bin nicht so töricht, wie du denkst, Mutter. Ich habe schon Schlimmeres als das wieder in Ordnung gebracht.«

Doch es klang unecht.

»*Drayner* hat mir über dich berichtet, Irfan«, erklärte Nefron brüsk. »Er meinte, du würdest meine Hilfe in irgendeiner Weise benötigen. Und Drayner ist noch weitaus weniger töricht als du, meinst du nicht auch?«

»Er hatte kein Recht dazu«, begann Menedrion, vom harschen Ton seiner Mutter gereizt. »Was für ein Spiel spielt er?«

»Er hatte *jedes* Recht dazu«, entgegnete Nefron, seinen Einspruch beiseite wischend. »Drayner spielt keine Spiele, das weißt du. Er steht auf niemandes Seite, aber er hat mehr politisches Gespür in seinem kleinen Finger als viele der Senedwr in ihrem ganzen Leib. Und wenn er sich so viel Sorgen macht, daß er mir die Angelegenheit zur Kenntnis bringt, dann ist es wahrhaftig ernst. Und jetzt hör mit diesem Schwachsinn auf. Ich will *alles* wissen, was vorgefallen ist. Habe ich mich klar genug ausgedrückt?«

Einen Augenblick hielt Menedrion dem Blick seiner Mutter stand, dann räumte er seine Niederlage mit einem Stirnrunzeln ein. »Es war einfach ein böser Traum, das ist alles«, antwortete er leichthin. »Ich kämpfte. In einer Schlacht ... ohne Pferd ... umzingelt ... Ich war nicht richtig wach ... Ich wußte nicht ...«

Nefron schüttelte langsam den Kopf, während sie zum Sprechen ansetzte, und Menedrions Stimme verebbte. »Kein Schlachtentraum hat diesen Ausdruck, den ich gerade gesehen habe, auf dein Gesicht gezaubert«, erwiderte sie und brachte ihr Antlitz ganz nah an seins heran. Menedrion schluckte, und sie fuhr fort. »Denn du wirst in der Schlacht fast zum Berserker, Irfan Menedrion, und keine Schlacht, stünde sie auch noch so schlecht, würde dir Angst einjagen. Und wenn du auch wüst um dich schlagend erwachen würdest, so erwachtest du doch wie ein Krieger; du wärst auf der Stelle hellwach und wüßtest, wo du wärst. Du kannst Traum und Realität sehr gut unterscheiden. Und keine Erinnerung an eine Schlacht würde dich noch Stunden später erbleichen lassen.«

Menedrion wandte den Blick halb von ihr ab und stierte in den Raum, doch er nahm gar nicht wahr, auf was sich seine Augen richteten. Ein langes Schweigen setzte ein. Nefron beobachtete ihn und wartete. Das graue Tageslicht, das durch das Fenster hereinfiel, zeichnete scharfe Schatten in Menedrions Antlitz.

»Es *war* eine Schlacht, Mutter«, sagte er schließlich widerwillig, wobei er sich ihr wieder zuwandte. »Doch ich bin mir nicht sicher, ob es ein Traum war.«

Nefron runzelte in echter Besorgnis die Stirn. Einen Moment lang begann der ganze Ehrgeiz, den sie für ihren Sohn hegte, zu zerfließen, während Bilder des Wahnsinns vor ihrem geistigen Auge vorbeizogen. In ihrer beider Familien hatte es bislang keine Fälle gegeben, aber …?

»Es war … wirklich …«, setzte Menedrion fort. »Ich war … jemand anders. Jemand ohne Trost und Freude. Und dunkel, wie eine widernatürliche Nacht. Und kalt.« Er begann, sich den Arm zu reiben. »Bitterkalt. Und überall um mich herum lauerten Schatten. Schwärzer als die tiefste Finsternis. Erst weit weg, doch dann näher, suchend. Sie suchten nach mir.«

Sein Atem wurde flacher. »Ich blickte um mich, konnte jedoch nichts sehen außer dieser finsteren Leere, die mich umgab. Keine Fluchtmöglichkeit, kein Versteck. Sie wußten, daß ich da war, weil sie mich dorthin gebracht hatten, und jetzt suchten sie nach mir.«

Nefron beobachtete mit wachsendem Entsetzen, wie das Blut aus Menedrions rötlichem Gesicht wich und der gehetzte Blick wieder in seine Augen trat. »Dann, als hätten sie meine Gedanken gehört, entdeckten sie mich … witterten mich. Sie begannen, näher zu kommen … wie Jäger. Erst langsam, dann immer schneller. Ich konnte nicht rennen, denn das wollten sie nur, und ich wußte genau, daß sie die Kraft meines Weglaufens für sich selbst nutzen und mich um so schneller fassen würden.« Menedrion hob die Hände, als wolle er sich vor etwas schützen. »Dann waren sie da. Ich schlug um mich, aber … sie waren gar nicht da … und waren doch da.« Er durchbohrte seine Mutter mit seinem Blick, erklärte nun in eindringlichem Tonfall. »Mein Hieb ging einfach durch sie hindurch … und sie gingen durch mich hindurch … wie Kälte … eine tödliche Kälte. Sie ergriffen Besitz von mir, Mutter. Sie wollten mich. ›Ja‹, sagten sie die ganze

Zeit. ›Ja, ja, diesen hier auch noch.‹ Sie zerrten mich weg … zerrten … Ich konnte ihnen nicht Einhalt gebieten … ich wollte nicht … Ich …«

Er stieß einen gewaltigen Seufzer aus und schien einen Moment lang nicht in der Lage zu sein, fortzufahren. »Und dann war ein anderer in mir, in meinem Innern … nein … Ich war jemand anders … jemand, der nicht hierhingehörte … und sie konnten mich nicht mehr erreichen … außer einem … stiller, schrecklicher als die anderen. Er, es, berührte mich just in dem Augenblick, als ich … erwachte … zurückkam.«

Menedrion fuhr sich mit der Hand über die Brust, als wolle er sich vergewissern, daß er noch Fleisch und Blut sei. »Aber etwas davon war noch in mir … winzig, aber doch real … und es tanzte in mir wie eine schwarze Kerzenflamme. Und ich war immer noch jemand anders. Jemand anders war ich. Jemand, der die Flamme nicht spürte. Der sie nicht sagen hörte ›Schlag zu. Nähre mich.‹ Aber der dennoch zuschlug.«

Plötzlich stieß er einen gequälten Schrei aus und vergrub den Kopf in seinen Händen. Nefron musterte ihn mit weit aufgerissenen Augen und, zum ersten Mal in ihrem Leben, sprachlos vor Entsetzen.

»Ich bin nicht verrückt, Mutter«, stieß Menedrion unversehens hervor, ohne aufzublicken. »Ich bin nicht verrückt.«

Nefron öffnete den Mund, um irgend etwas Beruhigendes zu sagen, doch sie wußte, daß ihre Stimme sie verraten würde. So legte sie ihm einfach eine Hand aufs Haar, während der kühle, vernünftige Teil in ihr sich mühte, die mächtigen Gefühlsaufwallungen niederzukämpfen, die als Reaktion auf die Qual ihres Sohnes durch ihren Körper jagten.

Menedrion sah hoch. »Ich bin nicht verrückt«, schnitt seine Stimme heftig durch ihr Schweigen. »Ich weiß es genau. Ich dachte, ich könnte es womöglich sein, aber jetzt, wo ich es dir erzählt habe, weiß ich, daß dem nicht so ist. Es hätte der Alptraum eines Wahnsinnigen sein können, aber er war es nicht. Und ich habe *Angst.*«

Nefron hatte ihr Leben lang kein solches Eingeständnis

ihres Sohnes zu hören bekommen, doch immer noch vermochte sie ihrer Stimme nicht zu trauen. Menedrion hatte einige Charakterschwächen, doch er hatte im Kampf dem Tod ins Auge geblickt und Tod ausgeteilt, und sein Urteil, was das Schlachtenfieber anging, war absolut vertrauenswürdig. Von Feinden angegriffen, wußte Menedrion so gut über jeden einzelnen Teil seines Körpers und seines Geistes Bescheid, daß es einen meditierenden Weisen vor Neid hätte erblassen lassen. Es war seine Vollständigkeit, die ihn so gefährlich und schlagkräftig machte und mit der er oft den Willen seiner Gegner brach, noch bevor sie sich auf ihn stürzten.

Es ging Nefron allmählich auf, daß sie sich so verhalten mußte, wie sich schon andere vor ihr verhalten hatten. Sie mußte hinter seinem Schutzschild in Deckung gehen, um sich eine kleine Atempause zu verschaffen. Sie mußte seinem schlachtengeprüften Urteil vertrauen.

»Du hast recht«, gab sie mit fester Stimme zurück, stand auf und hoffte, daß sie schon das Richtige sagen werde. »Es geht hier nicht um Wahnsinn. Dafür stehst du mit beiden Beinen zu fest auf der Erde, und nebenbei bemerkt ...« Sie gestattete sich ein wissendes Lächeln. »Du hast nicht genug Phantasie, um dem Wahnsinn zu verfallen.«

Ein sanfter Spott und ein vertrauter, schon oft geäußerter dazu, und Menedrions grimmige Miene hellte sich wieder ein wenig auf.

»Wir haben es hier mit zwei Problemen zu tun«, fuhr Nefron fort, wieder die Initiative ergreifend. »Das erste ist das Mädchen.« Sie wandte sich ihrem Sohn zu. »Darum mußt du dich kümmern. Geh zu ihr, such ihre Eltern auf. Bring es, so gut du kannst, wieder in Ordnung, leiste Abbitte und Entschädigung. Sag ...« Sie zuckte mit den Schultern. »Sag, daß es ein Alptraum war ... wahrscheinlich etwas, was du gegessen hast ... irgend etwas Schädliches in diesem Nebel ... schließlich bringt er wirklich eine Menge Leute um. Zeig dich reuig. Das muß ich dir nicht erst einschärfen, nein? Eine kluge Mischung aus Geld und deinem unvergleichlichen Charme sollte es tun.« Nachdenklich schwieg sie einen

Augenblick. »Bring das unverzüglich in Ordnung, sobald du dieses Gemach verlassen hast, verschlepp es nicht.«

»Was ist mit Drayner?« warf Menedrion ein, froh, hinter dem eisernen Schildwall seiner Mutter Tatkraft Schutz suchen zu können.

Nefron machte eine wegwerfende Handbewegung. »Drayner verbreitet keine Gerüchte«, beruhigte sie ihren Ältesten. »Und wenn sonst noch jemand Bescheid weiß, fällt das nicht ins Gewicht, solange von der Familie keine Beschwerde kommt.«

Zufrieden nickte sie vor sich hin. Und dann fiel ihr – sie hatte nichts anderes erwartet – auch die Lösung des zweiten Problems ein. Und weil diese Lösung so elegant war, lächelte sie versonnen. So würde sie zwei Fliegen mit einer Klappe schlagen.

Erneut ließ sie sich Menedrion gegenüber nieder. »Diese zweite Sache ist allerdings ernster«, gab sie zu, besorgt, aber zielstrebig. »Wir müssen herausfinden, was dir letzte Nacht widerfahren ist, aber das können wir nicht allein herausfinden.« Und dann, als habe sie soeben eine Eingebung gehabt, legte sie ihm ihre Hand aufs Knie. »Du mußt einen Traumfinder zu Rate ziehen«, erklärte sie mit leisem Triumph in der Stimme.

Menedrion sah sie verunsichert an. »Einen Traumfinder?« wiederholte er.

Nefron nickte bestätigend.

»Niemand geht heutzutage noch zu einem Traumfinder«, meinte Menedrion bestürzt. »Das sind doch alles Scharlatane. Wie ...« Er suchte nach einem passenden Vergleich. »... wie Wahrsager, die die Zukunft aus dem Bodensatz eines Weinglases lesen. Das ist etwas für die Weiber von Kaufleuten, die zuviel Geld und zuviel Zeit haben ...«

Nefron schenkte ihm ein breites Lächeln und brachte ihn mit einer Handbewegung zum Schweigen. »Nein, nein«, widersprach sie. »Es sind ein paar Scharlatane in ihren Reihen, aber sie sind immer noch eine allgemein respektierte Gilde, und einstmals hat man sie oft zu Rate gezogen. Ich habe neulich von einem gehört. Kein berühmter Traumfinder, aber sehr fähig. Er wird von ein paar wichtigen Leuten konsultiert …« Sie schnippte leise mit den Fingern. »Wie war doch gleich sein Name?«

Ihre Miene erhellte sich. Menedrion badete in der Selbstsicherheit, die von ihr ausströmte.

»Antyr«, erklärte sie. »Das war der Name. Wenn du Frieden mit dem Mädchen und ihrer Familie geschlossen hast, Irfan, dann gehst du los und suchst diesen Traumfinder auf, diesen … Antyr.«

KAPITEL 7

Arwain furchte die Stirn, während er von seinem Pferd sprang und dem wartenden Knecht die Zügel in die Hand drückte.

»Stimmt etwas nicht, Sir?« fragte ein Offizier, der vorgetreten war, um ihn zu begrüßen.

Arwain erwiderte seinen Gruß und brachte mit Mühe ein Lächeln zustande. »Nein, nein, Ryllans«, wiegelte er ab. »Nur die Feuchtigkeit nach diesem verfluchten Nebel. Sie scheint einem durch Mark und Bein zu dringen.«

Ryllans Augenbraue fuhr in die Höhe. »Mir kam zu Ohren, daß es letzte Nacht irgendwelche Unruhen im Palast gegeben hat«, bemerkte er geradeheraus.

Arwain schüttelte den Kopf und kicherte. »Eine der Dienerinnen ist böse gestürzt und brauchte dringend ärztliche Hilfe, das war alles«, beschied er den Mann. »Gibt es eigentlich irgend etwas, was Euch nicht zu Ohren kommt, Ryllans?«

»Nicht viel, wie ich hoffe, Sir«, versetzte der Offizier. »Eure Sicherheit ... und die von Lady Yanys ... sind meine Aufgabe, und dafür muß ich meine Augen und Ohren überall haben.« Arwain nickte anerkennend.

»Zweifellos werdet Ihr mir erzählen, warum diese Dienerin der Fürsorge des herzoglichen Leibarztes bedurfte, wenn Ihr soweit seid, Sir«, fügte Ryllans vorsichtig hinzu, und sein leichter fremdländischer Akzent verbarg seine wahre Besorgnis.

»Zweifellos«, erwiderte Arwain lachend. »Wenn Ihr es mir nicht als erster erzählt.«

Doch Arwains Lachen rief bei Ryllans keine vergleichbare Reaktion hervor. Vielmehr hielt der Ältere Arwains Blick stumm, aber dennoch unnachgiebig und fragend stand. Früher oder später würde man ihm ja doch zufriedenstellend erklären müssen, warum sein Schützling und seine Wachen nächtens durch die Kellergewölbe wanderten. Daß sie anstelle von geheimen Verschwörern einen Arzt und seine Patientin aufgespürt hatten, war ohne Bedeutung. Verstohlene Bewegungen im Palast boten immer Grund zur Besorgnis. Und die befremdliche Tatsache, daß der Leibarzt des Herzogs mitten in der Nacht gerufen worden war, um einer einfachen Dienerin zu helfen, blieb auch weiterhin bestehen.

»Alles in Ordnung«, erwiderte Arwain, nun schon ernster und zudem mit gesenkter Stimme. »Es bestand keine Gefahr, und es droht auch keine Verschwörung. Es war nur eine … Ausschreitung … meines geliebten Halbbruders. Ich erzähle Euch später, was vorgefallen ist. Keine Angst, es besteht keine Notwendigkeit zur Eile, glaubt mir. Es gibt Dringlicheres zu erledigen.«

Ryllans nickte und machte auf dem Absatz kehrt.

Arwain sah auf den Rücken des Hauptmanns seiner Leibgarde, während er ihm folgte. Ryllans war – wenn auch nicht viel – kleiner als er, mit beginnender Glatze und glattrasiert. Sein leicht schwankender Seemannsgang ließ ihn schwerfällig und ein wenig unbeholfen wirken. Der Eindruck trog gründlich. Arwain wußte, daß er den Wachen, die ihn vergangene Nacht durch die Keller des Palasts begleitet hatten, schon die gesamten Vorkommnisse entlockt haben und vermutlich auf gutem Wege sein würde, das Mädchen und die beteiligten Diener zu identifizieren.

Er wußte ebenfalls, daß die Tatsache, daß Drayner und die anderen nur durch puren Zufall entdeckt worden waren, Ryllans tief betroffen machte, denn die Sicherheit von Arwain und seinem Haus kam für ihn direkt nach seiner unverbrüchlichen Treue zum Herzog und beherrschte sein gesamtes Denken.

Arwain mochte und schätzte Ryllans, und doch war er sich einer gewissen Distanziertheit in dessen Verhalten bewußt. Nicht, daß er reserviert oder überheblich gewesen wäre – tatsächlich war er ein ständig gutgelaunter Kamerad –, aber irgendwo tief in seinem Innern war ein Bereich, den er, Arwain, nie würde erreichen können. Er tröstete sich allerdings damit, daß das nicht nur ihm so ging, denn Ryllans war der Dienstälteste der Mantynnai; derjenigen Männer, die vor etwa zehn Jahren die Stadt Viernce während der von den Bethlarii geschürten Rebellion und Belagerung verteidigt und gehalten hatten. Für einen normalen Zeitgenossen waren diese Männer letztendlich unergründlich.

Sie waren eine kleine Schar fremder Söldner im Dienste Herzog Ibris'. In Viernce stationiert, hatten die Mantynnai die Erhebung niedergeschlagen, nachdem die örtliche Miliz die Waffen gestreckt hatte. Schon allein das wäre keine leichte Aufgabe gewesen, waren die Mantynnai doch zahlenmäßig unterlegen, aber dann hatten sie die Stadt zusätzlich noch von einer Bethlarii-Armee belagert gesehen. Sie hatten entsetzliche Verluste erlitten, bis die Bethlarii, die nicht mit einer so langen Belagerung gerechnet hatten und auch nicht dafür ausgerüstet waren, durch das überraschende Eintreffen von Herzog Ibris mit einem Entsatzheer aus Serenstad in die Flucht geschlagen wurden; verschmutzt und zornschnaubend war der Herzog an der Spitze seiner Streitmacht einhergeritten, die einen erstaunlichen Gewaltmarsch über das verschneite Land hinter sich hatte.

Als Lohn für ihre außergewöhnliche Treue und ihren Mut hatte Ibris die Überlebenden auf der Stelle in seine persönliche Leibgarde aufgenommen, eine Elitetruppe, deren Zugang bis dato strikt auf die Bürger von Serenstad beschränkt gewesen war.

Die Entscheidung hatte damals erhebliche Kontroversen hervorgerufen, hatte zu erbosten und besorgten Debatten in der Sened und im Gythrin-Dy geführt. »Sie sind keine Seren«, hatte es geheißen. »Sie sind nicht mal aus diesem Land. Ein zusammengewürfelter Haufen von Ausländern. Krieger, die sich um Geld verdingen. Wir wissen nichts von ihnen. Nicht mal, woher sie stammen oder wie sie hierhergelangt sind.«

Diese Bemerkungen hatten der Wahrheit entsprochen, doch der Herzog hatte sich wutentbrannt gegen die Nörgler gewandt, hatte eine Handvoll Gold auf den Fußboden des Sened-Hauses geworfen und mit gezücktem Schwert über diesem Haufen stehend ausgerufen: »Krieger, die sich um Geld verdingen! Das ist der Halbjahreslohn für einen Fußsoldaten der Mantynnai. Wer von euch hier würde dafür sterben – oder für zehnmal soviel?«

In das daraufhin eintretende Schweigen hatte er gesagt: »Sie hielten die Stellung, kämpften und starben, wo unsere Leute sich ergaben oder flohen. Hätten sie das nicht getan, wäre Viernce jetzt eine Föderatenstadt der Bethlarii. Glaubt ihr, wir würden jetzt noch so ruhig hier sitzen und diskutieren, wenn die Bethlarii unser gesamtes nördliches Territorium besetzt hielten?«

»Nichtsdestotrotz sind sie Fremde, und wir verstehen sie nicht wirklich. Sie sollten dem Herzen der Macht nicht so nahe sein«, war eine besonnerere Stimme von einem älteren Senedwr erklungen.

Der Herzog begegnete dem Einwurf in derselben Tonlage. »Die Macht geht an diejenigen, die am meisten dafür geeignet sind«, hatte er traurig erklärt und sein Schwert wieder in die Scheide gesteckt. »Und, glaubt mir, solche Männer hätten jederzeit nach der Macht greifen können, wenn ihnen der Sinn danach gestanden hätte. Wenn sie sich nun diese Macht nehmen, dann wird es im geheimen und in aller Stille geschehen, und es wird ein sanfterer Handel sein als der, den unsere Ahnen als Neuankömmlinge den Ureinwohnern dieses Landes boten, als sie es sich nahmen.« Es war die Grundsatzerklärung eines Mannes, der den wahren Stellenwert von Gewalt begriffen hatte, wenn es darum ging, ein Volk zu beherrschen.

Der Widerstand war schließlich angesichts seiner Entschlossenheit ins Wanken geraten, zudem nach und nach das volle Ausmaß der Vorkommnisse von Viernce in der Öffentlichkeit bekannt wurde. In der Folge dieser Ereignisse hatten die überlebenden Mantynnai ihre neuen Rollen als Palastwachen so still und unauffällig eingenommen, wie sie die meisten Dinge erledigten.

»Eine meiner besseren Entscheidungen«, hatte Ibris im nachhinein geäußert, als er beobachten konnte, wie ›der zusammengewürfelte Haufen von Ausländern‹ allmählich die Bewaffnung und die Kampftechniken seiner Leibgarde und davon ausgehend der gesamten Truppe verbesserte.

Unterschwellig entwickelten sie darüber hinaus in der Armee ein Gefühl für Disziplin und unabhängige Loyalität zu ihm als Staatsoberhaupt, was viel dazu beitrug, die blutigsten Parteienkämpfe, die die politische Kultur der Stadt befleckten, zu unterbinden. Nun hatten alle Mantynnai hohe Posten in der Palastwache inne und wurden in gewisser Weise als deren Herzstück betrachtet.

»Wir haben sie serensianischer als die Serens gemacht«, hatte einmal jemand zum Herzog gesagt, doch der hatte nur den Kopf geschüttelt und erklärt: »Nein. Sie haben uns zu halben Mantynnai gemacht – und damit besser.«

Und den besten von ihnen habe ich in meiner Leibgarde, rief sich Arwain unablässig ins Gedächtnis.

Es war Ibris' anderen Söhnen ein ständiger Dorn im Auge, daß ›der Bastard‹ solch eine Leibwache haben sollte, doch Ibris nahm in dieser Sache kein Blatt vor den Mund.

»Wie ihr sicher wißt, sind ihm gewisse Gruppierungen besonders übel gesonnen«, hatte er sie wissen lassen. Menedrion funkelte ihn finster an, doch Ibris vermied es peinlichst, Nefrons Namen ins Spiel zu bringen. Ihr Hausarrest war immer noch ein Thema zwischen Vater und Sohn, das sie beide tunlichst vermieden.

In früheren Tagen hatte Menedrion, der recht halsstarrig sein konnte, heftig mit seinem Vater gestritten, hatte Nefron in aller Naivität für unschuldig erklärt. Eine Zeitlang sah es so aus, als könne nichts ihn zurückhalten, doch schließlich war er besonnener geworden. Ibris schrieb dies seinen ganz speziellen Drohungen zu, doch ironischerweise war es Nefron selbst, die ihren Sprößling bat, sich etwas zurückzuhalten, hatte sie doch Angst, seine Wildheit könne ihn seinem Vater dauerhaft entfremden und am Ende gar zu seiner Verbannung und zu seinem Ausschluß von der Thronfolge führen.

Mit dieser Sorge stand sie nicht allein. Sie bedrückte auch Ibris. In der Vergangenheit war Serenstad ernsthafter Schaden zugefügt worden durch einen mörderischen Interessenkonflikt zwischen den großen Familien um die Thronfolge, und nach und nach hatte sich eine dynastische Erbfolge in Verbindung mit der Zustimmung der Sened herauskristallisiert. Doch das Problem stellte immer noch ein nicht unerhebliches Risiko dar, und die Gewaltbereitschaft lauerte dicht unter der Oberfläche.

Wie viele Herrscher vor ihm sah sich Ibris einem Dilemma gegenüber. Wenn er keinen Erben bestimmte, bestand die Gefahr des Bruderkriegs unter seinen Söhnen und eines Staatsstreichs durch eine andere Familie kurz vor oder nach seinem Tod. Doch auch wenn er einen Erben ernannte, war die Situation nur vorübergehend entschärft, da der designierte Thronfolger dann die Zielscheibe anderer Aspiranten sein würde – und er selbst, Ibris, womöglich die Zielscheibe dieses seines Erben-Sohns.

In dem Versuch, dieses etwaige Chaos zu minimieren, hatte Ibris nach und nach Sened und Gythrin-Dy mehr Verantwortung für die Regierungstätigkeit überlassen. Doch da die Mantynnai ebenso allmählich die Treue der Streitmacht zu ihm gestärkt hatten, hatte er sich zu dem Entschluß durchgerungen, daß eine größere Chance für Stabilität bestünde, wenn seine Familie seine Entscheidung erführe, solange er noch am Leben und im Vollbesitz seiner Kräfte war. Und so kam es, daß er Nefrons Prophezeiung wahr machte.

»Menedrion, ich ernenne dich zu meinem Erben. Du bist der Erstgeborene, und du hast dich in der Schlacht als fähiger Führer erwiesen, wenn auch wenig sonst für dich spricht. Arwain, du wirst so lange sein Nachfolger sein, bis er eine eigene Familie gründet und eigenen Erben zeugt. Goran … Goran! … Ich will kein Murren hören. Und hör auf, ein Gesicht zu ziehen! Arwains illegitime Abkunft schließt ihn *nicht* von der Thronfolge aus, wie du sehr wohl weißt! Du bist der dritte in der Erbfolge, obwohl die Götter uns davor bewahren mögen, daß es jemals dazu kommt!«

Dann hatte er mit voller Absicht seine Herrschaft über sie alle demonstriert. »Ihr mögt es vorziehen, euch untereinander zu bekämpfen, wenn euch der Sinn danach steht, aber wenn ich auch nur das leiseste Anzeichen davon mitbekomme, werde ich den Betreffenden vollständig enterben und ihn auf die abgeschiedenste Insel verbannen, die ich finden kann. Und denkt immer daran, daß ihr eine Menge Vettern habt, die nur darauf warten, in eure Fußstapfen zu treten. Menedrion, du wirst den Herzoglichen Schutzeid für deine Brüder schwören, hier und jetzt. Arwain und Goran, ihr werdet im Austausch dafür Menedrion den Vasalleneid leisten.«

Die Eide wurden geschworen, und dann erteilte Ibris ihnen seinen abschließenden, nun schon freundlicheren Segen. »Seht euch unsere Stadt an«, sagte er. »Reich, mächtig, ein schöner Platz, der gar noch schöner werden wird, wenn man ihm Frieden und besonnene Führung angedeihen läßt. Wohlstand und Reichtum sind es, wonach wir streben müssen. Männer verlassen keine behaglichen heimischen Herde, um Straßenkämpfe auszufechten, glaubt mir. Erfüllt alle eure Eide, nicht, weil es Eide, sondern weil sie zu unser aller Wohl sind. Niemand mit Ausnahme der Bethlarii wird Nutzen aus einem Erbfolgekrieg ziehen. Menedrion, setz dich zur Ruhe, heirate, zeuge Nachkommen. Hör auf deine Brüder, wenn du auf dem Thron sitzt. Arwain, wenn ich dich richtig eingeschätzt habe, hast du wenig Verlangen zu herrschen, aber steh Menedrion um meiner und des Volkes willen bei. Goran ... Goran! Paß gefälligst auf! Du bist ein begnadeter Künstler. Du vor allen anderen wirst Serenstad zu der Stadt machen, die alle Welt anziehen wird. Sei, was du bist, und freue dich daran. Ich beneide dich.«

Das war das Beste, was er tun konnte, überlegte er. Menedrion mangelte es an vielem, was einen guten Herzog ausmachte, doch mit Hilfe der anderen mochte er gut zu einem solchen werden. Und er begehrte die Stellung, was nicht gering ins Gewicht fiel. Seine Ernennung mochte zudem dazu führen, den Einfluß seiner ränkeschmiedenden Mutter zu verringern. Arwain auf der anderen Seite wäre vermutlich ideal für die Aufgabe geeignet. Doch er schien weder Ehrgeiz noch Erwartungen zu hegen, und, das mußte er sich ganz offen eingestehen, ihn unter Hintansetzung Menedrions zum Thronfolger zu ernennen, wäre aller Voraussicht nach gleichbedeutend mit seinem Todesurteil gewesen. Wie die Dinge nun einmal standen, herrschte wenig brüderliche Zuneigung zwischen ihm und Menedrion.

Und doch war Arwain von allen seinen drei Söhnen seinem Vater am ähnlichsten, und Ibris wußte, daß er ihn nicht bis zum Grund ausloten konnte. Die Tatsache bereitete ihm einiges Kopfzerbrechen, aber er tröstete sich mit dem Gedanken, daß Arwain, sollte er insgeheim planen, Menedrion zu verdrängen, soviel Verstand haben würde, einen Umsturz wenigstens sowohl im stillen als auch mit Erfolg durchzuführen. Ja, sinnierte Ibris' finsteres Ich, es war recht getan, meine ergebensten Männer in Arwains Umgebung zu plazieren. Sie mögen sehr wohl mit ihm auch uns alle schützen.

Arwain folgte Ryllans durch den wohlvertrauten Gang und durch die wohlvertraute Flügeltür. »Ihr werdet das heute genießen, Sir«, erklärte Ryllans, drehte sich um und lächelte ihn an. »Zumindest vertreibt es Euch ›die Feuchtigkeit aus den Knochen‹, wie Ihr sagt.«

Arwain sah sich in dem mauerumschlossenen Hof um und erwiderte das Lächeln. »Im selben Moment, als ich sie äußerte, wußte ich, daß das eine verdammt blödsinnige Bemerkung war«, sagte er.

Der Palast, ein uraltes Gebäude, war im Verlaufe der Zeit mehrfach verändert und erweitert worden, ganz nach den Launen und Wünschen der jeweiligen Bewohner. Als Ergebnis davon gab es, abgesehen von zahllosen Türmen und Türmchen, denen sich hohe Bogenbrücken und Laufstege zugesellten, viele isolierte Verbindungsgänge und Innenhöfe wie denjenigen, in dem Arwain nun stand. Dieser besondere war allerdings insofern einzigartig, daß alle Fenster und Türen, die auf ihn hinausführten, versiegelt worden waren, mit Ausnahme derjenigen Pforte, die die beiden Männer gerade benutzt hatten.

Dieser Hof wurde von den Mantynnai als Waffenübungsplatz genutzt. Eine weitere Besonderheit bestand darin, daß es das einzige ausschließlich auf diese Weise genutzte Palastareal war, da es gemeinhin Sitte bei den Mantynnai war, jeden Ort, der ihren momentanen Bedürfnissen genügte, zum Trainingsplatz umzufunktionieren: Felder, Berge, Flüsse, Gänge, Treppen, Dachfirste und Kellergewölbe und bei Gelegenheit sogar die weitverzweigten, höhlenartigen Abwässerkanäle.

Arwain blickte zu den jetzt blinden Fenstern mit ihren Zierbrettern aus Holz und Maßwerk, jedes einzelne sorgfältig ausgesucht, damit es mit dem jeweiligen Raum oder Korridor harmonierte.

Trotz der erklecklichen Höhe der den Hof umgebenden Gebäude war dieser weit und geräumig, auch wenn er in Arwain immer klaustrophobische Gefühle auslöste. Irgendwie mußte es an der beinahe krankhaften Sorgfalt liegen, die man darauf verwendet hatte, die Maueröffnungen zu versiegeln. Es war wie ein Geheimnis in einem Geheimnis. Und doch waren weder der Hof noch seine Funktion geheim. Viele wußten von seiner Existenz, viele nutzten ihn, und jedermann konnte hereinspazieren, falls ihm der Sinn danach stand. Aber nur durch diese eine Tür.

Das war wie die Mantynnai selbst, fuhr es ihm plötzlich durch den Kopf. Offen und heimlichtuerisch zugleich, zugänglich und abweisend.

Ryllans beobachtete Arwain bei seiner gewohnheitsmäßigen Inspektion des Übungshofs und versetzte ihm dann einen Schubs, nicht heftig, aber doch überraschend und daher ausreichend, ihn rückwärts gegen die Wand taumeln zu lassen.

Arwain öffnete den Mund zu einem Protestschrei, doch Ryllans hob mahnend den Finger, bevor er etwas sagen konnte. »*Ihr* erzählt mir jetzt, *warum*«, verlangte er.

Arwain wußte, was von ihm erwartet wurde; eine Erklärung der Lektion, die er soeben erhalten hatte. Ryllans Lektionen waren immer einfach, doch gerade ihre Einfachheit machte sie gewöhnlich völlig unverständlich.

Arwains Gehirn suchte fieberhaft nach einem Hinweis, aber ihm fiel einfach nichts auf. Aus Erfahrung wußte er, daß er den richtigen Moment verpaßt hatte und daß noch so angestrengtes Grübeln die Lösung nun nicht mehr zu Tage fördern würde.

»Ich verstehe nicht«, entschuldigte er sich.

»Geht hinaus und probiert es noch einmal«, befahl Ryllans und deutete zur Tür hin. Arwain runzelte ein wenig die Stirn, tat jedoch, wie geheißen.

Diesmal behielt er Ryllans genau im Auge, während er durch die Tür schritt. In seinem Verhalten lag nichts Ungewöhnliches. Keine Andeutung einer Drohung. Dann huschten seine Augen nach oben zu den versiegelten Fenstern, und Ryllans Hand zuckte vor und versetzte ihm eine leichte Ohrfeige.

»Jedesmal, wenn Ihr hierherkommt, verhaltet Ihr Euch gleich«, erklärte Ryllans schlicht, die Betonung auf das letzte Wort legend.

Arwain nickte. Manchmal unterrichtete Ryllans ihn, indem er ihm lang und breit einen Sachverhalt erläuterte. Manchmal jedoch, wie jetzt gerade, waren seine Handlungen rätselhaft und seine Worte knapp bis zum äußersten.

»Und deshalb vorhersehbar«, schloß Arwain die kleine Lektion ab.

Ryllans gab seine Anerkennung für diese Antwort mit einem leicht spöttischen Lächeln zu erkennen.

»Wie oft werde ich diese Lektion noch lernen müssen?« fragte sich Arwain schuldbewußt.

»Sooft wie ich«, entgegnete Ryllans, nahm ihn am Arm und bugsierte ihn auf eine Gruppe von Männern auf der gegenüberliegenden Seite des Innenhofs zu. Es war Ryllans' Bereitschaft, zuzugeben, daß er selbst genausosehr Schüler wie Lehrer war, die ihn Arwain besonders lieb machte.

Wie alle männlichen Seren hatte Arwain eine militärische Grundausbildung genossen, die sowohl für die Sicherheit der Stadt und ihrer unterworfenen Gebiete von Bedeutung war als auch traditionell die Mannwerdung der Jünglinge markierte. Als Sohn des Herzogs und zukünftiger Offizier war seine Ausbildung, wie auch die von Menedrion und Goran, härter als gewöhnlich verlaufen, und so hatte er genügend Ausbilder kennengelernt, die Gewalt und Demütigung als Mittel einsetzten. Daher konnte er Ryllans' Wert annähernd gerecht beurteilen.

Und tatsächlich merkte Arwain nun, gleichsam ein weiterer Beweis dieser Einsicht, daß er wesentlich wachsamer war. Nicht verkrampft oder ängstlich, daß ihm etwas Unvorhergesehenes zustoßen könnte, sondern vielmehr ... hellhörig, das traf es noch am besten ... sich mit allen Sinnen seiner Umgebung bewußt. Es war, als habe Ryllans' kurze Lektion irgendeine innere Reserve in ihm freigesetzt, genauso, wie das Reiben an einer Zündschachtel dieselbe zu flackernder Helligkeit explodieren ließ, mit einer Flamme, die fürwahr *jede* Dunkelheit zu vertreiben vermochte.

Körper und Geist: auf beide mußte man sich verlassen können, beide mußten ausgebildet werden, beide sich ihrer Stärken und Schwächen bewußt werden. Das war die Quintessenz aus sämtlichen Lektionen Ryllans'. Und eine unreflektierte Angewohnheit war zweifellos eine Schwäche.

Während er schweigend neben seinem Mentor einherschritt, suchte Arwain nach der tieferen Lehre, die in jener letzten Lektion verborgen sein mußte.

Warum blickte er immer nach oben zu den Wänden dieser von Menschenhand gemachten Falle herauf? Hielt er, wie er es selbst gerne glauben würde, rasch und scharfsichtig nach verborgenen Anzeichen Ausschau, die eine Veränderung und damit Gefahr bedeuten mochte? Eine solche Absicht hätte Ryllans gewiß gutgeheißen. Oder handelte es sich nur um einen kindlichen Rückzug in die Vertrautheit einer rituell gewordenen Handlungsweise, um einen Versuch, die Herausforderung des Neuen zu umgehen, die ihn an diesem Ort unvermeidlich erwartete?

Oder war da ein noch tieferes Unbehagen in ihm, das ihn in Unruhe versetzte?

»Dieser Ort ist fremdartig«, stellte er fest und blieb unerwartet stehen; sein Atem bildete kleine Dampfwölkchen in der kalten Luft. Auch Ryllans blieb stehen und wandte ihm das Haupt halb zu, forderte ihn zu näheren Erklärungen auf. »Es ist ein Mantynnai-Ort, wo immer ihr auch herkommt«, fuhr Arwain fort.

Ryllans gab keine Antwort, hob jedoch den Blick zu den Wänden empor, als habe er das seit langem nicht mehr getan, um sodann ein kaum merkliches, nachdenkliches Nicken folgen zu lassen.

»Oder auch nicht«, fügte Arwain hinzu. »Vielleicht ist es nur ein Seren-Ort, den die Berührung der Mantynnai fremdartig und blicklos gemacht hat.«

»Geblendet, hm?« fragte Ryllans.

»Wie mit verbundenen Augen«, präzisierte Arwain, diesmal etwas nachdrücklicher.

Ryllans kicherte in sich hinein; seine Neugier war ganz offensichtlich geweckt. »Interessant«, sinnierte er. »Ich werde darüber nachdenken.«

»Oder vielleicht ist es auch jener einsame Ort, den jeder von uns in seinem Innern trägt, selbst inmitten der dichtesten Menschenmenge«, spann Arwain den Gedanken fort; er erwärmte sich immer mehr für seine philosophischen Überlegungen und fügte dann, fast wie unbeabsichtigt, hinzu: »Besonders inmitten einer Schlacht.«

»Aha«, sagte Ryllans bedeutungsvoll. »Ihr seid wirklich gut in Form heute. Auch darüber werde ich nachdenken. In der Zwischenzeit laßt uns mit unseren Waffenübungen fortfahren.« Er nickte den wartenden Männern entgegen. »Ich habe Hadryn gebeten, Nahkampf mit Euch zu trainieren.«

Abgesehen von den rein militärischen Übungen war Arwain in seiner Jugend im Verlauf seiner bürgerlichen Erziehung auch in der Kriegskunst ausgebildet worden. Er war mit den Theorien vertraut, die sich mit dem Einsatz von Kavallerie und Infanterie in jedwedem Terrain beschäftigten, von großen offenen Feldschlachten bis zu Nahkampfscharmützeln in Gebirgsregionen. Er war mit den logistischen Problemen vertraut, die mit der Aufstellung, Verpflegung und Bewegung von Armeen einhergingen, und er hatte viel über Belagerungstaktiken und den Einsatz von Artillerie und Blockaden und Schützengräben gelernt.

Als Schulfach war das Ganze recht interessant, ja sogar spannend gewesen, doch später, als das konstante politische Lavieren der zahllosen Städte des Landes Anlaß zu gelegentlichen Ausbrüchen bewaffneter Gewalt gegeben hatte, hatte er seine theoretischen Kenntnisse durch harte praktische Erfahrungen ergänzen können.

Was er indes von Ryllans und den anderen Mantynnai seiner Leibwache lernte, war etwas anderes.

Anfangs, als Ryllans vorgeschlagen hatte, er möge doch mit seiner Leibgarde trainieren und Waffenübungen absolvieren, hatte Arwain höflich abgelehnt; auch die inzwischen verflossene Zeit hatte die Erinnerung an seine Grundausbildung nicht verklärt.

Ryllans hingegen wußte ganz genau, wann er einen Frontalangriff starten und wann er unbemerkt in die feindlichen Linien einsickern mußte.

»Euer Vater hat mir die Verantwortung für Eure Sicherheit aufgebürdet, Sir«, hatte er erklärt. »Auf dem Schlachtfeld ist das eine vergleichsweise einfache Aufgabe, aber hier ...« Er maß die geschäftige Palastregion, durch die sie gerade schritten, mit einer unbestimmten, weitausgreifenden Geste. »Eingedenk der Absichten und Einflußmöglichkeiten der Herrin Nefron – auch wenn sie auf den Erin-Mal beschränkt sind – erscheint diese Aufgabe weitaus schwieriger, ja, beinahe unmöglich. Und es gibt noch andere, die wenig Liebe für das Haus Ibris hegen. Nur Ihr selbst könnt Euch wirkungsvoll schützen, und mit Schutz meine ich nicht nur die pure Geschicklichkeit im Umgang mit Waffen. Hier steckt es.« Und er hatte sich auf den Magen und dann mit dem Zeigefinger auf die Stirn geklopft. Insbesondere die letztere sollte hinfort eine vertraute Geste für Arwain werden.

Unter diesem neuerlichen Angriff war Arwain ein wenig ins Wanken geraten, doch noch hatten seine Verteidigungslinien standgehalten. »Ich vertraue Euch und Euren Männern voll und ganz, Ryllans«, hatte er vage erklärt. »Ich bin sicher, wir können Vereinbarungen treffen, die Euren Befürchtungen Rechnung tragen.«

Ryllans hatte sich verneigt und dann unverzüglich seinen Frontalangriff eingeleitet. Seinen Lord mit einem höflichen, aber unnachgiebigen Blick fixierend, mahnte er: »Alle Schutzvorkehrungen können, verfügt man über Zeit, Informationen und Entschlossenheit, überwunden werden, Sir. Das wißt Ihr aus Euren Studien. Und jeder, der Euch nach dem Leben trachtet, wird über die eben genannten Voraussetzungen verfügen und zudem noch den Vorteil der Überraschung auf seiner Seite haben. Wir können in Eurer Nähe sein, sosehr wir uns bemühen, es wird immer jenen einen Moment der Unachtsamkeit geben. Jene winzige Lücke zwischen den Schilden, die den Weg für den verirrten Pfeil freimacht.« Er senkte die Stimme. »Und, Sir, jeder von uns hat seinen Preis. Irgend etwas, irgendwo. Jene, die Euch am nächsten stehen – und dazu noch bewaffnet –, sind die erste Wahl Eures Feindes, wenn er sich seine Waffen sucht. So war es schon immer. Auch dies ist Euch aus Euren Studien zur Genüge bekannt, dessen bin ich mir sicher.«

Die Deutlichkeit und Klarheit des Bildes, das diese Bemerkung in ihm entstehen ließ, hatte Arwain nachhaltig erschüttert und erschreckt – so berühmt war die Mantynnai-Treue, so groß war das Vertrauen, das sein Vater in sie setzte. Er schwankte, und Ryllans nutzte die Gelegenheit und drang in seine Linien ein und versetzte ihm in aller Ruhe den Gnadenstoß. »Und dann wäre da noch die Sicherheit Eurer Verlobten, Sir. Die Lady Yanys ...«

Ryllans Unterweisung war allerdings so verschieden von seiner Grundausbildung, wie Arwain es sich kaum hatte ausmalen können. In der Tat stellte sie sich ihm als eine fortgesetzte Offenbarung dar, und Arwain merkte, daß sich eine ganz neue Fähigkeit in ihm entwickelte, die sich anscheinend auf all seine Handlungen auszuwirken begann.

Nicht, daß sehr viel von dem, was er lernte, auf den ersten Blick völlig verschieden von dem gewesen wäre, was er bereits wußte. Die feinen Unterschiede, welche die Mantynnai ihm zeigten, machten jedoch alles leichter durchführbar und zugleich wirkungsvoller.

»Wo habt Ihr diese Dinge gelernt?« hatte er einmal in jenen frühen Tagen gefragt. »Von irgendeiner obskuren Kriegerkaste?«

Ryllans hatte ein lautes Gelächter angestimmt. »Nein, nein. Das, was wir wissen, ist viel zu banal, als daß man es geheimhalten müßte. Das ist auch der Grund, warum die Menschen es so schlecht erkennen.«

»Das verstehe ich nicht«, hatte Arwain erwidert, zwischen Verärgerung und Wehleidigkeit schwankend.

»Probiert es einfach aus«, war alles, was Ryllans ihm als Antwort bot. »Und denkt nach. Und fühlt.«

Was Arwain jedoch letztendlich überzeugte, war der Geist des Lernens und demütigen Fragens, der sich wie ein roter Faden durch seine neue Ausbildung zog, so grundlegend verschieden von der rohen Gewalt, die in seiner vorherigen Ausbildung häufig vorgeherrscht hatte.

Mittlerweile war Arwain begeistert von seinen Waffenübungen mit den Mantynnai, die er sowohl entspannend als auch anregend und manchmal im wahrsten Sinne des Wortes umwerfend fand. Er spürte darüber hinaus, daß er heimlich geschmiedet und gestählt und zu einem Teil jener verschworenen Gemeinschaft gemacht wurde, die seine Leibgarde darstellte.

»Besser die Schale als die Krabbe darin«, hatte Ryllans einmal beiläufig, aber nicht ohne Humor bemerkt.

Arwain wurde von den Männern begrüßt, als er sich ihnen näherte. Sie amüsierten sich lauthals über den doppelten Auftritt, den er hatte absolvieren müssen. Hier war er nicht ihr Herr, sondern einer von ihnen … oder doch beinahe einer von ihnen. Denn auch wenn sie offenbar nur gewöhnliche Männer waren, und entspannte und heitere zudem, so blieben sie doch immer auch Mantynnai. Ein dunkles, bindendes Schweigen lag auf dem Grunde ihres Herzens.

»Müssen wir jetzt auch noch das Türöffnen lernen?« erscholl eine Stimme, begleitet von einem genervten, mütterlichen Seufzer.

»Keine Angst, es ist zwar schwerer, als es aussieht, aber Ihr werdet es schon noch lernen«, ließ sich eine andere Stimme vernehmen.

Arwain wandte sich mit einer gespielten Beschwerde über diese Begrüßung an Ryllans.

»Übung macht den Meister«, war die lakonische Antwort. »Hadryn, du hilfst wie besprochen dem Lord bei seinen Nahkampfübungen, einer gegen viele. Er neigt immer noch zu sehr dazu, in seiner Aufmerksamkeit nachzulassen, sobald er den ersten Gegner erledigt hat.« Hadryn war ein hochgewachsener Mann mit schwarzem Bart, gelenkig und stark. Er nickte stumm. »Erst einmal ohne Waffen«, ordnete Ryllans an.

Dann wandte er sich wieder zu Arwain um. »Arbeitet hart daran.« Er tippte sich mit dem Finger gegen die Schläfe. »Ihr seid zu schnell mit den Gedanken woanders, und dann habe ich Euch im Handumdrehen die Kehle durchschnitten. Ihr denkt immer noch in Kategorien von Sieg und Niederlage, und solange Ihr das nicht laßt, werdet Ihr immer als Verlierer dastehen.«

Arwain hatte diese Form der Waffenübung schon gesehen und sogar selbst bis zu einem gewissen Grade als Angreifer daran teilgenommen, doch es handelte sich um ein Übungsmuster, das für gewöhnlich für die Angreifer schlimmer als für das einzelne ›Opfer‹ war, und so war das Ganze für ihn damals auf ein überwältigendes Gefühl der eigenen Unzulänglichkeit hinausgelaufen.

Ryllans klatschte laut in die Hände, während er schon zu einer anderen Gruppe wechselte. Arwains Angreifer rückten zielstrebig auf ihn zu.

Kurzfristig schien es, als habe er alles, was er bisher gelernt hatte, vergessen, doch er hatte noch genug Geistesgegenwart, um auf den Gedanken zu kommen, daß sich jemand von hinten an ihn angeschlichen haben könnte, und so wirbelte er schnell herum, während er sich gleichzeitig zurückzog.

Dann vollführte einer der Gegner einen Überraschungsangriff, indem er einen mächtigen Hieb gegen seinen Kopf führte. Arwain wußte, daß der Schlag ihn treffen würde, wenn er zaudern oder es ihm nicht gelingen sollte, seine Abwehr aufzubauen, doch das trug nur wenig dazu bei, die instinktive Reaktion seines Körpers auf den Angriff abzuschwächen, und so duckte er sich wild, wobei er gerade noch daran dachte, gleichzeitig einen Schritt zur Seite zu weichen.

Dann fiel ein weiterer und noch ein weiterer Hieb. Den meisten ging er erfolgreich, wenn auch nicht eben elegant aus dem Weg. Anderen konnte er ausweichen und sie zusätzlich ablenken, doch schließlich, als er sich zufällig einmal völlig im Gleichgewicht befand, warf er sich ganz in den Gegenangriff, schlug den gegnerischen Arm aus dem Weg und schleuderte den Angreifer gegen zwei der anderen, die gerade auf ihn zukamen. Seine Aktion brachte ihm ironisches Händeklatschen ein, doch dann, als er abwartete und seinen Gegner taxierte, der sich mit einem Purzelbaum rückwärts wieder auf die Füße schwang, umschlang ihn ein kräftiges Armpaar, und zwei seiner Angreifer glitten frohlockend näher, um seine Beine festzuhalten.

Ryllans, der ganz in der Nähe mit dem Schwert übte, bedachte ihn mit einer wissend hochgezogenen Augenbraue, als die anderen ihn auch schon unsanft auf den harten Steinboden schmissen. Das übliche Ende einer solchen Übung. Oder war es …?

Arwain wälzte sich unversehens in das nächste Beinpaar, brachte dessen Besitzer zum Straucheln und kraxelte dann, so schnell er konnte, auf die Füße, wobei er das Gesicht immer seinen Angreifern zuwandte.

Ein weißes Lächeln durchschnitt Hadryns schwarzen Bart.

Dann gab es noch ein paar Erklärungen, eine kurze Debatte, einige Demonstrationen, und die Übung wurde wiederholt – mehrmals.

Allmählich schufen sich die schwitzenden Leiber ihren eigenen Dunstkreis inmitten des abgesperrten Innenhofs, während Arwain sich bemühte, in der Überfülle von Angreifern ruhig, aber doch wachsam zu bleiben.

Er wußte, daß er Fortschritte machte, doch beim Üben

erkannte er auch jedesmal, daß er nie so gut wie diese Männer werden würde. Sie wehrten selbst seine wildesten Attacken mit solcher Leichtigkeit ab, entweder durch schmerzhaftes Abblocken oder durch sanftere Paraden, die ihn völlig aus dem Gleichgewicht brachten. Und wenn sie einmal zu Boden gegangen waren, rollten sie sich sofort in einer einzigen fließenden Bewegung wieder ab, als hätten sie auf weichem Grasuntergrund trainiert. Nun ja, das konnte er auch, doch zwei winzige Knöchelchen am unteren Ende seiner Wirbelsäule sagten ihm, daß er es nicht besonders gut konnte, und meist sagten sie ihm das noch mehrere Tage danach. Dann ertönte ein unerwarteter Ruf in seinem Rücken.

»Lord.«

Er wirbelte herum, packte den Sprecher mit kräftigem Griff am Hals und preßte ihn gegen die Wand, nur um ihn dann sofort unter großem Gelächter von seiten seiner Kameraden wieder laufen zu lassen.

Der Mann war ein Bote des Herzogs.

»Na, na«, flüsterte ihm jemand ironisch ins Ohr. »Tätlicher Angriff auf einen herzoglichen Boten. Das, fürchte ich, gibt eine unverzügliche Auspeitschung, wenn die Liktoren Wind von der Sache bekommen. Soll ich einen holen?«

Arwain schob den Quälgeist mit einem sanften Schubs beiseite.

»Tut mir leid«, erklärte er dem Boten, während er vergeblich versuchte, ihm beim Glätten seines verknitterten Kragens zu helfen. »Ich fürchte, Ihr habt einen ungünstigen Moment gewählt, Euch mir zu nähern. Was wollt Ihr?«

Der Bote räusperte sich leicht beleidigt, richtete seinen Tadel indes eher gegen die feixenden Wachen als gegen den Sohn des Herzogs.

»Euer Vater wünscht, Euch umgehend zu sehen, Lord«, erklärte er.

Arwain konnte ein ungeduldiges Stirnrunzeln nicht ganz unterdrücken. Aber an den Befehlen seines Vaters gab es nichts zu deuteln.

Er streckte bittend die Hand aus. »Umgehend?« fragte er mit seinem gewinnendsten Lächeln.

Der Bote, der immer noch mit seinem Kragen zu kämpfen hatte, musterte die verdreckte und schwitzende Gestalt, die ihm gegenüberstand, und schien vorübergehend ganz durcheinanderzugeraten. Lords erbaten für gewöhnlich keinen Rat von schlichten Boten.

»Umgehend«, wiederholte er pflichtschuldigst.

KAPITEL 8

Antyr warf seinen klatschnassen Umhang zu Boden, ließ sich in seinen Sessel fallen und stieß ein mitleiderregendes Stöhnen aus. Sein Rücken schmerzte, seine Beine taten ihm höllisch weh, seine Füße brannten, und zu allem Überfluß war er bis auf die Haut durchnäßt und bis ins Mark durchgefroren.

Er saß unbeweglich da und starrte stumpf zu dem vertrauten Rußring an der Decke empor, der sich direkt über der Lampe gebildet hatte. Glühendes Selbstmitleid angesichts seiner körperlichen Nöte hatte schon lange alle anderen Sorgen vertrieben, und es dauerte einige Zeit, bis er wieder halbwegs zusammenhängende Gedanken fassen konnte. Doch auch diese Gedanken waren einfach und kreatürlich, und es drängte ihn, sie laut auszusprechen.

»Ich sterbe«, verkündete er dem Rußfleck. »Wenn ich nicht schon tot bin. Tarrian, wo immer du auch steckst, komm nicht wieder heim, denn auf dich wird nichts außer meiner ausgedörrten Leiche warten. Du treuloser Hund, läßt mich hier einfach liegen und vor Kälte sterben.«

»Hör auf zu jammern und mach mir die Tür auf.« Die unerwartete Antwort dröhnte hart in seinem Schädel und ließ ihn vor Schreck hochfahren.

Trotzdem – und trotz seiner vorherigen Klage – verspürte Antyr einen Hauch von Erleichterung tief unter seiner Erschöpfung. Dann wuchtete er sich mit geschlossenen Augen und einer übermenschlichen Anstrengung aus seinem Sessel hoch. Sein Säumen rief ein ungeduldiges Kratzen an der Eingangstür hervor.

»Hör auf damit!« schrie er. »Diese Tür hat schon genug unter deiner Ungeduld zu leiden gehabt.«

Ein kurzer, aber beredter Fluch aus Tarrians Richtung drang in seinen Geist, eine etwas ausgeschmückte Version der Tatsache, daß er nicht der einzige sei, der durchgefroren und erschöpft wäre. Der Tonfall sagte Antyr, daß es klüger war, vorläufig nichts zu erwidern. Statt dessen trat er einen Schritt zurück und hob die Türklinke an. Diese auf erlittene Erfahrung zurückgehende Vorsichtsmaßnahme erwies sich als angebracht, als Tarrian auf seinem Weg in die Küche die Tür sogar noch heftiger als gewöhnlich aufstieß.

Antyr warf einen flüchtigen, ärgerlichen Blick auf die reichlich zerkratzte Tür, zuckte bei ihrem Protestschrei zusammen, schloß sie leise und folgte dem Wolf durch den Flur. Nun, da Tarrian wieder zu Hause war, fühlte er sich schon wesentlich besser; er lief immer Gefahr, draußen vor der Stadt von Jägern oder Bauern getötet zu werden.

Der Gedanke wurde von einer Woge des Abscheus beiseite geschwemmt, die von seinem Gefährten ausging. »Ich sollte mal mein Glück bei den Jägern und Bauern versuchen«, knurrte Tarrian. »Wenigstens würden die nicht versuchen, mich verhungern zu lassen oder zu vergiften.«

»Was meinst du damit?« fragte Antyr mit wilder Empörung, ahnte er doch den Vorwurf.

»Du weißt ganz genau, was ich damit meine«, schleuderte ihm Tarrian entgegen. »Wann hast du das letzte Mal komplett eingetrocknetes, zwei Tage altes Futter gegessen?«

»Du hast letzte nacht nicht schlecht gespeist«, winkte Antyr mitleidlos ab. »Und ich zweifle auch nicht daran, daß du dir da draußen noch etwas Frischfleisch besorgt hast.« Das Bild eines verzweifelt davonstiebenden Kaninchens huschte plötzlich vor Antyrs geistigem Auge vorüber, verblaßte jedoch ebenso jäh wieder.

»Aha!« meinte er bedeutungsvoll.

»Halt den Mund«, kam umgehend die Antwort. »Du könntest mir wenigstens ein bißchen frisches Wasser holen.

Und bürsten kannst du mich auch, ich sehe schlimm aus. Und tu etwas gegen den Gestank hier drinnen, der macht mich noch krank.«

In diesem Punkt konnte ihm Antyr seine Zustimmung nicht versagen. »Tut mir leid«, gab er zu und schnappte sich den Kübel, in den er sich letzte Nacht übergeben hatte, um ihn vor die Tür zu bringen.

»Es scheint schon so lange her zu sein«, sinnierte er naserümpfend, als er den übelriechenden Inhalt in den Abfluß schüttete und vehement den Pumpenschwengel betätigte, um der zähklebrigen Masse einen kalten, glitzernden Wasserschwall hinterherzuschicken.

Ein kurzes Schweigen setzte ein, bevor Tarrian wieder zu sprechen anhob. »Komm wieder rein und bürste mich, Antyr.« Seine Stimme klang überraschend sanft. Antyr hob erstaunt den Blick. Tarrian stand in der offenen Tür und musterte ihn ernst. Antyr streichelte beim Hereingehen seinen nassen Schädel, und Tarrian drückte sich kurz an ihn.

Danach sagte eine Zeitlang keiner von ihnen ein Wort. Antyr suchte sich ein Tuch und wischte Tarrian trocken, bevor er sich daran machte, das Herdfeuer wieder zu entfachen. Dann trocknete er sich selbst, zog sich um und begann, seinen Gefährten zu bürsten.

Den Wolf zu striegeln war eine seltsame, befriedigende Erfahrung. Antyr wußte, daß er da an etwas rührte, das tief aus dem Innern des Wolfs kam, von irgendwo weit unterhalb jener Ebene, zu der Tarrian ihn mitnehmen konnte oder wohin er selbst zu gehen wünschen würde.

»Rudelsache«, pflegte Tarrian zu sagen, wenn er überhaupt bereit war, über solche Dinge zu sprechen. Das genügte, und sie verstanden beide. Tarrian hielt sich selbst für einen Wolf, so wie sich Antyr für einen Menschen hielt, und obwohl sie wußten, daß sie in gewisser Weise anders waren, blieben sie doch letztendlich, was sie waren: Wolf und Mensch. Wenn sie miteinander sprachen und sich berührten, glich das mehr oder weniger einem gefährdeten, immer wieder vom Meer überspülten Damm, der zwei weite und fremde Länder miteinander verband.

Nach einer Weile spürte Antyr, daß Tarrians Geist wieder aus den Tiefen auftauchte, entspannt und gelöst.

»Ich habe den Leuten am Norstseren-Tor gesagt, daß du allein zurückkommst«, ließ ihn Antyr beiläufig wissen, als der Zauber verblaßte.

»Ja. Danke«, erwiderte Tarrian träge. »Ich hab' einen entsprechenden Gedanken bei den Wachen wahrgenommen, habe mich aber aus alter Gewohnheit eingeschlichen.«

Ein amüsierter Unterton schwang in dieser Erwiderung mit, doch Antyr fragte nicht weiter nach.

»Ich bin mit einer Schafherde reingekommen«, gab Tarrian bereitwillig Auskunft, wobei er kicherte und gluckste und sich auf den Rücken wälzte, damit Antyr seinen Bauch bürsten konnte. »Was für eine Schlafmütze von Schäfer. Und erst diese Hunde. Die haben ja keinen blassen Schimmer. Wundert mich, daß ihr nicht bis zu den Ohren in meinen Artverwandten steckt – das Leben da draußen muß ja so einfach sein.«

»Schlafmütze oder nicht, der arme Kerl mußte wahrscheinlich Torsteuern für dich zahlen, das weißt du doch«, sagte Antyr und bemühte sich redlich, vorwurfsvoll zu klingen, mußte aber dann doch wider Willen lachen.

Tarrian überlegte. »Ja«, schloß er. »Jetzt, wo ich darüber nachdenke, der Schäfer hatte eine recht hitzige Unterredung mit dem Steuereintreiber, als ich mich davonmachte.«

Er wälzte sich wieder herum und schüttelte sich mächtig, nachdem er wieder aufgestanden war. »Sehr angenehm«, meinte er. »Ich habe das sehr genossen.«

»Aber …?« fragte Antyr, der den Anflug von Zweifel in dem Gedanken mitkriegte, als er sich in seinem Sessel hochstemmte.

»Aber wir müssen miteinander reden«, meinte Tarrian ernsthaft.

Antyr ertappte sich dabei, wie er in die grauen Wolfsaugen starrte. »Möchtest du ausgehen, um etwas zu trinken?« bot Tarrian an.

Die Frage erfolgte völlig überraschend; Tarrian hatte sie noch nie zuvor gestellt.

»Ich weiß nicht«, antwortete Antyr nach eingehender Überlegung. »Der Tag war ... so lang ... soviel ist passiert. Von der herzoglichen Leibwache durch den Nebel eskortiert zu werden; Ciarll Feranc, Aaken Uhr Candessa; den Traum des Herzogs von Serenstad zu durchforschen ...« Er schwieg, als sich das Unbehagen aus dem Traum des Herrschers wieder einstellte, auf der Stelle gefolgt von der Erinnerung an die finstere dunkle Gestalt, auf die sein Blick beim Aufwachen gefallen war, und, das Schlimmste von allem, die gräßliche Abwesenheit seines Gefährten, seines Erdhalters. Tarrian stieß ein leises Heulen aus.

»Und dann Meile um Meile müde durch den Regen und den kalten grauen Trübsinn zu wandern – irgend etwas hat sich geändert«, fuhr Antyr fort. »Etwas in mir ist anders. Ein Teil von mir schreit nur, ich solle weglaufen, solange noch Zeit dazu ist. Irgendwohin laufen, in eine Flasche, runter nach Farlan und dort weiter auf ein fremdes Schiff, irgendwohin, nur weg. Aber das ist ein heulendes Kleinkind, ziemlich weit weg. Ich kann es nicht ganz ernst nehmen. Der andere Teil von mir sagt: Denk an deine soldatische Ausbildung, halt deine Pike fest, gib keinen Zollbreit nach, um all der anderen willen. Hast du jemals gesehen, daß ein Pferd in eine Pike galoppiert wäre? Jemals gesehen, was Reitknechte mit fliehenden Fußsoldaten machen?« Er verstummte.

»Fliehende Fußsoldaten«, murmelte er nach einem langen Schweigen mit leiser Stimme vor sich hin. »Das ist leichtere Arbeit für sie als ein Kaninchen für einen Wolf. Und sie greifen immer weiter an ... ganz egal, wie schnell du rennst ... hacken auf die Leute ein ... mit Lanze und Schwert. Hören nicht auf, was du auch anstellst.«

»Möchtest du ausgehen, um einen Schluck zu trinken?« wiederholte Tarrian behutsam und doch eindringlich seine Frage, denn die Aufzählung seiner fast nur noch geflüsterten Erinnerungen war in eine Art einlullenden Singsang übergegangen.

Antyrs Augen weiteten sich, doch er schüttelte bedachtsam den Kopf. »Ich weiß nicht«, sagte er. »Ich habe Angst.

Ich weiß nicht, was ich will. Ich weiß gar nichts. Da ist nur die Furcht, die mich zum Weglaufen drängt.«

Er sah Tarrian an. Der Wolf lag flach auf den Boden gepreßt, und er hatte die Ohren ebenso flach an den Schädel gelegt. »Du auch?« fragte Antyr.

»Ich auch«, gestand Tarrian ein. »Aber wegen deiner Kriegserinnerungen, nicht wegen dem, was heute passiert ist. Wenigstens das sollte verständlich werden, wenn wir uns ein bißchen Mühe geben. Ganz im Gegensatz zu Menschen.«

»Tut mir leid«, meinte Antyr.

»Braucht dir nicht leid zu tun, ist meine Schuld«, knurrte Tarrian, der sich jedoch zusehends entspannte. »Ich sollte mich mittlerweile an die Menschen gewöhnt haben.«

Ein kurzes Schweigen trat ein, während Antyr spürte, wie Tarrian seine Gedanken von dem unbekannten Schrecken des Schlachtfelds zu befreien trachtete, um sich wieder den Ängsten des Augenblicks zuwenden zu können.

»Komm weg da, Tarrian«, riet Antyr und reichte seinem Gefährten diese Worte wie einen Strohhalm zum sicheren Eiland der Vernunft. »Das ist nicht deine Welt. Und um deine Frage zu beantworten, nein, ich möchte nichts trinken, glaube ich. Und außerdem bin ich ohnehin zu müde, um mich in die Schenke zu schleppen.«

Antyr tat so, als komme diese Bemerkung einer intellektuellen Offenbarung gleich, doch zu seinem eigenen Erstaunen rief die Erinnerung an die Geräusche und Gerüche des Gasthauses eine Woge des Abscheus in ihm hervor. Noch während er diese überraschende Reaktion registrierte, überfiel ihn allerdings erneut der Fluchttrieb, der Drang ... irgendwohin ... zu laufen. Er runzelte unbehaglich die Stirn, drehte sich dann um und stierte in die Dunkelheit.

»Was geht hier vor, Tarrian?« verlangte er zu wissen. »Bin ich das? Hat die Vernachlässigung meines Handwerks – meiner eigenen Person – vielleicht irgend etwas entfesselt?«

»Nein«, beschied ihm Tarrian schlicht. »*Dessen* bin ich mir sicher. Nachlässigkeit erschwert es, den Nexus zu erreichen, und sie läßt die gesuchte Wahrnehmung des Traums verschwimmen. Sie macht dich einfach zu einem schlechteren

Traumfinder. Du hättest es sicherlich verdient, mittlerweile völlig untauglich zu sein, doch deine angeborene Fähigkeit hat dich selbst vor deinen ernsthaftesten Selbstverstümmelungsversuchen bewahrt.«

Der übliche vorwurfsvolle Ton schwang in Tarrians Stimme mit, doch der Wolf selbst tat ihn rasch und entschuldigend beiseite, bevor sich die beiden wieder unrettbar in einer ihrer nutzlosen Reibereien verfangen konnten.

Antyr registrierte die Geste dankbar, runzelte jedoch die Stirn. »Ich verstehe nicht«, erklärte er. »Was soll das plötzliche Gerede über meine angeborene Fähigkeit? Mein Vater pflegte zu behaupten, daß ich weit besser sein könne als er, wenn ich arbeiten würde, aber ... Ich habe immer gedacht, das sei nur das übliche väterliche Geschwätz ... um mich zu ermutigen. Dann starb er, und meine Ausbildung war zu Ende ...«

Seine Stimme verlor sich, als die Leere, die der Tod seines Vaters hinterlassen hatte, wieder auf ihn einstürzte.

Tarrians Stimme drängte sich sachte in seine Gedanken. »Antyr, vorausgesetzt, du hast deine Ausbildung überhaupt einmal begonnen: Sie war abgeschlossen, bevor dein Vater verschied.«

Antyr wandte ihm den Blick zu, und sein Stirnrunzeln wurde gequält.

»Du hast von Beginn an über Fähigkeiten verfügt, die dein Vater nicht begriff«, fuhr Tarrian fort. »Die ich nicht begriff – woran sich nichts geändert hat. Er konnte dich nichts lehren, Antyr. Er hätte eher von dir lernen können. Und sein Kummer – genau wie der meine für lange Zeit – bestand darin, daß er das nicht wahrhaft erkannte. Er hatte ständig das Gefühl, bei dir zu versagen.«

Die unheimliche Gewißheit, die Tarrian an den Tag gelegt hatte, als sie auf dem Aphron Dennai gestanden hatten, kehrte zurück. »Du bist kein gewöhnlicher Traumfinder, Antyr. Du gehst in den Nexus wie andere Leute in das Zimmer nebenan, der sich mit solcher Leichtigkeit bewegt oder mir soviel Freiheit gegeben hätte. Du hast mich überall hin schweben lassen, als wäre ich ein großer Vogel. Und doch hast du einen Makel an dir.« Er schwieg. »Ich weiß nicht, was du bist, Antyr, aber du bist anders. Und was immer ... wen immer ... wir im Traum des Herzogs spürten, wußte ... oder ahnte das auch. Aus diesem Grund hat er dich später noch einmal aufgesucht.«

Antyr riß angesichts der Implikationen, die in Tarrians Worten mitschwangen, bestürzt die Augen auf. Wieder erhaschte er das Bild des fliehenden, glücklosen Kaninchens.

»Das ist Unfug«, erklärte er, bekam jedoch durchaus mit, wie oberflächlich seine eigene Stimme klang. »Wie kann irgend jemand von draußen in einen Traum gelangen?«

»Wir tun das auch.«

Das einfache Aussprechen des Offensichtlichen traf Antyr wie ein Hammerschlag, so daß er auf der Stelle verstummte. Die Antwort formte sich in seinem Geist: »Das ist etwas anderes, denn wir sind zusammen mit dem Träumer dort, wir haben den Kontakt, die Erlaubnis, das Vertrauen.« Doch seine Worte klangen hohl, und er konnte es nicht über sich bringen, sie laut auszusprechen.

»Sogar der Herzog spürte die Gegenwart eines fremden Willens in seinem Traum, darum hat er sich auch widersetzt«, meinte Tarrian. »Dann spürten wir es mit ihm. Und es spürte uns.«

Antyr suchte Trost in einer Nebensächlichkeit. »Er muß also ein Sensitiver sein.«

»Das Traumfinden ist eine uralte Kunst«, stellte Tarrian übergangslos fest. »Und diejenigen, die es praktizieren, gehören kaum einem zölibatären Orden an, oder? Vielleicht gehört ein Traumfinder zu seinen Ahnen.«

Da Tarrian das Ablenkungsmanöver Antyrs so umstandslos abgetan hatte, blieb dem Traumfinder nichts übrig, als wieder nach vorn zu blicken.

»Was also sollen wir tun?« fragte er widerwillig und fühlte sich, als sei das alles vollkommen unwirklich. »Wenn jemand in den Traum des Herzogs eindringen und anschließend mich selbst im Schlaf heimsuchen kann, mit welcher Absicht auch immer ...« Die Erinnerung an das haßerfüllte Zischen des Schattens bei seinem Weggang überfiel ihn, und er erbebte. »... Was kann ich da tun? Soll ich für immer wach bleiben? Und wenn sie mich erreichen und irgendwie von dir abschneiden können, was kannst *du* dann noch tun?«

Tarrian blieb stumm. Gemeinsam und ohnmächtig starrten sie in den tiefen schwarzen Schacht ihrer Unwissenheit.

»Wie wäre es mit der Gilde?« schlug Antyr nach einer Weile vor. »Sie müssen doch irgend jemanden haben, der uns beistehen kann?«

»Nenn mir einen«, verlangte Tarrian kurz und bündig.

Antyr sah ihn flehentlich an. »Komm schon, denk nach, Tarrian. Du kümmerst dich mehr um Gildenangelegenheiten als ich. Sie können doch sicher nicht alle damit beschäftigt sein, Steuererleichterungen von den Eintreibern zu erpressen und über Gebührenordnungen zu streiten. Es muß doch irgend jemanden geben, der noch an der Kunst selbst Interesse hat.«

Antyr ahnte, daß Tarrian seine Bemerkung von vorhin zu wiederholen gedachte, hielt ihm jedoch warnend den Zeigefinger entgegen. Selbst zu Petrans Lebzeiten war Tarrian dem, was er ›die Sinnlosigkeit dieser ganz besonderen Manifestation des menschlichen Herdeninstinkts‹ nannte, nicht wohlgesinnt gewesen. Nach seinem Tod hatte sich diese Abneigung allerdings zu zynischer, grollender Verachtung gesteigert.

Tarrian bekundete indes guten Willen. »Mir fällt im Moment keiner ein«, entschuldigte er sich. »Ich bin selbst nicht mehr auf dem laufenden.«

Antyr vergrub den Kopf in den Händen. »Wir sollten trotzdem zum Gildehaus gehen«, meinte er. »Wir könnten einmal nachfragen. Vielleicht ist ja auch ein anderer schon auf dieses Problem gestoßen. Möglicherweise grämen wir uns über etwas, das schon längst bekannt ist.«

Tarrian erhob sich. »Ja, natürlich«, sagte er mit plötzlicher Begeisterung. »Du hast recht. Das hatte ich völlig vergessen.«

»Was hattest du vergessen?« wollte Antyr wissen.

»Das Gildehaus«, entgegnete Tarrian. »Die Bibliothek. Da könnten wir etwas finden. Komm, beweg dich.«

Wie ein kurzsichtiger Raubvogel lugte der alte Türwächter ihnen über seine Augenlinsen hinweg entgegen, als Antyr das stattliche Portal des Gildehauses öffnete. Es war mit ausgesuchten Schnitzereien überzogen, und Glasfenster in üppigen Farben zeigten die Würdenträger der Vergangenheit, die feierlich in ihren offiziellen Amtsroben posierten. Tarrian trottete hinter ihm her, und als Antyr die Tür wieder schloß, flutete das graue Winterlicht durch die Glasscheiben und warf einen flüchtigen Eisvogelblitz aus Sommerfarben über den gemusterten Fußboden.

Der Türwächter richtete rasch seine Tunika, ein wenig irritiert ob dieser Störung seiner Meditationen. »Ja, Sir?« herrschte er den potentiellen Eindringling barsch an. »Was kann ich für Euch tun?«

»Nichts, danke«, erwiderte Antyr. »Wir wollen nur die Bibliothek benutzen.«

»Tut mir leid. Die Bibliothek ist nur für Gildenmitglieder«, entgegnete der Türwächter in hoheitsvollem Ton, humpelte hinter seinem Tresen hervor und stellte sich entschlossen zwischen Antyr und ein mögliches weiteres Eindringen in die heiligen Hallen. »Und Hunde sind auch nicht zugelassen, Sir«, fügte er mit einem mißtrauischen Blick auf Tarrian hinzu.

»Klär ihn auf«, verlangte Tarrian drohend. »Sofort.«

»Ich bin Mitglied«, antwortete Antyr höflich, deutete auf seine schwarzen Augen und zauberte nach kurzem Kampf mit seinem Umhang eine zerschlissene Karte hervor. »Ich komme nicht sehr oft hierher.«

Der Türwächter prüfte die schmutzige Karte mit einigem Widerwillen, um dann mit einem »Einen kleinen Moment, Sir« wieder hinter seinen Tresen zu humpeln, was offensichtlich soviel bedeutete wie: »Das werden wir ja sehen.«

Mit sichtbarer Anstrengung grub er einen gewichtigen Folianten aus einem Bord irgendwo unter dem Tresen hervor. »So, Sir«, sagte er, indem er das Buch überaus würdevoll, aber ziemlich willkürlich aufschlug.

»Eine Glanzleistung«, kommentierte Tarrian ätzend. »Hat es treffsicher bei ›M‹ geöffnet. Für Antyr.«

Antyr brachte ihn diskret zum Schweigen. »Vielleicht kann er dich hören«, warnte er.

Tarrian schnaubte. »Vielleicht kann auch die Tür mich hören«, entgegnete er. Dann, mit Donnergebrüll: »Beeil dich, du träger Tattergreis!«

Antyr duckte sich, als das Gebrüll durch seinen Schädel dröhnte, doch mit zusammengebissenen Zähnen gelang es ihm, ein verlegenes Lächeln beizubehalten. Der Türwächter hingegen machte keine Anstalten, zu antworten, sondern fuhr vielmehr fort, gewissenhaft die einzelnen Seiten des Folianten zu wälzen.

Schließlich kam er zu einer Seite, wo er nach sorgfältigem Hin- und Herschauen von Rand zu Rand entschied, nunmehr mit Hilfe eines einsamen Zeigefingers seine Suche fortsetzen zu können.

»Aha«, erklärte er endlich nach eingehendem Studium von Antyrs Karte. »Hier steht Ihr, Sir. Antyr, Andor Endryth.« Sein Tonfall wurde widerwillig ein wenig freundlicher. »Und dies ist Euer Gefährte, nehme ich an. Tarrian, nicht wahr?« Er schlug den Wälzer zu und musterte Tarrian mit glänzenden runden Äuglein. »Nicht gerade üblich, Wölfe. Überhaupt nicht üblich«, erklärte er geistesabwesend, und wandte sich dann wieder Antyr zu. »Ich bitte um Verzeihung, daß ich Euch nicht erkannt habe, Sir, aber heutzutage kann man nicht vorsichtig genug sein, es wimmelt ja nur so von Rohlingen, und Euer Gewand ...« Er räusperte sich und wechselte rasch das Thema. »Ich vermute, Ihr kommt nicht zu sehr vielen Sitzungen, Sir. Sonst wäre ich sicher, daß ich Euch flugs erkannt hätte. Ich kenne die meisten regelmäßig Anwesenden und ...«

»Ja, danke«, würgte Antyr die Litanei ab, und nachdem er seine Mitgliedskarte wieder an sich genommen hatte, folgte er Tarrian, der bereits die weite, kreisrunde Eingangshalle in Richtung der Treppe durchmaß, die zur Bibliothek führte.

Während er hinter dem Wolf herhastete, fiel Antyr ein, daß er das Gildehaus seit seines Vaters Tod nicht mehr betreten hatte, und trotz der Verachtung für den Großteil der heutigen Gildenaktivitäten, die er mit Tarrian teilte, verspürte er einen überraschenden Anflug von Nostalgie, als er die Wände der prächtig verzierten Eingangshalle mit ihrer hochgewölbten Decke und den mit steinernen Balustraden versehenen Balkonen hinaufblickte.

Dieser Ort – oder besser die Gilde – hatte seinem Vater eine Menge bedeutet; er hatte immer aktiv am Gildenleben teilgenommen, hatte leidenschaftlich dafür gestritten, die Integrität ihrer Kunst gegenüber der wachsenden Flut von Geschäftemachern und dreisten Scharlatanen zu bewahren, die schon damals ihren unaufhaltsamen Siegeszug angetreten hatten.

Rudelsache, nehme ich an, dachte er humorvoll, als die Erinnerungen ein Kribbeln tief unten in seinem Magen hervorriefen.

»Komm schon«, unterbrach Tarrian seine Träumerei. Der Wolf hatte den zentralen Treppenschacht erreicht und stieg emsig die breiten Stufen hinab – zum nicht geringen Erstaunen zweier würdiger Individuen in offizieller Amtsrobe, die ihm entgegengingen. Beide trugen große Katzen auf dem Arm, die sie beschützend an sich preßten, als Tarrian an ihnen vorbeiglitt.

Antyr stieß einen kurzen Stoßseufzer gen Himmel, Tarrian möge sie im Vorbeigehen nicht in den Genuß seiner Meinung über ›aufgeblähte Pfaue‹ gebracht haben – und ein etwas ausführlicheres Dankgebet, daß er sich nicht auf ihre vierbeinigen Gefährten gestürzt hatte. Aufgeschoben war indes nicht aufgehoben.

»Diese beiden müssen sich verlaufen haben«, erklärte Tarrian sarkastisch, als er die Tür zur Bibliothek erreichte und darauf wartete, daß Antyr sie ihm öffnete. »Ich bezweifle, daß einer von ihnen etwas anderes als die Gebührenliste lesen kann. Und hast du diese widerwärtigen Plüschtiger gesehen? Stell dir mal vor, einer von ihnen würde durch deine Träume kriechen! Pinkeln in alle Ecken und würgen Haarballen hoch.« Ein würgender Laut beschloß passend seine Ausführungen.

Antyr ließ einen raschen Blick in die Runde schweifen, beschämt von diesem unverzeihlichen Ausbruch – und unterdrückte nur mit Mühe ein Lachen. »Denk einfach daran, wo wir uns befinden, und behalte deine Gedanken für dich, Hund, oder einer dieser … Plüschtiger … bringt dich wegen ungebührlichen Verhaltens vor den Rat.« Mit einiger Mühe legte er die gebührende Strenge in seine Worte, aber Tarrian kicherte nur stillvergnügt in sich hinein.

»Rein mit dir«, befahl Antyr barsch, als er die Tür zur Bibliothek aufschob.

Als wolle sie Tarrians harsches Urteil bestätigen, lag die Bibliothek still und verlassen; eine muffige, vernachlässigte Atmosphäre hing über allem. Schwache Lichtkränze waberten um die wenigen angezündeten Lampen, als habe sich der Nebel der letzten Nacht hierher zurückgezogen, um Atem zu schöpfen.

Sowohl Antyr als auch Tarrian rümpften voller Abscheu die Nase. »Dein Vater pflegte viele Stunden hier zu verbringen«, sagte Tarrian, der wieder ernst geworden war. »Auf der Suche nach Informationen, die seinen Kunden nutzen konnten. Auf der Suche nach Informationen, die ihm vielleicht helfen würden, dich zu verstehen. Auf der Suche nach ich weiß nicht was, was ihn zu einem besseren Traumfinder machen sollte. Und er war nie alleine hier. Und es war strahlend hell. Nicht so wie jetzt. Es ist …«

» … wie eine Katakombe«, beendete Antyr die Totenrede für ihn.

Schweigend blickten sie sich um.

Die Bibliothek war ein riesiger, ringförmiger Raum, der sich von der zentralen Treppenflucht aus strahlenförmig in alle Richtungen erstreckte und den größten Teil vom Untergeschoß des Gildehauses einnahm. Kreisförmige Regalreihen standen hoch, stumm und unter der Last der Bücher durchgebogen in der Abenddämmerung, schattenhafte, kreisförmige Gänge bildend, die in gewissen Abständen von ebenso schattenhaften Radialgängen geschnitten wurden, die ein rudimentäres Labyrinth dunkler, hochwandiger Gassen bildeten. Hier und da standen kleine Grüppchen von Tischen und Stühlen zusammengewürfelt unter einer einsamen Funzel, als hätten sich die Möbel dort schutzsuchend vor der sie umgebenden Dunkelheit zusammengedrängt.

Antyr nagte unsicher an seiner Unterlippe und fühlte sich mit einem Mal sehr hilflos angesichts der unendlichen Bücher- und Pergamentrollenwände, die in der finsteren Ferne verschwanden. Es hieß, die Bibliothek enthalte jedes bekannte schriftliche Werk über Kunst und Techniken des Traumfindens. Man brauchte kein Hellseher zu sein, um zu erkennen, daß man hier sein ganzes Leben mit dem Studium der Bücher verbringen konnte. Würde er hier dennoch eine Antwort finden? Obwohl Tarrian das abstritt, durfte sich Antyr nicht hundertprozentig sicher sein, daß die Ereignisse nicht doch auf sein Zutun zurückzuführen waren.

Er zog ein schiefes Gesicht. »Ich weiß nicht, wie ich hier Hilfe finden soll«, zweifelte er, als seine Verzagtheit wieder die Überhand gewann. »Wir wissen ja nicht mal, wonach wir suchen. Oder, ganz nebenbei bemerkt, warum.« Er vollführte eine vage, die endlosen Bücherwände umfassende Handbewegung. »Und wo wir anfangen sollen ...« Er zuckte verzweifelt mit den Schultern.

Tarrians Tonfall klang unerwartet mitleidig. »Dein Vater pflegte immer zu sagen: ›Wenn du nicht weißt, wo du anfangen sollst, fang einfach an!‹ Das scheint mir ein kluger Grundsatz zu sein. Komm; laß dich nicht von diesem Ort einschüchtern. Mythen und Legenden stehen da hinten, wenn mich mein Gedächtnis nicht trügt.«

»Mythen und Legenden?« leierte Antyr, nicht wenig erstaunt.

»Mythen und Legenden«, bestätigte Tarrian zuversichtlich. »Wo sonst sollten wir suchen? In den kanonischen Texten steht fast nichts, was wir nicht schon wüßten, und von diesen modernen gelehrten Schriften können wir weniger als nichts lernen.« Das Wort ›gelehrt‹ bedachte er mit einer vernichtenden Betonung. »Das Vorgefallene muß entweder etwas sein, das noch nie zuvor geschehen ist oder das sich vor so langer Zeit ereignet hat, daß alle Welt es längst vergessen hat, und mein Instinkt spricht für letzteres. Vorwärts! Auf in die Vergangenheit.«

Antyr griff sich eine in der Nähe hängende Laterne und entzündete sie, um sodann seinem Gefährten pflichtbewußt durch die düsteren Schluchten zu folgen, die die unteren Partien der Regale bildeten.

Tarrians Gedächtnis trog nicht, und bald huschte er durch die Gänge, zog begeistert Bücher aus den unteren Regalen und erteilte Kommandos, damit Antyr ihm diejenigen Werke hinabreichte, an die er nicht herankam.

»Das reicht, das reicht«, wiegelte Antyr ab, als er gleichzeitig mit der Laterne und dem neunten Folianten kämpfte, den Tarrian soeben zu Boden gezerrt hatte. »Wir brauchen ja eine Woche dafür, um auch nur diese neun hier durchzulesen.«

»Schon mal was von Querlesen gehört, beim großen Wolf?« versetzte Tarrian hitzig. »Komm schon, widersprich mir nicht ...« Antyr sollte das Ende dieser Bemerkung indes nie zu hören bekommen, denn ein unkontrollierbarer Hustenkrampf schloß dem Wolf die Schnauze, und nach zwei oder drei zögerlichen und von phantasievollen Grimassen begleiteten Versuchen trompetete er ein hemmungsloses Niesen heraus, das seinen Körper von den Barthaaren bis zur Schwanzspitze in Schwingungen versetzte. Und schließlich noch eins, und noch eins. Dann ergoß sich eine Flut von Schimpfworten in den Raum.

»Es sollte selbst die Möglichkeiten dieser Gilde nicht übersteigen, jemanden anzustellen, der von Zeit zu Zeit die Regale abstaubt.« Ein weiterer Nieser explodierte. »Ich habe schon Scheunen gesehen, die weniger staubig waren.«

»Wenn du nicht so ungeduldig wärst, würdest du auch nicht soviel Staub aufwirbeln«, ließ Antyr ihn mitleidlos wissen.

»Darum geht es wohl kaum, oder?« widersprach Tarrian angesäuert. »Sie hätten diesen Ort nie so verwahrlosen lassen dürfen. Dafür zahlen wir schließlich unsere Gildenbeiträge ...«

»Ja ja«, meinte Antyr desinteressiert, wandte sich ab und strebte mitsamt seiner Last der nächsten Sitzgruppe zu.

Immer noch grollend und gelegentlich kleinere explosive

Nieser von sich gebend, folgte ihm Tarrian. »Weißt du, das war noch längst nicht alles«, drohte er.

Antyr ließ die Bücher auf den Tisch fallen und schnappte sich das größte. »Dessen bin ich mir wohl bewußt«, erwiderte er. »Aber was sollen wir denn hiermit anfangen, Tarrian? Sieh dir das nur an!« Er hielt das Werk dicht unter die Lampe und musterte den Titel eingehend. *»Die Saga von Mara Vestriss, Weber des Großen Traums.«* Er warf Tarrian das Buch zu und blätterte die Seiten rasch mit dem Daumen durch, Seiten, die ganz schwarz waren von dichtgepackten Drucklettern. »Oder diese hier.« Er gestikulierte in Richtung der anderen Werke. *»Die Kunde der Weißen Wächter. Eine Anthologie von Erzählungen über die Ritter des Lichts – Verteidiger des goldenen Nexus. Die Geschichte von Andrasdaran, der Festung des Tors.* Was, in aller Welt, können wir in solchen Schmökern finden? Wir brauchen Logik und Vernunft, keinen Aberglauben oder weitschweifige Geschichten von alten Märchenerzählern.«

Er griff sich ein anderes Buch und las den Titel vor: *»Marastrumel, der Böse Weber, und die Erschaffung der Dunklen Mynedarion.«* Doch noch während er den Namen aussprach, stockte ihm die Stimme, er warf einen hastigen Blick in die Schatten, die jenseits des Lichtkegels lauerten, und murmelte: »Mögen die Gesegneten uns beschützen.«

Kaum hatte er diese Worte ausgesprochen, lief sein Gesicht rot an, und er schlug die Hand vor den Mund. Er machte sich auf eine Spottattacke Tarrians gefaßt.

Es gab ein langes Schweigen, und dann sagte Tarrian: »Nun, nun«, ganz sachte, als habe er soeben etwas zutiefst Überraschendes entdeckt.

Antyr wappnete sich, aber Tarrian meinte nur: »Wenn die Dinge so liegen, dann fangen wir meiner Ansicht nach am besten mit diesem hier an.«

Antyr konnte sich nicht mehr zurückhalten. »Gut. Gut. Erspar mir deinen Sarkasmus. Es ist nicht meine Schuld. Ist nur ein blödsinniges Überbleibsel aus meiner Kindheit.« Er funkelte Tarrian finster und abwehrend an, erwartete immer noch, in den vollen Genuß von Tarrians beißendem Humor zu kommen. Doch nichts dergleichen geschah. Statt dessen wiederholte der Wolf einfach seine vorherige Bemerkung. »Wir fangen mit diesem hier an. Punktum.«

Antyrs Miene wirkte verunsichert, doch Tarrian richtete sich bloß auf seine Hinterbeine auf und stupste, die Vorderpfoten auf die Tischplatte gestemmt, das Buch unbeholfen mit der Nase auf.

»Du blätterst die Seiten um, ich lese«, befahl er. »Du bist mir zu langsam.«

»Worauf willst du hinaus?« fragte Antyr, immer noch verlegen ob seines kurzen Rückfalls in den Aberglauben, immer noch auf der Hut vor einer hinterhältigen Attacke seines Gefährten.

»Auf nichts«, ließ der ihn in ernstem Tonfall wissen. »Ehrlich.«

Antyr scharrte verlegen mit den Füßen. »Ist nur ein Überbleibsel aus der Kindheit«, wiederholte er, immer noch bemüht, sich gegen einen nicht existenten Angriff zu verteidigen. »Mein Vater hat mir immer ...«

»Pure Rudelsache«, sagte Tarrian, bevor Antyr seinen Satz zu Ende bringen konnte. »Wir erkennen mit mehr als nur unseren Augen und Ohren und Nasen, und unser tiefstes Inneres führt uns auf Wege, die wir nicht zu verstehen hoffen dürfen. So gut du auch bist, du weißt nicht einmal, wie du mich zu einem Traumnexus führst, und ich weiß eben nicht, wie ich dich zu den Träumen geleite. Aber wir machen es, und wir machen es auch noch gut, weil wir uns nämlich auf diese unsere tiefverborgenen Quellen verlassen. Jetzt hast du mich an einen fremdartigen Nexus geführt, und jetzt jage ich. Vertrau auf dich, Antyr. Und vertrau mir.«

Antyr wirkte gequält, und ein Hauch von Ungeduld begann sich in Tarrians Tonfall breitzumachen.

»Denk doch mal einen Moment nach, Antyr«, forderte er. »Man kann sagen, daß *nichts* dich dazu gezwungen hat, die Beschwörungsformel in meiner Gegenwart auszusprechen, oder?« Er wandte sich wieder dem Studium des Buchs zu, während sich Antyr eine Antwort auf diese barsche Frage zurechtlegte.

»Tatsächlich ist es doch so, daß du dich bemühst, sie noch nicht einmal zu denken, wenn das Wort Mynedarion fällt, nicht wahr?« fuhr Tarrian fort. »Nun blätter schon um.«

»Na, du kannst ja ganz schön sarkastisch sein«, gelang es Antyr kurz darauf zu stammeln. »Um nicht zu sagen ausgesprochen unangenehm, wenn du in der entsprechenden Stimmung bist.«

»Wohl wahr«, räumte Tarrian ein. »Und zu recht. Das hätte ich zumindest noch bis vor einem Augenblick behauptet. Und doch hast du es gesagt – umblättern – laut gesagt, bist sozusagen zur Fütterungszeit freiwillig in meinen Bau gekrochen, so sieht's doch aus. Und in einem Atemzug mit der Bitte um Vernunft und Logik rufst du die Seligen Mynedarion an, bei der erstbesten Erwähnung der Dunklen, wie ein ängstlicher Lehrling oder ein schwachsinniger Priester.«

Antyr starrte ihn stumm an.

»Was auch immer dich zu dieser Unbedachtheit verleitet hat, Traumfinder, ich habe vor, ihrer Spur zu folgen – umblättern.«

»Aber ...« Immer noch verlegen wegen seines Versprechers, wurde Antyr von Tarrians untypischem Verhalten noch mehr aus der Bahn geworfen.

»Umblättern«, wiederholte Tarrian.

»Ich begreife dich nicht«, meinte Antyr kopfschüttelnd.

»Aber doch«, widersprach ihm Tarrian. »Ich habe es dir doch gesagt. Dein klügeres Ich hat uns schon den Weg gezeigt. Hat unsere eitle Dummheit beiseite gewischt und uns den Weg gewiesen. Dem ich jetzt folge. Umblättern!«

Antyr ließ sich nieder und legte dem Wolf freundschaftlich die Hand auf die mächtige Schulter. Vernunft und Logik hatte er eingefordert, und nun hatte ihn sein Gefährte mit seinen eigenen Worten der Unvernunft überführt. Ein Teil von ihm wollte sich immer noch von dieser kindischen Äußerung distanzieren. Warum eigentlich? fragte er sich auf einmal. Tarrians Analyse war richtig. Ihr gegenseitiges Vertrauen war unbeschränkt, und doch begriff keiner von ihnen das Mysterium des Traumfinders. Vielleicht hatte sein tiefstes Inneres, das ihn zum Nexus führte, ihm tatsächlich die alten Worte eingegeben. Er entspannte sich. Wenn Tarrian es für bedenkenswert hielt, dann sollte er es seinem Gefährten gleichtun. Und überhaupt, was konnte es schaden? Wenn du nicht weißt, wo du anfangen sollst, fang an!

»Umblättern!« platzte Tarrians Stimme in seine Tagträume. Eilfertig die Seite wendend, starrte Antyr in das Buch. Das Papier war dünn, und ganz wie bei dem ersten Wälzer, den er aufgeschlagen hatte, waren die Buchstaben dicht gesetzt und winzig, was das Lesen bei dieser schlechten Beleuchtung erschwerte. Behutsam brachte er die Seite in eine aufrechte Position, um sie dann mit einem leichten Fingerschnipsen wieder zurückgleiten zu lassen.

Als sich die Seite wieder legte, enthüllte sie eine Illustration.

Antyr fühlte eher, als daß er es hörte, wie seine Kehle rasselte, als er nach Luft schnappte, während er das Bild betrachtete. Von irgendwo tief in seinem Innern wand sich eine schwarze Spirale des Entsetzens hoch. Er fuhr abrupt in die Höhe, warf seinen Stuhl um.

Das Lampenlicht schwankte, verlieh der Gestalt auf dem Bild eine täuschende Beweglichkeit. Es war der Umriß einer hohen, in Umhang und Kapuze gehüllten Gestalt vor einem Hintergrund aus unheilvollen, lebendigen Schatten. Die Gestalt hielt eine Laterne in der Hand und beugte sich vor.

KAPITEL 9

Antyr taumelte unter dem Ansturm des blinden Entsetzens, das jäh, mit der Plötzlichkeit eines nächtlichen Hinterhalts, in ihm aufgewallt war. Er fühlte, wie die Panik ihn zu überwältigen drohte.

Tarrian ließ sich zu Boden fallen und wich ein Stückchen zurück, die Zähne zu einem unentschiedenen Knurren gebleckt. Seine kraftvolle Stimme indes brach durch das wirbelnde Chaos in Antyrs Schädel wie ein Kriegsschrei.

»Antyr! Es ist nichts passiert! Es ist nur in deinem Kopf! Hier ist nichts! Sieh mich an! Sieh mich an, verdammt!«

Antyr griff verzweifelt nach dem Geräusch dieser Worte, und dann, ganz kurz, während er sich Tarrian zuwandte, war er der Wolf, blickte zu seiner eigenen, unsicher im Lampenlicht schwankenden Gestalt hoch, mit schreckerfüllt aufgerissenen Augen und schmerzverzerrtem Mund. Doch kaum spürte er den zielgerichteten, vertrauenerweckenden Körper des Wolfs um sich, als er auch schon wieder er selbst war; augenblicklich beruhigte er sich ein wenig, sein Zittern verlor an Heftigkeit, und sein Atem kam nicht mehr ganz so schnell. Tarrian, der frei war von dem inneren Entsetzen, das Antyr seiner Kraft beraubt hatte, hatte diese kurzfristige Übernahme dazu genutzt, wenigstens den Aufruhr des Körpers zu stillen; Antyr blieb noch die Aufgabe, auch seinen Geist wieder ins Lot zu bringen.

Der Traumfinder nickte seinem Gefährten dankbar zu und streckte die Arme nach dem Tisch aus, um das Gleichgewicht wiederzufinden. Er stützte sich eine Zeitlang mit vollem Gewicht auf seine Hände, bis sich seine Atmung noch weiter normalisiert hatte.

Das aufgeschlagene Buch mit seiner bedrohlichen Abbildung lag noch am selben Platz, unberührt von seiner heftigen Reaktion. Mit großer Mühe zwang er sich zu einem zweiten Blick auf die abstoßende Illustration.

Die Gestalt im Vordergrund war ohne jeden Zweifel diejenige, die er beim Erwachen im Palast über sich gebeugt gesehen hatte. Ihr Anblick brachte seinen Puls erneut zum Rasen, doch diesmal beherrschte er sich ohne Tarrians Hilfe.

Er fuhr sich mit der Hand durchs Gesicht und merkte, daß es schweißfeucht war, griff dann beinahe zornig nach der Lampe über dem Tisch und drehte sie auf. Sie zischelte protestierend, doch die Bibliothek wurde ein Stück kleiner und das Buch ein wenig mehr zu einem Buch.

»Was war denn das?« fragte Tarrian mit bestürzter Stimme. »Ich habe dich ja noch nie in einem solchen Zustand erlebt!«

Antyr, der immer noch ein wenig abgehackt atmete, wies mit einem Kopfnicken auf das Buch. »Diese Gestalt«, erläuterte er. »Diese Schatten, diese Laterne, alles.« Er stieß den Folianten mit einer Fingerspitze an. »Da. Genauso wie letzte Nacht. Und bevor du dir die Mühe machst zu fragen: Ich habe dieses Bild noch nie zuvor gesehen, nicht einmal dieses Buch.«

Tarrian sprang hoch und legte wieder seine Vorderpfoten auf die Tischplatte. Nachdem er das Bild eingehend betrachtet hatte, begann er vorzulesen: »›Marastrumel, der Böse Weber. Der Geist der Dunkelheit hält Ausschau nach den Mynedarion, den Schöpfern, die die Welten webten, auf seiner ewigen Suche nach dem Besitz des Großen Traums ...‹«

Antyr fühlte, wie die Furcht wieder anschwoll. »Hör auf damit!« rief er, doch seine Stimme verhallte zwischen den zahllosen stummen Bänden. Er flüchtete sich in eine einfache Tätigkeit, bückte sich und richtete den Stuhl wieder auf, setzte sich nieder, stützte die Ellbogen auf die Tischplatte und vergrub das Gesicht in den Händen.

»Nichts als eine alte Geschichte«, beschwichtigte ihn Tarrian, dessen Stimme zwischen Mitleid und Verlegenheit schwankte. »Marastrumel ist doch nur ein Symbol aus einem primitiven Zeitalter, eine Personifikation der zerstörerischen Seite der menschlichen Natur. Es ist …«

Antyr hob den Blick wieder, und Tarrians Stimme erstarb.

»Mein Verstand weiß das, Tarrian«, entgegnete Antyr leise. »Genau wie der deine. Doch irgend etwas in uns beiden ist sich dessen nicht so ganz sicher, nicht wahr? Etwas Seltsames, etwas Fremdartiges geht vor. Etwas Böses. Etwas, das nach dem Herzog gegriffen hat, das nach mir gegriffen hat, und nach dir auch, Erdhalter.«

Antyr wischte den Widerspruch, der sich in Tarrians Gedanken zu formen begann, beiseite. »Du bist den Eingebungen deines Instinkts gefolgt, und die haben uns dies hier eingebrockt«, bemerkte er leise, eine vage Geste in Richtung des Buches vollführend. »Und wie aus dem Nichts überfällt mich ein Schrecken, den ich so nicht einmal auf dem Schlachtfeld kennengelernt habe.« Tarrians Ohren legten sich flach an seinen Schädel, und abrupt wandte er sich von Antyr ab. »Die Erfahrung hat mich nackt und bloß zurückgelassen, als sei ich von allen überflüssigen Gedanken und Gewohnheiten gereinigt worden. Als sähe ich nun endlich klar und deutlich. Als sähe ich die anstürmenden Rösser und blickte dem Tod ins Auge und zwänge mich dazu, nicht zu fliehen, da ich erkannt habe, daß dies den Tod erst recht herbeilotsen würde, so sicher, wie Wasser in eine Uferbresche strömt. Bleib an meiner Seite, Tarrian, Schild an Schild, während wir dem Feind entgegengehen.«

Tarrian erwiderte nichts, doch als Antyr nun fortfuhr, klang seine Stimme sehr fest. »Du hast *meine* Furcht gesehen, doch letzte Nacht, als wir durch den Nebel marschierten, hast du aus Versehen auch ein Stück deiner Furcht enthüllt. Du hast gestern behauptet, sie habe nichts mit dem augenblicklichen Problemen zu tun. ›Vertrau mir, wir reden später drüber‹, so lauteten deine Worte, wenn ich mich recht entsinne. Ich glaube, wir haben jetzt ›später‹, und ich will deine

Furcht kennenlernen. Ich will wissen, was du weißt und was du für dich zu behalten vorgezogen hast.«

Ein kurzes Schweigen trat ein, in das hinein Tarrian erwiderte: »Das ist nicht so einfach.«

Antyr nickte. »Möglich«, meinte er. »Erzähl mir einfach, was du kannst, während ich dir noch einigermaßen ruhig zuhören kann.«

Zu Antyrs Erstaunen stieß Tarrian ein hohes, langanhaltendes Heulen aus. Der Traumfinder vernahm den Laut und spürte den Kummer, doch er konnte keine genaue Bedeutung erkennen. Irgendein Teil von ihm jedoch wußte, daß dies das tiefste Innere des Wolfes war, das darum rang, ihn, Antyr, zu erreichen, und doch wußte, daß das nie sein konnte.

Er schlang seine Arme um den Gefährten.

»Es tut mir leid«, sagte Tarrian. »Das ist äußerst schwierig, und ich bin genauso verwirrt wie du. So viele eigenartige Dinge sind geschehen, ganz wie du sagtest. Dinge, die ohne Ankündigung aus der Dunkelheit quellen und die Grundlagen unserer Vernunft selbst erschüttern.«

»Beschreib deine Furcht«, verlangte Antyr.

Wieder antwortete Tarrian nicht sofort, und als er es dann doch tat, war seine Stimme zögernd. »Mir sind keine Gestalten erschienen, Antyr«, versetzte er. »Keine übelwollenden Präsenzen ...« Er schüttelte den Kopf. »Es gibt die Worte nicht, das zu beschreiben.«

»Es gibt keine Worte, weil du dir erst gar nicht die Mühe machst, sie zu suchen«, erklärte Antyr überraschend streng.

Tarrian strickte wütend an einer passenden Antwort, doch irgendeine tiefere Notwendigkeit wischte die Gegenrede beiseite.

»Es ist eine Furcht ohne Grund«, hub er nachdenklich an. »So fremd ... so vielschichtig ... so elementar. Es ist, als sei dort etwas. Stumm und reglos. Und unsichtbar. Und doch ... es ist, als sei es schon immer dagewesen, lauernd, bereit, hervorzukommen. Und wenn ich es spüre, schäumt es Furcht aus. Aber kein Wissen. Kein Wissen, Antyr, wahrhaftig.« Er schwieg. »Ich weiß nicht, ob es das Alter, meine Einbildung, etwas Gutes oder etwas Schlechtes ist, ich weiß überhaupt nichts.«

»Wenn es dich ängstigt, kann es kaum etwas Gutes für dich sein«, folgerte Antyr.

Tarrian war nicht seiner Meinung. »Nein«, widersprach er. »Die Furcht ist nur ein Zeichen, ein Signal, das mir sagen soll, daß ich etwas nicht begreife. Wenn ich erst einmal zu einem Verständnis des Ganzen vorgedrungen bin, dann kann ich vermutlich auch entscheiden, wie gut oder böse es ist. Denn es wird beides sein.«

Überraschend heiterte sich sein Tonfall auf. »Als ich noch ein junges Wölfchen war, hatte ich einmal eine solche Angst. Namenlos und unbestimmt. Sie lauerte in den Schatten, ganz wie dein Kapuzenmann auf dem Bild.«

Antyr legte angesichts dieser Abschweifung seine Stirn in Falten, doch Tarrian ignorierte ihn.

»Und als der Grund für meine Furcht deutlich wurde, war das entsetzlicher als alles, was ich in meiner Unwissenheit heraufbeschwören konnte«, fuhr er fort. »Und doch, auf der anderen Seite auch wieder nicht.«

Antyrs Stirnrunzeln verstärkte sich, und er machte Anstalten, den Wolf zu unterbrechen.

»O ja. Viel entsetzlicher«, sagte Tarrian da versonnen, als rede er mit sich selbst. »Für einen Welpen ist es eine entsetzliche Sache herauszufinden, daß du nicht nur du bist, sondern zum Teil auch einer von ihnen.« Ein schwacher Hauch von Verbitterung kam in seine Stimme. »Zum Teil menschlich. Zum Teil einer von jenen, die deine Mutter erschlugen und dich dem Sing…«

Er unterbrach sich abrupt, riß sich zusammen. »Nein. Verzeih mir. Ich schweife ab. Das ist lange her, eine andere Geschichte für ein anderes Mal, wenn überhaupt. Keine Gabe wird ohne Bürde gewährt, und ihre war mehr ein Segen als ein Fluch.« Tarrians Stimme war wieder distanzierter geworden, doch kurzfristig wurde sie immer wieder ekstatisch, und Antyr begriff, daß er einem Lobgesang auf das Leben selbst lauschte.

Sein Stirnrunzeln verblaßte, als er spürte, daß ihn Tarrians

Stimmung vorübergehend aufrichtete. Wir sind beide nackt und bloß zurückgelassen worden, dachte er.

Tarrian fuhr fort. »Verzeih mir«, wiederholte er. »Alle möglichen alten Erinnerungen werden losgetreten. Doch ich bin nicht ein Stück weitergekommen, dir zu beschreiben, was mich die letzten ... Wochen ... oder wie lange es auch schon gewesen sein mag ... bedrückt hat. Es war, wie über einen zugefrorenen und schneebedeckten Teich zu schreiten, ohne es zu wissen. Nichts hat sich geändert, aber du hörst rätselhafte Geräusche und spürst kaum merkliche Bewegungen unter deinen Füßen, die vielleicht nur in deiner Einbildung bestehen. Und doch kannst du die kalte Finsternis unter dir fühlen. Du weißt nur nicht, was es ist. Nur, daß es da ist und darauf wartet, dich mit einem Mal zu verschlingen, wenn du plötzlich durchbrichst.«

Tarrian schwieg einen Augenblick, und als er wieder zu sprechen begann, klang es beinahe sachlich. »Ich dachte, vielleicht bin ich krank, aber sonst war alles mit mir in Ordnung. Dann dachte ich, es sei vielleicht der Kummer um dich. Weil du deine Gabe und dich selbst durch deine Gleichgültigkeit und Ausschweifungen zerstörtest. Dann weiß ich nicht mehr, was ich gedacht habe, und ich ignorierte es einfach. Lavierte mich so durch, machte das Beste draus. Doch hin und wieder schäumten die Furcht, das Unbehagen – das Geräusch des brechenden Eises – nach draußen, und ich konnte es nicht verhindern. Konnte nur warten und hoffen. Darauf, daß irgend etwas irgendwann klar werden würde, daß ich dann damit fertig werden könnte.«

»Und, ist es?« fragte Antyr.

Tarrian legte den Kopf schief. »Vielleicht«, erwiderte er. »Wir sind hier, oder etwa nicht? Reden miteinander, forschen. Statt daß du in der Schenke dein Gehirn in Alkohol einlegst und ich in meiner Ecke vor mich hingrübele und die Zukunft für uns beide immer schwärzer und schwärzer aussieht.«

Antyr stieß geräuschvoll den Atem aus. »Ich hätte mehr Klarheit vorgezogen«, meinte er. »Etwas, das uns vielleicht einen winzigen Hinweis darauf gibt, was vor sich geht, bevor ich mich heute abend wieder zum Schlafen begebe.«

»Dann wirf noch einen Blick in das Buch«, empfahl Tarrian.

Antyr zögerte. Trotz des helleren Lichts von der spuckenden Lampe beunruhigte ihn die Abbildung noch immer zutiefst.

»Ist denn ein Mann mit einer Laterne schlimmer als die ganze Bethlarii-Kavallerie?« reizte ihn Tarrian, der seinen Widerstand spürte. »Und du willst – wie ein hypnotisiertes Kaninchen vor der Schlange – vor diesem Buch hocken bleiben?«

Antyr senkte den Blick auf das Buch und zwang sich, die Logik von Tarrians Worten in sich aufzunehmen, auch wenn sich das als keine leichte Aufgabe herausstellte. Die Illustration in dem Band stimmte fast völlig mit seiner Erinnerung an die vergangene Nacht überein, und er fühlte, wie eine kreatürliche Angst am Rande seines Geistes lauerte und lockte.

»Ein Buch«, redete er sich selbst zu. »Nichts als ein Buch. Papier, Tinte, menschliche Worte.«

Und die uralten Erinnerungen der Menschheit, fuhr es ihm durch den Kopf, doch er schob den Gedanken beiseite.

Dann streckte er seine Hand aus und wendete müßig ein paar Seiten. Es waren noch andere Bilder über das Buch verteilt, von denen viele offensichtlich von derselben Hand angefertigt worden waren. Doch keins der anderen Bilder rief eine vergleichbare Reaktion in ihm hervor, und schließlich wandte er sich erneut der Gestalt mit der Lampe zu.

Marastrumel, der Böse Weber, grübelte er beim Lesen des Textes. Fast im ganzen Land war Marastrumel die traditionelle Verkörperung allen Übels; die ausgleichende Kraft, behaupteten manche, für Mara Vestriss, den Schöpfer Aller Dinge, oder – in der Traumfinderlegende – der Weber des Großen Traums.

Die alte Geschichte war ihm noch lebhaft in Erinnerung, sooft hatte er sie sich als Kind von seinem Vater erzählen lassen.

Mara Vestriss, so hieß es, kam aus der zeitlosen Zeit vor jedem Anbeginn, und da er sich selbst erkannte, erfüllte er das Universum mit seiner sengenden Größe und wirkte seine Freude in den Großen Traum. Und soviel größer war die Freude, die er in diesem Tun fand, daß er Marastrumel schuf, sich zum Gefährten und Gehilfen, seine Freude zu teilen. Doch an Marastrumel haftete ein Makel, oder, wie andere sagten, er war das gelungenste Werk von Mara Vestriss' Kunst, vollkommener gar als sein Schöpfer selbst. Wie auch immer die Wahrheit lauten mochte – und es übersteigt die Urteilskraft eines gewöhnlichen Sterblichen, dies zu entscheiden –, es kam dahin, daß Marastrumel seinen Schöpfer Mara Vestriss zu verachten begann. Und desgleichen begann ihn das Verlangen zu verzehren, den Großen Traum selbst zu besitzen.

Doch er war verschlagen und verbarg seine wahre Ansicht vor Mara Vestriss, tat pflichtschuldig, wie geheißen, und mühte sich doch beständig, das Geheimnis von Mara Vestriss' kunstvollem Weben zu ergründen, auf daß er im geheimen das Muster zu seinem eigenen Vorteil verändern könne.

Dann erklärte Mara Vestriss, der Große Traum sei fertig, und er trat zurück und freute sich an der Gesamtheit seiner Schöpfung.

Doch Marastrumel, fürchtend, der Große Traum möge ihm auf immer vorenthalten werden, kam zu ihm und sagte: »Sieh, das Werk ist noch nicht ganz. Siehe, hier ist es unvollkommen, und hier, und hier. Gewiß wird eine einfache Berührung diese Makel beseitigen und dein Muster vollkommen machen.«

Doch Mara Vestriss schüttelte seinen Kopf und legte seine Hand auf Marastrumels Arm. »Diese Makel sind das Mindeste, was sein darf«, sagte er. »Nur in der zeitlosen Zeit gab es Vollkommenheit, als niemand da war, sie zu sehen. Dann wurde ich, und sah, und wußte, daß ich geworden war. Doch in meinem Werden und Sehen und Erkennen war Getrenntheit, und Getrenntheit ist Unvollkommenheit. Der Große Traum ist vollendet und kann nicht besser gemacht werden.«

Und Marastrumel, der Angst hatte vor Mara Vestriss' Strenge, verstummte und gab vor, Freude zu empfinden, wenn er durch den Großen Traum wanderte. Doch seine Begierde, zu besitzen und zu ändern, wuchs, während er durch seine zahlreichen Wunder schritt, und schließlich legte er in großer Verschwiegenheit Hand an das Gewebe und zupfte einen der anstößigen Makel heraus.

Doch der Große Traum war aus einem einzigen Faden gewebt, und einen Teil von ihm zu berühren, hieß, alles zu berühren, und auf der Stelle wußte Mara Vestriss von der Tat, und mit einer einzigen Handbewegung überbrückte er den Traum und stand vor Marastrumel.

»Siehe«, rief er voller Bestürzung aus. »Siehe, welchen Schaden deine Torheit angerichtet hat! Das, was du hier entfernt hast, hat sich zehnfach über den Traum vermehrt. Warum hast du das getan?«

Doch Marastrumel blickte voller Hohn auf seinen Schöpfer. »Ich tat es, weil du es nicht tun wolltest, weil deine Augen zu schlecht sind, weil dein Geist zu langsam ist und dein Wille unzureichend. *Ich* werde die Vollkommenheit erreichen, die du dem Traum vorenthalten willst.«

»Nein!« sprach da Mara Vestriss zornig. »Das darf nicht sein. Du würdest alles auftrennen und ins Chaos stürzen in deinem Hochmut und deiner Unwissenheit. Ich verbanne dich aus dem Traum. Gehe nun, daß ich dich nicht vernichte, wie ich dich geschaffen habe.«

Und obwohl Marastrumel ergrimmt war, fürchtete er doch Mara Vestriss und wußte in Wirklichkeit, daß sein Auge und sein Geist gesund und wahrhaftig waren und nichts sich seinem Willen zu widersetzen vermochte.

Und so begab er sich auf der Stelle zum Rand des Traums.

Doch als er sich ihm näherte, wandte er sich um. Und da er sah, daß sein Schöpfer durch den Schaden, den er gewirkt hatte, und durch den tiefen Kummer und Schmerz über ihre Trennung abgelenkt war, ergriff er einen Teil des Traums und trachtete danach, ihn entzwei zu reißen, indem er seine mächtigen Hände in das Gewebe krallte.

Doch das Gewebe des Großen Traums konnte nicht zerrissen werden, denn der Eine Faden stammte aus dem Wesen der zeitlosen Zeit und war unteilbar. Doch so groß war Marastrumels Kraft in seinem Zorn, daß er das Gewebe teilte und seine Finger hindurchtrieb auf die andere Seite, und ein seltsames neues Muster entstand, und nichts Vergleichbares war in dem ganzen Großen Traum zu finden, so gequält und gepeinigt war es.

Und in diesem Muster war die Welt der Menschen zu sehen, von denen jeder in sich den Schatten seiner beiden Schöpfer trug.

Und in großer Angst vor Mara Vestriss' Zorn über diese Tat riß Marastrumel seine Hände mit ruchloser Gewalt frei und verletzte sie sehr. Und unter großen Schmerzen floh er den Großen Traum und verschwand in das äußere Schweigen.

Doch Mara Vestriss empfand keinen echten Zorn gegen sein Kind, und er blickte nur mit Trauer auf die fliehende Gestalt. Denn er hatte gesehen, daß sich Marastrumel die Hände so sehr verletzt hatte, daß er niemals wieder würde weben können. Und dann richtete er seinen Blick auf das seltsame neue Muster, das geschaffen worden war, und dachte nach.

Denn obgleich der Schaden nur einem winzigen Teil des Großen Traums zugefügt worden war, war er doch auch gewaltig, und er erkannte, daß noch weit größerer Schaden für den Großen Traum entstehen mochte, würde er sich anschicken, ihn zu flicken. Und er erkannte fürderhin, daß dieses seltsame neue Muster seine Vorstellungskraft überstieg und daß es große Wunder enthielt, so die Welt der Menschen und andere Welten und die vielschichtige Welt der Träume innerhalb des Einen Großen.

Und er stellte sich die Frage: »Wie konnte dies, was meine Vorstellungskraft übersteigt, entstehen?«

Doch er konnte keine Antwort finden.

Und dann, zum ersten Mal, fragte er: »Wie konnte es geschehen, daß aus der zeitlosen Zeit Ich wurde?«

Und auch auf diese Frage gab es keine Antwort.

Und die Fremdartigkeit des Musters verfolgte ihn, so

überlegt und zielgerichtet erschien es ihm; so wohlgetan trotz der Art seiner Entstehung. Und so erkannte Mara Vestriss, daß auch er unwissend war, und er wandte sich von dem Großen Traum ab und entschloß sich, anderswo eine Antwort auf die Frage zu suchen, bevor er die Hand erheben konnte, um dieses seltsame Zufallsmuster zu flicken.

Doch bevor er ging, blickte er noch einmal auf die Welt der Menschen, die sich neu im Gewebe des Großen Traums gebildet hatte. Und er sah Leid wegen der Art ihres Entstehens und wegen der Trennung vom Großen Traum. Und so, als erfülle er eine unausgesprochene Bitte, berührte er das Muster sanft und gab einigen der Menschheit die Gabe, den Stoff des Großen Traums selbst zu weben.

Und dies waren die Mynedarion, obgleich Mara Vestriss in seiner Weisheit nicht zuließ, daß sie sich seiner Berührung bewußt waren.

Und anderen verlieh er die Gabe, in der Welt der Träume in dem Einen Traum umherzuwandern.

Und dies waren die Traumfinder.

Und Mara Vestriss ging fort, um eine Antwort auf seine Frage zu suchen.

Doch aus der jenseitigen Stille hatte Marastrumel, den es immer noch nach dem Besitz des Großen Traums gelüstete, seine letzte Berührung gesehen. Und als Mara Vestriss von dannen geschritten war, kehrte er verstohlen zurück und suchte unter den Menschen die Mynedarion zu finden, in der Hoffnung, durch sie den Großen Traum nach seinem eigenen Gutdünken umformen zu können.

Doch es waren ihrer nur wenige, und die Menschheit war groß. Und ihre Gabe war verborgen im feinsten aller feinen Gewebe des Musters, und abgesehen vom Zufall blieb ihm keine Möglichkeit, sie aufzuspüren.

»Doch er sucht noch immer«, sagte Antyr in die Düsternis der Bibliothek hinein, schloß die Geschichte ab, die sich in seine Erinnerung gedrängt hatte, und entsann sich, wie er unter die Bettlaken getaucht war, wenn sein Vater mit gespielter Drohung an diesem traditionellen Ende angelangt war. Es war eine wärmende, tröstliche Erinnerung.

Ein langes Schweigen entstand, in dem nur das Zischeln und Spucken der Lampe zu hören war. Antyr spürte förmlich, wie Tarrian sagen wollte: »Ein Schöpfungsmythos, sonst nichts. Es gibt viele davon«, doch er konnte auch spüren, daß eine gewisse Unsicherheit ihn davon abhielt.

»Es *ist* ein Schöpfungsmythos«, gab er zu, damit Tarrian sich seinen Einwurf sparen konnte. »Doch selbst als solcher muß er noch der Schatten einer dunklen Wirklichkeit sein. Und diese Wirklichkeit scheint überaus lebendig zu sein und uns gerade über den Weg zu laufen, nicht wahr?«

Tarrian entgegnete nichts.

»Was sollen wir tun?« wollte Antyr wissen.

Tarrian schüttelte den Kopf. »Ich weiß es nicht«, gestand er. »Alles, was mir einfällt, ist, daß wir weiter nach einem Hinweis in den Legenden forschen sollten.«

Antyr sah sich noch einmal die Abbildung an. Schlimmstenfalls war die Tatsache, daß er darauf gestoßen war, ein bemerkenswerter Zufall. Auf der anderen Seite …

Tarrian unterbrach seine Überlegungen. »Erzählt die Legende nicht davon, daß sich einige der Traumfinder bewaffnet hätten, um die Mynedarion zu schützen und sich Marastrumels Willen zu widersetzen?«

Antyr entsann sich seiner Gedanken, als er und Tarrian miteinander geredet hatten, nachdem sie letzte Nacht den Herzog verlassen hatten.

»Ja. Sie waren die Traumkrieger. Die Adepten des Weißen Wegs.«

Antyr und Tarrian starrten einander an. Keiner von ihnen hatte gesprochen. Dann tauchte eine schattenhafte Gestalt lautlos aus einer Lücke zwischen zwei nahen Regalen auf. Sie hielt inne, um sich dann in ihre Richtung zu wenden – und stieß einen Wutschrei aus, der ihnen das Blut in den Adern gefrieren ließ.

Kapitel 10

Antyr sprang erschrocken auf, und Tarrian wich hinter ihm zurück. Er preßte sich dicht an den Boden, den Schwanz zwischen die Beine geklemmt.

»Verzeihung, Verzeihung«, beeilte sich die Gestalt zu sagen, trat ins Licht und ruderte beschwichtigend mit den Armen. »Ich fürchte, es ist Kany, mein Gefährte – er hat soeben gemerkt, daß es sich bei Eurem Gefährten um einen Wolf handelt.« Es entstand ein Schweigen, während die Gestalt den Hals vorreckte, als lausche sie gebannt. Antyr bekam flüchtig ein hohes, ernstes Geplapper mit. »Und daß er gerade ein Kaninchen verspeist hat«, schloß der Neuankömmling, dessen Stimme sich mit jedem Wort verlor, so daß das Wort ›Kaninchen‹ eher vielsagend mit den Lippen geformt als laut ausgesprochen wurde.

Antyr kam wieder hinreichend zur Besinnung, um zu registrieren, daß ein alter, graubärtiger, gebückter und gebrechlicher Mann zu ihm sprach.

»Ihr habt uns fast zu Tode erschreckt«, erwiderte er lauter und aggressiver, als er eigentlich wollte. »Euch so aus dem Schatten heraus anzuschleichen …«

»Es tut mir wirklich leid«, entschuldigte sich der Mann erneut. »Ich verstehe, daß ich Euch aus der Fassung gebracht habe.« Er hob die Hand empor. »Ich heiße Pandra, Indares Pandra. Ich fürchte, wir sind beim Lesen eingedöst, und als wir wieder aufwachten, haben wir zufällig Eure Unterhaltung mitbekommen.« Er ließ ein verlegenes Räuspern hören.

»Ihr meint, Ihr habt uns belauscht«, sagte Tarrian, der sich wieder aufgerichtet hatte und leicht indigniert an Antyrs Seite trat.

Der alte Mann setzte zu einem gedehnten und nachdenklichen »Hmm« an, offensichtlich das Vorspiel zu einem vehementen Widerspruch, das aber in letzter Sekunde zu einem gestammelten »Jjjaa« wurde, als der Sprecher sich dann doch für die Wahrheit entschied.

»Verzeiht mir ... uns«, fügte er hinzu.

Das plötzliche Abgleiten in tiefste Reue besänftigte Antyr und zauberte ein Lächeln auf seine Züge. Er setzte sich wieder hin und wies auf den gegenüberstehenden Stuhl.

Der alte Mann zögerte kurz.

»Ist schon in Ordnung«, sagte Tarrian, dessen Stimme ein schwaches Echo hatte, so daß Antyr wußte, er sprach sowohl zu Pandra als auch zu seinem Gefährten. »Habt keine Angst. Ich werde euch nichts tun.«

»Ich habe keine Angst, du Rohling«, erklang erneut jene hohe, piepsige Stimme, die Antyr vorher flüchtig gehört hatte. »Ich reiß dir die Nase ab, wenn du mir zu nahe kommst.«

Zu Antyrs nicht geringem Erstaunen setzte sich Tarrian hin, wobei er ziemlich dämlich dreinblickte und auch keinerlei Anstalten unternahm, diese scheinbar unbegründete Beschimpfung zu erwidern. Und dann holte Pandra beim Hinsetzen ein schwarzes Kaninchen aus der Tasche seiner Robe. Es war ziemlich winzig, doch seine Ohren waren recht zerfetzt, und sein Gesicht war narbenbedeckt, was ihm ein entschieden mißgelauntes, um nicht zu sagen schlägerhaftes Aussehen verlieh. Nach einer kleinen Pause, die es für ein kurzes, ziemlich mühevolles Scharren benötigte, kroch es in ausgesprochener Schräglage zur Tischkante und spinxte zu Tarrian hinüber.

Antyr bekam den Hauch eines blitzschnellen tierischen Austauschs zwischen den beiden mit, wobei Tarrian mit zurückgelegten Ohren dasaß, während Kany furchterregend mit den Zähnen klapperte. Dann reckte Tarrian nach einigem Zögern den Hals vor, und Kaninchen und Wolf berührten sich rasch mit den Nasen.

Antyr wußte es besser, als daß er Tarrian nach Einzelheiten ihrer Unterhaltung gefragt hätte. Gefährten waren notwendigerweise wild und frei, und ihre tierischen Angelegenheiten waren ihre eigene Sache, wie die meisten Traumfinder gewöhnlich schon früh in ihrer Laufbahn herausfanden.

Zufrieden, daß die beiden Tiere eine Art berufsbedingten Waffenstillstand geschlossen hatten – obwohl der, wie Antyr vermutete, größtenteils auf beiderseitiger Abneigung gegen ›Plüschtiere‹ beruhte –, wandte sich Antyr wieder dem alten Mann zu.

»Vielleicht ist es eher an uns, uns für den Lärm zu entschuldigen, der Euch geweckt hat«, begann er. »Wir dachten, wir seien allein.«

Pandra schüttelte den Kopf. »Nein, es ist gut, daß Ihr gekommen seid«, erwiderte er. »Wir hätten bis zum Sankt-Traumsend-Tag weiterschlafen können, wenn Ihr uns nicht geweckt hättet. Ich bezweifle, daß sich vorher noch jemand hier herunter verirrt hätte.«

»Ja«, sagte Antyr bedauernd, mußte jedoch wieder über das Benehmen des Mannes lächeln. »Es hat mich überrascht, diesen Ort so verlassen vorzufinden. Einst ging es hier immer so geschäftig zu.«

»Das war aber schon vor *Eurer* Zeit, junger Mann«, erwiderte Pandra, um Antyr dann eindringlich zu mustern. »Wie heißt Ihr, junger Mann?« fragte er. »Ihr ähnelt jemandem.«

Antyr stellte sich vor.

Pandra kniff die Augen zusammen. »Antyr«, wiederholte er, den Namen abwägend, bevor es ihm dämmerte. »Ihr seid nicht Petrans Junge, oder?« fragte er.

Antyr nickte. »Doch, der bin ich«, erklärte er. »Ihr habt ihn gekannt?«

»So, so. Stell dir das vor!« rief er, die Frage übergehend, aus, richtete sich jedoch kerzengerade auf, und ein breites Lächeln trat auf seine Züge. »Kany, das ist Petrans Junge.«

»Das hab' ich gehört«, versetzte das Kaninchen gereizt.

Pandra redete weiter, unbeeindruckt vom Benehmen seines Gefährten. »So, so«, wiederholte er. »Bei dem Wolf hätte ich es mir schon denken können, vermute ich. Heutzutage sind sie alles andere als üblich. Wie lautet dein Name, Antyrs Gefährte? Sag's mir nicht.« Er wandte sein Gesicht der düsteren Decke zu, als suche er dort eine Eingebung. »Tra … Tra … Tranian … nein … Tarrian, das ist es. Tarrian. Fein, fein. Erinnerst du dich noch dran, wie er an Petrans Seite saß, Kany?«

»Fleischfresser sehen in meinen Augen alle gleich aus«, entgegnete Kany mürrisch und fügte dann hinzu: »Nichts als Zähne, zurückgerollte Lefzen und Geifer.«

»Tut mir leid«, ließ Pandra Antyr mit stummen Lippenbewegungen wissen, »weder sein Gedächtnis noch seine Erinnerung sind das, was sie mal waren.«

»Ich habe das sehr wohl mitbekommen«, näselte Kany. Pandra streichelte ihn zärtlich und produzierte einen schnalzenden Laut mit seiner Zunge.

Er sah Antyr an und schüttelte entschuldigend den Kopf. »Schön, Euch wiederzusehen, Antyr«, sagte er. »Ich kann mich noch daran erinnern, wie Ihr ein kleiner Junge an der Seite Eures Vaters wart. Ich kannte ihn nicht besonders gut, müßt Ihr wissen. Ich glaube nicht, daß *irgend* jemand ihn gut kannte. Er war ein wenig … steif von Natur. Aber er war ein guter Mann. Absolut integer. Kannte sein Handwerk genau und war immer bereit, zu helfen. Er stand in hohem Ansehen bei jenen, die das Sagen hatten. Ich war schockiert, daß er so plötzlich verstarb.«

Er schürzte nachdenklich die Lippen.

»Laß uns gehen«, sagte Tarrian insgeheim zu Antyr. »Wir müssen noch viel erledigen, und in einer Minute kriegen wir seine Lebensgeschichte zu hören.«

Antyr versetzte ihm einen diskreten Tritt.

»Er machte sich Sorgen um Euch, wenn ich mich recht entsinne«, fuhr Pandra fort. »Sagte immer, Ihr wäret etwas Besonderes, aber er wüßte nicht, was. Nun ja, so sind Eltern eben, nicht wahr? Viel Getue und Sorgen. Denken, Ihre Kinder werden große Künstler oder Senedwr oder irgend so etwas, aber am Ende gehen sie doch ihren eigenen Weg, oder? Enden so wie wir alle. Schlagen sich so durch. Verdienen ein wenig Geld. Machen sich dann ihrerseits Sorgen und viel Getue um ihre Kinder.«

»Antyr ...«, nuschelte Tarrian bedeutungsvoll.

»Erinnert Ihr Euch noch an irgend etwas Bestimmtes, das mein Vater über mich sagte?« wollte Antyr wissen. Tarrian stieß einen hörbaren Seufzer aus und ließ sich resigniert auf den Boden fallen.

Pandra schüttelte den Kopf. »Um ehrlich zu sein, nein, Antyr«, gab er zur Antwort. »Das übliche väterliche Gerede, und, wie ich schon sagte, ich kannte ihn wirklich nicht besonders gut. Er war immer ein bißchen zurückhaltend.« Er begegnete Antyrs Blick. »Warum fragt Ihr?«

Antyr war drauf und dran, diese Frage beiläufig abzutun, doch irgend etwas an Pandras Tonfall ließ ihn aufhorchen. »Ich habe da ein Problem«, sagte er zu seiner eigenen Überraschung. »Etwas Merkwürdiges ist mir widerfahren – uns beiden widerfahren.« Er deutete auf Tarrian. »Und ich, wir, wissen einfach nicht, was wir davon halten und an wen wir uns um Rat wenden können.«

»Du liebe Güte«, seufzte Pandra verständnisvoll, aber nicht besonders ermutigend. »Wenn ich Euch helfen kann, werde ich das natürlich tun, aber ich bin mittlerweile ziemlich langsam, bin eigentlich schon im Ruhestand. Bin gar nicht mehr auf dem laufenden, was die ganzen aktuellen Entwicklungen angeht.«

»Ich glaube nicht, daß es sich um ein aktuelles Problem handelt«, wandte Antyr ein. »Ich glaube vielmehr, daß es sich um ein sehr altes Problem handeln dürfte.«

»Aha. Ich habe mich schon gewundert, warum Ihr Euch so intensiv mit der Mara-Vestriss-Legende befaßt habt.« Kanys hohe Piepsstimme unterbrach die Unterhaltung. »Wonach habt Ihr gesucht?«

Obwohl das Kaninchen sehr betagt aussah, war sein Tonfall doch der eines forschenden, kraftvollen Jungtiers, so daß Antyr und Tarrian gemeinsam hochschraken.

Pandra hob Einhalt gebietend die Hand. »Entschuldigung«, sagte er. »Ich fürchte, Kany ist ziemlich vorwitzig. Um nicht zu sagen unhöflich.«

»Also?« fragte Kany, die Bemerkung seines Traumfinders elegant übergehend.

»Ich weiß nicht, wonach wir gesucht haben«, gestand Antyr und deutete auf die Abbildung.

Kany tippelte zu dem Buch hinüber und blickte mit zuckender Nase hinein. »Und?« bohrte er weiter.

»Der Meister der Einsilbenworte, unser Kleiner hier«, nörgelte Tarrian, womit er sich einen weiteren Fußtritt von Antyr einhandelte.

»Ich hatte vergangene Nacht Besuch von einer solchen Erscheinung«, sagte Antyr geradeheraus. »Und ich war vom Schutz meines Gefährten abgeschnitten.«

Pandra riß ungläubig und dann bestürzt die Augen auf und atmete geräuschvoll und erschrocken ein. Kany gab einen komischen hohen Pfeifton von sich.

»Abgeschnitten? Was meint Ihr damit? Was geschah?« brachte der alte Mann nach einer Weile hervor. Sein Gesicht war von Besorgnis gezeichnet.

In kurzen Worten erzählte Antyr ihm die Geschichte, wobei er sich bewußt war, daß sich Tarrian und Kany ihrerseits untereinander austauschten.

Als er geendet hatte, schien es, als schließe sich die staubige Stille der Bibliothek um die kleine Schar. Pandra schüttelte voller Bestürzung den Kopf. »So etwas habe ich noch nie gehört«, stieß er schließlich hervor. »Noch nie. Wie kann so etwas geschehen? Wärt Ihr kein Traumfinder, würde ich sagen, daß Ihr geträumt hättet.«

»Ich weiß nicht«, meinte Antyr. »Wegen dieser ... Vorfälle sind wir jedenfalls hier. Forschen ziellos herum. Suchen nach irgendeinem Anhaltspunkt, der uns sagen könnte, was mir widerfahren ist und was wir tun können.«

»Das sollte eine Angelegenheit für den Gildenrat sein, möchte ich meinen«, erklärte Pandra ohne rechte Überzeugung. »Doch der ist auch nicht mehr, was er mal war.« Er schürzte die Lippen und rieb Daumen und Zeigefinger gegeneinander. »Heutzutage scheinen sie sich nur noch für ihre Gebührensätze zu interessieren. Und außerdem traue ich manchen von ihnen nicht mal zu, daß sie am Viernce-

Befreiungstag den Herzogspalast finden würden, geschweige denn einen Traum. Und was diese Angelegenheit betrifft …« Er schüttelte den Kopf. »Kany, was hältst du davon?«

»Ich denke, ich bin zu alt für so etwas«, erwiderte das Kaninchen. »Und du auch. Ich habe mir Tarrians Version angehört, und es ist schlimm. Es übersteigt unsere Hilfsmöglichkeiten. Bring mich heim.« Eine kurze private Verständigung zwischen den beiden setzte ein, die damit endete, daß Pandra das Kaninchen hochhob und es wieder in seine Tasche rutschen ließ. Er warf Antyr einen verständnisheischenden Blick zu.

Antyr nickte. »Es tut mir leid«, sagte er. »Es war gedankenlos von mir, Euch mit einem solchen Problem zu belasten. Vielleicht bringe ich es doch noch vor den Rat. Sie sollten davon wissen, auch wenn sie keine Ahnung haben, was sie dagegen tun können.«

»Sie werden entweder einen Ausschuß bilden, der sich mit der Angelegenheit befassen soll, oder Euch wegen fortgesetzter Trunkenheit von der Gildenrolle streichen«, ließ sich Kany überraschend vernehmen.

Antyr klappte die Kinnlade herunter.

»Tut mir leid, ich mußte ein bißchen in Euch herumwühlen«, erklärte Kany ernsthaft, doch sein Bedauern schien sich weniger auf die Tat als solche als auf ihre Notwendigkeit zu beziehen. »Aber wenn Euch das irgendwie trösten kann, der Wolf hat recht. Was geschehen ist, wurde nicht durch Euer Zutun bewirkt.«

Antyr schoß Tarrian einen wütenden Blick zu, denn der Wolf mußte an dieser Verschwörung teilgenommen haben. Sein Vorwurf fiel jedoch auf gleichermaßen unfruchtbaren Boden. »Ein Gefährte in der Not …«, erklärte er beinahe schroff, »… der weiß, in welcher Gefahr wir schweben. Und wir brauchen jede Hilfe, die wir kriegen können.« Um dann unter zwei Augen hinzuzufügen: »Er mag ein übellauniges altes Karnickel sein, aber glaub mir, er ist überaus scharfsichtig.«

Antyr spürte, wie recht Tarrian hatte, doch er fühlte sich immer noch gedemütigt aufgrund dieses verstohlenen Eindringens in seine intimsten Gedanken. »Verdammt sollt ihr sein, alle beide«, stieß er hervor und drehte sich weg. »Ihr hättet fragen können.«

Kany kicherte tief unten in der warmen Behaglichkeit seines Taschen-Nestes. »Seit wann warnt ein Raubtier seine Beute?« meinte er.

»Er will damit sagen, daß du ihn hinausgeworfen hättest«, beeilte sich Tarrian zu erläutern, der mitbekam, wie Antyr die Kiefer aufeinanderbiß. »Es ist sehr schwer, das nicht zu tun. Vor allem, wenn du Angst hast.«

Pandra langte zu ihm hinüber und legte ihm die Hand auf den Arm. »Seid nicht zornig«, sagte er. »Ihr wißt, daß er recht hat. Kany hat die Wirklichkeit dessen, was vorgefallen ist, bestätigt. So etwas *könnte* eine zufällige Gedankenübereinstimmung zwischen Euch und Tarrian gewesen sein. Eine Art unbewußter gegenseitiger Täuschung. Ich habe schon davon gehört, daß solche Dinge passieren. Hab' zwar noch nie jemand getroffen, dem es so ergangen wäre, aber ...«

Antyr stützte seinen Kopf in die Hände und schloß die Augen. Er war sich der schwachen, flüchtigen Hoffnung nicht einmal richtig bewußt gewesen, die er nun schwinden spürte, und der Tod dieser letzten Hoffnung bewirkte, daß er sich schrecklich einsam fühlte.

Und verängstigt.

Er stierte in die formlosen Farben, die hinter seinen Augenlidern umherhuschten, und wünschte sich weit, weit weg.

»Ich brauche etwas zu trinken«, sagte er erbittert, nachdem es ihm nur mit Mühe gelungen war, den Drang zu unterdrücken, alle Bücher in einer einzigen ärgerlichen Bewegung vom Tisch zu fegen.

»Aber ja doch, soviel Ihr wollt«, versetzte Kany brutal. »Trinkt Euch bewußtlos, wenn Ihr mögt, doch Ihr steht im Mittelpunkt dieses Problems, und es wird nicht einfach so verschwinden.«

»Wie, zur Hölle, kommt es, daß du alles weißt?« schleuderte Antyr ihm wütend entgegen.

»Ich weiß soviel, weil ich alt bin, genau wie dieser Wolf

hier«, schnappte Kany in ähnlich unfreundlichem Ton zurück. »Ein verfluchtes Stück älter als du, könnte ich hinzusetzen. Und weil ich die meisten meiner Stärken und Schwächen kenne.«

»Ich kenne meine Schwächen sehr genau«, entgegnete Antyr in scharfem Ton. »So wie jedermann hier in Serenstad, nach den Mengen an guten Ratschlägen zu urteilen, die ich erhalte.«

»Ich bin wirklich zu alt für Menschen und ihre grenzenlose Dummheit«, meinte Kany müde. Seine Stimme war mit einem Mal ruhiger, doch in seiner Erwiderung lag so viel mühsam unterdrückte Wut, daß Antyr erbebte. »Deine Stärken sind es, die du nicht kennst, nicht deine Schwächen.«

Die Worte des Kaninchens schienen sich in Antyrs Schädel zu brennen.

»Stärken, Antyr«, wiederholte Kany, diesmal freundlicher und nur an ihn gewandt. »Pandra hier ist ein guter Traumfinder. Einer von der alten Schule. Sorgt sich um sein Handwerk, sorgt sich um seine Kunden, um mich. Du übertriffst ihn um Längen. Ich kann dir das sagen, ohne je mit dir gearbeitet zu haben. Und Tarrian schlägt mich um Längen. Er verbirgt es vor mir, aber in seiner Jugend muß er mit Menschen von seltener Geschicklichkeit in Berührung gekommen sein.« Er schwieg verdutzt. »Und mit etwas, mit jemand anderem … fremdartigen … sanften …, aber …«

Seine Stimme verebbte.

Antyr, immer noch erschüttert von der unerwarteten Kraft, die von einer solch ungereimten Quelle ausstrahlte, nahm sein letztes Wort auf. »Aber was?« fragte er verzweifelt. »Ich bin mir nicht der geringsten Stärke in mir bewußt. Und selbst wenn dem so wäre, welchen Nutzen hätte ich von einer solchen Stärke, wenn ich nicht wüßte, wie ich sie einsetzen soll?«

Kany blieb ihm die Antwort schuldig, und Antyr konnte seine Ohnmacht spüren.

»Es gibt natürlich noch den alten Nyriall, vielleicht kann der ja helfen«, schlug Pandra vor.

Antyr fühlte, wie sich Kanys Gedanken mit Selbstvorwürfen vollsogen und dann wieder heiterer wurden. »Ah!« rief er aus. »Ich bin eine nutzlose alte Zibbe. Ich bin ja so vergeßlich geworden. Natürlich, Nyriall. Und er hat auch einen Wolf als Gefährten. Oder hatte zumindest einen.« Begeisterung erfaßte ihn. »Ja, ja, das ist es. Geht jetzt. Geht rasch. Sucht Nyriall auf.«

Antyr merkte, daß er unter der Dringlichkeit von Kanys Stimme aufstand.

»Wo wohnt er denn?« fragte er mit nicht geringer Verwirrung.

»Keine Ahnung«, sagte Kany barsch. »Geht zu diesem alten Schwachkopf von Türwächter. Er wird es irgendwo in seinen kostbaren Büchern stehen haben. Geht schon. Beeilung.«

Durch das Drängen eines Kaninchens aus der Bibliothek vertrieben, wandte sich Antyr zu Tarrian um, während sie die Treppen wieder hinaufstapften. »Wie kommen wir eigentlich dazu, von hier wegzurennen – auf Geheiß eines *Kaninchens!*«

»Ich weigere mich, ein Urteil über einen anderen Gefährten abzugeben«, erklärte Tarrian würdevoll.

»Ja. Es sei denn, sie gehören der Gattung der Feliden an«, hielt Antyr leicht amüsiert dagegen, entdeckte er doch gerade, daß in der schlichten körperlichen Aktivität des Gehens eine gewisse unerwartete Erleichterung lag. »Ich habe bemerkt, daß er dich auch hat springen lassen.«

Tarrian schoß ihm einen finsteren Blick zu. »Nicht im geringsten«, widersprach er. »Ich habe mich nur dem Wunsch eines älteren Kollegen gefügt, wie es sich ziemt.«

Antyr grinste immer noch stillvergnügt über Tarrians Verlegenheit, als sie mit zielstrebigem Stiefelklappern die weite Eingangshalle durchquerten.

Am Hauptportal angekommen, merkten sie, daß sie noch eins der kürzeren Rituale des Pförtners über sich ergehen lassen mußten, nachdem Antyr nach der Adresse von Nyriall gefragt hatte. Zunächst der prüfende Blick über die Augengläser, dann das Stirnrunzeln über die Störung seiner Pflichten. Dann die Frage: »Was ist der Grund für dieses Euer Begehren?«

»Laß dir das nicht gefallen«, empörte sich Tarrian. »Das geht ihn überhaupt nichts an, naseweiser alter Teufel.«

»Eine Traumfinderangelegenheit«, entgegnete Antyr höflich, aber bestimmt, und gab dem Türwächter einen Teil seines Stirnrunzelns zurück.

Es folgte eine erneute Suche in dem Folianten, noch zielloser als zuvor, und am Ende setzte eine mühevolle Suche nach Papier, Feder und Tinte ein, gekrönt von der Niederschrift der Adresse. Während all dieser langwierigen Prozeduren gelang es Antyr, ein zuletzt etwas verkrampftes Lächeln beizubehalten, doch als der Pförtner am Ende das Blatt mit aufreizender Langsamkeit durch die Luft zu schwenken begann, um die Tinte zu trocknen, legte Tarrian seine Vorderpfoten auf den Tresen, reckte den Hals vor und fixierte den Mann mit einem grimmigen Blick aus seinen grauen Augen.

Der Türwächter drückte Antyr hastig das Papier in die Hand und nickte ihm säuerlich zu, er sei entlassen.

Antyr warf einen Blick auf die verschmierte Schrift, während er sich zur Tür begab. Das Herz sank ihm in die Hose.

»Was ist los?« erkundigte sich Tarrian.

»Traumfinder Nyriall mag sich ja das Wohlwollen unseres vorlauten Kaninchens erworben haben, aber offensichtlich das keines anderen«, erwiderte Antyr. »Er wohnt im Moras-Distrikt.«

Bevor Tarrian seine Meinung zu dieser Enthüllung kundtun konnte, schwang das Hauptportal auf, und zwei Soldaten marschierten herein. Antyr erkannte erneut die Uniform der herzoglichen Leibgarde und trat zurück, um sie vorbeizulassen. Als sie an ihm vorbeigingen, sah er, daß sie die Insignien des Adlers ohne das Lamm trugen. Es handelte sich also um die Wachen, die Lord Menedrion zugeteilt waren.

»Warte einen Moment«, sagte Tarrian, als sich Antyr zum Gehen wandte. »Laß uns noch sehen, welches Glück die Männer des Herzogs beim Pförtner haben. Ich bezweifle, daß sie so geduldig sind wie wir.«

Tarrians Vorhersage sollte sich als richtig erweisen.

»Du«, knurrte der erste Mann und schlug zackig mit der Handfläche auf den Tresen.

Antyr und Tarrian kicherten insgeheim über den Eifer, mit dem der Pförtner aufsprang, wie er ein kriecherisches Lächeln aufsetzte und sich die Hände zu reiben begann.

Die Soldaten musterten ihn kühl. »Wir suchen den Traumfinder Antyr. Wo finden wir ihn?«

Die Augen des Türwächters funkelten wissend auf.

KAPITEL 11

Arwain war immer noch verdreckt und durchgeschwitzt, als er den Boten wegschickte und sich zu dem riesigen Prunkzimmer begab, das dieser ihm gewiesen hatte.

Schon zur Genüge verwirrt wegen der plötzlichen Vorladung seines Vaters, wurde Arwains Neugier noch dadurch erhöht, daß er zu diesem speziellen Raum befohlen wurde. Es war nicht das Gemach, das der Herzog gewöhnlich für die alltäglichen Geschäftsangelegenheiten benutzte, sondern eins von einer Reihe von kleineren Hallen, die im allgemeinen für private Unterhaltungen und kleinere Staatsgeschäfte genommen wurden, zum Beispiel Ordensverleihungen oder die Entgegennahme einer Petition oder eines Kunstwerks. Doch für den heutigen Tag war, soweit Arwain wußte, keine solche Zeremonie angesetzt.

Zwei Diener öffneten ihm die Flügeltür, um ihn einzulassen, wobei ihm beträchtliches Stimmengewirr aus dem Raum entgegenschlug. Überrascht von diesem unerwarteten Tumult, zauderte Antyr, um dann jedoch rasch entschlossen den Raum zu betreten.

Der sehr voll war. Ein schneller Blick in die Runde zeigte ihm, daß sich sein Vater am anderen Ende des Saals befand, in einem voluminösen Holzsessel sitzend, der reich mit Gold eingelegt und mit gravierten Marmorplättchen verziert war. Von der Höhe seiner Rückenlehne starrten ihm die glitzernden, wachsamen Augen eines gigantischen Adlers entgegen. Der Vogel war so sorgsam geschnitzt und bemalt worden, daß seine Augen den Betrachter jederzeit anzublicken schienen, egal, in welchem Winkel des Saals er sich gerade aufhielt. Bezeichnenderweise waren seine Flügel halb entfaltet, so daß er entweder kurz vor der Landung oder kurz vor dem Beuteschlagen zu stehen schien. Das Detail, das Arwain jedoch immer am meisten Bewunderung abnötigte, war die Art und Weise, wie seine Klauen geschnitzt waren, welche die obere Leiste der breiten, geschnitzten Sessellehne zu zerfetzen schienen.

Zu seiten des Herzogs saßen Ciarll Feranc und Aaken Uhr Candessa, der eine reglos wie ein Stein, der andere permanent an irgend etwas herumzupfend. Vor ihnen hatte man in einem Halbkreis Platz gemacht, während hinter ihnen verschiedene andere nahe Berater des Herzogs aufgereiht standen. Hinter dem Ganzen standen im Halbkreis Soldaten der herzoglichen Leibwache.

Den Rest des Saals nahm ein zusammengewürfeltes Aufgebot älterer Würdenträger des Hofs ein, zivilen wie militärischen Rangs; hochgestellte Senedwr und Gythrinwr, die sich auffällig fern voneinander hielten; mehrere Lords und deren Räte; ein paar ältere Würdenträger der Gilden; mehrere der größten Handelsherren der Stadt; und zur Auflockerung Gelehrte und Künstler. Wie gewöhnlich hatten sich auch Bittsteller aus den verbündeten Städten und Landgemeinden eingefunden, gut zu erkennen an ihrer ortsüblichen Tracht und den helleren Augen, die sie von den normalen Höflingen unterschieden.

Arwain zog voller Überraschung die Brauen hoch. Das hier war eine weit größere Versammlung als die, die seinen Vater gemeinhin umgab. Hatte er, Arwain, wirklich irgendeinen offiziellen Anlaß vergessen, der seine Anwesenheit erforderte? Er konnte sich an nichts dergleichen erinnern, darüber hinaus lag eine Spannung in der Luft, die ungewöhnlich scharf ausgeprägt war.

Während er sich zu seinem Vater durcharbeitete, fiel ihm auf, daß mehrere Leibgardisten seines Vaters ihre gewöhnlichen Hofgewänder trugen und sich unauffällig unter die Menge gemischt hatten.

Mit sanftem Druck und höflichen Entschuldigungen in alle Richtungen gelang es ihm schließlich, in den leeren Halbkreis vor seinem Vater vorzustoßen.

»Vater«, sagte er und trat ein paar Schritte auf ihn zu.

Der Herzog, der gelassen mit Aaken gesprochen hatte, wandte sich ihm zu und winkte ihn näher.

»Bei den Göttern, Arwain, du siehst ja aus wie ein Stallbursche«, sagte er und fügte dann naserümpfend hinzu: »Und du riechst auch so. Was hast du nur gemacht?«

»Nur mit Ryllans und den anderen trainiert«, entgegnete Arwain.

Ibris bedachte ihn mit einem beredten Achselzucken, das sowohl Zustimmung als auch Bedauern ausdrückte. »Nun gut, ich ließ dir ausrichten, du solltest auf der Stelle eintreffen, deshalb ist es wohl meine Schuld.« Er nahm Arwains Arm und zog ihn zu sich, so daß sie in Ruhe reden konnten. »Wie dem auch sei, jetzt bist du da«, bemerkte er. »Menedrion ist wie üblich nirgends aufzutreiben, und Goran ist unten in Farlan, um irgendeinen Marmorblock zu begutachten, den einer unserer Kaufherren von irgendwoher hat importieren lassen ...« Er runzelte die Stirn und machte eine wegwerfende Handbewegung, um auszudrücken, daß er die Unterhaltung nun vom Angenehmen auf das Notwendige zu bringen gedachte. »Es ist vielleicht sogar ganz passend, daß du so rauh und ungehobelt aussiehst. Wir erwarten einen Gesandten der Bethlarii. Ciarlls Männer geleiten ihn und seine Eskorte gerade vom Norstseren-Tor hierher.«

Arwains Miene verfinsterte sich. »Ein Gesandter?« fragte er. »Und eine Eskorte? Hier? Jetzt?« Er legte seine Hand an den Kopf und schüttelte ihn, als wolle er die Müdigkeit vertreiben. »Ohne formelle Anfrage, ohne Benachrichtigung der Sened oder des Gythrin-Dy? Austausch von Boten und ähnlichem? Endlose Debatten über Unterbringung und Vortrittsrechte? Haben sie vergessen, daß wir einen Vertrag mit ihnen haben, der diese Prozeduren regelt? Was haben sie vor?«

Ibris nahm Arwains Wortschwall mit einem gelangweilten Achselzucken zur Kenntnis und hielt seinem Sohn einen Brief unter die Nase, den er von Aaken entgegennahm.

Arwain wischte sich die Hände an seinem Waffenrock ab, um dann das Schreiben sorgfältig auseinanderzufalten. Es war in jener harschen, abgehackten Schrift verfaßt, die typisch für die Schreiber der Bethlarii war.

»An unseren Vasallen, Ibris von Serenstad. Ihr werdet unseren Gesandten empfangen und mit ihm eine Angelegenheit von großem beidseitigem Interesse besprechen. Seine Person und seine drei Begleiter sind sakrosant. Ein Angriff gegen sie wird als kriegerischer Akt aufgefaßt.«

Unter diesem knappen Schrieb prankte eine unleserliche Unterschrift und das Siegel der Handira, des Fünferrats, der Bethlar regierte.

Arwain hob den Blick von dem Brief und starrte seinen Vater erstaunt an. »Das ist ja unglaublich«, entfuhr es ihm. »Ohne Ankündigung zu erscheinen stellt einen Vertragsbruch dar, genau wie das Mitführen einer eigenen Eskorte, aber …« Er rang nach Worten, wedelte unbestimmt mit dem Brief durch die Luft. Ibris nahm ihn ihm sachte wieder ab und händigte ihn Aaken aus. » … dieser Ton! Er ist sogar nach ihren Maßstäben anmaßend. *Ihr Vasall!* Das ist … eine bewußte Provokation … Wie gelangte der Brief hierher?«

»Er traf vor kaum einer Stunde ein«, erklärte Ibris, der seinen Sohn genau beobachtete. »Er wurde von einem Bethlarii-Kämpen überreicht, der als Bote aus Hyndrak verkleidet war, und …«

Antyr fiel ihm ins Wort, bevor er fortfahren konnte. »Verkleidet? Ein Kämpe?« rief er aus. »Ein Bethlarii-Fußsoldat?« Er schüttelte seinen Kopf. »Niemals. Ihre Farben sind heilig. Ein Kämpe, der sich auf feindliches Territorium begibt, würde sie unter keinen Umständen verdecken. Das wäre ein Sakrileg. Was auch immer der Mann ist, er ist kein Kämpe. Er gehört wahrscheinlich zu einem ihrer Offizierskorps. Und ist vermutlich ein Assassine. Ist er verhört worden? Durchsucht? Laßt ihn nicht in Eure Nähe …«

Arwain hielt inne, als er die kaum merkliche mahnende Geste Ciarll Ferancs mitbekam, und als er den Blick hob, bemerkte er die Verärgerung im Gesicht seines Vaters.

»Arwain, ich benötige besonnenen Rat, keine Vorträge

über die Bethlarii-Religion und die Grundlagen des Personenschutzes«, stellte Ibris kühl fest. »Außerdem solltest du mittlerweile wissen, daß Priester jeder Religion nicht zögern, vor den Leichtgläubigen das großzügige Dehnen ihrer Glaubensgrundlagen zu entschuldigen, wenn die Staatsräson es verlangt. Der Mann kann ein Kämpe oder sonst was sein, obwohl ich ebenfalls zu deiner Ansicht neige, daß es sich wahrscheinlich um einen Offizier handelt. Vermutlich mit der Aufgabe betraut, unsere spontane Reaktion auf den Brief festzustellen. Wie dem auch sei, es ist unwichtig, was er ist. Ihn zu verhören, wäre ein Vertragsbruch gewesen, und bis jetzt haben bloß *sie* sich solche zuschulden kommen lassen. Man hat ihm Speise, Trank und Rast angeboten – was er, wie ich höre, alles abgelehnt hat –, und er wird in aller Stille, aber sehr wirkungsvoll von Ciarlls Männern bewacht.«

Arwain senkte den Blick. »Es tut mir leid, Vater«, lenkte er reuig ein. »Ich hätte nachdenken sollen, bevor ich sprach. Ich bin immer noch erhitzt von den Waffenübungen und der Hast, mit der ich zu dir geeilt bin.« Er riskierte ein Lächeln. »Vielleicht sollte ich mir eine Scheibe vom Bethlarii-Kodex abschneiden und erst sprechen, wenn ich deine Erlaubnis dazu erhalten habe.«

Ibris lehnte sich in seinen Sessel zurück, und seine Stimme klang schon weniger kalt. »Das solltest du vielleicht«, bemerkte er. »Die Bethlarii haben einige gar nicht so schlechte Ideen.«

Dann tippte er sich mit dem Finger an die Stirn und blickte Arwain bedeutungsvoll an. In seinen Augen stand väterliche Wärme. »In der Diplomatie oder in der Schlacht, benutze immer zuerst deinen Kopf«, zitierte er. »Immer. Er wird dir sagen, wann du dich auf deinen Instinkt verlassen darfst. Ich bin sicher, daß Ryllans dir das erzählt hat, ich selbst habe es dir jedenfalls oft genug eingeimpft.«

Arwain nickte und senkte wieder den Blick. Es stimmte, daß er zu erhitzt und durcheinander vom Übungsplatz herbeigeeilt war, doch diese Tatsache war ohne Bedeutung. Es gab nie eine Entschuldigung dafür, seinen Kopf nicht zu gebrauchen. Er mußte sich beruhigen, bevor er weiterredete.

Sein Vater war sicherlich wesentlich aufgebrachter über diesen unvermuteten und absonderlichen Besuch aus Bethlar, als er irgend jemanden sehen lassen würde, und er sollte eigentlich nicht noch Zeit darauf verschwenden müssen, seine Sprößlinge zu belehren. Er sollte sich viel eher hilfesuchend an sie wenden können.

Arwain ließ den Blick über den gefüllten Prunksaal mit seinem breiten Querschnitt durch Serenstads herrschende und handelsführende Klassen und den bunten Einsprengseln von Reisenden aus ihren Föderatenstädten schweifen. Dies war, wie er nun erkannte, ein Zeugnis von Ibris' eigenem Ratschlag. Die spontane Reaktion seines Vaters auf das Schreiben mußte sehenswert gewesen sein, und doch baumelte der Bote nicht von den Zinnen herunter. Arwain wußte, daß sein Vater nur Sekunden gebraucht haben würde, seinen zweifellos monumentalen Zorn in die Bahnen kalter Berechnung zu lenken.

Nach einer Weile riskierte Arwain eine vorsichtig ironische Bemerkung: »Ich liege dir zu Füßen, Vater. Gestatte mir, meinen Fehler wiedergutzumachen.«

Ibris sah ihn an und zog langsam eine Augenbraue in die Höhe.

Arwain hob zur Erwiderung vertrauensvoll den Finger. »Seit Viernce haben die Bethlarii in nur geringem Umfang Neigung gezeigt, sich auf umfassendere politische oder militärische Abenteuer einzulassen.« Er warf Feranc einen flüchtigen Blick zu. »Ich nehme an, daß auch in allerjüngster Vergangenheit keine ungewöhnlichen militärischen Aktivitäten festgestellt worden sind. Nur die üblichen endlosen Kriegsspielchen und kleineren Raubzüge zwischen den Grenzstädten.« Feranc nickte bestätigend.

»Ich brauche auch keine Geschichtslektion, Arwain«, sagte Ibris, während er ungeduldig den Blick über den Saal schweifen ließ.

Arwain fuhr fort. »Sie haben schon zu lange keinen Krieg mehr gehabt. Die Sinnlosigkeit ihrer endlosen Waffenübungen zehrt an ihren geistigen Kräften. Ja, es ist so, daß der Frieden an den Wurzeln der Existenzberechtigung ihrer ganzen Gesellschaft nagt. Und außerdem grämen sie sich bitterlich, daß *wir* in Friedenszeiten blühen und gedeihen.« Er unterbrach sich kurz, um seine Gedanken zu straffen. »Sie könnten natürlich ihre Streitmacht ohne weiteren Vorwand gegen uns marschieren lassen, doch ein solches Vorgehen würde zweifellos zum Verlust ihrer nicht ganz so glühenden Verbündeten an den Grenzen führen. Man könnte sich vorstellen, daß irgendeine Fraktion in der Hanestra diesen Gesandten auf den Weg geschickt hat, mit diesem … erschreckenden … Brief, damit rechnend, er werde deinem Zorn zum Opfer fallen, woraufhin sie seinen Tod als Rechtfertigung für die Aufkündigung des Vertrags benutzen und wieder zu den alten Spielchen bewaffneter Angriffe übergehen könnten.«

»Kein Mann geht leichten Herzens in den Tod, Arwain«, hielt Ibris dagegen. »Nicht mal ein Bethlarii. Verwechsel *du* mir doch bitte nicht Mythos und Realität. Sie kämpfen und töten gerne – das Sterben allerdings gefällt ihnen auch nicht.«

Arwain wies auf den Brief in Aakens Hand. »Möglich«, räumte er ein. »Aber ich vermag mir nicht vorzustellen, daß dieses Schreiben und ihre geheime Reise hierher nur eine diplomatische Achtlosigkeit sind. Eine ungewollte Vergeßlichkeit im Hinblick auf die Vertragsbedingungen. Dafür sind sie zu heikel in Fragen der Etikette, wenn es ihnen gerade in den Kram paßt. Das eingerechnet, was bleibt uns noch übrig? Ich denke, daß dieser … Gesandte … und seine Eskorte zum Sterben geschickt worden sind.« Plötzlich kam ihm ein neuer Gedanke. »Ich möchte wetten, daß irgendeine fanatische neue Sekte ihrer grotesken Religion an die Macht drängt.«

Ibris' Miene blieb ungerührt. »Und meine Antwort?« fragte er.

Arwain vollführte eine vage Handbewegung über die Menge hinweg. »Genau das, was du gerade tust«, sagte er. »Du hast dieses höfische Begrüßungskomitee zusammengetrommelt, und du wirst ihren Gesandten formvollendet und höflich empfangen, in aller Öffentlichkeit, wie es sich für den Repräsentanten eines … befreundeten … Nachbarstaats geziemt.« Er blickte seinem Vater eindringlich in die Augen. »Deine Argumentation gleicht der meinen«, fuhr er fort. »Du hast sogar eine größere Anzahl deiner Leibwächter unauffällig in der Menge plaziert, nicht nur, um dich vor einem etwaigen Attentat zu schützen, sondern auch, um *sie* zu schützen, sollten sie absichtlich den Zorn der Menge erregen.«

Er sah seinen Vater erwartungsvoll an, doch immer noch gab Ibris keine Antwort.

»Einfaches, geradliniges Vertrauen ist jedesmal das Beste – und das am wenigsten Erwartete.« Ryllans sooft erteilter Ratschlag fiel ihm ein, und Arwain lächelte.

»Natürlich, da die Handira alljährlich neu ernannt wird, mögen sie einfach unerfahren in Etikettefragen sein, und du empfängst ihren Abgesandten so formvollendet, um zu hören, was er zu sagen hat. Aber ...« Er legte eine theatralische Pause ein. »Ich glaube, du hoffst darauf, daß das Ausbleiben einer heftigen Beschwerde deinerseits ihn so durcheinanderbringen wird, daß er sich verraten oder uns doch wenigstens Einblick in ihre Denkweise gewähren wird.« Ibris lächelte ein wenig und nickte anerkennend. »Verzwickt und ziemlich weit hergeholt, Arwain«, sagte er. »Aber interessant. Ich werde mir tatsächlich anhören, was dieser Abgesandte zu sagen hat, und ich werde auch dafür sorgen, daß ihm kein Leid geschieht, sofern dies in meiner Macht liegt.« Er winkte Arwain dicht zu sich heran, so daß er leiser sprechen konnte. »Aber beachte folgendes: Obwohl hier keine Speere und Pfeile fliegen werden, mach dir bitte keine Illusionen. Dies wird so gefährlich wie eine Schlacht werden, und wir müssen auf der Lawine reiten. Wenn wir diesem Mann gegenüberstehen, werden wir von Fels zu Fels springen müssen, und unsere einzige Sorge wird sein, nicht zu stürzen. Das ist alles. Du lernst dazu. Aber trachte nicht zu sehr danach, die Motive der anderen zu ergründen, denn wenn du nur nach dem Verborgenen Ausschau hältst, übersiehst du das Offensichtliche. Und du wirst herausfinden, was du wissen mußt, wenn du lernst, mit all deinen Sinnen zu *hören.*«

»Einfaches, geradliniges Vertrauen«, sagte Arwain, seinen vorherigen Gedanken artikulierend.

Ibris nickte und blickte dann wieder nachdenklich drein. »Nebenbei bemerkt«, setzte er fast sarkastisch hinzu, »du wirst mit der Zeit herausfinden, daß du noch nicht einmal deine eigenen Gründe für dein Tun kennst, geschweige denn die der anderen.«

Arwain sah ihn zweifelnd an, doch Ibris gab keine Erläuterungen zu dieser kryptischen Bemerkung ab. Unversehens war er wieder ganz geschäftsmäßig. »Stell dich hinter meinen Stuhl ... hier ... zwischen mich und Aaken.« Als Arwain sich zwischen die beiden Sitze begab, zog ihn Ibris wieder zu sich heran und flüsterte ihm zu: »Halte dein Messer bereit und sei wachsam, aber laß das Schußfeld für die Bogenschützen in den Nischen der Balustrade hinter uns frei.« Und dann wiederholte er seinen Rat mit sowohl herzoglichem als auch väterlichem Nachdruck. »Sag nichts; hör einfach zu, gib acht; und laß dir nicht das geringste anmerken.«

Arwain gab durch einen Druck auf seines Vaters Arm zu verstehen, daß er begriffen hatte, und begab sich in die Position, die ihm angewiesen worden war. Er wollte sich schon erkundigen, wie lange es noch bis zum Eintreffen der Gesandtschaft dauern werde, als die Türflügel am entgegengesetzten Ende des Saals plötzlich aufschwangen und eine Schar aus der Leibgarde des Herzogs mit erhobenen Piken hereinmarschierte.

Kapitel 12

Bewegung geriet in die Menge, dann öffnete sich eine Gasse für die einmarschierenden Wachen, und der Tumult legte sich schlagartig.

Arwain musterte die sich nähernde Gruppe genauestens. Sie bestand aus drei Bethlarii, von denen der eine vor den beiden anderen einherstolzierte. Das mußte der Gesandte sein, schätzte Arwain anhand der Insignien, die der Anführer trug, und seines ungezwungeneren, im Ganzen verachtungsvollen Gebarens, das er an den Tag legte, während er den Blick gleichmütig über die Versammelten schweifen ließ. Die beiden anderen starrten stur geradeaus.

Sie waren vollständig von Ciarll Ferancs Männern umringt, doch Arwain fiel auf, daß sie, obwohl sie das Schrittempo der Wachen mühelos hielten, im Gleichschritt miteinander und nicht mit den Wachen marschierten. Ein einfacher Trick, aber einer, der von einer abschreckenden Disziplin zeugte.

Wie bei allen Bethlarii konnte man auch das Alter dieser drei schlecht schätzen, waren sie doch alle sonnengebräunt und wettergegerbt aufgrund ihres bewußt harten Lebens. Davon abgesehen, waren sie trotz ihrer Manieren gutaussehende Männer, gerade gewachsen und gelenkig und in schlichte, schmucklose Waffenröcke gewandet. Sie hoben sich deutlich von der bunten Mischung von Modetrends, Gesichtsfarben und Körperformen ab, die sie im Moment mit Gefühlen von Amüsement, Abscheu, purer Neugier und, in einigen Fällen, unverhohlenem Verlangen begafften.

Arwain mußte zugeben, daß die Seren trotz Reiseschmutz und offensichtlicher Erschöpfung der Bethlarii im Vergleich mit diesen schlecht abschnitten. Er tröstete sich indes mit der Überlegung, daß die reiche Vielfalt, die in der Gesellschaft von Serenstad herrschte, auf fast allen Gebieten weit mehr erreicht hatte als die starren, uniformierten Ränge und die reglementierte Menschlichkeit der Bethlarii – und sie sich sogar im Feld gegen die Bethlarii-Armee behauptete, wenn es nicht anders ging.

Der Herzog nahm eine bequemere Sitzhaltung ein, als die Leibgarde ein paar Schritte vor ihm anhielt und eine Gasse frei machte, um den Gesandten durchzulassen. Arwain zwang sich dazu, sich zu entspannen und den Mann gelassen zu beobachten, auch wenn das nicht leicht war. Alle drei Männer legten ein dermaßen hochmütiges und geringschätziges Gebaren an den Tag, daß jede Möglichkeit zu einem höflichen Gedankenaustausch von vornherein vereitelt zu sein schien.

Als der erste Bethlarii vortrat, registrierte Arwain, daß er ein Kurzschwert und einen Dolch an seinem Gürtel trug. Ein rascher Blick zeigte ihm, daß die beiden anderen ähnlich bewaffnet waren. Noch ein Vertragsbruch. Arwain fühlte, wie sich Überraschung und Erschrecken auf seinem Antlitz abzeichneten, erinnerte sich jedoch an seines Vaters Ermahnung – ›Und laß dir nicht das geringste anmerken‹ – und setzte mit einiger Mühe eine undurchdringliche Miene höflichen Gleichmuts auf.

Kurzfristig sah er sich versucht, sich einen Plan zurechtzulegen, wie er seinen Vater am besten gegen eine unvermutete Attacke schützen könne, verwarf den Gedanken jedoch. Er hatte sowohl von Ryllans als auch auf dem Schlachtfeld genug gelernt, um zu wissen, daß im Handgemenge keine Zeit für eine Schlachtordnung oder minuziöse Pläne blieb. Wachsamkeit und zielstrebige Rücksichtslosigkeit mußte da die Parole lauten. Und er wußte auch, daß jede unüberlegte Handlung seinerseits möglicherweise nur die Reaktionen von Ferancs Männern und auf alle Fälle die der versteckten Bogenschützen in seinem Rücken behindern würde, und während ein Schwerthieb in letzter Sekunde noch umdirigiert werden konnte, um einen Freund nicht zu treffen, konnte ein einmal von der Sehne geschnellter Pfeil unter keinen Umständen mehr zurückgerufen werden.

Beobachte und höre zu. Das sollte er nach dem Willen seines Vaters tun, und das wäre auch sein sicherster Schutz gegen einen Angriff. Es stand ohnehin nicht zu erwarten, daß man den Gesandten näher als vier Schritt an den Herzog heranlassen würde, und zwei Schritte vor dem Herrscher wäre er bereits von einem halben Dutzend Klingen und Pfeilspitzen zu Tode getroffen, wenn er sich auch nur eine einzige bedrohliche Bewegung leisten würde.

Ciarll Feranc erhob sich und trat vor, wobei er sich diskret zwischen den Herzog und den näher tretenden Mann stellte. Gleichzeitig erhob sich auch Ibris und gab jemandem in der Menge ein Zeichen. Arwain entdeckte den Empfänger des Zeichens nicht, doch fast auf der Stelle spielte eine Gruppe von Hofmusikern auf. Kurzfristig konnte Arwain, obwohl ihm das Stück, das sie spielten, vertraut vorkam, es nicht genau einordnen, doch dann identifizierte er es als das bethlariische AnFest, eine Hymne aus ihrer frühen Geschichte, die offensichtlich das Ende einer vernichtenden Pestwelle feierte. Es handelte sich um eine Melodie, die in ihrer ansonsten eher unmusikalischen Kultur einen hohen Stellenwert einnahm.

Arwain war vorübergehend etwas verwirrt, da er das Stück nicht auf Anhieb hatte identifizieren können. Er hatte es schon mehr als einmal gehört: schrill und rauh in der Schlacht; klagend und getragen, nachdem die Toten unter den Flaggen des Waffenstillstandes davongetragen worden waren; bei Gelegenheit beinahe fröhlich, wenn es am Abend vor der Schlacht erwartungsvoll aus ihrem Lager herübergeklungen war. Dann fiel ihm ein, daß der Grund darin lag, daß es nun auf Instrumenten vorgetragen wurde. Zuvor hatte er es ausschließlich gesungen gehört. Er beäugte die drei näher kommenden Bethlarii eindringlich, um ihre Reaktionen auf das Musikstück mitzubekommen.

Die Augen der beiden Begleitsoldaten flackerten kurz auf

und stierte dann womöglich noch starrer geradeaus. Der Gesandte selbst hielt inne und blieb regungslos stehen, verzog jedoch nicht die geringste Miene.

Als die letzten Noten verklangen, setzte der Herzog sich wieder hin.

»Willkommen in Unserer Stadt und in Unserem Palast, Abgesandter«, sprach er jovial. »Unsere Begrüßung wäre noch aufwendiger ausgefallen, hättet Ihr Euer Kommen gebührend angekündigt. Indes entnehme ich Eurer Nachricht, daß sich ein Vorfall von äußerster Dringlichkeit ereignet hat, der Unsere sofortige Aufmerksamkeit heischt, so daß wir einen gewissen Grad an Formlosigkeit zu entschuldigen geneigt sind.« Er beugte sich vor. »Ich vermute trotz alledem, daß die Dringlichkeit der Angelegenheit Euch nicht daran gehindert hat, Beglaubigungsschreiben der Handira bei Euch zu tragen.« Er wies auf Feranc.

Der Gesandte sah vom Herzog zu Feranc, drehte dann seinen Kopf leicht nach hinten und vollführte eine kaum merkliche, knappe Geste. Einer seiner Begleitsoldaten trat zackig vor und überreichte Feranc ein Dokument, das dieser bedächtig öffnete und sorgsam durchlas, bevor er sich dem Herzog zuwandte.

»Mein Lord Herzog, darf ich Euch Grygyr Ast-Darvad vorstellen, Haupt des Hauses Darvad, im Namen der Hanestra von der Handira beauftragt, als Abgesandter der Stadt und der Gebiete von Bethlar zu wirken.« Er prüfte das Siegel. »Dieses Schreiben trägt das Siegel der Handira, das ich sehe und als rechtmäßig anerkenne, und dieselbe Unterschrift wie die vorherige Botschaft.«

Ibris neigte das Haupt andeutungsweise, um zu zeigen, daß er die Vorstellung entsprechend gewürdigt habe, und gab dann jemand anderem in der Menge ein weiteres Zeichen. Auf der Stelle wuselte eine kleine Schar von Bediensteten vor, die Sessel und einen schweren, sich unter der Last der Speisen biegenden Tisch trugen, welche sie alsdann vor die Bethlarii stellten.

»Nehmt Platz, edle Herren«, sagte Ibris. »Und eßt bitte. Es ist ein ungemütlicher Tag, und ich zweifle nicht daran, daß

Ihr einige Zeit unterwegs wart.« Er wurde bewußt gönnerhaft. »Ich weiß nur allzugut, daß das Lagerleben viel zu wünschen übrigläßt.«

Zum ersten Mal seit ihrem Eintreffen schienen die Bethlarii aus dem Konzept gebracht zu sein. Blieben sie stehen, wären sie gezwungen, ihre Rede über den langen Tisch hinweg zu führen, was sie wie Diener hätte aussehen lassen, die ihren Herrn um etwas baten; setzten sie sich dagegen hin, nahmen sie ihrem Auftreten viel von seiner schroffen Wirkung. Arwain konnte nur mit Mühe ein Lächeln unterdrücken, während er den stummen inneren Kampf des Gesandten beobachtete. Am Ende setzte dieser sich, während seine beiden Begleiter steif, aber einen Schritt hinter ihm stehen blieben.

Zum Unbehagen des Gesandten trug außerdem bei, daß der Sessel im Gegensatz zu den traditionellen Möbeln der Bethlarii ausladend und üppig gepolstert war. Da er sich nun aber dazu entschlossen hatte, Platz zu nehmen, konnte er schlecht wieder aufstehen, ohne töricht zu wirken. Es gelang ihm jedoch, seine Würde annäherungsweise wiederzufinden, indem er die Teller vor sich langsam und überlegt beiseite schob und sich in die solcherart geschaffene Bresche vorbeugte.

»Ich für meinen Teil ziehe das Lagerleben vor«, erklärte er mit jenem schweren Bethlarii-Akzent und mit einer Stimme, die guttural und gepreßt klang, als habe er sein Leben lang nichts anderes getan, als auf dem Exerzierfeld Befehle zu brüllen. »Und die Kapriolen des Wetters lassen mich kalt.« Während er sprach, trat ein beängstigendes Funkeln in seine Augen.

Ibris bekundete seine Zustimmung zu diesen Worten mit einem leichten Kopfnicken, ließ sich jedoch keinerlei Reaktion auf die wohlüberlegte Auslassung seines Titels anmerken. Die lauschende Menge wurde noch stiller, und Arwain konnte spüren, wie die Spannung zu steigen begann. Wenn dieser Tag nicht in Stahl und Blut endete, käme das einem Wunder gleich, dachte er. Ibris setzte zum Sprechen an.

»Wo ist mein Bote?« schnitt ihm der Gesandte schroff das Wort ab.

Der Herzog täuschte vorübergehend Unsicherheit vor, tippte sich mit dem Zeigefinger auf den Mund und legte die Stirn in leichte Falten. »Die Diener werden sich um ihn kümmern, nehme ich an«, erwiderte er. »Ich weiß es wirklich nicht. Wahrscheinlich ißt er gerade zu Abend. Oder ruht sich aus. Ich werde jemanden nach ihm schicken und ihn zu Euch bringen lassen.«

Er wandte sich um und sagte mit leiser Stimme etwas zu einem der Wachsoldaten hinter ihm. Der Mann nickte und verließ dann in aller Stille den Raum. Ibris ließ sich zurückfallen und wartete; er unternahm keinen Versuch, etwas zu sagen, als sei dies eine Unhöflichkeit in Abwesenheit des vierten Bethlarii. Der Abgesandte wand sich verstohlen auf seinem allzu bequemen Sessel. Sorgsam streckte Arwain seine Fühler nach dem Menschen unter dem strengen äußeren Erscheinungsbild aus.

Schließlich kehrte der Leibgardist zurück, begleitet von dem Boten, der ohne Umschweife zu dem Abgesandten ging, zackig grüßte und sich zu seinen beiden Kameraden in ihrer steifen Schlachtordnung gesellte.

Jetzt geht es zur Sache, dachte Arwain. Nun sind die Vorgeplänkel beendet, jetzt wollen wir mal sehen, wie sie ihre Attacke reiten.

Der Gesandte, der offensichtlich zu derselben Schlußfolgerung gelangte, legte seine Handflächen auf den Tisch und setzte zum Sprechen an. Ibris indes zahlte ihm mit gleicher Münze heim und kam ihm zuvor.

»Wenn Ihr gestattet, Grygyr, bevor Ihr beginnt«, sagte er. »Wir haben da ein winziges Problem, das ich Euch zu klären bitte, bevor Wir Uns jener dringenden Botschaft zuwenden.« Er wartete die Antwort erst gar nicht ab, sondern nahm den ersten Brief von Aaken entgegen, um ihn Feranc zu überreichen, der ihn wiederum vor dem Gesandten auf den Tisch legte.

»Ich sehe das Siegel der Handira«, fuhr Ibris fort. »Doch ich vermag die Unterschrift nicht zu entziffern. Ich persönlich mache mir keine Gedanken, müßt Ihr wissen. Von Mann zu Mann gesagt, ich habe nichts gegen Euch, doch gemäß unserem Vertrag müssen gewisse rechtliche Formalitäten gewahrt bleiben, wie Ihr es sicher zu schätzen wissen werdet, und es ist von daher Unsere Pflicht ...«, er vollführte eine Handbewegung, die ihn und den Gesandten umfaßte, »... uns zu vergewissern, daß alle Vorschriften korrekt eingehalten werden. Auf dem Schlachtfeld wie auch hier, im freundschaftlichen Austausch, gilt die Maxime: Wird den Formalitäten nicht Genüge getan, liegen Unehre und Verrat auf der Lauer.«

Der Gesandte kniff merklich die Augen zusammen, und er warf einen flüchtigen Blick auf das Schreiben. »Dies ist die Unterschrift irgendeines Schreibers«, erklärte er wegwerfend. »Sein Name spielt keine Rolle. Das Siegel der Handira braucht keine zusätzliche Bestätigung.«

Ibris blies die Wangen auf, um, wenn auch widerwillig, zu widersprechen. »Der Vertrag, wie ich Euch in Erinnerung rufen darf, sieht das anders. Dort heißt es, Eure offiziellen Beglaubigungsurkunden müssen das Siegel der Handira *und* die Unterschrift des zu diesem Zeitpunkt Ältesten tragen. Ich bin kein Gesetzeskundiger, darum kann ich Euch den genauen Wortlaut nicht wiedergeben, doch dies ist meiner Ansicht nach die Quintessenz des dort Geschriebenen.«

Der Gesandte ließ ein deutliches Stirnrunzeln sehen.

Der Herzog fuhr fort: »Das Problem, Grygyr, ist folgendes: Dieselbe Unterschrift ziert Euer Beglaubigungsschreiben, und wenn es sich dabei in der Tat um diejenige irgendeines subalternen Schreibers und nicht um diejenige des Ältesten der Handira handeln sollte, dann wird, um es offen zu sagen, alles, was wir unter diesen Voraussetzungen besprechen, keine bindende Kraft haben.« Er holte nachdenklich Atem. »In der Tat, wenn wir es genau nähmen, würde das bedeuten, daß Euer Hiersein nicht nur einen Vertragsbruch, sondern gar einen kriegerischen Akt darstellt.«

In der Menge kam Unruhe auf, und der Gesandte machte Anstalten, etwas zu erwidern, doch Ibris fuhr unerbittlich fort.

»Indes«, erklärte er leutselig, »wir sind schließlich keine Gesetzeskundigen, nicht wahr? Es ist ihr Fehler, wenn sie solche Einzelheiten nicht zufriedenstellend geregelt haben.

Ihr habt einen langen Weg hinter Euch. Einen – ohne unseren Schutz, muß ich gestehen – gefährlichen Weg. Ich möchte Euch in diesem Zusammenhang übrigens an die Verkleidung erinnern, die Ihr annahmt; nicht alle Unsere Untertanen betrachten heute unsere früheren Dissonanzen mit so tolerantem Blick, wie wir dies zu unser aller Wohl zu tun gezwungen sind. Dies eingerechnet, sehe ich keinen Grund, warum wir zulassen sollten, daß dies relativ unbedeutende Versäumnis irgendeines Schreibens dazu führen sollte, daß Ihr Eure beschwerliche Reise umsonst unternommen hättet.« Als heische er ihre Zustimmung, sah er sich im Kreis seiner Berater um, was eine Menge weisen Kopfnickens zur Folge hatte. Zufrieden wandte er sich schließlich wieder dem Gesandten zu, wobei er leise vor sich hin kicherte. »Schließlich ist es höchst unwahrscheinlich, daß das Siegel der Handira gefälscht werden könnte, nicht wahr?« Er ließ sich wieder behaglich in seinen Sessel zurücksinken. »Nun, Grygyr, wenn Ihr immer noch kein Verlangen verspürt, zu speisen oder der Ruhe zu pflegen, dann laßt Uns Eure Botschaft hören.«

Arwain stand gebannt lauschend hinter der linken Schulter seines Vaters und beobachtete den Gesandten. »Wir werden auf einer Lawine reiten«, hatte Ibris gesagt, und schon begann Arwain zu spüren, wie der Boden unter seinen Füßen ins Rutschen geriet und die feinen Nuancen in der bühnenreifen Darbietung seines Vaters nicht mehr seine gesamte Aufmerksamkeit fesseln konnte.

Abgesehen von dem, *was* er sagte, war es vor allem die Art, *wie* er es sagte, waren es all die kleinen Gesten und Mienen, die zusammengenommen auf höchst subtile Weise mit dem Hochmut des Bethlarii spielten und ihn mit Sicherheit früher oder später zu einer unbedachten Äußerung verleiten würden. Und die Speisen und der luxuriöse Sessel waren in ihrer Schlichtheit wahre Geniestreiche.

Vielleicht, dachte sich Arwain, erlaubte ihm die erhöhte Aufmerksamkeit, die er vom Training mitgenommen hatte, daß er sich mit einem Mal all dieser Kleinigkeiten so bewußt wurde, Kleinigkeiten, die er gewiß doch schon bei vielen

Gelegenheiten zuvor gesehen haben mußte. Er hatte ja in der Vergangenheit schon bei zahlreichen Waffenstillstandsverhandlungen sekundiert, doch im Vergleich mit den Waffengängen, die er heute erlebt hatte, war das eine Mischung aus Schaukämpfen und Marktschachern gewesen.

Vielleicht lag es auch daran, daß nie zuvor solch eine seltsame Zusammenkunft stattgefunden hatte. Was auch immer der Grund sein mochte, er wußte, daß sein Vater ihn soeben etwas lehrte, das nur schlecht, wenn überhaupt, mit Worten wiedergegeben werden konnte, und er mußte so gewitzt sein, es jetzt zu begreifen.

Der Abgesandte ließ einen so verächtlichen Blick über die Menge gleiten, wie er es tun konnte, ohne sich allzu ungebührlich in seinem weichen Sessel zu verrenken. Als seine und Arwains Blicke sich kreuzten, funkelte ein kurzes hoffnungsvolles Wiedererkennen in seinen Augen auf, dem die Enttäuschung fast umgehend auf dem Fuße folgte.

Verzieh keine Miene, dachte Arwain. Laß dir nichts anmerken, nicht im Gesicht, nicht an deiner Haltung. Doch ich erkenne in deinem Gesicht, was *du* denkst, Gesandter, so deutlich, als stünde es dir auf der Stirn geschrieben. Du hast mich gesehen, verdreckt und schlicht gekleidet, hinter dem Herzog stehend, und einen kurzen Moment lang hast du gedacht, ich sei einer von euch. Dann hast du mich erkannt. Und jetzt denkst du, sie sind wie wir, diese Entarteten, und das bringt dich durcheinander.

»Seid Ihr sicher, daß Ihr nichts zu Euch nehmen wollt?« fragte Ibris gerade, dem Pferd seines Gegners mit eleganter Geste noch eine Handvoll schlüpfriger Steinchen unter die Hufe werfend.

Im Antlitz des Gesandten zuckte es verräterisch, und er ballte seine Fäuste mehrere Male, bevor sein rechter Arm, als habe er keine Kontrolle mehr über diesen krampfartigen Anfall, wüst ausschwang und die Gegenstände auf dem Tisch polternd auf den Marmorboden fegte.

Die Menge schien wie ein Mann nach Luft zu schnappen, doch Ibris übersah den Ausbruch; er wies lediglich einen Diener stumm an, die Bescherung aufzuheben.

»Laßt das«, fuhr der Gesandte die Diener an, die sich emsig um ihn herum zu schaffen machten. Sie erstarrten, sahen erst den Gesandten und dann ihren Herzog an. Ibris nickte ihnen zu, sie sollten von ihrer Verrichtung ablassen, stützte sich dann auf eine Armlehne des Sessels, legte den Kopf auf seine Hand und wartete gelassen, daß der Gesandte zu sprechen beginnen möge.

Er hatte alles klug arrangiert. Grygyr Ast-Darvad wirkte ziemlich lächerlich: Er saß halb versunken in seinem riesigen und bequemen Sitzmöbel, hatte einen Tisch vor der Nase, der ein wenig zu hoch für ihn war, und seine zackige Erscheinung hatte beträchtlich an Wirkung eingebüßt. In seinem besudelten Waffenrock sah er fast aus wie ein Kind, das sich schmutzig gemacht hatte; ein Bild, das durch die um ihn herum verstreuten Speisen und Teller füglich unterstrichen wurde.

Er schien indes seine Lage plötzlich zu durchschauen und sprang auf, wobei er seinen Sessel geräuschvoll zurückschob. Einen Augenblick lang sah es so aus, als wolle er auch den Tisch in einer großartigen Geste beiseite fegen, doch da er vermutlich registrierte, daß es sich um ein extrem massives Möbel handelte, widerstand er der Versuchung und schritt statt dessen um ihn herum.

Ibris rührte sich immer noch nicht, doch Ciarll Feranc trat einen halben Schritt vor und sagte etwas mit gesenkter Stimme. Der Gesandte blieb stehen und wandte sich zu ihm um. Arwain hatte nicht mitbekommen, was er gesagt hatte, doch er zog, halb vom hohen Sessel seines Vaters verdeckt, verstohlen sein Messer. Irgendwo in seinem Rücken hörte er das leise Ächzen eines Bogens, der soeben gespannt wurde. Mit diesem Bogenschützen würde man einmal reden müssen, notierte er sich in Gedanken.

Einen langen Moment sah der Gesandte Feranc in die Augen, der seinen Blick ohne mit der Wimper zu zucken erwiderte. Obwohl Ferancs Blick keine direkte Drohung enthielt, lag doch eine unheimliche Sicherheit in ihm, die schon tapferere Männer als Grygyr Ast-Darvad das Fürchten gelehrt hatte. Arwain merkte, daß der Gesandte heftiger atmete. Er zwang sich, dasselbe zu tun, und spürte, wie ihm die Spannung in dem totenstillen Saal langsam in die Glieder zu fahren begann.

»Eure Botschaft, Gesandter«, verlangte Ibris gelassen, immer noch so, als sei nichts vorgefallen. Der Klang seiner Stimme verschaffte dem Gesandten die Möglichkeit, Ferancs Blick zu entkommen, ohne daß allzu deutlich wurde, wer diesen Willenskampf verloren hatte.

»Meine Botschaft betrifft die Stadt von Whendrak«, sprach der Gesandte, der sich abrupt dem Herzog zuwandte. »Unsere Bürger haben sich hilfesuchend an die Hanestra gewandt, um sich über den Machtmißbrauch der dortigen Autoritäten zu beschweren. Da diese Autoritäten von Serens dominiert werden, betrachten wir diese Behandlung unserer Bürger als Eurem ausdrücklichen Willen gemäß und verlangen, daß Ihr dieser Verfolgung auf der Stelle Einhalt gebietet und geeignete Schritte unternehmt, um zu gewährleisten, daß die Rechte unserer Bürger in vollem Umfang wiederhergestellt und wo nötig mit Wiedergutmachungen abgegolten werden.«

In seinem Tonfall lag ein stummes, aber deutliches ›Oder aber‹.

Ibris hingegen gab sich erleichtert und gleichgültig. »Ah, schon wieder die Whendreachi«, erklärte er wissend. »In jüngster Zeit sind mir keine Probleme von dort zu Ohren gekommen, aber das erstaunt mich nicht. Was mich erstaunt, ist die Tatsache, daß Ihr, Grygyr, Euch dafür zu mir herbemüht habt. Whendrak ist, wie Ihr wohl wißt, eine neutrale Stadt. Und das nicht ohne guten Grund.«

Er schüttelte seinen Kopf und sah zur Decke empor, als flute ihm von dort ein Strom von Erinnerungen entgegen. »Die Stadt hat im Laufe ihrer Geschichte so oft den Herrn gewechselt, daß die Bewohner zur Hälfte von Serens- und zur anderen Hälfte von Bethlarii-Abkunft sind, wobei sie meist selbst nicht so genau wissen, wer was ist. Und mehr als nur ein paar ausländische Söldner haben ihnen zusätzlich ihren Stempel aufgedrückt. Die Hanestra weiß wohl, daß die Whendreachi ein streitsüchtiges Völkchen sein können, das sich je nach Laune die ihm genehmen Vorfahren herauspickt, ganz wie es ihnen bei ihrem ewigen Zank und Hader paßt. Und wenn Bethlar und Serenstad sich über dieser Stadt in eine Pattsituation manövriert haben, wie es, die Götter wissen es, in der Vergangenheit oft genug der Fall war, was geschieht dann? Sie gehen ihre eigenen Wege, wie sie es seit Äonen getan haben. Verfluchen uns beide und beschwören feierlich ihre Neutralität – wieder einmal.«

In der Menge wurde zustimmendes Gemurmel laut, doch Grygyr schien unbeeindruckt. »Ich bin nicht hier, um diese Angelegenheiten zu diskutieren«, erklärte er, immer noch beharrlich Ibris' Titel vermeidend. »Der Vertrag verpflichtet uns, unsere Bürger zu schützen, wo immer sie sich auch befinden mögen. Ich bin in aller Offenheit und Ehre hierhergekommen, um Euch zu ersuchen, Eure Verpflichtungen zu erfüllen, indem Ihr Euer Volk in Whendrak an die Kandare nehmt. Falls Ihr dies nicht tut, bleibt uns nichts anderes übrig, als es selbst zu tun.«

Ibris runzelte väterlich die Stirn und wedelte freundlich mit der Hand, als wolle er ein launisches Kleinkind davor bewahren, eine unüberlegte Dummheit zu begehen. »Grygyr, die Whendreachi sind die Whendreachi. Wie ich bereits sagte, sind sie weder Serens noch Bethlarii, und abgesehen von ihrer strategischen Lage war dies der Grund, warum ihre Stadt für neutral erklärt wurde, als wir den Vertrag aushandelten. Für neutral erklärt, wie ich hinzufügen darf, mit ihrer uneingeschränkten Zustimmung. Falls einer von uns, aus welchen Gründen auch immer, dort mit Waffengewalt einschritte – und Truppen *wären* nötig, falls sie wieder untereinander streiten –, dann wäre dies ein schwerwiegender Vertragsbruch und würde als offene Kriegserklärung gelten.«

Grygyr schürzte ungeduldig die Lippen. »Das ist nicht unsere Leseart des Vertrags«, entgegnete er barsch. »Wir ...«

»Wessen Leseart?« unterbrach ihn Ibris scharf.

Grygyr geriet ins Wanken. »Unserer Rechtskundigen und Schreiber«, antwortete er gereizt nach einem kurzen Zögern.

Ibris nickte, als sei ihm soeben etwas klargeworden. »Dieselben Rechtskundigen und Schreiber, die hierfür verantwortlich sind?« Er wies auf den Brief, der inmitten verstreuter Speisen und zerbrochenen Geschirrs auf dem Boden lag.

»Rechtskundige und Schreiber, die den Vertrag so schlecht kennen, daß sie es verabsäumt haben, unsere Botschaft vom Ältesten der Handira unterzeichnen zu lassen? Ja, wahrhaft, haben sie nicht sogar Euer Beglaubigungsschreiben korrekt signieren lassen und Euch damit der Gefahr ausgesetzt, als Spion hingerichtet zu werden? Kennen sie den Vertrag so schlecht, daß sie jede einzelne seiner Bestimmungen gebrochen haben, indem sie Euch sowohl im geheimen als auch bewaffnet vor Uns geschickt haben, ohne auch nur die geringste Konzession an die vereinbarten Bestimmungen? Die Herausgabe von Benachrichtigungen, den Austausch von Herolden? Ihr würdet *dieser* Lesart des Vertrags mehr als meiner trauen, der ich den Vertrag eigenhändig ausgehandelt habe? Mehr als Eurer eigenen Lesart?«

Er hielt kurz inne. »Ihr könnt doch lesen, Grygyr, oder?«

Obwohl diese Worte mit der besorgten Freundlichkeit geäußert wurden, die bislang in allen Bemerkungen Ibris' vorgeherrscht hatte, zischte die Frage wie ein eisiges Messer durch die spannungsgeladene Atmosphäre.

Selbst Arwain zuckte zusammen. Ein nicht geringer Teil des Hasses, den die Bethlarii den Serens entgegenbrachten, lag in der Verachtung dessen begründet, was man als die Dürftigkeit der Bethlarii-Kultur und ihrer Begleiterscheinungen wie Dummheit, Barbarei und allgemeiner Unkultiviertheit erachtete.

Dieses Vorurteil war indes nicht völlig unbegründet, denn viele Bathlarii verachteten in der Tat solche Dinge wie Lesen und Schreiben, wenn sie nicht direkt in Zusammenhang mit der Kriegskunst standen. Doch war dies auf der anderen Seite keine Einstellung, die der Herzog geschätzt oder auch nur unwidersprochen hingenommen hätte, wenn sie in seiner Gegenwart geäußert worden wäre. »Die Schlichtheit in manchen ihrer Kunstwerke besitzt eine Tiefe, die man in dem ganzen Protz von Serenstad lange suchen kann. Und auch wenn ihre Philosophie nicht die unsere ist, so hat sie doch ihren Wert, ist in sich stimmig und hat ihre intellektuellen Vorzüge.«

Nichtsdestotrotz war diese Ansicht weit verbreitet und hatte sich in den letzten Jahren verstärkt, während derer sich Serenstad einer fortgesetzten Blüte erfreute, wohingegen Bethlar stagniert, ja, im Vergleich niedergegangen war.

Vielleicht bist du zum Sterben hergekommen, Krieger, vielleicht auch nicht, dachte Arwain. Doch was immer du auch erwartet hast, ich bezweifle sehr, daß du mit einem solchen Tod durch Demütigung gerechnet hast. Er empfand Zorn, Mitleid und Bewunderung für seinen Vater zugleich und wußte wieder ganz genau, warum er wenig Neigung verspürte, jemals selbst über Serenstad zu herrschen.

Der unvermittelte Angriff des Herzogs hatte den Bethlarii in Grund und Boden vernichtet. Was sollte er darauf antworten? Nein, und damit endgültig Hohn und Spott auf sein Haupt häufen? Ja, als sei er ein gemaßregelter Schuljunge mit einer schlecht vorbereiteten Hausaufgabe? Beides war undenkbar. Doch auch die Möglichkeit, einfach aufzustehen und sich mit steinerner Würde zum Gehen zu wenden, stand ihm nicht offen, denn das hätte zu einem Gesichtsverlust vor seinen Männern und diesen niederträchtigen Feinden geführt.

Sollte er vielleicht den Beleidiger niederschlagen? Sollte er dies als Vorwand nutzen, um sich selbst zu opfern und so den endgültigen Bruch des Vertrages sicherstellen?

Nein, schloß Arwain. Nicht, bis sein Vater ihn nicht vollends zum Wahnsinn getrieben hätte. Hier gab es zu viele unbekannte Zeugen, als daß die Wahrheit verborgen bleiben könnte. Die Bethlarii würden wissen, daß bei solch einer Versammlung durchaus auch Besucher und Würdenträger aus den Grenzstädten anwesend waren; Leute aus Herion, Veldan, Nestar und viele andere aus einer großen Zahl von Städten und Landgemeinden, deren Treue zu einer der beiden Seiten unsicher war – vor allem im Kriegsfall. Nein, sein Tod durfte nicht in aller Öffentlichkeit stattfinden, wenn die darauffolgenden Gerüchte ihre Wirkung nicht verfehlen sollten.

Während diese Alternativen in Sekundenbruchteilen

durch Arwains Gedanken rasten, sprangen Grygyrs Augen in einer Mischung aus Wut und Unglauben weit auf. Arwain sah zu, wie er von der Lawine fortgerissen wurde, die sein Vater so erfolgreich geritten hatte.

Er streckte die Hand aus, um auf den Herzog zu deuten, öffnete den Mund, um etwas zu sagen, doch eine Zeitlang drang kein Laut über seine Lippen, auch wenn sie heftig zitterten.

Als er dann schließlich doch etwas sagen konnte, war seine Stimme rauh vor unterdrückter Erregung, und wieder fiel es Arwain schwer, eine gleichmütige Miene beizubehalten.

»Ich lese ganz gut, Ibris«, stieß er schließlich hervor. »Ich las die Geschichte dieses Landes, *unseres* Landes, zu den Ufern des Ostens, des Westens und des Südens und über die Ufer der Inseln hinaus. Ich las genug vom jahrhundertelangen Verrat, den eure Vorfahren begingen, um unsere gottgewollte Herrschaftsgewalt zu usurpieren. Verrat, den du, Abtrünniger, weiterführst.«

Grygyrs Zorn, einmal losgelassen, verzehrte sich nicht selbst, sondern schien eher noch an Kraft zu gewinnen, nährte sich aus sich selbst und trug ihren Schöpfer auf einer Flutwelle mit sich.

Seine Stimme wurde kraftvoller, und ein schriller Unterton begann sich einzuschleichen. »Merke dir gut, Ibris, im Augenblick Vasall dieser unserer Stadt. Der Tag der Vergeltung steht bevor. Die Bethlarii wenden sich wieder dem wahren, dem alten Weg zu, und bald werden du und deine verderbten Genossen für immer von der Erde vertilgt sein. Und so vollständig wird deine Vernichtung sein, daß die Erinnerung an dich und deine Art aus dem Gedächtnis der Menschen getilgt sein wird, bevor noch das Jahr sich seinem Ende entgegenneigt.«

Ein kurzes, gelähmtes Schweigen folgte, dann setzte ein einziger heiserer Wutschrei den Zorn der Menge frei, und auf der Stelle herrschte Aufruhr. Sofort senkten zwei Reihen Wachen, die den Bethlarii durch die Stadt geleitet hatten, die Piken, um einen Speerwall um ihren Schutzbefohlenen zu bilden, während seine drei Begleiter ihrerseits Anstalten machten, den Gesandten zu verteidigen. Doch die Wachen kamen ihnen zuvor, und sie wurden mit einer atemberaubenden Schnelligkeit entwaffnet, die die Handschrift von Ciarll Fernacs vorausschauendem Blick trug. Der Gesandte selbst sah sich höflich, aber ohne Federlesens entwaffnet und von einem doppelten Ring aus Wachsoldaten umzingelt, deren innere Reihe auf ihn, die äußere nach draußen blickte, beide mit gezogenen Schwertern.

Der Bogen von Leibgardisten hinter dem Hofstaat des Herzogs trat rasch vor und postierte sich vor ihrem Herrscher, und auch Arwain trat mit dem Dolch in der Hand an seines Vaters Seite.

Ibris beobachtete dies alles einen Augenblick lang prüfend, bevor er sich selbst langsam erhob. Er machte indes keinerlei Anstalten, gegen den Lärm anzubrüllen. Statt dessen gab er einem Wachsoldaten in der Nähe Zeichen, indem er eine klatschende Bewegung mit seinen Händen vollführte. Der Gardist stieß seinen Nebenmann mit dem Ellbogen an, und die beiden nahmen ihre Schilde vom Rücken und begannen, langsam und beständig mit ihren Schwertern einen Rhythmus zu hämmern, einen Rhythmus wie einen lauten Herzschlag.

Bald schon begann der hartnäckige Zapfenstreich den Tumult der Menge zu übertönen, der Aufruhr verebbte allmählich, zunächst zu einem drohenden Raunen, zuletzt zu einem verlegenen, gespannten Fußscharren, als sich aller Augen wieder auf den Herzog richteten.

Ibris nickte den beiden Leibwächtern zu, und das Hämmern, nun gnadenlos laut in der Stille, setzte aus.

Er schwieg kurz, bevor er zum Reden anhub, und als er schließlich sprach, klang seine Stimme gelassen und bedauernd. »Der Gesandte ist, wie ich fürchte, erschöpft von seiner anstrengenden Reise, so daß er eine vielleicht unklug formulierte Bemerkung meinerseits mißverstanden hat. Bevor er uns verläßt, werden wir ein Gespräch unter vier Augen führen und Einzelheiten bezüglich seiner Sorge um die Whendreachi erörtern, aber ...«, seine Stimme wurde gebieterischer, » ... ihr alle seid Zeuge dessen, was heute hier vorgefallen ist. Ihr seid Zeuge, daß dem Gesandten, Grygyr Ast-Darvad, trotz mannigfacher Verletzungen des Vertrags, den wir mit Bethlar über ebensolche Angelegenheiten geschlossen haben, ein friedlicher Empfang und der erforderliche Schutz zuteil geworden sind.« Er ließ seinen Blick über die Menge schweifen, blickte hier und da einem der Anwesenden in die Augen. »Insbesondere jene von Euch, die aus den uns verbündeten Städten stammen, bitte ich davon Kenntnis zu nehmen, so daß die Wahrheit sich gegen üble Gerüchte durchsetzen möge. Darüber hinaus gebe ich Euch mein Wort, daß er und seine Begleiter während ihres Aufenthalts hier weiterhin unseren Schutz und unsere Gastfreundschaft genießen werden, und dieser Aufenthalt möge so lang sein, wie sie es wünschen. Gleiches gilt für ihre Rückreise nach Bethlar.«

Die Menge reagierte mit einmütiger Zustimmung auf diese Rede, obwohl inmitten des Applauses auch Stimmen laut wurden, die forderten, den Bethlarii ›aufzuknüpfen‹ oder ›von den Aphron Dennai zu stürzen‹.

Mit einer Handbewegung entließ der Herzog die Menge, wandte sich dann um und schritt selbst aus dem Saal. Der Gesandte und seine Eskorte wurden hinter ihm her geleitet.

Kapitel
13

»Ich weiß nicht, ob das nur lästig ist oder langsam bedrohliche Ausmaße annimmt«, beschwerte sich Tarrian, als er mit hängendem Kopf neben Antyr und Menedrions Wachen durch die emsigen nachmittäglichen Menschenansammlungen schritt, die die breiten Straßen von Serenstads Geschäftsviertel verstopften.

»Bedrohlich«, erwiderte Antyr mit Nachdruck. »Nein. Erschreckend. In meinem Magen rumort es. Erst der Herzog und jetzt Menedrion. Man sagt, er sei ein tollwütiger Hund. Wie der Herzog, aber ohne dessen positive Eigenschaften. Was, um alles in der Welt, mag *er* von uns wollen? Ich glaube wirklich nicht, daß ich über diese Dinge zu genau nachdenken möchte ... glaube ich.«

»Vielleicht hat sich ein Gerücht wegen letzter Nacht verbreitet. Vielleicht kommen wir langsam in Mode«, versetzte Tarrian optimistisch. »Du wirst dir hoffähige Kleidung kaufen müssen. Du wirst dich Traumfinder des Herzogs und des Hofs nennen können und ...«

»Hör auf damit«, fuhr Antyr ihn an. »Du bist mir keine Hilfe. Ich sagte doch, ich habe Angst.«

»Du mußtest ja nicht mitkommen«, meinte Tarrian lässig.

»O nein. Natürlich nicht«, hielt Antyr säuerlich dagegen. »Ich hab' ihnen ja gesagt, daß wir einen dringenden Termin hätten, das hast du doch gehört. Und du hast gehört, was er gesagt hat. Keine Drohungen, keine Argumente, einfach ›Ja, Sir, selbstverständlich. Möchtet Ihr, daß ich Lord Menedrion ausrichte, er möge auf Euch warten, Sir?‹ Was soll ich denn darauf noch erwidern?«

Tarrian würdigte ihn keiner Antwort, und so gingen sie schweigend eine Weile nebeneinander her, jeder mit seinen eigenen Gedanken beschäftigt.

Der kleine Ausbruch jedoch schien Antyrs Anspannung etwas vermindert zu haben. »Nun ja, die beiden sind ja ganz angenehm, und zumindest werden wir diesmal nicht mitten in der Nacht wie Gefangene mit einer Begleitmannschaft durch die Straßen eskortiert«, meinte er schließlich. »Und der Herzog war ja wirklich eine Überraschung. Viel freundlicher, als ich ihn mir vorgestellt hatte.«

Er spürte, wie ein schlecht verhohlener Wutschwall von Tarrian herüberkam, doch als der Wolf dann zu reden begann, klang seine Stimme schon versöhnlicher. »Tut mir leid«, sagte er. »Ich weiß, daß das kein großes Vergnügen ist, aber alles, woran ich im Moment denken kann, sind meine Pfoten. Sie sind von der ganzen Herumwanderei heute verteufelt wund. Kann eigentlich nur ein Schuster gewesen sein, der auf die Idee mit diesem Kopfsteinpflaster gekommen ist. Und diese Menschenmassen ...«

Er ließ den Satz unvollendet, einen Ausdruck stummen Abscheus im Gesicht.

Dann hellte sich seine Miene plötzlich auf wie die Sonne, die hinter einer dunklen Wolke hervorbricht. »Trotzdem, alles in allem gehe ich zu dieser Tageszeit lieber in den Palast als in den Moras-Distrikt. Wir können Nyriall auch noch morgen einen Besuch abstatten. Außerdem könnten wir im Palast noch was zu essen kriegen. Wenigstens kümmern sie sich da um die Bedürfnisse einer leidenden Kreatur.« Die Sonne verzog sich wieder hinter die Wolke. »Und wir können bei Gelegenheit unser Honorar von diesem Aaken eintreiben. Typischer Staatsdiener. Will dies, will das, will es *jetzt*. Will aber partout nicht dafür blechen. Nimm dagegen die Frau eines armen Handwerkers, sie wird dich auf der Stelle bezahlen wollen. Es ist ...«

»Ach, halt doch das Maul«, beendete Antyr das Thema, griff es dann aber sofort wieder auf. »Und mit ›wir‹, die wir

›unser‹ Honorar von *Kanzler* Aaken einfordern sollen, meinst du wohl ›mich‹?«

»Das ist doch ganz normal«, entgegnete Tarrian in scharfem Ton. »Was nutzt mir schon Geld? Du bist der einzige, der damit etwas anfangen kann. Du bist doch schließlich derjenige mit dem vielgerühmten goldenen Händchen.«

Trotz aller Sorgen kicherte Antyr über die Bemerkung. Einer der Wachen drehte sich fragend zu ihm um. »'tschuldigung«, meinte Antyr. »War nur etwas, was mein Gefährte gesagt hat.«

Der Mann sah erst ihn und dann Tarrian verunsichert an. »Ich hab' nichts gehört«, sagte er.

»Sie reden in ihren Köpfen«, klärte der andere seinen Kameraden auf, bevor Antyr antworten konnte, als existiere er gar nicht. »Meine Mutter hat immer einen konsultiert. Hat auf ihn geschworen. Er hatte eine Katze. Großes rotes Vieh.« Er nickte angesichts der Erinnerung vor sich hin. »Er war in Ordnung. Bißchen schmierig, aber ganz realistisch, wenn man ihn näher kennenlernte. Aber diese Katze hat mir immer Schauer über den Rücken gejagt, besonders wenn ihre Augen anfingen zu funkeln.« Er schüttelte sich.

Antyr lächelte. Der erste Wachmann bekam das mit und blickte finster von Antyr zu Tarrian. »Der Hund spricht doch nicht über mich, oder?« fragte er mißtrauisch.

Antyr schüttelte eilig den Kopf. »Nein, nein«, beruhigte er ihn. »Ich lächelte über ...« Er schnippte mit dem Finger in Richtung des zweiten Soldaten. »... Euren Freund ... und die Katze. Tarrian mag Katzen auch nicht.«

»Nun, es ist ja auch ein Hund, nicht wahr, oder?« gab er wissend zur Antwort.

Tarrians Knurren breitete sich in Antyr Kopf aus.

»Kann er auch mit mir in meinem Kopf reden?« wollte der erste Gardist nach kurzem Schweigen wissen.

»Nein«, log Antyr.

»Das Echo würde mich taub machen«, fuhr Tarrian ihn wütend an. »Wir haben es auch so schon schwer genug.«

»Kann er hören, was ich bei mir denke?« bohrte der Mann weiter.

»Nein, nein«, log Antyr erneut mit großer Überzeugung. »Es ist nicht so ein Reden und Hören, wie jetzt zwischen uns. Das ist eine ganz spezielle Geschichte, und die Fähigkeit ist uns beiden angeboren. Niemand weiß genau, wie es funktioniert.«

»Oh«, sagte der Wachsoldat besänftigt, auch wenn er Tarrian immer noch unsicher ansah. Er verzog sein Gesicht vor lauter Konzentration.

»Er brüllt: ›Katzen, Junge, Katzen!‹« jammerte Tarrian ungläubig.

Antyr hob den Blick und strich sich mit beiläufigem Nachdruck über seinen Zweitagebart, um zu verhindern, daß er laut losplatzte. In diesem Augenblick sah er den vertrauten Umriß des Ibrisschen Monuments am hinteren Ende der langen Straße auftauchen, eine spitze, unregelmäßige Pyramide, die schwarz in der einfallenden Abenddämmerung aufragte.

»Oh, wir sind schon da«, sagte er laut mit einiger Erleichterung, doch seine Stimme klang ein wenig gespannt. »Ich habe gar nicht gemerkt, daß wir schon so weit sind.«

Sofort schwand jegliches Interesse für Antyr Gewerbe, und die beiden Leibwachen beschleunigten leicht ihren Schritt. Die Anstrengung blieb jedoch ziemlich erfolglos, war die Straße doch recht eng und mit allen möglichen Leuten bevölkert, die ihren zahllosen Geschäften nachgingen, was sie, herzogliche Wachen oder nicht, dazu zwang, sich dem Tempo der Masse anzupassen.

In der Ferne erblickte Antyr einen hellen Funken, der vor dem Denkmal tanzte. Er zerfiel in mehrere kleine Funken, die ihrerseits davontanzten. Aus irgendeinem Grund erfüllte ihn der Anblick mit einer angenehmen Leichtigkeit, bevor der Tanz der Feuerfliegen zu einem Lehrling der Lampenentzündergilde wurde, der den Deckel eines Feuerbehälters vor seinem Meister und den älteren Lehrlingen abgenommen hatte, die die Fackeln rund um das Denkmal anzündeten. Traditionell wurden die öffentlichen Fackeln der Stadt vom Palastplatz ausgehend entfacht.

»Ja«, sagte Tarrian, seine eingangs gemachte Bemerkung unterstreichend, »wir sind für heute noch mal um den Moras herumgekommen. Wird zu dieser Zeit sicher ganz schön neblig sein da unten.«

Antyr konnte nichts gegen diesen Schluß einwenden, wünschte sich jedoch immer noch weit weg von hier.

Als sie sich dem Platz näherten, zerstreute sich die dichte Menschenmenge ein wenig, da die Straßen breiter wurden und die Gebäude nicht mehr so eng beieinanderstanden.

Antyr wollte gerade weitergehen, als ihn eine der Wachen am Ellbogen nahm. »Hier lang«, sagte er, auf eine Seitenstraße zu seiner Rechten weisend. Antyr blickte fragend in Richtung des Platzes.

»Aber der Haupteingang liegt dort«, meinte er, und sein Unbehagen wuchs, während er sich der Führung des Soldaten anvertraute.

»Wir gehen nicht durch den Haupteingang«, sagte der Mann leicht überrascht. »Lord Menedrions ... Gäste ... benutzen selten den Haupteingang.« Er stieß Antyr mit dem Ellbogen an und zwinkerte, woraufhin beide Wachen durchtrieben kicherten.

»Sie reden über seine Frauen«, klärte Tarrian ihn auf. »Sie versuchen, Eindruck bei dir zu schinden.«

»Ich *weiß*«, versetzte Antyr mürrisch. »Ich bin durchaus in der Lage, meine eigene Spezies zu durchschauen, weißt du.«

»Tut mir leid«, entgegnete Tarrian grantig. »Hab' nur versucht, dich zu beruhigen.«

Nur wenige Leute zeigten sich auf der Straße, die mit Reihen hübscher, gepflegter und individuell gestalteter Häuser gesäumt war, von denen manche vier oder gar fünf Stockwerke aufwiesen. Kostspielig, sinnierte Antyr, während das Quartett der Straße durch einen langgezogenen, niedrigen Bogen folgte, bis sich die Gebäude zu einem halbkreisförmigen Abschluß zusammenfanden, aus dem nur ein breiter Säulengang weiterführte. Nachdem sie diesen mit laut hallendem Fußgetrappel durchschritten hatten, gingen sie auf eine gleichermaßen ruhige Straße, die, wie Antyr erkannte, an ihrem hinteren Ende von der Palastmauer begrenzt wurde.

»Seht Ihr«, ließ sich eine der Wachen überschwenglich vernehmen, »hier entlang ist es doch viel kürzer. Wir haben es jetzt nicht mehr weit.«

Die Straße stieg ziemlich steil an, so daß sie ihren Schritt verlangsamten, bis die Wachen, nachdem sie auf einem überdachten Laufsteg entlanggegangen waren, stehenblieben und einer von ihnen an eine Tür pochte, die in einer tiefen Nische der Palastmauer verborgen war. Antyr hatte die Tür nicht bemerkt und schätzte, daß sie selbst im strahlendsten Tageslicht in den Schatten des Laufstegs fast unsichtbar sein mußte.

Sie erhielten beinahe umgehend Antwort auf ihr Klopfen, denn ein kleiner Laden hinter einem massiven Gitter öffnete sich kurzfristig und fiel sofort wieder zu. Nach ein paar dumpfen Schritten schwang die Pforte leise auf, und der Wachsoldat postierte sich auf die eine Seite.

Gut geölte Schlösser und Angeln, notierte Antyr, dem auf der Stelle seine eigene quietschende Tür in den Sinn kam.

»Es ist der Traumfinder Antyr«, sagte die Leibwache in die Dunkelheit. »Wir hatten Glück. Er war im Gildehaus.«

»Ausgezeichnet«, erklang eine weiche, kultivierte Stimme. »Seine Lordschaft wird erfreut sein.« Dann, offensichtlich an Antyr gerichtet: »Einen Augenblick, bitte ... ähm ... Sir, hier geht es zwei Stufen rauf. Seid vorsichtig, sie sind ein bißchen heikel. Zu Eurer Rechten befindet sich ein Geländer.«

Die Stimme war höflich, doch abgesehen von dem kurzen Zögern hatte sie den geübten Klang von jemandem, der eben diese Worte schon viele Male in fremde und verunsicherte Ohren gesprochen hatte. Und es war eine gleichermaßen selbstsichere und geübte Hand, die sich in dem trüben Zwielicht ausstreckte, um ihm zu helfen.

Antyr blickte den Wachsoldaten an, der die beiden Gefährten mit einem Kopfrucken und einem weiteren Zwinkern eben jener hilfreichen Hand überstellte.

»Danke«, sagte Antyr sowohl zu den Gardisten als auch zu der unsichtbaren Stimme. Dann, nachdem er die Hand ergriffen hatte, setzte er zögernd seinen Fuß in die Düsternis. Tarrian kroch neben ihm die Stufen hinauf, was einen schwachen Schreckensruf des Sprechers hervorrief.

»Tut mir leid, wenn er Euch erschreckt hat«, entschuldigte sich Antyr. »Habt keine Angst.«

»Ist schon gut«, erscholl die Stimme. »Ich habe nur nicht mit einem Hund gerechnet.«

Als sich die Tür hinter ihnen schloß, wurden sie in völlige Finsternis getaucht, doch Antyr konnte es sich trotzdem nicht verkneifen, erstaunt eine Augenbraue hochzuziehen, da die erwartete beißende Erwiderung von seiten Tarrians ausblieb. Dann begriff er.

»Oh, es ist eine Frau, nicht wahr?« sagte er spöttisch. »Ich hab' schon gedacht, daß die Stimme irgendwie ungewöhnlich klang.«

»Es handelt sich tatsächlich um eine Dame«, erwiderte Tarrian mit Würde. »Sie fühlt sich sehr nett an. Und … Oh …«

»Was ist los?« wollte Antyr wissen, der es in der Dunkelheit plötzlich wieder mit der Angst zu tun bekam.

»Um sie ist eine große Traurigkeit«, antwortete Tarrian, dessen Stimme besorgt und ernst klang. »Und sie verschließt es in sich. Wie eine Festung.« Flüchtig spürte Antyr den Kummer, wie sein Gefährte ihn widerspiegelte. Doch wie kurz die Berührung auch war, ihre lebhafte Intensität war unmißverständlich. Es war Liebe. Unerwidert … aber sehr weiblich … geduldig … wartend … trotz des Schmerzes.

»Tut mir leid. Ich wollte nicht herumspionieren«, meldete sich Tarrian schuldbewußt zu Wort. »Ich habe lediglich meine Fühler ausgestreckt, und …«

Bevor Antyr ihn jedoch beruhigen konnte, wurde die Dunkelheit von einem Lichtstrahl aufgebrochen, der sich rasch vergrößerte und einen engen Steingang beleuchtete. Neben ihm stand eine Frau mit einer abgeblendeten Laterne in der Hand.

Als sie an ihm vorbeischritt, bekam Antyr für einen

Augenblick zwei dunkle, forschende Augen in einem feingeschnittenen Gesicht zu sehen, gerahmt von einem Kranz leicht gewellten Haars. Sie war eher gutaussehend als hübsch und mit Sicherheit keine Dienerin. Er wußte ihr Alter nicht zu schätzen, doch zu seinem nicht geringen Erstaunen fuhr ihm der Gedanke durch den Kopf: Selbst die Blende der Laterne ist geölt, damit alles still abläuft.

»Hier entlang bitte, Sir«, sagte die Frau. Und wieder, auch wenn sie freundlich klangen, hatten die Worte die leicht gelangweilte Lässigkeit langer Übung.

Tarrian folgte ihr auf dem Fuß. »Oh, das ist schon besser«, begeisterte er sich. Antyr starrte ihm alarmiert hinterher, bis er begriff, daß der Wolf wieder über seine Pfoten redete.

Ein Blick nach unten klärte ihn darüber auf, daß zwar die Wände des Gangs aus rauhem, unverziertem Stein bestanden, der Fußboden jedoch mit weichen, luxuriösen Teppichen bedeckt war, die das Geräusch ihrer Schritte völlig dämpften.

Alles ist Schweigen auf diesem Weg, dachte er.

Andere, weniger geheimnisvolle Dinge fielen ihm im Vorübergehen auf. In bestimmten Abständen wurde der Teppich von einer schmalen Kerbe unterbrochen, die quer über den Gang verlief. Diese Kerbe setzte sich über die Wände und die gewölbte Decke fort.

Fallgitter. Antyr grinste und rief sich die geringe Erfahrung ins Gedächtnis, die er hinsichtlich der Erstürmung solcher Burgen besaß. Sollte ein Feind durch die Tür eindringen, durch die er und Tarrian gerade hereingekommen waren, würde man ihn bis hierher kommen lassen, dann würden diese großen Gitter hinunterrasseln, womit die Angreifer am weiteren Vordringen gehindert und zur beliebigen nachmaligen Verwendung eingelagert würden.

Es mochten sich gut noch schlimmere Vorrichtungen hier befinden. Drehbare Steine, um den Unachtsamen in einen verschlossenen, fensterlosen Kerker zu schleudern oder – weit unangenehmer noch – unter selbigem Stein zu begraben. Ausfahrende Klingen mit einem so starken Gegengewicht, daß sie einen Mann mühelos in Zwei teilen oder seinen Kopf abschlagen konnten. Der Gedanke führte dazu, daß er seinen Kopf unwillkürlich einzog. Des weiteren mochte es an Sprungfedern befestigte Speere, herabfallende Steine …

Tarrians indignierte Stimme unterbrach seine grausige Aufzählung. »Willst du wohl damit aufhören und dich endlich darauf konzentrieren, was hier und jetzt abläuft?« giftete er ihn an.

»Entschuldigung, ich erinnerte mich nur gerade an bestimmte Dinge«, erwiderte Antyr.

»Nun, tu's besser nicht«, versetzte Tarrian schroff. »Nicht, solange dir bloß Menschliches einfällt.«

Eine Fortsetzung dieses Wortwechsels wurde dadurch verhindert, daß die Frau eine Tür am Ende des Gangs öffnete und die kleine Prozession zum Anhalten brachte, weil sie dazu gezwungen waren, eine Pause zu machen, um ihre Augen an das grelle Fackellicht zu gewöhnen, das ihnen hier entgegenstrahlte.

Sie hatten durch eine Seitentür einen anderen Gang betreten. Er erstreckte sich in beide Richtungen in eine unerleuchtete Düsternis, doch die Frau, die, wie Antyr erneut bemerkte, lautlos die Tür schloß und verriegelte, wies mit dem Kinn auf einen Türbogen gegenüber.

Durch diesen führte eine lange Steintreppe nach oben. Antyrs bereits müde Beine protestierten gegen die Aussicht auf einen erneuten Aufstieg, doch Tarrian und die Frau verschwanden schon außer Sicht und trieben ihn dadurch erbarmungslos weiter.

Der Rest ihrer Wanderung war, zumindest was Antyr anging, derjenigen der letzten Nacht bedauerlich ähnlich; ein unendliches Labyrinth von Korridoren und Treppen. Er unternahm einen eher symbolischen Versuch, sich den Weg zu merken, doch die drohende Zukunft und seine bleiernen Beine verurteilten ihn schon bald zum Scheitern.

»Folg einfach dem Teppich«, sagte Tarrian beiläufig und einigermaßen verzweifelt angesichts Antyrs mangelnder Beobachtungsgabe.

Schließlich fanden sie sich vor einer kleinen Tür in einem schwach erhellten Korridor wieder, der mit großen, gerahmten Bildern gesäumt war, die durch sorgfältig arrangierte Ansammlungen von Speeren und Schwertern und anderen Waffen aufgelockert wurden.

Doch trotz der Düsternis hatte der Korridor ein Flair großer Pracht, das sich Antyr unvermittelt mitteilte.

»Vergiß das Honorar nicht«, flüsterte Tarrian eindringlich, der dieselbe Empfindung verspürte.

Die Frau klopfte sanft an die Tür. Sie ging geräuschlos auf, und nach ein paar geflüsterten Worten mit jemandem im Innern trat sie beiseite und bedeutete Tarrian und Antyr mit einer Handbewegung, einzutreten.

Antyr fand sich in einem kleinen Vorzimmer wieder. Trotz seiner Größe war der Eindruck üppiger Prachtentfaltung, der in dem dunklen Korridor noch eher gebremst gewirkt hatte, hier überwältigend. Landschaftsgemälde an allen Wänden vermittelten Antyr vorübergehend das Gefühl, an einem strahlenden Sommertag mitten in der Natur zu stehen. Schlichte, auf Hochglanz polierte Regale trugen feine Schnitzwerke von Farmarbeitern. Die vier Sessel, die jede Ecke des Raums bewachten, hatten bestickte Rücken- und Sitzlehnen, die das Naturthema aufnahmen, und selbst der Teppich unter ihren Füßen fühlte sich wie eine weiche Sommerwiese an.

Das leise Klicken der sich hinter ihnen schließenden Tür brach den Bann, und Antyr wandte sich zu der Frau um. Doch sie war fort. Ein Bild, wie sie still und leise in der samtpfotigen Dunkelheit draußen verschwand, stieg in ihm hoch; er erkannte, daß es sich um Tarrians Vorstellung handelte, dem es immer noch nicht ganz gelang, ihren Schmerz zu verdrängen.

An ihrer Statt stand ihnen ein großer, muskulöser Mann mit langem schwarzen Haar und einem schwarzen Bart gegenüber. Er strahlte eine Macht und Bedrohlichkeit aus, die in völligem Widerspruch zu der sanften, pastoralen Stille des kleinen Gemachs stand, das er nun mit seiner Gegenwart beherrschte. Und er blickte Antyr geradewegs und intensiv an.

Menedrion. Antyr brauchte keine offizielle Vorstellung. Wie bei dem Herzog und Ciarll Feranc ließ die Gegenwart dieses Mannes den Eindruck aller vorherigen, fernen Begegnungen verblassen, entlarvte sie angesichts der grimmigen Wirklichkeit als bloße Schatten.

»Nicht wie sein Vater«, sagte Tarrian, dessen Stimme ganz leise war, auch wenn nur Antyr ihn hören konnte. »Weniger selbstsicher. Weniger diszipliniert. Sieh dich vor.«

Keine beruhigende Feststellung, aber eine, die mit Antyrs eigenem Urteil übereinstimmte. Seltsamerweise jedoch verstörte ihn Menedrion nicht sosehr wie die seltsam bedrohliche Gegenwart Ciarll Ferancs oder die wahrhaft massive Präsenz des Herzogs. Dieser Mann gab sich eher wie ein flegelhafter Offizier, und Antyr war schon genügend Menschen von dieser Sorte begegnet, um recht gut mit ihnen fertig zu werden, falls es erforderlich sein sollte.

»Spiel den zahmen Wolf«, befahl er seinem Gefährten, um dann die Hacken zusammenzuschlagen und Haltung anzunehmen.

Ein kurzfristiger Hauch amüsierten Staunens überkam ihn aus Tarrians Richtung, doch fast augenblicklich verschwand dieses Gefühl und wurde durch ernsthafte Zustimmung ersetzt. »Tut mir leid. Du kennst dich bei deinen Leuten sicher besser aus«, erreichte ihn ein schwaches Echo.

Auch Menedrion hatte ganz offensichtlich eine solche Reaktion nicht erwartet, ja, sie schien ihn sogar leicht aus der Fassung zu bringen.

»Exerzier- oder Schlachtfeld, Traumfinder«, stieß er schroff hervor, ohne ihn anzusehen, während er auf eine gegenüberliegende Tür zuschritt.

»Beides, Sir«, erzählte Antyr seinem sich entfernenden Rücken. »Ich stand in der ersten Kampflinie bei Herion ...«

»Kommt rein, Mann«, ertönte ein gereizter Befehl. »Laßt uns diese Sache hinter uns bringen.«

Gehorsam durchmaß Antyr den Vorraum und lugte mit absichtsvollem Zögern durch die offene Tür.

Der Raum war eine noch verschwenderischere Version des Vorzimmers, doch der Raumschmuck war in diesen großen

Dimensionen zu einer grellen Protzigkeit verkommen. Unter anderen Umständen hätte er einen ätzenden Kommentar Tarrians von wegen schlechtem Geschmack erwartet, doch sein Gefährte schwieg. Er studierte ihren neuen Kunden.

Menedrion fläzte sich in einen gewaltigen Sessel. Obwohl seine Tunika und Hosen größtenteils in einem dunklen Grün gehalten waren, ließen ihn sein Haar und sein Bart in Verbindung mit seinem finsteren Gesicht und der zusammengekrümmten Haltung wie eine riesige schwarze Spinne aussehen, die geduldig im Zentrum ihres Netzes lauerte.

Antyr trat diskret ein.

»Herion, äh«, sagte Menedrion, schürzte die Lippen und nickte versonnen. »Harter Tag.«

»Ja, Sir«, erwiderte Antyr.

»Ihr habt euch gut gehalten«, fuhr Menedrion unerwartet fort und winkte ihn zu sich. »Habt ihre Kavallerieformation aufgebrochen und mir die Möglichkeit gegeben, sie zu erledigen.«

Antyrs Gedanken waren zweideutig, und er schämte sich dessen nicht. Menedrions Schwadron war in die aufgebrochenen Reihen der Bethlarii-Infanterie gestürmt, während sie noch versuchten, sich nach ihrem erfolglosen Angriff neu zu formieren, und dann war Antyrs wesentlich kleinere Schwadron aus ihrer Deckung im Wald geprescht und hatte die ungeschützte Flanke der Bethlarii-Infanterie aufgerollt, wodurch er sie vollends vernichtet hatte.

Die überwältigende Erleichterung, die er damals empfunden hatte, blieb ihm auch jetzt im Gedächtnis haften, doch war sie nun mit Scham durchsetzt, einer Scham, die im Laufe der Zeit zu wachsen schien, als er sich nun auch an seinen Jubel erinnerte, während er inmitten der stillen, festen Reihen gestanden und zugesehen hatte, wie die Kavallerie die feindlichen Fußsoldaten verfolgt und die Besiegten niedergemetzelt hatte.

Daß dasselbe Schicksal ihn und seine Kameraden ereilt hätte, wenn sie nicht ihre Stellung behauptet hätten, war ihm im Angesicht des qualvollen Wahnsinns der damaligen Geschehnisse nur ein geringer Trost. Was einmal eine vor feindlichen Piken und Schilden strotzende Schlachtlinie gewesen war, die ihre Herausforderung und ihre Kampfeswut in den brodelnden blauen Himmel emporgeschmettert hatte, war eine fliehende Horde von Söhnen, Brüdern, Liebenden, Ehemännern geworden …

»Ja, Sir«, sagte er und untersagte sich weitere Erinnerungen.

»Was ist mir dem Wolf los?« fragte Menedrion kurz angebunden.

Antyr blickte nach unten. Tarrians Ohren waren flach zurückgelegt, sein Schwanz war zwischen die Beine geklemmt. Die lebhaften, intimen Erinnerungen an die Schlacht waren auch zu ihm hinübergedrungen, hatten ihn überwältigt.

»Er wird bei Fremden leicht nervös«, erwiderte Antyr, kniete sich nieder und legte den Arm um das Tier. »Verzeih mir«, sagte er insgeheim zu dem Wolf. »Ist alles wieder in Ordnung?«

Die Frage erübrigte sich, denn er wußte, daß Tarrians Reaktion in eben dem Augenblick verschwinden würde, in dem auch seine eigene emotionale Antwort auf die Schlachtenerinnerung vorbei wäre.

Menedrion nickte. »Gut«, erklärte er. »Er ist ein machtvoll wirkendes Tier. Es kann nicht schaden, wenn er weiß, wer hier der Herr ist.«

»Jawohl, Sir«, Antyrs Kasernenhofreflexe setzten ganz automatisch ein.

Tarrian legte sich nieder und schloß die Augen. Antyr blieb an seiner Seite.

Menedrion zupfte kurz an seinem Bart herum und ließ seine Blicke eine Weile verlegen im Raum umherschweifen.

»Ich persönlich habe nur wenig Zeit für solchen Unsinn«, setzte er an. »Aber …« Er unterbrach sich, um es dann auf eine andere Weise zu versuchen. »Ihr seid mir in den höchsten Tönen empfohlen worden«, meinte er schließlich. »Ihr gebt Euch besser Mühe. Ich warne Euch, ich kenne euch Gildenleute. Ich kann einen Scharlatan auf Meilen riechen, egal, welchen Beruf er hat.« Er richtete seinen Finger auf Antyr.

»Und denkt nicht, nur weil ich der bin, der ich bin, könntet Ihr Eure Gebühren einfach verdoppeln.«

»Verstehe, Sir«, antwortete Antyr und bemühte sich, seine Stimme neutral zu halten, obwohl er versucht war, sich leicht gekränkt zu fühlen. »Die Gilde hat eine Gebührenliste, die Ihr ...«

Menedrion brachte ihn mit einer Handbewegung zum Schweigen. »Mein Schatzmeister wird sich um diese Dinge kümmern«, erklärte er gereizt. »Ihr sagt mir einfach, was Ihr tun werdet, und dann bringen wir es hinter uns.«

»Ich bin Traumfinder, Sir«, entgegnete Antyr, der nicht umhin konnte, ein wenig Erstaunen in seiner Stimme anklingen zu lassen. »Ich ... finde Eure Träume und ... führe Euch durch sie hindurch ...«

»Das weiß ich auch!« erwiderte Menedrion scharf. »Darum seid Ihr ja hier. Aber was *tut* Ihr? Wollt Ihr, daß ich einschlafe oder was, denn dann müßt Ihr verteufelt lange warten.«

»O nein, Sir«, beeilte sich Antyr zu versichern, lockerte sich ein wenig und begann, ohne daß er es bemerkte, die Führung dieser kraftvollen Persönlichkeit zu übernehmen. »Mein Gefährte und ich brauchen ein wenig Zeit zur Vorbereitung, aber wenn wir damit fertig sind, müßt Ihr es Euch lediglich bequem machen, mir Eure Hand geben und Eure Augen schließen. Wir können es auch ein andermal versuchen, falls es Euch jetzt nicht genehm ist.«

»Das ist alles?«

»Das ist alles, Sir«, bestätigte ihm Antyr.

»Wie lange wird es dauern, Euch vorzubereiten.?«

Antyr wollte gerade sagen: »Ein paar Minuten nur, Sir«, als ein entsetzter Gedanke von Tarrian ihn zu Boden blicken ließ. Die Augen des Wolfs sprangen jäh auf, gelb und funkelnd. Kurzfristig erhaschte Antyr einen Blick auf sich selbst, als Tarrian ihm das Bild seiner nachtschwarzen Augenhöhlen übermittelte, die seine Bereitschaft signalisierten, mit der Suche zu beginnen.

So *schnell,* dachten sie beide gleichzeitig.

Mit gesenktem Blick sagte Antyr: »Wir sind nun bereit, Sir, wenn Ihr mit der Suche zu beginnen wünscht.«

Menedrion antwortete mit einem Fingerschnippen. Geräuschlos tauchte eine Wache hinter einem gewaltigen Wandbehang auf. Antyr schreckte angesichts dieses jähen Auftritts zusammen, blieb jedoch gebückt neben Tarrian knien. Der Mann sah ihn ungerührt an, während er zu einem Sessel in der Nähe schritt, den Menedrion ihm anwies, doch seine Augen huschten schnell zur Seite, als Antyr aufsah und seinem Blick begegnete.

Menedrions Reaktion war heftiger; er sog scharf den Atem ein, und ein Anfall unverhüllter Furcht glitt kurz über seine Züge.

»Er ist abergläubisch«, sagte Tarrian eindringlich. »Sag schnell etwas. Er weiß, daß er Furcht gezeigt hat, und wenn wir nicht aufpassen, wandelt sich dies bald in Zorn.«

»Ich wollte gerade fragen, ob Ihr irgend etwas in der Nähe haben wollt, Sir«, erklärte Antyr ruhig, wandte sich von Menedrion ab und erhob sich. »Meiner Erfahrung nach ist die Anwesenheit von jemandem, dem der Träumer vertraut, unendlich wohltuend, und Eure Leibwache ist geradezu ideal.« Dann, nüchterner: »Darf ich diesen Sessel benutzen, Sir? Ich fürchte, es ist in letzter Zeit etwas zu unbequem für mich geworden, mich zu knien.«

»Ja, ja«, erwiderte Menedrion mit einem erneuten Abwinken. »Setzt Euch, wohin Ihr wollt.« Er ließ sich tiefer in den Sessel zurückfallen, steif und linkisch, und schloß seine Augen, während Antyr den Stuhl heranzog und vor ihn rückte.

»Würdet Ihr mir wohl Eure Hand reichen, Sir?« bat Antyr und zog den Sessel noch näher heran, um dann dem Leibwächter seine geöffneten, leeren Hände zu zeigen. Jäh zuckte Menedrions Pranke vor, wobei er Antyr um ein Haar geschlagen hätte; der Leibwächter lächelte leicht über Antyrs kurzes Unbehagen.

Er nahm Menedrions Hand in seine Rechte, zeigte seine leere linke Hand noch einmal seinem Aufpasser und fuhr dann sanft mit ihr über Menedrions geschlossene Augen.

»Schlafe wohl«, sagte er leise. »Was auch geschieht, nichts

kann dir schaden. Träume sind nur Schatten, und du wirst auf allen Wegen von einer großen und uralten Macht beschützt.«

Menedrion stolperte eher in den Schlaf, als daß er sachte hinüberglitt. Seine ganze Gestalt sackte plötzlich in dem Sessel zusammen, sein starrer Atem erschlaffte, sein Kopf kippte nach vorn. Alarmiert von diesem jähen Zusammenbruch, sprang seine Leibwache auf, doch Antyr hielt ihn mit einer sachte erhobenen Hand zurück.

»Er schläft nur«, erklärte er. »Seht Euch seine Atmung an. Legt einfach seinen Kopf zurück und ein Kissen darunter, um es ihm bequem zu machen.«

Trotz seiner sanften Redeweise hatte Antyrs Gebaren etwas Befehlsgewohntes, das den Leibwächter seine Kindermädchenrolle ohne Murren akzeptieren ließ.

»Habt Ihr schon zuvor einmal eine Traumsuche gesehen?« fragte Antyr, dessen Stimme schwächer wurde.

Der Mann schüttelte seinen Kopf, vermied immer noch Antyrs Blick.

»Sehr gut«, sagte Antyr. »Es ist wahrhaft nichts Aufregendes, aber macht Euch keine Sorgen, wenn entweder der Lord oder ich seltsame Dinge sagen oder Tarrian winselt oder knurrt. Und mischt Euch weder selbst ein noch laßt zu, daß sich jemand anders mit Ausnahme eines zweiten Traumfinders einmischt. Und vor allem: *Faßt mich nicht an.* Falls Ihr das tut, wird der Wolf Euch angreifen, und es ist unwahrscheinlich, daß ich noch rechtzeitig aufwachen werde, um Euch zu retten. Habt Ihr mich verstanden?«

Der Mann nickte und murmelte ein unsicheres: »Ja, Sir.«

Zufrieden mit seiner Antwort, folgte Antyr Menedrion in die Dunkelheit, obwohl er, was ihn ein wenig beunruhigte, das Gefühl hatte, hinter ihm hergezogen zu werden und fast unkontrolliert zu fallen.

Für einen flüchtigen Augenblick nur schien er jenen Moment der dunklen Stille zu berühren, und doch war es gleichzeitig eine langsame Ewigkeit, und sein Bewußtsein war zugleich schärfer und unwirklicher, als er es jemals erfahren hatte.

Und auch die schimmernden Lichter und Geräusche, die plötzlich erschienen und doch auch schon immer dagewesen waren, wirkten lebendiger und kräftiger als zuvor, wirbelten und tauchten um ihn herum; tanzten wilde, formlose Tänze, sangen wortlose, gebrochene Lieder; nah und doch auch so fern.

Dann war er wieder ganz und am Nexus von Menedrions Träumen, im Herzen jener Myriade von Bildern, die von den Rändern aller Träume hereinsickerten, die dieser je in seinem Leben geträumt hatte. Sie bildeten die Einfallstore für jene, die sie zu finden vermochten.

Doch nur der Gefährte, der Erdhalter, besaß diese Fähigkeit. Hier mußte Tarrian führen und Antyr folgen.

Dann erkannte Antyr, daß Tarrian nicht an seiner Seite war. Einen kurzen Augenblick verschwamm sein Halt im Nexus, und sein Herz krampfte sich zusammen, während ein erstickungsartiger Panikanfall Besitz von ihm ergriff. Doch noch bevor sein Herz einen zweiten Schlag tun konnte, war der Wolf da; unsichtbar, aber vollständig und stark.

»So schnell, so schnell.« Tarrian war außer Atem und, für einen kurzen Moment, völlig verwirrt. »Was ist geschehen? ... Macht nichts ... Halt dich bei mir ... Halt dich fest ... Ich hab' dich um ein Haar verloren ... Du bist weggetrudelt, in die Ferne ... Allein ... Unglaublich ...« Er wurde ruhiger. »Deine Gabe erwacht, Antyr, sie fegt alles hinweg. Gib acht, ich fürchte, du kannst dorthin gehen, wohin ich dir nicht zu folgen vermag. Ich halte die Erde hier fest, solide und wirklich, doch du mußt mich festhalten, um unserer beider willen. Halt dich ganz fest an mir. Verstehst du mich?«

»Ja«, erwiderte Antyr zögernd, während unzählige Fragen durch seine Gedanken schossen, die er nur unter Mühen beiseite schieben konnte. »Und nein, denn meine Kontrolle ist ganz unsicher. Was sollen wir tun? Weitergehen oder uns zurückziehen?«

Der Zweifel hing zwischen ihnen.

»Das ist nicht meine Entscheidung, Traumfinder«, antwortete Tarrian nach kurzem Zögern. »Das weißt du. Falls es dir hilft: Menedrion macht das hier auf Anraten seiner Mutter, wegen eines merkwürdigen Traums, den er gehabt hat. Dieser Traum hat ihn zutiefst verstört, aber gleichzeitig fürchtet er auch, sich lächerlich zu machen, indem er dich zu Rate zieht.«

Zweifel.

Sich nun zurückzuziehen würde bedeuten, sich den Zorn des Herzogssohns zuzuziehen, er, der sich in dieses lachhafte, ja sogar demütigende Schauspiel hatte treiben lassen – etwas für Krämerfrauen –, nur um dann von diesem Scharlatan gesagt zu bekommen, daß er heute nicht richtig disponiert sei, um seine Aufgabe zu erledigen!

Doch wie furchterregend diese Konsequenzen sich auch darstellen mochten, Antyr schwankte immer noch. Er war schon zuvor geschlagen und erniedrigt worden, und er hatte es überlebt; in den manchmal ein wenig zu realistischen Kriegsspielchen, die Teil seiner soldatischen Ausbildung gewesen waren; durch Diebe und Halbstarkenbanden, wenn er abends zu spät nach Hause getorkelt war; in betrunkenen Schlägereien in verschiedenen Kneipen. Die Furcht davor durfte ihn nicht davon abhalten, einen Rückzieher zu machen, wenn allen drei Beteiligten eine weit größere Gefahr drohte.

Doch welche Gefahr mochte in einem Traum liegen? Keine. Gewiß doch – du wirst auf allen Wegen von einer großen und uralten Macht beschützt –, jenes altehrwürdige Versprechen. Doch die gespenstische Präsenz aus dem Traum des Herzogs kam ihm wieder in den Sinn. Und die Kapuzengestalt mit der Laterne.

Und dennoch war auch hier Schmerz. Schmerz, mit dem Menedrions unzweifelhafter Mut nicht fertig wurde. Das mußte ihm Tarrian nicht erst sagen.

Menedrions Verlegenheit war Beweis genug für die Not dieses Mannes.

Plötzlich wurden ihm die Beweggründe dieses Mannes wichtig. Das Gefühl wuchs in ihm, daß, welche Entscheidung er auch immer treffen mochte, der Grund wichtiger wäre als die Entscheidung selbst.

Und kaum war er zu dieser Einsicht gelangt, als er auch

schon erkannte, daß er weitergehen mußte. Nicht, weil er Angst vor Menedrions Zorn hatte – obwohl auch das keine angenehme Aussicht war –, ja, nicht einmal, weil er spürte, daß ein solcher Rückschlag ihn auf immer zu Verbitterung und Erbärmlichkeit verurteilen würde. Nein, wegen Menedrions Schmerz. Das war es, wozu die seltsame Gabe des Traumfindens da war. Rückzug wäre nicht nur eine Niederlage, es wäre Verrat.

Trotz der Klarheit seiner Vision wußte er jedoch, daß er nicht völlig Herr der Ereignisse war, daß die Umstände in gewisser Weise seine Taten für ihn formten, ihn vorwärts trugen. Mit Sicherheit wußte er, daß er seine Entscheidung nicht rational begründen konnte; Verrat von was oder wem zum Beispiel? Und tatsächlich, im Kielwasser seiner Verpflichtung trieben nun eher selbstsüchtige Gründe an die Oberfläche, die seinem Altruismus Hohn sprachen. Neugier; was widerfuhr ihm da? Was konnte der Sohn des Herzogs von Serenstad nur geträumt haben, was ihn so verstört hatte? Und Angst; was auch immer die Vision von der Kapuzengestalt mit der Lampe gewesen sein mochte, die ihn dem Schutz seines Erdhalters entrissen hatte, er wußte, daß er, koste es, was es wolle, standhalten mußte – und daß sich loszureißen und zu fliehen sowohl Verfolgung als auch Gefangenschaft nach sich ziehen würden ... und Vernichtung ...?

Plötzlich war ihm eine Last von den Schultern genommen, und er blickte in den schimmernden und wirbelnden Nexus, der mit schwarzen und roten Nebelschwaden gestreift war wie der Sonnenuntergang über einem Schlachtfeld, widerhallend vom schrillen Klappern schreiender Männer und Rösser, lachender Frauen, zusammenprallender Arme und klirrender Pokale.

Hier war er, der Traumfinder, Meister und Herr. Niemand konnte das leugnen. Niemand durfte sich ihm ungestraft entgegenstellen.

»Adept.«

Das Wort nahm irgendwo Gestalt an, nachgiebig, vergänglich; ein zufälliges Muster in dem Lärm.

Er streckte die Hand nach unten und ertastete die machtvolle Gegenwart Tarrians.

Eine zeitlose Unterbrechung setzte ein, dann, sachte, doch mit der Zielstrebigkeit eines zischenden Pfeils, sagte er: »Geh, Jäger. Finde, was gefunden werden muß. Geh!«

KAPITEL 14

Tarrian sprang vorwärts wie der Bolzen eines großen Belagerungskatapults. Eine massive, unaufhaltsame Bewegung. Die Farben und Laute des Nexus flossen an ihnen vorbei, durch sie hindurch, legten sich in Schichten und teilten sich wieder, verschwammen mit dem Tempo ihrer Reise und blieben doch reglos und klar, wie es die Natur der Dinge ist, welche am Rand der Träume hausen.

Die Farben intensivierten sich, die Geräusche wurden lauter. Antyr, von seinem Gefährten fortgezogen, holte einmal tief Luft, als ihr taumelnder Schritt schneller wurde.

»Was geschieht da?« fragte er, und obwohl er erregt war, verspürte er doch keinerlei Angst.

»Wir suchen den Nexus«, beschied ihn Tarrian, und seine Stimme erbebte unter der hämmernden Wildheit seiner Schritte.

»Nein. So niemals!« rief Antyr.

»Nein. So niemals«, bestätigte ihm Tarrian. »Ich sehe klarer, höre klarer. Die Gerüche ... diese Gerüche ...« Seine Stimme verebbte, und Antyr wurde überwältigt von den Düften zahlloser Gräser und Bäume, Blumen und Vögel, Insekten und Tiere, die sich vermischten und doch getrennt waren, reich und doch fein; und jeder mit seiner ganz eigenen, verständlichen Geschichte, so klar wie die Visionen und Geräusche um ihn, obgleich sie in einer seltsamen, fremden Sprache erzählt wurden.

Doch es war vorüber, noch bevor er mitbekam, um was es

wirklich ging, obwohl die Erinnerung daran in seinem ganzen Körper haften blieb wie das Abbild der Sonne hinter plötzlich geschlossenen Lidern.

Tarrian hatte ihn tief in sein Wolfswesen mitgenommen, etwas, das er nie zuvor auch nur versucht hatte, das er vielleicht nie gewünscht hatte – bis jetzt – und am wenigsten, wenn er den Nexus suchte.

Die Reise dauerte an, zeitlos und ewig, und still schwiegen die beiden Reisenden. Von ehrfürchtiger Scheu erfüllt: Antyr; auf der Jagd: Tarrian – auf der Jagd nach etwas, das nur seine Wolfsnatur kennen konnte.

Farben und Laute.

»Was geschieht da mit uns?« fragte Antyr erneut, obwohl es dieses Mal eine andere Frage war.

»Ich weiß es nicht«, antwortete Tarrian. »Doch es ist deine Schöpfung, niemandes sonst. *Sei* einfach, sei und vertraue.«

Farben und Laute.

»Du bist mehr, als du zu sein scheinst«, sagte Tarrian. »Und du wirst geleitet von einer großen und uralten Macht.«

»Beschützt«, verbesserte ihn Antyr.

»Geleitet«, wiederholte Tarrian.

»Ich weiß nicht ...«

Jäh verstummten sie wieder, obwohl der Nexus immer noch um sie sang und toste. Farben und Laute.

»Psst«, zischte Tarrian. »Wir sind da. Wir sind da. Ja. Dies ist der Ort. Das Tor, das wir suchen. Menedrions Wahl.« Antyr konnte spüren, wie der Wolf seine vielen Sinne prüfte. Dann kam der Zweifel.

Antyr ließ den Blick in die Runde schweifen. Er war immer noch er selbst, immer noch im Nexus, obwohl er nun dämmriger und leiser war, als habe sich ein dicker Vorhang über ihn gesenkt.

»Was ist los?« fragte er. »Das ist doch vorher nie passiert. Warum bin ich nicht in dem Traum?«

Ein leises, grollendes Knurren stieg aus Tarrians Kehle auf. »Das Tor ist eigenartig«, sagte er.

Antyr fühlte das Wort um sich schimmern und widerhallen. »Was meinst du damit, eigenartig?« verlangte er besorgt zu wissen.

»Falsch ... gespannt ... verzerrt ...« Tarrian gab es auf. »Ich habe einfach nicht die angemessenen Worte dafür«, gestand er. Und dann, fast augenblicklich darauf: »Es ist nicht seines, ist nicht Menedrions ... jedenfalls nicht ganz ... es führt darüber hinaus ...«

Antyr spürte, wie ein kalter Wind um ihn blies. Ein Wind, der über eine gewaltige Ebene gefegt war und eine uralte Eiseskälte aus dem Land gesogen hatte.

Dann war er allein, starrte angestrengt in die bittere Dunkelheit. Er konnte eine unförmige Gestalt vor sich erkennen. Verschwommen, wie sie war, war sie doch unmißverständlich Menedrion ...?

In der Sekunde, in der der Gedanke in seinem Geist Gestalt annahm, war er auch schon wieder bei Tarrian in jenem merkwürdigen, gedämpften Teil des Nexus, in dem der Wolf sie beide festhielt.

»Du wirst beschützt von einer großen und uralten Macht.« Die Worte fuhren ihm ungerufen und unerwartet durch den Kopf, und er murmelte sie fast verzweifelt vor sich hin – wie ein Gebet um Erlösung.

Dann wandte er sich an Tarrian, und seine Stimme krächzte vor plötzlicher Hysterie: »Was ist geschehen? Was in Teufels Namen ist geschehen? Das war doch Menedrion. Wie kann ich in dem Traum und doch nicht der Träumer sein?«

Der Nexus wirbelte und knisterte, und Tarrians Erwiderung klang wie von ferne. Und angsterfüllt. »Du bist mir entglitten«, sagte er mit bebender Stimme. »Nein. Du bist von mir gezogen worden. Oder du hast mich verlasen. Durch das Tor ... die Tore.«

Antyr streckte die Hand aus und spürte die machtvolle Präsenz seines Gefährten. Der Wolf zitterte. Irgendwie gelang es ihm, Ruhe und Gelassenheit vorzutäuschen. »Was siehst du, Tarrian?« fragte er. »Was ... spürst du? Beschreibe es mir, wie unpassend dir die Worte auch erscheinen mögen.«

Tarrian winselte. Antyr preßte die unsichtbare Gestalt des Wolfes fest an sich.

»Was siehst du?« fragte er ein zweites Mahl.

»Tore in Toren«, erwiderte Tarrian, als starre er eindringlich auf irgend etwas. »Wege in Wegen. Einen Riß im Gewebe des Nexus. Eine Belagerungsarmee ... nein, das ist sein Bild ... glaube ich. Eine Macht von jenseits der Grenzen. Ein Jäger. Ah ...!«

Tarrians Stimme wurde zu einem Schrei des Schreckens und Entsetzens. »Das ist nicht der Traum! Das ist *jetzt. Wir stehen am Tor eines Traums, den ein anderer träumt!«*

»Nein. Das ist nicht mög...«, begann Antyr, während Panik in ihm aufkeimte. Doch bevor er seinen Satz beenden konnte, stieß Tarrian ein gewaltiges Geheul aus, ein Geheul, das in hohem Bogen emporstieg und den Nexus erfaßte. Und während es noch im Aufsteigen begriffen war, wurde es eines anderen Stimme. Die Stimme Menedrions. Eine Stimme, die tönte vor Herausforderung und Furcht.

Antyrs Geist schrie protestierend auf angesichts der Geschehnisse, die sich um ihn entwickelten. Sie lagen jenseits all seiner Erfahrung. Jenseits aller Logik und aller Vernunft, welche die Kunst der Traumfinder aufrechterhielt. Trotz Tarrians Gegenwart fühlte er sich verloren und allein in einem Mahlstrom des Wahnsinns. Einem Mahlstrom, den er auf irgendeine Weise freigesetzt hatte, den er unter Kontrolle bekommen mußte. Doch wie?

Während seine Gedanken sich noch im Kreis drehten und verzagten, löste sich indes ein anderer Teil seines Selbst und folgte dem Schrei des Wolfs.

Und dann war er wieder bei Menedrion, der als formloser Umriß in der kalten Finsternis hockte. Zu seinem großen Schreck war Tarrian nicht dort, doch Antyr weigerte sich einfach, die lähmenden Gedanken zuzulassen, die seinen Geist verrückt machten: Dies ist unmöglich! Wie auf dem Schlachtfeld konnte nur das sofortige Akzeptieren der Wirklichkeit ihm oder Menedrion helfen, wie merkwürdig sie ihm auch erscheinen mochte.

Und Menedrion brauchte Hilfe. Er wurde heimgesucht,

belagert. Unbewaffnet kauerte er da, die Hände zu Fäusten geballt, Augen und Zähne bösartig funkelnd, selbst in dieser Düsternis. Wild wirbelte er herum, während finstere Schemen von allen Seiten auf ihn eindrangen.

Antyr vermochte das Wesen seiner Feinde nicht zu durchschauen, doch er konnte riechen, wie ihre gierige Vorfreude langsam Oberhand über ihr Zaudern gewann, und er konnte ihren gräßlichen Hunger fühlen. Ein Laut wie Winterwind, der durch klapperndes Röhricht fegt, erfüllte die Luft.

»Ich bin bei Euch, Lord«, sagte er sanft, sammelte seine Stimme aus unbekannten Gefilden, als sei Menedrion nichts als ein leicht erregbarer Kunde, der sich einem unangenehmen Alp gegenübersah. »Habt keine Furcht, denn dies sind nur die Geschöpfe jener Furcht. Ich bin gekommen, um sie zu vertreiben und Euch sicher wieder ins Licht zurückzuführen.«

Antyr wußte um die Lüge in seinen Worten, doch er wußte auch, daß ihn Menedrions finsterer Schlachtengrimm zum Untergang verurteilen würde, bliebe er hier.

Er richtete sich hoch auf und blickte auf die düstere, immer näher rückende Horde. Er hatte das seltsame Gefühl, daß in ihm ein flackerndes Licht wohne, das ihn am Leben erhalten würde, wenn er es nur zu nutzen wüßte. Und in der Tat, als seine nachtschwarzen Augen über die herandrängenden Gestalten schweiften, zögerten sie.

»Wer wagt es, meinen Schutzbefohlenen anzugreifen?« hörte er sich sagen, doch seine Stimme war nicht mehr sanft. Sie war tief wie Donner und schien sich wie eine gewaltige Woge in der Dunkelheit zu verbreiten, um den Lärm von Menedrions Feinden vor sich her zu treiben.

»Wer?« hörte er sich wiederholen, doch mit drohender Lautstärke nun.

Jäh ergriffen die wirbelnden Schatten die Flucht, verschwanden in die ferne, noch tiefere Dunkelheit.

Nur eine Gestalt blieb zurück. Eine Gestalt, die fester war als der Rest.

Sie zischte und wiegte sich und griff nach Menedrion, mit Händen wie Klauen. »Er gehört mir«, sagte sie, und die

Stimme schnitt durch die Luft wie Glasscherben. »Er wird ein Teil sein von ...«

Antyr fühlte Tarrian neben sich.

»Zieht Euch zurück, Lord«, sagte Antyr, immer noch gelassen, und seine Stimme war eine Mischung aus seiner eigenen und der Tarrians. »Folgt dem Wolf. Meine Macht wird Euch den Rücken decken wie ein Schild. Zieht Euch zurück.«

Dann waren sowohl Tarrian als auch Menedrion fort, und Antyr blieb allein in der Finsternis, allein mit der suchenden, tastenden Gestalt. Sie stieß ein markerschütterndes Zischen aus, ein Zischen der Wut und der Enttäuschung, und wandte sich Antyr zu. Kurzfristig verspürte er den Hauch jenes uralten Hasses, den er gespürt hatte, als die Kapuzengestalt ihn in der letzten Nacht aufgesucht hatte. Dann auf einen Schlag, fühlte er ... Erkennen ... und der Haß wurde zu einer überwältigenden Lust. Ihre verderbte Bosheit weckte Ekel und Abscheu in Antyr, und er riß die Arme hoch, als wolle er sich vor dem Ansturm schützen.

Die Gestalt zögerte.

Ohne zu wissen, was er tat, streckte Antyr seine Hände nach oben und trieb sie in die Dunkelheit. Und dann, mit einem gewaltigen Schrei, riß er ihr Gewebe auf.

Licht flutete auf ihn hernieder wie ein donnernder Katarakt, und einen zeitlosen Augenblick lang spürte er, wie er körperlich emporgehoben und unkontrollierbar durch die Luft gefegt wurde.

Dann fiel er ... fiel ...fiel ...

Mit einem mächtigen Schrei erwachte Menedrion, gerade in dem Moment, als Antyr rückwärts über seinen Sessel stürzte und der Länge nach auf den prachtvollen Teppich fiel.

Während er noch um sich schlug, um wieder zu sich zu kommen, war Tarrian auch schon an seiner Seite. Seine blitzenden gelben Augen bohrten sich forschend in die Antyrs. In der Spanne eines Herzschlages sah der Traumfinder mehrere Bilder seiner selbst mit jenen Tarrians abwechseln, während der Wolf in ihn drang und ihn wieder verließ – fast hysterisch – und sich nochmals zu vergewissern suchte.

»Genug«, gelang es ihm zu sagen, während er sich mühsam auf die Knie stemmte und auf der Suche nach gegenseitiger Unterstützung und Trost die Arme um das Tier schlang. »Genug. Wir sind zurück. Wir sind ...«

Er schwieg, als er sich Menedrions Anwesenheit bewußt wurde, der neben ihnen stand, den Kopf in die Hände vergraben hatte und bedrohlich schwankte.

»Lord!« schrie Antyr und rappelte sich taumelnd auf. »Wir sind jetzt in Sicherheit ...«

Als er jedoch auf ihn zu trat, stellte sich ihm der Leibwächter mit bleichem Antlitz und weit aufgerissenen Augen in den Weg. Er richtete ein zitterndes Messer auf Antyrs Kehle.

Antyr hob in einer beschwichtigenden Geste die Hände, doch noch während er das tat, bemerkte er, wie die Blickrichtung des Leibwächters sich änderte, und im Augenwinkel sah er Tarrian, dessen gelbe Augen wild blitzten, dessen Haar sich funkenstiebend aufgestellt hatte, dessen Oberlippe sich zurückzog und seine massiven Zähne in ihrer fleischzerreißenden Gänze entblößte.

»Legt das Messer nieder, um Himmels willen!« schrie Antyr entsetzt. »Sofort! Tarrian wird Euch töten, wenn Ihr es nicht auf der Stelle tut, und ich bin nicht in der Lage, ihn aufzuhalten.«

Die Leibwache zögerte, und Antyr spürte, wie Tarrian zum Sprung ansetzte. Vor lauter Verzweiflung hieb er wild auf die Hand des Mannes ein, bevor der Wolf seine unvermeidliche Attacke einleiten konnte. Vorübergehend durch Tarrian abgelenkt, war der Leibwächter nicht auf die Plötzlichkeit von Antyrs Angriff vorbereitet, so daß ihm das Messer aus der Hand geschlagen wurde. Es drehte sich, funkelte in dem hellen Lampenlicht und fiel dann ein paar Schritte entfernt lautlos auf den grünen Rasenteppich.

»Nein!« brüllte Antyr, sowohl zu Tarrian als auch zu dem Leibwächter, wich rasch zurück und streckte seine leeren Hände mit einer hilflosen Geste vor sich aus. Dann flehte er den Leibwächter an: »Bewegt Euch nicht. Bitte. Bedroht mich nicht. Der Lord ist in Sicherheit, und wenn Tarrian sieht, daß mir nichts geschieht, geschieht auch Euch nichts.«

Der verdutzte Mann sah von Antyr zu Tarrian und dann

wieder zurück zu seinem Herrn. Obwohl sich Menedrion offensichtlich immer noch in einem benommenen Zustand befand, war er wieder etwas sicherer auf den Beinen geworden, und sein Blick begann sich langsam zu klären.

»Dann bleib ihm vom Leib, Traumfinder, und uns allen wird nichts geschehen«, ließ sich der Leibwächter vernehmen, der sich nun wieder etwas gefaßt hatte. Seine Stimme war unsicher, aber entschlossen. Wieder blickte er zu Menedrion hinüber. »Sir. Geht es Euch gut?« fragte er eindringlich. »Was haben sie Euch angetan? Was ist geschehen? Die Laute, die Ihr von Euch gegeben habt, waren furchterregend. Ich wußte nicht, was ich tun sollte.«

»Laß uns allein«, befahl Menedrion nach einem Augenblick.

»Sir?« Die Leibwache zögerte, warf einen weiteren wachsamen Blick in Antyrs und Tarrians Richtung. »Der Wolf ...«

»Laß uns allein!« herrschte ihn Menedrion verärgert an, entspannte sich dann fast augenblicklich und setzte ein ungewöhnlich selbstkritisches Lächeln auf. Den Arm des Wächters tätschelnd, sagte er: »Hier droht keinerlei Gefahr. Wirklich, keine Gefahr.« Sein Lächeln wurde breiter. »Jedenfalls keine, mit der ich nicht fertig werden würde, nun, da ich wieder wach bin«, fügte er hinzu. »Nichts als ein außergewöhnlich seltsamer und lebhafter Traum. Und darüber muß ich jetzt allein mit dem Traumfinder sprechen.«

Ein wenig von Menedrions umgänglichem Benehmen beruhigt, tat der Leibwächter wie geheißen, wenn auch mit einem letzten Rest von Widerstreben. »Ich bleibe in Rufweite, Sir«, ließ er ihn mit stillem Trotz wissen, während er sich bückte, um sein Messer aufzuheben. Menedrion nickte.

Als der Leibwächter gegangen war, fiel Menedrions Fassade jedoch augenblicklich in sich zusammen, und der darunter schwelende Gemütsaufruhr brach hervor.

»Was ist passiert, Traumfinder?« fragte er, und seine Augen waren groß vor Furcht und Zorn. »Dies war nicht der Traum, den ich letzte Nacht hatte. Der Ort war derselbe und der Feind auch, aber es war nicht mein Traum. Und Ihr wart nicht da. Es war eine andere ... Person ... und sie haben

Besitz von mir ergriffen. Irgendwo zwischen Schlaf und Wachen …« Sein letztes Wort verebbte.

»Ich weiß, daß es nicht Euer Traum war, Sir«, entgegnete Antyr schlicht. »Doch ich weiß nicht, was vorgefallen ist.«

Diese Antwort gefiel Menedrion ganz und gar nicht. »Ich warne dich, Traumfinder. Binde mir keine schwachsinnigen Märchen auf, nur weil du hoffst, deine Gebühren damit in die Höhe treiben oder dich bei Hofe einführen zu können«, verkündete er grimmig. »Ich bin kein hohlköpfiges Hofdämchen, das sich durch solche Tricks beeindrucken läßt, und du wirst schnell merken, wie unangenehm dein Leben werden kann, wenn du dich nicht daran hältst. Hast du das richtig verstanden, Traumfinder?«

»Das habe ich, Sir«, erwiderte Antyr mit aller Würde, die er im Angesicht von Menedrions übermächtiger Präsenz aufbieten konnte. »Und ich habe Euch die Wahrheit gesagt. Ich weiß nicht, was da eben geschehen ist. Ich habe nie zuvor etwas Vergleichbares erlebt, noch habe ich jemals von so etwas gehört oder gelesen. Und auch Tarrian nicht, der schon viele Jahre mit meinem Vater zusammengearbeitet hat, bevor er zu mir kam.«

Menedrion beäugte ihn eindringlich.

»Ihr seid mir bestens empfohlen worden, Antyr«, gab er finster zur Antwort. »Ihr seid Gildenangehöriger. Träume und alles, was mit Träumen zusammenhängt, sind Euer Fachgebiet. Ein ›Ich weiß es nicht‹ genügt mir nicht. Wozu ist ein Hufschmied gut, der nicht weiß, wie er ein Pferd beschlägt? Oder ein Bogenmacher, der nicht weiß, wie er einen Pfeil schnitzt?« Drohend deutete er auf Antyr und fuhr dann langsam und mit Bedacht fort: »Und nun hört mit diesem Unfug auf und sagt mir, was passiert ist.«

Antyr schluckte. »Ihr wurdet angegriffen, Lord Menedrion. Ich … wir wissen nicht, auf welche Weise. Oder warum, oder von wem. Doch hier und heute wurde ein Angriff auf Euch verübt, so gewiß, wie wir in Herion waren.« Nachdem er einmal losgelegt hatte, begann Antyr furchtlos weiterzureden. »Es war kein Traum, in dem wir uns wiederfanden, auch kein Traum, den Ihr jemals geträumt habt. Denn wäre dem so gewesen, wäre ich in jenem Traum Ihr gewesen. Ein Traumfinder kann nicht vom Träumer getrennt werden. Das ist ...« Er machte eine unbestimmte Handbewegung, rang nach Worten, »... grundlegend ... fundamental ... schlicht unmöglich; genausowenig, wie ich nicht Euren Platz in jenem Sessel einnehmen kann, während Ihr drinnen sitzt. Wir befanden uns an einem anderen Ort ...«

»An einem anderen Ort«, wiederholte Menedrion verzweifelt. »Mann, wie können wir an einem anderen Ort gewesen sein, wenn wir diesen hier nie verlassen haben? Haben wir aufsatteln lassen, sind wir dorthin geritten? Haben wir Flügel bekommen und sind hingeflogen? Ich warne dich, Traumfinder!«

Antyr zuckte vor dem zunehmenden Zorn in Menedrions Stimme zurück. Die Kehle wurde ihm trocken. »Sir, könnte ich irgend etwas sagen, das mich vor Eurem Zorn rettet, so würde ich es tun. Doch es wäre Betrug von meiner Seite, äußerte ich irgend etwas, was nicht der Wahrheit entspräche ...«

»Wahrheit! Was für eine Wahrheit?« platzte es aus Menedrion heraus. »Wenn du die Wahrheit kennst, dann sag sie mir!«

»... der Wahrheit entspräche, wie ich sie sehe«, schloß Antyr seinen Satz ab. »Und die Wahrheit ist, daß ich die Wahrheit nicht kenne.« Menedrion erhob sich. »Sir, ich flehe Euch an, hört mir zu ...«

»Einem Schwätzer zuhören, der sich nicht einmal auf sein eigenes Handwerk versteht?«

Irgend etwas aus Antyrs Infanterieausbildung verwurzelte seine Füße im Boden trotz seines überwältigenden Fluchttriebs. Ein unerwarteter Anflug von Ärger stieg in ihm hoch. »Sir!« schrie er beinahe. »Ich habe mich nicht nach diesem Auftrag gedrängt wie eine speichelleckende Hofschranze. Ihr habt mich ausgewählt. Ihr habt mich rufen und zu Euch bringen lassen. Ihr habt mich darum gebeten, Euren Traum zu suchen. Sir, ich verstehe mich sehr wohl auf mein Handwerk. Besser als manch ein anderer. Aber Ihr müßt mir Zeit zum Nachdenken lassen ...«

Menedrion ballte seine gewaltigen Pranken.

»Ich kann Euch nicht verbieten, an mir zu zweifeln, Sir«, fuhr Antyr fort, dem es immer noch nur unter Schwierigkeiten gelang, die Stellung zu halten. »Aber ...« Da flog ihm eine Idee zu, eine Idee, die ihm aus einer früheren Bemerkung kam. »Geht zur Gilde. Fragt dort – irgend jemanden –, ob es möglich ist, daß Träumer und Finder getrennt werden, wie es soeben geschehen ist.«

Tiefes Schweigen erfüllte den Raum, nachdem er geendet hatte.

»Falls er mich angreift, unternimm nichts«, teilte Antyr Tarrian insgeheim mit, obwohl er um die Nutzlosigkeit seiner Bitte wußte.

»Diese Entscheidung liegt nicht in meiner Macht, das weißt du doch«, bestätigte ihm Tarrian. »Doch ich glaube nicht, daß er es tun wird. Ich denke, du hast seinem Angriff standgehalten, Pikenträger.« Es lag Erleichterung in dieser Bemerkung, keine Leichtfertigkeit, doch Tarrian wirkte zerstreut, als horche er überaus aufmerksam auf irgend etwas anderes. »Er ist so durcheinander, daß ich kaum einen zusammenhängenden Gedanken mitbekomme«, sagte er. Dann unterbrach er sich, und Antyr bekam einen Hauch seiner gereizten Konzentration mit. »Aber er denkt so gut, wie er unter diesem Umständen denken kann.« Wieder eine Pause. »Er hat Angst, und er wünscht sich Hilfe. Doch er ist hellsichtig genug, um zu wissen, daß es – ganz gleich, ob er dir nun glaubt oder nicht – ... daß es Probleme gibt, denen er lieber nicht ins Gesicht blicken möchte ...«

Das Schweigen wuchs. »Er will eine einfache Erklärung, Antyr. Die Einfachheit des Schlachtfelds ...«

Antyr griff den Gedanken auf, noch ehe Tarrian ihn weiter ausführen konnte. »Wir stehen Seite an Seite in derselben Schlachtreihe, Sir«, äußerte er zögernd. »Vertrauen ist etwas, wobei wir wohl keine Wahl haben.«

Menedrions Miene veränderte sich ein klein wenig, und sein Verhalten wurde gelassener, weniger drohend.

»Er glaubt, daß er verrückt wird«, teilte Tarrian ihm schnell mit, als habe er einen kurzen Blick auf ein flüchtiges Beutetier erhascht.

Antyr hatte es bislang vermieden, Menedrion in die Augen zu sehen, eingedenk der ersten Reaktion des hohen Herrn. Nun straffte er den Rücken und blickte ihm geradewegs in die Augen. Menedrion zuckte zurück, doch diesmal war er es, der standhielt.

»Gefahr ist im Verzug, Sir«, sagte Antyr. »Eine Gefahr für Euch und, wie ich fürchte, für andere. Eine Gefahr, die nicht wir geschaffen haben. Eine Gefahr von ... von irgendwo draußen. Von *irgend jemandem* draußen. Und es ist eine so handfeste Bedrohung wie der Fanatismus und die Niedertracht der Bethlarii. *Dessen* bin ich sicher, auch wenn ich mehr nicht weiß, außer der Tatsache, daß nur ein Traumfinder dabei helfen kann, sich dieser Bedrohung entgegenzustellen.« Er beeilte sich weiterzusprechen, bevor Menedrion ihm wieder Gebührenschinderei vorwerfen konnte. »Ob ich oder ein anderer, ist unwichtig. Und ich verzichte auf jegliches Honorar für dieses Tagewerk. Doch stellt der Gilde jene Frage, die ich Euch auftrug, bevor Ihr über mein Schicksal oder über Eure weitere Vorgehensweise entscheidet. Und wenn ich Euch erneut zu Diensten sein kann, dann werde ich es tun.«

Wieder senkte sich ein langes Schweigen über den Raum. »Von draußen?« sagte Menedrion schließlich.

»Ja, Sir«, bekräftigte Antyr.

Menedrion furchte die Stirn und schüttelte den Kopf, als wolle er die vielen widerstreitenden Gedanken verscheuchen. »Woher wißt Ihr, daß dieser ... Traum ... nicht von hier drinnen war, nicht von irgendeiner seltsamen Geistesverwirrung herrührt?«

Nun war es an Antyr, den Kopf zu schütteln, und er tat dies mit der Entschiedenheit eines Mannes, der sich seiner Sache absolut sicher ist. »Woher wißt Ihr, wann Ihr Eure Kräfte in der Schlacht einsetzen müßt, Sir?« entgegnete Antyr. »Ihr wißt es, wenn euer Kopf und Euer Magen es Euch sagen, und sie wissen es durch lange Jahre des Trainings und der Erfahrung. Und so weiß auch ich es. Doch wo eine Schlachtentscheidung heikel und schwierig ist und vom Zufall abhängt, ist für mich die Sache so klar, wie ich weiß, daß ich jetzt hier und nicht draußen im Nebel bin. Und …« Er hielt inne.

»Und?« fragte Menedrion.

Antyr holte tief Luft. »Und ich habe schon einen ähnlichen Angriff verspürt … eine Präsenz … im Traum eines anderen … «

»Wessen Traum? Wann?« Menedrion beugte sich vor. Er hatte die Augen weit aufgerissen und die Stirn in Falten gelegt. »Was ist passiert?«

»Ich darf Euch nicht sagen, wer es war, Sir, oder was geschehen ist«, erwiderte Antyr nervös. »Nicht ohne Erlaubnis der Träumer. Ihre Geheimnisse sind bei mir so sicher wie die Euren. Doch es ist noch nicht lange her.« Dann, eifrig darauf bedacht, Menedrions Neugier zu zerstreuen: »Und auch ich bin von einer fremden … Macht … heimgesucht worden. Ich wollte gerade die Hilfe eines anderen Traumfinders erbitten, als Eure Männer mich im Gildehaus antrafen.«

Menedrion preßte die Hand gegen die Schläfe. Vertrauen und gereiztes Mißtrauen verzerrten in ihrem Widerstreit seine Züge. »Ich weiß nicht«, sagte er nach einer Weile. »Ihr scheint ein recht ehrlicher Mensch zu sein. Und ich bin für gewöhnlich kein schlechter Menschenkenner. Aber all das übersteigt mein Begriffsvermögen …« Er ballte die Faust fest zusammen und wirkte, als wünsche er sich nichts sehnlicher als ein Schwert und eine einfach zu lösende Aufgabe.

»Ihr habt eben Hufschmiede und Bogenmacher erwähnt, Sir«, meldete sich Antyr wieder zu Wort. »Ihr vermögt Ihre Leistung an dem Ergebnis ihrer Arbeit zu messen, doch ist das Schürfen und Schmelzen des Eisens selbst nicht auch ein Geheimnis, das Euer Begriffsvermögen übersteigt? Und die Auswahl des richtigen Holzes und der richtigen Federn?«

Menedrion musterte ihn mißtrauisch. Die Tatsache, daß er viele Werkstätten und Schmieden in der Stadt besaß, war Gegenstand einer gewissen, sehr vorsichtig geäußerten Geringschätzung von seiten bestimmter Gruppierungen bei Hofe. Er witterte indes keine versteckte Beleidigung. »Das ist nicht dasselbe«, widersprach er mit ausdrucksloser Stimme.

»Es ist genau dasselbe«, wagte Antyr zu widersprechen.

»Beurteilt mich nach meinen bisherigen Taten. Ihr mögt Euch im nachhinein bei anderen erkundigen, und ich bin ohnehin hilflos vor Euch.«

Menedrion gab keine Antwort.

»Erzählt mir den Traum, der Euch dazu veranlaßt hat, nach mir zu schicken, Sir«, sagte Antyr, richtete seinen Sessel wieder auf und zwang sich dazu, sich zu entspannen. »Ihr sagtet, es sei derselbe Ort und derselbe Feind gewesen … und daß ein anderer von Euch … Besitz ergriffen hätte.«

Immer noch gab Menedrion keine Antwort.

»Sir?« beharrte Antyr. »Möchtet Ihr, daß ich gehe?«

Menedrion runzelte die Stirn. »Was wird passieren, wenn ich wieder einschlafe?« fragte er überraschend.

Wider Willen mußte Antyr grinsen. Menedrion sprach die Befürchtung aus, die auch in seinen Gedanken unterschwellig Gestalt angenommen hatte.

»Ich weiß es nicht, Sir«, antwortete er schlicht und ohne Zögern. Dann, drängender: »Aber erzählt mir doch von dem Traum, der Euch so verstört hat, und warum Ihr mich anstatt eines … beliebteren … Traumfinders habt rufen lassen, den Höflinge, Senedwr und ihresgleichen zu konsultieren pflegen.«

»Meine Mutter nannte mir Euren Namen«, erklärte Menedrion gereizt, verärgert darüber, daß er von seiner Hauptsorge abgelenkt wurde. »Wozu dient denn diese Frage überhaupt?« fügte er hinzu, in einem Ton allerdings, der klarstellte, daß er keine Antwort hören wollte.

Tatsächlich war diese Frage, wie Menedrion bemerkt hatte, von keinerlei Bedeutung für ihr gegenwärtiges Problem, doch für Antyr war es eine Angelegenheit von einiger Besorgnis, und innerlich wich er vor der Aufklärung zurück, weil er merkte, daß er damit einen unbeabsichtigten Schritt in den trügerischen Sumpf der Palastpolitik tat.

Niemand aus dem Palast kannte ihn – selbst der Pförtner im Gildehaus hatte ihn nicht gekannt! Niemand außer den wenigen, die mit seinem Besuch beim Herzog in Verbindung standen. Nur über einen dieser Menschen, die zu den engsten Vertrauten des Herzogs zählen mußten, hatte die Aufmerksamkeit auf seinen Namen gelenkt werden können. Eiseskälte durchströmte ihn bei dem Gedanken, daß sein Name in solchen politisch belasteten Zirkeln gehandelt wurde. Nur eine weitere Marionette, die man wegwerfen konnte, wenn das Spiel vorüber war!

Für einen Moment wischte die Furcht vor den überaus realen Gefahren, die Laienspieler im politischen Leben Serenstads riskierten, die dunkleren Geheimnisse beiseite, die in den Schattenländern des Schlafs lauerten.

»Vergiß es!« zischte Tarrian ihm zu und katapultierte ihn wieder in die Gegenwart zurück. »Die Gefahr droht dort nur denjenigen, die andere bedrohen. Konzentrier dich auf die eigentliche Aufgabe, das ist wesentlich ernster.«

»Der Traum, Sir«, fragte Antyr hartnäckig nach, Tarrians Rat befolgend. Ein weiterer militärischer Vergleich flog ihm zu. »Ich benötige Aufklärung über die feindlichen Truppen, wenn ich entscheiden soll, was zu tun ist.«

Menedrion knurrte und erzählte dann ein wenig schüchtern die Geschichte erneut, die er vor einigen Stunden seiner Mutter anvertraut hatte; nur den Angriff auf das Mädchen ließ er weg. Als er geendet hatte, blickte er Antyr an.

»Und? Werde ich heute nacht schlafen können?« verlangte er erneut zu wissen.

Antyr wog ab, was Menedrion ihm soeben mitgeteilt hatte, doch das Erzählte verschaffte ihm keine neuen Einsichten. Eher weckte es noch mehr Fragen und Ungewißheiten. Er fühlte sich, als erreichten seine Füße das Ende der Straße, während sich vor ihm ein Abgrund auftat. »Ich weiß es immer noch nicht, Sir«, sagte er. »Ich sehe zwei Möglichkeiten. Tarrian und ich können über Nacht bleiben und über Euch wachen, oder ich kann den anderen Traumfinder aufsuchen, den ich vorhin erwähnte.«

Menedrion runzelte die Stirn. »Was hält Euch davon ab, beides zu tun?« fragte er.

»Nyriall wohnt im Moras-Distrikt«, gab Antyr zur Antwort.

Menedrion legte die Stirn in noch tiefere Falten, maß Antyr von Kopf bis Fuß und wieder zurück. »Ihr seid eine schlechte Reklame für Euer Gewerbe, Antyr«, bemerkte er mit zuckersüßer Stimme. »Nun erzählt mir bloß nicht, daß diese Person, von der Ihr Euch Hilfe erwartet, kein ehrbarer Gildenoffizieller ist, sondern ein Habenichts, der noch ärmer ist als Ihr selbst!«

Ein plötzlicher Zorn bemächtigte sich Antyrs. »Wenn Ihr in die Schlacht zieht, Sir, benutzt Ihr dann ein Zeremonialschwert? Reliefiert, graviert, eingelegt, wunderschön – und nutzlos? Oder wählt Ihr ein schlichtes, gut ausbalanciertes Exemplar, das seinen Zweck erfüllt?«

Menedrion richtete sich im Sessel auf und funkelte ihn an. »Mäßigt Eure Frechheit, Traumfinder«, sagte er erzürnt. Doch er beantwortete die Frage. »Ich nehme ein Schwert, das ich auch zuvor schon geführt habe. Eins, das ich kenne, auf das ich mich verlassen kann.«

Er kam nicht mehr auf seinen Tadel zurück, noch entschuldigte sich Antyr.

Entschlossen stand Menedrion auf. »Dann müßt Ihr hierbleiben«, entschied er. »Obwohl mir das verdammt ungelegen kommt. Ich hatte ... Pläne ... für heute nacht. Trotzdem, Ihr könnt nicht zu dieser Tageszeit im Moras-Distrikt herumirren, besonders, wenn der Nebel sich wieder auf die Stadt senkt. Und ich werde auch keine Eskorte hineinschicken, die mit Sicherheit einen Aufruhr provozieren würde.« Er hieb sich mit der Faust in die Handfläche und fluchte frustriert.

»Es ist nicht nötig, daß wir Eure Pläne durchkreuzen, Sir«, erklärte Antyr hilfsbereit. »Wir müssen uns nicht unbedingt im selben Zimmer aufhalten, irgendwo in Reichweite wird auch genügen. Und außerdem können wir unsere Wacht ohnehin nicht beginnen, bevor Ihr eingeschlafen seid.«

Diese Erklärung schien Menedrion einigermaßen zu besänftigen, doch ein Klopfen an der Tür unterband jede weitere Diskussion.

»Herein!« rief er.

In der Türöffnung tauchte die Frau auf, die Antyr durch den Palast geleitet hatte. Sie winkte Menedrion zu sich, und eine kurze, geflüsterte Unterhaltung fand statt.

Als sie beendet war, ging die Frau wieder, und Menedrion wandte sich mit finsterem Blick an Antyr. »Kommt mit. Ich werde einen Diener auftreiben, der sich um Eure Bedürfnisse kümmern soll«, teilte er dem Traumfinder mit. »Es ist etwas geschehen, das keinen Aufschub duldet.«

KAPITEL 15

Menedrion sah sich in dem Raum um und schloß die Tür. Sein Vater, Aaken Uhr Candessa, Ciarll Feranc und Arwain saßen in einem weiten Kreis. Keine Diener oder Wachen waren anwesend.

Sein Vater wandte sich ihm zu, als er eintrat, und die drei anderen erhoben sich.

Es bedurfte keiner großen Überlegung von seiten Menedrions, um zu merken, daß er mitten in eine heftige Auseinandersetzung geplatzt war. Tatsächlich hatte er den Eindruck, daß die letzten Worte soeben in den Winkeln des Raums verhallten, während er die Tatsache in sich aufnahm, daß die Befindlichkeit seines Vaters hart und streng war. Er wappnete sich.

»Überaus gnädig von dir, daß du uns mit deiner Anwesenheit beehrst, Menedrion«, sagte Ibris mit beißendem Spott, bevor sein Sohn zur Begrüßung schreiten konnte.

Menedrion blickte ihn mit einer Mischung aus Ärger und Verwirrung an. »Was ist los?« fragte er nicht gerade diplomatisch.

»Ich habe auf der Suche nach dir den Palast auf den Kopf stellen lassen, und das schon den ganzen Tag. Das ist los«, erwiderte Ibris. »Während du dich zweifellos in den Armen deiner letzten Eroberung gesuhlt hast, hatten wir das Vergnügen eines Besuchs von einem Bethlarii-Gesandten. Warum, zum Teufel, informierst du nicht einen deiner Sekretäre darüber, wo du hingehst, anstatt sie nur dazu zu benutzen, deine Spuren zu verwischen?« Der Herzog redete sich allmählich in Rage. »Mein Gott, die ganze Bethlarii-Armee könnte mittlerweile vor den Palasttoren stehen, während alles hier drinnen auf der Suche nach dir durch das Schloß hastet ...«

Aaken ließ ein betretenes Räuspern hören.

Ibris warf ihm einen gereizten Blick zu, brach jedoch seine Hetztirade mit einem verächtlichen Schnauben ab. »Nun ja, jedenfalls bist du jetzt endlich hier«, schloß er widerwillig. »Wenn ich es richtig bedenke, war es vielleicht ganz gut, daß du nicht bei der Audienz dabei warst.«

Menedrions Mund klappte auf, während er zwischen der Anstrengung, einen Bericht von seinem Tagesablauf zu geben, und dem Schrecken über Ibris' Neuigkeiten schwankte. »Was meinst du damit, eine Audienz? Ein Bethlarii-Gesandter?« gelang es ihm schließlich zu stammeln.

Doch Ibris hatte seine Aufmerksamkeit schon wieder den anderen zugewandt. »Setzt euch. Setzt euch schon«, befahl er ihnen mit einer ausladenden Geste. »Und Irfan, du suchst dir auch einen Sessel und setzt dich hin. Da ...« Er deutete dringlich mit dem Finger auf eine Sitzgelegenheit. »Neben Aaken. Er wird dir mitteilen, was vorgefallen ist.« Er hatte kaum zwei Minuten seine Diskussion mit Feranc und Arwain wieder aufgenommen, als Menedrion seine Stimme ertönen ließ.

»Was?« donnerte er und sprang auf.

»Setz dich, Irfan!« Seines Vaters ebenso laute, aber befehlsgewohntere Stimme ließ Menedrion zusammenzucken.

Menedrion kippte wieder auf seine Fersen zurück und beugte sich dann zu seinem Vater vor. »Du hast sie natürlich alle aufknüpfen lassen«, sagte er.

»Ich habe niemanden aufknüpfen lassen, Irfan«, entgegnete Ibris mit müder Enttäuschung. »Wie oft muß ich dir noch sagen, daß du dein Temperament zügeln sollst? Würdest du dich jetzt bitte setzen und zuhören und ein einziges Mal deinen Kopf benutzen.«

»Aber du kannst sie doch nicht ...«

»Setz dich, verflucht noch mal!«

Menedrion erwiderte einen Moment lang trotzig den Blick seines Vaters, wandte dann abrupt das Gesicht ab und ließ sich schwerfällig auf seinen Sessel fallen. Dieser knarrte protestierend.

Ibris blickte angesichts des malträtierten Sessels recht finster drein. »Irfan«, sagte er mit Bedacht. »Wenn du einen so exquisiten Sessel fertigen kannst, dann darfst du ihn auch so mißhandeln. Ansonsten aber nicht!« Dann, mit wachsendem Ingrimm: »Ich weiß nicht, wie lange du brauchst, um das zu verstehen. Eines Tages wirst du Herzog sein. Du mußt deine Zunge im Zaum halten. Du mußt *dich* im Zaum halten. Ein solcher Ausbruch kann ein Heer ins Verderben stürzen.«

»Es war ja niemand da, der es hören konnte«, maulte Menedrion ohne rechte Überzeugung.

»Hier sind eine Menge Leute, auf die es ankommt«, widersprach Ibris verärgert. »Und du hättest dich mitten auf dem Marktplatz auch nicht anders verhalten.«

Menedrion erwog eine scharfe Entgegnung, ließ es dann jedoch bleiben. Zähneknirschend kreuzte er die Arme vor der Brust und lehnte sich zurück.

»Gut«, meinte Ibris. »Das ist ein Anfang. Als nächstes lernst du, deinen Gesichtsausdruck zu kontrollieren.« Und fügte dann beschwichtigend hinzu: »Ich begreife deinen Zorn, Irfan. Gott weiß, daß ich das tue. Meine erste Reaktion war dieselbe.« Er knurrte beinahe. »Ist es immer noch«, fügte er bissig hinzu. »Doch hier geht offensichtlich weitaus mehr vor, als man auf den ersten Blick meinen könnte. Du bist Befehlshaber genug, um einen Hinterhalt zu wittern und die Notwendigkeit sorgfältiger Aufklärung und bedächtigen Planens zu kennen. Diese Angelegenheit bedarf der Überlegung und der Rücksichtnahme, bevor es zum Handeln kommt.«

Menedrion stieß knurrend eine widerwillige Zustimmung hervor.

»Aaken hat dir das Wichtigste erzählt«, fuhr Ibris gelassen fort. »Und ich wollte die Sache unter uns bereden, bevor ich das Kabinett zu Rate ziehe und die Sened informiere. Auch möchte ich mich in ungezwungenerem Rahmen noch einmal mit diesem Gesandten unterhalten. Mal sehen, ob ich Genaueres darüber herausfinde, auf was sie wirklich aus sind. Er könnte in privater Atmosphäre vielleicht mitteilsamer sein. Was ich bislang gehört habe, macht trotz all unserer bisherigen Überlegungen so gut wie keinen Sinn.«

Er runzelte andeutungsweise die Stirn. »Arwain vertritt die Meinung, daß wir es mit irgendeiner religiösen Gruppierung zu tun haben, die die Macht übernommen hat und einen Anlaß zum allumfassenden Krieg sucht – einer Art Kreuzzug. Das ist schon einmal geschehen, und dieser Grygyr ist ganz offensichtlich ein Fanatiker. Und er ist ganz sicher geschickt worden, um zu provozieren. Doch ich sehe noch nicht, daß es sich wirklich um einen Kreuzzug handelt ... Es ist ...« Er ließ den Satz unvollendet.

»Aaken meint, sie benutzten die Whendreachi nur als Ablenkungsmanöver, während sie in aller Stille einen anderen Coup durchführen, wie zum Beispiel Meck zu annektieren«, fuhr der Herzog fort. »Ciarll hält den Mund, bis er etwas zu sagen hat, wie üblich. Und ich schenke allen dreien mein Ohr ... Irfan, nach dem wenigen, was dir bislang zu Ohren gekommen ist, was glaubst du?«

Zunächst sagte Menedrion gar nichts.

»Was glaubst du?« wiederholte Ibris seine Frage.

Menedrion zuckte mit den Achseln, obgleich nicht zum Zeichen seiner Gleichgültigkeit oder Ratlosigkeit, sondern einfach, weil sich sein Körper immer noch aufbäumte, da man ihn daran hinderte, diese unverschämten Emporkömmlinge, die aus dem Nichts aufgetaucht waren, um seinen Vater und die Stadt zu beleidigen, ihrer gerechten Strafe zuzuführen.

»Ich weiß nicht«, sagte er, und verdrehte die Augen zur Decke. »Das Ganze klingt mir reichlich absurd, aber ...« Er hob die Hände, um jeglicher Rüge seines Vaters zuvorzukommen. »Da ich nicht dort war, kann ich nicht nach dem Gefühl urteilen. Es kann alles und nichts sein. Sicher haben sie schon lange ein begehrliches Auge auf Meck geworfen. So würden sie die Unabhängigen in Crowhell loswerden, und sie könnten es als Handels- oder Marinestützpunkt oder beides benutzen. Darum haben wir dort ja auch immer eine große Garnison unterhalten. Whendrak, ich weiß nicht. Es ist für uns beide strategisch lebensnotwendig wegen seiner Lage, aber ...« Er schüttelte seinen Kopf. »Aus diesem Grunde ist es schließlich neutral. Sie müssen wissen, daß wir bis zum letzten Mann gegen sie kämpfen werden, wenn sie versuchen würden, ihre Armee dort hinein zu bekommen, unter welchem Vorwand auch immer. Das käme einer Verzweiflungstat gleich. Und außerdem glaube ich, es liefe darauf hinaus, daß wir beide gegen die Whendreachi kämpfen müßten. Nach dem letzten Mal bezweifle ich, ob sie je wieder zulassen werden, daß ihre Stadt noch einmal zum Kriegsschauplatz wird.«

Feranc nickte kaum merklich.

»Doch darüber können wir streiten, bis der Seren austrocknet, und werden doch nicht klüger«, fuhr Menedrion fort. »Wir werden diesen ... Gesandten ... befragen müssen, um herauszukriegen, was sie wirklich vorhaben. Und uns dann nach Whendrak aufmachen, um mit eigenen Augen ein Bild von den dortigen Vorgängen zu gewinnen.«

Ibris nickte sichtlich erfreut. »Da waren wir gerade stehengeblieben, als du eintrafst«, sagte er. Er nickte Feranc zu, der daraufhin aufstand und still den Raum verließ.

Ibris wandte seinen Blick wieder Menedrion zu. »Stell ihm dort einen Sessel hin«, sagte er und wies auf einen Punkt vor sich. »Dann möchte ich dich an seiner Seite haben, leicht hinter ihm, so daß er dein Gesicht nicht sehen kann. Und du, Arwain, auf seine andere Seite«, fügte er hinzu, sorgsam darauf achtend, daß sich Menedrion nicht vor seinem Halbbruder zurückgesetzt fühlte. »Sagt nichts, ihr beiden. Und reagiert auf keine hörbare Weise darauf, was er sagt, ganz gleich, wie provozierend es sein mag. Ich werde aus ihm noch nicht schlau. Was Beleidigungen angeht, sind wir momentan quitt, so daß ich nichts mehr davon erwähnen werde. Außerdem hoffe ich, daß der Schutz, den wir ihm in der Audienzhalle haben angedeihen lassen, einen irgendwie wohltätigen Effekt auf ihn ausgeübt hat.«

Menedrion gab einen verächtlichen Ton von sich. »Meine

Männer würden es schnell aus ihm herauskriegen«, erklärte er grimmig, stand auf und stellte seinen Sessel um.

Ibris schüttelte den Kopf. »Das bezweifle ich, Irfan«, meinte er. »Du vergißt, wie stolz sie auf ihren persönlichen Mut und ihr Durchhaltevermögen sind. Er würde womöglich eher sterben, als mit seinem Geheimnis herauszurücken. Mit ihren Spionen auf dem Schlachtfeld hatten wir ja auch nie viel Glück. Gewalt ist nicht der richtige Weg. Wir müssen ihm die Informationen *entlocken*. Und sie könnten gut in dem stecken, was er gerade *nicht* sagt.«

Menedrion blickte zweifelnd drein, sagte jedoch nichts.

»Nebenbei bemerkt«, fuhr Ibris fort, »wir haben ihn in aller Öffentlichkeit als Gesandten empfangen, und deshalb haben wir die Verpflichtung, ihn zu schützen. Arwain glaubt ohnehin, er sei als Märtyrer gekommen, obwohl ich persönlich das bezweifle. Doch wie dem auch sei, wir dürfen ihn nicht zu einem machen.«

»Schade«, murmelte Menedrion.

»Irfan«, meinte Ibris und tat so, als habe er die letzte Bemerkung überhört. »Ich mache dich persönlich für seine Sicherheit und sein Wohlergehen verantwortlich. Er und seine Männer werden wie geschätzte Gäste behandelt und erhalten jedwede Bequemlichkeit, die man sich denken kann. Glaub mir, diese Behandlung wird sie mehr durcheinanderbringen als jede auch noch so hohe Anzahl Peitschenhiebe.« Entschlossen beugte er sich vor. »Und mach es den vorlauten unter deinen Speichelleckern klar, daß sie, wenn sie in der Öffentlichkeit über Bestrafung dieser Männer nachzudenken beginnen, diese am eigenen Leib spüren werden, Abstammung und Gönnerschaft ungeachtet.«

»Ja, Vater«, erwiderte Menedrion ausdruckslos. »Und was soll ich deiner Meinung nach tun, wenn er dich hier und jetzt angreift?«

Angesichts Menedrions Tonfall blitzten Ibris' Augen kurzfristig auf. »Du hast gehört, was ich gesagt habe, Irfan«, entgegnete er. »Ihm darf kein Härchen gekrümmt werden. Ich möchte nicht, daß er zusammengeschlagen oder erdolcht wird, ganz gleich, was er tut. Wenn es nötig sein sollte, gebrauch deine Garotte, um ihn bewegungsunfähig zu machen. Es geht nichts über ein bißchen Atemnot, um Leute von deinen Ansichten zu überzeugen.«

Menedrion zog die Augenbrauen in die Höhe. »Und das ist der andere Grund, weshalb du willst, daß ich hinter ihm sitze.«

Die Spannung zwischen Vater und Sohn löste sich, als sie einen kurzen Moment lang den recht schwarzen Familienhumor teilten.

Menedrion stellte einen Sessel für den Gesandten an den gewünschten Platz und ließ sich dann wieder auf seinem eigenen Sitzmöbel nieder. Fast augenblicklich kehrte Ciarll Feranc zurück, begleitet von Grygyr Ast-Darvad. Erneut war Arwain beeindruckt von der Präsenz des Mannes, als dieser in den Raum stolzierte, obwohl diese private Umgebung ihn merkwürdigerweise kleiner und weniger selbstsicher wirken ließ. Er spürte auch, daß der Gesandte ein klein wenig auf der Hut war vor seinem Begleiter. Sofort wanderten Arwains Gedanken zu dem Treffen in der Audienzhalle zurück, als Feranc vorgetreten war, um den Gesandten abzufangen und ihn mit ein paar leisen Worten und seinem ruhigen, furchteinflößenden Blick in seinen Bann geschlagen hatte.

Trotz der mit fast hundertprozentiger Sicherheit vorhandenen beträchtlichen Kämpferfähigkeiten ahnte irgend etwas in diesem Mann instinktiv, daß Feranc ihm überlegen war, entschied Arwain. Der Gesandte hatte bereits jeden potentiellen Kampf mit dem Leibwächter des Herzogs verloren. Bei diesem Treffen würde es keine Schwierigkeiten geben.

Die Erkenntnis ließ Arwain frösteln, doch ob das auf eine neue Einschätzung von Feranc oder auf etwas anderes zurückzuführen war, wußte er nicht zu sagen. Er wußte indes, daß es irgend etwas in seiner Ausbildung war, was ihn zu dieser neuen Einsicht befähigt hatte, und er beglückwünschte sich selbst zu seiner Einschätzung der Situation. Dann kam ihm eine andere Eigenschaft seiner Ausbildung in den Sinn, und auf der Stelle erinnerte er sich daran, daß er sich auch irren konnte und daß der Gesandte wieder sein

Schwert und seinen Dolch trug. Er warf seinem Halbbruder noch einen raschen Blick zu.

Zwar hatte Ibris Menedrion mit der Entwaffnung des Gesandten beauftragt, falls es nötig werden sollte, doch bezweifelte Arwain, daß sein Halbbruder trotz all seiner kämpferischen Fähigkeiten auch nur zu der geringsten Bewegung kommen würde, bevor Feranc diese Aufgabe nicht schon eigenhändig erledigt hätte. Bestätigung für seine Vermutung zog er aus der relativ beiläufigen Art, in der sein Vater Menedrion diese Aufgabe zugeteilt hatte.

Mit Ausnahme des Herzogs hatten sich alle Anwesenden beim Eintritt des Gesandten erhoben. Mit leichter Erheiterung notierte Arwain, daß Menedrion, auch wenn es ihm gelang, jegliche Gefühle aus seinem Gesicht zu verbannen, als der Gesandte an ihnen vorbeischritt, die Bemühung doch sofort aufgab, nachdem dieser sich niedergelassen hatte. Seine Miene drückte unverhüllte Feindseligkeit aus.

Zwei vom selben Schlag, dachte Arwain mit einem erneuten Blick auf den Gesandten. Es würde erst zum Schwertkampf kommen müssen, bevor einer von ihnen die Überlegenheit des anderen anerkannte.

Und doch war Menedrion irgendwie nicht er selbst. Sein finsterer, wilder Zorn wirkte gedämpft, als sei er mit seiner Aufmerksamkeit teilweise nicht ganz bei der Sache. Vorübergehend bemerkte Arwain, daß auch seine eigene Aufmerksamkeit von den merkwürdigen Geschehnissen der vergangenen Nacht umwölkt wurde. Sein Erwachen, offensichtlich als Menedrion. So lebensecht. So intensiv. Und wie er das Mädchen geschlagen hatte. Er sah auf seine Hände hinunter. War es Menedrion, der sie geschlagen hatte, oder war es sein eigenes Tun gewesen – das, was Menedrion in einer solchen Situation seiner, Arwains, Vermutung nach getan hätte? Er hatte keine Antwort auf diese Frage.

Und dann stürmte die entsetzliche Wahrheit mit voller Wucht auf ihn ein. Die Wahrheit, daß die Jagd durch die Kellergewölbe, Drayners schroffes Abwiegeln seiner Fragen und die sonderbaren Geschehnisse des Tages ihn davon entbunden hatten, all dem klar ins Auge zu sehen. Die Wahrheit, *daß es tatsächlich geschehen war!* Arwain merkte, wie sein Geist in den Abgrund einer tiefen, wirbelnden Ungewißheit taumelte. Langsam, bedächtig kontrollierte er seine Atmung und zwang sich dazu, in die Gegenwart zurückzukehren. Was auch immer letzte Nacht passiert war, es würde warten müssen, bis er es sorgfältig und in aller Ruhe überdenken konnte.

»Grygyr«, sagte sein Vater gerade. »Ich hoffe, daß die Unterkunft, die wir Euch anbieten können, zu Eurer Zufriedenheit ...«

»Gefängnis bleibt Gefängnis, sei es nun aus Stein oder aus Seide«, versetzte Grygyr, bevor Ibris seine Begrüßung beenden konnte. »Meine Botschaft ist ausgerichtet. Ich habe nichts mehr zu sagen. Als Gesandter hätte ich nicht zurückgehalten werden dürfen, das ist ein Bruch des Vertrags.«

Menedrions Unterkiefer wurde starr, doch er schwieg.

Ibris öffnete konziliant die Hände. »Der Vertrag ist von Menschen verfaßt worden, Grygyr, und als solcher mit Fehlern behaftet«, erwiderte er. »Er besagt, daß ich Euch nicht festsetzen darf, doch er verlangt auch, daß ich Eure Sicherheit gewährleiste. Diese beiden Erfordernisse sind im Augenblick in Konflikt miteinander geraten, und es obliegt meiner Entscheidung, welche von beiden den geringeren Vertragsbruch darstellt.« Er lehnte sich in seinen Sessel zurück.

»Wie ich Euch bereits sagte, ist es ein beeindruckendes Zeugnis Eurer ... Geschicklichkeit ..., daß Ihr unversehrt bis hierhergekommen seid, doch mittlerweile hat sich die Neuigkeit Eures Besuchs in der Stadt verbreitet, und ich kann Euch ohne ausreichenden Schutz nicht mal garantieren, daß Ihr sicher den Palasthof überqueren könnt. Ihr habt selbst in der Halle gesehen, wie sehr sich manche Gemüter erhitzen können.« Der Gesandte machte den Mund auf, um etwas zu sagen, doch Ibris fuhr fort: »Deshalb sehe ich mich gezwungen, Euch gewaltsam festzusetzen, während meine Offiziere alles dafür vorbereiten, Euch ungefährdet an die Grenze zu eskortieren. Ich zöge es allerdings vor, wenn Ihr Euch als unseren geschätzten Gast betrachten würdet, der, sagen wir, durch schlechte Witterungsverhältnisse oder ein lahmes Roß vorübergehend bei einem Freund aufgehalten wird …« Er setzte ein breites Lächeln auf

Arwain spürte fast körperlich, wie sich der Gesandte gegen die Leutseligkeit seines Vaters zur Wehr setzte.

»Außerdem«, fuhr Ibris fort, »muß ich meine Antwort auf die Botschaft Eurer Regierung überdenken, und ich würde gerne diese … unvermeidliche Verzögerung … zum Anlaß nehmen, das Whendrak-Problem detaillierter mit Euch zu besprechen. Unter Ausschluß der Öffentlichkeit, wo wir unsere Ansichten freier auszutauschen vermögen. Von Mann zu Mann. Nicht als Politiker, die immer irgendwelche lachhaften Rücksichten nehmen müssen.«

»Ich habe nichts mit Euch zu besprechen, Ibris«, entgegnete Grygyr schroff. »Die Botschaft der Handira war klar genug. Pfeift Eure Leute in Whendrak zurück und stellt die Rechte unserer Bürger dort auf der Stelle wieder her, oder wir werden es an Eurer Statt tun.«

Wieder warf Arwain einen flüchtigen Seitenblick zu Menedrion hinüber. Dieser saß ziemlich reglos da, doch seine Augen bohrten sich in den Rücken des Gesandten, und seine Hände krampften sich so sehr um die Armlehnen seines Sessels, daß es aussah, als wolle er das Holz zermalmen.

Ibris wirkte besorgt. »Grygyr«, begann er in fast väterlichem Tonfall. »Das sind die ersten Nachrichten, die uns über irgendwelche ernsthaften Probleme in Whendrak zu Ohren gekommen sind. Offensichtlich geht es uns etwas an. Whendrak ist für beide Seiten von Bedeutung. Man kann nicht leugnen, daß es ein streitsüchtiges Völkchen ist, aber dumm sind sie nicht. Ich bin sicher, daß eine kleine Abordnung, so wie der Vertrag es vorsieht, in der Lage sein sollte, ihnen bei der Lösung etwaiger Probleme zu helfen.«

Der Gesandte gab keine Antwort.

Ibris fuhr fort: »Grygyr, Whendrak ist neutral. Und jeder, der dort lebt, entäußert sich seiner angeborenen Nationalität. Weder Ihr noch wir haben ›Leute‹ dort. Und falls Bethlar interveniert, wird das ein offenkundiger kriegerischer Akt sein, der uns zwingt, gegen Euch ins Feld zu ziehen. Das ist eine Verpflichtung, die sich klar aus dem Vertrag ergibt. Von daher ist nicht abzusehen, wo der Konflikt enden wird. Als Gesandter seid Ihr mehr als ein bloßer Bote, besitzt Ihr Autorität und Verpflichtung zugleich, über die Angelegenheit zu diskutieren. Schweigen reicht da nicht aus.«

Schweigen.

Ibris schüttelte den Kopf. »Ich weiß, daß wenig Liebe zwischen unseren Völkern herrscht, aber ich habe schon mit vielen Bethlarii zu tun gehabt, und keiner von ihnen hätte leichtfertig einen Krieg vom Zaun gebrochen.«

»Mein Volk kehrt zum wahren Weg zurück«, verkündete Grygyr.

Ibris' Miene drängte ihn, fortzufahren, doch der Gesandte gab keine weiteren Erklärungen ab.

Hörbare Besorgnis schwang in Ibris' Stimme mit, als er weiterredete: »Auch Euer Volk hat immer, am Ende jedenfalls, die Vergeblichkeit ständiger Konflikte eingesehen. Wir sind beide stark, so verschieden wir auch sein mögen, und keiner von uns vermag den anderen völlig in die Knie zu zwingen, ohne dabei selbst unersetzliche Verluste zu erleiden; Zerstörung des Landes und der landwirtschaftlichen Struktur, Mißernten und Hungersnöte; Unterbrechung des Handels; bittere Armut; Banditenunwesen, ja sogar Pest. Die Entscheidung auf dem Schlachtfeld zu suchen, das ist der schlechtere Weg, der Weg der Torheit, jeder Vernunft hohnsprechend.«

Bei dieser Bemerkung versteifte sich der Gesandte merklich.

»Krieg ist notwendig zur Neugeburt einer Nation, und das Schlachtfeld ist es, wo Männer geprüft und geläutert werden«, sprach er mit schriller Stimme. »Die Schwachen werden ausgemerzt und vernichtet, und die Gefolgsleute des wahren Wegs gewinnen Ruhm und Ehre.«

»Und den Tod«, ergänzte Ibris gelassen.

Der Gesandte schnaubte verächtlich. »Und die Unsterblichkeit«, antwortete er und beugte sich vor. »Ihre Namen werden in der Geschichte erklingen, in den Liedern und Heldensagen, und ihre Geister werden auf immerdar in den Reihen der Armee Ar-Hyrdyns streiten und in seiner Goldenen Halle zechen.«

Ein frostiges Schweigen senkte sich über den Raum.

»Die Priester Ar-Hyrdyns waren schon immer recht freigebig mit dem Leben Eurer jungen Männer«, meinte Ibris nach einer langen Pause. »Sollten sie ihr Heer wieder losschicken, dann kann Ar-Hyrdyn mit viel frischem Blut in den Reihen seiner Geisterkrieger rechnen.«

Ein wissendes Lächeln glitt über Grygyrs Antlitz, aber er ließ sich zu keiner Bemerkung hinreißen.

Ibris musterte ihn eine Weile mit rätselhafter Miene und nickte dann langsam.

»Ich werde Euch und Eure Begleiter bitten, noch für eine, vielleicht zwei Nächte die Gastfreundschaft unserer silbernen Zelle anzunehmen, Grygyr«, sagte er mit breitem Lächeln, als sei nichts vorgefallen. »Dann wird mein Sohn Menedrion Euch zum Grenzstein in Whendrak zurückeskortieren. Wie Ihr sicher verstehen werdet, muß ich Sened und Gythrin-Dy von unserem Treffen in Kenntnis setzen und unsere Erwiderung auf Eure Botschaft beratschlagen. Doch ich versichere Euch, daß Ihr sie noch vor Verlassen unseres Herrschaftsgebiets erhalten werdet. Habt Dank für Eure guten Dienste, Gesandter. Der Hauptmann wird Euch nun in Euer Quartier zurückgeleiten, bitte wendet Euch an einen der dortigen Bediensteten, falls Ihr etwas braucht.«

Er vollführte eine Handbewegung, die das Ende der Audienz signalisierte, worauf sich der Gesandte linkisch erhob. Unsicher ließ er kurz seinen Blick in die Runde schweifen, bis Feranc auf die Tür wies. Dann, fast widerwillig, verbeugte er sich knapp vor Ibris und stolzierte aus dem Gemach, Feranc auf seinen Fersen.

Nachdem sich die Tür hinter ihnen geschlossen hatte, hob Ibris abwehrend die Hand in Richtung Menedrions, um dem unvermeidlichen Wutausbruch vorzubeugen.

»Nicht, bis er außer Hörweite ist«, sollte die Geste besagen.

Ihre Wirkung hielt nur kurz an, doch als Menedrion dann schließlich explodierte, war es nicht ganz das, was alle erwartet hatten. Es war eine Mischung aus Erheiterung und Verblüffung.

»Ich kann es nicht fassen«, sagte er und erhob sich. »Der

Mann ist ein Wahnsinniger. Der Galgen wäre zu schade für ihn. Wir sollten ihn öffentlich auf dem Marktplatz zur Schau stellen.« Mit breitem Grinsen sah er seinen Vater an. »Bist du *sicher*, daß seine Dokumente in Ordnung waren?«

Ibris nickte, unbeeindruckt von Menedrions Humor. »Das Siegel ist echt«, antwortete er, als nehme er die Frage völlig ernst. »Obwohl die Unterschrift unlesbar ist.«

Bei Ferancs Rückkehr nahm Menedrion wieder Platz. »Es erstaunt mich nicht, daß sie unleserlich ist«, sagte er. »Vermutlich wurde sie von Ar-Hyrdyn selbst verfertigt, während er in den Körper einer Tempelkatze gefahren war. Was meint Ihr dazu, Ciarll?«

»Ich denke, daß wir ein ernstes Problem haben«, gab dieser ausdruckslos zur Antwort.

Menedrions Augen weiteten sich voller Staunen, als er sich an seinen Vater wandte. »Wegen dieses Dorfdeppen und seiner Armee?« meinte er. »Soll ich mich um ihn kümmern, Vater? Was ist, wenn er sich für Ar-Hyrdyns Krähe hält und des Nachts versucht, vom Palastdach zu fliegen?« Er schlug mit den Armen, und sein brüllendes Gelächter füllte den Raum. Arwain und Aaken bemühten sich angestrengt darum ernst zu bleiben. Nur Ibris gelang es.

Schließlich erstarb Menedrions Heiterkeitsausbruch unter dem Schweigen des Herzogs.

»Tut mir leid«, sagte er. »Ich war schon drauf und dran, den arroganten Bastard nur wegen seines unverschämten Benehmens zu verprügeln. Aber das ist doch alles Unfug. Er ist übergeschnappt. Das ist einfach lächerlich.«

»Wenn dem nur so wäre«, entgegnete Ibris ruhig. »Ich würde auch lieber in deine Heiterkeit einstimmen, als der Realität ins Auge zu blicken, doch ich fürchte, daß Arwain mit seiner Einschätzung der Lage dem Ganzem schon recht nahe gekommen ist. Es sieht so aus, als habe sich diese absurde Religion wieder eine gewisse Vorherrschaft erobert.« Er schnitt eine Grimasse und hieb ärgerlich auf die Armlehnen seines Sessels. »So eine finstre, schwachsinnige Idiotie«, spuckte er erbittert hervor. »Diese Verschwendung. Und die Anmaßung dieses Mannes. Ihm war es vermutlich völlig gleich, ob er umkommt oder nicht. Er ist unbemerkt durch unser gesamtes Territorium gezogen, um uns in aller Öffentlichkeit ins Gesicht zu spucken. Das war seine Botschaft; äußerste Mißachtung für den Vertrag, den Frieden, sein Leben. Und ich habe es mir gefallen lassen und auch noch dazu gelächelt!« Das war das erste Mal seit Eintreffen des Gesandten, daß er einen Teil seiner geheimsten Gefühle preisgegeben hatte.

Niemand sagte etwas.

Dann legte der Herzog die Hand an den Kopf und sah einen kleinen Moment lang sehr alt aus.

»Ciarll«, sagte er nach einer Weile. »Deine Meinung.«

»Vorläufig wie die Eure, Sire«, erwiderte Feranc, mit Bedacht Arwains Beitrag übergehend. »Was auch immer der Grund sein mag, es scheint, daß sich zumindest einige von ihnen wieder ihrem alten Glauben zugewandt haben. Wir dürfen mit umfassenden Grenzprovokationen rechen, mit dem ernsthaften Risiko, daß sie sich zu einem Krieg an allen Fronten auswachsen.«

»Niemals!« erklärte Menedrion verächtlich. »Verrückte Götter oder nicht, so dumm ist doch niemand. Seit ich ein Schwert halten kann, sticheln sie hier, sticheln da, fädeln dort eine Intrige ein, planen dies und jenes. Alles nur Manöver, um irgendwo einen kleinen Vorteil zu erringen. Und wir haben sie immer noch mit eingezogenem Schwanz wieder heimgeschickt, wenn sie zu weit gegangen waren. Sie können nicht wagen, so etwas wie einen großangelegten Krieg zu führen! Das ist undenkbar. Nebenbei bemerkt, jene Tage waren selbst vor Viernce schon selten geworden. Permanenter Kriegszustand mit regulärem Wintercamp und Sommerfeldzügen, fast ständige Mobilmachung, das ganze Land in ein einziges Heerlager verwandelt? Niemand, der noch bei Verstand ist, würde sich so etwas wünschen.«

Er sah sich Unterstützung heischend um, doch Zweifel hing wie dicke Schwaden in der Luft.

»Aaken, Arwain«, flehte er beinah.

Der Kanzler zuckte unbehaglich mit den Achseln. »Ich erinnere mich an einen Priester, den wir vor einigen Jahren fingen«, begann er. Er hatte die Stirn in Falten gelegt, als blicke er weit in die Vergangenheit zurück. »Ein großer, kräftiger Mann. Hatte eine überwältigende … Präsenz. Wir dachten, wir hätten einen großen Herrn gefangengenommen. Ich erinnere mich noch an meine Gedanken, als ich ihn sah: Für den wird es ein fürstliches Lösegeld geben.«

Er unterbrach sich und schüttelte versonnen den Kopf. »Ich plante schon, wie ich es ausgeben würde. Wir waren sechs, die ihn in Schach hielten mit unseren Piken. Er hatte keinerlei Fluchtmöglichkeit. Und es ist ja nichts Unehrenhaftes daran, sich zu ergeben. ›Kommt schon, Hoheit‹, sagte irgend jemand. ›Für Euch ist der Krieg vorüber. Ist Zeit, Euch zum Marktplatz zu bringen.‹«

Wieder unterbrach er sich, und seine Augen wurden sehr groß. »Er plusterte sich nur auf. Sah uns an, als wären wir Hundescheiße, und dann ergriff er einen Pikenschaft …« Aakens Hände schossen vor, spielten die lange vergangene Tat nach. »… und spießte sich einfach auf die Klinge auf. Ganz langsam. Spießte sich einfach auf. Gab keinen Laut von sich. Zuckte nicht mit der Wimper.«

Er wandte sich an Menedrion. »Das war ein Anhänger Ar-Hyrdyns. Bei ihnen kann man Vernunft und Logik vergessen. Alles, was sie interessiert, ist, heldenhaft auf dem Schlachtfeld zu sterben, damit sie in Ar-Hyrdyns Legionen streiten können. Nach unseren Maßstäben sind sie irrsinnig, aber alles andere als dumm, und sie sind furchterregend. Ich werde nie den Ausdruck in den Augen dieses Priesters vergessen. Triumphierend, obwohl er starb.«

Menedrion zappelte unbehaglich herum.

»Dieser Gesandte hat mich an ihn erinnert«, fügte Aaken hinzu. »Dasselbe Gebaren, derselbe Hochmut, dieselbe Verachtung …«

»Er ist trotz allem auch nur ein Mensch«, wandte Menedrion ein. »Vielleicht wußte die Handira nicht, wie er wirklich ist. Wir haben schon einige seltsame Gestalten in unserem diplomatischen Corps gehabt. Eigentlich haben wir sie immer noch, wenn ihr mich fragt.«

Ibris nickte und lächelte andeutungsweise. »Das stimmt«,

pflichtete er ihm bei. »Seine Anwesenheit hier könnte Teil eines internen politischen Gerangels sein. Doch das Siegel war echt, so daß wir nicht auf diese Hoffnung bauen dürfen. Wir können nur darauf bauen, was wir mit eigenen Augen und Ohren gesehen und gehört haben. Und *falls* die Bethlarii vorhaben, für einen Ehrenplatz in der Goldenen Halle Ar-Hyrdyns in den Krieg zu ziehen, dann müssen wir in allerbester Verfassung sein, wenn wir ihnen gegenübertreten.«

Er schwieg einen Augenblick und rieb sich gedankenverloren die Nase. »Hat irgend jemand etwas gegen diesen Beschluß einzuwenden?«

Niemand erhob Einspruch, und so ging Ibris zum geschäftlichen Teil über.

»Zuallererst müssen wir herausfinden, was in Whendrak vor sich geht. Arwain, kannst du einen Zug deiner Wachen bis morgen früh abmarschbereit machen?« fragte er.

»Vermutlich«, gab Arwain zur Antwort, von diesem etwas plötzlichen Antrag überrascht. »Aber es wird fast die ganze Nacht dauern.«

»Gut«, entgegnete Ibris. »Tu es. Du kannst morgen im Sattel schlafen. Aaken, informier ihn hinreichend über die Whendrak betreffenden Vertragsbestimmungen. Und bereite die entsprechenden Dokumente vor. Ich möchte nicht, daß wir genau das, was wir verhindern wollen, durch irgendeinen diplomatischen Fehltritt heraufbeschwören.«

Menedrion brütete finster vor sich hin angesichts dieser neuen Entwicklung. »Ich könnte …«, setzte er an.

»Du, als mein Erbe, wirst dich um meinen hochverehrten Gast kümmern, Irfan«, erklärte Ibris und schnitt ihm die Beschwerde ab, noch bevor er sie hatte äußern können. »Und bis wir ihn sicher zur Grenze gebracht haben, werden wir ihn auch weiterhin als solchen behandeln.«

Menedrion beschwerte sich gereizt. »Er braucht einen Aufseher, keinen Gastgeber«, empörte er sich. »Laß Arwain das machen. Er ist geduldiger als ich. Ich kann vor Einbruch der Dunkelheit in Whendrak sein.«

»Irfan, das geht in Ordnung«, sagte Ibris scharf. »Die Angelegenheit ist zu ernst, als daß wir unsere Vorlieben und

Wünsche berücksichtigen dürften. Arwains Mantynnai sehen besser als deine Wache, was zu sehen ist, und Arwain ist ein besserer Zuhörer als du, und außerdem weiß er, wie man wegläuft – im Gegensatz zu dir. Falls darüber hinaus irgend etwas schiefgeht, ist es lediglich mein Bastardsohn, den sie erwischen, nicht mein Erbe und einer meiner besten Kommandeure.« Er schoß Arwain einen Blick zu. »Tut mir leid, Arwain, du verstehst das doch?«

Arwain deutete eine Verbeugung an.

Menedrion war indes immer noch nicht völlig beschwichtigt. »Außerdem, Irfan«, fuhr Ibris in umgänglicherem Ton fort, »möchte ich, daß du ein Gespür für diesen Grygyr bekommst. Rede mit ihm, hör zu, was er sagt. Sieh zu, daß du seine Witterung aufnimmst. Zudem wird es eine notwendige Übung für dich sein, deine Zunge im Zaum zu halten, und das könnte später einmal durchaus von Bedeutung sein. Vielleicht mußt du ihm auch irgendwann einmal auf dem Schlachtfeld entgegentreten. Mach eine ... Kompanie ... marschbereit mit der Maßgabe, am Tag darauf mit ihm zurückzugehen.«

Menedrion nickte widerwillig. »Und denk daran, Irfan«, fügte Ibris hinzu. »Wenn ihr Gesandter nicht nur lebend und unverletzt, sondern auch höchst geehrt und von keinem Geringeren als meinem Erben eskortiert an die Grenze zurückkehrt, wird ihm das zu Hause wenig Ruhm einbringen. In der Hanestra laufen genauso viele Intrigen wie bei uns in Sened und Gythrin-Dy, und Mißtrauen und Eifersucht sind die Regel. Fäule von innen zerstört ein Haus genauso wirkungsvoll wie Flammen von außen.«

Menedrion kniff die Augen zusammen. »Sie könnten es ebensogut als Akt der Schwäche von unserer Seite auslegen.«

Ibris lehnte sich mit einem Achselzucken zurück. »Auch gut«, sagte er. »Laß sie uns nur unterschätzen.«

Menedrions Lippe kräuselte sich in widerwilliger Zustimmung. »Nun gut. Ein rücksichtsvoller Gastgeber und Reisegefährte werde ich sein«, erklärte er säuerlich.

Arwain beobachtete den Schlagabtausch mit nicht geringer Erleichterung. Sein Verhältnis zu Menedrion war so geartet, daß jede Andeutung von Bevorzugung seitens ihres Vaters von ihm mit äußerstem Mißtrauen registriert wurde.

Ibris wandte sich an den Kanzler und den Hauptmann seiner Leibwache. »Aaken, Ciarll, wir haben noch eine Menge zu tun«, sagte er. »In der Stadt wird mittlerweile die Gerüchteküche brodeln. Ich kann eine Notstandssitzung des Kabinetts bis morgen hinausschieben, aber wohl nicht länger. Und ich muß zumindest eine Erklärung für die Sened parat haben, bevor sie morgen abend ihre Tagung abschließt. Aber ich will, daß wir die Grundzüge unserer Politik hier und jetzt festlegen, oder wir werden in endlosen Diskussionen und rhetorischen Exzessen ertrinken.«

Aaken runzelte die Stirn. »Das wird ihnen nicht gefallen«, gab er zu bedenken. »Es ist nicht mehr wie früher. Sie haben sich daran gewöhnt, etwas zu sagen zu haben.«

Ibris wischte den Einwand beiseite. »Sie werden gar nicht erfahren, was passiert, wenn wir nur vorsichtig genug vorgehen«, sagte er. »Und ich habe immer noch den Oberbefehl über das Heer, wenn ich mich recht entsinne.«

»Stimmt«, räumte Aaken ein. »Doch ohne die Zustimmung der Sened für Eure Handlungsweise könnte es dazu kommen, daß Ihr die Männer aus Eurer eigenen Tasche bezahlen müßt.«

Ibris winkte ab. »Dessen bin ich mir durchaus bewußt«, erwiderte er gereizt. »Sei doch nicht so begriffsstutzig.« Dann ließ er seine Arme mit einem Knall auf die Sessellehnen hinuntersausen. »Das genau ist es, was ich mit ›ertrinken‹ meinte. In meinen Augen sieht das hier nach einem hinreichend wichtigen Notfall aus, um die exekutive Befehlsgewalt auf ganz legale Weise an mich zu reißen, aber das will ich noch gar nicht; ich will es überhaupt nicht, wenn es vermeidbar ist. Es würde viel böses Blut machen und wahrscheinlich eine regelrechte Panik unter den Händlern und Kaufleuten auslösen. Nein, wir behandeln die Sened wie den Gesandten; freundlich und zuvorkommend. Doch nichtsdestotrotz treffen wir die Entscheidungen hier, jetzt, wie es nottut, und dann überlegen wir uns, wie wir die notwendige Zustimmung erlangen. Ist das klar?«

Aaken gab sich mit erhobenen Händen geschlagen.

»Das ist ohnehin von untergeordneter Bedeutung«, fügte Ibris hinzu. »Viel wichtiger ist der Zustand der Armee und die Haltung unserer Grenzverbündeten. Ich will, daß deine gewitztesten, loyalsten Leute dorthin gehen, und zwar schnell. Sie sollen zuhören, die Augen aufhalten. Und schick jemanden hinunter nach Crowhell und nach Nestar, um zu erkunden, ob irgendwelche ungewöhnlichen Truppen angekommen sind und Schiffe flußaufwärts genommen haben.«

»Wenn sie einen Kreuzzug lostreten wollen, werden sie keine Söldner und Fremden in ihre Reihen lassen, oder?« warf Arwain ein.

Ibris blickte ihn an. »Ich habe dir heute morgen etwas über Priester erzählt, nicht wahr?« sagte er, wenn auch nicht unfreundlich. »Sollten unsere Vermutungen über sie zutreffen, stehen Politiker im Vergleich mit ihnen als ehrliche, offenherzige Kinder da. Wir haben soeben erlebt, daß ein Mitglied des Bethlarii-Adels Zuflucht zu einer Tarnung genommen hat. Es bereitet ihrer Priesterschaft nicht das geringste Problem zu erklären, daß jeder, der an ihrer Seite kämpfen will, ihnen von Ar-Hyrdyn höchstpersönlich geschickt wurde.« Er rümpfte verächtlich die Nase. »Wie dem auch sei, selbst wenn im Augenblick noch keine religiöse Clique an der Macht sein sollte, kannst du dir sicher sein, daß es eine Menge braver Opportunisten gibt, die zu ihren Fahnen eilen und ihren Einfluß zum Tragen bringen werden.«

Arwain neigte den Kopf, um zu zeigen, daß er seine Lektion gelernt hatte.

Ibris schnippte mit den Fingern. »Und wo ich gerade von Tarnung rede, Ciarll ...«, setzte er an.

»Die Sache wird erledigt, Sire«, erwiderte Feranc. »Ich habe bereits Boten an die Liktoren und Garnisonen geschickt, daß sie nach auffälligen Fremden Ausschau halten sollen.« Er ließ ein völlig untypisches Stirnrunzeln sehen. »Ich fürchte, ich habe die Zügel etwas schleifen lassen ...«

Ibris brachte ihn mit einer Handbewegung zum Schweigen. »Wir sind alle etwas lasch gewesen«, erklärte er. »Ich hätte damit rechnen müssen, daß eine zu lange Zeit ohne Krieg irgendeine entsetzliche Auswirkung auf ihre Gesellschaft zeitigen würde ...« Er warf Arwain einen raschen, anerkennenden Blick zu. »... Und wir hätten uns alle öfter ins Gedächtnis rufen sollen, daß die Bethlarii unsere Feinde sind – und daß genau so, wie nichts beim alten bleibt, sich auch in manchen Dingen nie etwas ändert.«

Er nickte versonnen vor sich hin. »Wir fangen besser damit an, schon mal die örtlichen Garnisonen zu mobilisieren. Laßt uns hoffen, daß wir bei unserer militärischen Ausbildung nicht auch die Zügel haben schleifen lassen.« Ein erschreckender Gedanke.

Stille senkte sich über den Raum, und die vier Männer blieben eine Weile regungslos sitzen. Ibris' Befürchtung hatte sie alle schockiert. Dann stand Menedrion auf und reckte sich.

»Nun ja«, sagte er. »Wenn ich eine Kompanie für den Eskortendienst bereitmachen soll, fange ich am besten sofort damit an. Ich bezweifle, daß ich damit und mit der Unterhaltung meines Gastes heute nacht noch viel Schlaf bekommen werde.«

Arwain musterte ihn eindringlich. Im Tonfall seines Halbbruders schwang irgend etwas Seltsames mit.

Furcht? Nein, entschied Arwain. Erleichterung.

Kapitel 16

Antyr trottete wie in Trance hinter dem Diener her. Ohne weiteren Kommentar hatte Menedrion sie schroff aus seinen Privatgemächern gewiesen und sie mit einem knappen Abschiedsgruß und dem Befehl, sich nicht aus dem Palast zu entfernen, ihrem gegenwärtigen Führer überlassen; einem alten Mann mit rundem Gesicht, gebeugten Schultern und einem besorgten Stirnrunzeln, das permanent zu sein schien.

Er wirkte überdies nicht allzu erfreut über seine neue Aufgabe und murmelte ständig etwas dahin, halb zu sich selbst, halb an Antyrs Adresse.

»Das ist nicht meine Aufgabe, wißt Ihr ... Ich habe auch so genug zu tun, ohne hier durch die Gänge rennen zu müssen, um Unterkunft für Seiner Lordschaft ...« Er unterzog Antyr von Kopf bis Fuß einer kritischen Musterung. »... Besucher ... Und den Wachen und Köchen Bescheid zu geben ... Meine Aufgabe ist das Eindecken der Tische für diesen ganzen Flügel ... Das ist nicht recht ... Er hätte sich jemand von seinen Lakaien suchen müssen ... Das ist mal wieder typisch ...«

Er jammerte mehrere Versionen dieses Themas vor sich hin, während er sie auf verschlungenen Wegen durch den Palast führte, doch Antyr hörte ihm sowieso kaum zu, noch bemerkte er etwas von den Statuen, Gemälden, Möbelstücken, Wandbehängen und anderen Kunstgegenständen, an denen er auf seiner Wanderung vorbeikam und die ihn in der Nacht zuvor noch so beeindruckt hatten.

Untypischerweise blieb auch Tarrian ganz still.

Schließlich erreichten sie ihr Ziel, wo man Antyr in eine kleine Raumflucht wies. Er hörte sich geistesabwesend dem Bediensteten danken und war sich vage bewußt, daß der alte Mann, nachdem er mehrere Lampen entzündet hatte, sich – immer noch murrend – verabschiedete.

Als die Tür klickend hinter ihm ins Schloß fiel, lehnte Antyr sich seufzend gegen sie. Er fühlte sich taub vom Kopf bis zu den Füßen. Sein Körper schien kaum noch der seine zu sein, sein Verstand verweigerte ihm den Dienst. Irgendein Reflex trug ihn zu einer enormen Liege und überredete ihn, sich hinzulegen. Er war sich kaum der Tatsache bewußt, daß Tarrian ihre neue Unterkunft auskundschaftete.

Als er sich ausstreckte, fiel sein Blick auf die Decke, doch er sah nichts, und die einzige Bewegung in seinem Geist war die von Tarrians uralter Neugier und Vorsicht, während er schnell die Grenzen seines neuen Territoriums erkundete.

»Wir kommen voran in der Welt«, meinte Tarrian, als er mit seiner Tour fertig war, doch die Bemerkung hatte keine richtige Bedeutung für ihn, und die Worte hingen leblos und traurig in Antyrs Kopf.

Dann überwältigte ihn eine schwarze Woge, plötzlich, aus dem Nichts kommend. Seine Konfrontation mit Menedrion war nervzehrend gewesen, doch irgendwie hatte sie ihn aufrecht, seinen Geist gesund gehalten. Jetzt, als er allein war, traf ihn der unverminderte Schock der Ereignisse des vergangenen Tages. Die Glaubensartikel selbst, die sein Gewerbe und dessen Grundlagen ausmachten, waren beiseite gefegt worden, als hätten sie nie existiert, und er trieb in einem Meer des Wahnsinns umher, ohne Leitstern oder Landmarke, die ihm den Weg weisen konnten. Alles, was einst sicher und vertraut gewesen war, war nun bedrohlich und fremd geworden wie ein fester Strand, der sich auf einen Schlag in Treibsand verwandelte.

Er schlug die Hände vors Gesicht, als wolle er sich ganz winzig und unbedeutend machen, doch die Schwärze spürte ihn auf und flutete unaufhaltsam über und durch ihn, schleuderte ihn umher wie einen Kiesel auf jenem Strand.

Irgendwann, nach einer zeitlosen, aufgewühlten Qual, vernahm er einen Laut; ein entferntes Stöhnen, Schluchzen. Es hielt eine geraume Weile an, rückte allmählich näher. Dann erkannte er langsam, daß er selbst es war, der stöhnte, der seinen unendlichen Kummer um irgendeinen schrecklichen, unbekannten Verlust in die Welt schickte.

Dennoch überkam ihn mit dieser Erkenntnis auch ein schwacher Anflug von Erleichterung, und er spürte, wie die Flut aus Schwärze verebbte. Nach und nach gelangten seine krampfhaften Schluchzer zur Ruhe, und er richtete sich in eine sitzende Position auf, obwohl seine Hände immer noch vor sein tränennasses Gesicht geschlagen waren, als könne der Anblick der Realität dieser Welt um ihn herum die letzten Reste von geistiger Gesundheit erschüttern, die ihm noch verblieben. Er fühlte, daß Tarrian ganz in der Nähe war; daß er wartete, beobachtete, mit jenem fast erschreckenden tierischen Fatalismus, der ihn größtenteils immun gegen die emotionalen Auswirkungen von Begebenheiten machte, die er nicht ändern oder kontrollieren konnte.

»Entschuldigung«, gelang es Antyr schließlich zu sagen.

Tarrian gab keine Antwort, glitt jedoch zu ihm und schmiegte sich an sein Knie. Rudelsache. Eine von Antyrs Händen löste sich von seinem Gesicht und senkte sich, um das weiche Fell zu streicheln. Neue Schluchzer stiegen in ihm hoch.

»Entschuldigung«, wiederholte er.

Wieder sagte Tarrian nichts. Er verstand das nicht, jedenfalls nicht vollständig, und so hatte er keinen Trost anzubieten. Und doch: Indem er um sein Unverständnis wußte, gab er Antyr alles, was er hatte. Antyr tätschelte ihn und fand einen gewissen Trost in der entschlossenen Anwesenheit der machtvollen Wolfsgestalt.

»Ich weiß gar nicht, was das ausgelöst hat«, sagte er mit immer noch bebender Stimme.

»Brauchst du auch nicht«, erwiderte Tarrian. »Es war notwendig, und du hast es zugelassen. Du hast klug gehandelt.«

Diesmal war es Antyr, der keine Antwort gab.

Die beiden hockten eine Weile schweigend nebeneinander, und dann begann Antyr auf einmal eine hektische Suche nach einem Taschentuch.

»Handtücher und Wasser sind hinter der nächsten Tür«, informierte ihn Tarrian.

Antyr hörte sich schwach kichern, während er aufstand und in die von Tarrian gewiesene Richtung taumelte. »Danke, Erdhalter«, sagte er. »Ist schon gut, daß wenigstens einer von uns auf der Erde bleibt.«

Doch die Finsternis hatte ihn noch nicht völlig verlassen und wallte wieder auf, als er den zierlichen silbernen Pumpenschwengel betätigte und zusah, wie sich ein Wasserschwall in die schlichte weiße Schüssel ergoß. Das Wasser funkelte im Lampenlicht, während es in der Schüssel im Kreis wirbelte und hochschwappte, geheimen Gesetzen gehorchend, die so unveränderlich waren wie jene, die Antyrs Gewerbe banden und sich nun so sprunghaft gaben. Das Wasser schien ihn zu verspotten, und er spürte, wie sein Körper unkontrollierbar zu zittern begann.

Er streckte die Hand aus und verschaffte sich Halt, indem er sich gegen eine der Wände lehnte, während er die andere Hand ins Wasser tauchte und unachtsam sein Gesicht damit benetzte.

Diese Anstrengung schien seine letzten Kräfte zu verzehren, und er glitt langsam an der Wand hinab zu Boden.

Wieder kam Tarrian zu ihm, setzte sich an seine Seite, schweigend, aber unendliche Sicherheit ausströmend.

»Ich habe solche Angst«, sagte Antyr nach langer Zeit.

»Ja«, erwiderte Tarrian. »So riechst du auch.«

Antyr stieß angesichts der umweglosen Direktheit seines Gefährten ein leises, reuiges Lachen aus, doch immer noch verweigerte sein Körper ihm den Dienst. Tarrian legte sich geduldig neben ihn.

»Was ist nur los mit mir?« fragte Antyr nach einem weiteren langen Schweigen.

Tarrian wandte ihm den Blick zu, sagte jedoch nichts.

»Zuviel Veränderungen. Zu schnell?« grübelte Antyr, drehte sich um und preßte die Stirn gegen die kühle, geflieste Wand. »Zuviel Dummheit. Zuviel Schwäche.«

»Du bist zu streng mit dir«, tadelte Tarrian ihn sanft, erhob sich und trottete aus dem kleinen Waschraum, als werde er nicht länger benötigt. »Was da gerade mit dir passiert, ist wahrscheinlich ein wenig von alldem, doch vor allem ist es ein Angriff. Ein Angriff auf deine Seele.«

Antyr warf seinen Kopf herum. »Das habe ich mir auch schon gesagt. Das habe ich auch Menedrion erzählt. Aber was *bedeutet* es?«

Er erhob sich ungeschickt und folgte Tarrian. »Was bedeutet es?« fragte er noch einmal.

»Es bedeutet, daß wir angegriffen werden«, entgegnete Tarrian.

»Verdammt, Tarrian!« rief Antyr. »Rede vernünftig. Mein Kopf … alles … dreht sich.« Er preßte wild die Fäuste zusammen und ließ dann die Arme schlaff nach unten sinken. »Ich brauche Klarheit, nicht noch mehr Rätsel. Ich fühle mich so verloren. So hilflos. Ich zweifle schon an meiner geistigen Gesundheit.« Dann, ärgerlich: »Und wenn ich angegriffen werde, dann wirst du es vermutlich auch. Warum hast du keine Angst?«

Eine nutzlose Frage, das wußte er. Tarrian war ein Tier. Er hatte ein paar menschliche Züge, genau so, wie Antyr ein paar tierische hatte, doch es lag nicht in seiner Natur, vor etwas Angst zu haben, das er nicht mit seinen Sinnen spüren konnte. Tarrian reagierte auf Ereignisse, wie ein Spiegel ein Bild zurückwarf, auch wenn seine andeutungsweise menschlichen Züge das Bild manchmal verschwimmen ließen und leicht zum Zittern brachten.

»Ich habe Angst«, entgegnete Tarrian. »Deine Furcht weckt wie ein Echo auch Furcht in mir. Aber das ist alles; ein Echo. Deine Furcht ist Furcht vor vielen Dingen. Furcht vor dir selbst, deiner Schwäche, den unbekannten Abgründen deiner Persönlichkeit. Dann ist da die Furcht vor Menedrion, vor dem Herzog, vor den Vorwürfen deines toten Vaters, vor meiner Verachtung …«

Antyr hob die Hand, um ihn zum Schweigen zu bringen. »Und vor der Kapuzengestalt mit der Laterne«, ergänzte er.

»Ja«, meinte Tarrian. »Vor ihr gewiß auch.«

»Und was soll ich mit diesem gewaltigen Chor von Ängsten anfangen?« fuhr Antyr fort, und seine Stimme verhärtete sich.

Tarrian starrte ihn an. Es war ein kaltes, graues, wölfisches Starren. »Leb oder stirb«, sagte er schlicht.

»Was, zur Hölle, soll das nun wieder bedeuten?« Antyrs Stimme brach, wurde zu einem Krächzen, während er wütend die Frage hervorstieß.

»Es bedeutet: Leb oder stirb«, wiederholte Tarrian.

»Du bist mir eine große Hilfe«, versetzte Antyr sarkastisch und ließ den Kopf wieder in seine Hände sinken.

Tarrian trottete zum Fenster hinüber und richtete sich auf, um die Vorderpfoten auf das Fensterbrett zu legen. »Ich kann nicht anders«, sagte er und lugte voller Neugier aus dem Fenster. »Noch nicht. All das kommt aus deinem Inneren. Aus einem tiefen Abgrund deiner menschlichen Natur. Ich vermag deine Pein zu spüren, doch ihr Grund liegt jenseits dessen, was ich erreichen kann. Damit mußt du schon selbst fertig werden. Alles, was ich tun kann, ist beobachten und hiersein. Doch es ist wahr, was ich gesagt habe. Du mußt dich entscheiden, ob du leben oder sterben willst. Wählst du den Tod, dann spring jetzt aus diesem Fenster, und ich werde dich betrauern. Wählst du das Leben, dann springst du eben nicht, und in diesem Fall muß deine nächste Entscheidung lauten, ob du dich ergeben oder kämpfen willst.«

Antyr erschauderte, als die kalte Logik des Wolfes über ihn hereinbrach. Er sah zu ihm auf, einer schwarzen Silhouette vor der hereinbrechenden Dämmerung draußen.

Dann stand er langsam auf und ging zu ihm, zum Fenster. Tarrian ließ sich herunterfallen und wich ein wenig zurück, als er sich ihm näherte. Nach einigem linkischem Herumhantieren mit dem Griff stieß Antyr das Fenster auf und beugte sich über den Sims hinaus. Tarrian musterte ihn regungslos.

Die frostige Luft des späten Nachmittags schnitt in Antyrs immer noch feuchtes Antlitz. Er stieß einen langen Seufzer aus. Ein Wölkchen bildete sich, schwebte in der Luft und löste sich dann still auf. Anders als seine Unterkunft letzte Nacht gab dieser Raum den Blick auf die Stadt frei, obwohl nur wenig zu sehen war in der hereinbrechenden Dunkelheit.

Nichtsdestotrotz war der Ausblick beachtenswert. Jene Türme, Kuppeln, Kirchspitzen und schwungvollen Prachtstraßen von Ibris' ›atemberaubender Stadt‹, die von ihrem Ausguck zu sehen waren, zeichneten sich deutlich ab, angestrahlt und in Schatten getaucht von einer Myriade von Fackeln und Laternen, umgeben von einem dunstverschleierten Lichtkranz, was dem Ganzen eine erstaunlich feine, friedliche Atmosphäre verlieh. Noch während er hinausblickte, sah Antyr andere, entferntere Lichtquellen, die plötzlich aufleuchteten: die Gilde der Lampenentzünder, die stur die ihnen zugewiesene Aufgabe erfüllte und die Dunkelheit jeder Nacht mit ihren Lichtern verscheuchte. Ein jähes Gefühl von Geborgenheit breitete sich in ihm aus.

Beinahe abrupt erkannte er, daß er sich, obwohl er sich verloren und leer fühlte, gleichzeitig auch lebendig und frei fühlte – und froh darüber war. Tarrian hatte die Alternativen einmal aussprechen müssen, obwohl sie nie wirklich in Betracht gekommen waren, wie sie beide sehr wohl wußten.

Er schloß das Fenster.

»Soviel zu Strategieentscheidungen«, sagte er mit einem nervösen Lächeln. »Die genaue Taktik dürfte uns mehr Probleme bereiten, wie ich fürchte.«

Er begab sich wieder zu der Liege und streckte sich erneut aus, diesmal allerdings mit einer gewissen Begeisterung. Es war die Euphorie eines Soldaten, der soeben erfahren hat, daß die Schlacht nicht vor dem nächsten Morgen geschlagen wird; der die nächste Stunde über unsterblich und bar aller Schwächen war. Er kannte das Gefühl.

»Bevor Furcht und Verwirrung wieder überhandnehmen, laß uns reden«, meinte er. »Darüber, wer und wie und warum und was überhaupt getan werden kann.«

Tarrian ließ sich neben der Liege zu Boden fallen und legte seinen Kopf auf die Pfoten. »Wer, wie und warum wissen wir nicht«, versetzte er. »Was das ›Was‹ angeht, so können wir darüber nachdenken, was passiert ist, und das wird uns für die kommenden Ereignisse wappnen.«

»Vielleicht«, zweifelte Antyr.

»Nein«, widersprach Tarrian, »es wird uns ganz bestimmt wappnen. Vergiß nie, was auch immer geschehen wird, wir haben bislang überlebt, obwohl wir völlig unvorbereitet waren. Und Ibris hat auch überlebt, aufgrund seines starken Willens; und Menedrion hat seinen ersten Traum überlebt, aufgrund ...« Er schwieg.

»Aufgrund ...?« fragte Antyr bedeutungsvoll. »Aufgrund irgendeiner merkwürdigen Intervention einer anderen ... Person ... oder Macht. Sein Vorwurf war berechtigt. Was machen wir – als Meister unseres Gewerbes – aus dieser Sache, Hund? Als Hufschmiede und Bogenmacher?«

Tarrian wirkte nachdenklich. »Nichts«, erwiderte er nach einem Moment. »Wir merken es uns einfach und erinnern uns daran. Wie an alles andere.«

Antyr nickte versonnen. »Und was ist mit mir?« fragte er zögernd. »Was ist mit mir passiert?«

Er fühlte eine Empfindung bei Tarrian, die er nur als Glühen umschreiben konnte. Er wandte sich zu ihm um, sah zu ihm hinab, doch der Wolf lag immer noch da, alle viere von sich gesteckt, den Kopf auf den Vorderpfoten, die Augen halb geschlossen.

»Was war das?« fragte er in scharfem Ton.

»Was?« meinte Tarrian.

»Das«, erwiderte Antyr mit milder Verzweiflung und fügte dann zögernd hinzu: »Dieses ... Glühen.«

»Glühen?« fragte Tarrian mit heiterer Duldsamkeit. »Worüber *redest* du eigentlich?«

»Du weißt ganz genau, worüber ich rede«, entgegnete Antyr und stützte sich auf einen Ellbogen. Dann sickerten Tarrians wahre Gefühle durch. »Bei den Göttern, du bist ja erregt«, rief Antyr aus. »Ich werde von ... Dämonen ... verfolgt, von Gott weiß wem, und *du* bist erregt ...«

Tarrian kicherte. »Ja, tut mir leid«, versetzte er unaufrichtig. Antyr suchte nach einer angemessenen zornigen Erwiderung, doch die Gefühle des Wolfes schlugen Wellen und begannen auf ihn überzugreifen.

Tarrian erhob sich und blickte ihn mit wedelnder Rute an.

»Hast du nicht dasselbe empfunden, als wir in Menedrions Nexus eingetreten sind, als wir ihn gesucht, gejagt haben?« Kurzfristig war Antyr wieder da, inmitten all der wirbelnden Pracht. »Die Klarheit, die Geschwindigkeit, die Mühelosigkeit«, deklamierte Tarrian. »Wie könnte ich da *nicht* erregt sein? Wie könntest *du* da nicht erregt sein?«

»Ganz einfach«, versetzte Antyr. »Hast du vergessen, wo uns das Ganze hingebracht hat? Oder, präziser gesprochen, mich? An irgendeinen seltsamen Ort jenseits … außerhalb … des Traums. Allein, getrennt von dem Träumer und von dir? Es hat mich zu Tode erschreckt, das ist der Grund, warum es mich nicht erregt!«

»Aber du hast überlebt«, sagte Tarrian atemlos. »Du hast mich zu dir geholt, genauso, wie du es letzte Nacht getan hast. Du hast den Träumer beschützt und deine Angreifer besiegt.«

»Aber ich weiß nicht, wie!« erklärte Antyr gequält.

»Das spielt keine Rolle!« Tarrian brüllte beinah. »Es spielt keine Rolle. Du hast den Sieg davongetragen. Beide Male. *Du* hast gewonnen!«

»Aber …«

»Kein Aber«, widersprach ihm Tarrian. »Du hast gewonnen. Und außerdem bist du, zugegebenermaßen ohne viel eigenes Zutun und die Götter wissen wie, ein zehnmal so mächtiger Traumfinder, als du es noch vor einem Tag warst. Es ist, als ob diese … Angriffe … irgend etwas in dir geweckt hätten. Etwas zum Leben erweckt hätten, das kurz davor stand, in Selbstzweifel und Ale zu ersaufen.«

Antyr runzelte die Stirn. »Aber, aber, aber, aber«, sagte er stur und weigerte sich, Tarrians Optimismus zu teilen.

Tarrian beruhigte sich ein wenig. »Ja, schon gut«, räumte er ein. »Wir haben immer noch mehr Fragen als Antworten, aber wir sind nicht schutzlos, Antyr. Selbst wenn wir nicht wissen, wo unsere … deine Stärke … liegt, ist sie doch immer zur Stelle, wenn wir ihrer bedürfen.«

Fragen, Fragen über Fragen, dachte Antyr, während selbige in seinem Kopf umherwirbelten. Doch sie waren alle nicht zu beantworten und drehten sich in einem sinnlosen

Reigen. Irgendwie wischte er sie beiseite und setzte sich auf. Die Euphorie hielt immer noch an. Er war immer noch unsterblich – für eine Stunde oder so.

»Fein, wir können jetzt ohnehin nichts tun«, schloß er. »Wir müssen abwarten, was die Nacht bringt, und dann, wenn wir davonkommen, machen wir uns morgen früh auf, um diesen ... Nyriall ... aufzusuchen. So oder so werden wir dann klüger sein, und eine dritte Meinung kann auch nicht schaden. Und dir wird es Spaß machen, einen anderen Wolf kennenzulernen, nicht wahr?«

»Nicht unbedingt«, schränkte Tarrian frostig ein.

Antyr ließ das Thema auf sich beruhen.

»Und was tun wir in der Zwischenzeit?« fuhr er fort. »Ich weiß nicht, zu welch nachtschlafender Zeit Menedrion sich zurückzieht, doch nach dem, was mir zu Ohren gekommen ist, wird es spät werden – zumindest, was sein Einschlafen anbelangt.«

Tarrian reckte sich genüßlich. »Ich denke, erst essen, dann unser Honorar«, sagte er. »Dieser alte Miesepeter, der uns hergeführt hat, sagte etwas von Glocke läuten, wenn wir etwas bräuchten.«

Nach ein paar Minuten, nachdem sie ausführliche Anweisungen von dem verdutzten Diener erhalten hatten, der schließlich ihr Läuten erhört hatte und nichts über ihre Anwesenheit hier zu wissen vorgab, irrten sie auf der Suche nach dem Büro des Kanzlers erneut durch das Ganglabyrinth des Palastes.

»Ich hätte ja lieber erst gegessen«, maulte Tarrian.

»Du hast gehört, was der Mann gesagt hat«, gab Antyr zur Antwort. »Das Büro des Kanzlers wird in Kürze geschlossen. Entscheide dich, entweder begeben wir uns ins Refektorium, um etwas zu beißen zu bekommen, und warten einen weiteren Tag auf unser Geld. Einen weiteren Tag, der dem Vergessen dienlich ist«, fügte er bedeutsam hinzu. »Oder wir warten noch ein wenig mit dem Essen und holen uns unser Geld jetzt.«

»Schon gut, schon gut«, erwiderte Tarrian. »Es ist nur, daß ich seit ...«

»Zehn Minuten«, unterbrach ihn Antyr in beißendem Ton. »Seit zehn Minuten hast du nichts mehr gegessen.«

Tarrian bewahrte einen Augenblick würdevolles Schweigen und bog dann in eine nach unten führende Treppenflucht ein. »Hier lang«, sagte er. »Ich hoffe, du merkst dir diesmal den Weg.«

»Bis ins Untergeschoß, den Korridor entlang, durch die Halle, am verzierten Torbogen rechts halten ...«, begann Antyr zu rezitieren.

»In Ordnung«, unterbrach ihn Tarrian ungnädig und konnte es sich nicht verkneifen, hinzuzufügen: »Mal sehen, ob du auch den Rückweg findest.«

»Ich rechne mit keinerlei Schwierigkeiten«, entgegnete Antyr hoheitsvoll.

Tarrian ließ ein vorgreifendes ›Das-werden-wir-ja-sehen‹-Grunzen hören.

»Hier jetzt rechts.«

»Links!«

Nach einer kleinen Weile, nachdem sie drei verschiedene Diener nach dem Weg gefragt hatten, standen sie vor einer Tür, die in altmodischen Großbuchstaben die verblichene und kryptische Inschrift ›Kanz Gen‹ trug.

»Oje«, meinte Tarrian unheilvoll. »Er ist selbst zu geizig, um das Schild auf seiner Tür erneuern zu lassen. Ich glaube nicht, daß uns einfache Verhandlungen bevorstehen.«

Als Antyr die Hand ausstreckte, um die Tür aufzudrücken, ging sie von selbst auf, und ein Palastbote trat heraus. Es gab einen kleinen Eiertanz, als beide Männer in der Tür zögerten und dann mit spiegelbildlichen Aktionen auswichen und vorwärts tänzelten. Tarrian pflügte sich ungeachtet des daraus resultierenden Zusammenstoßes durch, was zur vollständigen Konfusion führte.

»Komm schon«, forderte er voller Ungeduld. »Ich hab' Hunger.«

Nach gegenseitigem Entschuldigungsgestammel mit dem Boten platzte Antyr mit dem Rücken voran in das ›Kanz-Gen‹-Büro.

»O du meine Güte«, hörte er Tarrian sagen.

Antyr wandte sich um und fand sich in einer geräumigen, mit Reihen um Reihen von Schreibtischen vollgestopften Halle wieder, deren jeder von der gebeugten Gestalt eines schwarzgewandeten Schreibers in Beschlag genommen wurde. Entlang einer der Seitenwände standen Regale, beladen mit Stapeln von Schriftrollen und Papieren mit herunterbaumelnden Siegeln. Sie reichten vom Boden bis zur hohen Decke, wurden nach oben zu immer staubiger. Das Pendant auf der gegenüberliegenden Seite gaben gewaltige Schubladentürme ab, die ebenfalls bis zur Decke reichten, als stützten sie diese.

Während er noch den Anblick verarbeitete, registrierte Antyr einen kaum merklichen, aber stetigen Schreiberfluß von Tisch zu Tisch, Tisch zu Regal, Tisch zu Schubladenschrank, der mit der bedächtigen, zielstrebigen Zufälligkeit eines geheimnisvollen, aber tiefsinnigen Brettspiels vonstatten ging. Und die Luft war erfüllt von insektenhaftem Gezwitscher und vom Kratzen unzähliger Federn, unterlegt vom Schlurfen der Füße unzähliger umhertapsender Schreiber und einem gedämpften Raunen, obwohl er niemanden sprechen sehen konnte. Gelegentlich durchschnitt die explosive Lautgewalt eines Hustens die geräuschvolle Stille.

Und über allem lag ein Geruch nach …?

Tarrian nieste feucht.

»Staub«, knurrte er. »Staubige Tinte, staubiges Papier, staubige Kleider und staubige Leute.« Wieder nieste er. »Steh nicht einfach so rum, Mann. Frag irgend jemanden.«

Antyr verzagte angesichts der versammelten Schlachtreihen von Aaken Uhrs Truppen und ihrer Flankendeckung aus Regalen und Schubladenschränken.

»Vielleicht sollten wir später noch einmal wiederkommen«, schlug er lahm vor.

»Frag jemanden«, befahl ihm Tarrian erbarmungslos.

Vom Schwert seines Kommandeurs vorangetrieben, bewegte sich Antyr auf den ihm am nächsten sitzenden Schreiber zu.

»Entschuldigt«, hob er zögernd an. »An wen wende ich mich … um mein Honorar abzuholen, für …«

»Auszahlungen da drüben«, beschied ihn der Schreiber ohne aufzublicken und wies ihm die Richtung mit einem raschen Zucken seines Federkiels.

Antyr wandte sich um und musterte den Sektor, den sein Führer ihm bedeutet hatte. Dort sah es genauso aus wie überall in dieser Amtsstube. Er zauderte, fühlte jedoch Tarrians wachsenden Unmut und zwang seine Füße vorwärts.

Während er im Zickzack durch die verschiedenen Gänge kreuzte, klopften seine Schritte ein unerfreuliches Steppgeräusch, das das Raunen und Murmeln in der Halle übertönte, so daß er sich dabei ertappte, seine Schritte zu verlangsamen und sich verlegen zu räuspern. Tarrian indes plagten solche Bedenken nicht, und er trabte voran, schnüffelte unterschiedslos und besitzergreifend an Tischen und Anwesenden.

Eine kleine Welle der Empörung folgte ihrer Spur, bis Antyr zu seiner Erleichterung über eine kleine Tischenklave stolperte, die abseits vom Hauptsektor stand. Er suchte sich einen alten, ziemlich distinguiert dreinblickenden Büroangestellten aus.

»Verzeiht ...«, begann er.

Ein schon vertrautes Zucken mit der Feder wies ihn zum nächsten Tisch.

Tarrian legte seine Vorderpfoten auf den ihnen zugewiesenen Tisch und fixierte dessen Besitzer, einen Mann in mittleren Jahren, der genau wie alle anderen gekleidet war. Er blickte auf und ließ unerwartet ein breites Lächeln sehen. Eins für Tarrian, eins für Antyr.

»Reizender Hund«, sagte er, streckte die Hand aus und streichelte Tarrian, bevor Antyr es verhindern konnte.

Tarrian hingegen machte keinen Aufstand, sondern schloß seine Augen halb und bewegte den Kopf unter der Hand des Mannes hin und her.

»Ja, das ist er«, erwiderte Antyr der Einfachheit halber und genoß diesen Augenblick der Menschlichkeit inmitten des gleichmacherischen, unerbittlichen Mahlwerks von Ibris' Verwaltungsapparat.

»Was kann ich für Euch tun?« fragte der Mann, immer noch lächelnd.

»Ich versuche jemanden zu finden, der mir das Honorar für einen Dienst auszahlt, den ich letzte Nacht dem … Kanzler … erwiesen habe«, erklärte Antyr.

Der Mann zog die Augenbrauen in die Höhe, verkniff sich aber jeden Kommentar, obwohl sein Blick flink über Antyr huschte, als wolle er die Wahrscheinlichkeit dieser Behauptung gegen sein Erscheinungsbild abwägen.

»Dem Kanzler?« wiederholte er. »Ihm selbst? Persönlich?«

Antyr nickte.

Das Lächeln des Mannes wurde unsicher, und Antyr wurde sich der Tatsache bewußt, daß sich heimlich mehrere Köpfe in ihrer Umgebung in die Höhe und in seine Richtung reckten. Da schürzte der Mann seine Lippen und ging zum Geschäftlichen über.

»Habt Ihr eine Quittung?« wollte er wissen.

»Eine Quittung?« wiederholte Antyr lahm.

»Eine zum Erhalt der Auszahlung berechtigende Notiz«, erläuterte der Mann. »Vom … Kanzler. Er müßte Euch eine gegeben haben.«

Antyr zuckte mit den Schultern. »Nein«, sagte er. »Er hat mir überhaupt nichts gegeben.« Dann meinte er in das lastende Schweigen hinein: »Der Herzog trug ihm auf, mich zu bezahlen, als Hauptmann Feranc mich nach Hause eskortierte, doch Kanzler Aaken meinte, er dächte, ich solle wegen des heraufziehenden Nebels besser im Palast bleiben, und weil ich müde und erschöpft war … dann hat er das mit meinem Honorar wohl vergessen. Es war sehr spät gestern nacht.«

»Der Herzog? Hauptmann Feranc? Letzte Nacht?« Die Augenbrauen des Mannes schraubten sich in ungeahnte Höhen.

»Er erwägt, die Wache rufen zu lassen«, teilte Tarrian ihm mit. »Du stellst dich nicht besonders geschickt an, meinst du nicht auch?«

»Tut mir leid«, entschuldigte sich Antyr und schubste Tarrian vom Schreibtisch herunter. »Es ist ein wenig kompliziert, ich weiß. Und ich bin ohnehin eher daran gewöhnt, mit Privatkunden zu verhandeln, ich fürchte, ich weiß wirklich nicht, wie Ihr …«

Seine Erklärung wurde von dem Schrillen eines kleinen Glöckchens unterbrochen.

Auf einen Schlag veränderte sich die Geräuschkulisse in der Halle, und ein erleichtertes Chaos trat ein, als Federkiele abgelegt, Bücher zugeklappt, Stühle zurückgerückt und beiläufige Gespräche aufgenommen und wieder beendet wurden. Antyr sah sich verdutzt um.

Die Halle war plötzlich ein Meer schwarzer, flatternder Wogen, als die Amtsroben abgelegt wurden und eine Menge gewöhnlicher Leute in ihrer unterschiedlichen Alltagskleidung enthüllten.

Als Antyr sich wieder seinem Beamten zuwandte, bemerkte er, daß sich auch dieser seiner offiziellen Haut entledigt und in einen ganz normalen Menschen verwandelt hatte. Auch sein Lächeln war zurückgekehrt, wenn es auch etwas gezwungen wirkte. »Tut mir leid«, sagte er, während er um den Tisch herumging. »Ihr werdet morgen wiederkommen müssen. Heute ist ohnehin kein Zahltag, doch ich hätte schon ein wenig von dem Papierkram für Euch erledigen können, wenn wir noch Zeit gehabt hätten.« Er nahm Antyr am Ellbogen und schob ihn eilfertig in den Menschenstrom, der sich auf den Ausgang zu wälzte. »Ihr müßt den … Kanzler … aufsuchen und eine Quittung von ihm einholen, bevor Ihr wiederkommt, ansonsten wird Euch niemand irgend etwas auszahlen können«, fuhr er fort. »Ihr wißt schon, so ist das eben. Der Kanzler selbst ist ein richtiger Pedant in diesen Dingen. Es erstaunt mich sehr, daß er Euch keine Quittung gegeben hat.«

Dann waren sie an der Tür angelangt, und mit einem hurtigen Lebewohl war er verschwunden.

»Meisterhaft«, gab Tarrian zum besten, als sie sich schließlich aus der heimstrebenden Menge gelöst hatten. »Ich mit meiner mangelnden Erfahrung hätte es auch nicht besser verhunzen können. Er hielt dich für einen Verrückten, und ich kann es ihm nicht mal verdenken.«

»Sei still«, erwiderte Antyr verärgert. »Es ist nicht meine Schuld, daß Aaken sein eigenes System nicht kennt. Ich habe ihm einfach ... vertraut, das war's wohl.«

Tarrian machte ein verächtliches Geräusch. »Nun, jetzt wirst du ihn statt dessen persönlich mahnen müssen«, sagte er. »Aber ich will verdammt sein, wenn ich das mit leerem Magen tue. Laß uns sehen, daß wir wenigstens etwas zu beißen besorgen.«

Dank Tarrians feiner Nase brauchten sie erheblich weniger Zeit, den Speisesaal zu finden, als sie für die Suche nach des Kanzlers Amtsstube aufgewendet hatten, doch wieder geriet Antyr in nicht geringe Verlegenheit, als er, nachdem er seine Taschen durchwühlt hatte, herausfand, daß seine Mittel nicht für das angebotene Mahl ausreichten.

Hier indes wurde ihnen unerwartete Hilfe zuteil in Gestalt des alten ›Tischeindeckers‹, der sie in ihr Gemach geführt hatte.

»Sie sind Lord Menedrions Gäste. Beide«, erklärte er kurz und bündig dem fettbespritzten Leibeigenen, der das Essen auftrug. Damit war jedoch seine Freundlichkeit erschöpft, denn er machte sich sofort mit seiner eigenen Mahlzeit davon, um sich ans andere Ende einer der langen Tafeln zu setzen.

Tarrian kicherte stillvergnügt in sich hinein. »Da hast du jetzt *deinen* Rang im Rudel«, sagte er. »Höher als ein Küchengehilfe, aber niedriger als ein Tischeindecker.«

Antyr war hingegen gerade damit beschäftigt, mit nassem Finger über ein Andenken des Küchendieners zu reiben, das dieser beim Servieren mit einem alles andere als geschickten Schwung seines Schöpflöffels auf Antyrs Tunika angebracht hatte.

»Das ist ja phantastisch. Traumfinder des Herzogs von Serenstad und seiner Familie«, bemerkte Tarrian ätzend, als Antyr sich niederließ. »Um ein Haar von einem Büroangestellten in den Kerker geworfen, durch unseren Kunden an diesen Palast gefesselt und fast inmitten all der Fülle verhungert, wenn nicht ein Tischeindecker eingeschritten wäre.«

»Iß deinen Fraß und halt die Schnauze«, sagte Antyr stirnrunzelnd. »Ich bin nicht in Stimmung für deine sarkastischen Bemerkungen.«

»Entschuldigung«, meinte Tarrian mit aufrichtiger Reue. »Ich hab nur versucht, dich ein wenig aufzuheitern ... oh ...«

Antyr hob den Blick, um zu sehen, was Tarrians Redefluß unterbrochen hatte. Der Kopf eines riesigen Jagdhundes war deutlich über einem der Tische zu sehen, während sich das Tier ihnen durch den gegenüberliegenden Gang näherte. Kurz darauf bemerkte auch der Hund Tarrian und hielt inne. Dann kam er wieder näher, langsam und zielstrebig und mit gesenktem Kopf.

Antyr ließ auf der Suche nach seinem Besitzer den Blick durch den Raum schweifen, entdeckte jedoch nur eine Gruppe von vier jungen Männern, die mit freudiger Erregung die Annäherung des Hundes beobachteten.

»Fangt lieber keinen Streit an«, warnte Antyr. Außer einem ›Hört nicht hin‹ erhielt er jedoch keine Antwort; es folgten Redefetzen betreffs Territorien und Futter.

Antyr wußte es besser, als einzuschreiten, merkte jedoch, daß er sich nervös duckte.

Der große Hund näherte sich Tarrian bis auf ein paar Schritte und starrte ihn dann boshaft an. Tarrian, der sich gerade zum Essen ausgestreckt hatte, hielt scheinbar beiläufig inne, hob langsam den Kopf und erwiderte den Blick. Antyr sah, wie seine Oberlippe sich kaum merklich zurückzog, und hörte ein schwaches, leises Grollen. Dann drang ein Teil von Tarrians Streitgespräch mit dem Hund in seinen Geist, und er zuckte innerlich zurück vor den bedrohlichen Bildern von Verstümmeln und Aufschlitzen und vor dem erbarmungslosen Willen, der dahintersteckte.

Der große Hund begriff vermutlich das volle Ausmaß von Tarrians Erfahrung, denn sein Benehmen änderte sich schlagartig. Seine Ohren klappten herunter, der Schwanz suchte Schutz zwischen den Hinterläufen, und nach ein paar zögernden Rückwärtsschritten wandte er sich um und schlich zu den vier offensichtlich bestürzten Männern zurück, zu deren Füßen er sich zusammenrollte. Tarrian machte sich wieder über sein Essen her.

»Du kannst dich offensichtlich sehr gut ausdrücken«, bemerkte Antyr.

»Nun, ich bin sicher erfolgreicher im Umgang mit den Palastbewohnern als du«, erwiderte Tarrian. »Du solltest auch lernen, dich klarer auszudrücken.«

Antyr grinste. »Ich glaube, du wirst wohl recht haben«, meinte er. »Doch ich bezweifle, daß der Herzog oder Menedrion diese Sprache zu schätzen wissen würden. Ganz zu schweigen von Ciarll Feranc oder auch nur Aaken Uhr Candessa.«

»Der wir gerade von ihnen sprechen«, sagte Tarrian und erhob sich. »Wir bemühen uns jetzt besser zu ihnen und klären diese Angelegenheit. Ich habe es ernst gemeint, als ich sagte, wir könnten hier verhungern, während wir durch die Gänge irren.«

Antyr schob seinen Teller beiseite und wischte sich den Mund ab. Das Essen hatte ihn beruhigt. Er nickte zustimmend.

Unerwartet glomm ein schwacher Funken der Empörung in seinem Innern auf. Schließlich hatten sie nicht darum gebeten, hierherkommen zu dürfen. Der Herzog selbst hatte sie ausgewählt – und sein Sohn –, und sie waren von niemand geringerem als Ciarll Feranc höchstpersönlich durch die Straßen dieser Stadt eskortiert worden. Es war nicht rechtens, daß sie von untergeordneten Bediensteten herumgeschubst und von leibeigenen Küchengehilfen mit Soße bekleckert wurden.

Er erhob sich mit großer Würde und schritt in Richtung Ausgang. »Du hast Bratensoße am Kinn«, teilte ihm Tarrian mit, der hinter ihm her tapste. Antyr funkelte ihn düster an und wischte sich den Mund ab.

Draußen vor dem Speisesaal brach Antyrs neue Entschlossenheit schon in sich zusammen. Auf dem Hinweg waren sie Tarrians rasch wachsender Freßgier gefolgt, so daß er sich kaum den Weg gemerkt hatte. Nun fand er sich in einem breiten, hell erleuchteten Korridor wieder, der auf jeder Seite – wie es im gesamten Palast die Regel zu sein schien – mit exquisiten Kunstwerken behängt war: Gemälden, Schnitzwerken, Wandbehängen. Selbst das Kranzgesims der Decken war ein Meisterwerk der Stukkaturkunst, mit feinen, verschlungenen Mustern von Zweigen und Blättern, in denen exotische Vögel und Insekten hockten und aus denen hier und da eine Fratze hervorlugte.

Und dann dachte er, daß die Lampen hier ja gar nicht qualmten, und ganz überraschend verspürte er einen Stich Heimweh nach seinem eigenen kahlen Raum mit seinen abgeblätterten und beschmierten Wänden.

Tarrian blieb still an seiner Seite stehen, bis die Anwandlung vorüber war.

»Wo fangen wir an?« fragte Antyr schließlich.

An jedem Gangende lagen große, offene Räume, und in jeden Korridor mündeten mindestens drei weitere und eine Treppe.

»Ich weiß es nicht«, gab Tarrian in leicht gekränktem Tonfall zur Antwort. »Ich kann uns zurück in unser Quartier bringen, doch selbst wenn ich mich an Aakens Witterung erinnern würde, könnte ich ihn in diesem Duftwirrwarr nicht herausschnüffeln.«

Antyr nickte. Offensichtlich sollte er jemanden fragen, aber wen? Eine Menge Leute kamen hier vorbei, manche in offizieller Livree, manche in Gewändern, die offenbar Amtsroben waren. Er erkannte Palastboten und Sened-Kuriere, und ein paar schwarzgewandete Büroangestellte waren auch darunter, wenn auch teurer gekleidet als die, denen er bereits begegnet war. Dann gab es noch verschiedene Wachen und Diener und einen zusammengewürfelten Haufen von Leuten, die er als gewöhnliche Sterbliche eingestuft hätte, wäre da nicht der offenkundige Reichtum ihrer Gewänder und das befehlsgewohnte Gebaren gewesen.

Manche gingen gemessen zu zweit oder in kleineren Grüppchen umher, in ernsthafte Unterhaltungen vertieft, manche stolzierten allein die Gänge entlang, andere hasteten eifrig mit irgendwelchen Dokumenten durch die Gegend. Doch alle bewegten sie sich mit einer selbstsicheren und einschüchternden Zielstrebigkeit.

Antyr blieb einen Augenblick bewegungslos stehen, doch

es schien sich keine Gelegenheit für eine artige Unterbrechung zu ergeben, und die kleine Flamme der Empörung in seinem Innern flackerte unsicher auf, während er sich mit einem Mal entsetzlich auffällig zu fühlen begann.

»Frag eine der Wachen«, schlugen er und Tarrian gleichzeitig vor.

Bevor sie allerdings diese Entscheidung in die Tat umsetzen konnten, brachte eine Bewegung am Gangende jegliche Aktivität zum Stillstand und zog aller Augen auf sich.

Der Grund wurde bald sichtbar, als nämlich Menedrion um die Ecke stürmte, flankiert von einer geschäftigen Schar von Wachen, Beamten, Schreibern und jungen Höflingen. Er sprach sehr laut, und jedesmal, wenn er schwieg, löste sich einer der Trabanten aus seiner Gefolgschaft und preschte davon, offenbar, um irgendeinen Befehl auszuführen.

»Vorwärts«, drängte ihn Tarrian, doch Antyr zögerte noch, während sich die Gruppe erbarmungslos auf sie zu bewegte.

Tarrian seufzte.

»Lord«, sagte er klar und deutlich sowohl in Menedrions als auch in Antyrs Geist, als der Sohn des Herzogs an ihnen vorbeischritt.

Urplötzlich hielt Menedrion inne und wandte sich Antyr zu.

»So, das war doch gar nicht schwer, oder?« meinte Tarrian zu Antyr. »Los jetzt, frag ihn schon! Und steh gerade, um Himmels willen!«

Antyr indes gaffte nur mit offenstehendem Mund um sich, fand er sich doch nicht nur im Zentrum von Menedrions Aufmerksamkeit, sondern auch der aller anderen wieder.

»Verzeiht, Lord. Doch Eurer Diener vergaß mir zu sagen … « , soufflierte Tarrian.

»Verzeiht, Lord …«, begann Antyr zögernd. »Doch Eurer Diener vergaß mir zu sagen …«

»Wann ich heute nacht bei Euch vorsprechen …«

»Wann ich heute nacht bei Euch vorsprechen soll … und wo«, fügte er schließlich als Reaktion auf einen weiteren Stüber Tarrians hinzu.

Menedrion starrte ihn einen Moment lang ausdruckslos

an, doch dann, als er Tarrian bemerkte, wurde ihm offenbar einiges klar. Für Sekundenbruchteile blitzte Panik in seinem Blick auf, dann Ärger und Verwirrung.

»Steh gerade«, wiederholte Tarrian. »Und sieh ihm in die Augen, aber höflich.«

Antyr gehorchte.

Menedrions vorübergehende Verwirrung wandelte sich zu Erleichterung. »Ihr werdet heute abend nicht mehr gebraucht«, erklärte er kurz angebunden.

Antyr sah besorgt aus, aber hier war nicht der Ort, um Widerspruch einzulegen.

»Sir«, ließ sich irgend jemand in dringlichem Tonfall vernehmen und nickte bedeutungsvoll den Gang hinunter. Menedrion hob ungeduldig die Hand und legte angestrengt die Stirn in Falten.

»Meldet Euch in ... meinem Privatbüro, morgen ... nachmittag«, beschied er Antyr. »Dann habe ich mich entschlossen, was mit Euch geschehen soll.«

Antyr verbeugte sich und warf sodann Menedrion so verschwiegen wie möglich einen bedeutsamen Blick zu. »Darf ich morgen früh den Palast verlassen, Sir?« bat er. »Ich habe da noch einige Dinge zu ... recherchieren.«

Menedrion hielt inne und erwiderte seinen Blick. »Ja«, sagte er bedächtig. »Ja, das mögt Ihr tun.« Dann war er fort, seine Gefolgschaft im Schlepptau. »Doch stellt sicher, daß Ihr auch alles bekommt, was Ihr benötigt. Ihr müßt Euch zur Verfügung halten, übermorgen mit meiner Kompanie abzurücken.«

»Abrücken, Sir?« gelang es Antyr zu stammeln, als die menschliche Flutwelle an ihm vorbeirauschte. »Kompanie? Wohin abrücken ...?«

Die Frage verhallte, während Menedrion schon um die nächste Ecke bog, doch eine vorübereilende Gestalt sagte: »Zur Grenze. Den Gesandten eskortieren.«

Den Gesandten? Antyr bewegte stumm die Lippen, während um ihn herum langsam wieder alles in die gewohnte Gangart zurückfiel. »Was geht hier vor sich, Tarrian?«

Tarrian schüttelte seinen Kopf. »Ich lausche nicht heimlich, das weißt du doch!« entgegnete er in leicht gekränktem Tonfall. »Außer fürs Geschäft.«

»Ich weiß«, sagte Antyr. »Aber ich weiß auch, daß manche Leute sehr laut ›brüllen‹. Ist zufällig etwas an deine Lauscher gedrungen?«

»Es ist alles ein heilloses Durcheinander«, entgegnete Tarrian. »Ich hab' schon den ganzen Tag über Fetzen davon aufgeschnappt. Hier herrscht im Moment eine Menge Aufregung.« Er zögerte, und seine Besorgnis übermittelte sich Antyr.

»Worum geht es?« fragte Antyr.

»Es sind die Bethlarii, fürchte ich«, antwortete Tarrian widerwillig. »Irgend etwas mit einem Bethlarii-Gesandten.« Wieder zögerte er. »Und Menedrions Gedanken waren voll von Schlachtenbildern.«

Eiseskälte drang Antyr plötzlich bis ins Mark, und die Pracht um ihn herum erschien ihm auf einmal schal und vergänglich.

»Du gehörst doch nicht mehr zur Reserve, oder?« erkundigte sich Tarrian behutsam.

»Ich stehe ziemlich weit unten auf der Liste«, erwiderte Antyr. »Sie müßten wohl alle gefeuert werden, bis die Reihe an mich käme, vermute ich, aber ...«

»Verstehe schon«, erwiderte Tarrian. »Mir fehlen die Worte für diesen Wahnsinn.« Er versuchte, ihn ein wenig zu trösten. »Ich kann mich natürlich irren«, fügte er hinzu. »Menedrion ist ein wilder Bursche, und er sucht verzweifelt nach etwas, um seine Gedanken von seinem wahren Problem abzulenken. Und außerdem habe ich auch nicht richtig zugehört.«

Antyr bückte sich, um ihn zu streicheln. »Mach dir keine Sorgen«, sagte er unnötigerweise. »Ich hege keinerlei Zweifel, daß wir in angemessener Zeit herausfinden, was wir wissen müssen. In der Zwischenzeit sieht es so aus, daß Menedrions wahre Probleme auch *unsere* Probleme sind, mit denen wir uns jetzt besser befassen sollten. Morgen müssen wir unbedingt diesen Nyriall aufsuchen und hoffen, daß er uns helfen kann.«

»Wir haben da im Augenblick noch ein anderes Problem«, wandte Tarrian ein.

Antyr sah ihn fragend an.

»Wir können mit Menedrion nirgendwo hingehen«, ließ Tarrian seinen Gefährten wissen. »Der Herzog hat uns verboten, die Stadt zu verlassen.«

Antyr erhaschte im Augenwinkel einen Blick auf einen besorgt dreinblickenden Mann mittleren Alters auf der anderen Seite des Korridors. Er ging leicht gebückt. Es versetzte ihm einen Stoß, als er merkte, daß es sich um sein eigenes Spiegelbild handelte, mit furchterregender Akkuratesse zurückgeworfen von einem eleganten Spiegel in silbernem Rahmen.

»Kein schöner Anblick, nicht wahr?« bemerkte Tarrian.

Antyr ignorierte die Bemerkung, straffte sich jedoch, brachte seine Robe in Ordnung und glättete sein Haar.

»Nun gut«, meinte er. »Dann machen wir uns also jetzt auf den Weg, um mit dem Herzog zu reden.«

KAPITEL 17

Antyrs Begegnung mit Menedrion hatte wenigstens seine Hemmungen beseitigt, jemanden im Palast nach dem Weg und ihrem augenblicklichen Standort zu fragen. Er fixierte den erstbesten Wächter, dem er begegnete, mit einem anmaßenden Blick und verlangte die Lage der herzoglichen Privatgemächer zu erfahren.

Glücklicherweise hatte ihn der betreffende Palastwächter soeben mit Menedrion sprechen gesehen und gab ihm die Information, ohne ihn auch nur eines einzigen mißtrauischen Blicks zu unterziehen.

Jetzt, während er durch den Palast wanderte, schienen sich Tarrians beunruhigende Neuigkeiten mit den unheimlichen, immer größer werdenden Problemen zu verschwören, um ihn wieder aus dem Gleichgewicht zu werfen und seine Stimmung in rasantem Wechsel zwischen Erregung und Depression hin und her pendeln zu lassen.

Allmählich brachte er eine gewisse Ordnung in seine Gedanken. Zunächst die praktischen Probleme: Er mußte den Herzog über Menedrions Befehl in Kenntnis setzen, daß er sich darauf vorbereiten solle, die Stadt zu verlassen. Da kündigte sich ein Konflikt an, den er eigenhändig zu entscheiden nicht die geringste Lust verspürte. Er konnte bereits ahnen, daß jede Begegnung mit dem Herzog in dieser Sache zu Verwicklungen führen mußte (wie war Menedrion dazu gekommen, ihn zu kontaktieren?), doch er entschied, daß eine naive Handwerkeroffenheit und Ehrlichkeit seine beste Verteidigung wäre. Ja, in der Tat, das mochte gut sein einziger Schutz sein.

Dann stieß ihm, wenn auch größtenteils auf Tarrians Drängen hin, die Honorarfrage bitter auf. Sollte er versuchen, Aaken zu finden und das Problem mit ihm zu besprechen, oder sollte er es vor dem Herzog zur Sprache bringen? Beide Aussichten bereiteten ihm Magenschmerzen, so daß er sich entschloß, die letzte Entscheidung auf dem Schlachtfeld selbst zu treffen. Was Menedrions Honorar anging, so war er heilfroh, es von vornherein abgelehnt zu haben.

Dann waren da die anderen, finsteren Probleme: der merkwürdige Traum des Herzogs. Menedrions noch merkwürdigerer Traum, wenn es denn überhaupt ein solcher gewesen war. Und seine eigene furchteinflößende ... Heimsuchung. Es fiel ihm zwar schwer, aber er wußte, er mußte akzeptieren lernen, daß er in diesen Fragen nichts, aber auch gar nichts tun konnte, bevor neue Entwicklungen eintraten oder der Traumfinder Nyriall ihm Hilfe gewähren konnte. Eine verführerische Stimme tief in seinem Innern versuchte ihn immer noch aus diesem schrecklichen, zähen Sumpf wegzulocken, in dem er zu versinken drohte: Betrink dich! Renn weg! Doch irgendwie gelang es ihm, die Stimme niederzubrüllen.

Während er durch die Gänge schritt, schüttelte er den Kopf. Sein Treffen mit Pandra und Kany früher am Tage erschien ihm wie eine lange zurückliegende Erinnerung, und sein qualvoller Aufstieg auf die Aphron Dennai schien bereits eine Ewigkeit her zu sein.

Was war dran an der Möglichkeit eines Krieges? Sicher, es war nur Tarrians undeutlicher, im Vorübergehen aufgeschnappter Eindruck gewesen, doch wieder krampfte sich ihm der Magen zusammen, obwohl dies von all seinen Problemen vermutlich dasjenige war, an dem er am wenigsten ändern konnte.

»Wir sind schon fast da.« Tarrians Stimme platzte in seine unbehaglichen Tagträume.

Antyr sah erschrocken hoch. Er war so in Gedanken versunken gewesen, daß er sich kurzfristig nicht mehr daran erinnern konnte, wo er war. Als er sich umblickte, wunderte er sich, dunkle Fenster auf der einen Seite des Korridors zu entdecken. Dann erkannte er, daß sie über einen der vielen hohen, schwebenden, überdachten Laufstege wanderten. Er blieb vor einem der Fenster stehen und schaute nach draußen.

»Tarrian«, sagte er leise. »Sieh nur!«

Der Wolf war mit gesenktem Kopf ein Stück vorausgegangen, doch er kehrte wortlos um und zu Antyr zurück.

Während sie beide aus dem Fenster starrten, blickten ein geisterhafter Traumfinder und sein Gefährte ihnen entgegen, doch durch diese Spiegelbilder hindurch schimmerte das Bild von Serenstad mit seinen nebelverschlierten Lichtern, die sich beständig bis in die Außenbezirke erstreckten.

»Ich habe gar nicht bemerkt, daß wir so hoch gestiegen sind«, meinte Antyr.

»Du warst ziemlich beschäftigt«, antwortete Tarrian. »Wir sind die eine oder andere Treppe hinaufgestiegen. Und vergiß nicht, der Palast ist auf einem Abhang errichtet.«

Antyr nickte geistesabwesend. Es war trotz allem ein hinreißender Anblick. Wie mußte es hier an einem klaren Tag aussehen? Von links nach rechts schauend, konnte er gerade noch die beiden Gebäude erkennen, die der Laufsteg verband. Beide verschwanden in der Dunkelheit. Und was für einen Blick mußte man erst von da oben haben!

»Komm weiter«, drängte Tarrian. »Wir sollten unseren Kunden aufsuchen.«

Widerwillig riß sich Antyr von dem Fenster los und folgte Tarrians Fußstapfen.

Als sie durch die Tür am Ende des Laufstegs schritten, gerieten sie in einen Raum, bei dem es sich offensichtlich um ein großes Foyer handelte. Es war nicht ganz so hell erleuchtet wie die Gänge, die sie bislang durchmessen hatten, doch sein auffallendstes Merkmal war die Stille, die eintrat, als der widerhallende Marmorboden einem üppigen Teppich Platz machte.

»Wohin jetzt?« Antyr flüsterte instinktiv.

»Nirgendwohin«, erwiderte Tarrian bedeutungsvoll, und kaum hatte er das gesagt, als sich auch schon zwei baumhohe Leibwächter stumm vor ihnen aufbauten.

»Habt Ihr Euch verlaufen, Sir?« fragte einer der beiden höflich. Er hatte einen leichten fremdländischen Akzent. Mantynnai, folgerte Antyr. Die beiden hier mußten zur Elite der herzoglichen Leibwache gehören; Männer unter dem direkten, persönlichen Befehl von Ciarll Feranc. Obwohl keiner von ihnen bedrohlich wirkte, hatte Antyr Angst.

»Habt Ihr Euch verlaufen, Sir?« wiederholte der Mann seine Frage, diesmal ein wenig nachdrücklicher.

»Ich ... ich ... suche ... Ich muß den ... Herzog ... sprechen. Sir«, stammelte Antyr. Er machte sich auf eine sarkastische Antwort gefaßt, die jedoch nicht kam.

»Wenn Ihr eine Botschaft für den Herzog habt, hättet Ihr sie unten lassen können, aber Ihr könnt sie auch mir geben«, erklärte der Wachsoldat, immer noch höflich.

Antyr schüttelte seinen Kopf. »Nein«, sagte er, »ich habe überhaupt keine Botschaft, ich muß ihn persönlich sehen. Es ist wichtig.«

Es war nicht wichtig, erkannte er, noch während er den Satz aussprach. Es handelte sich um ein nebensächliches organisatorisches Problem, das sicherlich nicht der persönlichen und sofortigen Aufmerksamkeit des Herzogs bedurfte.

Und dann wieder meldete sich eine andere Stimme in ihm zu Wort, und die sagte, es sei doch wichtig, es ginge den Herzog tatsächlich persönlich an.

Kurzfristig stritten diese beiden Ansichten um die Oberhand, und dann fiel ihm ein, daß das Schlimmste, was ihm widerfahren konnte, ein Hinauswurf war, und das wäre – Honorar hin, Honorar her – nicht die ungünstigste Lösung ihrer Probleme.

»Ich heiße Antyr«, beeilte er sich zu erklären, weil er sah, daß die Wache die Augen zusammenzukneifen begann. »Ich habe den Herzog letzte Nacht aufgesucht. Er wird sich daran erinnern. Wenn er nicht ... verfügbar ist, könnte ich vielleicht mit Hauptmann Feranc oder Kanzler Aaken sprechen.«

Das Benehmen des Wachsoldaten änderte sich merklich bei der Erwähnung von Antyrs Namen, so daß sich die Referenz auf Aaken und Feranc erübrigte. Sein von wachsendem Mißtrauen zeugender Blick wurde durch kaum verhohlene Neugier ersetzt. Er wandte sich zu seinem Kameraden um, der mit dem Kinn auf eine nahe Tür wies.

»Ich werde sehen, ob ich jemanden vom Personal finden kann, der sich um Euch kümmert, Sir«, erklärte er. »Würdet Ihr wohl bitte hier warten?«

Und fort war er und ließ Antyr und Tarrian bei dem anderen Wachsoldaten zurück, einem älteren Mann mit anscheinend lockererem Benehmen. Er trug jedoch leicht unterschiedliche Abzeichen auf seiner Uniform, was, in Verbindung mit der Tatsache, daß der erste losgerannt war, um den Auftrag auszuführen, Antyr zeigte, daß dieser hier einen höheren Rang einnahm.

Er sah Antyr an und lächelte breit, was allerdings wenig dazu beitrug, Antyrs Verzagtheit zu mildern.

»Ungewöhnlicher Beruf, das Traumfinden«, bemerkte der Mann beiläufig; sein Akzent war stärker ausgeprägt als der seines Kameraden. »Ich bin auch schon vielen Schamanen und Priestern und sogenannten Weisen begegnet, die sich Träume anhörten und dann die Zukunft voraussagten und ähnliche Dinge, doch ich hatte noch nie von einer Fähigkeit wie der Euren gehört, bevor ich in dieses Land kam.«

Eine scheinbar seltsame Bemerkung, aber auf der anderen Seite *waren* die Mantynnai ja wirklich Ausländer.

Antyr erwiderte sein Lächeln nervös. »Wir stellen hier keine Seide her, weil wir die Kenntnisse dazu nicht besitzen«, sagte er. »Und ich glaube, da, wo sie Seide machen, wissen sie nicht, wie man Stahl herstellt. Die verschiedenen Länder haben nicht alle die gleichen Handwerke.«

Der Leibgardist nickte und lachte leise. »Schon wahr«, räumte er ein. »Aber die Traumfinderei ist, dessenungeachtet, wirklich eine seltsame Kunst. Ich vermute, ich könnte mir die Kenntnisse aneignen, die zur Herstellung von Seide oder Stahl nötig sind, aber könnte ich denn Traumfinder werden?«

»Nein«, räumte nun Antyr ein, der sich ein wenig für den

Mann erwärmte. »Die Gabe wird vom Vater auf den Sohn vererbt, wenn sie sich überhaupt vererbt.«

»Dann ist es also ein Geheimnis und kein Beruf«, fuhr die Wache fort. »Eine Brücke zu Orten, die außerhalb des Fassungsvermögens anderer Menschen liegen.«

Antyr zuckte leicht mit den Achseln. »Ein Geheimnis für Euch, ein Beruf für mich«, sagte er. »Genauso, wie Ihr für mich ein Geheimnis und doch auch ein Handwerker seid, Mantynnai.«

Der Soldat lächelte und nickte, obwohl seine Augen sich für einen kurzen Moment mit Trauer überzogen und einen abwesenden Blick bekamen.

»Laß ihn«, wisperte Tarrian leise in seinem Geist. »Du verletzt ihn.«

»Ich habe gehört, daß heute morgen ein Bethlarii-Gesandter im Palast war«, sagte Antyr, der, leicht verdutzt über Tarrians unerwartete Einmischung, das erstbeste Thema anschlug, das ihm in einfiel.

»In der Tat«, erwiderte der Mann.

Er gab jedoch keine weiteren Erklärungen ab, und seine Antwort hatte so endgültig geklungen, daß es Antyr widerstrebte, in ihn zu dringen.

Er lugte durch die Tür, durch die der andere Gardist verschwunden war.

»Es wird noch etwas dauern«, sagte der Leibwächter. »Setzt Euch. Macht es Euch bequem.« Er deutete auf eine breite Sitzbank in einer Nische, und sein Ton wurde scherzhaft, ironisch. »Ist Eure Botschaft *sehr* dringend? Habt Ihr in irgendeinem Ritz eines herzoglichen Traums eine Bethlarii-Armee gegen uns vorrücken sehen?«

Antyr zögerte. »Ich muß ganz gewiß mit Herzog Ibris sprechen«, erwiderte er. »Oder mit Hauptmann Feranc …«

»Oder Kanzler Aaken«, beendete der Wachsoldat den Satz für ihn, nickte und lächelte. »Dann müßt Ihr eine Armee gesehen haben!«

Antyr wurde es plötzlich kalt ums Herz. Irgend etwas mußte hier unterbunden werden, und er wußte nicht, wie er das anstellen sollte. Er beugte sich vor. »Träume liegen jenseits der Vernunft«, erklärte er beinahe aggressiv. »Sie entstehen aus der Himmel weiß welchen uralten Quellen. Ich kann nichts vorhersehen. Noch vermag ich durch Berge zu schauen. Ich helfe den Träumern dabei, ihre Träume noch einmal zu sehen, warum auch immer sie das wünschen mögen. Und ich rede mit ihnen darüber, falls sie das wollen. Aber das ist auch schon alles. Zukunft ist Zukunft. Vielleicht vermögen manche sie vorherzusehen, vielleicht auch nicht. Aber ein Traumfinder kann das nicht.«

Die Wache wollte gerade etwas sagen, doch Antyr, der in Fahrt geraten war, fuhr mit trockenem Mund fort: »Bitte versteht«, sagte er. »Ich darf ohne ausdrückliche Genehmigung des Betroffenen niemandem erzählen, wessen Träume ich gesucht noch was ich dort gefunden habe. Herzog oder Sklave, ihre Geheimnisse sind bei mir so sicher, wie es meine menschliche Schwäche erlaubt. Ich habe letzte Nacht den Herzog getroffen, doch was sich zwischen uns abgespielt hat, wird zwischen uns beiden bleiben, sei es nun eine Traumsuche oder nicht.« Zu seiner eigenen Überraschung zeigte er mit dem Finger auf den Mantynnai. »Legt mir keine Worte in den Mund, die ich nicht gesagt habe.«

Der Wachsoldat starrte ihn einen Augenblick lang intensiv an, und seine Miene wurde plötzlich unlesbar. Dann sagte er: »Kommt mit mir.« Er bedeutete Antyr, ihm zu folgen, und schritt durch die Tür, die auch der andere Leibwächter genommen hatte.

Nervös die Fäuste ballend und seine Entschiedenheit bereuend, zwang Antyr seine Beine vorwärts. Tarrian trabte hinter ihm her.

Der Leibwächter sagte kein Wort, während sie weitergingen, und Antyr fiel auf, daß er auch sonst kaum ein Geräusch machte. Sein Schwert rasselte nicht, seine Dolche klirrten nicht, und trotz seiner beträchtlichen Größe versanken seine Füße lautlos in dem dicken Teppichflor. Nur ein gelegentliches leises Zischen seiner Gewänder und ab und zu ein Ächzen seines Lederwamses.

Nicht, daß Antyr viel Zeit geblieben wäre, um sich diesen Dingen zu widmen, denn bald schon erreichten sie eine andere Tür. Sie war schwarz und schlicht und unverziert mit Ausnahme einer kleinen Plakette, die das Emblem des Herzogs trug.

Der Wächter klopfte diskret, und fast unverzüglich schwang die Tür lautlos auf. Tarrian wartete nicht groß auf eine Einladung, sondern trottete hinein. Antyr zauderte noch, doch die Wache wies ihn mit einem dringlichen Kopfnicken nach drinnen.

Das Gemach, in dem sie sich wiederfanden, stand in völligem Kontrast zu dem üppig geschmückten Raum, in dem er den Herzog in der letzten Nacht getroffen hatte. Es war geräumig und gut erleuchtet, und die Gegenstände, die die Wände schmückten, waren Landkarten, Stadtpläne oder Urkunden verschiedenster Art, die er nicht sofort identifizieren konnte, obwohl manche, wie er rasch bemerkte, etwas mit Belagerungsmaschinen zu tun hatten.

Dies, zusammen mit der zweckmäßigen Einfachheit des Gemachs, ließ wieder die Bilder von Krieg in Antyrs Kopf entstehen.

Mehrere mit Schreibern oder Sekretären bemannte Tische standen verstreut im Raum. Um andere hatten sich Offiziere gruppiert, die in leise Gespräche vertieft waren, und weitere Türen gaben den Blick auf ähnliche Zimmer frei. Leute kamen und gingen, und über allem lag ein sanftes Stimmengewirr und eine Atmosphäre zielstrebiger Aktivität.

Am hinteren Ende des Raums thronte der Herzog hinter einem gewaltigen, mit Dokumenten beladenen Tisch. Andere saßen und standen um den Tisch, doch der Herzog lehnte sich zurück und sprach mit Ciarll Feranc, das eine Bein über die Armlehne seines Sessels geschlagen und das andere so angewinkelt, daß es sich um die Hinterbeine des Sessels schlang.

Die Sitzhaltung eines Jünglings, dachte Antyr, der spürte, wie sich ein jähes und ziemlich unerwartetes Gefühl von Geborgenheit in ihm ausbreitete.

Die Tür fiel leise hinter ihm ins Schloß, und der Leibwächter bedeutete Antyr, sich dem Herzog zu nähern. Zögernd setzte sich Antyr in Bewegung, die Wache dicht hinter sich.

Ihre Ankunft rief einen minderschweren Aufruhr in dem Gemach hervor, obwohl das größtenteils auf Tarrians Anwesenheit zurückzuführen war, der auch schon ungeniert herumging, an den Leuten schnüffelte und auf Dokumente stierte. Ein oder zwei der Anwesenden streichelten ihn liebevoll, sehr zu Antyrs Besorgnis, doch Tarrian beachtete das alles gar nicht.

Als Antyr und der Gardist vor dem Herzog standen, richtete dieser den Blick auf sie und reckte in Ferancs Richtung entschuldigend den Zeigefinger in die Höhe, um ihr Gespräch zu unterbrechen.

Ein rascher Blick durch den Raum hatte Antyr keine Spur von dem ersten Wächter gezeigt, und nun stand er vor seinem Herzog, und seine augenblickliche Eskorte zog es offensichtlich vor, gar nichts zu sagen. Es fand jedoch eine gewisse Verständigung mit dem Mann statt, denn sowohl der Herzog als auch Feranc warfen ihm über Antyrs Schulter hinweg Blicke zu, bis der Herzog, anscheinend zufriedengestellt, nickte und Antyr spürte, wie der Leibgardist sich wieder entfernte.

Antyr war sich nicht ganz klar darüber gewesen, was genau er dem Herzog sagen wollte, nicht zuletzt deshalb, weil seine eigenen Probleme inmitten dieser mühsam gezügelten Tatkraft zunehmend an Bedeutung zu verlieren schienen. Doch wie viele andere Zweifel sollte sich auch dieser als überflüssig erweisen, denn es war der Herzog, der das Gespräch begann.

»Ihr habt die Stadt entgegen meinem ausdrücklichen Befehl verlassen«, bemerkte er mit ausdrucksloser Stimme, schwang sein rechtes Bein auf den Boden und beugte sich über den Tisch zu Antyr vor.

Antyr merkte, daß ihm die Kinnlade herunterklappte, und es gelang ihm nur unter äußerster Anstrengung, dieser Abwärtsbewegung Einhalt zu gebieten. Die Frage nach dem Wie nahm kurzfristig in seinem Geist Gestalt an, doch die düstere Präsenz von Ciarll Feranc und das Schwirren der effizienten Verwaltungsaktivität um ihn herum beantwortete sie ihm, bevor er sie zu Ende gedacht hatte. Kettenrasseln und das dumpfe Zuschlagen von Kerkertüren hallten in seinen Ohren wider.

Tarrian tauchte neben ihm auf und sah den Herzog ernst an.

Zwischen knochentrocken Lippen stotterte Antyr seine Antwort hervor. »Ich dachte, Ihr meintet das Verlassen der Stadt für längere Zeit, Sire. Beispielsweise für eine Reise. Ich bin lediglich auf die Aphron Dennai gestiegen, um meinen Kopf wieder klar zu bekommen. Ich ...«

»Ihr habt meinen Befehl mißachtet«, erklärte der Herzog. »Ihr habt das Gesetz gebrochen.«

Antyr schwieg einen Moment, und dann flammte der schwache Funken Selbstbewußtsein wieder auf, den er schon Menedrion gegenüber verspürt hatte. »Ich habe das, was ich für den Kernpunkt Eures Befehls hielt, nicht mißachtet, Sire«, widersprach er. »Falls mich Eure Männer gesucht hätten, wäre ich nicht weiter weg gewesen, als ...« Er zuckte andeutungsweise mit den Schultern. »... auf dem Markt.« Die Bewegung machte ihn frei. »Es war eine Sache der Ehre und des Respekts für mich, Euch zu gehorchen, Sire, und falls ich in dieser Hinsicht gefehlt haben sollte, so nehme ich Euren Tadel auf mich und bitte Euch aus ganzem Herzen um Vergebung.« Er beugte sich vor. »Doch ich bin ein freies Gildenmitglied und habe zweimal in vorderster Front gedient. Ich habe kein Gesetz gebrochen, und ich darf nicht in meiner Bewegungsfreiheit eingeschränkt werden ohne ...«

»Ohne rechtmäßige Handhabe«, beendete Ibris den Satz für ihn mit einem kurzen, amüsierten Lächeln.

Antyr fühlte sich keineswegs beruhigt. Er vermochte das Lächeln des Herzogs nicht zu deuten, und rechtmäßige Handhabe und freies Gildenmitglied hin oder her, Tatsache blieb, daß man dem Herzog und seinen Offizieren zu gehorchen hatte!

Ibris hingegen begann einfach, ein Dokument zu lesen, das vor ihm auf dem Tisch lag. »Was wollt Ihr, Antyr? Ich bin beschäftigt«, sagte er so beiläufig, als habe es nie eine Meinungsverschiedenheit gegeben.

Antyr fuhr bei diesem abrupten Ende des Verhörs leicht

zusammen und warf sodann einen Blick auf die anderen in der Runde.

Ibris folgte seinen Augen und winkte ihn um den Tisch herum zu sich.

»Was gibt es denn?« fragte er mit leiser, unerwartet vertraulich klingender Stimme, als Antyr vor ihm stand.

Antyr bückte sich, fühlte sich wie ein Verschwörer und wisperte dem Herzog seine Sorgen ins Ohr. »Es betrifft eben jenen Befehl, Sire«, sagte er. »Lord Menedrion hat mir aufgetragen, mich bereit zu machen, übermorgen eine Reise mit ihm anzutreten.«

Ibris' Antlitz verfinsterte sich. »Wie kommt es, daß Ihr mit Lord Menedrion zu tun habt?« verlangte er zu wissen.

Die Unausweichlichkeit der Frage erinnerte Antyr daran, warum er es vorgezogen hatte, sich keine Antwort auf sie zurechtzulegen. Der Grund war, daß jede Antwort nur das Vorspiel zu noch tiefergehenden Fragen und zunehmend schwierigeren moralischen Entscheidungen für ihn sein würde. Keine Inspiration kam ihm zu Hilfe.

»Sire, das ist kompliziert«, erwiderte er.

»Antwortet trotzdem«, verlangte Ibris kurz und bündig.

Antyr holte einmal tief Luft und setzte alles auf eine Karte. »Können wir unter vier Augen sprechen, Sire?«

Ibris runzelte die Stirn. »Wir sind hier so gut wie unter vier Augen, Traumfinder«, sagte er.

»Nein, sind wir nicht«, widersprach Antyr mit überraschender Direktheit. »Irgend etwas ist nicht in Ordnung, und es betrifft auch Euch, Euren Sohn, mich und vielleicht noch andere, ich weiß nicht. Ich kann mich nicht im Flüsterton mit Euch darüber unterhalten, bitte gewährt mir ein paar Minuten für eine offene Aussprache.«

Ibris' Stirnrunzeln vertiefte sich, dann stieß er ein ungeduldiges Schnauben aus. »Nun gut«, sagte er und erhob sich. »Doch Ihr verbraucht langsam die Achtung, die ich für Euren Vater empfand. Ich gebe Euch fünf Minuten. Ciarll, komm mit uns. Ich bin bald zurück«, verkündete er den anderen um den Tisch. »Macht weiter.« Er wies Antyr zu einer nahen Tür.

Die Tür führte sie in einen Korridor und von dort in einen kleinen, intimen Raum, den nur ein prasselndes Kaminfeuer erhellte. Feranc zündete eine Lampe an, und Ibris trat vor das Feuer, wo er sich hinstellte und ein paar stille Augenblicke in die Flammen starrte.

»Jetzt könnt Ihr so laut reden, wie Ihr wollt, Traumfinder«, erklärte er beinah zornig und wandte sich schroff um. »Aber redet schnell und konzentriert, oder ich werde Euch – ob nun freier Gildenmann oder nicht – dazu zwingen, wie Ihr noch nie gezwungen worden seid.«

Tarrian trottete zu dem Herzog hinüber und rollte sich zu seinen Füßen zusammen.

Der Traumfinder warf einen Blick zu Feranc hinüber. »Darf ich vor dem Hauptmann über Euren Traum sprechen, Sire?« wollte er wissen.

»Wenn es von Bedeutung ist, ja«, erwiderte Ibris, drehte sich wieder um und fixierte eine fein ziselierte Uhr auf dem Kaminsims.

Antyr griff seine frühere Bemerkung auf. »Sire, wie ich bereits sagte, ist das Ganze überaus schwierig. Ich muß ein Vertrauen brechen, das der Träumer in mich gesetzt hat, und dafür brauche ich sowohl Euer Verständnis als auch Euren Schutz.«

»Fahrt fort«, sagte Ibris.

Tarrian wälzte sich auf die andere Seite und schmiegte sich liebevoll an Ibris' Bein. Scheinbar ohne genau zu wissen, was er tat, ging Ibris in die Hocke und streichelte ihn.

»Sire«, begann Antyr. »Warum ließet Ihr mich letzte Nacht so dringlich rufen?«

»Ihr wißt, warum«, erwiderte Ibris, doch sein Tonfall war nun weniger streng. »Ich verspürte eine wie auch immer geartete … Präsenz … in meinem Traum. Als versuchte etwas oder jemand, in ihn einzudringen. Etwas Bedrohliches.«

Antyr nickte. »Dies ist nie zuvor geschehen?« fragte er. »Zu Zeiten meines Vaters vielleicht?«

Ibris schüttelte den Kopf. »Für gewöhnlich konsultierte ich Euren Vater, damit ich einen Traum nochmals sehen konnte, wenn ich das Gefühl hatte, er müsse noch einmal überdacht werden; daß er irgendeine Botschaft aus den Tiefen meines Innersten enthielt, die ich hören mußte, die ich aber über dem Lärm des Tages nicht hören konnte. Eurer Vater lehrte mich, meine Träume zu beobachten und ihnen zuzuhören, so daß ich seine Hilfe schließlich nicht mehr benötigte.« Er lächelte über eine schon lange vergessene Erinnerung. »Ein bemerkenswerter Mann, Euer Vater. Hat sich inständig bemüht, seinen besten Kunden zu verlieren. Wenn ich ein Dutzend Männer wie ihn gehabt hätte, hätten wir einen großen und ruhmvollen Frieden in diesem Land erreicht, der sich sogar zu den barbarischen Stämmen jenseits der Berge und bis über den Ozean nach ...«

Seine Stimme verebbte, und er verfolgte den Gedanken nicht weiter.

»Aufgrund der Schulung durch Euren Vater vermochte ich zu erkennen, daß diese ... Präsenz ... von außen kam«, fuhr er fort, wieder sicher geworden. »Aber ich sehe mich im Moment wesentlich handfesteren Drohungen gegenüber, Traumfinder ...«

Antyr hob die Hand, um ihn zum Schweigen zu bringen. »Sire, auch ich wurde letzte Nacht von einer mysteriösen Macht von außerhalb angegriffen. Sie kam über mich in Gestalt von Marastrumel, der uralten Personifikation des Bösen in den Überlieferungen und Legenden der Traumfinder.«

Ibris sah erst ihn und dann Feranc an.

»Niemand betrat letzte Nacht sein Zimmer, Sire«, erklärte der Hauptmann, beantwortete so die unausgesprochene Frage und zeigte Antyr erneut, daß er zumindest eine Zeitlang diskret beobachtet worden war. »Vielleicht war es ein Traum.« Ein Hauch von Ironie lag in seiner Stimme, doch der Herzog ließ sich nicht darauf ein.

»Traumfinder träumen nicht oder können nicht träumen, Ciarll«, sagte er schlicht. Dann, an Antyr gewandt: »Man berichtete mir, daß Ihr dem Ale und dem Wein übermäßig zusprecht, Antyr. Ist es möglich, daß Marastrumel in einer Flasche zu Euch kam?«

Antyr wechselte die Farbe. »Nein, Sire. Der Tadel ist berechtigt, doch der Hauptmann sorgte dafür, daß ich vergangene Nacht nur Wasser zur Verfügung hatte, und das Trinken hat mir in der Vergangenheit auch nichts als Vergessen und Übelkeit eingebracht. Ich fürchte vielmehr, daß jene unbekannte Macht, die Euch in Eurem Traum angriff, mich spürte – und mich nun sucht.«

»Zu welchem Zweck?« verlangte Ibris zu wissen.

Antyr zuckte hilflos mit den Schultern. »Ich habe nicht die geringste Vorstellung, Sire«, antwortete er.

Ibris zog sich vom Feuer zurück und ließ sich langsam auf einen Sessel fallen. Tarrian kroch auf dem Bauch mit ihm und legte sein Kinn auf den Fuß des Herzogs. Ibris' Antlitz war nachdenklich und ernst.

»Ihr habt erwähnt, daß mein Sohn und möglicherweise noch eine weitere Person in die Angelegenheit verwickelt seien«, sagte er.

Antyr sah sich verlegen in dem Raum um; er fand es beinahe unmöglich, jene Worte auszusprechen, die das Vertrauen seines Kunden mißbrauchen würden.

»Ich kümmere mich schon um Menedrion, falls es nötig wird«, versicherte Ibris. »In dieser Richtung braucht Ihr keine Angst zu haben. Ihr steht unter meinem Schutz. Wer ist die andere Person?«

»Ich weiß nicht, Sire, ich ...« Antyr zuckte hilflos mit den Achseln. Ibris' Gereiztheit trat immer deutlicher zutage, und Antyr wurde immer unwohler zumute.

»Was mich zu meiner früheren Frage zurückbringt«, fuhr der Herzog energisch fort. »Wie seid Ihr an Menedrion gekommen?«

»Er ließ mich rufen, wie Ihr, Sire«, entgegnete Antyr, dem seine eigene Stimme fremd in den Ohren klang. »Aber er erwähnte, daß er meinen Namen von seiner Mutter erhalten habe.«

Überraschung zeigte sich auf Ibris' Gesicht, dann verzog er den Mund zu einem Knurren. »Diese Hexe. Selbst im Erin-Mal hockt sie wie eine fette Spinne im Herzen meines Reichs«, sagte er, fast nur zu sich selbst. Er wandte sich an seinen Leibwächter. »Wie hat sie das herausbekommen, Ciarll?« fragte er.

»Angenommen, der Traumfinder steht nicht in ihrem Sold, dann kann ein Dutzend Wachen oder Diener ihr die Information zugetragen haben«, erwiderte Feranc wehmütig. »Ich habe mich nicht großartig um Geheimhaltung bemüht.«

Ibris fegte mit einer Handbewegung Antyrs aufkeimenden Widerspruch beiseite, noch bevor er ihn aussprechen konnte, und nickte, um zu zeigen, daß er Ferancs Eingeständnis zur Kenntnis genommen habe.

»Ich nehme an, daß das jetzt ohnehin nichts mehr ausmacht«, schloß er. »Aber ...«

Er beendete den Satz mit einem gereizten Seufzer, während er seine Gedanken wieder den drängenderen Nöten des Augenblicks zuwandte.

»Ich will nicht in Menedrions Träumen herumspionieren, Antyr«, sagte er. »Doch warum braucht er Euch so plötzlich, und warum möchte er, daß Ihr ihn bei seiner Abreise begleitet? Er ist nicht der Mann, sich von Hirngespinsten aus der Bahn werfen zu lassen.«

Antyr zauderte immer noch. Trotz des offensichtlichen Verständnisses, das der Herzog für seine Lage zeigte, hatte er nicht ganz begriffen, wie tief in ihm die Notwendigkeit verwurzelt war, seine Kunden zu schützen.

»Die Zeit arbeitet gegen Euch, Traumfinder«, sagte der Herzog schroff. »Redet oder geht.«

Die Unhaltbarkeit seiner Position bedrückte Antyr sehr. Er brauchte Hilfe, wenn er seinerseits anderen helfen sollte. Er konnte jedoch keinerlei Hilfe erwarten, wenn er weiterhin schwieg.

Er hatte keine Wahl. Das Für und Wider dieses Vertrauensbruchs würde er wohl später abwägen müssen.

»Es tut mir leid, Sire«, begann er. »Doch es fällt mir sehr schwer, das zu tun, und ich tue es nur, weil ich keine andere Möglichkeit für mich sehe.«

Der Herzog sah ihn erwartungsvoll an.

»Lord Menedrion hatte letzte Nacht einen Traum, der ihn

zutiefst beunruhigte«, fuhr Antyr fort. Fast auf der Stelle verspürte er große Erleichterung, weil er in der Lage gewesen war, seine Sorgen auszusprechen. »Als wir danach suchten, wurde ich sowohl von dem Träumer als auch von meinem Gefährten getrennt und fand mich in einem eigenartigen Land jenseits des Traums wieder, wo Lord Menedrion von zahlreichen Feinden angegriffen wurde. Tarrian und ich brachten ihn gemeinsam zurück, aber ...« Er stockte, doch Ibris stellte in dem nun eintretenden Schweigen keine Fragen. »Ich weiß nicht, was geschah, Sire. Ich habe so etwas noch nie erlebt. Alles, was ich vorschlagen konnte, war, daß wir in dieser Nacht über ihn wachen sollten, um herauszufinden, ob sich noch etwas ereignen würde ...«

»Und jetzt bleibt er die ganze Nacht über wach, weil er arbeiten muß, und wird Euch vor morgen nicht mehr benötigen«, schloß Ibris ruhig, nickte bedächtig und starrte wieder ins Feuer. Lange Zeit sagte er nichts.

»Ihr habt bereits von dem Bethlarii-Gesandten gehört, nehme ich an?« fuhr er schließlich fort.

»Unklare Wortfetzen von irgendwelchen zufällig mitangehörten Gesprächen, Sire«, beeilte sich Antyr zu versichern. »Ich kenne hier niemanden, mit dem ich solche Dinge bereden könnte.«

Wieder nickte Ibris. »Das wird sich ändern, Traumfinder«, sagte er mit einer Spur schwerfälligen Humors. »Das wird sich bald ändern, fürchte ich.«

Antyr, einigermaßen verdutzt über diese Bemerkung, erwiderte nichts.

Wieder schwieg Ibris einen Augenblick und sagte dann: »Plötzlich, ohne jede Vorwarnung sehen wir uns einem möglichen Krieg gegen die Bethlarii gegenüber, einem großangelegten Krieg. Wie nimmst du das auf, Diener zweier Herren?«

»Mit Entsetzen«, antwortete Antyr schneller und entschlossener, als ihm nach reiflicher Überlegung geraten erschienen wäre.

Ibris starrte weiterhin ins Feuer, doch Antyr bemerkte, wie seine Augenbrauen aufgrund seiner Antwort in die

Höhe zuckten. »Du würdest nicht die Möglichkeit begrüßen, Ruhm und Abenteuer zu erlangen, indem du gegen die Feinde der Stadt zu Felde ziehst, Gildenmann?« fragte er.

»Ich kämpfe, wenn ich muß«, erwiderte Antyr, alle Bedenken über Bord werfend. »Für meine Stadt und für mich selbst. Aber *nur*, wenn es sein muß. Und mit Sicherheit begrüße ich es nicht. Für mich ist es Abenteuer genug, nachts durch die Straßen der Stadt zu gehen.« Er wies auf den Kaminsims. »Und in dieser kostbaren Uhr steckt mehr Ruhm als in generationenlangen Kriegen.«

Er erahnte eine Reaktion von seiten Ferancs, doch der Leibwächter stand am Rande seines Gesichtsfeldes, so daß er seine Bewegung nicht genau erkennen konnte.

Ibris sah zu dem Kaminsims hinauf. »Ich wünschte nur, die Bethlarii teilten Eure Ansichten«, sagte er nach kurzem Schweigen. Dann erhob er sich, wobei er den scheinbar schlafenden Tarrian sanft störte. Sein Gebaren wurde schroffer. »Aber wie immer tun sie das natürlich nicht. Und wie immer werden wir alle vermutlich den Preis für ihre Verblendung zahlen müssen.«

Er wandte sich um und blickte Antyr geradewegs ins Gesicht. »Ich kann mir keinen Reim darauf machen, was Ihr gerade erzählt habt, Traumfinder, doch ich weiß, daß *ich* angegriffen wurde, und habe keinen Anlaß, Eure Aussagen über Eure eigenen und Menedrions Erlebnisse in Zweifel zu ziehen.« Er schielte zu Feranc hinüber. »Genausowenig kann ich mir einen Reim auf die Absichten der Bethlarii bilden. Doch ich muß die Speere und Schwerter nicht erst sehen, um einen Hinterhalt zu riechen; also, was mich angeht, so denke ich, daß diese beiden Ereignisse miteinander in Verbindung stehen, und jetzt ist nicht der Zeitpunkt, um mir den Kopf über die innere Logik von alldem zu zerbrechen.«

Feranc nickte, und Antyr verhielt sich ganz still, fühlte sich plötzlich, als stehe er im Brennpunkt schrecklicher und unbekannter Kräfte, die um ihn und jenseits von ihm brodelten. Tarrian trat an seine Seite.

»Antyr«, sagte der Herzog mit ruhiger Stimme. »Ich entbinde Euch von Eurem Treuegelöbnis als Gildenangehöriger und auch als Reservist. Ich gewähre Euch das Recht der freien Wahl, ohne Euch hinterher zu tadeln. Werdet Ihr mir zur Seite stehen und mir helfen, oder werdet Ihr Euer Honorar nehmen und in aller Stille nach Hause zurückkehren und Euer Gewerbe in Frieden ausüben?«

Das war nicht gerade das, was Antyr erwartet hatte. Er hatte damit gerechnet, entweder hinausgeworfen oder unter Zuhilfenahme der ›Staatsräson‹ ›freiwillig‹ zum Dienst verpflichtet zu werden.

Er zögerte. In Bruchteilen von Sekunden stürzten wilde, widerstreitende Gedankenkaskaden durch seinen Kopf. Was konnte er tun? Er wußte ja gar nicht, was überhaupt vor sich ging. War das eine List? Würde der Herzog ihn tatsächlich unbehelligt von dannen ziehen lassen, wenn er sich für die letztere Möglichkeit entscheiden sollte? Und was war mit Menedrion? Würde er herausfinden, was vorgefallen war? Und wer würde ihn schützen …? Jäh tauchte die Kapuzengestalt mit der Laterne in all dem Durcheinander auf. Wer war er? Und welche Drohung stellte er dar? Würde die Nähe zum Herzog das Phantom anziehen oder ihn zähneklappernd in die Finsternis jagen?

Und außerdem war er kein Höfling. Er würde überhaupt nicht wissen, wie er sich an einem solchen Ort zu benehmen hatte.

Dann stiegen seltsam altruistische Überlegungen in ihm auf, um ihn in Verlegenheit zu bringen. Wer anders als ein Traumfinder konnte dem Herzog denn in dieser sonderbaren Lage helfen? Und wenn er dem Herzog auf irgendeine Weise das Gespenst des Krieges vertreiben helfen konnte, das sich wieder einmal über dem Land erhob, sollte er diese Hilfe dann nicht gewähren? Könnte er jemals wieder ruhig schlafen, wenn er es nicht täte, oder würden ihn die Legionen der Verstümmelten und Wahnsinnigen verfolgen, die das wahre Erbe eines jeden Krieges waren? Er erkannte die Stimme seines Vaters.

Tarrian schwieg, obwohl Antyr fühlte, daß er um die Ränder seines Geistes schlich, beobachtete, wartete. Wozu er sich auch immer entschließen würde, er wußte, daß Tarrian sein treuer Gefährte bleiben würde. Auch der Wolf erlegte ihm noch seine Bürde auf – indem er versuchte, es nicht zu tun.

»Ich bin Euer Untertan, Sire«, sagte er schließlich zweideutig. »Ich tue, was Ihr verlangt.«

Ibris ging zu ihm herüber und legte ihm die Hände auf die Schultern. Antyr fühlte, wie seine Knie kurzfristig zu zittern begannen, dann fand er sich in die Augen des Mannes, des Kriegers und des Liebhabers großer Kunst blicken, und er erkannte, wer dem Land durch Willens- und Waffenstärke eine Friedenszeit beschert hatte, die, auch wenn sie alles andere als vollkommen war, doch länger und fruchtbringender gewesen war als alles, was jemals in den Annalen der Geschichtsschreiber verzeichnet worden war.

»Antyr«, sagte der Herzog, und seine Stimme klang gemessen. »Ihr seid in der Tat ein freier Gildenmann. Was ich von Euch verlange, ist nicht, daß Ihr gehorcht, sondern daß Ihr wählt. Ich befehlige viele Leute auf unterschiedliche Weise, indem ich über diese Stadt und ihre Vasallen herrsche; die einen subtil durch sorgfältig gewählte Worte, die anderen … weniger subtil. Aber diejenigen, die mir wirklich und wahrhaftig beistehen, sind nicht jene, denen ich etwas befehle, sondern die, die mir zu folgen gewählt haben und wissen, daß sie sich jederzeit zurückziehen können. Versteht Ihr mich?«

Antyr nickte zögernd.

»Ihrer sind wenige, Antyr. Aaken, mein ehemaliger Schildträger, der an meiner Seite stand in den Kriegen gegen meine rebellische Sippe, als ich noch jung war. Ciarll hier, der …« Er warf seinem rätselhaften Leibwächter einen raschen Blick zu. »… eines Tages … auftauchte … und das Blatt einer Schlacht zu meinen Gunsten wendete und der kein Wort darüber verliert, wo er herkam oder wo er seine furchteinflößenden Fähigkeiten gelernt hat, und der in seinem Innern ein tiefes Schweigen trägt. Die Mantynnai, seine Landsleute, wie ich vermute, obwohl niemand es mir sagen wird; und ihre Qual ist frischer und grausamer noch als Ferancs. Vorübergehend dein Vater, obwohl er ein abweisender, distanzierter Mensch war, der seine eigenen seltsamen Geheimnisse barg. Ein oder zwei andere. Einige wenige. Und jetzt Ihr. Durch den Gang der Ereignisse an meine Seite getrieben. Fühlt Ihr Euch wohl auf dem Parkett, das Ihr betreten habt?«

Antyr stotterte. »Ich bin Euer Untertan. Ein Befehlsempfänger. Kein Freund oder Ratgeber. Ich habe einen Großteil meines Lebens mit Schwäche und Selbstmitleid vergeudet. Ich beherrsche mein Handwerk nicht so, wie ich es vielleicht sollte. Ich fürchte, ich wäre mehr Last als Stütze für Euch.«

»Das ist meine Wahl«, erwiderte Ibris. »Wirst du mir helfen, wie dein Vater es getan hat, so gut du es vermagst, oder nicht? Ja oder nein?«

»Stell dich dem Feind«, erklang ein ferner Ruf in seinem Geist.

»Ja«, hörte er sich erwidern. »Ja, Sire.«

KAPITEL 18

Als Feranc die Tür hinter einem völlig verwirrten Antyr schloß, ließ sich Ibris wieder neben dem Feuer nieder. Er winkte Feranc zu sich und wies auf den gegenüberstehenden Sessel.

»War das weise oder töricht gehandelt, Ciarll?« fragte er.

»Ich glaube, der Wolf hat Euch dazu verführt«, erwiderte Feranc.

Ibris lachte und hob mahnend den Finger. »Du bist bei weitem zu scharfsinnig, Ciarll«, sagte er. »Doch ich kenne diesen Wolf ungefähr so gut wie dich, das heißt: ziemlich gut und dann wieder auch gar nicht. Und nun beantworte meine Frage.«

Feranc nickte zustimmend. »Es war überlegt gehandelt«, erwiderte er.

Ibris knurrte geringschätzig. »Fang du nicht auch noch an, den Höfling vor mir heraushängen zu lassen«, sagte er.

Feranc lächelte breit, ein Anblick, der wahrscheinlich nur dem Herzog hin und wieder zuteil wurde.

»Es war überlegt gehandelt«, wiederholte er. »Und vermutlich wohlüberlegt, doch ob es weise oder töricht war, mag nur die Zeit zu erweisen.«

Ibris' Augen verengten sich. »Du weichst mir mit Worten so gut wie mit der Schwertklinge aus, wenn du es darauf anlegst«, meinte er. »Was hättest du an meiner Stelle getan?«

»Zuerst einmal hätte ich mich nicht zum Herzog machen lassen«, entgegnete Feranc. Dann, bevor der Herzog ihm einen weiteren Tadel erteilen konnte, änderte sich seine Miene, als fürchte sein heiteres Ich, sich zu lange zu zeigen.

»Wie fühlt *Ihr* Euch auf dem Parkett, das Ihr betreten habt?« fragte er, indem er die Worte des Herzogs wiederholte.

Ibris lehnte sich in dem Sessel zurück und kreuzte bedächtig die Arme. »Veränderlich und unsicher«, antwortete er düster. »Während all der Erbfolgekriege, während all der unzähligen Schlachten und Scharmützel gegen die Bethlarii und ihre Verbündeten habe ich mich noch nie so verunsichert, so von allen Seiten bedrängt gefühlt. Ist das das Alter, Ciarll?«

»Nein«, gab Feranc schlicht zur Antwort. »Das Alter verlangsamt nur die Denkprozesse ein wenig, aber die Qualität des Denkens erhöht sich. Es sieht so aus, als würden wir von Mächten angegriffen, die wir nicht kennen, und das ist beunruhigend, wenn nicht zu sagen beängstigend. Doch Euer Urteil betreffs des Traumfinders ist mit annähernder Gewißheit wohlbegründet.«

Staunen machte sich auf des Herzogs Antlitz breit. »Du nimmst dieses Gerede für einen vernunftbegabten Menschen mit erstaunlichem Gleichmut hin, Hauptmann«, meinte er.

Feranc wich kurz seinem Blick aus. »Das liegt im Wesen meiner Ausbildung«, sagte er beinahe widerstrebend. »Das zu sehen, was ist, und es als das zu akzeptieren, was es ist. So handelt ein vernunftbegabter Mensch.«

»Deine Ausbildung?« hakte Ibris gelassen, aber erwartungsvoll nach. Es war das erste Mal, daß er überhaupt eine Bemerkung Ferancs über die Zeit vor seiner Ankunft in Serenstad zu hören bekommen hatte. Feranc indes ignorierte die unausgesprochene Aufforderung, die Bemerkung zu erläutern, und schwieg.

»Was hast du gesehen, was dich meines Urteils so sicher sein läßt?« fuhr Ibris fort, insgeheim bedauernd, daß der Augenblick vorüber war.

»Ich habe gesehen, daß sich ein Bethlarii-Gesandter wie ein Spion in Euer Land gestohlen hat, was in sich selbst schon eine kaum glaubliche Wandlung ihres gewöhnlichen Verhaltens darstellt. Ich habe das Gespenst des Krieges über seine Schulter grinsen gesehen, Krieg in einer Größenordnung, die das Land bereits seit Generationen nicht mehr gesehen hat. Ich habe gesehen, daß er sich auf eine Art und Weise aufgeführt hat, die geradezu nach seiner sofortigen Hinrichtung geschrien hat, was uns das gräßliche Ausmaß seines religiösen Eifers enthüllt. Dann habe ich gesehen, wie der Mann, dem ich mich entschieden habe beizustehen, beizustehen in seinem Kampf, diesem Land Ordnung und Zivilisation zu bringen, wie dieser Mann also die Hilfe eines trunksüchtigen … Handwerkers eines fremdartigen und vielleicht betrügerischen Gewerbes gesucht hat, und ich habe gesehen, daß sowohl der Herzog als auch der Traumfinder – der letztere in besonderem Maße – durch ihre Begegnung verwandelt wurden. Nun erfahre ich, daß derselbe Traumfinder auch zu Menedrion gerufen worden ist, eine Tatsache, die sogar noch unwahrscheinlicher ist als jene, daß Ihr ihn habt zu Euch kommen lassen.«

Ferancs Bestandsaufnahme war teilnahmslos und fast schroff vorgetragen, als sei er ein junger Offizier, der seinem Vorgesetzten Bericht über die Ergebnisse seiner Aufklärungsarbeit erstattete. Er fuhr fort.

»Die Bethlarii haben sich der Finsternis zugewandt, der primitiven Sicherheit ihrer Religion. In Eurem Zweifel habt Ihr Hilfe bei einem Traumfinder gesucht. Beide Handlungsweisen übersteigen die Grenzen der reinen Vernunft; sie sind eine Reaktion auf etwas, was tief im Innersten des menschlichen Wesens liegt. Ich habe im Laufe der Jahre genug gelernt, um zu wissen, daß mein Verstand mir sagt, wann ich mein Herz gebrauchen muß, und daß mein Herz mir sagt, wann ich meinen Verstand gebrauchen muß, und daß ich sowohl überleben als auch meine geistige Gesundheit erhalten kann, solange ich bereit bin, sie beide zu benutzen. Ich stimme Eurer Folgerung zu, daß die von den Bethlarii ausgehende Drohung und die Träume irgendwie in Verbindung stehen, vielleicht von einer gemeinsamen Quelle zehren, und wenn wir das annehmen, müssen wir unseren Traumfinder genauso hegen und pflegen, wie wir unsere Piken und Belagerungsmaschinen hegen und pflegen, selbst wenn wir vorerst nicht wissen, was wir mit ihm anfangen sollen.«

Daraufhin trat ein langes Schweigen ein.

»Du überraschst mich immer wieder von neuem, Ciarll«, bemerkte Ibris schließlich. »Ich hatte damit gerechnet, zumindest für diese letzte Tat deine scharfe Zunge spüren zu müssen.«

Feranc zog fragend eine Augenbraue hoch, erwiderte jedoch nichts.

»Hättest du vielleicht Lust, über das Wesen dieser ... gemeinsamen Quelle ... ein paar Vermutungen anzustellen?« schlug Ibris vor.

Feranc schüttelte den Kopf. »Ich habe auf meiner Wanderschaft viele fremdartige Dinge gesehen – und gespürt. Genug, um zu wissen, daß man unter gewissen Umständen nur noch abwarten und schauen kann, was geschieht, und dann die Realität dieser Ereignisse akzeptieren muß, wie weitab jeglicher Vernunft sie auch liegen mögen. Nur so können wir das Wissen erlangen, das uns unsere Verteidigung ermöglicht. Wir sind wie die Eingeborenen, die sich einst den ersten Pfeilen gegenübergesehen haben ...«

»Das ist ein dürftiger Trost«, unterbrach ihn Ibris. »Sie sind vermutlich ausgerottet worden.«

Feranc lächelte kaum merklich. »Ein schlechter Vergleich«, räumte er mit einem entschuldigenden Achselzucken ein.

»Aber vielleicht passend?« stichelte Ibris.

Feranc zog seine Hand in einer schnittartigen Bewegung vor seinem Körper nach unten, als habe er nichts mehr hinzuzufügen. »Vergleiche sind etwas für Lehrer und Märchenerzähler«, erklärte er. »Wir haben es hier mit der Realität zu tun. Im besten Falle mag sich Eure Entscheidung hinsichtlich Antyrs zu irgendeinem unvorhersehbaren Zeitpunkt der Zukunft als lebensrettend erweisen. Im schlimmsten Falle muß der Palast ein weiteres oder besser zwei weitere hungrige Mäuler durchfüttern. Sie werden keinen Schaden anrichten. Nach dem, was ich in Erfahrung gebracht habe, hat sich Antyr gut, ja sogar tapfer geschlagen, als er es mußte. Und bis jetzt ist er mehr als irgend jemand sonst sein eigener Feind gewesen.«

»Er hat keine Angst davor zu sagen, was er denkt«, fügte Ibris mit milder Empörung hinzu.

Feranc lächelte erneut. »Das muß er auch, wenn er Euch zum ›Kunden‹ hat«, gab er zu bedenken. »Er würde jetzt schon seine blauen Flecke von den Steinquadern im Palast zählen, wenn er Euch nicht getrotzt hätte, als Ihr ihn des Gesetzesbruchs bezichtigtet. Ich sagte bereits, daß er sich ändert. Ich persönlich beginne ihn richtig zu mögen. Ich glaube, unter all seinen Zweifeln ist er sehr zuverlässig.« Er schwieg nachdenklich. »An ihm ist mehr, als man auf den ersten Blick sieht. Und der Wolf ist einfach faszinierend.«

»Hat dich auch verführt, ja?« meinte Ibris.

Terancs Lächeln wurde wieder breiter. »Wenn Ihr mich nun entschuldigen wollt, Sire«, erwiderte er. »Ich muß mich um meine Pflichten kümmern.«

Ibris nickte. »Ich komme in ein paar Minuten nach, Ciarll«, sagte er. »Ich muß noch ein wenig nachdenken.«

Feranc erhob und verbeugte sich.

Als er die Tür erreichte, schnappte Ibris mit den Fingern. »Ciarll«, sagte er, und seine Stirn furchte sich. »Teile Menedrion irgendwann heute nacht oder morgen mit, daß ich ihn zu sprechen wünsche. Und kümmere dich darum, daß Antyr angemessen versorgt wird, bevor du zurückgehst, ja? Gemächer und Diener und so weiter.« Er tippte sich nachdenklich auf den Mund. »Und daß Aaken ihn für die vergangene Nacht entlohnt und für ein anständiges Gehalt sorgt«, fügte er hinzu. »Du weißt ja, wie ›vergeßlich‹ er sein kann, wenn die Palastkasse geschröpft werden soll.«

»Ja«, stimmte ihm Feranc nicht ohne Anteilnahme zu. »Er wird von Zeit zu Zeit ein sehr eifersüchtiger Hüter unserer Schatztruhen.« Dann, Tarrians Beobachtungen aufnehmend: »Antyr könnte hier gut verhungern, wenn wir nicht aufpassen.«

Ibris nickte. »Wenn er hungert, ist das eine Sache«, meinte er. »Wenn der Wolf hungert, eine andere.«

Als Feranc leise die Tür hinter sich schloß, wandte sich Ibris um und blickte wieder in die flackernde Flammenlandschaft mit ihren schwarzen Felszungen und Klippen, mit ihren rotglühenden Klüften und Ritzen, die unter dem Hauch unsichtbarer Luftbewegungen gelb aufloderten. Er beugte sich vor, stützte die Ellbogen auf seine Knie und ließ das Feuer sein ganzes Blickfeld ausfüllen.

Rauch wirbelte hierhin und dorthin, Funken stoben empor und spritzten in die Finsternis des Kamins hoch oder trudelten in Kaskaden zu Boden. Flammen schossen zornig in die Höhe. Je genauer er hinsah, desto intensiver und komplexer wurde die Aktivität.

Woher mag solch ein wütender Sturm kommen? dachte er, während er auf die unverbrannten Kohlen am Rande des Feuers blickte, schwarz und leblos; nichts als stumpfe, träge Steine, deren Äußeres nicht den geringsten Rückschluß auf die in ihrem Innern schlummernden Kräfte zuließ.

Wieder einmal ertappte sich Antyr dabei, wie er benommen einem Diener durch endlose Gänge folgte. Er und Tarrian waren von einem Büro in das nächste gebracht worden, während ihre Namen und Bedürfnisse erst von dem einen und dann wieder von einem anderen Offizier notiert wurden. Mit jeder Stufe waren sie mit zunehmender Ehrerbietung behandelt worden, besonders nach einem kurzen Einschreiten Ciarll Ferancs, doch Antyr war nicht in der Stimmung, das überhaupt zur Kenntnis zu nehmen.

Nun brachte man sie in ihr offizielles Quartier.

»Was habe ich getan?« wandte sich Antyr an Tarrian.

»Zunächst einmal das Richtige«, entgegnete Tarrian. Seine Aufregung übertrug sich auf Antyr. »Für den Herzog arbeiten«, jubelte er. »Genau wie dein Vater. Ich hätte nie gedacht, das noch einmal zu erleben.«

Die Bemerkung setzte einen lange zurückgehaltenen Schwall von Unmut gegen Tarrian frei. »Du hättest das übrigens ruhig einmal erwähnen können«, sagte er säuerlich.

»Wozu?« hielt Tarrian augenblicklich dagegen. »Du standest eh schon im Schatten deines Vaters. Dich permanent daran zu erinnern, daß er einst für den Herzog gearbeitet hat, hätte dich nur noch mehr deprimiert. Außerdem geht dich das gar nichts an, wie du wissen solltest.«

»Fein ...« Antyr war beleidigt.

»Oh, komm schon«, sagte Tarrian. »Es ist nicht wichtig, war es nie. Doch wenn du dich dann besser fühlst, sollst du erfahren, daß er nie hier gewohnt hat, nicht ein einziges Mal. Und jetzt vergiß es. Wir müssen uns mit näherliegenden Dingen befassen. Sei doch einfach dankbar, daß der Herzog die Sache mit Menedrion für uns erledigt und daß wir dicht am Zentrum der Geschehnisse sitzen werden, wo wir wirklich von Nutzen sein können.«

»Du wirst verzeihen, wenn ich deine Begeisterung nicht ganz teilen kann«, bemerkte Antyr. »Aber wie genau werden wir denn von Nutzen sein? Ich weiß mit hundertprozentiger Sicherheit nicht, was vorgeht, geschweige denn, was ich dagegen unternehmen soll. Und jetzt sieht es auch noch so aus, als stehe ein Krieg bevor. Bei den Göttern, es ist entsetzlich.«

»Dies sind Eure Gemächer, Sir«, erklärte der Diener, dessen hohe, flötende Stimme unwissentlich das stumme Zwiegespräch unterbrach. Er hielt ihnen eine Tür auf.

Antyr erschrak, bevor er es fertigbrachte, ein paar Dankesworte zu stammeln, während er in den Raum trat.

»Nett«, meinte Tarrian, der bereits drinnen war und die Grenzen seines neuen Territoriums absteckte. »Sehr nett.«

Als Antyr den Blick durch das Gemach schweifen ließ, fühlte er, wie seine düsteren Befürchtungen wichen und Tarrians anhaltender Begeisterung Platz machten. Ja, in der Tat, es war ein netter Raum. Schlicht mit ein paar Bildern und ein paar eleganten Möbeln dekoriert, war er zwar bei weitem nicht so prunkvoll wie das Zimmer des Herzogs, jedoch bedeutend besser als die Räume, die man ihnen bisher zugewiesen hatte.

Der Diener wurde soeben damit fertig, die Lampen zu entzünden, und zog sich mit einer letzten geflöteten Anweisung zurück, daß Antyr nicht vergessen möge, sein provisorisches Amtsabzeichen zu tragen, und daß er die Glocke läuten solle, falls er irgend etwas brauche.

Nach seinem Weggang blieb Antyr ein paar Augenblicke ganz still und reglos stehen. Dann spürte er das weiche Vlies des Teppichs unter seinen Füßen, und ein Lächeln stahl sich auf sein Gesicht. Tarrian kicherte. »Das ist schon besser«, sagte er. »Wenn wir ruhig Blut bewahren und uns nicht in die Politik einmischen, können wir es uns hier sehr gutgehen lassen.«

Bilder von grenzenlosen Essensmengen strömten in Antyrs Gedanken, und er nickte wissend. »Ich bewundere deine Selbstlosigkeit und deinen Sinn für die rechte Bürgerpflicht, Hund«, meinte er.

»Dein Sarkasmus gleitet an mir ab«, erwiderte Tarrian. »Das hier ist großartig, und ich beabsichtige, es in vollen Zügen zu genießen, solange ich kann.«

Antyr setzte sich auf einen nahen Stuhl. Plötzlich überfiel ihn die Müdigkeit. Es war ein phantastischer und anstrengender Tag gewesen, und er merkte, daß er sowohl emotional als auch körperlich ermattet war.

»Das Schlafzimmer liegt hinter dieser Tür dort«, schlug Tarrian vor.

Antyr nickte und trottete, nachdem er sich auf die Füße gequält hatte, in die von Tarrian gewiesene Richtung.

Der Anblick des Bettes verstärkte seinen Schlafdrang noch, und nachdem er nur innegehalten hatte, um die Stiefel von den Füßen zu ziehen, ließ er sich ohne große Würde oder Vorkehrungen auf seine neue Schlafstatt fallen.

»Ich habe noch nicht mal was zum Anziehen«, murmelte er, während er auch schon in den Schlaf hinüberglitt. »Ich muß noch mal nach Hause gehen ... morgen ... und ... Sachen mitnehmen ...«

Tarrian warf einen letzten raschen Blick auf die schlafende Gestalt, holte einmal geräuschvoll Atem, ließ sich mit vernehmlichem Plumpsen zu Boden fallen und gesellte sich zu seinem schlafenden Gefährten.

In dieser Nacht störte nichts den traumlosen Schlaf des Traumfinders und seines Gefährten, und als Tarrians Stimme ihn am nächsten Morgen leise weckte, erwartete Antyr schon, sommerlichen Sonnenschein durch die Fenster hereinströmen zu sehen, so ausgeruht war er.

Das Licht jedoch war nur das der Lampen, die er die ganze Nacht über hatte brennen lassen. Er blickte zu dem Fenster hinüber. Der Himmel draußen war immer noch von winterlichem Grau.

Ein Winterfeldzug. Der Gedanke überfiel ihn plötzlich und ungebeten und ließ ihn trotz der im Raum herrschenden Wärme frösteln. Welcher Wahnsinn wurde nur in Bethlar ausgebrütet?

»Kümmern wir uns um unsere eigenen Probleme«, sagte Tarrian, der Antyrs Gedanken mitbekam. »Du liebe Güte, Antyr. Es gibt noch nicht mal einen Krieg, und du bist schon bei imaginären Drillübungen.«

Antyr war drauf und dran, ihm Vorhaltungen zu machen, doch der Wolf war bester Laune und übernahm die Führung. Er äffte die hohe Stimme des Dieners nach, der sie vergangene Nacht durch den Palast eskortiert hatte. »Legt Euer provisorisches Amtszeichen an ...«, und dann, wieder er selbst »...und laß uns was zu fressen suchen.«

»Tut mir leid«, gelang es Antyr schließlich in hinreichend ernstem Tonfall zu sagen, während er sich genüßlich rekelte. Er langte nach unten und streichelte Tarrian, doch dann überfiel ihn ein anderer, lähmender Gedanke. Der Herzog! War in der letzten Nacht etwas passiert, während sein neuernannter Traumfinder wie ein Bewußtloser geschlafen hatte?

»Nein«, bemerkte Tarrian. »Ich habe über euch beide gewacht. Irgendwo ist meiner Meinung nach etwas Ungewöhnliches geschehen, denn ich habe ein paar Fetzen davon mitbekommen.« Kurzfristig übermannte ihn die Erregung. »Ich fühlte mich so aufs äußerste gespannt ... so weitsichtig ... es ist unglaublich ...« Dann ließ er dieses Thema fallen. »Doch nichts Gefährliches hat sich dir genähert, und Ibris hat fast überhaupt nicht geträumt.« Ein uncharakteristischer Anflug von Ehrfurcht schwang in seiner Stimme mit. »Er ist ein strenger Mann. Was für eine Selbstbeherrschung! Ich bin mir sicher, daß er meine Anwesenheit ahnte.«

»Das ist unmöglich«, sagte Antyr lässig. Er streichelte noch immer Tarrians Fell.

»Vielleicht«, antwortete Tarrian. »Doch das Unmögliche geschah schließlich auch in Menedrions Traum, nicht wahr? Wie dem auch sei, das war jedenfalls mein Gefühl bei der Sache. Wir werden ja sehen, ob er es erwähnt, wenn wir ihn heute sehen.«

Antyr stand auf und kratzte sich.

»Wirklich!« rief Tarrian aus, diesmal wieder im Spaß. »Kannst du das nicht draußen tun?«

Antyr beäugte ihn mit zusammengekniffenen Augen. »Ich denke, wir sollten Nyriall aufsuchen, bevor wir etwas essen«, drohte er.

Tarrian erhob keine weiteren Einwände. »Zufällig verhält es sich so, daß wir auf dem Weg zu Nyriall an *unserem* Speisesaal vorbeikommen«, gab er selbstgefällig zur Antwort. »Der *spezielle* Speisesaal für die persönlichen Mitarbeiter des Herzogs.«

Und so geschah es, daß sie sich zu einem Frühstück entschlossen, bevor sie sich an jenem Morgen wieder auf die Straßen der Stadt hinauswagten.

Als sie ihr Gemach verließen, erhob sich ein Mann, der in der Nähe saß, und trat auf sie zu. Er hatte ein selbstbewußtes und zielgerichtetes Gebaren und schien offensichtlich zum Palast zu gehören. Antyr sah ihm wachsam entgegen, plötzlich von Furcht erfüllt. Vielleicht reute den Herzog seine gestrige Ernennung bereits. Vielleicht hatten sie gestern auf ihrem Irrweg durch den Palast irgend jemanden beleidigt. Vielleicht hatte Menedrion … Er zog es vor, diesen Gedanken nicht zu Ende zu denken.

Der Mann jedoch lächelte liebenswürdig und verneigte sich leicht, nachdem er den Blick des Traumfinders gesucht hatte. Unsicher verbeugte sich auch Antyr.

»Antyr Petranson?« fragte der Mann, auch wenn sein Tonfall anzeigte, daß er die Antwort bereits kannte.

»Ja«, erwiderte Antyr, dessen böse Vorahnungen nicht dadurch zum Schweigen gebracht wurden, daß ihn der andere mit seinem formellen Namen anredete.

»Ich heiße Estaan«, erklärte der Mann. »Hauptmann Feranc hat mich zu Eurer Eskorte ernannt und mir aufgetragen, Euch bei der Einführung ins Palastleben behilflich zu sein.«

Er hatte einen leichten Akzent.

»Oh!« entfuhr es Antyr mit erleichterter Überraschung. »Das ist aber sehr aufmerksam von dem Hauptmann. Hier ist es wirklich ziemlich verwirrend.«

Estaan stimmte ihm mit einem kaum merklichen Nicken zu, schien aber nicht geneigt zu sein, ein Gespräch über dieses Thema fortzusetzen.

»Wir wollten gerade zum Frühstück gehen«, meinte Antyr. »Wollt Ihr Euch uns anschließen?«

Ein Funken von Dankbarkeit glomm in Estaans Augen auf. »Das war eine lange und anstrengende Nacht, Sir«, sagte er, und sein Akzent schlug nun etwas deutlicher durch. »Ein Frühstück wäre jetzt gerade das richtige.«

»Dann kommt«, drängte sich Tarrians ungeduldige Stimme in Antyrs Kopf. Nachdem er sich von der Harmlosigkeit des Mannes überzeugt hatte, hatte der Wolf schon fast den halben Korridor hinter sich gebracht.

Antyr folgte ihm und bedeutete Estaan mit einer Handbewegung, mitzukommen.

»Ihr kennt den Weg zum Speisesaal bereits?« fragte Estaan leicht erstaunt.

»Er kennt ihn«, sagte Antyr und zeigte auf Tarrian, der gerade um die Ecke bog.

Ein wenig später, als sie in einem kleinen und weitaus gemütlicheren Speisesaal saßen als dem, den sie letzte Nacht frequentiert hatten, musterte Antyr ihre Eskorte. Der Mann hatte ein ovales, wettergegerbtes Gesicht mit wachen, tiefliegenden Augen und kurzem, dunklem Haar, das an einigen Stellen bereits ergraute, obwohl Antyr sich nicht zutraute, sein Alter zu schätzen. Und obwohl er Antyr in Größe und Körperbau glich, auch wenn er vielleicht etwas dünner war, so hatte er doch etwas an sich, das Antyr den Eindruck vermittelte, er sei bedeutend größer. Und dann war da noch dieser Akzent ...

»Wo kommt Ihr her, Estaan?« erkundigte er sich schließlich.

Estaan warf ihm einen flüchtigen Blick zu, als enthielte die Frage eine über den offensichtlichen Wortsinn hinausgehende Bedeutung und wandte dann diskret den Blick ab. »Von weit her, Sir«, erwiderte er nach kurzem Schweigen. »Doch nun bin ich ein Serens.«

Obwohl seine Stimme nicht gekränkt klang, fühlte Antyr, daß er dem Mann zu nahe getreten war, und er hob beschwichtigend die Hand. Noch während er das tat, verdichteten sich seine sich widersprechenden Eindrücke von diesem Mann. Es war die fehlende Uniform, die ihn durcheinandergebracht hatte.

»Nennt mich nicht Sir, Estaan«, sagte er. »Das ist nicht angemessen. Nennt mich einfach Antyr. Ich bin lediglich ein freier Gildenangehöriger, der vorübergehend im Dienst des Herzogs steht. Ihr seid einer der Mantynnai.«

»Wie Ihr wünscht, Antyr«, erwiderte Estaan zuvorkommend, zeigte auf Antyrs Enthüllung indes keinerlei Reaktion.

»Warum wird ein hoher Offizier aus der persönlichen Leibwache des Herzogs damit beauftragt, sich um einen schlichten Traumfinder zu kümmern?« fragte Antyr weiter, angestachelt wegen der verweigerten Antwort.

Estaan lächelte entwaffnend. »Ich glaube, darüber müßt Ihr Hauptmann Feranc befragen«, sagte er und versuchte gar nicht erst, seine Ausflucht zu bemänteln.

Antyr nickte wissend und schob seinen leeren Teller zur Seite.

»Was wollt Ihr nun tun?« erkundigte sich Estaan.

»Was ich tun will, ist eine Sache. Was ich tun muß, eine andere«, erklärte Antyr mit wehmütigem Lächeln. »Ich muß mir bestimmte Sachen von zu Hause holen, und dann, fürchte ich, müssen wir einen Kollegen von mir im Moras-Distrikt aufsuchen.«

Estaan nickte. »Nun gut, zu der ersten Besorgung können wir reiten, zu der zweiten gehen wir wohl besser zu Fuß«, schlug er vor. »Und ich sollte mir etwas Unauffälligeres anziehen.« Eine gewisse Ironie schwang in seiner Stimme mit, da seine Kleidung schlicht und eigentlich schmucklos war. Allerdings war sie auch von hoher Qualität, und das würde in manchen Teilen des Moras überaus verdächtig wirken.

Eine kurze Weile später fand sich Antyr hoch zu Roß auf dem Rücken eines Pferdes wieder, das Estaan sorgsam für ihn ausgewählt hatte; nervös klapperten sie durch die feuchten, grauen Straßen in Richtung seines Heims.

Die Stippvisite rührte ihn seltsamerweise; er verspürte ein eigenartiges Gefühl des Verrats, als er ein paar Kleidungsstücke und mehrere Kleinigkeiten aus dem Schutz der schmuddeligen, abgerissenen Vertrautheit des Hauses entfernte. Die Eingangstür krächzte vorwurfsvoll ihren traditionellen Ruf, als er sie wieder schloß, und er verriegelte sie mit einer ganz besonderen Zärtlichkeit.

Estaan beobachtete sein widerwilliges Scheiden schweigend, nahm ihm dann das kleine Bündel Habseligkeiten ab und hielt ihm die Hand hin, um ihm beim Besteigen seines Pferdes zu helfen.

Tarrian kicherte stillvergnügt vor sich hin, während er neben den beiden Reitern einhertrabte. »Ein Glück für Serenstad, daß du nicht in die Kavallerie mußtest«, spottete er. »Da kann ich ja besser reiten.« Antyr indes war vollauf damit beschäftigt, im Sattel zu bleiben, und würdigte ihn deshalb keiner Antwort.

Wieder etwas später war es – Estaans Rat folgend – ein wesentlich unordentlicheres Paar, das durch die Stadt in Richtung des Moras-Distrikts schritt, um Nyriall aufzusuchen.

Der am Ufer des Flusses Seren gelegene Moras-Distrikt war der älteste Teil von Serenstad: eine Mischung aus Lagerhäusern, Werkstätten und baufälligen, mehrstöckigen Gebäuden. Manche waren bewohnt, manche verlassen, alles war ohne erkennbare Ordnung von den Landungsstegen und Kais aus gewuchert, die man errichtet hatte (und immer noch errichtete), um die wachsende Zahl von Barkassen und Schiffen aufzunehmen, die das Lebensblut des Handels in die Stadt und wieder von ihr fort transportierten.

Der hektische, geschäftige Bezirk, vollgestopft mit allen möglichen Gewerben und Geschäften, diente auch als überfüllte und mancherorts heruntergekommene Wohnstatt für diejenigen Menschen, die im Hafen arbeiteten. Manche wohnten hier ständig, andere nur vorübergehend. Gnadenlos aber zog der Distrikt alle seine Bewohner zu sich herunter auf die Stufe des Verfalls und der Unordnung und wurde so unausweichlich zu einem Hafen für all jene, die nicht gesehen werden wollten oder die es verstanden, von dem Elend und dem Dreck zu leben, die hier wuchsen und gediehen.

Obwohl der Moras die Lebensader für Wohlstand und Blüte der Stadt darstellte, war er doch so weit von Ibris' ›atemberaubender Stadt‹ entfernt, wie man sich nur vorstellen konnte, und der Herzog war sich auch deutlich bewußt, welches Grauen und welcher Mangel dort herrschten. Wie durch bittere Ironie ließ jedoch gerade die Schubkraft seines Erfolgs und seiner hektischen Betriebsamkeit wenig Zeit für eine Verbesserung oder Sanierung, und trotz erheblicher Bemühungen von Ibris' Seite war der Großteil des Moras seit Generationen nahezu unverändert geblieben.

Antyr und Estaan und Tarrian, der sich dicht bei ihnen hielt, schritten stetig durch das Labyrinth der engen, bevölkerten Straßen und Gassen voran, die sich mit vielen Krümmungen zwischen den dichtgedrängten Häuserzeilen entlangwanden.

Als sie in ein Viertel mit überwiegend alter Bausubstanz kamen, zog Antyr instinktiv den Kopf ein, denn die vorkragenden Obergeschosse der Gebäude begannen sich wie wachsame Riesen über ihren Köpfen aneinanderzulehnen.

Die niederdrückende Gegenwart der alten Häuser wurde noch durch die Tatsache verschlimmert, daß sie alle Spuren jener Wohnform aufwiesen, die das Kennzeichen der Region war und dazu geführt hatte, daß sich die Stadt im Laufe der Zeit die Talsohle hinan auf festeren Untergrund gehangelt hatte. In der Tat hatte diese Besiedlungsform hier im Zusammenspiel mit der ursprünglichen Bausubstanz bewirkt, daß einige der Gebäude sich so weit in die engen Gassen vorreckten, daß jeder, dem der Sinn danach stand, nur die Hand auszustrecken brauchte, um das Haus auf der gegenüberliegenden Straßenseite zu berühren.

Hier und da waren auch klapprige, in den Angeln hängende Fenster und Türen roh und wirkungslos mit Brettern vernagelt, und zerfetzte Anschläge verkündeten, daß diese Gebäude einsturzgefährdet seien. An anderen Stellen wiederum brach der graue Himmel in die Straßen hinein, dort unverhältnismäßig hell, wo einige Gebäude schließlich den Gesetzen der Schwerkraft nachgegeben und vollständig in sich zusammengestürzt waren.

Antyr war vage vertraut mit jenem Teil des Moras, in welchem dem Pförtner des Gildehauses zufolge Nyriall wohnen mußte, doch er merkte, daß Estaan durch die Gassen schritt, als sei er dort geboren.

»Ihr scheint Euch gut mit den Örtlichkeiten hier auszukennen«, bemerkte er beiläufig.

»Ja«, gab Estaan zur Antwort.

Antyr verspürte einen Hauch von Gereiztheit. Der Mann schien nur etwas zu sagen, wenn er direkt angesprochen wurde, und auch dann gab er nichts preis, was über eine bündige Antwort auf die gestellte Frage hinausging.

»Hat Hauptmann Feranc Euch befohlen, Euch nicht mit mir auf ein Gespräch einzulassen, oder was?« platzte es plötzlich aus Antyr heraus.

Zu seinem nicht geringen Erstaunen blieb Estaan kurz stehen und sah ihn an, um sich dann vor Lachen förmlich zu schütteln. »Es tut mir leid, Antyr«, sagte er und setzte sich wieder in Bewegung, als der Lachanfall vorüber war. »Ich wollte nicht unhöflich sein, aber ich fürchte, daß Verschwiegenheit einem im Palast zur zweiten Haut wird.«

Bei diesen Worten streckte er den Arm aus, um seinen Schutzbefohlenen in eine schmale Gasse zu dirigieren. Antyr folgte ihm automatisch, und für den Augenblick ließ er sein Verhör ruhen, während er sich seinen Weg durch den namenlosen Abfall und Schmutz bahnte, der ihren Weg säumte. Er verzog das Gesicht angesichts der raschen Abfolge übler Gerüche, die auf sie einstürmten. Zögernd streckte er die Fühler nach Tarrian aus.

»Frag nicht«, warnte der Wolf ihn drohend. »Wie ihr Geschöpfe so leben könnt, übersteigt alle Vorstellungskraft. In der Tat übersteigt es *alles*! Und wenn du nur den leisesten Geruchssinn hättest ...«

Antyr zog sich rasch zurück und wandte die Aufmerksamkeit wieder seinem Führer zu.

»Nun«, sagte er laut, wobei er unwillkürlich einen Teil von Tarrians Wut auf den Mantynnai richtete. »Warum seid Ihr so vertraut mit diesem Viertel?«

Sie hatten das Ende der Gasse erreicht, und Estaan führte sie quer über eine laute, drangvoll enge Straße, bevor er antwortete. »Außer Seide und Baumwolle und Nahrungsmitteln, Tieren und Holz und all jenen Dingen, die eine Stadt so braucht – was sonst kommt noch aus dem Moras?« schrie er gegen den Krach an und sah Antyr vielsagend in die Augen.

»Die Pest«, versetzte Antyr.

Estaan nickte anerkennend, tat die Antwort indes mit einer Handbewegung ab. »Und abgesehen von der Pest?« entgegnete er.

Erinnerungen an gewalttätige Aufstände und Straßenkämpfe stiegen in Antyr hoch. »Ärger«, antwortete er.

Estaan nickte. »Genau«, sagte er. »Und wenn man Wachen an einen solchen Ort führt, um die Ordnung wiederherzustellen, dann müssen diese Wachen das Terrain mindestens so gut wie ein Einheimischer kennen, nicht wahr? Wie war die genaue Adresse doch gleich?«

Antyr, gefangen zwischen der rhetorischen und der ernstgemeinten Frage, stammelte kurz herum, bevor er die Adresse wiederholte. Estaan wies auf die Einmündung eines kleinen Sträßchens geradewegs vor ihrer Nase.

»Da ist es«, sagte er. »Irgendwo da hinten.«

Sie ließen die Menschenmenge hinter sich und bogen in die ruhigere Seitenstraße. Antyr blies mit mattem Abscheu die Backen auf. Wie viele Teile des Moras war dieser hier offenbar einst eine attraktive, wenn nicht sogar exklusive Wohngegend gewesen. Nun waren jede kleine Nische und jeder Vorsprung in den ehemals würdigen Häusern, die die Straße säumten, von ihren jeweiligen Eigentümern so umgestaltet worden, daß sie möglichst viele Individuen und Familien aufzunehmen imstande waren. Die Verwahrlosung hing beinah körperlich greifbar in der Luft.

Mehrere zerlumpte Kinder spielten ein hektisches, lärmiges Spiel. Ihre elfenhaften Stimmen wurden bereits rauh durch den scharfkantigen Akzent des Moras. Als sich Estaan und Antyr umsahen, ungewiß, wo sie sich als nächstes hinwenden sollten, wurden die Kinder unerbittlich von ihnen angezogen wie umherirrende Planeten von einer neugeborenen Sonne. Nachdem sie eine sich auf Armlänge einpendelnde Umlaufbahn eingenommen hatten, blieben sie erst einmal stehen und glotzten die Neuankömmlinge neugierig an.

»Wonach guckt'n ihr?« verlangte einer von ihnen herrisch zu wissen.

»Wir suchen Nyriall den Traumfinder«, erwiderte Antyr höflich. »Wißt ihr vielleicht, wo er wohnt?«

Es gab ein allgemeines Naserümpfen und Kopfschütteln, und manch eins der Kinder äffte kichernd seine Stimme nach.

»Er ist ein alter Mann«, erläuterte Antyr, der bewußt ruhig und immer noch höflich blieb. »Mit einem ... Hund ... wie diesem hier.« Er zeigte auf Tarrian, der ihn rachsüchtig anfunkelte.

»Das iss'n Wolf, kein Hund, Mann«, erwiderte der Junge verächtlich.

»Entzückendes Kind«, murmelte Tarrian seinem Gefährten mit beißendem Spott zu. »Ich glaube, den fresse ich als letzten.«

Der Hinweis auf Tarrian hatte indes eine Reaktion der Kinder hervorgerufen, eine improvisierte Konferenz mit einigem Plappern, mit Für und Wider, viel Fingerzeigen und ein oder zwei Gewaltandrohungen.

»Haste Geld, Mann?« fragte der Anführer der Bande, nachdem er die anderen zum Schweigen gebracht hatte.

»Danke, Männer«, wandte sich Estaan plötzlich an die Kinder, beendete das Gespräch schroff mit einem kameradschaftlichen Gruß und nahm Antyr am Ellbogen.

Antyr sträubte sich leicht, doch Estaan blieb unerbittlich. »Hier entlang«, sagte er und deutete auf ein düsteres Gebäude ein wenig weiter die Straße hinunter.

»Woher wußtet Ihr ...?« fragte Antyr mit einem Blick zurück auf die Kinder, die nun mit einem Schwall wüster Beschimpfungen aufwarteten. »Er kann irgendwo in jedem dieser zahlreichen Häuser wohnen.«

»Sie haben es uns gesagt«, erwiderte Estaan mit einem Lächeln. »Ihr solltet aufmerksamer zuhören.«

Antyr ergab sich in sein Schicksal und folgte ihrem Führer in die angewiesene Richtung.

»Wartet hier«, wies Estaan Antyr und Tarrian an, als sie das besagte Gebäude erreicht hatten. Eine kurze Flucht ungleichmäßiger, ausgetretener Steinstufen führte zu einer offenen Tür und in einen dunklen Gang. Estaan trat als erster ein, sah sich kurz um und winkte dann Antyr, ihm zu folgen.

Als er die Spitze der Treppe erreichte, zauderte Antyr in der schiefen Tür. Tarrian knurrte.

»Was ist los?« frage Estaan drängend, und seine Augen wirkten auf einmal besorgt.

Antyr schüttelte den Kopf, als wolle er ihn klar bekommen. »Ich weiß nicht«, gab er vage zur Antwort. »Irgend etwas ist ... los.« Aber die Worte waren nicht angemessen.

»Was ist geschehen?« fragte er Tarrian stumm.

Doch Tarrian war auch nicht klüger als er. »Ich weiß nicht«, wiederholte er. »Aber ich wittere hier etwas. Etwas Böses. Wie ich es letzte Nacht in der Ferne gespürt habe, aber ... näher. Sei vorsichtig.« Abscheu, Schmerz und höchste Alarmbereitschaft sickerten in Antyrs Geist. Dann schrie Tarrian unerwartet auf, als habe ihm jemand unabsichtlich mit dem Stiefel auf die Pfote getreten, und mit zwei riesigen Sätzen sprang er die Treppe hinauf und in das Gebäude.

Estaan wich elegant aus, um ihn vorbeizulassen, hielt jedoch abwehrend die Hand hoch, als Antyr, der soeben seinen Schock über das plötzliche Vorpreschen des Wolfes überwunden hatte, die Treppen hinter ihm hinaufeilte.

»Vorsichtig«, riet er. »Er ist dort die Stufen hinaufgegangen, und die sehen nicht gerade sicher aus.«

»Etwas stimmt nicht«, sagte Antyr verzweifelt. »Laßt mich vorbei.«

»Wartet«, befahl Estaan, während er eingehend die Treppen betrachtete. Die Geräusche von Tarrians Flucht drangen zu ihnen herunter. Teils flüsterte er, teils heulte er.

Antyr schob Estaan beiseite und eilte die Treppe hinauf, zwei und drei Stufen auf einmal nehmend.

»Tretet nur leicht auf, und haltet Euch dicht an der Wand«, erklang Estaans dringlicher Befehl, während er ihm folgte.

Im dritten Stock endete die Treppe. In einem langen, von einem gelegentlichen schmierigen Fenster erhellten Korridor fanden sie sich wieder, Estaan tief atmend, Antyr nach Luft schnappend. Von Tarrian war nichts zu sehen, doch sein Heulen durchdrang mittlerweile das ganze Gebäude.

Eine nahe Tür öffnete sich, eine vierschrötige Gestalt tauchte auf und stieß häßliche Flüche ob des Lärms aus, den Tarrian veranstaltete. Gedankenverloren, nur von Tarrians Schmerz angezogen, wollte Antyr an ihm vorbeieilen, doch wurde er rüde gepackt und in die Luft gehoben.

Ein wütendes, schreiendes Gesicht drängte sich in seinen Schrecken, füllte sein gesamtes Sichtfeld aus.

»Stopf deinem verfluchten Köter das Maul, oder ...«, brüllte das Gesicht, doch ein gutgezielter Hieb unterbrach abrupt seine Verwünschungen und befreite Antyr jählings aus dem Würgegriff.

Während er noch rückwärts gegen die Wand taumelte, sah Antyr, wie Estaan mit der offenen Hand einen Schlag auf dem Kinn des Mannes landete, der ihn sauber von den Füßen fegte und ihn über den Boden wieder in seine Wohnung zurückfallen ließ. Kurz tauchte Estaans Silhouette im Türrahmen auf, als er den Griff packte und die Tür zuzog.

Die andere Hand war wachsam gegen die immer noch rutschende Gestalt des aufgebrachten Nachbarn erhoben. »Bleib hier und sei still«, sagte Estaan mit einer Stimme, die keinen Widerspruch duldete. Dann knallte er die Tür laut zu, wandte sich an Antyr und nickte in die Richtung, in der Tarrians Schreie erklangen.

Nicht, daß man Antyr lange hätte drängen müssen. Die

Geräusche panikerfüllten Kratzens begleiteten nunmehr Tarrians Kläffen, und gewaltige Wellen von Kummer und Frustration füllten seinen Geist, so daß Antyr kaum noch wußte, welcher der Gefährten er war. Er schwankte, und seine Arme wurden zu Tarrians scharrenden Pfoten.

»Beruhig dich«, donnerte er in den Lärm in seinem Kopf, doch die einzige Wirkung seines Befehls war, daß er den Krach noch verstärkte.

»Hier«, mischte sich Estaans Stimme ein.

Obwohl er nicht ganz verstand, was geschah, konnte der Mantynnai doch Antyrs Verwirrung sehen, so daß er ihn energisch packte und stützte, während er den Korridor entlangtaumelte, bis sie den unteren Absatz einer weiteren schmalen Treppe erreichten. Oben verlief ein kurzer Treppenabsatz, und dann war da noch eine weitere Tür, an der Tarrian wie ein Wahnsinniger kratzte.

Blitzartig hielt er inne und stieß ein herzzerreißendes Heulen aus.

Estaan rannte die Treppe hinauf, dicht gefolgt von dem noch immer schwankenden Antyr, der fast auf allen vieren kroch.

Einen kurzen Moment kämpfte er mit dem Türgriff, dann trat er zurück und versetzte der Tür einen mächtigen Fußtritt. Der hölzerne Treppenabsatz erbebte unter der Wucht des Aufpralls, doch die Tür gab nicht nach. Tarrian wurde still, und Antyr sah, wie Estaan seine Kräfte sammelte, bevor er erneut zutrat. Er merkte, daß er die Luft anhielt.

Beim vierten Tritt gab die Tür nach, und Tarrian stürzte durch die Öffnung, wobei er mit ungebremster Gewalt durch Estaans Beine hindurchfegte und ihn aus dem Gleichgewicht brachte.

Antyr, von Tarrians Stimmung angesteckt, zwängte sich ebenso rücksichtslos an Estaan vorbei, womit er ihn erneut zum Schwanken brachte.

In dem Raum kam er abrupt zum Stehen.

Eine einsame, nicht sehr leuchtstarke Lampe erhellte das Zimmer, und ihm gegenüber stand ein Wolf, die Oberlippe zu einem furchterregenden Knurren zurückgezogen. Er war genauso groß wie Tarrian, doch dürr, ungepflegt und wild. Und zu Antyrs nicht geringem Schrecken funkelten seine Augen in einem strahlenden Gelb.

Noch während der Wolf zum Sprung ansetzte, erhaschte Antyr im Augenwinkel einen Blick auf einen alten Mann, der auf einem niedrigen Bett hinter dem Rücken des Wolfes lag. Seine Hand baumelte schlaff auf den Boden hinunter, und sein Antlitz war mit weit aufgerissenem Mund der Tür zugewandt. Seine offenen Augen waren wie schwarze Kohlegruben.

Eine Sturzflut widerstreitender Gefühle schwappte über Antyr; die unverhüllte, tödliche Wut des Gefährten des Traumfinders, zum Wahnsinn getrieben, seinen Menschen beschützend, die instinktive tierische Reaktion Tarrians, der sich plötzlich mit dem Angriff eines Artgenossen und der Drohung gegen seinen eigenen Traumfinder konfrontiert sah. All das erhöhte noch sein eigenes Grauen angesichts der Szene. Und dann war da noch etwas anderes …

Und inmitten all dieses Durcheinanders lag eine fast unerträgliche Bitterkeit, als das Leben und der Tod dieses alten Traumfinders auf Antyr einstürmten in Form der schlichten, zweckmäßigen Ordnung der wenigen Ziergegenstände und Möbelstücke, die diesen naßkalten, zugigen Raum schmückten.

Dann wurde er heftig zur Seite gestoßen, und Estaan stand vor ihm, ein langes Messer in seiner Rechten. Hastig wickelte er seinen schweren Umhang um seine Linke.

Der Tumult in Antyrs Kopf steigerte sich zu einem quälenden Höhepunkt, als sich Estaan und die beiden Wölfe auf einen scheinbar unvermeidlichen Kampf vorbereiteten. Als Antwort darauf fühlte er, wie eine Kraft in seinem Inneren emporwallte.

Sie brach sich mit jäher Gewalt Bahn.

»Nein!«

Seine Stimme dröhnte sowohl hörbar im Raum als auch in den Köpfen der beiden Wölfe, überschrie die aufeinanderprallenden Willen der drei Gegner.

Die gebieterische Macht seiner Stimme erschütterte auch

Antyr selbst, doch sie hatte eine von ihm unabhängige Kraft.

»Nein!« fuhr die Stimme fort, genauso machtvoll und befehlend wie zuvor, aber ruhiger. »Hier gibt es keine Feinde, nur verängstigte Freunde.«

Der Flutwelle der Stimme folgend, trat Antyr vor, drängte sich sachte an Estaan vorbei und legte ihm eine gebieterische Hand auf den Messerarm. Er hockte sich neben Tarrian und legte ihm beruhigend den Arm um den Nacken, dessen Fell sich wütend sträubte. Die Reaktionen des Wolfes beruhigten sich durch Antyrs Berührung ein wenig.

»Vermittel du meine Worte an Estaan, während ich versuche, den Gefährten des Traumfinders zu erreichen«, befahl ihm Antyr mit immer noch mächtiger Stimme. »Ich wünsche keine Mißverständnisse oder plötzlichen Bewegungen.«

Als Tarrians Wolfsreaktionen sich zu legen begannen, beruhigte sich auch das andere Tier, auch wenn seine Körperhaltung immer noch wild und verteidigungsbereit war. Dann spürte Antyr, wie eine andere Emotion in Tarrian hochstieg – und in dem anderen Wolf. Es waren Kummer und Pein gewesen, die Tarrian kläffend und wie wahnsinnig durchs Haus hatten stürmen lassen.

Doch nun war das Ganze begreiflicher. Und im Herzen des Gefühlsaufruhrs erklang etwas anderes. Wiedererkennen!

Antyrs Augen weiteten sich, als sich die Offenbarungen auch ihm mitteilten. Der andere Wolf war Tarrians Bruder.

Während der Gedanke in Antyrs Geist Gestalt annahm, änderte sich der Ausdruck des anderen Wolfs mit einem Mal; das Tier wurde friedfertig und unterwürfig. Es ließ sich auf den Bauch fallen und kroch auf Tarrian zu, der sich zu ihm niederbeugte und ihn eingehend beschnüffelte. Antyr zog sich aus dem Geist seines Gefährten zurück.

»Was geht hier vor?« fragte Estaan leise.

Antyr stand bedächtig auf, hob die Hand, um Schweigen zu gebieten.

Estaan sah bedeutungsschwer zu dem alten Mann hinüber. Antyr schüttelte den Kopf. »Noch nicht«, sagte er. »Sein Gefährte ist immer noch gefährlich.«

Dann kam der Wolf schwerfällig auf seine Füße, und ein paar Sekunden lang balgten und tummelten sich die beiden Tiere wie kleine Welpen. Bilder ihrer Erregung sickerten ungewollt in Antyrs Gedanken. Bilder von Gelächter und hallenden Kammern. Von fremdartigen, gespenstischen Gesängen, die nicht menschlich waren. Bilder von sonnenbestrahlten Bergen und Tälern, von Menschen und Tieren, die keine Angst hatten, von großem Frieden und endloser Harmonie. Dann kamen traurigere Bilder von Abschied und ... Wanderungen ... endlosen Wanderungen ...

Dann verblaßten diese Bilder, als die beiden Wölfe wieder in die grimmige Gegenwart zurückkehrten. Allmählich beruhigten sie sich. Tarrian stand eine Zeitlang dort, den Kopf über den gesenkten Nacken seines Bruder gebeugt.

Antyr wartete.

Schließlich sprach Tarrian, und der Widerhall in seiner Stimme zeigte an, daß er auch zu Estaan sprach. Er sagte: »Dies ist ...« Das Wort, das er hervorstieß, trug vielfältige, unterschwellige Bedeutungen. Antyr hatte noch nie zuvor ein vergleichbares Wort vernommen. »Wir haben eine gemeinsame Mutter und einen gemeinsamen Vater. Nyriall nannte ihn Grayle.«

Estaan blickte sich verunsichert um, preßte dann die Hände gegen seinen Kopf. »Habt keine Angst«, sagte Antyr. »Euch wird soeben eine seltene Vergünstigung zuteil. Hört einfach zu, es ist wichtig.«

Er sah Grayle an, unternahm jedoch keinerlei Versuch, mit ihm zu sprechen. Dann wandte er sich wieder an Tarrian. »Was ist hier vorgefallen?« verlangte er zu wissen.

»Das weiß ich nicht«, entgegnete Tarrian. »Grayle steht unter Schock und kann kaum einen zusammenhängenden Gedanken fassen. Er redet davon, daß Nyriall von ihm getrennt wurde. Wie wir. Und daß sie auf irgendeine Weise angegriffen wurden. Mächte, Kräfte, suchende Kräfte. Aber nichts Verständliches.«

Antyr nickte und blickte zu dem alten Mann hinüber. »Frag ihn, ob wir uns um Nyriall kümmern dürfen, ja?« sagte er sanft.

»Du darfst«, erwiderte Tarrian auf der Stelle.

Antyr nickte Estaan zu, der, Grayle immer noch wachsam beobachtend, sein Messer wieder in die Scheide steckte und sich den Umhang vom Arm wickelte, während er auf das Bett zuging. Er ließ sich auf der Kante nieder, hob Nyrialls herabhängenden Arm hoch, fühlte nach dem Puls und legte die Hand mit einem Kopfschütteln auf die Brust des alten Mannes. Fast zärtlich ließ Estaan die Hand auf dem Antlitz des Toten ruhen.

»Er ist immer noch warm«, sagte er. »Für mich sieht es so aus, als sei er erst vor kurzer Zeit gestorben.« Er untersuchte den Körper. »Ich vermag keine Spuren von Gewaltanwendung zu entdecken, und er wirkt auch nicht so, als sei er vergiftet worden. Vielleicht hat ein Schock sein Herz zum Stillstand gebracht.«

Grayle begann ungehemmt zu winseln.

Antyr blickte auf den Toten und seine nachtschwarzen Augen hinunter. Warum waren er und sein Gefährte für die Suche bereit gewesen, wenn er seiner Kleidung nach zu schließen nicht hatte ausgehen wollen?

Gestaltlose Fragen huschten düster durch Antyrs Gedanken wie zwitschernde Fledermäuse. Das war der Mann, von dem er Erklärungen über die jüngsten Ereignisse zu erhalten gehofft hatte. Zwar war die Hoffnung nur klein gewesen, doch an wen sollte er sich nun noch wenden?

Er runzelte die Stirn.

Und doch, Nyrialls seltsamer Tod bewies, daß seine Hoffnung so vergeblich nicht gewesen sein konnte. Ein furchtbarer Gedanke begann in seinem Geist Gestalt anzunehmen.

Er wuchs mit beängstigender Schnelligkeit, bis er seinen Kopf mit einer schwarzen Wolke ausfüllte.

»Nein!« rief Tarrian ihm furchterfüllt zu. »Nein. Das kannst du nicht.«

Antyr fühlte, daß ihm keine andere Möglichkeit mehr blieb. Er hatte keine andere Wahl. Es schien, als liefen all die Irrwege seines Lebens auf diese eine Sache hinaus, auf diesen trüben, schlichten kleinen Raum im Moras.

»Tarrian, erinnere deinen Bruder an seine Pflicht. Trauern

können wir später, und wir haben nicht mehr viel Zeit«, erklärte er hart.

Er wandte sich an Estaan, der versuchte, sich seine Verwirrung nicht anmerken zu lassen. »Estaan, bewacht die Tür. Sorgt dafür, daß niemand uns stört und daß mich niemand, unter welchen Umständen auch immer, berührt. Die Wölfe würden Euch töten – oder Ihr sie, wenn Ihr Glück habt und schnell seid, und dann wäre alles verloren. Falls irgend etwas Unvorhergesehenes passiert, wird sich Tarrian mit Euch in Verbindung setzen. Wenn er das nicht kann, dann versiegelt diesen Raum, so gut Ihr es vermögt, und begebt Euch zum Traumfinder Pandra.«

Estaans Verwirrung steigerte sich zu höchster Besorgnis. »Was wollt Ihr tun?« fragte er ängstlich.

Antyr wandte den Blick wieder dem toten Nyriall zu, dann zog er sich einen Stuhl herbei und setzte sich an seine Seite.

»Ich muß herausfinden, was ihn getötet hat«, erklärte er. »Ich muß den Traum des Toten betreten.«

KAPITEL 19

Ivaroth Ungwyl trat an den Kamm des Hügels und blickte auf das brennende Lager hinunter. Das Feuer war so heiß, daß der dicke schwarze Rauch in beträchtliche Höhe gewirbelt wurde, bevor die Winde der kalten Prärie ihn vor dem grauen Hintergrund des Winterhimmels zu verwirbeln begannen.

Entfernte Schreie und Rufe wehten auf eben dieser Bö zu ihm herüber, boten ihm ihr Willkommen, und er lächelte – sowohl über die Geräusche als auch über den Anblick. Sie waren ihm ein vertrauter Chor, ein vertrauter Anblick. Allerdings würde es in Zukunft wenige, in der Steppe vermutlich überhaupt keine solchen mehr für ihn geben, an denen er sich erfreuen konnte. Wenn sie gen Süden zögen, wäre es wieder anders, aber bis dahin würde noch ein wenig Zeit verstreichen.

Nichtsdestotrotz knirschte er mit den Zähnen und setzte ein wildes, lüsternes Grinsen auf, als er die Vorfreude verspürte, die der Anblick einer ganzen geplünderten Stadt einmal bieten mußte. Und geplündert würden sie werden, bis sie alle den Nacken unter sein Joch beugen und darum betteln würden, jenen Völkern dienen zu dürfen, die ihre Vorfahren in alten Zeiten enteignet hatten.

Eine gewaltige Erschütterung erreichte ihn, die sein Pferd scheuen ließ und rüde seine Vision unterbrach. Vom Zentrum des Lagers unten begann ein Feuerball in den Himmel zu steigen, begleitet von einer Säule schwarzen Qualms.

Neben ihm wurde ein Kichern laut. »Nun ja, sie brauchen diesen Winter ohnehin keine Lampen mehr.«

»Nein, in der Tat nicht, Greynyr«, erwiderte Ivaroth. »Und das Licht der Ensceini wird bald für immer von diesen Ebenen verschwunden sein. Und mit ihm das letzte Aufflackern von Widerstand gegen meine Herrschaft.«

Sein Gefährte nickte anerkennend. »Alle Stämme vereint«, sagte er ruhig. »Ich hätte nie gedacht, daß ich das noch erleben würde. Wahrlich, Lord, wir leben in großen Zeiten. Dein Schatten wird die Welt verdunkeln in den Jahren, die kommen.«

Ivaroth lächelte, und wieder wurde das brennende Lager zu einer brennenden Stadt, und die mächtige Vorfreude kehrte zurück.

Unten konnte er Gestalten hin und her hasten sehen, die vergeblich versuchten, seinen Reitersleuten zu entkommen. Der Anblick ihrer Flucht weckte seine Raubtierinstinkte, und er wandte sich an seine Gefolgschaft.

»Ich bin in der Stimmung für ein wenig sportliche Ertüchtigung, meine Freunde«, erklärte er. »Wir müssen dafür sorgen, daß die Ensceini-Jäger auch wirklich und wahrhaftig zu *nichts* zurückkehren können, und unsere Männer da unten sind mittlerweile vielleicht schon müde geworden. Ihr wißt doch, welche Probleme Endryn immer nach einiger Zeit mit seinem Schwertarm bekommt.«

Rauhes Gelächter und Jubelrufe folgten diesem Ausbruch; Ivaroth, der die Woge der Begeisterung auf ihrem höchsten Punkt reiten wollte, riß seinen Speer hoch und spornte sein Pferd mit einem lauten Schrei in Richtung des Lagers.

Der Wind blies ihm kalt und kräftig ins Gesicht, und die stampfenden Hufe der galoppierenden Rösser hinter ihm füllten die Luft mit ihrem eigenen, ganz speziellen Donner, begleiteten die Blitze, die die zahllosen Speere und Schwerter seiner Armee schleuderten. Und sie alle waren nichts als der verlängerte Arm seines Willens; warteten nur auf seine Befehle. Angriff oder Abwarten. So hatte es von Anbeginn an sein sollen. So war es in seine Seele geschrieben worden, bevor er noch geboren war, und mit jedem Herzschlag näherte er sich seiner letzten, ruhmvollen Apotheose.

Dein Schatten wird die ganze Welt verdunkeln, hatte Greynyr gesagt.

Ja! Die ganze Welt!

Vor ihm tauchte eines Gestalt auf, erhob sich hinter einem Busch wie ein aufgeschrecktes Vögelchen. Es war eine Frau, bemerkte er gleichgültig; eine Frau mit wilden Augen und verzweifelt zur Flucht gewandt. Und mit einem Kind auf den Armen? Er war sich nicht ganz sicher. Nicht, daß es ihn irgendwie berührt hätte.

Ohne über seine Handlungsweise nachzudenken, spießte sein erfahrener Arm sie auf den Speer; dann wandte er sich elegant um, um ihn geschwind und sauber aus ihrem Körper zu lösen, während er vorübergaloppierte.

Sein Pferd geriet noch nicht mal aus dem Schritt, und ein Jubelgeschrei stieg von seinen Gefolgsleuten auf. Ivaroth fiel mit ins Gebrüll ein, den blutigen Speer über seinem Haupt schwenkend. Einer seiner Gefolgsleute bückte sich und packte die Frau am Haar, während sie sich noch unter der Wucht von Ivaroth' Speerwurf um die eigene Achse drehte, doch die Geschwindigkeit der Reiter war so groß, daß ihr das Haar am Ansatz ausgerissen wurde und der Körper unter den wirbelnden Hufen verschwand, während erneutes Jubeln und verächtliches Gelächter laut wurden.

Dann waren sie auch schon im Lager und schlossen sich den Reitern an, die ihre Attacke ritten. Die Luft war voll von den Schreien der Mörder und ihrer Opfer, ein wirres Durcheinander von Todesliedern, komponiert über dem grölenden Baß der prasselnden Zelte.

Es hatte wenig beziehungsweise gar keinen Widerstand gegen Ivaroths Überfall gegeben. Wie auch? Die Männer des Stamms durchkämmten auf der Jagd nach Nahrung die Prärie, Nahrung, die sie und ihre Familien durch den Winter bringen würde. Die Bewohner des Lagers waren alte Männer, kleine Jungen, Frauen und Säuglinge.

Sie waren vor ihre Zelte getreten, um den sich nähernden Reitern ihre traditionelle Gastfreundschaft anzubieten. Und sie waren gestorben. Wie die Tiere, die die Männer des Stamms jagten, dahingeschlachtet, aber mit größerer Lust am Töten, mit weniger Respekt für die Getöteten.

Durch eine bittere Ironie des Schicksals indes ersparte Ivaroths berserkerhafte Einmischung in das Blutvergießen ihnen die grausameren Auswüchse jener vielfältigen Formen des langsamen Sterbens, die den Leidensweg der Präriestämme besudelten und zu denen ein weniger unbedachter Angriff sie bestimmt verdammt hätte.

»Ich wünsche keine Überlebenden«, hatte Ivaroths Befehl gelautet. »Laßt die Leichen liegen, wo sie hinfallen, laßt sie den Füchsen und Vögeln, laßt ihre Männer von weit über die Steppe diesen Scheiterhaufen sehen, auf daß sie wissen, was es heißt, Ivaroth Ungwyls Willen zu trotzen.«

Und niemand würde sich Ivaroths Befehlen widersetzen, auch wenn sie es gewollt hätten.

Das atemlose, grausame Spektakel währte nicht lange. Bald zügelte ein Reiter, schattengleich und kahl vor dem Hintergrund des lodernden Lagers, sein Pferd und brachte es vor seinem Führer zum Stehen. »Es ist getan, Herr«, verkündete er triumphierend.

Ivaroth starrte ihn an, schien ihn vorübergehend gar nicht richtig zu sehen, bevor sich sein Blick auf seinen Leutnant fixierte.

»Alle tot, Endryn?« fragte er mit erstauntem Bedauern und senkte sein blutbesudeltes Schwert.

»Alle tot, Herr«, bestätigte Endryn. »Jetzt bleibt den Männern der Ensceini nichts anderes übrig, als sich uns zu stellen und für ihren Hochmut, dir zu trotzen, in den Untergang zu gehen. Dann wird deine Oberhoheit über alle Stämme der Ebenen von niemandem mehr angezweifelt werden.«

Ivaroth bleckte jubelnd die Zähne, sprang dann von seinem Pferd, zerrte einen Schal von einer zerstückelten Frauenleiche, die in der Nähe lag, und begann sein Schwert damit sauberzuwischen.

Als er fertig war, spähte er mit zusammengekniffenen Augen über seine Schneide und rümpfte verärgert die Nase, als er einige Scharten in der Klinge ertastete. »Wir müssen ein paar von den Schmieden in der Stadt verschonen, wenn wir dorthin kommen«, sagte er. »Ich habe gehört, daß sie treffliche Schwerter anfertigen.«

Dann, als er das Schwert wieder in seine Scheide steckte, fiel ihm das Tuch in seiner Hand ins Auge, und er hob es hoch, um es im flackernden Feuerlicht näher zu untersuchen. Obwohl es verschmutzt war, waren die feine Webart und das elegante Muster noch deutlich zu erkennen, und an seinen Quasten hingen kleine, geschnitzte Holzfigürchen.

»Weber und Schnitzer!« Er lachte verächtlich. »Die Ensceini wären für uns ohnehin von keinerlei Nutzen gewesen mit ihrer weibischen Lebensart. So sterben sie wenigstens als Männer.«

Verächtlich warf er den Schal weg und bestieg wieder sein Pferd.

»Zum Lager, Endryn«, befahl er. »Laß unser Zeichen hier zurück und sorg dafür, daß unsere Spur deutlich ist. Die Ensceini mögen ja große Jäger sein, doch ich will diese Sache jetzt schnell erledigen, und ich habe keine Lust, tagelang darauf zu warten, daß sie uns endlich finden. Vor uns liegen noch weit größere Taten, und je schneller wir nach Carthak zurückkommen, desto besser.«

Eine niedrigstehende rote Sonne brach durch die Wolken, als Ivaroth und seine Truppen vom Lager wegritten. Sie warf lange Schatten über das Gras der rauhen Prärie, und bis sie hinter dem Horizont versank, warf sie auch den wabernden Schatten des schwarzen Rauchs von dem brennenden Lager wie einen warnenden Finger über ihren Weg.

Nach zwei Tagen schon sah es so aus, als ginge Ivaroths Wunsch in Erfüllung. Die Männer der Ensceini tauchten aus dem Morgennebel auf, ihre Kriegsflaggen mit sich führend.

Trotz Ivaroths hochmütiger Geringschätzung ihrer Tapferkeit rief ihr Auftauchen jedoch eine Welle der Bestürzung im Lager hervor, denn stumm und reglos standen sie da, aufgereiht über die langgezogene Kuppe eines nahen Hügels, wirkten erst wie dunkle Schatten und dann, als die sonnenlose Dämmerung hereinbrach, wie graue, undeutliche Monolithen. Ihre Geschicklichkeit als Jäger galt unter den

Stämmen als legendär, und keine der Wachen im Lager hatte sie kommen gesehen oder hätte zu sagen vermocht, wie lange sie schon auf ihrer gespenstischen Wacht gestanden und gewartet hatten.

So geschah es, daß Ivaroth von dem plötzlichen, Panik verbreitenden Scheppern der Alarmglocke aus dem Schlaf gerissen wurde.

»Sie hätten mit Feuerpferden über uns herfallen können, während wir noch schliefen! Hätten uns die Köpfe abschneiden können, während wir noch mit schweren Lidern nach unseren Schwertern getastet hätten!« Während er die wartenden Gestalten in Augenschein nahm, konnte er diese und ähnliche Sätze im Lager kursieren hören.

Und dann, kalte Schauer durchs Herz jagend: »Warum haben sie keine Angst?«

Und wegen solcher Worte ersparte Ivaroth seinen Wachen die allgemeine Bestrafung, die sie ansonsten für solche Unaufmerksamkeit erwartet hätte, wußte er doch, daß jeder übereilte Schlag gegen einen der Posten wie Trompetenhall durchs Lager getönt und seinen Männern die Angemessenheit ihrer Ängste bestätigt hätte, was vielleicht das ganze Heer in Panik versetzt hätte.

Das heißt, er verschonte alle außer einem; den Wachposten, der Alarm geschlagen hatte, fällte er mit seinem eigenen Glockenklöppel.

»Du hast mit deinem Geklapper meinen Schlaf gestört«, sagte er und gab dem Mann seinen Klöppel zurück, trat noch einmal beiläufig nach, als der Posten sich wieder hochrappelte, um ihn so wissen zu lassen, daß er noch einmal Gnade vor Recht ergehen ließ.

Dann wandte er sich den wartenden Ensceini zu und rümpfte verächtlich die Nase. Immer noch waren sie stumm und reglos. Daß sie es nicht vorgezogen hatten, das Lager in Brand zu setzen, solange sie die Gelegenheit dazu hatten, war nur ein weiterer Beweis ihrer Schwäche – und, so erkannte er, ein Beweis für den Schutz, den sein Schicksal ihm gewährte. Nun würden sie um so leichter und schneller mit dem Leben für ihre Torheit bezahlen.

»Sie warten, weil sie es nicht eilig haben, zu ihren Frauen zu kommen«, erklärte er mit bitterem Hohn. Völlig unpassend meldete sich sein Magen in der morgendlichen Stille. Er klopfte sich auf den Leib und grinste boshaft. »Zu Pferde. Wir frühstücken hinterher. Die sportliche Betätigung wird uns Appetit machen.«

So ging Ivaroth um mit der Furcht seiner Armee und verwandelte sie in Mut und Selbstvertrauen.

Die Ensceini rührten sich immer noch nicht, als Ivaroths Horde wie eine gewaltige Schlammlawine aus dem Lager zu quellen begann. Als sie jedoch den flachen Hügel hinan zu fluten begannen, ritt einer der wartenden Reiter, der eine weiße Fahne trug, vor.

Ivaroth gab das Zeichen zum Anhalten und ritt, nachdem er seinen zwei Kameraden durch ein knappes Nicken zu verstehen gegeben hatte, daß sie ihn begleiten möchten, weiter den Hang hinauf, dem einsamen Reiter entgegen.

Beim Näherkommen erkannte Ivaroth den Mann.

»Ho, Wrenyk, Sohn des Wrenyk!« rief er. »Ist das die Art der Ensceini, einen Knaben die Aufgabe eines Mannes erfüllen zu lassen? Wo ist dein Vater? Ihr habt mir viel Verdruß bereitet, und ich hatte gehofft, eine Entschuldigung von ihm persönlich zu hören.«

»Bei meiner Mutter«, erwiderte der junge Mann, und seine Stimme bebte. »Der Anblick deiner Untaten hat ihn so sicher ums Leben gebracht, als hättest du ihn mit dem Speer durchbohrt.«

Ivaroth zuckte gleichgültig mit den Achseln. »Schade, daß er nicht früher starb«, gab er zur Antwort. »Dann hätte dein Stamm sich vielleicht nicht durch seine Torheit verleiten lassen und sich uns angeschlossen. Und all dies hätte nicht geschehen müssen.«

»Es hätte auch so nicht geschehen müssen, du Höllenhund.« Wrenyks Leidenschaft brach sich Bahn, und sein Pferd scheute ein wenig zur Seite. »Was haben wir dir oder deinem himmelstürmenden Ehrgeiz geschadet, daß du unsere Frauen und Kinder hinschlachten mußtest?« Ivaroths Begleiter schlossen beschützend zu ihrem Anführer auf, doch er winkte sie fort und trieb sein Pferd voran, bis er nur noch einen Schritt von dem jungen Mann entfernt war.

Wrenyk war bleich, sein Gesicht zeigte Verwirrung und die Spuren getrockneter Tränen. Nach dem langen Ritt war er mit Staub bedeckt und mit der schwarzen Asche des gebrandschatzten Lagers. Er hielt die Zügel fest umklammert, damit seine Hände nicht zitterten, während sein innerer Gefühlsaufruhr mit der Furcht vor der bedrohlichen Präsenz dieses Mannes im Widerstreit lag, dieses Mannes, der der Einiger und die Geißel der Präriestämme geworden war.

»Du bist jung und dumm, Wrenyk«, sagte Ivaroth finster. »Kaum zum Mann geworden, auch wenn du das anders sehen magst. Du hättest einen deiner Onkel diese Aufgabe übernehmen lassen sollen. Sie haben kühlere und weisere Köpfe und kennen sich besser damit aus, wie man solche Dinge hinnimmt. Falls du hergeschlichen bist, um einen letzten traurigen Rest von Rache oder Wiedergutmachung einzufordern, so wirst du nichts erhalten. Und wenn du mir nicht gut zuhörst, werden die Ensceini heute völlig ausgerottet werden, und weder in den Liedern noch in den Sagen wird ihr Name jemals wieder erklingen.«

Dann entspannte er sich und wurde beinahe onkelhaft. »Aber ich habe viel Verständnis, junger Wrenyk. Ich habe selbst Kinder – irgendwo.« Seine beiden Kameraden stimmten in sein lüsternes Lachen ein. »Ich vergebe dir deine unbedachte Rede und gebe dir und deinen Männern eine letzte Chance zum Überleben. Akzeptiert meine Führerschaft und schließt euch dem Bund der Stämme an, und gemeinsam werden wir die Berge hinabfegen und unsere angestammten Länder im Süden wieder einfordern. Ehre, Ruhm und Schlachten stehen auf der einen Seite, und mehr als genug Frauen … und Güter, um das Verlorene zu ersetzen. Auf der anderen Seite steht der sichere Tod. Überlege gut, Häuptling, bevor du mir antwortest. Das Schicksal vieler anderer liegt in deiner Hand.« Er ließ den Blick vielsagend über die reglose Reiterkette auf dem Hügelkamm schweifen.

Wrenyk kämpfte eisern darum, die Selbstbeherrschung zu

wahren. »Meine Antwort ist dieselbe wie die meines Vaters«, entgegnete er schließlich mit ruhigerer Stimme. »Wir sind nicht in unserer Schlachtenaufstellung erschienen, um dir zu drohen, sondern um dir unsere Schwäche zu offenbaren. Wir können unsere Frauen nicht rächen noch fordern wir Sühnegeld für unsere Erschlagenen. Wir erkennen deine Führerschaft über die Stämme der Ebenen an, doch wir bitten dich darum, daß wir uns selbst überlassen bleiben. Wir leben in Eintracht mit diesem Land und all seinen Geschöpfen und Pflanzen und seinem endlosen Geheimnis. Wir verspüren weder Bedürfnis noch Lust, den Menschen weit entfernter Länder Feuer und Schwert zu bringen. Anderen jene Pein zu bringen, die uns selbst nun zerreißt.«

»Lust!« knurrte Ivaroth, den der Kummer des jungen Mannes und sein offenbar nicht vorhandener Rachedurst plötzlich erbosten. »Meine Pläne für den Süden sind nicht irgendeine müßige Grille. Sie sind das *Schicksal* unseres Volkes. Die Südländer gehörten uns, bevor die Seevölker unsere Vorfahren vertrieben und uns zwangen, hierher zurückzuweichen, in diese ...« Er machte eine Handbewegung, die die ihn umgebende Steppe umfaßte. »...kahle Ödnis.«

Wrenyk folgte der Bewegung seines Arms, und seine Augen füllten sich mit Trauer. »Du bist so verblendet wie wahnsinnig, Ivaroth«, sagte er. »Du siehst nur Ödnis, wo selbst ich, trotz all meiner Jugend, wahren Reichtum sehe. Und du sprichst von alten Lagerfeuergeschichten und Märchen über den Süden, als ob sie so wahr und wirklich seien wie ein Streit über die Beute der letzten Jagdzeit.« Verachtung begann sich in seine Trauer zu mischen. »Doch davon einmal abgesehen, du großer Führer der Völker«, fuhr er fort. »Hat deine Sippe in den Grenzstämmen dir nichts über die Berge erzählt, über die Berge mit ihren gewaltigen Gipfeln und engen Saumpfaden, wo ein einziger Fehltritt Männer und Rösser in unvorstellbare Abgründe stürzen kann?« Seine Verachtung wurde schneidend. »Wir sind ein Prärievolk, Ivaroth, keine Bergbewohner. Und Pferde sind Tiere der Steppen. Und hat niemand dir von den Bethlarii mit ihren steinernen Mienen erzählt, welche die Pässe bewachen und nichts so sehr ersehnen wie erbarmungslose Schlachten in eben diesem Gelände?«

Er wies südwärts. »Blut, Leid und Tod sind alles, was dich und alle, die dorthin folgen, erwartet, Ivaroth, der du an Ammenmärchen glaubst, die am Lagerfeuer erzählt werden, Ivaroth, Mörder von Frauen und Kindern.«

Ivaroth, von Wrenyks Ausbruch wie gelähmt, blieb einen Augenblick regungslos auf seinem Pferd sitzen. Dann preschte er mit aschfahlem Gesicht vorwärts, als wolle er den jungen Unterhändler schlagen. Doch Wrenyk zuckte nicht mit der Wimper. Vielmehr blickte er ihm plötzlich unverwandt in die Augen. Ivaroth zögerte. Wrenyks Augen waren wie seine eigenen. Die Iris war schwarz, schwarz wie bodenlose Gruben.

»Ah«, sagte Wrenyk leise, und seine Stimme war atemlos vor Furcht und Wiedererkennen. »Nun sehe ich dich wahrhaftig. Du hast die Sicht, die auch ich habe. Du wandelst in den Träumen der anderen. *Du* bist es, der den Dämon in unsere Nächte gebracht hat. Du bist es, der von ihm besessen ist. Und du bist es, den er für seine Zwecke benutzt! Wie habe ich das nur übersehen können!« Seine Stimme erhob sich zu einem lauten Schrei. »Greuel und Lästerung! Ich ...«

Bevor er jedoch seinen Satz beenden konnte, hatte Ivaroth geschickt den Speer in seiner Sattelscheide gedreht und den jungen Ensceini mit einem mächtigen Stoß durchbohrt.

Wrenyk schrie laut auf vor Schmerz und Entsetzen, doch dann klammerte er die Hände um den Schaft, so daß Ivaroth ihn nicht herausziehen konnte. Sich nach vorne auf den Speer beugend, jammerte er wie ein kleines Kind. Dann, als sein Gesicht dem von Ivaroth nahe war, öffnete er seinen Mund und hauchte ihm ins Gesicht. Ivaroth zuckte zurück, doch da auch er den Speer umklammert hielt, konnte er nicht ausweichen. Mit unerwarteter Kraft spuckte Wrenyk ihm ins Gesicht, ließ den Speer los und wischte seine Hand an Ivaroths Wange ab. Eine Spur von Staub und schwarzer Asche blieb zurück.

»Bei der Luft und dem Wasser, bei der Erde und dem Feuer verfluche ich dich, Ivaroth«, keuchte Wrenyk, der kaum noch sprechen konnte. »Hätte ich doch nur die Flamme, die deine verdammte schwarze Seele versengen könnte, jedoch ...« Seine Stimme verebbte, und er begann nach einem Dolch in seinem Gürtel zu tasten. In diesem Augenblick zog Ivaroth den Speer aus seiner Brust. Wrenyk schrie wiederum auf und preßte die eine Hand auf seine blutende Wunde, während er sich mit der anderen instinktiv am Sattel festhielt, um der reiterlichen Schande zu entgehen, vom Pferd zu fallen.

»Es gibt andere, o du Greuel und Abscheu der Götter«, wisperte er schmerzerfüllt. »Andere, die durch die Träume wandeln, die Widerstand ...«

Ivaroth holte erneut mit dem Speer aus und schmetterte ihm das verstärkte Schaftende niederträchtig gegen die Schläfe. Die Wucht des Hiebes warf Wrenyk aus dem Sattel, doch er stieß keinen Laut aus, als er auf den steinharten Boden prallte, und zog nur scharf die Luft ein.

Mit voller Absicht schwang Ivaroth sein Pferd herum, um auf der reglosen Gestalt herumzutrampeln und sie so zu einem kurzfristigen, grotesken Leben wiederzuerwecken. Dann riß er den Speer hoch, und ein hoher, gewaltiger Schrei stieg in seiner Kehle empor.

Doch der Schrei verebbte, noch bevor er sich gelöst hatte, und dann blickte er wieder zu dem Hügelkamm hinüber. Er war leer. Die Ensceini waren fort. Hatten sich leise zurückgezogen wie Morgennebel, während aller Augen auf die beiden Anführer gerichtet gewesen waren.

Vorübergehend verwandelte der Schock seinen Magen in einen Eisklumpen, und das Zittern, das in Wrenyks Händen gewesen war, drohte auf seine eigenen überzuspringen.

Fieberhaft versuchte er die Kontrolle über seinen eigensinnigen Körper wiederzuerlangen, wandte das Gesicht von seinen Männern ab. Ganz kurz spürte er, wie die Schubkraft seines Schicksals ins Wanken geriet. Dann, gerade als sich der Abgrund vor ihm öffnete, war er wieder er selbst.

Mit wutverzerrtem Gesicht drehte er sich zu seinen Männern um.

»Narren!« donnerte er. »Blinde, hirnlose Narren! Hat denn

keiner von euch Augen im Kopf?« Die gesamte Truppe duckte sich wie ein Mann unter der Wucht seines Zorns. Dann, als er verstummte und sie ahnten, daß nun eine Ankündigung harscher Strafen wegen ihres Versäumnisses folgen würde, suchten sie dieser durch dieselbe spontane Einmütigkeit zuvorzukommen: Mit einem markerschütternden Schrei preschten sie voran, bevor Ivaroth etwas sagen konnte.

Immer schneller werdend, fluteten sie den Hügel hinauf wie eine gigantische, sich brechende Woge.

Ivaroth, der in ihrem Weg stand, fand wie schon andere Heerführer vor ihm, daß ihm nun keine andere Möglichkeit blieb, als sich an die Spitze ihrer wilden Attacke zu stellen. Wrenyks Körper wurde bis zur Unkenntlichkeit unter jenen Hufen zermalmt, die auch seinen Stamm vernichtet hatten.

Doch die furiose Attacke führte zu nichts. Als die ersten Reiter den Gipfel des Hügels erreichten, waren nur noch wenige Ensceini zu sehen, und sie zerstreuten sich mit großer Geschwindigkeit in verschiedene Richtungen. Der Rest war verschwunden; verschwunden wie Lagerfeuerrauch über dem weiten, trügerischen Gelände, das sie wie kaum ein anderer kannten.

Ivaroth zügelte sein Pferd und wischte sich Wrenyks Speichel aus dem Gesicht. Er sah zu, wie die fernen, fliehenden Gestalten mit der Landschaft verschmolzen, und fluchte stumm vor sich hin. Das war ein übles Ende eines Tages, den der triumphale Abschluß seiner Eroberung der vielen Präriestämme hätte krönen sollen.

Eigentlich hätte er die Ensceini in aller Öffentlichkeit und mit Bedacht vernichten müssen, nicht nur aufgrund ihres fortgesetzten Trotzes gegen seinen Willen, sondern auch, um die Entschlossenheit einiger seiner nicht ganz so feurigen Verbündeten zu stärken. Nun konnten sie ihm zwar, verstreut und führerlos, wie sie waren, keinen nennenswerten Widerstand mehr entgegensetzen, doch ihr sonderbares Entkommen mochte dazu führen, daß sich die Erinnerung daran in den abergläubischen Köpfen einiger seiner Gefolgsleute hartnäckig fortsetzte. Das zumindest *konnte* er verhindern.

»Wir haben keine Zeit, Büschel toten Grases über die Prärie zu jagen.« Seine mächtige Persönlichkeit wogte über seine nun schweigenden Gefolgsleute. »Die Ensceini sind vom Erdboden vertilgt. Sie haben den Preis für ihren Trotz entrichten müssen. Nun, da wir vereinigt sind, werden wir uns auf unser größeres Schicksal vorbereiten.« Und mit einem gewaltigen Jubelschrei riß er sein Roß herum und preschte zum Lager zurück.

Als die Reiter nun ihrerseits ihre Pferde zu wenden began-nen, stieg von überallher der Ruf »Ivaroth, Mareth Hai! Ivaroth, Mareth Hai!« auf, und als sie das Lager erreichten, war er zu einem großen, dröhnenden Gebrüll geworden.

Mareth Hai. Erster und größter. Größter aller Führer. König und Herrscher. Bei den vielen Stämmen hatten die Worte ganz unterschiedliche Bedeutungen, doch vor allem hieß es, daß seine Macht nun absolut und unangreifbar war.

Das Jubelgeschrei fegte die letzten Reste von Bestürzung hinweg, die die Flucht der Ensceini und Wrenyks schwarzäugiger Blick in Ivaroths Seele hervorgerufen hatten. Er ritt auf der Woge der Begeisterung, wie er beim Mirifest auf einer Koppel gezäumter Pferde reiten mochte. Das Mirifest, die große alljährliche Feier ihrer reiterlichen Geschicklichkeit, war bislang das einzige einende Element im Leben der Präriestämme gewesen.

Ganz schwach jedoch, wie die Stimme eines Sklaven, der ihm beim Triumphzug ins Ohr flüsterte, kamen ihm Wrenyks letzte Worte in den Sinn: »Es gibt andere, die durch die Träume wandeln ...«

Doch sie waren unbedeutend inmitten all des Jubels und der Begeisterung, und es kostete ihn nur geringe Überwindung, sie beiseite zu wischen. Viele merkwürdige, erschreckende Dinge geschahen während seiner nächtlichen Wanderungen, doch mit dem Blinden als Führer und Beschützer war er im Schlaf vor jeglichem Übel sicher, genauso sicher, wie er es tagsüber im Wachen war.

»Ivaroth, Mareth Hai!«

Der Ruf schien in der Luft zu hängen, die ganze Zeit über, während sie das Lager abbrachen und nach Süden zu dem großen, fast schon festen Lager in Carthak zurückkehrten, das seine Operationsbasis für die Unterwerfung der Stämme geworden war.

Einige seiner engsten persönlichen Verbündeten schien es zu bekümmern, daß er ihre traditionelle wandernde Lebensweise aufgab, und es ergaben sich ohne Zweifel einige ernsthafte Schwierigkeiten aus dem Zusammenleben in einem einzigen festen Lager.

Er pflegte alle Sorgen solcher Art mit einer Mischung aus Schmeichelei und Ermutigung zu beschwichtigen. »Es wird nicht für lange sein ... Je mehr wir uns bemühen, desto eher können wir zu unserer althergebrachten Lebensweise zurückkehren ... Sind wir etwa nicht in der Lage zu etwas, was die schwächlichen Stadtmenschen im Süden auch können?«

Die drängenderen Probleme löste er durch brutale Aufgabenverteilung. »Kümmer dich drum«, sagte er gewöhnlich zu demjenigen, der ihm die Probleme überbrachte. Und es wurde bald deutlich, daß das auch schon alles war, was er in dieser Angelegenheit tun würde. Nach einigen spektakulären Präzedenzfällen kamen nur wenige ein zweites Mal zu ihm, selbst wenn sie gute Entschuldigungen haben mochten, warum sie nicht fähig gewesen waren, dieses oder jenes zu erreichen.

Die Probleme, die er nicht zu lösen vermochte, waren diejenigen, unter denen er auch selbst litt. Jene, die sich aus dem Wesen des Volks selbst ergaben. Denn die Prärievölker waren Nomaden und seit undenklichen Generationen die Kinder von Nomaden. Sich nicht über die Steppen zu bewegen, war wie ein Kerker.

Und doch blieben sie an einem Ort, harrten dort offensichtlich aus, weil Ivaroth es so wollte und die Logik seiner Eroberungszüge es verlangte, in Wahrheit jedoch, weil die seltsamen Bedürfnisse des Blinden es so forderten.

»Dieses Land ist reich an alten Mächten«, war alles, was er Ivaroth bei jenen seltenen Gelegenheiten erklärte, wenn er zusammenhängend reden konnte *und* in der Stimmung zum Erklären war.

Ivaroth jedoch konnte die unterschwellige Qual, die diese Mißachtung der grundlegenden Natur der Nomadenvölker hervorrief, dazu benutzen, das wilde und zornige Herz seiner gewaltigen Armee zusammenzuschweißen.

»Wenn wir erst einmal gesiegt haben, steht uns die ganze Welt offen, um sie zu durchstreifen, und niemand wird es uns verwehren können.«

Es war das Infragestellen und hartnäckige Leugnen dieses Versprechens durch den älteren Wrenyk gewesen, das am Ende zu dessen Tod und zum Untergang seines Stammes geführt hatte.

Als sich die Heereskolonne Carthak näherte, ließ Ivaroth den Blick über das ausgedehnte Durcheinander von Zelten schweifen, das sich am Horizont auftat: Ihre gekrümmten, spitzen Dächer schienen die südliche Bergkette in ihrem Rücken zu imitieren.

Carthak war an jener Stätte errichtet, an der sein Stamm gelagert hatte, als man ihn ausgestoßen hatte, und jetzt konnte er sich dem Ort nie nähern, ohne an jene Rückkehr aus seinem nur kurz währenden Exil zu denken: Im niedrig hängenden Morgennebel war er auf Ketsaths Pferd zurückgeritten, den seltsamen, unter einer Kapuze versteckten Mann hinter sich.

Ein Kind, das Wasser vom Fluß geholt hatte, hatte ihn als erstes erblickt. Das Mädchen hatte mit weit aufgerissenen, schreckerfüllten Augen aufgesehen, als sein Pferd über die Steine geklappert war, die die Biegung am gegenüberliegenden Flußufer säumten. Eine kurze Pause war eingetreten, bevor ihr die Erinnerung gekommen war, und dann war sie herumgewirbelt und geflohen, laut nach ihrem Vater rufend. Der von ihr benutzte Krug hatte einen kurzen Moment geschwankt, bevor er ganz langsam umgekippt war und den Großteil seines Inhalts wieder in das Flüßchen entleert hatte.

Ivaroth lenkte sein Pferd durch den seichten Bach, bückte sich im Sattel herunter und hob den Krug auf. Mit einem grimmigen Lächeln trank er den kleinen Wasserrest, der noch in dem Gefäß zurückgeblieben war, um dann den Krug gegen die Felsen zu schmettern, wo er zerschellte. Dem Kapuzenmann bot er nichts an.

Die schrillen Schreie des Kindes störten das Lager wirkungsvoller als jede Alarmglocke auf, und Ivaroth lenkte bald sein Pferd durch eine Gasse feindseliger, kreischender Menschen. Ob sie nun durch sein anmaßendes Benehmen eingeschüchtert oder schlicht neugierig waren, welches Schicksal er erleiden würde, jedenfalls versuchte niemand, Hand an ihn zu legen.

Als er den Kern des Lagers erreichte, sammelten sich die Stammesältesten bereits, um ihm entgegenzutreten.

Er wartete jedoch nicht, bis man das Wort an ihn richtete. »Ich komme als euer Häuptling, um euren Gehorsam einzufordern und euch und alle meine Völker einem großen Schicksal entgegenzuführen«, ließ er sie wissen, bevor noch irgend jemand etwas sagen konnte. Dann schwang er das Bein über die Kruppe seines Reittiers, als wolle er seinen Begleiter nicht stören, ließ sich zu Boden gleiten und starrte um sich.

Nach einer vorübergehenden, entsetzten Schweigesekunde begannen Beschimpfungen und höhnischer Widerspruch aus der Menge emporzusteigen.

»Seid still!« brüllte Ivaroth. Seine Stimme war wider Erwarten mächtig und schien über das gesamte Lager zu hallen. Die Schreie verstummten genauso schnell, wie sie entstanden waren.

Die Stammesältesten schienen weniger eingeschüchtert zu sein. »Dein Recht, anstelle deines Bruders Häuptling zu sein, ist verwirkt – genau wie dein Leben, Ivaroth Ungwyl«, sagte einer von ihnen und trat vor. »Nicht nur dafür, daß du die Strafe des Exils mißachtet hast, die wegen des Mordes an deinem Bruder über dich verhängt wurde, sondern auch für den Mord an Ketsath.«

»Es ist nicht an euch, darüber ein Urteil zu fällen«, erklärte Ivaroth, unbeeindruckt von dem ihm entgegenschlagenden Widerstand. »Ketsath wurde mir gesandt, um mich mit einem Reittier und Proviant zu versorgen, und dafür allein wird sein Name bei zukünftigen Generationen in Ehren gehalten werden.« Er ließ den Blick über die Menge schweifen, bis er Leute aus Ketsaths Sippe erblickte. »Und er starb gut«, erklärte er ihnen. »Ein wahrhaftiger Mann. Kein Feigling. Er hätte es verdient gehabt, wie ein solcher bestattet zu werden.«

Diese Bemerkung und die gemessene Art seiner Rede erregte ein schwaches zustimmendes Gemurmel bei einigen in der Menge.

»Nein!« rief der Älteste mit entsetzter Stimme aus. »Du fügst deinen Freveltaten eine Lästerung hinzu, Ivaroth. Du sprichst, als sei Ketsath ein Opfer der Götter gewesen. Er war aber nur ein unerfahrener Jüngling, den der Zufall dir in den Weg schickte, als du in Not warst. Und er war deinen grausamen Fähigkeiten nicht ebenbürtig ...«

Ivaroth zeigte auf ihn. »Maße dir nicht an, mich über die Wege der Götter zu belehren, alter Mann«, sagte er. »Sie *leiten* meine Schritte, während sie dich nur hin und her beuteln wie Saatkörner im Wind.«

Erbost trat der Älteste vor, hielt jedoch abrupt inne, als er Ivaroths Blick begegnete.

»Ich bin nicht zurückgekehrt, um Wortgefechte mit alten Männern auszutragen«, erklärte Ivaroth und winkte verächtlich ab. »Ich bin zurückgekehrt, um mein Schicksal zu erfüllen.« Dann, ohne etwas von seiner gebieterischen Präsenz einzubüßen, schlug er einen versöhnlicheren Ton an. »Doch ich werde die Überlieferungen meines Volkes nicht mißachten!« rief er. »Bereitet alles für den Spießrutenlauf vor. Und beeilt euch. Ich werde des fruchtlosen Geschwätzes müde.«

Diese Bemerkung wurde erst mit Schweigen, sodann mit einem Tumult beantwortet. Sein kurzfristiger Aufenthalt in der Wildnis hatte seinen Geist zerrüttet und einen tödlichen Wahnsinn über ihn gebracht, so lautete die Meinung der meisten Anwesenden.

Niemand konnte den Spießrutenlauf überleben! Die meisten Männer akzeptierten mit Freuden die Verbannung oder die Sklaverei, nur um ihm zu entgehen.

Innerhalb von wenigen Minuten hatte sich das Spalier der Männer formiert; sie standen einander gegenüber und schwangen ihre verstärkten Stäbe. Ivaroth sah dem Ganzen mit amüsiertem Blick zu. Dann, als sich Schweigen über die

Menge senkte, wandte er sich zu der Kapuzengestalt um, die immer noch reglos auf ihrem Pferd wartete, und streckte ihr die Hand hin.

Der Mann bewegte sein Haupt auf eine beunruhigende, unnatürliche Weise, dann fuhr seine Hand vor, deren Finger sich erwartungsvoll krümmten und wieder streckten. Zögernd und zielstrebig zugleich schlangen sie sich um Ivaroths ausgestreckte Hand.

Dann ließen sie ihn jäh los und winkten ihn ungeduldig auf die wartenden Reihen zu, als seien auch sie des ewigen Wartens müde.

Ivaroth näherte sich der Doppelreihe. Zwanzig Männer auf jeder Seite. Der Tradition gemäß, waren es die zwanzig Kämpfer, die dem Herausforderer zum Zeitpunkt der Herausforderung am nächsten gestanden hatten, doch er bemerkte, daß sie ausnahmslos aus den Reihen seiner schärfsten Widersacher rekrutiert worden waren.

Eine Gestalt trat aus der Menge vor. »Dies ist nicht gerecht!« brüllte er den Ältesten zu. »Dies sind alles seine Feinde. Männer, die Nutzen aus seinem Tod ziehen würden. Warum stehe ich nicht in der Reihe, ich war keine zehn Schritte von ihm entfernt, als er ...«

»Schweig«, befahl ihm der Älteste. »Ivaroth hat zu diesem Zeitpunkt kein Anrecht mehr auf eine Entscheidung durch den Spießrutenlauf. Sein Leben ist bereits verwirkt. Dies ist nichts anderes als seine Hinrichtung.«

Die Züge des Mannes verzerrten sich vor Wut, doch wenn er sich weiterhin den Worten des Ältesten entgegenstellte, würde das bedeuten, daß er Ivaroths Schicksal teilen mußte. Er wandte sich um, entriß jedoch einem neben ihm Stehenden den Stab und warf ihn Ivaroth zu.

Ivaroth fing ihn auf und besah sich seine neue Waffe, um dann seinen zukünftigen Verbündeten anzublicken. »Ich stehe in deiner Schuld, Endryn«, verkündete er. »Du wirst an meiner Seite reiten, wenn dies hier vorüber ist.«

»Im selben Schinderkarren«, johlte irgend jemand und löste damit die Spannung der Menge in ein tosendes Gelächter auf.

Ivaroth jedoch hielt den Blick auf Endryn gerichtet. Dann warf er ihm den Stab wieder zurück und schritt nach einem letzten Blick auf seinen unter der Kapuze verhüllten Begleiter auf die wartenden Reihen zu.

»Gedenkt dieses Tages«, erklärte er, während er entschlossen vorwärtsging. »In Zukunft werde ich mit meinen Feinden nicht so gnädig verfahren.«

Die Kapuzengestalt schwankte hin und her, als bewege sie sich zu einem Rhythmus, den sie allein zu hören vermochte, und da erhob sich Ivaroth Stimme über den Lärm der Menge wie ein grollender Donnerschlag.

Dann war nur noch das übrig: Ivaroth, der Sturm. Seine dröhnende Stimme wie Donnerhall, seine Bewegungen geschwind wie der Wind, und seine furchteinflößende Kraft, die des Blitzes selbst. Männer, die größer und stärker als er waren, schienen gelähmt vom Sensenschwung seiner Fäuste, seiner Füße und seines mörderischen Griffs, während er sich den Weg durch die Masse aus schwingenden Stäben und gedrängten Leibern mit der unaufhaltsamen Leichtigkeit eines Felsens erzwang, der durch einen Wald zu Tal stürzt.

Und die ganze Zeit über schwankte die Kapuzengestalt hin und her, labte sich an ihrer stummen, obszönen Musik.

Auf einen Schlag war alles vorüber. Die Reihen waren zerbröckelt, geflohen, bevor die tosende Elementarkraft ihr Werk beenden konnte, und Ivaroth stand triumphierend inmitten der stöhnenden, sterbenden Trümmer seiner grauenvollen Ernte.

Der Lärm des Kampfes schien in der Ferne zu verhallen – Boten, die die Nachricht seines Siegs über die Prärie verbreiteten. Und dann war Stille.

Ivaroth wandte sich um und blickte die gaffenden Ältesten an. »Solcherart ehre ich die Überlieferungen unseres Volkes«, verkündete er. »Und solcherart werde ich es führen, für immer. Dies ist mein Versprechen. Nicht länger werden wir uns gegenseitig bekriegen wie zankende Kinder. Alle Stämme werden wie einer sein unter meiner Hand.«

»Wozu, Ivaroth Ungwyl?« gelang es einem der Ältesten

hervorzustoßen. Seine Stimme war leise vor Entsetzen angesichts des Geschehens, doch immer noch trotzig.

Ivaroth sah erst ihn und dann die ihn einschließende Menge an. »Zur Rache und um unsere Bestimmung zu erfüllen«, sagte er, und seine Stimme erhob sich erneut. »Wir ziehen in das Land, wo es Felder und Weiden und Sklaven für alle gibt. Wo der Wind die Gesichter und Hände nicht gerbt. Wo der Schnee die Erde nicht für die Hälfte des Jahres bedeckt, wo die Sonne nicht tief über dem Land steht wie das Antlitz eines weinenden Mädchens ...« Der Älteste trat einen Schritt vor, als wolle er sich ihm entgegenstellen, doch Ivaroths Worte erzwangen sich ihren Weg in die Herzen der Menschen. »... Wir ziehen in das reiche Land jenseits der Berge, das die Seevölker in längst vergessenen Zeiten unseren Vorvätern auf so üble Weise entrissen haben.«

Er bückte sich und hob einen zu Boden gefallenen Stab auf, dann richtete er sich jäh auf und streckte ihn hoch über seinen Kopf. »Also!« fragte er. »Wer reitet mit mir? Eurem Häuptling durch Blut und Gottesurteil? Wer reitet mit Ivaroth Ungwyl?«

Als die Beifallsstürme der Menge in den kalten Morgenhimmel stiegen, wurde das Wiegen der Kapuzengestalt schneller und schneller, bis es beinah zu einem rauschhaften Zittern wurde.

»Ivaroth Ungwyl!« grölte die Menge. »Ivaroth Ungwyl!«

»Ivaroth, Mareth Hai! Ivaroth, Mareth Hai!«

Der Nachhall der Erinnerung vermischte sich mit der Gegenwart, und Ivaroth Ungwyl schreckte aus einem Tagtraum hoch und fand sich wieder in der Heereskolonne, die er inmitten erregt wogender Menschenmassen gen Carthak führte. Die Geste jenes vergangenen Tages nachahmend, zog er den Speer aus seiner Hülle, richtete sich in seinen Steigbügeln auf und streckte die Waffe triumphierend hoch über seinen Kopf.

Nun sind wir bereit, dachte er. Der letzte Widerstand gegen seine Macht war beseitigt. Nun konnte man den Leuten die Wahrheit sagen über den bald bevorstehenden Überfall auf den Süden. Abgesehen von seinen engsten Vertrauten wußte niemand, wie weit die Vorbereitungen bereits gediehen waren. Und niemand außer ihm und dem Blinden wußte etwas von den seltsamen, unfreiwilligen Verbündeten, die sie hatten.

KAPITEL 20

Estaan setzte sich. Er hatte seinen Stuhl so hingestellt, daß er sich im Schatten befand und mit einer Kopfdrehung durch das schmutzige Fenster blicken konnte oder zu der geborstenen Tür, die er mit einem weiteren Stuhl verbarrikadiert hatte, oder auch zu Antyr und den beiden Wölfen, die neben dem toten Nyriall saßen.

Er zückte sein Messer und ließ es zwischen die Falten seines Umhangs gleiten. Dann beruhigte er seine Atmung. Stille erfüllte den Raum, die wie ein Brennpunkt für die zufälligen Geräusche wirkte, die durch die verfallene Bausubstanz des alten Gebäudes hallten. Irgendwo im Gebäude knallte eine Tür zu; ein Hund bellte; undeutliche Stimmen schwollen an und ab, manche im Plauderton, manche wütend, manche lachend; der schrille Lärm der Kinder auf der Straße drang manchmal bis ins Zimmer hinauf; auch Schritte kamen und gingen, trappelnd, stampfend, rennend. Und Dielenplanken ächzten trügerisch. Doch Estaan schwieg still; sah zu, hörte zu, wachte.

Antyrs Anweisungen waren unmißverständlich gewesen, und zudem hatte er sie mehrere Male wiederholt. Mischt Euch nicht ein.

Falls irgend etwas schiefgeht, versiegelt den Raum und sucht den Traumfinder Pandra auf. Mischt Euch auf keinen Fall ein.

Dann, und seine Augen waren schwarz und furchterregend gewesen, hatte er Nyrialls Hände ergriffen, während die beiden Wölfe sich zu seinen Füßen ausgestreckt hatten und scheinbar eingeschlafen waren.

Estaan wartete; sah zu, hörte zu, wachte, lernte.

Obwohl keine Bewegung herrschte in der Finsternis von Nyrialls Geist, wirbelte Antyr fast gnadenlos vorwärts.

Er konnte sich nicht den Luxus leisten, zu genau über die Dummheit nachzudenken, die er soeben beging. Sein Vater war gestorben, als er nach den Träumen eines *Sterbenden* gesucht hatte. Nyriall war *tot*. Es war, als habe irgendeine tief in ihm verborgene Kraft von ihm Besitz ergriffen und treibe ihn unter dem Drängen einer verzweifelten Notwendigkeit voran, so verzweifelt, daß er sie sich nicht einmal ansatzweise vorzustellen vermochte.

Tarrian war bei ihm, nervös und unruhig, aber verläßlich und vertrauensvoll; und finster entschlossen; der Jäger in ihm ungezügelt und gierig.

Und auch Grayle war bei ihm, still und eigenartig, kaum wahrnehmbar, und er rannte an seiner Seite und im Schatten seines wiedergefundenen Bruders; seines älteren, mächtigeren Bruders.

Obwohl Grayle nicht der beherrschende Gefährte war, rannte er doch an vorderster Stelle in dieser übereilten Jagd; seine beinah schwerelose, schweigende Gegenwart war beunruhigend, ja beinahe unheimlich.

Aber wie hätte es auch anders sein können? dachte Antyr. Von Nyriall für eine Suche nach einem Träumer bereitgemacht, der nicht da war. Sodann unter Umständen, die niemand kannte, durch den Tod gewaltsam von seinem Traumfinder getrennt.

Und außerdem war, nüchtern betrachtet, eine Suche mit einem neuen Gefährten immer ein fremdes, aufrüttelndes Erlebnis, so zutiefst verwoben waren ihre Gedanken und Gefühle.

»Gräme dich nicht, ich bin bei dir, und ganz.« Die Stimme erschreckte Antyr. Soviel an Grayles Tonfall und an seiner Aura war Tarrian – und war es doch auch wieder nicht. Und die Stimme war verdunkelt vor Schmerz und dem furchtbaren Gefühlsaufruhr, der dem Schmerz auf dem Fuße folgt.

»Ich werde trauern, wenn meine Pflicht getan ist.« Grayle beantwortete die unausgesprochene Frage, obwohl Antyr spürte, daß nur allzu menschliche Rachegelüste in des Wolfes Stimme mitschwangen.

»Wir werden alle trauern, Grayle«, erwiderte Antyr. »Doch nun müssen wir uns sputen. Renn mit deinem Bruder, wohin dein Instinkt dich treibt. Ich habe vollstes Vertrauen zu dir ...«

»Ja«, unterbrach ihn Grayle. Antyr fühlte Tarrians Überraschung. »Dein Glaube ist wirklich ungebrochen, und das verstärkt auch mein Vertrauen und schärft jeden einzelnen meiner Sinne. Du bist stärker und sogar noch geschickter als Nyriall, und ich hielt ihn bereits für einen Meister seines Fachs. Kein anderer als du ist in der Lage, herauszufinden, was geschehen ist; und was noch geschehen wird. Mein Bruder und ich werden über dich wachen, soweit wir das vermögen, und werden dich beobachten und zurückrufen, wenn du von uns gehen willst. Hab keine Furcht, denn du wirst auf allen Wegen von einer großen und uralten Macht beschützt.«

»Was meinst du mit ›von uns gehen‹?« erkundigte sich Antyr.

Doch Grayle gab ihm keine Antwort.

Sie hasteten weiter durch die Schwärze. Antyr allein und reglos, und doch von den drängenden, jagenden Wölfen vorwärtsgezogen; ein Nichts in der Dunkelheit außer seiner hellen, scharfen Bewußtheit, unbestimmbar und doch zielgerichtet wie ein sirrender Pfeil.

Weiter stürzten sie.

Keine vertrauten Licht- und Geräuschfetzen erschienen, um sie willkommen zu heißen; um zu tanzen und zu schimmern und zu wispern. Denn dies war das innerste Reich eines Traumfinders, und da waren keine Träume, die in die Finsternis seines verborgenen Wesens drangen und den strahlenden und glänzenden Nexus bildeten, der die Gefährten anzog.

Und doch hatte Antyr die Suche nach dem Traum begonnen, den es nicht geben durfte. Furcht begann an ihm zu rütteln, ein stechender, staubgeschwängerter Wind, der ihm ins Gesicht blies.

»Nein!« schrie er auf, bestritt ihm seine Existenzberechtigung. Soviel wußte er, daß jeder Schritt, den wir durchs Leben machen, ein Schritt in die Dunkelheit ist. Anders konnte es nicht sein. Und Furcht vor der Dunkelheit war Furcht vor dem Leben. Wissen allein konnte den Weg erhellen, und wir dürfen keine Furcht haben, die Dunkelheit zu betreten, um dieses Wissen zu suchen. Und wenn das Wissen endet, während die Not noch anhält, dann müssen wir der tieferen Urteilskraft folgen, für die unser schwatzender Geist uns taub macht, bis wir das Licht wiederfinden.

Seine Gedanken schienen Teil eines umfassenderen Chors anderer Stimmen zu sein, die sowohl von innen als auch von außen auf ihn eindrangen.

Dann war er allein!

Die Wölfe waren fort. Vollständig verschwunden. Kein Laut. Keine auch noch so schwachen Anzeichen ihrer Gegenwart. Nur Stille. Und Dunkelheit.

Sie waren auf ewig verschwunden. Ja, fürwahr, es hatte sie nie gegeben.

Und er befand sich auf einem weiten, sonnenbeschienenen Feld, das mit Büscheln weißer Blumen gesprenkelt war wie eine klare Sommernacht mit Sternen. Über ihm zog eine zerstreute Armada kleiner Wölkchen müßig über einen blauen Himmel, sanft gescheucht von einem kaum spürbaren Wind.

Ein paar Schritte vor ihm hockte eine Gestalt mit dem Rücken zu ihm. Sie betrachtete die Blumen, berührte sie zärtlich. Antyr räusperte sich. Die Gestalt schrak heftig zusammen, drehte sich um, erhob sich und stürzte dabei fast zu Boden.

Antyr sog scharf den Atem ein. Die Gestalt war Nyriall, sein Gesicht war furchterfüllt, die Augen still wie mitternächtliche Tümpel.

»Wer bist du, Traumfinder?« sagte Nyriall, und seine

Stimme bebte und seine Haltung war trotz seines Alters verteidigungsbereit. »Und warum verfolgst du mich?«

»Verzeih, daß ich dich geängstigt habe, Nyriall«, erwiderte Antyr schnell, bestürzt über diese Reaktion des alten Mannes. »Bitte hab keine Angst. Ich will dir nichts Böses. Ich bin Antyr, der Sohn des Petran. Ich verfolgte dich nicht. Ich bin dir nur nachgegangen, um herauszufinden, was geschehen ist.«

Nyriall musterte ihn einen Augenblick eindringlich und preßte dann die Hand an den Kopf, als versuche er sich krampfhaft an etwas zu erinnern. »Du bist gekommen, um herauszufinden …«, murmelte er undeutlich.

Antyr wartete.

»Nun entsinne ich mich wohl«, erklärte Nyriall bedächtig. »Plötzlich war Grayle nicht mehr da. Nicht von mir gerissen, sondern einfach nicht mehr da. Einfach nicht mehr da.« Ängstlich ergriff er Antyrs Hand. »Wo ist Grayle, wie geht es ihm?«

»Er ist in Sicherheit«, erwiderte Antyr so beruhigend, wie er konnte. »Er liegt in Eurem Raum mit meinem eigenen Gefährten, seinem Bruder Tarrian, Seite an Seite. Und ich bin auch dort. Und einer der Mantynnai des Herzogs bewacht die Tür.«

Nyriall preßte wieder die Hand gegen seinen Kopf. »Raum?« sagte er verwirrt, dann: »Mantynnai? Mantynnai? Ja … Die Söldner von Viernce … Serenstad … Ibris.« Seine Stimme gewann an Kraft. »Was tut Ihr hier?« brach es plötzlich aus ihm heraus.

»Wir fanden Euch …« Antyr zögerte. »Wir fanden Euch, in Eurer Wohnung, im Moras. Ihr wart …« Er schlug eine andere Richtung ein. »Ihr fühltet Euch … unwohl, aber Ihr wart auf der Suche … und ohne Träumer. Ich hatte Angst um Euch, also folgte ich Euch. Zusammen mit Grayle und Tarrian. Ich weiß nicht, wie ich hierherkam. Ich hoffte, Ihr könntet mir das erzählen.«

Nyriall schien sich von seiner Verwirrung zu erholen. »Ihr habt mich gefunden?« sagte er. »Unwohl?« Antyr nickte unglücklich. Dann, ganz ruhig, sagte Nyriall: »Ich war tot, nicht wahr? Sie haben mich umgebracht. Haben mich von Grayle getrennt und von jener Wirklichkeit.«

Antyr wurde es mit einem Mal sehr kalt, doch es gab keinen Trost, den er dem andern spenden konnte. »Ja«, sagte er widerstrebend nach einem Moment. »Es tut mir leid. Es war kein Lebenszeichen mehr in Eurem … Körper …, als wir eintrafen. Und Grayle war zutiefst verstört.« Er zog sich auf das beruhigende Terrain des Praktischen zurück. »Tarrian konnte ihn irgendwie beschwichtigen. Er hat niemandem Schaden zugefügt.«

Nyriall schwieg eine Zeitlang, dann klappte ihm der Mund auf, und er sah Antyr an. »Und Ihr seid mir hierher gefolgt?« fragte er ungläubig. »Ich bin Traumfinder, ich träume nicht. Und Ihr seid mir gefolgt? In einen Traum, den ich gar nicht haben kann? Einen Todestraum zudem? Was ist in Euch gefahren?«

»Ich weiß es nicht«, erwiderte Antyr, ein wenig gereizt ob Nyrialls Tonfall. »Und ich wollte es auch gar nicht wissen. Ich bin einfach einem Impuls gefolgt. Sagt mir, was Euch widerfahren ist, Nyriall. Ich weiß nicht, wieviel Zeit mir noch bleibt. Wo sind wir? Wie seid Ihr hierhergekommen? Wer … hat Euch getötet? … Und warum? Euer Gemach war leer, Grayle unverletzt.«

Nyriall ließ den Blick über das Feld schweifen. Sonnenbeschienene Wiesen und Wälder erstreckten sich bis an den fernen Horizont, den weißgipflige Berge säumten. Er atmete tief ein. Antyr tat es ihm gleich. Die Luft war süß und lind und mit den Düften üppiger Gräser und Blumen geschwängert. Ein wundervoller Ort.

»Ich weiß nicht, wo ich bin«, entgegnete Nyriall sachte. »Noch vermag ich eine Eurer Fragen zu beantworten. Mein Geist ist immer noch … zerstreut … wirr. Das hängt wohl mit dem Sterben zusammen, nehme ich an«, fügte er mit einem unerwarteten Anflug von Humor hinzu.

Er verebbte nur zu schnell. »Und wenn ich Euch antworten könnte, wie solltet Ihr dann nach … Serenstad zurückkehren … beladen mit diesem Wissen? Dies ist kein Traum, Mann. Ich glaube, dies ist … ein Traum jenseits der Träume.

Ein Ort, den nur unsersgleichen erreichen kann, und das möglicherweise auch nur durch Zufall.« Unerwartet heftig ergriff er Antyrs Arm. »Ich glaube, dies ist ein Bestandteil der Schwelle, der Vorkammer des Großen Traums selbst.«

Antyr verzog das Gesicht zu einer Grimasse. »Ich brauche keine Ammenmärchen«, begann er. »Ich brauche eine Erklärung ...«

Nyriall wirbelte zu ihm herum, bevor er fortfahren konnte. »Ammenmärchen!« zischte er wütend. »Sieh dich doch um, Mann. Zweifelst du an dem, was du siehst? Frag dich doch selbst, warum ich hier bin, wenn du behauptest, daß ich ... tot ... in Serenstad liege. Und frag dich einmal, warum du hier bist, wirklich und wahrhaftig, warum du das Gras unter deinen Füßen zertrittst und die Sonne auf deinem Gesicht spürst, wenn du neben meinem Leichnam sitzt!« Er schlug Antyr beim Sprechen leicht ins Gesicht. »Und wenn deine Erdhalter mit dir in meiner Wohnung hocken, wo sind dann ihre Traum-Ichs, Traumfinder?«

Sein vorübergehender Wutanfall wich bald erneuter Panik. »Vielleicht habt Ihr recht«, räumte er weinerlich ein. »Vielleicht ist dies auch nicht die Schwelle.« Er schüttelte seinen Kopf. »Aber wo auch immer wir hier sind, wir sind verloren. Ich kenne keinen Weg zurück, für keinen von uns beiden. Und wenn Ihr behauptet, ein Mantynnai würde irgendwo über unseren Körpern wachen, dann mag er bald herausfinden, daß er zwei Leichen bewacht und es mit zwei wahnsinnigen Wölfen zu tun hat. Was, um alles in der Welt, ist in Euch gefahren, daß Ihr mir gefolgt seid?« wiederholte er.

»Ein Rückweg wird sich finden, für mich«, erklärte Antyr drängend, plötzlich wild entschlossen, diesem sprunghaften Gespräch eine ihm genehme Richtung zu geben. »Vielleicht sogar für Euch. Ich weiß es nicht. In diesen letzten Tagen sind mir alle möglichen seltsamen Dinge begegnet.« Nun begann auch er abzuschweifen. »Eine Präsenz im Traum des Herzogs. Eine Heimsuchung durch eine Gestalt, die wie Marastrumel aussah. Bei Menedrion eine Trennung sowohl vom Gefährten als auch vom Träumer. Und Bedrohungen in allen Fällen. Irgendein Übel ist freigesetzt, das mich anzuziehen scheint. Und jetzt bin ich hier, als Ergebnis des der Himmel weiß welch unwiderstehlichen Drangs, vielleicht, um herauszufinden, was Euch widerfahren ist, vielleicht, weil Ihr über Wissen verfügt, dessen ich bedarf. Um mir und anderen zu helfen. Ich weiß nicht …«

Nyriall trat im Verlauf dieses Redeergusses einen Schritt zurück, dann hob er die Hand, um ihn zum Schweigen zu bringen.

»Ich habe gehört, was Ihr gesagt habt, Antyr«, erklärte er fast entschuldigend. »Ihr seht mir nach einem ziemlich armen Schlucker aus, als daß Ihr Traumfinder im Dienste so reicher und mächtiger Männer sein könntet, mein guter Antyr. Doch ich habe Euch vernommen. Und ich glaube Euch. Beruhigt Euch. Ich verstehe. Wirklich.«

»Aber …«

Nyriall brachte ihn mit einer Handbewegung zum Schweigen. »Ich verstehe, weil auch ich seltsame Dinge verspürt habe«, erklärte er ernsthaft. »Doch nicht nur in jüngster Zeit; über viele Jahre hinweg. Kleinigkeiten. Wie Ihr gesagt habt; eine … Präsenz … in den Träumen, als sei ein anderer Traumfinder dort, sehe zu, höre zu.« Er schüttelte den Kopf, furchte die Braue. »Und gelegentlich …« Er stockte, suchte nach Worten. »Das Gefühl, daß der Traum … geändert … manipuliert … wurde. Es war nicht gut.« Er blickte Antyr ins Gesicht. »Ich kenne mein Gewerbe, Petrans Sohn. Und ich übe es gekonnt aus und mit aller gebotenen Sorgfalt.« Er verzog verächtlich die Oberlippe. »Nicht wie diese Narren und Gecken, die im Gildehaus herumscharwenzeln und nach den Launen eitler Höflinge und törichter Weiber tanzen.«

Antyr zuckte leicht unter Nyrialls giftigem Tonfall zusammen, auch wenn er dem Inhalt der Bemerkungen eigentlich zustimmte. Dann merkte er, wie sein schlechtes Gewissen ihn drückte. Wenn er mehr Zeit darauf verwendet hätte, sich in seiner Kunst zu vervollkommnen und diese auszuüben, statt in den Spelunken Serenstads zu zechen, hätte auch er möglicherweise schon früher festgestellt, daß da etwas vor sich ging. Schnell wischte er den Vorwurf beiseite. Was immer gewesen war, nun war es nicht mehr. Heute war heute.

Kurzfristig zog eine Wolke über die Sonne und ließ die beiden Männer frösteln.

Nyriall zügelte sein Temperament, bevor er fortfuhr. »Ich bin mir sicher, daß es immer schlimmer geworden ist. Dann, vor einer Woche ungefähr, brach es aus wie die Pest. Und immer dieses Gefühl, daß jemand nach dir sucht, oder schlimmer noch, daß jemand aus irgendeinem Grund die Dinge ändert. Ich hatte einen Kunden, einen Mann mittleren Alters; ein Sensitiver, nehme ich an. Auf einen Schlag Alpträume. Widerwärtige, entsetzliche Dinger. Übler als alles, was ich bislang gesucht hatte. Und eindeutig von außen. Ich fürchtete für sein Leben, mit Sicherheit für seine geistige Gesundheit.« Er schüttelte den Kopf, und seine schwarzen Augen blickten in einen anderen Ort, einen Ort jenseits dieser Schäferidylle. »Dann… heute, vermute ich… ich ruhte, sehr still, sehr gelöst. Dachte über ihn nach. Was ich tun oder sagen könnte, um ihm beizustehen. Ich würde nicht übertreiben, würde ich behaupten, daß ich verzweifelt gewesen sei. Dann spürte ich etwas in der Nähe, und bevor ich auch nur wußte, wie mir geschah, waren Grayle und ich bereit.« Er wandte sich zu Antyr um, und seine Stimme war plötzlich von ehrfürchtigem Schrecken erfüllt. »Wir trieben in einen Traum … aber keinen Traum … in dem ein Träumer anwesend war. Ich habe schon von so etwas gehört. Und nicht nur in Ammenmärchen«, fügte er hinzu. »Tore, die auf die Schwelle zum Großen Traum führen. Begehbar nur für Traumfinder, die Meister ihrer Kunst sind …«

Er unterbrach sich und sah auf seine Hände hinunter. »Doch ich bin kein Meister«, meinte er. »Begabt, ja. Vielleicht ein bißchen überdurchschnittlich. Aber kein Meister. Wo ein Meister vorsichtigen Schritts eintreten würde, bin ich, wie ich fürchte, nur zufällig gestrauchelt und hineingetorkelt.«

»Hierher?« fragte Antyr.

Nyriall schüttelte seinen Kopf. »Nein«, erklärte er grimmig. »Irgendwo anders. Dunkel und trostlos. Eine weite, öde Ebene, über die ein scharfer Wind fegte.«

»Und Gestalten, Schatten, erwarteten dich?« fuhr Antyr ungeduldig fort, unfähig, sich zurückzuhalten.

Nyriall nickte. »Zwei«, gab er zur Antwort. »Und von ihnen ging die Bedrohung aus, die mich verfolgt hatte. Ohne darüber nachzudenken, was geschah oder wo ich mich befand, forderte ich sie einfach heraus.«

Er schlang die Arme fest um seinen Oberkörper, und sein Gesicht nahm einen zutiefst erschöpften, zerrissenen Ausdruck an. »Sie schienen erstaunt zu sein, als sie sich nach mir umwandten ...« Seine Stimme wurde heiser, er erschauderte angesichts der bloßen Erinnerung. »Ich geriet in Panik. Plötzlich wurde mir bewußt, daß Grayle fort war, daß ich an diesem ... gräßlichen Ort ... weilte mit diesen fremden, angsteinflößenden Leuten. Ich mußte fliehen. Ich rannte. Sie verfolgten mich, zischend, wispernd. Dann fühlte ich ... Hoffnung ... vor mir. Ich rannte darauf zu, und plötzlich stand ich im strahlendsten Tageslicht.«

Er fing Antyrs Blick auf, schüttelte aber den Kopf. »Nein, nicht hier. Es war hell dort und sonnig, doch ich befand mich am Rande eines furchtbaren Schlachtfelds. Die Luft war erfüllt von Schreien und Waffengeklirr. Ich rannte weiter, und dann war ... die Hoffnung ... wieder da, und wieder rannte ich auf sie zu.« Er schwieg und zuckte mit den Achseln. »Und hier bin ich denn«, schloß er. »An diesem wunderschönen Ort. Nicht mehr verfolgt, aber unwissend, verloren und mittlerweile, wie Ihr mir mitteilt, tot.«

Antyr blies seine Wangen auf. Nyrialls kurze, aufrüttelnde Erzählung hatte noch mehr Fragen geweckt und keine einzige Antwort auf jene gegeben, die ihn bereits peinigten. Er wußte nicht, wo er anfangen sollte.

Nyriall straffte sich und ließ den Blick über die Landschaft schweifen. »Es ist die Schwelle«, sagte er gelassen. »Spottet meinetwegen darüber, wenn Euch der Sinn danach steht.« Antyr hob die Hand, um zu widersprechen. Nyrialls Geschichte hatte viel von den uralten Überlieferungen der Traumfinder in ihm aufgerührt, die er schon längst vergessen zu haben glaubte, vergessen oder abgetan als altmodischen Narrenkram.

Wenn Wissen und Verständnis eines Traumfinders groß genug wurden, so sagte man, vermochte er die Tore in den Träumen der anderen zu finden, manchmal auch direkt, ohne Hilfe des Träumers.

Tore in die Welten jenseits der Träume. Jene Myriaden Welten, die umeinander kreisten und miteinander verwoben und doch getrennt waren – und welche die Schwelle des Großen Traums selbst waren.

»Und da der Nexus nichts anderes ist als der Schatten der Träume, so sind auch die Träume nichts anderes als die Schattenechos der Schwellenwelten. Und dann sind diese Welten auch nichts anderes als sie Schattenechos des Großen Traums, der hinter den Inneren Pforten liegt und all jenes enthält.«

Nyriall blickte Antyr an. »Abhandlung über die Alte und Wundersame Kunst der Traumreisenden«, sagte er und zitierte damit das Buch, das generationenlang als das ultimative Werk der Traumfinder-Überlieferungen gegolten hatte. »Ist schon lange her, daß Ihr diese Worte gelesen habt, vermute ich.«

Antyr nickte.

»Vergeßt auch den Rest nicht«, fuhr Nyriall fort. »›Und ein Meister mag durch die Tore auf die Schwelle gelangen und von dort durch die Tore zwischen den Welten wandeln. Doch nur, wenn seine Geschicklichkeit hoch und sein Mut groß sind. Denn allein muß er gehen, ohne seinen Erdhalter. Und er muß die Mühen und Plagen jener Welten erleiden bis in den Tod.‹«

Antyr stieß einen langen Seufzer aus. »Doch nur, wenn seine Geschicklichkeit hoch und sein Mut groß sind«, wiederholte er. »Ich hätte gedacht, daß diese beiden Forderungen mich von vornherein ausschlössen.«

Nyriall zuckte mit den Schultern. »Ich auch«, erwiderte er. »Doch wer kann schon sagen, welche Kräfte in uns schlummern? Oder, nebenbei bemerkt, uns an der Nase herumführen. Ich bin kein Meister. Ich bin durch eine unbekannte

Gabe, vielleicht durch Zufall oder Unwissenheit hierhergelangt, und offenbar habe ich das mit dem Leben bezahlt. Ihr könntet da anders sein, glaube ich.« Er sah Antyr wehmütig an. »Doch mehr vermag ich Euch nicht mitzuteilen. Vielleicht war das aber auch schon alles, was Ihr wissen mußtet. Vielleicht mußtet Ihr nur an das erinnert werden, was Ihr bereits wußtet.«

Antyr erwiderte seinen Blick, gab jedoch keine Antwort.

»Ruft Euren Erdhalter, Antyr«, riet ihm Nyriall aufmunternd, um sich sofort zu korrigieren: »Eure Erdhalter. Vielleicht gibt es einen Rückweg für Euch, wenn Ihr genügend Selbstvertrauen besitzt.«

»Aber was ist mit Euch?« fragte Antyr.

Unerwartet lächelte Nyriall. »Hier sieht es doch ganz nett aus. Sicher besser als im Moras. Wüßte gern, ob's hier andere Menschen gibt.« Er breitete seine Arme weit aus. »Ein neuer Anfang in meinem Alter, Antyr. Um ehrlich zu sein, ich hätte von Glück sagen können, wenn ich auch nur einen einzigen weiteren Winter in Menedrions rauchgeschwängertem Nebel durchgestanden hätte. Ich habe einen Husten, der mir förmlich die Brust zerreißt. Ich werde mir anschauen, was dieser Ort hier zu bieten hat. Möglicherweise lerne ich sogar, wie man Tore findet.« Er unterbrach sich. »Aber Grayle werde ich vermissen«, sagte er bekümmert. »Bei Gott, er wird mir fehlen. Kümmert Euch um ihn, wenn Ihr zurückkommt. Sagt ihm, es täte mir leid, daß ich ihn verlassen mußte, doch daß es vermutlich das Beste für ihn sei. Und dankt ihm. Ich hätte keinen besseren Gefährten haben können.«

Antyr nickte. »Das werde ich«, versprach er.

Dann trug die sanfte Brise einen weit entfernten Laut heran. Wolfsheulen.

»Horcht«, sagte Antyr und lauschte in den Wind. »Grayle und Tarrian suchen. Irgendwo in der Finsternis suchen sie nach mir. Und sie kommen näher.«

Nyriall legte seinen Kopf schief und lauschte angestrengt. »Ja«, entschied er schließlich. »Ich erkenne Grayle. Und das ist sein Bruder, sagtet Ihr? Solche wundersamen ...«

Plötzlich hielt er inne, riß die Augen weit auf und fixierte ängstlich einen Punkt über Antyrs Schulter.

Zögernd drehte sich Antyr um. Die Landschaft hinter ihm verfinsterte sich zusehends. Schwarze Wolkenbänke türmten sich auf, die bergartig und massiv wirkten vor dem blauen Himmel. Ein leises Donnergrollen tönte in beträchtlicher Entfernung vor ihnen. Doch den Gegenstand von Nyrialls Aufmerksamkeit bildeten zwei Gestalten ... oder war es nur eine? Und die hereinbrechende Dunkelheit schien geradezu von ihnen oder ihr auszustrahlen.

Antyr kniff die Augen zusammen, um besser sehen zu können. Es *waren* zwei Gestalten.

Wieder grollte der Donner. Antyr runzelte die Stirn; der Sturm war aus dem Nichts entstanden, seine offensichtliche Verbindung mit den beiden Gestalten höchst beunruhigend. Er hob den Blick zu den Wolken. Sie schienen gleichzeitig nah und weit weg zu sein, was einen irreführenden Effekt hatte.

»Ich glaube, sie bringen den Sturm«, meinte Nyriall, seinem Blick folgend, und nickte ängstlich in Richtung der beiden Gestalten.

»Wer sind sie nur?« fragte Antyr, obwohl er die Antwort bereits kannte. Ohne daß Nyriall irgend etwas bestätigt hätte, konnte er die Drohung, das Böse spüren, das von ihnen ausging.

Eine der beiden Gestalten vollführte eine Handbewegung, und ein blendender Blitz zuckte nieder, auf der Stelle gefolgt von einem ohrenbetäubenden Donnerschlag. Während er noch in der Ferne verhallte, vernahm Antyr ein schrilles, hysterisches Gelächter, und es wollte ihm scheinen, als schwanke und zucke eine der beiden Gestalten in einem obszönen, bewegungslosen Tanz.

Antyr merkte, wie ihn eine Welle von Übelkeit überflutete. Der Feind war in Sicht, und er, Antyr, wollte fliehen. Dann dachte er an Nyriall, und Zorn erfüllte ihn, daß diese verderblichen Eindringlinge die neugewonnene Heimat des alten Mannes mit ihrer Gegenwart besudelten.

»Lauft!« wandte er sich plötzlich an Nyriall. »Sie dürfen

Euch nicht finden. Das ist jetzt Eure Welt.« Er sah sich um. »Schnell. Versteckt Euch in den Bäumen da hinten. Ich werde Euch schon irgendwie beschützen.«

Sein Tonfall war so dringlich, daß sich Nyriall auf der Stelle in Bewegung setzte. Er hatte jedoch erst eine kurze Strecke zurückgelegt, als er umkehrte und zurückkam. »Aber ...«, begann er.

Antyr machte eine allumfassende Handbewegung über das stille, sonnenbeschienene Land, das sich vor ihren Augen ausdehnte. »Dies ist jetzt Eure Heimat, Nyriall«, wiederholte er, wandte sich dann um und deutete auf die beiden Gestalten, die nun Schatten waren in den unheilverkündenden Wolken. »Und dies sind jetzt *meine* Feinde. Geht, und seid bedankt für Eure Weisheit und Anleitung und Eure kurze Freundschaft. Ich kümmere mich um Grayle.«

Nyriall zauderte immer noch.

Antyr winkte ihn ungeduldig fort. »Lebe wohl, und das Licht sei mit dir«, sagte er, und die Worte kamen ihm wie von selbst.

Nyriall legte den Kopf schräg und musterte ihn neugierig. »Und mit dir ... Meister«, sagte er nach langem Zögern. Dann hob er die Hand zum Gruß, wandte sich ab und rannte auf die Baumgruppe zu, die Antyr ihm gewiesen hatte.

Antyr lächelte leicht. Nyriall war recht schnell für einen alten Mann mit einem hartnäckigen Brustübel.

Doch die Unbeschwertheit verließ ihn fast umgehend, als ihm die Bedeutung seiner Handlungsweise klar wurde. Er wandte sich erneut um und sah den beiden Gestalten entgegen.

Der Anblick ließ ihm den Atem stocken. Es war, als hätten sich die niedrig hängenden, blitzdurchzuckten Wolken zusammengeballt und gesenkt, um sich um das merkwürdige Paar zu ballen, so daß die beiden ihre eigene, sturmdurchtoste Nacht mit sich führten. Antyr fühlte, daß er in eine andere Welt blickte, so aufdringlich war der Anblick des Sturms inmitten der sonnenerhellten Landschaft, die sich immer noch an den Rändern seines Gesichtfelds abzeichnete.

Drohende Donnersalven glitten auf ihn zu, hüllten ihn

ein, und inmitten des furchterregenden Lärms vernahm er erneut jene schrillen Gelächterfetzen, die er vorhin gehört hatte. Sie rührten tiefe und angstbesetzte Gefühle in ihm auf, und er spürte, wie es ihn kalt überlief.

Irgendwo in weiter Ferne hörte er auch wieder das Heulen der beiden Wölfe. Doch sie suchten nicht nach ihm, wie er nun erkannte. Sie sangen nur, um zu zeigen, daß sie da waren, in ihrem Zuhause, ihrem Territorium, sangen, um zu sagen, daß alles in Ordnung war, um ihren Verwandten mitzuteilen, daß sie zurückkehrten konnten, um andere zu warnen, nicht näher zu treten. Und ihr Gesang war nun lauter.

»Zu mir, Erdhalter. Zu mir!« rief Antyr ihnen in stummer Erwiderung zu.

Und dann, nachdem er der fernen, immer noch zurückweichenden Gestalt Nyrialls einen flüchtigen Blick hinterhergeworfen hatte, begann er, mit vollem Bedacht auf die Dunkelheit zuzugehen.

Als habe sein Ruf nach seinen Gefährten oder seine zielstrebige Fortbewegung eine gewaltige Störung verursacht, wandten sich die beiden Gestalten ihm zu, und obwohl Antyr ihre Gesichter nicht erkennen konnte, wußte er, daß sie ihn nun eindringlich musterten. Er konnte ihre Bosheit spüren.

Er schritt voran.

Dann ließ die auf ihn gerichtete Aufmerksamkeit nach, und eine der Gestalten deutete auf den fliehenden Nyriall. Antyr spürte, wie der Sturm toste, sich verdüsterte, sammelte, um irgendeine Macht gegen den alten Mann zu schleudern. Schattenhafte Umrisse begannen in ihm Gestalt anzunehmen, finster, raubtierhaft.

»Ho!« brüllte Antyr, vergrößerte seine Schritte, obwohl eine innere Stimme ihn in tiefstem Ernst fragte, was er denn da tue. Die Schatten zögerten.

Tarrians und Grayles Stimmen wurden lauter.

Wieder rief er die dunklen Gestalten an. »Ihr gehört nicht hierher!« brüllte er. »Wer seid ihr, und warum bringt ihr solchen Aufruhr und solche Zerstörung hierher? Warum verfolgt ihr die Unschuldigen, und warum sucht ihr nach mir?«

Auf einen Schlag schien es, als bäume sich der Sturm auf wie ein angreifendes Raubtier, hämmere wie wahnsinnig gegen eine zerbrechliche Barriere, um sich auf ihn zu stürzen und ihn zu zerreißen.

Das wahnsinnige Gelächter aber war verebbt. Statt dessen vernahm Antyr einen Laut, der der gurgelnden, gierigen Vorfreude eines bösartigen Kindes glich. Er war weitaus schlimmer als das Gelächter.

Und er hatte ihn schon einmal gespürt, in Menedrions Traum.

Irgendwie jedoch schritt er weiter, obwohl das Dröhnen des Donners ihn nun mit der stampfenden Gewalt einer Steinlawine umflutete, und ihm war, als könne ihn diese Lawine jeden Augenblick zermalmen.

Dann war er inmitten der Finsternis. Eine Finsternis, die durch Kaskaden zuckender Blitze bläulich erhellt wurde, zerfetzt von dem heulenden Wind, der an seinem Umhang riß und biß und ihm das Haar ins Gesicht peitschte, so daß er sich gezwungen sah, vorübergehend stehenzubleiben. Die fremdartigen düsteren Schatten sausten um ihn, drehten sich im Kreis, stießen plötzlich im Sturzflug auf ihn herab und hoben sich wieder in die Lüfte. Lauernd, auf den Moment wartend, wo sie sich wieder auf ihn stürzen konnten.

Antyr straffte sich, biß die Zähne zusammen und setzte mühevoll einen Fuß vor den anderen.

»Das ist doch eine Riesendummheit«, warnte seine innere Stimme, nun schon wesentlich vernehmlicher. »Du weißt gar nicht, wer oder was diese Kreaturen sind, aber du siehst ja ihre Macht, und du fühlst das Übel, das sie ausströmen. Du kannst es nicht mit ihnen aufnehmen. Renn, solange du noch kannst.«

»Ich werde standhalten. Ich werde standhalten«, murmelte er wie eine Litanei vor sich hin. Das hatte ihm auf dem Schlachtfeld geholfen, warum nicht auch hier …

»Da hattest du Kameraden, die an deiner Seite standen und deinen Rücken deckten, und einen Speer, den du nach vorn richten konntest«, folgte umgehend die Erwiderung.

»Dort hast du für deine Heimat gefochten. Dort hattest du es mit Menschen zu tun ...«

Er schwankte. Der tosende Sturm umbrauste ihn. Die Schatten tanzten, schneller und schneller, gierig.

»Nyriall«, sagte ein anderer Teil seines Ich. »Er ist verloren an diesem Ort, und er bedarf deines Schutzes.«

Seine Füße setzten sich wieder in Bewegung.

Nach vorn schauend, erhaschte er flüchtende Blicke auf die beiden Gestalten; scharfgestochene, schwarze Silhouetten in der purpurfarbenen, blitzdurchzuckten Dunkelheit; auch sie lauerten, warteten.

Wurde er zu ihnen gezogen? Oder geschoben? Wie auch immer, es schien ihm, als würden seine Beine von einem Willen angetrieben, der nicht sein eigener war.

Und es war eine Riesendummheit, was er hier tat, ohne Frage.

Verzweifelt stopfte er die Hände in die Taschen. Sie waren mit dem üblichen Sammelsurium angefüllt, und er erkannte, daß er hier in genau demselben Zustand war, in dem er Nyrialls Wohnung in Serenstad verlassen hatte. Und der einzige Gegenstand, den man als Waffe benutzen konnte, war ein kleines Messer, das von nur geringem Nutzen gegen jeden Angreifer war, geschweige denn gegen diese ... Wesen ... und ihre offenbar elementaren Kräfte.

Im selben Augenblick fiel ihm ein, daß die traditionelle Traumfinderrobe zwei Dolche und ein Schwert enthielt. Nun wußte er, warum!

Seine Hand glitt an seinen Gürtel, doch er hatte nicht einmal seine eisenverstärkte Keule bei sich. Die war zurückgeblieben, als Feranc ihn zum Herzog gebracht und ihn zu diesem erschreckenden Sturzflug ins Unbekannte entführt hatte.

War das vor nur zwei Tagen gewesen?

Im Augenblick befand er sich an zwei Orten zugleich. Hier, inmitten dieses donnernden, gespenstischen Tumults, und in Nyrialls Zimmer im Moras-Distrikt, eine zusammengesunkene Gestalt, zu deren Füßen Tarrian und Grayle winselten und zuckten, und Estaan saß auf der Kante seines

Stuhls am Fenster und starrte sie mit weit aufgerissenen Augen an.

›Und ein Meister mag durch die Tore auf die Schwelle gelangen und von dort durch die Tore zwischen den Welten wandeln. Doch nur, wenn seine Geschicklichkeit hoch und sein Mut groß sind. Denn allein muß er gehen, ohne seinen Erdhalter.‹ Nyrialls Zitat aus der Abhandlung kam ihm wieder in Erinnerung. Ein Meister mußte sein eigener Erdhalter sein, erkannte er mit einem Mal, obwohl ihm auch diese Erkenntnis augenblicklich wenig von Nutzen war.

›Und er muß die Mühen und Plagen dieser Welten erleiden bis in den Tod.‹ Dieser abschließende Satz riß ihn unsanft in die Wirklichkeit zurück.

Einer der Schatten vollführte eine Bewegung, und Antyr sah, wie eine Schwertklinge in dem zuckenden Blitzlicht auffunkelte. Es war eigenartig beruhigend. Ein Teil dieser Kreaturen war sterblich, trotz aller Finsternis, die sie mit sich führten. Dann fühlte er, daß ein Wille nach ihm griff, lüstern, und dieser Wille verlangte nach ihm, brauchte ihn. Es war abstoßend.

Er blieb stehen. »Wer seid ihr, und was wollt ihr?« schrie er gegen den Lärm an.

Er erhielt keine Antwort, doch der Lärm und die Kraft des Sturms nahmen zu. Und der tastende Wille verdoppelte seine Anstrengungen. Antyr spürte, wie Zorn ihn zu übermannen drohte. »Sprecht, oder weichet und belästigt uns hinfort nicht mehr!« hörte er sich rufen.

Daraufhin erscholl erneut das markerschütternde Gelächter; diesmal war es allerdings leise und erfüllt von Haß und einer dunklen Lust.

Zorn und Grauen stiegen empor und füllten Antyrs Geist zu gleichen Anteilen aus.

»Tarrian! Grayle!« dröhnte es in seinem Schädel. »Zu mir! Zu mir!«

Es kam ihm vor, als wichen die Gestalten und die Schatten vor diesem Ruf ein wenig zurück, doch in dem ständig wechselnden Licht vermochte er nicht klar zu sehen.

Wieder rief er.

Diesmal bemerkte er, daß die Kraft des Sturms tatsächlich ein wenig nachließ, doch ein plötzlicher Blitzstrahl zeigte ihm, daß die Gestalten immer noch da waren. Reglos.

Schwach spürte er Tarrians und Grayles Heulen, wie sie nach ihm suchten. Doch er wußte nicht, wie er sie erreichen sollte.

Seine Füße begannen ihn wieder vorwärts zu tragen, und er registrierte, wie sein ganzes Handeln von soldatischem Denken bestimmt wurde. Welche Kräfte diese Wesen auch immer besitzen mochten, sie hatten ihn nicht zu Boden gestreckt. Ja, eigentlich war bislang nur ein einziges Schwert gegen ihn gezogen worden. Sie vermochten ihn nicht zu vernichten. Oder zogen es vor, es nicht zu tun!

Lang vergessene Erinnerungen an schweißtreibende Drillstunden auf dem Kasernenhof überfielen ihn. Manöver nahmen in seinen Gedanken Gestalt an. Er mußte nur ins Innere jenes Schwertes gelangen, dann …

›Und er muß die Mühen und Plagen jener Welten erleiden bis in den Tod.‹ Der Schluß von Nyrialls Zitat brachte ihn jäh zum Stehen.

Die gierige Lust tastete wieder nach ihm.

Man hatte ihn nicht zu Boden gestreckt, weil man nach ihm verlangte, erkannte er, und sein Herz wurde zu Eis. Er mochte unter Umständen in der Lage sein, sich unbewaffnet gegen eine Schwertkämpfer zu verteidigen – unter Umständen, betonte er insgeheim –, doch konnte er sich auch gegen etwas schützen, das die Macht hatte, diese schreckliche, quälende Finsternis zu rufen? Konnte er sich davor retten, gefesselt, gefangengenommen zu werden, wenn das denn die Absicht seiner Gegner war?

»Tarrian, Grayle«, flüsterte er verzweifelt. »Zu mir. Zu mir.«

Immer noch schwach, aber schon näher drangen die Rufe der Wölfe in seine Gedanken; dringlich, hastend; dieses scheinbar mühelose Laufen, das sie Meile um gnadenlose Meile beibehalten konnten.

Dann standen die Gestalten nur noch ein paar Schritte vor ihm.

In der Tat waren sie das Herz des Sturms. Stärker noch als

zuvor tanzte und wirbelte die blitzdurchzuckte Finsternis um sie. Sie war wie ein wahnsinniges Hunderudel, kläffend und bellend; dem Augenblick entgegenfiebernd, wenn man sie losließe.

Trotz der Nähe konnte Antyr keinerlei Einzelheiten an der äußeren Erscheinung der beiden Gestalten erkennen. Als der Blitz kam und wieder verschwand, schien es, als seien sie zwei grimmige, schwarze Monolithen; Statuen eher als Männer; wie uralte, rätselhafte stehende Steine; Fenster in eine andere, ewig dunkle Welt.

Doch das Schwert war immer noch von dieser Welt, und es glitzerte bedrohlich auf.

Und auch der Wille und das Verlangen waren da. Er spürte sie so deutlich und scharf um sich herum, wie er die schwarzen Silhouetten vor sich sehen konnte.

»Wer seid ihr? Was wollt ihr?« fragte er wieder, brüllte es in den Sturm, auch wenn er kaum seine eigene Stimme hören konnte.

»Ah ...«

Ein gedehnter, besitzergreifender Seufzer der Befriedigung erreichte ihn, und eine der Gestalten streckte Antyr langsam die Arme entgegen, als wolle er ihn in eine Umarmung ziehen. Die Geste war besonders widerwärtig, und Antyr spürte, wie sich die Härchen auf seinen Armen und in seinem Nacken vor lauter Ekel aufrichteten. Er versuchte zurückzuweichen, fort von dieser Erscheinung und ihren üblen Absichten.

Doch seine Füße versagten ihm den Dienst.

»Mein«, sagte eine leise, vereinnahmende Stimme, die Antyrs Glieder zu lähmen schien.

»Tarrian! Grayle! Zu mir! Zu mir!«, schrie er wieder und klammerte sich verzweifelt an die schwachen Rufe, die immer noch in seinem Kopf ertönten.

»Aah ...«

Die Gestalt, die die Arme weit geöffnet hatte wie ein schwarzer Schlund, war ihm nun näher, füllte sein gesamtes Blickfeld aus, obwohl er nicht bemerkt hatte, daß sie sich bewegt hätte.

Antyrs Blicke huschten hin und her, doch er vermochte

nichts zu sehen als die gepeinigte Finsternis und die Schatten, die sich um ihn schlossen. Und seine Augen, wie sehr er es auch zu verhindern versuchte, wurden unwiderstehlich angezogen, so daß er nichts anderes konnte, als in die sich immer weiter dehnende Umarmung der Gestalt zu starren.

›Bis in den Tod.‹ Die Worte der Abhandlung kamen ihm wieder in den Sinn.

»Nein«, stieß er hervor, zunächst wie einen formlosen Gedanken, dann wie ein Wort, dann mit seinem ganzen Sein als Widerspruch. Die Gestalt hielt inne. Doch immer noch beherrschte sie sein Gesichtsfeld.

»Du wirst mein Führer sein«, sagte die frostige Stimme.

»Nein!«

»Nein!«

Eine andere Stimme gesellte sich zu der seinen, und er wurde sich des Aufblitzens der Schwertklinge bewußt.

»Tarrian, Grayle!«

Dann stürzte er in die Finsternis, die Nüstern voll von einem vertrauten, heimeligen Duft, und kräftige Glieder schoben ihn vorwärts, dem Ruf entgegen, dem verzweifelten Verlangen entgegen, hin zu …

Sich selbst! Allein und bedroht.

Antyr fühlte, wie der wölfische Geist seiner beiden Gefährten in ihm erwachte und Besitz von ihm ergriff. Seine Glieder waren frei, sein Maul stand offen, und er sprang, nun ganz Raubtier, mit einem donnergleichen Knurren auf dieses Greuel zu, das seine Beute war.

Er hatte den flüchtigen Eindruck von einer Hand direkt vor ihm, die etwas beiseite zerrte. Es rettete? Dann, in einer Zeitspanne, die kürzer war als ein Augenblinzeln, verschwanden der bedrohliche Wille und sein Verlangen – und mit ihnen der Sturm und all seine brausenden Schrecken; schrumpfte zu einem winzigen, schwarzen, lärmenden Strudel und dann, mit einem letzten verrückten, hohen Kreischen wie Fingernägel, die über Glas kratzten … nichts; nur warme Sonne, blauer Himmel, weiße Wolken …

»Bewegt Euch nicht! Bewegt Euch nicht!«

Die Stimme gehörte zu Estaan, und sie war kraftvoll und

herrisch und doch auch verängstigt. Der Ort: Nyrialls enger Raum im Moras.

Antyr legte die Hände an die Schläfen und blinzelte einige Male, denn seine Augen waren noch geblendet von der kurzen Helligkeit der Sommerwiese.

Als er wieder klar sehen konnte, erkannte er den toten Körper Nyrialls auf dem Bett vor sich, und die Erinnerung an den alten Mann, wie er über das sonnenbeschienene Gras spurtete, kam ihm in den Sinn. Er berührte sanft das schmerzverzerrte Gesicht.

Dann wurde er sich der knurrenden Wölfe Tarrian und Grayle bewußt und blickte auf. Er sah Estaan, der nun zwei Messer in der Hand hielt und ihn mit großen Augen furchtsam anschaute.

»Nein, nein, nein«, erklärte Antyr eilig den beiden Wölfen und hob gleichzeitig beruhigend die Hand in Richtung des Mantynnai.

Estaan indes gab seine verteidigungsbereite Haltung nicht auf. Darüber hinaus stand er, wie Antyr nun bemerkte, mit dem Rücken zur Tür, um sie zusätzlich zu dem Stuhl, der in der Öffnung verkeilt war, zu schließen. Er hätte dem, was ihm solche Angst eingeflößt hatte, entfliehen können, doch hatte er es vorgezogen zu bleiben und sich ihm entgegenzustellen.

»Was ist los?« stammelte Antyr, alarmiert von dem Gebaren des Wächters.

»Wer seid Ihr?« fragte Estaan mit gepreßter Stimme. Dann, ohne die Antwort auf seine Frage abzuwarten: »Was habt Ihr getan?«

Tarrian, der nicht mehr knurrte, die Oberlippe jedoch noch wütend zurückgezogen hatte, kroch auf Estaans linke Seite. Grayle, der auf seinen Beinen stand, bewegte sich sehr langsam in die andere Richtung. Antyr erahnte eine subtile Jagdkommunikation zwischen den beiden, auf einer Ebene, die unterhalb seiner normalen Wahrnehmungsfähigkeit lag. Estaans Blicke huschten zwischen den beiden hin und her.

»Nein!« rief Antyr in die Gedanken seiner beiden Gefährten und, um Estaans willen, laut in den Raum. »Er will mir nichts Böses. Er hat nur Angst. Das Böse, das wir durchschritten haben, muß auch ihn irgendwie erreicht haben. Er wird niemandem etwas tun, wenn wir uns nicht bewegen.« Keiner der beiden Wölfe regte sich. »Zurück, verdammte Hunde!« polterte er.

Mit einem wölfischen Fluch kroch Tarrian zu Antyrs Füßen zurück, und Grayle ließ sich auf die Hinterläufe nieder, auch wenn keiner der beiden den starren Blick von dem Mantynnai nahm.

»Er ist drauf und dran, uns alle drei zu töten«, teilte Tarrian ihm kurz und bündig mit. Am Hall seiner Stimme erkannte Antyr eindeutig, daß der Wolf auch zu Estaan sprach. »Irgend etwas wallt aus seiner Vergangenheit auf. Eine furchtbare Schuld ...«

»Schweig!« rief Estaan. »Und verschwinde aus meinem Kopf!«

Tarrian knurrte drohend.

»Wir werden weder dir noch sonst jemandem etwas antun«, versuchte Antyr ihn zu besänftigen, wobei er zusätzlich immer noch gegen den Aufruhr in seinem eigenen Innern angehen mußte. »Wir werden uns ganz ruhig und langsam hinsetzen, bis Ihr uns erklären könnt, was Euch so ... verstört hat.«

Antyrs Worte schienen Estaan ein wenig zu beschwichtigen, doch wie die Wölfe behielt auch er seine kampfbereite Haltung bei. »Verstört«, wiederholte er erbittert. »Ein armseliges Wort für ...« Er unterbrach sich und ließ den Blick durch den Raum schweifen, als halte er nach einem unsichtbaren Feind Ausschau. »Aber es ist vorbei.« Er nickte bestätigend vor sich hin. »Das Böse ist fort. Ich hätte nie gedacht, noch einmal so etwas zu spüren. Ich dachte, es sei gestorben, als ...«

Er ließ den Satz unvollendet, und wie ein großer Schild schloß sich der undurchdringliche Schutzwall der Mantynnai um ihn. Er schob die beiden Messer in ihre Scheiden.

»Es tut mir leid«, erklärte er schlicht. »Doch Ihr müßt mir erzählen, was vorgefallen ist. Ihr habt mit Kräften von großer Macht und großer Bosheit zu tun, denen ich ... denen wir schon begegnet sind. Ihr dürft ihnen nicht ... allein und ungeschützt entgegentreten.«

»Ich werde dem Herzog davon berichten«, versicherte ihm Antyr leise. »Dann werde ich auch Euch erzählen, was ich erzählen darf, um Euren Schmerz zu lindern. Doch Ihr müßt mir nun sagen, was Ihr gesehen oder gehört habt.«

»Gesehen? Nichts. Gehört?« Estaan zuckte mit den Achseln. »Murmeln, Flüstern, gellende Schreie, das eine oder andere Bellen. Aber *gespürt*.« Er hob die Hand, um das Gesagte zu unterstreichen. »Plötzlich, für einen kurzen Augenblick, war der Raum voll. Zum Ersticken voll mit dem Übel, das uns dazu gebracht hat, uns gegen unseresgleichen zu erheben, das uns in dieses rückständige Land gebracht hat ...« Jäh hielt er inne.

Antyr verzog das Gesicht unter der Pein, die in Estaans Stimme mitschwang, doch im selben Augenblick hatte der Mantynnai sich wieder gefaßt.

»Wir müssen uns um den alten Mann kümmern«, verkündete er. »Dann werde ich Euch auf der Stelle zum Herzog bringen.«

Antyr erhob sich langsam. Er fühlte sich schwach, und vorübergehend drehte sich alles um ihn. »Nein«, widersprach er. »Zuerst müssen wir Pandra aufsuchen ...«

Ein unvermitteltes Klopfen an der Tür unterbrach ihn.

»Öffnen!« erklang eine gebieterische Stimme. »Im Namen des Herzogs, öffnet die Tür!«

Kapitel 21

Arwain blickte in den grauen Himmel hinauf, dann hinab auf die nassen grauen Steine des Palasthofs, dann gähnte er ausgiebig und unter Hintansetzung jedweden Anstands.

Auf die Frage seines Vaters, ob es machbar wäre, daß ein Zug seiner Wachen ›als allererstes‹ am folgenden Morgen nach Whendrak abrücken könne, hatte er geantwortet: »Vermutlich.«

Seine Einschätzung hatte sich als sehr optimistisch erwiesen.

»Ein Notfall, Sir?« hatte Ryllans gefragt, als Arwain sein Privatquartier etwas formloser als eigentlich beabsichtigt betreten hatte und mit seinen Anweisungen herausgeplatzt war, anstatt sie in aller Ruhe und Gelassenheit zu erteilen.

»Nein«, hatte Arwain eingeräumt. »Aber es ist dringend, und es ist der ausdrückliche Befehl meines Vaters.«

Ryllans nickte wissend, während sein Gesichtsausdruck Arwain sanft nötigte, die Entscheidung des Herzogs ein wenig eingehender zu erläutern.

»Als allererstes?« erkundigte er sich noch einmal, nachdem Arwain geendet hatte.

»Als allererstes«, bestätigte dieser.

Ryllans blies die Wangen auf.

»Wo liegt das Problem?« fragte Arwain, und seine Stirn furchte sich angesichts dieser vertrauten Mimik.

Ryllans erhob sich und ließ den Blick in die Runde schweifen. »Wo sind meine Stiefel?« wollte er wissen. Er stellte die Frage hauptsächlich an sich selbst, doch Arwain ertappte sich dabei, wie er sich unwillkürlich nach der Fußbekleidung im Raum umsah.

»Da«, erwiderte er gereizt und wies auf die gesuchten Gegenstände, die unordentlich neben der Tür lagen, wo sie offensichtlich hastig abgestreift worden waren. Ryllans elegante Dankesgeste tadelte ihn und seine Ungeduld mehr, als jedes Wort es vermocht hätte.

»Nichts Unüberwindbares, Sir«, beantwortete Ryllans nun seine Frage, während er die Stiefel einsammelte und sich überzustreifen begann. »Doch wir werden ja wohl unsere besten Männer für diese Art von Ausflug brauchen, und sie sind augenblicklich alle mit verschiedenen Aufgaben betraut. Manche fangen gerade erst an, manche stehen kurz vor dem Abschluß.« Er schwieg und blickte einen Moment nachdenklich drein. »Und manche, glaube ich, haben gerade Urlaub genommen.«

Arwain nickte, während er diesen Mitteilungen lauschte, doch seine Aufmerksamkeit wurde völlig davon in Anspruch genommen, wie Ryllans, anstatt sich hinzusetzen, lässig auf einem Bein stand und sich den Stiefel anzog. Er war ruhig und gelassen und wankte oder taumelte nicht ein einziges Mal dabei.

Ryllans fing seinen Blick auf. »Gleichgewichtsübungen«, sagte er, die unausgesprochene Frage beantwortend. »Standfestigkeit ist alles.« Er stellte seinen frisch bestiefelten Fuß ganz sachte auf und verlagerte sein Gewicht ebenso unmerklich auf dieses Bein. »Und Feingefühl.« Hoch mit dem anderen Bein. »Wir üben nicht nur im Drillhof, und was wir dort lernen, ist nicht nur fürs Schlachtfeld gut.«

Arwain runzelte ein wenig die Stirn. »Das verstehe ich nicht«, meinte er.

Ryllans neigte seinen Kopf. »Das macht nichts. Ihr trainiert sorgfältig, und dabei erwerbt Ihr die Fähigkeiten, die Ihr braucht, auch wenn Ihr Euch dessen nicht immer bewußt seid.« Er lächelte breit und streifte kurz wieder die autoritäre Rolle von Arwains Lehrmeister über. »Aber laßt mich nie mehr sehen, wie Ihr Euch im Sitzen die Stiefel anzieht – Sir.«

Arwain beäugte ihn eingehend. »Und Ihr lenkt mich nicht mit Euren Mantynnai-Spielchen ab, Ryllans«, erwiderte er vielsagend. »Ich bin nicht zum Trainieren hergekommen, und außerdem verspüre ich keinerlei Drang danach, ein Reiher zu werden. Kommt zum Thema zurück. Was ist so schwer daran, die richtigen Männer für die morgige Patrouille nach Whendrak zusammenzustellen?«

»Eigentlich nichts, Sir«, erwiderte Ryllans, während er seinen zweiten Fuß wieder auf die Erde setzte. »Außer, daß wir es mit ein paar mürrischen Gesichtern zu tun haben werden. Und Börsen, die gefüllt werden wollen wegen des zusätzlichen Dienstes, und Ihr wißt ja, wie Kanzler Aaken ist.« Er nahm sich seine Jacke vom Haken. »Und es wird ein ziemlich harter Ritt werden, vor Einbruch der Nacht dorthin zu gelangen, und, mit allem nötigen Respekt, ich hielte es nicht für allzu klug, erschöpft und mit Schaum und Schweiß bedeckt in Whendrak einzufallen, wenn es dort möglicherweise ... Probleme ... geben sollte. Wenn wir die Wachen, die Dienst haben, früh für uns rekrutieren könnten und ein bißchen später aufbrechen, dann könnten sie noch eine Mütze Schlaf bekommen. Und wenn wir morgen nacht ein kurzes Biwak machen, können wir am nächsten Morgen frisch und gemächlich in Whendrak einreiten. Möglicherweise unterwegs auch noch ein wenig Aufklärung betreiben.«

Wie üblich hatte Ryllans' Rat Hand und Fuß, und Arwain beugte sich seinem Urteilsvermögen, wenn auch nicht ohne Murren.

Es waren indes nicht die unbedeutenden logistischen Probleme beim Zusammenstellen von Mannschaft und Verpflegung, die Arwains Vorbereitungen in die Länge gezogen hatten, obwohl auch das länger als erwartet gedauert hatte. Es war vielmehr Aakens kurze Einführung in die diplomatischen Gepflogenheiten, die gewahrt werden mußten, wenn man sich einer neutralen Stadt und ihren empfindlichen, eigensinnigen Bewohnern näherte.

Jetzt stand der Kanzler neben Arwains Steigbügel. »Seid

Ihr auch sicher, daß Ihr die Vorgehensweise hinreichend verinnerlicht habt, Lord Arwain?« fragte er. Arwain unterdrückte ein weiteres Gähnen und murmelte eine höfliche Erwiderung auf diese zum wiederholten Male gestellte Frage.

»Ja, Aaken«, entgegnete er. »Und wo mir irgendeine Einzelheit entgangen ist, lächele ich einfach und bitte sie um Nachsicht.« Was er sodann demonstrierte, indem er auf das schmale, sorgenschwere Gesicht des Kanzlers hinablächelte.

»Gute Reise, Ibrisson«, grunzte Aaken anstelle einer Antwort. »Sei wachsam.«

Dann gab Arwain Ryllans das Zeichen. Der Mantynnai erteilte einen leisen Befehl, und der Zug bewegte sich mit lautem Hufgeklapper über den Hof und durch die breiten Tore hindurch. Aakens besorgte Miene kehrte zurück, sobald die Reiter außer Sicht waren. Es war ihm nie leichtgefallen, andere das tun zu lassen, was er als seine Aufgabe erachtete, ganz besonders bei jungen Leuten.

»Ein Fehler von dir«, würde der Herzog ihn tadeln. »Die Jungen nehmen sich die Macht, wenn du sie ihnen nicht freiwillig gibst. Das solltest du wissen.« Dann würde er lachen. »Wir haben's jedenfalls so gemacht.«

Aaken nahm solche Bemerkungen immer leicht ungnädig auf. »Mein Verstand weiß das, Sire«, und dann würde er sich auf seinen Magen klopfen. »Aber mein Bauch ...?«

Trotzdem, sinnierte er vor sich hin, während er sich schließlich abwandte und die breiten Treppen hinaufstieg, die in den Palast zurückführten: Der Kopf hatte recht, und der Bauch meldete auch keinen allzu heftigen Widerspruch dagegen an, im warmen Palast bleiben zu dürfen, während andere in der winterlichen Kälte in ihren Sätteln festfroren.

Fast der gleiche Gedanke ging Arwain durch den Kopf, als er unter dem Ibrisschen Monument vorbeiritt und auf die lange Prachtstraße einbog, die vom Palasthof fortführte. Das Wetter war eisig und rauh. Der Übergang vom Spätherbst zum Winter war nicht eben seine Lieblingsjahreszeit; auch stinkende Nebelschwaden und diesige Sonnenuntergänge nicht, und erst recht keine beißende, frostige Kälte mit Aussicht auf alles unter sich begrabenden Schneefall und der glitzernden Vorfreude auf das Winterfest im Herzen.

Eine frische Brise erhob sich, schien ihn zu verspotten, während die Temperaturen noch weiter sanken. Mit einer Grimasse zog er den Umhang fester um sich und schielte dann zu Ryllans hinüber. Auch der Mantynnai richtete seinen Mantel, doch schien das Wetter ihn ziemlich gleichgültig zu lassen. Er ritt nicht anders, als er an dem wärmsten Sommertag reiten würde; entspannt und mit sich und der Welt im reinen.

Arwain entschloß sich, es ihm gleichzutun. Er gab nicht vor, alles zu begreifen, was der Mantynnai ihm beizubringen versuchte, aber er hatte bereits gelernt, daß es manchmal schon empfehlenswert war, ihn einfach nur nachzuahmen.

Der Tatsache zum Trotz, daß in denjenigen Zirkeln der Stadt, in denen Macht und Klatsch zu Hause waren, die Gerüchteküche über den Bethlarii-Gesandten und sein skandalöses Benehmen nur so brodelte, erregte der Anblick eines Zugs von Palastwachen in lockerer, wenn nicht zu sagen aufgelöster Formation in den Straßen keine große Aufmerksamkeit. Solch Kommen und Gehen war keinesfalls außergewöhnlich. Immer wurden irgendwelche neuen Rekruten auf Übungspatrouillen mitgenommen, immer verließen irgendwelche Einheiten die Stadt, um in Serenstads Föderatenstädten stationierte Soldaten abzulösen.

Ihr Weg aus der Stadt hinaus führte sie zum Fluß hinunter und mitten durch den belebteren Teil des Moras-Distrikts. Das Gedränge von Menschen, Reitern, Packpferden und jeder nur denkbaren Art von Wagen oder Karren, die in alle möglichen Richtungen strebten, zusammen mit den Bemühungen der Wegeliktoren, an den vielen betriebsamen Kreuzungen ein wenig Ordnung in dieses Gewimmel zu bringen, verlangsamte ihr Fortkommen auf kaum mehr als Gehgeschwindigkeit.

Ryllans wandte sich nach einer Weile grinsend zu Arwain um und zuckte mit den Schultern. Dann ließ er die Zügel sinken, lehnte sich zurück und lenkte sein Pferd mit sanftem Schenkeldruck, wenn die Gelegenheit sich überhaupt bot.

Arwain verdrehte zur Antwort die Augen himmelwärts. Er sollte wirklich einmal mit seinem Vater ein Wörtchen über diese Wegeliktoren reden. Wann immer sie auftauchten und in den geschäftigsten Stunden des Tages ihre Pflicht erfüllten, schienen sie regelmäßig den zugegebenermaßen langsamen Verkehr in jeder Richtung zum völligen Stillstand zu bringen.

Nun gut, tröstete er sich, es wären wirklich nur ein paar Minuten Verzögerung, auch wenn es ihm jetzt in seiner Ungeduld wesentlich länger schien, und es würde auch keinen Unterschied bedeuten, zu welcher Zeit sie Whendrak erreichten. Es war ja nicht gerade so, daß er erwartet wurde.

»Hey, Ryllans«, drang eine Stimme durch den Lärm der Menge, während sie warteten. Arwain schaute sich um, konnte den Rufer jedoch nicht auf Anhieb entdecken. Dann sah er einen hektisch winkenden Mann ganz in der Nähe. Er wurde von zwei bulligen Liktoren eskortiert, offenbar genauso wie sein Begleiter, ein ungepflegt wirkendes Individuum mit zwei riesigen Hunden.

Einer der beiden Liktoren machte dem Mann Vorhaltungen, der nach kurzem Streit wieder Ryllans zuwinkte und ihn herübernötigte.

Ryllans wandte sich an Arwain. »Es ist Estaan«, erklärte er. »Er scheint gewisse Probleme mit den Liktoren zu haben, dürfte ich wohl ...«

Arwain signalisierte ihm seine Zustimmung, bevor er noch die Bitte äußern konnte. Ryllans versuchte kurz, sein Pferd in Richtung des belagerten Estaan zu bugsieren, gab dann jedoch auf und stieg ab.

Arwain sah zu, wie Ryllans' rollender Gang und seine leicht schwingende Arme ihn so glatt durch die Menge brachten, als schwimme er durch einen stillen See. Nachdem er an Land gegangen war, folgten Erklärungen von Estaans Seite, gefolgt von widersprüchlichen Darlegungen von seiten der Liktoren, während sich Ryllans für Estaan zu verbürgen schien. Er schlug den Umhang auseinander, um seine Felduniform und die Rangabzeichen zu enthüllen, und deutete ein- oder zweimal diskret in Arwains Richtung.

Die Liktoren schmollten ein wenig und furchten ernst die

Brauen, doch offensichtlich hatte Ryllans mit seiner Bitte Erfolg, denn die beiden nickten ihm schließlich zu und ließen sich, nachdem sie sich umgedreht und vor Arwain salutiert hatten, von der Menschenmenge fortspülen.

Arwain lächelte kaum merklich. Obwohl er alles andere als geschwätzig war, konnte Ryllans überaus überzeugend werden, wenn es nötig war. Er trat allerdings nicht sofort wieder den Rückweg zu seinem Pferd an, denn Estaan packte ihn krampfhaft am Arm und begann recht aufgewühlt auf ihn einzureden.

Unwillkürlich beugte sich Arwain vor, als könne er so die Unterhaltung in all dem Verkehrslärm besser hören. Das Unterfangen war natürlich zum Scheitern verurteilt, doch er bemerkte, wie schwer es ihm fiel, seine Aufmerksamkeit von dem Gespräch loszureißen. Er kannte Estaan vom Sehen, hatte jedoch nie mit ihm geredet und deshalb keine Ahnung, wie sich der Mann gewöhnlich aufführte. Vielleicht sprach und gestikulierte er ja immer so leidenschaftlich. Vielleicht waren ja nicht alle Mantynnai zurückhaltend und ruhig. Doch er kannte Ryllans, und seine Reaktion war es, die ihn über die Köpfe der Menge hinweg erreichte, wirkungsvoller, als dies jede Rede vermocht hätte. Er schreckte vor Estaan zurück, und selbst auf diese Entfernung konnte Arwain sehen, wie entsetzt sein Gesicht war.

Er fuhr sich mit der Hand erst über die Stirn und dann über den Mund. Furcht! las Arwain. Furcht! Welche Neuigkeiten konnten Ryllans in aller Öffentlichkeit zu solch einem Gebaren verleiten, zu solch einem Verlust der Selbstbeherrschung?

Arwain musterte Estaans Begleiter, den Mann mit den beiden Hunden. Er stand regungslos da, wirkte durcheinander. Und in seinen Augen lag etwas sehr Merkwürdiges.

Dann kehrte Ryllans wieder zurück, und Estaan und sein Begleiter bahnten sich erneut ihren Weg durch die Menge. Arwain beobachtete Ryllans beim Näherkommen. Seine Augen waren weit geöffnet und gedankenversunken, was ihm einen Gesichtsausdruck verlieh, den Arwain noch nie zuvor an ihm gesehen noch jemals zu sehen gedacht hatte, und die Furche, die er durch die Menge schlug, war unbeholfen und rauh. Irgend etwas hatte ihn zutiefst verstört.

»Was ist los?« fragte er drängend, als Ryllans wieder bei ihm war.

Der Mantynnai zuckte zusammen und sah Arwain dann verständnislos an, bevor das Wiedererkennen in seinen Augen aufblitzte. »Es tut mir leid, Sir«, begann er, fast in heller Aufregung. »Darf ich ...« Wieder beendete er seinen Satz nicht. »Darf ich ... mit meinen Männern sprechen?«

»Ja, natürlich«, entgegnete Arwain, der starken Versuchung widerstehend, seine eingangs gestellte Frage zu wiederholen.

Dann, immer noch zu Fuß, sprach Ryllans zu seinen Männern – nicht zu dem ganzen Zug, sondern zu *seinen* Männern; den Mantynnai.

Die Mantynnai, die Ryllans' Reaktion wie Arwain mitbekommen hatten, hatten sich heimlich zusammengedrängt und steckten die Köpfe in den Sätteln zusammen, um sich die Neuigkeiten anzuhören.

Arwain horchte schamlos, doch vergeblich. Ryllans bediente sich einer Sprache, die allem Anschein nach die Muttersprache der Mantynnai war. Erst jetzt fiel es Arwain auf, daß er sie nie zuvor gehört hatte; nicht mal, wenn er unbemerkt auf Grüppchen von ihnen gestoßen war, wenn man vernünftigerweise hätte erwarten können, daß sie sich in der Sprache ihrer Heimat unterhielten.

Und sie war schön und klingend, wie etwas aus einer alten Saga. Doch selbst für Arwains Ohren war die gelegentliche Schroffheit erkennbar, die wie ein Reibeisen durch die Worte schabte, und ihre Wirkung auf Ryllans' Zuhörer war dramatisch. Ausnahmslos starrten ihn die Männer mit dem Ausdruck von Ungläubigkeit und Ablehnung an; jegliche Selbstbeherrschung war verschwunden, was sie zu ganz gewöhnlichen Menschen zu machen schien. Der eine oder andere von ihnen vollführte mit der Hand eine kurze, kreisende Bewegung über dem Herzen, eine Geste, die offenbar Nachdenklichkeit bedeutete, während andere erbleichten und irgend etwas vor sich hin murmelten.

Ein paar von ihnen unternahmen den kurzlebigen Versuch, eine Diskussion in Gang zu setzen, die Ryllans jedoch mit ein paar harschen, knappen Sätzen abwürgte, und als er zu seinem Pferd zurückkehrte, legte sich das stille Schweigen der Männer wieder über sie. Doch in Arwains Augen war es nun kein Zeichen einer inneren Zuflucht mehr, sondern ein Schild, hinter den sie sich im Angesicht einer rätselhaften, schrecklichen Attacke zurückzogen.

»Was ist geschehen?« verlangte Arwain zu wissen, nunmehr ganz Ibris' Sohn und erschüttert wegen der Reaktion der Mantynnai.

Bevor Ryllans ihm jedoch antworten konnte, kam wieder Bewegung in den Verkehr, und von den Karren und Reitern um sie herum wurden Flüche laut.

Völlig untypisch fuhr Ryllans im Sattel herum und bedachte die Fluchenden nun seinerseits mit Verwünschungen, bevor er seinem Pferd die Sporen gab, ein Benehmen, das Arwain zum weiteren Gradmesser seiner Erregung nahm.

»Was ist geschehen?« wiederholte er seine Frage, als der Zug sich in Bewegung zu setzen begann, auch wenn seine Stimme diesmal eher besorgt als befehlend klang.

Ryllans' Miene war grimmig, und verschlossen starrte er eine Zeitlang vor sich hin. Arwain ahnte, daß er mit sich rang, was er ihm erzählen solle, vielleicht gar, ob er lügen solle oder nicht, und er wußte, daß er, was immer man ihm auch erzählen würde, keinerlei Möglichkeit hatte, die Wahrheit des Berichts zu überprüfen. Er legte eine Hand auf Ryllans' Arm, die Hand eines Freundes.

»Die Wahrheit ist vermutlich das Klügste und Ungefährlichste«, bemerkte er. »Wenn es Euch geängstigt hat, dann ist es gefährlich. Doch wenn es keine Bedrohung für diese Stadt oder dieses Land darstellt, dann behaltet es für Euch, und ich werde nicht weiter in Euch dringen, auch wenn ich zuhören würde, falls eine Aussprache Euch Eure Bürde erleichtern würde. Doch wenn es wirklich eine Bedrohung darstellt, dann sind wir desto besser geschützt, je mehr wir wissen.«

Ryllans sah ihn an, und sein Antlitz war von Wehmut geprägt. »Ich bezweifle, daß es überhaupt irgendeinen richtigen Schutz dagegen gibt«, sagte er. »Wir dachten, es sei … schon lange tot …«

Unwillkürlich wandte Arwain den Blick von der Qual in Ryllans Gesicht ab. Er schaute auf die unsauberen, hektischen Gebäude des Moras', die ihren Weg säumten. Ein Flickwerk aus Fenstern, Kohleschütten, Ketten und Winden, großen Schildern, kleinen Schildern, gemalten Schildern und allem möglichen Krimskrams von Handel und Wandel ließ seinen Blick zu dem Haufen unregelmäßiger Giebel und Dachüberhänge schweifen, der die Horizontlinie säumte. Pockennarben des Verfalls und der Vernachlässigung. Instand gesetzte Stellen und schreiend bunte Anstriche buhlten um seine Aufmerksamkeit.

Hier und da glotzten geschnitzte Wasserspeier mit ungerührter, schielender Gleichgültigkeit auf den dahinschlurfenden Strom menschlicher Anstrengungen unter ihnen.

Doch nichts verschaffte ihm Erleichterung oder Abstand von Ryllans' Qual, und so wandte er ihm den Blick wieder zu.

Ryllans sah gerade seine Kameraden an. Mit einem Mal schien ein Entschluß in ihm zu reifen.

»Estaan hat den Traumfinder Eures Vaters auf einem Auftrag begleitet«, begann er.

»Traumfinder!« rief Arwain aus. »Mein Vater?«

Ryllans winkte ab. »Mehr weiß ich auch nicht«, beeilte er sich zu versichern. »Der Traumfinder Eures Vaters.«

Arwain zuckte resigniert mit den Schultern.

»Sie haben aus irgendwelchen Gründen … einen Kollegen … des Traumfinders aufgesucht«, fuhr Ryllans fort. »Doch offenbar war der alte Mann schon tot, als sie eintrafen, und bei dem Versuch, ihm zu helfen, hat dieser Traumfinder etwas … freigesetzt … gefunden …« Er unterbrach sich, scheinbar nicht in der Lage, mehr zu sagen.

»Etwas, das Ihr schon lange für tot hieltet«, half Arwain ihm auf die Sprünge, indem er Ryllans' eigene Worte benutzte.

Ryllans nickte. »Ja«, sagte er langsam. »Lange tot. Gott sei Dank tot.« Er legte die Hand an seine Augen und stieß einen langen, zittrigen Atemzug aus.

»Was ist es?« fragte Arwain sanft.

Ryllans jedoch schüttelte seinen Kopf. »Die Geschichte ist nicht die meine, so kann ich sie nicht erzählen, Sir«, sagte er.

»Aber ...«

Ryllans fuhr fort, den Kopf zu schütteln. »Es tut mir leid, Sir«, sagte er. »Ich hätte es nicht erwähnen dürfen.« Er spielte den Gleichgültigen, was offensichtlich geheuchelt war. »Vielleicht war Estaan etwas durcheinander. Hat etwas mißverstanden. Die Traumfinderei ist schon eine eigenartige Sache, und keiner von uns ist damit vertraut.«

Arwain kniff die Augen zusammen. »Spaßt nicht mit mir, Ryllans«, sagte er erzürnt. »Weder mit mir als Schüler noch mit mir als Lord. Damit beleidigt Ihr mich und erniedrigt Euch selbst. Mantynnai fallen nicht beim Anblick eines Toten in Ohnmacht. Sagt mir die Wahrheit. Wenn hier Gefahr lauert, müssen wir davon erfahren. Vielleicht müssen wir die Armee mobilisieren und in Alarmbereitschaft versetzen. Waffen schmieden, Pferde und Wagen ...«

Er hielt inne, als Ryllans sich ihm zuwandte. Das Antlitz des Mantynnai war streng und hart. »Eine Armee wird dagegen nichts nutzen«, erklärte er kategorisch. »Größere und bessere Armeen als jede, die dieses Land aufstellen könnte, haben vor dieser ... Macht ... gezittert.« Als er indes die Wirkung seiner Worte sah, hob er beschwichtigend die Hand. »Habt keine Furcht«, sagte er. »Wir haben dazugelernt. Wir werden herausfinden, ob es wirklich hier ist. Es benutzt die Menschen. Diesmal werden wir es spüren, bevor es wächst und Wurzeln schlägt, und wenn wir es nicht herausreißen können, dann ...« Er zögerte und holt tief Luft. »Werden wir diejenigen finden, die es vermögen.«

Arwain runzelte die Stirn und machte Anstalten, etwas zu erwidern.

»Wirklich, ich kann Euch nicht mehr mitteilen«, versicherte Ryllans schnell, aber höflich, und in seiner Stimme schwang so etwas wie eine flehentliche Bitte mit. »Und wenn wir uns über diese seltsame .... Vision ... von Estaan grämen, während wir unsere Gedanken eigentlich auf die Whendreachi und Bethlarii richten sollten, dann haben wir möglicherweise schon bald größeren Ärger am Hals, als *wir* gebrauchen können – noch bevor diese Reise zu Ende ist.«

Arwain schaute ihn einen Moment ernst an, bevor er nickte. »Ihr habt recht«, sagte er, sowohl sein Flehen als auch seine unwiderlegbaren Argumente anerkennend. »Doch macht Euch mit dem Gedanken vertraut, dieses Thema noch eingehender zu besprechen, wenn wir von Whendrak zurückkehren.«

Ryllans blickte ihn rätselhaft an.

»Ich wäre ein schlechter Schüler, verlangte ich Geringeres von Euch, nicht wahr?« fragte Arwain.

Ryllans verneigte sich.

Und ich werde herausfinden, warum und ob mein Vater einen Traumfinder zu Rate zieht, entschied er.

Schweigend durchquerten sie den Rest des Moras-Distrikts, bis sie durch das Haupttor im Westen ritten und sich an der belebten und geschäftigen Wasserseite von Serenstads Hafen wiederfanden; eine von Menschenhand geschaffene Verlängerung eines natürlichen Sees, mit Reihen von grün veralgten Buhnen und Piers, die ins Wasser ragten, um zusätzliche Anlegeplätze für die Handelsschiffe zu schaffen.

Schiffe und Barkassen wurden be- und entladen. Karren, Lastpferde, Menschen trafen ein, entfernten sich, standen Schlange, irrten umher, und die Luft war von Stimmengewirr erfüllt; gebrüllte Befehle, Flüche, Handeln und Feilschen, ja sogar Singen, das Ganze untermalt vom Geräusch trappelnder Hufe und eiserner Räder auf Stein, von klirrenden Ketten, ächzenden Masten und Rollen und gelegentlichen nicht zuzuordnenden Schlägen und Krächen.

Hier war es kälter als in den überfüllten Straßen, und Arwain fühlte, wie die Weltoffenheit und Energie dieses Ortes die hartnäckigen Sorgen hinwegfegte, die er wegen Ryllans' ungewöhnlichem Verhalten hegte.

Größere und bessere Armeen, dachte er mit einer gewissen Erheiterung. Welche Völker, welche Macht konnte etwas Besseres als Serenstads Heer aufs Schlachtfeld führen? Oder als Bethlars Heer, nebenbei bemerkt. Die Disziplin und Geschicklichkeit dieser beiden Mächte konnten jeden Feind besiegen, der ihnen erwachsen mochte.

Die letzten Reste von Trübsinn fielen von ihm ab, und er sog tief die kalte Flußluft ein und tätschelte aufmunternd sein Pferd. Ryllans fing seinen Blick auf und lächelte leicht.

Am nördlichen Ende des Hafens befand sich die größte der städtischen Brücken. Etwa ein Dutzend geschwungener, prächtig gemeißelter Mauerwerkbögen erstreckten sich von beiden Ufern über den Strom und gipfelten in einem hoch emporragenden Gitterwerk aus Eisen und Holz, um eine breite Straße hoch über den Fluß zu führen. Ibris war ziemlich stolz darauf, daß diese Brücke in seiner Regierungszeit errichtet worden war und auf seinen Befehl hin ihre zerfallende und gefährliche Vorgängerin ersetzt hatte. Und Menedrion war ziemlich stolz darauf, daß seine Schmieden und Werkstätten den Löwenanteil der Schmiedeeisenarbeiten geleistet hatten.

Durch ihren Bau hatte der Handel der Stadt einen noch größeren Aufschwung genommen, und wie der Hafen und der Moras war sie immer mit gewaltigen Menschenmengen verstopft.

So kam es, daß die Reiter, als sie die Brücke betraten, immer noch in demselben müßigen Schritt verharren mußten, zu dem sie schon den letzten Teil ihrer Reise über gezwungen gewesen waren.

Als sie etwa die Hälfte der Brücke hinter sich gebracht hatten, hielt Arwain kurz inne, um den Blick über den umtriebigen Hafen mit seinen Booten und Schiffen schweifen zu lassen, die hin und her durch das kalte graue Wasser kreuzten. Von dort wanderte sein Blick unausweichlich zur Stadt empor, deren Dächer und Türme und Kuppeln sich über die Stadtmauer und die ungeordnete Hektik des Moras' erhoben und dann in dem weichen Nebel verschwammen, der an den Talhängen klebte.

Tausende von Menschen würden dort, seinem Blick entzogen, ihre schmutzigen kleinen Alltagsleben leben, ihre tausend privaten, drückenden Bürden tragen, mochten sie nun wirklich oder eingebildet sein. Und auch wenn viele abstreiten würden, daß sie viel mit ihrem Tagewerk erreichten, wurde die Stadt als Ganzes mit der Zeit doch immer schöner, und das Leben in ihr wurde immer einfacher und lebenswerter. Größeres Glück, größere Zufriedenheit waren erreicht.

Das Bild seiner Frau kam ihm in den Sinn, wie sie lächelte, um bei ihrem Abschied vor kaum einer Stunde ihre Sorge zu verbergen. Die Erinnerung schmerzte ihn zutiefst.

»Es ist doch nur für ein paar Tage …«

»Paß auf dich auf, Liebster …«

Und, so sinnierte Arwain, seine eigenen augenblicklichen Taten, seine Hellhörigkeit, seine Beharrlichkeit mochten dafür sorgen, daß diese Leute aus einem blutigen und furchtbaren Konflikt herausgehalten wurden. Auch in einem solchen Konflikt würde es Fortschritt geben.

Doch der Fortschritt, der aus kriegerischen Auseinandersetzungen erwuchs, war der Fortschritt der grimmigen Notwendigkeit, der Fortschritt von Männern, die aus der unangenehmen Lage zu kriechen versuchten, in die ihr dunkles Ich und ihre Dummheit sie manövriert hatten. Es gab bei weitem bessere Lösungsmöglichkeiten.

Arwain merkte, daß er sich mit der Hand auf seinen Schwertgriff stützte. Ein grimmiges Paradoxon. Ohne das Schwert würden Serenstad, all seine Menschen, seine Bauten, sein Wissensdrang zweifellos untergehen, genauso sicher, wie ein Unbewaffneter unter Bösewichten untergehen würde. Und doch, lockte der Besitz dieses Schwertes nicht auch Schwerter bei den anderen hervor?

Er unternahm keinen Versuch, diese Frage zu beantworten. Er hatte es schon zuvor versucht, wenn er als Sieger über Schlachtfelder geschritten war, zwischen den Leichen von Freund und Feind einhergehend. Gräßliche Wunden gesehen hatte, zerstampfte Gesichter, verstreute Eingeweide, an denen die Geier pickten. Scheußliche Laute gehört hatte, manche hoch, kreischend, andere leise, eklig. Und dann war da noch der gräßliche Gnadenstoß für die Schwerverletzten ...

Und im Kampfrausch hatte er selbst solche Greuel mit triumphierendem Vergnügen begangen.

Es gab bei weitem bessere Tage, natürlich. Und wie immer auch die Antwort auf seine Frage lauten mochte (falls es überhaupt eine Antwort gab), es gehörte zu seinem Schicksal, daß er sowohl das Schwert als auch jene anderen Wege kannte. Das eine konnte nicht ohne das andere sein, noch vermochte irgend jemand ohne beide zu überleben. Soviel hatte er gelernt.

Sachte zog er das Haupt seines Pferdes herum und trieb es mit leichtem Fersendruck vorwärts. Er war sich des hinter ihm herziehenden Zuges bewußt, doch als er den Blick auf die Menge vor ihm richtete, erregten zwei näher kommende Gestalten seine Aufmerksamkeit.

Warum dem so war, vermochte er nicht zu sagen. Es handelte sich lediglich um zwei Reiter unter vielen, die keine besondere Aufmerksamkeit erregten.

Beim Näherkommen musterte er sie eingehend und wunderte sich, welche spontane Eingebung seinen Blick auf sie gelenkt haben mochte. Mit Sicherheit fiel ihm nichts Offensichtliches ins Auge. Sie waren barhäuptig und trugen schlichte, unauffällige Reitumhänge, obwohl sie, wie er nun bemerkte, von hoher Qualität und leicht fremdländischem Zuschnitt waren. Und sie ritten gut; ihr Verhalten wirkte sehr entspannt und locker; möglicherweise noch lockerer als das der Mantynnai.

Und außerdem hatten sie prachtvolle Pferde, wie er bemerkte, als die Tiere nun besser zu sehen waren. Dann erkannte er, daß die beiden Männer auch Ryllans' Aufmerksamkeit erregt hatten.

»Schöne Pferde«, sagte er.

Ryllans fuhr fast schreckhaft zusammen. »Ja«, stotterte er.

Arwain starrte ihn an. Seine Miene war sogar noch sorgenvoller als zum Zeitpunkt seiner Unterredung mit Estaan.

»Was ist los?« drang Arwain in ihn.

»Nichts«, beeilte sich Ryllans zu versichern. »Ich dachte

nur, ich hätte jemanden gesehen, den ich kannte, aber … dem war nicht so.«

Er log, und Arwain wußte es ganz genau, doch er wußte auch, daß Ryllans, wenn er sich schon die Mühe machte, so bereitwillig zu lügen, nicht mit der Wahrheit herausrücken würde, bevor er nicht dazu bereit war, ganz gleich, wie sehr man ihn bedrängen mochte.

Die beiden Männer ritten an ihnen vorbei. Sie beeindruckten Arwain immer noch – und immer noch grundlos, von ihren wundervollen Pferden einmal abgesehen. Einer von ihnen wandte sich zu ihm um, fing seinen Blick auf, nickte einmal kurz, um diese scheinbar zufällige Begegnung zu würdigen. Dann wandte er seinen Blick Ryllans zu, der absichtlich stur geradeaus sah. Ein fragender Blick trat in die Augen des Fremden, und er berührte seinen Begleiter leicht am Arm.

Diskret beobachtete Arwain die beiden Männer, während sie den Zug passierten. Sie schienen die Wachsoldaten mit unverhülltem, aber eher beiläufigem Interesse zu mustern.

Fremde, folgerte er. Sie schauen sich neugierig unsere berühmten Soldaten an. Doch der Schluß befriedigte ihn nicht. Er wandte sich im Sattel um und sah ihnen hinterher. Sie unterhielten sich und deuteten auf die Stadt vor sich. Fremde, ganz sicher, entschied Arwain. Doch als er sich wieder nach vorn wandte, bekam er ein leichtes Unbehagen unter den Wachen mit. Nein; unter den Mantynnai. Es war vorüber, bevor er es näher identifizieren konnte.

Irgend etwas störte ihn. Er hatte das Gefühl, daß sich Dinge ereigneten, die er nicht einordnen konnte. Ryllans, der sichtbar erschüttert war von dem, was einer seiner Landsleute ihm mitgeteilt hatte, und dann wegen der beiden Fremden absichtlich zur Lüge gegriffen hatte; zwei Fremden, die auch bei den anderen Mantynnai eine gewisse Reaktion hervorriefen.

Es konnte sich nur um eine Begebenheit aus der Vergangenheit dieser Männer handeln, dieser stillen, wachsamen Männer.

Mit beträchtlicher Anstrengung schob er die schlecht formulierten Fragen beiseite. Ryllans' zuvor geäußerte Bemerkung machte immer noch Eindruck auf ihn. Sie waren auf einer heiklen, möglicherweise gefährlichen Mission nach Whendrak. Was immer in der Vergangenheit geschehen war, war vergangen. Nur die Gegenwart zählte jetzt. Und wenn sie nun Fehler begingen, konnte die Zukunft düster werden.

Und doch ...?

Er warf noch einen raschen Blick zurück, doch die beiden Männer waren inmitten hin und her schwankender Wagen und den auf und ab hüpfenden Köpfen der anderen Brückenbenutzer verschwunden.

»Trab!«

Sie hatten das Ende der Brücke erreicht, und der Verkehr löste sich auf wie ein Flußdelta; jeder Wasserarm nahm nun seinen eigenen Lauf aus dem ausgedehnten Herrschaftsbereich Serenstads.

Ryllans' Kommando holte Arwain wieder in die Gegenwart zurück, und in einer langgezogenen Marschformation bewegte sich der Zug über die Straße in Richtung Whendrak.

Kapitel
22

»O Gott, jetzt hat er zwei von diesen verdammten Viechern bei sich«, lautete Kanys Begrüßung, als Pandra Antyr und Estaan die Tür aufhielt.

Tarrian legte die Ohren zurück, und sein Schwanz sank herunter, genau wie der Grayles.

»Aber, aber, Kany«, tadelte ihn Pandra, bevor Antyr zu Erklärungen über ihren Auftrag ansetzen konnte. »Sie sind, was sie sind, genau wie du bist, was du bist.«

Kany stieß ein verächtliches Schnauben aus und murmelte etwas Unhörbares, Endgültiges, Unfreundliches vor sich hin. »Allerdings nehme ich an, daß du besser daran tätest, sie hereinzulassen. Hier drinnen wird es zur Eishölle, wenn die Tür noch länger sperrangelweit aufsteht.«

Dann schniefte er, und ein schwacher Anflug von Mitleid kam in seine Stimme. »Außerdem scheinen sie über irgend etwas ziemlich besorgt zu sein.«

Pandra lächelte entschuldigend, während er Kany aufhob, in seine Tasche steckte und die Gäste hereinbat.

Er wies auf eine halboffene Tür, während er kurz zurückblieb, um die beiden zögernden Wölfe sicher hereinzulassen. Antyr schritt durch die Tür und fand sich in einem behaglich warmen, gutbeleuchteten Raum wieder. Er war beengt und ziemlich vollgestopft, aber gemütlich und freundlich und zeigte, wie auch die Fassade des Hauses, daß der alte Traumfinder auf eine bescheiden erfolgreiche Karriere zurückblicken konnte.

Pandra gesellte sich zu ihnen und wuselte eine Weile

emsig umher, legte unnötigerweise einige Kissen um, hob hier und da ein Buch und ein paar Papiere von den Stühlen und legte sie auf den Tisch.

»Setzt Euch«, wandte er sich schließlich an Antyr und Estaan. »Und ihr beide kommt auch rein«, fügte er an die Adresse der beiden Wölfe hinzu, die sich nervös im Türbereich herumdrückten.

»Du findest das toll, aber jetzt stinkt es hier wieder wochenlang nach Wolf. Wie ich auch nur die geringste Ruhe bekommen soll, wenn meine Nerven die ganze Zeit wegen des Gestanks revoltieren, weiß ich nicht.« Antyr bekam das laute Flüstern von Kany sehr wohl mit, doch Pandra brachte ihn hastig zum Verstummen.

»Ich habe Eure Adresse vom Gildehaus erhalten«, begann Antyr, während er Platz nahm. »Wir … ich … habe ein Problem, und um ehrlich zu sein, ich wußte nicht, an wen ich mich wenden sollte. Ich …«

Pandra brachte ihn mit einer Handbewegung zum Schweigen. »Erzählt mir einfach, was geschehen ist«, sagte er. »Es freut mich, Euch wiederzusehen. Ich muß zugeben, daß Ihr mir seit unserer Begegnung in der Bibliothek nicht mehr aus dem Kopf gegangen seid, und man muß kein Gefährte sein, um zu sehen, daß Ihr zutiefst beunruhigt über irgend etwas seid.«

Der letzte Teil seiner Bemerkung war offensichtlich für Kany bestimmt, doch er erhielt keine Antwort, und Antyr konnte spüren, wie sich die drei Gefährten dringlich auf einer Stufe unterhalb seines Bewußtseins unterhielten.

Pandra beugte sich vertraulich vor. »Dieser erbärmliche Portier im Gildehaus behauptete, Ihr wäret von Palastwachen verhaftet worden. Schien ihm richtig zu gefallen. Ich geriet in große Sorge …« Geistesabwesend ließ er den Satz verklingen und fuhr dann fort: »Und ich habe mir Eure Geschichte durch den Kopf gehen lassen … Diese Trennung von Eurem Gefährten … Wenn man einmal im Trott ist, mein Gott, ich werde so vergeßlich … Letzte Nacht fiel es mir ein, obwohl ich zögere, es zu erwähnen, es klingt so töricht …«

»Ich war in einer der Schwellenwelten«, erklärte Antyr entschlossen, bevor Pandra weiterreden konnte.

Pandra starrte ihn zunächst verständnislos an, bevor sein Staunen einer Mischung aus Erregung, Ungläubigkeit und Entsetzen wich. »Ihr fühlt Euch wohl nicht verrückter als gestern«, verkündete er mit unerwarteter Direktheit. »Und mir geht es genauso. Wir müssen uns unterhalten ...« Rasch warf er einen vielsagenden Blick in Estaans Richtung.

»Soll ich draußen warten?« bot Estaan an, der den Blick natürlich mitbekommen hatte.

Antyr schüttelte verneinend den Kopf. »Das ist Estaan«, stellte er vor. »Er kann bleiben, fürs erste zumindest. Er ist Zeuge der heutigen Ereignisse gewesen, und er hat selbst etwas ... gespürt. Und er ist einer der Mantynnai. Er erhielt den Auftrag, mich zu beschützen ...« Verlegen ließ er den Blick durch das Gemach wandern. »Nachdem ich zum Traumfinder des Herzogs ernannt wurde.«

Einen Moment musterte Pandra Estaan eingehend. »Mantynnai, hä?« sagte er. »Kany?«

»Stimmt«, erwiderte das Kaninchen nach einer kurzen Pause. Pandra nickte.

Estaan rutschte unbehaglich auf seinem Stuhl herum, während dieser unsichtbare Richter sein Urteil sprach.

Pandra wandte sich wieder Antyr zu und zog die Augenbrauen in die Höhe. »Eure Karriere scheint sich zu entwickeln, junger Antyr«, erklärte er nicht ohne ironischen Unterton. »In der einen Minute verhaftet, in der nächsten schon Traumfinder des Herzogs. Und jetzt auch noch von einer persönlichen Mantynnai-Wache eskortiert.«

»Ich wurde nicht verhaftet«, widersprach Antyr kopfschüttelnd. »Ich wurde nur von einem anderen ... bedeutenden ... Kunden aufgesucht.« Gereizt fuhr er mit der Hand durch die Luft. »Aber das spielt im Augenblick nicht die geringste Rolle.«

Er runzelte die Stirn und blickte den zerbrechlichen alten Mann an. »Wie gut kanntet Ihr Nyriall?« verlangte er zu wissen.

»Kaum«, erwiderte Pandra. »Ich bin ihm ein- oder zweimal auf Gildenversammlungen begegnet, aber das ist schon lange her. Ein ungewöhnlicher Mann. Man konnte das spüren, schon, wenn man nur mit ihm sprach. Aber ein bißchen zu idealistisch nach allem, was mir so zu Ohren gekommen ist. Schien zu glauben, er könne etwas gegen *jedermanns* Unglück tun ...« Er schüttelte den Kopf. »Aber früher oder später muß man die Realität akzeptieren lernen, nicht wahr? Man kann anderen nur begrenzt Gutes tun. Und man nutzt niemandem, wenn man sich zu Tode hungert.« Er unterbrach sich, dann: »Ich schließe aus der Dringlichkeit Eurer letzten Frage, daß er vermutlich genau das getan hat?«

Antyr schüttelte den Kopf. »Nicht ganz«, meinte er. »Doch ich fürchte, er ist tatsächlich tot. Obwohl seine Todesart weitaus sonderbarer war als Verhungern.«

Pandra wartete.

Antyr stürzte sich in einen ungezügelten Bericht seines Besuchs bei Nyriall und der seltsamen Ereignisse, die sich dort abgespielt hatten.

Der alte Traumfinder schwieg lange, nachdem Antyr geendet hatte.

»Dann sind sie wahrhaftig da.« Die Stimme gehörte Kany, und sie war erstickt, fast ehrfürchtig. »Die Welten der Schwelle. Wirklich hier. Gerade so, wie es in der Abhandlung steht. Ich hätte nie auch nur zwei Minuten ernsthafter Gedanken darauf verschwendet; wir leben im Zeitalter der Vernunft, oder? Und jetzt seid Ihr dort gewesen. Und habt sogar Eure Gefährten mit Euch genommen. Alle drei wart Ihr dort, für einen kurzen Moment ... Ich habe euch nicht geglaubt, Tarrian, Grayle. Verzeiht mir ...« Seine Stimme verebbte.

»Aber was hat das alles zu bedeuten?« fragte Antyr. »Und warum passiert es ausgerechnet mir? Ich bin kein ... Meister. Ich habe keine spezielle Ausbildung genossen. Ja, eigentlich, um bei der Wahrheit zu bleiben, habe ich mein Gewerbe so sorgsam vernachlässigt, wie andere es ausgeübt haben.«

Pandra schüttelte seinen Kopf. »Ihr stellt Fragen, auf die es keine Antwort gibt, Antyr«, bemerkte er. »Es sieht so aus, als wäret Ihr ein Meister, ganz gleich, wie Ihr Eure Kunst bislang praktiziert habt. Eure … große … Gabe ist ebenso ein Ding des Zufalls wie die gewöhnliche Traumfindergabe. Und niemand kann sich einen Reim darauf machen, warum diese Gabe an einige weitergegeben wird und an andere nicht. Zumindest keinen Reim, den wir klingen hören können.« Er schwieg versonnen. »Vielleicht seid Ihr … in die Irre gegangen …, *weil* Eure Gabe so außergewöhnlich war. Große Talente sind nicht immer ein Segen. Ich habe einen Kunden, der ein wirklich guter Maler ist; sogar brillant. Seine Werke werden hochgelobt, und manche hängen gar im Palast. Doch es geht ihm alles andere als gut. Er ist ein besonders geplagter Zeitgenosse.«

Antyr schnitt eine Grimasse. »Meister«, murmelte er abweisend vor sich hin. »Vielleicht habt Ihr recht. Ich weiß es nicht. Ganz gewiß fühle ich mich nicht wie einer.« Mit voller Absicht ließ er das Thema fallen. »Aber was immer ich auch sein mag, ich muß herausfinden, was vor sich geht. Und warum. Ich muß herausfinden, wer diese beiden Gestalten waren und was sie dort wollten, warum sie eine solche Schneise der Verwüstung hinter sich herzogen und …«, seine Miene wurde verbissen, als der Gedanke in seinem Geist Gestalt annahm, »… warum sie Nyriall ermorden mußten!«

Die Worte schwebten in der Luft wie giftiger Rauch, und eine Weile sagte niemand etwas.

»Ihr könntet fortgehen«, schlug Pandra zögernd vor. »Möglicherweise handelt es sich um etwas, das Nyriall freigesetzt hat und das mit ihm gestorben ist.«

Antyr schüttelte den Kopf. »Nein. Das glaube ich nicht«, hielt er dagegen. »Das Böse habe ich schon einmal gespürt. Und ich habe das Gefühl, wenn ich wegrenne, folgt es mir.«

Wieder senkte sich Schweigen über den Raum.

»Zuerst einmal müssen wir in der Abhandlung nachlesen«, schlug Kany schließlich vor, und seine Stimme klang betont gelassen. »Ihr seid ja in Eurer Erschöpfung und Furcht wie wahnsinnig herumgerast, und Tarrian war so von Schuldkomplexen zerfressen, weil er es als seine Verantwortung ansah, Euch von Eurem scheinbar unaufhaltsamen Niedergang zu retten, daß Ihr beide verabsäumt habt, die naheliegendste Informationsquelle zu konsultieren.« Er legte eine Pause ein. »Wie wir, um ehrlich zu sein. Zu alt. Zu blöd. Hol das Buch, Pandra.«

Pandra zauderte.

»Geh schon«, fuhr ihn Kany an, der allmählich wieder zu seinem gewohnten Benehmen zurückfand. »Es steht auf dem obersten Bord im Hinterraum.«

»Das weiß ich auch«, erwiderte Pandra griesgrämig. »Aber ich sehe nicht, was die Abhandlung uns bringen soll. Ich erinnere mich an keine Passage, die etwa beschriebe, wie man zu einem Meister wird. Wie man die Schwelle erreicht oder ...« Er hielt inne, als fiele ihm plötzlich etwas ein.

»Nein, du hast sie nie richtig gelesen!« brüllte Kany in seine Träumerei. »Kein Traumfinder tut das. Ach, sie eignen sich ein paar Tricks an, und dann denken sie, das würde reichen. Und jetzt geh schon und hol es. Du, Mantynnai, geh und hilf ihm, denn es ist schwer, und es steht ganz hoch oben. Wir können uns keine Arztgebühren leisten, wenn er runterfällt und sich das Genick bricht.«

Estaan erhob sich unsicher, immer noch von dieser eigenartigen Unterhaltung aufgewühlt, die teils laut gesprochen wurde und teils in seinem Schädel widerhallte. Er sah Antyr an, der sich trotz seiner eigenen Verwirrung ein Lächeln nicht verkneifen konnte.

»Ja, es ist ein Kaninchen, das Euch hier herumscheucht«, sagte er. »Grämt Euch nicht. Seht Euch einfach Tarrian und Grayle an.«

Estaan warf einen flüchtigen Blick zu den Wölfen hinüber, die beide still und unterwürfig in einer Ecke kauerten.

Immer noch etwas abwesend, holte Pandra das Kaninchen aus seiner Tasche, setzte es zu Boden und nickte Estaan gnädig zu, der sich bereits in Bewegung gesetzt hatte, um ihm die Tür aufzuhalten.

»Nehmt mich hoch«, befahl Kany Antyr in scharfem Ton, sobald die beiden Männer gegangen waren. »Ich will mir Euch mal genauer ansehen.«

Antyr tat wie geheißen, nahm das Kaninchen in beide

Hände und hob es hoch, bis es auf einer Höhe mit seinem Gesicht war.

»Du bist wirklich ein verwegen aussehendes Bürschlein«, bemerkte er, als er die übel zugerichteten Züge des Kaninchens in Augenschein nahm.

Kanys Nüstern zuckten abfällig. »Auch Ihr seid nicht gerade ein Buonardi-Ephebe, Traumfinder«, erwiderte er.

Tarrian stand auf und trottete zu ihnen hinüber. Er stellte die Vorderpfoten auf die Armlehnen von Antyrs Stuhl und hob besorgt die Nase zwischen Antyr und das Kaninchen.

Kany kniff die Augen zusammen. »Möchtest du ein drittes Nasenloch haben, Hasso?« fauchte er brutal.

Hastig nahm Antyr das Kaninchen in die eine Hand, während er die andere besänftigend auf Tarrians Schulter legte.

»Kany, benimm dich«, ertönte es von dem soeben zurückkehrenden Pandra. Estaan, der einen schweren Wälzer und mehrere kleinere Bücher trug, folgte ihm. Ohne Umschweife nahm Pandra Kany aus Antyrs Hand und ließ ihn nicht gerade sanft in die Tiefen seiner Tasche plumpsen.

»Manchmal muß man streng mit ihm sein«, erklärte er. »Er wird zu herrisch, wenn man ihm zu oft seinen Willen läßt.«

Antyr nickte verständnisvoll. Tarrian ließ sich zu Boden fallen, legte sich aber quer über Antyrs Füße.

»Trotzdem, ein guter Sucher«, fügte Pandra hinzu, um eine winzige Rückversicherung gegen zukünftige Vorwürfe anzulegen. »Ein guter Sucher.«

Er setzte sich hin und griff nach dem dicken Wälzer, den Estaan trug. »Ist schon seit Generationen in der Familie«, plauderte er, wobei er zärtlich mit dem Finger über den gravierten Lederrücken streichelte.

»Laß dich durch die kleine Geschichtslektion nicht verdrießen«, fuhr Kany ungeduldig dazwischen und mühte sich aus Pandras Tasche ans Licht. »Schlag das Kapitel über die Schwelle und die Riten der Meisterschaft auf.«

Pandra legte das Buch auf seine Knie, öffnete es ehrfurchtsvoll und begann, das üppig verzierte Inhaltsverzeichnis zu überfliegen. Bedächtig blätterte er eine Seite um, dann die nächste.

»Was machst du denn?« quengelte Kany.

»Ich hab' dir doch gesagt, daß im Hauptkorpus nichts steht«, gab Pandra zurück, ohne in seiner Suche innezuhalten. »Entgegen deiner Ansicht *habe* ich das meiste davon zu verschiedenen Zeiten gelesen, und ich würde mich daran erinnern, wenn es irgend etwas zu diesem Thema gäbe. Ich suche nach dem Anhang, der sich mit den Mynedarion befaßt.«

Antyr zuckte zusammen. »Womit?« fragte er nervös.

Pandra hob den Blick. »Denn das ist es, was unter uns getreten ist«, erklärte er schlicht.

Antyrs Mund wurde trocken. Er wollte etwas sagen, vermochte es jedoch nicht, und für einen Moment fühlte sich sein Magen entsetzlich flau und übel an.

»Ich will nicht so tun, als verstünde ich, was Ihr mir soeben mitgeteilt habt«, sagte Pandra. »Und um der Wahrheit die Ehre zu geben, ich bin immer noch ein wenig ... konfus ... wegen alldem. Aber eine Sache schreit förmlich nach unserer Aufmerksamkeit.« Er tippte geistesabwesend mit dem Finger auf die aufgeschlagene Seite. »Veränderung«, sagte er in endgültigem Ton. »Diese Nyriall-Gestalt, die Ihr getroffen habt, wer oder was es auch immer war, sprach von Veränderung. Etwas, das in die Träume dringt und sie verändert. Vermögt *Ihr* das, Antyr?« fragte er rein rhetorisch. »Vermag *irgendeiner* von uns das? Und die Gestalten, denen Ihr begegnet seid, haben das Wetter verändert. Haben sich offenbar ihren eigenen Sturm zurechtgebraut. Und mehr als das.«

Er schlug das Buch ganz auf und fuhr mit dem Daumen über mehrere Seiten, bevor er das Gesuchte fand. Er las kurz, um dann nach einem anderen Band von dem Stapel zu greifen, den Estaan immer noch hielt.

»Aber die Mynedarion sind doch ein Mythos«, gab Antyr zögernd zu bedenken.

»Wie die Schwelle, nehme ich an«, erwiderte Pandra, während er mit dem Daumen durch das zweite Buch blätterte. »Und sogar der Große Traum selbst. Nichts als farbenprächtige Schöpfungsmythen für Kinder, esoterische Überlieferungen über unsere Vorfahren, die dem Studium einiger weniger Gelehrter vorbehalten bleiben.«

Antyr schloß seine Augen. Die Erinnerung an den aus dem Nichts entstandenen Sturm überfiel ihn plötzlich von neuem; wirbelnde dunkle Gewitterwolken, blitzdurchzuckt, ein heulender Sturmwind, voll von entschlossenen Schatten, ein nervenzerrüttendes Gelächter. Und im Zentrum all dessen die beiden reglosen Gestalten.

Er schlug die Augen wieder auf und blickte auf seine Hände hinunter. Sie zitterten.

Eine Hand berührte ihn freundlich am Arm. »Habt keine Angst vor Eurer Furcht«, sagte die Stimme sanft. Antyr wandte sich um und blickte in Estaans Antlitz. »Was ich in jenem Raum gefühlt habe, habe ich schon einmal gefühlt«, fuhr der Mantynnai fort. »Es war keine Illusion, kein Trugbild Eures Geistes. Und Furcht ist die angemessene Reaktion darauf. Doch man *kann* sich ihm entgegenstellen, kann es überwinden. Das habe ich ebenfalls erlebt.«

Antyr schüttelte den Kopf. »Vielleicht«, sagte er. »Aber nicht von mir. Ich ...« Er unterbrach sich jäh, und Erkennen machte sich auf seinem Gesicht breit. »Ich entkam, weil einer der beiden es so wollte. Bevor Tarrian und Grayle eintrafen, sagte einer der beiden zu mir: ›Du sollst mein Führer sein.‹« Er erschauerte unter der Erinnerung an die bösartige Lust in der Stimme. »Doch der andere schrie ›Nein!‹ und ...« Wieder schloß er die Augen, um sich zu konzentrieren. »Hielt seine Klinge zwischen uns ... ich bin mir ganz sicher.«

Pandra hingegen schien gar nicht zugehört zu haben. »Ja«, murmelte er vor sich hin, während er schnell den Finger über die Seiten gleiten ließ. »Hier gibt es eine Menge Wenns und Abers und Vielleichts. Mynedarion sind Manifestationen abirrender Ströme im Fluß des Nexus', was immer das heißen mag. Sie sind Störungen in der Nexus-Ordnung des Träumers, hervorgerufen durch gegenteilige Reaktionen des Gefährten ... blabla ... Typisch akademischer Quatsch. Sie erzählen einem alles außer: ›Wir wissen es nicht.‹« Er stieß ein verächtliches Schnauben aus. »Ich wette, manche von diesen Schreiberlingen wußten nicht, ob sie in einem Traum oder einem Heuschober stecken. Aber …« Er bohrte den Finger mit aller Kraft in die Seite. »Sie sagen uns mehr, als sie wissen. Sie haben alle vorausgesetzt, daß die Mynedarion, was immer das sein mag, einen willfährigen Traumfinder brauchen, wenn sie in Träume und darüber hinaus greifen wollen. Hier steht, daß sie eine Macht besitzen, eine uralte Macht welcher Art auch immer, das wird hier nicht klar. Magyrs ist das Wort, das sie immer wieder verwenden, aber viele Dinge galten damals, als das hier geschrieben wurde, als magisch, deren wahre Funktionsweise wir mittlerweile durchschauen.« Er schüttelte seinen Kopf. »Wie dem auch sei, diese … Macht … kann dazu benutzt werden, Dinge zu verändern, hier … in dieser Welt. Doch in den Schwellenwelten verfielfältigt sich alles und ist …« Er versenkte seine Nase fast in den Seiten. »Jenseits der Grenze … im Großen Traum selbst. Von dort aus können sie alles ändern … Selbst die Vergangenheit. Und dorthin zieht es sie immer.«

Er verstummte.

»Eine Macht, die jeder Erklärung spottet, die spaltet und ändert, existiert.« Estaan meldete sich wieder zu Wort. Seine Stimme war düster vor lauter Gewißheit. »Ich habe sie gespürt. Habe ihr Werk gesehen. Wie alle Mantynnai. Das ist der Grund, weshalb wir hier sind. Zweifelt nicht an diesen Dingen, ob Ihr sie nun begreift oder nicht. Es war heute in dem Bösen in jenem Raum.«

Antyr und Pandra blickten ihn an, als warteten sie auf weitere Erklärungen. Die nicht erfolgten.

»Was will uns das sagen?« fragte Kany einen Augenblick später mit gedämpfter Stimme.

»Benenne es in welcher Sprache auch immer«, entgegnete Pandra. »Es führt darauf hinaus, daß irgendeine böse Macht durch die Welten der Schwelle pirscht. Etwas Böses, das nach Belieben in Träume eindringen und diese verändern kann. Geleitet und beschützt von einem Traumfinder von größter Geschicklichkeit, einem Meister.«

Antyr blickte ihn an. »Solche Traumfinder gibt es nicht in Serenstad«, warf er ein, sich in praktische Belange flüchtend.

Pandra nickte. »Nach dem allgemeinen Erscheinungsbild unseres Gewerbes sollte man das meinen«, pflichtete er ihm bei. »Doch es gibt im ganzen Land Traumfinder. Selbst in Bethlar. Es handelt sich um eine uralte Kunst. Viele Menschen sind Traumfinder, ohne es zu wissen. Und Entfernungen in dieser Welt bedeuten nichts für jemanden, der auf der Schwelle wandeln kann.«

Antyr sah zu Boden. Der Fluchttrieb begann wieder in ihm emporzusteigen.

»Was kann es ... können sie ... nur wollen?« gelang es ihm zu sagen.

Pandra zuckte mit den Achseln. »Demzufolge, was Ihr uns berichtet habt, wird zumindest der eine von ihnen von Wahnsinn und abgrundtiefer Bosheit beherrscht. Wer kann schon sagen, was sie wollen? Doch ich lebe lange genug, um zu wissen, daß Macht immer nach mehr Macht strebt. Sie braucht keinen Grund dafür.« Er sah Estaan bedeutungsvoll an. »Ich glaube, wir müssen jetzt kurz ein paar ... Gildenangelegenheiten ... bereden.«

Antyr war direkter. Er wandte sich zu dem Mantynnai um. »Estaan, wir müssen nun über die Träume von anderen Menschen sprechen. Es tut mir leid. Würdet Ihr wohl bitte draußen warten?«

Pandra erhob sich und stapelte die Bücher auf den Boden. »Geht in den Hinterraum«, riet er ihm mit einem entschuldigenden Lächeln. »Ihr müßt die Unhöflichkeit verzeihen, doch es wird nicht lange dauern.«

»Ich verstehe schon«, beschwichtigte ihn Estaan. »Vielleicht lerne ich ja beim Warten ein wenig über das Traumfinden aus Euren Büchern.«

Pandra schnippte mit den Fingern und geleitete Estaan am Arm aus dem Raum. »Ich suche Euch das richtige Buch dafür raus«, erklärte er. »Ein exzellentes kleines Handbuch für Lehrlinge.«

Als er zurückkehrte, hatte er indes eine finstere und ernste Miene aufgesetzt. »Hier in Serenstad liegt alle Macht beim

Herzog«, begann er ohne Umschweife. »Und auf einmal sucht er sich ein schwaches Licht von Traumfinder aus, der sich zufällig als Meister seines Fachs erweist. Sehr merkwürdig das. Er zählt mir von seinen Träumen und warum er Euch konsultiert hat.« Dann, den beiden Wölfen zunickend und Kany auf die Erde setzend: »Und ihr drei spitzt die Ohren und tauscht euch über alles aus, was ihr braucht.«

Antyr ging die Ereignisse der letzten beiden Tage noch einmal durch und beschrieb sowohl die Träume des Herzogs als auch die Menedrions. Pandra lauschte stumm, doch je weiter Antyr erzählte, desto älter schien sein Gesicht zu werden, und als er schließlich die Stimme erhob, zitterte er merklich.

»Menedrion also auch«, seufzte er. »Und offensichtlich auf die Schwelle gezogen. Macht strebt nach Macht. Ich hab' richtiggelegen. Ich hatte gehofft, daß Ihr es möglicherweise wärt, der all diese Dinge entfesselt hätte, doch es sieht ganz und gar nicht danach aus. Es scheint, als versuchten diese beiden, wer immer sie sein mögen, Besitz von den Träumen unserer Führer zu ergreifen, oder schlimmer noch, sie auf die Schwelle zu ziehen ...« Er schwieg, als widerstrebe es ihm, fortzufahren.

»Wo sie getötet oder vielleicht besessen werden können«, stellte Antyr fest, der sich daran erinnerte, wie sich die Schatten um ihn geschlossen hatten.

Pandra schloß die Augen und nickte. »Ich fürchte, Ihr habt recht«, meinte er. »Falls die Abhandlung nicht irrt, und das scheint nicht der Fall zu sein nach dem, was Ihr über den plötzlich aus dem Nichts entstandenen Sturm erzählt habt, dann verfügen sie bereits über gewaltige Macht auf der Schwelle. Und wenn sie sich entschließen, unsere Führer anzugreifen, dann geht es ihnen um Machtgewinn in unserer Welt.«

Unglücklich stieß er diese Worte aus.

»Was sollen wir tun?« fragte Antyr nach langem Schweigen.

Pandra schüttelte nachdenklich den Kopf. »Der Schatten Eures Vaters fällt über uns, Antyr. Gutes kommt aus Gutem.

Euer Vater ging sehr gewissenhaft mit seinen Kunden um. Das Vertrauen, das er in dem Herzog aufgebaut hatte, hat diesen am Leben gehalten und ihm genügend eigenes Wissen vermittelt, um sich selbst zu schützen, als es notwendig wurde, auch wenn ihm das selbst kaum bewußt gewesen sein dürfte.«

»Ja, vielleicht war es so, aber was können wir tun?« wiederholte Antyr ungeduldig.

Pandra schoß ihm einen sanft tadelnden Blick zu. »Aufgrund der Arbeit, die Euer Vater beim Herzog geleistet hat, können wir ihm die Wahrheit anvertrauen«, erklärte er entschlossen. »Und wir müssen ihm auch von Menedrions Traum berichten. Unter diesen Umständen ist der Vertrauensbruch zu rechtfertigen. Nach dem, was Ihr erzählt, bin ich sicher, daß er uns glauben wird, und vielleicht hat er auch ganz eigene Vorstellungen darüber, was in diesem Land gerade vor sich geht.«

Von Pandras Haus hatten sie es nicht mehr weit bis zum Palast, doch es erwies sich als keine leichte Übung, eine Audienz beim Herzog zu erhalten.

»Es hat eine mehr als turbulente Kabinettssitzung gegeben«, teilte ihnen Estaan nach seinem ersten Versuch mit. »Und in Kürze muß er vor der Sened irgendeine Erklärung betreffs dieses Gesandten abgeben. Jede Menge Leute schlagen Krach, um ihn sprechen zu können; Kaufleute, Gythrinwr, Diplomaten ...«

Antyr sah sich um. Die weite Halle, in der sie standen, war in der Tat geschäftig voll mit Wachen, Boten und Offiziellen, die mit dringlicher Miene in die eine oder andere Richtung eilten.

»Was ist mit Aaken und Feranc?« schlug Antyr vor.

»Sie können uns ohnehin nicht helfen. Wir müssen mit dem Herzog selbst sprechen«, erklärte Pandra, bevor Estaan etwas sagen konnte. Erstaunlich resolut wandte er sich an den Mantynnai. »Junger Mann. Ihr seid Soldat. Schlagt eine Bresche zu ihm, koste es, was es wolle, und sagt ihm, daß sein Traumfinder ihn sprechen muß, sofort und in einer Sache von höchster Bedeutung.«

Estaan zauderte.

Pandra nahm ihn am Arm und schubste ihn fort. »Ihr sagtet, Ihr hättet ein Übel gespürt, das Ihr schon kanntet«, sagte er. »Das macht Euch klüger, als wir alle hier es sind. Bildet Euch selbst ein Urteil, wie dringlich die Angelegenheit ist.«

Estaan kratzte sich kurz am Kinn, dann nickte er und machte sich wieder auf den Weg.

Es dauerte eine Zeitlang, bis er zurückkehrte, und er wirkte ziemlich durcheinander, als er endlich eintraf.

»Kommt«, sagte er, vernehmlich atmend. »Ich habe Euch fünf Minuten verschafft. Und der Stimmung nach zu schließen, in der sich der Herzog jetzt befindet, hat es mich fünf Beförderungsjahre gekostet.«

Antyr konnte Estaans Sorge nachvollziehen, sobald er in das herzogliche Gemach trat. Die Gestalt vor ihm war nicht der leutselige, fast väterliche Mann, der ihn bei ihren bisherigen Begegnungen empfangen hatte. Dies hier war ein mächtiger Menschenführer ... ein Heerführer ..., der sich auf die Schlacht vorbereitete. Daß es augenblicklich eher eine Schlacht auf politischem als auf militärischem Gebiet war, machte sein Gebaren nicht weniger furchteinflößend.

»Fünf Minuten«, bestätigte er noch einmal, indem er fünf Finger in die Luft hielt, bevor Antyr auch nur den Mund auftun konnte. Er sah zu Pandra und den beiden Wölfen hinüber. »Und nutzt weder meine Achtung vor Eurem Vater noch vor Eurem Gewerbe aus, indem Ihr mir alle Eure Saufkumpane vorstellt.«

Mehr zu seiner als zu eines anderen Überraschung schritt Antyr mit entschlossener Miene auf den Herzog zu. Der Herzog riß angesichts dieses Benehmens ärgerlich die Augen auf, aber Antyr wartete erst gar nicht auf eine Entscheidung. »Der alte Mann, den ich besucht habe, um mir Rat zu holen, ist tot«, sagte er. »Ermordet, wie ich glaube, von denselben ... Leuten ... derselben Macht, die versuchte, in Euren Traum einzudringen.«

»Ermordet, *glaubt* Ihr?« erwiderte Ibris mit betontem und

ungeduldigem Nachdruck. »Man sollte meinen, daß Ihr schon genügend Leichen gesehen habt!«

»Ermordet, da bin ich mir sicher«, hielt Antyr dagegen. »Obzwar nicht durch Mittel und Wege, die Ihr oder ich bereits gesehen haben.«

»Ich wünsche keine Rätsel«, versetzte der Herzog. »Drückt Euch klar aus. Und wer, zum Teufel, ist das da, nebenbei bemerkt?« Er machte eine ruckartige Kopfbewegung in Pandras Richtung.

Pandra trat zögernd vor, um sich vorzustellen, doch Antyr übernahm das für ihn. »Dies ist Indares Pandra, Sire. Ein Traumfinder, der meinen Vater kannte, und der noch den alten Traditionen unseres Gewerbes verbunden ist. Ich habe ihn um Hilfe ersucht.«

Ibris grunzte geringschätzig. »Ihr jagt mir meinen eigenen Leibwächter auf den Hals, Traumfinder«, sagte er. »Ich weiß nicht, wie Ihr das zuwege gebracht habt, aber diese überaus wichtige Angelegenheit sollte wirklich so wichtig sein, oder ...«

»Dem ist so, Sire«, antwortete Antyr, ihm ins Wort fallend. »Was wißt Ihr über die Schwelle?«

Ibris runzelte die Stirn angesichts dieser Unterbrechung, doch Antyrs schroffe Frage verleitete ihn automatisch zur Antwort. »Das gehört zu Eurer Traumfindermythologie, nicht wahr?« erwiderte er. »Welten jenseits der Träume. Reale Welten wie diese hier. Welten innerhalb von Welten. Und jenseits von ihnen wiederum soll der Große Traum angesiedelt sein.«

»Keine Mythologie, Sire«, erklärte Antyr, ohne ihn zu Atem kommen zu lassen. »Die Wahrheit. Ich war in den letzten beiden Tagen zweimal in einer der Schwellenwelten, vielleicht auch dreimal. Und ich bin der Macht begegnet, die in Euren Traum einzudringen versucht ...«

»Genug«, sagte Ibris heftig und mit verbissener Miene. »Ich habe keine Zeit für so etwas.« Er fuhr zu Antyr herum. »Ich hatte von Anfang an gewisse Bedenken, Eure Hilfe zu erbitten, Antyr. Nun erkenne ich, daß sie berechtigt waren. Ihr seid nicht der Sohn Eures Vaters, Ihr seid nur irgend so ein Scharlatan, der versucht, sein Scherflein ins trockene zu bringen, indem er mich mit hirnrissigem Blödsinn vollquatscht.« Sein Mund verzog sich verächtlich. »In andere Welten reisen! Für was für einen Idioten haltet Ihr mich?« Er wandte sich in Richtung Tür. »Estaan!« Fast augenblicklich tauchte der Mantynnai auf.

Ibris drehte sich noch einmal zu Antyr um. Seine Persönlichkeit schien den ganzen Raum auszufüllen. »Aus Rücksicht auf Euren Vater werdet Ihr für diesen pathetischen Auftritt nicht bestraft werden, doch kommt mir nie wieder unter die Augen, und hütet Eure Zunge, wenn Ihr sie nicht verlieren wollt. Schmeiß sie raus, Estaan. Mit *dir* rede ich später.«

Estaan trat vor. In seinen Augen lagen Bedauern und Bestürzung, aber die Zielstrebigkeit seines Schritts war unmißverständlich.

Antyr streckte eine bebende Hand vor, um ihn aufzuhalten. Estaan schwankte, sah zum Herzog hinüber. »Sire«, begann Antyr noch einmal, und seine Stimme war kräftig, obwohl sie genau wie seine Hand zitterte. »Tut, was Ihr wollt. Ich bin es wohl zufrieden, zu meinem alten Leben zurückkehren zu dürfen. Ich bin heute weitaus klüger als noch vor zwei Tagen, und es gelüstet mich nicht nach weiteren Abenteuern der Art, wie ich sie bereits erlebt habe. Doch seid auf der Hut heute nacht, ich beschwöre Euch. Was immer mein Vater Euch gelehrt hat, haltet Euch daran, und vor allem: Seid Ihr selbst und vertraut auf Euch. Ihr steht unter einer immensen Bedrohung. Und sorgt dafür, daß irgend jemand, ganz gleich wer, über den Schlaf Eures Sohns wacht. Er hat weder Eure Kenntnisse noch Eure Kraft. Er ist bereits auf die Schwelle gezogen worden, und es ist nur dem zufälligen Einschreiten eines anderen zu verdanken, daß er nicht … überwältigt, ja womöglich getötet worden ist.«

Estaan ergriff ihn fest am Arm und zog ihn bis auf die Zehenspitzen hoch, doch Antyr erwiderte Ibris' Blick fest.

Ibris hob die Hand, und Estaan hielt inne.

»Tarrian«, sagte Ibris. »Ich habe gespürt, wie du letzte Nacht in den Grenzbezirken meines Schlafs herumgeschlichen bist, dafür meinen Dank. Soll ich etwa dieses Märchen glauben?»

»Ich habe mich lange genug mit euch Menschen abgegeben, um das Lügen zu lernen«, erwiderte Tarrian. »Mein Wort ist darum nicht verläßlicher als seins. Gebrauch deine Nase, wenn dein Verstand dich im Stich läßt, Leitwolf.«

Ibris runzelte die Stirn, winkte dann Estaan beiseite. »Noch einmal fünf Minuten«, sagte er knapp.

Nervös erzählte Antyr seine Geschichte ein zweites Mal, so gedrängt er konnte.

Als er geendet hatte, blickte Ibris Estaan an. »Und du hast auch diese ... Präsenz ... gespürt?« verlangte er zu wissen.

Estaan nickte. »Ich war zu Tode erschreckt, Sire«, erklärte er schlicht. »Da war eine ... Macht ..., die ich schon einmal gefühlt hatte und der ich auf keinen Fall wieder begegnen wollte.«

Ibris beäugte ihn eindringlich. »In der Zeit vor eurer Ankunft hier?« fragte er. Estaan neigte zur Antwort das Haupt, sagte jedoch nichts. Ibris' Gebaren wurde ein wenig verbindlicher. »Wartet alle draußen, ich muß einen Augenblick nachdenken«, befahl er.

Als sich die Tür hinter den drei Männern geschlossen hatte, trat Ibris zu einem Alkoven hinüber und fegte den teilweise zugezogenen Vorhang beiseite.

Die hohe Gestalt Ciarll Ferancs trat aus dem Schatten.

Kapitel 23

Ibris führte müde seine Hand ans Haupt. »Was hältst du von alldem, Ciarll?« fragte er.

Feranc zuckte ansatzweise mit den Schultern. »Sehr seltsam«, gab er zur Antwort. »Estaan ist Mantynnai, er sieht die Dinge klarer als die meisten. Wenn er zugibt, daß er zu Tode erschrocken war, dann hat er einen guten Grund dafür. Was hat der Wolf zu euch gesagt?«

Ibris lächelte. »Sagte, ich solle meine Nase benutzen«, erwiderte er mit einem Kichern. »Hat mich einen Leitwolf genannt.« Er setzte sich nieder und streckte die Beine aus. »Faire Bemerkung, nehme ich an, und alles, was recht ist, ich glaube nicht, daß der Traumfinder lügt oder versucht, sich nur einzuschmeicheln. Aber seine Geschichte ist so absurd.«

»Ich habe keine Erfahrung mit der Traumfinderei«, räumte Feranc ein. »Doch es gibt eine Menge merkwürdiger Dinge in dieser Welt, und der Rat des Wolfs ist unter den gegebenen Umständen mehr als angemessen.«

Ibris nickte nachdenklich. »Merkwürdig, in der Tat«, sagte er. »Ich kann mir nicht helfen, aber mir ist, als entglitten die Dinge langsam, aber unaufhaltsam meiner Kontrolle. Als treibe irgendeine Macht von … außerhalb … sie voran.«

Feranc wartete unbeeindruckt.

Dann setzte Ibris ziemlich ungeschickt an: »Die Mantynnai sind zwar wesentlich später gekommen als du, aber sie *sind* deine Landsleute, nicht wahr?« Er sah Feranc fast flehentlich an. Es war ein Thema, das er bereits das eine oder andere Mal beiläufig hatte anklingen lassen, doch Feranc hatte ihm nie geantwortet, und er war nie weiter in ihn gedrungen.

Feranc nickte. »Das sind sie«, erwiderte er ohne zu zögern. »Doch ich kenne keinen von ihnen, noch weiß ich, warum sie hier sind. Und obwohl sie sehr scharfsichtig sind, bezweifle ich, daß einer von *ihnen* weiß, daß ich ihr Landsmann bin.«

Ibris stützte den Kopf in die Hände. Ferancs fast beiläufiges Eingeständnis war eigenartig beunruhigend. Als unterstreiche es auf irgendeine Weise die Wichtigkeit von Ereignissen, die jenseits seines Wissens oder seines Willens lagen.

»Versteh bitte, daß ich mich nicht aufdrängen wollte, aber ein großes Unbehagen und Estaans eigenartige Bemerkung bezüglich seiner Vergangenheit haben mich dazu verführt«, sagte er. »Du weißt, daß ich sie akzeptiere, so wie sie sind, so wie sie sich seit ihrer Ankunft in diesem Land gezeigt haben. Genauso, wie ich dich allzeit akzeptiert habe.«

Wieder nickte Feranc.

»Aber erzähl mir, was du kannst, um mir wenigstens einen kleinen Anhaltspunkt zu geben«, fuhr Ibris fort. »Erzähl mir, was es in deiner Heimat gibt, das in der Lage ist, einen meiner Mantynnai zu Tode zu erschrecken.«

Feranc ließ sich dem Herzog gegenüber auf einen Stuhl nieder, doch seine Miene war unergründlich.

»Dies hier ist meine Heimat, Ibris«, sagte er. »Doch ich verstehe Eure Not.« Er holte einmal tief Luft. »Ich wüßte von nichts im Lande meiner Geburt, was eine solche Reaktion hervorrufen könnte. Es war ein Land mit einer starken … soldatischen … Tradition. Doch es war nicht kriegsbesessen. Es war zivilisiert, friedlich, trefflich regiert und vor allem frei. Ein seltenes Gleichgewicht, wie ich seitdem auf meinen vielen Reisen gelernt habe. Stärke führt nicht automatisch Freiheit mit sich, doch Freiheit vermag ohne wahre Stärke nicht zu bestehen; die Stärke, deinen Nachbarn ein Schwert tragen zu sehen und froh darüber zu sein, da du weißt, daß er sehr wohl in der Lage ist, es zu benutzen, und daß er es ziehen wird, um *dir* in Zeiten der Not den Rücken zu stärken.« Er schwieg, und sein Blick wurde entrückt und ziellos.

»Warum hast du dieses Land verlassen?« fragte Ibris. Fast auf der Stelle bereute er seine übereilte Frage.

Feranc schreckte leicht aus seiner Träumerei auf. »Die Länder an unserer Grenze waren sehr verschieden von uns, doch gleichermaßen mit Frieden und Ordnung und Selbsterkenntnis gesegnet. Dann wurde eins von ihnen angegriffen. Horden von Barbaren drangen ins Land, verbrannten, töteten, zerstörten ...« Er schüttelte seinen Kopf. »Wir eilten ihnen zu Hilfe. Wir konnten nicht anders. Ich war ein ... Mann des Königs ..., wie ich es auch heute bin, wenn auch wesentlich niedriger im Rang. Doch mein ... Regiment ... war etwas Besonderes; hervorragend ausgebildet; die Augen des königlichen Heers, ein heimlicher Dolch im Herzen des Feindes. Es gab nicht viele von uns.«

Er hielt inne. Ibris bewahrte Schweigen.

»Ich habe solche Dinge gesehen ... solche Dinge getan. Dinge, die das Leben eines Mannes unwiderruflich verändern.« Er schüttelte langsam und versonnen den Kopf. »Als wir die Nachricht erhielten, daß der Feind vernichtet und wieder übers Meer geflohen war, bin ich wohl einfach fortgegangen, fort aus jenen froststarren Bergen.« Unwillkürlich schlang er die Arme um sich. »Ich entsinne mich kaum noch. Ich wußte einfach, daß ich nicht mehr nach Hause zurück konnte. Ich war irgendwie ... besudelt.« Ibris verzog das Gesicht angesichts des herben Kummers, den seine Frage nun wieder geweckt hatte.

»Ich wanderte und wanderte, einfach so. Südwärts. Weg. Irgendwohin«, fuhr Feranc fort. »Von Land zu Land, Volk zu Volk. Bis ich hierherkam. Einen schwachen Abglanz meiner Heimat in dieser Stadt und ihrem Herrschaftsgebiet erahnte. Und Euch, der Ihr unerbittlich dabei wart, alles besser zu machen. Hier bleibe ich, dachte ich mir. Stelle meine besonderen Fähigkeiten in den Dienst dieses Mannes. Baue mir das Herz meines Landes hier von neuem auf.«

Ibris streckte die Hand aus und berührte ihn sachte am Arm. »Es tut mir leid, Feranc«, sagte er. »Ich wollte so schmerzliche Erinnerungen nicht wecken.«

Feranc lächelte leise. »Jetzt liegt in ihnen wenig oder gar kein Schmerz mehr«, erwiderte er. »Obwohl sie allzeit bei mir sind. Ich wäre niemandem von Nutzen, wenn dem nicht so wäre. Nun bin ich vollständiger. Und Serens. Euer Bedarf ist nebenbei bemerkt gewaltig, und ich hatte Glück. Während ich diese schlimmen Dinge tat, lehrten mich weise Männer, daß nichts davon wirklich vermeidbar gewesen wäre. So habe ich zumindest den Trost, daß ich mein Gewissen nicht fürchten muß. Ich vermag Rechenschaft abzulegen für meine Taten.«

Er verstummte.

»Und die Mantynnai?« fragte Ibris nach einer Weile zögernd.

Feranc legte nachdenklich die Stirn in Falten. »Ich weiß nicht«, erwiderte er. »Sie haben nicht dieselbe Ausbildung wie ich genossen, das war ohnehin nur ganz wenigen vorbehalten. Doch alle haben sie irgendwann einmal im Dienste des Königs gestanden, würde ich meinen. Zumindest sind sie von seinen Männern ausgebildet worden. Man kann das nur sehr schwer entscheiden, denn sie sind ein ziemlich zusammengewürfelter Haufen.«

Ibris blickte erstaunt drein. »Das ist das letzte, was mir in Verbindung mit ihnen eingefallen wäre«, sagte er. »Man braucht keine große soldatische Erfahrung dafür, einen von ihnen aus der Menge herauszupicken.«

Feranc nickte. »Das stimmt«, gab er zu. »Doch was Ihr seht, ist der vereinheitlichende Effekt dieses … nun, was immer sie aus ihrer Heimat vertrieben hat. *Ich* erkenne sehr viele unterschiedliche Züge in ihrem Verhalten. Und ihre Kampftechniken sind wirklich faszinierend. Sie geben eine ganze Menge preis. Ich erkenne die Grundlagen von all diesen Techniken wieder, doch sie haben sie ganz eigenständig und unabhängig in genau derselben Richtung weiterentwickelt, in der ich ausgebildet wurde. Ich hatte einmal einen Lehrer, der behauptete, daß sich alle Wege am Ende gleichen würden, wenn sie mit der richtigen Absicht beschritten würden. Damals wußte ich nicht, was es bedeutete, doch nun weiß ich es.«

»Aber warum haben sie ihr Land verlassen?« fragte Ibris sanft, als Feranc erneut verstummte.

Feranc schüttelte den Kopf. »Das weiß ich nicht«, sagte er. »Doch ich spüre, daß der Grund für ihren Auszug eine noch schwerere Bürde aus Schuld und Pein als die meine ist und daß die meisten von ihnen trotz all ihrer Ruhe und Gelassenheit ein gutes Stück vom wahren Seelenfrieden entfernt sind. Irgend etwas treibt sie um. Aus diesem Grund hielten sie stand in Viernce und starben. Selbst jetzt würden sie meiner Meinung nach einen Ring um Euch bilden und sich bis auf den letzten Mann niedermachen lassen, wenn es nötig wäre.«

»Und du, Ciarll?«

»Schon möglich«, entgegnete Feranc mit einem überraschenden Lächeln.

Auch Ibris lächelte, doch seine Miene verfinsterte sich schon bald wieder.

»Mir fiel gerade ein«, sagte er sehr langsam, »daß sie einst vielleicht jenem Übel gefolgt sein könnten, von dem Estaan sprach.«

»Ein schmerzlicher Gedanke«, erwiderte Feranc leise. »Aber möglicherweise richtig. Obwohl ich mir nicht vorzustellen vermag, wie das ausgesehen haben könnte. Selbst der Großteil der Barbaren, die unsere Nachbarn überfielen, war nicht böse. Sie waren in die Irre geführt und unwissend, und aufgrund ihrer Unwissenheit begingen sie böse Taten, die bewaffneten Widerstand hervorriefen. Doch so etwas würde einen Mann wie Estaan nicht erschrecken. Es würde ihn nur zum Schwert greifen lassen.«

»Also ist wahrscheinlich nach deinem Weggang irgend etwas in deiner Heimat geschehen«, vermutete Ibris.

Feranc nickte. »Wahrscheinlich«, wiederholte er. »Doch ich bezweifle, daß die Mantynnai es Euch, mir oder sonst jemandem erzählen werden. Noch glaube ich, daß wir sie danach fragen sollten. Wenn sie von einer seltsamen Bedrohung wissen, dann werden sie auch etwas dagegen unternehmen. Ich denke, wir sollten sie beobachten und so dazulernen, bis sich uns vielleicht die Gelegenheit zu einer offenen Frage bietet.«

Ibris blieb eine Weile schweigend sitzen. »Du hast recht«, sagte er. »Wir müssen ihnen vertrauen. Sie werden es nicht zulassen, daß Serenstad Schaden nimmt. Gott weiß, daß sie keinen Grund hatten, bei Viernce zu stehen und zu fallen, aber sie taten es, und wenn sie es nicht getan hätten, wären wir heute nicht hier. Und sie würden im Ernstfall wirklich bis auf den Tod für mich streiten.« Er sah Feranc in die Augen. »Wie auch ich es für sie tun würde«, fügte er mit Bedacht hinzu. »Was immer sie getan haben, was immer sie treibt, jetzt sind sie gute und treue Männer, nach jedem Maßstab. Vielleicht sehen sie wie du einen … wie sagtest du noch gleich? … einen Schatten ihrer Heimat in diesem Land. Doch was immer es auch sein mag, wir schulden ihnen mehr, als wir jemals zurückzahlen können.« Er machte eine Pause. »Wir müssen nur aufpassen, daß sie sich nicht opfern, um irgendeine längst verjährte Missetat zu sühnen.«

Feranc neigte anerkennend sein Haupt. »Aber ich weiß immer noch nicht, was ich mit diesem Traumfinder und seiner wüsten Geschichte von den jenseitigen Welten anfangen soll«, sagte Ibris einigermaßen verzweifelt.

»Seit gestern nacht hat sich nicht viel verändert«, erwiderte Feranc gleichmütig. »Außer, daß der Traumfinder sozusagen zusehends zu wachsen scheint.«

Ibris nickte zustimmend. »Fürwahr«, sagte er. »Er ist ein mächtigerer Geist, als er selbst es weiß. Ein richtiger Serens.«

»Ein richtiger Mann«, korrigierte ihn Feranc.

»Genau«, sagte Ibris leise.

»Nehmt ihn ernst«, verlangte Feranc in ungewöhnlich befehlendem Tonfall. »Wenn auch nur wegen des Eindrucks, den er auf Estaan gemacht hat. Er ist kein Scharlatan, das spüren wir beide. Er glaubt an das, was er gesehen hat, und er kämpft auch gegen etwas, ohne jeden Zweifel.«

Ibris nickte unsicher.

Feranc beugte sich vor, wirkte fast aufgeräumt. »Nehmen wir einmal das Schlimmste an, wie unwahrscheinlich es auch scheinen mag«, riet er. »Eine fremde, bösartige Macht ist freigesetzt. Greift uns irgendwie auf dem Weg über unsere Träume an. Ihr könnt eine Armee gegen die Bethlarii aufstellen, und viele von uns können Euch dabei helfen, sie zu führen. Doch wer vermag einen Widersacher zu bekämpfen, der durch die Finsternis unseres schlafenden Geistes schleicht und uns womöglich dort tötet?«

Ibris musterte ihn.

»Ihr könnt nicht mit der Kavallerie gegen eine Stadtmauer anreiten«, fuhr Feranc fort. »Und Ihr könnt keinen Tunnel unter eine Infanteriestellung graben. Die Taktik und die eingesetzten Waffengattungen müssen den jeweiligen Verhältnissen angepaßt werden. Wenn wir jemanden brauchen, der ... in Träumen ... kämpft, dann müssen wir jemanden dafür nehmen, der sich mit Träumen auskennt, der sie betreten kann – und der kein Feigling ist. Und beachtet seine Warnung betreffs Menedrion. Ich habe ihn bereits wissen lassen, daß Ihr ihn heute noch zu sehen wünscht. Ihr müßt ihm reinen Wein einschenken und dafür sorgen, daß er im Traum ... beschützt ... wird, wie immer diese Leute das auch bewerkstelligen mögen. Und sprecht jetzt noch einmal mit dem Mann. Fragt ihn aus. Hört ihm zu. Und verschafft ihm unbeschränkten Zutritt zu euch, zu jeder Zeit.«

Ibris' Augenbrauen fuhren in die Höhe.

»Zu jeder Zeit«, bekräftigte Feranc. »Ich will ehrlich sein, der Mann hat meine Neugier geweckt. Er ist die Sorte Mann, die plötzlich in einer sich auflösenden Pikenreihe aufpringt und alles wieder zusammenschweißt. Und im schlimmsten Fall ist es ja nur ein weiteres hungriges Maul, das gestopft werden will. Wenn er lästig wird oder überschnappt, werden wir ihn schnell wieder los.«

»Und wieder hast du recht«, erklärte Ibris und setzte sich auf. »Finde Menedrion und bring ihn sofort her, egal, was er gerade macht – oder mit wem –, und dann bring sie alle wieder zu mir. Und du darfst dich auch wieder zeigen, denn ich bezweifle, daß du diesen Wölfen etwas vormachen konntest. Sie wußten vermutlich die ganze Zeit, daß du hier warst.«

Menedrion mußte nicht groß überredet werden, um seine Pflichten bei dem Bethlarii-Abgesandten vorübergehend zu verlassen.

»Vater, mein Gesicht schmerzt vor lauter Lächeln, das ich diesem engstirnigen Fanatiker mit dem schwarzen Herzen zeigen muß«, platzte es aus ihm heraus, als er den Raum betrat. Er reckte die geballte Faust in die Höhe. »Je eher wir …« Er verstummte, als er Antyrs ansichtig wurde.

»Was macht der denn hier?« fragte er.

»Er ist aus demselben Grund hier wie du«, teilte ihm Ibris in aller Kürze mit. »Weil ich es ihm befohlen habe.«

Die Laune seines Vaters erahnend, hielt Mendrion den Mund, doch er warf Antyr einen Blick so voll von drohendem Mißtrauen zu, daß Ibris sich gezwungen sah, noch etwas zu sagen. »Sei versichert, daß er dir keinen üblen Dienst erwiesen hat, Irfan«, fügte er hinzu. »Und seitdem er dich behandelt hat, ist er zu einem meiner Hauptberater ernannt worden.« Er musterte seinen Sohn mit zusammengekniffenen Augen.

Mendrion schien eine Entgegnung zu erwägen, doch am Ende schniefte er nur vernehmlich und ließ sich schwerfällig auf einen herumstehenden Stuhl fallen.

Ibris wandte sich an Antyr. »Erzählt mir alles noch einmal von vorn«, verlangte er kurz und bündig.

Antyr war alles andere als glücklich, darüber, daß er zum Streitobjekt zwischen Ibris und Menedrion geworden war, und zudem alles andere als sicher in bezug auf seine Rolle in einem solchen Treffen, das so kurz nach dem Ausbruch des Herzogs von vorhin stattfand. Er trat indes vor und tat, wie geheißen; berichtete von seinen Besuchen beim Herzog und bei Menedrion und schloß mit seinem Erlebnis bei Nyriall, wobei er diesmal Pandras Vermutungen bezüglich der Mynedarion hinzufügte.

Ein kurzes Schweigen setzte ein, nachdem er geendet hatte, dann ließ Menedrion seinen Unmut heraus. »Was für ein hirnrissiger Blödsinn«, sprudelte es verächtlich aus ihm heraus. »Wundersame Welten im großen Jenseits. Zauberer, die Blitze und Donner aus dem Nichts beschwören. Ich habe solche Märchen nicht mal geglaubt, als ich noch drei war. Was bekommen wir als nächstes aufgetischt? Den Winterfestgeber mit seinem roten Mantel und weißen Bart? Was haben wir hier verloren, Vater? Wir haben alle *wichtigere* Dinge zu erledigen!«

Er beugte sich auf seinem Stuhl vor, doch bevor er fortfahren konnte, schritt Ibris ein. »Sieh in den Spiegel, Irfan«, befahl er scharf. »Wann hast du zum letzten Mal geschlafen? Und was hat dich auf der Suche nach einem Traumfinder zu deiner Mutter getrieben?«

Menedrions Unterkiefer reckte sich zornig vor, und einen kurzen Moment lang sah es fast so aus, als wolle er aufspringen und seinen Vater schlagen. Dann wandte er sich abrupt ab und ließ sich verstockt in seinen Stuhl zurücksinken. Das Möbelstück ächzte protestierend auf.

»Hast du jemals erlebt, daß ich dumme Spielchen spiele, Irfan?« verlangte Ibris mit ein wenig versöhnlicherer Stimme zu wissen. »Ich kann nicht behaupten, daß ich diese Geschichte mit der Schwelle und den merkwürdigen wirklichen Welten dahinter glaube, wo tote Männer wieder zum Leben erwachen, aber ich weiß, daß *ich* in meinem Traum auf irgendeine Weise angegriffen wurde. Und ich habe genug Erfahrung im Traumfinden, um zu wissen, daß ein Traumfinder nicht von seinem Träumer getrennt werden kann, wie es dir widerfahren ist. Wir müssen nicht genau wissen, was vor sich geht, um zu wissen, daß irgend etwas böse aus dem Ruder läuft. Und ich habe vor, unsere Flanken zu schützen, indem ich die einzigen Truppenkontingente einsetze, die uns für diese Aufgabe zur Verfügung stehen.«

Menedrion hob den Blick, und die beiden Männer maßen einander schweigend eine Zeitlang mit ihren Blicken, der eine erschöpft, kurz davor, einen Wutausbruch zu erleiden, der andere entschlossen und voller Sorge. Schließlich senkte Menedrion den Blick und nickte langsam.

»Was immer du sagst, Vater«, gab er nach. »Ich räume ein, daß ich in jenem … Traum … zu Tode erschreckt war. Wo immer ich auch weilte, es war so wirklich wie hier.« Er schlug auf die Armlehnen. »Und die Bedrohung, die ich verspürte, war nicht minder wirklich. Es war anders als alle Träume, die ich jemals gehabt habe. Ich weiß nicht, wer mich beim ersten Mal beschützt hat, doch beim zweiten Mal haben er und der Wolf mich gerettet.« Er neigte den Kopf in Antyrs Richtung.

Ibris nickte einigermaßen erleichtert, denn eine Gefahr, der man ins Auge blickte, war eine Gefahr, der man sich stellen konnte. Er wandte sich Antyr zu. »Ihr müßt uns raten«, erklärte er und streckte die Hand aus. »Wir können nicht auf Schlaf verzichten, oder unsere gewöhnlichen, altmodischen Feinde im Hier und Jetzt werden uns besiegen.« Er wirkte fast ausgelassen.

Antyr, der sich mit einem Mal im Mittelpunkt der Aufmerksamkeit wiederfand, erstarrte. Unter anderen Umständen hätte er eine aufmunternde kleine Gehässigkeit von Tarrian über sein Zaudern erwartet, doch der Wolf schwieg.

Der Herzog nickte ihm erwartungsvoll zu.

Verzweifelt nahm Antyr Zuflucht zur Wahrheit. »Ich weiß auch nicht, was zu tun ist, Sire«, räumte er ein. »Ich habe keinerlei Erfahrung mit solchen Dingen. Noch kenne ich eine Menschenseele, die das hätte. Ich weiß nicht, welche Macht dieser … Mynedarion … oder sein Führer hat. Welche Absichten sie hegen … wer sie sind … wo sie sind … ich weiß nichts …«

»Nichtsdestotrotz«, widersprach Ibris und wies mit dem Finger auf ihn, »müßt *Ihr* uns raten. Ganz gleich, wie Ihr Euch fühlen mögt, Ihr seid doch der einzige in diesem Raum, der direkten Kontakt zu diesem Feind gehabt hat. Denkt nach. Ihr werdet herausfinden, daß Ihr mehr wißt, als Ihr glauben mögt.«

Antyr starrte ihn geistesabwesend an.

Ibris beugte sich vor. »Zuallererst einmal habt Ihr überlebt«, schloß er. »Ihr sagtet, dieses … Wesen … habe einen gewaltigen Sturm entfesselt, den Himmel mit Donner und Blitz verdunkelt. Das scheint mir eine Macht zu sein, die unsere größten Artilleriemaschinen und selbst Menedrions Schmieden bei weitem übertrifft. Aber trotzdem habt Ihr überlebt –«

»Weil er es so wollte«, unterbrach ihn Antyr ohne nachzudenken.

Ibris nickte. »Noch mehr Informationen«, sagte er. »Die

ich selbst schon wieder vergessen hatte. Und Ihr meintet doch, auch eine gewisse Uneinigkeit in ihren Reihen entdeckt zu haben.«

Antyr zuckte mit den Achseln. »Das war nur so eine Idee, Sire. Ein flüchtiger Eindruck«, wiegelte er ab.

Ibris warf Feranc, der unmerklich lächelte, einen raschen Blick zu. »Schlachten sind schon wegen weniger gewonnen oder verloren worden, Antyr«, erklärte er. »Das ist einer der vielen guten Gründe, warum man sie vermeiden sollte, wenn man es kann. Zuviel bleibt dem Zufall überlassen.«

Antyr breitete die Arme in einer Geste aus, die seine Unzulänglichkeit signalisierte.

Ibris wurde nun strenger. »Wir dürfen nicht eine Gefahr erkennen und nichts gegen sie unternehmen«, sagte er. »Ihr seid der einzige, der Abhilfe schaffen kann. Vertraut Eurem eigenen Urteil. Ratet uns.«

Antyr sah Tarrian und Grayle und Pandra an. Die beiden Wölfe erwiderten seinen Blick ungerührt, doch keiner sagte etwas. Rudelsache, dachte er grimmig.

Ein langes Schweigen legte sich über den Raum.

Dann sah der Traumfinder Ibris geradewegs in die Augen. »Und Ihr habt noch nie einen solchen Traum wie in jener Nacht gehabt, Sire?« fragte er.

»Nie«, antwortete Ibris.

Antyr wandte sich an Menedrion. »Ich auch nicht«, erwiderte der, bevor er noch gefragt worden war.

Antyr schloß die Augen. Ihm war, als öffne sich ein Abgrund vor seinen Füßen.

»Wir werden auf allen Wegen von einer großen und uralten Macht beschützt«, verkündete er entschlossen, stieß lange und gedehnt den Atem aus und trat ein in die Dunkelheit.

Er ging zu Menedrion herüber, stellte sich über ihn und starrte ihn eindringlich an. Menedrion erwiderte seinen Blick, ohne mit der Wimper zu zucken, doch nicht ohne Mißtrauen.

»Ihr seid Irfan Menedrion«, erklärte Antyr, und seine Stimme klang unerwartet gebieterisch. »Der Sohn von Serenstads größtem Herzog. Ein Mann, der eines Tages selbst Herzog sein wird. Ein großer Menschenführer in der Schlacht. Wo Ihr seid, scharen sich die Männer um Euch, die Reihen schließen sich wieder, und der Feind verzagt. Ein gewaltiger Krieger. Niemand stellt sich Euch freiwillig in den Weg.« Er streckte den Arm aus und legte seinen Zeigefinger in die Mitte von Menedrions Stirn. »Erinnert Euch an all dies. Erinnert Euch daran, wie Ihr Euch an den Boden eines Schlachtfelds erinnern würdet, fest und solide unter Euren Füßen, Erde, die Euch verläßlich trägt, während Ihr Euer Schwert schwingt. Erinnert Euch daran, wie Ihr Euch an das Gewicht Eurer Lanze erinnern würdet, die Bewegungen Eures Pferdes. Erinnert Euch. Ihr seid Euer eigener Herr. Ihr könnt nicht vom Fleck gerückt werden, wenn Ihr das nicht wollt. Schlaft mit dem Schwert, auf das Ihr Euch verlassen könnt. Ich werde Euch Eure Kraft ins Gedächtnis rufen. Der Schlaf enthält keine Drohung für dich. Träume in Frieden.«

Menedrion rührte sich nicht, als Antyr seine Hand zurückzog, doch alle Feindseligkeit war aus seinem Antlitz gewichen.

Antyr wandte sich dem Herzog zu und fixierte ihn mit demselben schwarzäugigen Blick. »Ihr habt all dies bereits gut verstanden, obwohl Ihr es nicht durchschaut, Sire«, sagte er. »Nun versteht Ihr es noch besser. Der Schlaf enthält keine Drohung für dich. Träume in Frieden.«

Es wurde sehr still im Raum, und Antyr bewegte sich sachte durch diese Stille wie wehender Nebel.

Er sah Estaan an. »Ihr stammt nicht aus diesem Land«, sagte er. »Ihr seid in Eurem tiefsten Innern gepeinigt, doch von einem anderen Ort wächst Euch eine fremde, tiefe Kraft zu. Träume in Frieden.«

Am Ende trat er zu Ciarll Feranc. Lange blickte er in das rätselhafte Antlitz des Hauptmanns.

»Und eine noch tiefere Stärke hier«, sagte er schließlich, sehr sanft. Er verneigte sich langsam. »Träume in Frieden.«

Feranc verneigte sich seinerseits.

Antyr wandte sich wieder an den Herzog. »Falls Pandra einverstanden ist, sollte er den Lord Menedrion begleiten, um ihn in seinen Träumen zu beschützen, Sire. Sein Gefährte ist eine verwandte Seele des Lords. Sehr wild.«

Ibris blickte zu dem alten Traumfinder hinüber, der zögernd nickte.

»Menedrion, nimm Pandra in deine Gefolgschaft auf«, sagte Ibris. »Aber er ist kein junger Spund. Sorg dafür, daß man ihn anständig versorgt. Bequemer Reisewagen, bequemes Quartier. Verstehst du mich? Und hör auf ihn.«

Menedrion sah den alten Traumfinder müde an, nickte dann. »Ich bin mir sicher, daß er ein angenehmerer Gesellschafter ist als dieser Bethlarii-Fanatiker mit seinem verdammten Predigerton und seinen endlosen Gebeten«, sagte er. »Aber wer bezahlt ihn? Aaken beschwert sich schon über die Kosten für diesen Gesandten, und ...«

Ibris runzelte die Stirn. »Das besprechen wir später, Irfan«, teilte er ihm knapp mit.

Menedrion grunzte, ganz und gar nicht überzeugt und erhob sich dann. »Nun gut, wenn das alle Entscheidungen in bezug auf meine Person sind«, erklärte er mit ätzender Stimme. »Dürfte ich mich jetzt vielleicht wieder meinen Pflichten zuwenden? Ich habe immer noch alle Hände voll zu tun, wenn wir wirklich morgen aufbrechen wollen.«

Nach seinem Weggang starrte Ibris einen Moment auf die Tür und wandte sich dann Antyr zu. »Für einen Mann, der Minuten vorher noch nicht wußte, was er tun sollte, scheint Ihr Euch Eurer Sache auf einmal sehr sicher zu sein«, meinte er.

Antyr zuckte mit den Schultern. »Ihr seid mein Herzog und mein Heerführer. Euer Befehl ließ mir keine Wahl. Also habe ich die Wahrheit gesagt, so wie ich sie sehe, und während ich sprach, spürte ich, daß das, was ich empfand, die Wahrheit war.«

Ibris erwiderte nichts, doch Antyr fuhr fort: »Außerdem«, bemerkte er. »Die ... Angreifer ... haben es nicht geschafft, Euch zu erreichen, als Ihr noch gar nichts von ihnen wußtet. Nun, da Ihr von ihnen wißt, erhöhen sich Eure Stärke und Selbstbeherrschung um ein Vielfaches. Fügt dem noch hinzu, daß sie vor Tarrian und mir geflohen sind, zweimal sogar schon, so habe ich das Gefühl, daß sie nicht allzusehr darauf erpicht sein dürften, zurückzukehren.«

»Aber wenn sie es doch tun, was wird dann aus meinem Sohn?« wollte Ibris wissen.

»Das vermag ich Euch nicht genau zu sagen, Sire«, erwiderte Antyr. »Doch wir werden in der Tat auf seltsame Weise beschützt. Irgendwer schützte Lord Menedrion auf unbekannte Weise in der Stunde seiner Not. Vielleicht ein naher Verwandter, der nicht genau wußte, was er tat. Jemand, der zufällig in die Strudel der Traumwege gezogen wurde. Er oder sie glaubt möglicherweise, daß es sich lediglich um einen Alptraum handelte. Doch nun, da Euer Sohn seine Angst und Verwundbarkeit akzeptiert hat, wird er wesentlich stärker sein. Und sollte es einen weiteren Angriff auf ihn geben, werden Pandra und Kany ihn auf der Stelle wecken.«

»Aber …« warf der Herzog ein, der einen Hauch von Zweifel aus der Stimme des Traumfinders herausgelesen hatte.

Antyr verzog das Gesicht. »Aber wer sie sind? Was sie wollen? Warum sie es wollen …?« Er zuckte mit den Achseln. »All jene Fragen, die mir vorhin den Blick verstellten, müssen sich früher oder später von selbst beantworten, denn am Ende *werden* sie zurückkehren. Da war eine Bosheit, die nicht ruhen noch rasten wird, bis …« Er unterbrach sich, als ihm plötzlich ein finsteres Bild vor Augen trat. Er beschrieb es zögernd. »… bis sie lustvoll über endlose Schlachtfelder geschritten ist, voll mit unseren Toten, knietief in Blut und Fleisch watend.« Seine Augen verengten sich, fielen zu. Schwach nahm am Rande seiner Gedanken ein Wort Gestalt an. »Rache«, sagte er leise. »Ein uraltes und dunkles Übel sinnt auf Rache.«

Tiefe Stille füllte den Raum erneut aus. Niemand regte sich, niemand sagte etwas.

Eine Lampe zischelte geräuschvoll, brach den Bann.

»Und Ihr, Antyr?« fragte Ibris mit einem Räuspern. »Was ist mit Euch? Wer wird über Euren Nächten wachen?«

»Tarrian und Grayle. Und mein eigener Verstand, mein eigenes Bewußtsein«, erwiderte Antyr. »Und ich werde mein

Schwert und meine Dolche für den Fall schärfen, daß ich gegen meinen Willen fortgezogen werde. Ich werde sie immer bei mir tragen.«

»Aber immer noch bleiben Fragen, nichts als Fragen«, klagte Ibris.

»Fürwahr, Sire«, pflichtete ihm Antyr bei. »Aber uns bleibt nun nichts anderes zu tun, als auf die Nacht und den Schlaf zu warten. Wir haben alles getan, was wir hier tun können. Und nun, mit allem Respekt, glaube ich, daß Ihr dringendere Aufgaben betreffs der Sened und des Bethlarii-Gesandten zu erfüllen habt.«

Ibris erhob sich. »In der Tat«, sagte er. »Eine Ermahnung zur rechten Zeit.« Er warf einen Blick auf die Uhr auf dem Kaminsims. »Und ich muß mich wirklich sputen. Die Sened wird alles andere als erfreut sein, wenn ich sie zu einer Abendsitzung zwinge.«

Antyr am Arm nehmend, schritt er auf die Tür zu. Feranc tauchte neben ihnen auf. »Ihr müßt mich über alles auf dem laufenden halten, was in dieser merkwürdigen Angelegenheit geschieht«, erklärte er. »Ich habe es aus diesem Grunde so eingerichtet, daß Ihr jederzeit freien Zugang zu mir habt. Ich weiß, daß Ihr dieses Privileg nicht ausnutzen werdet. Gleichzeitig muß ich jederzeit wissen, wo Ihr Euch gerade aufhaltet. Und geht nirgendwo ohne Estaan hin. Versteht Ihr? Es gibt andere, prosaischere Mächte als Traumdämonen und Bethlarii, die mir nicht wohlwollen, und die Tatsache, für mich von Wert zu sein, zieht manchmal die unangenehmste Aufmerksamkeit auf sich.«

»Ja, Sire«, antwortete Antyr mit einer Verbeugung, während er dem Herzog und Feranc die Tür aufhielt. Als Feranc an ihm vorbeiging, sah dieser ihn rasch an und nickte ihm kurz und zufrieden zu.

»Ihr habt den Hauptmann beeindruckt«, ließ Estaan ihn wissen, nachdem Antyr die Tür geschlossen hatte.

»Ich habe mich selbst beeindruckt«, entgegnete Antyr wehmütig, während er wieder Platz nahm. »Bei den Göttern, mir zittern die Knie. Was ist bloß in mich gefahren, daß ich auf diese Weise zu dem Herzog und Menedrion gesprochen habe? Und jetzt habe ich mich auch noch in die Palastpolitik hineinziehen lassen.«

Tarrian und Grayle trotteten zu ihm, und Tarrian ließ sich auf die Hinterläufe nieder und schmiegte sich an ihn. Er sagte nichts, aber seine Befriedigung und Zustimmung breiteten sich in Antyr Geist aus. Der Traumfinder streckte die Hände aus und hielt beide Wölfe fest.

Dabei hob er den Blick zu Pandra, der schweigend an der Wand lehnte. Reue überfiel ihn beim Anblick des gebrechlichen alten Mannes.

»Es tut mir leid«, sagt er. »Ich habe Euch einen schlechten Dienst erwiesen, vielleicht kann ich es noch rückgängig machen. Ich bin mir sicher, daß wir jemand anderen auftreiben können, um über Menedrion zu wachen, falls es Euch zuviel werden sollte.«

Die Bemerkung brachte Leben in Pandra. »Nein, nein«, wehrte er ab. »Das ist phantastisch. Ich habe mich mein ganzes Leben über mehr schlecht als recht durch mein Gewerbe laviert, immer mit dem unbestimmten Gefühl im Hinterkopf, daß irgend etwas fehlte. Ich habe mich oft gefragt, ob ich nicht auch nur so ein Scharlatan bin. Nun schreite ich an der Seite eines Meisters. Die Schwelle selbst winkt. Nein, Ihr habt mir keinen schlechten Dienst erwiesen.«

Antyrs Reue wurde um keinen Deut geringer. »Sie haben Nyriall umgebracht, das wißt Ihr doch«, gab er zu bedenken. »Haben ihn umgebracht.«

»Haben ihn hier umgebracht«, stellte Pandra richtig. »Aber nicht dort. Dort war er noch am Leben. Schritt von Welt zu Welt ...«

»Weil sie ihn jagten!« rief Antyr aus.

Pandra jedoch ließ sich nicht umstimmen. »Aber er ist entkommen«, erklärte er. »Außerdem geriet er rein zufällig dorthin. Ich mag zwar kein Meister sein, aber wenn ich unabsichtlich dorthin gezogen würde, weiß ich jetzt zumindest, worum es geht. Und *ich* werde in Zukunft auch mein Schwert und meine Dolche allzeit bei mir tragen!«

Antyr seufzte und richtete sich auf. »Kany, was hältst du von dem Enthusiasmus deines Finders?« fragte er.

»Oh, ganz reizend, daß ich auch mal gefragt werde«, erklang flugs die übelgelaunte Antwort. »Mach dir nur nicht zuviel Umstände, uns als Freiwillige zu rekrutieren, um auf der Schwelle herumzuwandern und finstre Meistertraumfinder anzugreifen und Mynedarion zu erschlagen, die Gewitterstürme und Legionen von Schatten hinter sich haben. Genau das hat uns noch gefehlt, um uns die langweiligen Stunden unseres Ruhestands zu versüßen.« Antyr klappte den Mund auf, um etwas zu erwidern, doch Kany, der nun erst so richtig in Fahrt geriet, redete ihn nieder.

»Und was hast du damit sagen wollen, als du mich eine ›verwandte Seele‹ zu diesem Rüpel von Menedrion genannt hast?« wütete er. »Das war wirklich sehr zuvorkommend von dir!«

»Er wird sich schon an die Vorstellung gewöhnen«, schaltete sich Pandra beschwichtigend ein.

»Du beschützt Menedrion doch nur«, erklärte Antyr, seine Aussage von vorhin abschwächend.

»Entscheide dich«, fuhr das Kaninchen ihn an. »Bist du froh oder bereust du es, daß du uns zu diesem Job überredet hast?«

Antyr gab wieder keine Antwort, doch diesmal kam ihm kein kluger Einfall: Er schrumpfte unter Kanys mißfälligem Blick förmlich zusammen.

»Beachtet ihn einfach nicht«, riet Pandra. »Ihr hattet keine Wahl, und ich sehe unserer Zukunft mit Vergnügen entgegen. Und Kany geht es ganz genauso, ehrlich. Obwohl er sich lieber die Zunge abbeißen würde, als es zuzugeben. Außerdem vermag ich keine Gefahr darin zu sehen, lediglich über ihn zu wachen. Aber, um offen zu sein, ich möchte lieber mit einem Fanfarenstoß als mit einem langen Seufzer abtreten. Das Alter ist ohnehin nicht das richtige für mich.«

»Ein langer Seufzer ist für mich gerade das richtige«, murrte Kany. »Das Verlangen nach Ruhm und Ehre ist einer jener menschlichen Züge, die nicht zu begreifen ich mich glücklich schätze.«

Antyr entschied, die Sache besser auf sich beruhen zu lassen. Da fiel ihm etwas anderes ein.

»Was ist eigentlich mit den Liktoren, die uns verhaftet haben?« wandte er sich an Estaan. »Ich habe sie ganz vergessen. Ich hätte das vor dem Herzog zur Sprache bringen sollen.«

Estaan schüttelte den Kopf. »Ich bin froh, daß Ihr das nicht getan habt«, erklärte er mit einem Lächeln. »Ich glaube nicht, daß er sehr beeindruckt davon wäre, wie ich für Euer Wohlergehen sorge, wenn er hört, daß wir wegen Totschlags verhaftet und in einen verdächtigen Todesfall verwickelt worden sind.«

Antyr ließ sich nicht beruhigen. »Euer Freund, der für uns gebürgt hat, hat uns lediglich auf Kaution freibekommen, wißt Ihr«, erklärte er. »Rein rechtlich gesehen stehen wir immer noch unter Arrest.«

Estaan lachte. »Und völlig zu Recht«, meinte er. »Was hättet Ihr getan, wenn Ihr zwei zweifelhafte Individuen, die behaupteten, im Dienst des Herzogs unterwegs zu sein, neben einer Leiche angetroffen hättet?«

»Nun, ich vermute ...«, begann Antyr.

»Keine Angst«, sagte Estaan wegwerfend, aber freundlich. »Ich kümmere mich um die Sache, wenn ich die Vorkehrungen für Nyrialls Begräbnis treffe. Es wird keinerlei Probleme geben.«

Die Erwähnung von Nyriall erfüllte Antyrs Geist erneut mit düsteren Gedanken. »Es fällt mir schwer, mir vorzustellen, daß er just in diesem Augenblick noch irgendwo am Leben ist, über jene sonnenbeschienenen Felder wandelt, während er gleichzeitig kalt und steif in diesem schäbigen Kämmerchen liegt.«

»Glaubst du, sie verfolgen ihn immer noch?« Die Stimme gehörte Grayle, und sie klang gramgebeugt. Antyr bückte sich und streichelte den Wolf. »Das glaube ich nicht, Grayle«, sagte er. »Ich bin vielmehr der Meinung, daß mein Auftauchen ihnen gezeigt hat, daß sie Wichtigeres zu erledigen haben. Mach dir nicht zu viele Sorgen. Er freute sich auf einen Neuanfang in einer unbekannten Welt. Er sagte, er hätte daran gezweifelt, daß er noch einen von diesen nebligen Wintern in Serenstad überstanden hätte.«

Eine Woge der Trauer überflutete ihn. Es war der Wolf, das wußte er.

»Doch es bereitete ihm große Trauer, sich von dir zu trennen«, fuhr er fort. »Er sagte, er würde dich sehr vermissen, und daß ich dir danken solle. Er hätte keinen besseren Gefährten haben können.«

Grayle stieß ein leises Winseln aus, und dann streckte er sich aus und ließ den Kopf auf die Vorderpfoten sinken. Antyr streichelte ihn weiter.

»Am Ende habe ich ihn im Stich gelassen«, sagte Grayle. »Irgendwie entglitt er mir. Ich weiß nicht, wie das geschehen konnte. Er war dort, und dann war er weg. In Bruchteilen einer Sekunde. Einfach weg.«

Bevor Antyr etwas erwidern konnte, mischte sich Tarrian auf einer Ebene unterhalb des Bewußtseins ein. Antyr streckte zögernd die Fühler nach ihnen aus, um sich dann jedoch zurückzuziehen und die beiden Brüder sich selbst zu überlassen.

»Nun, ich vermute, der Rest des Tages gehört mir«, murmelte er sarkastisch.

Er hatte jedoch kaum ausgesprochen, als die Tür wieder aufging und der Herzog ins Gemach trat. »Mir ist da gerade etwas eingefallen, Antyr«, erklärte er. »Ich hätte gerne, daß Ihr heute nacht die Träume des Bethlarii-Gesandten beobachtet. Geht das?«

»Jawohl, Sire«, erwiderte Antyr mit einem kaum merklichen Schulterzucken. »Vorausgesetzt, daß er nicht zu weit weg ist.«

Ibris nickte. »Das habe ich mir schon gedacht«, sagte er. »Ich kümmere mich darum.« Wieder sah er Antyr an, streng diesmal. »Und Antyr, diesmal geht es um Staatsangelegenheiten. Ihr schuldet diesem Mann keine Verschwiegenheit. Ich will alles wissen, wovon er träumt. Bereitet Euch das irgendwelche Schwierigkeiten?«

Antyr entsann sich seiner Beteuerungen vor dem Leibwächter, als er am vorigen Abend den Herzog aufgesucht hatte.

»O ja, Sire«, entgegnete er. »Es widerspricht allem, was ich gelernt habe. Doch der Krieg stellt ein weitaus größeres Übel dar, und wenn ich Euch Informationen verschaffen kann, einen solchen zu verhindern, dann wird mich nichts davon abhalten.«

KAPITEL 24

Tarrian und Grayle gingen ein Stück vor Antyr und Estaan durch den geschäftigen Nachmittagsverkehr. Grayle hielt sich ein wenig hinter seinem Bruder, trabte jedoch in genau dem gleichen Schritt wie er.

Antyr hob den Kopf. Die grauen Wolken hatten sich den ganzen Tag über aufgehellt, und nun brach die Front gar auf und ließ den wäßrig blauen Himmel sehen. Gelegentlich fluteten Lichtkegel der niedrig stehenden Sonne über die Stadt, warfen tanzende Schatten über die Straßen und schnitten wie goldene Sicheln durch den Dunst.

Die kleine Gruppe erwartete kein Ziel am Ende ihrer Wanderung. Antyr hatte seinem Bedürfnis Ausdruck verliehen, ein wenig spazierenzugehen und eine Zeitlang nachzudenken, und dies war das Ergebnis. Pandra war im Palast zurückgeblieben, um sich auszuruhen und im Luxus der Räumlichkeiten zu schwelgen und den neuen Status zu genießen, der ihm so unverhofft zuteil geworden war.

Sowohl Antyr als auch Estaan waren jedoch in Gedanken versunken.

Antyr war überrascht, wie bereitwillig er dem neuen Vorschlag – Befehl – des Herzogs Folge geleistet hatte, er sollte in den Träumen des Bethlarii-Gesandten herumspionieren. Ein Träumer gestattete dem Traumfinder Zugang zu seinen tiefsten und geheimsten Gedanken, und wie weit seine Zunft auch in den letzten Jahren gesunken sein mochte, die Vertrauensregel wurde genauso peinlich eingehalten wie vorher, ja, sie hatte unter Serenstads Gesetzen noch zusätzlich rechtlichen Schutz erlangt.

Und sie war tief in Antyr verankert. Allein diese Tatsache hatte er während seiner gebrochenen, bitteren beruflichen Entwicklung nie in Frage gestellt. Die Vorstellung, die Träume eines Kunden auszuplaudern, war undenkbar, erregte körperliche Übelkeit in ihm.

Nun hatte er sich jedoch recht bereitwillig nicht nur damit einverstanden erklärt, die Trauminhalte eines Mannes auszuplaudern, sondern auch noch, diese Träume ungebeten zu betreten, was einen sogar noch größeren Bruch mit den altehrwürdigen Vorschriften seiner Zunft bedeutete. Und was ihn am meisten überraschte, war die Tatsache, daß er nicht den leisesten Anflug von Reue oder Zögern verspürt hatte.

Die Logik seiner Entscheidung hatte er ganz spontan und mit überzeugender Klarheit dargelegt, als der Herzog ihn ersucht hatte, verdeckt die Träume des Gesandten zu durchforschen. Doch er fühlte sich ein wenig unbehaglich, weil die Vorstellung ihn vom Gefühl her nicht mehr abstieß. Ja, eigentlich freute er sich sogar auf das Abenteuer.

Wer bin ich, daß ich mir anmaße, die Lehren von Jahrhunderten so beiläufig hintanzusetzen, selbst in einem so lebenswichtigen Fall? dachte er bei sich.

»Wahrscheinlich bist du der erste, der die Gelegenheit dazu hat.« Tarrians Meinung war unmißverständlich. »Ibris hat eben viele originelle Ideen. Nebenbei bemerkt, worüber regst du dich auf? Das, worum er dich gebeten hat, ist doch nichts anderes, als durch Hecken und Büsche zu kriechen, um die Stärke und Aufstellung einer feindlichen Armee herauszubekommen. Du marschierst auch nicht in die Schlacht, mit Scheuklappen vor den Augen, um diese dann an Ort und Stelle abzulegen und vorbereitungslos mit dem Kampf zu beginnen, nur damit niemand einen unfairen Vorteil hat, oder?«

Antyr empörte sich über Tarrians Spott. »Nein«, begann er. »Das ist ganz und gar nicht dasselbe …«

»Aber natürlich ist es das, du Esel«, hielt Tarrian brutal dagegen. »Dieser Gesandte hat dich nicht darum gebeten, in seinen Träumen herumzusuchen, also mißbrauchst du auch sein Vertrauen nicht. Du wirfst einfach einen Blick in seine Geheimdokumente. Unter anderen Umständen würde man ihm deren Inhalt unter der Folter entreißen, das weißt du auch. Du redest von Krieg, Mann, und Spionieren ist da das bedeutend geringere Übel. Wir finden möglicherweise Dinge heraus, die Hunderte von Menschenleben retten. Sieh dich doch mal um. Manche von den Leuten, die du jetzt siehst, werden in einem großen Krieg getötet werden; besonders die Jungen. Viele von ihnen werden einen Menschen verlieren, den sie kennen oder lieben, und jeder einzelne von ihnen wird Not erdulden, ob es nun Nahrungsmittelknappheit oder Sondersteuern sind. Wo liegt das Problem?« Er wartete nicht auf eine Antwort. »Und falls wir nichts Bemerkenswertes finden, schadet es auch niemandem.«

»Ja, ja, ich weiß«, gab Antyr zu, während er den Blick über die spätnachmittägliche Menschenansammlung schweifen ließ. »Du sprichst mir aus der Seele, aber ich habe trotzdem ein schlechtes Gefühl, weil ich so gar kein schlechtes Gefühl bei der Sache habe.«

»Zu kompliziert für mich, fürchte ich«, erklärte Tarrian mit einem verächtlichen Schnaufen. »Ich schlage vor, du genießt die frische Luft und den Spaziergang, denn es könnte eine arbeitsreiche Nacht werden.«

Antyr nickte. Es bestand kein Grund, den Streit fortzusetzen. Wenn es denn überhaupt ein Streit gewesen war, da doch keiner der Teilnehmer ein Wort über die Persönlichkeitsrechte des Gesandten verloren hatte. Antyr würde aus vielerlei Gründen tun, worum der Herzog ihn gebeten hatte. Doch entscheidend war die Entschlossenheit, daß er, wenn er schon die Fähigkeit besaß, anderen jene Erfahrungen zu ersparen, die er auf dem Schlachtfeld hatte machen müssen, diese Fähigkeit auch einsetzen würde. Vielleicht war ja seine Fähigkeit auch letztendlich gerade für solche Gelegenheiten da.

Seine linke Hand glitt zur rechten, und das nicht zum ersten Mal, um nach dem Ring zu tasten, den Feranc ihm gegeben hatte, bevor er den Palast verlassen hatte. »Dies ist ein Zeichen Eures hohen Amtsrangs, Antyr«, sagte er. »Zögert nicht, es zu gebrauchen, wenn Ihr es nötig habt.« Heimlich schielte Antyr auf den Ring. Er trug die Insignien des Herzogs.

»Ja, du hast recht«, sagte er laut.

»Verzeihung«, meinte Estaan, der aus seinen eigenen Tagträumen aufgeschreckt wurde und sich ihm überrascht zuwandte.

»Nein, ich bin es, der um Verzeihung bitten muß«, beeilte sich Antyr zu versichern. »Ich unterhielt mich unter vier Augen mit Tarrian. Ich werde es nicht wieder tun. *Wir* werden es nicht wieder tun, nicht wahr, Tarrian?«

»Nein«, hallte Tarrians Stimme in seinen Gedanken wider. »Tut mir leid, es war gedankenlos von mir, Euch nicht einzubeziehen, Estaan.«

Estaan schüttelte leicht den Kopf und sah dann Antyr an. »Ist ein merkwürdiges Gefühl, dieses tonlose Im-Kopf-Sprechen. Wie macht ihr es?«

Antyr lachte und hob die Hände, um seine Unwissenheit zu bekunden. »Wie geht man? Wie atmet man?« fragte er. »Ich habe keine Ahnung, wie wir es machen. Die Fähigkeit ist uns einfach angeboren: die Gabe, einen flüchtigen Blick in den Geist unserer Mitmenschen zu werfen und sich stimmlos zu verständigen. Vieles an der Traumfinderei ist zutiefst befremdlich und nicht einmal annäherungsweise begreiflich.«

Estaans Augen verengten sich. »Ihr könnt also wirklich anderen Leuten in den Kopf sehen«, sagte er, als bestätige sich ein schon lange gehegter Verdacht. Seine Stimme hatte eine gewisse Schärfe angenommen, die Antyr plötzlich leicht nervös werden ließ.

Es war jedoch Tarrian, der Antwort gab. »Nein, er kann das nicht«, entgegnete er. »Außer in dem Maße, wie ich ihn dazu in die Lage versetzte. Aber ich kann es.«

»Wie weit, wie leicht?« fragte Estaan fast schneidend.

»Das hängt davon ab«, erwiderte Tarrian gelassen. »Manchmal steht das Haus offen, und alle Lichtlein brennen, und ich kann ungehindert von Raum zu Raum wandern.

Manchmal ist es fest verschlossen, und ich kann kaum einen flüchtigen Blick durch die Fenster werfen.« Seine Stimme wurde bestimmt. »Aber ich schaue nur hinein, wenn ich darum gebeten werde oder der Meinung bin, jemand stelle eine Gefahr dar.«

Estaan sah ihn mißtrauisch an. »Wie soll ich wissen, daß du nicht eben in diesem Augenblick in meinen Gedanken herumwühlst?« fragte er ungeschickt.

»Das weiß man nie«, antwortete Tarrian unverblümt. »Ihr müßt mir vertrauen. Ihr müßt Euch fragen: ›Ist dieser Wolf ein ehrenwerter Mann?‹ Und dann müßt Ihr die möglichen Antworten auf Eure Frage sorgfältig abwägen.«

Estaan hielt inne und sah Tarrian erneut an. »Du foppst mich, nehme ich an«, sagte er schließlich.

»Geringfügig«, erwiderte Tarrian lachend. »Doch ich beantworte Eure wahre Frage, wenn Ihr wollt.«

»Was meinst du damit?« Estaans Stimme war voller Abwehr.

»Ich meine, daß es Gelegenheiten gibt, bei denen ich Leuten unbeabsichtigt zuhöre. Wie es jetzt bei Euch der Fall ist«, erwiderte Tarrian.

Die Gruppe wurde vorübergehend von einer lärmenden Lehrlingsmeute getrennt, die aus einem Gebäude herausflutete. Sie rannten lachend und grölend die Straße hinunter.

»Was meinst du damit?« fragte Estaan erneut, nachdem sich die ungestümen jungen Leute verlaufen hatten, und hob gleichzeitig die Hand, um seine Augen vor dem gleißenden Sonnenlicht zu beschirmen, das in die Straße fiel.

»Ich kann Euch hören, wenn Ihr schreit«, antwortete Tarrian. »Das ist die Schwierigkeit mit euch Menschen, ihr müßt immerzu schreien. Ihr scheint wenig beziehungsweise gar keine Kontrolle über eure Gedanken zu haben. Die meiste Zeit verbringen wir mit dem Versuch, wegzuhören.«

»Ich verstehe nicht«, sagte Estaan hartnäckig, der sich beinahe ereiferte.

»Die Antwort auf Eure Frage ist Nein, ich weiß nichts von eurer Geschichte, bevor Ihr und die anderen Mantynnai in dieses Land kamt«, erklärte Tarrian mit fester Stimme. »Wenn Euch das tröstet, es ist in einem dunklen, verschlossenen Teil Eures Geistes abgelegt, glaubt mir, und nichts würde mich dazu bringen, dort einzutreten. Und die wenigen Fetzen, die herausdringen, weigere ich mich entschieden zu hören. Ist Eure Frage damit beantwortet?«

Estaan blieb stehen und legte versonnen die Hand über seinen Mund. »Ja«, sagte er kurz darauf. »Tut mir leid, daß ich an dir gezweifelt habe, aber was hat ...«

»Fragt ihn selbst. Das hatte nichts mit mir zu tun«, unterbrach ihn Tarrian brüsk.

Als widerstrebe es ihm, wandte sich Estaan zu Antyr um. »Was meintet Ihr damit, als Ihr sagtet, ich sei zutiefst gepeinigt?« fragte er.

Antyr hielt seinem Blick stand. Die Sonne fiel auf die Gesichter der beiden Männer und tauchte sie zur Hälfte in tiefen Schatten. »Ich weiß nicht«, erwiderte Antyr. »Ich habe einfach das ausgesprochen, was ich fühlte. Ich wollte Euch nicht beleidigen, wollte Euch keinen Schmerz zufügen. Ich sagte auch, daß Ihr fremde, seltsame Kräfte in Euch habt. Und all das spüre ich auch jetzt noch. Was soll ich mehr sagen?«

Estaan stieß einen tiefen Atemzug aus. »Nichts«, sagte er nach langem Schweigen. »Vergebt mir. Es geschehen so viele eigenartige Dinge. Alte Erinnerungen, alte Gefühle steigen an die Oberfläche, die wir ... die ich ... für lange begraben hielt. Es ist, als beginne irgendeine gewaltige Macht die Grundfesten der Erde zu erschüttern, und ganz gleich, was wir auch tun, wir sind nicht in der Lage, die Konsequenzen abzuwehren.«

Antyr erwiderte nichts. Estaans Gedanken stimmten zu sehr mit seinen eigenen Befürchtungen überein.

Jäh straffte sich Estaan, als habe das Aussprechen seiner Sorgen ihn auch schon von ihnen befreit. »Wie dem auch sei, wir können nicht mehr tun, als den Kampf auszufechten, in den wir gestellt werden, nicht wahr? Und wachsam und auf der Hut zu bleiben, wenn wir ihn überleben wollen. Uns kann nichts Schlimmeres widerfahren als das, was bereits geschehen ist. Und dieses Mal werden wir vorbereitet sein.«

Antyr ließ diese geheimnisvolle Bemerkung im Raum stehen. Ihm hatte dieser unbeabsichtigte Ausflug in die dunklen Bereiche des kollektiven Mantynnai-Gedächtnisses, wie kurz er auch gewesen sein mochte, keinen Spaß bereitet.

»Wo wir gerade von Überleben reden«, griff er das Wort auf. »Als ich auf der Schwelle war, hatte ich alles, was ich in Nyrialls Raum bei mir hatte, am Leib.« Er klimperte mit dem Inhalt seiner Taschen, um seinen Gedankengang zu veranschaulichen. »Die traditionelle Amtsrobe eines Traumfinders schließt ein Schwert und zwei Dolche ein, und das muß den Grund haben, daß wir bewaffnet sein sollen, wenn wir die Schwelle betreten. In Zukunft habe ich vor, das Schwert und mindestens zwei Dolche zu tragen, so daß ich mich im Notfall selbst verteidigen kann. Würdet Ihr mir wohl dabei behilflich sein, die Waffen auszuwählen, und mir darüber hinaus einige Tips für den Umgang mit ihnen geben?«

Estaan sah aus, als schwanke er zwischen Besorgnis und Erheiterung. »Tss, tss, tss«, sagte er, sich für letzteres entscheidend, und begann die Vorschriften zu zitieren, die die militärischen Pflichten der Bürger Serenstads regelten: »Jeder erwachsene männliche Serens soll besitzen und pflegen ...« Er zählte die Gegenstände an seinen Fingern ab. »... eine Pike, einen Bogen und drei mal zwanzig Pfeile, und er soll jederzeit bei sich tragen ein brauchbares Schwert und ...«

Antyr hob flehend die Hand. »Ich meine es ernst«, sagte er. »Ich brauche Eure Hilfe. Das war eine sehr reale Welt, in der ich mich da wiederfand, und abgesehen von dem Gewitter war es ein sehr reales Schwert, das gegen mich geschwungen wurde. Und Nyriall behauptete, er habe sich zu einem bestimmten Zeitpunkt am Rande einer gewaltigen Schlacht wiedergefunden.« Er wurde ernst. »Ich habe eine Grundausbildung im Schwertfechten genossen, und in der Schlacht habe ich es auch ein-, zweimal benutzen müssen.

Ich habe niemanden getötet, glaube ich zumindest, aber ich brauche einfach ...«

»Tut mir leid«, sagte Estaan, der wieder ernst wurde. »Ich helfe Euch natürlich auf jede erdenkliche Weise.« Antyr sah erleichtert aus, doch Estaan schaute ihn feierlich an. Er nahm ihn fast väterlich am Arm. »Ihr müßt verstehen, Antyr. Allein zu kämpfen, Mann gegen Mann, ist etwas ganz anderes, als in der Schlachtreihe zu kämpfen. Eine Waffe macht noch keinen Krieger. Das kommt aus dem Mann selbst. Sich auf eine Waffe zu verlassen, kann sich im wahrsten Sinne des Wortes als tödlich erweisen. Ohne wahre Selbstkenntnis kann die Tatsache, daß Ihr ein Schwert tragt, für einen Feind schlicht bedeuten, daß er es Euch entreißt und gegen euch wendet. Es mag sein, daß Ihr unbewaffnet stärker und besser dran seid.«

Antyr sah ihn verunsichert an. »Ich glaube, ich verstehe Euch«, meinte er zurückhaltend. »Und der Grund, warum ich kein Schwert besitze, ist just der, daß ich es in der Vergangenheit benutzen mußte; ich ließ es auf dem Schlachtfeld zurück. Aber jetzt hätte ich gern wieder eins, und des weiteren Euren Rat, wie ich es am besten einsetze.«

Estaan lächelte das Lächeln des professionellen Kriegers für den uneinsichtigen Amateur. »Ihr sollt beides haben«, sagte er. »Und das beste, was ich auftreiben kann.«

Die sinkende Sonne verwandelte sich in einen roten Feuerball, tauchte Ibris' atemberaubende Stadt in glitzerndes Rubin und Granat. Ein paar verstreute rosa Wölkchen zogen müßig über ihre Köpfen dahin, doch am Horizont waren sie von einem drohenden Schwarz. Antyr drehte wieder an dem Ring an seinem Finger und wandte sich dann zurück zum Palast.

Später bereitete er sich auf die heimliche Beobachtung des Bethlarii-Gesandten vor. Feranc zeigte ihm das Quartier des Gesandten. Das Bett des Mannes befand sich in einer Ecke des Raums. »Ich habe die Gemächer dahinter und daneben räumen lassen«, teilte Feranc ihm mit. »Sucht Euch den Raum aus, der Euch für eure Nachtwache am geeignetsten erscheint.«

Tarrian und Grayle schnüffelten neugierig in dem Zimmer herum. Antyr besah sich das Bett. Seine Laken und Decken waren offensichtlich von außergewöhnlicher Qualität und fein mit Stickmustern verziert. Doch sie waren zurückgeschlagen und so pedantisch zusammengefaltet, wie es nur ein Soldat tun konnte.

Der Anblick schürte Erinnerungen an seine eigene Militärzeit und jene eigenartige Mischung aus Einsamkeit und enger Kameradschaft, die die disziplinierte gemeinsame Lebensweise hervorgerufen hatte. Zum ersten Mal, seit er den Befehl des Herzogs entgegengenommen hatte, verspürte er einen Anflug von Reue darüber, diesem Mann, der praktisch allein unter seinen Feinden war, einen solchen ›Hinterhalt‹ zu stellen. Das würde ihn allerdings nicht davon abhalten, dem Befehle des Herzogs Folge zu leisten, noch ließ es ihn an den Gründen für diesen zweifeln, aber ironischerweise führte es dazu, daß er sich ein wenig besser fühlte.

»Das ist egal«, sagte er. »Sucht denjenigen aus, in dem ich die Nacht über am ungestörtesten sein werde.«

Feranc plazierte ihn in den Seitenraum. Er war genau wie derjenige des Gesandten möbliert, doch Tarrian und Grayle untersuchten ihn nichtsdestotrotz nicht minder gründlich.

»Wann wird er sich zurückziehen?« fragte Antyr und setzte sich auf die Bettkante.

Feranc lächelte leicht. »Ziemlich bald, denke ich. Er reagiert auf Lord Menedrion in fast derselben Weise, wie Lord Menedrion auf ihn reagiert. Ganz gewiß verspürt keiner von ihnen das Bedürfnis, länger als absolut notwendig in des anderen Nähe zu verweilen.«

Er blieb in der Tür stehen. »Birgt diese … Prozedur … irgendeine Gefahr?« fragte er.

Antyr schüttelte den Kopf. »Nein«, sagte er. »Eine ganz gewöhnliche Prozedur. Üblicherweise wird sie angewandt, wenn jemand schwere Alpträume hat. Man kann sie entweder aufwecken oder vorzugsweise während des Traums auf sie einreden, um ihnen ins Gedächtnis zu rufen, daß es nur ein Traum ist und daß sie die Kontrolle haben. Außerdem war ich noch nie so gut beschützt: mit Estaan als Türwächter, zwei Gefährten als Führern und diesem Schwert an meiner Seite.«

Feranc warf einen zweifelnden Blick auf das Schwert. »Wird das tatsächlich ... dort ... sein, bei Euch? Im Traum?« fragte er.

Antyr schüttelte den Kopf. »Nicht im Traum«, sagte er. »Doch wenn ich irgendwie wieder auf die Schwelle gezogen werden, dann wird es dort bei mir sein, dessen bin ich mir sicher.«

»Ich will nicht behaupten, daß ich das verstünde«, erklärte Feranc nach einer nachdenklichen Pause. »Trotzdem ...« Er zuckte mit den Schultern. »Seid vorsichtig.« Dann schien er seine Sorgen beiseite zu schieben und wurde praktisch. »Ihr wißt ja, das ist ein Mantynnai-Schwert. Länger und mit einem anderen Schwerpunkt als die, welche wir bei der Infanterie einsetzen. Könnt Ihr damit umgehen?«

Erneut schüttelte Antyr den Kopf. »Nicht besonders gut, glaube ich«, erwiderte er. »Aber es ist mir lieber, daß ich eins habe. Estaan hat es mir geliehen.«

Feranc nickte zweifelnd und sah dann eindringlich in Antyrs allmählich schwarz werdende Augen. »Wenn Ihr in Gefahr geratet, müßt Ihr den *wahren* Weg des Kriegers beschreiten: Hör gut zu, vermeide, fliehe, wenn du kannst, und kämpfe nur, wenn du mußt.«

Er sprach ganz ruhig und ohne dramatische Betonung, doch die Worte schienen wie eine gewaltige Woge über Antyr zu brechen, schienen ihm Bedeutungen zu vermitteln, die weit über den vordergründigen Wortsinn hinausgingen.

»Ich danke Euch«, stammelte er und legte die Hand linkisch auf den Schwertgriff. »Ich werde daran denken.«

»Und wenn Ihr dieses Ding da ziehen müßt, macht's einfach«, fuhr Feranc fort, in Richtung des Schwertes nickend. »Geradliniger Ausfall, geradliniger Hieb, Standardparaden. Und macht euch aus dem Staub, sobald Ihr die Gelegenheit dazu bekommt.«

Er war fort, bevor Antyr etwas erwidern konnte.

Der in der Nähe wartende Estaan stieß lange und gedehnt

die Luft aus. »Ich hätte Euch das nicht in einem ganzen Jahr beibringen können«, meinte er. »Was für ein Mann. Ich habe Euch ja bereits gesagt, daß das Kriegersein von innen kommt.« Er wandte sich Antyr zu. »Wie habt Ihr Euch gefühlt, während er mit Euch sprach?«

Antyr zauderte. »Wie ein Tölpel«, sagte er, nachdem er vergeblich nach dem richtigen Wort gesucht hatte.

Estaan klopfte sich auf den Bauch. »Genau wie ich. Und ich weiß, wovon er spricht. Denkt daran, wie er war, als er das mit Euch gemacht hat, und seid genauso«, verlangte er. »Ich weiß, daß ich es sein werde.«

Ferancs Präsenz schien immer noch den Raum auszufüllen, und die beiden Männer sprachen nur ganz wenig, während sie auf die Rückkehr des Gesandten in sein Gemach warteten.

»Denkt jetzt nicht mehr an Feranc«, riet Tarrian den beiden nach einer Weile mit leiser Stimme. »Oder wir tragen seine Präsenz in den Traum und werden ganz gewiß entdeckt. Er hat nur getan, was jeder gute Lehrer getan hätte: Er hat dir gezeigt, was du schon weißt.«

»Ja«, stimmte Antyr ihm kurz und bündig zu, schwang seine Beine aufs Bett und richtete befangen sein Schwert.

»Was soll ich tun?« fragte Estaan.

»Nichts«, antworteten die beiden Wölfe und Antyr gleichzeitig, was Estaan zusammenfahren ließ.

Antyr lachte. »Bewacht einfach nur die Tür und laßt niemanden außer Pandra herein«, trug er ihm auf.

Die Geräusche von Stimmen, die sich über den Gang draußen näherten, beendeten den Wortwechsel.

»Es sind Menedrion und der Gesandte«, flüsterte Estaan.

Antyr nickte und schaute dann zu Tarrian und Grayle hinunter. Die Augen beider Wölfe funkelten leuchtend gelb. Flüchtig sah er zu sich selbst hoch, und seine Augen waren schwarz und lagen tief in ihren Höhlen. Das Ganze geschah zweimal, weil beide Wölfe sich so mit ihm austauschten. Grayles Körper fühlte sich anders an als Tarrians, doch der Austausch ging zu schnell vonstatten, als daß er hätte herausfinden können, wo die Unterschiede lagen.

Er streckte sich aus und bedeutete Estaan zu schweigen.

Der Mantynnai lehnte sich entspannt in einen großen Sessel zurück, von dem aus er sowohl das Bett als auch die Tür im Blick hatte. Die beiden Wölfe drehten sich ein paarmal um die eigene Achse, bevor sie sich leise vor dem Bett zusammenrollten.

Menedrions forcierte Herzlichkeit war sogar durch die geschlossene Tür zu hören, ebenso wie die Tatsache, daß sie ihre Wirkung auf den Gesandten verfehlte, dessen schroffe Stimme nur einmal ganz kurz erklang, bevor sich die Tür zu seinem Raum schloß.

Es folgten die Geräusche von weiteren gedämpften Stimmen und Schritten, die Antyr als Menedrions Abgang und Aufstellung der Wachen vor der Tür des Gesandten identifizierte.

Er tastete nach Grayle und Tarrian. »Ganz sachte«, raunte er. »Haltet euch bereit; ganz still.«

Lange warteten sie schweigend. Alle vier lauschten sie und waren still. Kein Laut drang aus dem Nachbarraum außer einem gelegentlichen unbestimmbaren Poltern, bis schließlich ein leises Murmeln zu ihnen hinüberdrang.

»Er betet«, sagte Antyr. Irgendwie verhärtete dieses Geräusch sein Herz. Er wußte ein wenig über die Bethlarii-Religion und ihre stark vereinfachenden Forderungen nach bedingungslosem Gehorsam, die ihre feurigsten Jünger auf dem Schlachtfeld zu mörderischen Berserkern machte, die auf ihr eigenes Leben so wenig gaben wir auf das ihrer Feinde. Er hatte Freunde verloren, war selbst durch diese Geisteskrankheit an den Rand des Todes gebracht worden.

Zudem war ein Teil jener gemäßigt intoleranten Einstellung, die sein Vater Religionen im allgemeinen entgegengebracht hatte, auch in ihm lebendig. »Religionen erleuchten einen Menschen nicht mit der Wahrheit, es ist die Wahrheit, die die Religionen erleuchtet«, pflegte er immer zu sagen, um dann, wenn er in Fahrt geriet, leidenschaftlich hinzuzufügen: »Und wir sind alle für unsere eigenen Taten verantwortlich. Für ein zivilisiertes Volk ist es weder logisch noch akzeptabel, irgendeiner unsichtbaren Gottheit die Schuld für das in die Schuhe zu schieben, was wir selbst tun.«

Das Murmeln verstummte wie auf Befehl der schon lange erstorbenen Stimme Petrans.

Innerhalb weniger Minuten spürte Antyr jene alles umhüllende Schwärze, die ihm sagte, daß der Gesandte eingeschlafen war. Tarrian und Grayle führten ihn leise hinein.

Lange Zeit geschah nichts, während der Gesandte durch verschiedene Ebenen des Schlafs trieb. Bilder und Zufallsgedanken kamen und gingen. Zusammenhängende Argumentationsketten und Pläne begannen Gestalt anzunehmen und glitten wieder in schwatzhaften Unsinn ab. Gewalttätigkeiten gegen ein kriegerisches Abbild von Menedrion waren vorherrschend. Antyr lächelte milde, zweifellos würde Pandra das genaue Gegenbild dieser Gedanken aufspüren, wenn er wenig später dazu übergehen würde, über Menedrion zu wachen.

Sie warteten. Hier würde es keine Suche nach Nexus, keine Jagd nach dem Traum geben. Hier würden sie einfach beobachten.

Es kommt.

Antyr spürte die wispernde Ankunft des Traums fast so früh wie die beiden Wölfe. Die Gefühlsintensität und Schnelligkeit seiner Reaktion gab ihm zum ersten Mmal einen Maßstab für die Veränderungen, die sich während der letzten paar Tage ergeben hatten. Es war wirklich frappant, doch seine ständig wachsende Selbstbeherrschung war es nicht minder, und so stieg nicht der leiseste Wellenschlag von ihm hoch, der seine stumme Anwesenheit im Geist des Gesandten hätte verraten können.

Dann war sie da. Traumfinder und die Traum-Ichs seiner beiden Gefährten gemeinsam mit dem Bethlarii-Gesandten, Grygyr Ast-Darvad, der bedächtig eine lange, säulengeschmückte Prachtstraße entlangschritt. Hochaufragend und geisterhaft in dem strahlenden Mondlicht, reckten sich die Säulen verschwommen in den Nachthimmel empor, und irgendwo außerhalb seines Sichtfelds würden gewaltige Bögen sie zusammenfügen, um das sternenübersäte Firmament zu stützen. Auf diese Bögen – und sich schlangengleich die Säulen hinunterwindend – waren die heroischen Geschichten der Schlachten geschnitzt, die Ar-Hyrdyn auf seinem Lebensweg vom Menschen zum Helden, zum Gott und weiter zum Sieg über die alten Götter selbst gefochten hatte, um am Ende herauszufinden, daß er selbst der ursprüngliche Schöpfer aller Dinge war, von seiner neidischen Nachkommenschaft verräterisch hintergangen und in diese Welt der Menschen geworfen.

Nun beugten sich alle Häupter vor ihm, gehorchten seiner kleinsten Laune.

Hinter den Säulen standen düstere Bäume, solide, schwarz und mit ewig währender Geduld. In den Tiefen dieser Wälder warteten Legionen rotäugiger Raubtiere des Ar-Hyrdyn. Diese benutzte er, um die Geister all jener zu hetzen, die auf dem Schlachtfeld fliehend gestorben waren oder ihre Kameraden im Stich gelassen hatten. Schrecklich und immerwährend war das Schicksal jener verlorenen Seelen.

Grygyr konnte die gnadenlosen Blicke dieser Kreaturen Ar-Hyrdyns spüren, doch er war nicht in Gefahr. Ihn erwartete doch kein solches Schicksal? War er seinem Glauben nicht bis ins letzte Jota treu? Blieb er nicht sogar jetzt, inmitten seiner Feinde, stark, hochmütig, todesverachtend und unnachgiebig gegenüber ihren weibischen und dekadenten Verlockungen?

Der selbstgerechte Zorn und ätzende Haß des Gesandten ekelten Antyr an, doch er rührte sich nicht.

Grygyr wandte sich nach links und hob den Blick zum Mond empor. Es war der Mond dieser Welt. Weitaus größer und heller als der Mond der Tageswelt, beherrschte er den Himmel auf so bedrückende Weise, daß er das Gefühl hatte, er brauche nur die Hand auszustrecken, um ihn zu berühren.

Sein Antlitz war zernarbt und pockenzerfressen, was ihm ein krankhaftes und aufgedunsenes Aussehen verlieh.

Selbst das Firmament hatte den Hauch von Ar-Hyrdyns Zorn zu spüren bekommen.

Grygyr wandte seine Aufmerksamkeit den vor ihm liegenden Weg zu. Sooft hatte er ihn schon beschritten.

Vor ihm schimmerte die Straße weiß im Mondenlicht. Doch sie war nicht marmorgepflastert, wie dies in anderen Tempeln vielleicht üblich war. Sie bestand aus einer unendlichen Masse von Gebeinen; menschlichen Gebeinen. Sie waren zahlreicher als Kiesel am Strand nach einem Unwetter, und sie türmten sich zu seiten der Straße auf und bildeten eine flache Mulde. In der Mitte, wo er entlangging, waren die Knochen zermalmt und zerbrochen, und mit jedem Schritt stob bleicher Staub auf und überzog seine Stiefel mit einer dünnen Schicht.

Grygyr jubilierte. So endeten all jene, die sich dem einzigen und wahren Gott widersetzten; zu Staub zermalmt unter den Füßen seiner unbesiegbaren Armee. Jener Armee, die eines Tages ihre Reihen öffnen und ihn, Grygyr Ast-Darvad, als einen der ihren willkommen heißen würde, wenn er endlich den Schlachtentod gefunden haben würde. Hoch und stolz reckte er sich empor unter der Aussicht auf solchen Ruhm.

In der Ferne funkelte ein Licht wie ein niedrig stehender, strahlender Stern. Das war seine Bestimmung. Die große Goldene Halle Ar-Hyrdyns, wo sein Heer nach den Schlachten des Tages des Abends tafeln und singen würde. Diesmal würde er sie erreichen.

Sein Magen zog sich vor Verlangen und Entschlossenheit zusammen, und er machte sich auf den Weg. Abgesehen von seinem sehnlichen Wunsch, die Goldene Halle zu erreichen, wußte Grygyr auch, daß der Gott den Säumigen und Zauderern kein warmes Willkommen bereitete.

Trotz all seiner Mühen jedoch entwickelte sich die Reise nicht anders als die vielen Male zuvor; das ferne Licht schien keinen Deut näher zu kommen. Und doch zeugte die Straße unter seinen Füßen immer deutlicher vom Durchzug der Armee Ar-Hyrdyns.

So gewaltig mußte sie sein, so wild ihr Tritt, daß die Knochen, die an dieser Stelle die Straße bildeten, zu einem so feinen und tiefen Staub zermalmt waren, daß seine Füße immer mehr einsanken und jeder weitere Schritt zur Qual wurde.

Weiter strebte er, erbarmungslos; zuerst protestierten seine Beine, dann schrien sie vor Pein auf, wenn er seine Füße aus dem nachgiebigen und doch so haftenden Staub zog. Sein Gesicht indes blieb gefaßt und emotionslos. Die Reise war immer so, und Erschöpfung zu zeigen wäre gleichbedeutend damit, an der Schwelle der Goldenen Halle zurückgewiesen zu werden.

Und deshalb hielt er sich hoch aufgerichtet und stolz, auch wenn sich sein Schritt zusehends verlangsamte.

Absichtsvoll und ihn verhöhnend erhob sich da eine Brise aus der Nacht und begann, ihm den klebrigen Staub ins Gesicht zu wehen; er haftete an seinem schweißnassen Antlitz, verklebte bedeckte seine ausgedörrten Lippen, verstopfte seine Nase und verklebte seine Lider.

Er wischte sich über die Augen. Die goldene Leuchtbake waberte immer noch vor ihm; verschwommen und verzerrt, aber vielleicht schon ein wenig näher?

Bei diesem Gedanken versanken seine Beine plötzlich bis zu den Waden im Staub.

Er hob den Blick. Der Mond war noch größer geworden, noch lastender, und sein Gewicht schien ihn zusätzlich niederzudrücken.

Das Geräusch seines keuchenden Atems und klopfenden Herzens erfüllte das Universum. Dann kam die Verzweiflung. Würde dies nie enden?

»Dachtest du denn, die Reise zur Goldenen Halle Ar-Hyrdyns werde so leicht sein?« erklang eine Stimme in seinem Innern. Das war sein wahres Ich, das seine Schwäche verlachte. Er nahm den Tadel entgegen.

Und doch wurden seine Beine immer langsamer. Langsamer … und … langsamer …

Sie durften nicht stillstehen. Hier zu rasten wäre gleichbedeutend mit dem Tod. Und hier umzukommen, ein Sterblicher, der ausgewählt war als Ar-Hyrdyns Bote und zugelassen zu diesem allerheiligsten Ort, hieße nicht nur, abseits des Schlachtfelds zu sterben, sondern wäre auch der gräßlichste Gottesfrevel. Seine Tage wären bis in alle Ewigkeit vom Geräusch von Ar-Hyrdyns Jagdhorn erfüllt, vom Heulen seiner Hunde, wenn sie ihn hetzten und endlos zerfleischen würden.

Er sank mittlerweile bis fast zu den Knien ein, doch immer noch bewegte er sich voran, zerrte seine Beine aus dem klebrigen Staub. Und immer noch trieb das goldene Licht ihn voran.

Schwach trug die beißende Brise ihm das Geräusch von Ar-Hyrdyns Kriegern zu, so dachte er; ermutigten sie ihn? Oder lachten und sangen sie nur, war ihnen sein Schicksal, ja, seine Existenz überhaupt nicht bewußt? Das machte keinen Unterschied. Diesmal würde er unter ihnen sein; einer von ihnen. Er würde nicht aufgeben. Kein Schmerz, keine Erschöpfung konnten ihn von solcher Erfüllung abhalten; konnten ihn von seiner Bestimmung abbringen.

Mit einem Mal, ohne daß er zu sagen wußte, wie dies geschenen war, befand er sich auf allen vieren, und auch seine Hände versanken im Staub. Zorn wallte in ihm auf angesichts dieses heimtückischen Verrats seines Körpers. Er durfte nicht kriechen wie ein feiger Sklave! Er mußte stehen, gehen.

Irgendwo in dem finsteren Wald hinter den Säulen heulte es erwartungsfroh auf.

Antyr fühlte, wie Tarrians und Grayles wölfisches Wesen auf den Ruf reagierten, doch sein Wille half ihnen dabei, still und stumm zu bleiben.

Irgendwie gelang es Grygyr, wieder auf die Beine zu kommen, sich voranzutreiben mit Erinnerungen an schwere Prüfungen, die er bereits überstanden hatte. Er riß den Mund auf, um zu schreien: »Ich komme, Herr, ich komme dorthin, und wenn ich eine Myriade von Leben für jeden Schritt bräuchte.« Doch der Staub verstopfte ihm den Mund, beißend, sandig, erstickend.

Und dann erbebte die ganze Welt.

Er schloß die Augen in einer Mischung aus Furcht und Erwartung.

Als er sie wieder öffnete, erblickte er die furchterregende Gestalt Ar-Hyrdyns selbst. Der oberste Gott der Bethlarii ragte turmhoch empor in den Nachthimmel, schwarz vor dem funkelnden Mond, der, von der göttlichen Präsenz angespornt, noch mehr angeschwollen war und schweigend hinter ihm hing, ein abstoßender Hintergrund.

Wie immer überflutete Grygyr im Angesicht dieser Erscheinung ein fasziniertes Entsetzen.

»Dachtest du denn, die Reise zur Goldenen Halle Ar-Hyrdyns werde so leicht sein?« tönte die Gestalt, Grygyrs eigene Gedanken wiederholend, mit einer Stimme, die hallte wie grollender Donner und Grygyr bis in die Grundfesten seiner Seele erschütterte.

Der Gott streckte seine Hand aus, und das ferne Licht stieg zum Himmel empor, bis es vor den Mond zog und Grygyr es nicht länger anblicken konnte, so grell strahlte dieser.

»Herr, ich werde tun, was immer Ihr wünscht, um Eure Gunst zu erlangen«, sagte er zitternd und senkte den Blick.

»Du wirst tun, was mein Wunsch und Wille ist«, bekräftigte die Gestalt mit letzter Endgültigkeit.

Immer noch gefaßt und entschlossen, kam Grygyr wieder zu Bewußtsein. Der Boden unter seinen Füßen war nun fest.

Es gab eine lange, zeitlose Pause, und dann donnerte die Stimme: »Du bist immer noch am Leben.«

Grygyrs Augen weiteten sich. »Der Herzog ist ein arglistiger und verschlagener Feind, Herr«, beeilte er sich zu versichern. »Er kämpft wie eine heimtückische Frau, nicht wie ein Mann. Er hat all meine Beleidigungen überhört und sich in aller Öffentlichkeit für meine Sicherheit verbürgt, so daß ich die Serens nur durch einen Anschlag auf sein Leben dazu bringen könnte, das meine zu beenden. Und eine solche Handlungsweise würde meinen Verrat im ganzen Lande verkünden und die schwankenden Städte gegen uns wenden.«

»Das weiß ich!« donnerte die Stimme wild. »Dies habe ich verfügt, so daß du die gerissenen Wege deines Widersachers ergründen lernst, solange du noch lebst, obwohl du nach dem Tode strebst.«

Die schwarze Gestalt belebte sich, blähte sich auf wie eine

Gewitterwolke, die von flackernden Blitzen durchzuckt wird.

»Vergebt mir, Herr«, krächzte Grygyr mit heiserer Stimme und senkte erneut den Blick.

Der Donner legte sich. »Deine Treue ist bekannt und wird belohnt werden, mein Priester«, sagte die Gestalt beinahe versöhnlich. »Und du hast deine Aufgabe in Serenstad erfüllt. Nun wird Whendrak der Köder sein. Kehre nach Hause zurück, und merke dir auf der Reise durch ihr Land, was ein Soldat sich merken soll, merke es dir für deine Rückkehr, wenn du es mit einer siegreichen Armee im Rücken durchqueren wirst.«

»Das werde ich, Herr«, erwiderte Grygyr, vor Eifer glühend. »Ich habe schon viel gelernt. Ich ...«

»Geh nun«, befahl die Stimme.

Grygyr zögerte. Wurde er heute abermals zurückgewiesen? Er wagte zu bitten: »Herr, darf ich nicht noch einen Blick auf Euer Königreich werfen, auf das ich seine Wunder Euren Treuen besser beschreiben kann?«

Eine merkwürdige Stille trat ein, ein überraschendes Zögern. Dann schien die gigantische Gestalt noch mehr zu wachsen, bis sie den gesamten Himmel ausfüllte. Grygyr verzagte.

»Du bist anmaßend«, erklang die schreckliche Antwort. »Geh, bevor du uns weiter mit deiner sterblichen Torheit erzürnst. Du wirst wieder in die Waagschale geworfen. Wir werden zu einem anderen Zeitpunkt zurückkommen und dich nach deinem Wert beurteilen. Sei treu und gläubig, Priester.«

»Eure Gerechtigkeit ist grenzenlos, Herr, ich ...«

Bevor er seinen Satz beenden konnte, erklang ein gewaltiges Horn, und die Luft war plötzlich erfüllt von den Schreien zahlloser Jagdtiere. Grygyr sah sich in wachsendem Entsetzen um. Von überall her rannten dunkle Gestalten aus dem finsteren Schatten der Wälder auf ihn zu. Er hob den Blick zu der Riesengestalt, doch sie war fort. Nur der monströse Mond blieb zurück, und er färbte sich allmählich rot.

»Geh nun«, erklang das Echo der Stimme aus der Leere.

Grygyr kreischte auf.

»Nein! Herr!«

Er hob abwehrend die Hände, um seinen Kopf zu schützen, als die Schatten ihn einkreisten. Er spürte ihren heißen, nach Verwesung stinkenden Atem. Wieder schrie er auf.

Dann wurde der Boden unter seinen Füßen wieder zu Staub, saugte ihn in sich, immer tiefer. In zunehmender Panik schlug er wild mit den Armen um sich, doch immer noch sank er, sank. Und immer näher kamen die schwarzen Kreaturen. Der Staub stieg ihm bis zur Brust, bis zur Kehle. Er drang durch die Ritzen seines zusammengepreßten Mundes, in seine Augen, Ohren, und schließlich schlug er über seinem Kopf zusammen.

Er fühlte, wie eine kalte Brise um seine zusammengeballten Finger strich, und dann klappten wilde Kiefer über ihm zusammen …

Antyr schlug die Augen auf. Aus dem Nachbarraum wurde ein Poltern laut, als hämmere der Gesandte gegen die Wand.

Antyr verzog das Gesicht. Empörung und Grauen überfluteten ihn. Teils waren es seine eigenen Empfindungen, teils die von Tarrian und Grayle. Die Macht, die schrecklichen Fähigkeiten der Männer, die Nyriall ermordet hatten, die den Kern all jener Ereignisse der letzten Tage ausgemacht hatten, all das stand klar und deutlich im Traum des Gesandten.

Kaum ein Jota davon stammte von ihm selbst. Sie hatten seine primitivsten Ängste und Wünsche genommen und sie zu Bildern ihres Willens verwoben, um ihn wie eine groteske Marionette zu benutzen. In den Augen des Traumfinders und seiner Gefährten war das über alle Maßen verwerflich.

»Das freie Menschtum übersteigt jedes Begriffsvermögen«, höhnte Tarrian und scharrte in bitterer Frustration auf dem Boden.

»Was ist los?« fragte Estaan gähnend.

»Der Gesandte hat seinen Traum geträumt«, erwiderte

Antyr ruhig und fuhr sich über die Stirn. »Armer Teufel.« Er setzte sich auf und schwang seine Füße auf den Boden. Die beiden Wölfe erhoben sich und kamen ganz nah zu ihm. Er streichelte sie beide.

»Ihr scheint ganz ruhig zu sein«, sagte Estaan, der nun hellwach war. »Nicht wie damals bei Nyriall. Ist irgend etwas Interessantes geschehen?«

Antyr jedoch war immer noch in ein stummes Gespräch mit seinen Gefährten verwickelt. »Hätte ich die Macht, über die diese Wesen verfügen, würde ich ein helles Licht in den Seelen jener Umnachteten erstrahlen lassen«, sagte er, seine innersten Gedanken aussprechend. »Ich würde sie von ihrem grimmigen Glauben abwenden, ihnen Wissen und Schönheit zeigen. Die Macht nicht benutzen, um ihr Unwissen noch tiefer und finsterer zu machen.«

Er packte die beiden Wölfe an ihrem Nackenfell und rüttelte sie liebevoll durch. »Was sagt ihr dazu, ihr Hunde?« meinte er.

»Wer immer sie sind, sie sind mächtig und geschickt«, erwiderte Tarrian. »Wer weiß, auf welche Teufelei sie aus sind. Wir müssen sie aufspüren und zur Strecke bringen.«

»Und du, Grayle?« erkundigte sich Antyr.

»Sie haben mir aus einer puren Laune heraus Nyriall entrissen«, antwortete Grayle. »Mich verlangt es nur nach einem: ihrem Tod.«

Die Zielstrebigkeit des Wolfes war erschreckend. Antyr tätschelte ihn.

»Bitte, sagt mir doch, was passiert ist«, flehte Estaan.

»Wir müssen den Herzog wecken«, erklärte Antyr, ohne auf Estaans Bitte einzugehen.

»Zu dieser nachtschlafenden Zeit?« rief Estaan. »Ist es denn so wichtig? Ich bezweifle, daß er die letzten beiden Nächte viel Schlaf bekommen hat. Was geht hier vor?«

Antyr musterte ihn nachdenklich. »Ihr habt recht«, räumte er ein und sah dann zu den beiden Wölfen hinunter, die ihn mit gelben Augen und erwartungsvollen Mienen anstarrten.

Er nickte und ließ sich wieder auf das Bett fallen. Die beiden Wölfe legten sich ebenfalls hin, und Estaan in seinem Sessel entspannte sich mit einem wissenden Kopfnicken.

»Findet den Herzog«, befahl Antyr den beiden Wölfen.

Die Traum-Ichs der beiden Tiere schossen davon in die Dunkelheit.

Kapitel
25

Dunkelheit. Zitternde Fetzen verebbender Träume.

»Sire?«

Erkennen.

»Antyr? Wie …? Ich träume nicht. Oder?«

»Nein, Sire. Doch Ihr schlaft. Ich habe Euch aufgesucht, um Euch mitzuteilen, daß die Männer, die Nyriall erschlagen haben und uns in den vergangenen Nächten Sorgen bereiteten, den Gesandten heimgesucht haben.«

»Heimgesucht?« Bestürzung. Wachen! »Wie?«

»Bleibt ruhig, Sire. Sie kamen durch seine Träume. Sie haben die Gestalt des Bethlarii-Gottes Ar-Hyrdyn aus seinem Innersten beschworen und ihn auf grausame Weise gequält. Er ist ein Priester des Ar-Hyrdyn.«

»Ich spüre Euren Schmerz und Zorn, Traumfinder. Seid Ihr sicher, daß sie es waren?«

»Das ist über jeden Zweifel erhaben, Sire. Ihre Präsenz ist unverkennbar. Und sie zauderten, und dann bestraften sie ihn, als er bat, ihr Königreich noch einmal erblicken zu dürfen.«

»Ich verstehe nicht.«

»Sie haben ihn zuvor möglicherweise mit einer Freude auf der Schwelle in Versuchung geführt, doch seit meinem Eintreffen dort, seit ich versuchte, Nyriall zu schützen, zweifeln sie an ihrer Meisterschaft auf diesem Gebiet.«

Anerkennung. »Wozu dann diese Heimsuchung?«

»Das vermag ich nicht zu sagen, doch sie bezweckten

nichts Gutes damit. Er hätte hier in Serenstad sterben sollen, offenbar durch unsere Hand, doch *Ihr* habt Euren Willen durchgesetzt. Jetzt muß er leben und nach Hause zurückkehren.«

»Warum?«

»Sie behaupten, seine Aufgabe sei erfüllt ... oder habe sich geändert. Er hat spioniert, und er wird auch weiterhin spionieren.«

Gleichgültigkeit. »Er ist Soldat.«

Schweigen.

»Was habt Ihr von diesen ... Männern ... herausgefunden, die solcherart in Träume eindringen und sie verwandeln können?«

»Sie sind mächtig, geschickt und bösartig.«

»Was ist ihre Absicht?«

»Ich weiß nicht. Doch es ist ein Übel, das alles bisher Bekannte übersteigt. Sie sagten, daß Whendrak nun der Köder sei.«

Der Köder ...? »Für wen?«

»Ich weiß nicht.« Wut. »Ich weiß nur, daß sie aufgespürt und zur Strecke gebracht werden müssen.«

Erstaunen. »Da ist immer noch das Gesetz, Traumfinder.« Ein Tadel.

»Sie sind wahnsinnig vor Bosheit und jenseits aller Gesetze – abgesehen von dem des Tötens und Getötetwerdens, Ibris.«

»Ich höre dich, Wolf, und werde dein Urteil zu angemessener Zeit erwägen.«

»Ich gehöre nicht zu deinem Rudel oder deiner Sippe, Ibris, und so unterstehe ich auch nicht deinem Gesetz, genauso, wie *sie* außerhalb deiner Reichweite sind. Auch sind sie von jeglicher Vernunft verlassen und zu gefährlich, als daß man sie am Leben lassen dürfte. Wenn wir einander begegnen, werden sie oder wir sterben. Ihre Taten diktieren ihre Strafe.«

Schweigen.

»Ich höre dir immer noch zu, Wolf. Und vertraue dir. Was soll *ich* tun?«

»Führe deine Leute, Leitwolf. Krieg zieht herauf.«

»Und was werdet Ihr tun, Antyr?«

»Sie aufspüren.«

»Wie? Wo?«

Schweigen.

»Und wenn Ihr sie aufgespürt habt?«

»Ich habe mich geändert.«

»In der Tat. Ich spüre Eure Macht. Aber …«

»Führt Euer Volk, Sire. Ich werde Euch alles mitteilen, was ich kann, wann ich kann, *wenn* ich kann. Beschützt unsere Körper, wenn es nötig wird.«

»Aber …«

»Tut es, Sire.«

Schnüffeln, Suchen, Finden, wölfisches Kichern. »Ein Geschenk, Ibris. Ein alter und freudiger Traum. Schlafe in Frieden. Du wirst auf allen Wegen von einer großen und uralten Macht beschützt.«

Dunkelheit.

Kapitel 26

Arwain blickte durch das breite Tal gen Whendrak. Dächer, Türme und spitze Nadeln schwebten in dem leichten Morgennebel, der unter der aufgehenden Sonne eine gelbliche Färbung annahm. Die Luft war kühl und feucht, aber auch frisch und rein.

Whendrak war nicht Serenstad, aber dennoch eine schöne, lebhafte Stadt. Ihre Architektur vermischte den kargen Bethlarii-Stil mit demjenigen der überschäumenden, abenteuerlustigen Serens – und legte die gleiche Respektlosigkeit für beide an den Tag. Sie war anders und auf unverkennbare Weise eigenständig. Wie auch die Whendreachi; geschliffen von Generationen von Kriegen, die über sie hinweggefegt waren.

Die Stadt, die sich da vor ihnen aus dem Nebel erhob, bot einen wundervollen Anblick, doch für diejenigen, die sie kannten, war das Tal mit zu vielen Erinnerungen befrachtet, als daß sie diesen Anblick ungetrübt hätten genießen können. Die ganze Geschichte des Landes hindurch war an eben diesem Ort eine bittere Schlacht nach der anderen geschlagen worden, und wo nun die Vögel mit dem erwachenden Tag zu singen begannen, war einst immer wieder der grelle Schlachtengesang ertönt. Und das taubenetzte Gras, das nun unter den Hufen der Pferde dunkler wurde, war unzählige Male verschwenderisch in Blut getaucht gewesen.

Arwain hegte großes Mitgefühl und keine geringe Zuneigung zu den Whendreachi, obwohl sich nicht leugnen ließ, daß sie ein hartes, starrköpfiges und rauhes Volk waren. Sie schienen einen geradezu unheimlichen Hang zur Selbstzerstörung zu haben, dem nur ihr offenbar erbarmungsloser Überlebenswille gleichkam. Und diese beiden Eigenschaften verbanden sie mit einem ätzenden, grabesschwarzen Humor. Sie neigten dazu, sowohl das Entzücken als auch die Verzweiflung vernunftbegabter Menschen zu sein.

Arwain schüttelte seinen Kopf beim Anblick der Stadt. Was, zum Teufel, ging im Augenblick dort drinnen vor? Handelte es sich um nichts Bedeutenderes als eine kleine lokale Intrige? Oder um einen häßlichen Ausbruch von Volkes Zorn, der Aufruhr und Schrecken in den Straßen der Stadt zu verbreiten drohte und Funken schlagen würde, die einen Krieg entfachen mochten? Oder ...

Er untersagte sich jegliche Vermutungen. Er würde es schon noch früh genug herausfinden, wenn er erst mal in der Stadt war, und dann würde er rasch reagieren müssen, unbelastet von Vorurteilen.

Trotzdem war ihm immer noch nicht ganz wohl. Öfters als gewöhnlich waren ihnen unterwegs ganze Familien begegnet, die sich auf der Reise befanden, und viele sahen zermürbt, wenn nicht gar furchtsam aus. Doch das war trotz aller bösen Vorbedeutung nicht die Hauptursache für seine gegenwärtige Besorgnis. Die erwuchs vielmehr aus dem Verhalten der Mantynnai in seiner Truppe.

In der Nacht war er aus unruhigem Schlaf erwacht und hatte das leise Murmeln von Stimmen in der Nähe gehört. Nachdem er sich umgewandt hatte, hatte er gesehen, daß es sich um eine um das Lagerfeuer sitzende Gruppe handelte. Sie unterhielten sich leise, aber ernsthaft – ja sogar erregt –, ihren Gebärden nach zu urteilen. Seine Augen waren ihm wie von selbst zugefallen, und obwohl Arwain keine Anstrengung unternommen hatte, zu erlauschen, was sie redeten, waren doch gewisse Worte zu ihm herübergedrungen. Seltsame, fremdländische Worte, klangvoll und stark, die ihn sich auf rätselhafte Weise wie ein armseliges, schwaches Wesen fühlen ließen. Als er wieder einschlummerte, erkannte er, daß die Männer Mantynnai waren. Und sie hielten diese leise, sorgenvolle Debatte in ihrer eigenen Sprache ab.

Nun, am kalten Morgen, betrachtete er den Vorfall als ein Glied in einer Kette seltsamer Ereignisse, die mit ihrer zufälligen Begegnung mit Estaan in den vollgestopften Straßen des Moras' begonnen und sich mit der nicht weniger zufälligen Begegnung mit den beiden Reitern auf der Brücke fortgesetzt hatte. Scheinbar unbedeutende Geschehnisse, die die unerschütterlichen Mantynnai verunsichert, ja sogar verängstigt zurückgelassen hatten.

Spontan gab er dem Zug das Signal zum Anhalten, um dann Ryllans zu sich zu winken, außer Hörweite von den anderen.

»Ihr habt meinen Schlaf letzte Nacht mit Eurer Unterhaltung gestört«, erklärte er und fixierte ihn mit einem eindringlichen Blick.

Ryllans antwortete nicht sofort. »Tut mir leid, Sir«, sagte er ein wenig später mit ausdrucksloser Stimme.

»Ryllans, das reicht nicht«, fuhr Arwain fort und schluckte einen Anflug von Ärger über diese nichtssagende Antwort herunter. »In all den vielen Jahren, die ich Euch nun kenne, habe ich Euch noch nie Eure Muttersprache gebrauchen hören, selbst dann nicht, wenn Ihr allein mit Euren Landsleuten wart. Und ich habe Euch noch nie so ... unbeherrscht, so unruhig gesehen. Wir reiten hier möglicherweise mitten in eine große Gefahr, wie Ihr selbst mir ja aufgezeigt habt. Ich muß wissen, was für ein Ereignis die besten Leibwächter meines Vaters so entmutigt hat, bevor ich es wagen darf, in Whendrak einzuziehen.«

Ryllans erwiderte seinen Blick, ohne mit der Wimper zu zucken. Er klappte den Mund auf, um etwas zu sagen, doch Arwain kam ihm zuvor.

»Vom Älteren zum Jüngeren, Ryllans«, verlangte er. »Keine Täuschungsmanöver, keine Ausflüchte.«

Ryllans' Züge entspannten sich, fast lächelte er. »Ein ausgezeichneter Wurf, Sir«, bemerkte er. »Ein klug abgeschätzter Mangel an Widerstand, um mich zu überwältigen. Ihr seid ein gelehriger Schüler.«

»Und davon will ich jetzt auch nichts hören«, erklärte Arwain entschlossen. »Ich will die Wahrheit! Sofort!«

Ryllans wandte das Gesicht der Stadt zu und schüttelte bedauernd den Kopf. »Tut mir leid«, erklärte er. »Ich sagte Euch bereits gestern, daß es wirklich nicht meine Geschichte ist und ich sie deshalb auch nicht erzählen kann.«

Arwains Augen verengten sich zu Schlitzen, doch Ryllans streckte die Hände nach ihm aus und ergriff fast väterlich die seinen.

»Ihr habt recht«, räumte er ein. »Wir sind ... verstört.« Er zögerte. »Echos aus unserer Vergangenheit haben uns erreicht. Fallen aus dem Nichts über uns her wie Donner aus einem wolkenlosen Sommerhimmel.« Kummer breitete sich auf seinem Gesicht aus, doch er unterdrückte ihn. »Echos einer mit Schuld und Schande befleckten Vergangenheit, für die wir seitdem zu büßen trachteten. Gestern trafen uns zwei schwere Schicksalsschläge. Unabhängig voneinander. Doch zusammengehörig wie Hammer und Amboß. Das Böse, dem wir ... folgten.« Er spuckte das Wort förmlich aus. »... Das wir für tot hielten, weilt womöglich wieder unter uns. Und jene, denen wir Unrecht zugefügt haben, sind gekommen, um uns aufzuspüren.«

»Die beiden Reiter?« rief Arwain mit ungläubiger Miene aus. »Zwei Männer! Wie können zwei Männer Vergeltung von euch fordern? Nebenbei bemerkt, Ihr habt die Unterstützung ganz Serenstads, falls es notwendig sein sollte, das wißt Ihr ja. Und was immer ihr auch getan haben mögt, ihr habt es längst durch euren Dienst an der Stadt gesühnt.«

»Auf ihrer Seite steht das Gesetz unserer Heimat. Und das Recht«, entgegnete Ryllans schlicht. »Und sie wollen eine Widergutmachung, keine Vergeltung. Die Bestrafung liegt in den Händen von anderen.«

Seine Stimme und sein ganzes Gebaren wirkten eigenartig schicksalsergeben. Arwain preßte die Hand gegen seinen Schädel. »Ich verstehe nicht«, sagte er. »Wir haben hier unser eigenes Gesetz. Und niemand kann ...«

Ryllans Griff um seinen Arm verstärkte sich. »Ich habe Euch dies erzählt, weil unser Erschrecken Euch angesteckt hat und wahrscheinlich euer Urteil getrübt hätte«, erklärte er. »Doch was ich Euch gestern in bezug auf Whendrak sagte, hat ebenfalls noch Gültigkeit.« Er deutete in Richtung der Stadt. »Dorthin muß sich nun Eure ungeteilte Aufmerksamkeit richten.« Eine Spur von Gereiztheit schwang in seiner Stimme mit. »Wir sind nicht entmutigt. Wir sind Krieger. Wir tun das, was eine Attacke von uns fordert, wenn sie es fordert. Wo Vorkenntnisse fehlen, kann es auch keine Vorüberlegungen geben. *Das* solltet Ihr mittlerweile wissen. Wir sind Eure Mantynnai, Ihr habt unvermindert unsere Herzen, unsere Geister und unsere Schwertarme, hier und jetzt. Dient uns und Serenstad in gleicher Weise, Ibris' Sohn. Und alles andere zu seiner Zeit.«

Obwohl Ryllans leise gesprochen hatte, machten seine Worte einen tiefen Eindruck auf Arwain. Er suchte nach eigenen Worten, die er der makellosen Logik des Mantynnai entgegensetzen konnte, doch es fielen ihm keine ein.

Statt dessen ließ er seine Hand auf jener Hand ruhen, die seinen Arm umfaßte, und drückte sie fest zum Zeichen seines Einverständnisses, um sodann den Zug vorwärts zu winken.

Sie näherten sich der Stadt in einem gemächlichen Schritt und mit dem deutlich zur Schau gestellten Wimpel des Herzogs, der in der stillen Morgenluft allerdings nicht so recht flattern wollte.

»Sie verstärken ihre Stadtmauern«, sagte Ryllans, als sie näher kamen. Er wies nach vorn.

Arwain folgte der Richtung seines Fingers und erblickte das Spinnwebnetz von Baugerüsten, das die Wallfassade verschwinden ließ. »Sie sind eine neutrale Stadt, folglich können sie tun und lassen, was sie wollen«, erklärte er mit einem leichten Achselzucken. »Aber es verheißt nichts Gutes. Die Whendreachi würden nicht viel Geld für so etwas ausgeben, wenn sie sich nicht gewaltige Sorgen machen würden.«

Sie ritten schweigend weiter, bis sie das erste Tor erreichten. Es war geschlossen, und eine kleine Menschenmenge hatte sich davor versammelt und wartete mit griesgrämiger

Geduld darauf, daß es sich vor ihnen auftun würde. Ein großer, bulliger Mann, der auf einem Fels neben dem Tor saß, blickte auf, als Arwains Zug ankam. Bei ihrem Anblick schüttelte er müde das Haupt und erhob sich, wobei er das Leitseil einer Koppel von Eseln ergriff.

Vor sich hinmurrend, ging er zu einer Fachwerkpforte im Tor und begann, mit harter Faust dagegen zu hämmern.

»Kommt schon!« brüllte er in dem unverkennbaren Whendreachi-Dialekt. »Kriegt eure faulen Hinterteile hoch da drinnen! Ich muß diese Lieferung abgeben, und da draußen warten zwei Hebammen, drei Tischler, ein abgebrochener Maurer und Gott weiß wer sonst noch, um ihr Tagewerk zu beginnen.« Wieder schlug er dagegen. In der Menge wurde einiges Gelächter über sein Benehmen laut, aber es erhoben sich auch Stimmen zu seiner Unterstützung.

»Und außerdem steht da ein Wahrsager, der schon ziemlich besorgt dreinzublicken beginnt«, fuhr der Mann fort und wandte sich wieder an die Menge. »Und langsam treffen sogar die feinen Pinkel ein. So spät haben wir's schon! Bewegt euch!«

Arwain verdeckte das Gesicht mit der Hand, um seine Erheiterung über die Rede des Mannes zu verbergen. Ryllans lachte unverhüllt.

Plötzlich war ein Bolzen- und Kettengerassel zu vernehmen, und die Fachwerktür wurde geräuschvoll aufgestoßen. Eine Wache trat heraus, blieb mit der Pike am Türsturz hängen und fiel fast auf die Nase, als sich der Mann bemühte, sie freizubekommen. Er war ziemlich kurz geraten und sah entschieden genervt aus. Auch zeigte er sich völlig unbeeindruckt von dem Applaus, den sein Auftritt hervorrief.

»Schon gut, schon gut, Schluß jetzt mit diesem Krawall«, forderte er mit vor Autorität und Entrüstung dröhnender Stimme, die allerdings in einem Piepsen endete.

»Mach dieses verdammte Tor auf, und wir sind still, Erryk«, gab der bullige Mann zurück. »Weißt du, manche von uns haben wirklich und wahrhaftig etwas zu tun. Können nicht den lieben langen Tag am Kohlebecken im Wachhäuschen sitzen.«

Die Wache räusperte sich. »Das Öffnen des Tors gehört nicht zu meinem Aufgabenbereich«, verkündete er mit heiserer Stimme. »Der Torwächter ist noch nicht aufgekreuzt. Und der Steuereintreiber auch nicht.«

In der Menge wurde spontaner Jubel laut.

»Ihr könnt nicht rein, ohne die Torsteuer bezahlt zu haben«, protestierte der Wachsoldat.

»Das ist nicht unser Problem, Erryk«, fuhr der Mann fort. »Wenn er nicht kommt, ist das sein Problem. Wenn er einen ehrlichen Beruf hätte, würde es ihm morgens auch nicht so schwerfallen, aus den Federn zu kriechen und arbeiten zu gehen.« Er schnippte mit dem Daumen in Richtung Sonne. »Das Tor muß bei Sonnenaufgang geöffnet werden, nicht bei Sonnenuntergang. Das war schon Gesetz, bevor es das Wort Steuern auch nur gab; gehört zu den Alten Rechten, das weißt du doch. Komm schon, hör auf mit dem Herummosern und mach das Tor auf.«

Die Menge, auch wenn sie noch gut gelaunt war, wurde nun doch zur Unterstützung ihres aus dem Stegreif gekürten Wortführers lauter, schrie und brüllte mit zunehmender Intensität. Irgend jemand kam auf die Idee, auf einem Eisentopf herumzutrommeln, und die anderen folgten seinem Beispiel.

Der Wachposten zauderte einen Moment, bevor er sich mit einer überzogenen Geste der Resignation durch die Fachwerkpforte zurückkämpfte. Ein oder zwei Augenblicke später, nach weiterem Rasseln und Pochen, begann das Tor langsam aufzuschwingen. Von dem bulligen Mann und seinen Eseln angeführt, drängte die kleine Menschenmenge rasch in den sich weitenden Spalt. Es war ein seltenes Erlebnis, daß der Torsteuereintreiber abwesend war, eine Gelegenheit, die man sich nicht entgehen lassen durfte.

»Danke, Erryk!« rief der bullige Mann über seine Schulter, während er durch das Tor verschwand. Er zeigte auf seine Esel. »Ich wette das erste Ei, daß eins dieser Gelege heute dir gehört.«

Der Wachsoldat schob den riesigen Riegel mit einer gewissen Niedertracht in seine Halterung und blickte sodann der sich entfernenden Gestalt nach. Er schüttelte die Faust und rief ihm etwas hinterher, das zu schnell und zu umgangssprachlich war, als daß Arwain es hätte verstehen können.

Ein Kompliment war es indes gewiß nicht gewesen. Ohne sich umzudrehen, hob der bullige Mann die Hand mit freundschaftlichem Gleichmut.

»Und nenn mich nicht immer Erryk«, stieß der Wachmann gereizt aus und feuerte, wenn auch vergeblich, eine letzte Breitseite ab: »Ich heiße ...«

»Oi!«

Arwain war abgestiegen und ging geradewegs auf den Torwächter zu, als dieser Schrei ertönte. Er erschreckte sich, dachte er doch, er sei für ihn bestimmt.

»Was denkst du dir nur dabei? Das kannst du nicht machen!« fuhr die Stimme fort, geladen mit ungläubigem Staunen und gerechter Empörung.

Arwain entdeckte den Besitzer der Stimme. Es handelte sich um ein kleines, untersetztes Individuum, das mit wild fuchtelnden Armen auf das Tor zustürzte. Als es schließlich anlangte, keuchte es mächtig.

»Kann was nicht machen?« erwiderte der Wachmann säuerlich.

»Das Tor öffnen«, prustete der Mann. »Das Tor öffnen. Das kannst du nicht machen! Das ist Sache des Tormanns. Ich werde ... ich werde Meldung erstatten über ...«

»Über dein Verschlafen, wenn du schon mal dabei bist«, fuhr der Wachsoldat ihn mißmutig an. Der Untersetzte schob kämpferisch das Kinn vor, doch der Wachsoldat ließ sich nicht beirren. Er wies mit einem zornig zuhackenden Finger auf den Tormann. »Das halbe Land stand da draußen vor meinem Tor und schrie Zeter und Mordio, weil du nicht aus den Federn gekommen bist. Was sollte ich denn tun? Ich bin dem Rat persönlich für die Aufrechterhaltung von Ruhe und Frieden hier verantwortlich, das dürfte dir bekannt sein. Wenn hier jemand Meldung erstattet, dann bin ich das!« Er redete sich langsam warm. »Und dieser faule Eintreiber ist auch nicht besser. Er ...«

Arwain räusperte sich vernehmlich. »Entschuldigt mich, meine Herren«, sagte er und trat vor.

Der Wachmann hielt inne und musterte ihn.

»Das letzte Wort in dieser Angelegenheit ist noch nicht gesprochen«, erklärte der Tormann gehässig, indem er diesen letzten Hieb genau in das nun eingetretene Schweigen plazierte, bevor er vor sich hinmurmelnd davonschlurfte.

Der Wachmann zischte ihm etwas hinterher und wandte sich sodann Arwain zu. »Ja?« sagte er und schenkte dem Neuankömmling ein echt whendrakisches Willkommenstirnrunzeln.

Mit Mühe erinnerte sich Arwain an Aakens Unterweisungen.

»Ich bin Arwain, Ibris', des Herzogs von Serenstad Sohn«, verkündete er formell. »Ich führe Beglaubigungsschreiben mit mir, die meine Worte bestätigen, und ich muß gewisse Angelegenheiten mit den Führern Eurer Stadt besprechen. Habe ich Eure geschätzte Erlaubnis, mit meiner Eskorte in die Stadt zu reiten?«

Während seiner Rede sackte die Kinnlade des Wachmanns immer mehr herunter, und als Arwain geendet hatte, begann er einen kleinen, aufgeregten Tanz aufzuführen, indem er sein Gewicht von einem Fuß auf den anderen verlagerte, die Pike von einer Hand in die andere wechselte und seinen Kopf hin und her wendete, als sehe er sich nach Hilfe oder einer Fluchtmöglichkeit um.

Er begleitete seinen Tanz mit rhythmischem Stammeln, das sich allmählich zu mehr oder weniger zusammenhängenden Sätzen steigerte, die zusammengefaßt bedeuteten, daß er nicht wüßte, was er tun sollte ... Und sein Offizier sich verspätet hätte ... und ... der Eintreiber ... und der Tormann ... und daß es wirklich nicht seine Aufgabe wäre ... und er eigentlich krank gemeldet wäre ...

Das Auftauchen eines zweiten Wachmanns rettete ihn; der verspätete Offizier, wie Arwain vermutete. Mit einem Kopfnicken schickte der Neuankömmling den Wächter in eine nahe gelegene Wachnische und wandte sich dann fragend an

Arwain, nicht ohne einen raschen Blick auf dessen Begleitmannschaft zu werfen.

Arwain wiederholte seine Vorstellung und die Bitte, die Stadt betreten zu dürfen.

Dieses Mal hatte er Erfolg.

Kurz darauf, während der Rest der Eskorte im Vorhof des Ratsgebäudes wartete, wurden Arwain und Ryllans von einer Gruppe Wachen vor Whendraks Maeran geführt, den Vorsitzenden des Stadtrats und mächtigsten Bürger der Stadt.

Wie im Vertrag festgelegt, waren beide Männer noch bewaffnet, während der wartende Zug sich genötigt gesehen hatte, seine Waffen am Stadttor abzugeben.

Zu Arwains nicht geringem Erstaunen stellte sich der Maeran als ein kleiner, unsicher dreinblickender Mann heraus, der nichts von jener Autorität ausstrahlte, die Arwain von Führern zu erwarten gelernt hatte. Sein erster Eindruck war eher der, daß der Mann mehr wie ein erfolgreicher Kaufmann als wie ein Politiker aussah.

»Nehmt Platz, meine Herren«, sagte er leutselig und deutete auf zwei Stühle. Arwain registrierte, daß sie aufs Fenster blickten, während der Maeran ihnen gegenüber mit dem Rücken zu selbigem saß. Er begann, seinen ersten Eindruck von dem Mann zu revidieren.

Er verneigte sich. »Ich habe hier Beglaubigungsschreiben für Euch, verehrter Maeran«, sagte er, bevor er sich hinsetzte. Als er die Dokumente hervorholte, tauchte ein hochgewachsener Leibwächter still vor ihm auf, mit ausgestreckten Händen, um die Papiere in Empfang zu nehmen.

»Das wird nicht nötig sein, Lord Arwain«, erklärte der Maeran, wobei er dem Wächter beruhigend zunickte. »Ich erkenne Euch sehr wohl. Und dies, wenn mich mein Gedächtnis nicht trügt, ist Hauptmann Ryllans von den herzoglichen Mantynnai, der zu Eurer persönlichen Leibwache abgestellt wurde.«

Arwains Erstaunen wurde sichtbar.

Der Maeran lächelte. »Ich bin viele Male in Serenstad gewesen, Lord«, sagte er. »Ich bin vertraut mit der Stadt, dem Palast und, zumindest vom Sehen, mit Eurem Vater, Euch selbst und Euren Brüdern.«

Arwain wirkte peinlich berührt. »Verehrter Maeran. Ich fürchte, ich erinnere mich nicht daran, daß jemals Whendreachi-Würdenträger die Stadt besucht hätten«, erklärte er unbeholfen.

Der Maeran vollführte eine versöhnliche Geste. »Bitte, mein Titel ist ein wenig umständlich. Ich heiße Haynar. Ich bin nur ein bescheidener Kaufmann«, fuhr er fort. »Ich reise nach Serenstad und an viele andere Orte, lediglich des Handels und Geschäftes wegen.« Er nickte vor sich hin. »Ein phantastischer, lebenspraller Ort. Voller Energie und Möglichkeiten für jene, die sie am Schopfe zu packen wissen. Nebenbei bemerkt, formelle Empfänge sind, um ehrlich zu sein, nicht nach meinem Geschmack.« Dann zuckte er mit den Achseln. »Und als neutrale Stadt möchten wir gerne jeglichen Eindruck vermeiden, daß wir parteilich wären – wie ungerechtfertigt oder an den Haaren herbeigezogen er auch sein mag.«

»Reist Ihr auch in Bethlar?« wagte Arwain einzuwerfen.

»O ja.« Die Antwort kam ohne das geringste Zögern. »Wenn auch nicht so ausgiebig. Sie haben keinen Sinn für den freien Warenaustausch, und man fühlt sich auch nicht so richtig wohl bei ihnen.« Er lachte. »Ich sollte so etwas wohl wirklich nicht sagen – wenn man bedenkt, daß ich selbst zu wenigstens drei Vierteln Bethlarii bin.«

Die Ungezwungenheit und Leutseligkeit des Mannes waren entwaffnend, aber Arwain unterließ es tunlichst, sich allzusehr gehenzulassen. Er hatte schon zu oft erlebt, wie sein Vater genau dieselbe Taktik angewendet hatte, um auf die sanfte Tour Informationen aus jemandem hervorzulocken.

»Wie dem auch sei«, fuhr Haynar fort. »Ich habe meine kleine Überraschung gelandet, nun ist es vielleicht an der Zeit, daß Ihr Eure landet.«

»Ich habe nichts zu landen, wie ich hoffe, Sir«, erwiderte Arwain ausdruckslos. »Mein Vater bat mich, hierherzukommen und mich zu erkundigen.«

In aller Kürze faßte er die Botschaft zusammen, die der Bethlarii-Gesandte nach Serenstad getragen hatte.

Während er sprach, begann Haynar erregt mit dem Fuß auf den Boden zu klopfen.

»Das ist ja entsetzlich«, entfuhr es ihm, als Arwain geendet hatte. Er bohrte seinen Zeigefinger in die Armlehne seines Amtssessels. »Das dulden wir nicht. Wir werden es nie wieder zulassen, daß wir als Bauer in den Schachzügen zwischen Bethlar und Serenstad hin und her geschoben werden«, wetterte er mit fester Stimme, und nun sah man ihm den Menschenführer an.

Arwain war überrascht. »Wir spielen kein Spiel, Sir«, erklärte er ernst. »Ihr sagtet selbst, daß unsere Stadt ein phantastischer Ort sei, vor Energie und Möglichkeiten strotzend. Die einzige Möglichkeit im Krieg sind Tod oder Überleben, und es war Krieg, was der Bethlarii-Gesandte uns als Folge der hiesigen Ereignisse androhte. Wenn Ihr Serenstad und seine Menschen nur ein ganz klein wenig kennt, wißt Ihr, daß wir keinen Krieg wollen. Wir werden kämpfen, wenn wir müssen, aber *nur* dann, und mit großem Widerwillen. Aus diesem Grunde bin ich hier, um Euch die Worte der Bethlarii zur Kenntnis zu bringen und Euch zu fragen, was Wahres an ihnen ist, wenn überhaupt.«

Haynars Augen verengten sich. »Wir sollten uns nicht zu einfältig stellen, Lord«, sagte er. »Im Krieg liegen auch noch andere Möglichkeiten. Die Schmieden Eures Bruders stellen Waffen genausogut wie Pflugscharen oder Wagenräder her. Und er ist ein wilder Mann. Krieg könnte seinen Zwecken durchaus dienlich sein. Und Ihr habt mehr als nur ein paar Probleme mit gewissen Gruppierungen in Eurem Volk, die sich durch einen Krieg sehr elegant würden lösen lassen.«

Arwain merkte, wie der Zorn in ihm hochwallte. Verzweifelt hielt er sich das Vorbild seines Vaters vor Augen; sein Vater, der gelassen dasaß, nachdem der Bethlarii-Gesandte ihn öffentlich beleidigt hatte. Der ruhig und beherrscht dasaß.

Verstohlen holte er einmal tief Luft und stieß den Atem wieder aus. »Ich vermag nicht abzustreiten, daß ein gerüttelt

Maß an Wahrheit in Euren Worten liegt, Sir«, erwiderte er schließlich, so ruhig er es vermochte, obwohl sich seine Kiefermuskeln unter der Anstrengung verkrampften. »Doch wenn Ihr den Eindruck gewonnen habt, daß dies unser Hauptanliegen ist, dann muß ich zu meinem Vater zurückkehren und ihm gestehen, daß ich meine Mission hier nicht erfüllt habe, und ich werde ihn bitten müssen, andere zu schicken, die sich vielleicht besser für diese diplomatischen Verrenkungen eignen.«

Haynar legte sich beiläufig eine Hand auf den Mund, wodurch er seine ohnehin im Schatten liegenden Züge noch mehr verbarg. Er schwieg.

Arwain machte Anstalten, sich zu erheben, doch Haynar bedeutete ihm stumm, Platz zu behalten. Nach einer langen Pause stand er auf und trat ans Fenster.

»Habt Ihr bei Eurer Ankunft die Arbeiten an unserer Stadtmauer bemerkt?« fragte er fast geistesabwesend nach einer weiteren Pause.

Arwain bejahte.

»Teuer«, meinte Haynar kopfschüttelnd. »Die reinste Verschwendung. Zeit, Mühen, Geldmittel. Alles könnte besseren Zwecken zugeführt werden. Doch wir beabsichtigen, Eurem Vater nachzueifern, Lord. Wir beabsichtigen, stark und gerüstet zu sein.« Er drehte sich zu Arwain um. »Neutral«, betonte er und hob zur Bekräftigung die Hand. »Aber stark, entschlossen. Nicht aggressiv.« Er stieß ein abgehacktes, grimmiges Lachen aus. »Das letzte, was wir wollen, ist Herrschaft über andere. Wir sind ein Volk, das über zahllose Generationen hinweg durch den Krieg anderer geformt worden ist, und wir beabsichtigen, den Frieden, den Euer Vater diesem Land brachte, zu einer dritten Kraft zu machen. Eine Kraft, die uns aneinander bindet – Bethlar, Serenstad, *alle* Landgemeinden und Städte – mit Tausenden kleiner Handelsverträge, mit Vertrauen und Blut, ein Friedensnetz, das so komplex und verwoben ist, daß es dem Krieg als Mittel der Konfliktlösung den Garaus macht!«

Von wegen irgend so ein Händler! dachte Arwain.

»Ich würde Euch gerne mein Wertschätzung aussprechen«, sagte er. »Wie mein Vater es tun würde, wenn Ihr ein solches Lob nicht als herabsetzend empfinden würdet.«

Haynar kehrte zu seinem Sessel zurück. »Würde sich euer Vater keine Sorgen darum machen, daß eine solche dritte Kraft sich mit den Bethlarii verbünden und ein Heer aufstellen könnte, das in der Lage wäre, Serenstad seine Herrschaftsgebiete wie einem wehrlosen Kind zu entreißen und am Ende sogar die Stadt selbst von der Landkarte zu fegen?«

Arwain besann sich einen Moment. »Er würde es erwägen, da bin ich mir sicher«, erwiderte er mit einem kaum merklichen Lächeln. »Und er würde beobachten und zuhören. Und nicht mehr tut er nun. Und sollte er merken, daß sich eine solche Entwicklung anbahnt, dann würde er Euch fragen, vermutlich ohne Umschweife. Gerade so, wie ich Euch nach der Wahrheit in den Behauptungen des Bethlarii-Gesandten gefragt habe: die Frage danach, wie Ihr jene behandelt, die sie ihr Volk hier in Whendrak nennen.«

Haynar hob wieder den Finger. »Hier gibt es keine Bethlarii. Das wißt Ihr«, widersprach er. »Ebensowenig wie Serens. Hier gibt es nur Whendreachi. Wie ich soeben sagte; die Arbeiten an den Wällen; unsere Absicht, Stärke zu zeigen. Das ist unser Wille.«

»Oder *Eure* Vision, verehrter Maeran?« warf Arwain ein.

Haynar nickte. »Schon möglich«, entgegnete er. »Aber nichtsdestotrotz unser *aller* Wille.«

»Was hat der Gesandte denn dann gemeint?« fragte Arwain umweglos. »Hat er gelogen? Und wenn ja, wozu?«

Haynar beugte sich stirnrunzelnd vor. »Ja und nein«, erwiderte er. »Und das Ziel, worauf sie aus sind, ist zweifellos Krieg, und das wiederum ist der Grund, warum wir die Ausbesserungsarbeiten an unserer Stadtmauer so beschleunigen.« Er blickte Arwain geradewegs in die Augen. »Aber warum das so ist…?« Er schüttelte den Kopf.

»Das verstehe ich nicht«, sagte Arwain. »Wie kann er lügen und doch nicht lügen?«

Haynar machte ein wehmütiges Gesicht. »Genauso, wie ich es gerade getan habe«, bemerkte er. »Es stimmt, daß es hier keine geborenen Bethlarii oder Serens gibt, abgesehen von einer kleinen Minderheit, die hierher geheiratet hat. Aber die Anhängerschaft für die beiden Staaten schürt permanente Unruhe in unseren Straßen.« Er begann, seine Worte mit lebhaften Gebärden zu unterlegen. »Wie Serenstad auch, haben wir unsere Interessengruppen, Gilden, politischen Parteien und verschiedene Kartelle einflußreicher Leute, wir haben unsere Geschäftsinteressen, unsere Unzufriedenen. Und wo es Vielfalt gibt, gibt es auch unausweichlich Wirrnisse, Ineffizienz, Mißtrauen und leider auch Korruption; und jeder Fortschritt besseren Zeiten entgegen läßt sich bestenfalls ... holprig an. Dann werden die Unwissenden ungeduldig. Sie versteigen sich in Hirngespinste bezüglich einer ›starken Hand‹, die allen Übeln abhelfen soll. Die einen folgen einem redemächtigen und charismatischen Führer. Die anderen halten sich an die heiligen Schriften des einen oder anderen verdammten Gottes. Sie kommen und gehen und hinterlassen emotionale Scherbenhaufen von verschieden großem Umfang, doch im Augenblick leiden wir am meisten unter denjenigen, die wie ich hauptsächlich von Bethlarii-Blut sind, aber die, anders als ich, darauf maßlos stolz sind und sich ausmalen, daß eine Rückkehr zum Bethlarii-Puritanismus und zu ... harten Kriegsübungen ... ein neues Zeitalter des Wohlstands und der Würde herbeibringen würde.«

Arwain nickte. »Wie Ihr bereits so treffend bemerktet, auch in Serenstad sind Unruhestifter an der Tagesordnung«, sagte er. »Auf welche Weise bereiten diese Leute Euch denn Schwierigkeiten?«

Haynar lehnte sich zurück. »Sie sind gewalttätig«, erklärte er unverblümt. »Sehr gewalttätig. Sie marschieren durch die Straßen und schüchtern die Leute ein, sie unterbrechen Sitzungen des Rats, Sitzungen der Gilden, sie greifen Leute an, die in ihren Augen ›zu sehr Serens‹ sind. Und wenn wir etwas gegen sie unternehmen, schicken sie Boten nach Bethlar und jammern, daß sie mißhandelt würden.«

»Und hat Bethlar reagiert?« fragte Arwain.

Haynar blickte erst ihn und dann eine riesige, altmodische Wanduhr an. »Kommt mit mir«, forderte er ihn auf. »In etwa einer Stunde findet eine Notstandssitzung des Rats statt. Ich glaube, Ihr werdet sie interessant und informativ finden.«

Die Ratskammer war kleiner, als Arwain sie sich vorgestellt hatte, verglichen mit der riesigen Sened- und der noch größeren Gythrin-Halle. Nichtsdestotrotz war sie beeindruckend, mit halbkreisförmigen Sitzreihen, die sich in Dreierblöcken sachte und fächerförmig zu einer erhöhten Plattform am einen Ende der Halle senkten. Die Wände waren mit üppig geschnitzten Holzpaneelen verschalt, die bedeutsame Szenen aus Whendraks Geschichte zeigten, doch als Ryllans und Arwain hereingeführt wurden, wurden ihre Blicke unerbittlich nach oben zur Decke gezogen. Anstelle der glattpolierten Holzbalken und Stuckdecken, die solche Hallen in Serenstad und anderen Städten schmückten, schien diese Decke auf natürliche Weise aus den Holzpaneelen zu wachsen und aus einem komplizierten, ineinander verwobenen Netzwerk von Baumästen zu bestehen. Sie hatten alle erdenklichen Durchmesser, und sie schwangen sich krumm und gewunden durch die Halle und hinauf in undurchdringliche Finsternis, ohne den geringsten Anschein von Regelmäßigkeit zu erwecken. Hier und da hingen Lampen von den niedrigeren Ästen herunter, doch auch höher oben in dem labyrinthischen Zweigwerk leuchteten einige hell vor sich hin, so daß sie beinahe wie Sterne wirkten, die durch das Laubdach des Waldes schimmerten.

»Es ist, als befände man sich unter den Wurzeln eines gewaltigen Baums«, flüsterte Arwain Ryllans zu, wider Willen von dem Anblick in ehrfürchtiges Staunen versetzt.

Ryllans nickte. »Bemerkenswert«, entgegnete er. »Und ein Paradies für Assassinen, wenn es einen Zugang dazu geben sollte.«

Arwain schoß ihm einen vorwurfsvollen Blick zu, doch der Ratsangestellte, der sie begleitete, erklärte, ungerührt von der Bemerkung: »Der einzige Zugang ist gut bewacht, Sir. Eine uralte Tradition.«

Ryllans verneigte sich, um zu zeigen, daß er verstanden hatte.

»Müßt Ihr denn immer so finstre Gedanken hegen?« wollte Arwain wissen, nachdem ihr Führer sie allein gelassen hatte. »Ich habe noch nie etwas Vergleichbares gesehen, und Ihr redet von Assassinen.«

Diesmal klang Ryllans vorwurfsvoll. »Ich habe nie finstre Gedanken gehegt«, widersprach er und lächelte ein wenig, um zu zeigen, daß er log. »Und es ist wirklich ein einzigartiger Anblick. Wunderschön, bezaubernd, faszinierend, voller Rätsel ... *und* ... ein Paradies für Assassinen. Wenn Ihr das nicht sehen könnt, dann seid Ihr nicht wachsam, und wenn Ihr nicht wachsam seid, könnt Ihr auch die Schönheit nicht angemessen würdigen. Jede Rose hat ihre Dornen.«

Arwain suchte kurz nach einer Erwiderung, gab dann jedoch auf.

Er kam wieder auf ihre Unterredung mit Haynar zurück.

»Was hältst du von dem Maeran?« fragte er, lehnte sich in seinem Sitz zurück und sah dem Einzug der Ratsherren zu.

Ryllans zuckte mit den Achseln. »Schwer zu sagen«, antwortete er. »Die schlichte Tatsache, daß er Maeran von Whendrak ist, heißt, daß er ein scharfsinniges, verschlagenes, rücksichtsloses Individuum ist, um es vorsichtig auszudrücken. Und er ist ein richtiger Pferdehändler. Sagt genausoviel zwischen den Zeilen wie mit seinen Worten. Er hat Euch gleich im ersten Satz klargemacht, daß er eine ganze Menge von Euch und Ihr überhaupt nichts von ihm wißt.«

Arwain nickte. »Was für eine Figur hab' ich abgegeben?« fragte er.

»Eine ganz gute, finde ich«, erwiderte Ryllans. »Eure geradlinige Art ist bei jemandem wie ihm wahrscheinlich das Beste. Und Ihr habt uns die Möglichkeit verschafft, daß man uns Gehör schenkt, vielleicht sogar mehr, indem Ihr die Fassung bewahrt habt, als er Euch provozierte. Wir müssen unsere Ohren gut spitzen, um zu hören, was hier vor sich geht.«

Arwain ließ den Blick durch die Halle schweifen und runzelte die Stirn. »Lauschen ist eine Sache, hören eine andere«, gab er zur Antwort.

Der wachsende Lärm in der Ratskammer, die sich nun rasch füllte, gab ihm diese Bemerkung ein. Eine Menge geräuschvolle Begrüßungen und Scherze waren zu hören, letztere vermutlich durch die frühe Stunde der Ratssitzung begünstigt. Über allem jedoch lag eine allgemeine Stimmung von Bangnis und Beklommenheit, die sich allmählich zu verstärken begann, während sich die Kammer füllte.

Fast nichts, was er nicht auch in zahllosen Sened-Sitzungen vor einer von diesen Stürmen im Wasserglas erlebt hatte, sinnierte Arwain, aber auf einen Schlag änderte sich die Atmosphäre, wurde plötzlich gespannt und wachsam, als eine Gruppe von Männern den Saal betrat und, ohne jemanden zu grüßen, ja, ohne sich auch nur umzusehen, ihre Plätze einnahm.

Sie waren in völlig identische graue Uniformen gekleidet, und ihr Gebaren wirkte arrogant, ihre Mienen wirkten verschlossen.

»Kein Zweifel, wo sie ihre ›starke Hand‹ zu finden gedenken«, flüsterte Arwain, Haynars Worte aufgreifend.

Jede weitere Diskussion über die Neuankömmlinge wurde indes durch das Eintreffen Haynars und einiger anderer verhindert, die auf der erhöhten Plattform am Kopfende der Kammer Platz nahmen.

Stille senkte sich fast augenblicklich über die Kammer, doch ein offiziös gewandeter Wachmann auf der Plattform hob seine Pike und rammte sie pflichtschuldig dreimal auf den Holzboden.

Das Geräusch schwang sich zur Decke hoch und hallte dann, vielfach verstärkt von dem Astwerk, nach unten zurück. Als das Echo verklang, erhob sich Haynar, um zur Rede anzusetzen.

Er gab zunächst eine kurze Einleitung.

»Meine Freunde. Ich darf mich erst einmal für die kurzfristige Einberufung dieser Sitzung in aller Hergottsfrühe entschuldigen. Und ich darf Euch für Euer Kommen danken.« Arwain bemerkte sofort, daß seine Stimme aufgrund irgendeiner Eigenart der seltsamen Decke gleichmäßig auch in den letzten Winkel der Halle drang.

Haynar zog ein Dokument aus seiner Amtsrobe und breitete es respektvoll auf dem Lesepult vor sich aus.

»Ich habe hier einen Brief, den ich gestern erhielt. Ich habe diese Sitzung einberufen, weil ich glaube, Ihr alle solltet seinen Inhalt kennen und anschließend die Möglichkeit erhalten, ihn so ausgiebig und so bald wie möglich zu diskutieren.« Er sah auf das Schriftstück. »Er trägt eine Unterschrift, die ich nicht entziffern kann, doch sein Siegel ist das authentische Siegel der Handira, des Fünferrats der Bethlarii.«

Ein Raunen erhob sich unter den Ratsherren, doch Arwain vermochte keine vorherrschende Stimmung darin zu erkennen. Er warf einen heimlichen Blick zu der martialischen Gruppe hinüber, die vor kurzem eingetroffen war. Sie saßen alle da, als hätten sie einen Stock verschluckt, als käme es einem Schwächeeingeständnis gleich, sich anzulehnen. Das bestätigte seinen ersten Eindruck, daß es sich hierbei um die Vertreter jener Whendreachi handelte, die von Bethlar die Lösung aller Probleme erwartete, unter denen ihre Stadt litt. Alle fixierten sie Haynar mit stechendem, unnachgiebigem Blick.

»›Vasallen‹, beginnt der Brief«, las Haynar vor. Er betonte das Wort nicht besonders, aber erneut erhob sich nun eindeutig unwilliges Raunen. Er ignorierte es und fuhr fort.

»›Uns ist zu Ohren gekommen, daß unsere Bürger, die innerhalb Eurer Grenzen leben, von Eurem Volk schlecht behandelt werden. Sie werden ihres Lebensunterhalts, ihrer Heime, ihrer Freiheit und ihres rechtmäßigen Zutritts zu Euren Ratsversammlungen beraubt, und vor allem ihres Rechts, ihre religiösen Riten auszuüben. Ihr werdet auf der Stelle diese Verfolgung einstellen und vor der nächsten Sonnenwende vollste Entschädigung für die angerichteten Schäden leisten. Ihr werdet ebenfalls damit beginnen, die neuen Befestigungen und Verteidigungsstellungen niederzureißen, die Ihr an Eurer Stadt habt ausführen lassen. Wenn diese Anweisungen nicht sofort befolgt werden, wird an Eurer Statt ein Militärgouverneur ernannt werden.‹«

Nachdem Haynar geendet hatte, trat eine kurze Pause ein, und dann brach der Tumult los. Regungslos inmitten der Entrüstungs- und Wutschreie sitzend, fühlte sich Arwain nach Serenstad zurückversetzt, als er hinter seinem Vater gestanden und der Bethlarii-Gesandte ihnen in ähnlicher Weise gegenübergetreten war.

Haynar rührte sich nicht, noch unternahm er Anstalten, den Tumult zu besänftigen, dann nickte er einer in der Nähe stehenden Wache zu.

Wieder stampfte der Wachmann seine Pike auf den Boden. Der Laut übertönte den Krach und hallte von dem Astgewirr wider. Anfangs zeitigte er nur geringe Wirkung, doch auf ein weiteres Nicken von Haynar hin wiederholte der Wachsoldat seine Aktion mit mehr Kraft, und jäh senkte sich Stille über die Halle, als das kurze Pochen wie Donner von der Decke zurückhallte.

Arwain und Ryllans tauschten anerkennende Blicke aus. Die Whendreachi-Ratsherren waren eindeutig disziplinierter als Sened oder Gythrin-Dy.

Als das Echo verebbte, stieg ein ganzer Wald von Händen hoch, doch Haynar ignorierte jegliche Wortmeldung.

»Gestattet mir, daß ich als erster das Wort ergreife, meine Freunde«, begann er. »Ich werde mich kurz fassen.« Er tippte mit dem Zeigefinger auf das Bethlarii-Dokument. »Ich übergehe den Ton dieses Schreibens, der, offen gesagt, jeder Beschreibung spottet. Laßt uns nur zwei Tatsachen bedenken. Erstens: Stimmt es, daß auch nur einer unserer Bürger verfolgt wird? Die Antwort ist nein. Es ist doch wohl eher so, daß gewisse Gruppierungen, die uns unter Bethlars freudlose Knute zwingen wollen, Gewalt angewendet haben gegen jene Personen und Institutionen, die sie für die Feinde ihrer Sache halten; besonders jene, die sie hier, in der Kammer, nicht mit Worten mundtot machen konnten. Und sie haben sich dabei jener verbrecherischen und entwurzelten Elemente bedient, die unsere Gemeinschaft peinigen und denen nichts am Herzen liegt als Gewalt und Zerstörung. Zweitens: Die Befestigungsarbeiten, die wir unternommen haben, geschahen auf den Willen der überwältigenden

Mehrheit der hier Anwesenden hin. Wir sind laut Vertrag zwischen Bethlar und Serenstad eine neutrale Stadt, und in diesem speziellen Fall, wo wir uns nicht mit einem der beiden verbünden, steht es uns frei, nach Belieben zu verfahren.«

Haynars Haltung während dieser kurzen Ansprache war gelassen und entschlossen, doch in seinem Schlußsatz schwang ein Hauch von Trotz mit. Er hatte die Stimmung der Anwesenden getroffen, und es folgte ein lange anhaltender Applaus- und Jubelsturm.

Haynar wartete, bis er sich gelegt hatte. »Meine Freunde«, begann er erneut. »Es ist schon lange der Wunsch und Wille unseres Volks gewesen, daß wir uns nie wieder zwischen diesen beiden großen Städten und ihren endlosen Kriegen zermahlen lassen. Und zu diesem Zweck haben wir danach gestrebt, stark genug zu werden, um von beiden unabhängig zu sein.« Er beugte sich vor und stützte sich auf das Pult. »Und das ist uns auch gelungen, meine Freunde«, verkündete er bedächtig, aber mit großem Nachdruck. »Es ist uns gelungen. Wir wollen nichts als Freundschaft und freien Handel mit allen Völkern dieses Landes, seien sie nun mit Bethlar oder Serenstad verbündet, doch wir werden jeden in Grund und Boden vernichten, der das Schwert gegen uns erhebt, komme er von innen oder von außen.«

Weiterer Applaus belohnte seine Ausführungen, doch als er verklang, wurde eine einsame Stimme laut. Sie gehörte einem von der grau uniformierten Fraktion. Erbost schüttelte er die Faust.

»Haynar, Ihr lügt!« brüllte er. »Ihr lügt, und Ihr führt diese Stadt mit Eurem Ehrgeiz und Eurer Verblendung noch in den Untergang!«

Protestrufe beantworteten seinen Ausbruch.

»Nein, ihr werdet mir zuhören«, fuhr der Mann fort, nun lauter schreiend, und seine Stimme hallte rauh von der seltsamen Decke wider.

»Man wird Euch besser hören, wenn Ihr ein wenig ruhiger sprecht, Garren«, bemerkte Haynar ironisch, setzte sich wieder hin und vollführte eine fließende, beiläufige Handbewegung in seine Richtung.

Seine Bemerkung rief einiges Gelächter hervor, was nicht gerade dazu beitrug, des Mannes Laune zu verbessern. Wieder reckte er die Faust empor. »Ihr beschuldigt uns der Gewaltanwendung gegen unsere Widersacher, doch wir haben uns nur auf die Gewalt hin bewaffnet, die zuallererst *uns* entgegenschlug. Wenn man uns gestattet, uns in Frieden zu versammeln und anzubeten, wen oder was wir wollen, dann werden wir diesen Schutz nicht mehr benötigen. Ihr behauptet, wir wollten die Stadt unter Bethlars Schutz bringen. Dies ist eine weitere Lüge von Euch. *Ihr* wollt uns doch nur unter Serenstads Joch zwingen.« Hochmütig kräuselte er die Lippen. »Eine von Korruption und Niedergang zerrüttete Stadt, regiert von Händlern, Gildenleuten und einem weibischen Adel. Whendrak ist nach uraltem Recht ein Protektorat Bethlars. Nur, wenn wir zu diesem Status und den Sitten unserer Vorfahren zurückkehren, können wir die dekadenten und degenerierten Elemente auszurotten beginnen, die soviel Unheil über uns gebracht haben, erst dann können wir unseren wahren Platz in diesem Land einnehmen.«

Arwains Augen verengten sich zu Schlitzen, aus Kummer über die Heftigkeit in der Stimme des Mannes.

»Genug!« ertönte Haynars empörte Stimme, als Garren zu einem weiteren Rundumschlag ausholen wollte. »Wir haben diesen Unfug schon oft genug gehört, Garren. Ihr scheint der Meinung zu sein, daß man eine Lüge nur oft und laut genug in die Welt hinausschreien muß, damit sie zur Wahrheit wird. Whendrak hat im Laufe der Geschichte unzählige Male unter der Fuchtel sowohl Bethlars als auch Serenstads gestanden. Nun sind wir aufgrund ihres Vertrags eine neutrale Stadt.« Er unterbrach sich und führte seine Hand in einer Geste der Besorgnis an die Schläfe. »Wie weit es auch mittlerweile mit meiner Freundschaft für Euch und Eure Familie gekommen sein mag, erlaubt mir einen persönlichen Rat.« Er beugte sich vor, und seine Stimme wurde überraschend leidenschaftlich. »Ihr seid ein kluger, fähiger Mann,

Garren«, sagte er. »Ihr müßt doch den Abschaum, die tollwütigen Hunde, die Eurem lächerlichen Kläffen folgen, als das erkennen, was sie sind.« Garren wollte etwas sagen, doch Haynars erhobene Hand hielt ihn zurück. »Bedenkt dies. Wie wollt Ihr sie in Schach halten, wenn sie ihre Schuldigkeit getan haben? Es ist weitaus einfacher, ein wildes Tier von der Leine zu lassen, als es wieder einzufangen.«

»Ich muß mir nicht anhören, wie meine Gefolgsleute verunglimpft werden!« kreischte Garren, und wieder dröhnte seine Stimme in unangenehmer Weise durch die Halle.

»Und ich muß mir deine Tobsuchtsanfälle nicht länger anhören, Garren«, erwiderte Haynar, und obwohl seine Stimme nicht so laut wie die seines Gegenspielers war, übertönte sie ihn doch auf rätselhafte Weise. Er schlug mit der offenen Hand auf das vor ihm ausgebreitete Dokument. »Dies verdanken wir deinem Verrat!«

Er zauderte, und vorübergehend gewann die Besorgnis wieder die Oberhand. »Denkt Ihr denn, die Handira gäbe einen Deut um Euren kleinmütigen, kriecherischen Gehorsam und Euer lachhaftes Ränkespiel? Die einzige Bedeutung, die Whendrak für sie hat, ist seine strategische Lage als Sprungbrett für militärische Operationen gegen Serenstad. Sie benutzen euch für ihre Drecksarbeit, das ist alles.« Wut und Enttäuschung brachen sich Bahn. »Ihr seid doch nicht auf den Kopf gefallen, Mann. Was denkt Ihr denn, was die Bethlarii mit Euch und Euren lästigen Gefolgsleuten anfangen werden? Euch ehren? Euch loben?« Er klopfte sich auf die Brust. »Ihr wißt, was sie in ihrem albernen Stammesstolz von uns halten. Wir sind in ihren Augen doch nur Bastarde, kaum besser als ihre Hunde, die sich nur als Sklaven und Pfeilfutter eignen.«

Garren sprang zornig auf. »Du sprichst nur von dir selbst, Haynar!« brüllte er. »Wir sind seit zehn Generationen von reinstem Bethlarii-Blut …«

»Mein Onkel erzählt da ganz andere Dinge von deiner Mutter, Garren«, meldete sich eine Stimme mit einem scharfen Whendreachi-Akzent aus dem Nichts. Dröhnendes Gelächter brach in der Kammer aus, auch um die Spannung zu lösen, die Garrens wahnsinnige Vorwürfe aufgebaut hatten.

Arwain sah, wie Garren die Fäuste schüttelte und irgend etwas brüllte, obwohl er in dem Krach nichts Genaues verstehen konnte.

Das Gelächter wogte eine Zeitlang durch die Halle, bis es Haynar, der selbst lächeln mußte, schließlich gelang, wieder Ruhe herzustellen.

»Ich werde keine Zeit mehr mit dieser fruchtlosen Debatte verschwenden«, erklärte er und wurde wieder ernst. »Ihr habt nun die Fakten vor Euch liegen, und Ihr müßt entscheiden, was wir tun sollen. Ich bitte Euch darum, die Politik, die wir die letzten Jahre über befolgt haben, zu bestätigen. Daß wir uns entschlossen behaupten und gegen *jeden* vorgehen werden, der versuchen wird, uns seinen Willen aufzuzwingen. Um Euch bei Eurer Diskussion zu helfen, habe ich kraft meiner Amtsgewalt als Maeran ein spezielles Dekret erlassen.«

In der Kammer wurde es sehr still. Ryllans stieß Arwain sanft an, um seine Aufmerksamkeit mit einem kaum merklichen Kopfnicken wieder auf Garren und seine Gruppe zu lenken. In aller Ruhe zogen Wachmannschaften ein und besetzten die Gänge hinter ihnen.

»Wir verfügen über genügend Nahrungs- und Wasservorräte, um jeder Belagerung trotzen zu können«, fuhr Haynar fort. »Über Waffen, um uns zu verteidigen. Und vor allem frisch verstärkte Wälle, die schon bald selbst die schwerste Artillerie, die höchsten Belagerungstürme, die am tiefsten grabenden Pioniere zurückwerfen werden.« Er schwieg. »Doch solche Mauern sind in Wahrheit nur so stark wir ihre Tore. Und Tore sind nur so stark wie die Arme eines Mannes, der die Riegel zurückschieben kann. *Verrat* ist unser gefährlichster Feind in jedem Konflikt mit den Bethlarii.« Wieder unterbrach er sich. »Mein Dekret sieht deshalb vor, daß Ratsherr Andreth Garren seines Amtes enthoben und bis zur formellen Anklage und Gerichtsverhandlung in seinem Haus in Gewahrsam gehalten werde. Das gleiche gilt für seine führenden Leutnants. Und für all jene seiner Gefolgschaft, die ihrer Treue zu ihm nicht abschwören und ihre Ergebenheit gegenüber dem Rat nicht erneuern, bedeutet es Ausweisung aus der Stadt.«

Die Wachen hinter Garren und seiner Gruppe traten vor, und einer von ihnen beugte sich zu Garren hinunter und sagte etwas zu ihm. Arwain sah ihn hilfeheischend um sich blicken, als suche er nach Gleichgesinnten oder einer Möglichkeit zum Entkommen. Ohne Erfolg indes, und auf ein weiteres Wort des Wachsoldaten hin erhoben sich er und seine Gefolgschaft und marschierten mit zurückgekehrtem Hochmut aus der Kammer, eskortiert von den Wachen.

Die Erklärung und Entfernung Garrens und seiner Anhänger wurde von den Ratsherren mit einem gelähmten Schweigen begrüßt.

Als sich die Tür hinter der hinausgehenden Gruppe geschlossen hatte, ergriff Haynar sanft, aber entschlossen das Wort. »Debattiert über das, was Ihr soeben erfahren habt, meine Freunde«, forderte er sie auf. »Und wählt wohl. Freiheit und Fortschritt mitsamt der Verantwortung, die mit beiden einhergeht; oder Stagnation unter der Bethlarii-Oberherrschaft. Ich werde nach einer angemessenen Zeitspanne zurückkehren, um zu vernehmen, was Ihr beschlossen habt.« Er neigte kurz das Haupt und verließ die Plattform.

Nach seinem Weggang begann sich das Schweigen um die beiden zuschauenden Serens herum zu lösen, zuerst gemächlich, dann mit einem gewaltigen Ansturm wie eine brechende Welle. Mehrere Ratsherren verließen in aller Eile die Kammer, während die Zurückgebliebenen dringlich und offenbar unterschiedslos mit ihren Nachbarn links und rechts zu diskutieren begannen.

»Meine Herren.«

Arwain drehte sich um. Es war der Ratsangestellte, der sie in die Kammer geleitet hatte. »Würdet Ihr mir bitte folgen.«

Trotz gedämpfter Stimme war sein Gebaren so drängend, daß Arwain und Ryllans ihm ohne Zögern folgten.

Er führte sie durch eine andere Tür als die, durch die sie gekommen waren, aus der Halle hinaus, und während sie ihm durch mehrere Gänge und nach unten führende Treppen folgten, bemerkte Arwain, daß sein Schritt immer schneller wurde.

»Was ist los?« fragte er.

»Der Maeran wird es Euch erklären«, erwiderte der Mann höflich.

Dann eilten sie eine schmale Steintreppe hinunter und wurden in einen kleinen Hof geleitet. Ihre Pferde warteten, gesattelt und gezäumt, zusammen mit ihrem Zug und einer kleinen Gruppe von Whendreachi-Wachen.

Haynar befand sich auch dort. Er trat auf sie zu. »Ihr müßt auf der Stelle losreiten«, erklärte er. »Wenn ich darf, werde ich Euren Besuch dem Rat mitteilen.«

»Wenn?« fragte Arwain, der auf dem falschen Fuß erwischt wurde von diesem plötzlichen Umschwung der Ereignisse. Er deutete zurück in Richtung Ratskammer. »Ich dachte, *Ihr* hättet hier das Sagen.«

Haynar lächelte wehmütig. »Ja und nein«, erwiderte er. »Das Dekret, das ich gegen Garren erlassen habe, war ein beträchtliches Wagnis ...«

»Ihr hättet nicht anders handeln können«, mischte sich Ryllans überraschend ein.

»Ihr und ich wissen das«, sagte Haynar und geleitete sie zu ihren Pferden. »Wir studieren unsere Geschichte. Aber ...« Er zuckte mit den Achseln. »Wir haben mehr als nur ein paar eigennützige und rückgratlose Zauderer im Rat. Die Abstimmung wird knapp ausfallen. Ich kann nicht dafür garantieren, daß wir Bethlar die Stirn bieten werden, auch wenn wir das sicherlich müßten.«

»Habt ihr als Maeran denn keine Notstandsgewalt?« erkundigte sich Arwain, während er sein Roß bestieg.

Wieder lächelte Haynar. »Garren ist ein beachtenswerter Redner. Und seine Anhänger beherrschen die Straßen. Meine Befehlsgewalt ist nur so groß, wie ich die Mittel habe, sie auch durchzusetzen, wenn es hart auf hart kommt. Wie ich bereits da drinnen sagte, unsere Sicherheit ist nicht mehr wert als der Arm eines einzigen Verräters.«

Er schnitt jede weitere Diskussion mit einer Handbewegung ab. »Ihr müßt nun losreiten. Es gibt wahrscheinlich ernste Verwicklungen, wenn sich die Nachricht von Garrens Verhaftung verbreitet, und dann vermag ich Eure Sicherheit nicht mehr zu gewährleisten. Erzählt Eurem Vater, was hier vor sich geht. Die meisten von uns stehen auf Eurer Seite, und wir werden unser Bestes tun, die Stellung gegen Bethlar zu behaupten, aber ...« Er wechselte das Thema. »Diese Wachen werden Euch zum Tor geleiten. Geht jetzt.«

Arwain sah zu ihm hinunter. »Wollt Ihr unsere Hilfe, Maeran?« fragte er bedeutungsvoll, das letzte Wort betonend.

»Nein, verdammt. Wir wollen keinen von euch beiden«, entgegnete Haynar bitter. »Aber besser Ihr als sie. Und der Vertrag wird schon bald nichts als ein Fetzen Papier sein, wenn Ihr *nicht* helft. Aber sagt Eurem Vater, er solle vorsichtig sein. Dies ist nur ein Ablenkungsmanöver, da bin ich mir sicher.«

Arwain streckte die Hand nach unten und ergriff die Haynars. »Ich verstehe«, sagte er.

Rufe und Stimmen drangen in den Hof. Haynar nickte. »Geht«, sagte er, wandte sich dann um und eilte in das Gebäude zurück.

Als ihre Begleitmannschaft sie aus dem mauerumschlossenen Hof hinausführte, wurde offenbar, wie wahr Haynars Worte waren. Eine unübersehbare Spannung lag in der Luft. Gruppen junger Männer rasten enthemmt durch die Straßen, während sich andere Leute offensichtlich bemühten, ihnen aus dem Weg zu gehen.

»Ar-Hyrdyn, Ar-Hyrdyn.«

Arwain wandte sich um, um zu sehen, woher der Gesang kam.

»Serenstad-Abschaum«, erklang es.

Ein Stein traf Arwain an der Schläfe. Er sackte auf die Kruppe seines Pferdes, Blut sickerte aus seinem Kopf.

Kapitel 27

Ivaroth starrte zu den südlichen Bergen hinauf. Sein Pferd war unruhig, reagierte auf das Unbehagen seines Reiters. Er war ein Mann der Prärie. Er mochte die Berge nicht. Sie bedrückten ihn, engten ihn ein, nötigten Reisende auf enge, oft gefährliche Pfade mit schwindelerregenden Abgründen nach oben wie nach unten. Das war kein Ort für ein Volk, das dazu geboren war, frei über die endlosen Ebenen zu galoppieren; Ebenen, die flach und weit und offen waren, wo man das Wetter auf Meilen im voraus sah und einschätzen konnte, wo es nicht ohne Vorwarnung von strahlendem Sonnenschein zu feuchtkaltem, gefrierendem Nebel überging, wo die Sonne nicht spät auf- und früh unterging inmitten von unheilvollen, drohenden Schatten.

»Ivaroth, ich folge dir, wohin du mich auch führst, aber …« Eine kopfschüttelnde Pause trat ein. »Ich habe Bedenken.«

Der Sprecher war Endryn, einer der wenigen, die zu Ivaroth gehalten hatten, als er des Mordes an seinem Bruder angeklagt worden war, und der sich, was ein nicht geringes Risiko für ihn selbst dargestellt hatte, gegen seine Verbannung aus dem Stamm ausgesprochen hatte.

Die Notwendigkeit, diesen Zweifeln zu begegnen, gab Ivaroth die Kraft, seine eigenen Sorgen zu zerstreuen. Er wandte sich Endryn zu, und ein gelbzahniges Grinsen spaltete sein flaches, narbenbedecktes Gesicht.

»Du willst damit sagen, du hättest wieder Bauchgrimmen«, meinte er, beugte sich zu ihm hinüber und stieß Endryn mit dem Rückschwung die Faust in den Leib. An diese Art von Attacke gewöhnt, lenkte Endryn einfach sein Pferd ein wenig zur Seite, so daß der Hieb ihn verfehlte, doch die Erwartung des Schlags führte dazu, daß seine Muskeln sich verkrampften. Er preßte die Hand auf seinen Bauch, wimmerte und lachte zugleich.

»Ich wußte es doch«, sagte Ivaroth. »Du kriegst ja vor jeder Schlacht Bauchgrimmen. Das ist es, was es mir so wertvoll macht, dich im Kampf an meiner Seite zu wissen. Deine schlechte Laune.«

Solcherart bloßgestellt, umfaßte Endryn seinen Bauch mit beiden Händen. »Danke, Mareth Hai«, sagte er recht ironisch. »Es scheint, du hast nicht nur den Blick des Kriegers, sondern auch den des Heilers. Doch im Augenblick haben wir keine Schlacht vor uns.«

Ivaroth lachte lauthals auf und schüttelte dann die Faust gegen die lauernden Berge. »Aber natürlich«, sagte er. »Sieh sie dir doch nur an. Reihe um Reihe von Feinden. Und sie werden mehr als nur ein paar von uns ins Jenseits befördert haben, bevor wir hindurch sind.« Die Aussichten schienen ihn zu freuen. »Aber unsere wahre Schlacht wird darin bestehen, die Männer vorwärts zu peitschen, wenn sie anfangen, über die Kälte und den unaufhörlichen Wind und ihre schmerzenden Beine zu jammern.«

»Das könnte schneller eintreten, als du denkst«, bemerkte Endryn. »Alle Zeichen hier unten sprechen dafür, daß der Winter dieses Jahr früh einsetzt, und auf einigen Gipfeln liegt bereits Schnee, der vor ein paar Wochen noch nicht da war. Eine Menge der Stammesführer werden darauf drängen, daß die Expedition auf das nächste Frühjahr verschoben wird.«

Ivaroth wandte sich ihm mit plötzlich zornigem Gesicht zu. Endryn zuckte zusammen, obwohl er wußte, daß der Zorn sich nicht gegen ihn richtete.

»Nein«, sagte Ivaroth wild. »Nicht bei allen Mächten in diesem Land.« Dies war ein merkwürdiger neuer Fluch, den sich Ivaroth angewöhnt hatte, seit er mit dem alten Mann aus der Wildnis zurückgekehrt war und seinen phänomenalen Machtaufstieg begonnen hatte. Wann immer er ihn benutzte, schien etwas in seiner Stimme die Erde selbst erbeben zu lassen, und ein tiefes, grollendes Unbehagen durchfuhr Endryn dann regelmäßig. »*Jetzt* ist die rechte Zeit«, fuhr Ivaroth fort, und seine Stimme gewann an Überzeugungskraft. »Die einzige Zeit. Alles wird sich gegen uns wenden, wenn wir jetzt zaudern.« Er reckte die Faust in die Höhe, die er so fest zusammengepreßt hatte, als fürchte er, etwas könne ihm durch die Finger gleiten.

»Du bist dir so sicher«, erwiderte Endryn, unfähig, seine Zweifel angesichts der düsteren Bergkulisse zum Schweigen zu bringen.

Ivaroth bleckte die Zähne. »Ja, das bin ich«, bekräftigte er. »Mir ist eine Vision zuteil geworden: Ich vermag die Flutwelle zu sehen, auf der unser Volk zu seiner Bestimmung reiten kann, und wir werden sie reiten, koste es, was es wolle. Wir werden sie reiten, um unsere Vorväter zu rächen und das reiche Land zurückzugewinnen, das man uns unrechtmäßig entrissen hat. Und ich sage dir, Endryn, wenn wir es nicht *jetzt* sofort machen, dann werden wir auf ewig in die Prärie verbannt sein, bis wir vergehen und scheitern und schwach und zerstreut werden wie die Ensceini.« Er holte tief Luft. »Ich werde nichts und niemandem erlauben, sich diesem Unternehmen in den Weg zu stellen, und wenn ich dafür diese Berge Stein für Stein abtragen muß. Was die Männer angeht ...« Er zückte sein Schwert und hielt es Endryn drohend unter die Nase. »Ich schlitze jeden vom Hals bis zum Gemächte auf, der auch nur eine Spur von Zögern zeigt, wenn der Marsch einmal begonnen ist.«

Die beiden Männer maßen einander mit Blicken. »Mich auch?« fragte Endryn.

Ivaroth lachte. »Natürlich dich auch«, sagte er und versetzte Endryn einen kräftigen Klaps auf die Schulter. Dann schlug er sich vor die eigene Brust. »Ich würde mich selbst aufschlitzen, wenn ich auf diesem Weg scheiterte.«

Jäh richtete er sich in den Steigbügeln auf und schwang sein Schwert in Richtung des Gebirges. »Hört mich, ihr alten

Steine!« brüllte er. »Gewöhnt euch daran, denn das ist die Stimme eures Herrn und Meisters. Ich werde meine Männer durch eure Täler und über eure Kämme führen, und ich werde euch auseinandersprengen, wenn ihr mir trotzt. Zweifelt weder an meinem Willen noch an meiner Macht, denn der eine ist jung und stark, und die andere war schon alt, bevor ihr eure Reise gen Himmel begonnen habt.«

Er schloß seine hallende Rede mit einem ohrenbetäubenden Schlachtruf. Endryn, den seine Energie mitriß, stimmte ein, und dann wirbelten die beiden herum und galoppierten ins Lager zurück.

Ganz wie Endryn vorausgesagt hatte, gab es von einigen Häuptlingen Widerstand gegen Ivaroths Plan, durch die Berge zu ziehen und das auch noch im Winter. Seine Hauptberater saßen mit ihm im Versammlungskreis unter seinem großen Zeltpavillon.

»Mareth Hai, ein Mann kann sein Pferd in jede ihm genehme Richtung treiben, bis es vor Erschöpfung zusammenbricht, und immer noch wird er erst einen kleinen Teil deines Herrschaftsgebiets durchmessen haben. Dein Ruhm ist bereits so gewaltig, daß er in Geschichte und Legende erstrahlt als der größte Führer, den die Steppen jemals gekannt haben. Wirf all dies nicht leichtfertig weg ...«

»Der Winter kommt früh dieses Jahr. Die wenigen Pässe, die es gibt, werden vom Schnee versperrt sein ...«

»Wir sind so schon kaum in der Lage, die nötigsten Vorräte mit uns zu führen. Wenn wir aufgehalten werden ...«

»Die Götter haben die Berge dorthin gestellt, um uns den Weg zu versperren. Ihrem Willen zu trotzen, wird harsche Vergeltung nach sich ziehen ...« Das war Amhir, sowohl Schamane als auch Häuptling und mit seinen religiösen Bedenken ein ständiger Stachel in Ivaroths Fleisch. Ein kurzes, aber beklommenes Schweigen setzte ein, nachdem er gesprochen hatte.

Dann wurde die Diskussion fortgesetzt. »Mein Stamm hat oft gegen die Südländer gefochten, die Bethlarii. Wir unternehmen regelmäßig Überfälle auf sie. In ihren Dörfern und Gehöften sind sie auch nur Männer ... und Frauen«, fügte er unter beifälligem Grinsen und Nicken hinzu. »Doch wenn sich die Nachricht verbreitet, daß wir wieder über sie hergefallen sind, ziehen sie stets ihr Heer zusammen, und jene von uns, die im Frühjahr zurückkehren wollen, ziehen sich dann zurück – und ohne Schande. Ihr Wall aus Schilden und Speeren kann nicht durchbrochen werden, und sie kennen keine Gnade ...«

Ivaroth lauschte aufmerksam diesen und vielen ähnlichen Reden, nickte bei Gelegenheit nachdenklich, bis der Kreis der Häuptlinge am Ende verstummte und die Geräusche des Lagers in die Stille des Pavillons zu sickern begannen.

»Ich habe euch alle gehört«, sprach er ruhig. »Ihr sagt vieles, das beachtenswert ist, und ihr habt mir manch guten Rat erteilt. Ich will nicht, daß man sagt, der Mareth Hai achte den Rat seiner Häuptlinge nicht; jener Männer, die er mit der Führerschaft seines Volks betraut hat; jener Männer, die an seiner Seite geritten sind und gekämpft haben.« Er unterbrach sich. »Aber ich will auch nicht, daß gesagt wird, ich, der ich nichts als der geballte Wille unseres Volkes bin, ließe mich von törichten, verzagten Bedenken vom Weg des Schicksals abbringen.«

Seine Stimme nahm beim Reden an Lautstärke und Intensität zu, und obwohl sich niemand zu bewegen wagte, schien es, als schrumpfe der Kreis sichtbar, während alle versuchten, jede auffällige Bewegung oder jeden Laut zu vermeiden, die plötzlich den furchterregenden, unvorhersehbaren Zorn ihres Mareth Hai über ihre Häupter bringen konnte, so wie die letzte schwache Brise den schwankenden Felsen schließlich zum Absturz bringt.

Ivaroth blickte sie reihum an. »Ihr bittet mich, das bereits Erreichte zu bedenken.« Verächtlich fuchtelte er mit dem Arm. »Alles, was bisher geschehen ist, ist nichts als das Schleifen der Schwerter für die wahre Schlacht. Manchmal hart, doch nicht mehr als das Ausmerzen des Schwachen und Kranken. Mein Name ist *nichts.* Unsere Eroberungen sind *nichts.* Undeutliche Echos im Wind der Steppe. Doch wenn der Hufschlag unserer Rosse in allen Richtungen über die reichen Südländer donnert, dann werden mein Name, unsere Eroberungen wirklich und wahrhaftig durch die Geschichte klingen.«

Stille.

»Ihr sprecht vom Winter, von Schnee und Wind, von Nahrungsmagel.« Er vollführte eine Geste scherzhaften Unglaubens. »Wie könnt ihr, die Führer von Menschen, euch mit solchen Nebensächlichkeiten aufhalten? Herrschen nicht jeden Winter Schnee und Wind und Nahrungsmangel? Jedes Jahr erwarten wir, daß diese trostlose Düsternis verstreicht, warten mit knurrenden Mägen, mit steifgefrorenen Händen und Gesichtern, fürchten, die Sonne werde nie mehr zurückkehren, bis die Tage ...«, er zog das Wort in die Länge und vollführte mit den Händen eine unkoordinierte, flatternde Bewegung, »... langsam wieder länger werden und die Vögel zurückkehren ...« Dann ließ er mit einem gereizten Zischen die Hand durch die Luft und die vorübergehend gelöste Stimmung schneiden, die er selbst mit seiner Rede aufgebaut hatte. »Diesmal warten wir nicht auf solch bescheidene Herrlichkeiten. Diesmal reiten wir unserer ureigenen Herrlichkeit entgegen.«

Wieder ließ er den Blick in die Runde schweifen. »Was das Argument betrifft, die Götter hätten das Gebirge dorthin gesetzt.« Er zuckte fatalistisch mit den Schultern. »Wer bin ich, daß ich solchen Dingen widersprechen könnte. Vielleicht stimmt es, vielleicht nicht. Aber ich weiß, daß die Berge nicht dorthin gestellt wurden, um uns den Weg zu versperren. Sie wurden dorthin gesetzt, um unsere Härte und Ausdauer zu prüfen, bis wir in unser gelobtes Land zurückkehren können. Willst du wirklich behaupten, daß wir, der mächtigste Zusammenschluß von Stämmen, den die Prärie je gesehen hat, nicht in der Lage seien, ein paar Felsbrocken zu übersteigen?«

Immer noch versuchte niemand, das Wort zu ergreifen.

»Und nun zu den Bethlarii.« Er deutete auf die beiden, die von ihnen gesprochen hatten. »Ich schätze eure Worte. Euer Volk hat nicht nur das Wissen, das uns das Überschreiten des Gebirges erleichtern wird, ihr habt auch dem Feind von

Angesicht zu Angesicht, Schwert gegen Schwert gegenübergestanden.« Er winkte seine Zuhörer vor, und der Kreis kragte nach innen. »Doch hört mir zu. Vergeßt eure Furcht vor Schild- und Speerwällen. Sie mögen einer Räuberbande – selbst einer großen – gefährlich werden. Aber wir sind keine Räuberbande. Wir sind ein Heer. Ein Heer, das so gewaltig ist, daß es sie unter seinen Hufen zermalmen könnte, ohne auch nur im Vormarsch innezuhalten ...« Er fuhr mit der Hand durch die Luft, um zu zeigen, daß er absichtlich übertrieben hatte. »Nicht, daß das nötig sein wird. Wälle kann man umreiten, nicht wahr? Fragt euch doch selbst, wie schnell können wohl solche Wälle aus Schilden und Speeren herumgerissen werden, um die Flanken und den Rücken zu schützen? Und wie schnell können sie rennen, wenn wir an ihnen vorbei auf ihre schutzlos zurückgelassenen Heime und Frauen zupreschen?«

Ein zögerndes, aber erleichtertes Lachen begrüßte seine Ausführungen. Der Ehrgeiz und die schwadronierende Redekunst des Mareth Hai waren ja schön und gut, aber ein flüchtiger Blick auf handfeste Kriegstaktiken, wie er sie jetzt für den sich abzeichnenden Konflikt entwarf, waren manchmal auch ganz beruhigend.

Seine Miene verfinsterte sich, sein Lachen verebbte. »Wir ziehen über die Berge«, verkündete er und blickte wieder jeden einzelnen der Reihe nach an, als könnten seine schwarzen Augen in die Tiefen ihrer Seele blicken. »Wir ziehen hin, um jene zu vertreiben, die unser angestammtes Land usurpiert haben. Dies ganz allein ist der Grund, warum wir jenen Blutzoll entrichtet haben, der uns zu einem großen Ganzen zusammengeschweißt hat, wo einst viele einzelne waren.« Er beugte sich vor. »Ich werde nicht zulassen, daß irgend jemand oder irgend etwas diese Absicht zunichte macht. Wenn eure Leute mit ihren zahllosen Beschwerden zu euch kommen, gebt ihnen dies als Leitstern, der ihren Blick beherrschen und ihren Willen leiten soll.« Er zog sein Schwert und richtete die Spitze auf den Mittelpunkt des Kreises. Das Lampenlicht funkelte auf seiner polierten Klinge, während er es langsam hin und her drehte und kurze, stahlend helle Sterne zum geschwungenen Baldachin des Pavillons emporschickte. »Ich werde jede Mattigkeit, jeden Zweifel, jedes Unbehagen mit dieser Schwertschneide beseitigen, wenn es sein muß. Für die Eigensinnigen und Schwachen scheint es viele Weg zu geben, doch die Wahrheit gibt es nur den einen. Meinen Weg. Vorwärts.«

»Nein!«

Die Stille des Zeltes lud sich angesichts dieses Aufschreis plötzlich mit Spannung auf, und aller Augen wanderten von Ivaroths hypnotisierender Klinge zu dem Sprecher.

Es war Amhir. Er schwankte vor und zurück und war offenbar von religiöser Inbrunst besessen.

Ivaroth schenkte ihm einen frostigen Blick, sagte jedoch nichts.

»Du frevelst, Ivaroth Ungwyl«, sagte Amhir, und seine Stimme klang hohl und fern. »Je näher wir den Bergen kommen, desto größer wird meine Gewißheit, daß du die Götter selbst herausforderst, wenn du versuchst, das Volk durch sie hindurch gen Süden zu führen.«

Ivaroths Griff um den Schwertknauf verstärkte sich, während jede Faser in ihm danach schrie, ein abschreckendes Exempel für diese freche Unterbrechung zu statuieren. Eine verstohlene und unsichtbare Berührung durch Endryn indes hielt ihn zurück. Die vielen verschiedenen Gottheiten, denen der Stamm huldigte, waren die Hauptursache allen Streits und Haders. Dies war in so hohem Maße der Fall, daß man sagen konnte, nach Ivaroths Kampfeskünsten sei es seine umweglose Behandlung dieses Problems gewesen, die ihn mehr als alles andere zum Führer prädestiniert hatte: Er hatte immer darauf bestanden, daß jeder den anbeten dürfe, den er mochte.

Doch er war ein gradliniger, brutaler Neuerer, der keine feinsinnigen Argumente spann. »Wir haben auf dieser Erde genügend Probleme, die unser Schwert und unseren Mut erfordern. In Zukunft werde ich diejenigen unter euch, die sich gewaltsam über die Vor- und Nachteile eurer vielen Götter streiten möchten, persönlich zu ihrem eigenen Jüngsten Gericht befördern.«

Nur wenige abschreckende Hinrichtungen waren nötig gewesen, um die tiefe Weisheit und Effizienz dieser Religionspolitik zu beweisen.

Nichtsdestotrotz stellte die wechselseitige Intoleranz immer noch eine ernsthafte Drohung für die neu geschaffene Eintracht dar, und religiöse Angelegenheiten mußten mit viel Fingerspitzengefühl behandelt werden. Endryns diskrete Mahnung kam zur rechten Zeit. Amhir wegen seiner Unverschämtheit zu erschlagen, würde zwar einigen Aufruhr verursachen, doch würde der nicht lange anhalten. Ihn allerdings zu erschlagen, wenn man annehmen konnte, er sei soeben das Sprachrohr der Götter gewesen, könnte ernste Probleme aufwerfen.

»Amhir«, sagte er bedrohlich und in der Hoffnung, dieses Benehmen allein werde ausreichen, um zu dem Mann durchzudringen, bevor er eine noch größere Dummheit begehen konnte. »Nie zuvor hat ein Führer seinen Völkern so große Freiheit gegeben, zu verehren und anzubeten, wen sie wollen. Aber wenn ich diese Freiheit gewähre ... ja sogar fördere ..., dann haben die Götter, was der Götter ist, und müssen mir geben, was mein ist: das Recht, mein Volk ungehindert zu führen. Du vergißt, daß du hier als Häuptling und nicht als Schamane sitzt. Behalte deine Visionen für dich. Ich verzeihe dir diesen Ausbruch, weiß ich doch, daß dein Herz so trefflich ist wie dein Schwertarm, aber sag nichts mehr von diesem Unsinn.«

»Nein«, widersprach Amhir laut. »Ich kann nicht schweigen. Die Berge haben zu mir gesprochen. Sie haben mir die Zukunft offenbart, und sie ist voll von Dunkelheit und Blutvergießen, wenn wir nicht von diesem Pfad weichen. Du wirst von einem Dämon geleitet, Ivaroth, und er leitet dich zu *seinem,* nicht zu *deinem* Besten.«

Aller Augen wandten sich angsterfüllt Amhir zu. Seine Stimme war kraftvoll und überzeugend, und instinktiv fachte er die glimmenden Kohlen des Aberglaubens an, die tief im Prärievolk verwurzelt waren. Ivaroth spürte, wie die Zweifel seiner Häuptlinge um ihn Gestalt anzunehmen begannen. Im Kern des Zweifels steckte die uralte, archaische

Herausforderung jener Führerschaft, der sie sich alle willentlich oder unwillentlich verschrieben hatten: Sicher konnte doch niemand in aller Öffentlichkeit dem Mareth Hai die Stirn bieten, es sei denn, derjenige wäre wirklich von einer großen Wahrheit besessen.

Amhir hatte sein Schicksal besiegelt. Für Ivaroth stellte sich jetzt nur noch die einfache Frage, wie er ihn sich am zweckmäßigsten vom Halse schaffte.

Hinter Ivaroth regte sich eine Gestalt, und eine knochige, unsaubere Hand fuhr vor und umklammerte seinen Arm. Sie drückte ihn gierig mehrere Male, als sei ihr Besitzer von einem übermächtigen Verlangen besessen, das nur Ivaroth befriedigen konnte. Es war eine abstoßende Geste, doch Ivaroth neigte sein Haupt ein wenig der Gestalt entgegen, als lausche er.

Langsam nickte er, und allmählich glitt die Hand ab, wobei ihre langen Finger mit hartnäckigem Widerstreben, Ivaroth freizugeben, über seinen Arm krochen. Wieder ignorierte Ivaroth die abscheuliche Intimität der Geste.

Amhir richtete seine Hand auf die Gestalt, und seine Augen waren weit aufgerissen, während ihn eine offenbar unkontrollierbare Leidenschaft ergriff.

»Ruhe!« donnerte Ivaroth, bevor Amhir zum Sprechen ansetzen konnte. »Du hast die Kühnheit, *mir* sagen zu wollen, was der Wille der Götter ist? *Ich* bin der Wille der Götter. Wie sonst hätte ich es vermocht, Mareth Hai zu werden und die Stämme zu vereinigen?«

»Ich habe gesehen, was ich gesehen habe, Ivaroth«, sagte Amhir, offenbar ungerührt von Ivaroths Zorn. »Ich fühle, daß die Macht des Landes zunimmt, während wir uns den Bergen nähern, und die Götter haben zu mir gesprochen. Sie haben mir die Zukunft enthüllt. Sie haben mir den Dämon in deinem Rücken gezeigt. Sie haben …«

»Was für eine Zukunft haben sie dir denn enthüllt, Amhir?« fragte Ivaroth lächelnd, plötzlich neugierig geworden, ja sogar versöhnlich.

Beim Anblick seines Lächelns begannen mehrere seiner Häuptlinge verstohlen von ihrem Führer und dem Schamanen wegzurücken. Der Kreis wurde merklich weiter.

Doch immer noch schien Amhir fühllos für die Gefahr zu sein. »In einem Traum stand ich auf einem hohen Gipfel, und ich sah die Überbleibsel unserer Armee aus den Bergen zurückkehren, zerschlagen und vernichtet. Ich hörte, wie die Prärie erfüllt war vom Klagen der zahllosen Witwen und dem Weinen der Kinder, die Hunger litten, weil alle Jäger fort waren.«

»Das hast du gehört? Das hast du gesehen? In einem Traum?« sagte Ivaroth, und seine Stimme wurde immer sanfter, sein Lächeln immer breiter.

Die Spannung unter den Versammelten wurde schier unerträglich. Ivaroths Temperament war explosiv und leicht erregbar und unvermeidbar tödlich. Einst hatte er einen schlafenden Wachposten mit seinem eigenen Schwert durchbohrt und den entsetzten Offizieren erklärt: »Ich habe ihn zurückgelassen, wie ich ihn vorfand.«

Nun, trotz der Schauer, die Amhirs Stimme in ihre dunklen und blutigen Seelen schickte, erwarteten die meisten Zuschauer, den Schamanen werde ein ähnliches Schicksal ereilen, und darum behielten sie Ivaroths Schwert genau im Auge, bereit, in Deckung zu springen, sollte es plötzlich durch den Pavillon sausen.

Statt dessen steckte Ivaroth die Waffe mit einem grimmigen Lachen wieder in seine Scheide. »Ich hatte vor, dich niederzustrecken, weil du deinen religiösen Schwachsinn in diese Runde getragen hast, Amhir«, sagte er. »Doch ich sehe, daß die Götter nur ihr Spiel mit dir treiben.« Er zuckte in einer wegwerfenden Geste mit den Schultern. »Ein Schicksal, daß du dir durch deine ständige Einmischung in ihre Angelegenheiten selbst zuzuschreiben hast. Warum mußtest du auch in deiner Anmaßung unbedingt versuchen, dieses Omen zu deuten?«

Amhir öffnete den Mund, um etwas zu sagen, doch Ivaroth hob ihm die Hand entgegen. »Zweifellos haben die Götter dir solche Träume in der Annahme geschickt, sie würden unausweichlich zu deinem Tod durch meine Hand führen, einfach um zu zeigen, daß die Zukunft, die *du* gesehen hast, nichts als ein Trugbild war. Wenn du hingegen du selbst bist,

bist, bist du ein zu guter Krieger, als daß ich dich verlieren möchte, und ich werde die Possen der Götter nicht unterstützen. Wenn sie dir den Tod wünschen, müssen sie es selbst in die Hand nehmen. Und nun verlaß uns. Komm morgen früh zu mir und erzähle mir, was du sonst noch für Visionen gehabt hast.«

Amhirs Mund zuckte heftig.

»Geh, bevor ich mich anders besinne«, befahl Ivaroth drohend. »Wenn ich muß, tue ich ihre Arbeit doch.«

Wie von unsichtbaren Fäden gezogen, stand Amhir schwankend auf und taumelte ohne Abschiedsgruß aus dem Zelt. In dem nun eintretenden Schweigen war nur das leise, entrückte Keuchen von der Gestalt hinter Ivaroth zu hören.

Endryn wirkte aufgebracht. »Mareth Hai, guter Krieger oder nicht, er muß zum Schweigen gebracht werden«, erklärte er entschlossen. »Wenn er weiterhin durchs Lager wandert und solche Reden verbreitet, könnte er heillose Verwirrung stiften.«

Ivaroth schüttelte den Kopf. »Laßt ihn reden, mit wem er reden will. Je mehr ihn hören, desto mehr werden auch seine Torheit erkennen«, erklärte er. Um dann mit fast väterlichem Bedauern hinzuzufügen: »Er hat sich in Dinge eingemischt, die ihn nichts angehen, meine Freunde, und nun muß er den Preis dafür zahlen. Wir sollten uns von ihm fernhalten, wenn wir sein Schicksal nicht teilen wollen. Offen gesagt bezweifle ich, daß er die Nacht überleben wird.«

Dann fügte er hinzu, indem er die unausgesprochene Folgerung vorwegnahm, die seinen Zuhörern sofort in den Sinn kam: »Sorgt dafür, daß ihn eine Ehrenwache heute nacht begleitet. Er soll beschützt werden. Ich will nicht, daß das Schwert eines Mörders in diese Angelegenheit hineinspielt.«

Später saß Ivaroth allein in seinem Zelt. Er hatte die Versammlung kurz nach Amhirs Weggang aufgelöst, nachdem er den Häuptlingen mitgeteilt hatte, er wünsche sie am folgenden Tag wieder zu sehen. »... wenn wir die genauen Pläne für unsere Gebirgsüberquerung und für unseren Überfall auf die Südländer ausarbeiten werden.«

Beim Weggehen waren sie sowohl verwirrt als auch gebändigt gewesen, nicht zuletzt aufgrund von Ivaroths Abschiedsworten, die seine zuvor erteilte Anordnung noch einmal bestätigt hatten: »Sorgt dafür, daß Amhir heute nacht gut bewacht wird. Nehmt eure besten Männer für seinen Schutz.«

Nun stierte Ivaroth in die Flamme einer einsamen Lampe; das Weiße in seinen Augen wurde so schwarz wie die mondlose Nacht draußen, um ihn für seinen Eintritt in die Traumwelt vorzubereiten. Die Flamme flackerte gelegentlich auf oder duckte sich leicht hierhin und dorthin, dem Drängen einer unsichtbaren Macht gehorchend.

Was unterscheidet mich von dir? dachte Ivaroth. Hin und her getrieben. Wessen Spielzeug bin ich?

Er neigte für gewöhnlich nicht zu solch selbstkritischen Einsichten. Er war ein Krieger. Das Schicksal lachte denen, die es fanden und am Schopfe zu packen wußten; durch Wort oder Schwert, Wahrheit oder Verrat, das machte keinen Unterschied. Die Götter, falls sie denn existierten, liebten die Tapferen.

Und doch ...

Es gab da Dinge, die ihm verborgen waren. Warum war er in der Lage, die Träume anderer zu betreten, zu beobachten, zu lauschen, sich an ihnen zu weiden und seit jüngstem auch aus ihnen zu lernen? Wrenyk hatte davon gesprochen, aber von anderen hatte er nie gewußt. Er rieb sich die Wange, auf die Wrenyk gespien hatte.

Und wie kam es, daß er selbst die fremden Welten jenseits der Träume betreten konnte? Wirkliche Welten voller wirklicher Länder und wirklicher Menschen ... und wirklicher Gefahren! Welten, in denen er schon bald gelernt hatte, ein scharfes Schwert mit sich zu führen und sich langsam und vorsichtig zu bewegen, Welten, in die er sich nie allzuweit vorgewagt hatte.

Und wer war der Blinde mit seinen geheimnisvollen und beängstigenen Kräften, der ihn in den öden Wüstenländern des Nordens zu sich gezogen hatte?

Mehr denn je beschäftigte ihn nun diese Frage. Amhirs

Worte kamen ihm wieder ins Gedächtnis: »Sie haben mir einen Dämon in deinem Rücken gezeigt.« Es war schon lange her, daß jemand gewagt hatte, auf jene merkwürdige Kapuzengestalt anzuspielen, die mit ihm aus dem Exil erschienen und zu so etwas wie seinem Schatten geworden war, häufig an seiner Seite und selbst auf gespenstische Weise anwesend, wenn er abwesend war.

Nur Ivaroth wußte von diesen seinen absonderlichen, gefährlichen Kräften: Daß er manchmal in anderer Leute Gedanken blicken und manchmal sogar lautlos in ihnen sprechen konnte; daß er, wie er es bei Ivaroth vor dem Spießrutenlauf getan hatte, andere mit großer Macht und Kraft erfüllen, sie unbesiegbar machen konnte; daß er Gegenstände bewegen, Feuer aus der Luft beschwören und sogar die Erde beben lassen konnte, etwas, das ihn über alle Maßen zu erregen schien.

Und er war offenkundig wahnsinnig, murmelte vor sich hin und freute sich hämisch, und all das mit einem sanften, widerwärtigen Wispern. Ein blinder, Unsinn schwatzender alter Mann mit Augen, die so krankhaft milchig weiß waren, wie die von Ivaroths nun schwarz; doch er konnte schon in die Köpfe der Menschen schauen? Ein Mann, der nie zu essen oder zu schlafen schien, den jedoch irgendeine seltsame Macht, die er von wer weiß woher bezog, am Leben erhielt. Und ein Mann, der keinerlei sterbliche Begierden zu haben schien, nicht einmal die gelegentliche Lust auf eine Frau.

Doch er konnte Lust verspüren, eine größere Lust als die, die jemals ein Mann für eine Frau empfinden konnte. In der Tat schien von jeder seiner Handlungen ein unbändiges und unheiliges Verlangen auszuströmen. Er gierte danach, seine Macht zu benutzen. Wenn auch nicht so sehr in dieser Welt. Es war in den Welten da draußen, daß er sie zu benutzen wünschte, denn dort war sie um das Hundert-, ja Tausendfache stärker.

Und er hatte vom ersten Augenblick an, da er in Ivaroths Augen gestarrt hatte, von jenen Welten gewußt!

Gegenseitiges Bedürfnis hatte die beiden Männer aneinandergeschweißt. »Nimm mich mit durch deine Träume und in die Welten da draußen, Ivaroth«, hatte er gesagt, und gleichzeitig hatte er Ivaroths Körper mit sengenden, Schmerz bringenden Fingern durchwühlt. »Und alles, was du dir hier erträumst, wird wahr werden.«

Zuerst hatte ihn Ivaroth aus tödlicher Angst vor seinen seltsamen Kräften mitgenommen, hatte das Versprechen als puren Hohn empfunden. Doch sein angeborener Opportunismus hatte ihm schon bald gezeigt, daß das Verlangen des Blinden, die Welten da draußen zu besuchen und seine Macht dort auszuüben, hemmungslos und von daher eine Schwäche war, die man dazu benutzen konnte, ihn zu beherrschen und zu manipulieren.

Und als er das Ausmaß der Kräfte des Blinden zu erahnen begann, wuchs auch sein eigener Ehrgeiz mit ähnlicher Hemmungslosigkeit. Wenn ihm solche Kräfte zur Verfügung standen, konnte ihn nichts mehr aufhalten. Dieser bizarre alte Mann war tatsächlich sein Schicksal.

So hatte sich Ivaroth eines Tages geweigert, dort oben in der kalten, nackten Ödnis, wo sie einander begegnet waren und ihr Leben fristeten, hatte sich geweigert, den Alten in die Welten jenseits der Träume mitzunehmen.

Einen kurzen, aber scheinbar endlosen Augenblick lang war der Zorn des Blinden schier unermeßlich gewesen, und Ivaroth fand sich im Herzen des Schmerzes selbst wieder, eines Schmerzes, den er sich nie hätte vorstellen können. Doch er war kein Feigling und war wirklich willens, sein Leben für den Ehrgeiz zu opfern, der sich mit den Kräften des alten Mannes unter seinem, Ivaroths, Befehl vor ihm auftat.

Ob er die Worte ausgesprochen oder nur in seinen Gedanken geformt hatte, würde er wohl nie erfahren, doch selbst als er auf die Knie sank, schrie er trotzig in all seiner Pein: »Ich bin Ivaroth Ungwyl, Sohn von Söhnen von Kriegern seit Anbeginn aller Zeiten. Der Tod hat keinen Schrecken für mich, alter Narr. Töte mich, und du wirst alles verlieren, denn einen anderen wie mich gibt es nicht unter allen Stämmen der Prärie.«

Der Schmerz hatte fast augenblicklich aufgehört, doch Ivaroth war, brüllend vor Haß und Wut, auf die Füße gesprungen und hatte dem Alten einen heftigen Schlag ins Gesicht versetzt, der ihn in das dürre Gras geschleudert hatte. Er hatte kaum mit dem Rücken den Boden berührt, als sich Ivaroths Schwertspitze auch schon an seine Kehle bohrte.

»Töte mich, und *du* wirst alles verlieren«, hatte der Blinde gesagt und war furchtsam von der gefährlichen Spitze weggekrochen.

Und so wurde ihr Handel geschlossen.

Nun jedoch geriet ihre Abmachung wieder ins Wanken wie die zischende Flamme vor ihm. Der Blinde hatte seine Macht im geheimen eingesetzt, um Ivaroth in der Schlacht zu schützen und zu stärken, hatte ihn zum unbesiegbaren Führer seines eigenen Stammes und in der Folge auch aller anderen Stämme gemacht, während der Krieger gnadenlos seinen hochfliegenden Ehrgeiz verfolgt hatte, Mareth Hai zu werden und ein Heer aufzustellen, das ihn durch die Berge hindurch in die reichen Südländer bringen würde. Im Austausch dafür hatte Ivaroth den Blinden in die Welten da draußen mitgenommen, wo er eine Zeitlang mit seinen gewaltigen Kräften Amok laufen konnte.

Doch Ivaroth hatte dem blinden Mann gegenüber immer ein tiefes Mißtrauen bewahrt. Oft pflegte er sich wie ein heimtückisches Kind an Ivaroth zu wenden und zu sagen: »Nimm mich mit zu dem Ort hinter diesem Ort, wo ich wahre Macht finden kann.« Er benutzte keine Drohungen, doch er war unendlich hartnäckig, und seine blinden Augen musterten Ivaroth jedesmal eindringlich, wenn er so sprach. Ivaroth jedoch verstand ihn nicht. Er brachte ihn von Welt zu Welt, doch immer noch sah er dieses beleidigte, griesgrämige Kopfschütteln vor Augen, fühlte er das flehende Zerren an seinem Arm. »Das ist nicht der Ort. Bitte suche weiter, such in dir selbst, er ist da. Ich spüre es.«

Der Tonfall machte Ivaroth krank, doch er lernte zu schweigen. Ein wenig Abscheu war ein geringer Preis für die Vorteile, die die Zusammenarbeit mit dem Blinden ihm verschaffte.

Und in versöhnlicheren Augenblicken pflegte er fast im Ernst zu sagen: »Ich würde diesen Ort für dich finden, wenn ich es könnte.«

»Aber du mußt suchen, du mußt, du mußt ...«

Dann war die große Entdeckung gekommen.

Sie hatten eine der Welten da draußen verlassen und waren scheinbar zufällig in den Traum eines Bethlarii aus der Handira geraten. Es war ein Traum mit Bildern voll ewigen, ritualisierten Kämpfens, von Sterben und Wiedergeburt, um erneut in die Schlacht zu ziehen. Und über alldem schwebte das Bild eines langweiligen Gottes namens Ar-Hyrdyn. Der Blinde interessierte sich so gut wie gar nicht für Träume, und da er, Ivaroth, ebenfalls recht gleichgültig war, hatte er sich schon wieder zurückziehen wollen, als das Traum-Ich des Blinden ihn mit widerlichem Frohlocken berührt hatte.

Und er hatte den Traum verändert! Hatte ihn nach seinen eigenen Vorstellungen verdreht und verbogen und den Träumer in ein böses, grauenerfülltes Erwachen geschickt.

Der Blinde vermochte mit seiner sonderbaren Kraft Träume zu ändern!

Selbst jetzt, im nachhinein, spürte Ivaroth noch den Gefühlsaufruhr, den diese Erkenntnis in ihm ausgelöst hatte. Für den Blinden war das Foltern des Bethlarii nicht mehr als eine beiläufige, beinah überflüssige Bosheit gewesen, so, wie man langsam und sinnlos ein harmloses Insekt zerdrückt. Ivaroth dagegen zeigte die Art und Weise, wie es bewerkstelligt wurde, und die Person, der es angetan wurde, seinen Siegesweg nach Süden. Für ihn bedeutete es die Erfüllung seiner wildesten Träume.

Und so war ihre Abmachung neu geschlossen worden. Ivaroth versprach, er werde den Blinden auf der Suche nach jenem ›anderen Ort‹ weiter in ferne Welten tragen, während der Blinde die Träume der Bethlarii-Führer nach Ivaroths Willen fesseln und beugen würde.

Der Blinde fing schon bald an, diese Arbeit zu genießen, denn die Bethlarii waren ein Volk, das Schmerz und Leid verherrlichte, und ihre eigenen Gedanken waren wahre

Fundgruben für seinen grausamen Humor. Bald starb als Resultat seiner Bemühungen tatsächlich ein Mann aus purem Entsetzen. Ivaroth prägte sich den Vorfall genau ein und benutzte ihn, nachdem er mehr über die Bethlarii erfahren hatte, bei mehreren sorgfältig arrangierten Gelegenheiten, um jeglichen Widerstand in den Reihen ihrer Führer zu brechen und die Macht derjenigen zu stärken, die er am besten lenken konnte, indem er ihnen die Fähigkeit verlieh, solche Todesfälle vorherzusagen.

So war es viele Monate lang gegangen. Ivaroth, der rücksichtslos seinen Bund schmiedete, und der Blinde, der mit freudiger Erregung auf dem Weg der Träume die Bethlarii peinigte, um Ivaroths Kommen vorzubereiten. Gelegentlich nahmen sie einen der Bethlarii in die Welten da draußen mit, wo der Blinde mit seinen Kräften eine Magie weben konnte, die ganz anders als die Überzeugungskraft war, die er in Träumen zu entwickeln vermochte.

Doch nun war ihnen ein merkwürdiger Widerstand begegnet. Zuerst der komische alte Mann, der aus dem Nirgendwo in einer der Welten aufgetaucht war, um ihn herauszufordern und sodann von Welt zu Welt zu fliehen, durch eben jene Tore, von denen Ivaroth bislang angenommen hatte, nur er könne sie finden.

Die Flamme der Lampe flackerte kurz auf, als die Erinnerung daran ihn wieder überfiel. Ivaroths schwarze Augen verengten sich unsicher. Er und der Blinde waren in jenem Gefecht, in das der Alte sie verwickelt hatte, um ein Haar umgekommen.

Und dann hatte er sie zu dem anderen geführt. Der andere, der wie ein Racheengel erschienen war, um ihn zu beschützen. Er hatte wie ein Mensch ausgesehen, doch er war geradewegs auf Ivaroths Schwert und den widernatürlichen Gewittersturm des Blinden zugegangen, offenbar ohne Furcht, hatte ihnen etwas zugerufen, ihnen seine Herausforderung entgegengeschleudert …

Ivaroth ließ die Erinnerung an die wilde, zerreißende Macht fallen, die plötzlich aus der heulenden Finsternis aufgestiegen war, wie ein gewaltiges Raubtier. Schreckliche

Augen ... Zähne ... Und der Blinde hatte nur dagestanden, und seine nackten Augen hatten geglommen vor Gier. Seine Arme waren verlangend ausgestreckt, als wollte er den Schrecken an seine Brust drücken. Nur mit äußerster Kraftanstrengung hatte Ivaroth sie beide losgerissen und in ihre Welt zurückgebracht.

War das Ganze eine Falle gewesen? grübelte er. Und wenn ja, wer hatte sie gestellt?

Er verweilte nicht lange bei dieser Vorstellung. Er entsann sich nur des wilden Protestgeschreis, das der Blinde veranstaltet hatte, als sie krachend im Bewußtsein seiner Welt gelandet waren.

»Er kann mich dorthin bringen. Er kann mich dorthin bringen«, hatte er immer wieder gesagt, abwechselnd schmeichelnd und rasend, den einen Moment zu Ivaroths Füßen kriechend, den anderen ihn wild packend und auf ihn eindreschend. Ivaroth, der an körperliche Auseinandersetzungen gewöhnt und als Folge jener unerwarteten, erschreckenden Attacke in der Welt da draußen selbst voller Berserkerwut gewesen war, hatte sich nicht von den läppischen Angriffen des Blinden beeindrucken lassen, und nach einer Weile beendete er die absurde Szene mit einem kräftigen Kinnhaken.

Als er dann neben der zusammengesunkenen Gestalt auf dem Boden hockte, war er stark versucht, das widerliche gegenseitige Vertrauen, das sie zusammenband, ein für allemal zu beenden, indem er den Blinden unter seinen Stiefeln zertrat. Doch die Vernunft siegte, und so wartete er, daß der Blinde sich wieder regte.

Als er eintrat, preßte ihm Ivaroth das Messer an die Kehle.

»Die Welten da draußen sind gefährlich, alter Mann«, sagte er. »Wenn wir dort sind, wirst du mir unbedingt gehorchen – oder ich lasse dich dort zurück und kehre in diese Welt heim, um deinen Körper zu erschlagen. Hast du mich verstanden?«

»Er kann mich dorthin bringen ...« Die Litanei setzte wieder ein, verstummte jedoch jäh, als Ivaroth den Druck seiner Messerspitze verstärkte.

Der alte Mann packte Ivaroths Ärmel, und dieser spürte, wie sich eine Welle von Schmerz in seinem Inneren ausbreitete. Seine Augen weiteten sich erbost, er packte den Blinden an seinem wüst verfilzten Haar, bog seinen Kopf zurück und preßte ihm das Messer mit aller Gewalt unter das Kinn.

»Genug«, zischte Ivaroth zwischen zusammengebissenen Zähnen hervor. »Oder ich jage dir dieses Messer durchs Hirn, bevor du mit der Wimper zucken kannst.« Der Blinde wurde stockstarr, der Schmerz verebbte, doch Ivaroth ließ ihn noch nicht los. Statt dessen zog er sein Gesicht noch näher zu sich heran. »Diese Erscheinung, der du so gierig hinterhersabberst, wollte unseren Tod. So blind kannst selbst du nicht sein, daß du das nicht merkst. Ich weiß nicht, wer oder was es war oder warum es sich uns entgegengestellt hat. Ich habe noch nie so etwas getroffen. Vielleicht war es schon immer da, vielleicht hat erst deine Macht es dorthin gebracht ... Ich weiß es nicht. Doch ich habe die Absicht, in nächster Zeit in die Welten da draußen zurückzukehren, also gewöhne dich an den Gedanken. Wir machen jetzt mit der Eroberung des Südens weiter. Dann und erst dann werde ich dich wieder mitnehmen, um diesen ›anderen Ort‹ zu suchen. Hast du mich verstanden?«

Der Blinde hatte dieses Ultimatum offenbar akzeptiert und kroch seitdem mehr denn je um Ivaroth herum, wie ein Kind, das sich wieder einschmeicheln möchte. Doch Ivaroth hatte in seinem Leben schon zu viele Feinde und Verbündete kennengelernt, um sich nicht darüber im klaren zu sein, was da vor sich ging.

Ivaroths Ziele lagen jetzt klar ausgebreitet vor ihm, genauso wie die Fähigkeit des Alten, die Träume der Menschen zu manipulieren. Ivaroth wußte, daß der Blinde in dem Dämon, der sie angegriffen hatte, jenen Geist erkannt hatte, der ihn zu seinem schwer erreichbaren ›anderen Ort‹ bringen konnte, um den er sich so endlos grämte. Nichts würde nun noch seine Gier stillen können.

Und, so erkannte Ivaroth, als die Flamme vor ihm endlich erlosch, er würde tatsächlich eines Tages sein Versprechen erfüllen und den Blinden wieder in die Welten da draußen tragen müssen, um seinen ›anderen Ort‹ zu suchen, denn er würde den Alten nicht nur brauchen, um den Süden zu erobern, sondern auch, ihn zu regieren, um seine Herrschaft über die Stämme aufrechtzuerhalten.

Der Blinde war Macht, und Macht mußte zwar ein wachsam beobachteter Verbündeter, aber kein Gefangener sein, sollte sie nicht im Verborgenen blühen und sich sodann gegen ihren Wächter wenden.

Ihre jeweiligen Bedürfnisse banden Ivaroth und den Blinden enger aneinander als zwei Liebende, und am Ende würde nur der Tod sie scheiden.

In dieser Nacht führte Ivaroth den Blinden in Amhirs Träume.

Die Schreie des Schamanen waren im ganzen Lager zu hören, doch man konnte ihn nicht aufwecken.

Am Ende starb er.

Niemand konnte den Anblick seines Gesichts ertragen.

KAPITEL 28

Ryllans griff nach Arwain, um zu verhindern, daß er aus dem Sattel fiel. Gleichzeitig forschte der Mantynnai im Gedränge nach, wer den Stein geworfen haben konnte und ob noch mehr folgten.

Der Rest des Zugs schloß sich schnell um sie zusammen, während die Whendreachi-Wachen kurze Stäbe zückten, in die lauteste Halbstarkengruppe preschten und sie vorübergehend zerstreuten.

Wie Plänkler duckten sich die Jugendlichen jedoch nur beiseite und huschten zwischen den Pferden und durch die Luft sausenden Waffen hindurch, und wann immer sie Gelegenheit dazu hatten, blieben sie stehen und schleuderten weitere Steine und andere Wurfgeschosse gegen den Zug und seine Eskorte.

Ryllans brauchte nicht lange, um zu erkennen, daß sie sich in erheblicher Gefahr befanden. Außer ihm selbst und Arwain war der Zug unbewaffnet, womit ihnen nur die Pferde als Waffen übrigblieben. Doch die Straße war nicht nur mit angreifenden Jugendlichen, sondern auch mit anderen Leuten bevölkert, die offenbar keinerlei böse Absichten hegten; tatsächlich waren auch einige Unbeteiligte bereits von wahllos geworfenen Steinen getroffen worden. Führte er den Zug zu einem Angriff, würden viele Menschen böse verwundet, und außerdem war er nicht hinreichend mit der Stadt vertraut, um zu wissen, wo der geeignetste Fluchtweg entlangführte.

Eine kreischende Frau, der das Blut übers Gesicht lief, prallte gegen sein Pferd, wie um sein Dilemma zu veranschaulichen.

Er sah sich wieder um und bemerkte zu seiner Erleichterung, daß die Whendreachi-Wachen mit dieser Art von Straßenkampf vertraut zu sein schienen. Nach ihrer anfänglichen Attacke arbeiteten sie nun in kleineren Grüppchen, um sich einzelne Straftäter herauszupicken und sich einen nach dem anderen vorzuknöpfen. Diese Taktik schwächte nicht nur die Intensität der Übergriffe, sondern machte die Wachen überdies zur neuen Zielscheibe der Halbstarken, die ihre Spießgenossen zu befreien trachteten.

»Hier entlang!« rief ein Offizier Ryllans zu. Er deutete auf eine schmale Gasse ganz in der Nähe. Instinktiv hob Ryllans den Blick nach oben, um einen etwaigen Hinterhalt auf den Dächern zu erspähen, doch der Offizier rief erneut, dringlicher diesmal.

Eine Gestalt stürzte zwischen zwei Pferden hervor und langte nach Ryllans, um ihn vom Pferd zu ziehen. Er erntete einen schlangengleichen Hieb von Ryllans' Fingern auf seine Nasenspitze, der ihn vor Schmerzen aufschreien, aber unverletzt zurücktaumeln ließ.

Der nächste Angreifer erfuhr eine weniger milde Behandlung, denn er bekam den Absatz von Ryllans' Stiefel mitten aufs Kinn. Ohne einen Mucks brach er zusammen.

Andere im Zug verfuhren auf ähnliche Weise mit denjenigen Jugendlichen, die zu ihnen durchgebrochen waren, und unter den Angreifern machte sich ein gewisses Zögern breit. Das war indes noch keineswegs der Sieg, denn die Halbstarken zogen sich lediglich zurück und nahmen das Steinewerfen aus sicherer Entfernung wieder auf.

»Beeilt Euch! Folgt mir!« brüllte ihnen der Whendreachi-Offizier dringlich zu und ritt in die Gasse vor. »Meine Männer übernehmen die Rückendeckung. Wir können die andere Straße erreichen, bevor sie uns erneut den Weg versperren.«

Arwain immer noch stützend, ritt Ryllans hinter dem Offizier her, und der Rest des Zugs folgte ihm. Die Gasse war kaum breit genug, daß zwei Pferde nebeneinander reiten konnten, und Ryllans mußte sich verkrampft und linkisch vorbeugen, um Arwain zu halten, während sie über das Steinpflaster donnerten. Rufe und Gebrüll verfolgten sie.

Die Straße, in die sie am anderen Ende einbogen, war ruhiger, und auch die dort anwesenden Leute schienen keine Bedrohung darzustellen, obwohl manche von ihnen, als sie die Reiter in voller Geschwindigkeit aus der Gasse auftauchen sahen, wegzustieben begannen, da sie offensichtlich mit Ärger rechneten. Ryllans übergab Arwain an einen seiner Kameraden, während er überwachte, wie der Rest des Zugs die Gasse verließ.

Alle kamen sicher und ohne ernste Verletzungen an, auch wenn es mehrere Schnittwunden und Prellungen zu beklagen gab. Er bemerkte indes, daß mehrere der Whendreachi-Wachen fehlten.

»Eure Männer?« fragte er und faßte dem Offizier am Arm, während er neben ihm ritt.

»Sie werden sie für eine Weile beschäftigen«, gab dieser zur Antwort. »Macht Euch keine Sorgen, sie kennen sich mit dieser Art von Tumulten aus. Und die Wachmannschaften werden ihnen bald Verstärkung schicken. Aber wir müssen in Bewegung bleiben.« Er neigte den Kopf in Richtung des blutenden Arwain. »Wir können nicht anhalten, um nach Eurem Mann zu sehen. Haltet ihn einfach im Sattel und folgt mir.«

Er duldete keinen weiteren Aufschub und galoppierte augenblicklich los, wobei er Ryllans winkte, ihm zu folgen.

Als sie am Ende der Straße nach links abbogen, stürmte eine Gruppe Jugendlicher von rechts heran.

Diesmal, da er die Angreifer deutlich vor sich sah und nicht von Passanten behindert wurde, führte Ryllans eine Abteilung Mantynnai in weitem Bogen gegen sie und zerstreute sie, fast ohne an Geschwindigkeit einzubüßen. Der Whendreachi-Offizier winkte ihm dankend zu.

Es gab keine weiteren Zwischenfälle, während sie durch die Stadt galoppierten, doch Ryllans bemerkte, daß der Offizier die größeren Straßen tunlichst vermied. Trotz der Eile ihrer Flucht registrierte Ryllans, daß viel der Gebäude, an denen sie vorbeiritten, vom Stil her denen des Moras-Distrikts ähnelten, auch wenn sie sauber und gut in Schuß waren. Er verspürte einen Anflug von Bedauern, daß es ihm nicht möglich gewesen war, die berühmte Whendreachi-Architektur eingehender zu bewundern.

Als sie sich dem Tor näherten, wurde es klar, daß sie zwar schnell, aber nicht schnell genug gewesen waren. Schon ballte sich eine Pöbelmenge zusammen. Und aus allen Richtungen strömten die Menschen herbei. Wieder handelte es sich größtenteils um junge Leute, obwohl Ryllans auch einige Ältere unter ihnen entdeckte, und viele von ihnen trugen die grauen Uniformen, die auch Garren und seine Begleiter getragen hatten. Eine kleine Abteilung Wachen kämpfte darum, das Tor offenzuhalten.

Der Offizier fluchte leise vor sich hin. »Wir werden unser Bestes tun«, ließ er Ryllans wissen. »Aber ich vermag nicht für Eure Sicherheit zu garantieren.« Zorn blitzte in seinen Augen auf, als er Ryllans ansah. »Ihr werdet verstehen, welche Überwindung es mich kostet, das zuzugeben, Soldat. Diese da sind meine Leute und mein Problem. Wir wollen Euch nicht hier haben und brauchen Euch auch nicht. Doch tut, was Ihr tun müßt, um am Leben zu bleiben, wenn wir sie nicht zurückhalten können. Versucht, niemanden zu töten, wenn Ihr es vermeiden könnt.«

Ryllans nickte. »Dreierreihen und Trab!« rief er dem Zug zu. »Folgt den Wachen und verteidigt euch, wenn es not tut. Minimale Wirkungskraft.«

Beim Vorrücken sprang Ryllans von seinem auf Arwains Pferd, drückte ihn auf die Kruppe des Tiers hinunter und deckte ihn mit seinem eigenen Körper.

Die Menge begann zu toben und Steine zu werfen, als sie sich näherten, und die Gruppe, die die Torflügel zu schließen versuchte, verdoppelte ihre Anstrengungen.

Überraschend ließ der Whendreachi-Offizier seine Eskorte anhalten und sein Pferd ein Stückchen vortänzeln.

Ryllans, der einen heimtückischen Angriff befürchtete, postierte sich insgeheim so, daß er rasch sein Schwert ziehen und seine Männer zum Sturmangriff führen konnte.

Der Offizier hängte betont auffällig seinen Stab an den Sattelknauf, um dann mit erhobener Hand um Schweigen zu ersuchen. Das Steinewerfen wurde eingestellt, und auch das Geschrei verebbte ein wenig.

»Diese Männer sind die offiziellen Repräsentanten Herzog Ibris' von Serenstad«, verkündete er mit gebieterischer Stimme. »Sie sind bis auf zwei unbewaffnet zu uns gekommen, in strikter Übereinstimmung mit Wortlaut und Geist des Vertrags. Unser Gesetz gewährt ihnen einen höflichen Empfang und eine sichere Heimreise.« Die Menge wurde ruhiger, denn die Mehrheit versuchte zu hören, was der Offizier sagte. Ihre Grundstimmung indes blieb feindselig und ausfallend.

Ein Befehl ertönte, und die Gruppe am Tor versuchte erneut, es zu schließen.

Der Offizier richtete sich in seinen Steigbügeln auf und wies auf diese Gruppe. Dann bellte er mit einer Stimme, die augenscheinlich schon über viele Exierzierhöfe gehallt war und in der sich ein markanter Whendreachi-Akzent Bahn brach: »Schließt es ruhig, wenn ihr wollt, aber seht euch vor. Wenn ihr das tut, haben wir keine Wahl mehr, als den Serens unsere Waffen zu überlassen, damit sie sich ihren Weg heraus freikämpfen können. Und was immer sie dann mit euch anstellen, ist durch unser Gesetz und den Vertrag sanktioniert. Ihr habt die Wahl.«

Die Gruppe am Tor schwankte. Einige traten zurück, andere begannen ihre Bemühungen zu verstärken, wobei sie laut johlten und Schimpfworte riefen. Der Offizier zuckte ergeben mit den Schultern und zog beiläufig sein Schwert. Er nickte in Arwains Richtung. »Ihr überrascht mich«, sagte er. »Dieser Mann hier wurde nicht von einem Helden niedergestreckt. Er wurde von einem Stein am Kopf getroffen – wie auch mehrere unschuldige Passanten.« Vorsichtig nahm er die Klinge seines Schwerts in die linke Hand und streckte es ihnen mit dem Knauf nach vorne entgegen, wobei er um sich blickte, als suche er nach jemanden, der es entgegennehmen könne. »Ich denke jedoch, ihr solltet wissen, daß Steinewerfen kein Schutz gegen diese Krieger ist. Sie sind alles andere als erfreut über diesen sinnlosen Angriff, und viele von ihnen sind Mantynnai; ihr wißt schon ... Viernce.« Er legte eine kurze Pause ein, damit die Bedeutung seiner Worte auch richtig einsickern konnte. »Wenn ihr euch also mit ihnen anlegen wollt, bewaffnet und wutentbrannt, dann ... bitte. Das wird mir und meinen Männern einen Haufen Arbeit ersparen.«

Schweigen senkte sich über die Menge, und die Gruppe am Tor wurde noch kleiner, wobei einige von ihnen nun aktiv andere wegzogen.

Die Wachen am Tor ergriffen diese Gelegenheit, rückten vor und öffneten so eine Gasse durch die Menge. Sie begegneten keinerlei Widerstand.

Der Offizier steckte sein Schwert wieder in die Scheide und winkte seinen Zug vorwärts. Vorsichtig wechselte Ryllans wieder auf sein eigenes Pferd. Die allgemeine Stimmung des Mobs stand nun spürbar auf der Kippe. Eine unvorsichtige Geste würde das labile Gleichgewicht kippen und den Aufruhr losbrechen lassen, ganz gleich, wie wenig wünschenswert es einzelne in der Masse finden mochten, sich mit den Mantynnai anzulegen.

»Augen voraus«, befahl er ruhig. »Vorwärts.«

Als er an dem im Tor stationierten Offizier vorbeiritt, grüßte er, sagte jedoch nichts. Der Offizier erwiderte den Gruß. Das einzige Geräusch, das zu hören war, war das müßige Trappeln der Pferdehufe auf der steinernen Straße.

Dann waren sie alle durch das Tor hindurchgeritten. Die Palastwachen schlossen still hinter ihnen auf, versperrten das Tor mit ihren Pferden, während die Mitglieder des Zugs schnell ihre Waffen aus dem Torhaus zurückerhielten.

Zum ersten Mal konnte Ryllans Arwains Verletzung in Augenschein nehmen. Er hatte eine Menge Blut verloren, doch die Wunde schien nur oberflächlich zu sein.

Er stieg ab. »Habt Ihr ein wenig Wasser, um diese Wunde hier zu säubern?« wandte er sich an den Offizier.

Der Mann warf einen Blick zurück durch das gedrängt volle Tor und schüttelte bedauernd den Kopf. »Tut mir leid. Ihr seht ja, wie es steht«, erwiderte er. »Ihr dürft nicht hierbleiben. Wir haben Glück gehabt. Der Mob wird immer stärker, und ich habe nicht genug Männer, um Euch zu schützen.« Er blickte Ryllans in die Augen. »Ich möchte nicht, daß Ihr die Schwerter gegen sie gebraucht, ganz gleich, was ich vorhin gesagt habe, und das würdet Ihr dann tun müssen. Von Serens hingeschlachtete Whendreachi, egal wie gerechtfertigt, würden die Stadt endgültig entzweien und uns die Bethlarii wie Wölfe auf den Hals schicken. Bitte geht jetzt, nicht weit entfernt an der Straße gibt es saubere Bäche.«

»Ich verstehe«, erwiderte Ryllans. Und wie um die Wahrheit der Worte des Offiziers zu unterstreichen, begann der Lärm der Menge wieder zuzunehmen. Plötzlich zwängte sich eine einzelne Gestalt zwischen den Pferden hindurch und stürzte sich, an den zustoßenden Wachen vorbei, schreiend auf Ryllans. Wild schwang sie eine Axt.

Ryllans trat mit einem kurzen Kopfnicken beiseite, um dem Offizier zu bedeuten, daß er nicht eingreifen solle. Dann, als die wahnsinnige Gestalt ihn erreicht und die Axt zu einem schädelspaltenden Hieb hochgerissen hatte, trat er wie beiläufig beiseite und schwang sich, als sei nichts Ungewöhnliches geschehen, in den Sattel.

Sein Angreifer, der aufgrund der haarscharfen zeitlichen Koordination von Ryllans' Bewegung nicht mehr anhalten konnte, rannte weiter, direkt gegen die Torhausmauer. Sein hysterisches Gebrüll endete mit einem abrupten »Urk!«, als er gegen die Steine prallte. Er taumelte rückwärts wie gelähmt, ließ dic Axt auf seinen Fuß fallen und sank in einer Spiralbewegung zu Boden.

Ryllans ignorierte ihn völlig und winkte – nach einem letzten Gruß an den Offizier – seinen Zug vorwärts. Der Offizier grinste breit angesichts der Behandlung, die der Mantynnai seinem Angreifer hatte zuteil werden lassen, und einigc wenige in der Menge lachten ebenfalls – unter den gegebenen Umständen das beste Abschiedsgeschenk, das die Abordnung Herzog Ibris' erwarten konnte.

Fast übergangslos fiel der Zug in leichten Galopp. Ein Blick zurück zeigte Ryllans, daß das Tor geschlossen wurde.

Sie behielten ihr Tempo bei, bis sie den ersten Bach

erreichten, wo sie rasteten und Ryllans Arwains Wunde zu versorgen begann.

Es gelang ihm nicht, seine Sorge zu verbergen. Nachdem sie vom Blut gereinigt war, stellte sich die Wunde als nicht tief heraus, ganz wie Ryllans es schon am Torhaus vermutet hatte. Trotzdem zeigte Arwain keinerlei Anzeichen, aus seiner Bewußtlosigkeit zu erwachen.

Er schüttelte den Kopf. Arwain brauchte professionellere Hilfe, als er sie ihm geben konnte, doch die nächste Stadt, in der er eine solche Hilfe auftreiben konnte, war nun Serenstad selbst. »Wir können vor Mitternacht dort sein, wenn wir einen scharfen Ritt vorlegen«, sagte jemand.

Ryllans schüttelte den Kopf. »Ein solcher Ritt könnte ihn gut umbringen« erwiderte er.

»Wie auch jede Verzögerung«, kam die Erwiderung.

»Ich kann das Risiko nicht eingehen«, sagte Ryllans. »Wir werden langsam weiterreiten müssen. Doch wenn wir nicht rasch in die Stadt gelangen können, müssen wir eben die Stadt zu uns bringen.« Ohne Umschweife suchte er drei Männer aus, die so schnell wie möglich mit dem Auftrag nach Serenstad reiten sollten, mit Drayner, dem Medikus des Herzogs, und einem zweckdienlichen Transportmittel für Arwain zurückzukommen.

Als die Männer in die Ferne galoppierten, hob man Arwain behutsam zurück in den Sattel, und der Zug setzte sich wieder in Bewegung; drei Männer blieben zurück, um ihren Rücken für den Fall zu decken, daß die Whendreachi sie aus irgendeinem Grund verfolgen sollten.

Ryllans zog ein Gesicht, als er sich hinter Arwain in den Sattel schwang, um ihm soviel Halt wie möglich zu geben. Er hatte nichts tun können, um seine Verwundung zu verhindern, aber …

Er schob den Selbstvorwurf beiseite, führte er doch zu nichts. Nichtsdestotrotz würde es quälend sein, dahinzuschleichen, wenn sein Herr und Freund dringend Hilfe benötigte, und auch die Tatsache, daß er um die Richtigkeit seiner Entscheidung wußte, verschaffte ihm nur wenig Trost.

Hilfe war indes näher, als Ryllans geahnt hatte, denn spät

am Nachmittag trafen die drei Boten auf Menedrion und seine Kompanie, die den Bethlarii-Gesandten zurück zur Grenze eskortierten.

Während Arwains Zug schlichte Felduniformen getragen und sich rasch, aber mit alarmbereiter Diskretion fortbewegt hatte, rückte Menedrions Kompanie in gemächlichem Tempo und in offizielle Paradegewänder gekleidet vor. Selbst in dem schwindenden Tageslicht war es eine Explosion von Farben.

Begierig auf jeden Vorwand, der langweiligen Gesellschaft des Gesandten zu entkommen, bahnte sich Menedrion höchstpersönlich einen Weg durch die Vorhut, die die drei Reiter angehalten hatte. Er trug eine schwarze, feingliedrige Kettenrüstung und einen roten, mit seinem Adlerwappen geschmückten Waffenrock und sah aus wie ein Held aus Serenstads klassischer Literatur. Er war indes ein Soldat aus der Gegenwart, und nach einem raschen Blick auf die atemlosen Reiter und die schaumbedeckten Rösser reichten ihm einige wenige gezielte Fragen, um herauszufinden, was geschehen und wie im folgenden zu verfahren war.

Innerhalb von drei Minuten galoppierten drei seiner eigenen Männer auf frischen Pferden gen Serenstad zurück, während sein Kompaniearzt und eine Eskorte Richtung Whendrak davonpreschten, gefolgt von einem Krankenkarren, der so schnell fuhr, wie es eben möglich war.

Menedrion kehrte an die Seite des Gesandten zurück, ohne ein Wort zu verlieren.

Kannst ja fragen, wenn du was wissen willst, du Bastard, dachte er bei sich.

Zu seiner Verärgerung zeigte sich Grygyr indes genauso ungerührt wie immer, offenbar völlig gleichgültig gegenüber dem Aufruhr, den die Ankunft der drei Reiter verursacht hatte.

Nicht, daß der Mangel an Konversation Menedrion sofort bekümmert hätte. Sein Kopf war nun voll mit Fragen, die der knappe Bericht der drei Boten in ihm geweckt hatte. Arwain von Aufständischen in den Straßen Whendraks verletzt? Ernsthafte Unruhen in der Stadt? Er hatte nicht nach dem Grund gefragt; hätte Gefahr aus einer möglichen Verfolgung gedroht, hätten ihm die Boten dies von selbst mitgeteilt.

Unheilvoll kamen ihm die Worte seines Vaters in den Sinn. › ...wenn denn irgend etwas ernsthaft schiefgeht, dann haben sie nur meinen Bastardsohn und nicht meinen Erben ...‹ Ibris hatte dabei an Geiselnahme gedacht, das war Menedrion klar, nicht an eine mögliche Verwundung.

Es hatte Zeiten gegeben, da Menedrion recht glücklich darüber gewesen wäre, wenn Arwain zu Schaden gekommen wäre – was hauptsächlich auf den Einfluß seiner Mutter zurückzuführen war. Doch seit er zum Nachfolger seines Vaters ernannt worden war und er, Arwain und Goran einander Treueeide geschworen hatten, war er ihm gegenüber milder gestimmt.

Dabei hatte ihm geholfen, daß Arwain nicht nur keinerlei Neigung gezeigt hatte, ihm die Herzogswürde streitig zu machen, sondern ganz im Gegenteil eine richtiggehende Abneigung gegen das Amt entwickelt hatte, auch wenn Menedrion in dieser Hinsicht nicht den klaren Blick seines Vaters besaß. Ibris wußte, wenn Arwain seinen Halbbruder Menedrion verdrängen wollte, dann könnte er das in aller Stille und sehr effektiv über die Bühne bringen.

Doch Menedrions Besorgnis um Arwain war echt, als er sich nun wieder für diesen langweiligen diplomatischen Geleitschutz zu entspannen versuchte. Was ihn selbst nicht wenig erstaunte, und der steinerne Gleichmut des Gesandten schien sein Bedürfnis zu sprechen noch zu vergrößern, um die sich im Kreis drehenden, immer gleichen Gedanken zu verdrängen, die ihn peinigten.

Mit Mühe zwang er sich dazu, über andere Themen zu sprechen.

»Es wird noch etwa eine Stunde dauern, bis wir das Lager aufschlagen können«, sagte er. »Ich gestehe, ich bin froh, wenn ich mich heute nacht einmal ausstrecken kann. Ich finde dieses langsame Vorwärtskommen anstrengender als einen Gewaltmarsch.« Er wandte sich Grygyr zu. »Ich nehme an, Ihr werdet froh sein, wieder in Euer eigenes Feldquartier zurückzukommen, nachdem Ihr so lange in unseren verweichlichenden Federbetten nächtigen mußtet.«

Menedrion hatte die Bemerkung in aller Unschuld gemacht, im Tonfall eines Leidensgenossen. Deshalb erschreckte ihn der Gesichtsausdruck des Gesandten um so mehr, als dieser sich ihm jetzt brüsk zuwandte. Während seines kurzen Aufenthalts hatte Grygyrs Antlitz keine andere Miene als die von Verachtung und Gleichgültigkeit gezeigt. Jetzt hatten sich Wut und Bestürzung schamlos daruntergemischt.

»Was wollt Ihr damit sagen?« fragte er mit heiserer Stimme.

Ich weiß nicht, dachte Menedrion bei sich. Aber wenn es dich ärgert, finde ich den Grund heraus und überlege mir, was ich damit sagen wollte.

»Nichts Besonderes«, antwortete er ausdruckslos, als habe es den kleinen Ausbruch gar nicht gegeben. »Ich kam nicht umhin zu bemerken, daß Ihr heute morgen ermüdet zu sein scheint. So nahm ich an, Ihr hättet nicht gut geschlafen.«

Grygyr fand seine Selbstbeherrschung wieder. »Ich habe sehr gut geschlafen« entgegnete er kurz angebunden.

Menedrion blieb hartnäckig, denn der Soldat in ihm hatte eine Schwachstelle am Gegner entdeckt, die es näher zu erkunden galt. »Das freut mich«, sagte er. »Schlaf ist sehr wichtig. Schlafmangel neigt dazu, das Urteil zu trüben, und kann zu ernsthaften Fehlern führen.« Er unterbrach sich kurz. »Fehler, die sich Gesandte und Soldaten nicht leisten können, hä?«

»Ich habe gut geschlafen«, bekräftigte Grygyr und blickte mit steinerner Miene geradeaus.

»Ich bin mir sicher, daß Ihr heute nacht gut schlafen werdet«, erwiderte Menedrion mit einem Nicken.

Später, als die Kompanie ihr Lager aufzuschlagen begann, suchte er Pandra auf. Ibris' Anweisungen gehorchend, hatte Menedrion den alten Mann in einem geschlossenen Wohnwagen mit einem weichen Bett und vielen Kissen untergebracht. Als er eintrat, war Pandra jedoch dabei, abwechselnd seinen Rücken zu reiben und auf das Bett einzudreschen.

»Was ist los?« fragte Menedrion besorgt. »Ist das Bett zu hart?«

Pandra schüttelte den Kopf. »Nein, Sir«, gab er zur Antwort. »Ich fürchte, es ist zu weich. Ich brauche ein hartes Bett. Ich werde heute nacht auf dem Boden schlafen. Das wird mir sicher guttun.«

Die Ungereimtheit in der Antwort des alten Mannes löste einen Teil der Spannung in Menedrion, und er lachte lauthals los. »Ich sage einem der Soldaten, er soll Euch zwei Bretter für Euer Bett bringen« meinte er. »Ich kann es nicht riskieren, daß mein Vater herausfindet, ich hätte Euch auf dem Fußboden schlafen lassen.«

Er lachte erneut, als er sich aus der Tür des Wohnwagens beugte und einem der Männer Befehle zubrüllte.

»Wolltet Ihr etwas von mir, Sir?« fragte Pandra, als Menedrion wieder nach drinnen kam. Er war leicht verblüfft über die Erheiterung, die er unfreiwillig hervorgerufen hatte.

Menedrion wurde wieder etwas ernster und bedeutete ihm, sich zu setzen. »Ja, das wollte ich«, begann er mit gedämpfter Stimme. »Irgend etwas peinigt den Gesandten. Etwas, das mit … Schlaf … zu tun hat, glaube ich. Denkt Ihr, Ihr könntet …«, er vollführte eine vage Handbewegung, »… heute nacht in seinen Kopf kommen und nachsehen, was da vor sich geht?«

Pandra blickte ihn an. »Nein, Sir«, erwiderte er vorsichtig und schüttelte seinen Kopf. »Das …«

Menedrion blickte finster drein. »Ich dachte, Ihr könntet in Träume eindringen, ohne daß der Träumer das bemerkt«, schnitt er ihm das Wort ab.

Pandra hob zögernd die Hand. »Das stimmt auch, Sir«, sagte er. »Doch ich vermag Euch bereits mitzuteilen, daß Ihr in bezug auf den Gesandten richtigliegt. Antyr hat ihn letzte Nacht überwacht, und er hat mit Eurem Vater darüber gesprochen, was er dort vorgefunden hat. Mir hat er nichts davon erzählt, außer daß es aufschlußreich gewesen sei und daß ich mich von den Träumen des Gesandten fernhalten solle.« Kurz hielt er dem Blick Menedrions stand. »Er war sehr nachdrücklich in dieser Sache, Sir. Meine Aufgabe ist es,

Euch zu schützen, nicht mich in Regionen zu begeben, wo ich leicht verlorengehen könnte – und Ihr mit mir.«

Menedrions Kinnlade wurde steif. Nichts Ungewöhnliches war während seines Schlafes letzte Nacht geschehen, und die unterschwellige Anwesenheit von Pandra und Kany war eigenartig beruhigend gewesen. Dennoch brachte ihn dieses seltsame Paar in seiner Gefolgschaft, das als seine ›Beschützer‹ fungierte, auch durcheinander.

Pandra bemerkte, daß Menedrions Spannung wieder zunahm. Er wurde vertraulich. »Aber er hat auch gesagt, er fühle, daß die Gefahr für Euch und Euren Vater aufgrund seiner eigenen Begegnung auf der Schwelle abgenommen habe – auch wenn wir deshalb in unserer Wachsamkeit nicht nachlassen dürfen.«

Menedrion schüttelte den Kopf. »Ich verstehe kein Wort davon«, sagte er schließlich. »Meine Leibwache trägt Schilde und Schwerter. Und *ich* brauche Feinde, gegen die ich mit dem Schwert vorgehen kann, nicht all diese ... Schatten ... und vagen Trugbilder.«

Er verstummte, und seine Miene wirkte reichlich konfus.

»Diese Sache macht mir ganz schön zu schaffen«, gab er schließlich zu und ließ den Kopf hängen. »Und ich habe wirklich schon ganz steife Mundwinkel, weil ich ... diplomatisch ... zu diesem steingesichtigen Bethlarii sein muß, wo ich doch die ganze Zeit weiß, daß er genauso begierig darauf ist wie ich, mir eins auf die Nase zu geben.« Er hob den Blick, und nun wirkte seine Miene frustriert. »Und jetzt schieben auch noch ein alter Mann und ein Karnickel Wache in meinem Schlaf.«

Unter anderen Umständen hätte Pandra vermutlich über eine solche Bemerkung gekichert, doch es brauchte kein großes Feingefühl, um zu erkennen, daß Menedrion in finsterer Verfassung war und mit Samthandschuhen angefaßt werden mußte. Bevor er jedoch etwas sagen konnte, tauchte kurz ein Gesicht in der Türöffnung des Wagens auf.

»Wer wollte sein Bett härter gemacht haben?« fragte es gereizt, um dann, ohne eine Antwort abzuwarten, zu verschwinden. Daraufhin wurden mehrere Holzbretter geräuschvoll durch die Öffnung geworfen, gefolgt von einem großen Werkzeugbeutel aus Segeltuch. Der Wohnwagen erbebte unter der Erschütterung, als letzterer landete. »Ihr Zivilisten wißt doch gar nicht, daß ihr überhaupt geboren seid«, fuhr das Gesicht fort, dem nun der dazugehörige Körper folgte, und stürzte sich geradewegs in den Sack. Es hob die Stimme, um sich in dem Lärm seiner klirrenden Werkzeuge verständlich zu machen. »Alle anderen jammern, der Boden ist zu hart, als wär's meine Schuld. Und dann heißt es: hol dies, hol das, als hätte ich nicht genug mit meiner eigenen Arbeit zu tun. Und jetzt ist *Euer* Bett zu weich. Ich habe wirklich wichtigere Dinge zu tun, wißt Ihr ...«

Er brach plötzlich ab, hatte jedoch auf der Suche nach dem Übeltäter den Kopf aus dem Sack gestreckt und fand sich nun in Menedrions Gesicht blickend. Es gab ein kurzes, zielloses Herumgewusel, als er sich aufrichtete und salutierte – was alles andere als einfach war in einem niedrigen, vollgestopften Wagen, zumal dann, wenn man auch noch eine große Säge in der Hand hielt. Sowohl Menedrion als auch Pandra sahen sich gezwungen, sofortige Ausweichmanöver einzuleiten.

»Rühr dich«, kommandierte Menedrion grimmig, als der Mann mit den weit aufgerissenen Augen schließlich zu einem zitternden Stillstand kam und bevor er die Worte finden konnte, um seinen verzweifelt arbeitenden Mund zu füllen.

Das Stampfen des Mannes erschütterte den Wohnwagen erneut.

Menedrion schien eine kurze Zwiesprache mit sich selbst abzuhalten, bevor er sich erhob. »Erzählt ihm, was Ihr wollt, und dann kommt raus zu mir«, wandte er sich knapp an Pandra.

Ein wenig später stieg Pandra vorsichtig die Stufen des Wohnwagens hinunter; hinter ihm setzte ein verzweifeltes Hämmern ein. Wider Willen mußte Pandra lächeln.

Menedrion indes schien mit seinen eigenen Gedanken beschäftigt zu sein, so daß Pandra seine Erheiterung über die Kapriolen des Soldaten unterdrückte. Der Traumfinder hatte zweifellos eine Beziehung zu diesem ungestümen, brandgefährlichen Sohn von Ibris hergestellt. Aber er hegte keine Illusionen, ihn zu begreifen, und er wußte nur zu gut, daß eine unangemessene Vertraulichkeit eine harsche Bestrafung nach sich ziehen mochte, auch wenn diese dann aufgrund des Schutzes, den sein Alter und Ibris' Befehl darstellten, nicht auf sein Haupt, sondern auf das irgendeines Unschuldigen wie zum Beispiel des flegelhaften Pioniers niedergehen konnte.

Als er an Menedrions Seite trat, ließ er den Blick über die zielgerichteten Aktivitäten der Kompanie schweifen, die um sie herum ihr Lager aufschlug. Die Luft war voll von Lärm: Hämmern und Pochen, gebrüllten Befehlen, Gelächter, Flüchen, herzhaftem, aber unmelodiösem Gesang, dem gelegentlichen Bellen eines Hundes irgendwo, dem Wiehern der aufgeregten Pferde ...

Und es roch nach feuchtem, frisch zertrampeltem Gras, saftigem Fleisch aus einer Feldküche, Rauch von einem Dutzend Fackeln, die das Lager in eine flackernde Welt aus Licht und Schatten verwandelten.

»Darf ich etwas sagen, Sir?« tastete er sich schließlich vor.

Menedrion fuhr leicht zusammen, nickte.

»Ich glaube, Ihr solltet Euch keine Sorgen darum bereiten, was in diesen Traumwelten vor sich geht«, riet er. »Ihr könnt nichts tun, als meinem respektive Antyrs Rat zu folgen. In den Adern Eurer Familie fließt zweifellos Traumfinderblut, darum habt Ihr auch den Kummer des Bethlarii gespürt. Doch die echte Gabe besitzt Ihr nicht, so daß Ihr auf diesem Gebiet hilflos seid. So hilflos, wie ich es heutzutage in einer Infanterielinie wäre.«

»Wollt Ihr auf etwas Bestimmtes hinaus?« erkundigte sich Menedrion.

Pandra vernahm die Schärfe in seiner Stimme, fuhr jedoch fort.

»Fremdartige Mächte ziehen gegen uns, Sir«, sagte er und beobachtete Menedrion sorgsam. »Mächte, die keiner von uns begreift, die uns jedoch vernichten werden, wenn wir ihre Realität nicht akzeptieren. Und die Realität ist, daß sie

Euch durch Eure Träume angreifen und daß *nur* ein Traumfinder Euch wahrhaft davor schützen kann.«

Ein Anflug von Ungeduld huschte über Menedrions Gesicht, doch Pandra redete weiter, und seine Stimme klang unvermutet kraftvoll.

»Ihr wißt, daß es wahr ist, Sir«, beschwor er ihn. »Ihr habt es gespürt, und Ihr seid zu scharfsinnig, um es zu leugnen.«

Menedrion gab ihm keine Antwort.

»Die Kavallerie vertraut auf die Infanterie, daß sie die Linien des Feindes aufreißt, so daß sie ihren Vorstoß machen kann«, fügte Pandra hinzu. »Die Infanterie vertraut der Kavallerie, daß sie ihre Flanken und ihren Rücken schützt. Wenn Ihr einen Belagerungsturm erklimmt, vertraut Ihr Euren Architekten, daß sie ihr Handwerk verstehen und der Turm nicht unter Euch zusammenbricht. Genauso ist es hier. Ihr müßt mir vertrauen und weiterhin die Aufgaben erfüllen, die Euch obliegen. Ich bin in der Traumwelt Euer Schildträger. Kany und ich mögen hier, in dieser Welt, nur ein Kaninchen und ein gebrechlicher alter Mann sein, aber unsere Traum-Ichs sind das nicht. Wir haben hinreichende Fähigkeiten, Euch zu schützen. Kany allein hat genug Kampfgeist, um einen Wolf in seine Schranken zu verweisen; auch das habt Ihr gespürt, ich weiß es.«

Menedrion hielt inne und sah ihn an, und Zweifel begann an die Stelle seiner gereizten Ungeduld zu treten.

»Ihr müßt da kämpfen, wo Ihr am besten kämpfen könnt, Sir«, sagte Pandra, der beinahe tollkühn geworden war. »Trübt Euer Urteilsvermögen nicht mit Dingen, die Euer Wissen und Eure Ausbildung übersteigen. Eure Aufgabe ist es, Eurem Vater bei der Verhinderung eines Krieges gegen die Bethlarii beizustehen, oder, wenn das fehlschlägt, seine Armee aus Euren Schmieden zu bewaffnen und sie gegen sie zu führen. Wenn Ihr an dieser Aufgabe scheitert, sind wir alle verloren.«

»Und wenn Ihr oder Antyr an diesen … Mächten … scheitert, wie Ihr sie nennt?« fragte Menedrion düster.

Pandra sah ihm in die Augen. »Dann sind wir vermutlich auch verloren«, erwiderte er bedächtig.

»Das ist nicht einfach«, sagte Menedrion und stieß geräuschvoll den Atem aus.

»Habt Ihr jemals eine Schlacht geschlagen, die einfach gewesen wäre?« hielt Pandra dagegen. »Oder eine, die nicht völlig anders als jede vorhergegangene war? Oder eine, die Euch nicht Kummer und Verluste bereitete, selbst wenn Ihr gesiegt habt?«

Menedrion schwieg.

Pandra fuhr fort: »Jede neue Waffe, die erfunden wird, jede neue Taktik, die man sich ausdenkt, zieht immer eine spezifische Reaktion nach sich. Verteidigungswaffen werden erfunden, von denen man sich vorher nicht einmal träumen ließ. Genauso ist es auch hier. Obwohl Ihr die Realität des Geschehenen anerkennt, lehnt Ihr Euch immer noch gegen die Vorstellung auf, daß fremdartige Kräfte uns durch unsere Träume angreifen. Doch auch wenn sie von einem Ort jenseits unseres Wissens kamen, als Antwort darauf wird uns auch ein gleichermaßen fremdartiger, unmöglicher Schutz zuwachsen: ein armer Bursche, der scheinbar dem Untergang geweiht ist, weil er sich fast sein ganzes Leben lang nur selbst zerstört hat, wird plötzlich vorwärts katapultiert durch irgendein ... Schicksal ... irgendeinen Zufall ... wer weiß?« Er nahm Ferancs Worte auf. »Genau wie irgend so ein belangloser Pikenträger, der irgendwie seine Kameraden um sich schart, wenn ihre Reihen zu brechen drohen.«

Er zögerte. »Meiner Ansicht nach müssen wir akzeptieren, Sir, daß wir nicht die Protagonisten in diesem Konflikt sind. Wir könnten unwillentliche Zuschauer in einer größeren Schlacht sein. Aber wie dem auch sei, wir müssen *jeder* den Feinden ins Angesicht blickten, denen wir ins Angesicht blicken *können,* und anderen zutrauen, daß sie dasselbe auf ihrem Gebiet leisten.«

Menedrion hob den Blick in den nächtlichen Himmel. Es war zu dunkel, um die Wolken sehen zu können, und die Luft war erfüllt von hochstiebenden Funken und einem gequirlten Dunst aus dem Qualm der Lagerfeuer und Fackeln. »Ich stimme Euren Schlußfolgerungen zu«, erklärte er. »Sie sind außergewöhnlich treffend. Aber wir sollten nicht vorgeben, in irgendeiner ›Schlacht der Götter‹ zu stecken, Traumfinder. Irgendwo im Hintergrund von alldem stehen doch nur *Männer.* Ihr könntet Euch dadurch nützlich machen, sie zu finden. Wenn Ihr das erst einmal erledigt habt ...« Er klopfte auf seinen Schwertgriff. »Es wird keiner magischen Fähigkeiten bedürfen, um mit ihnen fertig zu werden.«

Dann ließ er Pandra mit einem unvermittelten, aber nicht unhöflichen Kopfnicken stehen und entfernte sich in das betriebsame Lager; seine schwergliedrige Gestalt war schwarz im flackernden Fackellicht. Pandra sah ihm nach und begab sich dann zu seinem Wohnwagen zurück.

»Das hast du aber clever gemacht«, erklang eine gönnerhafte Stimme in seinem Kopf.

»Danke, Kany«, erwiderte er. »Und danke für die Unterstützung, die du mir dadurch hast zuteil werden lassen, daß du so getan hast, als schliefest du die ganze Zeit.«

Das Kaninchen überhörte den Tadel. »Genug Kampfgeist, um einen Wolf in seine Schranken zu weisen, hä?« plusterte er sich auf. »Sehr poetisch. Und sehr wahr.«

»Nein. Nur sehr poetisch«, erwiderte Pandra mit beißendem Spott. »Ich habe die professionelle und patriotische Pflicht, die Moral meines Kunden zu stärken, und das gestattet mir beizeiten einige ... Freiheiten ... im Umgang mit der Wahrheit.«

Kany schnaubte verächtlichund wurde dann aber abrupt wieder ernst. »Glaubst du, er hat verstanden?«

Pandra zuckte mit den Achseln. »Warum sollte er?« antwortete er. »Wir verstehen es ja auch nicht. Und Antyr auch nicht, nebenbei bemerkt. Ich hoffe nur, daß ich die Wahrheit gesagt habe, als ich Antyr zu unserem unerwarteten Retter ernannt habe. Sein Können erfüllt mich mit ehrfürchtiger Scheu, doch ich würde mich wesentlich besser fühlen, wenn ich ein bißchen mehr Technik und ein bißchen weniger Glück und Zufall in seinem Vorgehen entdecken könnte.«

»Technik? Glück?« stieß Kany höhnisch hervor. »Ich verzweifle noch an euch Geschöpfen. Ihr seid so ...« Er suchte nach dem richtigen Wort. »... so ... ungeordnet ... unzusammenhängend ... wenig wachsam ...« Er gab es auf. »Natürlich hast du Menedrion die Wahrheit erzählt. Du hast einfach nicht richtig zugehört! Wie ihr als Gattung habt überleben können, da ihr doch so taub, blind und dumm seid, übersteigt meine Vorstellungskraft. Ich vermute, ihr verdankt eure Existenz allein Mara Vestriss' Vorstellung von einem Witz.« Seine Laune verfinsterte sich wieder. »Mit so einem Humor müßte er allerdings selbst menschlich sein. Und das ist eine harte Vorstellung, auf die ich gut verzichten kann.«

»Möchtest du eine Möhre?« fragte Pandra in das lastende Schweigen, das dieser Offenbarung folgte.

Später streckte sich Pandra genüßlich auf seinem harten Bett aus und machte sich bereit, den Geist des schlafenden Menedrion zu suchen. Hätte er es gewollt, hätte er ihn auf der Stelle finden können, doch er zog es vor, sein Traum-Ich erst einmal durch die gigantische Wolke umherwirbelnder Nachtgedanken streifen zu lassen, die aus dem Lager aufstiegen, genauso, wie ein General das Terrain sondiert, bevor er seine Truppen gegen einen speziellen Feind führen würde; obwohl sich dieser einleitende Streifzug für Pandra eher so darstellte, als betrete er eine riesige Bibliothek oder einen wunderschönen Garten.

Genauso, wie der Rauch von den Lagerfeuern und Fackeln gen Himmel stieg und verwehte und ihr Licht so widerspiegelte, daß eine trübe, orangefarbene Kuppel über dem Lager entstand, schwebten die Träume und Gedanken der Kompanie wie eine schimmernde goldene Wolke um Pandra, als Kany ihn auf die Suche trug. Diese Fähigkeit war unermeßlich gewachsen, seit sie Antyr begegnet waren, und beide genossen es ausgiebig.

Sie schwebten, zeitlos, schwerelos, unbehindert.

Wo sie hinzuhören beliebten, war der Lärm tumulthaft, und wo sie hinzuschauen beliebten, war der Anblick hektisch und ungestüm. Doch es war gut; die Kompanie *war* hauptsächlich männlich; und keine fremden Schatten drifteten durch den Nebel, noch störten fremde Geräusche oder Bewegungen das Ganze.

Überaus vorsichtig und trotz Kanys heftiger Mißbilligung berührte Pandra den Geist des Bethlarii. Es ließ ihn zurückschrecken: Er war wund von tosenden Emotionen, unter denen Furcht vorherrschte. Doch es gab nichts Unvorhergesehenes, und Pandra zog sich wieder zurück, leicht beschämt ob seines Eindringens.

Dann spürte er tatsächlich eine Präsenz. Sie war ganz leicht, wie ein Stern im Augenwinkel, der kurz zwischen langsam dahinziehenden Wolken auftaucht. Doch gleichzeitig war sie auch bestimmt.

Augenblicklich brachte Kany Pandra wortlos zu den Rändern von Menedrions Nachtgedanken.

Alles war in Ordnung.

Obwohl Menedrion nicht träumte, wußte Pandra, daß ihn die Gezeiten seines Schlafs zum Traumlicht des Nexus trieben.

Dann war die Präsenz auch dort; immer noch schwach, aber nichtsdestotrotz scharf umrissen und fest. Pandra spürte, daß sich Kanys grausame Kampfinstinkte auf einen Angriff einstellten, doch da er selbst keine unmittelbare Bedrohung fühlte, hauchte er ihm sachte eine Mahnung zur Geduld zu.

Schweigend, doch alle Sinne aufs äußerste gespannt, warteten Traumfinder und Gefährte, während Menedrion immer näher zu seinem Traum trieb. Die Präsenz wartete ebenfalls.

Pandra begann ein Gefühl des Verlustes zu spüren. Ohnmacht. Verwirrung.

Dann war er, als sei er nie jemand anderes gewesen, Menedrion. Er war allein und verlassen, und er saß auf dem Herzogsthron inmitten eines einsamen und verfallenen Palastes. Ein Krähenschwarm zankte sich lärmend um ein klaffendes Loch in der Decke; der Boden war mit Schutt und den Überbleibseln zerschlagener Möbel bedeckt; in den Gemälden waren die Gesichter zerstört, die Statuen waren zerschmettert, und hinter den flechtenüberwucherten Wänden lag, wie er wußte, ein von Pest, Hungersnot und Krieg heimgesuchtes Land.

Pandra sagte nichts, ließ den Träumer jedoch seine beruhigende Gegenwart spüren. Die Szenerie, wie grimmig sie auch sein mochte, ging nicht über das hinaus, was man von einem Führer, der sich neuen Verantwortlichkeiten gegenübersah, erwarten konnte.

Und doch war da noch mehr. Die Präsenz war auch da, nunmehr in dem Traum; Bestandteil des Traums; Menedrion spürte sie. Doch immer noch stellte sie keine Bedrohung dar.

Kany wartete. Von einer Sekunde auf die andere würde er Menedrion in einen hellwachen Zustand zurückreißen können.

Dann befand er sich außerhalb des Palastes, schritt durch die verfallenen Straße Serenstads. Einige der Häuser brannten, und die Luft hallte wider von den Schreien der Kranken und Sterbenden. Hier und da hasteten Menschengruppen von Haus zu Haus. Plünderer.

Pandra taumelte. Er war nicht mehr Menedrion! Er war ... Arwain!

Und doch war er Menedrion!

Er war beide! Im Palast, von Verfall umgeben, und auch draußen, durch die zerstörten Straßen schreitend.

Sensitive. Kany bildete das Wort in seinem Geist. Ibris' Blutlinie. Die Träume der beiden Halbbrüder hatten sich vereinigt. Es mußte Arwain gewesen sein, der Menedrion unwissentlich vor drei Nächten auf der Schwelle gerettet hatte, wie Pandra nunmehr erkannte.

Was soll ich tun? dachte Pandra leise in Kanys Richtung.

Nichts, erhielt er zur Antwort. Beobachte und warte. Hier lauert keine Gefahr ... noch nicht.

Menedrion erhob sich von seinem Thron und schritt die Treppen des Podiums hinunter, auf dem er stand. Staub und Mörtel knirschten unter seinen Füßen. Erbost trat er einen Silberkelch zur Seite, und geräuschvoll klirrte er über den Boden, bis er an einem umgekippten Tisch zum Stillstand kam.

Verwirrt und verloren streifte Arwain umher. Bettler streckten ihm ihre Arme entgegen, Mütter ihre kranke Kinder. Rauch wallte durch die Straßen und verlieh dem süßlichen Geruch von Verfall und Tod eine bittere Schärfe. Er fühlte sich so müde, so krank. Irgendwo lag die Antwort auf all dies, aber wo? All die Straßen waren so vertraut, doch sie waren nicht das, was sie einmal gewesen waren; es war, als seien sie auseinandergerissen und wieder neu zusammengesetzt worden wie die Teile in einem Kinderspiel. Er ging von Ort zu Ort, die nicht nebeneinander hätten liegen dürfen und es doch taten; und es immer getan hatten.

Menedrion stieg auf die zerfallenen Tore des Palasts und blickte über den Palasthof zu den gezackten, abgerissenen Überbleibseln des Ibrisschen Monuments hinüber. Bröckelnde Mauern und verkohlte Ruinen säumten den Palasthof.

Zorn wallte in ihm empor. »Nein!« rief er donnernd. »Ich dulde das nicht!«

Er begann zu rennen.

Auch Arwain begann zu laufen. Sein Schädel dröhnte.

Menedrion fühlte, wie die Straßen der Stadt unter ihm dahinglitten, als stehe er selbst reglos auf einer gigantischen Tretmühle. Ihm kam der Gedanke, daß er nicht entkommen würde, so schnell er auch rennen mochte.

Arwain indes lief schneller und immer schneller, sein Atem begann zu rasseln, sein Herz raste. Er mußte vor der Zerstörung um ihn, vor der Pein in seinem Kopf fliehen. Er mußte entkommen.

Dann schien direkt vor ihm ein seltsamer Hoffnungsschimmer zu erglühen.

Pandra spürte, wie Kany erstarrte und sich augenblicklich zum Laufen bereit machte. Auch Nyriall war auf der Schwelle einer unbestimmten Hoffnung entgegengeeilt, und es hatte ihn von Welt zu Welt gebracht!

»Wir müssen sie wecken«, forderte Kany dringlich.

»Nein«, widersprach Pandra. »Noch nicht. Sie brauchen einander.«

»Ich verstehe nicht …«

Arwain erreichte eine schmale Toreinfahrt. Es war ein Brennpunkt; das Ziel seiner Flucht. Er streckte die Arme aus, um beide Wände zu berühren, und lehnte sich nach vorn in den Bogen.

Dahinter lag, strahlend hell vor dem besudelten Grauen

der zerstörten Stadt, ein wundervolles Land mit rollenden Hügeln und Wäldern, durch die breite Ströme flossen, die silbrig und golden in der gleißenden Sommersonne glänzten. Er sog die schweren Düfte von Gräsern und Bäumen ein, die ihm sanft auf einer warmen Sommerbrise zugetragen wurden. Nur zwei Schritte, und er könnte sich niederlegen und seinen dröhnenden Kopf zwischen Blumen und Klee zur Ruhe betten.

Menedrion begann sich zu drehen und zu drehen, so daß die Stadt um ihn herumwirbelte.

»Nein!« schrie er wieder. Dann: »Arwain! Zu mir! Zu mir! Das darf nicht sein! Zu mir!«

Jäh hielt er inne.

Arwain wandte sich um.

Ibris' Söhne sahen einander in die Augen. Hinter Menedrion lag das zerstörte Serenstad wie eine zerknüllte Landkarte. Hinter Arwain erhob sich der Torbogen, voll vom blauen Sommerhimmel und funkelnd vor Hoffnung auf eine Welt jenseits der Welt der Menschen.

Arwain winkte Menedrion zu sich, auf den Torbogen deutend.

Pandra, der an beide Traum-Ichs gebunden war, fühlte ihrer beider Verlangen, ihrer beider Nöte in seinem eigenen Selbst widerhallen. Dies war, da bestand kein Zweifel, ein Tor zur Schwelle. Wie es dazu kam, daß es von einem ungeleiteten Träumer gefunden wurde, war eine Frage, auf die sich vielleicht nie eine Antwort finden würde …

Er ist ein Sensitiver, er ist verletzt, und er ist zuvor schon hierhergereist, erreichten ihn Kanys Gedanken, kälter und weniger ehrfürchtig als die des Traumfinders, aber nichtsdestotrotz furchtsam.

… doch er *hatte* es gefunden, und genau wie Arwain, der angeschlagen und verletzt war, hatte Pandra den scheinbaren Trost jener Welt gesucht, die sich vor ihm auftat, und so sah sich der Traumfinder fast unwiderstehlich dazu getrieben, den Schritt in jene Welt zu tun, die er später, wie er sehr wohl wußte, möglicherweise nie mehr wiederfinden würde. Und doch wußte er auch, daß jenseits dieses Tors

Gefahren lauern mochten, denen zu begegnen er nicht gerüstet war. Und hindurchzuschreiten würde bedeuten, in eine Welt einzutreten, aus der er vielleicht nie würde zurückkehren könne, während sein Körper hierbliebe, dem Untergang geweiht.

Und es war nicht der Weg, das wußte Menedrion. Sie gehörten beide hierher, in diese Welt. Mußten versuchen, die Schönheit dieser jenseitigen Welt in die ihre zu bringen. Mußten kämpfen, um den Schrecken die Stirn zu bieten, die hier herrschten. Nicht undeutlichen Schatten hinterherjagen; sich ausruhen, während ihr Volk litt.

Pandra war überrascht über Menedrions Einsicht und sein tiefes Verständnis für die ihm zugedachte Rolle.

Die Situation indes barg Gefahren, und zu seinem Entsetzen bemerkte Pandra, gefangen in beiden Traum-Ichs, daß er nichts tun konnte. Er vermochte zu jedem der beiden zu sprechen, doch er konnte dem Träumer keine Anweisungen erteilen; das Traum-Ich war nicht das wahre Ich und ließ sich nicht notwendigerweise durch Vernunftgründe lenken.

Und wie dem auch sei, er selbst war nicht weniger zerrissen als sie. Die Wünsche der beiden Halbbrüder begannen sich zu vermengen. Beide fühlten sie den Lockruf der jenseitigen Welt, beide wußten sie, daß sie nicht dorthin gehörten.

Dann begann der Torbogen zu wachsen. Arwain torkelte auf die Helligkeit zu.

Menedrions Hand schloß sich im selben Augenblick um die seines Bruders, als Kanys machtvolle Reflexe, die mittlerweile über jede bewußte Kontrolle hinaus waren, die Schleier des Schlafs hinwegrissen.

KAPITEL 29

Pandra stürmte durch das Lager, begleitet von der Wache, die vor seinem Wohnwagen postiert war. Die Luft war kühl und feucht, und nach wenigen Schritten hatte das taubedeckte Gras seine Füße und den Saum seiner Robe durchnäßt.

Die stumpfroten Überbleibsel der Lagerfeuer und die blakenden Bemühungen einiger einsamer Fackeln waren alles, was ihren Weg erhellte, obwohl es im Osten zaghaft graute.

Der Wachposten, immer noch ganz durcheinander wegen Pandras abruptem Auftauchen aus seinem Wohnwagen, zeigte ihnen den Weg.

»Da, Sir«, sagte er und wies auf ein großes Zelt.

Menedrions Zelt mußte indes nicht erst groß bezeichnet werden, denn die Zeltklappe war zurückgeschlagen, und des Herzogs Sohn stand davor, vom nach draußen dringenden Lampenlicht umstrahlt. Er beschimpfte zwei Posten, die verzweifelte Versuche unternahmen, das Feuer wieder zu entfachen.

Pandra blieb stehen und hob erleichtert beide Hände.

»Sir!« rief er. Menedrion fuhr zusammen und starrte in die Dunkelheit. Pandra trat vor und nahm Menedrion ohne Rücksicht auf die Etikette am Ellbogen, um ihn zurück ins Zelt zu drängen.

Drinnen angelangt, riß Menedrion seinen Arm los. »Ich wollte soeben nach Euch schicken lassen, General«, begann er ätzend. »Ich habe das Gefühl, daß Ihr unseren Rückzug da drüben ein ganz klein wenig zu spät geblasen habt, oder irre ich mich?« Dann, ärgerlich: »Was, in drei Himmels Namen, geht hier vor? Und warum war Arwain da? Und wo ist er jetzt?«

Pandra ließ sich in einen nahe stehenden Stuhl sinken und beugte sich schwer atmend vor.

»Laß ihn doch erst mal zu Atem kommen, Mann«, zischte Kanys Stimme erzürnt in Menedrions Geist. »Er ist älter als Euer Vater, müßt Ihr wissen. Man sollte ihn nicht wie ein Schwein, das zum Markt gekarrt wird, die ganze Zeit in einem schlecht gefederten Wagen durch die Gegend schaukeln. Und genausowenig sollte er zu dieser nachtschlafenden Zeit herumrennen müssen, um dann von ungnädigem Gebrüll empfangen zu werden. Er kann von Glück sagen, wenn er sich keine Erkältung eingefangen hat.«

Menedrion hob als Reaktion auf Kanys gebieterischen Ton entschuldigend die Hände, ballte sie dann zu Fäusten, holte einmal tief Luft und platzte los: »Und ich dulde nicht, daß ... ein *Kaninchen* ... in dieser Weise mit mir spricht! Eine ... Pastetenfüllung!«

Kany mühte sich aus Pandras Robentasche heraus. Pandra versuchte immer noch, zu Atem zu kommen, doch er legte eine beschwichtigende Hand auf den Kopf seines Gefährten. Mit wenig Erfolg.

»*Euch* würde ich denkwürdige Magenkoliken bereiten, Irfan Menedrion«, schleuderte Kany ihm erbost entgegen. »*Mir* verdankt Ihr es, daß Ihr überhaupt heil da herausgekommen seid!«

Menedrion schob den Unterkiefer vor und hob drohend den Finger.

»Genug, genug«, gelang es Pandra schließlich zu keuchen. »Nichts mehr davon, bitte. Ihr beide seid ja wie Katz und Hund in einem Sack! Bitte wartet einen Moment, und dann unterhalten wir uns ruhig und gesittet.«

Kany, dessen Nase wild zuckte, krabbelte unbeholfen auf Pandras Schoß, wo er sanft von dem alten Traumfinder gestreichelt wurde. Allmählich begannen beide ruhiger zu atmen.

»Ich kenne die Antworten auf alle Eure Fragen nicht, Sir«,

fing Pandra schließlich an. »Meine Hoffnung ist, daß Ihr Euren Bruder gerettet habt. Aber um ehrlich zu sein, kann ich das nicht sicher sagen.«

Menedrion ließ sich auf seine Bettkante nieder, und seine zornige Miene überzog sich mit Verblüffung.

Pandra wartete nicht ab, daß er das Wort ergriff. »Ihr und Euer Bruder seid beide Sensitive, Medien«, erläuterte er. »Er war es vermutlich, der in Euren Traum verwickelt wurde und Euch in jener Nacht von der Schwelle zurückbrachte; der unwillentlich durch Eure Not zu Euch gezogen wurde.« Er zuckte mit den Schultern. »Durch irgend etwas in Eurer Blutlinie. So, wie Ihr heute nacht zu *ihm* gezogen wurdet.«

Menedrion hingegen hörte kaum zu.

»Die Welt hinter dem Tor schien so wirklich zu sein«, sagte er, und seine Stimme klang überraschend sanft und abwesend. »So hell, so kraftvoll ...«

»Sie *war* wirklich, Sir«, ließ Pandra ihn wissen. »Und sie aus der bitteren Finsternis Eures Traums zu erblicken, ließ sie in noch hellerem, lebendigerem Glanz erstrahlen.«

»Ihr wolltet sie auch betreten, nicht wahr?« fragte Menedrion mit einem Blick in Pandras Augen.

Der alte Mann nickte. »O ja«, pflichtete er ohne zu zögern bei. »Doch es wäre zu gefährlich gewesen.« Er hielt inne. »Jede Welt hat ihre Sonnentage.«

»Warum habt Ihr uns nicht gewarnt?« wollte Menedrion wissen.

»Ich konnte nicht«, erwiderte Pandra. »Ich bin kein Mynedarion. Ich kann die Dinge nicht verändern. Ich kann sprechen, vielleicht beruhigen, Euch sicherlich aufwecken, wenn es nötig wird, doch die Träume folgen einer Bahn, die der Träumer auf irgendeiner Ebene jenseits seines Wissens und seiner Kontrolle einschlägt. Überdies habe ich noch nie zuvor einen gemeinsamen Traum erlebt, geschweige denn, eins der Tore zur Schwelle gefunden. Ich habe schon genug riskiert, indem ich Kany solange habe warten lassen, bis ich erkannte ... spürte, was vor sich ging.« Er blickte zu Kany hinunter. »Es mag sein, daß ich zu lange blieb. Es stellt eine große Belastung für einen Gefährten dar, einen Traum auf solche Weise verlassen zu müssen.«

Menedrion nickte. »Das habe ich gefühlt«, sagte er. »Eine gewaltige Welle der Macht. Ich fuhr kerzengerade hoch, auf einen Schlag hellwach. Ich war schon schläfriger, wenn ich bei einem nächtlichen Hinterhalt aufwachte. Es war ... sehr sonderbar.«

Zögernd streckte er die Hand aus und streichelte Kany mit seinem dicken Zeigefinger, und alle drei verstummten.

Ihre Träumerei wurde vom Eintreten einer Wache unterbrochen.

»Späher berichten, daß Lord Arwains Zug in Sicht ist, Sir«, meldete der Mann ruhig, aber dringlich.

»Sattel mein Pferd«, befahl Menedrion und erhob sich rasch.

Er blickte Pandra an, während er in aller Eile versuchte, seinen Waffenrock zu glätten. »Wir werden warten, Sir«, beantwortete Pandra die unausgesprochene Frage. »Was auch passiert ist, jetzt kann ich ohnehin nichts mehr tun.«

Minuten später galoppierten Menedrion und zwei Wachsoldaten dem näherrückenden Zug entgegen. Der dichte Bodennebel verlieh ihnen in der hereinbrechenden Morgendämmerung ein geradezu geisterhaftes Aussehen, und als er den langsam einherrollenden Krankenwagen und seine schattenhafte Eskorte erblickte, die scheinbar unvermittelt aus dem weichen Bodenbelag emporzuwachsen schien, fragte sich Menedrion kurz, ob er nicht wieder träumte und plötzlich in seinem Zelt oder vielleicht sogar in seinen Gemächern im Palast aufwachen würde.

Salutierende Vorreiter entzauberten seine Phantasie, doch Menedrion ließ sie stehen und ritt ohne Umschweife auf den Karren zu. Der Fahrer machte Anstalten zu halten, doch Menedrion winkte ihn weiter und schwang sich direkt vom Sattel auf die kleine Plattform am Hinterteil des Wagens.

Im Innern wurde der Krankenwagen von einer hin und her pendelnden Lampe erhellt, und beim Eintreten saß ihm sein Kompaniearzt gegenüber. Er konnte des Mannes Antlitz im dämmrigen Licht nicht sehen, doch sein Haupt war leicht geneigt, so daß Menedrion annahm, er sei eingenickt.

Die Zähne bleckend, machte er einen Schritt nach vorn, um ihn unsanft wachzurütteln, doch eine Stimme gebot ihm Einhalt.

»Irfan, was geht hier vor?«

Menedrion drehte sich um. Es war Arwain. Er lag auf einer niedrigen Schlafkoje, einen Verband um den Kopf. Seine Augen waren offen und blickten fragend. Er lebte! Menedrion kniete an seiner Seite nieder, und in diesem Augenblick trat Ryllans ein.

»Lord Arwain braucht Ruhe, meine Herren. Bitte stört ihn nicht mehr.«

Es war der Arzt. Er stand hinter den beiden Männern, und er war überaus wach. Und seine Stimme und sein Gebaren waren unmißverständlich. Mit einem Blick brachte er die beiden Krieger zum Schweigen.

»Er wachte ganz plötzlich vor ein paar Minuten auf«, erklärte er, die ungestellte Frage beantwortend. »Fragt mich nicht, wie oder warum. Kopfverletzungen sind etwas Eigenartiges, und solche plötzlichen Genesungen sind nicht ungewöhnlich; viel hängt von den inneren Reserven des Kranken ab. Ich glaube, er ist außer Gefahr – wie immer die auch ausgesehen haben mag –, doch er braucht Ruhe und ein bißchen natürlichen Schlaf, so daß ich Euch inständig bitten muß, zu gehen oder doch zumindest Ruhe zu bewahren.«

Arwains Hand fuhr heraus und packte Menedrion am Kragen. »Was geht hier vor?« fragte er erneut.

»Ihr wurdet von einem Stein getroffen, als wir die Ratshalle in Whendrak verließen«, teilte ihm Ryllans mit leiser Stimme mit.

Arwain wischte die Antwort mit einer Handbewegung beiseite und zog Menedrion näher zu sich heran. Sein Antlitz war ängstlich. »Im Namen meiner geistigen Gesundheit, Irfan. Hast du dasselbe geträumt, was ich vor ein paar Minuten geträumt habe, und war da noch eine dritte Person anwesend?«

»Ja«, bestätigte Menedrion einfach. »Die Stadt in Trümmern, der Torbogen. Wir teilten einen Traum, und ein alter Traumfinder und sein Gefährte haben uns vor irgendeiner Gefahr aus diesem Bogen gerettet.«

Arwain legte sich zurück, wirkte schon unbeschwerter. »Traumfinder«, murmelte er. »Traumfinder.« Dann runzelte er die Stirn. »Was hast du getan, daß du einen Traumfinder zu Hilfe ziehen mußtest?« Er preßte die Hand gegen seine Schläfe, schon wieder erregter. »Und Vater. Er zieht auch einen zu Rate. Was ...?«

Menedrion nahm den Einwand des Arztes vorweg, der schon die Hand erhoben hatte, um das Gespräch zu beenden. »Ruh dich aus«, sagte er. »Hier ist nichts, über das du dir den Kopf zerbrechen müßtest. Du bist wieder auf dem Heimweg, und Vater wird dir erzählen, was vorgefallen ist, wenn du wieder zu Hause bist. Ich geleite den Bethlarii-Gesandten an die Grenze zurück.«

Arwain blickte zweifelnd drein, doch ein langes, lautes Gähnen übermannte ihn, bevor er die Angelegenheit weiter verfolgen konnte, und seine Lider sanken ihm fast wider Willen zu. Der Arzt ergriff Menedrions Arm und scheuchte ihn und Ryllans mit einem Augenrollen zur Tür.

Wieder draußen, schauderte Menedrion. Es war das erste Mal, daß er die morgendliche Kälte überhaupt zur Notiz nahm.

»Ryllans, ich habe den Kern des Ganzen von Euren Boten erfahren, aber was, zum Teufel, passiert hier genau?« verlangte er gereizt zu wissen, während er die Zügel seines Pferdes von einem der Wachsoldaten entgegennahm. Er stieg auf. »Und warum, zum Teufel, habt Ihr nicht anständig auf ihn aufgepaßt?«

Ryllans überhörte den Vorwurf, gab jedoch die Ereignisse von Whendrak bündig und zuverlässig zum besten. Seine Erzählung war zu beharrlich und detailliert, als daß sich Menedrion nicht hätte fesseln lassen, und als der Bericht beendet war, hatte er sich bereits beruhigt. Wenigstens das war etwas, mit dem er umgehen *konnte;* Feinde mit Waffen und nur allzu menschlicher Bosheit in ihren Herzen.

Er zog den Umhang enger um sich. »Wir müssen mit dem

Gesandten an Whendrak vorbei, Ryllans«, sagte er. »Wie lautet Euer Rat?«

»Umgeht die Stadt und die Straßen in ihrer Nähe«, erwiderte Ryllans ohne zu zögern. »Das Problem muß ernst sein, wenn schon so fanatische Bethlarii-Anhänger in den Stadtrat berufen worden sind, und die Anwesenheit eines weiteren Serens wird mit fast tödlicher Sicherheit neuen Aufruhr hervorrufen.«

»Also dann die Kammstraße?« fragte Menedrion.

Ryllans nickte. »Und nehmt einen Teil meiner Kompanie mit Euch. Sie können das Bethlarii-Territorium infiltrieren, wenn sich der Gesandte davongemacht hat. Wir müssen herausfinden, wie weit die Mobilmachung ihrer Armee bereits fortgeschritten ist.«

Menedrion starrte ihn einigermaßen überrascht an. »So schlimm steht es schon?« fragte er.

»Ich denke ja«, erwiderte Ryllans. »Und das werde ich auch Eurem Vater berichten, wenn ich zurückkomme. Da die Bethlarii schneller mobil machen können als wir, dürfen wir uns keinen Aufschub mehr leisten. Abrüsten können wir immer noch, falls ich mich irre.«

Trotz des Ernstes ihres Gesprächsthemas begann Menedrion vor sich hin zu kichern. »Damit macht Ihr Euch sehr beliebt bei Kanzler Aaken«, sagte er. »Habt Ihr eine Vorstellung davon, wieviel es kostet, die Armee bis zur Gefechtsstärke zu mobilisieren? All die Löhne und Entschädigungszahlungen, weil wir die Männer aus ihrem Beruf wegholen? Und die Unterbrechung des Handels? Wir brauchen keine besondere Kriegserklärung, denn sie werden das Aufheulen des Gythrin-Dy bis nach Bethlar hören.«

Ryllans blies einen dampfenden Atemzug in die kalte Morgenluft; da seine Gedanken düster und immer noch mit seiner jüngsten Sorge um Arwain beschäftigt waren, beantwortete er die Frage in völligem Ernst. »Ich weiß, wieviel es sowohl an Geld als auch an Menschenleben kosten wird, falls die Bethlarii gegen Whendrak ziehen und uns auf dem falschen Fuß erwischen, während all unsere Kompanien unvorbereitet und die Regimenter übers ganze Land verstreut sind. Und ich weiß auch, in welche Windrichtung einige unserer nicht ganz so glühenden Verbündeten ihr Mäntelchen hängen werden.«

Menedrion, von der kühlen Antwort ernüchtert, nickte zustimmend. »Wenigstens liegt *diese* Entscheidung glücklicherweise bei meinem Vater. Ihr sucht Euch die Männer aus, die Ihr über die Grenze schicken wollt, und erteilt ihnen Eure Befehle.« Er verfiel in nachdenkliches Schweigen. »Ich hielte es für besser, wenn sie sich unserer Kompanie nicht anschlössen, sondern noch ein Stück mit Euch weiterritten, um dann insgeheim umzukehren und uns zu beschatten. Diesem Gesandten entgeht so gut wie nichts, und er würde gewiß bemerken, wenn plötzlich Eure Felduniformen inmitten all unserer bunten Paradegewänder auftauchten.«

Ryllans salutierte. »Ich habe sie bereits ausgewählt und entsprechend instruiert, Sir«, sagte er. »Wenn Ihr mich nicht mehr braucht, werde ich jetzt zu ihnen gehen und die letzten Details mit ihnen absprechen.«

Menedrion nickte, stieg dann ab und ging wieder zu dem Krankenkarren zurück. Stumm blieb er noch eine Zeitlang, nachdem der Zug in aller Stille an dem erwachenden Lager vorbeigezogen war, neben seinem schlummernden Halbbruder sitzen, seinem einstigen Rivalen.

Später am Tag zog die Kompanie in entzerrter Marschformation auf dem schmalen Kammweg an Whendrak vorbei. Das Wetter war kalt, neblig-trüb und feucht, doch hin und wieder hob sich der Dunst, so daß man unten in einiger Entfernung im Tal die Stadt liegen sehen konnte.

Menedrion, der auf einer grasbewachsenen Anhöhe gehalten hatte, starrte mit nicht geringem Kummer auf sie hinunter. An vielen Ecken und Enden stiegen schwarze Rauchsäulen zum Himmel empor, und soweit er das von hier oben sehen konnte, waren die vielen Tore geschlossen. Er war sich nicht sicher, ob er sich das alles nur einbildete, aber er meinte, entferntes Waffengeklirr und das Gebrüll großer Menschenmengen zu vernehmen, das ihm die kalte Bergluft zutrug.

Grygyr Ast-Darnad gesellte sich zu ihm. Mit Mühe setzte

Menedrion eine gleichgültige Miene auf. Mit beträchtlich weniger Mühe blieb die des Gesandten, wie sie immer war.

»Dachtet Ihr, Ihr könntet die Verfolgung meines Volks vor mir verbergen, indem Ihr diesen Weg wähltet?« fragte Grygyr. »Ar-Hyrdyns Atemhauch bläst die Schleier Eurer Täuschung hinweg.«

Verstohlen holte Menedrion einmal tief Luft und grub die Fingernägel in seine Handflächen, um sich an seines Vaters Anweisungen zu erinnern.

»Wie ich Euch bereits sagte, Gesandter«, antwortete er bedächtig und vorsichtig. »Wir erhielten die Nachricht, daß es gewisse Unruhen in der Stadt gäbe und daß die Stimmung der Whendreachi schwankend sei. Da meine vorderste Aufgabe hier Eure Sicherheit ist, hielt ich es für notwendig, eine Route zu wählen, die uns in der gebotenen Entfernung an der Stadt vorbeibringt.« Dann ließ er seiner Abneigung ein wenig freien Lauf und fügte noch hinzu: »Und wenn Ihr auf diese Entfernung sehen könnt, wie einer Eures Volks, wie Ihr Euch auszudrücken beliebt, verfolgt wird, dann beglückwünsche ich Euch zu Euren guten Augen.«

Ohne eine Erwiderung abzuwarten, riß er sein Pferd herum und begab sich wieder zu seiner Kompanie.

Der kurze Rest der Reise verlief ohne Zwischenfall. Sie steigen wieder gen Tal und gelangten am Ende zu dem hohen Monolithen, den man dort aufgerichtet hatte, um die offizielle Grenze zwischen dem Herrschaftsgebiet von Bethlar und dem Territorium der neutralen Region um Whendrak zu markieren. Es war ein nackter, trostloser und offensichtlich menschenleerer Landstrich, doch Menedrion hegte wenig Zweifel, daß von irgendwo zwischen diesen zerklüfteten Felszacken Bethlarii-Augenpaare aufmerksam zu ihnen spähen würden.

Sich an seines Vaters Bemerkung erinnernd, daß es dem Bethlarii-Gesandten wenig einbrächte, sähe man, wie er vom Sohn des Herzogs mit Ehren überhäuft würde, ließ Menedrion die Kompanie Aufstellung auf der östlichen Seite des Steins nehmen und bot dem Gesandten an, die Parade abzunehmen. Der Gesandte lehnte ab, so knapp, wie er jede ihm zuvor erwiesene Höflichkeit abgelehnt hatte, doch Menedrion ritt dicht zu ihm auf und nötigte ihn, die Truppenlinie entlangzureiten, während er ihn mit ermüdenden Aufmerksamkeiten überschüttete, die auf einen entfernten Beobachter so wirken mußten, als seien sie in eine ernsthafte Unterhaltung vertieft.

Dann streckte er zum krönenden Abschluß die Arme aus und zog ihn in eine Umarmung, bevor er sein Pferd zurücktänzeln ließ und salutierte. Die ganze Kompanie salutierte ebenfalls und stieß einen formellen Jubelruf aus. Grygyr funkelte Menedrion wütend an. »Bis wir uns wieder begegnen, Serens«, stieß er zwischen zusammengebissenen Zähnen hervor und legte seine Hand auf den Schwertknauf.

Es war die erste sichtbare Gemütsbewegung, die der Gesandte seit seiner Ankunft gezeigt hatte, was nicht unerheblich zu Menedrions Wohlbefinden beitrug. »Bis wir uns wieder begegnen, Gesandter«, wiederholte er mit einer Verbeugung und einem breiten, zufriedenen Lächeln.

Der Gesandte und seine drei Adjutanten galoppierten rasch hinweg, doch Menedrion ließ die Kompanie in dieser Aufstellung verharren, bis sie außer Sicht waren. Dann ließ er sie rasten und Nahrung fassen, und schließlich schickte er mehrere kleine Grüppchen los, die scheinbar nach Feuerholz und Frischwasser suchen, in Wahrheit jedoch eine Quelle irreführender Bewegungen darstellen sollten, die den ihnen folgenden Mantynnai möglicherweise dienlich sein mochten.

Nicht, daß er gewußt hätte, wo sich Ryllans' Männer gerade aufhielten. Mit voller Absicht hatte er nicht gefragt, wie sie Bethlarii-Territorium betreten wollten, und Ryllans hatte es ihm auch nicht von sich aus erzählt. Sie mochten schon in eben diesem Talabschnitt sein, sie mochten sich aber auch noch hoch oben auf dem Kamm befinden. Doch das war ganz gleich. Indem er die Kompanie eine Zeitlang auf Trab hielt, sorgte er dafür, daß sie und nicht die verstohlenen Grenzgänger im Zentrum der Aufmerksamkeit möglicher Späher standen.

Schließlich zogen sie ab. Menedrion ging das Wagnis ein,

einen der niedriger am Hang verlaufenden Wege zu nehmen, schlug jedoch einen weiten Bogen um Whendrak. Als sie indes an der Stadt vorbeikamen, hatten sich die Brände merklich verschlimmert, und diesmal gab es keinen Zweifel mehr an dem Kampflärm.

Mit grimmiger Miene führte Menedrion seine Kompanie im stetigen Trab an der Stadt vorbei.

Es war Nacht, als der Rest von Arwains Zug nach Serenstadt zurückkam, und der gelbe, schweflige Nebel legte sich wieder über die Stadt.

Ryllans hatte eine gemächliche Gangart angeschlagen, und schließlich waren sie einem sorgenvollen Drayner in die Arme gelaufen. Arwain war jedoch nach ein paar Stunden Schlaf frei von Kopfweh und allen anderen möglichen Auswirkungen des erhaltenen Schlags erwacht, einmal abgesehen von den Schmerzen, die die Wunde selbst ihm bereiteten. Er erklärte, nunmehr reiten zu können.

Drayner war anderer Meinung. »Ich bin hier als Vertreter des Herzogs«, verkündete er beim ersten Anzeichen von Widerstand, den Arwain gegen eine weitere Untersuchung an den Tag legte. »Mir zu widersprechen heißt, ihm zu widersprechen.«

Arwain starrte ihn eine Weile finster an, doch er hatte der moralischen Autorität des Arztes unter diesen Umständen nichts entgegenzusetzen. Schlechtgelaunt gab er nach, wobei er sich auf eine kleine Geste kindischen Trotzes beschränkte, indem er sich athletisch vom Pferderücken direkt auf den Krankenkarren schwang.

Ryllans fing Drayners Blick auf, und die beiden älteren Männer lächelten sich flüchtig an.

Drinnen unterhielt sich Drayner mit Menedrions Stabsarzt, wie Ärzte das zu tun pflegen: als sei der Kranke nicht vorhanden. Dann untersuchte er die Wunde, lugte ihm in die Augen, in die Ohren und zur rechten Zeit, nämlich mitten in einem zunehmend kritischen Verhör durch seinen Patienten, in seinen Schlund, alles mit derselben Distanziertheit.

Als Antwort auf Arwains Fragen über das plötzliche Auftauchen von Traumfindern in dieser Krise leierte Drayner eine stetige Litanei vor sich hin. »Ich weiß nichts. Ihr müßt Euren Vater danach fragen.«

Am Ende jedoch sah er sich gezwungen zuzugeben, daß Arwains Ärger darüber, als › ... Teil eines verdammten Trosses‹ nach Hause zurückzukehren, vermutlich mehr Schaden anrichten würde, als selbst zu reiten, und in dieser würdigen Haltung führte Arwain auch schließlich seine Männer über die Brücke über den Fluß Seren.

In dieser Nacht befanden sich keine anderen Passanten auf der Brücke, und es bot sich ihnen ein ganz anderer Anblick als bei ihrer Abreise vor zwei Tagen. Zuerst tauchten die schwankenden Glühwürmchenlichter der auf dem Bauwerk verteilten Fackeln aus der Düsternis auf, gestreift und von einem Lichtkranz umgeben, was dem Ganzen die Atmosphäre einer schwach erhellten Höhle verlieh; eine Atmosphäre, die kaum vom allmählichen Auftauchen der einzelnen Abschnitte ihrer vergitterten Seiten gemindert wurde, die nach oben hin wie gigantische Spinnweben in der gelblichen Unschärfe verschwanden.

Und auch der Fluß selbst schien langsamer dahinzuströmen; seine Oberfläche war schwarz und glänzend und warf stumpf dasjenige Fackellicht zurück, das so weit herunterreichte.

Niemand sprach ein Wort, als der Zug gemessen über die Brücke ritt, die Umhänge zum Schutz dicht über die Köpfe gezogen. Das Geräusch des Hufgeklappers und ein vereinzeltes Husten hallten flach und tot in der Stille wider.

»Das ist ja untragbar!« donnerte Ibris, während er die großen Vorhänge heftig zusammenzog, um den Anblick der erstickenden, nebelgeschwängerten Stadt auszuschließen. »Seit einem Jahrzehnt wird es jetzt zunehmend schlimmer.« Er fuhr unbestimmt mit den Armen durch die Luft, als wolle er sein eigenes Versagen angesichts dieses massiven Angriffs auf seine Domäne signalisieren. »Und all das ist nur Menedrions Schuld«, fuhr er halbherzig fort. »Mit seinen stinkenden Werkstätten und Manufakturen. In meiner Jugend hatten wir nicht solche Nebel. Wenn wir sie überhaupt hatten, waren sie grau und feucht und nicht gelb und schleimig!«

Er ließ sich schwerfällig in einen großen Sessel sinken und wies auf Aaken. »Und mach dir nicht die Mühe, ihn zu verteidigen«, sagte er mit einem bedeutungsvollen Blick. »Er ist nur allzugut fähig zu so etwas. Und ich bin mir sehr wohl bewußt, wie sehr wir diese Waffen und all die anderen Handelswaren brauchen.«

Er verstummte plötzlich, und sein Gesichtsausdruck wandelte sich zu einer Miene der Besorgnis. »Wenn diese Bethlarii-Geschichte vorbei ist, wenn wir noch mal davonkommen, müssen wir ernsthaft etwas dagegen unternehmen«, erklärte er kurz darauf. »Dieses Zeug schadet unserem Volk und der Stadt mehr als all die Kriege, die wir jemals ausgefochten haben.«

An dieser Feststellung gab es nichts zu rütteln; nie zuvor hatte er das Problem so klar angesprochen, auch wenn er oft genug gegen die jährlichen Nebeleinbrüche gewettert hatte.

Aaken befolgte den Rat des Herzogs und hielt den Mund. Der Erbauer der ›atemberaubenden Stadt‹ brauchte keine Verbündeten für sein großes Anliegen, und nachdem er nun seine Absicht kundgetan hatte, würde er kurzen Prozeß mit jedem machen, der die Unklugheit aufbrachte, sich ihm zu widersetzen. Zudem galt sein Ausbruch in Wahrheit nicht dem erstickenden Nebel. Er galt der Sened und ihren zanklüsternen Fraktionen: Einige, sicher über das Alter hinaus, noch eingezogen zu werden, gaben sich empört und schwadronierten, tadelten ihn, daß er den Bethlarii-Gesandten nicht kurz und bündig für seine Unverschämtheit und den Vertragsbruch habe hinrichten lassen, und verlangten, Bethlar sofort den Krieg zu erklären; andere jammerten und beschwichtigten … »Wir müssen Kompromisse schließen, gebt ihnen dies, gebt ihnen das«; während wieder andere mit scharfsichtigem Blick wie Raubtiere die Luft witterten und schauten, welchen Vorteil sie für sich selbst dabei herausschlagen konnten, wenn sie sich der einen oder anderen Partei anschlössen.

Und der Gythrin-Dy unterschied sich davon nur in der Heftigkeit seiner Rhetorik: Wer soll das bezahlen? Was ist mit der Unterbrechung von Handel und Gewerbe? Besondere Bitten betreffs besonderer Berufe und das glatte Gegenteil: »Würde der Herzog wohl die Gnade haben, diesmal dafür zu sorgen, daß die Kriegsbelastungen gleichmäßig auf alle Berufsparteien verteilt werden?« Und so weiter.

Da seine eigene Sicht der Dinge und sein Wille so klar und deutlich waren, fand Ibris es schwierig, Sympathie für die kollektiven Stümpereien anderer zu empfinden, und besonders in Notzeiten bemerkte er in privatem Kreis des öfteren, daß es ihm große Probleme bereitete zu entscheiden, welche der zahlreichen Gruppierungen er am meisten verachtete.

Bei solchen Gelegenheiten bereute er bitterlich, diesen beiden Körperschaften soviel Machtbefugnisse übertragen zu haben. Er zog nur wenig Trost aus der Tatsache, daß er wußte, keine andere Chance gehabt zu haben, falls er nicht zulassen wollte, daß sich diese Stadt und ihre Herrschaftsgebiete früher oder später in blutigen Stammes- und Familienfehden selbst zerfleischten, Fehden, die ein durchgängiges Muster in der langen Geschichte des Landes gebildet hatten.

Dennoch hatten ihm beide Häuser trotz ihrer ganzen Mängel – widerwillig zwar und erst nach langwierigen Diskussionen – die finanzielle Oberhoheit erteilt, im Notfall die ganze Armee mobil zu machen, »welcher Notfall auf der Stelle diesem Haus zur Kenntnis gebracht werden muß«.

Ohne diese Zustimmung wäre er Gefahr gelaufen, die Anfangskosten der Mobilmachung aus eigener Tasche begleichen zu müssen, und hätte sich das Ganze als überflüssig herausgestellt, hätte er wenig Aussicht auf eine Entschädigung gehabt. Ein solcher finanzieller Verlust hätte seine und seiner Familie Position so geschwächt, daß ihre Rolle als effiziente erbliche Herrscher der Stadt ernsthaft gefährdet wäre.

Einige der Senedwr hatten, wie er sehr wohl wußte, mit ihrer Ablehnung seines Antrags genau das bezweckt. Er würde sich ihrer entsinnen, wenn die Zeit gekommen war.

Aaken, der mit den Launen seines Herrn bei solchen Gelegenheiten vertraut war, schwieg und war froh darüber, daß sich sein Ärger über die Ereignisse des Tages in der Verwünschung des Nebels Bahn gebrochen hatte. Er wußte jedoch auch, daß Ibris' Ärger als Folge der Neuigkeiten über Arwains Verwundung, die Menedrions Boten gebracht hatten, mit Sorge um seinen unehelichen Sohn durchsetzt war. Und außerdem beunruhigten ihn die aufrüttelnden Nachrichten über die Straßenkämpfe in Whendrak.

Die beiden Männer saßen eine Weile schweigend beisammen; Ibris hatte sich zurückgelehnt und stierte säuerlich auf den schwachen Lichtkranz um eine der Lampen.

Dann beugte er sich mit einem unterdrückten selbstkritischen Schnauben über solche Faulheit vor und stemmte als Vorspiel zum Aufstehen die Hände auf die Knie. Wie auf ein Stichwort schwangen die Türflügel am anderen Ende des Raums auf, und Arwain trat ein, begleitet von Ryllans und Ciarll Feranc. Vom Korridor hinter ihnen schwappten die Geräusche hektischer Aktivitäten mit ihnen herein. Sie wurden von dem Schließen der Tür jedoch abrupt abgeschnitten, und die drei Männer kamen auf ihn zu.

Ibris erhob sich schnell und ohne die Altmännerstütze auf seinen Knien, wie er es zuerst beabsichtigt hatte.

Arwain kurz, aber herzlich umarmend, nickte er in Richtung seines verbundenen Kopfes und fragte mit einem erfolglosen Versuch, besonders zackig zu wirken: »Hat Drayner sich das schon angesehen?«

»Ja, natürlich«, erwiderte Arwain im leicht gönnerhaften Tonfall eines erwachsenen Kindes gegenüber seinen überängstlichen Eltern. »Und er hat mich für voll einsatzfähig erklärt.«

Ibris knurrte mißtrauisch und führte Arwain dann zum Kaminfeuer, wobei er Ryllans und Feranc winkte, sich ihnen anzuschließen. Er besah sich das feuchte Haar seines Sohnes und rümpfte die Nase.

»Du stinkst nach dem Nebel«, sagte er. »Setzt euch, ihr beide, und erstattet Bericht. Bis jetzt habe ich nur gehört, daß du in irgendwelchen Straßenunruhen verletzt wurdest.«

Arwain gab den Teil der Ereignisse wieder, den er noch miterlebt hatte, und Ryllans ergänzte den Rest. Ibris, der sich an den Kaminsims lehnte, stellte ein paar Fragen und nickte zustimmend, als Ryllans erzählte, wie er ein paar Mantynnai auf das Bethlarii-Territorium geschickt hatte.

Als sie geendet hatten, senkte Ibris versonnen das Haupt und starrte ins Feuer. Dann, nach einem ausgedehnten Schweigen, erhob er den Blick und wandte sich an Feranc.

»Wie schnell können die lokalen Garnisonen mobil gemacht werden?« verlangte er zu wissen.

»Schnell«, erwiderte Feranc. »Doch trotz aller Gerüchte über den Bethlarii-Gesandten ist die allgemeine Stimmung eher so, als ginge es in eine Übung.«

Ibris nickte. »Nun ja, niemand von uns schaut dieser Realität gerne ins Gesicht«, gab er zu. »Doch ich will, daß sie in einer Woche bereit für einen Gewaltmarsch nach Whendrak sind, mit den ersten und zweiten Reservetruppen dazu.« Er wandte sich seinem Kanzler zu. »Aaken, wie sieht's mit unseren Söldnerkontingenten aus?«

»Die meisten von ihnen haben sich auch für den Winter verpflichtet, doch ich hege keinerlei Zweifel, daß sie nach Sonderzulagen schreien werden, wenn es wirklich zum Kämpfen kommt«, antwortete Aaken.

Ibris runzelte ansatzweise die Stirn. »Behalte das im Auge, Ciarll«, verlangte er. »Eine Vereinbarung ist eine Vereinbarung, und in den letzten paar Jahren haben sie herzlich wenig zu tun gehabt. Laß mich wissen, wenn du mit irgend etwas nicht zufrieden bist. Ich wünsche nicht, daß auch nur einer von ihnen mitten in der Schlacht die Seiten wechselt.« Feranc nickte zur Bestätigung, sagte jedoch nichts.

Ibris unterbrach sich, um ein glimmendes Scheit mit der Stiefelspitze in den Kamin zurückzustoßen.

»Schicke Boten nach Meck und bitte sie, ebenfalls mobil zu machen. Und sie sollen ein Auge auf mögliche Invasionen im Süden haben, nur für den Fall, daß dies hier ein Ablenkungsmanöver sein sollte. Und *benachrichtige* Herion, Nestar und Veldan. Sieh, ob es da irgendwelche Aufregung gibt, und bezieht euch ausdrücklich auf den Vertrag. Und finde heraus, ob es in jüngster Zeit dort ungewöhnliche Bethlarii-Aktivitäten gegeben hat. Und berichte unseren Divisionskommandeuren in Tellar und Stor, was bislang vorgefallen ist, und daß ich will, daß sie von einem Augenblick auf den anderen bereit sind, auf Whendrak zuzumarschieren. Das wird einige Unruhen hervorrufen, aber mach ihnen die Dringlichkeit der Angelegenheit klar.« Er sah Feranc bedeutungsvoll an. »Außerdem glaube ich, auch sie sollten besser ihre Reserven mobilisieren, und sei es auch nur für den Zivilschutz. Wir werden die Situation neu bedenken, wenn Menedrion und die Mantynnai zurück sind.«

Feranc nickte wieder stumm, doch Aaken wurde ein wenig unruhig.

»Du weißt, wie schnell die Bethlarii mobilisieren können, Aaken«, sagte Ibris. »Ihre ganze Gesellschaft ist nur um diesen einen Zweck herum gebaut. Sie können in halb so kurzer Zeit wie wir ein Heer für einen Feldzug gegen Whendrak aufstellen. Und wenn sie das tun, wird es uns verdammt mehr kosten, als ein paar Reservisten zu mobilisieren.«

»Ich wollte auch gar nicht an den Kosten herumnörgeln«, verteidigte sich Aaken. »Jetzt zumindest nicht, wo wir die Rückendeckung der Sened haben. Doch Eure Unternehmungen könnten als Provokation ausgelegt werden und den Bethlarii jenen Vorwand liefern, den sie suchen.«

»Nein«, widersprach Ibris mit Nachdruck. »Sie brauchen keine Provokation von unserer Seite mehr, ich fürchte, sie haben sich bereits entschieden. Nachdem ihr Gesandter mit dem Leben davongekommen ist, werden sie die Unruhen, die sie in Whendrak geschürt haben, zum Vorwand für das wie auch immer geartete allumfassende militärische Abenteuer nehmen, das ihnen vorschwebt. Ich weiß nicht, wie es genau aussehen wird, und ich weiß ganz gewiß nicht, warum sie es tun, außer daß es etwas mit dieser vermaledeiten Religion von ihnen zu tun hat ...« Er hielt abrupt inne, und sein Blick wanderte wieder nachdenklich zum Feuer.

»Obwohl es mir nun so scheinen will, als seien ihre Vorkehrungen in gewisser Weise nicht mehr als Selbstschutz«, sagte er leise nach einem langen Schweigen.

Arwain hob den Blick, und seine bandagierte Stirn legte sich in Falten. »Wir bedrohen sie doch gar nicht«, sagte er fast beleidigt. »Wir haben peinlich genau sowohl Wortlaut als auch Geist des Vertrags eingehalten.«

Ibris nickte. »Schon wahr«, räumte er ein. »Doch trotzdem stellen wir eine Bedrohung für sie dar und werden auch weiterhin und in wachsendem Maße eine Bedrohung für sie darstellen.« Er schien halb zu sich selbst zu sprechen, als versuche er, seine Gedanken zu klären. »Wir sind gewachsen und stärker geworden, unsere Stadt erlebt im Verlaufe dieses langen Friedens eine nie gesehene Blüte. Wir haben an Wohlstand zugenommen und wachsenden Einfluß im ganzen Land gewonnen. Haben Wissen und Erfindungsgeist und Schönheit verbreitet. Wohingegen sich die Bethlarii an ihre überlieferten Traditionen geklammert haben ... sich selbst treu geblieben sind, wie sie es ausdrücken würden. Und als Folge davon stagniert sind. Einfach aufgrund der Tatsache, daß wir sind, wie wir sind, haben wir sie ins Mark getroffen. Haben ihnen Schlag um Schlag versetzt. Und uns angemessen Widerstand zu leisten, würde bedeuten, daß sie sich ändern müßten: unsere Lebensweise annehmen und ihre alten Traditionen noch weiter zersetzen.«

»Du bist doch der letzte, der sich von Traditionen lossagen würde«, warf Arwain ein. »Die Kette, die unsere wechselhafte Gegenwart an den soliden Anker der Vergangenheit bindet.«

Ibris lächelte milde angesichts dieser Wiederverwertung seiner eigenen Phrasen. »Alles an seinem Platz«, stimmte er zu. »Solange wir wissen, warum wir die Traditionen befolgen ... um uns der Vergangenheit zu entsinnen und aus ihr zu lernen ... ja, selbst zum harmlosen Vergnügen.« Sein Lächeln verblaßte. »Doch niemals blindlings. Niemals aus purem Selbstzweck. Wir suchen alle Sicherheit vor den grausamen Wechselfällen dieser Welt, doch Veränderung ist der natürliche Lauf der Dinge, egal, wie uns das gefallen mag, und die einzige Sicherheit, die man gewinnen kann, ist, diese Tatsache zu akzeptieren und dementsprechend zu handeln. Die Bethlarii haben versucht, dies zu leugnen; dem zunehmenden Wissen und der wachsenden Kompliziertheit der Welt mit Ignoranz und gekünstelter Schlichtheit zu begegnen. Im Gegensatz zum Licht der Erkenntnis, dem wir uns verschrieben haben, haben sie sich dem dunklen Kern ihrer Natur – unserer aller Natur – zugewandt, verkörpert in ihrem wüsten alten Gott und seinem blutrünstigen Wesen. Ob sie sich dessen nun bewußt sind oder nicht, es verlangt sie im Grunde nach der Vernichtung unserer Lebensweise, so daß wir uns ihre Lebensweise aneignen müßten, um zu überleben.«

Arwain runzelte die Stirn. »Eine grimmige Schlußfolgerung«, sagte er.

Ibris nickte wehmütig. »Im Krieg gewinnt man nur, wenn man willens ist, rücksichtsloser als der Feind zu sein«, erklärte er. Das war das düstere Sprichwort, das Arwains gesamte Militärausbildung durchzogen hatte und das im wahren Schrecken des Gefechts gegipfelt hatte, sei es zwischen einzelnen oder zwischen Nationen.

Vorübergehend fluteten Bilder von Krieg und Eroberung und der Unterdrückung ganzer Völker durch Arwains Geist, doch es war Ibris selbst, der sie vertrieb, bevor er sie artikulieren konnte. Er atmete geräuschvoll aus. »Trotzdem, es wird wahrscheinlich nicht dazu kommen«, erklärte er. »Wenn wir sie hart genug treffen können, könnte es gut sein, daß sich ihre Starrköpfigkeit gegen sie selbst wendet.« Seine Stimme nahm einen schroffen Ton an. »Und ich habe schon genug Zeit mit fruchtlosen Mutmaßungen vergeudet. Meine Herren, ich halte Euch von Euren Pflichten ab.«

Arwain blieb noch zurück, nachdem die anderen gegangen waren.

Ibris versank wieder ins Grübeln, stand da und starrte in

die Flammen. Von all den hektischen Ereignissen der letzten Tage war es die Information, die Antyr ihm bei seinem seltsamen, traumähnlichen Nachtbesuch übermittelt hatte, die am drohendsten seine Gedanken beherrschte.

Ohne Einleitung erzählte Ibris seinem Sohn von den merkwürdigen Vorgängen, die dazu geführt hatten, daß er Antyr und Pandra und ihre sonderbaren Gefährten ins Vertrauen gezogen hatte.

Seinen eigenen Einschätzungen der Lage zufolge hatte Ibris halbwegs erwartet, Arwains Reaktion werde aus einem ziemlich beißenden Mißtrauen bestehen, doch nachdem er geendet hatte, verharrte sein Sohn mit weit geöffneten Augen in Schweigen.

Ibris musterte ihn eindringlich. »Hast du etwa auch merkwürdige Träume gehabt in letzter Zeit?« fragte er gespannt.

»Zwei. Beide hatten mit Irfan zu tun.« Arwain antwortete ohne Zögern und mit heiserer Stimme.

Ibris stand auf und zog ungeduldig an dem Glockenstrang neben dem Kamin. Fast sofort trat ein Diener ein.

»Bitte Antyr und seine Gefährten, uns auf der Stelle aufzusuchen«, befahl er scharf. Der Diener verschwand fast noch hastiger, als er aufgetaucht war.

»Du wirst Antyr alles über deine Träume erzählen und jede seiner Fragen ausführlich und wahrheitsgetreu beantworten«, wies er Arwain an.

Sein Benehmen duldete keinen Widerspruch.

Ein paar Minuten später wurde Antyr, begleitet von Tarrian und Grayle, in das Gemach geführt.

Die beiden Wölfe trotteten mit wedelnden Ruten zu Ibris, und er bückte sich, um sie zu streicheln. Arwain jedoch sprang auf und zeigte mit dem Finger auf Antyr. »Ihr wart doch jener andere Mann gestern im Moras, mit den Liktoren und dem Mantynnai ...« Er schnippte mit den Fingern. »... Estaan.«

Antyr wich ein wenig zurück. »Ja«, sagte er, mit einem Mal nervös. »Aber ich dachte, die Angelegenheit sei mittlerweile erledigt.«

Ibris legte Arwain eine Hand auf den Arm und nötigte ihn

zurück in seinen Sessel. »Ich habe von eurem kleinen Treffen gehört«, meinte er lächelnd. »Doch im Augenblick haben wir wichtigere Dinge zu besprechen.«

Der Anblick von Antyr hatte indes dazu geführt, daß alle Sorgen Arwains um die Mantynnai von neuem über ihn hereinbrachen.

»Wichtiger als das, was in Ryllans unverhüllte Furcht hervorgerufen hat und alle Mantynnai dazu gebracht hat, mitternächtliche Diskussionen *in ihrer Muttersprache* zu führen?« versetzte Arwain mit leiser, eindringlicher Stimme.

Ibris runzelte leicht die Stirn. »Ich weiß, daß irgend etwas sie zutiefst verstört hat«, sagte er. »Doch ich bin nicht bereit, sie danach zu fragen. Mein Vertrauen in sie ist unerschütterlich.«

»Aber ...«

»Unerschütterlich, Arwain!« erklärte Ibris bestimmt. »Die Mantynnai werden nicht zulassen, daß irgend etwas dieses Land bedroht. In dieser Sache müssen wir warten, bis sie soweit sind. Aber ...« Er winkte Arwain, sich zu setzen. Die Wölfe drehten sich um ihre eigene Achse, um sich schließlich zu seinen Füßen niederzulegen. »Ihr ... Unbehagen ... ist angemessen zur Kenntnis genommen worden, und ich werde ihnen jede Möglichkeit geben, wenn sie darüber sprechen wollen.«

»Und die beiden Reiter auf der Brücke, die sie wiedererkannt haben und die sie ebensosehr wie Estaans Botschaft beunruhigt haben?« fügte Arwain in immer noch leisem und dringlichem Tonfall hinzu.

Ibris zögerte angesichts dieser Neuigkeit, um dann mit einem ›Erzähl's mir nachher‹ und mit einer ungeduldigen Handbewegung das Gespräch zu beenden. »Jetzt berichte einfach Antyr von deinen Träumen.«

Arwain zauderte, unwillig, daß man seine Sorgen so schnell abgetan hatte.

»Jetzt, Arwain!« befahl Ibris ruhig, aber eindeutig.

Arwain zögerte noch einmal kurz und gab dann mit nicht geringer Verlegenheit die beiden Träume wieder, die er offenbar mit Menedrion geteilt hatte.

Als er seine Erzählung beendet hatte, wandte sich Antyr kopfschüttelnd an Ibris. »Ich habe keine Erklärung dafür«, gestand er. »Doch Eure Söhne sind Sensitive, genau wie Ihr, Sire. Als Menedrion bedroht wurde, wurde Arwain zu ihm gezogen und rettete ihn. Als Arwain in Gefahr stand, auf die Schwelle zu entgleiten, wurde Menedrion seinerseits zu ihm gezogen. Ich werde mit Pandra sprechen, und Tarrian und Grayle werden mit Kany sprechen, doch ich bezweifle, daß wir eine Erklärung finden werden.« Er hob die Hand, um Ibris' Einwand zuvorzukommen. »Doch ich spüre hier keine Gefahr. Etwas tief im Innern Eurer Söhne treibt sie dazu, einander beizustehen. Sie sind durch ein uraltes Blutsband aneinander gekettet. Das ist gut.«

»Doch warum wurde Arwain in seinem Traum angegriffen?« fragte Ibris ungeduldig.

»Das wurde er doch gar nicht«, erwiderte Antyr. »Ich weiß nicht, wie er das Tor zur Schwelle finden konnte. Vielleicht hat es etwas mit seinem früheren Kontakt durch Menedrions Traum zu tun, vielleicht war es auch seine Verwundung ...« Dann kam ihm ein Gedanke. Oft starben Menschen an vergleichsweise leichten Kopfverletzungen. Konnte es sein, daß bestimmte Verletzungen sie zu einem Tor und durch dieses hindurchzogen? Er zog es vor, die Idee nicht auszusprechen. »Doch das war keine Kraft, die ihn anzog, keine böswillige Macht. Er hat keine gespürt, und wären sie sich einer solchen bewußt gewesen, hätten Pandra und Kany sie sofort weggerissen. Er war in Gefahr, aber er wurde nicht angegriffen.«

Ibris blickte ihn ungläubig an. Wieder wandte er sich an Arwain. »Wie fühlst du dich?« fragte er.

Arwain rang still um Selbstbeherrschung. Hätte er es nicht selbst erlebt, hätte er keinem einzigen Wort ihrer bisherigen Unterhaltung auch nur einen Augenblick lang Glauben geschenkt. Nun jedoch blieb ihm nichts übrig, als das Ganze zu akzeptieren.

»Merkwürdig genug, mehr oder weniger durcheinander, mehr oder weniger entsetzt«, erwiderte er. »Weniger, weil ich nun beruhigt bin, daß ich nicht wahnsinnig werde; mehr, weil es sowohl uns als auch die Bethlarii zum Bestandteil irgendeines höheren Spiels zu machen scheint, eines Spiels zwischen Spielern, die jenseits unseres Zugriffs sind und jenseits unserer Macht. Wie können wir uns vor solchen ... Wesen ... schützen?«

»Menschen«, berichtigte ihn Antyr. »Einen mit einer Gabe, die der meinen vergleichbar ist, obwohl sie größer ist, und einen mit einem noch selteneren, eigenartigen Talent. Doch nichtsdestotrotz Menschen. Keine mythischen Wesen, keine Götter.«

»Doch so mächtig wie Götter, nach dem, was Ihr erzählt«, gab Arwain zu bedenken. »Und ich wiederhole meine Frage: Wie können wir uns vor ihnen schützen?«

»Nach unserer Begegnung mit ihnen glaube ich nicht, daß einer von Euch nochmals angegriffen werden wird«, sagte Antyr. »Meiner Ansicht nach werden sie jetzt nur noch sehr ungern auf der Schwelle herumstreifen, nach dem zu urteilen, was sie dem Gesandten angetan haben.«

»Und wenn doch?« fragte Arwain hartnäckig.

»Dann wird Wissen unsere beste Verteidigung sein«, erwiderte Antyr. »Wissen, wer sie sind und wer Ihr seid, und daß die Träume nichts als von ihnen gemachte Schatten sind. Zudem solltet Ihr immer daran denken, daß Ihr und Euer Bruder selbst in unwissendem Zustand einander bewacht habt. Und nun wachen auch noch Pandra und Kany über Euch.« Er wies auf die beiden Wölfe, die, wie es schien, zu Ibris' Füßen schlummerten. »*Wir* werden auf den Mynedarion achtgeben und uns mit ihm messen, wenn wir auf ihn treffen. *Ihr* müßt Eure Gedanken dem Feind zuwenden, den Ihr bekämpfen *könnt* – den Bethlarii.«

»Aber ...«

Antyr bedeutete ihm zu schweigen. Ibris zog in nicht geringem Erstaunen eine Augenbraue in die Höhe, als er Zeuge des so schnell wachsenden Selbstvertrauens von Petrans Sohn wurde.

»Der Mynedarion *wird* kommen. Zweifelt daran nicht«, sagte Antyr, und seine schwarzen Augen fixierten Arwain kraftvoll. »Er ist verrückt vor Macht und Gier. Das habe ich am eigenen Leib spüren müssen. Und obwohl er ein Ziel verfolgt, das wir nicht kennen, bleibt Euch nun keine andere Wahl, als seinen Schwertarm abzuschneiden: das Heer der Bethlarii. Ist das erst erledigt – falls es möglich ist –, dann werden seine Absichten vielleicht etwas deutlicher zutage treten.«

»Vernünftige strategische Überlegungen«, lobte Ibris mit kaum merklichem Lächeln.

Als Antyr gegangen war, rief Ibris Ryllans und Feranc noch einmal zu sich.

»Zwei Dinge«, begann er. »Zuerst habt besonders acht auf meinen Sohn hier. Durch all die Verwirrung wegen der Mobilmachung gibt es im Palast ein ungewohntes Kommen und Gehen, und bei all den Vorkehrungen, die wir gegen die Bethlarii treffen müssen, wäre es höchst unklug, unsere normalen Feinde zu ignorieren, nicht zuletzt meine geliebte Gattin. Ihre Reichweite und ihre Bosheit sind nicht zu unterschätzen ...« Er hob die Hand, um einem Einwand Ferancs zuvorzukommen. »Ich weiß, daß du die Wachen um den Erin-Mal verstärkt hast, Ciarll, doch Nefron hat viele Freunde, die nicht meine Freunde sind, und zudem viele Freunde von mir, die sie in den Fängen hat, und mein Bauch sagt mir, daß Gefahr im Verzug ist, darum sage ich es dir jetzt. Treffe alle Vorkehrungen, die dir geeignet erscheinen, und halte mich auf dem laufenden.«

Feranc verneigte sich.

»Zweitens: Unter den Mantynnai herrscht eine gewisse Unruhe«, fuhr Ibris fort.

Ryllans versteifte sich ein wenig. Ibris sah ihm in die Augen. »Ich ziehe eure Loyalität nicht im geringsten in Zweifel«, sagte er gelassen. »Und ich werde nicht versuchen, in euch zu dringen. Doch ich vermute, daß ihr in der Vergangenheit einige ... Facetten ... der jüngsten Ereignisse kennengelernt habt. Vor eurer Zeit hier. Arwain wird Euch und Ciarll alles mitteilen, was heute nacht hier mit Antyr vorgefallen ist, und dann möchte ich, daß Ihr mit Euren Kameraden sprecht und zu mir kommt – mit dem, was Ihr denkt, das ich wissen muß.« Er warf Ciarll Feranc einen flüchtigen, bedeutsamen Blick zu, um die Botschaft weiterzugeben.

»Denkt immer daran«, sagte er und legte Ryllans die Hände auf die Schultern. »Ihr seid jetzt alle Serens, während wir uns immer noch plagen, Mantynnai zu werden. Ihr habt nicht nur mein Vertrauen, sondern auch meinen Schutz.«

Kapitel 30

Antyr saß allein in seinem Gemach. Ein von einem Diener entfachtes Feuer prasselte fröhlich in einem Eckkamin, und mehrere Lampen, ebenfalls von einem Diener entzündet, vervollständigten die tapferen Bemühungen des Feuers. Schwere Samtvorhänge, von Antyr eigenhändig zugezogen, stellten sich solide und entschlossen zwischen das Licht und die Wärme des Raums und die gelbliche, naßkalte Dunkelheit, die auf leisen Sohlen trügerisch durch die Straßen der Stadt kroch.

Antyr schenkte dem Luxus seiner Umgebung indes keine Beachtung. Er war in Gedanken versunken. Außer seiner Audienz beim Herzog, wo er sich Arwains Träume angehört hatte, hatte er wenig mehr getan als zu grübeln, seit er die Details vom Traum des Gesandten auf seiner recht unorthodoxen nächtlichen Visite dem Herzog persönlich berichtet hatte.

Ibris hatte zugehört, ein paar Fragen gestellt, Tarrian mit einem wissenden Lächeln für den Traum gedankt, den der Wolf ihm ins Gedächtnis zurückgerufen hatte, und sie sodann höflich entlassen.

»Was erwartet man jetzt eigentlich von mir? Was soll ich tun?« fragte Antyr Estaan unter vier Augen, nachdem sie den Herzog verlassen hatten. Estaan hatte gelacht. »Ihr seid nun Herzoglicher Rat«, sagte er. »Ihr tut gar nichts.« Um seine Bemerkung dann ein wenig zurückzunehmen: »Tut mir leid, ich konnte es mir einfach nicht verkneifen«, fügte er in ernsterem Ton hinzu. »Doch Ihr habt keine besonderen Pflichten: Wenn der Herzog Euch also nicht gebeten hat, etwas zu tun, dann könnt Ihr machen, was Euch beliebt, bis er wieder nach Euch schickt.« Er hob mahnend den Finger. »Dann springt Ihr und macht Euch darauf gefaßt, ohne Schlaf auszukommen. Wenn Ihr meinen Rat hören wollt, macht das Beste aus dem bißchen Freizeit, die Ihr kriegen könnt.«

Sie hatten einige Zeit damit verbracht, im Palast umherzuwandern, wobei Estaan den Traumfinder weiterhin in die Lebensweise jener ausufernden Subkultur eingeführt hatte, die das Palastleben darstellte. Im besonderen machte er ihn mit denjenigen bekannt, die über die wahre administrative Gewalt und Verantwortung im Palast verfügten und deren Freundschaft ihm ›nützlich‹ sein konnte. Er belehrte ihn des weiteren bezüglich einiger Individuen, denen man am besten ›aus dem Weg ging‹, und darüber, was er anstellen mußte, wenn er von einem der Wachposten angesprochen wurde. »Es wird einige Zeit dauern, bis sie Euch alle kennengelernt haben.«

Das alles war eine verwirrende Lektion für den Traumfinder, obwohl er, hätte er sich ein wenig Zeit zum Nachdenken genommen, vielleicht erkannt hätte, daß die Gepflogenheiten seines eigenen Lebensstils bis vor wenigen Tagen einem Fremden nicht weniger komplex erschienen wären.

Er verschwendete jedoch keinen Gedanken daran, zumal er hauptsächlich mit den Ereignissen beschäftigt war, die diesen unwahrscheinlichen Wandel verursacht hatten; Ereignisse, die aus dem Nichts aufgetaucht waren, um sein ödes, zielloses Leben auf den Kopf zu stellen und ihn als eine Art Hauptakteur in die Kreise von Serenstads mächtigsten Leuten zu schleudern.

Aber was für ein Akteur war er überhaupt? Daß sein Leben des Alesaufens und zersetzenden Selbstmitleids nun zu jemand ganz anderem zu gehören schien, war eine Quelle ständiger Überraschung und Befriedigung für ihn, doch mit seinem neugewonnenen Wohlbefinden und seiner zunehmenden Erregung angesichts seiner aufblühenden Gaben kamen auch düstere Gedanken. Es war, als habe er sich endlich aus einem großen, klebrigen Sumpf befreit, habe nun endlich festen Boden unter die Füße bekommen, als sei er bewaffnet, ja sogar gerüstet – nur um nach und nach festzustellen, daß er am feindlichen Ufer an Land gegangen war. Ein Feind, über dessen Anzahl, Waffen und Absichten er rein gar nichts wußte. Und ihm blieb keine Fluchtmöglichkeit; er konnte nur vorwärtsrücken. Jetzt stand es ihm nicht mehr offen, sein altes Leben wiederaufzunehmen, sich zurück in den Morast fallen zu lassen. Zuviel war in ihm zum Leben erweckt worden.

Estaan, der Antyrs Geistesabwesenheit instinktiv erahnte, hatte deshalb seine Lehrstunde für diesen Tag beendet und seinem Schüler angeraten: »Geht zurück in Euer Quartier und setzt Euch hin und denkt nach. Ich kümmere mich derweil um die andere Angelegenheit, um die Ihr mich gebeten hattet.«

Und so hatte Antyr fast die ganze Zeit über nachgedacht, wenn auch mit geringem Erfolg, wie er fand. Vor dem Herzog und Arwain hatte er mit großer Selbstsicherheit über die möglichen Intentionen des Mynedarion und seines Führers gesprochen, und in der Tat fühlte er sich sehr sicher. Doch wer war er, daß er sich anmaßte, die Absichten solcher Wesen, solcher Männer zu beurteilen?

Doch selbst nach eingehender Prüfung geriet seine Überzeugung nicht ins Wanken. Der Mynedarion und sein Führer würden eine Zeitlang nicht leichtfertig auf die Schwelle zurückkehren. Bestätigung erhielt er aus der Tatsache, wie sie im Traum des Bethlarii-Gesandten gezaudert hatten, als sich die Gelegenheit dazu geboten hatte. Aber warum …?

Die Gedanken begannen sich erneut im Kreis zu drehen.

Das Verlangen des Mynedarion nach ihm war unbestreitbar gewesen: »Du wirst mein Führer sein«, hatte die finstere Gestalt inmitten des tosenden Sturms gesagt, und die Erinnerung an die widerliche Lust, die in diesen Wort mitgeschwungen hatte, hielt sich hartnäckig in Antyrs Geist wie eine Krankheit. Doch der Führer, der Meister, der den Mynedarion auf die Schwelle gebracht hatte, hatte Angst gehabt;

Angst genug, um sein Schwert zu ziehen, trotz der furchteinflößenden Macht seines abscheulichen Gefährten.

Vor was er jedoch Angst gehabt hatte, konnte Antyr nur vermuten. War es einfach der Anblick eines Fremden gewesen, der sich ihnen so zielstrebig genähert hatte? Unwahrscheinlich, entschied Antyr, als er sich Nyrialls Erwähnung einer Schlacht entsann, die er in einer der anderen Schwellenwelten gesehen hatte. Zumindest einige der Schwellenwelten waren offensichtlich dicht bevölkert. Und das Schwert war gezogen worden, bevor sich Tarrians und Grayles Jagdgeister mit ihm vereinigt und ihn wirklich ehrfurchtgebietend gemacht hatten.

Plötzlich kam ihm der Gedanke, daß der Führer Angst gehabt hatte, seinen Schutzbefohlenen zu verlieren. Er hatte gefürchtet, der Mynedarion könne ihn aus irgendeinem Grund zugunsten dieses Neuankömmlings verstoßen ...

Ein aberwitziger Machtkampf begann sich vor Antyrs geistigem Auge abzuzeichnen. Er war nicht nur eine der Schachfiguren in Sachen Serenstad und Herzog, er war auch eine Schachfigur in Sachen des Mynedarion und seines Führers, und wer konnte schon ihre Absichten erraten – außer der, den Krieg zwischen Bethlar und Serenstad zu schüren?

Die Offenbarung fühlte sich wie ein Schritt nach vorn an, doch zu größerer Klarheit in der Angelegenheit vermochte er nicht vorzustoßen. Und andere Gedanken verwirrten ihn zusätzlich – immer noch. Was hatte ihn dazu getrieben, Nyriall aufzuspüren, den Traum eines Traumfinders zu erkunden? Den Traum, der nicht sein durfte, den Traum eines Toten. Und dann in diesen Sturm zu marschieren, mitten ins Herz dieser tosenden Finsternis? Und was sein Entkommen anging ... Es überstieg Tarrians und Grayles Fähigkeiten, ihm das zu erzählen. Das ganze Erlebnis schien sich jeder vernünftigen Analyse zu entziehen.

Seine Gedanken überschlugen sich, drehten sich wieder im Kreis, und eine Stimmung jagte die andere: bald furchtsam, bald mutig, bald traurig, bald glücklich. Doch er gelangte zu keinem Ergebnis.

Er sah auf seine beiden Gefährten hinunter, die sich schlafend vor dem Kaminfeuer ausgestreckt hatten. Tarrian lag auf der Seite, die Nase dicht an den Flammen, während Grayle auf dem Rücken lag, die Vorderpfoten zierlich angewinkelt, die Hinterläufe weit gespreizt. Wäre er wach gewesen, hätte es sich hierbei um eine absichtliche Unterwerfungsgeste gehandelt, doch so war es nur ein vorübergehendes, instabiles Gleichgewicht, und sehr bald schon würde er sich auf die eine oder andere Seite herumrollen.

So entspannt, dachte Antyr. Sie einfach nur so zu beobachten war, wie das Wesen der Bewegung selbst zu studieren.

Dann fuhr ein Kobold in seinen Fuß und stupste Tarrian damit an.

»Alter Genießer«, sagte Antyr. »Warum kannst du dir nicht eine Zeitlang das Hirn zermartern, wie ich es tue, anstatt in aller Ruhe in Winterschlaf zu sinken?«

Tarrian rührte sich nicht, doch ein gönnerhaftes Seufzen drang in Antyrs Kopf. »Wir müssen uns nicht das Hirn zermartern«, erhielt er zur Antwort. »Das besorgst du schon für uns drei.«

Grayle kicherte und rollte sich gemächlich auf die Seite.

»Danke für deine Unterstützung«, entgegnete Antyr sarkastisch.

»Keine Ursache«, gaben die beiden Wölfe mit nicht geringer Erheiterung zurück.

Antyr schüttelte den Kopf und lächelte.

»Ihr seid beide die letzten Tage über verdächtig still gewesen«, begann er erneut. »Was habt ihr angestellt, abgesehen davon, jede Küche und jeden Speisesaal im Palast zu testen und euch bei Köchen und Kellnern einzuschleimen?«

»Nachgedacht, wie du. Und uns unterhalten. Und die Ohren gespitzt.«

Die Antwort war ernsthafter ausgefallen, als Antyr erwartet hatte, so daß es ihm erst mal die Sprache verschlug.

»Mit wem unterhalten, wem zugehört?« fragte er schließlich.

Tarrian mühte sich auf alle viere und reckte sich genüßlich, bevor er sich wieder hinlegte. »Uns miteinander unterhalten. Und dir zugehört«, erwiderte er.

»Mir?« fragte Antyr mit nicht geringem Erstaunen.

»O ja«, antwortete Tarrian. »Wir sind genauso verwirrt wie du über die jüngsten Geschehnisse. Wir müssen wissen, zu welchem Ergebnis du diesbezüglich gelangt bist.«

»Ich habe herzlich wenig herausgefunden, fürchte ich«, gestand Antyr matt. »Meine Gedanken drehen sich nur noch im Kreis, kommen aber zu keinem Schluß.«

»Du unterschätzt dich«, meinte Tarrian. »Deine kreisenden Gedanken sind notwendig, um das wahre Wissen zu nähren, das tief in deinem Innern verborgen liegt.«

»In meinem Wolf-Ich?« entgegnete Antyr ironisch; das Thema war ihm nicht unbekannt.

»In der Tat«, gab Tarrian im selben Tonfall zurück. »In deinem klügeren Ich. Jenem Teil von dir, der wirklich Bescheid weiß, wo du mit dem Verstand allein nicht weiterkommst. Ich hab's dir oft genug gesagt, folge einfach deiner Nase.«

Antyr rieb sich ohne besonderen Grund über die Augen. Er war gar nicht unterschiedlicher Meinung mit seinem Gefährten. Das Traumfinden war eine angeborene Gabe, und während man jenen, die sie besaßen, die Techniken beibringen konnte, blieb es doch im Kern etwas, das logische Erklärungsmuster überstieg. Und das eigenartige Band zwischen Traumfinder und Gefährten war tief in Vertrauen gegründet; ein Vertrauen, das nur aus einer tiefen inneren Gewißheit fließen konnte.

Und so mußte es noch immer sein, erkannte er mit einem Mal. Er hatte recht gehandelt, als er das getan hatte, was er getan hatte. Genauso, wie die beiden Wölfe recht gehandelt hatten, indem sie getan hatten, was sie getan hatten. Daß man nicht unverzüglich logische Gründe finden konnte, um ihre Handlungsweise zu rechtfertigen, war ohne Bedeutung. Das Traumfinden kam zuallererst von innen. Welche Fähigkeiten auch in ihm zum Leben erwacht waren, sie konnten in ihrer Art nicht anders sein als jene, die bereits da waren und die er für selbstverständlich hielt. Gerade so wie Wurzeln, die in der dunklen Erde verborgen lagen. Unsichtbar wuchsen sie und wandelten sich, und aus ihnen sprossen Blumen und Gräser ans Licht, die jeder zu sehen vermochte. Und sie hielten nun ihrerseits die Wurzeln.

»Sieh einmal an. Du hast es am Ende doch noch geschafft«, sagte Tarrian. »Hast dich redlich geplagt und bist zu der Antwort gelangt, die du schon die ganze Zeit gekannt hast.«

Antyr musterte den Wolf eindringlich, doch die Bemerkung war ehrlich und ohne Hintergedanken geäußert. Nach einem Augenblick nickte er. »Wohl wahr«, sagte er. »Aber das reicht nicht. Ich habe immer noch das Gefühl, ich müßte Zügel in meinen Händen halten. Wissen, was ich da tue. Die Kontrolle haben.«

Er zauderte, setzte sich auf und wurde ganz aufgeregt. »Wer weiß, zu was diese Leute fähig sind? Welche Kräfte sie gegen uns in Bewegung setzen können? Vertrauen auf mein gewöhnliches Traumfindertalent ist das eine. Ich habe Erfahrungen – Wissen aus uralten Zeiten, das mich leiten kann. Aber dies hier ...!«

Tarrian kroch über den Boden auf ihn zu und ließ sich auf seine Füße fallen. Grayle tat es ihm gleich. Antyr beugte sich vor und streichelte die beiden Wölfe. Für den Augenblick schien es, als bliebe nichts mehr über seine Sorgen zu sagen.

Mit einem schwachen Anflug von Bedauern wandte er sich den Bedürfnissen seiner Gefährten zu. »Tut mir leid«, sagte er. »Ich war so mit meinen eigenen Problemen beschäftigt, daß ich eure ganz vergessen habe, nicht wahr?«

Unter anderen Umständen hätte eine solche Bemerkung vermutlich eine beißende Entgegnung von seiten Tarrians nach sich gezogen, doch alles, was Antyr fühlte, war eine Woge des Verständnisses und Beistands.

»Ist schon in Ordnung«, meinte Tarrian. »Wir hatten eine Menge zu besprechen, und wir konnten nichts tun, um dir zu helfen.«

Antyr bückte sich und umarmte die beiden Wölfe stumm und ausgiebig. »Zwei wiedervereinigte Brüder«, sagte er schließlich. »Ich freue mich für euch.« Dann mischte er sich gedankenlos ein, indem er fragte: »Wie passierte es überhaupt, daß ihr getrennt wurdet?«

Sofort wollte er seine Worte wieder zurücknehmen, doch die beiden Wölfe zeigten ohnehin keinerlei Bestürzung. »Wie es im Leben so geht«, erwiderte Tarrian. »Wir waren zusammen Welpen, in der Obhut von anderen, lernten. Dann, als wir herangewachsen waren und, wie wir meinten, genug gelernt hatten, trennten sich unsere Wege.«

In Tarrians Stimme schwang etwas Seltsames mit, das Antyr nicht zu benennen wußte. Heimweh ...?

Antyr konnte die nächste Frage nicht aus seinen Gedanken verbannen. »Wo kommt ihr her?«

Dann, wie aus dem Käfig freigelassene Vögel, flatterten weitere Fragen hervor; wie hatte Tarrian von seiner sonderbaren Fähigkeit erfahren, wie hatte er seinen, Antyrs, Vater getroffen, wie waren die beiden Wölfe in die Stadt gekommen, ohne doch voneinander zu erfahren?

Von seiner eigenen Neugier aus der Fassung gebracht, mühte sich Antyr, die Fragen zurückzuhalten, doch Tarrian begann sie schon zu beantworten, als sei die Zeit nun endlich reif dafür.

»Wir kommen aus einem Land, das weit, weit weg liegt«, sagte er, und seine Stimme hallte auf merkwürdige Weise von Bedeutungen wider, die Antyr nicht zu begreifen imstande war. »Wir wurden geboren, gesäugt und zu Waisen in der Finsternis, genährt und im Großen Gesang erzogen, losgelassen, um frei in den gesegneten Bergen herumstreunen zu können, in dem weiten Land, unbeeinträchtigt von den dort lebenden Menschen; Menschen, die sich an unserem Dasein freuten; uns als das erkannten, was wir waren, und keine Furcht hatten.«

Die Bilder in Tarrians Geist waren lebendig und lebhaft, auch wenn die bloßen Worte Antyr nichts sagten.

»Und wir verließen das Land und wurden nicht zurückgehalten. Fortgezogen von unserer Neugier ...« Tarrian unterbrach sich jäh. »Es war ein Fehler«, sagte er. »Es gibt kein Land, keine Menschen, die sich vergleichen ließen mit ...« Wieder fühlte Antyr die Bilder und schwelgte in ihnen, merkte jedoch, daß er die Worte, die er vernahm, nicht nachbilden konnte.

»Wenn dies hier vorbei ist, werden wir vielleicht zurückkehren«, schloß Tarrian.

Die Worte trafen Antyr wie ein Faustschlag. Er wußte, daß Tarrian vor allem anderen ein freier Geist war; er konnte und würde tun, was er wollte. Und doch hatte Antyr niemals daran gedacht, einmal ohne sein Gefährten zu sein. Die Freude verflog, und ganz plötzlich wurde es kalt in ihm, sehr kalt. Doch schon wurde ihm Trost zuteil, ungebeten.

»War nur so eine Idee«, wiegelte Tarrian ab. »Ein menschlicher Zug, den wir angenommen haben. Gräm dich nicht. Nur Menschen leben in der Vergangenheit und in der Zukunft. Wir leben hier, mitten in der Gegenwart. Die Zukunft ist unbekannt.«

Antyr erwiderte nichts und streichelte bloß den zu ihm emporgehobenen Kopf des Wolfes.

»Wie kamt ihr beide hierher?« fragte er unwillkürlich.

»Wer kann das schon sagen?« antwortete Tarrian. »Wir trennten uns in der Wildnis, als wir wieder Wölfe wurden und unsere eigenen Rudel um uns scharten und führten. Doch wer weiß, welche Macht uns von unseren Rudeln entfremdete und mich zu deinem Vater und Grayle zu Nyriall führte und uns doch nicht zusammenbrachte?«

In seiner Stimme schwang eine Mischung aus widerstreitenden Gefühlen mit, und das leise Pochen an der Tür, das ihre Unterhaltung beendete, kam nicht ganz ungelegen.

Antyrs Gedanken verfinsterten sich indes erneut, als er erkannte, daß Estaan vor der Tür stand. Nicht, weil es der Mantynnai gewesen wäre, sondern weil das Klopfen ein solches war, wie Estaan es ihm zu erwarten geraten hatte, trotz der Tatsache, daß er während seiner Abwesenheit eine Wache vor Antyrs Tür zurückgelassen hatte. Es war eins der kleinen Zeichen, die Antyr daran gemahnten, daß er nun in der Nähe des Herzogs stand und eine Figur in jenem immerwährenden politischen Tanz war, der durch die Gänge des Palastes und der Sened und des Gythrin-Dy hüpfte und tobte. Zugegebenermaßen eine unbedeutende Figur, aber trotzdem eine, die man mit Bestechung, Verleumdung, Tratsch und, wenn die Gemüter sich noch mehr erhitzen sollten, gar mit Assassinen in die jeweils genehme Richtung manövrieren konnte. Er würde nun sowohl Worte als auch Schatten mit anderen Augen betrachten, mußte lernen, besser zuzuhören und zu beobachten. Und ob es ihm nun gefiel oder nicht, einige der Schritte würde er auch selbst mittanzen müssen.

Dann wischte er die Gedanken gereizt zur Seite. Er würde dem Rat folgen, den Ciarll Feranc ihm vor seiner ersten schicksalhaften Begegnung mit dem Herzog erteilt hatte. Seid ehrlich und geradeheraus. Und, wo möglich, stumm, fügte er bei sich hinzu. Das hatte er bereits gelernt, während er Estaans Benehmen beobachtet hatte. Was nicht gesagt worden war, konnte nicht gegen ihn verwendet werden.

Grayle und Tarrian wedelten bei dem Klopfgeräusch leicht mit den Schwänzen, rührten sich jedoch nicht weiter.

»Danke, daß ihr mir zu Hilfe geeilt seid«, sagte Antyr mit herbem Vorwurf in der Stimme.

»Mach die Tür auf und hör auf zu jammern«, fuhr Tarrian ihn an. »Estaan hat ein Geschenk für dich.«

»Herein!« rief Antyr und wandte sich ein wenig in seinem Stuhl herum, um die Tür besser im Blick zu haben. Estaan trat ohne Umschweife ein. Er lächelte breit und trug ein Schwert mitsamt Scheide vor sich her. Antyr erhob sich, um ihn zu begrüßen.

»Ich glaube, dies hier paßt besser zu Euch als das, was ich Euch neulich geliehen habe«, erklärte der Mantynnai. Er hielt Antyr der Schwert hin, der es behutsam entgegennahm und nach kurzem Zögern den Gürtel um seine Taille schlang.

Die beiden Wölfe kamen murrend auf die Beine und trabten herbei, um die Waffe zu inspizieren. »Wieder so etwas, über das ich stolpern kann, nehme ich an. Als sei das Gehen auf zwei Beinen nicht schon schwer genug«, schloß Tarrian, nachdem er das Schwert einer sorgfältigen Beschnüfflung unterzogen hatte. »Ich hoffe nur, dieses Ding ist nicht scharf, sonst schneidet er sich bestimmt noch etwas damit ab«, fügte er hinzu.

Antyr tat sein Bestes, die Bemerkung zu überhören, und zog vorsichtig das Schwert. Die beiden Wölfe stoben eilig davon, gespielte Schreckensschreie ausstoßend, um sich dann eng aneinandergepreßt an die am weitesten entfernte Wand zu drücken.

»Sehr witzig«, sagte Antyr mit einem erbosten Blick in ihre Richtung. Dann schwang er das Schwert gegen sie, was nun Estaan dazu brachte, zusammenzuzucken und zurückzuweichen. Tarrian lachte.

Antyr errötete und entschuldigte sich bei dem Mantynnai. Estaan wischte die Entschuldigung mit einer Handbewegung beiseite, sah Antyr jedoch weiterhin zweifelnd an.

»Ich habe keine Wahl«, erklärte Antyr als Antwort auf die unausgesprochene Frage. »Ich weiß, daß Ihr keinen Schwertkämpfer aus mir machen könnt, aber ich muß eine Waffe haben, und ich muß ... wieder auffrischen, was von meiner Schwertausbildung noch übriggeblieben ist.«

Estaan nickte. »Verstehe«, sagte er. »Aber hier und hier müßt Ihr auch noch einiges auffrischen.« Er tippte sich auf Kopf und Bauch. »Habt Ihr Lust, eine Zeitlang mit hinunter in die Exerzierhalle zu kommen?«

Antyr nahm das Angebot reichlich verunsichert an. Wenigstens wäre es etwas anderes als das ewige Brüten. Zudem fühlte er sich trotz Tarrians Spott mit dem Schwert an seiner Seite schon besser.

Die Exerzierhalle war klein und menschenleer, obwohl die Gilde der Fackelentzünder, pflichtbewußt wie immer, ihre Arbeit getan hatte, so daß sie hell erleuchtet dalag. Zahllose Füße hatten den Holzfußboden an manchen Stellen glatt und glänzend gescheuert, und der charakteristische Geruch von Jahren hitziger Körperertüchtigung erfüllte den Raum. Tarrian murrte etwas Unfreundliches vor sich hin, doch Antyr bekam es gar nicht mit.

Die Wände waren unverziert und dünsteten eine staubige, humorlose Zweckmäßigkeit aus, die auf schon zu lange geübte Schmucklosigkeit hinwies. Regale mit abgetragenen und zerschlissenen Übungswaffen an einem Ende des Raum vervollständigten diese Aura und Atmosphäre noch, ebenso wie eine Reihe angelaufener Spiegel an der einen Wand und mehrere geheimnisvolle, aber gleichermaßen abgetragene

Ausrüstungsgegenstände, die achtlos in die Ecke geschmissen worden waren.

»Oh, die hier habe ich Euch auch mitgebracht«, sagte Estaan, als er seinen Schüler einer näheren Prüfung unterzog. Er zog zwei Dolche hervor; einen, der Antyr sehr groß erschien, und einen von eher gewöhnlichen Ausmaßen. Antyr sah sie an, unsicher, was nun abgesehen von einem vagen ›Dankeschön‹ von ihm verlangt wurde.

Estaan klammerte den großen an Antyrs Gürtel, um sodann hinter ihm zu verschwinden und den anderen waagerecht in die Scheide im Rücken des Gürtels zu schieben. Dann führte er Antyr zu einem Stuhl vor der Wand.

»Setzt Euch«, sagte er.

Antyr tat wie geheißen. Estaan sah sich die linkische Darbietung kritisch an, winkte Antyr dann aufzustehen, um weitere Verbesserungen an den verschiedenen Scheiden durchzuführen.

Nach zwei oder drei Versuchen beschwerte sich Antyr milde: »Sie sitzen jetzt richtig, ich werde mich schon daran gewöhnen.« Doch Estaan hatte überlebt, weil er um die Bedeutung von Kleinigkeiten wußte.

»Reiten, Wandern, Rennen, Sitzen, Stehen, Liegen, Ihr müßt Euch immer wohlfühlen«, sagte er, indem er Antyrs Einwurf sacht überging, während er fortfuhr, Riemen und Schlaufen an Antyrs Schwertgürtel zu richten.

Und als er, eine beträchtliche Weile später, fertig war, war Antyr völlig erschöpft. Es war gerannt, gesprungen, gewandert, hatte gesessen, sich hingelegt und – mit Hilfe eines Ausrüstungsgegenstandes aus der Ecke, der sich trotz seines betagten Aussehens als entnervend wirkungsvoll erwies – demonstriert, daß er klettern und in einem Sattel sitzen konnte, ohne seine neuen Waffen zu verlieren oder sich heillos in ihnen zu verheddern.

»Gut, jetzt geht es los«, erklärte Estaan schließlich just in dem Augenblick, als Antyr ein erlösendes ›Das war's für heute‹ zu hören erwartete.

Da man ihm seine Bestürzung deutlich ansah, kicherte Estaan stillvergnügt vor sich hin. »Nur ein paar kleine Übungen, damit ihr etwas habt, worüber Ihr nachdenken könnt«, sagte er, während er zu dem Waffenregal ging und ein klobiges Holzschwert hervorholte.

»Zieht Euer Schwert«, sagte er, als er zurückkam. Verlegen gehorchte Antyr.

»Und jetzt greift mich an«, fuhr Estaan fort. Antyr runzelte die Stirn und beäugte die schimmernde Schwertschneide in seiner Hand. Er war kein Experte in diesen Dingen, aber er konnte sehen, daß sie vor kurzem geschärft und geschliffen worden war, und er hatte genug auf dem Schlachtfeld gesehen, um zu wissen, welche Verletzungen ein Schwert schlagen konnte.

»Nicht damit«, erwiderte er und wollte es wieder in die Scheide stecken. »Ich könnte einen Fehler machen. Könnte Euch verletzen.«

Estaan nickte. »Das stimmt«, räumte er ein. »Aber Waffenübungen sind gegenseitiges Lernen. Das ist zu unserer beider Nutzen, nicht nur zu Eurem. Wenn Ihr mich verletzt, habe ich einen Fehler gemacht.«

Antyr schüttelte den Kopf, rührte sich jedoch nicht.

»Keine Angst«, ermunterte ihn Estaan lächelnd. »Ich habe nicht so lange überlebt, weil ich Wagnisse mit Novizen eingegangen bin. Sobald Ihr auch nur annähernd darin bewandert seid, werdet *Ihr* das Holzschwert nehmen und ich das richtige.«

Trotz aller Beschwichtigungsversuche zauderte Antyr noch immer.

»Ein gerader Ausfall ist immer noch der beste Angriff«, schlug Estaan aufgeräumt vor. »Macht es erst mal ganz langsam, wenn Ihr Angst habt.«

Mit einiger Mühe hob Antyr das Schwert und stürzte sich matt auf seinen Fechtmeister. Estaan bewegte sich überhaupt nicht, und die Schwertspitze verharrte einen Schritt vor ihm in der Luft. Er sah sarkastisch auf sie hinunter. »Kaum tödlich, denke ich«, sagte er. »Versucht's noch mal.«

Verlegenheit und Nervosität lagen miteinander im Streit, und Antyr unternahm erneut einen Ausfall, diesmal schon ein wenig erfolgreicher. Als die Spitze vor ihm auftauchte, umging Estaan sie ruhig und tippte die ausgestreckte Klinge leicht mit seinem hölzernen Übungsschwert an. Die Bewegung allein brachte ihn aus der Gefahrenzone, doch der Hieb lenkte Antyrs Angriff noch weiter ab, und mühelos, aber bestimmt zog Estaan die Schneide seines Übungsschwerts über Antyrs Kehle.

»Keine Pause, noch mal«, befahl er, als Antyr schon sein Schwert ablegen wollte und sich auf harsche Kritik einstellte.

Nach ein paar Minuten ähnlich erfolgloser Anstrengungen wurde Antyr wider Willen wütend, weil diese schwer faßbare Gestalt vor ihm lässig seinen Ausfällen auswich und ihn mit seinem Übungsschwert piekste oder ihm die Holzklinge über die Kehle, die Handgelenke, die Rückseite seiner Knöchel und Knie und zahllose andere Körperpartien zog.

Schließlich ließ er das Schwert frustriert sinken. »Das ist doch Zeitverschwendung«, erklärte er ärgerlich und stieß die Waffe heftig in ihre Scheide zurück.

»Nein, ist es nicht«, widersprach Estaan gelassen. »Ich muß herausfinden, wo Eure Stärken und Schwächen liegen, wenn ich Euch helfen soll.«

»Warum rennt Ihr dann dauernd weg und stecht mich die ganze Zeit mit diesem verdammten Ding da?« entfuhr es Antyr. Er gestikulierte wild in Richtung des Holzschwerts und prangerte so wider Willen die Ruhe des Mantynnai an. »Bringt mir etwas bei!«

Estaan starrte ihm mit bohrendem Blick direkt in die Augen. »Die erste Regel beim Üben und Exerzieren ist, sich immer daran zu erinnern, daß es so etwas wie Üben und Exerzieren nicht gibt.«

Antyrs Stirn furchte sich.

»Es gibt keine Versuche, nur Taten«, fuhr Estaan fort, bevor Antyr Einwände erheben konnte. »Das sind nicht zwei verschiedene Kampfarten, hier drinnen und da draußen. Wenn ich jetzt meine Verteidigung vernachlässigen und mit Euch diskutieren würde, nachdem ich jede einzelne Eurer Attacken abgewehrt habe, weil dies hier angeblich nicht … wirklich … ist, dann gewöhne ich meinen Geist und meinen Körper so daran, daß sie bei einer ernsthafteren Attacke möglicherweise genauso reagieren würden.« Er trat dicht an Antyr heran. »Wie die Dinge jedoch stehen, lehre ich meinen Geist und meinen Körper nur, Euch nach *jeder* Eurer Attacken zu töten oder kampfunfähig zu machen. Und Ihr werdet dasselbe lernen.«

Antyr blickte ihn unsicher an.

Estaans Verhalten wurde unerwartet streng. »Nein«, sagte er und packte Antyr fest am Arm. »Zweifelt nicht daran. Wenn Ihr auch nichts von dem behaltet, was ich Euch beibringe, das müßt Ihr behalten, denn das wird Euch ein wenig auf jenes Wissen zubringen, das eines Tages Euer Leben retten mag.«

»Wißt Ihr, ich *habe* durchaus schon einmal ein Schwert im Kampf eingesetzt«, rechtfertigte sich Antyr.

Estaan nickte, doch sein Gesichtsausdruck besagte das Gegenteil. »Ihr habt mir erzählt, Ihr hättet Eurer Schwert wegen dem, was Ihr damit angerichtet habt, auf dem Schlachtfeld gelassen – jemanden schwer verwundet, nehme ich an.« Bei aller Strenge war seine Stimme mitleidig. »Habt Eure wilden, panischen Rundumschläge gesehen, mit denen Ihr ihn aufschlitzen wolltet, habt ihn schreien gehört. Habt gesehen, wie ein Feind plötzlich ein ganz gewöhnlicher Mann wurde, der eigentlich nie dort sein und nur noch fliehen wollte. Zu Frau, Mutter, Kindern.«

Antyr schloß die Augen in dem vergeblichen Bemühen, diese so lange schlummernden Erinnerungen abzublocken, die nun auf einen Schlag wieder zum Leben erweckt wurden. »Es war eine Schlacht, Mann«, sagte er finster. »Wir hatten keine Wahl. Sie waren durch die Piken gestoßen und zerrieben unsere Reihen. Wir mußten die Schwerter ziehen und kämpfen oder ...« Er hielt inne.

»Sie hätten Euch getötet«, beendete Estaan den Satz für ihn. »Und viele andere.«

Antyr wandte die Augen von dem stechenden Blick des Mantynnai ab. »Ihr müßt Euch nicht rechtfertigen«, meinte Estaan. »Am wenigsten vor mir.«

In seiner Stimme lag so viel Pein, daß Antyrs eigene Bedenken verblaßten.

»Euer Schutz vor Euren Erinnerungen liegt darin, daß Ihr das, was Ihr getan habt, zur Rettung Eurer eigenen Haut und der Eurer Kameraden getan habt«, führte Estaan weiter aus. »Das ist alles, was Ihr jemals bekommen werdet. Alles, was Ihr vermutlich bekommen könnt. Und wenn das Euren Kummer nicht lindert, dann legt das Schwert jetzt nieder. Dann fahrt ihr unbewaffnet besser.«

Sein Verhalten war unmißverständlich.

Antyr glotzte ihn hilflos an. »Ich kann nicht unbewaffnet gehen«, sagte er schließlich. »Doch ich kann es nicht ertragen ...« Er zog ein Gesicht. »Kann dieses Grauen nicht noch mal ertragen.«

Estaan nickte wieder und sagte schlicht, wobei er Antyr tief in die Augen sah: »Ihr könnt es.« Er näherte sein Gesicht dem Antyrs. »Weil ein Teil von Euch die Schlächterei genoß ...«

Ein kurzes, quälendes Schweigen senkte sich über die Halle. Antyr wollte wütend widersprechen, doch die Zunge wollte ihm einfach nicht gehorchen.

»Es liegt in unserer aller Natur, Antyr.« Estaan bedrängte ihn sanft, unerbittlich. »Und die einzige Rettung für Euch besteht darin, es als das zu akzeptieren, was es ist, nachdem Ihr es erkannt habt, und zu wissen, daß es rechtens ist, ihm die Zügel schießen zu lassen, wenn die Not es fordert.«

Antyr sah sich wild um wie ein gefangenes Tier, das nach einer Fluchtmöglichkeit Ausschau hält. Doch Estaans brutale Offenheit ließ ihm keinen Ausweg. Antyr fühlte, wie ihm die Tränen in die Augen stiegen.

»Ihr habt kein Recht, so zu reden«, gelang es ihm endlich heiser und pathetisch hervorzustoßen.

»Ich habe kein Recht, es zu verschweigen«, erwiderte Estaan leise. »Vorausgesetzt, ich gebe Euch eine solche Waffe und zeige Euch, wie man sie benutzt. Wenn ich Euch unbekannten Gegnern gegenübertreten lasse, ohne daß Ihr die Realitäten Eurer eigenen Natur kennt ... oder die des Kampfes ...«

Mit einer verzweifelten Anstrengung fand Antyr seine Stimme wieder. Er riß sich von Estaan los. »Ich brauche von niemandem Lektionen über die Wirklichkeit des Kampfes«, rief er zornig aus. »Ich mag kein großer Soldat sein, aber ich habe in der Schlachtreihe gestanden und standgehalten, während Pfeile und Geschosse um mich surrten. Und Menschen schrien und starben.« Er schüttelte den Kopf, als wolle er die Geräusche abschütteln. »Ich habe … Kameraden, Feinde … gesehen, egal, … und sie haben gewinselt und geheult, mit halb abgehackten Gliedern … Leiber, die unter zahllosen Hufen zertrampelt waren … Hirn und Eingeweide, die auf den matschigen Boden spritzten, lange gefiederte Pfeile, die aus Gesichtern herausragten, und bärtige Köpfe, die auf den Rücken verdreht waren …«

Plötzlich verstummte er. Der Schmerz dieser alten Erinnerungen weckte das Verlangen in ihm, um sich zu schlagen, jemanden niederzustrecken. Er hob die Hand in Estaans Richtung. »Warum habt Ihr Euch nur einem solchen Geschäft verschrieben?« fragte er, fast verächtlich.

Estaan zuckte leicht zusammen.

Antyr spürte eine Berührung in seinem Kopf, und dann folgte das Wort ›Sachte‹. Tarrian und Grayle sprachen im Chor und mit solch heftiger Gemütsbewegung, daß das Urteil, das er Estaan wegen seiner grausamen Offenheit an den Kopf geschleudert hatte, trotz all seiner eigenen Pein auf ihn selbst zurückzufallen schien.

»Es tut mir leid …«, begann er, doch Estaan wischte seine Entschuldigung mit einer traurigen Handbewegung beiseite.

»Ich tue es, weil es das Richtige für mich ist«, antwortete er schlicht. »*Wie* es dazu kam, werde ich nicht mit Euch erörtern. Doch ich habe schon vor langer Zeit gelernt, daß ich diese Fähigkeiten und diese Selbsterkenntnis, die ich jetzt habe, zwischen jene stellen muß, die von ihrem zerstörerischen Wesen besessen sind, und jene, die sich selbst nicht angemessen verteidigen können.«

Antyr wollte wieder etwas sagen, doch Estaan war noch nicht fertig. »Ich sehe Ibris und seine große Stadt, die so voller wunderbarer Dinge ist, und ich sehe, wie er sich müht, sie ständig noch schöner zu gestalten, das ganze Land seiner blutigen, widerwärtigen Geschichte zu entfremden und in eine Zukunft zu führen, wo der Krieg nur noch eine üble, ferne Erinnerung ist.« Leidenschaft strömte in seine Stimme. »Schöpfung ist eine lebenslange Arbeit, Traumfinder, Zerstörung das Werk von Augenblicken. Ein Messer, ein Hammer, eine Flamme. Ich bin stolz darauf, meine eigenen dunklen Fähigkeiten der zerstörerischen Seite einsetzen zu können, *um die Schöpfung vor der Zerstörung zu bewahren.*«

Antyr sah den Mantynnai an, und für einen kurzen Augenblick fühlte er die Ganzheit dieses Mannes, sein inneres Gleichgewicht. Fühlte sein Verständnis für die schrecklichen Taten, die in den Tiefen jedes Menschen verborgen lagen, fühlte den Willen, der sie akzeptiert hatte und sie als Diener und nicht als Meister zu benutzen trachtete. Hier war, wie er mit einem Mal erkannte, ein Mann, von dem er viel lernen konnte, lernen sollte.

»Es tut mir leid«, sagte er wieder nach einem langen Schweigen. Sein Verhalten gab seinen unzulänglichen Worten erst Gewicht. »Ich war im Unrecht, Euch zu tadeln. Ich werde tun, was Ihr sagt. Ich bin bereit zu lernen, was immer Ihr mich lehren wollt.«

Ein leichtes Lächeln glitt über Estaans Züge, und er verneigte sich.

Der kurze Ausbruch war in gewisser Weise kathartisch gewesen, und Antyr schien zu spüren, daß sich sowohl sein Geist als auch sein Körper nun müheloser bewegten.

Wortlos nahmen sie ihre Übungen wieder auf, wobei Antyr allmählich Mut faßte, entschlossener anzugreifen, während Estaan weiterhin jeden Ausfall ohne Probleme abwehrte und seine schmerzlosen, aber tödlichen Gegenangriffe durchführte.

Nach einer kleinen Weile beendete Estaan die Übung, und sie setzten sich auf den Boden.

»Ich erzähle Euch wohl nichts Neues, wenn ich Euch sage, daß Ihr nicht unbedingt der geborene Schwertmeister seid, oder?« fragte er.

Antyr, der heftig keuchte und sich die Stirn mit seinem Taschentuch abwischte, schüttelte den Kopf.

»Trotzdem«, fuhr Estaan fort. »Ich habe schon viel Schlimmeres gesehen, und es gibt da ein oder zwei Kleinigkeiten – einfache, geradlinige Dinge –, an denen wir arbeiten können, die Euch nützlich werden können, genauso wie …« Er tippte sich lächelnd auf die Stirn. »Außerdem benötigt Ihr mehr Übung. Eure körperliche Verfassung ist nicht die beste.« Sein Grinsen wurde breiter, als Antyr sich sein schweißgetränktes Taschentuch ansah. »Der Kernpunkt Eurer persönlichen Kampfstrategie muß die Flucht sein – Ihr versteht das, da bin ich mir sicher –, und dafür müßt Ihr genauso in Form sein wie zum Kämpfen.«

Antyr streckte sich auf dem harten Holzboden aus und nickte erneut. »Ich hatte ganz vergessen, wie hart dieses Geschäft ist. Ich appelliere an Euer Mitleid – immerhin habe ich mich bemühte«, flehte er matt.

»Ich kenne kein Mitleid«, erwiderte Estaan grinsend.

Antyr stöhnte leise.

»Keine Sorge, ich habe noch keinen Lehrling verloren«, fuhr Estaan mitleidlos fort und erhob sich. »Doch ich habe genug gesehen, und Ihr habt für heute genug getan. Was ich jetzt von Euch will, ist, daß Ihr nachdenkt.«

Mit einem bemerkenswerten Mangel an Eleganz und Würde wuchtete sich Antyr in eine aufrechte Position. »Verstehe«, gab er zur Antwort.

Estaan nahm ihn am Arm und begann, ihn auf die Tür zuzuschieben. Tarrian und Grayle trotteten hinter ihnen her.

»Denkt über die Frage nach, die Ihr mir vorhin gestellt habt«, verlangte Estaan. »Und stellt sie Euch. Warum wollt Ihr ein Schwert tragen? Wägt sie genau ab, und schreckt nicht vor Eurer dunklen Natur zurück.«

Später, nachdem er gewaschen und ausgeruht war, legte sich Antyr auf sein Bett und tat wie ihm geheißen. Eine einsame Lampe auf einem nahen Tischchen warf tröstliche Schatten in den Raum.

Es erforderte jedoch einige Überlegung, zu einem Ergebnis zu gelangen und die Tragweite des Ganzen zu ermessen. In seiner Wut hatte er verlangt, daß sich Estaan für das rechtfertigte, was er war, und er hatte, fast zu seiner Bestürzung, sogar eine Antwort erhalten. Und die mußte nun auch die seine werden, auch wenn seine Beweggründe selbstsüchtiger als die des Mantynnai waren.

Er hatte das Recht, ein Schwert zu führen und sich, sollte es nötig werden, gegen diese fremden, bewaffneten Gestalten zur Wehr zu setzen, die auf der Schwelle herumpirschten. Er würde die Auseinandersetzung nicht suchen, doch wenn sie ihm aufgezwungen wurde – *aufgezwungen wurde* –, dann lagen die Konsequenzen, wie gräßlich sie auch sein mochten, nicht mehr in seiner Verantwortung. Er mußte sich den Trieb der Dunkelheit in ihm nutzbar machen, seinen Blutdurst in Schach halten, so gut er es vermochte. Er mußte zuschlagen; fest zuschlagen, schnell zuschlagen; ohne Erbarmen zuschlagen; unbehindert von mißtönenden, blutbesudelten Erinnerungen zuschlagen, vergangenen oder zukünftigen; aufgrund des ältesten aller Bedürfnisse zuschlagen: dem Bedürfnis zu überleben.

»Verdammt komplizierte Wesen, diese Menschen, nicht wahr?«

Tarrians Stimme drängte sich in seine Schlußfolgerungen. »Geraten vom Hundertsten in Tausendste und wieder zurück, nur um am Ende zum Selbstverständlichsten von der Welt zu kommen.«

Antyr streckte die Hand aus und drehte die Lampenflamme auf die kleinste Stufe herunter. »Geh schlafen, Hund«, sagte er und glitt selbst in die Schlafwelt, wesentlich schneller als in all den letzten Nächten zuvor.

Kapitel
31

Abgesehen davon, daß er fortfuhr, sich mit dem Palast vertraut zu machen und Instruktionen von Estaan und einigen anderen Mantynnai entgegenzunehmen, widerfuhr Antyr in den nächsten Tagen nichts von Bedeutung.

Trotzdem waren die Tage alles andere als ruhig. Der Palast vibrierte vor Aktivität, sowohl geordneter als auch chaotischer Art, während die Sened und der Gythrin-Dy vor Rhetorik vibrierten, sowohl eigennütziger als auch ernsthafter Art.

Und Serenstads Priester, die sich um die spirituellen Bedürfnisse ihrer Schäfchen kümmerten, entfalteten eine ähnliche Bandbreite von Aktivitäten. Manche verharrten in schweigender, geheimnisvoller Meditation, andere sprachen mit ruhiger, seelsorgerischer Gelassenheit, während wieder andere flammende Predigten hielten und in mehr oder weniger zusammenhängender Rede gegen oder für den Krieg gegen Bethlar wetterten. Unter den Bürgern Serenstads herrschte kein Mangel an Diskussionsthemen.

Und natürlich gab es noch das unvermeidliche Geschrei der Gildenbeamten, die die Mobilmachungsbüros mit Bitten in diesem und jenem Sonderfall belagerten. Indes ohne Erfolg; das Gesetz ließ für alle Wehrtüchtigen keine Ausnahmen zu. Schon früh in seiner Regierungszeit hatte Ibris sämtliche Freistellungen vom Militärdienst abgeschafft, nicht zuletzt jene lange geübte Praxis, die es einigen Personen erlaubte, sich freizukaufen. Der Vorschlag hatte damals großen Widerstand von seiten einiger der mächtigen Handelshäuser, aber auch Zustimmung von seiten des Volks und der herrschenden Familien erfahren und am Ende den Sieg davongetragen. Die Bittgesuche der Gilden hatten von daher in gewisser Weise einen nicht weniger rituellen Charakter als die priesterlichen Aktivitäten, doch nachdem ihre Gebete leidenschaftlich vorgetragen und angemessen abgelehnt worden waren, konnten die Gildenbeamten mit reinem Bürgergewissen abziehen.

»Eine meiner besten Entscheidungen«, pflegte Ibris gelegentlich zu bemerken. »In welche Stellung ein Mann in dieser Stadt auch hineingeboren sein mag, er kann sich mit meinem Segen bemühen, diese Stellung zu verändern, doch Pfeilhagel und Kavallerieattacken respektieren weder Geburt noch Reichtum, und ich werde nicht zulassen, daß sich irgend jemand hinter Geldsäcken versteckt, solange er erwartet, daß andere sich für ihn hinter Schildwehren verstecken.«

Den Einberufungsbefehlen folgte eine kurze, aber spektakuläre Zunahme der Schwarzmärkte, die ein fester Bestandteil von Serenstads Straßenleben waren, als nämlich die gerissensten Händler alte Schwerter, Piken, Bogen und andere militärische Gebrauchsgegenstände an jene zu verschachern begannen, die während der vergleichsweise friedlichen letzten Jahre ... vergessen ... hatten, daß das Gesetz sie dazu verpflichtete, eine solche Ausrüstung zu besitzen und zu unterhalten. Diese plötzlich aus dem Boden schießenden Giftpilze waren unter dem Namen Rollwagenmärkte bekannt, da die Teilnehmer es unterschiedslos vorzogen, keine der üblichen reichgeschmückten Straßenstände aufzustellen, sondern direkt von ihren Wagen herab zu handeln ... mit angeschirrten Zugpferden.

Im Geiste dieses geradezu militärischen Strategiedenkens, von dem diese Aktivität zeugte, pflegten die Händler sogar Wächter aufzustellen, so daß man rechtzeitig vor der Annäherung von Liktoren – oder schlimmer noch, Steuereintreibern – gewarnt werden konnte, um einen geordneten Rückzug einzuleiten, alles mit der schönen Aussicht, sich bald schon an anderer Stelle wieder zum Gefecht sammeln zu können. Die besonders Gerissenen indes hielten der Attacke stand und stellten demonstrativ Wetz- und Mühlsteine zur Schau, so daß sie ›in Ausübung einer öffentlichen Dienstleistung, Sir‹ angetroffen wurden, falls sie entdeckt wurden. ›In Zeiten der Mobilmachung steuerfrei.‹

Fast unbemerkt inmitten des wachsenden Tohuwabohus kehrte Menedrion zurück. Er war bezüglich seiner Abfertigung des Gesandten mehr als zufrieden mit sich selbst, aber erbost und in Sorge wegen Whendrak, und außerdem brannte er darauf, ›irgend etwas zu tun‹. Mit ihm kehrten Pandra und Kany zurück, die sich beeilten, Antyr die Einzelheiten von Arwains und Menedrions seltsamem gemeinsamem Traum und der Auffindung des Schwellentors zu berichten.

Trotz der Strapazen der Reise befand sich Pandra in gehobener Stimmung.

»Daß mir so etwas begegnet ist«, schwärmte er. »Das ist die Krönung meines ganzen Lebens als Traumfinder. Ich fühle mich, als begänne ich ganz von vorne, wie ein aufgeregter Lehrling. Mit absoluter Sicherheit zu wissen, daß solche Welten existieren!« Er wedelte mit den Armen, um Antyr davon abzubringen, ihn zu unterbrechen. »Ich weiß, Ihr habt mir von ihnen berichtet ... aber sie mit eigenen Augen zu sehen ... davor zu stehen!«

Antyr indes konnte sich einen warnenden Hinweis in all dem Freudentaumel nicht verkneifen. »Seid auf der Hut, Pandra«, riet er ihm. »Wir wandern blindlings umher, oder schlimmer noch, hängen vielleicht an den Fäden irgendeiner Macht, die wir nicht fassen können. Was wir beide herausfinden, müssen wir einander beibringen, doch wir dürfen kein Wagnis eingehen. Arwain und Menedrion müssen von den Gefahren in Kenntnis gesetzt werden, die die Schwelle für sie bereithält. Sie verfügen über eine starke angeborene Widerstandskraft, und Wissen wird sie zusätzlich stärken. Doch Ihr und Kany müßt nun über beiden wachen. Und falls einer von ihnen sich erneut der Schwelle nähert, weckt sie auf der Stelle auf!«

»Das werde ich!« behauptete Kany, bevor Pandra etwas

entgegnen konnte, und das in einem Tonfall, der klarstellte, daß jeglicher Antwort Pandras, wie wertvoll sie auch sein mochte, mit äußerstem Mißtrauen zu begegnen sei.

Ein paar Tage nach Menedrions Rückkehr traf auch der Rest von Arwains Eskorte ein. Sie brachten die düstere Neuigkeit mit, daß Whendrak immer noch von der Außenwelt abgeschnitten und offenbar vom Bürgerkrieg zerrissen sei und daß die Bethlarii in der Tat eine Armee irgendwo im Westen von Whendrak zusammenzogen.

»Wir konnten nicht so tief ins feindliche Territorium eindringen, wie wir gerne gewollt hätten«, berichteten sie. »Es war zu gefährlich. Überall hatten sie Patrouillen eingerichtet.« Sie hatten allerdings genügend Nachschubkarawanen, Feldlager, Bewegungen von Fuß- und berittenen Truppenteilen gesehen, um zu wissen, daß das Heer, das da zusammengezogen wurde, weitaus größer war als alles, was man zur Einnahme von Whendrak brauchen würde.

Das genügte. Ibris rief seine obersten Befehlshaber zusammen und informierte sie über die Neuigkeiten.

»Dies und andere Aufklärungsnachrichten, die ich erhalten habe, überzeugen mich, daß die Bethlarii tatsächlich einen umfassenden Militärschlag gegen uns planen«, verkündete er. »Bedauerlicherweise sehe ich keine Alternative, als auf der Stelle eine Armee gen Whendrak zu schicken. Möglicherweise kommen wir zu spät, um die Eroberung der Stadt zu verhindern, doch wir müssen sie um jeden Preis daran hindern, auch noch das Tal einzunehmen. Die Abriegelung der Stadt verhindert, daß wir die im Vertrag vorgesehenen entsprechenden Ankündigungen vornehmen können, und so haben sie uns in die Lage manövriert, daß wir denselben Vorwand wie die Bethlarii selbst benutzen müssen. Zweifellos werden sie diese Tatsache großflächig verbreiten, um uns einige unserer weniger begeisterten Verbündeten abspenstig zu machen.«

Er schwieg und sah aus dem Fenster. Hinter den Palastmauern konnte er die geschäftigen Straßen der Stadt erblicken. Als er sich seinen Zuhörern wieder zuwandte, war seine Miene ungewöhnlich wütend.

»Doch ich bin nicht gewillt, ihnen auch nur *diesen* Vorteil zu lassen, meine Herren. Wie Ihr wißt, machen auch die größeren der mit uns verbündeten Städte bereits mobil, doch ich habe darüber hinaus Boten in jede Landgemeinde, in jedes Dorf, in jeden Weiler geschickt, die alles erläutern, was bislang geschehen ist, und um freiwillige Generalmobilmachung nachsuchen ...«

Ein fast einmütiges überraschtes Nach-Luft-Schnappen unterbrach ihn, doch er fuhr fort. »Innerhalb der nächsten Tage beabsichtige ich, weitere hohe Beamte zu ihnen zu senden, die diese Bitte durch nachdrückliche Überzeugungsarbeit unterstützen sollen.«

Dann gab er seinen Zuhörern nach. In unterschiedlichen Abstufungen von Ehrerbietung und Direktheit erinnerten sie ihn daran, daß die Generalmobilmachung ein historisches Relikt aus alten Zeiten sei, als es nur eine Handvoll Städte im Land gegeben hatte, als Heere kleiner und undisziplinierter und Loyalitäten und Grenzen bei weitem fließender als heute gewesen waren. Man hatte sie als Prinzip aus eher sentimentalen Gründen beibehalten, und paradoxerweise war sie sowohl eine zu schwere Verantwortung im Hinblick auf die gegenwärtige Krise als auch eine zu unpraktische Option, um einem richtigen Konflikt zu begegnen.

Abgesehen davon, daß er jenen, die sich zu sehr ins Detail verloren, höflich die Redezeit beschnitt, lauschte Ibris schweigend, bis jeder, der dies wollte, etwas beigetragen hatte.

»Ihr habt natürlich recht, meine Herren«, stimmte er ihnen zu. »Und auch unrecht. Recht betreffs der Geschichte dieser Idee und vor allem mit der Bemerkung, daß es sich nicht um eine ausgesprochen praktische Option handelt. Ihr habt jedoch unrecht, wenn Ihr meint, diese Reaktion sei im Hinblick auf die Ereignisse überzogen.«

Er hob die Hand, um möglichen Einwänden vorzubeugen.

»Warum machen die Bethlarii all dies?« fragte er schroff. »Warum bereiten sie sich nach all dieser Zeit darauf vor, einen großen Krieg gegen uns zu führen?«

»Sie hassen uns wie die Pest«, erklärte jemand unter nicht geringem Gelächter.

»Stimmt«, pflichtete ihm Ibris lächelnd bei. »Das war vermutlich schon immer der Kernpunkt. Doch sie hatten bislang genügend politischen Verstand, das nicht offen herauszuposaunen. Sie haben sich immer bemüht, eine Ausrede zu finden, die ihnen wenigstens den Hauch einer zivilisierten Rechtfertigung verschafft hat, ein Gemetzel vom Zaun zu brechen.«

Er ließ den Blick über die aufmerksamen Gesichter schweifen und zuckte mit den Achseln. »Wo sind ihre geschraubten diplomatischen Protestnoten, in denen sie uns darlegten, warum dieses oder jenes Territorium ihnen nach Fug und Recht gehöre? Wo sind ihre Beschwerden über ›Banditen und Gesetzlose‹, die ihre Bauernhöfe plündern und sich auf dieser Seite der Grenzen verstecken? Wo sind ihre Einsprüche gegen die ›unfairen‹ Methoden unserer Händler? Über unsere Fischer, die in ihr Hoheitsgebiet eindringen? Und so weiter.«

Ein unsicheres Schweigen trat ein, und dann schlug jemand vor: »Sie haben einen Gesandten geschickt, der sich über die Vorgänge in Whendrak beschwert hat.«

Ibris nickte und runzelte die Stirn. »Und das war ein wahrhaft groteskes Unterfangen«, erwiderte er. »Fast jede Kleinigkeit daran sprach dem Vertrag Hohn. Der Mann hat sich mit voller Absicht so aufgeführt, daß er eigentlich hätte ums Leben kommen müssen. Und sein Besuch wurde nur bekannt, weil *wir* ihn öffentlich gemacht haben. Ihre Beschwerden in der Vergangenheit waren für gewöhnlich, ich muß Euch wohl nicht daran erinnern, durchaus öffentlich und durchaus laut. Meinen Gesprächen mit ihm und anderen Informationen, die ich erhalten habe, sowie nicht zuletzt der Tatsache, daß selbst der feurigste unter den Anhängern Bethlars der Vorstellung, sie seien berechtigt, ›ihre Bürger‹ in Whendrak zu schützen, keinen Glauben schenken würde, kann ich nur entnehmen, daß *sein Tod durch uns* als Kriegsvorwand geplant war. Er sollte ein Opfer für Ar-Hyrdyn werden.«

Alle blickten unbehaglich drein, doch niemand erhob Widerspruch. Das Gebaren des Gesandten war Gegenstand vielfältiger Debatten und Klatschgeschichten gewesen, und die Schlußfolgerung des Herzogs war so gut wie jede andere.

»Fakt ist, meine Herren«, fuhr er fort, »daß ihre jetzigen Handlungen im Vergleich mit allem, was sie bisher getan haben, völlig aus der Rolle fallen. Meiner Ansicht nach wurde ihre Gesellschaft von einer fanatischen Ausprägung ihrer Staatsreligion korrumpiert, ist der Krieg, den sie gerade entfesseln, in ihren Augen ein Kreuzzug; ein heiliger Krieg, der in Ar-Hyrdyns Namen geführt werden muß.«

Diese Schlußfolgerung indes rief eine Reaktion hervor, wenn auch eine gemischte. Die einen, die ihre Geschichte kannten, verzogen das Gesicht angesichts dieser Aussicht. Schon in der Vergangenheit hatte es Religionskriege gegeben, die sich vor allen anderen Kriegen durch ihre ungewöhnliche Wildheit und Brutalität ausgezeichnet hatten. Es schien, als diene der Kampf unter der Schirmherrschaft göttlicher Inspiration nur dazu, die Menschen jeglicher Hemmungen und ihrer Menschlichkeit zu berauben. Andere im Gemach schüttelten die Köpfe, als leugneten sie sie Möglichkeit solcher Barbarismen.

Ibris ließ sich nicht auf eine Diskussion ein. »Ich bin offen für andere Vorschläge, meine Herren«, meinte er und blickte in die Runde.

»Es könnte sich lediglich um ein ausgetüfteltes Komplott handeln, uns abzulenken, während der wahre Schlag irgendwo anders geführt wird«, schlug jemand vor.

»Auf einer gewissen Stufe waren das genau meine Gedanken«, erwiderte Ibris. »Doch die Mantynnai sagen, daß die bei Whendrak zusammengezogenen Truppen sehr umfangreich sind, und über allem liegt …« Er gestikulierte vage, suchte nach den richtigen Worten. »… eine Ahnung … etwas Alptraumhaftes … Wahnsinn … keine Logik. Aber«, er winkte dem Sprecher beschwichtigend zu, »die Städte entlang der Südgrenze zu Bethlar sind vorgewarnt und auf eine solche Möglichkeit vorbereitet, besonders Meck.«

Schweigen senkte sich über den Raum. Ibris ließ den Blick über seine Mannen schweifen.

»Das ist der Grund, warum ich jede Gemeinschaft im Land um freiwillige Generalmobilmachung ersucht habe«, erklärte er ausdruckslos. »Wenn die Bethlarii kurz davor stehen, einen heiligen Krieg zu entfesseln ...« Er senkte kurz nachdenklich das Haupt. Als er den Blick wieder hob, war seine Miene gefaßt. »Es gibt kein ›Wenn‹ in dieser Sache, meine Herren«, erklärte er unmißverständlich. »Die Bethlarii *stehen* kurz davor, einen heiligen Krieg zu entfesseln, und das *ganze* Land muß bereit sein, sich dagegen zu wappnen. Ich will, daß jeder von Rendd bis herunter nach Lorris sich bewußt ist, was hier geschieht, und ich will auch, daß niemand glaubt, er könne sich vor seiner Pflicht drücken, indem er dagegen redet. Ich will, daß alle kleinlichen Fehden und Querelen beigelegt werden.« Sein Verhalten wurde verbissen. »Und Gott helfe *jedem,* der versucht, diese Sache für seine eigenen kleinen Machtspielchen auszunutzen! Die Herzen und Köpfe des *gesamten* Landes müssen auf unserer Seite stehen.« Im Raum wurde es sehr still. »Und auch den Bethlarii muß klarwerden, daß sie es nicht nur mit einer Armee, sondern mit einem geeinten Volk zu tun haben.«

»Und wenn Ihr Euch irrt, Sire?« fragte eine einsame Stimme.

»Ich irre mich nicht, Hauptmann«, erwiderte Ibris. »Glaubt mir, ich irre mich nicht.« Er sah erst Menedrion und dann Arwain an, bevor er sich wieder dem Frager zuwandte. »Doch um Eure Frage zu beantworten: Ich werde lieber meine Herrschaft über diese Stadt und ihre Einflußgebiete in Lächerlichkeit und Bankrott zugrunde gehen lassen, als das Risiko einzugehen, daß wir alle in dem widerlichen Fanatismus der Ar-Hyrdyn-Priesterschaft erstickt werden!«

Diese Phrase war genau richtig, um die Zauderer, die noch im Raum waren, endgültig hinter sich zu bringen, und danach wandte sich die Diskussion rasch den Einzelheiten der Operationen zu, die auf den Weg gebracht werden mußten.

Nach der Versammlung zog Ibris Ryllans und Feranc beiseite.

»Es ist an der Zeit«, sagte er. »Kommt mit.«

Die beiden Männer schritten schweigend hinter dem Herzog her, der die Hallen und Gänge seines Palastes durchmaß. Von Zeit zu Zeit blieb er stehen, um sich ein Gemälde, eine Statue oder ein prächtiges Mosaik anzusehen, bis er sie zuletzt nach draußen auf das flache Steindach eines hohen, zinnenbewehrten Turms führte.

Die Luft war kalt und feucht, aber frisch und frei von jedem Schimmer des gelblichen, ätzenden Nebels, der sich in den letzten Tagen so drückend über die Straßen der Stadt gelegt hatte. Hohe, graue Wolken ließen die Sonne zu einer nackten, weißen Scheibe schrumpfen.

Unter ihnen dehnten sich die Mauern und Höfe des Palastes aus und dahinter die Dächer, Türme und Kuppeln der Stadt, die sich bis zu den Klippen der Aphron Dennai erhoben und langsam zum geschäftigen Chaos des Moras-Distrikts zum Fluß hin abfielen. Graue Dunstschleier ließen Himmel und Land in der Ferne verschwinden.

Ibris lehnte sich auf die Brüstung und überblickte schweigend die Stadt eine Weile. »Was haltet Ihr von meiner Interpretation der Ereignisse, Ryllans?« fragte er schließlich, ohne sich umzudrehen.

»Schlüssig«, gab der Mantynnai ohne Zögern zur Antwort. »Und Eure Reaktion ist angemessen«

Ibris drehte sich um. »Was muß ich über die Ereignisse wissen, über die ich noch nicht Bescheid weiß?« fragte er.

Ryllans sah ihn an. »Ich habe keine großartigen Enthüllungen für Euch, Sire«, sagte er.

»Trotzdem, erzählt mir, was Ihr könnt.«

Ryllans nickte und begann ohne Vorrede. »Die Präsenz, die Estaan spürte, als der Traumfinder den Geist des toten Nyriall … betrat …, hatte er schon einmal gespürt. Wir alle haben sie schon einmal gespürt, vor langer, langer Zeit.« Eine unwillkürliche Schmerzensregung verzerrte für einen kurzen Augenblick seine Züge. Sie spiegelten sich fast umgehend auf Ibris' Antlitz wider; nie hatte der Herzog den

Mantynnai so offen bekümmert gesehen. Doch Ryllans fuhr ohne innezuhalten fort: »Es war die Präsenz von ... jemandem ..., dem wir alle einst gedient haben. Ich würde gerne hinzufügen, jemandem, der uns fehlgeleitet hat, doch wir waren damals wie auch heute freie Männer ...«

Er verfiel in Schweigen und blieb einen Moment so stehen, den Blick auf die Stadt gerichtet.

Dann zuckte er mit den Schultern wie angesichts von etwas Unvermeidlichem. »Etwas Böses kam in unser Land. Ein uraltes Übel, wie sich bald herausstellen sollte, aber für uns war es damals einfach ein Mann; ein guter Freund, eine Stütze für unseren siechen König, wie wir dachten.

Viele Jahre lang war er unserem König ein treuer Ratgeber und Arzt, und als der König immer schwächer wurde, nahm er mehr und mehr von den Bürden des Staates auf seine Schultern; und mit den Bürden nahm er unausweichlich auch die Zügel der Macht in seine Hände. Und zudem begann er kleine, scheinbar lohnende Dinge zu bewerkstelligen, die in Wahrheit die Charaktereigenschaften, die unser Volk stark und frei machten, schleichend zu untergraben begannen.

Am Ende, als sich sein wahres Wesen immer deutlicher abzeichnete und sich Stimmen gegen ihn erhoben, brachten einige der treuesten Lords eine direkte Beschwerde beim König vor. Doch dieser hatte über seiner Krankheit fast den Verstand verloren, und in einem Anfall von Zorn ließ er sie in den Kerker werfen.«

Er schüttelte den Kopf – eine Erinnerung. »Dann erschien ein Mann aus einem Nachbarland und enthüllte das Böse als das, was es war.«

Er schloß die Lider und schüttelte erneut den Kopf, doch seine Stimme war ruhig und gelassen, als er fortfuhr. »Großer Schaden wurde an jenem Tag unserer Stadt zugefügt. Gebäude wurden eingerissen und zermalmt wie Kinderspielzeug. Hunderte starben.«

»Kam dieser Mann mit seiner Armee? Hat er euch belagert?« verlangte Ibris zu wissen, verdutzt über diese Bemerkung, aber auch darauf bedacht, irgend etwas zu sagen, das Ryllans seine Last erleichtern könnte.

Ryllans wandte sich um, um ihm geradewegs in die Augen zu blicken. »Nein«, sagte er schlicht. »Er kam mit nur einem einzigen Gefährten und stellte sich dem … Arzt … des Königs auf den Stufen des Palastes. Die Zerstörung der Stadt wurde mit nicht mehr als einer beiläufigen Handbewegung bewirkt.«

Ibris' Braue furchte sich, und widerwillig warf er einen Blick zu Feranc hinüber. Seine Leibwache indes ließ keinerlei Reaktion erkennen, und sein Gesichtsausdruck war rätselhaft.

»Eine beiläufige Handbewegung, Ibris«, wiederholte Ryllans, der die in ihrer Beziehung herrschende Etikette damit überschritt, um die Wahrheit des Gesagten zu unterstreichen. Gleichzeitig zeigte er mit dem Finger auf seine Augen. »Ich war dort, ich trug die Uniform des Mannes, als er die Tat beging und sich als der Dämon zeigte, der er in Wahrheit war. Als er uns die Macht zeigte, über die er gebot und die die unsere sein konnte.«

Ibris konnte sich nicht beherrschen. »Ich kenne weder Götter noch Teufel, Ryllans. Nur Menschen, die sich göttlich oder teuflisch aufführen …«

Feranc legte ihm stumm die Hand auf den Arm, um ihn zum Schweigen zu bringen.

Ryllans blickte ihn wieder an. »Das Wort war schlecht gewählt«, räumte er ein. »Es kam aus meinem Bauch, nicht aus meinem Kopf. Demzufolge, was ich seitdem über ihn erfahren habe, ist er tatsächlich ein Mensch, aber seine … Seele … war durch seine Besessenheit von dieser gewaltigen und uralten Macht verderbt.«

Er schwieg kurz.

»Nach dieser grauenvollen Begegnung erschlug er den König und ergriff Besitz von dem Land, und unsereins war an seiner Seite. Dann folgten Bürgerkrieg und all die Schrecken, die das mit sich bringt: Sippe gegen Sippe, Verrat und Mißtrauen, Finsternis. Und am Ende stellten die treuen Lords ein Heer auf und zogen gegen uns.« Versonnen schüttelte er den Kopf. »Manche sagten, daß seine weltenzerschmetternde Macht auf irgendeine Weise gefesselt war, doch wie dem auch sei, er wandte sie nicht an, und wir unterlagen. Die Lords zerstreuten unser Heer in alle Winde, und er floh. Floh in die kalten Nebelländer des Nordens, wir auf seinen Fersen.«

Wieder verstummte er für eine Weile, und als er wieder zu sprechen begann, war seine Stimme ganz leise, ganz sanft, als habe er Angst, sie könnten belauscht werden. Sein leichter Akzent wurde deutlicher.

»Dort erfuhren wir, daß derjenige, dem wir folgten, nur eines anderen Diener war. Ein gewaltiger Urquell des Bösen der sich anfühlte, als sei er vom Anbeginn aller Zeiten gekommen.«

»Ein Mensch?« fragte Ibris, dessen Augen unter Ryllans' anhaltender Qual immer größer wurden.

Der Mantynnai vollführte eine wegwerfende Geste. »Niemand hat ihn je gesehen, ihn oder seine Zitadelle, doch sein Wille war allgegenwärtig ...« Er sah den Herzog an. »Er ernährt sich vom Teufel in den Menschen, und er nährt diesen Teufel. Es hieß, seine Bosheit habe die Zeitalter der Erde überdauert, habe einst die ganze Welt umfaßt, und es hieß ferner, daß er dies wieder versuchen werde, wenn er erwacht.«

Er schauderte leicht, schwankte heftig. Instinktiv kamen ihm Feranc und der Herzog zu Hilfe, um ihn zu stützen, doch er schob sie sachte fort.

»Doch die Lords und ihre Verbündeten folgten uns mit einem großen Heer. Größer als alles, was das Land jemals gesehen hatte.« Ein Ausdruck, fast so etwas wie Stolz, trat auf sein Antlitz. »Weit erstreckte es sich vor uns, weiter, als unsere Augen sehen konnten, in die feuchtkalten Nebelbänke, den strömenden Regen hinein. Reihe um Reihe. Sie waren durchnäßt und durchgefroren wie wir, und ihre farbenprächtigen Banner und Wimpel hingen schlaff und leblos herunter, doch selbst während wir warteten, konnten wir spüren, wie ihre Entschlossenheit über die Ebene hinweg gegen uns anbrandete. Wir warteten also, ihnen um ein Vielfaches überlegen, was unsere Anzahl und die Wildheit unseres Willens anging, und sein Geist stärkte unseren Mut.

Schon bald wäre der Feind in Grund und Boden vernichtet, und wir würden über die Welt herfallen wie Fluten, der Macht und dem Reichtum entgegen.

Doch wir waren es, die unterlagen, trotz unserer zahlenmäßigen Überlegenheit und unserer grausamen Truppen. Und irgendwo, unseren Blicken entzogen, wurden unser Meister und sein Meister ... aus der Schlacht genommen ... Ich weiß nicht ... Plötzlich waren sie fort, und wir verloren.

Dann zerstreuten wir uns und wandten uns zur Flucht, über Berge und Steppen, durch Wüsten und Wildnis. Über die Jahre hinweg. Und auf unserer Flucht errangen wir ein wenig Weisheit. Und schließlich kamen wir hierher und erblickten einen schwachen Widerhall unseres Landes und unseres Königs und entschieden, daß wir bleiben und kämpfen mußten, dienen, wo wir zuvor zu herrschen versucht hatten.«

Ryllans verstummte, seine unheimliche Geschichte war zu Ende. Ibris schlang die Arme um den Oberkörper, als sei ihm kalt geworden von den feuchten Nebeln und Regenschauern, die auf jene letzte Schlacht gefallen waren. Solche Kraft hatte in Ryllans' Erzählung gelegen, daß er sich einen Moment lang ganz klein und völlig hilflos vorgekommen war; ein Bauer in einem größeren Spiel; die Errungenschaften seines Lebens schäbig, abgeschmackt, erbärmlich.

Er streckte die Hand aus, sah sie an, dann seine Stadt. Daß Männer, selbst gute Männer, bösen Führern folgen konnten, wußte er nur zu gut. Doch konnte es sein, daß ein Mann solche Macht besaß, eine Stadt mit einer Handbewegung zu vernichten? Das war nicht möglich ...

Doch er konnte Ryllans' Zeugnis nicht einfach leugnen. Und der Mantynnai hatte nicht allegorisch oder metaphorisch gesprochen.

Er hatte gesehen, was er gesehen hatte, und er hatte es wahrheitsgemäß wiedergegeben.

Ibris' Gedanken überschlugen sich. Feranc ließ ihm keine Unterstützung zuteil werden. Die ganze Angelegenheit schien in der Tat noch ferner und rätselhafter als je zuvor geworden zu sein, nachdem er Ryllans' Geschichte gelauscht hatte.

Nicht möglich! Die Worte hallten in seinem Schädel wider, hafteten sich an seine Gedanken, wie ein erstickendes Kriechgewächs an einem Baum haftet.

Sein Wissen über Ryllans mischte sich ein. Gerade so, wie seine Stadt von diesem Turm aus nicht die Stadt war, die er von unten, von ihren Straßen aus sehen würde, geradeso wußte er, daß er dort stehen mußte, wo Ryllans stand, um zu sehen, was der Mantynnai sah.

Hatte er nicht auch Antyr mit seiner Geschichte von Welten jenseits dieser Welt Glauben geschenkt, Welten, wo ein Toter wieder lebte und höchst sonderbare Männer ungehindert umherstreiften und ihre Feinde manipulierten, Männer, die die Macht besaßen, die Dinge auf eine Weise zu verändern, die gewöhnliche Menschen nicht begreifen konnten? Hatte er ihm nicht so großen Glauben geschenkt, daß er das ganze Land zu den Waffen gerufen hatte, daß er seine eigene Stellung als Herrscher gefährdet hatte?

»Eure Geschichte grenzt ans Unfaßbare, Ryllans«, gab er am Ende einfach zu. »Doch ich kenne Euch nun schon zu lange, als daß ich Euch nicht rückhaltlos glauben würde. Die Zeit wird mich vielleicht mit der Fremdartigkeit all dessen versöhnen.«

Um den unwirklichen Bann zu brechen, der über ihrem hohen Horst lag, ging er zu praktischen Dingen über.

»Ihr fürchtet also, daß dieser … Mann … und sein Meister möglicherweise nach ihrer Flucht vom Schlachtfeld hierhergekommen sind?« fragte er.

Ryllans runzelte nachdenklich die Stirn. »Nein«, sagte er und schüttelte endgültig den Kopf. »Sie sind ganz fort. Nicht nur geflohen. Sind aus unserem Innern gegangen, um nie zurückzukehren. An jenem Tag fochten andere Kräfte gegeneinander. Wir waren nur Teil einer umfassenderen Schlacht. Mein Meister und derjenige, dem er diente, fielen beide durch eine andere Hand, dessen bin ich gewiß, aber ich könnte nicht behaupten, daß sie … tot … erschlagen …

waren. Kann man den Himmel, den Wind erschlagen? Doch sie waren fort.«

»Was hat Euch dann so verstört?« wollte Ibris wissen.

»Die Macht ist da, und jeder, der sie meistern kann, wird sie nehmen«, erwiderte Ryllans. »Und es gab auch finsterere Jünger in jenen Zeiten, als wir es waren. Schüler.«

»Und ein solcher könnte hier sein?«

»Jemand mit seinen ... Fähigkeiten ... *ist* hier«, erwiderte Ryllans.

Sein unzweideutiger Tonfall schien Ibris ins Mark zu treffen, und er spürte, wie sich ein Mahlstrom von Furcht in seinem Magen wälzte. Wider Willen trieb er ihn mit einem Vorwurf aus. »Wie konntet Ihr und die anderen nur diesem ... Mann ... folgen, nachdem ihr die Wahrheit erfahren hattet?« fragte er.

Ryllans neigte leicht sein Haupt und blickte ihm dann offen in die Augen. »Wir folgten ihm«, sagte er, und in seiner Stimme lag weder Entschuldigung noch Flehen. »Nun büßen wir dafür, so gut wir es vermögen.«

Wie er es schon geahnt hatte, als ihm die Frage über seine Lippen gekommen war, fiel der Vorwurf auf Ibris selbst zurück. »Du wirst *durch* deine Sünden, nicht für sie bestraft«, hatte er einmal einen Philosophen verächtlich sagen hören, als ein Priester den rachsüchtigen Zorn seiner Gottheit auf sein Haupt herabbeschworen hatte.

So ist denn Ryllans bestraft, und so bin ich bestraft, dachte er.

Er streckte die Hand aus und ergriff Ryllans' Arm. »Vergebt mir«, sagte er.

Ryllans legte seine Hand über die des Herzogs, um die Entschuldigung anzunehmen. »Da ist noch etwas«, sagte er.

»Erzählt«, verlangte Ibris ruhig. »Dann werden wir alles sammeln und darüber beratschlagen.«

Er war sich bewußt, daß ihn sowohl Ryllans als auch Feranc gespannt musterten, doch der Augenblick war vorüber, bevor er sie fragen konnte, und dann redete wieder Ryllans.

»Als unsere Heerreihen zusammenbrachen und in alle

Winde verstreut wurden, sandte man uns keine Verfolger hinterher, um uns aus Haß und Rache in Stücke zu reißen. Unsere Gegner … unser eigenes Volk und ihre Verbündeten … waren wild und furchterregend im Kampf, doch im Sieg wußten sie ihre Hand zu zügeln.« Er hielt grüblerisch inne. »Vielleicht war es an diesem Punkt, daß wir zu lernen begannen«, sagte er sacht.

»Doch es ist Sitte und Gesetz bei unserem Volk, Wiedergutmachung von den Übeltätern zu fordern, und man wird nicht zulassen, daß Zeit oder Entfernung diese Forderung zunichte machen.«

Ibris runzelte die Stirn. Arwains Hinweis auf die beiden Männer fiel ihm wieder ein. In den Aufregungen der letzten Tage war ihm das ganz entfallen.

»Diese Männer, die Arwain erwähnte«, begann er. »Die auf der Brücke. Das waren Eure Landsleute?«

Ryllans nickte. »Nach Kleidung, Auftreten und Pferden waren sie Männer des Königs, das ist über jeden Zweifel erhaben.«

Feranc wandte sich abrupt ab, doch Ibris bemerkte es nicht.

Er öffnete die Arme in einer Geste beiläufigen Gleichmuts. »Das ist *meine* Aufgabe, Ryllans«, erklärte er beinahe verärgert. »Ihr, ihr alle, vermutlich in höherem Maße als alle meine anderen Untertanen, steht unter meinem Schutz. Ich lasse mir die Gerichtshoheit von keinem anderen Monarchen streitig machen.«

Er wandte sich an Feranc, bevor Ryllans etwas sagen konnte. »Haben diese … Männer des Königs … im Palast um eine Audienz ersucht?« fragte er.

Feranc schüttelte den Kopf, sagte jedoch nichts. Ibris wandte sich wieder an Ryllans. »Könntet Ihr Euch nicht geirrt haben?« fragte er, und seine Stimme wurde wieder weicher. »Es kommen viele Leute in die Stadt. Vielleicht waren es nur fremde Kaufleute. Es war noch nicht lange her, daß Estaans Neuigkeiten Euch erreicht hatten. Ihr wart erregt …«

»Da war kein Irrtum möglich«, erwiderte Ryllans. »Es

waren Männer des Königs, und gewiß sind sie hier, um uns zu finden.«

Ibris wirbelte auf dem Absatz herum und klatschte heftig mit den Handflächen auf die steinerne Brüstung. Ein mächtiger Teil in ihm wollte diese Eindringlinge einfach dem Vergessen überantworten. Zwei Männer, im Namen der Vernunft! Kommen in *seine* Stadt, um *seine* Mantynnai in Ketten wegzuführen! *Sie hätten besser ihre mächtige Armee mitbringen sollen!*

Doch der weisere Teil seines Ich erkannte, daß seine Wut im Grund nur Furcht war. Furcht vor dem, was an diesen Männern war, daß sie seine Mantynnai so beunruhigen konnten – nein, verängstigen, berichtigte er sich. Die Männer, die für ihn gefochten hatten, für ihn gestorben waren. Die Männer, die die kämpferischen Qualitäten seines Heers so unermeßlich verbessert hatten. Die Männer, deren Ergebenheit ihm die Sicherheit und Rückendeckung verschafft hatten, die er brauchte, um sein Volk voranzuführen, weg von dem endlosen, kräftezehrenden Zirkel mörderischer Kriege und unnütz wartendem Frieden.

Sein Zorn verrauchte jäh, und als er erneut zum Sprechen ansetzte, war seine Stimme gelassen und ruhig.

»Ciarll, finde diese Männer, dringend. Mein Gott, es sollte doch nicht schwer sein. Bring sie her … bitte sie …, ob sie die Freundlichkeit haben, baldmöglichst bei mir vorzusprechen.«

Er wandte sich wieder Ryllans zu. »Ich spüre den Schmerz, den diese Erzählung dir bereitet hat, mein Freund, und wie immer stehe ich wegen eures Muts und eurer Ehrlichkeit in eurer Schuld«, sagte er. »Doch wir befinden uns am Rande eines Krieges. Organisieren die gewaltigste Mobilmachung, die dieses Land je gesehen hat, um wer weiß welchen fremden Gefahren zu begegnen. Ich darf nicht zulassen, daß irgend etwas … *irgend etwas* … unseren Vorbereitungen in die Quere gerät. Tausende von Menschenleben hängen von uns ab. Was immer eure Landsmänner auch wollen, ich werde es mir anhören … *wir* werden es uns anhören. Und *wir* werden entscheiden, was zu tun ist.« Er richtete den Zeigefinger auf den Mantynnai. »Doch dies sind verjährte Sünden, und nachdem eure … Wiedergutmachung … so lange gewartet hat, wird sie auch noch ein bißchen länger warten können. Was immer sie wollen, was immer ihr wollt, *nichts* wird geschehen, bis dieser Krieg nicht vorbei und der Frieden wiederhergestellt ist.«

Ryllans verneigte sich, und Ibris schritt auf die Turmtür zu, wobei er den beiden Männern winkte, ihm zu folgen.

Als sie die steinernen Stiegen des Turm hinabgingen, begrüßte Ibris ihr Fußstampfen, verscheuchte es doch weiterhin die verstörende Atmosphäre von Ryllans' Geschichte – und, wie er jäh erkannte, Ferancs tiefen Rückzieher.

»Wünscht Ihr, daß ich auf der Stelle nach diesen Männern zu forschen beginne?« fragte Feranc in geschäftsmäßigem Tonfall, Ibris' Gedanken Lügen strafend, noch bevor sie richtig gedacht waren.

»Ja«, antwortete er und sagte dann mit einem leichten Zusammenzucken: »Nein, nein. Noch nicht. Ich glaube, wir sollten erst mit Antyr sprechen. Dieser alte Feind von Ryllans greift uns und – aus irgendeinem anderen Grund – auch die Bethlarii auf dem Weg über unsere Träume an, und auch wenn Antyr ganz offen zugibt, die Vorgänge nicht zu verstehen, ist und bliebt er doch derjenige, der am meisten über diese Dinge weiß, ob er sich dessen nun bewußt ist oder nicht. Ich glaube, wir sollten, Ihr solltet ihm alles berichten, was Ihr könnt, Ryllans.«

»Jawohl«, sagte Ryllans.

Sie verließen den Turm durch eine schwere Holztür, in die eine große Schlachtenszene geschnitzt war; zwei gewaltige Heere, im Kampf verflochten, und der Himmel über ihnen voller kämpfender Vögel. Das Schnitzwerk war außerordentlich lebensecht und lebendig und breitete sich von der Tür über die steinernen Türpfosten aus.

Ryllans zog die Tür mit einem hallenden Knall zu, der durch den ganzen Saal vibrierte, den sie nun betraten. Er blickte auf den riesigen, eisernen Türring hinunter, drückte ihn kurz wie zum Trost, bevor er ihn fallen ließ. Als er auf die Tür prallte, gab er einen eigenartig melodischen Klang von sich, der in der Luft zu schweben schien und den drei Männern folgte, während sie sich weiter entfernten.

Allmählich wurden die Korridore, die sie durchmaßen, wieder belebter, und Ibris fühlte, wie die ungewohnte, hektische Palastroutine ihn zu umfangen begann – eine vertraute Schutzhaut.

Er ließ indes nicht zu, daß sie ihn von seiner jüngsten Einsicht abschottete. Ja, er gestattete seinen Befürchtungen bezüglich Ryllans' Geschichte, frei durch seinen Geist zu wandern, wußte er doch, daß dies allein seine Gedanken beizeiten wieder ins Gleichgewicht bringen würde. Fürs erste entschloß er sich, nur über die einfache, praktische Sache mit diesen beiden Fremden, die nach seinen Mantynnai forschten, nachzudenken.

Die ganze Angelegenheit schien ihm gleichzeitig banal und tiefgründig zu sein. Der Wunsch irgendeines fernen und unbekannten Herrschers nach Vergeltung für vor so langer Zeit begangene Vergehen verdiente nicht die geringste Überlegung, verglich man ihn mit den Gefahren, die gegenwärtig das Land bedrohten.

Selbst das Vergehen der Mantynnai, Hochverrat vermutlich, war im Zusammenhang eines Bürgerkriegs nicht von durchschlagender Bedeutung. Alle Länder hatten beizeiten solche Auseinandersetzungen, und für gewöhnlich erfuhren nur die Rädelsführer eine Bestrafung, nachdem alles schließlich beigelegt war.

Und was konnten zwei Männer auch schon groß ausrichten?

Und doch hatten diese beiden, die ganz offen und doch so unbemerkt in diese Stadt gekommen waren, die Mantynnai mehr verstört, als er es je zuvor erlebt hatte.

Sie erreichten die kleine Halle, wo Estaan seinen Schutzbefohlenen trainiert hatte, und Ibris schob die strittige Angelegenheit für einen Moment beiseite.

Bei ihrem Eintritt schlug Antyr gerade mit hochrotem Kopf und rasselndem Atem mit einem hölzernen Übungsschwert um sich, und Estaan parierte seine Angriffe oder ging ihnen aus dem Weg. Antyr hatte am Ende seinen inneren Widerstand gegen einen richtigen Angriff überwunden, und meist waren seine Hiebe gut plaziert und entschlossen. Estaan glitt mit einer Leichtigkeit und Gelassenheit um und zwischen den Schlägen hindurch, die, wie frustrierend, ja ärgerlich sie auch für Antyr sein mochten, doch völlig irreführten.

Ibris legte, als sie die Halle betraten, den Finger auf seine Lippen, und ein Weilchen beobachteten die drei schweigend die beiden Protagonisten. Währenddessen glitten Tarrian und Grayle verstohlen zu ihnen hinüber und begannen um den Herzog herumzustreichen.

Feranc lächelte ein wenig.

»Das reicht, ihr Schlingel«, sagte Ibris, beugte sich zu ihnen hinunter und streichelte sie. »Glaubt nicht, daß ich nicht mit schmeichelnden Hofschranzen umzugehen wüßte!«

Beim Klang seiner Stimme drehte sich Estaan etwas herum, und Antyr kam an seiner Klinge vorbei und griff ihn heftig an. Der Mantynnai fiel zu Boden. Ryllans und Feranc lachten und klatschten spontan Applaus, doch Antyr, bestürzt von seiner Verwegenheit oder seinem Erfolg oder beidem, blieb plötzlich stehen und schlug die Hand vor den Mund wie ein unartiges Kind.

Sofort rief Ryllans, als leide er Qualen: »Nicht aufhören! Mach ihn fertig! Mach ihn fertig!« Er schrie und trat entschlossen vor. Doch er kam zu spät. Estaan war rasch wieder aufgesprungen, und bevor Antyr auch nur reagieren konnte, war ihm schon das Schwert aus der Hand geschlagen worden, und die Spitze der Mantynnai-Waffe fuhr ihm über den Bauch.

Antyr wirkte entschlossen, seinen Fehler durch Entschuldigungen noch zu vergrößern, doch Ryllans hatte ihm schon fest den Arm um die Schultern geschlungen und erteilte ihm weitere Lektionen, bevor er den Mund aufmachen konnte.

»Das war ein guter Schachzug …«

Estaan, der sich die Rippen massierte, nickte zustimmend.

»… aber Ihr habt vergessen, wo Ihr gerade wart. Ihr habt ihn nicht aus Übungszwecken oder zum Spaß angegriffen.

Ihr habt gekämpft, um zu verhindern, daß er Euch tötet. In demselben Augenblick, in dem Ihr diese Bedrohung abgewendet hattet, hättet Ihr auch dafür sorgen müssen, daß er es nicht noch einmal versuchen kann. Dann hättet Ihr Euren Fuß auf seinem Schwert und Eure Klinge an seiner Kehle gehabt. *Dann* hättet Ihr vielleicht eine kleine Verschnaufpause einlegen können, für den Fall, Ihr hättet es nur mit ihm zu tun.«

»Ich weiß, ich weiß«, gelang es Antyr zu stammeln.

»Nur hier«, sagte Estaan und tippte Antyr auf die Stirn. »Ihr müßt es aber auch hier wissen.« Er stieß ihn den Finger leicht in den Bauch. »Oder Ihr seid tot.«

Antyr nickte energisch.

»Lernt das, Antyr«, befahl Estaan, der ihn immer noch fest umklammert hielt, als wolle er ihm die Lektion mit Gewalt eintrichtern. »Der gefährlichste Zeitpunkt im Nahkampf ist der, wenn Euer Gegner zu Boden geht. Ihr entspannt Euch, fangt an, nachzudenken. Ihm wachsen durch seine gefährliche Lage ungeahnte Kräfte, und ...« Er fuhr sich mit dem Zeigefinger über die Kehle. »Kämpfen ist grausam und über jede Vorstellung entsetzlich. »Der Unterschied zwischen Leben und Tod ist Eure Bereitschaft, *sofort* zu akzeptieren und in die Tat umzusetzen, was immer zu Eurem Überleben notwendig ist. Ihr müßt diesen Grundsatz völlig beherzigt und verinnerlicht haben, bevor Ihr mit der Absicht, Euch zu verteidigen, ein Schwert in die Hand nehmen dürft.«

Er entließ seinen Schüler, der unbeholfen stotterte, daß er begriffen habe.

»Wie macht er sich?« fragte Ryllans Estaan ohne Umschweife. »Ich sehe, daß er schon zum Übungsschwert vorgedrungen ist.« Estaan lächelte und nickte. »Er ist kein Meister des Schwertkampfes, nicht einmal annähernd, aber er ist besser als der Durchschnitt«, erwiderte er. »Und schon wesentlich besser, als er noch vor ein paar Tagen war. Ich denke, er kann sich selbst jetzt besser einschätzen. Er weiß, daß er abhauen muß, wenn er nicht gerade mit dem Rücken zur Wand steht, und er hat genügend Kampferfahrung, um zu wissen, daß andere ihm in diesem Fall zu Hilfe kommen werden.«

Ryllans nickte. »Gut«, meinte er. »Laß nicht locker.«

Antyr sah von einem zum anderen, während sie sich unterhielten, wie ein Missetäter, der sein Urteil erwartet, um sich dann an den Herzog als höhere Instanz zu wenden.

Doch Ibris erklärte, die Sache liege nicht in seinem Zuständigkeitsbereich. »Ich muß um Verzeihung bitten, Antyr«, sagte er. »Ich hätte es wissen müssen, daß die Mantynnai Euch in Form bringen, wenn man ihnen die Aufgabe erteilt, sich um Euch zu kümmern. Sie betrachten es als Bestandteil ihres Schutzauftrags, Euch in die Lage zu versetzen, daß Ihr Euch selbst schützen könnt.«

»Ich fürchte, ich habe mich freiwillig gemeldet, Sire«, sagte Antyr seufzend.

Der Herzog schien noch nicht überzeugt. »Möglich«, meinte er. »Aber am Ende wärt Ihr auf alle Fälle hier gelandet.«

Mit einer Handbewegung beendete er das Gespräch und führte dann Antyr zu einer Bank an der Schmalseite der Halle.

»Ich möchte, daß Ihr Euch Ryllans' Geschichte anhört«, erklärte er, während er sich setzte. »Ich bezweifle zwar, daß Ihr mehr versteht als ich, aber stellt ihm jede Frage, die Ihr für nötig erachtet, und fühlt Euch nicht dazu verpflichtet, irgendwelche Kommentare zu dem Gehörten abzugeben. Ich will einfach, daß Ihr in dieser Sache alles wißt, was ich auch weiß. Ob es wichtig ist oder nicht, wird sich dann später herausstellen.«

Kurz darauf sprach der Herzog unter vier Augen mit Feranc.

»Hast *du* mir irgend etwas zu sagen, das ich wissen sollte?« fragte er.

Feranc schüttelte den Kopf. »Nein«, antwortete er kurz und bündig.

Ibris sah ihn besorgt an. »Dein Land hat seit deinem Weggang auf tiefe und seltsame Weise gelitten, Ciarll«, begann er. »Armeen zusammengezogen, Schlachten gefochten, Bürgerkrieg. Fremde Mächte am Werk. Willst du mir nicht sagen, daß du dein Weggehen bereust, daß, wenn du geblieben wärst, alles möglicherweise anders verlaufen wäre?«

Überraschend begann Feranc zu lächeln, wenn auch traurig. »Ich bedaure nichts«, erwiderte er kopfschüttelnd. »Es *wäre* anders gelaufen, wenn ich dageblieben wäre, aber ob schlimmer oder besser, wer vermag das zu entscheiden? Wer kann sagen, welcher Seite ich mich angeschlossen hätte? Ich hatte keine nahe Verwandtschaft, und ich war jung und aufgewühlt.«

Ibris wollte noch etwas sagen, doch Feranc sprach weiter: »Ich bin neugierig zu erfahren, was geschehen ist, sehr neugierig, und vielleicht werde ich eines Tages in der Lage sein, in aller Ruhe mit Ryllans und den anderen darüber zu reden. Doch das ist jetzt nicht wichtig.« Er wandte sich dem Herzog zu. »Wichtiger ist im Augenblick die Anwesenheit der beiden Männer, die Ryllans auf der Brücke gesehen hat.«

»Könnte es sich um deine Landsleute handeln, die versuchen, ihre alten Gegner der Gerechtigkeit ihres Landes zu überantworten?« fragte Ibris ungläubig.

Feranc nickte. »Das wäre möglich«, erwiderte er. »Doch erst, wenn wir sie finden, werden wir das mit Bestimmtheit wissen.«

»*Wenn* wir sie finden?«

»Wenn sie von so weit hergekommen sind, sind es keine gewöhnlichen Männer des Königs, und wenn sie das sind, was ich vermute, dann werden sie nicht wollen, daß man sie findet, und dann wird man sie auch nicht finden«, sagte Feranc.

Ein Anflug von Gereiztheit huschte über des Herzogs Antlitz. »*Du bist* doch von ihrer Art, Ciarll. Finde sie einfach. Und zwar bald.«

Feranc zeigte sich leicht erstaunt über den Ton des Herzogs.

»Ja, es ist wichtig«, erklärte Ibris scharf auf den unausgesprochenen Tadel hin. »Trotz meiner Neugier auf all diese lange verjährten Schatten gilt meine wahre Sorge doch den Problemen, die wir hier und jetzt haben. Und diese Leute – *falls* sie Ryllans', falls sie deine Landsleute sind – haben sich dieser … Macht …, die uns angreift, entgegengestellt und sie besiegt. Wir müssen sie als Verbündete gewinnen.«

KAPITEL 32

Es war ein kalter, strahlender Sonnentag, als die ersten Divisionen von Ibris' Armee Serenstad auf ihrem Marsch nach Whendrak verließen. Der Himmel lachte blau und wolkenlos, und eine leichte Brise ließ die Wimpel und Flaggen munter flattern, mit denen die Stadt zu diesem Anlaß geschmückt worden war.

Auf einem Felsvorsprung auf dem anderen Flußufer hatte man ein fahnengeschmücktes Podium aufgestellt, und von diesem aus inspizierten Ibris und verschiedene andere Würdenträger die Truppen, die über die Brücke marschierten.

Eine große Menschenmenge hatte sich eingefunden, und die vielen Boote im Hafen waren ebenfalls mit Zuschauern überladen. Es gab eine tröstliche Menge an Jubel und Applaus, doch der Ton war eher ermutigend als fröhlich, die vorherrschende Stimmung besorgt.

Nach so vielen Jahren vergleichsweise beständigen Friedens und wachsenden Wohlstands war das unvermittelte Aufflammen des Bethlarii-Hasses für die Serens wie ein besonders entsetzlicher Schock gekommen, und viele konnten es immer noch nicht recht glauben.

Es half nichts, daß keine Warnzeichen auf dieses Abenteuer hingedeutet hatten; kein immer verbissenerer Schlagabtausch zwischen Gesandten, keine Gerüchte über geplünderte Dörfer oder gesperrte Handelsrouten, keine formellen Verurteilungen, Herausforderungen oder Kriegserklärungen. Ja, eigentlich nichts, was dazu angetan sein konnte, die

Bevölkerung in eine eindeutig positive Stimmung für militärische Unternehmungen zu versetzen.

Doch die Möglichkeit, daß der Grund der Aggression religiöser Natur sein könnte, war der Grund der wahren Besorgnis. Handel und Land waren Dinge, für die die Serens in den Kampf zu ziehen verstanden, sollte es nötig werden. Aber irgendeine abstruse Göttergestalt ...?

»Das sind die Informationen, über die ich verfüge, und sie sind unbestreitbar«, erklärte Ibris einer gedämpften, verschreckten Gemeinschaftssitzung von Sened und Gythrin-Dy, die einberufen worden war, nachdem Arwains Mantynnai die unheilvolle Bestätigung für die Absichten der Bethlarii gebracht hatten.

»Ich brauche wohl kaum daran zu erinnern, daß einst, als viele von uns hier noch jünger waren, Krieg gegen die Bethlarii ein fast alljährlich sich wiederholendes Geschehen war, aufgrund welchen Vorwands auch immer. Glücklicherweise haben sich die Zeiten geändert, und wir sind alle ein bißchen weiser geworden. In der Tat bin ich mir sicher, daß niemand der hier Anwesenden trotz vieler Differenzen abstreiten wird, daß wir in *aufgeklärten* Zeiten leben. Zeiten, in denen Bogen und Schwert nicht mehr als annehmbare Mittel zur Beilegung von Meinungsverschiedenheiten betrachtet werden. Genauso glücklich ist der Umstand einzuschätzen, daß wir uns trotz allen Mangels an Kriegshandlungen immer daran erinnert haben, daß keine Stadt, keine Gemeinschaft, ja, sogar kein Mann leichtfertig jene Mittel verwerfen und sich vollständig von jeder Idee kriegerischer Auseinandersetzung entfernen kann, da es immer auch solche geben wird, die ihren Willen mit Hilfe solcher Mittel durchzusetzen versuchen.«

Zustimmendes Gemurmel erhob sich in beiden Häusern.

»So haben wir also nicht davon abgelassen, den Kriegskünsten gebührende Aufmerksamkeit zu schenken, unsere Armee zu unterhalten und den Wehrdienst zu einer gesellschaftlichen Pflicht eines jeden jungen Mannes zu machen. Unsere Nachbarn nicht zu bedrohen. Ihnen jedoch zu zeigen, daß wir, auch wenn wir die Hoffnung auf die Zukunft hochhalten, dennoch die Lektionen aus der Vergangenheit gelernt haben und deshalb unsere Stärke aufrechterhalten.«

Er hatte seine Ansprache mit einem Appell um Einigkeit zwischen den vielen widerstreitenden Fraktionen und den beiden regierenden Häusern und den anderen Institutionen der Stadt beschlossen.

»Dieser Konflikt aber, meine Freunde, wird ganz anders sein als alle, die wir schon erlebt haben. Die Bethlarii haben sich vom Licht, von der Vernunft, vom Wissen abgewandt und haben sich ganz ihrem finsteren und häßlichen Fanatismus verschrieben. Sie werden keine Ruhe geben, bis sie nicht diesen monströsen Glauben über das ganze Land verbreitet haben, es sei denn, man zeigt ihnen die Abwegigkeit und die Unvernunft ihrer Überzeugung auf. Und sie werden erst wissen, welchem Wahnsinn sie gefolgt sind, wenn ihnen entscheidend und endgültig Einhalt geboten sein wird.«

Er unterbrach sich und ließ den Blick voller Bedacht über die schweigenden, aufmerksamen Vertreter seines Volkes schweifen.

»Es wird ein grimmiger Streit werden, in den wir unsere Jünglinge schicken«, fuhr er nach einer langen Pause fort. »Und wir müssen standhaft sein, wie sie es sind. Schild an Schild. Steigbügel an Steigbügel. Wir bitten sie darum, die Schwäche ihres Fleisches im Angesicht von Geschossen und Kavallerieattacken zu überwinden. Standzuhalten, selbst wenn ihre Kameraden verwundet und sterbend neben ihnen zu Boden sinken. Deshalb müssen auch wir unsere Schwächen und kleinlichen Streitereien begraben und geschlossen gegen jene unter uns stehen, die versuchen, diese Tragödie für ihre eigenen Zwecke auszunutzen oder, schlimmer noch, diese Tyrannei der Unwissenheit, die die Bethlarii anzunehmen sich entschlossen haben, schönzureden.«

Bei diesen letzten Bemerkungen hatte es ein gewisses unbehagliches Herumrücken gegeben, doch Ibris war die einmütige Unterstützung zuteil geworden, um die er gebeten hatte.

»Fürs erste«, hatte Aaken kryptisch bemerkt.

»Jetzt ist die Zeit der Entscheidung«, hatte Ibris erwidert.

Er hatte sich indes gezwungen gesehen, im Zuge dieses Appells ein Opfer in eigener Sache zu bringen, so daß ihm nun auf dem Podium seine Gattin, Nefron, zu Seiten stand, ›die sich von ihrer langwierigen und zehrenden Krankheit, die sie an den Erin-Mal band, erholt hat und nun treu und stark an der Seite ihres Gemahls steht in diesen Zeiten großer Not für das Land‹.

»Behaltet sie bloß im Auge«, hatte Ibris Feranc und Ryllans mit ungeheurem Nachdruck eingeschärft.

»Aber ...?«

»Keine Angst, ich lasse sie nicht in meinen Rücken. Sie wird uns an die Front begleiten«, erklärte Ibris mit grimmiger Miene, die Frage beantwortend, noch bevor sie gestellt worden war. »Für die Moral des Heeres«, fügte er bedeutungsvoll hinzu. »Oder zumindest so nah, wie das Volk es für ziemlich halten wird.«

Weder Feranc noch Ryllans erhoben offen Einspruch gegen diesen Entschluß. Eine Nefron, die durch solchen ›Mut‹ an öffentlichem Ansehen gewann, war vermutlich immer noch besser als eine Nefron, die nach Lust und Laune in Serenstad schalten konnte.

»Es ist ja so aufmerksam von dir, mich diesem beißenden Wind auszusetzen, mein Lieber«, sagte Nefron mit ruhiger Stimme zu ihm, während sie lächelte und den vorbeiziehenden Truppen huldvoll zuwinkte.

Äußerlich überging Ibris diesen Rüffel, doch innerlich traf er, wie sie beide wußten, sein Ziel, und wider Willen erwachten lange begrabene Erinnerungen an die Leidenschaft, die sie einst vereint hatte, und peinigten ihn mit Gewissensbissen.

»Einen weiteren Mantel für die Lady Nefron«, fuhr er den neben ihm stehenden Diener unbeherrscht an.

»Der Winter liegt in der Luft«, sagte jemand.

Die Bemerkung veranlaßte Ibris dazu, Feranc, der in der Nähe stand, einen flüchtigen Blick zuzuwerfen. Obwohl der Hauptmann seiner Leibwache nie darüber sprach, wußte Ibris, daß er besonderen Respekt vor Winterschlachten hatte.

Ironischerweise schlug das dem Herr jedoch zum Vorteil

aus, denn Feranc hatte genug Phantasie, um sich in die Haut jener zu versetzen, die er führte. So achtete er peinlich darauf, sicherzustellen, daß die Kleidung auch wirklich winterfest war, die Versorgung angemessen und genauestens organisiert war. Und wichtiger noch, es erweckte jedes seiner dunklen Talente zum vollen Leben: dafür zu sorgen, daß der Konflikt so schnell wie möglich zu Ende wäre.

Menedrion, der hinter seiner Mutter stand, zappelte unbehaglich herum. Er hatte wenig Zeit für solche Zeremonien und brannte darauf, wieder zu seinen Soldaten zu kommen.

Nicht, daß dieser Vorbeimarsch mit großen Zeremonien begangen worden wäre. Außer Bataillons- und Kompaniefahnen und einer großzügigen Verteilung von Abzeichen und Wimpeln auf Piken und Karren gab es keinerlei Zugeständnisse an den althergebrachten, weit offizielleren Abmarsch der Armee aus der Stadt. Die Sache war zu dringlich für solche Spielereien, und die Männer trugen ihre Felduniformen und bereiteten sich auf einen schnellen Marsch gen Whendrak vor.

Andere würden in angemessenem Zeitabstand folgen, und wieder andere waren bereits abgezogen. Mit Ausnahme seiner engsten persönlichen Schutztruppe war Ibris' Eliteleibwache bereits mit einem Minimum an Ausrüstung zu einem Gewaltmarsch abgerückt. Sie standen unter Arwains Kommando, mit Ryllans an seiner Seite. Was sie bei ihrer Ankunft in Whendrak vorfinden würden, würde mit Eilboten zurückgetragen werden und die Grundlage für die Taktik für das restliche Heer abgeben.

Der Troß und seine Begleitmannschaften rumpelten nun vorbei.

Menedrion trat wieder auf den anderen Fuß.

»Hab Geduld, Irfan«, riet ihm Nefron. »Ich bin sicher, daß Arwain eine Weile ganz gut ohne dich auskommen wird.«

»Geh und nimm deine Position in der Heersäule ein, Irfan«, sagte Ibris, bevor Menedrion noch etwas entgegnen konnte. Dann wandte er sich mit einem Nicken zu dem Offizier um, der für die Zeremonie zuständig war, sprach ein paar Abschiedsworte zu den verschiedenen Würdenträgern und geleitete seine Gemahlin, nachdem er ihren Arm ergriffen hatte, umsichtig die Stufen des Podiums hinab. Unten angekommen, ließ er sie in der Obhut ihres kleinen Hofstaats und ihrer Leibwache zurück.

Unter ihnen begann die Menge über die Brücke in die Stadt zurückzufluten. Manche verweilten hingegen, während die Nachhut vorbeizog, selbst dann noch, als der Herzog und seine Begleiter gegangen waren. Mütter sandten ihren Söhnen letzte Grüße und Wünsche nach und bemühten sich, die Tränen zurückzuhalten. Frauen umklammerten ihre Babies, drückten kleine, unverständige Händchen und taten es den Müttern gleich. Kleine Jungen spürten die Furcht der Erwachsenen, so daß sie dann doch nicht mit den Spielzeugschwertern und -speeren lärmten und rasselten, die sie zur Unterstützung ihrer älteren Brüder und ihrer Väter mitgebracht hatten.

Ibris und Nefron verließen die Stätte wortlos.

»Eilkurier!«

»Laßt ihn durch!«

Arwain fuhr erschreckt hoch und fluchte stumm. Wie lange war er wie in Trance herumgewandert? Das unerbittliche Marschtempo war sowohl erschöpfend als auch hypnotisch; er mußte fast im Gehen eingeschlafen sein!

Das würde noch öfter passieren, entschied er, während er nach dem näher reitenden Boten Ausschau hielt.

Bald kam der Mann in Sicht, und Arwain bemerkte, daß er sein Reittier gnadenlos antrieb.

In der Kolonne wurde wenig auf Rang und Im-Glied-Bleiben geachtet, da jeder einzelne den ihm genehmen Schritt wählte, um in Tuchfühlung mit seinen Anführern zu bleiben, doch es gab trotzdem eine klare Marschordnung, und die hinterherzottelnde Nachhut machte eine Gasse frei, um den Reiter durchzulassen. Schwankend kam er vor Arwain zum Stehen.

Das Pferd war schweißbedeckt, und auch dem Reiter ging es wenig besser. Er nahm Arwains helfende Hand an, als er ermattet aus dem Sattel glitt. Ein Kavallerist nahm ihm sein Pferd ab.

Ryllans tauchte neben Arwain auf.

Bevor einer von ihnen etwas sagte, stieß der Bote aufgeregt hervor: »Die Bethlarii haben Whendrak eingeschlossen! Zwei ganze Divisionen, schätze ich.«

Arwain sank das Herz. Zwei Divisionen! Zehnmal so viele Männer, wie er zur Verfügung hatte. Der Umfang des Bethlarii-Plans und die Schnelligkeit seiner Ausführung ließen ihn schaudern. Was sollte er gegen eine solche Übermacht ausrichten?

»Umzingelt oder erobert?« schnitt Ryllans' ruhige Frage durch Arwains Entsetzen. Er bot dem Kurier seine Wasserflasche an. Der Mann ergriff sie gierig.

»Umzingelt«, bestätigte er. »Im Innern der Stadt gab es Anzeichen von Bränden, doch sie muß immer noch abgeriegelt sein, denn die Bethlarii zimmern Türme.«

»Gut«, sagte Ryllans. »Solange Whendrak standhält, werden sie nicht zu begierig darauf sein, in das Tal vorzudringen. Hat man dich entdeckt?«

»Nein. Ich hab' mich am Südkamm gehalten, und der war menschenleer.«

Ryllans nickte, sagte jedoch nichts. Dann, nachdem er den Boten entlassen hatte, sprach er leise, aber eindringlich auf Arwain ein. »Wenn sie die Kämme nicht eingenommen oder mit Aussichtsposten besetzt haben, dann erwarten sie uns entweder nicht oder es schert sie einfach nicht. Es sieht ihnen gar nicht ähnlich, so sorglos vorzugehen, aber ...« Er zuckte mit den Achseln. »Diese ganze Geschichte ist untypisch ...« Er dachte kurz nach.

»Wir müssen sie im Tal festhalten, bis die Hauptkolonne eintrifft«, stellte Arwain fest. »Und niemand kann vorhersagen, wie lange Whendrak noch durchhält, wenn sie vor den Toren stehen und Aufstände im Innern toben. Sie könnten schon in diesem Augenblick vorrücken.«

Eine bittere Vorstellung. »Wir können uns ihnen mit einer Truppe dieser Größenordnung nicht entgegenstellen«, sagte Ryllans, das Offensichtliche ansprechend, um den Kopf frei zu bekommen. »Nirgendwo in dem Tal. Es ist zu breit. Aber wir können sie stören, ihr Tempo verlangsamen, wenn es sein muß.« Er nickte vor sich hin.

»Dafür müssen wir die Kämme halten«, meinte Arwain.

Im Verlauf einer Stunde preschte ein Reiter mit den Neuigkeiten und den Einzelheiten von Arwains Plan zu Ibris zurück, eine Kompanie der Leibwache marschierte in Höchstgeschwindigkeit vorwärts, um während der Nacht die Hügelkämme zu sichern, und Arwain zwang seine protestierenden Glieder, sich der wiederaufgenommenen Marschgeschwindigkeit der Heersäule anzupassen.

In der Nacht rasteten sie nur eine kleine Weile. »Wir werden morgen im Tal sein«, sagte Ryllans. »Vielleicht kämpfen. Ein bißchen Essen und Schlaf ist jetzt lebensnotwendig.« Obwohl es Arwain so scheinen wollte, als bekäme der Mantynnai nur wenig von letzterem. Mit Sicherheit war er jedenfalls bei den vielen Malen, da Arwain wegen der einen oder anderen Unbequemlichkeit aufwachte, entweder hellwach oder unterwegs.

Sich auf einen milden Tadel einstellend, wagte er am Morgen eine Bemerkung bezüglich Ryllans' offensichtlicher Vernachlässigung seines Äußeren, aber er selbst war es, der mit verquollenen Augen, stocksteif und vor Kälte zitternd aufwachte, wohingegen Ryllans, schon lange wach, sich im stillen über ihn lustig machte, während das Lager in der Dunkelheit vor der Morgendämmerung zum Leben erwachte.

Es war ein gespenstisches Erwachen. Ab hier würde man völlige Stille wahren müssen, und die kalte Düsternis war voller wispernder Schatten und verhängter Lampen, während Waffen, Vorräte und Ausrüstungsgegenstände überprüft und steife Glieder massiert wurden und blasenübersäte Füße eine letzte Behandlung erfuhren, bevor man sie wieder zum Dienst preßte.

Dann befanden sie sich von neuem auf dem Marsch, nicht so schnell wie vorher, dafür aber vorsichtiger. Nun war es von größter Bedeutung, daß die Kolonne nicht zu weit auseinandergezogen wurde.

Während er durch die Dunkelheit stapfte, von so vielen

Kameraden umgeben, fühlte sich Arwain plötzlich sehr allein. Er hatte schon vorher das Kommando geführt, aber nicht über eine so leicht bewaffnete, so rasch vorrückende und unabhängige Truppe. Nun gut, er hatte Ryllans an seiner Seite, und er war froh, den unaufdringlichen Rat des Mantynnai annehmen zu dürfen, doch er wußte, daß er alles anwenden mußte, was er jemals über Kämpfen, Taktik, Menschen und Terrain gelernt hatte, wenn er etwas anderes als ein Hemmschuh oder gar Schlimmeres für die Truppe sein wollte.

Er stierte in die ihn umgebende Dunkelheit. Der Mond schien nicht, und die Sterne funkelten nur gelegentlich durch eine leichte, diesige Wolkendecke. Und es war nahe am Gefrierpunkt; in der Luft hingen die Atemwolken der marschierenden Männer, schwebten die erstickten Geräusche vorsichtigen Gehens und das gelegentliche Scharren eines auf dem feuchten Stein ausrutschenden Stiefels.

Er hob den Blick noch einmal zum Himmel, und just in diesem Moment zischten zwei schmale Lichtspeere durch sein Lichtfeld.

Er lächelte. Zufall, dachte er. Sternschnuppen waren in dieser Jahreszeit kein seltener Anblick, und sie funkelten kaum länger als die Zeitspanne eines Augenzwinkerns. Und doch hatte er im genau richtigen Augenblick den Blick gen Himmel gehoben und gleich zwei von ihnen ihren Flug über das nächtliche Firmament vollenden sehen.

So würde es von nun an immer gehen, bis diese grausame Geschichte vorüber war. Man würde Pläne, Strategien, Taktiken schmieden, doch immer würde der Zufall lauern, den Lauf eines Kampfes mit seiner federleichten, willkürlichen Berührung zu ändern; ein Pfeil, der von einem Luftstrom abgelenkt wurde, ein Kieselsteinchen unter einer Stiefelsohle, ein Schrei, um jemandes Aufmerksamkeit abzulenken, der Funke einer Brandfackel.

»In der Schlacht mußt du wie sonst auch von dem lernen, was gewesen ist, auf das achten, was sein kann, darfst deinen Geist und deinen Körper jedoch nie von diesen Gedanken beeinflussen oder gar beherrschen lassen. Du bist im

Hier und Jetzt, und hier und jetzt wirst du leben oder sterben.«

Dieser Rat stammte nicht von Ryllans, sondern von Ciarll Feranc, als er Arwain eines Tages beim Trainieren zugesehen und sich aus unerklärlichen Gründen dazu entschlossen hatte, sich einzumischen.

Ryllans war ehrerbietig zurückgetreten. »Ich versuche, ihn zu verstehen«, hatte er gesagt, nachdem Feranc wieder gegangen war und Arwain sich um eine Erklärung bittend an ihn gewandt hatte. »Ruft Euch einfach ins Gedächtnis zurück, was er gesagt hat, und denkt darüber nach. Er ist als Krieger zwanzigmal so gut, wie ich es jemals sein werde.«

Arwain nahm sich den Rat zu Herzen, und irgendwann, wie beim flüchtigen Aufflackern der stürzenden Sternschnuppen, glaubte er zu verstehen.

Und dann, ohne daß er hätte sagen können, wie oder warum, dachte er auf einmal anderes über die Steifheit in seinen Gliedern, die Kälte, die in Hände und Füße biß, über die Last der Verantwortung, eine Truppe zu führen, über die schier endlosen Möglichkeiten, die vor ihnen lagen. Keine dieser Möglichkeiten war irgendwie weniger wahrscheinlich geworden, doch er akzeptierte sie nun eher, als daß er ihnen Widerstand entgegengesetzt hätte, und so störten sie ihn nicht mehr als das Gewicht seines Kettenhemdes und seiner Stiefel.

Und außerdem wußte er, wo sie sich befanden. Die rätselhafte Finsternis wandelte sich zu verschwommenen Umrissen und Schatten, die er kannte.

»Wir sind nahe am Beginn des Tals«, sagte er leise zu Ryllans. »Zwei Stunden Gewaltmarsch vor der Stadt, schätze ich. Wir sollten besser anhalten und Kundschafter ausschicken.«

Der Mantynnai nickte und gab flüsternd den Befehl zum Anhalten.

Die Kolonne schloß die Reihen in der Dunkelheit, und nach einer kurzen Unterredung mit den Offizieren schickte Ryllans eine kleine Gruppe zur Erkundung aus, um dann die

Kolonne langsam und gefechtsbereit wieder in Marsch zu setzen.

Das Schweigen, das die Marschierenden bis jetzt umgeben hatte, wurde nun gespannt und war durchdrungen von geflüsterten ›Zusammenbleiben!‹ und ›Pssst!‹. Hin und wieder war ein gedämpfter Aufschrei zu hören, wenn sich jemand wegen eines dahinhuschenden Nachttiers oder eines niedrig fliegenden Vogels erschreckte.

Nach einer Weile war voraus ein Glimmen einer verhängten Lampe zu sehen, und nach einer geflüsterten Parole kehrten zwei der Kundschafter zurück, um zu melden, daß die Straße vor ihnen soweit frei sei und sie Markierungen hinterlassen hätten. Die anderen Kundschafter stießen noch weiter vor. Dann waren auch die beiden Männer wieder verschwunden.

Ryllans hob das Marschtempo jedoch nicht an, da Eile nicht mehr not tat und es wichtig war, daß die Heersäule dicht zusammenblieb.

Allmählich begann es am Himmel im Osten zu tagen, doch wie eine grimmige Parodie eines Sonnenuntergangs färbte sich der westliche Himmel blutrot. »Wir wollen hoffen, daß das nur Lagerfeuer sind«, sagte Arwain.

Während sie vorwärtsschritten, kehrten nacheinander Kundschafter zurück, um zu melden, daß die Straße immer noch frei und schließlich, daß die Stadt noch nicht eingenommen sei. Des weiteren griffen auch die Bethlarii nicht an; in ihrem Lager war es ruhig. Weniger ermutigend war indes die Nachricht, daß weitere Bethlarii-Truppen eingetroffen zu sein schienen.

Ryllans ließ erneut halten und nahm Arwain beiseite.

»Wir haben keine Ahnung, wie es in Whendrak steht«, raunte er. »Sie können außer Gefahr sein und sich wohlbefinden, sie können aber genausogut am Rande einer Niederlage stehen. Nach dem zu urteilen, was wir zu gesehen haben, sind sie untereinander böse zerstritten, so daß ich letztere Möglichkeit leider für wahrscheinlicher halte, und sei es nur durch Verrat an den Toren. Doch möglicherweise sind das alles rein theoretische Überlegungen. Wenn die Bethlarii frische Truppen heranführen, planen sie möglicherweise einen Generalangriff, oder sie beabsichtigen, eine Abteilung vor der Stadt zu lassen, um sie in Schach zu halten, während sich das Hauptheer durch das Tal bewegt. In diesem Fall könnten sie sich nach der Dämmerung in Marsch setzen.« Er wies mit dem Kopf auf den grauenden Osten.

»Weiter«, sagte Arwain in das Schweigen.

»Wir können abwarten und herausfinden, ob sie einen Angriff planen«, fuhr Ryllans fort. »Doch wenn sie das nicht tun, wenn sie weiter vorstoßen, dann marschieren sie uns direkt in die Arme.«

»Der Ruhe entnehme ich, daß wir die Höhen besetzt haben«, meinte Arwain. »Wenn wir wollen, können wir sie bei ihrem Vormarsch stören.«

Ryllans schüttelte den Kopf. »Schon gegen zwei Divisionen wäre das ein waghalsiges Unternehmen, selbst wenn man annähme, daß sie ein paar Bataillone um die Stadt zurückließen. Doch wenn sie ihre Truppenstärke während unseres Marsches noch weiter vergrößert haben, hätten wir nicht die geringste Ahnung, wie viele am Ende durchs Tal kämen. Möglicherweise wären wir nicht in der Lage, sie aufzuhalten, bis das Hauptheer eintrifft. In diesem Fall verlören wir wahrscheinlich eine Menge Männer und würde womöglich sogar abgeschnitten, ohne daß uns das groß etwas einbrächte.«

Arwain atmete bedächtig. Sie verfügten nicht über genügend Informationen, um eine vernünftige Entscheidung zu fällen, doch Ryllans' Ausführungen waren stichhaltig, und sie mußten sich entscheiden, mit oder ohne Hintergrundwissen.

»Dann bliebe uns nur der Rückzug ... oder ein sofortiger Angriff«, schloß er nach einer langen Pause. »Und da ein Rückzug schlimmer wäre, als einfach an Ort und Stelle zu bleiben, bedeutet das: Angriff. Jetzt. Noch vor der Morgendämmerung.« Er fühlte sich zugleich einer Übelkeit nahe und aufs höchste erregt.

Leise rief Ryllans noch einmal die Offiziere zusammen und legte ihnen ihren Entschluß vor. Er wurde mit einem unbehaglichen Schweigen begrüßt, und Arwain war froh, daß die Dunkelheit sein Gesicht verbarg. Er wurde sich allerdings bewußt, daß sich ihm andere Gesichter zuwandten, bleich in der Dunkelheit.

»Ich sehe keine andere Möglichkeit«, sagte er, über die eigene Ruhe erstaunt. »Die Leute in Whendrak kämpfen an zwei Fronten: gegen ihre eigenen Bürger und gegen die Bethlarii. Und jeden Augenblick, den wir zögern, gefährden wir sie mehr und erlauben den Bethlarii, ihre Truppen zu verstärken. Die Elitetruppen meines Vaters haben nicht diesen Gewaltmarsch durchs ganze Land unternommen, um nun als stumme Zuschauer dem Untergang Whendraks zuzusehen oder wie jammernde Witwen dazustehen, während der Feind uns zur Seite drängt.« Er hielt kurz inne. »Sie sind in der Überzahl. Wir haben die Überraschung auf unserer Seite.«

Die Würfel waren gefallen.

Ivaroth Ungwyl brachte sein Pferd zum Stehen, als er den Hügelkamm erreichte. Ein beißend kalter Wind schlug ihm plötzlich ins Gesicht, so daß er seinen Umhang enger um sich zog und vor sich hin fluchte.

Über ihm wogte ein ununterbrochenes Meer grauer Wolken südwärts, als eilten sie mit molkefarbigen Gesichtern dahin, um die Länder dort vor seinem Kommen zu warnen.

Ivaroth stierte finster auf die drohend emporragenden Gipfel über und um sich. Hier und dort verschwanden die höheren von ihnen in der grauen Wolkendecke, und manch einer war mit Jungschnee bedeckt oder gestreift, was ihnen selbst in dem allumfassenden Grau ein strahlendes Aussehen verlieh. Einen weniger zynischen Geist hätte die Szenerie gewiß mit ihrer Pracht und Majestät beeindruckt, doch für Ivaroth war die massive, zeitlose und unverrückbare Ewigkeit der Berge eine Kränkung. Diese Felsen spotteten seiner.

»Wer bist du schon, Mareth Hai?« schienen sie zu dröhnen. »Und was ist dein himmelstürmender Ehrgeiz wert vor unserem Zeitmaß? Für uns ist es erst einen Herzschlag her, daß deine schon lange zu Staub gewordenen Ahnen durch unsere Täler gen Norden geflohen sind, und das kleinste Schütteln unserer rauhen Häupter würde deine große Armee auf immer ins Vergessen schleudern. Und wer wird sich dann deiner noch entsinnen in einer Handvoll Sommer?«

Ivaroth knurrte und kämpfte darum, diese Gedanken zu verscheuchen.

Ich bin Mareth Hail rief er ihnen in stummen Trotz entgegen. So, wie ich die Ebenen unterworfen habe, so werde ich auch euch Stein um Stein auseinandernehmen, wenn ihr mir die Stirn bietet. Eure Klippen schleifen, eure Klüfte überbrücken, eure Flüsse und Wasserfälle austrocknen.

Sein Gefühlsausbruch verschaffte ihm jedoch nur wenig Trost. Die Berge hatten bereits ihren Zoll genommen und würden, das wußte er, noch mehr fordern, bevor sein Heer die Südländer erreicht hatte.

Er blickte zurück. Das Heer war über den ganzen Saumpfad auseinandergezogen. Die Männer plagten sich mit Pferden und Karren, beladen mit Zelten, Nahrung, Ausrüstung, kämpften mit Schleppseilen und unter schweren Bündeln und Packtaschen. Die ungeordnete Prozession verblaßte in der Ferne, wo sie außer Sicht geriet, von dem zerklüfteten Terrain verschluckt. Er wußte jedoch, daß sie sich noch weit über die Reichweite seiner Augen hinaus erstreckte wie eine dunkle Schlange, die sich unter seinem Willen unerbittlich vorwärtswand.

»Es ist gut.«

Die Stimme schien das Echo seines triumphierenden Tagtraums zu sein und unterbrach ihn doch. Es war der Blinde. Er stand wie immer in seiner Nähe, scheinbar fühllos gegen die beißende Kälte wie gegen alle anderen Härten der Reise. Ivaroth unterdrückte einen Schauder. Der alte Mann schien eine unheilige Kraft aus den Felsen selbst zu ziehen, während sie tiefer und tiefer in die Berge vordrangen. Nun fuhr er mit den Händen über eine flache Steinplatte, als streichele er zärtlich seine Braut. Nur sein eigenes verzehrendes

Bedürfnis nach dem Mann hielt ihn davon ab, ihn aus purem Ekel niederzuschlagen.

Aber es war ungewöhnlich für den Alten zu reden, was er sonst nur tat, wenn er angesprochen wurde oder etwas wollte, und fast wider Willen fühlte sich Ivaroth in ein Gespräch gezogen. »Was ist das für eine Macht, die du aus den Felsen saugst?« fragte er. Es war schon lange her, daß er eine solche Frage gestellt hatte, doch auch jetzt erwartete er kaum mehr als eine Antwort, die er in der Vergangenheit stets erhalten hatte: Schweigen.

Die nackten weißen Augen wandten sich ihm zu, undurchdringlich wie immer, obwohl Ivaroth eine finstere Erheiterung ahnte. Die langen Knochenfinger schlossen sich in einer widerlichen Umarmung um eine Felskante.

»Es ist die Macht«, antwortete er unerwartet und mit einem Hauch von Überraschung in der Stimme. »Die alte Macht, die in allen Dingen ist. Vom Anbeginn der Zeiten an. Vor dem Anbeginn noch. Mein Meister hat mich das gelehrt.« Die Hände begannen erneut den Stein zu liebkosen. »Und hier ist die Erde reich von den Erinnerungen und Fähigkeiten jener, die vor uns kamen. Bald werde ich sein, wie ich war, bevor *er* kam. Kam mit seinem grausamen Schwert und erschlug meinen …«

Seine Stimme verlor sich in einem erstickten Knurren, und sein Gesicht verzerrte sich zu einer Maske des Hasses.

Ivaroth riß angesichts dieses Anblicks bestürzt die Augen auf und ließ instinktiv die Hand unter seinem Umhang zu seinem Messer gleiten.

Doch als er die Waffe berührte, gewann die Vernunft wieder die Oberhand. Der Blinde hatte nie zuvor über seine Vergangenheit gesprochen, und die Andeutung einer Niederlage, die in seinen wenigen Worten angeklungen war, riefen den Taktierer Ivaroth auf den Plan. Er mochte wohl … nein, er würde ganz gewiß … den Alten eines Tages selbst besiegen müssen, aber solange er so zuvorkommend war …

Er wollte schon eifrig nachfragen, wer denn sein Meister sei und wer der grausame Schwertkämpfer, als er zu seinem Entsetzen bemerkte, daß der alte Mann seine Finger in den

Fels gebohrt hatte, als sei er nichts anderes als feuchter Sand. Ivaroth spürte, wie ihm sämtliche Haare am Körper zu Berge standen.

Dann schien der Alte sich wieder in den Griff zu bekommen, und nachdem er seine verschlagenen, blicklosen Augen auf Ivaroth gerichtet hatte, zog er seine Finger aus dem Stein und machte diesen mit einem langsamen Gleiten seiner Hände wieder ganz.

»Es ist eine Macht, die jenseits deines Wissens oder deines Begriffsvermögens liegt«, erklärte er beruhigend. »Doch durch mich wird *dir* diese Macht eine Macht verschaffen, nach der es dich verlangt, die Siege, den Reichtum, die Anbetung deines Volks, die Rache für deine Rasse.«

»Und was hast du davon?« fragte Ivaroth und zog das dicke Kopftuch über sein Gesicht, um die Heiserkeit seiner Stimme zu kaschieren, die sich seiner vor Furcht zugeschnürten Kehle entrang.

Das Antlitz des Alten belebte sich vor Vorfreude. »Mehr«, sagte er schlicht.

Es war eine kalte Antwort, doch Ivaroth fühlte, wie er unwiderstehlich weitergetrieben wurde. »Und dann?« bohrte er.

»Dann ...« Der Alte schwieg. »Dann werde ich zurückkehren und meinen Meister suchen, und er den seinen. Und wir werden wieder ...«

Seine Stimme verebbte, und obwohl Ivaroth immer noch vor Neugier brannte, wagte er nicht, weiterzufragen. Das Bild des zerrissenen Steins haftete in seinen Gedanken. Welchen Meistern der Alte auch gedient haben mochte, er hatte keine Lust, sie kennenzulernen. Jedenfalls nicht jetzt.

Sich abwendend, spornte Ivaroth sein Roß ein Stück weiter und stieg dann ab. Wenn er nach vorne spähte, konnte er nur die roten Fähnchen erkennen, die seine Kundschafter aufgestellt hatten, um dem Heer den Weg zu weisen.

Sie stammten aus den südlichen Stämmen, die regelmäßig Raubzüge entlang der Nordgrenze der Bethlarii durchgeführt hatten, und ihre Kenntnis des Gebirges hatte sich, auch wenn sie begrenzt war, als nützlich erwiesen. »Die Götter sind uns gnädig gesinnt, Mareth Hai«, hatten sie gesagt, als sie ihm bei Tagesanbruch Meldung erstattet hatten. »Sie bringen uns den kalten Wind, halten jedoch den Nebel zurück. Wir werden heute gut vorankommen.«

Und so war es geschehen. Ja, eigentlich waren sie jeden Tag, seit sie die Prärie verlassen hatten, gut vorangekommen. Ivaroths ausdrücklichem Befehl gehorchend, waren Beschwerden im ganzen Heer zu einer heimlichen Angelegenheit geworden, auf leises Flüstern und engste Freunde beschränkt, obwohl sich nur wenige in dem ungewohnten Gelände wohlfühlten.

Und das nicht ohne Grund. Es hatte mehrere Todesfälle und zahlreiche Verletzte gekostet, bis die Völker der Steppen mehr über dieses neue, gnadenlose Gebiet gelernt hatten.

Unachtsame Füße, die Steine lostraten, welche die Nachfolgenden erschlugen; schmale, trügerische Pfade und viel zu steile Anstiege, die Wagen und Pferde forderten und auch jene, die sich zu lange bemühten, sie aufzuhalten; heftige Böen, die die Unvorsichtigen zerklüftete Felszacken hinunter und in gähnende Schlünde fegten.

Zur selben Zeit war ein neuer Schlag Männer unter den so verschiedenen Stämmen entstanden, die Ivaroth zu seinem großen Unternehmen zusammengeschweißt hatte. Männer, die sich das Terrain und die schwitzenden, zehrenden Mühen ihrer Kameraden genau ansahen und ihre eigenen Anstrengungen darauf richteten, Fähigkeiten zu erlangen, die in den Ebenen unbekannt waren; Saumpfade zu stützen und zu verbreitern, Seilbrücken zu sichern, Hebel und Seilwinden zu benutzen.

Ivaroth beobachtete diese erstaunliche Wandlung still, verbarg aber seine Freude, während jede neue Errungenschaft ihm Kämpfer rettete und seine Armee vorwärtsbrachte. Auch verbarg er sein Mißtrauen gegenüber diesen Männern mit ihrem seltsamen, scharfsichtigen Blick. Was sahen sie, wenn sie ihn anblickten? Aber sie waren wie der Blinde, nichts als Männer, verletzbar durch Klinge und Speerspitze.

»Gut. Das habt ihr gut gemacht«, pflegte er ausdruckslos

zu sagen. Und sie gingen fort und sonnten sich in seinem Lob.

Eine Hand packte ihn am Ellbogen. Er sagte nichts, die widerliche Berührung des Alten war ihm schon allzu vertraut.

»Bald«, sagte der Alte, hob das Gesicht, als schnuppere er in der Luft. »Du bist deinem alten Land näher als deinem neuen.«

»Wie lange noch?« fragte Ivaroth.

Der Blinde würdigte ihn keiner Antwort. Hypnotisch schwang sein Kopf hin und her.

Ivaroth beharrte nicht auf seiner Frage. Das wäre nutzlos; den Alten schienen Zeit und Entfernungen nicht zu kümmern, oder ihm fehlte der Maßstab dafür. Es war, als existiere ein Teil von ihm, vielleicht der größere, an einem anderen Ort.

Später, als die gewaltige Karawane lagerte, wie ein dünner schwarzer Schal um die Bergflanken gewickelt, setzte Ivaroth seine Kundschafter in Erstaunen, indem er ihnen sagte, was sie ihm gerade hatten berichten wollen. Wenn das Wetter ihnen noch ein paar Tage gnädig wäre, würden sie die Berge hinter sich lassen und durch das Hügelland der Vorgebirge ziehen können. Und vor ihnen würden dann die reichen Länder des Südens liegen.

»Heute nacht müssen wir unsere Verbündeten besuchen«, erklärte Ivaroth dem Blinden. »Um sicherzustellen, daß ihre Entschlossenheit nicht ins Wanken gerät.«

Der Blinde lächelte.

Ivaroth wandte die Augen ab.

KAPITEL 33

Nachdem Arwain die Boten losgeschickt hatte, um Ibris von ihrem geplanten Angriff zu berichten, wurden seine Gedanken so finster wie die ihn umgebende Nacht.

»Das ist schlimmer als jeder Hinterhalt«, sagte eine Stimme in ihm.

»Schlafende abzuschlachten«, eine andere.

»Du wirst gar nicht in die Lage kommen, viele abzuschlachten. Du hast Glück, wenn du das Lager unentdeckt erreichst, und dann wird in wenigen Augenblicken die Hölle losbrechen. Dann werden wir um unser nacktes Leben kämpfen. Nun, da sie neue Truppen herangezogen haben, sind wir ihnen eins zu zehn unterlegen.«

»Aber Männer zu töten, die die Absolution nicht erhalten haben ...«

»Es gibt keine gute Art, in der Schlacht zu sterben. Und sie haben uns in der Vergangenheit oft genug dasselbe angetan.«

»Wir sind auch nicht wie sie.«

»Ach, sind wir nicht? Und wir haben ihnen das in der Vergangenheit *nie* angetan?«

»Wir haben uns geändert.«

»So?«

Schweigen.

»Aber du hast das Unternehmen gerade abgesegnet. Wirst du auch Rechenschaft dafür ablegen, wenn die Zeit gekommen ist?«

»Die Zeit ist gekommen, und ich gebe Rechenschaft: demjenigen, der am meisten zählt, mir selbst.«

»Ein bißchen zu einfach.«

»Sie zu töten, kann uns retten, uns und viele andere.«

»›Kann‹ ist eine schwaches Wörtchen, um eine so finstre und freudlose Bürde darauf zu bauen; um sich deshalb auf Notwendigkeit zu berufen.«

»Es ist alles, was uns bleibt; mir bleibt. Der Vertrag, die Papierwand, die uns auseinandergehalten hat, ist gebrochen. Völlig gebrochen von ihnen, und ohne einen Hauch von Provokation unsererseits.«

»Das reicht nicht.«

Schweigen. Dann: »Der letzte Religionskrieg war über alle Maßen brutal. Wir müssen uns verteidigen.«

»Durch einen unprovozierten Angriff?«

»Die Belagerung von Whendrak ist laut Vertrag und als historischer Fakt eine Provokation. Serenstad muß sich verteidigen, und wir können nicht riskieren, dem Feind zuliebe zu warten.«

Schweigen.

»Wenn du angreifst, kommen sie bestimmt.«

Die Argumente begannen sich im Kreis zu drehen. »Ja, aber vermutlich schnell, mit einer kleinen Truppe, die wir möglicherweise in Schach halten können. Und wenn sie ein größeres Kontingent schicken, wird es mit Verspätung sein, und es wird langsamer vorrücken.«

»Möglicherweise? Wenn?«

Arwain schloß die Augen. Einen kurzen Augenblick lang erstickte sein Geist an einem großen, unentwirrbaren Knoten von Gründen und Auswirkungen, die sich zurück in die Vergangenheit und über die Grenzen seiner Vorstellungskraft hinaus erstreckten.

Dann hörte es plötzlich auf, als sei das Knäuel von einem flinken Schwerthieb durchteilt worden.

»Was wir tun, *ist* notwendig. Es ist notwendig, weil wir nun einmal hier sind, und alle anderen Möglichkeiten, die wir von hier aus haben, … möglicherweise … *soweit wir es beurteilen können*, direkt in den Untergang führen.«

Unerwartet und ungebeten schlich sich das Bild seiner Frau und eine große Sehnsucht nach ihr in seine Gedanken und brachten ihn ins Schwanken. Doch sein inneres Streitgespräch hatte mittlerweile seine eigene Dynamik entwickelt, und die Vision wurde hinweggefegt, bevor Arwain sie festhalten konnte.

»Welche Myriaden von Verwicklungen dazu geführt haben, daß wir, daß die Bethlarii hier sind, das entzieht sich meiner Kenntnis und meinem Verständnis, geschweige denn, daß ich den Knoten zu lösen vermöchte. Doch was wir tun, ist notwendig, und Notwendigkeit ist der rechte Maßstab im Krieg.«

Der Streit verebbte. Arwain wischte sich über die Stirn. Sie war feucht und schweißnaß trotz der morgendlichen Kühle.

Und diese Notwendigkeit war auch seines Vaters Maßstab, erkannte er. Sein Vater, der sich ganz bewußt von den Traditionen der Vergangenheit abgewandt und die Serens und ihre Bündnispartner über so viele Jahre hinweg solcher harscher Notwendigkeiten entbunden hatte.

Arwain, wie er da allein in der eiskalten Dunkelheit stand, faßte für sich den Entschluß, daß er, sollten er und Serenstad überleben, versuchen würde, diesem Mann ein besserer Schüler zu sein. Nun jedoch mußte er das Lebenswerk seines Vaters schützen helfen, indem er seinen Lehren gehorchte und diese grausame Notwendigkeit zu Ende brachte.

Dann stand Ryllans an seiner Seite. Arwain spürte, wie es ihn drängte. Im Osten graute es unerbittlich. Die Berge würden den Einfall des Morgenlichts in Whendrak verzögern, doch der Angriff durfte nicht länger hinausgeschoben werden, oder man würde den heimlichen Rückzug, der lebensnotwendig für ihr Vorhaben war, nicht mehr bewerkstelligen können.

»Ich bin bereit«, sagte Arwain und wandte sich dem Mantynnai zu.

Absolute Stille mußte die Vorhut des Serens-Überfalls begleiten. Ein lärmender, brüllender Angriff würde zwar möglicherweise die ersten Belagerer, die sie erreichten, in Panik versetzen, doch die Bethlarii waren abgeklärte Kämpfer, und Schlachtenlärm würde ihnen wahrscheinlich nur dabei helfen, sich zu fassen und neu zu orientieren. Zusätzlich würde der Krach jene in weiter entfernten Lagern wecken, die dann bewaffnet und kampfeswütig zum Schauplatz des Geschehens strömen würden.

So schlichen sich jetzt diejenigen aus der Leibwache, die für eine solche Aufgabe befähigt waren, in aller Stille an, um die Wachposten so lautlos wie möglich zu beseitigen. War das einmal geschehen, würde sich die Hauptmacht genauso still ins Lager schleichen, jeden töten oder verstümmeln, den sie töten oder verstümmeln konnten, um sich dann beim ersten Anzeichen, daß die Bethlarii sich wieder sammelten, zurückzuziehen.

Die Unternehmung mußte schnell und tödlich sein, und es war lebenswichtig, daß die Bethlarii ihre wahre Stärke nicht erkannten, weil sie sonst beim ersten Tageslicht einen erbarmungslosen Gegenangriff starten würden, und Arwain gab sich keinen Illusionen hin bezüglich der Chance seines Bataillons, einem zweifellos massiven und wütenden Angriff durch eine zahlenmäßig hoch überlegenen Armee standzuhalten.

Langsam und tiefgeduckt schlichen die Serens auf das Lager zu. Fast rituell, als finde er darin Trost, prüfte Arwains Hand immer wieder die Metallspangen an seinem Gürtel und seine Dolchscheiden, um sicherzustellen, daß die Schnüre, die sie hielten, auch fest waren und nicht klirrten oder rasselten.

Die Truppe war in kleinere Abteilungen aufgeteilt, von denen jede einzelne im Falle eines unerwarteten Widerstands als eingeschworene Kampfeinheit fungierte. Gleichzeitig sollten die Abteilungen engen Kontakt mit ihren jeweiligen Nachbarn halten, um das Risiko, getrennt und abgeschnitten zu werden, möglichst gering zu halten. Der Einsatz solcher Gruppierungen diente darüber hinaus dazu, einen besseren Disziplinstandard zu gewährleisten.

»Dieses Unternehmen dient dazu, Schaden anzurichten und Aufschub zu erwirken«, betonte Ryllans. »Es handelt sich nicht um eine Schlacht, die zu gewinnen wäre. Das letzte, was wir wollen, ist, daß irgend jemand Amok läuft, kreischt und herumbrüllt wie ein Berserker. Die Bethlarii werden das zum geeigneten Zeitpunkt schon selbst besorgen, und je eher das Lager aufgeschreckt wird, desto eher müssen wir auch den Rückzug antreten, und desto eher können sie sich neu formieren und uns verfolgen. Ist das klar?«

Die Schatten um ihn herum nickten stumm.

»Fein. Denkt immer daran. Verhaltet euch ruhig, bewahrt einen kühlen Kopf, geht vorsichtig vor, haltet Kontakt mit euren Nachbarabteilungen und erledigt eure Aufgabe. Auf diese Weise werdet ihr überleben.«

Leise, geflüsterte Befehle seufzten durch die Dunkelheit, und der Vormarsch kam zum Stehen. Arwain verstärkte den Griff um seinen Schwertknauf. Ein Blick nach hinten zeigte ihm, daß seine Gruppe gute Ordnung hielt. Sie waren jetzt sehr nah am Lager.

Da die Bethlarii aller Voraussicht nach keinen Angriff von der Stadt oder von der Talseite erwarteten, hatten sie nur wenige Wachen aufgestellt, obwohl mehrere Männer einen halbfertigen Belagerungsturm bewachten. Ein paar Lichter zeigten ihnen, wo sie ihre Nachtwache hielten, denn es war die Vernichtung dieser speziellen Soldaten, die Arwain sich und seiner Gruppe zur Aufgabe gesetzt hatte.

Irgendwo links vor ihnen erscholl ein kurzer, schriller Schrei, gefolgt von Grunzen und Fußscharren. Arwain zuckte wie mehrere seiner Kameraden zusammen. Der Lärm schien wie eine Trompete durch die Dunkelheit zu schallen, so daß Arwain spürte, wie sein ohnehin schon rasendes Herz noch lauter zu pochen begann. Bewußt atmete er ein paarmal langsam ein und aus, um seine Spannung zu lösen, und zwang sich, die Männer um den Turm zu beobachten.

Es kam indes keine Regung aus dem Lager, obwohl einige der Wachen um sich blickten, um die Ursache des Geräuschs zu entdecken.

Unnötigerweise hielt Arwain die Hand hoch, um Ruhe und Schweigen zu gebieten, doch nach einem sich schier endlos dahinziehenden Augenblick nahmen die Wachen ihre übliche Routine wieder auf.

Dann zischte ihm aus der Nacht wie ein vergifteter Pfeil das Codewort ins Ohr, das er erwartet und gefürchtet hatte. Die Einzelwachen sind erledigt, rückt vor.

Arwain nickte seinen beiden nächsten Nachbarn zu, und die drei erhoben sich und begannen, beiläufig voranzuschlendern. Der Rest des Trupps verschwand in der Finsternis.

Als sie sich dem Turm näherten, legten Arwains Kameraden ihre Arme um seine Schultern, und er ließ den Kopf hängen, als sei er krank oder verwundet und benötige Hilfe. Sie sagten nichts, bemühten sich aber auch nicht groß um Lautlosigkeit.

Beim Näherkommen ließ Arwain den einen Fuß über die Erde schleifen und hustete.

Das Geräusch ließ die Wachen hochfahren. »Halt!« rief einer von ihnen und ging ihnen mit vor sich gehaltenem Speer entgegen.

»Alles in Ordnung!« rief einer von Arwains Kameraden zurück, der, wie sie meinten, einen passablen Bethlarii-Akzent sprach. »Unser Kumpel hier hat sich den Kopf aufgeschlagen, wir suchen nach ...«

Der Akzent war offenbar doch nicht so passabel.

»Bei den Göttern, es sind Serens! Schlagt die ...«

Beim ersten Ausruf indes hatte Arwain seine menschlichen Stützen schon beiseite geschoben und stürzte vorwärts. Mit drei ausgreifenden, blitzschnellen Schritten war er an dem Mann. Die Bewegung war so flink und entschlossen, daß der Wachposten kurzfristig zauderte. Arwain stieß, um den ausgestreckten Speer herumtänzelnd, dem Mann sein Schwert durch die Kehle. Sein Schrei verstummte auf der Stelle.

Der Wachsoldat ließ den Speer fallen und riß reflexmäßig und vergeblich die Hände hoch, um die tödliche Klinge abzuwehren. Arwain verlor vorübergehend das Gleichgewicht. Während er sich mühte, es wiederzuerlangen und ebenso sein Schwert wieder zu packen, merkte er, wie seine beiden Kameraden an ihm vorbeischlüpften, um sich mit den anderen Wachen zu beschäftigen. Dann war auch der

Rest seiner Kampfeinheit da, tauchte im Rücken der abgelenkten Wachen auf.

In der Sekunde, in der Arwain all dies registrierte, stürzte eine Gestalt auf ihn zu. Ohne nachzudenken, tänzelte er zur Seite und fühlte, wie der todbringende Hauch einer Klinge an ihm vorbeistreifte. Sein Angreifer taumelte unter der Wucht seines mißlungenen Hiebs vorwärts, und Arwain hieb dem Mann die offene Hand gewaltsam auf die Wange. Er spürte, wie Knochen splitterten, hörte den Mann einen merkwürdigen Schrei ausstoßen, während er unter dem Schlag taumelte. Arwain riß sein Schwert aus dem Sterbenden und versetzte der schwankenden Gestalt einen Hieb auf die Schulter. Der Mann ging zu Boden, und Arwain stach erneut zu.

Dann flackerte Licht auf. Eine Lampe war umgekippt, und das verschüttete Öl hatte sich explosionsartig entzündet. Arwain nahm die Szene in sich auf wie eins der lebensechten Gemälde im Palast seines Vaters. Eine Schar von Schatten und Männern, die sich in einem mörderischen Tanz drehte und wirbelte, etwas weit von ihm Entferntes, fast Ästhetisches, das leidenschaftslos und mit Muße betrachtet werden wollte.

Im selben Moment klangen ihm einige von Ryllans' Vorwürfen in den Ohren, die dieser ihm immer auf dem Exerzierhof gemacht hatte. »Bewegung, Arwain! Bewegt Euch!«

Das distanzierte Bild schwand aus seinem Kopf, und er sah die Szene so, wie sie war: Schatten und Männer, die in Entsetzen, Wut und Blutgier umeinander tanzten, wirbelten. Er sah auch, daß die Wachen verloren waren und das Feuer vermutlich den ganzen Turm erfassen würde.

Gut, dachte er, während er sein Schwert in einen Bethlarii stieß, der soeben auf eine auf dem Boden liegende Gestalt treten wollte. Das wird den Whendreachi dienlich sein. Er zog den zuckenden Bethlarii mit dem Fuß von seinem Schwert und streckte die Hand aus, um dem gefallenen Serens auf die Füße zu helfen.

Ein rascher Blick zeigte ihm, daß der letzte Wachposten

fiel und all seine Männer standen, auch wenn einige von ihnen verletzt zu sein schienen.

Wie lang hatte der ganze Zauber gedauert? Kaum zwanzig Herzschläge, sagte etwas in ihm, doch hier hatte Zeit keine Bedeutung. Hier gab es nur das Jetzt.

Schnell vergewisserte er sich, daß die Verwundeten noch einsatzfähig waren, um dann in die Dunkelheit hinaufzuschauen, weg von den gierig leckenden Flammen, die am Turm emporzuzüngeln begannen. Die Nacht lebte, war voll von den Schatten seines Bataillons, das still wie eine gewaltige, allesverschlingende schwarze Flut auf das Bethlarii-Lager zu wogte. Wo sie vorüberzog, würde sie nur den Tod zurücklassen.

Er deutete auf das nächste Zelt. Eine Gestalt kroch gerade aus ihm heraus. Beim Anblick des brennenden Turms zauderte sie kurz wie die erste Wache, und wie die erste Wache starb sie unter einem einzigen Hieb von Arwains Schwert, der ihr fast den Kopf vom Rumpf trennte. Dann schlitzten Schwerter das Zelt auf und töteten in einer kurzen Orgie des Zustechens und Hackens seine verwirrten Bewohner, bevor sie sich in aller Eile dem nächsten Zelt zuwandten.

Dasselbe Vorgehen wiederholte sich entlang der gesamten Serens-Linie. Wieder und immer wieder.

Arwain zählte nicht, wie viele starben. Er dachte fast nur an seinen nächsten Schritt, wußte er doch, das etwas anderes ihm so schnell den Tod bringen konnte wie den überraschten Bethlarii. Einmal dachte er kurz an jene, denen seine Grausamkeit das Leben retten würde, doch der Gedanke verblaßte rasch, als er es mit einem bewaffneten Bethlarii zu tun bekam, der seine Kampfbereitschaft schneller als seine Kameraden wiedererlangt hatte.

Allmählich begann sich die nächtliche Stille mit dem Knistern und Prasseln des brennenden Turms zu füllen, mit den Geräuschen stampfender Füße, des Zustechens und zunehmend mit quälenden Entsetzens- und Schreckensschreien.

Dann wurde sie durch den schrillen Alarmschrei fliehender Überlebender zerrissen. Erst einer, dann noch einer, dann stürmten viele durch das Lager und weckten auf ihrer Flucht so viele Männer, wie sie konnten.

Als diese lautstarken Neuigkeiten über die Attacke die Vorrückgeschwindigkeit der Angreifer zu verlangsamen begannen, verlief auch der erste Ansturm der schwarzen Woge allmählich im Sande, und die Serens sahen sich wachsendem Widerstand gegenüber.

Er war indes der Not gehorchend noch unorganisiert, und indem sie ihre geschlossenen Formationen beibehielten, waren die Serens in der Lage, noch eine Weile gnadenlos vorzurücken und jene Bethlarii, die sich ihnen in den Weg zu werfen versuchten, rücksichtslos niederzumetzeln.

Eine kurze Zeitlang trafen sich ein paar der Kampfeinheiten per Zufall und konnten in einer geschlossenen Linie vorrücken, die an eine traditionelle Pikenreihe in einer formellen Schlachtordnung erinnerte. Und für diese kurze Zeit sah es so aus, als würden die Bethlarii tatsächlich von Panik überwältigt, während sie vor dieser Linie flohen.

Siegreich rückte die Serens-Reihe vor.

Im Licht des lodernden Turms sah Arwain, daß die Gruppe neben seiner schneller wurde und in die Dunkelheit entschwand.

Ein kalter Klumpen bildete sich in seinem Magen. »Die Reihen schließen, die Reihen schließen. Sie sind von uns abgeschnitten«, zischte er seiner Einheit zu.

Zu seiner Rechten vernahm er den immer größer werdenden Lärm des erwachenden Lagers. Er und Ryllans hatten die vielen Gefahren, die in solch einem Angriff lagen, erörtert. Sie waren zu dem Schluß gekommen, daß die größte Gefahr nicht darin bestand, durch direkten Widerstand überwältigt zu werden, sondern eher das Gegenteil: Es ging um die Möglichkeit, daß die vor ihnen stehenden Bethlarii zusammenbrechen und die Serens als Folge davon zu schnell vorstoßen, ja vielleicht sogar durch den Bethlarii-Ring brechen würden, nur um dann zu entdecken, daß er sich mit erneuerter Kraft um sie schloß und sie mit dem Rücken zur Stadtmauer einschloß.

Und genau das geschah.

Arwain zögerte keinen Moment.

»Blas zum Rückzug, schnell!« gellte er seinem Signalgeber zu.

Noch während das Horn ertönte, erhielt es ein Echo durch einen identischen Klang von Ryllans' Signalgeber an der anderen Flanke der Angriffslinie. Es überraschte Arwain nicht. Die Taktik war eine von vielen, auf die man sich vor Beginn des Überfalls verständigt hatte, wohl wissend, daß eine Kommunikation zwischen den beiden obersten Offizieren in der Hitze der Schlacht nicht möglich sein würde.

Arwain spähte besorgt in die Dunkelheit.

»Blas noch einmal, und blas immer weiter!« befahl er.

»Lord!« Eine Hand griff ihn am Arm und drehte ihn herum. Sein Kamerad wies nach hinten auf den brennenden Turm. In seinem Licht sah Arwain, daß sich eine große Anzahl von Bethlarii um ihn sammelte. Ihre Schwerter und Speere hoben sich scharf und deutlich vom Hintergrund ab. Es herrschte noch eine gewisse Unordnung, doch im selben Moment sah er, daß die Aufmerksamkeit der Gruppe von der Dunkelheit, aus der der Hornschall ertönte, angezogen wurde.

Arwains spontane Reaktion war, zurückzuweichen, doch nun war seine Einheit zur Nachhut eines Großteils seiner Truppen geworden, und diese Bethlarii dort waren die unwissentliche Speerspitze des Einkreisungsmanövers, das die Serens unwiderruflich abschneiden würde, würden sie nicht auf der Stelle den Rückzug antreten.

»Sammelt euch um den Signalgeber«, befahl er. »Schilde aneinander und Stellung halten.« Dann zischte er dem Signalgeber zu: »Blas, wie du noch nie geblasen hast!«

Der Soldat brauchte indes keine solche Aufforderung, sondern bestätigte den Befehl mit einem raschen Blick seines weiß gewordenen Auges und einem Nicken, das sein Horn leicht schwanken ließ.

Arwains Aufmerksamkeit kehrte zu den nunmehr vorsichtig angreifenden Bethlarii zurück. Im Licht des Turms waren sie gut zu sehen, und hin und wieder warf eine Klinge oder Speerspitze das Feuerlicht unheilverkündend zurück.

Wenn sie die Reihen schlössen, könnte sein kleines Grüppchen nur wenige Minuten standhalten. Er schielte über seine Schulter nach hinten. Weitere Feuer loderten im ganzen Lager empor, doch immer noch gab es keine Anzeichen für die Rückkehr einer der Nachbareinheiten.

Vorübergehend wurde er von einem Schwall von Selbstvorwürfen ergriffen. Würde diese Abenteuer mit der endgültigen Vernichtung von Ibris' berühmter Leibwache enden? Die besten Truppen Serenstads dahingeschlachtet unter dem Befehl seines Bastardsohns?«

Eine Vision von den unendlich verheerenden Folgen eines solchen Ausgangs überkam ihn, und darunter tauchte auch das Antlitz seiner Frau wieder auf.

Doch das unerbittliche Tönen des Horns hielt ihn fest in der Gegenwart verwurzelt, und das Bild von seiner Frau diente ihm nur noch als Brennpunkt, um den herum er seine eiserne Entschlossenheit aufbaute.

»Brüllt«, schrie er seinen Männern zu. »Sie können uns nicht so gut sehen wie wir sie. Brüllt, was das Zeug hält! Schlagt die Schwerter auf die Schilde!«

Die Männer gehorchten, klapperten mit den Schwertern auf die Schilde und brüllten sich die Lunge aus dem Leib. Die vorrückenden Bethlarii zauderten ein wenig, ihre Anführer kauerten sich etwas zusammen und lugten angestrengt in die Dunkelheit.

Das Horn erklang.

»Den Angriffsgesang!« schrie Arwain seinen Männern zu.

Plötzlich verebbte das Brüllen und wurde von einem rhythmischen Gesang ersetzt, der durch gleichermaßen rhythmisches Fußstampfen und das Klirren der Schwerter gegen die Schilde untermalt wurde. Angesichts der veränderten Lage hielten die Bethlarii inne, und einige von ihnen wichen zurück, obwohl andere, wie Arwain bemerkte, die Reihen zu schließen begannen.

Als der Gesang an Kraft zunahm, versuchte Arwain wieder verzweifelt die Dunkelheit in ihrem Rücken mit seinen Blicken zu durchdringen. Größtenteils waren die Bethlarii immer noch nur ein locker zusammengewürfelter Haufen.

Es wäre *möglich*, daß die Bethlarii auf dem Höhepunkt des Gesangs in Erwartung einer soliden Schlachtreihe aus Schilden und Speeren, die gegen sie vorrückte, auseinandergetrieben würden, aber ...?

Sollte er einen kurzen Angriff riskieren? Schulter an Schulter nebeneinander aufgereiht, würden er und seine Handvoll Männer zahlreicher wirken, als sie waren.

Die Entscheidung wurde ihm jedoch abgenommen. Die Bethlarii mochten nur ein lose zusammengewürfelter Haufen sein, aber sie waren auch ein vor Wut rasender Haufen, und ihre Wut wuchs im Verhältnis zu ihrem Zögern. Es brauchte nur den leisesten Anstoß, um ihre anschwellende Energie freizusetzen.

Der Anstoß erfolgte in Gestalt eines hochgewachsenen Individuums, das zur Spitze der Menge durchbrach und sie anzuspornen begann. Arwain fiel auf, daß der Mann anders als der Rest gekleidet war.

Einer von ihren verdammten Priestern, dachte er.

Kaum hatte dieser Gedanke in ihm Gestalt angenommen, als der Priester auch schon einen gewaltigen Schrei voller Zorn und Haß ausstieß und zu attackieren begann. Ohne das leiseste Zögern folgten ihm die Bethlarii.

»Schilde schließen! Haltet den Kreis!« brüllte Arwain.

›Hyrdyn!-Hyrdyn!-Hyrdyn!‹-Schreie erreichten ihn, während seine eigenen Männer verstummten.

Seine Beine begannen zu zittern.

»Haltet stand«, sagte er im Befehlston. »Die anderen werden sich in unsere Richtung zurückziehen. Wir dürfen sie nicht im Stich lassen.«

Er wappnete sich für den Aufprall.

Dann bemerkte er zu seinem Entsetzen, daß der Kreis zu brechen begann; freier Raum in seinem Rücken. Bevor er sich jedoch umwenden konnte, um sich zu vergewissern, surrte ein Speer durch sein Gesichtsfeld und bohrte sich dem Bethlarii-Priester mitten in den Mund. Sein schriller Schlachtruf erstickte in einem gurgelnden Winseln, und die Wucht des Aufpralls, gekoppelt mit seiner eigenen Vorwärtsbewegung, schleuderte ihn mit durch die Luft zappelnden Beinen zurück.

Zwei weitere Speere folgten, von denen der eine einen weiteren Bethlarii traf, während der dritte einen anderen um Haaresbreite verfehlte. So, wie das unvermittelte Auftauchen des Priesters die Masse entzündet hatte, so dämpfte sein plötzlicher Abgang sie, so daß die Bethlarii zurückzuweichen begannen.

»Sie sind zurück«, sagte einer von Arwains Kameraden und blickte über die Schulter.

Die Bemerkung war überflüssig.

»Rückzug«, ordnete Arwain an. Auch das war überflüssig.

Doch obwohl keine augenblickliche Verfolgung einsetzte, erwies sich der Rückzug in der Dunkelheit als gefährlicher als der Angriff. Bei diesem waren sie ruhig und vorsichtig in enger Formation vorgerückt, hatten die Füße mit äußerster Sorgfalt gesetzt. Nun, da sie ihre Toten und Schwerverwundeten trugen, Haß und Zorn hinter ihnen herheulte und Vergeltung auf sie wartete, kämpften sie alle gegen den Drang zu fliehen. Trotz der heftigsten Bemühungen der Offiziere marschierten sie nicht langsam genug, um in dem schwierigen Terrain sicher voranzukommen, so daß mehrere sich durch Stürze verletzten.

Als schließlich die stumpfgraue Morgendämmerung Gestalten und Umgebung aus der Dunkelheit herauszumeißeln begann, sammelten sie sich auf einem ebenen Gelände ein wenig abseits von der Straße, die sich durch die Mitte des Tals schlängelte.

Sie wurden von den Bogenschützenkompanien des Bataillons begrüßt. Der Überfall auf das Lager war nicht genügend konzentriert gewesen, als daß man diese wirkungsvoll hätte einsetzen können; aus diesem Grund hatte man sie zurückgelassen, um Stellungen im Hinterhalt einzunehmen, so daß man mit dem unvermeidlichen Gegenangriff der Bethlarii besser fertig zu werden hoffte.

Während sich die zurückkehrenden Fußtruppen um ihre Verwundeten kümmerten, schickte Ryllans Kundschafter aus, die sie über die Bewegungen der Bethlarii informieren sollten, und besprach sich mit den Bogenschützen über ihre Vorkehrungen.

Arwain stieß zu ihnen. »Wie viele Tote?« fragte er.

»Das weiß ich noch nicht«, erwiderte Ryllans. »Aber ich glaube, nicht sehr viele. Wir haben Glück gehabt. Ich hatte nie erwartet, daß wir so dicht dran sein würden, die Linien zu durchbrechen. Wäre unser Rückzug ein wenig später erfolgt, wäre es verteufelt eng geworden.«

Doch sie hatten wenig Zeit für Erinnerungen oder Analysen. Die Attacke hätte aufgrund ihres Erfolgs beinahe in einem Desaster geendet. Viele Bethlarii waren getötet, nicht unerheblicher Schaden war angerichtet worden. Was für Pläne die Bethlarii auch für diesen Tag gehabt haben mochten, nun hatte sich alles von Grund auf geändert. Arwain konnte an ihrer ursprünglichen Vermutung immer noch keinen Fehler entdecken; sie hätten es sehr bald mit einer kleineren Streitmacht oder etwas später mit einer wesentlich größeren zu tun. Doch das war lediglich eine Vermutung, und Ibris' Leibwache mußte auf alles vorbereitet sein.

Arwain schickte einen weiteren Eilboten mit Einzelheiten über den Angriff zur anrückenden Armee seines Vaters, um dann zu seinen Männern zurückzukehren.

Über dem kalten Feld lag eine seltsame Stille. Einige der Männer unterhielten sich mit gedämpften Stimmen; andere ruhten sich aus, so gut sie das auf den über den taunassen Rasen verstreuten Steinen vermochten. Andere spendeten Trost oder wurden getröstet. Viele befanden sich am Ufer eines nahen Bächleins, wuschen mit dem eiskalten Naß das Blut von ihren Waffen und sich selbst. Arwain ging zu allen, sprach ihnen Mut zu, hielt sie zum Durchhalten an, beschwichtigte sie; ein unbeabsichtigtes Spiegelbild seines Vaters als junger Heerführer.

Am Ende kam er in den Windschatten eines riesigen Felsens, wo der Bataillonsarzt sein möglichstes für die Schwerverwundeten tat.

Beim Näherkommen wurde sein Blick von mehreren Reihen von Erhebungen im Gras neben den Felsen angezogen. Erst, als er fast vor ihnen stand, identifizierte er sie als Körper.

Während er noch hinsah, brachten zwei Helfer des Arztes

einen weiteren und legten ihn sachte neben die anderen. Einer von ihnen notierte sich etwas auf einem Blatt Papier.

Mehrere Lampen und ein kleines Feuer malten vor dem Hintergrund der Felswand ein helles, farbenprächtiges Tableau in die morgendliche Trübnis. Am Rand befanden sich, sitzend und liegend, die Verwundeten, manche allein, manche mit Kameraden an der Seite, die sie stützten, während im Mittelpunkt ein Haufen von Männern kniete. Arwain wollte sich am liebsten abwenden, zwang sich jedoch, weiterzugehen.

Der Arzt, dessen Züge in dem kalten, unnatürlichen Licht der Lampen und des keimenden Tages angestrengt und hager wirkten, bohrte in einer offenen Wunde im Bein eines Mannes herum, aus dem der Teil eines Pfeilschaftes ragte. Der Mann zappelte wild.

Als er Arwains Umrisse in dem Dämmerlicht bemerkte, fuhr der Arzt hoch: »Steh nicht blöd rum, Mann, hilf mit, ihn festzuhalten.«

Ganz kurz und zu seinem sofortigen Bedauern wallte in Arwain eine zornige Erwiderung auf den Arzt und seine Frechheit hoch. Dann tat er zur Buße, was ihm befohlen war, und packte die Beine des Mannes, die sich aus den Seilen lösten, die ihn an zwei in den Boden getriebene Pflöcke fesselten.

Die Augen des Mannes waren weit aufgerissen vor Entsetzen und Qual, auch wenn er keine Anstalten machte, den schweren Ledergürtel auszuspucken, in den sich seine Zähne sich verbissen hatten.

Ein plötzliches angestrengtes Grunzen und ein Seufzer der Erleichterung wurden von seiten des Feldschers laut, und der gezackte Kopf des Pfeils löste sich widerstrebend aus der Wunde. Dann schnippte der Arzt brüsk mit den Fingern in Richtung eines Helfers, der am Feuer kniete. Fast bevor Arwain noch klar wurde, was geschah, hatte der Helfer, die Hand geschützt von einem dicken Tuch, einen Metallstab aus dem Feuer geholt und dem Arzt gegeben, der das rotglühende Eisen entschlossen in die Wunde preßte.

Das Geräusch und der Geruch drehten Arwain den

Magen um, doch er biß die Zähne zusammen und hielt die immer noch um sich tretenden Beine des Mannes fest, den Blick auf die runden Hammerspuren auf der zermalmten Oberfläche des Pflocks gerichtet, an dem die Seile befestigt waren, die den Mann hielten. Es war, als spüre er jeden einzelnen Schlag, der den Pflock in den harten Boden getrieben hatte. Dann zuckte der Verwundete ein letztes Mal krampfhaft, bevor er erschlaffte. Kurz darauf ließ Arwain seine Beine los. Sein Kopf drehte sich, seine Beine zitterten.

»Vernäh ihn rasch, bevor er wieder zu Bewußtsein kommt«, befahl der Arzt einem seiner Helfer. »Dann bring ihn mit den anderen zur Straße rauf. Ich kann hier nichts mehr für ihn tun. Für ihn ist der Krieg fürs erste zu Ende.«

Mit einer fast schon unangebracht anmutenden Behutsamkeit hoben die beiden Männer den Verletzten auf und brachten ihn ein Stück weit weg, um die ärztliche Anweisung auszuführen.

Der Bader beugte sich über eine Schüssel und wusch sich die Hände. Arwain stieg der süßliche, durchdringende Geruch in die Nase, den er von Drayners Praxis kannte. Dann fuchtelte der Arzt heftig mit den Händen und wies seine Helfer an, das nächste Opfer zu bringen.

Während er wartete, warf der Arzt Arwain einen flüchtigen Blick zu. Es war ein Blick, den Arwain schon oft auf den Gesichtern von Feldärzten gesehen hatte; nüchtern und distanziert, aber von einer unterschwelligen Wut erfüllt. Ein Blick, der anzeigte, was er an Schlimmem gesehen hatte.

Wer weiß, was man aus *meinem* Blick herauslesen kann, dachte sich Arwain, und wie zur Bestätigung seiner Gedanken glitt ein Hauch von Bedauern über die Züge des Arztes.

»Es tut mir leid, daß ich so unfreundlich war, Lord«, sagte er. »Ich habe Euch nicht erkannt.«

»Schon gut«, beruhigte ihn Arwain und legte eine Hand auf den Arm des Mannes. »Kümmert Euch um Eure Patienten.«

Der Arzt wandte sich dem Mann zu, den man vor ihn legte. Die Träger wurden von einem besorgt dreinblickenden Fußsoldaten behindert, der den Kopf des Verwundeten hielt, doch keiner machte ihm deswegen Vorhaltungen.

Vorsichtig wickelte der Arzt den blutgetränkten Lumpen ab, den man als provisorischen Kopfverband benutzt hatte. Einer der Helfer hielt eine Lampe nah heran. Sie enthüllte eine bleifarbene, klaffende Wunde, die offensichtlich von einer Schlachtaxt herrührte. Die Stirn des Arztes legte sich leicht in Falten. Arwain spannte den Bauch an und zwang sich, eine ausdruckslose Miene aufzusetzen. Dann sah der Arzt den gespannt wartenden Freund des Verwundeten an und schüttelte den Kopf.

»Auch wenn er aufwacht, wird er es nicht überleben. Und es wird nichts als Schmerzen für ihn geben, bis er stirbt«, sagte er sanft. »Was willst du, was soll ich tun?«

Zu Arwains Entsetzen wandte sich der Mann mit flehendem Blick an ihn. »Er hat mir das Leben gerettet«, stöhnte er. »Der Schlag hatte mir gegolten.«

Die Züge der beiden Männer wiesen eine gewisse Ähnlichkeit auf, die auf eine Verwandtschaft deuteten – vielleicht Brüder. In Arwain kämpften Mensch und Befehlshaber miteinander. Den Menschen verlangte es nach freundlichen Worten, Mitleid, Verständnis, nach Zeit, um diese Tragödie zu akzeptieren. Der Befehlshaber aber wußte, daß ihre Lage zu gefährlich war, um sich den Luxus von Trauer zu leisten. Das alles mußte warten. Die beiden Bedürfnisse vereinten sich. »Er ist dein Verwandter«, sagte Arwain leise. »Mach das, was du, wenn du in seiner Lage wärst, von ihm verlangen würdest.«

Der Mann blickte auf den verstümmelten Kopf hinunter, und seine Augen füllten sich mit Tränen. Zärtlich strich er über das blutverklebte Haar.

Dann nickte er dem Arzt mit zusammengekniffenen Mund zu. »Tut es«, sagte er rauh.

Der Arzt sah Arwain an und zuckte kurz in Richtung des verzweifelten Bruders. Arwain stand auf und nahm den Mann am Arm. »Komm«, sagte er freundlich und half ihm aufzustehen. »Sie werden es mit gebührender Achtung tun, und da sind noch andere, die der Fürsorge des Arztes bedürfen.«

Der Mann nickte langsam, riß sich dann unvermittelt los

und sank vor seinem Bruder auf die Knie. Der Arzt winkte seinen Helfern, doch Arwain bedeutete ihm mit erhobener Hand, nichts zu unternehmen.

Der Fußsoldat beugte das Haupt ganz nah zu seinem Bruder heran. Arwain hörte, wie er dem Sterbenden etwas zuflüsterte, dann stand er wieder auf und wischte sich die Hände an seinem zerknitterten Waffenrock ab. Ohne ein weiteres Wort schritt er in die graue Anonymität des Feldes voller wartender Soldaten.

Obwohl der Mann außer Sicht war, hielt der Arzt das Messer mit der langen Scheide, das er gerade gezogen hatte, verborgen. Eine oft geübte Geste.

Arwain wandte sich ab und verließ die lampenerhellte Szenerie.

Ryllans ging ihm entgegen.

»Irgendwelche Neuigkeiten?« fragte Arwain, weil er etwas sagen mußte, etwas, das Abstand zwischen ihn und diesen einen Tod bringen könnte.

»Nur von der Kompanie auf den Hügelkämmen«, gab Ryllans zur Antwort. »Sie sind auf keinerlei Widerstand gestoßen und haben eine Stellung bezogen, aus der heraus sie sich gut verteidigen können.«

»Und wir?« fragte Arwain und ließ den Blick über das weite Feld schweifen, das sanft von der Straße an abfiel, bis er sich in dichtem Bewuchs und einer Geröllhalde verlor. Als Sammelpunkt zwar geeignet, war es doch nicht mal ansatzweise gegen eine größere Streitmacht zu verteidigen.

»Die Bogenschützen haben ein schmaleres, felsigeres Areal ein Stück des Weges zurück gefunden«, bemerkte Ryllans, weiter ins Tal hinein deutend. »Es ist zwar nicht perfekt, aber das Beste, was wir unter diesen Umständen erwarten dürfen.«

Ein wenig später, nachdem der Chirurg seine Arbeit beendet hatte, begann einer der beiden Wagen, die das Bataillon begleitet hatte, zurück zur Hauptmacht zu rumpeln, beladen mit denjenigen, die zu schwer verwundet waren, um weiterzukämpfen.

Die einhertrottende Kolonne sich zurückziehender Männer öffnete eine Gasse, um ihn durchzulassen und sich sodann wie ein dunkler, stiller Strom wieder hinter ihm zu schließen.

Während sie stetig weiterstapften, stieg eine stumpfe Sonne am Himmel empor und warf lange, blasse Schatten das Tal hinan. Häßliche schwarze Rauchsäulen verschandelten den Himmel im Westen.

Antyr begab sich zum Vorderteil des geschlossenen Wagens, den er mit Pandra teilte. Er hatte sich noch nicht ganz an die unerbittlich schlingernde Bewegung des Gefährts gewöhnt und ging oft nach draußen, um sich zu dem Fahrer zu gesellen und die kalte Morgenluft zu genießen.

Tarrian und Grayle waren schon da; sie lagen im unteren Bereich des Kutschbocks, die Pfoten elegant über das Trittbrett gehängt und die aufmerksamen Köpfe hoch erhoben, damit ihnen auch nichts in der rumpelnden Karawane und der stillen Landschaft, die sich auf den Winter vorbereitete, entging.

»Braut sich wieder ein Sturm zusammen, Seemann?« neckte ihn Tarrian, als Antyrs Kopf aus dem Gefährt auftauchte.

»Halt die Schnauze, oder ich reite, und ihr beide könnt wie pflichteifrige Hunde neben mir herhecheln«, erwiderte Antyr unbarmherzig.

»Du vergißt, daß ich dich schon reiten gesehen habe«, entgegnete Tarrian, ungerührt von der Drohung.

Antyr gab sich mit einem unfreundlichen Knurren zufrieden und ließ sich neben dem Kutscher nieder. Fast augenblicklich gesellte sich Pandra zu ihm, der sorgsam ein großes Kissen auf die harte Holzbank legte, bevor er sich setzte.

»Ein hartes Bett ist ja ganz nach meinem Geschmack«, meinte er. »Aber ein harter Sitz ...«

»Befindet Ihr Euch wohl?« erkundigte sich Antyr. Der Reisewagen war in vielerlei Hinsicht geradezu luxuriös ausgestattet, aber Pandra war ein alter Herr, der eigentlich eine solche Reise nicht mehr unternehmen sollte.

»Ja, ja, mir geht's gut«, erwiderte Pandra, rutschte auf seinem Platz hin und her, bis er bequem saß, und rieb sich die Hände. »Mir macht das richtig Spaß. Ich fühle mich wieder ziemlich jung.«

Antyr vernahm einen ätzenden Kommentar aus Kanys Richtung, doch Pandra lächelte nur selbstgefällig und tätschelte sanft seine Tasche.

Dick vermummt gegen die Morgenkälte, blieben sie, in kameradschaftlichem Schweigen vereint, eine Weile so sitzen.

»Traumfinder seid Ihr?« Die Frage kam von dem Kutscher. Sowohl Pandra als auch Antyr wandten sich ihm zu. Er war ein Mann, dessen graues Haar und wettergegerbtes Gesicht es unmöglich machten, sein Alter zu schätzen, doch selbst wenn sein Gesicht ihn nicht als Landmann ausgewiesen hätte – sein geduldiges, sanftes Wesen hätte ihn verraten. Antyrs und Pandras Überraschung leitete sich jedoch aus der Tatsache her, daß er im bisherigen Verlauf der Reise nur sehr wenig mit seinen beiden Fahrgästen geredet und sich hauptsächlich darauf beschränkt hatte, an seiner geschnitzten Holzpfeife zu ziehen und seinen Pferden von Zeit zu Zeit liebevoll zuzuschnalzen.

»Ja«, sagte Antyr.

Der Kutscher nickte wissend und nahm die Pfeife aus dem Mund, als wolle er etwas sagen.

Dann steckte er sie wieder zurück. Antyr und Pandra tauschten Blicke aus, und der Kutscher paffte zufrieden an seiner Pfeife und schnalzte seinen Pferden zu.

»Bannor«, erklärte er nach einer Weile.

Er streckte Pandra die Hand hin, der sie nach kurzem Zögern schüttelte und sich seinerseits vorstellte. Die Hand glitt zu Antyr hinüber. Sie war groß und muskulös, doch ihr Druck war, wenn auch fest, trotz der morgendlichen Kälte warm sowie sanft und behutsam.

»Ihr seid Bauer, Bannor?« fragte Antyr.

Bannor schüttelte bedächtig den Kopf und nahm die Pfeife wieder aus dem Mund. »Arbeiter«, stellte er richtig. »Wanderarbeiter. Von Hof zu Hof, wo Not am Mann ist.« Er deutete mit dem Pfeifenstiel hinter sich. »Mein Wagen«, fügte er hinzu.

Nach dieser Offenbarung wußten die beiden Traumfinder nicht so recht, was sie sagen sollten.

»Er ist sehr … bequem. Und es ist sehr nett von Euch, daß wir ihn benutzen dürfen.« Antyrs Erwiderung klang etwas peinlich berührt.

Er war sich ziemlich sicher, daß der Wagen beschlagnahmt worden war und daß sie deswegen einige bittere Bemerkungen zu erwarten hätten.

Bannor indes neigte nur leicht das Haupt, um das Lob anzunehmen. »Freut mich«, sagte er. »Kenn' den Herzog schon ziemlich lang.«

»Ihr *kennt* den Herzog?« Antyr konnte das Erstaunen in seiner Stimme nicht ganz unterdrücken.

Wieder nickte Bannor, sagte aber zunächst nichts, um diese Bemerkung näher zu erläutern.

»Guter Mann«, meinte er schließlich nach einer langen Pause. »Hat mich gebeten, mich um Euch zu kümmern.«

Aus Tarrians Ecke war ein leises Kichern zu hören. »Tiefes Wasser, der Mann«, sagte er. »Und still. Netter Kumpel. Nicht wie diese schwatzhaften Städter.«

Antyr überhörte den Seitenhieb.

»Woher kennt Ihr den Herzog?« fragte er, wobei er sich bemühte, langsam zu sprechen, damit seine Neugier im Vergleich zu Bannors geduldigem Gebaren weniger auffiel.

»Vom Kämpfen«, erwiderte Bannor.

Antyr nickte. Wie auch sonst? dachte er sich.

»Und Ihr?« Das Echo seiner eigenen Frage, wenn auch ganz bedächtig geäußert, erwischte Antyr auf dem falschen Fuß. Er hatte das vorübergehende Bild langsam stapfender Füße hinter einem Pflug; Füße, die sich vom Gelände weder zu langsamerem noch zu schnellerem Gang zwingen lassen würden, die unerbittlich weiterstapfen würden, bis das gesamte Feld gepflügt wäre, und ihren Besitzer dann im selben Tempo an seinen Herd bringen würden.

»Er … hat uns rufen lassen«, antwortete Antyr schließlich, während er an seinem Amtsring herumfummelte.

Bannor nickte bedächtig und zog an seiner Pfeife. »Kennt seine Leute, der Herzog«, sagte er. »Schon immer.«

Und damit schien die Sache für ihn erledigt zu sein; jedenfalls fürs erste. Antyr war insgeheim erleichtert. Er machte sich eine stumme Notiz, etwas vorsichtiger bei diesem scheinbar so langsamen Landmann zu sein. Er spürte keine Böswilligkeit an ihm, erkannte jedoch, daß sein lässigbedächtiges Wesen schneller als der geschickteste Liktor vertrauliche Bekenntnisse hervorlocken konnte. Er fragte sich, wie viele gewöhnliche Menschen der Herzog durch alte Bande persönlicher Treue noch an sich gebunden haben mochte. Wahrscheinlich eine ganze Menge, entschied er.

Er richtete den Blick auf den Troß vor ihnen. Viele der Wagen hatten das standardgemäße Armeeaussehen, die Mehrzahl jedoch waren auf irgendeine Weise veränderte Bauerngefährte, obwohl es auch Krankenwagen und mehrere speziell angefertigte Wohnwagen gab, die das Verwaltungspersonal beherbergten, das ein unverzichtbarer und lebensnotwendiger Bestandteil von Ibris' Armee war.

Er lehnte sich heraus und warf einen Blick zurück. In der Ferne konnte er die eleganten Reisewagen sehen, die die Herrin Nefron und ihre Gefolgschaft beherbergten. Sie verliehen der Szenerie einen unnatürlichen Anflug von Ungereimtheit. Wie die meisten Serens waren ihm Gerüchte über den Grund von Nefrons Hausarrest im Erin-Mal zu Ohren gekommen – offizielle Verlautbarungen hatten hingegen hartnäckig die Version von ihrer ›angegriffenen Gesundheit‹ verbreitet.

Nun war sie plötzlich genesen und folgte pflichtschuldigst ihrem Gatten, um ›die Moral der kämpfenden Truppe zu stärken‹.

Nun, meine zumindest nicht, grübelte Antyr und entsann sich, daß ihre unsichtbare Berührung ihn in Kontakt mit Menedrion gebracht hatte. Er schlug sich auf die Seite der augenblicklichen Speisesaalweisheit: Ibris hatte sie freigelassen, um mehr Einigkeit zwischen den verschiedenen Gruppierungen zu gewährleisten, die die Regierung der Stadt darstellten, doch er wollte nicht, daß sie hinter seinem

Rücken in Serenstad nach Gutdünken schalten, walten und intrigieren konnte. Antyr tat die Mutmaßungen mit einem Achselzucken ab. Wie auch immer die Wahrheit aussehen mochte, er hatte jetzt Dringlicheres zu erledigen.

»Verdoppelt Eure Aufmerksamkeit für mich und Menedrion«, hatte Ibris ihm und Pandra aufgetragen, bevor sie Serenstad verlassen hatten. »Ich weiß, Ihr denkt, ich sei stark genug, um mich selbst zu schützen, doch wir werden alle in nächster Zeit ziemlich erschöpft und mit anderen Dingen beschäftigt sein, und dieses Band zwischen Menedrion und Arwain ist mir zu vage, als daß ich mich ausschließlich darauf verlassen möchte. Vor allem, da sie ja jetzt räumlich so weit voneinander entfernt sind. Außerdem, da diese Sache sich jetzt langsam ihrem Höhepunkt nähert, wer weiß, was ... sie ... anstellen, bevor alles zu Ende ist.«

Antyr vermochte nichts gegen diese Vorsichtsmaßnahme anzuführen, obwohl er seiner Besorgnis Ausdruck verliehen hatte, er könne, da er die Geschehnisse nicht völlig durchschaute, möglicherweise ungeeignet für diese Aufgabe sein.

Ibris hätte genausogut erwidern können, daß Antyr, ungeeignet oder nicht, doch der einzige blieb, den sie gegen diese merkwürdigen Angreifer ins Feld führen konnten, doch statt dessen hatte er ihm nur ihn die Augen geblickt und schroff geantwortet: »Ihr seid nicht ungeeignet.«

Obwohl das wenig dazu beigetragen hatte, ihn zu beruhigen, hatte Antyr getan wie geheißen und zusammen mit Grayle und Tarrian emsig die herzoglichen Schlafstunden überwacht, während Pandra und Kany das gleiche für Menedrion getan hatten. Zusätzlich waren sie durch die Nachtgedanken des Lagers gestreift, um etwaige Besonderheiten zu entdecken: eine aufwühlende Erfahrung, voll von Zweifeln und Ängsten und Heimweh, durchzuckt von gellenden Fetzen aus Wahnsinn und Blutgier. Doch sie waren auf nichts Ungewöhnliches gestoßen und hatten das auch dem Herzog gemeldet.

Ibris hatte wissend genickt. »Sie warten«, sagte er nur. »Warten ab, was mit Whendrak passiert. Laßt auf keinen Fall in Eurer Wachsamkeit nach.«

Welche Wachsamkeit? sinnierte Antyr sarkastisch, als die Bemerkung ihm wieder einfiel, doch er artikulierte die Frage nicht.

Neben dem Troß marschierten die Infanterieflankenwachen stoisch und in lockerer Formation, manche allein und stumm, andere in Gruppen, lachend und schwatzend; vor allem lachend.

Die Laute riefen in Antyr Erinnerungen an seine eigene Militärzeit wach; es gab wenig, was sich mit der Kameradschaft vergleichen ließ, die eine gemeinsame Disziplin und eine gemeinsame Gefahr bewirken konnten. Und diese Erinnerung blieb noch haften, nachdem häßlichere Szenen längst in die dunkleren Ecken des Gedächtnisses verbannt worden waren.

Vielleicht war es dieses selektive Gedächtnis, das dazu beitrug, in dieser Welt solch monströsen Wahnsinn wie den Krieg lebendig zu erhalten, dachte er mit einer Mischung aus Verbitterung und Ironie, während er die jungen Gesichter betrachtete, die neben dem Wagen einherschritten. Es waren immer die Jungen, die den Preis für die Gier und den Stolz und die Dummheit der Alten zahlten.

Aber die Menschen waren ja im allgemeinen hoffnungsvoll und positiv gestimmt, und ihre Natur ließ es nicht zu, konnte es nicht zulassen, daß sie sich ständig mit der Bürde jener schrecklichen Erinnerungen abschleppten, die notwendig war, um solchen Wahnsinn in Zukunft zu verhindern.

Ausgewogenheit war alles. Sich immer und an alles zu erinnern, würde bedeuten, die Zukunft mit dem Erbrochenen der Vergangenheit zu ersticken. Alles zu vergessen, würde bedeuten, den Boden ohne neue Saat brachliegen zu lassen.

»Ein Deci für Eure Gedanken«, unterbrach eine Stimme seine Grübeleien. Es war Estaan. Er sprang auf den Wagen.

Er grinste breit, und Antyr erwiderte sein Lächeln, während er beiseite rückte, um Platz auf dem Kutschbock für ihn zu machen. »Sie sind aber mehr wert«, erwiderte er mit einem gespielt tadelnden Kopfschütteln. »Ich habe gerade sämtliche Probleme dieser Welt gelöst.«

Estaan verschmähte die Sitzgelegenheit und blieb auf dem Rand der Plattform stehen, wobei er sich am Eckpfosten des Wagens festhielt. Er sog zischend den Atem ein und blickte bedenklich drein. »Dann stellen wir besser eine weitere Armee auf«, sagte er. »Leute wie Ihr fangt Kriege an.«

Dann lachte er lauthals heraus, steckte Antyr und Pandra mit seiner Heiterkeit an und lockte sogar aus Bannor ein leises, bebendes Kichern hervor.

Als die Heiterkeit sich wieder legte, fiel es Antyr, übrigens nicht zum ersten Mal, auf, daß *hier* Ausgewogenheit herrschte: Die Mantynnai wußten, erinnerten sich, schritten voran. Sie schützten die Schwachen und lehrten die weniger Geschickten, sich zu verteidigen, wo sie es konnten. Einen Großteil seiner Übungszeit mit Estaan hatten sie damit verbracht, die harte Logik der Gewalt zu ergründen, und die so gewonnene Einsicht hatte vieles andere offenbart. Ja, in der Tat war es eine Verteidigungswaffe, so wirksam wie ein Schwert und jegliche Unterweisung in seinem Gebrauch.

»Ein schöner Tag, meine Herren«, fuhr Estaan fort. Er hob den Kopf und sog die Luft ein. »Die Felder bereiten sich auf die Winterruhe vor. Die Winterszeit rückt heran, scharf und klar.«

»Wir ziehen in den *Krieg*«, erklärte Antyr, nicht wenig überrascht ob seiner Begeisterung.

»Wir sind aber noch nicht *im* Krieg, und es bleibt ein schöner Tag, ob wir nun Krieg haben oder nicht«, entgegnete Estaan mit neuerlichem Lächeln. Er lehnte sich aus dem Wagen und vollführte eine allumfassenden Geste. »Seht nur die Vögel, die Bäume, alles.«

Jede weitere Erörterung dieses Themas wurde indes durch die Ankunft eines Boten verhindert. Antyr schätzte, daß er kaum das Alter für den obligatorischen Militärdienst erreicht hatte. Hat vermutlich wegen seines Alters geflunkert, dachte Antyr, und mit dem Gedanken überfiel ihn das Bild grämender Eltern, die in lastendem Schweigen durch ihr Haus gingen, einander aus Angst, was sie in den Augen des anderen lesen würden, nicht ansehen mochten: das Gespenst, das der Junge beschworen hatte.

»Lord Antyr«, begann der Junge atemlos und errötend. »Würdet Ihr bitte auf der Stelle zum Herzog kommen?«

Tarrian kicherte über die beflissene Einreihung des Traumfinders unter die Adelskaste. »Er sich wahrscheinlich verhört«, meinte er. »Der Herzog wird ›alt‹ und nicht ›Lord‹ gesagt haben.«

»Wir sind schon auf dem Weg«, gab Antyr dem Boten zur Antwort, während er Tarrian mit der Stiefelspitze anstieß.

Estaan sprang vom Wagen, und Antyr folgte ihm. Er band die Pferde hinten am Wagen los, reichte Antyr die Zügel und sah dann mit stummer Billigung zu, wie Antyr seinen Schwertgurt richtete, bevor er aufsaß.

Tarrian und Grayle sprangen ebenfalls zu Boden, huschten flink durch die Fußtruppen und verschwanden hastig in den Feldern.

Kanys strenger und sehr lauter Befehl folgte ihnen: »Keine Kaninchen!«

Das unausgesprochene ›Oder‹ ließ selbst Antyr erbeben.

Die beiden Männer brauchten einige Zeit, bis sie die Spitze der langen Heersäule erreichten, und als sie anlangten, war dort wenig von Estaans Begeisterung für den schönen Tag zu spüren.

Das Innere des riesigen Reisewagens, den sich der Herzog für die Dauer des Marsches zum Hauptquartier erkoren hatte, unterschied sich grundlegend von der Umgebung, in der Antyr ihn bislang angetroffen hatte. Seine Linien waren schlicht und zweckmäßig, und er war ohne zierenden Beirat und enthielt nichts, was nicht absolut unverzichtbar war, soweit Antyr es beurteilen konnte.

Antyr nahm die Atmosphäre des Wagens sofort in sich auf, während er und Estaan von einem Wachsoldaten hereingeleitet wurden. Trotzdem paßt er genausogut hierher wie in eins der prächtigen Staatsgemächer, dachte er, als er den Herzog der Tür gegenüber an einem kleinen, stabilen Tisch sitzen sah.

Der Herzog blickte auf und nickte ihnen grüßend zu, wie auch Menedrion und Ciarll Feranc, die ebenfalls am Tisch saßen.

Ein leichtes Stirnrunzeln glitt über Ibris' Züge, und er

winkte der Wache, die Antyr und Estaan hereingelassen hatte.

»Sorgt dafür, daß Antyrs Wagen hier an die Zugspitze gebracht wird. Er ist zu weit weg«, befahl er. »Kümmert Euch bitte sofort darum.«

»Ich will, daß Ihr über sämtliche Geschehnisse auf dem laufenden gehalten werdet«, wandte er sich an Antyr, nachdem der Offizier gegangen war. »Ich weiß nicht, wie Ihr im Troß landen konntet, aber ...« Er zuckte wegwerfend mit der Schulter und nahm ein Papier vom Tisch.

»Wir haben Nachricht von Arwain«, fuhr er fort. »Bei seiner Ankunft in Whendrak mußte er feststellen, daß zwei ganze Bethlarii-Divisionen die Stadt eingeschlossen haben und immer mehr Nachschub eintrifft. Um ihren Vorstoß ins Tal zu verzögern, hat er letzte Nacht einen Überfall auf sie veranstaltet, der schwere Verluste beim Feind verursacht hat, und im Augenblick nimmt er in Erwartung ihres Gegenschlags Verteidigungsstellungen ein.«

Ein Bataillon gegen zwei Divisionen! dachte Antyr. Er wurde aus dem ausdruckslosen Gesicht des Herzogs nicht schlau, aber entweder war Arwain von allen guten Geistern verlassen, oder die Lage in Whendrak war wirklich verzweifelt. Ein Kratzen draußen an der Tür unterbrach seinen Gedankengang.

Antyrs Geist füllte sich mit den gewohnten Verwünschungen, dann war ein lautes Bellen zu hören, und die Tür wurde rüde aufgestoßen.

»Entschuldigung. Er schien nicht zu wissen, wen er vor sich hatte«, sagte Tarrian zu jedem der Anwesenden, während er und Grayle geräuschvoll über den hölzernen Boden tapsten. Ein empörter und aus der Fassung gebrachter Wachsoldat tauchte in der offenen Tür auf.

Ungerührt angesichts des Heldenmuts oder der Dummheit seines Sohnes ließ Ibris diesmal seinem Ärger freien Lauf, obwohl es sich bloß um einen unbedeutenden Zwischenfall handelte. »Stimmt«, erklärte er bündig. »Ein weiteres Versäumnis der Verwaltung.«

Er winkte der Wache zu. »Alles in Ordnung«, sagte er.

»Diese Tiere sind zahm, man soll sie frei herumlaufen lassen.«

»Zahm!« Tarrians Empörung war nur für Antyr und den Herzog bestimmt.

Ibris ignorierte den Einwand und fuhr fort. »Sorg dafür, daß *jeder* das verstanden hat. Ich betrachte es als disziplinarisches Vergehen, wenn ihnen jemand in die Quere kommt.«

Die Wache salutierte und trat ab.

Ibris zeigte mit zwei Fingern auf die beiden Wölfe. »Das bedeutete aber noch keinen Freibrief für euch, jedes Küchenzelt in dieser Kolonne zu plündern«, erklärte er streng. »Das werde ich als Plünderei betrachten. Ist das klar?«

»Ja«, erhielt er nach einer kurzen Pause zur Antwort, im Chor und ziemlich beleidigt.

Ibris nickte, und alle Strenge fiel von ihm ab. »Haltet euch fern von den Männern«, sagte er. »Es gibt unter den gegebenen Umständen endlosen Raum für Mißverständnisse und Unfälle, und ich möchte nicht, daß einer von euch verletzt wird.«

Antyr erteilte Tarrian einen scharfen, geheimen Befehl zum Schweigen, und Ibris wandte sich wieder Arwains Botschaft zu.

»Als Folge dieser Aktion schicken wir in Eilmärschen zwei Divisionen vor, die sich mit einer aus Stor vereinigen sollen.« Er sah Antyr an, der sich schon wunderte, warum dieses Vorgehen für ihn von Bedeutung sein sollte. »Sie werden unter Menedrions Befehl stehen, und ich hätte gerne, daß Ihr mit ihm zieht. Pandra kann hierbleiben und ein Auge auf mich haben.«

Nachdem er nun schlauer war, sank Antyr das Herz in die Hose; er hatte nicht die geringste Lust, hinter Menedrions Banner her auf ein Schlachtfeld zu hasten. Er hatte seinen Teil beigetragen, als es nötig war, und er sollte nicht schon wieder darum gebeten werden. Das war zuviel.

Doch durch die Furcht hindurch meldeten sich andere Überlegungen. Trotz der scheinbaren Ruhe der letzten Nächte brauchte der älteste Sohn des Herzogs immer noch Schutz. Und wo Arwain, Menedrion und die Bethlarii in engster Näher waren, wer konnte da schon vorhersagen, wie verwundbar sie das für die Angriffe des Mynedarion und seines Führers machen würde? Antyr spürte zum wiederholten Male die Last seiner Unwissenheit bezüglich ihrer unsichtbaren Angreifer.

Pandra jedenfalls kann erst recht nicht für diese Aufgabe in Frage. Weder für die Reise noch aller Wahrscheinlichkeit nach dafür, einen wirksamen Schutz gegen einen ernsthaften Angriff aufzubauen.

Irgendwie fühlte er, wie ihm alle Alternativen entzogen wurden. Fühlte, wie seine Füße auf einem fremdbestimmten Pfad gestoßen wurden.

Doch wohin? In welche Finsternis?

»Tarrian? Grayle?« streckte er seine Fühler in stummer Zwiesprache mit ihnen aus.

Einen ganz kurzen Augenblick lang wurde er von Empfindungen und einem tiefen, uralten Wissen umfangen, die ihm zugleich zutiefst vertraut und völlig fremd waren. Und scharf waren, scharf und kraftvoll.

Ich bin ein Wolf, dachte ein ferner, verblassender Teil seines Geistes, bevor er verschwand.

Alles andere waren Furcht und Widerstreben – und eine schreckliche Sehnsucht nach einem weit, weit entfernten Ort. Einem Ort, wo grenzenlose Freiheit und Licht und überwältigende Schönheit waren und eine große Harmonie herrschte. Und dies war auch sein Geburtsort, dort, wo der Gesang herstammte, wo …

Er war wieder er selbst.

»Wir können deine Bürde in gewisser Weise nachempfinden wie du die unsere, Antyr«, sagte Tarrian mit erstickter Stimme, beinahe bestürzt. »Wir werden bis zum Ende bei dir bleiben – oder bis uns alle Kraft verläßt.«

Antyr sah den Herzog an. »Wir werden tun, was Ihr von uns verlangt«, erklärte er.

Kapitel
34

Efnir war ein kleiner Weiler von vielleicht zwanzig Familien, der im Schatten jener Berge lag, die das nördlichste Ende des Herrschaftsgebiets der Bethlarii bezeichneten. Es war eine abgeschiedene, selbstgenügsame Gesellschaft, weitab vom Hauptstrom des Bethlarii-Lebens, doch seine Bewohner waren von traditioneller, altmodische Lebensart und nicht wenig stolz darauf, daß Efnir, wenn die Hanestra die Männer zu den Waffen rief, immer seinen Beitrag leisten und sich nicht um seine Pflicht drücken würde.

So kam es, daß nun keine Männer außer den ganz jungen und ganz alten mehr in Efnir weilten.

Nicht, daß das besondere Auswirkungen auf das tägliche Leben gezeitigt hätte. Der Abschied der Männer wurde zwar nicht eben begrüßt, doch es war nicht ungewöhnlich in einer Bethlarii- Gemeinschaft: ›Die Armee muß in gutem Zustand gehalten werden‹, und das Leben wurde dementsprechend eingerichtet.

Jetzt war jeglicher Kummer über den Auszug der Männer mehr denn je unter strengen, entschlossenen Mienen versteckt, denn diesmal waren die Männer nicht auf eine militärische Übung, sondern in einen Krieg gezogen. Diesmal waren Söhne und Ehemänner vor ihren stolzen Müttern und Ehefrauen mit einer Umarmung und dem althergebrachten Spruch: ›Komm mit deinem Schild oder auf ihm wieder‹ verabschiedet worden.

»Die Serens haben unser Volk in Whendrak angegriffen,

haben den Vertrag gebrochen, und die Stadt muß wieder zu ihrer alten Bündnistreue zurückgeführt werden.«

Der Priesterakolyth, der die Neuigkeit gebracht hatte, war zaghaft und über alle Maßen höflich befragt ... um Aufklärung ersucht ... worden, doch, wie es sich ziemte, war man nicht zu sehr in ihn gedrungen, und wie es dieser Tage Sitte geworden war, hatten viele seiner Antworten gelautet: »Es ist der Wille Ar-Hyrdyns.«

Trotz dieser göttlichen Rückendeckung war unter den Männern ein gewisses Unbehagen ... ein gewisser Verdacht ... aufgekommen, daß nicht alles so war, wie es hätte sein sollen. Diejenigen unter ihnen, die überhaupt jemals verreist waren, wußten, daß die Serens nun schon seit vielen Jahren ihre eigenen Wege gingen und daß ihnen offenbar wenig daran lag, die alten Flammen des Konflikts von neuem zu schüren. Und gewiß gab es doch gar keine Bethlarii-Gemeinschaft in Whendrak? Whendrak war eine tief in Handel und Geschäft versunkene Stadt. Natürlich konnte es dort gut auch Serens geben – die Whendreachi warten eben eine Bastardbrut ohne Ehre und Stolz und zu allem fähig. Aber es gab dort doch keine Bethlarii, oder? Mit Sicherheit keine *richtigen* Bethlarii.

Und außerdem bereitete man sich unbestimmte Sorgen über den Eifer der Priester, die unten in Bethlar immer mehr politische Macht zu gewinnen schienen ...

Doch solche Zweifel waren kaum laut ausgesprochen worden, und auch dann nur nebenbei. Denn jeder Mann, der seinem Nachbarn ins Gesicht blickte, sah dort nur ein Spiegelbild seiner eigenen Miene, streitbare Bereitschaft, dem alten, bewährten Kodex bedingungsloser Unterwerfung unter den Willen der Hanestra Genüge zu tun. In solchen Zeiten war selbst das *Zurschaustellen* von Zweifeln gleichbedeutend damit, Zwietracht zu säen, und das würde sicherlich öffentliche oder, schlimmer noch, private Denunziation nach sich ziehen und sodann Ungnade, Verbannung, vielleicht sogar den Tod.

So verließen also die Männer von Efnir Heim und Kinder, durchdrungen von Zuversicht und Tapferkeit, ›zum Wohle des Staates‹, das natürlich über allem stand.

Magret und ihr zehnjähriger Sohn Faren gingen über das Feld zu der Stelle, wo sie für gewöhnlich ihr Wasser holten. Es war ein kalter Tag, und ein scharfer Wind fegte von den Bergen herunter, die das winzige Dorf beherrschten.

Magret zog ihren Schal zurecht. »Wenn wir das erledigt haben, müssen wir mit den anderen in den Wald gehen, um Brennholz zu sammeln; wir werden bald viel davon brauchen«, sagte sie zu ihrem Sohn und zog den breiten Kragen seiner Tunika bis an seine roten Ohren hoch.

Mit einer genauen Nachahmung des väterlichen Stirnrunzelns schlug Faren ihn wieder herunter und streckte sein Gesicht hochaufgerichtet in den kalten Wind; ein Mann durfte sich nicht von solchen Widrigkeiten beeindrucken lassen.

Magret lächelte über die Geste, wenn sie auch unfreiwillig ein wenig betrübt war, während Stolz auf ihren Sohn sich mit jenen tieferen Strömungen vermischte, die ihr sagten – weitab von allen wohleinstudierten patriotischen Antworten, die ihr durch den Kopf fluteten –, daß diese Männer und ihre kriegerischen, aufgeblasenen Angewohnheiten über alle Maßen dumm waren.

Der Bach war an der Stelle, wo sie anhielten, um ihre irdenen Krüge zu füllen, breit und floß gemächlich dahin. Er war über felsige Klüfte und Zacken gesprudelt und geschäumt, bevor er hier anlangte, und nur ein paar Schritt weiter stromabwärts würde er wieder wilder weiterplätschern auf seinem Weg in die Ebenen und zu den großen Flüssen. Hier jedoch war er ruhig und friedlich, als schöpfe er nach einer solchen Reise Atem, um sich auf den nächsten Abschnitt vorzubereiten.

Es war jedoch nicht eben ruhig in seiner Umgebung, da das Geräusch des zu Tale fließenden Wassers die Luft erfüllte.

Und es war dieser Lärm, der verhinderte, daß Magret die näher kommenden Reiter hörte, als sie ihr Joch ablegte und Faren zu zeigen begann, wie man die Krüge füllte, ohne mit den Händen in das fast gefrierende Wasser zu greifen.

Selbst als sie schon auf dem anderen Ufer waren, sah sie sie eher, als daß sie sie hörte – oder besser, sie sah ihr Spiegelbild im sanft strudelnden Wasser des Bächleins.

Sie fuhr erschrocken hoch und richtete sich mit einem Schritt zurück auf. Der Krug, den sie gerade gefüllt hatte, begann leicht zu schwanken, kippte dann um und fiel mit einem leisen Platschen ins Wasser. Faren, der seine Pflicht vernachlässigte und sich über das seichte Ufer beugte, um Grimassen über dem Wasser zu schneiden, hob bei dem Geräusch den Kopf.

Seine Mutter trat vor, packte ihn am Arm, riß ihn hoch und versteckte ihn hinter sich, bevor er noch irgend etwas sagen konnte. Normalerweise hätte er gegen eine solche Behandlung Einspruch erhoben, doch in den Händen seiner Mutter lagen eine Kraft und Dringlichkeit, die jeden Widerstand verboten.

Magret begegnete dem Blick des ersten Reiters. Er war ein kraftvoll wirkender Mann mit einem flachen, narbigen Gesicht und einer Hakennase, die ihm das Aussehen eines Raubvogels verlieh. Ihm zur Seite stand ein dürrer Mann in einer dreckigen Robe, dessen Gesicht in den Tiefen einer Kapuze verborgen war.

Der Reiter lächelte, doch das Lächeln schien die Bedrohung, die seine bloße Gegenwart ausstrahlte, nur noch zu verstärken. Aber die Kapuzengestalt war noch schlimmer. Obwohl sie still und stumm blieb, ließ sie Magret vor Furcht schlottern, weckte Empfindungen in ihr, die sie nie zuvor gekannt hatte. Eine Furcht, die durch Alpträume hinab in jene Strömungen sank, die ihr und allen Frauen von der Dummheit der Männer sangen. Nun tosten und schäumten sie wie wild und sagten ihr, daß Männer auch zu mörderischen Dummköpfen werden konnten.

Ihre Blicke huschten über die beiden Männer hinaus. Weitere Reiter trafen ein. Zwei, drei ... eine Gruppe von ... sechs und mehr noch, viel mehr.

Sie alle zügelten ihre Pferde hinter dem Anführer, als warteten sie auf etwas. Magret spürte, wie Faren sich an ihre Röcke klammerte und zaghaft an ihnen zerrte. Ohne die

Augen von den glotzenden Männern zu lösen, streckte sie tröstend die Hand nach ihm aus.

Es war nicht leicht. Sie wußte, daß sowohl sie als auch der Junge sich in Gefahr befanden. Diese Männer waren Fremdlinge, Stammesangehörige von jenseits der Berge. Als Kind hatte sie solche wie sie gesehen, als sie das Dorf ihres Vaters heimgesucht hatte, auf der Suche nach Nahrung, Waffen, ... Frauen.

Doch so weit nach Osten waren sie noch nie vorgedrungen.

Man hatte sie immer ohne größere Probleme besiegt, wenn die Dörfer erst einmal zu den Waffen gerufen waren.

Doch jetzt gab es keine Männer mehr im Dorf. Noch in einem der anderen Weiler zwischen hier und Bethlar.

Die Dorfbewohner würden in die Wälder fliehen müssen, bis die Plünderer wieder abzogen. Doch bevor sie das tun konnten, mußten sie erst mal gewarnt werden.

Plötzlich brach die Stille, denn das Roß des Führers neigte sein Haupt und begann, aus dem Bach zu saufen. Andere folgten seinem Beispiel.

Magret, die sich bei der Bewegung des Pferdes auch rührte, bückte sich zu Faren hinunter und flüsterte ihm zu: »Hab keine Angst. Geh weg, bis du sie nicht mehr sehen kannst, dann läufst du so schnell du kannst ins Dorf zurück und erzählst deinem Großvater, was geschehen ist. Sag ihm, es sind Plünderer von jenseits der Berge, und alle müssen die Dörfer verlassen.«

Faren klammerte sich fest an ihre Röcke. Sachte löste sie seine Finger, legte allen Mut, den sie aufbringen konnte, in diesen Blick, sah ihrem Sohn in die Augen und sagte: »Geh jetzt, sofort. Es ist wichtig. Alles wird gut.«

Widerwillig drehte er sich um und begann sich zu entfernen. Nach ein paar Schritten wandte er sich um und sah zurück. Magret lächelte ihm zu, und er ging noch ein Stückchen. Dann bückte sie sich ruhig und nahm ihr Joch wieder auf, als sei nichts geschehen.

»Bleib da stehen, Junge!«

Die Stimme, schwer und hart mit ihrem fremdländischen

Akzent, übertönte das Tosen des Wassers. Faren hielt inne und schielte über die Schulter zu seiner Mutter zurück.

Magret wirbelte herum. Der Rufer war der erste Reiter.

Trotzig erwiderte sie seinen Blick. »Geh weiter, wie ich es dir gesagt habe, Faren«, sagte sie laut und vernehmlich, ohne die Augen von dem Fremden zu nehmen.

»Bleib da, Junge!«

Der Führer wandte sich zu der Kapuzengestalt an seiner Seite, die wortlos hinter ihm aufsaß. Dann trieb er sein Pferd in den Bach.

Auch Magret trat vor und pflanzte sich am gegenüberliegenden Ufer auf. Sie zeigte auf ihn. »Bleib *du*, wo du bist, Nordländer«, sagte sie. »Du hast dir einen schlechten Ort und einen schlechten Zeitpunkt für deinen Raubzug ausgesucht. Kehr zurück und geh, bevor unsere Männer dich hier finden.«

Das Lächeln des Führers wurde breiter, und er trieb sein Pferd weiter durch den Bach. Bei Magret angekommen, beugte er sich zu ihr hinunter.

»Eure Männer sind alle in den Krieg gezogen, nicht wahr, meine Süße?« säuselte er. »Und wir sind gekommen, um unser Land wieder in Besitz zu nehmen.« Er ließ seine Hand langsam in einer weiten, allumfassenden Geste durch die Luft gleiten.

Magret spürte, wie ihr das Blut aus dem Gesicht wich. Sie wollte seinen Worten gerade mit Verachtung und Haß begegnen, doch sie wußte, daß ihre Stimme sie verraten würde, wie ihr Gesicht sie verraten hatte.

Was meinte dieser Mann damit, ihr Land wieder in Besitz zu nehmen? Und woher wußte er, daß ihre Männer in den Krieg gezogen waren?

Sie unterdrückte ihre Furcht und legte statt des Trotzes einen Hauch mütterlicher Besorgnis in ihre Stimme. »Geh nach Hause, Nordländer. Ich habe deine Landsleute schon gesehen, habe gesehen, wie sie durch ihre törichte Tapferkeit umgekommen sind. Alles, was du von diesem Land bekommst, ist ein Stückchen Erde, lang genug, dich für immer hineinzulegen. Geh, bevor dich der Winter hier festnagelt.«

Der Reiter betrachtete sie einen Moment nachdenklich, dann schien er sie zu vergessen, und er wandte sich zu seinen Männern um und winkte sie herbei. Lässig begannen sie durch den Bach vorzudringen. Magret wich rückwärts vor ihnen zurück, während sie vorrückten, die sanft abfallende Uferböschung hinauf. Wie schon zuvor versuchte sie sie zu zählen, und ihre Gedanken kreisten wie wild um eine Möglichkeit, die nächste Stadt zu benachrichtigen. Als sie einen Punkt erreichte, von dem aus sie das Ufer auf der anderen Seite überblicken konnte, blieb sie indes stehen, und ihre Augen weiteten sich ungläubig. Da drüben waren Reiter, soweit das Auge reichte – Hunderte! Tausende sogar! Das war kein Überfallkommando. Das war eine *Armee*! Eine gewaltige Reiterarmee!

Sich kaum bewußt, was sie tat, streckte sie die Hand hoch und ergriff den Zaum des Reiters. Er brachte sein Pferd zum Stehen und starrte erbost auf sie hinunter.

Undeutlich hatte Magret gehofft, sie würde vielleicht Worte finden, die diesen Mann zur Umkehr bewegten, doch nun, im Angesicht solcher Massen, wußte sie, daß hier nur eine andere Armee helfen konnte. Ein uralter Instinkt ergriff von ihr Besitz. Vielleicht würde sie diese Begegnung nicht überleben, aber …

»Lauf, Faren!« schrie sie, so laut sie konnte. »Lauf! Warn das Dorf! Lauf!«

Ihr Schrei endete abrupt, als Ivaroths Speer sie durchbohrte. Es war ein schneller und gutgezielter Stoß, aber doch auch einer, der ihn fast das Leben gekostet hätte. Magrets Augen verdrehten sich vor Entsetzen und schrecklicher Erkenntnis, dann zogen sich ihre Lippen zu einem wilden Fauchen zurück, der Schock verebbte, und an seine Stelle traten Haß und Wut. Den in ihr steckenden Schaft ergreifend, warf sie mit einem Mal ihr ganzes Gewicht gegen ihn, wodurch sie Ivaroth fast vom Pferd stieß, um dann herumzuwirbeln und aus den Tiefen ihrer Röcke ein langes Messer hervorzuziehen, das sie gegen seinen Oberschenkel führte, während er sich mühte, im Sattel zu bleiben.

Der Stoß war so mörderisch und kraftvoll, daß er bis auf

den Knochen durchgedrungen wäre und seinen Lebenssaft wahrscheinlich innerhalb weniger Minuten aus seinem Körper hätte fließen lassen, doch seine Reflexe, die er einem Leben des Kämpfens und Tötens im Sattel verdankte, retteten ihn, indem er seinen Griff um den Speer lockerte und ihn nach oben und zur Seite drückte. Diese Aktion zerstörte Magrets labiles Gleichgewicht, und sie taumelte mehrere Schritte zurück, bevor sie mit einem Schmerzensschrei zu Boden stürzte.

Beim Aufprall auf den Boden fiel ihr das Messer aus der Hand.

Ivaroth sah ihr einen Augenblick dabei zu, wie sie darum rang, es wieder zu ergreifen. Eine rechtzeitige Mahnung, dachte er, während er sich an den Rat erinnerte, den Männer ihm erteilt hatten, die schon zuvor das Bethlarii-Territorium überfallen hatten. »Hüte dich vor ihren Frauen, Mareth Hai, sie sind für gewöhnlich bewaffnet und fast genauso gefährlich wie ihre Männer.«

Er trieb sein Pferd voran und beugte sich hinunter, um seinen Speer aufzuheben.

Magret, die den Tod herannahen spürte, unternahm einen letzten verzweifelten, kratzenden Versuch, ihr Messer wiederzubekommen. »Lauf, Faren! Das Dorf ...«, gelang es ihr noch zu rufen, als sie die Waffe umfaßte, doch im selben Moment, in dem sich ihre Finger um den Knauf schlossen, zog Ivaroth seinen Speer mit einem geübten Schwung aus ihrem Körper, und Messer und Stimme entglitten ihr erneut. Mit einem leisen, fast wimmernden Stöhnen rollte sie sich auf den Bauch und blieb liegen.

Ivaroth betrachtete sie gleichgültig und schnüffelte. Er wollte soeben den blutbesudelten Speer hochhalten, um seinen Männern zu zeigen, was sie in diesem Land zu erwarten hatten, als ein angsterfüllter Schrei ertönte.

Es war Faren. Er hatte gelähmt und mit weit aufgerissenem Mund zugesehen, wie seine Mutter getroffen und getötet worden war, doch jetzt hatte sich etwas in ihm gelöst, und er rannte mit unzusammenhängenden Schreien über das Feld.

Ivaroth machte seinem Gefährten ein rasches Zeichen, der langsam nickte.

Dann ertönte ein leises, aber tiefes Rumpeln. Kleine Wellen wie jene, die über ein windgepeitschtes Kornfeld fegen, liefen über die Erde auf den fliehenden Jungen zu. Als sie ihn erreichten, schleuderte ihre Wucht ihn hoch in Luft, und er krachte schwer zu Boden.

Ivaroth trabte auf ihn zu, doch der Junge stand nicht mehr auf.

Und doch kreischte er lauter als zuvor. Und wand sich.

Ivaroth runzelte die Stirn und ließ sein Reittier in Schritt fallen. Als er den Jungen erreichte, sah er, daß die Arme des Jungen bis zum Ellbogen in der Erde steckten. Hinter sich hörte er den Blinden atmen; ein unheiliger Diskant zum panischen Kreischen des Jungen.

Ivaroth biß die Zähne zusammen. Spaß mußte sein, aber der Genuß, den der Alte aus solchen Taten zog, verstörte ihn in irgendeiner Tiefe seines Wesens immer mehr, als er begreifen konnte.

Er zückte sein Schwert und erledigte den entsetzten Jungen mit einem einzigen Hieb. »Dein Jammern erschreckt mein Pferd, Junge«, sagte er, als er den Streich führte, damit man es nicht für einen Akt des Mitleids hielt.

Dann rückte sein Heer weiter vor. Endlich von den einengenden Bergen befreit, breitete es sich über die weiten Felder aus wie ein Fluß in seinem Mündungsdelta.

Als weitere Demonstration der Weitsicht des Mareth Hai hatte Ivaroth den Zug durch das letzte Tal persönlich geleitet, hatte keinem Kundschafter erlaubt, vorauszugehen.

»Niemand wird sich uns entgegenstellen. Dies ist unser Schicksal«, sagte er, die Sorgen seiner Berater hinwegwischend. »Habe ich euch nicht wiederholt gesagt, daß ihre Männer fort sein werden?«

Nun schickte er ein paar Kundschafter zu dem Dorf, von dem die Frau gesprochen hatte, um seine Voraussagen bestätigt zu finden. Seine Zuversicht steckte jeden an, und der Einzug der Stämme in dieses neue Land verlief eher wie die Rückkehr eines erfolgreichen Jagdtrupps als wie die ersten

Schritte eines Eroberungsheers. Und, nebenbei bemerkt, hatten sie nicht die größte Wanderung bestanden, die je in der Geschichte aller Prärievölker bestanden worden war? Nichts konnte ihnen standhalten.

Die nächsten Stunden über wühlten die müßig einherschreitenden Hufe und Räder von Ivaroths Armee den Schlamm in dem stillen kleinen Bach auf und zerstampften die Leichen von Magret und ihrem Sohn bis zur Unkenntlichkeit.

Es war am späten Morgen, als ein Kundschafter mit der Nachricht, eine Bethlarii-Truppe verlasse das Lager, zu Ryllans kam.

»Drei Infanteriebataillone und ein paar Dutzend Reiter«, wiederholte Ryllans die Botschaft des Kundschafters. Die Reaktion der Bethlarii machte Sinn: Das Terrain eignete sich nicht für großangelegte Kavallerieattacken, und drei Bataillone stellten eine genügend große Streitmacht dar, um beinahe jede gegnerischen Kräfte in der Enge des Tals zu binden. Die Reiter waren vielleicht als Vorkundschafter oder möglicherweise als Plänkler gedacht, oder, noch wahrscheinlicher, gar als Boten. Und nach der Geschwindigkeit zu urteilen, mit der die Truppe bewegt worden war, würde es nicht lange dauern, bis etwaig benötigte Verstärkungen vom Lager herangezogen werden konnten.

»Sie müssen schon die ganze Zeit darauf vorbereitet gewesen sein, sich in Bewegung zu setzen, weil sie so viele Männer so rasch ins Feld führen können«, sprach Arwain den in der Luft liegenden Gedanken aus. »Wir haben recht daran getan anzugreifen, solange wir es noch konnten.«

Ryllans nickte und blinzelte zu der wäßrig-bleichen Sonne hoch. Es war unmöglich zu bestimmen, wie lange es noch bis zum Eintreffen von Ibris' Heer dauern würde. Alles, was ihnen nun noch übrigblieb, war, so lange auszuhalten, wie sie konnten, ohne ernsthaft Gefahr zu laufen, überrannt zu werden. Dieser Tag würde keine einfachen Entscheidungen mit sich bringen.

Ohne weitere Debatte gingen er und Arwain zu ihren jeweiligen Posten, um ihren Offizieren die Nachrichten mitzuteilen und die anzuwendende Taktik zu beratschlagen.

Den Bogenschützen würde der Löwenanteil der Aufgabe zufallen, die Bethlarii-Heersäule aufzuhalten. Während und seit ihrer Integration in die Armee der Serens hatten die Mantynnai viele stille Änderungen an traditionellen Waffen und Taktiken vorgenommen, und eine davon war die Einführung eines größeren, durchschlagkräftigeren Bogens und das Trainieren der Männer im Gebrauch dieser Waffe.

Es hieß, die Bogenschützen seien mittlerweile eine wahrhaft prachtvolle Truppe, doch heute war es das erste Mal, daß sie ernsthaft in einer wichtigen Schlacht auf den Prüfstand gestellt wurden.

Aus der Deckung feuernd, die die Talwände boten, lenkte der erste Zug seinen Pfeilhagel – ein, zwei, drei Salven – in die anrückende Kolonne. Sie zeigten unmittelbare Wirkung, denn die schweren Pfeile mit ihrer Eisenspitze durchschlugen stabile Lederbrustpanzer und in geringerem Ausmaß auch die noch stabileren Lederschilde.

Die freundliche Winterstille, die das Tal erfüllt hatte, wurde vom bedrohlichen Zischen und Surren der fliegenden Serens-Pfeile zerrissen und vom Schreien der Getroffenen endgültig zerstört.

Die Heersäule kam hastig und ungeordnet zum Stehen, und die Bogenschützen hielten den Beschuß aufrecht, bis die Bethlarii sich neu formierten, einen Schildwall bildeten und ihre eigenen Bogenschützen zum Gegenangriff vorschickten. Da ihre Bögen jedoch eine geringere Reichweite als die der Serens hatten und ihr Ziel kleiner und verstreuter war, hatten die Bethlarii-Schützen nur geringe Wirkung, bis ein Schildwall gebildet wurde, in dessen Schutz sie weiter vorrücken konnten.

Zur selben Zeit trennten sich zwei Abteilungen Bethlarii-Infanterie von der Hauptstreitmacht und begannen, mit dem Ziel, die Serens zu umgehen, die Talwände hinaufzuklettern.

Diese wurden nun ihrerseits von feindlichen Bogenschützen unter Beschuß genommen uns sahen sich zu einem eiligen Rückzug gezwungen. Lange Zeit gelang es den Serens so, die Hauptstreitmacht der Bethlarii aufzuhalten.

Nach einer Weile jedoch teilten sich die Bethlarii auf den Flanken in kleinere Kampfeinheiten auf und griffen mit großem Gebrüll an, um die Bogenschützen schnell zu verfolgen. Die sich rasch bewegenden kleineren Ziele waren nun für die Schützen zu schwer zu treffen oder auch nur ernsthaft aufzuhalten.

Die Unmittelbarkeit des Manövers überraschte die Bogenschützen, und viele reagierten zu langsam.

Arwain hörte Ryllans den Atem anhalten, während sie von ihrem fernen Beobachtungsposten aus die Geschehnisse verfolgten. »Bewegt euch, bewegt euch, bewegt euch«, flüsterte er dringlich vor sich hin. »Sie sind geschickt, schnell und wütend. *Bewegt euch*!«

Und wie um seine Worte zu bestätigen, wurden mehrere Bogenschützen, die zu lange verharrt hatten und dann, als sie zu fliehen versuchten, in dem schwierigen Gelände zusätzlich von Bogen und Köcher behindert wurden, gestellt und von den Bethlarii niedergemacht.

Arwain und Ryllans sahen stumm zu, wie die Schwerter und Äxte sich hoben und niedersausten.

Dann setzte eine kurze Gefechtspause ein, bis die Bethlarii-Kolonne wieder vorzurücken begann, nun von auseinandergezogenen Einheiten von Flankenschutz gedeckt, die sich über die Talwände verteilten.

Ryllans und Arwain sahen einander an. Der Verlust der Bogenschützen war eine grimmige Mahnung an die Wildheit und Tapferkeit ihrer Gegner, und obwohl die Antwort der Bethlarii in großen Zügen so ausfiel, wie sie es erwartet hatten, hatten beide doch Angst, daß ihnen nur noch eine einzige Verzögerungstaktik blieb, bevor die Entscheidung über Standhalten oder Rückzug anstünde.

Ryllans blickte ins Tal hinab. Alles war still und ruhig. Keine Spur eines herangaloppierenden Boten, geschweige denn einer Entsatzarmee. Mit Mühe verkniff er sich einen hartnäckigen Gedanken, der ihn dazu drängte, Vermutungen bezüglich der wahrscheinlichen Position der Hauptstreitmacht anzustellen. Mit den ihm zu Gebote stehenden Informationen war dies nicht möglich und unter diesen Umständen auch nicht sehr sinnvoll. Seine und Arwains Aufgabe bestand darin, die Bethlarii so lange sie konnten im Tal zu binden, nicht jedoch, die Leibgarde einer ernsthaften Gefahr auszusetzen. Wenn die Bethlarii als Folge davon das Tal ins Besitz nehmen sollten, dann war dem eben so. Wenigstens hatte man ihr Vorrücken verlangsamt.

Dann schnappte der letzte Teil ihrer Falle zu, indem zwei Kompanien, das halbe Bataillon, aus dem Felschaos auf der einen Seite des Tals auftauchten, um auf die verstreuten Bethlarii-Flankenwachen niederzufahren, und das in der geschlossensten Formation, die sie unter diesen Umständen einhalten konnten.

Eine oder zwei Abteilungen der Bethlarii versuchten mit wenig Erfolg, sich zu vereinigen und die Schilde gegen den Angriff zu schließen, und die Mehrheit, die sich zu weit abseits sah, um eine wirkungsvolle Verteidigung aufzubauen, floh in Richtung Hauptkolonne zurück. Auf der anderen Talseite begannen die Flankentruppen aufzuschließen und sich in Erwartung eines ähnlichen Angriffs, der jedoch nicht erfolgte, zurückzuziehen.

Angesichts des Überfalls auf der einen und der Gefahr eines ähnlichen Verlaufs auf der anderen Seite hielt die Kolonne der Bethlarii an und begann einen Schildwall zu bilden, nur um zu beobachten, wie sich die Serens, so plötzlich, wie sie aufgetaucht waren, auch schon wieder zurückzogen, und sich unter weiterem, sogar noch heftigerem Pfeilbeschuß wiederzufinden.

Trotz seiner Heftigkeit war die Wirkung des Pfeilhagels aber geringer als zuvor, da auf der Stelle viele Schilde hochfuhren, und innerhalb kürzester Frist schwärmten verstreute Bethlarii-Abteilungen wie zuvor aus, um sich mit den Bogenschützen zu beschäftigen. Diesmal folgten ihnen jedoch umfangreichere Gruppen in geschlossener Formation in größerer, wohlüberlegter Entfernung, die sie im Notfall vor einem weiteren Angriff der Serens-Infanterie schützen konnten.

Ryllans und Arwain tauschten weitere Blicke aus, resigniert diesmal. »Es ist wirklich schade, daß die Bethlarii ihr beträchtliches Können nicht für lohnendere Ziele einsetzen«, erklärte Ryllans, der sich einen kurzen Moment die Nachdenklichkeit gestattete. Und dann setzte er hinzu: »Zeit zu gehen.«

Ein kurzer Hornruf erklang über den schreienden Männern und pfeifenden Pfeilen, und jene Bogenschützenabteilungen, die noch nicht zum Rückzug gezwungen worden waren, taten dies nun eifrig.

Diesmal wurde niemand von den Bethlarii niedergestreckt, obwohl es einige Querschläger gab und ein Mann, verwirrt von dem unübersichtlichen Gelände, von seinen Kameraden getrennt wurde und sich allein auf einem isolierten Felsvorsprung wiederfand, mit einer Steilklippe in seinem Rücken, einem gefährlichen Abhang an zwei Seiten und den näher rückenden Bethlarii an der dritten Seite.

Er blickte an der zerklüfteten Klippenfassade hinter sich hinauf und dann die Kante vor hinunter, um dann in aller Ruhe, als sei er auf einer gemütlichen Abendübung mit Freunden, einen Pfeil aus dem Köcher zu ziehen, anzulegen, ihn langsam zurückzuziehen und auf den ersten in Kernschußweite geratenen Feind zu feuern.

Der Pfeil durchschlug die Kehle des Mannes mit solcher Kraft, daß er ihn rückwärts schleuderte und sich noch in die Brust seines dichtauf folgenden Kameraden bohrte. In tödlicher Umarmung aneinanderfestgenagelt, Arme und Beine wie die eines grotesken Insektes durch die Luft zuckend, taumelten die beiden Männer über den Rand, während mit Luft verschäumtes Blut aus der gräßlichen Halswunde spritzte wie farbenfrohe Bänder in einem Kindertanz.

Ein dritter Bethlarii zögerte angesichts dieses sich ihm bietenden Anblicks und erhielt einen Pfeil mitten in die Brust. Er torkelte mehrere Schritte rückwärts, bevor seine Knie einknickten und er zusammenbrach. Ein vierter Bethlarii wandte sich zur Flucht.

Als er ihn fortlaufen sah, nahm der Bogenschütze sorgfältig Maß und erschoß auch ihn.

Rund um die belagerte Gestalt fand mitten in dieser Schlacht ein seltsames, zeitloses Zwischenspiel statt, während die Serens zurückwichen und die Bethlarii-Heersäule vorrückte und ihn gnadenlos von seinen Kameraden abschnitt.

Die Gefährten der toten Bethlarii hielten sich wohlweislich zurück, schlichen um den Mann wie Raubtiere, die darauf lauerten, daß ihre Beute schwächer wird; vorübergehend wurde jede Disziplin durch das Bedürfnis nach persönlicher Rache an diesem einen Repräsentanten des Feindes beiseite gefegt.

Scheinbar gleichgültig gegenüber ihrer Gegenwart, die seinen sicheren Tod bedeuten mußte, verharrte der Mann erneut, den Pfeil angelegt und die Bogensehnen ganz leicht gespannt, als warte er nur in der Schußlinie auf den Befehl zum Feuern.

Zu einem späteren Zeitpunkt drängte sich eine Gruppe Bethlarii mit erhobenen Schilden näher heran. Doch der Bogenschütze wartete immer noch regungslos, bis sie über den Felsvorsprung angriffen, um dann mit der Gelassenheit, die auch sein früheres Vorgehen ausgezeichnet hatte, dem Anführer in die Beine zu schießen. Die gezackte Eisenspitze, hergestellt und gehärtet in einer von Menedrions Schmieden, drang in den Schenkel des Mannes und trat auf der Rückseite blutrot wieder heraus. Mit einem greulichen Schrei krachte er zu Boden, und Schild und Schwert flogen ihm in hohem Bogen aus den Händen. Noch bevor er die Erde berührt hatte, hatte der Schütze einen neuen Pfeil eingelegt und hob den Bogen, um sein nächstes Opfer anzuvisieren. Die anderen Bethlarii ließen sich augenblicklich hinter ihre Schilde fallen.

Sich in Todesangst herumwälzend, sah der Mann zu dem wartenden Bogenschützen auf.

Ihre Blicke begegneten einander. Dann, ohne den Bogen zu senken, rief der Schütze: »Holt ihn weg!«

Unter den wartenden Bethlarii gab es eine kurze Diskussion, bevor zwei von ihnen vorhuschten, immer noch hinter ihre Schilde geduckt, und ihren Kameraden wegzogen.

Unten rückte die Kolonne der Bethlarii unerbittlich weiter vor, und die Serens wichen zurück.

Das Interesse für den todbringenden Bogenschützen ließ langsam nach, als der Ernst der Ereignisse unten im Tal die Bethlarii schließlich, wenn auch widerstrebend, fortzog. Sie verließen ihn mit Drohgebärden und grimmigen Versprechen, zurückzukehren.

Als sie fort waren, verharrte der Schütze noch eine Weile in seiner Stellung, hing sich dann den Bogen über die Schulter, drehte sich um und kletterte die steile Klippenwand hinunter.

Die Serens waren nun in einem geordneten, aber vollständigen Rückzug begriffen, wobei die Bogenschützen als Nachhut dienten und immer noch einen ausreichenden Blutzoll unter den Bethlarii forderten, um das Vorrücken ihrer Gegner zu verlangsamen. Es war eine gefährliche Aufgabe, und zwei weitere Schützen verloren im Laufe der Aktion ihr Leben.

Dann verbreiterte sich das Tal, und zum ersten Mal standen die Serens in ihrer Gesamtheit völlig ungedeckt da. Die Erkenntnis, daß eine so kleine Truppe ihnen einen so harten Schlag versetzt und sie in ihrer Verfolgung so erheblich aufgehalten hatte, reizte den Ärger der Bethlarii zur Weißglut, und sie begannen, in Höchstgeschwindigkeit vorzustoßen.

Sowohl Arwain als auch Ryllans bemerkten, während sie die Bogenschützen postierten, die Veränderung auf der Stelle und gelangten unabhängig voneinander zum gleichen Ergebnis. Ihre Männer waren nach dem Gewaltmarsch, dem nervenaufreibenden Überfall auf das Lager und dem ebenso nervenaufreibenden Rückzug erschöpft, durchgefroren und hungrig. Sie würden den wesentlich frischeren Bethlarii nicht lange davonlaufen können.

»Sie hacken uns zu Kleinholz, wenn wir weitergehen!« schrie Ryllans gegen den Lärm der anrückenden Bethlarii an. »Wir müssen stehen.«

Für diesen Fall hatten sie zwar vorgeplant, doch hatten sie ihn auch um alles in der Welt zu vermeiden gesucht. Die Bethlarii jedoch hatten sich schneller als vermutet auf ihre

Störtaktik eingestellt, und so sah eben das unabwendbare Ende aus.

Arwain nickte und gab den Befehl an seinen Signalgeber weiter.

Beim Klang des Horns zauderten die Bethlarii vorübergehend, fürchteten sie doch einen weiteren Hinterhalt, obwohl es weder die geringste Deckung hierfür noch eine größere Streitmacht gab, die sie erwartet hätte.

Als er und Ryllans mit den Bogenschützen zurückrannten, wollte es Arwain scheinen, die zurückweichende Infanterie der Serens halte fast erleichtert an, da man ihnen nun die Möglichkeit zum Stehen und Kämpfen gab. Auch dies war ein Faktor, den sie in ihre Berechnungen nicht miteinbezogen hatten, und es erfüllte sie mit nicht geringer Zuversicht. Jeder Rückzug schwächte ein Heer, und Ibris' Leibgarde war nicht für ihre Dummheit ausgesucht worden; jeder einzelne kannte die Konsequenzen, in aufgelöster Formation von einer zahlenmäßig überlegenen Streitmacht angegriffen zu werden, während ihnen gemeinsam, erschöpft oder nicht, zumindest eine *gewisse* Überlebensmöglichkeit verblieb.

Arwain ließ den Blick rasch um sich schweifen, um sicherzustellen, daß keiner der Bogenschützen hinterherhinkte und folgte seinen Schäfchen sodann wie ein pflichteifriger Hütehund und trieb sie vorwärts, während er in Gedanken wie ein Schutzgebet immer und immer wieder den Namen seiner Frau wiederholte.

Der sich bereits formierende Schilderwall öffnete sich, um die soeben eintreffende Nachhut durchzulassen und sich sofort wieder hinter ihr zu schließen. Ein einziger Blick überzeugte Arwain davon, daß sein Befehl zum Zusammenbleiben peinlich befolgt wurde. Die Männer bildeten ein dreireihig gestaffeltes Rechteck mit etwa vier Zügen in der Mitte, die bereitstanden, um drohenden Einbrüchen in der Mauer zuvorzukommen.

Immer noch außer Atem schritten Arwain und Ryllans in aller Eile das Karree ab und ließen den Männern Kraft und Energie aus den Tiefen ihres Selbst zufließen, um sie zu beflügeln.

»Haltet stand! Was auch geschieht, haltet stand! Zeit ist alles. Das Heer kommt. Haltet die Stellung!«

»Bogenschützen! Jedes sich bietende Ziel anvisieren! Bevorzugt Priester und Offiziere!«

Dann waren die Bethlarii über ihnen.

Trotz des Aufgebots von Speerspitzen und Schwertklingen, die in ihre vordersten Reihen hieben und stachen, drängten die Bethlarii in ihrer rasenden Wut vorwärts, so daß der Schildwall fast auf der Stelle einige Schritt nachgab. Männer aus der Mitte eilten zu den schwächer werdenden Teilen der Mauer, andere benutzten ihre Speere und Schwerter, um auf jene Bethlarii einzuschlagen und einzustechen, die sich bis vor den Schildwall durchgekämpft hatten.

Die Bogenschützen warteten wie befohlen, suchten die auf und ab wogenden Menge brüllender Männer nach jenen ab, auf die sie ihre noch verbleibenden Pfeile am sinnvollsten abfeuern konnten.

Das Karree hielt, aber nur um Haaresbreite. Es war der richtige Entschluß gewesen, anzuhalten und zu kämpfen. Die Serens fuhren weit besser in dieser dichtgeschlossenen Verteidigungsformation, als es ihnen aller Voraussicht nach ergangen wäre, wenn sie von hinten von einer weit überlegeneren Bethlarii-Streitmacht angegriffen worden wären. Doch es bedurfte keiner großen militärischen oder Menschenkenntnis, um zu sehen, daß ihre Niederlage und wahrscheinlich ihre vollständige Vernichtung nur eine Frage der Zeit war.

Nachdem ihre erste wütende Attacke gescheitert war, zogen sich die Bethlarii ein Stück zurück und begannen auszuschwärmen, um das Karree ringsum einzuschließen.

Arwain und Ryllans ergriffen die Gelegenheit, ihre Männer erneut zu ermutigen: »Während sie abwarten, während sie nachdenken, während ihr ihnen standhaltet, rücken Ibris und seine Armee immer näher.«

Insgeheim jedoch wußte Arwain, daß die nächste Attacke wesentlich gefährlicher als die erste ausfallen würde. Denn zuvor hatten die Bethlarii in fast blinder Wut und Raserei zugeschlagen. Es hatte sie mehrere Tote und viele Schwerverletzte gekostet, während sie den Serens fast keine Verluste zugefügt hatten. Nun jedoch hatten ihre Offiziere offensichtlich wieder die Zügel in die Hand genommen, und die Serens durften mit einer viel disziplinierteren und methodischeren Attacke rechnen.

Bogenschützen, lange Piken oder Verzögerung, dachte er bei sich. Die lange Pike war die Waffe für massierte Stoßtruppen, und nicht unerwartet hatte er während der Verfolgung zu keinem Zeitpunkt solche erblickt. Und die Leidenschaften der Bethlarii kochten zu sehr, als daß sie gewartet hätten, bis die Serens zu erschöpft, zu durchfroren oder zu hungrig waren, um ihnen noch Widerstand entgegensetzen. Es blieben also … ›Bogenschützen‹. Es war Ryllans, der dieses Wort seinen Männer zurief und so auch die Aufmerksamkeit auf die nächste Taktik der Bethlarii lenkte. Bogenschützen versammelten sich in aller Eile entlang der gegnerischen Front gegenüber der einen Längsseite des Serens-Karrees.

Ibris' Bogenschützen brauchten keine besonderen Anweisungen, denn sie wußten nur zu gut, was passieren würde, und daß sie die einzigen waren, die das verhindern konnten. Ein anhaltender Pfeilhagel würde das Karree sicherer als jeder Sturmangriff aufbrechen.

Sie drängten sich zur vordersten Reihe durch und starteten ihren Angriff, noch bevor die Bethlarii richtig in Stellung gegangen waren.

Ibris' persönliche Leibgardisten, mantynnaitrainiert, waren Scharfschützen. Sie entfachten keinen Pfeilhagel, sondern ließen nur eine Handvoll genauestens gezielter Schüsse los, bevor sie sich wieder hinter die Linien zurückzogen. Die meisten der abgegebenen Pfeile trafen ihr Ziel, töteten mehrere der Bethlarii-Schützen und verwundeten viele andere.

Kurzfristig brach sich der Zorn der Bethlarii wieder Bahn, und es gab einen wütenden Vorstoß. Gellende Befehle brachten ihn indes schnell zum Stehen, und nachdem sie sich eine Weile noch weiter zurückgezogen hatten, wurden mehr Bogenschützen an die Front geworfen, diesmal hinter einem starken Schildwall.

Das Karree schwankte, als die erste Salve herüberflog.

Hochgehaltene Schilde und ein Wald aus hin und her geschwenkten Speeren lenkten einige der Pfeile ab, doch drei Männer wurden verwundet.

Der Arzt eilte ihnen zu Hilfe, die Reserveeinheit und die Bogenschützen hoben rasch diejenigen Geschosse auf, deren sie habhaft werden konnte, und Ryllans und Arwain hasteten hin und her und sprachen den Männern Mut zu.

Eine weitere Salve kam, und dann noch eine. Mit jedem Geschoßhagel drang ein lauter Jubel von den Bethlarii-Reihen herüber. Zwei weitere Serens fielen.

Irgendwie gelang es Arwain, seine Angst vor diesem entsetzlichen Hagel in Wut zu verwandeln. Sofort spürte er, wie sich sein Blick klärte, und fast zu seiner eigenen Überraschung, erkannte er den Angriff als das, was er war, nämlich nicht sonderlich effektiv. Die Bethlarii verfügten nicht über hinreichend ausgebildete Schützen, um diese Sache schnell zu erledigen, und trotz der Verluste wandelte sich die allgemeine Stimmung im Karree bald dahingehend, als nähmen die Serens an einem gefährlichen Waffensport teil, statt sich gegen einen tödlichen Angriff zur Wehr zu setzen.

»Es wird unsere Reihen nicht aufbrechen«, sagte er zu Ryllans. »Das müssen sie spätestens jetzt erkannt haben. Glaubt Ihr, sie warten auf Schützenverstärkung aus dem Lager?«

Ryllans schüttelte den Kopf. »Nein«, sagte er. »Sie wollen uns *jetzt*.«

Dann nahm er Arwains Arm. »*Die da* werden bald angreifen«, sagte er und wies mit einem Kopfnicken in Richtung der Bethlarii-Kräfte an den Flanken des Karrees. Eine weitere Salve zischte herüber, der erneut mit hochgerissenen Schilden und wedelnden Speeren begegnet wurde. Diese Verteidigungsmaßnahme war möglich, da der Feind weit genug entfernt stand. Es machte die Männer jedoch verwundbar, und, wie Arwain jetzt erkannte, bestand durchaus die Möglichkeit, daß die Bethlarii an den Flanken gerade dann angreifen würden, wenn eine Salve auf dem Weg war, um dann leichter durch die vorübergehend geschwächten Reihen zu brechen. Das Vorgehen würde eine exakte Zeiteinteilung erfordern, aber …

Ryllans rief dem für die Bogenschützen verantwortlichen Offizier etwas zu. »Zeit, ihnen ihr Eigentum zurückzuschicken. Nehmt immer nur einen aufs Korn.«

Der Offizier nickte, und die Serens-Bogenschützen begaben sich wieder nach vorn, um sich zu revanchieren.

Des Gegners eigene Pfeile gebrauchend, begannen Grüppchen von ihnen gleichzeitig auf die Schilde zu feuern, hinter denen einzelne Bethlarii Schutz gesucht hatten. Diese Taktik war in bezug auf die Pfeile verschwenderisch, und nicht gerade viele der Bethlarii-Schützen oder ihrer Schildträger wurden getroffen, doch sie schüchterte die Angegriffenen solcherart ein, daß sich ihre Reihen schon bald böse aufzulösen begannen und der tödliche Rhythmus ihrer Salven unterbrochen wurde.

»Schnell!« brüllte Ryllans, als er mit der in den Reihen des Feindes angerichteten Verwirrung zufrieden war. »Reserve vor und Zentrumsreihen ersetzen.«

Arwain schoß ihm einen besorgten Blick zu. Dies war nicht der richtige Zeitpunkt für Exerziermanöver! Bevor er jedoch Einspruch erheben konnte, war der Wechsel im Gange, und die ermatteten Frontkämpfer zogen sich dankbar ins Innere des Karrees zurück.

Eine merkwürdige Stille senkte sich plötzlich über das Schlachtfeld, als auch die Bethlarii diesem unerwarteten Manöver zusahen.

In Ryllans' Augen blitzte es auf. »Geht und verhandelt«, sagte er plötzlich zu Arwain.

»Was?« erwiderte dieser ungläubig.

»Geht und verhandelt«, wiederholte Ryllans. »Und nehmt Euch Zeit. Schnell, Mann, sie wundern sich gerade, was geschieht.«

Der Mantynnai packte den Lord am Arm und schob ihn auf die vorderste Reihe des Karrees zu. »Etwas Grünes ... Weißes, etwas Weißes, für eine Waffenstillstandsflagge«, brüllte er die Männer um sich an. Man drückte ihm einen schmutzigen Fetzen in die Hand, den er um einen Speerschaft wickelte und Arwain reichte.

»Gebt mir Euer Schwert und Euren Schild«, sagte er und

nahm sie Arwain ab, bevor dieser murren konnte. »Sagt irgend etwas, aber sagt es langsam. Und selbstsicher! Die Bogenschützen werden Euch Deckung geben.«

Die vordersten Reihen öffneten sich, um Ibris' verblüfften Sohn durchzulassen.

Arwain empfand den konzentrierten Zorn und Haß der glotzenden Bethlarii wie einen körperlichen Angriff. Er trat ein paar Schritte vor und ließ dann langsam den Blick über die feindlichen Reihen schweifen, als sei er ein Würdenträger auf Staatsbesuch, der eine offizielle Truppenparade abnahm. Dann hob er den Speer mit seiner zerfetzten Flagge noch, holte verstohlen tief Luft und trat noch weiter vor.

Der Talboden war feucht und zertrampelt, streckenweise in einen wahren Lehmacker verwandelt. Nach etwa zwanzig Schritten hielt er an und rammte den Speer in den Boden. Dann wartete er.

Jeder Herzschlag bringt meinen Vater näher, sagte er sich immer wieder, obwohl seine Augen immer noch die Bethlarii-Front absuchten, ob nicht ein Bogenschütze seine Waffe in Anschlag gebracht hatte. Seine Beine zitterten, und er mußte sich daran gemahnen, daß dies so war, damit sie sich im Notfall schneller bewegen konnten. Die Erkenntnis half ihm allerdings nicht viel.

Das seltsame, abwartende Schweigen dauerte noch eine Weile, dann löste sich eine Gestalt aus den Reihen der Bethlarii. Der Mann war hochgewachsen und kräftig gebaut, und seine Robe wies ihn als Priester aus.

Diese Religion muß ihre gesamten Gesellschaftsbereiche durchdringen, dachte Arwain, als der Mann auf ihn zuschritt.

Warte, dachte Arwain. Laß ihn das Tempo bestimmen, und ich folge ihm so zögerlich wie möglich.

Der Bethlarii-Priester begann jedoch sofort zu sprechen, und seine Worte gestatteten wenig Hoffnung auf Aufschub.

»Wir werden Euch etwas Zeit gewähren, um Euren Frieden mit den heidnischen Götzen zu machen, die ihr anbetet, Serens!« rief er aus, und seine Stimme war laut und gebieterisch. »Dann werden wir diese Scharade beenden und euch zerquetschen, wie man ein lästiges Insekt zerquetschen würde.«

Arwain ignorierte den Hohn. »Ich bin Arwain, der Sohn des Herzogs Ibris, Priester. Ich verhandle nicht mit Handlangern. Begib dich wieder an deine Gebete und überlaß das hier den Soldaten.« Er vollführte eine wegwerfende Geste und rief, an dem Priester vorbei die wartenden Soldaten ansehend, mit lauter Stimme: »Hol irgend jemand einen Offizier von meinem Rang, so daß wir die Angelegenheit geziemend besprechen können.«

Der Priester rückte erbost ein paar Schritte vor. Auch Arwain trat vor.

»Vorsichtig«, hörte er Ryllans in seinem Rücken zischen.

»Ich bin ein Auserwählter des Ar-Hyrdyn, Ungläubiger«, donnerte der Priester mit flammenden Augen. »Wir haben in allen Angelegenheiten seine Befehlsgewalt. Doch der niedrigste unter uns hat mehr Autorität als der Bastard eines Usurpators und seiner Mörderbande.«

Wieder ignorierte Arwain den Priester und rief an ihm vorbei den Soldaten zu: »Ich habe noch nie sagen hören, die Bethlarii seien unehrenhaft oder töricht. Ein solches Volk von Kriegern wird sich doch wohl nicht wie eine Schafherde von diesen schwafelnden Scharlatanen führen lassen?«

Er schwieg kurz und wartete, ob der Priester etwas sagen wollte. Dann fuhr er fort: »Ihr Männer wißt allesamt, daß Whendrak eine neutrale Stadt ist. Manche von euch mögen sogar dabeigewesen sein, als dies vor vielen Jahren feierlich zwischen meinem Vater und eurer Hanestra beschlossen wurde – *und unter Akklamation eurer Armee*. Ihr wißt, daß ein Angriff auf Whendrak, wie ihr ihn vollführt habt, einen Bruch eurer heiligsten und bindendsten Eide darstellt, und die Aktionen der letzten Nacht waren nur dazu da, euch an die Konsequenzen einer solch verderbten Handlungsweise zu gemahnen. Zieht euch nun zurück, oder die Konsequenzen werden noch tausendmal gräßlicher sein. Euer Land wird widerhallen vom Jammern eurer Witwen und Mütter, deren Verluste doppelt schwer wiegen aufgrund des Wissens, daß ihre Männer und Söhne meineidig oder schlimmer noch, zu Narren geworden sind, weil sie diesen Priestern mit schwarzen Herzen und ihrem stumpfsinnigen Aberglauben gefolgt sind.« Plötzlich brach er in höhnisches Lachen aus. »Fragt euch doch selbst, Männer des Speers und des Schwerts, was für Männer sind denn diese, die behaupten, sie sprächen *im Traum* mit eurem Kriegsgott? Habt ihr sie erst einmal als Gotteslästerer gesteinigt oder als Wahnsinnige verbannt ...«

Bei der Erwähnung der Träume jedoch war der Priester heftig zusammengefahren, und zu Arwains Erstaunen wichen die vordersten Reihen tatsächlich ein Stück zurück.

»Genug!« brüllte der Priester außer sich vor Wut. »*Du* bist es, der Gott lästert, indem du seine Auserwählten mit Kot bewirfst. Wir werden dir keine weitere Gelegenheit dazu geben.« Dann rief er, zu seinen eigenen Linien zurückkehrend: »Tötet sie alle!«

Es gab keine Debatten, keine richtige Vorbereitung auf irgendeine Schlachtordnung. Statt dessen senkten die Bethlarii ihre Speere und begannen mit lautem Grölen von allen vier Seiten auf das Karree einzustürmen. Arwain zwang sich dazu, zurückzugehen, wobei er den Speer mitnahm, als er an ihm vorbeischritt. Der Schildwall öffnete sich, um ihn aufzunehmen, und als er sich wieder hinter ihm geschlossen hatte, sah er sich Auge in Auge mit Ryllans. Er zuckte entschuldigend mit der Schulter.

Ryllans ergriff aufmunternd seinen Arm und gab ihm Schwert und Schild zurück. Nackte Furcht lag in seinen Augen, als der Lärm der angreifenden Bethlarii immer lauter anschwoll. »Vergeßt jetzt Euer Training«, riet er. »Das, was Ihr wahrhaft verinnerlicht habt, werdet Ihr ohne großes Nachdenken einsetzen. Wut und Entschlossenheit sind nun Eure einzigen wahren Verbündeten.« Und mit diesen Worten verebbte die Furcht.

»Haltet die Stellung!« bellte er. »Sie werden schon früh genug müde. Laßt sie sich wie Wellen an uns brechen, wir stehen fest wie ein Fels. Haltet stand! Haltet stand!«

Die Wucht des Bethlarii-Angriffs hingegen war schrecklich. Arwain fühlte den Boden unter seinen Füßen beben. Zwei Seiten des Karrees verbogen sich nach innen, mehrere Männer fielen, und einen Augenblick sah es so aus, als würden sie ganz einbrechen. Doch wieder eilten die Reserven im Zentrum zu den bedrohten Sektionen. Es gelang ihnen, den eindringenden Feind zurückzuschlagen.

Eine Zeitlang herrschte ein verzweifeltes, blutiges Handgemenge: Die Bethlarii bäumten sich auf wie der sturmgepeitschte Ozean und kreischten gellend, während sie versuchten, den vor zustoßenden Speerspitzen und um sich hackenden Schwertern strotzenden Deich niederzukämpfen, den der Schildwall der Serens darstellte.

Arwain und Ryllans schritten das Karree von innen ab, brachten die Reserven zum Einsatz, schleuderten die feindlichen Speere zurück und flößten vor allem den Männern unablässig Mut ein.

Allmählich jedoch schien der wütende Angriff der Bethlarii immer wahnsinniger zu werden, und langsam begann das Karree unter der Wucht des Aufpralls zu schrumpfen. Zweimal gelang es einzelnen Soldaten tatsächlich, über den Schildwall zu klettern und laut kreischend ins Karree zu springen. Ein Reserveoffizier erledigte den einen, Arwain den zweiten, indem er ihn mit dem Speer auf den Boden nagelte.

Verzweifelt sah Arwain, als das Karree zu wanken begann, zu Ryllans hinüber. Als Sohn eines Lords hatte er zuvor als Kavallerist gefochten, so daß er mit dieser Form des Mann-gegen-Mann-Kampfs nicht allzu vertraut war. Doch er konnte sehen, daß dies hier kein gewöhnliches Infanteriegefecht mehr war. Die Bethlarii waren wie besessen; kämpften ohne Rücksicht auf ihr Leben; fochten wie wahnsinniger Pöbel: das glatte Gegenteil jenes geordneten, disziplinierten Infanteriekampfs, der in der Vergangenheit das Kennzeichen solcher Konfrontationen gewesen war und der dem einzelnen Soldaten, zumindest dem auf der siegreichen Seite, ein Höchstmaß an Überlebenschancen geboten hatte. Doch dieses grölende Schlachthaus um ihn herum war der pure Wahnsinn! Wahrlich das unsinnige Ergebnis einer abnormen Religion.

Ryllans indes lehrte, wie alle guten Lehrer das tun, indem er mit gutem Beispiel voranging. Er eilte mit schlafwandlerischer Sicherheit zu jenen Sektionen des Walls, die am schwächsten waren, und ihn umgab eine zielstrebige, kaltäugige Wildheit, die alle, die ihm in die Augen sahen, stutzen ließen und für kurze Zeit mit neuer Stärke erfüllten.

»Krieg ist ein Übel, weil das Opfer, das überleben will, so schlecht wie der Angreifer werden muß«, pflegte er zu sagen, wenn Arwain etwas gegen eine bestimmte Technik einwand, die er ihm gerade beibrachte. »Es ist ein Übel, weil es Männer in eine Lage versetzt, wo sie nur noch die Wahl haben zwischen Töten und Getötetwerden, und zwar auf eine Weise, die raschen und möglichst wirkungsvollen Erfolg zeitigt. Wenn Ihr in solch einer Lage nicht über die entsprechenden Kenntnisse verfügt ...« Dann zuckte er immer mit der Schulter und ließ den Schluß unausgesprochen.

Vor dem Überfall auf das Lager hatte Arwain seine Zweifel mit der Erkenntnis zum Schweigen gebracht, daß er keine andere Wahl hatte als zu tun, was er gerade tat, schlicht und einfach, weil er an jenem Ort war. Nun, inmitten von herabsausenden Speeren, klirrenden Waffen und brüllenden, kreischenden, sterbenden Männern, verstand er es auf einer weitaus tieferen Ebene.

Sein Blick fiel auf einen hochgewachsenen Bethlarii, der einen Schild mit einer gewaltigen Schlachtaxt niederhieb. Als Arwain auf ihn zuhastete, um ihn zu töten, trat ein anderer Mantynnai an seinen Platz im Karree.

Dann, nach einem zeitlosen Intermezzo aus Blutvergießen und tosendem Schlachten, füllte sich die Luft plötzlich mit Hörnerschall.

Bethlarii-Hörner. Arwains Mut sank. Verstärkung! Das fehlte ihnen noch! Leute aus dem Lager, die sich das sportliche Ereignis aus der Nähe ansehen wollten. Doch er verstärkte den Griff um sein Schwert, und auch wenn dieser Gedanke ihn quälte, so langte er doch im selben Moment über die Schilde und streckte einen Bethlarii-Landsknecht mit einem Hieb nieder, der säuberlich seinen Helm spaltete.

Während er sich noch mühte, sein Schwert wieder freizubekommen, suchte er sich schon den nächsten Gegner aus. Doch da war keiner mehr. Auf einmal war freier Raum zwischen dem Schildwall und den Bethlarii. Der von Arwain getroffene Bethlarii griff sich an den Kopf, um in einem kläglichen Versuch die Schwere seiner Verwundung herauszufinden, und brach dann zusammen, nicht in die Arme seiner immer noch kämpfenden Kameraden, sondern auf einen Haufen aus Leichen, denen er sich bald zugesellen sollte.

»Sie ziehen sich zurück«, sagte jemand neben Arwain. Seine Stimme war vor Ungläubigkeit ein halbes Flüstern.

Der Lärm der rächenden Armee verebbte, und der Hörnerschall wurde immer lauter, bis er das ganze Tal erfüllte. Die Bresche zwischen den beiden Streitmächten weitete sich.

»Sie ziehen sich tatsächlich zurück«, bestätigten andere Stimmen.

Arwain wurde sich seines rasselnden Atems bewußt, und nach und nach verlangsamte sich das Tempo seiner Gedanken, bis er sich auf die neue Situation einzustellen vermochte. Die Armee mußte eingetroffen sein, erkannte er begeistert. Doch als er sich umdrehte, war der Teil des Tals, den er überblicken konnte, immer noch menschenleer.

Dann legte sich eine Hand auf seinen Ellbogen, und schon blickte er, einem ausgestreckten Arm folgend, den Südkamm hinauf. Die langgestreckte Heersäule war in der fahlen Wintersonne deutlich zu sehen.

»Und auf dem Nordkamm auch, seht nur!« rief jemand anders.

Jubel wie aus einer Kehle begann aus dem Karree aufzusteigen, doch eine kraftvolle Stimme brachte ihn zum Schweigen.

»Haltet die Stellung! Strikte Gefechtsaufstellung! Bogenschützen; Priester und Offiziere, zufällig sich bietende Ziele.«

Es war Ryllans, und er lehrte noch immer.

Kapitel 35

»Du hast dich ja ganz schön in die Patsche geritten, Bruderherz«, sagte Menedrion und umarmte Arwain völlig überraschend. Dann musterte er ihn anerkennend von Kopf bis Fuß. »Wieviel davon ist dein eigenes?« wollte er schließlich wissen.

Arwain folgte dem Blick seines Halbbruders, schaute zuerst seine Hände und dann seine Kleidung an. Wie seine Kameraden war er völlig mit Blut bedeckt. Zögernd tastete er sich ab.

»Gar nichts, glaube ich«, schloß er nach einem Moment. »Oder jedenfalls nicht viel.«

Menedrion schüttelte den Kopf und hob die Hand, um Arwains Helm zu berühren. Er fuhr mit dem Finger über eine Scharte. »Ein Wunder«, sagte er. »Du bist doch der Denker der Familie, Arwain. Ist dir nie in den Sinn gekommen, daß es nicht besonders klug ist, Steine und Schwerthiebe mit deinem Kopf abzufangen?«

Sie hatten indes nur wenig Zeit für solches Wortgeplänkel. Menedrions Reaktion auf den Plan seines Bruders, im Morgengrauen einen Angriff gegen die zahlenmäßig weit überlegenen Bethlarii-Kräfte zu starten, war dieselbe wie die aller anderen gewesen, nämlich erhebliche Bestürzung, und die hatte sich in Geschwindigkeit umgesetzt, mit der er seine beiden Divisionen zu Arwains Entsatz herbeigeführt hatte.

Doch es war kein unvernünftiges Vorgehen gewesen, so daß Menedrion – sich an Arwains Informationen erinnernd, daß die Höhen noch nicht von den Bethlarii eingenommen seien – Eilboten ausgesandt hatte, die der Infanterie die Annäherung der Stor-Division über den nördlichen Kamm mitgeteilt hatten, während die Infanterie seiner eigenen Divisionen auf dem südlichen vorrückte. Der Rest der Fußtruppen und die Reiter sollten ihnen im Talgrund nachfolgen.

Die Taktik sollte wie eine großangelegte Einkesselung der Truppen um Whendrak aussehen und hätte auch in der Tat so funktioniert, wenn sich eine entsprechende Möglichkeit geboten hätte. Menedrion hegte indes nur bescheidene Hoffnungen, daß dieser Fall einträte, da die Kammstraßen nicht einfach zu begehen und von unten zu gut sichtbar waren, um einen Überraschungseffekt auszunutzen. Zudem war das Wetter im Gebirge an jenem Tag uncharakteristisch klar.

Nichtsdestotrotz hatte allein die Möglichkeit eines solchen Angriffs ausgereicht, um die Arwain umlagernden Bethlarii zum sofortigen Abzug zu bewegen.

Nun war es von größter Bedeutung, daß die drei Stoßarme der Armee weiter gen Whendrak vorrückten, wobei vor allem die Truppen im Talgrund die Bethlarii in ihr Lager zurücktreiben und mit ein wenig Glück eine Panik unter ihnen hervorrufen sollten, die zu einem vorzeitigen Rückzug aus dem Tal führen mochte.

»Ich kann noch nicht sagen, was geschieht, um ehrlich zu sein«, ließ Menedrion Arwain wissen. »Doch zumindest werden sie sich von der Stadt zurückziehen müssen, bevor sie sich richtig festsetzen können, und das ist doch auch etwas. Warte hier, bis Vater eintrifft oder du wieder von mir hörst.«

Arwain hatte vorübergehend erwogen, dagegen zu protestieren, daß man ihn hier so zurückließ, doch der Gedanke verpuffte, fast bevor er ihn richtig ausformuliert hatte. Er war erschöpft, durstig, hungrig, entsetzt und nun, da die Erregung der Schlacht langsam verebbte, wurde es ihm auch sehr kalt. Seinen Männern ging es genauso, und er mußte sich erst mal um sie kümmern, bevor er auch nur an Rast denken konnte.

Menedrion ließ einige seiner Pioniere und Leute seines Stabs zurück, während er im Tal weiter vorrückte. Schon schlugen sie Zelte auf, entfachten Feuer, bauten Küchen auf und säuberten – die unschönste dieser Aufgaben – das Schlachtfeld.

Später, als ihre Männer angemessen versorgt waren, saßen Arwain und Ryllans mit dem Rücken gegen einen Fels gelehnt an einem Lagerfeuer.

»Wie fühlt Ihr Euch?« fragte Ryllans und sah seinem Schüler in die Augen.

Arwain wollte schon eine der üblichen Phrasen dreschen, als er Ryllans' Blick begegnete.

»Mir ist schlecht«, antwortete er wahrheitsgemäß. »Und ich bin durcheinander. In meinem Kopf dröhnt noch immer der Lärm, meine Arme zucken und wollen weiter mit Schwert und Schild herumfuchteln, und meine Augen und Ohren achten immer noch auf aus dem Himmel fallende Pfeile und Speere. Und die Gedanken drehen sich so gnadenlos im Kreis wie die Bethlarii um unser Karree. Es ist, als würde das kleinste Nachlassen der Konzentration auf meiner Seite dazu führen, daß sie endgültig über uns herfallen.« Er hob ein dünnes Zweiglein vom Rand des Feuers auf und warf es in die Flammen. »Ich will wieder nach Hause zu meiner Frau, will mir den Kopf über die Ausbildung, meine Pflichten und die Palastintrigen zerbrechen ...«

Ryllans lächelte ein wenig und nickte. »Gut«, sagte er. »Macht Euch keine Sorgen wegen der Gedanken. Solange Ihr sie zu erkennen vermögt und so ehrlich zu Euch selbst seid, werden sie Euch nichts anhaben können. Euer Geist muß wie Euer Körper nach einem solchen Schock noch eine Zeitlang weiterzucken. Und Ihr steht nicht allein damit, Herzogssohn.«

Er streckte seine Hand aus. Sie zitterte.

Arwain sah ihn einigermaßen erstaunt an. »Immer, wenn ich Euch ansah, habt Ihr wie die Ruhe selbst gewirkt«, meinte er.

»Ganz wie Ihr«, erwiderte Ryllans. »Ja, wir *waren* es auch beide, soweit es die Umstände erlaubten. Doch während der

Schlacht ruhig zu sein, muß noch nicht heißen, daß man es hinterher am Lagerfeuer auch noch ist.«

Arwain erinnerte sich daran, wie ihm die Knie gezittert hatten, als er dem Bethlarii-Priester allein zwischen den beiden Heeren gegenübergestanden hatte. »Ihr habt einen Hang dazu, das Offensichtliche auszusprechen«, erklärte er mit einem kleinen Lachen, das brach und erstarb.

Ryllans hatte sich ihm ein wenig genähert, und eindringlich fixierte er Arwain. »Ihr habt recht, ich habe einen Hang zum Offensichtlichen«, sagte er. »Und das aus gutem Grund. Das Offensichtliche für den einen ist nämlich die Unwissenheit des anderen.« Er faßte Arwain am Arm, um seine Aufmerksamkeit auf sich zu ziehen. Arwain wandte sich um und begegnete seinem Blick. »Alle Schlachten, die Ihr zuvor gefochten habt, Arwain, habt Ihr als Kavallerieoffizier erlebt«, fuhr er fort. »Also habt Ihr keinen Vergleich, wie es ist, in Reih und Glied zu kämpfen, keinen Vergleich für das Offensichtliche. Deshalb sage ich Euch nun, ich habe Schlachten erlebt, die bei weitem länger und blutiger als diese waren, doch ich habe noch nie etwas so Entsetzliches erlebt. Nicht mal vor Viernce. Nie hatte ich solche Angst vor einem verirrten Speer oder Pfeil, vor meiner eigenen Schwäche, meiner eigenen Unzulänglichkeit. Die Gedanken, die in *meinem* Schädel herumwirbeln, fragen immer wieder: ›Wie konnten wir nur so lange durchhalten?‹ Immer und immer wieder.« Sein Griff um Arwains Arm wurde fester. »Sie werden vorbeigehen, ich weiß, aber glaubt mir, Legenden über diese kleine Stadt werden in der Geschichte unseres Landes ihren Platz finden. Erzähler werden reich und fett davon werden, und sie werden ihre Zuhörer ins Schwitzen und zum Zittern bringen mit all der Aufregung und all der Tapferkeit.«

Arwain sah Ryllans unverwandt an, während ihm diese Offenbarung zuteil wurde. Es durfte nicht so sein; es müßten der Schrecken und das Entsetzen sein, die übrigblieben, nicht die empfundene Aufregung und die falschverstandene Tapferkeit. Doch das lag, wie er sehr wohl wußte, außerhalb seiner Macht.

Dann stieg ein finsterer Gedanke ans Licht des Tages. »Es mag ja der Stoff sein, aus dem Geschichten sind, aber es war trotz alledem ein Fehler«, erklärte er.

Ryllans gab keine Antwort.

»Ich habe die Geschwindigkeit, mit der ihre Kolonne vorrückte, und die Geschwindigkeit, mit der wir uns zurückziehen konnten, völlig falsch eingeschätzt.« Arwains Schuldbekenntnis gipfelte in den Worten: »Wir hätten nie stehenbleiben und uns zum Kampf stellen dürfen.«

Ryllans schien unbeeindruckt. »Wir haben es *beide* falsch eingeschätzt«, teilte er ihm schroff mit. »Doch wir waren weder töricht noch gedankenlos, und das ist der ganze Trost, den Ihr kriegen könnt. Krieg ist Fehleinschätzung auf breiter Linie, und der Zufall, ganz zu schweigen von Fehlurteilen, tobt sich hier richtig aus. Das ist der Grund, warum wir trainieren. Damit wir mit einer gewissen Überlebenschance auf das Unvorhergesehene reagieren können. Und uns immer nur auf das konzentrieren, was man auch lernen kann!«

Arwain, dessen Schuldbewußtsein durch Ryllans' Worte eher ausgebrannt als gereinigt wurde, saß schweigend da und stierte in das knisternde Feuer.

Ryllans ließ seinen Blick über den leeren, mißhandelten Grund schweifen, der vor einer Stunde noch so bitter umkämpft war.

Sein Gesicht verdüsterte sich.

»Wir haben neun Tote und zwölf, vielleicht fünfzehn ernsthaft Verletzte«, sagte er halb zu sich selbst. »Sie jedoch müssen an die siebzig oder achtzig Männer verloren haben, einschließlich mindestens eines ihrer hochgeschätzten Priester. Und Gott allein weiß, wie viele mehr schwer verwundet wurden.«

Arwain drehte sich zu ihm um. Ryllans' Worte rührten an etwas, das am Rande seines Bewußtseins lauerte.

»Eine grausame Falle, die wir ihnen da gestellt haben«, sagte er.

Ryllans nickte. »Doch ihre Reaktion ist und bleibt absurd. All diese Männer, für nichts und wieder nichts getötet. Nachdem wir uns zum Kampf gestellt hatten, hätten sie uns nur zu umzingeln, noch mehr Bogenschützen aus dem Lager herbeizuführen und ein fröhliches Zielschießen auf uns zu veranstalten brauchen.« Er schüttelte den Kopf. »Sie hätten uns völlig aufreiben können, ohne selbst auch nur einen einzigen Mann zu verlieren.« Er ließ ein etwas bitteres Lächeln sehen. »Sie hätten hinterher sogar alle ihre Pfeile wieder einsammeln können.«

»Sie hatten keine Zeit dazu, da unsere Armee so nah war«, schlug Arwain vor, froh darüber, seine Gedanken mit praktischen Überlegungen beschäftigen zu können.

»Es hätte gar nicht mal lange gedauert«, antwortete Ryllans erbarmungslos. »Und außerdem wußten *sie* ja gar nicht, daß eine Armee im Anmarsch war. Da sie sich noch nicht einmal die Mühe bereitet haben, aufmerksame Wachposten aufzustellen, ist es höchst unwahrscheinlich, daß sie überhaupt das Gelände jenseits des Tales erkundet haben.«

Darauf fiel Arwain nichts mehr ein. Ryllans hatte recht. Die Bethlarii hatten Disziplin in der Verteidigung ihrer Heersäule erkennen lassen, waren jedoch in ihrem Angriff auf das Karree wild und ohne jede Rücksicht vorgegangen. Und kein noch so großer und durch was auch immer gerechtfertigter Zorn hätte disziplinierte Krieger in solch einen ungeordneten Haufen verwandeln dürfen.

Ryllans kniff die Augen zusammen. »Sie sind bis ins Mark von dieser Religion besessen«, schloß er. »Haben Logik und Vernunft über Bord geworfen und werden freiwillig wieder zu dem, was sie vor Jahrhunderten einmal gewesen sein müssen: dumme, gemeine Barbaren.«

Arwain hielt seine Hände ans Feuer.

»Kein Versuch, die Höhen zu sichern, keine Beobachtungsposten im Tal, unfähige und unzureichende Wachen. Das ist sicher schlimm und alles andere als charakteristisch für sie«, grübelte er. »Doch ich bin mir nicht sicher, welche Schlüsse wir daraus ziehen sollen, außer, daß uns ihre Sorglosigkeit zum Vorteil gereicht.«

»Ihre Verhaltensweise sagt uns, daß sie unberechenbar sind und deshalb vielleicht noch gefährlicher als je zuvor«, widersprach Ryllans schlicht. »Ich habe gesehen, wie religiöse Fanatiker, die mit Pfeilen geradezu gespickt waren, noch viele Leute getötet haben, bevor sie endlich zusammenbrachen. Das hebt die Moral nicht gerade, das könnt Ihr mir glauben. Aber«, sein erhobener Finger kam jeder Frage zuvor, »wenn wir uns des Problems bewußt sind, können wir auch mit ihm umgehen. Überlegung und Ruhe in unseren Aktionen, verbunden mit standhafter Entschlossenheit ...«

»Mit mörderischer Rücksichtslosigkeit, meint Ihr wohl«, unterbrach ihn Arwain.

Ryllans nickte und sprach weiter. »Ja«, stimmte er zu. »Überlegung und Ruhe und mörderische Rücksichtslosigkeit bringen uns den Sieg.«

Die beiden Männern verstummten, und nach einer Weile döste Arwain ein. Raylans zog den Umhang über ihn, um sich dann wieder an den Fels zu lehnen und die Augen zu schließen.

Einem zufälligen Beobachter hätte es geschienen, als sei der Mantynnai eingeschlafen wie sein Lord, doch beim Geräusch eines leisen Schrittes in der Nähe wurde eine hauchdünne helle Spalte unter seinen Lidern sichtbar.

Er war von seinen Landsleuten und jenen, die sie ausbildeten, umgeben, doch seine Hand glitt unauffällig unter seinen Umhang und in Richtung eines seiner Messer. Es war etwas Ungewöhnliches an dem Geräusch gewesen; es war zu leise, und Diebe gab es hier nicht.

Der Grund dafür offenbarte sich fast auf der Stelle, als sich eine Frau um den Fels herum ins Blickfeld schob. Es hätte eine der Krankenschwestern vom medizinischen Korps sein können, doch Ryllans' Hand wich nicht von seinem Messer, und einen Augenblick blitzte ein Hauch von Überraschung in seinen Augen auf.

»Lady Nefron«, sagte er.

Die Frau sog scharf den Atem ein und legte sich die Hand aufs Herz, während sie sich rasch zu ihm umdrehte. »Ihr habt mich erschreckt«, sagte sie.

Ryllans zeigte keine Anstalten, sich zu entschuldigen, doch er erhob sich und ging zu ihr hin, wobei er sich zwischen sie und den schlafenden Arwain stellte.

»Was tut Ihr hier?« fragte er höflich, aber bestimmt. »Dieser Ort kann schon bald wieder zum Schlachtfeld werden. Habt Ihr die Erlaubnis des Herzogs für Eure Anwesenheit hier?«

Nefrons Augen funkelten. »Selbstverständlich«, erwiderte sie zwischen zusammengebissenen Zähnen hindurch. »Glaubt Ihr, ich sei frei, nur weil ich nicht mehr im Erin-Mal eingesperrt bin? Ich vermag nichts ohne seine Einwilligung zu tun, noch kann ich irgendwo ohne eine Eskorte von berittenen Polizisten mit steinernen Mienen hingehen. Aber das wißt Ihr doch, oder? Ihr und Eure Sippe habt sie schließlich ausgebildet!«

»Ja«, gab Ryllans zurück.

Nefron zuckte, als sei ihr eigenes Gift, von Ryllans' bündiger Antwort abgeprallt, wieder in ihr Gesicht zurückgespritzt. »Ich habe darum gebeten, hierherkommen zu dürfen, weil ich meinte, Euren Verwundeten helfen zu können«, fuhr sie fort. »Dafür bin ich ja schließlich mitgeschleppt worden, nicht wahr?«

»Der Herzog bespricht sich nicht mit mir über solche Dinge«, erwiderte Ryllans. »Doch die Männer werden Eure Sorge zu schätzen wissen. Das Kämpfen ist ein hartes Geschäft, und jeder Trost ist willkommen.«

Nefron sah ihn eindringlich an.

»Ich werde nicht schlau aus Euch, Mantynnai«, erklärte sie schließlich. »Die meisten Menschen vermag ich zu durchschauen, ja, sogar nach meinem Willen zu lenken, wenn es nötig ist. Aber Euch nicht; keinen von euch. Ihr entzieht euch mir immer. Was denkt Ihr? Warum seid ihr so, wie ihr seid? Fremde, die für dieses Land, für diesen Mann, meinen Gemahl, sterben?«

»Wir sind, die wir sind«, antwortete Ryllans. »Wer kann schon sagen, warum?«

»Ihr könnt es«, entgegnete Nefron unumwunden.

Ryllans schwieg. Nefron stieß einen gedehnten, gereizten Seufzer aus und erschauerte. Sie schlang die Arme um ihre Schultern und zog den Mantel eng um sich. Unwillkürlich streckte Ryllans die Hand aus, um ihr zu helfen.

»Vorsichtig, Mantynnai!« fuhr sie ihn bissig an und verzog den Mund. »Das war ja ein Hauch von Menschlichkeit.«

Ein kurzes Aufflackern einer entsetzlichen Wut war in Ryllans' Augen zu sehen. »Ihr verschwendet Euer Leben mit diesem unablässigen, vergeblichen Herumbohren in Eurem Kummer, Nefron«, sagte er schließlich, und seine Stimme war leise, aber sehr kraftvoll. »Ihr fragt, wer ich bin, wer wir sind, wir, die Mantynnai. Ihr solltet Euch zuerst fragen, wer Ihr seid, bevor Ihr Euch um andere kümmert.«

Nefrons Augen weiteten sich angesichts dieses unerwarteten Tadels, und sie richtete sich erzürnt auf. Bevor sie jedoch etwas erwidern konnte, stand Ryllans mit einem Messer in der Hand vor ihr. Er hatte es in einer so flüssigen und geschickten Bewegung gezogen, wie sie es nie zuvor gesehen hatte.

Schrecken ersetzte den Zorn auf ihrem Gesicht, doch die Hand, die sie ihm entgegenstreckte, war ebenso herausfordernd wie verteidigungsbereit.

Ryllans ergriff sie mit Gewalt und drückte ihr das Messer hinein, und seine eigenen Finger schlossen die ihren um den Griff.

»Tötet ihn«, sagte er mit einem beiläufigen Nicken in Richtung des schlafenden Arwain. »Erfüllt Euch Euren Herzenswunsch. Das Ziel Eurer ewigen Ränke. Erfüllt Eure finstersten Sehnsüchte. Bei meinem Wort, ich werde Euch nicht daran hindern.«

Nefrons hageres, hübsches Gesicht verzog sich vor Schreck und Verwirrung, und sie begann hin und her zu schwanken. Ryllans legte ihr einen eisenharten Arm um die Taille und zerrte sie hoch. »Nein, Nefron, auf dem Schlachtfeld gibt es kein Entkommen. Entweder du tötest, oder du wirst getötet«, sagte er, und sein fremdländischer Akzent war mit einem Mal deutlich zu hören. Die Hand, die sein Messer in der ihren festhielt, deutete auf Arwain.

»Tötet ihn jetzt«, sagte er. »Wie Ihr es immer gewollt habt. Vernichtet dieses Produkt von Eures Gatten geteilter, vielleicht törichter Liebe; seine paar gestohlenen Schäferstündchen mit Eurer Schwester.« Er beugte sich vor. »Was bedeutet schon ein wenig mehr Blut an einem Tag wie diesem? Es ist schnell erledigt. Ich kann Euch zeigen, wie man es macht. Zeige Euch, wo Ihr die Spitze ansetzen, wie Ihr die Klinge drehen müßt, damit es keine große Schweinerei gibt, seht …«

Das Messer war fast an Arwains Kehle.

Mit einem erstickten Schrei und einer erstaunlichen Anstrengung entwand sich Nefron ihm und trat zurück. Ruhig ließ Ryllans ihre Hand los und blieb einfach stehen, musterte sie stumm.

Sie schleuderte das Messer in einer Mischung aus Wut und Abscheu von sich und warf sich dann auf ihren unerwarteten Quälgeist. Ihr Mund arbeitete, aber kein Laut drang über ihre Lippen. Eine geringere Frau, die Gattin eines einfachen Lords, hätte gezetert und geschluchzt, gegen eine solch ungerechtfertigte und brutale Behandlung protestiert. Statt dessen gelang es ihr nach einem langen, peinigenden Kampf hervorzustoßen: »Woher wußtet Ihr es?«

Ryllans hielt ihren Blick. »Schmutzflecken über den Blutspritzern auf Eurem eleganten Mantel. Feine Schuhe, unrettbar verdreckt. Blut auf Euren Händen … und auf Eurem Gesicht.« Er zeigte mit dem Finger auf sie, und sie hob die Hand zum Gesicht, auch wenn sie sie sofort wieder sinken ließ, bevor sie noch ihr Ziel erreicht hatte.

»Ihr seid über dieses Feld gewandert, habt vergessen, wo Ihr wart. Zweifellos seid Ihr unter dem Vorwand hergekommen, unsere Verwundeten aus irgendeinem scharfsinnigen, subtilen, nur Euch bekannten Grund zu trösten. Vielleicht seid Ihr sogar als Mutter gekommen, habt Euch um Menedrion gesorgt. Oder Ihr seid gekommen, um zu sehen, ob Eure lange, mühevolle Rache endlich befriedigt und Arwain getötet sei.« Nefron konnte sich nicht abwenden, und Ryllans fuhr unerbittlich fort: »Doch Ihr habt die Toten und ihre fürchterlichen Verstümmelungen gesehen. Habt gesehen, wie die Innereien und die kostbaren Glieder von Männern auf dem Rasengrund verstreut lagen, während Vögel und Aastiere darauf lauerten, endlich ihren Hunger zu stillen, bei Eurer Annäherung jedoch weghuschten und aufflatterten; ehrerbietig, furchtsam im Angesicht eines *wirklich* großen

Raubtiers. Ihr habt die Gesichter der Toten gesehen mit ihren entsetzten, ungläubig aufgerissenen Augen. Und ihr habt die schrecklichen, klaffenden Wunden der Verstümmelten gesehen.« Er beugte sich vor. »Doch am schlimmsten war, daß ihr ihnen in die Augen gesehen habt, in die Augen *aller* Männer, die hier gefochten haben.«

»Woher wußtet Ihr das?« wiederholte sie die Formel geistesabwesend, als sei das alles, was ihr noch bliebe.

»Jetzt ist es in *Euren* Augen«, lautete Ryllans' Antwort. »Ich aber weiß es, weil ich selbst noch nicht ganz vom Rand jener blutigen, rohen Ereignisse des heutigen Tages zurückgekehrt bin. Ich bin immer noch im Blutrausch. Leben, Tod, ein kleines Zucken im Handgelenk.« Er vollführte die Geste dicht vor ihrem Gesicht. »Meine Augen sind immer noch viel zu geschärft, zu wach. Sie blicken direkt in Eure Seele und können nicht anders, als die kolossale Dummheit auszulösen, die sie da hocken sehen.«

Ein langes Schweigen setzte ein.

Die Geräusche des knisternden Feuers und des Lagers umströmten müßig die beiden Gestalten.

Dann senkte Nefron kaum merklich ihr Haupt und wandte sich wortlos zum Lager zurück.

Ryllans sah der sich entfernenden Gestalt nach, bis sie außer Sicht war, und seine Miene blieb rätselhaft. Wieder zitterten seine Hände.

Arwain schlief.

Im nahen Lager trieben Antyr, Grayle und Tarrian in die Gefilde des Schlafs und wieder aus ihnen hinaus. Sie waren recht mitgenommen zusammen mit Menedrion eingetroffen: Antyr wundgeritten und ermattet von dem langen Ritt, Tarrian und Grayle fußmüde und durstig nach dem gnadenlosen Tempo, das Menedrion vorgelegt hatte.

Trotz seiner Erschöpfung jedoch erspürte Antyrs wachsende Sensibilität Arwains Schlafgedanken, und auf der Stelle war er bei ihm. Die Traum-Ichs von Tarrian und Grayle gesellten sich fast augenblicklich zu ihm.

Estaan, der neben Antyrs grob gezimmerter Schlafkoje saß und gelangweilt durch ein Buch blätterte, bemerkte die veränderte Haltung der drei Schläfer. Zunehmend vertraut mit den Gepflogenheiten des Traumfinders und seiner Gefährten, wußte er, daß Antyrs Augen hinter seinen geschlossenen Lidern so schwarz wie die Nacht waren, tiefe, bodenlose Gruben, wohingegen die der beiden Wölfe gelb, wild und scharfsichtig waren. Still schob er seinen Stuhl zum Zelteingang hinüber, so daß er jeden am unvorsichtigen Betreten hindern konnte.

Arwains Schlaf war leicht und zart, und wie bei Ryllans lagen auch seine Nerven bloß. In den Nebeln spürte er die Gegenwart Antyrs und der Wölfe, und er mußte insgeheim grinsen. Obgleich diskret und unfaßbar, fühlte sich ihre Aufmerksamkeit für ihn doch leicht aufdringlich an. Die nur zu realen Schrecken des Tages hatten die fremdartigen Vorkommnisse der letzten Nächte vollständig aus seinen Gedanken vertrieben, und nun, da er in seinem seichten Zwielichtschlummer daran gemahnt wurde, schienen sie jede Spur von Bedeutung verloren zu haben.

»Laßt mich. Nach dem heutigen Tag können mir keine Traumgedanken mehr etwas anhaben.«

»Wir sind auf Wunsch Eures Vaters hier, und es ist nicht an Euch, das zu beurteilen!«

»Laßt mich allein!«

Schweigen.

»Laßt mich allein!«

»Das dürfen wir nicht. Ruht, Lord, so daß auch wir ruhen können. Dieses Schlachtfeld ist ein kummervoller Ort für meine Gefährten. Menschliche Barbarismen ängstigen sie auf einer Ebene, die weitab jeglicher Trostmöglichkeit von meiner Seite liegt.«

Ärger und Ungläubigkeit. »Wölfe, die sich durchs Töten ängstigen lassen?«

Ätzender Spott. »Wir töten, um zu essen, Lord. Zu welchem Zweck tötet Ihr? Ihr würdet *mir* ohne Zögern einen Speer durch die Rippen jagen, wenn Ihr mich dabei erwischen würdet, wie ich Eure Toten verspeise, aber Ihr habt sie erst zu Toten gemacht, und Ihr würdet sie einfach hier verrotten lassen.«

Arwains Geist saugte sich wieder mit dem komplizierten Gedankenlabyrinth voll, durch das er sich tagsüber gequält hatte, doch es brach im Licht der wölfischen Verachtung zusammen. Nicht, weil es makelbehaftet, sondern weil es menschlich war und nicht darauf hoffen konnte, gegen die tiefe Weisheit und das Wissen dieser wilden Geschöpfe zu bestehen.

Behutsam besänftigte Antyr die Furcht der Wölfe, und sie glitten an den Rand von Arwains Gedanken, so daß selbst sein schärfster Spürsinn sie nicht mehr erkennen konnte.

Stille.

Dann spürte er in der weiten, sichtlosen Ferne das gedehnte, klagende Heulen der beiden Wölfe, reich und vielschichtig an Harmonien und Rhythmen, wie es sich im Einklang mit einem Geist hob und wieder senkte, der unkenntlich für den Lauscher war.

In der dunklen Stille seines Geistes erblickte Arwain auf der glänzenden Klinge seines Schwerts, die nun vom Blut des Tages gereinigt war, sein Spiegelbild.

»Ich will zu Hause sein, bei meiner Frau, meinen Freunden. So kann ein Mensch nicht leben ...«

Zögern. »Und doch, um nichts auf der Welt hätte ich am heutigen Tage an einem anderen Ort sein wollen als hier. Schulter an Schulter mit meinen Männern, die Stellung haltend. Gegen die Dämonen in mir selbst genauso hart wie gegen den Feind da draußen. Kämpfend. Und lernend.«

Das Heulen trieb weiter und weiter fort, schön, sehnsüchtig, verloren.

Unter Arwains geschlossenen Lidern quoll eine Träne hervor. Sie lief seine Wange hinunter, ein glänzender, schmaler Strang, der sich seinen Weg durch den Schlachtenschmutz bahnte, der sein Antlitz bedeckte.

Und dann, weit jenseits des Wolfsheulens, vernahm er ein schwaches, erdbebenhaftes Donnern ...

Er lauschte. Es war wichtig.

Doch es war fort.

Ivaroths Heer bewegte sich unerbittlich gen Süden. Obwohl er sich der Abwesenheit des Großteils der Bethlarii-Männer in den nördlichen Regionen sicher war, rückte er nicht überhastet vor. Die unvermittelte, unerwartete Wildheit Magrets hatte ihn lebhaft daran erinnert, daß er es mit einem harten und kriegerischen Volk zu tun hatte, wohlbewandert in allen Techniken des Kampfes, und daß es eine Katastrophe riskieren hieße, sie auf die leichte Schulter zu nehmen.

Früher oder später würde sich die Nachricht von ihrer Ankunft im Land schneller verbreiten, als sie vorrücken konnte, doch Ivaroth entschied, daß dieser Zeitpunkt so spät wie möglich eintreten solle, und daß, wenn man ihm schließlich größeren Widerstand entgegenstellen sollte, er von einem Gelände aus operieren wollte, das sowohl weit als auch geschützt genug war, seine Armee zu versorgen, ohne daß er auf langwierige Nachschublinien durch die Berge würde zurückgreifen müssen.

Diesem Plan entsprechend wurde das Land, durch das sie zogen, im voraus gut ausgekundschaftet, bevor die Armee den Fuß hineinsetzte. Kleinere Ansiedlungen und Einzelgehöfte wurden ohne viel Federlesens dem Erdboden gleichgemacht, und einsame Reisende sowie jeder potentielle Nachrichtenübermittler, der Ivaroth über den Weg lief, wurden ebenfalls liquidiert.

So wurde auch die Stadt Navra völlig überraschend genommen.

»Sie ist wesentlich größer als alle Städte, die wir bislang gesehen haben, mit gewaltigen Gebäuden, höher als die höchsten Bäume«, ließ Ivaroth seine Kundschafter wissen, bevor er sie ausschickte. »Und eine riesige Steinmauer schützt sie.« Sie starrten ihn in ehrfürchtigem Schweigen an. Die Kenntnisse des Mareth Hai über dieses Land waren ebenso zutreffend wie geheimnisvoll, doch diese wilde Rede rief unter den Kundschaftern nicht wenige sprechende, diskrete Seitenblicke hervor, als sie wegritten.

»Ha!« lachte er grimmig, als sie mit großen Augen wiederkamen. »Ihr habt euren Mareth Hai für einen faselnden Märchenonkel gehalten, als ihr losrittet, stimmt's? Doch berichtet uns, was ihr vorgefunden habt.«

Ein Schwall eifrigen Leugnens folgte seinem unheilverkündenden Tadel, und die Einzelheiten der Stadt mit ihren grandiosen Gebäuden und ihrer Umfassungsmauer ergossen sich über die staunenden Zuhörer.

»Es war so, laßt es euch gesagt sein. Wir haben es alle gesehen. Das Wissen des Mareth Hai übersteigt jedes Vorstellungsvermögen.«

Ivaroth, der wie beiläufig diese Götzenanbetung entgegennahm, lenkte die Überlegungen seiner Offiziere auf die praktischen Aspekte, die mit der Eroberung eines solchen Ortes einhergingen.

Von seinen Reisen durch die Träume der Bethlarii hatte er eine Menge über ihre Kriegskunst gelernt, und er wußte, daß es zwar möglich war, eine solche Stadt wie Navra zu belagern, daß es aber schwer werden und seine Männer entkräften würde. Darüber hinaus würde es zu viele Einheiten seiner Streitmacht binden, so daß sie Gefahr liefen, frühzeitig entdeckt zu werden. Trotz des Erfindungsgeistes, der bei der Überquerung des Gebirges zutage getreten war, hatte Ivaroth doch wenig Vertrauen in die Fähigkeiten selbst seiner geschicktesten Männer, was das Bauen von Belagerungstürmen und steinschleudernden Katapulten anging.

Nein. Die wirkungsvollste Art, eine Stadt zu erobern, war Überraschung – oder Verrat. Er hatte keine Freunde innerhalb der Stadtmauern, die ihm die Tore öffnen konnten, also mußte er auf die Überraschung vertrauen.

Und so geschah es. Ein paar Männer, als übernächtigte Reisende verkleidet, verschafften sich Zugang zu einem der kleineren Tore und rissen, nachdem sie die unachtsamen Wachen in aller Eile beseitigt hatten, die Torflügel weit auf.

Dann folgte eine Nacht des Schlachtens und Grauens, als die Bürger Navras vom Knacken und Prasseln der brennenden Gebäude geweckt wurden, von dem Hufgeklapper auf den steingepflasterten Straßen und den Schreien der Sterbenden, vermischt mit dem Triumphgeheul ihrer Mörder.

Die vielen Männer und Frauen, die sich Schwerter und

Speere von der Bettkante griffen und in die Nacht hinausstürzten, um sich dieser völlig unerwarteten, alptraumhaften Invasion entgegenzustellen, fielen wie Korn unter der Sense von Ivaroths plündernder Rotte. Faulenzer und Träumer blieben am Leben.

Diejenigen, denen es gelang, eins der Tore zu erreichen, fanden sie alle besetzt und geschlossen von diesen fremden und wilden Reitern, die zahllos wie Sandkörner am Meer zu sein schienen.

Der Morgen dämmerte über einem besiegten Volk. Hier und da gab es noch vereinzelte Widerstandsnester, vor allem eine Kompanie Reservisten, doch ihre Ausmerzung war lediglich eine Frage der Zeit, und die Stadtväter, die die Nacht überlebt hatten, akzeptierten Ivaroths Bedingungen ...

»Kniet nieder oder sterbt.«

Da sie ein stolzes Volk waren, verabscheuten viele der Bürger die haltlose Unterwerfung der Alten, doch Ivaroth brauchte nicht lange, um zu demonstrieren, daß er nicht nur ein Mann war, der zu seinem Wort stand, sondern auch einer, der es unverzüglich in die Tat umsetzte. Um jegliche Opposition gegen seinen Willen im Keim zu ersticken, ließ er zehn Menschen durch das Los auswählen und öffentlich hinrichten, mit der Ankündigung, daß für jeden seiner Männer, der angegriffen werde, zehn weitere Bürger das Leben lassen würden.

Da die Stadt von der Außenwelt abgeschnitten und die Eindringlinge in so überwältigender Vielzahl waren, hörte jeder offene Widerstand fast auf der Stelle auf. Die Bethlarii waren kein Volk von Feiglingen, doch sie waren wie gelähmt von der plötzlichen, wie ein Hammerschlag auf sie niedergegangenen Eroberung und Besetzung ihrer Stadt, von Ivaroths Rücksichtslosigkeit ganz zu schweigen.

Und außerdem war da etwas an dem alten Mann, der Ivaroths ständiger Begleiter war, das jene, die in seine Nähe gerieten, bis ins Mark frieren ließ.

Dann, während seine Truppen die ländliche Umgebung unterwarfen und die Bürger sich allmählich von ihrem

Schock zu erholen begannen, verhinderte er die Bildung jeder einmütigen Front gegen sich, indem er unerwartete und willkürliche Akte der Gnade und Freundlichkeit walten ließ und so Zwietracht säte: indem er einige seiner Männer wegen Vergewaltigung und Plünderei hinrichten und andere auf unterschiedlichste Weisen für kleinere Vergehen bestrafen ließ. Er ernannte einen neuen Bürgerrat und begann *einige* der Bürger zu entschädigen, die bei der Eroberung Verluste an Menschen oder Besitz erlitten hatten.

Auch begannen viele der angesehensten Priester der Stadt, die zu alt gewesen waren, um mit in den Kampf zu ziehen, von Träumen zu sprechen, die ihnen offenbart hätten, daß diese scheinbare Geißel nicht mehr und nicht weniger als die Verkörperung von Ar-Hyrdyns Willen sei und daß die wahre Zukunft der Bethlarii bei jenen liege, die die Weitsicht hätten, den wahren Wert dieses großen und mächtigen Führers aus den kalten Steppen jenseits der Berge zu erkennen – dieses Mareth Hai.

»Wer hätte ohne Ar-Hyrdyns Segen eine solche Armee durch die Berge bringen können?«

Es war also ein vollständig unterworfenes Navra, das Ivaroth schließlich zurückließ, als er mit seinem Heer zu seinem nächsten Ziel, der Flußstadt Endir, aufbrach.

Für alle Fälle nahm er jedoch eine großzügig bemessene, willkürlich gewählte Schar von Geiseln mit sich und ließ eine beträchtliche Garnison zurück, die sich um die Stadt zu kümmern hatte.

Ibris runzelte angesichts von Ferancs Neuigkeiten leicht die Stirn.

»Die beiden Männer haben Serenstad verlassen. Man glaubt, sie hätten sich nach Viernce begeben.«

»Du hast doch gesagt, man würde sie nicht finden, wenn sie es nicht wollten, nicht wahr?« fragte Ibris noch einmal nach.

»Sie verstecken sich nicht, und sie sind auch nicht spurlos verschwunden«, erwiderte Feranc. »Sie sind recht offen und direkt vorgegangen, die Liktoren haben sie nur wegen des Durcheinanders der Mobilmachung aus den Augen verloren. Ich habe ihnen Boten nach Viernce vorausgeschickt, die sie bitten sollen, uns hier aufzusuchen. Es würde mich überraschen, wenn sie nicht kämen.«

Ibris' Gereiztheit brach sich Bahn. »Was, zum Teufel, wollen sie in Viernce?« fragte er verärgert.

»Wahrscheinlich mehr Informationen über die Mantynnai«, antwortete Feranc. »Nach den Berichten, die mir über sie vorliegen, scheint das der Grund ihres Hierseins zu sein.«

Ibris schlug ungeduldig mit der Hand auf den Tisch. »Verdammt, ich bin nicht bereit, diese Fremden ...« Er unterbrach sich und wies mit dem Finger auf Feranc. »Bist du dir auch sicher, daß du richtig nach diesen deinen Landsleuten forschst?« verlangte er zu wissen.

Erstaunlicherweise lächelte Feranc und lachte dann diesem unbegründeten Vorwurf offen ins Gesicht. »Aber ja, Sire«, gab er mit milde ironischer Betonung auf den Titel zurück. »Doch zugegebenermaßen nicht mit demselben Nachdruck, mit dem ich Euch diesen Krieg führen helfe.«

Ibris blickte finster drein, was als Entschuldigung durchgehen mochte. »Ich verspüre das Bedürfnis, mit ihnen zu sprechen, Ciarll«, sagte er. Diesmal war sein Ton nüchterner. »Besonders hiernach.« Er tippte mit den Fingerspitzen auf das Dokument, das vor ihm auf dem Tisch lag. Es enthielt eine Botschaft von Menedrion. Die Bethlarii hatten ohne nennenswerten Widerstand ihr Lager um Whendrak abgebrochen. »Das ergibt keinen Sinn.«

Feranc zuckte ansatzweise mit den Achseln. »Sie haben möglicherweise die Stärke der über die Hügelkämme anrückenden Truppen falsch eingeschätzt«, wendete er ein. »Arwain meint, ihre Sicherheitsvorkehrungen um Whendrak und ihre allgemeine Disziplin wiesen erhebliche Anzeichen von Nachlässigkeit auf.«

»Vielleicht«, erwiderte Ibris. »Aber denk dran: Nach dem, was Antyr im Traum des Gesandten gesehen hat, ist Whendrak der Köder. Sie ziehen sich vielleicht zurück, um uns vorzulocken, unsere Linien auseinanderzuziehen, sie dann zu durchbrechen und uns so einzukreisen oder ihre Hauptoffensive irgendwo anders zu starten.«

Feranc sah Ibris an, entgegnete aber nichts.

»Ja, ich weiß«, sagte Ibris in das Schweigen. »Wir sind das schon zwanzig Male durchgegangen, und alle Vorkehrungen, die getroffen werden können, *sind* getroffen worden, aber ...« Er stieß einen langen, stockenden Seufzer aus und tippte wieder mit den Fingerspitzen auf das Papier. »Die Bethlarii geben nicht so leicht auf. Es sieht alles zu einfach aus.«

Ferancs Miene änderte sich. »Für Arwain und Ryllans war es alles andere als einfach«, erklärte er hart. »Sie haben sich ausgesprochen tapfer gehalten.«

Ibris nickte zustimmend und winkte entschuldigend mit der Hand. »Ja. Aber du verstehst doch, was ich meine.«

»Ich glaube, Ihr macht Euch zuviel Sorgen«, erwiderte Feranc. »Es gibt Grenzen für das Austricksen und Ausdenken eines Feindes. Nach dem, was Arwain und seine Offiziere berichtet haben, glaube ich, daß diese Priester auf ihrem Weg zur Macht viele der besten Offiziere des Heers vertrieben und durch ihre eigenen Leute ersetzt haben. Dummheit duldet kein Wissen neben sich. Und jetzt zahlt die Armee den Preis für ihre inkompetente Führerschaft.«

»Wahrscheinlich hast du recht, Ciarll«, räumte Ibris ein. »Doch ich möchte dich bitten, der Suche nach diesen beiden Männern einen etwas höheren Rang auf deiner Prioritätsskala einzuräumen, wenn es dir nichts ausmacht.«

Während der nächsten Tage zog Ibris' Armee, verstärkt von den Truppe aus Tellar, durch das Tal von Whendrak gen Westen, dem Bethlarii-Territorium entgegen. Aus dem ganzen Land erreichten ihn Berichte über die Fortschritte der freiwilligen Generalmobilmachung. Im allgemeinen ging es gut voran, allerdings nicht ohne mehr oder weniger große Widerstände in bestimmten Städten.

»Ich stelle fest, daß die Gleichgültigkeit mit wachsender Entfernung von Bethlar zunimmt«, sagte er mit beißendem Spott, als er zwei fast identische Antworten von zwei an den entgegengesetzten Enden des Landes liegenden Städten,

Torrenstad und Lorris, in Händen hielt. »Und ich höre, daß die Gilden in Lingren Protestmärsche organisieren.« Er schwieg und wurde dann plötzlich sehr zornig. »Diese Leute lohnen es nicht, daß man für sie kämpft! Was für Überlebenschancen hätten wohl die Gilden, wenn Bethlar alles übernähme?« Sein Zorn brach sich gewaltsam Bahn. »Bei den Göttern, gute Männer wurden bereits getötet. Ciarll, schick nach Aaken, sag ihm, er solle die Rädelsführer dieser Opposition verhaften und unter welchem Vorwand auch immer in die Armee pressen. Wenn sie die Macht und die Vorteile von Führerschaft wollen, sollen sie sich die an der Front verdienen. Und sag ihm auch, er soll dafür sorgen, daß die Nachricht vom Mißfallen der Sened und des Gythrin-Dy in Torrenstad und Lorris bekannt werden ...« Erzürnt wischte er ein Bündel Papiere vom Tisch. »Und auch bei allen anderen, die sich jetzt drücken und später doch hinter unsere Schilde kriechen wollen.«

Dann beruhigte er sich wieder, so schnell, wie er sich erregt hatte. »Und schicke unseren Dank und unsere Glückwünsche an all die anderen. Besonders an Crowhell.«

Er lächelte und schüttelte den Kopf. »Es sind rauhe Kerle da unten, aber auch Realisten. *Sie* wissen, was Bethlar mit ihrer vielgepriesenen Unabhängigkeit anstellen würde, ganz zu schweigen von ihrem Seehandel. Sie haben richtig gehandelt. Geld *und* Männer!«

Auch von Meck und Nestar und anderen Städten entlang der Grenze erreichten ihn Berichte. Immer noch waren keine Überraschungsangriffe der Bethlarii zu vermelden. Es sah in zunehmenden Maße danach aus, als zögen sie ihre Truppen irgendwo westlich von Whendrak für eine Entscheidungsschlacht zusammen.

Bevor er indes den Großteil seiner Armee an Whendrak vorbeiführte, richtete sich Ibris peinlich genau nach dem Wortlaut des Vertrags, indem er sich höchstpersönlich und unbewaffnet mit einer kleinen, entsprechende Fahnen mit sich führenden Begleitmannschaft vor das Stadttor Whendraks begab.

Er wurde von Haynar persönlich begrüßt. Das Gesicht des

Maeran war zerfurcht und müde, seine Augen voller Bitterkeit und Wut.

Ibris hatte sich sorgfältig die offizielle Begrüßungsformel eingeprägt, die unter diesen Umständen von ihm verlangt wurde, doch als er Haynar erblickte, sagte er schlicht: »Wenn Ihr es gestattet, werden wir Euch jede Hilfe zukommen lassen, um den Schaden wiedergutzumachen, der an Eurer Stadt und ihren Bewohnern verübt wurde, Maeran. Und wir werden Euch auch bei Euren internen Auseinandersetzungen helfen, falls Ihr es wünscht.« Haynars zorniger Blick wurde nicht milder, doch in seiner Stimme schwang keinerlei Wut mit, als er antwortete: »Ein Teil von mir möchte beide Lager für diese Schrecken verwünschen, Herzog«, sagte er. »Doch ich schätze, daß dies kaum beziehungsweise gar nicht auf Euer Zutun zurückzuführen ist, und ich nehme Euer Angebot für unsere Verwundeten und Kranken mit Dank an. Was unsere ... internen Auseinandersetzungen angeht ..., wie Ihr sie zu nennen beliebt, so ist davon nur wenig übrig.« Sein Mund wurde zu einem harten Strich. »Die Anstifter sind zu ihrer geliebten Gottheit geschickt worden und dürfen deren Urteil in dieser Sache erwarten. Whendrak kann ... und wird ... seine eigenen Regierungsprobleme zu lösen wissen.« Bevor Ibris etwas sagen konnte, fuhr Haynar fort: »Ihr habt unsere Erlaubnis, mit Eurem Heer an der Stadt vorbeizuziehen.«

Das waren die Worte, die der Vertrag verlangte.

Ibris verneigte sich, doch anstatt fortzureiten, spornte er sein Pferd, bis es an Haynars Seite verhielt. Er legte dem Maeran die Hand auf den Arm.

Haynar hielt seinen Blick energisch, und eine grimmige Entschlossenheit trat in sein Antlitz. »Dies wird nicht noch einmal geschehen, Ibris«, sagte er. »Diese Stadt hat diese Feuerprobe nicht bestanden, um später wieder Gefahr zu laufen, noch einmal das Bauernopfer in diesem verrückten Schachspiel zwischen zwei Völkern zu werden. Ich warne Euch rechtzeitig, daß wir unsere Stadt befestigen und unser Volk bewaffnen und jede sich bietende Möglichkeit nutzen werden, unsere Macht und unseren Einfluß auszubauen, bis wir zur dritten Macht in diesem Lande aufgestiegen sind.«

Ibris nickte. »Dies habt Ihr ja bereits meinem Sohn mitgeteilt«, erwiderte er. »Es ist Euer gutes Recht, ja, sogar Eure Pflicht. Und solange Euer Schwert an Eurer Tür und nicht an Eurem Gürtel hängt, werdet Ihr nichts als Freundschaft und Unterstützung von Serenstad zu erwarten haben.«

»Dies hat mir bereits Euer Sohn mitgeteilt«, erwiderte Haynar.

Schließlich erreichte das Heer das Talende, und Ibris sah sich die fruchtbaren Ebenen überschauen, die die Ostmarken des Bethlarii-Territoriums bezeichneten.

Dort wartete er, bis er Nachricht aus Hyndrak im Norden erhielt. Hyndrak war eine recht mächtige Garnisonsstadt, und man hatte Divisionen aus den Städten Stor und Drew direkt dorthin geschickt, um die Stadt von der Außenwelt abzuschließen und so jeden Angriff auf Ibris' Nachschublinien zu unterbinden, während er auf Bethlar vorrückte. Diese Aktion würde auch ihre eigenen Städte vor direkten Angriffen der Hyndrak-Regimenter durch die Berge schützen.

»Hyndrak ist eingeschlossen. Es hat keinen Widerstand geleistet«, lautete die Botschaft, als sie dann endlich eintraf. »Wir vermuten, daß sich das Hyndrak-Regiment aus dem Staub gemacht hat und daß nur noch Reservisten in der Stadt sind.«

»Ausgezeichnet«, bemerkte Ibris ausdruckslos. »Schick den Kommandeuren Nachricht, um sie daran zu erinnern, daß keinerlei Anstalten zur Eroberung oder Unterwerfung der Stadt zu unternehmen sind.«

Feranc verbeugte sich. »Dann ist ja alles klar«, sagte er ausdruckslos.

Ibris schlug die Klappe des Feldherrnzelts zurück und ließ den Blick über das sanfthügelige Flachland Bethlars wandern.

»Alles ist klar«, wiederholte er.

Kapitel
36

Die hektische Geschäftigkeit des großes Lagers flaute langsam ab, als die letzten Strahlen der untergehenden Sonne verblaßten. Dunkle Stränge, die das Rot und Rosa der Wolken besudelt hatten, erstreckten sich über den Horizont und dehnten sich langsam aus, was sie kalt, grimmig und fern aussehen ließ.

Sterne begannen an dem sich purpur färbenden Himmel aufzuziehen, während heimeligere Lichter zwischen den Zelt- und Wagenreihen flackernd zum Leben erwachten. Feuer wurden entfacht, die verhindern sollten, daß die Kälte der einbrechenden Nacht den vielen ums Lager postierten Wachen allzu hart zusetzte.

Auch in Ibris' Feldherrenzelt wurden Lampen entzündet, die seine stumpfgraue Düsternis mit neuen, wärmeren Schatten erfüllten. Ibris rekelte sich in einem großen Sessel, während Menedrion, Arwain und Ryllans zu seiner einen Seite saßen. Ciarll Feranc, dessen Silhouette sich deutlich vor einer besonderes hellen Lampe abhob, beugte sich über einen Tisch und studierte eine Karte. Ein großes Feuer brannte in der Mitte des Zelts; seine Rauchfäden stiegen in einen reichdekorierten Abzug, der sie in die Nacht davontrug.

Die Überlegungen der kleinen Schar wurden diskret von einer Ankündigung des Wachpostens an der Tür unterbrochen, und Antyr, begleitet von Estaan, trat ein. Sie brachten einen kurzen Schwung frischer kalter Luft herein, so daß das Feuer vorübergehend aufflackerte, ein durchsichtiges Rauchwölkchen ins Zelt stoßend. Menedrion blickte finster zu dem verzierten Rauchabzug hoch, um sich dann zu strecken und ihm einen Klaps mit der flachen Hand zu versetzen.

Nach Antyr und Estaan trat Pandra ein, der, wie immer in Gegenwart des Herzogs, ein wenig gehemmt wirkte.

Ibris bedeutete ihnen allen, sich zu setzen und streichelte dann die Köpfe von Tarrian und Grayle, die plötzlich auf seinen Knien aufgetaucht waren. Wie gewöhnlich ließen sich die beiden Wölfe auf seine Füße fallen.

»Um fortzufahren, meine Herren«, sagte Ibris. »Es sieht so aus, als seien wir bereit, unseren Marsch auf Bethlar zu beginnen. Politisch gesehen gibt uns ihr Überfall auf Whendrak dem Wortlaut des Vertrags zufolge das Recht dazu. Militärisch gesehen ist unsere Streitmacht groß genug und wächst täglich, und wir haben keinerlei Anhaltspunkte dafür, daß die Bethlarii dies als Ablenkungsmanöver benutzen, um an anderer Stelle den Hauptvorstoß einzuleiten. Moralisch gesehen ...« Er zuckte betrübt mit den Achseln. »Wer kann das schon sagen? Wir haben zwei von drei Herolden verloren, die wir mit Botschaften, in denen wir um ein Treffen baten, an die Hanestra geschickt haben, und der dritte ist nur entkommen, weil jemand vorzeitig auf ihn geschossen hat.« Er legte eine Pause ein und schüttelte bedächtig den Kopf. »Das ist unglaublich«, sagte er fast zu sich selbst. »Jetzt töten sie schon Herolde ...«

Dann stieß er zischend den Atem aus und fuhr in drängendem Tonfall fort: »Alle Augenzeugenberichte, die unsere Vorauspatrouillen liefern, bestätigen, daß die Bethlarii das ganze Volk zu den Waffen zu rufen scheinen. Theoretisch könnten wir einfach abwarten und einen Verteidigungskrieg führen, bis ihr Land um sie herum zusammenbricht, doch wir sind möglicherweise verletzlicher für die Auswirkungen, die ein lange währender Abzug von Männern und Frauen aus dem Wirtschaftsleben mit sich bringt. Außerdem hätten wir es, ließen wir sie ihre Generalmobilmachung in aller Ruhe zu Ende bringen, mit einer wahrhaft gewaltigen Armee zu tun. Ein Angriff zum jetzigen Zeitpunkt ist demnach reine Verteidigung ...«

Sein Zweifel hing schwer zwischen ihnen, doch niemand sagte ein Wort.

Ibris zerstreute ihn selbst. Mit einer wegwerfenden Handbewegung richtete er sich in seinem Sessel auf, wobei er Tarian und Grayle störte.

»Wie steht's an unserer zweiten Front?« wandte er sich übergangslos an Antyr.

Antyr zögerte kurz, bevor er antwortete: »In letzter Zeit ist nichts Außergewöhnliches geschehen, Sire.«

Ibris' Augen verengten sich. »Aber ...?« fragte er, da er einen gewissen Zweifel in den Worten des Traumfinders feststellte.

Wieder zögerte Antyr und ließ verlegen den Blick über die Versammelten schweifen. »Ich weiß nicht«, fuhr er fort. »Es *ist* nichts geschehen, aber es liegt ein Unbehagen im ...« Er vollführte eine vage Handbewegung.

»In was?« bohrte Ibris nach, bevor Antyr ausreden konnte.

»Im Nebel der Traumpfade ... den ... Nachtgedanken ... über dem Lager ... es ist schwierig zu erklären«, antwortete Antyr. »Es ist, als tobe an einem anderen Ort weiterhin ein gewaltiger Sturm ... oder als komme hier bald ein solcher an. Die Atmosphäre ist ... rauschhaft, zum Zerreißen gespannt ...«

»Mehrere tausend Männer, die darauf warten, in den Krieg zu ziehen, dürften kaum besonders entspannt sein, Antyr«, gab Ibris zu bedenken.

»Nein«, sagte Antyr kopfschüttelnd. »Das ist natürlich nichts Ungewöhnliches, wie Ihr schon sagtet. Doch dies hier ist mehr, anders. Schwach und weit weg, aber alles durchdringend. Ich vermag nicht zu sagen, was es ist oder was es bedeutet, ich habe nie zuvor so etwas gespürt. Es macht mir angst.«

Ibris runzelte die Stirn und wandte sich an Pandra. »Habt auch Ihr diese ... merkwürdige ... Atmosphäre ... bemerkt, die diese, was immer das auch sein mag, diese Nachtgedanken durchdringt?« fragte er.

»Ich spüre nichts als die Zweifel und Ängste, die Ihr selbst beschriebt«, erwiderte Pandra. »Doch ich verfüge weder über Antyrs Fähigkeiten noch über seine Sensitivität. Daß ich etwas nicht spüre, muß nicht bedeuten, daß es nicht existiert.«

Ibris' Stirnrunzeln vertiefte sich. »Wolf?« fragte er, nicht wenig gereizt.

»Hör auf Antyr, Leitwolf«, riet ihm Tarrian. »Und sei nicht so wütend, nur weil du nicht die Antwort bekommen hast, die du hören wolltest. Du hast ihn für eine bestimmte Aufgabe angestellt, und er erledigt sie ...«

»Ich habe ihn *ernannt*«, unterbrach ihn Ibris in scharfem Ton, aus der Bahn geworfen von Tarrians wenig verbindlicher Art.

»Aha, deshalb läßt Aaken sich also soviel Zeit mit der Auszahlung der Löhne? Es ist ehrenamtlich? Prompte Bezahlung ist wohl nicht würdevoll genug. Jetzt verstehe ich. Sehr kompliziert, diese Menschen.«

Trotz des Ernstes des Augenblicks merkte Ibris, wie sein Ärger unter Tarrians Tonfall verpuffte. Er kicherte leise.

»Tut mir leid, Antyr«, sagte er nach einem Moment. »Ich würde ja auch keinen Boten beschimpfen, nur weil er nicht durch die Berge sehen kann. Ich hätte besser zugehört und nachgedacht, bevor ich den Mund aufgetan habe. Erzählt mir, was Ihr könnt, wie vage es auch sein mag. Ich bereite mir immer noch Sorgen wegen der Warnung, daß Whendrak der Köder sein soll. Ich kann keine militärischen Fallen sehen, also erwarte ich eine Enthüllung auf anderem Gebiet.«

Antyr legte vor lauter Anstrengung die Stirn in Falten. »Ich habe keinen Grund dafür, so etwas zu behaupten«, fuhr er leise fort. »Keine Logik, keine Augenzeugen, keine abgefangenen Botschaften. Doch ich kann mir nicht helfen, mir ist, als schnappe die Falle, wie sie auch aussehen mag, schon um uns zu.«

Alle Augenpaare wandten sich ihm zu. Selbst Ciarll Feranc legte den Kopf schief, während er fortfuhr, eingehend die Landkarte auf dem Tisch zu studieren.

»Irgendwo geschieht gerade etwas Schreckliches«, sagte

er, bevor sich irgend jemand äußern konnte. »Doch es ist nicht hier. Hier müßt Ihr nach dem handeln, was Ihr sehen könnt. Wo auch immer diese Falle liegt, Ihr vermögt sie im Augenblick nicht zu entdecken. Ich ... wir ... werden die Traumpfade überwachen, Euch warnen, so gut wir es vermögen – und Euch schützen, so gut wir es vermögen.«

Ibris lehnte sich mit besorgter Miene zurück. »Ich weiß nicht, woran ich bin«, erklärte er schließlich. »Ihr sagt mir, ich solle in den Kampf gegen die Bethlarii ziehen, während sich irgendwo ein Hinterhalt zusammenbraut. Was soll ich nur davon halten?«

Antyr begegnete seinem Blick. »Ganz einfach, Sire«, sagte er, und seine Stimme klang ruhig, aber entschieden. »Ihr habt einen Feind, den Ihr sehen könnt. Bekämpft ihn mit Euren Möglichkeiten, oder Ihr werdet unterliegen. Ihr habt darüber hinaus einen Feind, den Ihr nicht sehen könnt.« Er bezog Pandra und die beiden Wölfe in seine Handbewegung ein. »Wir werden acht auf ihn haben und Euch nach unserem Vermögen raten. Bis dahin könnt Ihr nichts gegen ihn unternehmen. *Nichts!*«

»In dieser Hinsicht scheint Ihr Euch ja ziemlich sicher zu sein, wie ich sehe«, erwiderte Ibris. Dann blickte er um sich in die aufmerksamen Gesichter.

»Möchte einer von Euch diesem Ratschlag noch irgend etwas hinzufügen?« fragte er.

Ryllans wies auf Estaan. »Wir achten seit Antyrs Begegnung mit dem Traumfinder Nyriall auf ... sonderbare ... Vorkommnisse, doch wir haben nichts bemerkt.«

Ibris warf Feranc einen flüchtigen Blick zu. »Ich habe weitere Boten nach Viernce geschickt«, ließ er ihn wissen, ohne von der Karte aufzublicken.

»Genug jetzt davon«, platze Menedrion unleidlich heraus. »Wir sind alle einer Meinung über diesen Traumquatsch, und wir verschwenden nur unsere Zeit damit. Bis jetzt ist nichts passiert, und wenn etwas im Busche sein sollte, dann können wir dagegen auch nichts tun außer warten und uns auf ...« Er vollführte eine vage Handbewegung in Richtung Antyrs und Pandras. »... diese da verlassen.«

»Was aber noch viel wichtiger ist …« Die vage Geste wurde bestimmter und wies in die ungefähre Richtung von Bethlar. »Da draußen steckt eine Armee von Wahnsinnigen, die Tag für Tag größer wird, und wenn wir uns nicht sehr bald etwas dagegen einfallen lassen, werden wir in Zukunft überhaupt keine Träume mehr haben, über die wir uns Sorgen zu machen brauchen.« Er beugte sich vor und ballte die Faust, um seinen Worten Nachdruck zu verleihen. »Wir sollten auf der Stelle gegen sie ziehen. Schlag sie hart, schlagt sie schnell, schlag sie *jetzt*! Dann können wir uns in aller Ruhe über unsere Träume gruseln.«

»Prägnant zusammengefaßt, Irfan«, sagte Ibris und lächelte, um dem ironischen Beiklang in seiner Stimme die Schärfe zu nehmen. »Hat sonst noch jemand etwas zu bemerken?«

Es gab keine Wortmeldung.

»Nun denn, meine Herren«, schloß er und erhob sich. »Wir marschieren morgen früh los.«

Hauptmann Larnss ließ ein gewaltiges Gähnen sehen. Bei den Göttern, war das eine sterbenslangweilige Aufgabe. Kindermädchen für all diese Freiwilligen und Reservisten hinter der Front zu spielen, und das alles auf die entfernte Möglichkeit hin, daß die Bethlarii klammheimlich einen Angriff auf die nördliche Grenze unternehmen könnten, während die Armee sie in Whendrak suchte. Schöne Aussichten waren das!

Er begann sie sich beinahe herbeizuwünschen. Alles war besser als diese tödliche Langeweile.

»Ein wichtiger Karriereschnitt für Euch, Larnss«, hatte man ihn wissen lassen. »Nicht viele Hauptleute Eures Alters erhalten eine solche Verantwortung.«

»Karriereschritt«, hatte er etwas höhnisch entgegnet. »Ich werde mich wohl kaum vor dem Herzog mit Ruhm bekleckern, solange ich da oben hocke, oder?«

»Männer an der richtigen Stelle können eine Schlacht verhindern, Hauptmann, und zu überleben ist für die meisten

Menschen im Krieg der höchste Ruhm. Außerdem kennt der Herzog den Wert jener, die sich am Rande des Konflikts bereit halten.«

»Das hört sich sehr poetisch an. Doch ich hätte lieber meine jetzige Verantwortung und eine Division, die gegen Whendrak marschiert.«

»Hier sind Eure Befehle, Hauptmann. Ungefährdetes Wachestehen.«

Als wenn hier oben irgend etwas möglich wäre. Und auch noch ausgerechnet Rendd. Serenstads nördlichster Verbündeter. Schafe, Schafe, noch mehr Schafe und eine Ziege. Schönes Stadtleben hier. Ein vielversprechender Offizier, der bereits Zutritt zu den äußeren Hofzirkeln gefunden hatte, hätte nicht so abgestellt werden dürfen. Nicht zum ersten Mal seit seinem Eintreffen hier oben begann er die Namensliste seiner Vorgesetzten zu durchforsten, um den wahrscheinlichsten Übeltäter für diese Versetzung herauszufinden.

»Kompanien eins bis fünf fertig zur Patrouille, Sir.«

Die Stimme ließ ihn ein weiteres Gähnen in eine verkrampfte Dankesmiene verwandeln. Er schloß seinen Waffenrock und trat vor das Zelt, um seine Untergebenen zu mustern.

Kompanien! Das waren kaum mehr als etwas aufgemotzte Züge. Während er die wartenden Reihen abschritt, versuchte er ein spöttisches Lächeln über diese Provinzfreiwilligen aufzusetzen, die traditionellerweise von Familien und Distrikten zu Kompanien zusammengezogen wurden. Doch bislang waren sie verläßlich und gewissenhaft und mehr als beflissen gewesen, diesem jungen Schnösel aus der Stadt zu Diensten zu sein. Er konnte nicht leugnen, daß dies einen erfrischenden Kontrast zu der ehrgeizigen Wadenbeißerei abgab, die das Garnisonsleben von Serenstad sooft bestimmte.

Ein solch hoffnungsloser Haufen sind sie gar nicht mal, gab er widerwillig zu. Eben Bauern und Handwerker, die ihr Scherflein beitrugen. Nicht ganz die legendären Krieger aus der Heldensage, doch sie gehörten ihm, damit er etwas aus ihnen machen konnte. Hätte schlimmer kommen können. Er hätte mit dem Auftrag, die Seeleute und Fischer zu einer schlagkräftigen Kampftruppe zu schmieden, nach Farlan geschickt werden können.

Er wollte gerade sein Pferd von dem wartenden Stallknecht im Empfang nehmen, als er den Mann in einer plötzlichen Laune wegschickte. Sei immer bereit, das zu tun, was deine Männer tun. Soviel hatte er aus der Beobachtung von Ibris und Menedrion gelernt. Diese Patrouille sollte eine vergleichbar kurze werden und zu Fuß absolviert werden, also würde auch er zu Fuß gehen. Es würde ihm nicht schaden. Ja, vielleicht würde der kleine Spaziergang auch dazu beitragen, die Lethargie zu vertreiben, mit der das gemächliche Tempo dieses Ortes ihn langsam zu erfüllen schien.

Die Reservisten von Rendd brachen zu ihrer Streife auf.

Ein- oder zweimal im Verlaufe des Tages bereute Larnss seine Entscheidung, zu Fuß zu gehen, denn die Einheimischen, die an das hügelige Gelände gewöhnt waren, legten einen recht strammen Schritt vor. Es kostete ihn einige Mühe, sich die Anstrengung nicht anmerken zu lassen.

Die Patrouille verlief, wie nicht anders zu erwarten, ereignislos, und sie begannen, ein Lager am Ufer eines breiten, ungestümen kleinen Flusses aufzuschlagen, kurz vor Einbruch der Dämmerung.

Während die Arbeiten voranschritten, bestieg Larnss einen nahen Hügel und überschaute die Landschaft. Es gab wenig zu sehen außer sanften Hügeln in allen Richtungen, obwohl ihm gen Norden – Nordosten? – der Himmel rot zu sein schien. War das da drüben nicht Endir, oder? Er konnte sich nicht genau erinnern, und ohne der Angelegenheit weitere Bedeutung zuzumessen, wandte er sich um und dem Lager zu. Ein feiner Nieselregen begann zu fallen.

Als er den Hügel hinunterstieg, runzelte er in einer Mischung aus Ärger und Bestürzung die Stirn. Vor ihm erstreckte sich eine unzusammenhängende Kette von Zelten, die sich um eine scharfe Biegung des Flüßchens schmiegte.

Die Befehle aus Serenstad waren eindeutig gewesen; alle

Lager im Grenzgebiet waren mit einem Verteidigungswall zu umgeben, angemessene Wachen aufzustellen.

Es gelang ihm, seine spontane Reaktion zu unterdrücken, den verantwortlichen Offizier zur Seite zu nehmen und ihm darzulegen, wie unzureichend die Befehle befolgt worden waren, die immerhin von niemand Geringerem als dem Herzog höchstpersönlich ausgegeben worden waren.

»Die Männer ihre Zelte da aufschlagen zu lassen, wo sie wollen, reicht wohl kaum«, schloß er. »Abgesehen von den Dauerbefehlen befinden wir uns in einer Grenzregion. Was ist, wenn wir plötzlich angegriffen würden?«

»Plötzlich angegriffen, Sir? Hier?« unterbrach ihn der Mann mit einem gutmütigen Lachen.

Larnss' Miene verhärtete sich, und er zeigte drohend auf den plötzlich ganz ernst gewordenen Offizier. »Ja, ein plötzlicher Angriff, hier«, sagte er ärgerlich. »Wir befinden uns im Krieg, nur zu Eurer Information. Es ist nicht an uns zu entscheiden, was geschehen könnte. Es ist an uns, uns wie Soldaten zu benehmen und auf alles vorbereitet zu sein, was *geschieht*. Einheiten wie die unsere stehen für den Fall irgendeiner bethlariischen Heimtücke entlang der gesamten Grenze.« Er wandelte die Worte seines eigenen Befehlshabers ab. »Der Herzog kennt die Bedeutung derjenigen, die gerüstet am Rande des Konflikts warten, darum bin ich ja auch den lieben langen Weg von Serenstad hier herauf gesandt worden.« Er blinzelte in den zunehmenden Regen. Er hatte für diesen Tag genug davon, sich mit seinen Männern gemein zu machen, und er hatte mit Sicherheit nicht vor, sich zusammen mit ihnen völlig durchnässen zu lassen, während sie das Lager noch einmal aufschlugen. Doch er konnte die Angelegenheit nicht einfach auf sich beruhen lassen ...

»Jetzt dürft Ihr zu den Männern zurückgehen und ihnen sagen, daß unser Verteidigungswall genau wie die Wachenpflicht verdoppelt worden ist. Vielleicht werden sie dann morgen den Wert der herzoglichen Befehle zu schätzen wissen und ein Lager so aufschlagen, daß es eine gute Verteidigungsenklave ist. Und wenn ich auch nur die leisesten

Beschwerden höre, rammen wir Pfähle in den Boden ... oder buddeln einen Graben ... oder beides. Abtreten.«

Wird ihnen nichts schaden, dachte er später, als er seine Lampe ausgelöscht hatte und sich genüßlich zwischen seinen Decken ausstreckte. Eigentlich war das Ganze sehr nützlich gewesen; hatte ihm die Gelegenheit gegeben, seine Autorität einigermaßen rechtmäßig auszuspielen. Und er hatte es ziemlich gut hingekriegt, fand er.

Er spielte mit der Idee, früh aufzustehen und eine unangekündigte Inspektion der zweifellos nachlässigen Wachposten vorzunehmen, doch seine schmerzenden Beine und seine zugegebenermaßen nicht unangenehme Erschöpfung sagten ihm, daß das nur müßige Gedankenspielchen waren.

Er gähnte und reckte sich, um dann die Augen zu schließen. Die Decken waren warm, und trotz des harten Bodens war er zu müde und zu zufrieden, als daß er ihn gestört hätte. Am Ende mochte das gar kein so schlechter Posten sein.

Das Geräusch des auf die Zeltplane trommelnden Regens war eigenartig behaglich, und während er einschlief, füllte das Trommeln allmählich seinen ganzen Geist aus und vertrieb alle anderen ... Geräusche ... Ablenkungen ... Gedanken ...

Trommeln, Trommeln.

Trommeln.

Dumpfes Erwachen drang langsam in seinen Kopf.

Und mehr!

Schreie!

Larnss sprang auf, mit einem Mal hellwach, gerade als die Zeltklappe von einem atemlosen Reservisten mit weit aufgerissenen Augen zurückgeschlagen wurde.

Larnss wartete nicht erst, bis der Mann seine Sprache wiedergefunden hatte, sondern schubste ihn beiseite und stürzte ins Freie.

Einen kuren Moment lang dachte er, er träume. Eine gewaltige Reiterhorde strömte über die breite Hügelschulter und stürmte in vollem Galopp auf ihr Lager zu. Das Dröhnen der Hufe erfüllte die Luft und erstickte fast die schrillen

Schreie der Wachposten, die durchs Lager hasteten, um ihre schlafenden Kameraden zu wecken.

Larnss sackte die Kinnlade nach unten. Er hatte die Kavallerie von Serenstad bei ihren Übungen beobachtet, und das war ein wahrhaft beeindruckender Anblick gewesen, aber das hier ...

Das war unglaublich.

Aber wahr! Und in wenigen Minuten würden diese Reiter über ihnen sein. Die blanke Wirklichkeit fegte Larnss' anfänglichen Schock beiseite.

Sein Schwert ziehend, rannte er durch das brodelnde Lager, schlitzte Zelte auf und trat brutal jene wach, die der Lärm noch nicht geweckt hatte.

»Zu mir! Zu mir! Speere und Schilde! Sammelt euch, wenn euer wertloses Leben euch lieb ist. Sammeln!«

Seine untergebenen Offiziere folgten panikerfüllt seinem Vorbild, und die fünf Kompanien versuchten eine Verteidigungslinie über die Flußbiegung zu errichten, doch die Schnelligkeit der heranpreschenden Reiter und die Größe des weit auseinandergezogenen Lagers führten dazu, daß ihnen lediglich Zeit blieb, drei ungeordnete Karrees zu bilden; zwei an den Ufern des mäandernden Flüßchens und eins dazwischen.

Larnss, der sich in einem der äußeren Karrees aufhielt, war wie versteinert. Fragen strömten ihm durch den Kopf. Wer waren diese Angreifer? Sicher Bethlarii. Aber mit einer solchen Reiterstreitmacht? Er blinzelte den immer näher rückenden Massen entgegen, doch er vermochte keine der charakteristischen Markierungen festzustellen, die, wie man ihm beigebracht hatte, die Bethlarii-Regimenter kennzeichneten.

Und wie sollten sie gegen eine solche Macht standhalten? Ihre Stellung war zweifellos unhaltbar gegen eine solche Übermacht. Die Reiter konnten durch die Lücken zwischen den Karrees dringen und sie fast vollständig einschließen. Und das Flüßchen, auch wenn es ziemlich tief war und rasch dahinfloß, war sicher zu durchwaten und daher von wenig Nutzen für ihre Verteidigung.

»Stellung halten!« rief er und versuchte, sein eigenes Grauen niederzuringen.

Dann sah er zu seinem großen Entsetzen das Mittelkarree bedrohlich schwanken.

Er hatte eine Schreckensvision, wie sie auseinanderspritzten und durch das Flüßchen sprangen, um zu fliehen, während die große Masse der Reiter durch die Lücke strömte, die sie geöffnet hatten.

Ohne nachzudenken, bahnte er sich rücksichtslos einen Weg durch den unsicheren Schildwall seines eigenen Karrees und stürmte über die Bresche auf das Mittelkarree zu.

Indem er sein eiliges Eintreffen im Zentrum mit ermutigenden Rufen, unterbrochen von Verwünschungen, Flüchen und Püffen, ausglich, gelang es ihm, die aufkeimende Panik zu ersticken.

»Haltet die Stellung oder sterbt! So einfach ist das!«

Dann, mit einem Mal: »Seht, sie werden langsamer.«

Irgendwie gelang es ihm, diesen Ausruf wie einen zornigen Vorwurf an seine verzagenden Mannen klingen zu lassen und nicht wie den Überraschungsausruf, der er in Wahrheit war. Ein flüchtiger Blick ins Rund indes zeigte ihm die Ursache für die nachlassende Geschwindigkeit der Reiter.

Sie sprengten gerade auf ein sich verengendes Feld. Schon hielten sich einige der Reiter, wie er bemerkte, zurück, um nicht in das Flüßchen abgedrängt zu werden, während der Rest gezwungen war, sich neu zu formieren, um Zusammenstöße zu vermeiden.

Den Reservisten von Rendd, Larnss' erstes Kommando, wurde ein wenig Zeit geschenkt.

Larnss griff sich zwei Männer. »Du, linke Flanke im Eilschritt. Du, rechte. Jeder Mann mit einem Bogen hat die Breschen zu verteidigen. Zielt auf die Pferde. Je mehr wir zu Fall bringen, desto weniger Platz haben sie für Manöver. Bewegung!«

Die beiden brauchten indes keine Aufmunterung und spritzten über die Lücken, während die wenigen Männer mit Bögen die Sehnen aufzogen und Larnss' gebrülltem Befehl nachkamen, bevor er noch erklungen war.

»Schießt, wenn ihr soweit seid!« rief er. »Zielen nach Belieben. Zielt auf die Pferde.«

Das Schicksal gewährte ihnen noch eine kurze Atempause, während die Bogenschützen darauf warteten, daß die Reiter in Schußweite gelangten.

Larnss umklammerte sein Schwert, bis seine Hand pochte.

Dann begannen die Bogenschützen zu feuern. Sofort brachen die Reiter der ersten Angriffsreihe, die sich bereits in einer gewissen Unordnung befanden, auseinander. Das unerbittliche Donnern der Hufe stockte, und die Luft begann sich mit dem Geräusch fluchender Männer und vor Angst und Schrecken wiehernder Pferde zu füllen, die von den Eisenspitzen der Pfeile getroffen wurden.

Viele strauchelten und rissen ihre Reiter zu Boden, während andere sich hoch aufbäumten und mit den Vorderhufen durch die Luft traten, um dieser grausamen Attacke zu entgehen.

Larnss beobachtete den überraschend aufgetauchten Gegner genau. Wer waren sie? fragte er sich wieder. Fahnen flatterten über dem Heerbann, doch immer noch entdeckte er keine, die er kannte. Und die Pferde waren robuster und ein wenig kleiner als die, welche die Bethlarii oder auch die Serens benutzten. Doch am beängstigendsten war die schier überwältigende Anzahl von Reitern, und, wie er bemerkte, als er den Reihen dabei zusah, wie sie sich wieder entwirrten, hervorragende Reiter zudem, auch wenn ihre Formationsdisziplin nicht atemberaubend war.

Er hatte von einem Land jenseits der Berge gehört, einem Land hoch im Norden, das mit wilden Stämmen von Reitern bevölkert sein sollte, aber gewiß ...?

»Schnell!« rief er den Bogenschützen zu, als der große Angriff zu einem schwankenden, chaotischen Halt kam. Die Frontreiter rissen ihre Pferde herum, um zurückzuweichen, und prallten dabei in jene hinter ihnen, die immer noch vorwärts stürmten. »*Schnell! Verdammt!* Spart eure Pfeile auf, bis sie wieder angreifen, verschwendet sie nicht, wenn sie sich zurückziehen!«

Vom Gipfel des Hügels aus beobachteten Ivaroth und seine höchsten Offiziere entsetzt und ungläubig, wie sich die angreifende Kavallerie selbst in der Flußbiegung einzwängte und sich dann im Pfeilhagel dreier Karrees ungeordnet zurückzog.

Erzürnt ergriff Ivaroth seine Zügel und machte sich dafür bereit, eigenhändig einzugreifen. Eine Hand griff nach ihm und hielt seinen Arm fest. Wütend drehte er sich um. Es war Endryn. Seine Reaktion war automatisch gewesen, und er wollte gerade seiner Besorgnis Ausdruck verleihen, daß Pfeile keinen Respekt vor Heerführern hatten, als er sich eines Besseren besann. »Sie haben zu lange gegen Frauen und Greise gekämpft«, sagte er mit gedämpfter Stimme, so daß nur Ivaroth es hören konnte. »Es ist an der Zeit, sie daran zu erinnern, wie gefährlich dieses Volk sein kann und was für ein Weg bis zur Erfüllung unserer Vision noch vor ihnen liegt.«

Ivaroths Kinnladen arbeiteten eine Weile verdächtig, dann nickte er grimmig. »Du hast recht, Endryn«, sagte er. »Ein paar Tote werden ihnen eine heilsame Lektion sein.« Er kniff die Augen zusammen. »Und es spart mir die Mühe, selbst ein paar von diesen Holzköpfen hinrichten zu lassen«, fügte er hinzu.

Trotz dieser routiniert lässigen Haltung vor seinen Gefolgsmannen beschäftigten ihn jedoch zunehmend vorsichtige Gedanken. Wirkungsvoll aller kampffähigen Männer beraubt, waren Endir wie Navra mühelos unterjocht worden und nun von seinem Heer besetzt. Das Herr patrouillierte auch am Fluß entlang, der zwischen Endir und der Grenze verlief, so daß seines Wissens nach keinerlei Nachrichten über die Invasion nach Westen gedrungen waren. So befand er sich nun in der Lage, ins Herrschaftsgebiet von Serenstad vorzustoßen, indem er zunächst die kleine Stadt Rendd und sodann die wesentlich größere von Viernce einnehmen würde.

Es gab keinen Grund, warum die Taktik von sorgfältigem Auskundschaften und Überraschungsangriff, die in Navra und Endir und in der Tat auch bei allen kleineren Siedlungen, auf die sie unterwegs gestoßen waren, so vortrefflich funktioniert hatte, in Rendd und Viernce nicht funktionieren sollte.

Und doch beunruhigte es ihn, daß sich sein Wissen über Serenstad auf Geschichten von Reisenden, Stammesüberlieferungen und diejenigen Informationsfetzen beschränkte, die er aus den Köpfen jener Bethlarii, deren Träume er geplündert hatte, hatte entnehmen können. Er hätte es vorgezogen, auch die Serenstad-Führerschaft emotionell in Besitz zu nehmen wie die Bethlarii, doch seine wenigen Versuche waren seltsam erfolglos verlaufen. Darüber hinaus hatte er, wenn auch nur flüchtig, einen Blick auf eine Gesellschaft erhascht, die wesentlich komplexer und disparater war als die der Bethlarii, eine Gesellschaft, die folglich wesentlich schwerer durch die Ängste und den Aberglauben ihrer Elite zu beherrschen war.

Aus diesem Grund geriet Ivaroth, der einen wachsenden Teil seiner Armee zur Kontrolle der eroberten Gebiete hinter sich lassen mußte und den ungewissesten und damit gefährlichsten Teil seines Eroberungszuges vor sich hatte, über die offenbare Unfähigkeit seiner Männer in Sorge, die nun das Lager unten angriffen.

Rendd – nach allem, was er gehört hatte, ein winziges, verschlafenes Nest – sollte keine oder nur geringe Probleme bereiten, doch Viernce war schon etwas anderes. Groß, von einer Stadtmauer umgeben und mit fast absoluter Sicherheit mit der Garnison belegt, hatte es finster und unheilsschwanger in den Träumen der Bethlarii gedroht, der Ort einer entscheidenden, unerwarteten Niederlage, ihnen zugefügt von einer Handvoll tapferer und todesmutiger Soldaten. Aus diesem Grund würde er sich dieser Stadt mit äußerster Geschicklichkeit und Geschwindigkeit nähern und sie einnehmen müssen. Denn eingenommen werden mußte sie. Eingenommen und dem Erdboden gleichgemacht, so daß keine Drohung mehr von ihren Bewohnern ausginge und sie von einer verhältnismäßig kleinen Streitmacht gehalten werden konnte. Er würde jeden einzelnen seiner Männer brauchen, um die wichtigste Stufe seiner Eroberung dieser reichen und laschen Südländer abzuschließen, denn nur, wenn

Viernce unterworfen war, würde er ungefährdet westwärts gen Whendrak reiten können, um jede kampffähige Armee zu vernichten, welche den Krieg, den er und der Blinde so umtriebig entfacht hatten, bis dahin überstanden hatte. Danach konnte er die restliche Befriedung des Landes unbesorgt seinen Offizieren überlassen, während er seine Gedanken und seine Energie der Beherrschung seines neuen Königreichs zuwenden würde.

Der Höhepunkt dieses so lange vorbereiteten ehrgeizigen Plans, der sich jetzt vor ihm auftat, verscheuchte die kurzfristige Besorgnis, die Ivaroth angesichts des törichten Angriffs auf diese kleine Truppe verspürt hatte, über die sie so unvermutet gestolpert waren. Endryn hatte recht, sie hatten zu lange gegen Weiber und Greise gekämpft. Er würde später ein paar Köpfe zurechtstauchen, und das würde, zusammen mit den Verlusten, die diese Südländer ihnen zufügten, ihren alten Kampfgeist wieder zum Leben erwecken.

Doch auch so, meldete sich eine vorsichtige Stimme in ihm zu Wort, mußte er ein Auge auf die Geschehnisse haben. Gute Pferde waren gute Pferde und zu wertvoll, um sie sinnlos zu vergeuden. Die Pferde von hier waren nicht gut.

Larnss indes, der sich der brütenden Gegenwart dieses Mannes, der der Ursprung seiner Schwierigkeiten war, nicht bewußt war, eilte unablässig in dem Karree hin und her und tat sein möglichstes, um die Herzen seiner Männer zu stärken.

»Steht fest zusammen. Kein Pferd wird eine solide Speerreihe angreifen. Sie sind nicht so blöd wie die Menschen. Bogenschützen, spart eure Pfeile für die führenden Pferde. Nehm euch Zeit. Und schießt nicht daneben!«

Doch selbst wenn jeder Pfeil ein Dutzend Pferde und ein Dutzend Männer tötete, so wurde ihm bewußt, würde ihnen das nichts nutzen, denn die kurze, dem ersten Angriff folgende Verschnaufpause gab ihm Gelegenheit, das in der Ausbildung Gelernte anzuwenden, so daß er eine rasche Schätzung der massiven gegnerischen Kräfte durchführte. Das Ergebnis war ernüchternd. Die Angreifer, wer immer sie auch sein mochten, schienen keine Bogenschützen und keine Fußtruppen zu haben, mit denen sie die Karrees aufbrechen konnten, doch es hieß sehr viel, selbst vom fähigsten Fußsoldaten zu verlangen, er solle Angriff um Angriff standhalten.

»Man kann das Fleisch nicht besiegen«, hatte irgend jemand ihm einmal gesagt, als er behauptet hatte, keine Reitertruppe könne jemals die Reihen einer disziplinierten Infanterie durchbrechen. »Warte, bis du selbst einmal da gestanden hast, eine Pike in der Hand, und eine gewaltige Woge von Pferden wälzt sich auf dich zu. Es ist eine Frage, wessen Nerven als erstes versagen.«

Und es stand außer Frage, wessen Nerven hier als erstes versagen würden.

Nichtsdestotrotz bestand die einzige Chance, die seine Kompanie hatte, darin, so lange durchzuhalten, wie sie konnten, und ihre wenigen Bogenschützen die Angriffsreihen aufbrechen zu lassen – so lange ihr Pfeilvorrat reichte. Dann ...

Bevor noch die niederschmetternde Antwort in seinen Gedanken Gestalt annahm, wurde diese Frage von einer anderen ersetzt. Was taten diese Leute hier? Hier war unzweifelhaft Serenstad-Territorium, und sie hatten seine Streitmacht ohne die geringste Vorwarnung angegriffen. Diese Reiter mußten das sein, was der Herzog befürchtet hatte, als er die freiwillige Generalmobilmachung angeordnet und alle Grenzstädte ermahnt hatte, auf der Hut vor Überraschungsangriffen zu sein und ...

Rendd!

Das Bild dieser kleinen Stadt – sein Kommando, seine Schutzbefohlenen –, die plötzlich von diesen Eindringlingen überwältigt wurden, füllte seine sämtlichen Gedanken aus. Da ein Großteil ihrer Verteidigungsmannschaft hier gebunden war, konnte sich Rendd keine Hoffnung machen, einer solchen Armee standzuhalten.

Er mußte sie warnen.

Kaum hatte der Gedanken Gestalt angenommen, als ein noch düsterer ihn überfiel. Viernce! Nach Rendd war dies mit Sicherheit das nächste Ziel der Eindringlinge. Und von dort ...!

Er verwünschte sich selbst, daß er sein Pferd zu Hause gelassen hatte.

Ein Schrei lenkte seine Aufmerksamkeit auf die Reiter zurück. Sie hatten sich neu formiert und begannen wieder auf sie zu zu galoppieren. Diesmal kamen sie in zwei breitgefächerten Angriffssäulen, vermutlich mit dem Ziel, zwischen den Karrees durchzupreschen und dann von allen Seiten anzugreifen.

Es war ein furchtgebietender Anblick, und Larnss spürte, wie die Panik der Männer um ihn wuchs.

»Den ersten, der zurückweicht, bringe *ich* um«, brüllte er und spuckte sein eigenes Entsetzen mit diesen Worten aus. »Das sind Reiter, kein Kavalleriesoldaten. Seht sie euch doch an! Pöbel! Bogenschützen, nehmt diese führenden Pferde aufs Korn. Bringt sie zu Fall! Wenn einer durchbricht, nehmt die Pferde, wir müssen eine Nachricht nach Rendd durchbekommen.«

Grob zerrte er einen jungen Kavalleriesoldaten aus den hinteren Rängen.

»Du kannst reiten, ich hab' dich gesehen!« schrie er dem jungen Mann ins furchterfüllte Gesicht, um sich in dem ohrenbetäubenden Lärm verständlich zu machen. »Wenn wir ein Pferd in die Finger kriegen, reitest du nach Rendd und sagst ihnen ...« Er sah sich verzweifelt um. Rendd war zu groß, um evakuiert zu werden, und zu klein, um Widerstand zu leisten. »... Sag ihnen, was hier vorgefallen ist, und sie sollen welchen Frieden auch immer mit diesen Leuten schließen; sollen sie so lange wie möglich aufhalten. Dann nimm dir ein frisches Pferd und reite weiter nach Viernce und warne die Garnison dort.«

Der Soldat nickte vage, doch die näher rückenden Reiter beanspruchten nun seine gesamte Aufmerksamkeit.

Sowohl aus Zufall wie auch Absicht ließen mehrere Bogenschützen ihre Pfeile im selben Augenblick von der Sehne schnellen, und ein Dutzend oder mehr Pferde in den ersten Reihen beider Angriffssäulen stürzten zu Boden, wobei sie ihre Reiter unsanft abwarfen und mehrere der direkt ihnen folgenden Pferde ebenfalls zu Fall brachten.

Nichtsdestotrotz setzten einige Reiter über das Chaos – oder ritten klug darum herum – und erreichten die Karrees. Es gab ein kurzes, wildes Zwischenspiel, als die Reservisten hektisch mit ihren Speeren zustießen, viele der Reiter aus dem Sattel warfen und mehrere andere töteten oder verwundeten.

Wieder hielten die Karrees, wenn auch nur knapp, und die Reiter begannen wieder einen ungeordneten Rückzug einzuleiten. Den Kavalleriesoldaten mit sich zerrend, drängte Larnss durch den Schildwall und packte den Zaum eines reiterlosen Tiers.

»Rauf mit dir und los!« brüllte er. »Rendd und Viernce! Wie du noch nie geritten bist!« Der Jüngling zögerte und sprang dann, als er die Zornesröte in Larnss' Antlitz steigen sah, in den Sattel.

Larnss versetzte dem Pferd einen Klaps aufs Hinterteil, und der Soldat galoppierte mit einem ungelenken Gruß los und spornte sein Tier auf das Bächlein zu.

»Sie kommen wieder!« ertönte ein Ruf.

Larnss jedoch sah dem davonpreschenden Reiter nach, der nun sein Pferd in das schäumendes Flüßchen lenkte. Dann erblickte er zu seinem Entsetzen zwei Reiter, die durch das Wasser hinter ihm her jagtenn. Ein Pfeil erledigte einen von ihnen, der andere jedoch ritt weiter.

Der junge Kavallerist erkannte die drohende Gefahr und versuchte, sein Pferd zu einer schnelleren Gangart anzutreiben, doch es strauchelte und warf ihn ab.

Ohne nachzudenken, zückte Larnss sein Schwert und stürmte in vollem Tempo die sanfte Uferböschung hinunter. Sowohl Pferd als auch Soldat hatten sich wieder aufgerappelt, und der Reiter, der mit der einen Hand sein Pferd am Zügel hielt, fuchtelte mit der anderen herum, um sein Schwert zu ziehen und sich gegen den heranreitenden Angreifer zu verteidigen. In diesem Moment stieß sich Larnss vom Flußufer ab und brachte Roß und Reiter in einem Knäuel um sich schlagender Glieder und hochspritzenden Wassers zu Fall.

Larnss, der den Kopf des Reiters unter Wasser drückte,

rief dem Kavalleristen, der auf sie zuwatete, zu: »Verschwinde, Mann! Nimm dieses Pferd auch noch und verschwinde!«

Der Mann tat wie geheißen, und er tat es recht schnell.

Dann, den sich windenden Reiter mit der einen Hand immer noch unter Wasser haltend, zog Larnss das Schwert und stieß es in den untergetauchten Körper. Ein kurzes, blutschäumendes Aufbäumen, dann Stille. Er gab seinen Gefangenen frei, und die Strömung ergriff ihn und trug ihn ein paar Schritte weiter flußabwärts, bevor er sich an einem Felsen verkeilte.

Larnss hielt einen kurzen Moment inne und sah dem ersten Mann, den er in seinem Leben getötet hatte, nach. Er fühlte sich wie taub.

Doch das Getöse des Hauptkampfes setzte sich fast augenblicklich gegen seine eigenen Nöte durch.

»Nein!« schrie er verzweifelt, als er zu seinem belagerten Kommando zurückblickte. Seine überstürzte Flucht zum Entsatz des Reiters war mißverstanden worden. Die Panik hatte das Mittelkarree noch vor den Reitern selbst erreicht. Nun stoben sie auseinander und flohen, und triumphierende Reiter verfolgten sie und metzelten sie mit Schwertern und Äxten nieder oder spießten sie auf ihre Lanzen. Die anderen Karrees, die nun heftig angegriffen wurden, wankten ebenfalls bedenklich.

Larnss taumelte aus dem Bächlein und lief zu seinem nahe gelegenen Zelt. Davor war die Fahne der Reservisten von Rendd aufgepflanzt. Er packte sie und hielt sie hoch empor.

»Zu mir! Zu mir!« brüllte er.

Ein Reiter tauchte hinter einem Zelt auf und zielte als Antwort auf seinen Schlachtruf bösartig grinsend mit der Lanze auf ihn. Sich kaum bewußt, was er da tat, doch von einem gewaltigen Zorn ergriffen, behauptete Larnss bis zur letzten Sekunde seine Position, glitt dann zur Seite und ließ gleichzeitig die Fahne auf den Speer niedersausen. Die Lanzenspitze senkte sich und bohrte sich in die aufgeweichte Erde. Der Reiter wurde kopfüber durch die Luft katapultiert und landete ein paar Schritte weiter weg mit einem übelkeiterregenden Platschen.

Larnss, der den Speer aus dem Boden riß, hörte, wie Atem und Leben den Mann verließen, doch es war für ihn von ebenso geringer Bedeutung wie das Wissen, daß das Gras, auf dem er stand, grün war. Alles, was nun zählte, war der nächste Angreifer.

Er wurde von der Lanze seines Kameraden aufgespießt, als Larnss erneut zur Seite auswich, den Speer geradewegs nach oben unter das Kinn des Gegners stieß und dann losließ. Aufs höchste gespannt und überempfindlich, wie seine Sinne nun waren, hörte er das Klirren der Speerspitze, als sie durch das Hirn des Mannes von innen gegen das Metall des Helms stieß.

»Zu mir! Zu mir!«

Ein weiterer Reiter fiel, diesmal unter einem wilden Schwerthieb, der ihm fast den Arm vom Rumpf trennte.

Flüchtende Männer wurden von Larns' machtvollem Befehl und der flatternden Fahne angezogen. Er blickte um sich. Das Lager war ein Meer galoppierender Reiter, hochfahrender und niedersausender Schwerter, fremder, merkwürdiger Banner, die im Wind flatterten, und hier und dort waren Inseln von Männern, die im Grüppchen oder Paaren oder auch allein standhielten, um sich hieben und kämpften.

Und dieser infernalische Krach: das Geschrei, das Kreischen; ein gewaltiges, fast feierliches Preislied auf Haß und Entsetzen und Qual.

Ihr seid bessere Männer als irgendwelche Sagenhelden, dachte Larnss, während er einem Pferd neben ihm ins Gesicht schlug. Und ihr hättet einen besseren Anführer verdient.

Das verletzte Pferd bäumte sich panisch auf und warf seinen Reiter ab, doch seine wirbelnden Hufe trafen den Kommandeur der Reservisten von Rendd ins Gesicht und töteten ihn auf der Stelle. Hoch oben vom Hügel sahen Endryn und die anderem dem Gemetzel neidisch zu.

Endryn nickte anerkennend. »Sie haben gut gekämpft,

diese Südländer«, sagte er. »Keine Feigheit am Ende. Sie fielen wie Steine, jeder Mann an seinem Platz.«

Er wandte sich zu Ivaroth um. Der Mareth Hai jedoch war nicht in der Stimmung, Loblieder auf die Tapferkeit des Feindes zu singen. Seine Miene war aschfahl. Endryn wich unwillkürlich vor ihm zurück.

»Halte ihn auf«, sagte Ivaroth, und seine zitternde Hand zeigte auf die sich entfernende Gestalt von Larnss' Boten. »Halte ihn auf.«

»Das können wir nicht. Er ist zu weit weg!« rief Endryn aus und wünschte sich noch in derselben Sekunde, er sei einfach in Ausführung dieses vergeblichen Auftrags fortgaloppiert. Er machte sich auf einen ungezügelten Tadel für seine Dummheit, wenn nicht auf Schlimmeres, gefaßt.

Doch Ivaroth redete gar nicht mit ihm, er redete mit dem alten Mann, der neben seinem Sattel stand. Der Alte, dessen Gesicht vollständig in der Kapuze verschwunden war, sah zu ihm hoch und schüttelte den Kopf.

Ivaroth beugte sich hinunter und zischte ihm zu: »Wenn er Rendd erreicht, gelangt die Nachricht von unserem Kommen auch nach Viernce. Und du siehst ja, wie diese Leute kämpfen. Wenn Viernce nicht gesichert in unserem Rücken liegt, können wir nicht vorrücken und vernichten, was von Whendrak noch übrig ist, und dann *scheitert alles*. Halt ihn auf.«

Immer noch rührte sich der alte Mann nicht.

Ivaroth senkte seine Stimme noch mehr, und seine schwarzen Augen starrten gnadenlos in die dunkle Leere der Kapuze. »Wenn wir dieses Land nicht erobern, wird meine eigene Sippschaft mich töten, ganz zu schweigen vom Feind. Und ohne mich bist du nicht in der Lage, in die Welten da draußen oder an jenen *anderen Ort* zu gelangen, auf den zu so scharf bist.«

Der Blinde schien einen Augenblick nachzudenken, dann hob er den Blick und wandte sich dem fliehenden Boten zu. Langsam, widerstrebend hob er die Hände, als wolle er ihn in der Ferne berühren.

Ein leises Grollen erfüllte die Luft, und die Reiter auf der

Hügelkuppe hatten Schwierigkeiten, im Sattel zu bleiben, als der Boden unter ihnen zu beben begann.

Das Grollen verebbte, oder besser, es zog fort. Den fernen Reiter beobachtend, sah Ivaroth, wie ihm eine Spur der Verwüstung folgte. Erde und Grasnarbe, Büsche und Sträucher und Pflanzen wurden entwurzelt und durch die Luft geschleudert wie von einer unsichtbaren Riesenhand. Der Bote erreichte den Gipfel einer kleinen Anhöhe und sah flüchtig über die Schulter zurück.

Dann verschwand er in einer Staubwolke.

Ivaroths Augen blitzten befriedigt auf.

»Mareth Hai!«

Ivaroth drehte sich angesichts der Bestürzung, die in diesem Ausruf mitklang, schroff um, doch bevor er den Sprecher bemerkte, fühlte er, wie sich der alte Mann schwer gegen sein Bein fallen ließ.

Dann glitt sein Mentor und dunkler Engel, der ihn so weit gebracht hatte, zu Boden.

KAPITEL 37

Die Stimmung in Ivaroths Lager war gespannt und unbehaglich. Was eigentlich ein rohes Freudenfest für den über die Rendd-Reservisten errungenen Sieg hätte werden sollen, wurde von Ivaroths Wut über die erlittenen Verluste erheblich gedämpft.

Doch Endryn wußte, daß diese Wut, obwohl sie gerechtfertigt erscheinen mochte, nicht das war, was sie zu sein vorgab. In Wahrheit war es verwandelte Furcht, die Ivaroth ergriffen hatte, als der alte Mann zusammengebrochen war.

In seinem Zelt auf und ab gehend, versuchte er die Erinnerung an die Furcht in Ivaroths Augen zu verdrängen, doch immer wieder, wie um ihn zu peinigen, kehrte sie zurück. Er konnte sich nicht daran entsinnen, jemals Angst an Ivaroth gesehen zu haben. Selbst als Kind war Ivaroth, der Jüngere, immer der Anführer gewesen, war derjenige gewesen, der die wildesten Pferde geritten, die schlimmsten Stürze in Kauf genommen, sich am nahsten an feindliche Lager herangeschlichen und ungerührt, ja, verächtlich die Züchtigungen ertragen hatte, die die Erwachsenen ihnen von Zeit zu Zeit auferlegt hatten.

Endryn wischte sich über die Stirn. Zwei Fragen bedrängten ihn: Wer sonst hatte noch die Furcht in den Augen des Mareth Hai gesehen, und, schlimmer noch für ihn persönlich, wußte Ivaroth, daß er, Endryn, diesen Ausdruck gesehen hatte?

Er hatte seine Augen auf der Stelle von Ivaroth ab- und

dem zusammenbrechenden Mann zugewendet, aus Angst vor der furchtbaren Rache, die Ivaroth einem Zeugen seiner Schwäche angedeihen ließ, aber …?

Und wer war dieser Alte, mit seinen blicklosen weißen Augen und seiner markerschütternden Präsenz, wer war er, daß er bei Ivaroth eine solche Reaktion hervorrufen konnte? Die schon oft gestellte Frage drängte sich ihm auf und vertrieb Endryns aktuellere Probleme. Sie stellte sich mit einer Dringlichkeit, die größer war als je zuvor. Nicht, daß er sich jemals getraut hätte, sie auszusprechen. Die wenigen, die es gewagt hatten, hatten keine andere Antwort als Ivaroths gräßlichen schwarzäugigen Blick erhalten, und diejenigen, die dumm genug gewesen waren, dies mißzuverstehen, waren dafür gestorben.

Und doch sollte sie gestellt werden, diese Frage, da das Lager vor Gerüchten brodelte, ihr Vorrücken ohne Angabe von Gründen unterbrochen worden war und der Mareth Hai unzugänglich an der Pritsche jenes absonderlichen Gefährten saß, den er aus der Wildnis mitgebracht hatte.

Einen Teil der Antwort kannte er bereits: Der Alte war Macht – wahre Macht. Die lärmenden Beschwörungen, mit denen die leichtfingrigen Schamanen die Abergläubischen einlullten, waren nicht sein Metier. Sein Weg war die dunkle, wachsame Stille, die für solche Possen nicht einmal Verachtung übrig hatte; sein Weg war es, direkt auf sein Ziel zuzugehen und alles zu zermalmen, was sich ihm in den Weg stellte. Eine uralte, eine … Endryn stockte angesichts des Worts … eine magische Macht; eine, die Endryns Begriffsvermögen überstieg.

Und auch wenn Endryn diese Macht nicht begriff, war er es doch zufrieden, seinen eigenen Augen zu vertrauen und dankbar zu sein, daß er an der Seite jenes Mannes stand, dem scheinbar die Kontrolle über jene Macht zuteil geworden war.

Er wollte sich erst gar nicht den Handel ausmalen, den Ivaroth geschlossen haben mußte, um dieses Geschöpf zu dem seinen zu machen … wenn dem tatsächlich so war. Doch nun war der alte Mann niedergestreckt worden, auf genauso geheimnisvolle Weise, wie er seine Macht ausgeübt hatte; hatte sich vielleicht in irgendeiner Weise übernommen, als er den flüchtenden Boten zu erledigen versuchte.

Und nun war der große Zug nach Süden zum Stehen gekommen. Das Lager war müßig, und unter den Männern gärte es.

Mit jedem verstreichenden Tag vergrößerte sich die Wahrscheinlichkeit, daß Flüchtlinge, die zufällig ihren Patrouillen und Kundschaftern entgangen waren, Bethlar oder Serenstad erreichen und berichten würden, was hier vor sich ging. Er mußte etwas tun. Er war Ivaroths engster Vertrauter; das Band, das sie aneinanderschweißte, war tief in ihrer Vergangenheit verwurzelt, es sollte ihn beschützen …

Er schöpfte einmal tief Atem und rief sich die Tatsache ins Gedächtnis, daß Ivaroth seinen eigenen Bruder umgebracht hatte.

Nun ja, Familie war eben Familie, solche Dinge passierten. Er und Ivaroth waren Kameraden im Sattel. Das war doch etwas anderes …?

All seinen Mut zusammennehmend, ging er zum Eingang seines Zelts und schlug die Zeltklappe nach kurzem Zögern auf, um in die kalte Winterdämmerung hinauszutreten.

»Meine Herren, bitte, meine Herren …« Die beiden Reiter hatten die Frau entdeckt, die den Pfad entlanghastete, der das Feld durchkreuzte, doch sie staunten trotzdem nicht schlecht, als sie sich mit wild herumfuchtelnden Armen geradezu vor ihre Pferde warf.

Sie war mittleren Alters und kräftig gebaut, und ihr rotes Gesicht und der schwer gehende Atem bestätigten, daß sie viele Jahre lang überhaupt nicht mehr gerannt war. Ihre Schuhe waren lehmverkrustet, und sie trug weder Umhang noch Mantel, um sich gegen das kalte Wetter zu schützen. Das, was aller Voraussicht nach ihr guter Hauskittel war, war zerknittert und verschmutzt.

Ohne anzuhalten, ergriff sie den Zaum des nächsten Reiters; der Jüngere der beiden, ein Mann mit einem runden, kummervollen Gesicht, das, auch wenn er kein kleiner Junge mehr war, doch noch einen unschuldigen Zug aufwies. Schwer hing sie an dem Zaum, um sich zu stützen. »Bitte helft mir, meine Herren. Ich weiß nicht, was ich tun soll«, gelang es ihr schließlich keuchend hervorzupressen.

Der Mann beugte sich hinunter und legte ihr freundlich die Hand auf die Schulter. »Ganz ruhig, Herrin«, sagte er. »Was ist geschehen? Seid Ihr überfallen worden?«

Die Frau zögerte, verdutzt ob des starken ausländischen Akzents des Mannes. Dann blickte sie ihm ins Gesicht und schien zu dem Schluß zu gelangen, daß sie ihn trotzdem um Hilfe bitten konnte.

»Nein, Sir«, sagte sie, nun schon ein wenig ruhiger. »Aber ich habe einen Verletzten in meiner Hütte, und mein Gemahl ist ... irgendwo auf den Feldern ... und der Mann braucht Hilfe. Er faselt etwas Gräßliches daher. Und ich kann nicht mal ins Dorf reiten, um den Heiler zu holen.«

Ohne eine Antwort abzuwarten, zog sie das Pferd in Richtung des Pfades, über den sie gerade gerannt war. Die beiden Männer tauschten einen flüchtigen Blick, dann nickte der Ältere.

Mit dem eifrigen Zerren der Frau Schritt haltend, ritten sie schon bald an einer sorgsam gestutzten Rainhecke voller tröpfchenbehangener Spinnweben vorbei. Nachdem sie durch eine Toreinfahrt geritten waren, gelangten sie in den Garten eines kleinen Landarbeiterhäuschens; es hatte ein steiles, riedgedecktes Dach und die ausladenden, für diesen Landstrich typischen Dachüberhänge.

»Hier entlang«, sagte sie, ließ das Pferd los und hastete auf eine bereits offenstehende Tür zu. Die beiden Männer stiegen ab und folgten ihr.

Bei ihrem Eintreten war die Frau in einen von der kleinen Diele abgehenden Raum verschwunden, doch es zeigte sich umgehend, wo sie hingeeilt war.

»Oh, Ihr solltest doch nicht aufstehen«, erklang ihre besorgte Stimme. »Da draußen ist es bitterkalt. Ihr holt Euch das Fieber oder den Tod. Legt Euch hin, bitte ...«

»Aber ich muß nach ... Viernce ... Sie warnen ... die Reiter … Es folgt mir … reißt die Erde auf …« Der Sprecher stieß einen abgehackten, furchterfüllten Schrei aus. »…rennen … rennen … ich muß … rennen …«

Die zweite Stimme gehörte einem Mann, doch sie war schwach und unzusammenhängend. Schnell betraten die beiden Männer den Raum. Die Frau versuchte, einen jungen Mann am Aufstehen zu hindern. Sein Waffenrock und seine Hosen waren zweifellos uniformähnlich, aber verdreckt und zerrissen, und sein Gesicht trug die Spuren des vergeblichen Bemühens, sich Blut und Schmutz aus dem Gesicht zu wischen. Seine Augen waren weit aufgerissen vor Angst.

»O meine Herren, so ist er schon, seit er aufgewacht ist«, jammerte die Frau, die sich vergeblich mühte, den Mann wieder aufs Bett zu drücken. »Faselt etwas von einer Botschaft und etwas, das ihn verfolgt. Ich werde mit ihm nicht fertig, kann ihn nicht waschen, oder …« Sie zuckte mit den Achseln und nahm nun Zuflucht zu sanften Vorwürfen, um den Mann zur Ruhe zu bringen. »Liegt nun still. Seht Euch doch nur die Bescherung an, die Ihr mit meinem Bett anstellt!«

Der Ältere der beiden Männer ging auf die andere Seite des Betts herüber und setzte sich auf die Kante. »Legt Euch nieder, Kavallerist«, sagte er freundlich, aber bestimmt, und drückte dem jungen Mann die Hände auf die Schultern. »Nichts verfolgt Euch hier, Ihr seid unter Freunden und in Sicherheit, und in Bälde werde ich Eure Botschaft entgegennehmen. Seid jetzt still.«

Die Augen des jungen Soldaten weiteten sich noch mehr, und er packte seinen Tröster am Arm. »Es hat die Erde aufgerissen … aufgerissen … ist hinter mir hergerast … hat mein Pferd platzen lassen … platzen lassen … wie faules Obst …« Seine Stimme verebbte zu einem angsterfüllten Winseln, und er begann heftig zu zittern.

Der Mann runzelte die Stirn und warf einen Blick zu seinem Kameraden, der nun seinerseits die Braue furchte. »Genug, Kavallerist«, sagte er, diesmal in strengem Tonfall. »Ihr seid immer noch im Dienst, und das ist kein Benehmen für einen Mann des Herzogs. Legt Euch hin und seid ruhig. Das ist ein Befehl.«

Sein Tonfall schien zu dem Soldaten in dem Mann vorzudringen, so daß er ein wenig ruhiger wurde. Zögernd ließ er sich zurücksinken, auch wenn seine Augen immer noch starr auf seinen neuen Befehlshaber gerichtet waren.

»Wer ist das? Wo kommt er her?« wollte der Mann von der Frau wissen.

»Ich weiß es nicht«, erwiderte die. »Er klingt, als könne er aus Rendd sein ...« Sie vollführte eine vage Handbewegung über ihre Schulter und fügte hinzu: »Weiter im Norden habe ich ihn der Länge nach auf dem Boden ausgestreckt gefunden, sein Pferd war tot ... starb ... neben ihm. Er hatte es zuschanden geritten. Es schäumte und schwitzte etwas Schreckliches aus. Es gelang mir, ihn hierherzuschleifen, aber er braucht richtige Hilfe, und ich kann nicht ...«

Der Mann nickte und hob die Hand, um ihren Redefluß zu stoppen. »Ich verstehe«, sagte er. »Wir werden Euch helfen.« Er legte dem verstörten Soldaten die Hand auf die Stirn und runzelte erneut die seine. »Hol mir den Medizinbeutel«, trug er dem Jüngeren auf.

Sein Kamerad verließ den Raum und kehrte mit einem Lederkästchen zurück, das er über das Bett reichte.

Die Frau verfolgte jede Aktion der Reiter mit eifriger Miene. »Seid Ihr Ärzte?« fragte sie.

»Nein«, gab der Ältere mit einem leichten Lächeln zur Antwort, während er den Inhalt des Beutels sorgfältig durchforschte. »Nur Reisende. Wir wissen genug, um für uns selbst zu sorgen, und das hier haben wir von einem ... überaus ... bemerkenswerten Heiler erhalten.«

Da sie ihre dringendsten Sorgen nun an andere losgeworden war, musterte die Frau ihre beiden Retter eingehend. Fast auf der Stelle tastete sie nach dem Umhang desjenigen, der ihr am nächsten stand, und berührte ihn. Dann, als sie sich über ihre Handlungsweise klar wurde, riß sie ihre Hand ärgerlich weg. »Tut mir leid«, sagte sie, ganz außer Fassung geraten. »Aber es ist ein so hinreißender Stoff. Ich ...« Ein Blutschwall ließ ihr ohnehin gerötetes Gesicht noch dunkler anlaufen. »Wer seid Ihr?« fragte sie, um ihre Verlegenheit zu überspielen.

»In Eurer Sprache würdet Ihr mich wohl … nennt mich Jadric«, erklärte der jüngere Mann. »Und er ist … Haster. Wir sind einfache Reisende, die Eure großen Städte besuchen wollen.«

»Da habt Ihr Euch aber eine gefährliche und traurige Zeit ausgesucht«, sagte die Frau. »Wir hatten alle gehofft, nie mehr einen Krieg erleben zu müssen, aber …«

»Ah!« unterbrach Hasters Stimme ihre Litanei. Er hielt ein fein ziseliertes Steingutkrüglein hoch. Er entfernte den Deckel und schüttelte sich ein paar Pillen in die Hand. Nachdem er eine aufgenommen und prüfend mit der Zungenspitze an ihr geleckt hatte, verzog er das Gesicht.

»Mutterkraut?« fragte die Frau.

»Etwas Ähnliches wohl«, erwiderte Haster. »Holt ihm doch bitte ein wenig Wasser, damit er die hier schlucken kann.«

Glücklich, etwas zu tun zu haben, eilte die Frau aus dem Zimmer.

Haster beugte sich vor, legte dem jungen Mann einen Arm um die Schulter und hievte ihn in eine sitzende Position. Die Frau kehrte mit einer irdenen Tasse zurück.

Haster schob dem Mann eine der Pillen in den Mund und bot ihm die Tasse an. »Schluckt die«, sagte er. »Es wird Eurer Fieber senken helfen.«

Seine Augen unverwandt auf Hasters gerichtet, tat der Jüngling wie geheißen, und ließ sich dann wieder zurücksinken.

»Und nun sagt mir Eure Botschaft«, befahl Haster kurze Zeit später.

Die Erregung drohte den jungen Mann erneut zu übermannen, doch eine hochgezogene Augenbraue in Hasters Antlitz brachte ihn wieder zu sich.

»Wir wurden angegriffen«, begann der Mann hastig.

»Wir? Wer?« unterbrach Haster ihn ruhig, aber bestimmt.

Der junge Mann blickte einen Moment ganz verwirrt drein, als habe die schlichte Frage ihm sämtliche Erinnerungen aus dem Kopf verscheucht. »Die Reservisten«, konnte er schließlich sagen. »Von Rendd … Kompanien eins bis fünf … unter Hauptmann … Larnss, aus Serenstad.« Haster nickte und bedeutete ihm, fortzufahren. »Wir waren auf einer Routine-Grenzpatrouille …« Seine Augen gingen ihm plötzlich auf, und er streckte die Hand aus, um Hasters Arm zu umklammern. »Dann griffen sie uns an …«

Auf einen Schlag verstummte er.

»Wer hat euch angegriffen?« fragte Haster nach einem Augenblick und legte seine Hand tröstend auf die des Soldaten.

Verwirrung breitete sich erneut auf den Zügen des Mannes aus, doch diesmal war es anders. Er schüttelte seinen Kopf. »Bethlarii, vermute ich«, sagte er. »Aber … sie sahen nicht wie Bethlarii aus … und ich habe noch nie so viele Pferde gesehen. Es waren Tausende …«

»Wie viele, Kavallerist?« fragte Haster, wieder mit strenger Stimme.

Der Mann begegnete seinem Blick. »Tausende«, wiederholte er unmißverständlich. »Tausende und Abertausende. Die Hügelflanke war schwarz von ihnen. Sie kamen und kamen.« Die Gelassenheit wich wieder von ihm. »Und sie haben alle getötet … wir hatten eine schlechte Position, aber es ist uns gelungen, Karrees zu bilden … aber sie sind auseinandergebrochen … ich hab's gesehen. Alle fünf Kompanien vernichtet, ausgelöscht. Jeder einzelne.« Seine Züge begannen sich zu verzerren, als der Kummer wieder die Oberhand gewann. »Alle meine Freunde. Ich …«

»Später, Kavallerist«, sagte Haster rasch. »Tränen später. Erzählt uns, wie Ihr entkamt und wie die Botschaft lautete.«

Während die Worte nur so aus ihm heraussprudelten, erzählte der junge Soldat, wie Larnss das Pferd für ihn eingefangen und ihm im Bach das Leben gerettet hatte.

»Wo bin ich?« fragte er plötzlich mit entsetzter Miene, seine eigene Erzählung unterbrechend. »Ich sollte nach Rendd reiten … sie warnen … dann weiter nach Viernce …« Aufgeregt versuchte er sich aufzusetzen, doch Haster hielt ihn zurück. »Wo bin ich …?«

»Ihr seid in einem Bauerngehöft nahe Viernce«, teilte Haster ihm in beschwichtigendem Tonfall mit. »Ihr habt Euer Pferd zuschanden geritten und Euch fast auch noch umgebracht. Doch hier seid Ihr in Sicherheit. Erzählt mir, was Euer zweites Pferd getötet hat. Es riß die Erde auf, sagtet Ihr.«

Die Erregung des jungen Mannes stieg enorm, und sein Antlitz wurde wieder weiß vor Schrecken. Die Frau wich ängstlich zurück, und Jadric trat vor, um Haster im Notfall dabei helfen zu können, ihn niederzuhalten.

Es dauerte einige Zeit, bis der junge Soldat wieder soweit war, zusammenhängende Sätze zu bilden. »Es kam hinter mir her.« Er schlug die Arme über dem Kopf zusammen, als wolle er sich schützen.

»Was?«

»Ich weiß nicht ... ich konnte es spüren ... voller Haß und Bösem ... doch ich konnte nichts sehen ... die Erde darunter hob und wölbte sich ... Lehmklumpen und Sträucher wurden durch die Luft geschleudert ...« Seine Augen waren himmelwärts gerichtet, als sehe er immer noch die Zerstörung. Dann blickte er Haster an und ergriff seinen Arm. Haster wand sich unter der Kraft der Umklammerung und befreite seinen Arm mit einer täuschend sachten Bewegung. »Ich sprang von meinem Pferd ... kullerte den Hang hinunter. Mein Pferd zerplatzte ... zerplatzte ... zerplatzte ... ein Regen von ... Blut ... und Stückchen. Ein entsetzliches Geräusch ...«

Haster und Jadric sahen einander über den völlig verstörten Erzähler hinweg an. Beider Gesichter waren bleich.

»Ich muß das andere Pferd wieder eingefangen haben ... glaube ich ... Ich weiß es nicht ... Ich erinnere mich nur daran ... Stampfen, Stampfen ... Fliehen ... und der Haß ... das Entsetzen ... verfolgt mich ...« Wieder begann er unkontrolliert zu zittern.

Haster bedeutete Jadric mit einem Kopfnicken, den Mann niederzuhalten, während er erneut seinen Medizinbeutel durchwühlte. Einen weiteren kleinen Steinguttopf hervorholend, schob er dem Mann rasch eine zweite Pille in den

Mund. Nach kurzer Zeit nahm das Zittern des Soldaten ab, und die Lider sanken ihm herunter.

Als der Krampf sich gelöst hatte, standen die beiden Männer auf. »Er wird jetzt eine Weile schlafen«, ließ Haster die Frau wissen. Seine Miene war angespannt, und er fuhr sich über die Stirn, wie um sich irgendeiner Sache zu vergewissern.

»Wo ist sein Pferd?« fragte er.

»Es liegt hinten auf dem Feld. Wo es zusammengebrochen ist«, antwortete sie. »Ich zeig' es Euch.«

Nur wenig später ritten die beiden Fremden in das nächste Dorf ein und ließen den zuständigen Liktor rufen.

»Ich schicke jemanden zum Gehöft hoch, der sich sofort um den Mann kümmert«, sagte dieser, nachdem sie ihm die Geschichte des jungen Boten erzählt und dabei lediglich die Vernichtung des Pferdes unerwähnt gelassen hatten. »Aber diese ganze Sache mit dem Angriff der Reiter auf Rendd und dann auf die Stadt ...« Er schüttelte den Kopf und zog ein vielsagendes Gesicht. »Jedes Kind weiß, daß die Bethlarii keine solche Kavallerie haben. Und sicherlich würden sie, wenn sie eine solche hätten, nicht Viernce damit angreifen; es ist schließlich befestigt. Ich glaube, daß möglicherweise ...«

In Jadrics Zügen funkelte ein Anflug von Ungeduld auf, aber eine flinke, kaum merkliche Geste Hasters versiegelte seinen Mund.

»Es sind keine Bethlarii, Offizier«, schaltete sich Haster ein, und sein Tonfall war gebieterisch. »Obwohl sie mit ihnen verbündet sein mögen, da sie durch ihr Territorium gezogen sein müssen. Es sind Stammeskrieger aus dem Land jenseits der nördlichen Berge. Wir haben ihr Land durchreist, um hierherzugelangen, und das Roß, das der Bursche ritt, war zweifellos eins der ihren. Geht und seht es Euch selbst an. Ich garantiere Euch, daß noch nie ein solches Pferd in diesem Landstrich gesehen wurde.«

»So eins wie Eures habe ich auch noch nicht gesehen, wo wir schon mal dabei sind«, entgegnete der Liktor leicht verärgert. »Und ich mache auch nicht gleich eine Invasion daraus. Und außerdem kann ich die Garnison nicht wegen eines toten Gauls und der Leichtgläubigkeit, mit der zwei Fremde dem Märchen eines fiebernden Reservisten begegnen – der wahrscheinlich nichts als ein Deserteur ist –, in Alarmbereitschaft versetzen lassen.«

Haster bedachte den Mann mit einem kalten Blick, und seine Präsenz wirkte plötzlich machtvoll und herrscherlich. »Ihr werdet die Garnison nicht in Alarmbereitschaft versetzen lassen, Offizier«, sagte er. »Der Kommandeur dort wird das tun, wenn er alle relevanten Informationen in seine Erwägungen einbezogen hat, die ich Euch ihm schnellstmöglich zu übermitteln ersuchen möchte. Wenn es sich um einen Irrtum handeln sollte, was ich bezweifle, dann ist nichts verloren, und wenn die Geschichte des Burschen zutrifft, ist jede Sekunde lebenswichtig.«

Trotz erheblicher Anstrengung vermochte der Liktor Hasters Blick nicht standzuhalten, und rasch senkte er die Augen auf irgendwelche vor ihm ausgebreiteten Papier. Haster redete weiter, bevor er etwas sagen konnte. »Was die Vermutung angeht, wir seien Fremde, so habt ihr durchaus recht. Wir sind Fremde und Ausländer, die Euer Land zum ersten Mal besuchen. Wir tragen kein Verlangen, in einen Eurer Kriege verwickelt zu werden.« Er griff unter seinen Umhang und holte ein Dokument hervor. »Doch wir benutzen diese Straße auf Geheiß Hauptmann Ciarll Ferancs, um den Herzog und seine Armee vor Whendrak aufzusuchen. Als Ergebnis unserer heutigen Begegnung reiten *wir* jetzt, so schnell wir können. Die Gefahr ist real, ganz gleich, was Ihr persönlich davon halten mögt. Bitte übermittelt dem Kommandeur von Viernce die Geschichte des Burschen mit derselben Depesche.«

Er hielt dem Offizier das Dokument so lange unter die Nase, daß er Zeit hatte, das Wappen des Herzogs zu erkennen, um dann mit einem militärischen Gruß kehrtzumachen und aus der Amtsstube zu schreiten. Jadric folgte ihm mit starrer Miene.

Als der Liktor, völlig aus der Fassung gebracht und rot angelaufen, ihnen nach draußen folgte, sah er sie nur noch über die Dorfstraße davongaloppieren. »Rücksichtslose Reiter«, nuschelte er beleidigt vor sich hin und fügte gehässig hinzu: »Und in dem Tempo schafft ihr nie bis nach Whendrak, meine hohen Herren, wie gut eure Pferde auch sein mögen.«

»Wir tun besser, was sie uns gesagt haben, Korp. Für mich klangen sie wie Mantynnai.«

Der Einwurf kam von einem jüngeren Kadetten, der die ganze Diskussion über schweigend im Hintergrund gesessen hatte und nun hinter seinem Vorgesetzten auf die Straße trat, um zu sehen, wie die Sache ausgegangen war. Ein wichtiger Bestandteil seiner heutigen Ausbildung hatte darin bestanden zu lernen, wann man besser den Mund hielt. Der Liktor sah mit einem Blick, der nichts Gutes verhieß, auf ihn hinunter.

»Hast du schon die Berichte zur Generalmobilmachung fertig gemacht, die ich dir gegeben habe, Kadett?« donnerte er.

Ivaroth blickte auf den Blindenr, der auf seinem provisorischen Lager ruhte. Er war hin und her gerissen wie nie zuvor. Ein Teil von ihm wollte dem Alten den Rest geben; sich von dieser furchterregenden Kreatur befreien. Darauf wird es am Ende doch einmal hinauslaufen, dachte er.

Und doch beobachtete er das Heben und Senken der Brust ängstlich wie eine Mutter ihr Neugeborenes.

Er brauchte ihn noch. Brauchte ihn, um ihm jene persönliche Macht zu verschaffen, die ihn zum größten und meistgefürchteten Krieger aller Stämme hatte werden lassen.

Er verfluchte sich selbst für seine Dummheit, den Alten so weit getrieben zu haben, daß er sich beim Angriff auf den flüchtenden Boten übernommen hatte. Doch er hatte sich so sehr daran gewöhnt, daß der alte Mann seine Macht sowohl direkt gegen körperliche Objekte richtete als auch seine inneren Kampfgeister weckte und stärkte, daß es ihm nie eingefallen war, dies geschehe anders denn mühelos. Der Blinde hatte Speerschäfte und Schwertklingen zersplittert, die Erde beben lassen, Pferde zu Fall gebracht und Feuer mit einem Handzucken entfacht. Und natürlich gab es da noch die zügellosen Exzesse, in denen er schwelgte, wenn sie die Welten da draußen besuchten. Nichts, was Ivaroth gesehen hatte, hatte ihn auf den Preis vorbereitet, den die Vernichtung des Boten den Alten offensichtlich gekostet hatte.

Dem alten Idiot mußte geschwant haben, was passieren würde. Vorwurfsvoll stieg die Erinnerung an den langsam wackelnden Kopf des Blinden in Ivaroth auf. Und doch hatte er gehorcht!

Sein Bedürfnis nach mir muß größer sein als das meine nach ihm, folgerte Ivaroth. Trotz aller Sorgen erfüllte ihn diese Vorstellung mit freudiger Erregung.

So mußte es sein, jawohl. Der alte Mann hatte sich treu an ihren Handel gehalten; hatte keine Forderungen gestellt, daß man ihn zu den Welten da draußen bringen möge, um jenen anderen Ort zu suchen, nach dem er gierte. Er hatte allen Befehlen Ivaroths ohne Fragen und ohne Zögern gehorcht; hatte in dem einen oder anderen Traum herumgepfuscht, um einen widerspenstigen Leutnant oder einen zweifelnden Bethlarii-Priester zur Räson zu bringen; hatte seinen Arm gestärkt, so daß er auf spektakuläre Weise mit einem Übeltäter fertig werden konnte; und viele andere Kleinigkeiten.

Ich habe dich besiegt, alter Mann, folgerte Ivaroth. Du bist bereit, dich auf einen Wink von mir selbst zu vernichten, aus Angst, ich könne dich nicht mehr zu den Welten da draußen bringen.

Das war ein gutes Gefühl.

Und doch hatte Ivaroth immer noch seine Bedürfnisse. Und die waren beträchtlich. Er konnte seine Armee nicht mehr lange müßig hier lagern lassen. Auch wenn seine Faust schwer und fest auf dem eroberten Territorium lag, war es doch nur eine Frage der Zeit, bis Nachrichten über seine Invasion durchsickern würden, und dann wäre das lebensnotwendige Element der Überraschung dahin. Er wünschte keine größeren Konfrontationen mehr, bis sich die beiden Heere vor Whendrak zu einem erschöpften Patt bekriegt hatten, so daß er nur noch mit den geschwächten und kampfesmüden Resten würde aufräumen müssen. Außerdem mochte ein plötzlicher Stillstand im Angriff sein Volk gegen ihn aufbringen. Und ohne die Macht des Alten war er fast schutzlos.

Es mußte etwas geschehen. Und die Hilfe eines der Stammesschamanen konnte er nicht erbitten; das würde sein Schicksal endgültig besiegeln.

Die Geräusche draußen vor dem Zelt drangen in seine Gedanken ein. Dann wurde die Zeltklappe zurückgeschlagen, und Endryn trat ein.

Auf der Stelle spürte Ivaroth den Zweifel und die Furcht seines Leutnants, die er in eine verbissene Wut verpackt hatte. Ihm wurde kalt. Es war, als seien die Gedanken an seinen eigenen Sturz, die er soeben gedacht hatte, irgendwie herausgekrochen und hätten ihre eigene Dynamik entwickelt. Endryn war wie der unvermittelt auffrischende kalte Wind, der einen Eissturm ankündigt.

Seinem Wesen treu, schlug Ivaroth als erster zu, mitten ins Herz und ohne zu zögern. Endryn hatte kaum einen Fuß in das Zelt gesetzt, als Ivaroth ihn dringlich hereinwinkte.

»Du liest meine Gedanken wie immer, Endryn«, sagte er und umfaßte seinen Arm mit einem harten, drängenden Griff. »Ich wollte gerade nach dir schicken lassen.«

Er führte ihn zu dem alten Mann. »Er braucht meine Hilfe, Endryn«, sagte er. »Er hat viel für unser Volk getan, was ich jetzt nicht im einzelnen auflisten kann, doch nun ist er wegen seiner übereifrigen Unterstützung für unsere Sache gefällt worden.«

Endryn ließ unsicher den Blick zwischen Ivaroth und der bewußtlosen Gestalt auf der Pritsche hin und her wandern.

Ivaroth ging aufs Ganze. »Ich kann ihn jetzt nicht im Stich lassen«, erklärte er, bevor Endryn zum Sprechen ansetzen konnte. »Er ist mir ein zu treuer Diener gewesen.« Dann fügte er mit pragmatischem Egoismus hinzu, damit dieser Akt der Loyalität nicht zu unwahrscheinlich wirkte: »Und er wird mir diese Treue doppelt und dreifach vergelten, wenn ich ihn rette.«

»Ich verstehe nicht, Mareth Hai«, gelang es Endryn

schließlich zu sagen. Er bewegte sich auf dem stillschweigend verbotenen Gelände von Ivaroths Beziehung zu dem Alten. »Was hat er denn getan?« wagte er zu fragen.

Seine Frage brachte ihm allerdings keinen Tadel ein. Stattdessen preßte sich Ivaroth eine Hand auf die Stirn und setzte sich auf einen Schemel neben dem Bett. »Viel«, erwiderte er. »Dinge, die das Begriffsvermögen eines Sterblichen übersteigen.« Er sah seinem Leutnant mit ernster Miene in die Augen. Die schwarzen Iris seiner Augen hatten sich ausgedehnt und verliehen ihm wieder den furchteinflößenden Blick des Traumfinders. Endryn wandte unwillkürlich den Blick ab. »Er ist eine Brücke zu den Mächten, die unser Geschick formen, Endryn.«

»Den Göttern?« rief Endryn spontan und ungläubig aus. »Ist er ein Schamane?«

Ivaroth schüttelte gereizt den Kopf und winkte ärgerlich ab. »Taschenspielertricks und Betrug, um die Leichtgläubigen und Törichten zu lenken, Endryn«, knurrte er; ein unabsichtliches Echo der Gedanken, die Endryn noch vor ein paar Minuten selbst gehegt hatte. »Es gibt keine Götter, das weißt du doch. Dieser Mann kennt die Wege der *wahren* Macht. Die Macht des Windes und des Unwetters, die Macht, die die Gipfel und Täler der Berge herausgemeißelt hat, die unsere endlosen Steppen plattgewalzt hat. Und die Macht, die die Geister unserer Feinde umformen kann.«

Endryn, völlig aus der Fassung gebracht angesichts dieser überraschenden Enthüllungen, starrte geistesabwesend in die Luft. Dann zog ihn die Gewohnheit unerbittlich in seine alten Denkmuster zurück, zur Stammestreue.

»Was soll ich tun?« fragte er.

»Wache über mir«, antwortete Ivaroth schlicht. »Ich muß ihm nachfolgen, und ich will, daß du an meiner Seite ausharrst, während ich ihn suche.« Endryn begann unsicher die Stirn zu runzeln, und seine Gedanken wandten sich Pferden und Suchpatrouillen zu. »Laß nicht zu, daß irgend jemand uns stört«, befahl Ivaroth. »*Niemand* darf uns stören, hörst du. Es wird so aussehen, als schliefe ich, aber du darfst nicht versuchen, mich aufzuwecken, was immer auch geschieht, wie lange es auch dauern mag. Ich werde zurückkehren. Und er mit mir. Hast du verstanden?«

Endryn schüttelte den Kopf, straffte sich dann. »Nein, Mareth Hai«, gab er kurz und bündig zur Antwort. »Doch ich werde deinen Befehlen gehorchen.«

Unerbittlich stieß Ibris' Armee in das Bethlarii-Territorium vor. Immer mehr Berichte erreichten ihn, daß die Bethlarii ihre Truppenstärke anhoben, um sich zur Schlacht zu stellen, und immer größer wurden auch seine Zweifel. Irgend etwas an dieser Sache war mehr als faul.

Es erstaunt kaum, daß Traumfinder in diese Angelegenheit verwickelt sind, dachte er mit finsterem Humor. Sie hat alles, was einen anständigen Alptraum darstellt. Den unangekündigten und offenbar geisteskranken Gesandten Grygyr Ast-Darvad; die explosive Zunahme von Regierungsproblemen in Whendrak; die Neuigkeiten über die massive Mobilmachung der Bethlarii und seine eigene Reaktion darauf. Die Ermordung der Herolde ...

Er schüttelte den Kopf. So viele Geschehnisse, kleine und große.

Und nicht das Unwichtigste darunter war die Anwesenheit Antyrs mit seinen fremdartigen, knospenden Kräften und seinen Ängsten und Zweifeln. Und auch der geheimnisvolle Schatten aus der Vergangenheit, der die Mantynnai so nachhaltig verstörte.

Jeden Tag befaßten er und seine Berater sich wirkungsvoll und geschickt mit den zahlreichen und verwickelten Problemen, die aus der Führung einer großen Armee und dem gleichzeitigen Regieren eines Landes erwuchsen. Zu seiner Erleichterung hatte sich der Großteil der mörderischen Querelen zwischen den Städten seines Herrschaftsgebiets angesicht dieser gemeinsamen Bedrohung tatsächlich verflüchtigt. Doch trotz allen Trostes, den er hierin fand, hatte er das Gefühl, das er schon beim Auftauchen Grygyr Ast-Darvads Arwain gegenüber geäußert hatte: daß er in Wahrheit eine Lawine ritt und nicht mehr tun konnte, als mühsam sein Gleichgewicht zu wahren. Ein einziger Ausrutscher, und ...?

Er – und die Bethlarii – wurden auf geheimnisvolle Weise von unbekannter Stelle aus manipuliert. Und alle saßen sie in der Falle.

Er rief Antyr zu sich.

Antyr war blaß, als er das Feldherrenzelt betrat. Und Tarrian und Grayle blieben wachsam an seiner Seite, wo sie sonst dem Herzog spielerisch um die Beine gestrichen waren. Estaan war in gebührendem Abstand stehengeblieben. Unter seiner Mantynnai-Selbstbeherrschung wirkte er angespannt und verunsichert.

Ibris' allgemeinere Sorgen fielen von ihm ab. »Was ist geschehen?« fragte er sofort.

Antyr schüttelte den Kopf. »Ich weiß es nicht«, gab er zur Antwort. »Den ganzen Tag über habe ich ... eine Spannung .... ein wachsendes Unbehagen gespürt.« Furcht schwang in seiner Stimme mit, und seine Finger schlossen sich nervös um seinen Schwertknauf und öffneten sich wieder. Das Schwert hing nun immer an seinem Gürtel.

Ibris erhob sich und schritt auf ihn zu, doch in Tarrians Lefzen lag eine Spur von Knurren, und Antyr hob die Hand, um ihn zurückzuhalten.

»Ich fühle mich, als würde ich ... fortgezogen«, sagte er. »Nyriall erwähnte, daß ihm so etwas Ähnliches widerfahren sei ...« Er zog eine Grimasse. »Ich weiß nicht, was das ist. Aber ... was immer auch geschieht ... laßt ein paar Männer um mich wachen ... unter Estaans Befehl ... er begreift das Ganze so gut, wie es jemand begreifen kann. Wenn ich stürze, bewacht mich nur. Das ist alles. Faßt mich nicht an. Die Wölfe können nicht anders, als mich zu beschützen, auch wenn sie darüber sterben. Und wenn sie sterben, dann bin auch ich verloren, wo immer ich mich aufhalte.«

Sorge trat in Ibris' Züge. Die Fragen brodelten in seinem Kopf, doch er wußte, daß Antyr ihm alles gesagt hatte, was er selbst wußte.

»Ich werde tun, was Ihr gesagt habt«, erklärte er so beruhigend, wie er konnte. »Ihr werdet jederzeit von Speeren und Schildern umringt sein. So sicher, wie es mir möglich ist. Ich …«

Ryllans' Eintreten schnitt Ibris das Wort ab. Sein Antlitz war, ganz uncharakteristisch für ihn, gerötet. Er zögerte, als er Antyrs ansichtig wurde, und als er dessen Verfassung bemerkte, nahm er einen besorgten Gesichtsausdruck an. Die Dringlichkeit seiner Neuigkeit jedoch lenkte seine Aufmerksamkeit wieder auf den Herzog.

»Sie stehen kaum einen halben Tagesmarsch weit entfernt«, erklärte er ohne Umschweife. »Rücken hin und her, nehmen Schlachtordnung ein. Warten.«

Der Herzog schloß die Augen und atmete tief ein. Lawine oder nicht, er wußte ganz genau, was nun zu tun war.

»Antyr, begebt Euch in Euer Quartier und wartet dort … worauf auch immer.« Er warf Ryllans einen flüchtigen Blick zu. »Seine ganz persönliche Schlacht beginnt. Er ist so sorgsam zu bewachen wie meine eigene Person, und er bekommt alles, was er verlangt. Estaan hat den Oberbefehl über die Wache.« Ryllans nickte, und Antyr und Estaan gingen hinaus.

Ibris sah Ryllans ins Gesicht. »Lagebesprechung mit den höchsten Offizieren, sofort«, sagte er. »Wir werden die verschiedenen Reaktionen auf …«

Wieder wurde er unterbrochen. Diesmal war es ein Wachsoldat, der eintrat. Ibris schenkte ihm ein ungeduldiges Kopfnicken.

»Zwei Fremde, Ausländer, haben sich den westlichen Ausläufern des Lagers genähert, Sire«, meldete der Mann. »Sie bitten um eine Audienz bei Euch, Sire, und sie können einen Brief mit Eurem Wappen und mit einer Unterschrift vorweisen, die wie die von Hauptmann Feranc aussieht, aber ich dachte, ich frage lieber nach, bevor ich sie zu Euch bringe.«

»Du hast richtig gehandelt, Soldat«, sagte Ibris. »Erzähl mir, wie sie sind, bevor du sie herbringst.«

Der Wachsoldat schürzte die Lippen. »Schwer zu sagen, Sire«, antwortete er. »Sie sind geritten wie der Teufel. Aber unter dem ganzen Dreck haben sie gute Kleidung und gute

Pferde … sehr gute Pferde.« Er stockte. »Sie wirken höflich, ja, aber … sie haben etwas an sich … die Ausstrahlung eines Kriegers … ein bißchen wie Hauptmann Feranc. Und, mit allem Respekt«, er wies mit dem Kinn in Ryllans' Richtung. »Sie klingen wie Mantynnai. Aber mit sehr starkem Akzent.«

Wieder in seinem Quartier angekommen, ließ sich Antyr ermattet auf sein Bett sinken.

»Braucht Ihr irgend etwas?« erkundigte sich Estaan.

Antyr schüttelte den Kopf, während er auch schon die Augen schloß. »Nein«, erwiderte er und überprüfte geistesabwesend den Sitz seines Schwertes. Dann öffnete er die Augen wieder, und sie waren schwarz wie die Nacht. »Ich danke Euch, Estaan. Für Eure Unterweisung und Eure Geduld.«

Estaan lächelte abwertend. »Ihr wart leichter zu unterrichten als viele, mit denen ich zu tun hatte«, sagte er.

Doch Antyr hörte die Antwort schon nicht mehr. Eine gewaltige Windbö hatte ihn an einen anderen Ort geweht.

Kapitel 38

Ivaroth wartete inmitten des häßlich flackernden und kreischenden Chaos, das den Traumnexus des Blinden darstellte. Bisher hatte er hier immer nur für Bruchteile von Sekunden verharren müssen, kaum die Dauer eines Herzschlags lang, bevor sich der Weg vor ihm auftat und sein Geist, der nun das Traum-Ich des Blinden trug, vorwärtsstürmen konnte.

Nie hatte er das Wesen dieser seltsamen Vereinigung in Frage gestellt. Es war einfach eine merkwürdige Eigenart mehr unter vielen, die dieser zutiefst sonderbare alte Mann besaß. Und in jedem Fall hatte er herausgefunden, daß nur wenig an dem Blinden durch logische Schlußfolgerungen zu ergründen war. Ivaroth genügte es, daß es so funktionierte, wie es funktionierte, und daß er das einzige Gefährt des Blinden war, mit dessen Hilfe dieser in die Träume anderer und die Welten jenseits der Träume eindringen konnte.

Das einzige Gefährt mit Ausnahme jenes Mannes, wenn es denn ein Mann gewesen war, dem sie auf ihrem letzten ausgedehnten Streifzug dort begegnet waren.

Ivaroth hatte gesehen, wie er erbarmungslos auf sie zugestürmt war, und er war vor der mörderischen Wildheit verzagt, die plötzlich von diesem Mann ausgegangen war, als er in Reichweite seines Schwerts gekommen war. Der alte Mann indes hatte etwas anderes gesehen. Den Weg zu jenem anderen Ort, nach dem es ihn so brennend verlangte.

Für irgend jemanden war das das Todesurteil.

Ivaroth würde sich nicht noch einmal überrumpeln lassen.

Sollte er den Alten tatsächlich ein weiteres Mal in die Welten da draußen tragen, und sollten sie erneut über diesen Fremden stolpern, dann würde Ivaroth diesen auf der Stelle niederstrecken. Und den Alten auch, wenn nötig. Besser tot, als ihn an einen anderen zu verlieren.

Doch diese Gedanken lagen ihm nun, da er im Nexus wartete, fern. Er war unsteter, tumultuarischer als alle, die er jemals betreten hatte; von zahllosen fremden Bildern und Lüsten durchzuckt, überflutet von Ängsten. Ängste, die mit der furchterregenden Unkontrollierbarkeit des Erbrechens aus vor langer Zeit geträumten Träumen strömten.

Und unter allem lauerte, gnadenlos und allgegenwärtig, wie der Grabesbaß eines gräßlichen Gesanges, eine dunkle und böse … Erinnerung? … Präsenz? … Absicht? …, die sogar Ivaroth verzagen ließ.

Der Traumnexus des Blinden war kein Ort für einen geistig Gesunden.

Und doch mußte er dort ausharren. Ausharren, bis ein Weg sichtbar wurde. Oder bis …

Kaum war er sich dieser Vermutungen bewußt geworden, als er auch schon spürte, daß das Traum-Ich des alten Mannes bei ihm war; schweigsam, wachsam, erwartungsvoll. Nicht der leiseste Hauch von Verletzung oder Krankheit umschwebte es, was Ivaroths Verdächte nur noch weiter hegte.

Dann tat sich der Weg vor ihm auf, und reglos folgte er ihm. Folgte in die schimmernden Wolken aus Traumgedanken, die über dem Lager hingen, über dem Land, und … über allem.

Um ihn herum, inmitten der Myriaden umherwirbelnder Gedanken von Männern und Frauen und Kindern sah, fühlte Ivaroth die Wege in die Welten da draußen, die Tore in die Welten der Schwelle.

Ungeleitet, unausgebildet, wie er war, wußte Ivaroth nicht mal, daß er in diesem Land Traumfinder genannt worden wäre. Noch weniger wußte er, daß er ein geborener Meister dieser Kunst war. Einer, der ohne Hilfe eines Gefährten Träume, ja, gar die Schwellenwelten betreten konnte.

Er wußte aber, daß sich die Fähigkeiten, die er besaß, seit dem Kontakt, seit der unseligen Vereinigung mit dem Blinden um ein Vielfaches verstärkt hatten.

»Du mußt mir sagen, was passieren wird, wenn ich dich zurückbringe«, sprach er zu dem stummen Geist an seiner Seite.

»Das liegt jenseits deines Vorstellungsvermögens, Mareth Hai. Was du erbeten hast, war zuviel im Rahmenmuster dieser Welt.«

»Doch du hast gehorcht.«

»Ich habe gehorcht.«

Kein Vorwurf schwang in dieser Feststellung mit, kein Groll.

Der alte Mann war geschlagen!

Ivaroth konnte kaum an sich halten. Aber trotzdem wäre es ein vergeblicher Sieg, wenn er den Alten dadurch verlöre. Er mußte zurückgebracht werden.

»Was sind deine Bedürfnisse?« fragte er.

Schweigen.

Sehnsucht.

Ivaroth fühlte sich plötzlich großzügig. Den Geist des alten Mannes haltend, schwang er sich auf die Schwelle.

Er strengte seine Augen an in dem blendenden Glühen und wandte sich, die Hand am Schwert, rasch um, um die gesamte Szenerie in sich aufzunehmen. Fast auf der Stelle entspannte er sich. Allein standen sie am Hang eines schneebedeckten Berges. Über ihnen strahlte eine leuchtende Sonne an einem klaren, blauen Winterhimmel.

Hinter den beiden winzigen Gestalten spotteten gewaltige weiße Berge ihrer Nichtigkeit, und Gipfel um Gipfel reihte sich in beide Richtungen, während sich vor ihnen eine sanft gewellte Ebene ausdehnte, deren Weiße nur hin und wieder von einem felsigen Vorsprung oder verstreuten Baumgruppen unterbrochen wurde. Hoch über ihren Köpfen zogen Gebirgsvögel ihre müßigen Kreise, folgten ihren eigenen, unsichtbaren Pfaden.

Der alte Mann warf seine Kapuze zurück und hob die blicklosen Augen in die Weite des Himmels. Er stieß einen langen, ekstatischen Seufzer aus, während er langsam die Arme ausbreitete und sein Mund sich in einem Ausdruck höchsten Entzückens öffnete.

Die langen, knochigen Finger streckten sich so langsam und sorgfältig, daß es schien, als wolle die Bewegung nie enden.

Auf Ivaroth wirkte es, als werde er Zeuge, wie sich eine merkwürdige, groteske Pflanze entfalte.

Beim Zusehen jedoch verwandelte sich sein notorischer Abscheu in Unbehagen. Die Genesung des alten Mannes schien vollständig und überaus schnell vonstatten zu gehen. Instinktiv ließ er wieder die Blicke um sich schweifen, hielt Ausschau nach anderen Gestalten, doch immer noch war niemand zu sehen.

Eine Weile bewegte sich keiner der beiden Männer: Ivaroth blieb auf der Hut. Der Blinde hatte mit ausgebreiteten Armen das Antlitz dem Himmel zugewandt.

Dann lachte er. Sein finsteres, gehässiges, nervenaufreibendes Lachen.

Ivaroth lächelte leise. Alles stand zum besten.

Der Blinde ließ seine Arme wieder sinken und schloß dann kurzfristig die Augen. Der Schnee vor ihm explodierte in einer gewaltigen weißen Wolke. Dann öffnete er wieder die Augen und starrte blicklos auf sein Werk. Der feine Schnee legte sich langsam und elegant, um dann wieder zu explodieren ... und wieder ... und wieder, als sei die pure Existenz solcher Harmonie schon eine Beleidigung.

Vom bloßen Willen des Alten gehalten, stieg der Schnee höher und höher empor, wirbelte umher und kreiste, schien jeder seiner Launen zu gehorchen, obwohl Ivaroth wie immer kein sichtbares Zeichen erkennen konnte, wie diese Macht ins Werk gesetzt wurde.

Dann, als der Schnee schneller und schneller zu wirbeln begann, näherte sich das Geräusch einer enormen Windbö. Obwohl keine Brise die beiden Beobachter berührte, nahm sie an Intensität zu, bis sie, kreischend und heulend, den schlimmsten winterlichen Ausschreitungen gleichkam und auf Geheiß ihres Schöpfers an den Bergflanken auf und ab raste. Das Gelächter des alten Mannes stieg an und vermischte sich auf irrsinnige Weise mit dem Getöse.

Ivaroth wurde es wieder sehr unbehaglich zumute.

»Du bist rasch genesen!« rief er.

Der alte Mann antwortete nicht sofort, dann: »Ja, Ivaroth Ungwyl«, sagte er. Ivaroths Augen verengten sich gefährlich. »Mareth Hai«, fügte der Alte versöhnlich hinzu.

»Diese Welten sind dem Herzen der Macht näher. Es hat mich geschwächt, so lange fern von ihnen zu sein. Aber nun ...«

Er wandte sich zu einem nahen Felsvorsprung um. Als Ivaroth dem blinden Blick folgte, sah er die Luft flimmern wie über einem Feuer, dann gab es ein ohrenbetäubendes Bersten, und eine massive Steinplatte löste sich von der Felswand. Langsam taumelte sie in den Schnee, zersprang beim Aufprall. Ivaroth torkelte leicht, als der Donnerhall des Aufpralls ihn erreichte, und die Wucht der stürzenden Massen ließ die Erde erbeben.

In diesen Welten daß draußen hatte er gesehen, wie der Alte Stürme erschuf, Bäume zerfetzte, die Erde beben und sich aufbäumen ließ wie ein gepeinigtes Roß, ja, sogar monströse Abbilder Ar-Hyrdyns formte, um sich die Geister der Bethlarii-Priester gefügig zu machen. Doch nie zuvor hatte er eine solche Demonstration von elementarer Macht gesehen wie diese. Zwei Dinge kamen ihm gleichzeitig in den Sinn. Der Alte mußte eher früher als später sterben. Ob er schon immer solche Macht besessen und es vorgezogen hatte, sie nicht zu enthüllen, oder ob sie ihm jetzt erst zugewachsen war, blieb ohne Bedeutung. Von Bedeutung war hingegen, daß derjenige, der solche Macht in der einen Welt besaß, nicht eher ruhen würde, bis er sie auch in einer anderen erlangte. Und mit einer solchen Macht wäre er nicht mehr zu beherrschen. Den anderen Gedanken sprach er aus.

»Du könntest mit solcher Macht die Wälle einer Stadt zum Einsturz bringen!« schrie er erregt.

Der Blinde jedoch schien gar nicht zuzuhören. Er starrte in die Muren von Schnee und Fels, die immer noch den Berghang hinunterrutschten.

»Ich werde sein wie er«, sagte er, doch nur zu sich selbst. »Ich werde der Erderschütterer sein.« Dann hielt er inne, und plötzliche Erkenntnis machte sich auf seinem Gesicht breit, so daß Ivaroth seine Hand auf das Schwert an seinem Gürtel legte.

Der Alte drehte sich wieder zu ihm um, und ein seltsam milder Rausch lag über seinen Zügen. Ivaroth merkte, wie er von den gräßlichen blicklosen Augen durchbohrt wurde. »Wir müssen den anderen Ort finden, jetzt«, zischte ihm der alte Mann gebieterisch zu. »Wenn ich hier wie mein Mentor sein kann, *werde ich an jenem Ort sein Meister sein.*«

Er begann sich die Hände zu reiben, und seine Stimme sank zu einem ehrfürchtigen Wispern. »Ja, ja. Das ist mein Schicksal. Es ist angemessen. Meine Blendung, meine Wanderschaft, alles nur Prüfungen. Alles ist klar. Ich soll ihn *entthronen*. Ich brauche nur noch den Schlüssel, und ...«

Ivaroth wand sich innerlich unter dem furchtbaren Blick. Was sah dieses Geschöpf mit jenen leeren weißen Augen? In welche schattenhaften Abgründe der Seele spähte er hinab? Und welch verderblicher Ehrgeiz war da plötzlich in ihm geweckt worden?

Ivaroth hielt sich jedoch nicht lange mit diesen Fragen auf. Statt dessen zog er sein Messer. Es war eine ihm nicht vertraute Waffe, der Leiche des Mannes entwendet, der die Soldaten in Rendd angeführt hatte, doch Ivaroth gewöhnte sich schnell an neue Waffen, und seine Bewegung war so hurtig, daß der alte Mann die Spitze der Klinge an seiner Kehle hatte, bevor er seinen Satz beenden konnte.

»Du vergißt dich, Alter«, fauchte Ivaroth drohend. »Die Suche nach jenem Ort wird erst stattfinden, *nachdem* wir unsere Feinde in der wirklichen Welt besiegt haben. So lautete unser Abmachung. Hier wie auch auf dem Weg zu diesem ... anderen Ort ..., nach dem es dich so verlangt, lauern Feinde, und es wäre töricht, dort unvorbereitet herumzulungern. Ich habe dich nur in der Hoffnung hergebracht, dich von dem Übel zu befreien, das du dir selbst zugezogen hast. Nachdem das getan ist, verschwinden wir wieder.«

Dann nahm seine Stimme einen beschwörenden Klang an,

auch wenn sich seine Messerspitze um keinen Zoll bewegte. »Je eher unsere Eroberung abgeschlossen wird, desto schneller kann ich dich hierherbringen, so daß du in aller Muße nach dem suchen kannst, was du haben willst. Nun, da du genesen und sogar noch mächtiger geworden bist, kannst du die Mauern von Viernce und jeder anderen Stadt zerschmettern, die uns Widerstand leistet, und wir werden um so schneller zum Sieg eilen. Niemand wird uns trotzen können.«

Das Benehmen des alten Mannes veränderte sich, während Ivaroth sprach. Flehend hob er die Hand. »Diese Macht habe ich nicht in jener Welt, die du die wirkliche nennst, Ivaroth Ungwyl. Es ist die Welt, in der ich geboren wurde.« Er gestikulierte in Richtung der zernarbten Felswand. »Eine solche Tat würde mich zerreißen. Nur an dem Ort jenseits von hier finde ich das Herz der Macht. Nur dort bin ich in der Lage, über die Welten zu greifen und mich vor solchem Schaden zu bewahren.«

Ivaroth schwankte. Der Blinde log, benutzte ihn, das war offenkundig. Nicht ganz so offenkundig war indes das Ausmaß seiner Lüge. Sei vorsichtig, mahnte er sich, als er zu dem beschädigten Felsvorsprung hinüberschielte.

»Ein Zehntel davon läßt eine Stadtmauer zu Staub zerbröseln«, sagte er. »*Das* kannst du tun. Wir kehren zurück, auf der Stelle!«

Antyr schrie auf.

Er fiel.

Nein. Er bewegte sich ja gar nicht. Und doch wurde er herumgewirbelt. Trudelte unkontrollierbar wie das schwere Geschoß einer großen Belagerungsmaschine und wurde doch herumgestoßen und -geschleudert wie ein abgebrochener leichter Zweig in einem Wintersturm.

Um ihn herum flackerten und zuckten zusammenhanglos die unterschiedlichsten Szenarien auf und vorbei; sanft gewellte Hügel, kahle Wintersteppen, gigantische rauchende Berge, ungeheure sturmgepeitschte Ozeane, schwarze Wolken, die über blutrote Himmel wogten, weite Landstriche voll unfruchtbarer, sandbedeckter Wüsten. Zahllose unbekannte, gespenstische Landschaften.

Doch keine von ihnen blieb länger als einen Wimpernschlag bestehen.

Falls sie überhaupt je gewesen waren.

Und er war in ihnen allen. Für immer.

Und Stimmen zerrten an ihm; bittend, furchtsam, besorgt, ärgerlich, fordernd. Eine lärmende, sinnlose Kaskade voller brennender Dringlichkeit füllte seine Ohren, seinen Geist, seinen ganzen Körper aus.

Und inmitten all des Tumults spürte er, wie gewaltige Mächte nach ihm suchten; um seine Seele ... seine Fähigkeiten ... stritten?

Sie würden ihn entzweireißen!

»*Nein*!«

Mit diesem Schrei endete der Lärm. Und war nie gewesen. Ein mächtiger Windstoß kalter Luft erfaßte ihn, und mit einem Schlag war er wieder er selbst, war in einer beständigen, wirklichen Welt. Keuchte und schluchzte vor Furcht und Zorn, fiel auf die Knie.

Sie sanken in den Schnee ein. Er kippte vornüber und fühlte, wie seine nackten Händen in der kalten Nässe versanken. Der Kälteschock machte ihn hellwach, so daß er sich auf die Füße mühte und verwirrt um sich sah. Er befand sich mitten in einem Schneesturm!

Der beißende Wind schnitt durch seine Tunika, doch seine ersten Gedanken zu der erschreckenden Überfahrt hierher waren seltsamerweise ironischer Natur.

Da übe ich mit meinem Schwert, schleppe es die ganze Zeit aus Angst vor Feinden mit mir herum. Und jetzt erfriere ich, weil ich nicht an einen Mantel gedacht habe!

Das Licht jedoch war merkwürdig hell für einen Wintersturm, und, was ihn noch mehr durcheinanderbrachte, der Wind legte sich plötzlich, und die luftigen Schneeflocken setzten ihren taumelnden Flug noch eine Weile fort, bevor sie wieder sanft zu Boden trudelten.

Ivaroth wirbelte herum wie ein Tier, dem ein tiefer Instinkt die Anwesenheit eines Räubers verriet.

Der Schneesturm des alten Mannes hatte sich gelegt, und die kreiselnden, sich senkenden Schneewolken schienen von Regenbogenfarben und seltsamen dunklen Schatten zum Leben erweckt zu sein.

Dann vermischten sich die Schatten. Und aus der grauen Ödnis trat eine Gestalt.

Ivaroth spürte, wie Eiseskälte ihm durch Mark und Bein drang, kälter noch, viel kälter als der Schnee um ihn.

»Aaah!«

Die Gestalt blieb stehen, als sie den widerwärtigen, sehnsüchtigen Seufzer des Alten vernahm.

Dann war um sie herum das Geräusch jagender Wölfe zu hören.

Ivaroth, Krieger und Mörder, reagierte. Er packte den Arm des Blinden und schleuderte gleichzeitig seinen neuerworbenen Dolch auf die reglose Gestalt.

Antyr sah die Bewegung, als sei sie durch eine Ewigkeit von Zeit gestreckt. Er war sich jeder einzelnen Schneeflocke um ihn bewußt, ihrer endlosen Verschiedenheit von Punkten innerhalb von Punkten innerhalb von Punkten. Und er war sich seines Angreifers und seines Gefährten bewußt. Der eine, kurz und stämmig gebaut, das Gesicht eine Raubvogelfratze, schleuderte das Messer. Antyr fühlte die rücksichtslose Grausamkeit allein in seiner Haltung und verzagte davor. Doch der andere war noch weit schlimmer. Er schien eine über das Offensichtliche hinausreichende Präsenz zu besitzen, wie unheildrohende, wabernde Schatten, die in unkennbare, grauenvolle Existenzebenen hinunterreichten.

Das war der Mynedarion!

Weiße, blicklose Augen suchten ihn. Visionen von Gier und Macht erfüllten ihn. Brunnen grenzenlosen Ehrgeizes sprudelten aus ihm hervor, ergossen sich nach draußen. Alles konnte ihm gehören. Hier war sein Führer.

»Greif zu, pack dein Schicksal am Schopf, Traumfinder.« Eine Myriade von Stimmen überschwemmte seinen Geist.

»Städte und Länder und all ihre Völkerscharen werden vor dir den Nacken beugen, wenn du sie nur ansiehst …«

Sonnenlicht spiegelte sich auf der Messerklinge, als sie Ivaroths Hand verließ, und das strahlende Funkeln trübte die Sicht. Antyrs Blick wandte sich wieder seinem Angreifer zu. Nachtschwarze Augen ergriffen Besitz von ihm.

Und dann war *er* der Angreifer; packte seinen verräterischen Kumpan aus der Wildnis mit einem konfusen und mörderischen Haß und lenkte die Klinge auf das Herz dieser Erscheinung zu, die diese … Kreatur … hierhergezogen hatte, bevor sie …

Da tauchte die flüchtige Vision eines großen Lagers auf. Und Pferde … so viele Pferde. Und ein gewaltiges Heer … über die Berge gebracht. Eroberte Städte. Gefochtene Schlachten. Und ein Land, ein Land, das eingenommen sein wollte … und, tief, tief darunter, jenseits allen menschlichen Wissens, ein Chor wispernder Stimmen, die … Vergeltung … forderten.

Und dann war er wieder er selbst. Unfähig, sich zu rühren, während die sirrende Klinge in weitem Bogen gnadenlos auf ihn zuflog. Der Mynedarion begann, seine Fühler nach ihm auszustrecken, und sein Mund öffnete sich, um einen Schrei zu formen …

Antyrs Geist spornte seinen Körper an, aber der war zu langsam, zu träge, zu umnebelt …

Dann herrschten wieder Klarheit und Einfachheit. Er war ein Wolf. Durchquerte die seltsamen Welten zwischen und jenseits der Träume und der Schwelle, wo seine Gefährten warteten und wachten und jagten.

Ungeübte, ungetrübte Reflexe ergriffen Besitz von seinem Körper.

Er drehte und wand sich zur Seite, und seine Hand fuhr vor und ergriff den Knauf der vorbeizischenden Klinge mit fast verächtlicher Leichtigkeit.

Mit einem großen Wutschrei bekam Ivaroth den Blinden zu fassen, und die beiden fielen zurück, verblaßten und schwanden zu nichts.

Antyr starrte auf die Stelle, wo sie gestanden hatten, dann auf das Messer in seiner Hand.

»Wo habt Ihr das denn her?«

Es war Estaan, der das fragte.

Antyr schwang sich völlig verwirrt von seinem Bett und stolperte über Tarrian und Grayle, die ebenfalls mühsam auf die Füße kamen.

Tarrian war zutiefst erregt. »Deine Pfoten sind wirklich ungeschickt«, sagte er. »Und du bist ja so *làngsam*! Du hast dich um ein Haar umbringen lassen, wie du einfach da stehengeblieben bist.«

Antyr aber vermochte nichts zu sagen. Er starrte gedankenverloren das Messer in seiner Hand an, ließ es fallen. Dann sank er wieder auf sein Bett und umarmte die beiden Wölfe, stumm und innig.

Estaan bückte sich mit aschfahlem Gesicht und hob das Messer auf. »Wo habt Ihr das her?« verlangte er erneut zu wissen. »Es war in Eurer Hand, kurz bevor Ihr aufwachtet, aber vorher war es noch nicht da.« Sein ganzes Verhalten strahlte Verwirrung und Besorgnis aus.

Antyr schüttelte seinen Kopf und hob die Hand, um eine kurze Atempause zu erbitten.

»Es ist ein Soldatenmesser«, fuhr Estaan fort, der nicht an sich halten konnte. »Das eines Rittmeisters …?«

»Ich muß sofort zum Herzog«, erklärte Antyr, überging Estaans Aufregung und erhob sich. Estaan steckte das Messer in seinen eigenen Gürtel und streckte die Hand aus, um Antyr zu stützen.

In und um das Feldherrenzelt herrschte beträchtliche Betriebsamkeit.

Ganz untypisch für ihn, zwängte sich Antyr an den Leibwachen am Zelteingang vorbei und betrat das Zelt ohne Vorankündigung. Estaan und die beiden Wölfe folgten ihm auf dem Fuße.

Ibris drehte sich verärgert zum Urheber dieser Störung um. Der Ausdruck auf Antyrs Gesicht ließ ihn den Fluch herunterschlucken, der ihm auf der Zunge lag.

Antyr beachtete keinerlei Förmlichkeiten.

»Eine riesige Reiterarmee«, platzte es aus ihm heraus. »Vom Gebirge her. Ich habe den Mynedarion und seinen Führer gesehen. Ich *bin* der Führer gewesen. Sie sind gekommen, um dieses Land zu erobern. Es sich zu nehmen.«

Nun, da er seine Botschaft losgeworden war, fühlte sich Antyr merkwürdig leer, dann flossen ihm die Worte ohne sein Zutun zu.

»Der Mynedarion ist ein Greuel«, sagte er. »Er ist an vielen Orten gleichzeitig. Seine Macht ist fürchterlich, sein Ehrgeiz grenzenlos. Er mußt aufgespürt und vernichtet werden.«

Er erschauderte und machte sich dann, während sich sein Verstand langsam wieder klärte, auf einen harschen Tadel gefaßt.

Zu seinem Entsetzen jedoch weiteten sich die Augen des Herzogs furchterfüllt, und während der Traumfinder seine Fassung allmählich wiederfand, wurde er sich der Spannung bewußt, die im nunmehr völlig stillen Zelt herrschte.

»Die Falle ist zugeschnappt«, sagte Ibris leise, und fragte dann, während sich seine Furcht in Staunen wandelte: »Wie ... ?«

Antyr schüttelte den Kopf. »Ich wurde dorthin gezogen. Von dem Mynedarion. Ich glaube, er ... bedarf meiner. Sein Führer ist ein merkwürdiger Traumfinder. Einen kurzen Augenblick lang war ich er. Ich habe all diese Dinge gesehen. Dann versuchte er, mich zu töten.«

»Er erwachte mit dem hier in der Hand«, mischte sich Estaan ein, trat vor und hielt dem Herzog das Messer hin. »Standardanfertigung. Das Messer eines Rittmeisters. Es kam aus dem Nichts. Tauchte einfach so auf.«

Ibris sah erst den Mantynnai und dann das Messer an. Dann preßte er die Hand gegen die Schläfe und ließ sich auf seinen Sessel zurückfallen.

»Genug!« durchschnitt Menedrions kraftvolle Stimme das furchtbare Schweigen. »Ich weiß nicht, was diese ganze Trickserie soll, aber wir haben nur einen Tagesmarsch entfernt einen Feind aus Fleisch und Blut stehen, und wir verschwenden kostbare Zeit, wenn wir uns diesen Unfug anhören.«

»Mit allem gebührenden Respekt, Lord, dies ist kein Unfug. Das werdet Ihr, wie ich fürchte, schon bald genug herausfinden.« Der Sprecher war Haster. Erschöpfung und kotbedeckte Kleider legten Zeugnis von einem wahnsinnigen Ritt ab, doch seine Stimme klang ruhig und gelassen. Hinter ihm stand Jadric.

Menedrion ging wutentbrannt auf ihn los. »Sprecht, wenn Ihr darum gebeten werdet, Fremder«, fauchte er ihn an. »Nicht genug damit, daß Ihr Euch auf Geheiß irgendeines weit entfernten Königs in unser Land schleicht, um unsere besten Krieger für ein angebliches Verbrechen anzuklagen, das vor langer Zeit begangen wurde. Jetzt platzt Ihr auch noch hier herein und faselt etwas von einer Invasion aus dem Norden. Von Reitern jenseits der Berge ...«

Er unterbrach sich selbst mit einer gereizten Geste, als er erkannte, daß er Antyrs Botschaft nacherzählte.

Haster ließ den Ausbruch ohne Anzeichen einer Gefühlsregung von sich abprallen und erwiderte geduldig Menedrions Blick.

»Unser Monarch ist mittlerweile eine Königin, Lord«, gab er ungerührt zurück. »Der König wurde erschlagen. Und wir sind nicht gekommen, um die Mantynnai, wie Ihr sie hier nennt, anzuklagen oder abzuurteilen. Wir kamen, um sie zu finden und ihnen mitzuteilen, daß eine Wiedergutmachung von ihnen verlangt wird.« Er wandte sich an Ibris, der immer noch mit gesenktem Kopf dasaß. »Doch nun geht es um wesentlich dringendere Angelegenheiten.« Er wies auf Antyr. »Dieser Mann stammt aus Eurem Land, wie ich annehme, und ich habe nicht die geringste Ahnung, wie er all das erfahren konnte, was er offensichtlich weiß. Niemand kann schneller als wir von Viernce hierhergelangen. Doch was er berichtet, stimmt mit dem überein, was der Soldat uns erzählte. Wägt unser beider Botschaft ab, wie Ihr es vermögt, und entscheidet Euch dann. Aber entscheidet Euch rasch.«

Hasters schroffer und befehlsgewohnter Ton ließ Menedrion vorstürzen.

»Nein, Irfan.« Es war Ibris. Menedrion hielt widerstrebend inne, fixierte Haster jedoch weiterhin unerbittlich. Der Herzog blickte auf. Sein Antlitz war müde, sein Tonfall jedoch unmißverständlich. »Diese Männer sind meine Gäste und haben einen harten Ritt hinter sich gebracht, um mir diese Neuigkeiten zu bringen. Das siehst du auch selbst sehr gut. Nun kommt Antyr und erzählt uns unaufgefordert dasselbe, und wenn du dich bemühen würdest, einmal genau hinzusehen, könntest du erkennen, daß er selbst schwer angeschlagen ist.«

Menedrion entgegnete nichts, ließ aber mißtrauische Blicke von Antyr zu Haster und wieder zurück wandern.

»Aber das ist noch nicht alles, nicht wahr?« fragte Ibris und wandte sich wieder an Haster. »Über uns könnt Ihr während Eures kurzen Aufenthalts im Lande nur wenig erfahren haben, und eine unbekannte Armee in unserem Rücken ist für Euch als Fremde von nur geringem Belang. Irgend etwas, das der Reservist erzählte, hat Euch davon überzeugt, daß er die Wahrheit sprach, aber auch, daß uns eine noch größere Gefahr droht. Ist es nicht so?«

Haster wandte sich Ryllans und dann Estaan und den anderen Mantynnai zu, die sich in dem Zelt aufhielten.

»Eure Antwort ist wichtig«, sagte Ibris. »Bedenkt sie wohl.«

Haster nickte langsam. »Ja, ich verstehe«, sagte er. »Ihr habt recht. Die Gefahr, die Euch bedroht, ist jene Macht, die unser Land heimgesucht und uns vor vielen Jahren in den Krieg getrieben hat.«

Ibris musterte ihn eingehend. »Ist das Furcht, was da in Eurer Stimme anklingt, Haster?« wollte er wissen.

»Die Furcht reicht bis in mein Herz, Herzog«, erwiderte Haster. »Doch sie trübt meine Urteilskraft nicht. Was ist, ist, und muß als solches angenommen werden, wie gern ich auch an meinem Herd säße und alles anders hätte. Denn ich bin krank im Herzen und des Kämpfens und Reisens müde.«

Ibris warf einen Blick zu Ryllans hinüber. »Ich weiß schon ein wenig über diese Sache, doch man sagte mir, Eure Armee habe die Quelle jener Macht vernichtet.«

»Unsere Armee hat nur ein menschliches Heer vernichtet«, gab Haster zur Antwort. »Der Machtträger wurde von andern vernichtet, die uns zu Hilfe kamen.«

»Wie kann er dann wieder zum Leben erwacht und hier sein?« fragte Ibris, und seine Stimme verhärtete sich.

»Das ist er auch nicht«, erwiderte Haster. »Doch nicht nur seine Anhänger entkamen am Ende, es waren auch Jünger darunter. Wenige, aber bis zu einem gewissen Grade in den Künsten ihres Meisters ausgebildet und zweifellos rachsüchtig nach seiner Vernichtung.«

»Und so einen haben wir jetzt zu Besuch?« fragte Ibris.

»Einen alten Mann, hager und ausgezehrt, blind, die Augen weiß«, sagte Antyr, bevor Haster zu einer Erwiderung ansetzen konnte.

Jadric nahm Haster am Arm, und die beiden Männer tauschten sich rasch aus.

Haster nickte. »Diesen einen kennen wir, wie ich fürchte«, erwiderte er schließlich, und ein Hauch von Pein und Kummer glitt über seine Züge.

Ibris sah von Antyr zu Haster. »Können wir dieser Macht Widerstand leisten?« wollte er wissen.

Haster antwortete nicht umgehend. »Das weiß ich nicht«, erwiderte er am Ende kopfschüttelnd. »Der Meister dieses Blinden hat die Macht benutzt, um mit bloßen Händen eine unserer größten und mächtigsten Städte dem Erdboden gleichzumachen. Danach jedoch war er seltsam gebunden.«

Ein ungläubiges Raunen stieg von den Zuhörern auf, doch Ibris brachte sie mit einer Handbewegung zum Schweigen. Die Erinnerung daran, wie ihm dieselbe Geschichte von Ryllans hoch oben auf einem der Palasttürme erzählt worden war, hallte durch seine Gedanken wie ein erwachender Alptraum.

Haster schien ein wenig erstaunt zu sein, wie bereitwillig Ibris seine Behauptung akzeptierte, und er schwieg, bis Ibris ihn mit einer Handbewegung zum Fortfahren drängte.

Er musterte Antyr eindringlich. »Wir fanden heraus, daß andere Kräfte jenseits unserer Vorstellungskraft zur selben Zeit wie das Böse erwacht waren. Am Ende stellten sich andere der Macht, obwohl wir uns, so gut wir konnten, der bewaffneten Truppe erwehren mußten. Vielleicht wird es hier genauso sein.«

Sein Tonfall war etwas unbeschwerter geworden, als klärten sich seine Gedanken soeben, als blitze kurz eine schwache Hoffnung auf. Wieder schaute er Antyr an.

»Ihr mögt durchaus recht haben«, erklärte Ibris. »Zum ersten Mal seit dem Auftauchen von Grygyr Ast-Darvad fühle ich, wie sich eine Ordnung, ein Muster abzeichnet, auch wenn es bösartig ist.« Er verstummte einen Moment, und seine Miene war sorgenerfüllt. »Aber das ist ein nur geringer Trost. Mit dem zusammen, was andere mir berichtet haben, und mit Antyrs Geschichte muß ich Eure Botschaft von den Eindringlingen aus dem Norden glauben. Damit ist unsere Lage wirklich ernst. Wir werden zwischen zwei Heeren zerrieben. Das eine steht kurz vor uns und ist als wild bekannt, während das andere bereits unser Land verwüstet hat und noch viele Tagesritte entfernt sowie uns völlig unbekannt ist. Und über alldem schwebt ein finsterer Wille, der über eine Macht gebietet, die wir nicht verstehen.« Er sah Haster und Jadric in die Augen. »Werdet Ihr uns auch weiterhin helfen?« fragte er schlicht.

Haster nickte. »Wir haben keine Wahl, Lord. Doch wir sind nur zwei Schwerter mehr für Eure Armee. Wir wissen wenig beziehungsweise nichts über Euer Heer, seine Organisation, seine Bewaffnung und seine Kampftechniken, und noch weniger wissen wir über Euer Land ... seine Straßen, Pässe, das Gelände ...«

Ungeduldig wischte Ibris die Einwände mit einer Handbewegung beiseite. »Ihr habt Wissen über diese Macht«, sagte er.

»Nur, um sie zu erkennen«, warf Haster rasch ein. »Nicht, wie man sie bekämpfen kann. Diese Aufgabe bleibt Euren Männern hier.« Er zeigte auf Antyr, der heftig zusammenzuckte.

Ibris nickte. »Ich weiß«, sagte er. »Nach unserem Maßstab ist er nicht gerade ein großer Krieger, aber er ist stärker und begabter, als er selbst weiß.«

Antyr stammelte. »Sire, ich kann nicht ...«

Ibris schnitt ihm brüsk das Wort ab. »Ihr habt noch weniger die Wahl als einer von uns, Antyr«, sagte er. »Ihr seid aus der Unbekanntheit und Verweichlichung erhoben ... herausgerissen ... worden, gegen Euren Willen und Eure Neigung, um Euch unter meinen engsten Beratern wiederzufinden. Eure Fähigkeiten sind in wenigen Wochen so gewachsen, daß Ihr es selbst kaum glauben mögt. Zwei-, möglicherweise dreimal seid Ihr auf die Schwelle gezogen worden, um diesem ... Mynedarion ... gegenüberzutreten. Ob Euch das gefällt oder nicht, Ihr werdet von neuem zu ihm gezogen werden ... Hol ihm doch jemand einen Stuhl.«

Antyr war kreidebleich geworden und schwankte bedenklich. Der barsche Befehl des Herzogs schien ihn jedoch vorübergehend zu kräftigen. »Nein, nein, ich bin in Ordnung. Ich kann stehen«, sagte er, plötzlich peinlich berührt ob dieser öffentlichen Zurschaustellung seiner Schwäche.

Ibris starrte ihn eindringlich an, und in seinem Blick lagen väterliche Besorgnis und die eiskalte Berechnung, mit der ein Feldherr seine Truppen mustert. »Ich hab' es Euch schon oft gesagt, Antyr, was immer Euch auch widerfährt, Ihr werdet hier vollkommen in Sicherheit sein. Und was immer Euch ...« Er deutete vage mit dem Fingern. »... dort widerfährt, vergeßt nicht, Ihr seid ihm schon einmal begegnet, und Ihr habt es überlebt. Und er hat sich mit seinem Führer entzweit. Ihr tretet einem uneinigen Feind gegenüber, Traumfinder. Denkt daran. Das ist wichtig.«

Verlegenheit hin, Verlegenheit her, Antyr schloß die Augen und begann tief und ruhig zu atmen, um seine rebellierenden Eingeweide zu beschwichtigen. Er wollte weglaufen und schreien, wollte wieder in sein vergeudetes altes Leben zurück, irgendwo sein, bloß nicht hier, irgendein anderer sein, bloß nicht er selbst: die einzige Hoffnung der Serens gegen diesen unsichtbaren, umnachteten, bösartigen Feind; der einzige winzige Angelpunkt, der an so entscheidender Stelle eine so niederdrückende Bürde trug.

In seine Dunkelheit aber stiegen auch noch andere Gedanken, die ihn, wenn auch schwach, wieder aufrichteten.

Weich nicht zurück! Behaupte deine Stellung, behaupte deine Stellung! Oder sterbe.

Er *hatte* überlebt. Er war nicht von dieser unseligen Macht beiseite gefegt worden. Und in der Tat, wie Ibris es so treffend und so brutal formuliert hatte, *er hatte keine Wahl*. Er konnte nicht wissentlich die Schwelle betreten, aber der Mynedarion konnte ihn offenbar beliebig dorthin ziehen.

Er fühlte, wie sich Tarrian und Grayle an seine Beine schmiegten, als wollten sie ihm Trost spenden. Die Ängste der Wölfe erreichten ihn und vermischten sich mit seinen eigenen. Er streckte nun seinerseits seine geistigen Fühler nach den beiden Wölfen aus. Widersinnigerweise beruhigte ihn gerade ihre Furcht; es ließ ihn seine eigene im richtigen Maßstab sehen. Beide Tiere waren ihrem Wesen nach Leitwölfe. Doch das waren sie *nur*, weil sie keine Angst vor ihrer Furcht hatten und sich im Ernstfall jeder Gefahr aus ganzem Herzen entgegenstellten. Ja, in der Tat, Notwendigkeit und nichts als Notwendigkeit stellte die treibende Kraft hinter ihrer schrecklichen Wildheit und ihrem schrecklichen Mut dar.

Und indem er ihre Furcht durchwatete, spürte Antyr, wie dieselbe Notwendigkeit auch in ihm Wurzeln schlug. Aus ihrem eigenen Urquell hatten die beiden Wölfe Ibris' Schluß schon für sich gezogen, lange bevor dieser ihn Antyr laut entgegengeschleudert hatte: Sie saßen in der Falle, waren in die Enge getrieben. Nun mußten sie standhalten. Kämpfen oder sterben.

Antyr wurde wütend. *Und er hatte* nichts *mit alldem zu tun*!

Er schlug die Augen auf und begegnete willensstark dem Blick des Herzogs.

»Trefft die erforderlichen Vorkehrungen, um diesem neuen Feind zu begegnen, Ibris«, sagte er. »Heute nacht werden Pandra und ich und unsere Gefährten die Bethlärii so gut wir es vermögen angreifen, um Euch zu unterstützen. Und dann werde ich mich umwenden und jene jagen, die es bis jetzt für angemessen hielten, *mich* zu jagen.«

KAPITEL 39

Lähmendes Schweigen herrschte in dem Zelt, als Antyr sich mit einer steifen, fast militärischen Verbeugung und ohne um des Herzogs Erlaubnis zu ersuchen, umdrehte und ging.

Estaan zauderte einen Moment unsicher, bis auch er ihm folgte.

Dann brach der Tumult los. Menedrion stürzte vor und baute sich vor seinem Vater auf.

»Für wen, zum Teufel, hält der sich …?«

Ibris legte ihm freundschaftlich eine Hand auf die Schultern, die ihn sowohl zurückhielt als auch beschwichtigte. Mit dem Rest der Versammlung verfuhr er schroffer.

»Ruhe!«

Seine Stimme erhob sich über den Lärm und stieß wie ein großer Raubvogel herab, um ihn völlig auszulöschen.

»Der Mann zieht allein in die Schlacht gegen einen Feind, von dem er *nichts* weiß, außer daß er über eine furchtbare Macht verfügt. Er trägt eine größere Last als wir alle, aber er ist ein Serens, vielleicht mittlerweile auch ein wenig Mantynnai, und er wird tun, was er tun muß, was er tun kann, auch wenn es ihn umbringt. Wir sollten uns von ihm nicht beschämen lassen, indem wir weniger tun als er. Sein kleiner Verstoß gegen die Etikette ist da wohl verzeihlich.«

Er winkte Arwain zu sich und legte ihm die andere Hand auf die Schulter.

»Wir müssen ihm dadurch den Rücken stärken, daß wir uns mit den Gegnern befassen, die *wir* sehen können. Mit der

Strategie und Taktik, die wir nun brauchen werden, um mit zwei Feinden anstelle eines einzigen fertig zu werden.« Er ließ den Blick in die Runde schweifen, und seine Miene und Stimme waren darauf angelegt, ihre Bestürzung in Grund und Boden zu stampfen und eiserne Entschlossenheit an ihre Stelle zu setzen.

»Wir wissen nicht, wo sich diese Nordland-Streitmacht augenblicklich befindet, außer daß sie irgendwo zwischen Rendd und Viernce steht. Wir dürfen annehmen, daß sie aller Voraussicht nach ein Lager aufgeschlagen haben, da ihr Anführer – ein Traumfinder, wie ich euch ins Gedächtnis rufen darf – gerade die Bedürfnisse seines ... Kunden ... erfüllt.«

Arwain setzte zum Sprechen an, doch Ibris, die Hand immer noch auf seiner Schulter, schüttelte ihn sachte, so daß er schwieg. Dann fuhr der Herzog fort: »Die Lage mag sich, ja, wird sich höchstwahrscheinlich rasch ändern, nachdem nun diese Begegnung mit Antyr stattgefunden hat, doch ein wenig Zeit bleibt uns noch, und wir sollten sie bis zum letzten nutzen.«

Er ließ seine beiden Söhne los und begab sich zu dem mit Landkarten und Urkunden bedeckten Tisch.

»Offensichtlich können wir eine so große Infanterietruppe nicht schnell genug so weit über Land bewegen. Oder ohne den Sieg hier den Bethlarii zu überlassen. Genauso offensichtlich dürfen wir Viernce nicht in ihre Hände fallen lassen.«

»Sie werden doch nicht eine befestigte Stadt mit Reiterei allein angreifen?« entfuhr es Arwain.

Ibris nickte versonnen. »Man sollte meinen, daß sie das nicht täten«, sagte er. »Doch nach dem wenigen, was ich über die Prärievölker weiß, sind sie in viele Stämme zersplittert und verbringen einen Großteil ihres Lebens damit, sich untereinander zu bekriegen. Man darf daher nicht den Fehler begehen, sie nun zu unterschätzen, da ihnen ein Führer erwachsen ist, der in der Lage war, alle diese Stämme zu vereinigen *und* eine gewaltige Kavalleriestreitmacht über das Gebirge zu bringen. Instinktiv würde ich denken, daß ein solcher Mann List und Heimtücke anwenden wird, wo er kann. Das ist eine gute Taktik gegen eine befestigte Stadt. Doch er mag ebensogut, auch wenn wir das nicht wissen, über Belagerungsmaschinen und geschickte Pioniere verfügen.«

Abwesend trommelte er mit den Fingerspitzen auf ein Dokument. Seine Miene war streng und ernst. »Darüber hinaus sind Stadtmauern vielleicht kein Hindernis für diesen ... Mynedarion ... und seine seltsame Macht.«

Menedrion runzelte die Stirn, trat an Ibris' Seite und sprach halb flüsternd jenen Gedanken aus, den kein anderer auszusprechen wagte: »Du glaubst doch nicht etwa diesen Unfug, daß er eine Stadt mit seinen bloßen Händen niederreißen kann?«

»Mir bleibt nichts anderes übrig, als eben das zu glauben«, antwortet Ibris fest, aber genauso leise. »Zweimal habe ich es gehört, und das erste Mal von einem Zeugen, dessen Vertrauenswürdigkeit über allen Zweifel erhaben ist.«

Menedrion starrte seinem Vater ins Gesicht, und kurzfristig waren seine Augen die eines verängstigten achtjährigen Knaben. Ibris nickte verständnisvoll. »Eins nach dem anderen, Irfan«, sagte er und umfaßte den Arm seines Sohns mit einem entschlossenen Griff. »Ich weiß nicht, welches Spiel hier gespielt wird oder von wem es gespielt wird, aber ich weiß, daß es deine Aufgabe sein wird, die Bethlarii-Armee zu zerschmettern. Und ich weiß auch, daß du der einzige bist, der das fertigbringt.«

Menedrions Miene verhärtete sich wieder, während der grimmige Feldherr in ihm erneut die Kontrolle zu übernehmen begann. Er trat mit einem knappen, zustimmenden Nicken zurück, und Ibris fuhr fort: »Aber ihre Pläne betreffs Viernce sind ohnehin nicht wichtig für uns. *Wir* müssen sie nämlich davon abhalten, die Stadt überhaupt erst zu erreichen.«

Er hob die Hand, um den unvermeidlich auftretenden Fragen zuvorzukommen.

»Demzufolge wird morgen die Armee unter Menedrion so früh wie möglich gegen die Bethlarii ziehen und sie auf der Stelle angreifen, um einen möglichst schnellen Sieg davonzutragen.«

Die Ankündigung wischte alle Bedenken beiseite, die noch im Raum gehangen hatten.

Ibris fuhr fort. »Und heute nacht wird meine persönliche Leibgarde so schnell wie möglich aufbrechen und über Land reiten, um sich diesem neuen Feind entgegenzuwerfen. Sie wird unter Arwains Befehl stehen, und Haster und Jadric sollen sie begleiten, falls sie dem zustimmen.«

Besorgte Stimmen wurden laut.

»Um so rasch vorzurücken, könnte eine solche Truppe nur wenig Waffen und Gerät mit sich führen, und von welchem Nutzen wäre sie dann gegen eine große Reiterstreitmacht?«

»Eure Leibgarde ist das Herz unseres Heers.«

»Meine Herren«, sagte Ibris streng, bevor die Debatte an Heftigkeit zunehmen konnte. »Die Leibwache wird ihre Bögen und so viele Pfeile, wie sie tragen kann, mitnehmen. Das ist der einzige vernünftige Schutz gegen Infanterie und Kavallerie. Sie werden den Feind finden und ihn so lange sie können binden. Zugleich werden Boten nach Viernce, Drew, Stor und Serenstad abgehen, sie warnen und dazu auffordern, alle noch übrigen Reservisten auszuheben und ihnen zu Hilfe zu eilen.«

»Das ist den Frauen und Kindern verdammt nah«, murmelte jemand, doch Ibris überhörte den Einwurf.

»Was die Bethlarii angeht, so bereiten sie sich offenbar auf eine sorgfältig geplante Schlacht vor. Sie haben weder uns noch unser Nachschublinien gestört, haben nicht versucht, unsere schwächeren Verbündeten durch Gewalt oder Überredung auf ihre Seite zu ziehen, haben nirgendwo sonst an der Grenze Ablenkungsmanöver gestartet.« Seine Stimme nahm einen erbitterten Tonfall an. »Ihre Vorgehensweise ergibt immer noch wenig Sinn, aber ich denke, daß sie eine große und endgültige Entscheidungsschlacht suchen. Etwas, auf das Ar-Hyrdyn mit Wohlgefallen herabblicken wird.« Er hielt einen Moment inne, um seinem Zorn Zeit zu lassen, sich zu legen. »Eine solche Schlacht wird, *wie Ihr wißt*, immer von der disziplinierteren Seite gewonnen, und meine Leibwache könnte dem, was wir bereits besitzen, wenig Neues hinzufügen. Auf der anderen Seite kann niemand anders als sie über Land reiten und sich diesen neuen Invasoren auch nur mit dem Hauch einer Chance entgegenstellen, so lange durchzuhalten, bis größere Truppenkontingente ausgehoben werden können.«

Schweigen senkte sich über den Raum, nachdem der Herzog geendet hatte. Welche Einwände seine Berater auch gegen seinen Plan hegen mochten, sie waren nicht stark genug, um diese wohlgelungene Mischung aus messerscharfer Logik und eisernem Willen zu überwinden.

Pandra lauschte Antyrs Erzählungen mit zunehmender Besorgnis.

»Was kann *ich* tun?« fragte er, als er geendet hatte.

Antyr rückte seinen Stuhl näher zu dem alten Mann und beugte sich beschwörend vor. »Helft mir heute nacht, Pandra«, erwiderte er. »Wir müssen alles über Bord werfen, was wir in bezug auf unser Gewerbe jemals für heilig gehalten haben. Wir müssen in die Träume der Bethlarii eindringen und ihnen die Augen öffnen, wie sie mißbraucht und in die Irre geführt worden sind.«

Pandra schüttelte ängstlich den Kopf. »*Wir* sind keine Mynedarion, Antyr«, erwiderte er. »Wir können ihre Träume nicht ändern. Wir ...«

»Wir können ihre Träume betreten und zu ihnen sprechen«, unterbrach ihn Antyr. »Mehr nicht.«

»Mit einem Träumer zu sprechen, um ihn zu beruhigen, wenn er dich darum gebeten hat, ist eine Sache. Wie ein schweißüberströmter Bote hereinzuplatzen eine andere«, schloß Pandra. »Wie dem auch sei, wahrscheinlich werden sie einfach nur aufwachen.«

»Vielleicht«, stimmte Antyr ihm zu. »Aber wir müssen es trotzdem versuchen. Ich habe Ibris versprochen, etwas zu tun, bevor ich mich auf die Jagd nach dem Quell all diesen ... Grauens mache.«

»Bevor Ihr *was* tut?« rief Pandra aus und fuhr hoch.

Antyr wiederholte seine Absicht Wort für Wort.

»Ist auch höchste Zeit!« Die Stimme gehörte Kany.

»Halt's Maul«, zischte Pandra scharf und hieb auf seine Tasche.

»Und wie wollt Ihr dieses … Wesen … jagen?« fuhr er, sich wieder an Antyr wendend, fort.

Antyr legte Pandra eine Hand auf den Arm. »Das weiß ich nicht«, gestand er ein. »Doch irgendwo gibt es einen Weg zu ihm, abgesehen von dem, daß er mich zu sich ruft. Und ich muß diesen Weg finden. Alle meine Nerven liegen bloß, vibrieren vor Spannung. Es ist, als schreie die gesamte Traumwelt unter einem Angriff auf. Seitdem ich dieses Greuel so nah, so deutlich gesehen habe, fühlte ich eine schreckliche Vorahnung. Ich fühle, daß Kräfte sich sammeln, die jenen gleichen, die die Welt selbst geformt haben müssen.«

Pandras Gesicht verzog sich zu einer Grimasse des Kummers. »Das bildet Ihr Euch ein«, sagte er, allerdings ohne rechte Überzeugung. »Ihr seid einfach erschöpft und verängstigt. Nach alldem …«

Antyr schüttelte den Kopf. »Nein«, widersprach er schlicht. »Ich habe Angst, gewiß. Aber ich bilde mir nichts ein. Meine Gedanken sind klar und logisch. Stangen werden geschmiedet, die uns in Käfigen fangen oder ins Nichts prügeln sollen, und nur ich kann etwas dagegen unternehmen.«

Pandra verstummte.

»Was soll ich dazu sagen?« fragte er kurz darauf.

Antyr zuckte mit den Achseln. »Ich glaube nicht, daß Ihr irgend etwas darauf erwidern *könnt*«, antwortete er. »Helft mir nur diese Nacht, und dann wacht, wie Ihr die vergangenen Nächte gewacht habt.«

Pandra gestattete sich einen kleinen ergebenen Seufzer. »Nun gut«, sagte er. »Doch ich bin mir nicht sicher, ob ich die Bethlarii über eine so große Entfernung überhaupt erreichen kann.«

»Ihr könnt.« Es war Tarrian, der seine Zweifel beseitigte. »Eure Fähigkeiten sind durch den Kontakt zu Antyr gewachsen. Wie die von Kany und unsere. Seine bloße Gegenwart klärt die Wege, reißt unsere Verblendung und Verwirrung weg, erweitert unsere Sicht ...«

Ein ungeduldiges Knurren unterbrach seine Lobeshymne. »Schluß mit den schönen Worten, Hund. Laß uns weitermachen. Schlagen wir die Zähne in diese Bethlarii-Ärsche und bringen ihnen das Fürchten bei.«

»Aha. Immer ganz der feinfühlige Beobachter, Kany«, sagte Pandra, als Tarrian angesichts dieses verbalen Überfalls die Ohren anlegte.

Ziemlich übergangslos trat Nacht in seine Augen, und er blickte zu Antyr hinüber. »Zu Eurer Verfügung«, sagte er.

Estaan beobachtete die beiden Männer: Pandra, der regungslos auf einem primitiven Feldbett lag, Antyr, der auf einem Stuhl daneben saß. Pandra, dessen Augen geschlossen waren, schien zu schlummern, doch Antyrs Augen waren weit geöffnet, als seien sie gleichzeitig hier im Zelt und huschten doch auch über die Nachtwege. Es war ein eigenartig furchteinflößender Anblick.

Schlimmer noch waren indes Tarrian und Grayle. Auch ihre Augen waren weit aufgerissen und wachsam, und ihr heller, strahlender Blick schien Estaan bis auf den Grund seiner Seele zu durchdringen. Wo immer sie sein mochten, sie waren auch eindeutig hier und zutiefst gefährlich. Nach einer Weile wandte er den Blick ab.

Die Traumlandschaft um und in dem Bethlarii-Lager glich einer großen, glänzenden Fata Morgana; eine glitzernde, schillernde Wolke wabernder Farben und Bilder, die dort und auch nicht dort waren; stumme Laute, die lärmten und hallten, unzusammenhängend und doch bedeutungsvoll, Zeit, die war und sein wird und doch nie gewesen sein konnte ...

Pandra stieß bei diesem Anblick einen gedehnten, leisen Seufzer aus.

»Jetzt.« Antyrs Plan nahm schweigend in seinem Innern Gestalt an.

Die ganze Nacht über fuhren Bethlarii völlig unvermittelt aus dem Schlaf hoch, und ihre Träume waren ungewöhnlich frisch und eindrücklich, und Worte, *frevlerische Worte,* klangen in ihren Ohren.

»Ihr seid von falschen Propheten hintergangen worden. Während ihr hier herumtändelt, plündern und verwüsten die Reiter aus dem Norden eure Heimat. Ihr zieht gegen einen Feind in die Schlacht, der nur auf eure Provokation hin hier steht. Räumt das Feld, kümmert euch um eure wahren Bedürfnisse.«

Endryn wartete vor Ivaroths Zelt. Das ausgedehnte Lager vor ihm war in der Dunkelheit kaum zu erkennen. Ein paar Feuer brannten hier und da, und eine einsame Fackel flackerte, als sich jemand zwischen den provisorischen Zeltreihen entlangbewegte, doch es gab nichts, was den wahren Umfang der hier versammelten Streitmacht verraten hätte.

Endryn indes verschwendete nur wenige Gedanken auf solche Bilder. Rauh packte er die eine Hand mit der anderen, um sie beide am Zittern zu hindern. Er war froh über die alles umhüllende Finsternis; er hegte nur geringe Zweifel, daß die Furcht ihm ins Gesicht geschrieben stand.

Nun herrschte Stille im Zelt in seinem Rücken, doch nichts hätte ihn dazu bringen können, einen Blick hineinzuwerfen, um das Ergebnis jenes mörderischen Lärms in Augenschein zu nehmen, der sich vor kurzem so erschreckend Bahn gebrochen hatte.

Innerhalb eines Herzschlags hatte ein gewaltiger Schub bitterkalter Luft das Zelt ausgefüllt, und zwei reglose Gestalten waren kreischend zum Leben erwacht: Ivaroths schwarze Augen waren wie Gruben der Verdammnis in seinem von Rachegelüsten verzerrten Gesicht, die Augäpfel des Blinden sprühten Funken vor Haß und Wut.

Die Hände des alten Mannes langten klauengleich nach Ivaroth, während der Mareth Hai ein Messer aus seinem Gürtel gezogen hatte, als Endryn, überwältigt von abergläubischem Entsetzen, geflohen war.

Innerhalb des Zelts jedoch hatte sich das Pandämonium zu einem kaum merklichen Flüstern gesenkt, und Ivaroth besiegelte den Handel mit seinem einstigen Gefährten aus der Wildnis von neuem.

Seine mörderischen Reflexe hatten das Messer fast in derselben Sekunde, in der sie zurückkehrten, an die Kehle des Alten gebracht.

»Dein Bedürfnis nach mir ist größer als meins nach dir, Alter«, sagte er. »Wenn es nötig ist, wird mein Heer dieses Land auch ohne deine Hilfe unterwerfen, wohingegen du ohne mich nie deine heißersehnte Welt finden wirst.«

Der Blinde hatte geschwiegen. Eine Antwort war auch nicht nötig.

Ungeachtet der Wahrheit von Ivaroths Worten wußten beide, daß Ivaroth, töricht oder nicht, auf den geringsten Anlaß hin und ohne Rücksicht auf spätere Reue jetzt töten *würde*. Der Blinde wurde ganz still.

»Versuch, mich noch einmal so zu hintergehen, und du bist tot, bevor du selbst es merkst, alter Mann«, spuckte Ivaroth. »Versuch meine Befehle zu mißachten, und du stirbst genauso schnell. Gehorch mir, und ich werde dich trotz deines Verrats mitnehmen, um diesen Ort zu suchen, den du so brennend begehrst.«

»Aber dort liegt die wahre Macht, Ivaroth Ungwyl. Mit ihr können wir Welten erobern jenseits deiner ...«

Ivaroth bleckte die Zähne. »Die wahre Macht liegt *hier*, alter Mann«, raunte er sanft und bohrte die Spitze seines Messer in die Kehle des Blinden. »Morgen werden wir eine kleine Zeremonie abhalten, um deine Genesung zu feiern«, fügte er hinzu. »Dann marschieren wir auf Viernce. Ich bemühe mich, es, wenn möglich, heimlich bei Nacht zu nehmen, aber wenn das nicht gelingt, wird deine ... besondere Fähigkeit ... dazu eingesetzt werden, die Mauern einzureißen. Wenn das wieder einen Tribut von dir fordert, werde ich dafür sorgen, daß man sich gebührend um dich kümmert, hab keine Angst.«

Langsam zog er die Klinge von der Kehle des Alten weg. Dann schleuderte er sie beiläufig in die Luft. Im Licht der Lampen aufblitzend, erreichte die Waffe ihren Zenit und begann dann zu Boden zu trudeln. Abrupt ergriff Ivaroth sie wieder und ließ sie dann auf den alten Mann niedersausen. Sie zerfetzte die schmutzbesudelten Laken und blieb in den

Holzbrettern darunter stecken. Die Klingenkante befand sich nur um Haaresbreite neben der Kehle des Blinden.

Es war eine kurze, aber furchterregende Demonstration Ivaroths angeborener Fertigkeit und Schnelligkeit mit solchen Waffen.

Wortlos riß er das Messer mit einem Ruck aus dem Holz und schritt aus dem Zelt.

Endryn schreckte vor dem Geräusch in seinem Rücken zusammen.

»Er hat sich wieder erholt«, bemerkte Ivaroth beinahe leutselig. »Alles steht zum besten. Morgen beginnen wir mit den Vorbereitungen zur Einnahme von Viernce. Die Männer haben lange genug gefaulenzt.«

Wieder war Endryn froh über die Dunkelheit, die den Aufruhr widerstreitender Emotionen auf seinem Gesicht verbarg. Obwohl es unlogisch war, hatten viele der Gebete, die er in den Nachthimmel emporgestoßen hatte, darum gekreist. Ivaroth möge diesen ... Dämon ... erschlagen haben, der sich an ihm mästete.

»Zu Befehl, Mareth Hai«, erwiderte er kurz und bündig.

Ivaroth wandte sich wieder um, dem Zelt zu, hielt dann jedoch inne.

»Es gibt Leute in diesem Land, Endryn, die ein Gewerbe namens Traumfinden betreiben«, sagte er versonnen. »Schick Boten nach Rendd und unseren anderen Städten. Jeder, der dieses Gewerbe ausübt, ist augenblicklich zu töten. Erledige das sofort.«

Estaan hob dem Boten, der Pandras Zelt betreten hatte, Vorsicht heischend die Hand entgegen.

»Bleib, wo du bist, und vermeide jede plötzliche Bewegung«, befahl er.

Der Bote brauchte indes keine Aufforderung, hatte er doch sofort beim Eintreten die beiden gelbäugigen Wölfe entdeckt. Er beugte sich vor und flüsterte Estaan etwas ins Ohr.

Estaan runzelte leicht die Stirn, dankte dem Boten und warf einen Blick auf Antyr.

»Was ist los?« fragte Antyr. Seine Stimme hallte entfernt, aber deutlich in Estaans Kopf wider.

Der Mantynnai sog scharf den Atem ein. »Ich dachte, Ihr ... schliefet«, sagte er laut.

Antyr lächelte still in sich hinein. »Ich bin im Schlaf anderer Leute«, erläuterte er. »Doch ich spüre Eure Besorgnis. Wie lautete die Nachricht?«

Estaan zögerte kurz. »Arwain und die Leibwache machen sich bereit, nach Viernce abzurücken«, erwiderte er. »Ich ...«

»Sollte bei ihnen sein«, beendete Antyr den Satz für ihn.

Estaan wirkte gequält. »Ja ... Nein ... Ich ...«

»Ich komme mit Euch«, sagte Antyr. »Einen Augenblick noch.«

Von den Traumgedanken der Bethlarii aus beobachtete Antyr den verstörten Estaan und berührte gleichzeitig Pandra, der sorgsam seine Aufgabe versah.

»Ich muß euch allein lassen, Pandra, Kany«, erklärte er. »Ich werde woanders gebraucht. Macht hiermit weiter, solange ihr könnt. Am Ende muß die Wahrheit ihre Finsternis erhellen. Danke für eure Hilfe und Freundschaft.«

Pandras Angst schlug über ihm zusammen, doch nur die Worte »Seid vorsichtig!« formten sich in seinem Kopf.

Kanys Lebewohl war handfester. »Spürt ihn auf, bringt ihn zur Strecke, ihr drei Jäger«, sagte er energisch.

»*Ihr* dürft nicht gehen«, erklärte Ibris mit rotem Kopf, der von der Anstrengung herrührte, sich einen Weg durch das geschäftige Treiben seiner Leibgarde zu bahnen, die gerade losreiten wollte.

Antyr zog den Sattelgurt seines Pferdes an und wandte sich sodann dem Herzog zu. »Estaan hat es gesagt, Arwain hat es gesagt, jeder, den ich getroffen habe, hat dasselbe gesagt.« Er deutete mit dem Kinn in Hasters und Jadrics Richtung, die in der Nähe standen und den Schlagabtausch beobachteten. »Selbst diese beiden denken es, auch wenn sie zu höflich sind, es laut auszusprechen. Ich wäre Euch sehr zu Dank verbunden, Sire, Ihr ließet jedermann wissen, daß ich mit Eurer Leibgarde nach Viernce reite. Zudem würde ich es sehr begrüßen, könnte ich mir der allgemeinen Unterstützung sicher sein, anstatt auch noch gegen diesen Widerstand ankämpfen zu müssen.« Seine Stimme war schneidend.

»Immer mit der Ruhe«, flüsterte Tarrian ihm zu.

Ibris begegnete Antyrs schwarzäugigem Blick ohne Zögern, hin und her gerissen zwischen Wut, Respekt und Besorgnis. Er machte eine undeutliche Handbewegung in Richtung der versammelten Männer.

»Das sind harte, trefflich ausgebildete Männer«, sagte er. »*Junge* Männer zum überwiegenden Teil. Meine besten. Sie werden wie der Teufel reiten und eine fürchterliche Schlacht schlagen gegen der Himmel weiß welche Widrigkeiten. Sie werden auf dem Weg dorthin nicht Eurer Händchen halten und Euch nicht schützen können, wenn sie dem Feind einmal begegnet sind. Wenn der Ritt Euch nicht umbringt, dann besorgt das ...«

»*Er* ist dort«, verkündete Antyr, entschlossen seinen Herrn unterbrechend. »Ich genieße das auch nicht gerade, aber ich muß ihn finden, bevor er mich wieder ruft.« Er senkte kurz den Blick. »Und es ist gut möglich, daß ich der einzige bin, der Eure Männer, Serenstads Männer, vor dieser Macht zu schützen vermag. Und im schlimmsten Falle kann er, solange er sich mit mir abgibt, ihnen nichts tun.«

Ibris geriet ins Wanken.

»Sie können mich ja auf mein Pferd festbinden, wenn es so aussieht, als fiele ich hinunter«, beharrte Antyr.

»Und die Wölfe?« wandte Ibris ein. »Sie können doch nicht die ganze Strecke mitrennen.«

»Steckt sie in die Packtaschen«, erwiderte Antyr kurzangebunden.

»Wie bitte?« Tarrians Empörung war gewaltig.

»Steckt sie in die Packtaschen«, wiederholte Antyr unbeirrbar. »Sie können schlafen. Sie müssen frisch und ausgeruht sein, wenn die Jagd beginnt.«

Tarrians Empörung flaute langsam ab.

Haster kam zu ihnen herüber. »Wenn Ihr es wünscht, daß er geht, Lord, werden wir uns um ihn kümmern«, schlug er vor. »Er kann zwischen uns reiten und wird uns nicht zur Last fallen.«

»Aber Ihr müßt doch selbst erschöpft sein«, wandte Ibris ein.

Völlig unerwartet begann Haster zu lächeln. »Wir sind gewiß erschöpft, Lord, aber unsere Pferde sind besser als die Euren. Und wir beherrschen die Kunst, im Reiten zu schlafen.«

Ibris zog ein Gesicht und zuckte resignierend mit den Schultern. »Wie Ihr wollt, Traumfinder. Ihr müßt gehen, wohin Euer Euch Herz führt. Seid vorsichtig. Und danke.«

Ein wenig später fand sich Antyr zu Pferde zwischen den beiden Fremden wieder, während Tarrian und Grayle es sich in den Satteltaschen bequem machten. Tarrian hatte zuerst heftig gegen die Würdelosigkeit protestiert, solcherart hochgehoben und verstaut zu werden, doch nun war er beinah eingeschlafen. Grayle blieb stumm und verschlossen wie immer.

Antyr sah zu, wie Ibris und dann auch Menedrion Arwain umarmten, und dann, bevor er noch wußte, wie ihm geschah, hatte Antyr sich wie Arwain in seinen Sattel geschwungen, und mit einen Satz, der ihm den Magen umdrehte, stürmte sein Pferd mit den anderen in die Nacht davon.

Kapitel 40

Das strahlendste Winterwetter herrschte an diesem Tag. Ein wolkenloser blauer Himmel, eine funkelnde Sonne und eine windstille, klirrende Kälte.

Ein Tag, der wie geschaffen war, um stramm über gewundene, entlaubte Landstraßen oder über Hügelkämme oder durch gestutzte Parks zu wandern. Ein Tag für warme, mollige Kleidung und ein behaglich prasselndes Kaminfeuer und freundliche Gesellschaft, zu denen man danach zurückkehren konnte.

Es war ein Tag, der sich besonders dazu eignete, das Leben zu feiern, doch Ibris' Armee hatte sich, wenn auch widerwillig, an diesem diesigen Morgen erhoben, um den Tod zu zelebrieren. Die Soldaten waren in der Dämmerung zitternd vor Kälte aufgestanden, und Furcht war heraufgezogen: Furcht vor der bevorstehenden Schlacht; Furcht, Furcht zu zeigen; Furcht, die falschen Befehle zu erteilen; Furcht vor Klingen und Speerspitzen, vor Geschossen und wirbelnden Hufen, vor dem Blick in das Gesicht des nicht denkenden, speerstarrenden, *persönlichen* Hasses des Feindes und, am schlimmsten von allem, vor dem grausamen, ziellosen Zufall.

Rasch hatte die Armee Lärm und hektische Aktivität wie eine vertraute Schutzdecke über ihre Blöße gezogen.

Und nun zog sie in Schlachtformation durch die sanft gewellte bethlariische Hügellandschaft; die Sonne blitzte auf Speerspitzen und Rüstungen, Schilden und Brustpanzern und ließ die Waffenröcke und Banner und Fahnen, geschmückt mit ihren verschiedenen Wappen, hell aufleuchten.

Die Luft war erfüllt vom leisen Klirren marschierender und reitender Männer, hier und da von gebrüllten Befehlen unterbrochen, gefälligst in der Reihe zu bleiben. Das unheilvolle Dröhnen der Marschtrommeln verlieh dem Ganzen etwas Entschlossenes, Zielstrebiges. Ein dunkelgrüner Pfad markierte den Weg der Heersäule, wo das taubenetzte Gras gnadenlos unter Stiefeln und Hufen zertrampelt worden war.

Da die Sicht gut war und sie sich noch ein Stück von den bethlariischen Stellungen entfernt befanden, ritten Ibris und Menedrion mit mehreren hohen Offizieren und Adjutanten zusammen an der Spitze der Formation. Niemand sagte ein Wort.

Eine kleine Gruppe Berittener tauchte in der Ferne auf. Ibris winkte einem Signalgeber, anhalten zu lassen.

Die Marschtrommeln verstummten mit erstaunlicher Plötzlichkeit, und einen Augenblick lang hörte es sich für Ibris so an, als sei die nun einsetzende Stille allumfassend.

Während sich die Reiter näherten, begann der Lärm Tausender wartender Männer jedoch allmählich wieder einzusetzen.

»Es ist Ferancs Patrouille«, sagte Menedrion.

Ibris nickte, trat sein Pferd leicht in die Flanken und winkte Menedrion, ihm zu folgen.

Als Ferancs Männer sie erreichten, schickte Ibris sie nach hinten zu den wartenden Offizieren, um Meldung zu erstatten. Im selben Augenblick sah er Ferancs Augen über die wartende Armee wandern.

»Eure Leibwache, die Mantynnai, Arwain?« fragte er, als Ibris sich wieder zu ihm umwandte.

Ibris teilte ihm mit, was in der vergangenen Nacht vorgefallen war. Nachdem er die Geschichte zu Ende gehört hatte, senkte Feranc das Haupt. Ibris wartete gespannt auf seine Reaktion.

»Der Traumfinder ist mit ihnen geritten?« erkundigte sich Feranc nach einer langen Pause.

Ibris nickte unbeholfen, nicht wenig überrascht von dieser unerwarteten Antwort.

Feranc zog ein mitleidiges Gesicht. »Es wird ein harter Ritt für ihn werden«, sagte er. »Eine finstere, grimmige Nacht, die er nicht so leicht vergessen wird.«

»Wärst du lieber bei ihnen?« fragte Ibris, indem er diese Abschweifung unterbrach und besorgt aussprach, was er für Varancs unausgesprochenen Vorwurf erachtete.

Feranc blickte gedankenverloren in den blauen Himmel empor. »Eure Gründe sind trefflich wie immer, Lord«, sagte er schließlich. »Und es war eine Entscheidung, die nur Ihr zu fällen vermochtet.«

Die beiden Männer sahen einander in die Augen.

»Danke«, sagte Ibris leise.

»Da wir gerade von schwierigen Entscheidungen reden ...«, brach Menedrion das Schweigen und warf Feranc einen bedeutungsvollen Blick zu. »Als Oberbefehlshaber habe ich entschieden, daß du, Vater, die Reservereiterei übernehmen wirst ...«

Ibris wandte sich zu ihm um, und seine Miene verhieß nichts Gutes.

»Du bist zu alt für die vorderste Front«, beeilte sich Menedrion zu erklären. Es kam unverbindlicher heraus, als er eigentlich beabsichtigt hatte.

»Ich kann dich immer noch in Grund und Boden reiten und fechten«, tobte Ibris geräuschvoll.

»Die letzten zehn Jahre nicht mehr«, hielt Menedrion energisch dagegen und beugte sich mit vorgerecktem Kinn zu seinem Vater vor.

Feranc hüstelte. Ibris wandte sich ihm zu. »Ciarll?« fragte er unterstützungsheischend.

»Das ist die Entscheidung des Oberbefehlshabers«, entgegnete Feranc schlicht.

»Ciarll!«

»Bitte, Vater. Dein Wille hat uns soweit gebracht. Die bist das Herz all unserer Besitzungen. Wenn du heute fällst, dann ...« Er zuckte mit der Hand über die wartende Armee hinweg. »Sie werden sich verflüchtigen, auflösen. Dann sind wir *alle* verloren. Und Stadt um Stadt wird im Sog unseres Untergangs fallen.«

Ibris beäugte seinen Sohn eindringlich. »Denkst wohl auch, du könntest mich niederquasseln, was?« knurrte er düster.

Menedrion maß ihn mit einem finsteren, ungeduldigen Blick. »Nein, verdammt«, sagte er. »Ich versuche dir nur beizubringen, was du schon längst weißt. Ich will, daß alle Augen nach vorne gerichtet sind. Ich möchte nicht, daß irgend jemand sich oder das Leben seiner Kameraden aufs Spiel setzt, nur weil er meint, deine inoffizielle Leibwache spielen zu müssen.« Seine Miene wurde verlegen. »Außerdem habe ich allen Kompaniekommandeuren erzählt, daß du unseren Rücken schützt, und das haben sie ihren Männern weitererzählt. Jeder ist damit zufrieden. Es wird ihrer Moral nicht zuträglich sein, wenn sie dich dann doch plötzlich vorne erblicken. Sie werden glauben, das geschehe, weil Arwains und der anderen Abzug uns ernstlich geschwächt habe.«

Ibris kniff die Augen noch mehr zusammen, und seine Lippen wurden zu einem schmalen, harten Strich.

»Ja, ich weiß«, erklärte er schroff.

Menedrion zuckte unter der unvermuteten Antwort zusammen.

»Denkst du, ich wüßte schon nicht mehr, was in meiner eigenen Armee vor sich geht?« fuhr Ibris genüßlich fort. »Ich habe mich schon gefragt, wann du dich endlich dazu entschließen würdest, es mir ›schonend beizubringen‹, das ist alles.«

Menedrion sah aus, als wäge er eine breite Palette von Antwortmöglichkeiten ab, doch schließlich sprach er, ohne den Blick von seinem Vater zu wenden, zu Feranc.

»Teilt uns die letzte Aufstellung des Feindes mit, Hauptmann«, befahl er.

Feranc kam der Aufforderung ohne Vorrede nach. »Prinzipiell unverändert gegenüber früheren Berichten. Die traditionelle Bethlarii-Schlachtordnung. Hauptsächlich schwere Infanterie in Phalanx, mit Kavallerie und leichter Infanterie zum Schutz der Flanken und des Rückens. Mindestens doppelt so viele wie wir.«

»Irgend etwas Ungewöhnliches in der Schlachtreihe?« erkundigte sich Ibris. »Streitwagen? Artillerie? Schutzstellungen für Kavalleriehinterhalte? Trügerisches Gelände?«

Feranc schüttelte den Kopf. »Nichts«, erwiderte er. »Und auch in der Umgebung ist nichts zu entdecken. Obwohl an der Frontlinie eine Menge Aktivitäten stattzufinden schienen. Boten, die hin und her ritten.«

Menedrion zuckte ansatzweise mit der Schulter. »Wahrscheinlich letzte Vorbereitungen«, mutmaßte er. »Sie wissen, daß wir vor Mittag über ihnen sind.«

Er sah erst Feranc und dann seinen Vater an. »Ich kann keinen Grund erkennen, warum wir von der Taktik, die wir uns bereitgelegt haben, abweichen sollten. Was denkt ihr?«

Ibris sah ihn fragend an. »Warum dann die Unentschiedenheit?« wollte er wissen.

Menedrion runzelte die Stirn. »Ich bin unsicher, weil ich immer noch nicht glauben kann, daß sie so etwas tun«, gestand er widerwillig ein. »Den ganzen Feldzug über haben sie nichts von der Kriegskunst sehen lassen, die wir von ihnen gewohnt sind. Selbst jetzt, kurz vor der Entscheidungsschlacht, haben sie keine besonderen Anstrengungen unternommen, ein geeignetes Gelände auszuwählen, es gibt keinerlei Anzeichen für Umgehungsangriffe in dem Gebiet, nichts, was auf eine Eroberungsabsicht schließen lassen könnte. *Das ergibt keinen Sinn.*«

Ibris konnte ihm auch nichts Besseres anbieten.

Feranc sprach: »Sie bereiten sich auf die Schlacht des Weltenendes vor«, sagte er. »Die Entscheidungsschlacht, in der alle anderen Konflikte gelöst werden und aus der Ar-Hyrdyn jene auserwählen wird, die dazu bestimmt sind, zu den großen Helden der Legende zu stoßen, welche in seiner Goldenen Halle tafeln.«

Menedrion stieß einen langen Seufzer aus. »Das ist genauso vernünftig wie alles andere, was ich bisher gehört habe«, erwiderte er ergeben. »Doch was hat das uns erdverwurzelten Menschenkindern zu sagen?«

»Wir haben es mit einem Feind zu tun, der eher bis zum Tod kämpfen als schwanken und fliehen wird«, antwortete Feranc kurz angebunden.

Menedrions Lippen verzogen sich zu einem bitteren Lächeln. »Man kann das Fleisch nicht unterdrücken, Ciarll«, sagte er. »Furcht ist Furcht. Wir werden sehen, wie ihr Glauben sie aufrechthält, wenn unsere Pfeile in ihren Reihen landen.«

Feranc nickte. »Wohl wahr«, erwiderte er. »Doch wir dürfen sie nicht unterschätzen. Dieser Tag wird lang, hart, bitter und blutig werden.«

»Ja«, stimmte Ibris ihm mit trauriger Stimme zu. »Und es *wird* das Ende ihrer Welt sein. Welche Verderbnis in ihrer Gesellschaft sie auch dazu gebracht haben mag, alles wird sich in der Tat heute entscheiden.«

Menedrion beendete die Diskussion. »Es ist immer noch *ihre* Wahl, Vater«, gab er zu bedenken. »Vergiß nicht die Herolde, die sie umgebracht haben. Wenn ihre ... Krankheit ... nicht mit Vernunft und Logik besiegt werden kann, müssen wir sie wie ein Chirurg ausmerzen. Wir müssen den Furunkel aufschneiden. Und zwar schnell, denn wir haben noch einen Feind im Rücken stehen.«

Er hob die Hand und klappte sein Helmvisier herunter, um dann Feranc seine in Panzerhandschuhe gehüllten Hände hinzustrecken, der sie beide mit den seinen umfaßte.

»Stärke deinem Arm, Feranc der Schild, Feranc der Schlächter. Hier ist der Weg zum Sonnenaufgang von morgen.«

»Das Licht sei mit dir, Irfan Menedrion«, erwiderte Feranc, dann, des Herzogs Hände ergreifend: »Und mir dir, mein Lord. Schützt unseren Rücken wohl. Und laßt mich über die Klinge springen, wenn ich fliehe.«

Schließlich umarmte Menedrion schweigend seinen Vater.

Dann trennten sich die drei, um ihre verabredeten Positionen einzunehmen.

Als er zum Heer zurückritt, zog Menedrion sein Schwert und schwenkte es mit einem gewaltigen Schrei hoch über dem Kopf. Sein Kriegsruf hallte über die bethlariische Ebene und hoch empor in den strahlenden Himmel, und das gesamte Heer stimmte mit ein.

Sie hatten angehalten. Doch die Welt bestand noch immer aus Schmerz. Nie hatte er etwas anderes als Schmerz gekannt, noch würde er jemals etwas anderes kennenlernen in alle Ewigkeit.

Kein Teil von Antyrs Körper vermittelte ihm eine andere Botschaft. Wer hätte gedacht, daß der Leib eines Sterblichen so geschwind und so lange reiten konnte, daß Männer so lange im Sattel bleiben konnten?

Er hatte schwache Erinnerungen an gelegentliche Stimmen, die den Dunstschleier seiner Qual mit dem nützlichen Rat ›Entspannt Euch, kämpft nicht gegen das Pferd!‹ durchdrungen hatten. Dann, bestimmter: ›Entspannt euch, Ihr ermüdet das Pferd!‹ Er hatte auch Erinnerungen daran, daß es andere kurze Pausen gegeben hatte, die das schmerzhafte Auf und Ab unterbrochen hatten, aus dem sein Leben bestand, doch auch diese Pausen hatten ihm wenig Erleichterung verschafft.

Selbst die Morgendämmerung hatte keine Besserung gebracht. Tatsächlich hatte es so geschienen, als dringe die grellgoldene Woge, die ihm da ins Gesicht gespritzt war, direkt durch seinen Körper und beleuchtete seine Pein, so durchsichtig und zerbrechlich war er geworden.

Er hatte *keine* Erinnerung an die starken Hände, die sich ausgestreckt und ihn aufgefangen hatten, als er in die Bewußtlosigkeit geglitten war, aus der er nun aufwachte.

»Habt Euch tapfer geschlagen«, teilte ihm eine hallende Stimme von weit weg mit.

Auf geheimnisvolle Weise glitt er aus seinem Sattel und wurde gegen etwas gelehnt … einen Baum, wurde ihm klar, als es ihm gelang, den Blick zu heben und durch das feinmaschige Maßwerk der winterkahlen Äste zu schauen.

Etwas Feuchtes und Kaltes berührte sein Gesicht und schnüffelte fragend, dann gab es ein heftiges Platschen in der Nähe.

»Das ist schon besser.«

Antyr zuckte zusammen, als Tarrians erleichterte Stimme wie eine Geröllawine durch seinen Schädel donnerte. »Die Reise war gar nicht so schlimm, nicht wahr? Hab' fast die ganze Zeit tief und fest geschlafen. Wenn du dir jemals ein Pferd anschaffst, werde ich wohl öfter so reisen. Sehr bequem. Und irgendwo hat es auch Stil.«

Antyr spürte böswilligen Neid in sich aufsteigen, doch es überstieg sein Vermögen, ihn zu einer zielgerichteten Verwünschung auszuformulieren, und so ließ er die Sache auf sich beruhen.

»Bist du wach?« fragte Tarrian mit schändlicher Herzlichkeit und stieß Antyr rücksichtslos mit der Pfote an. Antyr starrte auf die Hände, die vor seiner Nase auftauchten, um diese unwillkommene Aufmerksamkeit abzuwehren. Nach einer zeitlosen Ewigkeit erkannte er sie als seine eigenen. Gleichzeitig fand er seine Stimme wieder.

»Nein, ich glaube nicht«, erwiderte er. »Zumindest *hoffe* ich es nicht.«

Allmählich begann der Schmerz, der seinen Körper marterte, sich aufzusplittern und in verschiedenen Gliedern und Gelenken einzunisten, und auch die Erinnerung an den Zweck ihres Ritts kehrte zurück. Sie stand drohend da wie ein schwarzer, böser Forst, der ihm den Weg in die Zukunft versperrte.

Er fühlte sich sterbenselend.

Welcher Wahnsinn hatte ihn gepackt, diesen verrückten Gewaltritt übers Land mitzumachen, um sich einem unbekannten Feind entgegenzustellen? Welcher Wahnsinn hatte ihn überhaupt in diese ganze Angelegenheit verwickelt? Er verspürte eine überwältigende Sehnsucht nach den vertrauten Geräuschen und Gerüchen seiner Lieblingstavernen und den vertrauten, fackelerhellten Straßen, durch die er sooft getorkelt war.

Er preßte die Hand an die Schläfe, eine Imitation jener Geste, die er sooft in seinem Leben ausgeführt hatte, wenn er aufwachte und reuig an seine jüngsten Dummheiten zurückdachte.

»Seid Ihr in Ordnung?« fragte jemand.

Vorsichtig drehte Antyr seinen schmerzenden Hals, um zu sehen, wer da gesprochen hatte. Es war Estaan. Er sah entsetzlich erschöpft aus. Unter anderen Umständen hätte Antyr vielleicht mit einer leicht ironischen Retourkutsche geantwortet, doch er war zu müde, um noch Trost im Sarkasmus zu finden.

»Kommt schon«, munterte Estaan ihn auf, bückte sich und zog ihn ohne Umschweife hoch. »Ihr dürft stolz darauf sein, daß Ihr diesen Ritt überlebt habt. Auf dem Weg haben wir ein paar Männer verloren.«

»Verloren ...?« fragte Antyr vage.

»Nur Erschöpfte«, versicherte Estaan. »Glücklicherweise keine Todesfälle. Kommt schon, Ihr fühlt Euch besser, wenn Ihr in Bewegung bleibt.«

Antyrs Beine verweigerten ihm zunächst ihren Dienst und versuchten, wieder einzuknicken und wegzurutschen. Estaan hielt ihn jedoch aufrecht und zerrte ihn dann mit roher Gewalt weiter, so daß ihm nur die Alternative blieb, zu gehen oder auf die Nase zu fallen.

Antyr stieß einen schwachen Protest- und Schmerzensschrei aus, und von Tarrian war ein leises Knurren zu hören.

»Spar dir die Mühe, mich anzuknurren, Wolf«, sagte Estaan erbarmungslos. »Geh in seinen Schädel und weck ihn lieber anständig auf. Wenn er hinfällt, ist er erledigt.«

Ein anderes Gesicht tauchte verschwommen in Antyrs Blickfeld auf, bevor Tarrian antworten konnte. Es war Haster. Er spähte Antyr einen Moment lang eindringlich ins Gesicht und war auch schon wieder verschwunden. Mit einem Mal begannen kräftige Hände von hinten steif gewordene Gelenke und Muskelpartien zu suchen und sie zielgenau zu massieren.

Antyr schrie wieder auf, lauter diesmal, doch Tarrian schritt nicht ein.

»Ist nur zu deinem Besten«, sprach er verlegen in Antyrs sich langsam klärenden Kopf. Dann war er fort, und Grayle mit ihm.

Haster lugte ihm wieder in die Augen und trieb seine

Daumen in seine Schultermuskeln. »Ich bin kein Experte auf diesem Gebiet«, räumte er ein. »Aber es sollte Euch guttun.« Er wiederholte Estaans Ratschlag. »Bleibt in Bewegung.« Um noch hinzuzufügen: »Und haltet Euch gerade.« Dann war auch er weg.

Die Erinnerung daran, daß Tarrian ihm anläßlich ihres ersten Treffens mit dem Herzog fast denselben Rat erteilt hatte, kam Antyr in den Sinn, und wie damals gehorchte er, ohne groß nachzudenken. Es half – ein wenig.

Zögernd begann er seine ächzenden Glieder eins nach dem anderen durchzuprobieren und den Blick über sich selbst hinaus zu richten. Überall um ihn herum sah er müde Männer, von denen die meisten ebenfalls, wie er nun erkannte, durch vorsichtige Bewegungen wieder Leben in ihre steifen Glieder zu bringen versuchten. Der Anblick dieser allgemein verbreiteten Beschwerden führte dazu, daß er sich wegen seines Jammerns zu schämen begann.

Bis zum letzten Mann waren sie schmutzverkrustet, und ihre beklagenswerte Verfassung wurde durch den strahlenden Sonnenschein, der sie Szene erhellte, noch unbarmherziger bloßgelegt. Dampfende Atemwolken bestätigten ihm die Temperatur, derer er sich gerade eben bewußt zu werden begann.

Ein kurzer Blick in die Runde zeigt ihm, daß sie vor etwas Rast gemacht hatten, das offenbar ein verlassenes Bauerngehöft war. Dahinter erstreckte sich eine kahle Felsenlandschaft, die Zeugnis davon ablegte, warum das Gehöft verlassen worden war. Ein Stückchen weiter vorne wand sich eine holprige Straße durch eine enge Klamm zwischen zwei kleineren Hügeln und senkte sich dann geradewegs zu einem Fluß hinab. Ein Fjord, vermutete Antyr.

In der Ferne türmten sich Wolkenbänke auf.

Antyr nahm einen tiefen Schluck aus seiner Feldflasche. Die Flüssigkeit war kalt und schien ihm die Eingeweide auszubrennen, als er sie unter Schmerzen herunterschluckte. Er sog scharf den Atem ein. Der Schock trug dazu bei, seinen Kopf besser klar zu bekommen, und die drohend vor ihm aufragende Dunkelheit geriet deutlicher ins Blickfeld. Wie auch seine eigene Lage. Was auch immer jetzt geschah, es gab keinen Weg zurück zu dem, was einmal gewesen war; weder zum Guten noch zum Bösen.

»Wo sind wir?« wollte er kurze Zeit später von Estaan wissen.

»Irgendwo südlich von Rendd«, erwiderte Estaan. »Die Farm heißt Kirstfeorrd.«

»Und der Feind?«

Estaan zuckte mit den Schultern und bedeutete Antyr, ihm zu folgen. Als sie sich ihren Weg durch die rastenden Männer bahnten, bemerkte Antyr, daß die Pferde hinter dem Gebäude zusammengepfercht wurden. Leichte Schuldgefühle überkamen ihn. Ibris' Leibgarde, das wußte er, war stolz darauf, immer erst ihre Pferde und dann sich selbst zu versorgen.

»Mein Pferd?« fragte er mit verlegener Miene. »Ich habe gar nicht …«

Estaan tätschelte ihm freundschaftlich den Arm und lächelte anerkennend. »Ist versorgt. Macht Euch keine Gedanken deswegen.«

Er ging weiter, doch Antyr blieb stehen und musterte die Pferde. Phantastische, vertrauensvolle Geschöpfe, dachte er. Würdet ihr je darauf kommen, *uns* als Sklaven zu behandeln? Uns aus einer Laune heraus in Gemetzel und Tod zu führen?

Noch während er sie anschaute, stolperte eins und stürzte. Kurze Zeit später trat es wild und verängstigt um sich, vertrieb seine Genossen. Dann blieb es still liegen, Schaum sickerte aus seinem Maul, und seine Augen waren verdreht und weit aufgerissen. Fast auf der Stelle war ein Soldat bei ihm und streichelte den panisch zuckenden Kopf. Ein zweiter kam hinzu, und es gab eine kurze Diskussion.

Antyr wandte sich ab, denn er wußte, wie es ausgehen würde. Als er dem sich entfernenden Rücken Estaans hinterherblickte, erreichte ihn das Geräusch eines kräftigen Axthiebs. Er fuhr unwillkürlich zusammen.

Arwain beugte sich soeben über einen alten Tisch und studierte eine Landkarte, als Estaan und Antyr das Bauerngehöft betraten. Ryllans und weitere Mantynnai waren bereits da.

Kurzfristig sah sich Antyr von der Ungeheuerlichkeit des Geschehenen überwältigt. Auf sein Wort hin waren die besten Einheiten von Ibris' Armee von einer zweifellos furchtbaren und entscheidenden Schlacht abgezogen worden, um sich in einem Gewaltritt über Land zu erschöpfen und einem Feind entgegenzutreten, den er während eines kurzen Austauschs mit dem fremden Krieger, welcher den Mynedarion führte, erblickt zu haben meinte.

Er fühlte, wie er bis ins Mark fror.

Dann entsann er sich, daß die beiden Fremden, Haster und Jadric, zur selben Zeit ähnliche Nachrichten gebracht hatten, und seine augenblickliche Panik legte sich ein wenig. Er registrierte, daß die beiden Männer ein Stück abseits standen und alles ruhig beobachteten, obwohl ihr Gebaren eher höflich scheu als überheblich wirkte.

Er wünschte, Tarrian und Grayle seien hier. Er hätte gerne mehr über die beiden Männer erfahren, die offensichtlich gekommen waren, um die Mantynnai mit Vergeltungsforderungen für alte Missetaten zu bedrohen – und denen die Mantynnai nun trotzdem folgten. Und die sich zudem den Respekt des Herzogs gleichsam in Sekundenschnelle errungen hatten.

Sie sahen genauso kotbeschmutzt und müde wie alle anderen aus, aber schließlich hatten sie diese Strecke in den letzten Tagen ja auch *zwei*mal zurückgelegt.

»Das hier ist die wahrscheinlichste Route für eine große Streitmacht, die sich von Rendd südwärts bewegt.« Arwains Stimme unterbrach seine Träumerei. »Und es gibt keine Anzeichen dafür, daß irgend etwas, wie groß auch immer, diesen Weg bislang genommen hat. Wir werden einfach darauf hoffen müssen, daß sie hier entlangkommen, und unsere Vorkehrungen entsprechend treffen.«

Wieder wurde es Antyr kalt bis ins Mark. Wenn tatsächlich das Heer, das er gesehen hatte, anrückte, würde er höchstwahrscheinlich mit allen anderen vom Erdboden vertilgt werden. Und wenn es nicht anrückte ...?

Die Erinnerung an die gewaltige Horde in Antyrs Gedanken war immer noch überaus lebendig, doch trotzdem und trotz Hasters und Jadrics Bestätigung ließ er sich immer noch durch die Tragweite der Entscheidungen beängstigen, die auf seine Vision hin getroffen worden waren.

»Wir können Kundschafter ausschicken, wenn die Pferde sich ein wenig erholt haben«, schlug jemand vor.

Arwain nickte unfroh. Dann wandte er sich Haster und Jadric zu. »Wir stehen in Eurer Schuld wegen Eurer Botschaft und Eurer Hilfe, uns durch die Nacht zu führen. Unter den gegebenen Umständen vermag ich Euch wenig mehr als ein herzliches Dankeschön anzubieten, doch ich darf Euch nicht bitten, hier bei uns zu bleiben. Dies ist nicht Euer Krieg, dies ist nicht Eure Schlacht. Ich …«

Haster hob die Hand. »Es *ist* unser Krieg und unsere Schlacht, Lord«, widersprach er. »Hättet Ihr es vorgezogen, uns nicht zu glauben, dann müßten wir ihn allein austragen.«

Arwain runzelte die Stirn, lächelte dann zaghaft und ließ den Blick über die Mantynnai schweifen. Womöglich fand er ja unter ihnen einen Hinweis, wie er diese seltsame Bemerkung auffassen sollte, aber in ihren Mienen standen nur Anerkennung und Zustimmung zu lesen.

»Ich gebe gar nicht erst vor, das zu verstehen«, sagte er schließlich, wobei er resignierend die Hände hob. Er wiederholte seines Vaters Worte zu Antyr. »Ihr müßt tun, wozu Eure Herzen Euch drängen.«

Überraschend lächelten sowohl Haster als auch Jadric. »Unsere Herzen drängen uns zur Flucht«, sagte Haster. »Unser Wissen und unser Pflichtbewußtsein sind es, die uns zum Bleiben nötigen. Wenn wir uns jetzt nicht zum Kampf stellen, dann wird es irgendein anderer in der Zukunft tun müssen, und weitaus mehr werden dann zugrunde gehen. Das haben wir aus der Vergangenheit gelernt. Und wenn wir, die wir uns Soldaten nennen, jetzt nicht dem Feind die Stirn bieten, um die wenigen Starken zu schützen, welchen Wert hätten wir dann noch in den Augen der anderen und nicht zuletzt in unseren eigenen?«

Arwain verneigte sich ansatzweise. »Ihr ermahnt mich an meine eigene Pflicht«, antwortete er ohne Groll. »Ihr erweist uns Ehre durch Eure Hilfe. Ich will nicht leugnen, daß zwei Schwerter mehr von großem Nutzen sein werden. Obwohl ich mir selbst noch nicht sicher bin, wie eine Truppe dieser Größe eine solche Horde aufhalten soll, wie Ihr alle sie beschrieben habt.« Er nickte Antyr zu. »Ich vermute, wir sollten ausschwärmen und versuchen, sie zu orten ...«

Draußen war ein kleiner Aufruhr entstanden.

»Ich glaube nicht, daß das nötig sein wird, Sir«, meldete sich Antyr zu Wort. Gleichzeitig mit seinen Worten platzten Tarrian und Grayle in den Raum und verzogen sich unter den Tisch.

»Sie sind hier!« ertönte Tarrians Stimme in allen Köpfen gleichzeitig. »Nur wenige Minuten weit weg.«

Haster und Jadric zuckten merklich zusammen und hoben beide ungläubig die Hand an den Kopf. Sie hatten jedoch keine Zeit für große Erklärungen, denn den Stimmen der beiden Wölfe folgten Schreie von draußen, die dieselbe Nachricht brachten.

Arwain war als erster aus dem Gehöft gestürmt. Seine Miene war düster und entschlossen. Aus der Klamm zwischen den beiden Hügeln auf dem anderen Flußufer tauchte eine Reiterkolonne auf. Sie gingen im Schritt und in lockerer Formation.

»Befestigt die Sehnen an den Bögen!« brüllte Arwain überflüssigerweise, während er durch seine Männer hindurch auf die niedrige Mauer zustrebte, die das Farmhaus umschloß. »Ich versuche, hinüberzugehen und mit ihnen zu reden, ganz gleich, was dabei herauskommt, aber wenn wir uns mit ihnen schlagen, wißt ihr ja, was ihr tun müßt: Standardvorgehen; zuerst die Pferde niederschießen, dann, wenn's nötig wird, die Männer.«

Antyr betrachtete die immer länger werdende Kette von Berittenen und sodann, zum ersten Mal richtig, die Soldaten um ihn. Die Augen gingen ihm auf. »Wie viele sind wir?« flüsterte er Estaan zu.

»Einhundertsechs«, gab der Mantynnai zur Antwort. »Wir haben dreiunddreißig auf dem Weg hierher verloren.«

Antyr fühlte, wie der Atem aus seinem Körper strömte, und vorübergehend glaubte er zu ersticken. Er wiederholte die Zahlen ungläubig. Es war sich nicht bewußt gewesen, wie wenig sie tatsächlich waren. Als er mit ihnen aufgebrochen war, hatten Dunkelheit, Verwirrung und Tumult geherrscht.

Ivaroths Vision kam ihm wieder in den Sinn.

Ibris mußte seine Botschaft mißverstanden haben!

»Sie gehen in die *Tausende*!« zischte er Estaan zu. »Hat Ibris mich denn falsch verstanden? Ich nahm an, er wolle das ganze Regiment der Leibgarde schicken. Warum hat er nicht mehr geschickt?«

Zum ersten Mal, seit sie sich kannten, huschte ein Anflug von Ärger über Estaans Gesicht. »Der *Herzog* hat sehr genau verstanden«, erwiderte er. »Er hat jene geschickt, die für diese Aufgabe am besten geeignet sind und deren Abwesenheit die Armee nicht zu sehr durcheinanderbringt. Es war keine leichte Entscheidung. Wir vertrauen ihm. Seht selbst, ob auch Ihr das vermögt.«

Antyr hob seine Hand und fuhr sich über den Mund. »Tut mir leid«, sagte er. »Ich …«

Estaan setzte eine leichte reuige Miene auf. »Mir auch«, erwiderte er. Er musterte Antyr scharf. »Wir sind alle müde, ungehalten und verängstigt, aber es mag Euch als Maßstab meiner Achtung vor Euch dienen, daß ich vergaß, daß Ihr keiner von uns seid.«

Arwain war bereits aufgesessen und wollte seinem Pferd gerade die Sporen geben, als er innehielt. »Was immer auch geschieht, ich will heute keine Heldentaten. Wir sind hier, um diese … Armee … aufzuhalten, und das können wir nur, wenn wir am Leben bleiben.« Er zeigte auf Antyr. »Vor allem sind der Traumfinder und seine Gefährten zu beschützen. Diese Pflicht steht heute über allem. Habt ihr das verstanden?«

Da sie unter Schlachtbefehl standen, bekundeten die Männer schweigend, daß sie verstanden hatten, und dann preschte Arwain, begleitet von Haster und Jadric, davon, um der Vorhut von Ivaroths Horde zu begegnen.

Menedrion hob die Hand, und das Heer hinter ihm kam schleppend zum Stehen.

Stille hing über dem Feld. Kein Vogel sang, kein Tier regte sich. Nur das Atmen und Rascheln von Tausenden wartender Männer störte den Frieden der kalten, sonnenbeschienenen Szenerie, wie das Meer, das sich an einem fernen Strand bricht.

Eine schwache Brise erhob sich und ließ das Banner an Menedrions Lanzenende kurz hochflattern. Er hob den Blick und lauschte. Es war ein einsamer, trotziger Laut. Bis auch er verstummte.

Er richtete den Blick wieder nach vorn. Die Bethlarii-Armee breitete sich vor seinen Augen aus. Sie war nicht so ruhig und wohlgeordnet wie in der Vergangenheit, dafür aber gewaltig. Ferancs Schätzung ihrer Truppenstärke war, wie er nicht anders erwartet hatte, peinlich genau. Sie war mindestens zweimal so groß wie das Heer Serenstads.

Und sie waren kein undisziplinierter Haufen. Ein paar von ihnen würden selbstverständlich Reservisten sein, und manche waren auch erstmalig eingezogen. Diese Männer waren vermutlich für die Bewegungen in den Linien verantwortlich. Nichtsdestotrotz würden auch ein beträchtlicher Teil gestählter Kämpen und Offiziere darauf warten, gegen die Serens vorzugehen.

Ferancs Worte fielen ihm wieder ein; die Schlacht am Ende der Welt. Wessen Welt? fragte er sich. Serenstad und seine Territorien würden, ganz gleich, wie es hier ausginge, wohl kaum dieselben bleiben wie vorher. Ibris' Ruf nach freiwilliger Mobilmachung im Angesicht der bethlariischen Bedrohung hatte politische Probleme aufgeworfen, die zweifellos noch viele Jahre fortwirken würden, *falls* Serenstad den Tag überlebte. Doch die Bedrohung hatte auch mit einem einzigen Hieb eine breite Schneise in die unzähligen zänkischen Fraktionen und intrigierenden Cliquen geschlagen, die das politische Leben in seinem Herrschaftsbereich bislang so kompliziert und schwierig gemacht hatten … Menedrion riß seine Gedanken von der Zukunft los und richtete sie unerbittlich auf die Gegenwart.

Wie das letzte Flattern seines Banners, verweilte jedoch sein Geist noch ganz kurz bei dem wartenden Feind vor seinen Augen.

Die Bethlarii boten einen prachtvollen Anblick, wie er zugeben mußte, mit ihren Schilderreihen, bemalt und geschmückt mit Stammes- und Familienemblemen. Ihre Farbenpracht auf dem Schlachtfeld stand in merkwürdigem Widerspruch zu der grauen Tristheit ihres Alltagslebens. Bestimmt war dem so, damit Ar-Hyrdyn weniger Probleme bekäme, die Tapfersten der Tapferen nach dem Gemetzel auszuwählen und ihre Heldennamen korrekt ausrufen zu lassen, wenn die Boten die Geister der Gefallenen den ihnen gebührenden Ehren in der Goldenen Halle zuführen würden – aber das änderte nichts an der Pracht des Anblicks.

Er drehte sich um und ließ den Blick über die Armee Serenstads schweifen. Die Wappen und Banner der Familien, der Traditionsregimenter, der verbündeten Städte und selbst der großen Handelshäuser boten einen nicht weniger prächtigen Anblick als die Bethlarii.

Dann war alles Grübeln vorüber, und Menedrion wurde zu dem einen Willen, der diese Männer anspornen und den Feind vernichten sollte. Die Kavallerie Serenstads war umfangreicher als die Bethlars und geschickter, was ihre reiterischen Fähigkeiten anbelangte, obwohl die Bethlarii mit ihren doppelschneidigen Lanzen formidable Kämpfer waren, wenn es einmal zum Handgemenge gekommen war. Die Infanterie war erheblich kleiner, und was die Kampfdisziplin anging, gab es wenig Unterschiede zwischen beiden Seiten. Die Serens benutzten indes eine längere Pike mit Eisenkopf, und das würde, wie er sehr wohl wußte, den Bethlarii-Kämpen ernsthafte Probleme bereiten. Zudem waren auch die Bogenschützen der Serens besser ausgerüstet, hatten ihre Bögen doch eine größere Reichweite.

Trotzdem mußte man davon ausgehen, daß die Bethlarii wahrscheinlich nicht im Angesicht eines Frontalangriffs einbrechen würden, und bei einer so langgezogenen Schlachtreihe hatten sie genug Männer, um umzuschwenken und die Flanken der Serens anzugreifen. Sollte das geschehen, war es unwahrscheinlich, daß die Serens-Kavallerie sie gegen den vereinten Ansturm von Kavallerie und Infanterie würde verteidigen können.

Der Hauptplan, lang und breit mit Feranc, seinem Vater, Arwain und den hohen Offizieren besprochen, lautete daher, hinter einem Schild von komplizierten Kavalleriemanövern und -finten vorzurücken und dann unter dem Einsatz von berittenen Bogenschützen die Kavallerie der Feinde auf den Flügeln zu zerstreuen und den vollen Angriff auf der linken Flanke der Bethlarii zu führen, alles in der Hoffnung, ihre Reihen zu durchbrechen und sie in panischer Flucht auf den Rest der Armee zuzutreiben.

Es war darüber hinaus für die verschiedensten Eventualitäten vorgesorgt worden, aber wenn die Schlacht einmal begonnen hatte, waren die einzelnen Befehlshaber dafür verantwortlich, diese Notfallpläne unter den gegebenen Umständen in die Tat umzusetzen.

Nichts hatte sich geändert. Wie erwartet, waren keine Herolde der Bethlarii eingetroffen, um Abmachungen zu treffen oder Beschwerden vorzubringen, und nach dem Tod seiner Herolde hatte Ibris keinen seiner eigenen Männer mehr zum Feind geschickt. Nun konnte durch weiteren Aufschub nichts mehr gewonnen werden.

Menedrion senkte seine Lanze, bevor er das Signal zum Vorrücken gab.

Abrupt und unerwartet stand jedoch Feranc an seiner Seite und zeigte nach vorn. Menedrion folgte seinem ausgestreckten Arm. Ein Reiter sprengte vor den Bethlarii-Reihen entlang. Er war zu weit entfernt, als daß man ihn deutlich hätte erkennen können, doch er schien wild zu gestikulieren. Feranc runzelte die Stirn und beugte sich vor, als könne er so hören, was vor sich ging.

Das hartnäckige, unbehagliche Herumrücken in den Reihen der Bethlarii schien im Kielwasser des Reiters zuzunehmen.

»Ein Berserker«, bemerkte Menedrion geringschätzig. »Er wird uns als nächstes angreifen. Ein paar Bogenschützen und ein guter Pikenträger sollten mit ihm fertig werden.«

Feranc schüttelte den Kopf. »Ich glaube nicht«, sagte er. »Seht.«

Noch während er sprach, trat eine Gestalt aus dem Zentrum der Reihen hervor und schien mit dem Mann zu streiten. Die Reihen in unmittelbarer Nähe des Zwischenfalls brachen ungeordnet auseinander.

Menedrion und Feranc beobachteten das Ganze schweigend, nicht in der Lage, das Gesehene einzuordnen.

Dann preschten noch mehr Reiter die Frontlinie entlang, und die Unordnung breitete sich aus.

Menedrion umfaßte seine Lanze mit festem Griff. Welcher Zufall das bewerkstelligt hatte, konnte er nicht erraten, aber dies war der Moment. Das war der lose Stein, der die Lawine ins Rollen bringen würde.

»Jetzt!« flüsterte er vor sich hin. »Jetzt!«

Er stieß den Arm in die Luft.

Arwain, Ryllans und Haster pflanzten sich auf der Straße vor den näher rückenden Reiter auf.

Nach einem vorübergehenden Gerangel gelangte die Truppe schwankend zum Stehen, und eine Gruppe von sechs Berittenen preschte vor.

Arwain hatte noch nie solche Menschen gesehen. Flachgesichtig und dunkelhäutig, waren sie in eine bunte Mischung von Tuniken und Hosen gekleidet, die hauptsächlich aus Leder und Pelzen hergestellt zu sein schienen, obwohl er auch ein oder zwei Schmuckgegenstände erblickte, die unverkennbar bethlariischen oder serensischen Ursprungs waren. Beute, nahm Arwain an, und eine tiefe Wut begann in ihm hochzusteigen.

Die Pferde, die sie ritten, waren in Färbung und Rasse so

unterschiedlich wie ihre Bekleidung, doch obwohl alle Tiere ziemlich klein waren, wirkten sie sehr robust. Arwain hatte noch nie solche Rösser gesehen, doch er schätzte, daß sie sowohl wendig als auch zu großer Ausdauer fähig waren. Zudem saß jeder Reiter im Sattel, als sei er darin geboren.

Ein Aufgebot an Schwertern, Messern, Speeren und Lanzen vervollständigte das buntgescheckte Ensemble, doch Arwain sprach seinen ersten Eindruck vor seinen Kameraden aus: »Diese Männer müssen wie der Teufel reiten und vom Sattel aus kämpfen können. Ich möchte ihnen ohne eine gute Pikenreihe vor mir nicht in offenem Gelände begegnen.«

Haster und Ryllans nickten stumm ihre Zustimmung zu diesem Urteil.

Die sechs Reiter erreichten sie und fächerten in einem Bogen aus. Einer von ihnen sagte etwas in ihrer Sprache zu den anderen, was ein rauhes und verächtliches Gelächter hervorrief. Der Bogen öffnete sich und zog einen noch weiteren Kreis. Haster und Ryllans lenkten ihre Pferde vorsichtig ein wenig zur Seite. »Wer seid ihr, und warum dringt ihr mit einer bewaffneten Macht in das Herrschaftsgebiet meines Vaters ein?« fragte Arwain.

Zwischen den sechs Reitern fand eine kurze Debatte statt, es wurde auf Arwain und die anderen gezeigt.

»Sie beratschlagen gerade, wer welche Kriegsbeute bekommt, nachdem sie uns getötet haben«, erläuterte Haster.

»Ihr kennt ihre Sprache?« staunte Arwain.

Haster schüttelte den Kopf, und seine Mundwinkel verzogen sich zu einem flüchtigen, humorlosen Lächeln. »Nein«, gab er zur Antwort. »Aber das, was sie sagen, ist in jeder Sprache dasselbe.«

»Holt euren Anführer her«, verlangte Arwain energisch.

»Ryllans, Ihr nehmt die drei auf Eurer Seite, ich übernehme die anderen«, sagte Haster rasch. »Lord Arwain, haltet Euch zurück, bis wir euch brauchen, und seid bereit, Euch schnell zurückzuziehen.«

Arwain wollte diesen Befehl gerade empört zurückweisen, als die sechs Reiter ohne erkennbares Zeichen auf sie zusprengten.

Von ihren gaffenden Kameraden stieg ein lautes Jubelgeheul auf.

Das indes schnell verstummte. Bei der ersten Regung der Reiter stürmten auch Haster und Ryllans vor. Ihre Reaktion war so pfeilschnell, daß sie schon beinahe zu den Angreifern aufgeschlossen hatten, als Arwain endlich sein Schwert gezückt hatte, um sich ihnen anzuschließen.

Haster allerdings hatte sich seinem ersten Gegner mit leeren Händen genähert. Indem er sich in der letzten Sekunde im Sattel wegduckte, wich er einem Speerstoß aus, konnte den Schaft der Waffe packen und ihn so herumreißen, daß sein Angreifer aus dem Sattel gehoben wurde, heftig gegen seinen Nebenmann prallte und auch diesen vom Pferd warf. Das Ganze wirkte wie eine erstaunliche Kraftdemonstration, doch obwohl alles blitzschnell gegangen war, bemerkte Arwain, daß sich Haster anscheinend fast gar nicht angestrengt hatte.

Ohne Pause jedoch, noch während die beiden Männer fielen, schwang Haster den Speer herum und schleuderte ihn auf sein drittes Ziel. Er traf den Mann mit solcher Kraft, daß er ihm den Oberarm an den Körper nagelte. Der Verwundete stieß einen gewaltigen Schrei aus, und nur ein tiefer, angeborener Reflex hielt ihn im Sattel, so daß er sich noch zur Flucht wenden konnte. Das nutze ihm indes wenig, denn er hatte kaum ein Dutzend Schritte zurückgelegt, als er aus dem Sattel rutschte und von seinem nun in Panik verfallenden Pferd über die felsige Straße geschleift wurde. Ryllans seinerseits hatte sich mit zwei wilden Schwerthieben ebenfalls zweier Angreifer entledigt, ein wenig langsamer zwar, doch nicht minder wirkungsvoll. Arwain streckte den dritten nieder.

Haster rammte sein Pferd seitlich in die beiden Männer, die er vom Pferd geworfen hatte, während sie sich noch mühten, wieder auf die Beine zu kommen.

Beide stürzten schwerfällig zu Boden, und der eine blieb liegen, doch Arwain beugte sich seitwärts aus seinem Sattel und packte den Überlebenden am Kragen seiner Tunika. Er zerrte ihn auf die Zehenspitzen hoch und hielt ihm seine dampfende, blutige Schwertklinge an die Kehle. Sie zitterte. Aber nicht so sehr wie der Stammeskrieger mit seinen verdrehten, weit aufgerissenen Augen.

»Mein Vater ist ein gnädiger Mann, darum bist du noch am Leben«, knurrte er. »Aber so wird es euch allen ergehen, wenn ihr nicht schleunigst dahin zurückkehrt, woher ihr gekommen seid. Sammelt eure Toten und Verwundeten ein, und dann verschwindet.«

Er stieß ihn mit aller Kraft weg, und dann wandten sich die drei wie der Blitz um und galoppierten zum Gehöft zurück.

Die plötzliche, explosive Reaktion der drei Reiter und die schnelle Abfertigung ihrer Kameraden hatte die zuschauenden Stammeskrieger gelähmt, und einen kurzen Moment lang lag ein tiefes und ungetrübtes Schweigen über der winterlichen Stille. Dann stürzten sie mit Gebrüll vorwärts wie ein Mann.

Estaan überreichte Antyr ein Messer. Es war Larnss' Waffe. »Das gehört euch, nicht mir«, erklärte er. »Nun macht die verpackten Pfeile los und sorgt dafür, daß jeder gut damit versorgt wird.« Er blickte seinen Schutzbefohlenen ernst an. »Ich werde mein Bestes tun, Euch im Auge zu behalten, Antyr, aber bleibt immer hübsch vernünftig. Ich …«

»Grayle und Tarrian werden auf mich aufpassen«, erwiderte Antyr im vergeblichen Bemühen, beruhigend zu klingen. »Ich werde mich schon gut halten. Paßt Ihr nur auf Euch auf.«

Als er zu dem kleinen Vorratslager vor dem Bauerngehöft rannte, tauchten Tarrian und Grayle auf, die Ohren angelegt und die Schwänze zwischen die Hinterläufe geklemmt. Sie rasten direkt auf Antyr zu. Er kniete sich hin und schlang die Arme um sie.

Die Verantwortung für sie und ihre Furcht halfen ihm, sich von seinem eigenen Entsetzen abzulenken, während das Donnern der herannahenden Hufe und das Gebrüll der Reiter immer lauter wurde.

»Tut mir leid«, sagte er verzweifelt und völlig unpassend. »Wenn ich getötet werde, flieht, lebt euer Leben, wie es sein sollte, und mein Dank und mein Segen werden für immer mit euch sein.«

Das finstere Geräusch surrender Pfeile begann das Getöse zu überlagern, fast augenblicklich gefolgt vom Wiehern der scheuenden Pferde und dem Geschrei der verletzten Männer.

Antyr drückte die beiden Tiere noch einmal fest an sich, denn beide zitterten heftig. »Eure Natur verpflichtet Euch, hier bei mir auszuharren, und *ich* habe keine Wahl, ich muß bleiben. Es tut mir leid. Laßt denjenigen Teil von euch, der mehr menschlich ist, denjenigen leiten und kontrollieren, der mehr Wolf ist. Und laßt den Teil, der menschlich ist, seine schlimmsten Seiten herauskehren. Denkt immer daran: Dieser Tag gehört dem Grausamsten.«

Aus ihren brausenden, peinigenden Ängsten und Zweifeln stieg die Stimme der Wölfe wie eine empor: »Wir verstehen«, sagten sie. Dann waren sie auf einen Schlag wieder sie selbst; seltsam ruhig und wachsam.

Antyr ließ sie beide los und begann mit zitternden Händen die Pfeilbündel aufzuschneiden.

KAPITEL 41

Ivaroth versetzte dem Boten einen gemeinen Hieb mit dem Handrücken, der diesen vom Pferd schleuderte.

»Endryn, Greynyr, zu mir!« brüllte er, und nachdem er lediglich angehalten hatte, um den Blinden hinter sich aufs Pferd zu ziehen, spornte er sein Pferd.

Seine beiden Leutnants schlossen zu ihm auf, während er rücksichtslos durch die Reitermengen pflügte, wild um sich schlug und jeden mit überschwenglichen Verwünschungen überhäufte, der ihm zu langsam aus dem Weg ging.

Sein Gesicht war zu einer Fratze der Wut verzerrt, und es dauerte seine Zeit, bis Endryn wagte, eine Frage zu stellen.

»Was ist passiert?« erkundigte er sich schließlich.

Ivaroth zeigte mit geballter Faust nach vorn. »Diese Esel und Idioten in der Vorhut haben sich in einen Hinterhalt locken lassen«, tobte er wutentbrannt. »Dreißig Tote, bevor sie auch nur wußten, wie ihnen geschah, diesem winselnden Boten zufolge!«

»Wir müssen vorsichtig sein, Mareth Hai«, sagte Endryn zögernd. »Wir haben ja in Rendd erlebt, welchen Schaden diese Leute anrichten können ...«

»Vorsichtig? *Vorsichtig?* Ivaroth kochte über vor Wut. »*Sie haben den Angriff zum Stehen gebracht.*« Er bohrte die Sporen rücksichtslos in die Flanken seines Pferdes, so daß es einen Satz vorwärts machte. »Ich dulde nicht, daß mein Weg noch einmal durch *irgend etwas* verlegt wird. Wir werden an dem, der das zu verantworten hat, ein Exempel statuieren. Wenn noch ein einziger von diesen unfähigen Memmen übriggeblieben ist, lasse ich ihn einen Monat lang bei lebendigem Leib auspeitschen und den Rest dann an die Bewohner von Viernce verfüttern.«

Endryn sah Ivaroth mit einem seltsamen Blick an. Diese wüste Reaktion war nichts Ungewöhnliches, doch irgend etwas an seiner Redeweise und seinem Gebaren beunruhigte ihn zutiefst; ein Mangel an Selbstbeherrschung; ungebändigter Zorn; das Wort kam ungebeten: Wahnsinn. Er hatte ihn wachsen sehen seit jener furchterregenden Auseinandersetzung mit dem Blinden.

Verstohlen schielte er zu dem alten Mann hinüber, der hinter Ivaroth im Sattel hockte, das Gesicht wie immer unter der Kapuze seines verschlissenen Gewandes verborgen. Eines nicht mehr fernen Tages werde ich uns von dir befreien, du Ungeheuer, dachte er. Ivaroth mag die Götter leugnen, wenn ihm dies gefällt, aber ich erkenne einen Dämon, wenn ich einen vor mir habe. Welchen Handel er auch immer mit dir geschlossen haben mag, der Preis ist zu hoch.

Langsam drehte sich das Kapuzenhaupt zu ihm um, und Endryn sah sich nicht mehr in der Lage, die Augen von der Finsternis loszureißen, die ihn anblickte.

Seine Kehle war wie zugeschnürt, als drücke ihm eine Riesenhand die Luft ab. Und er konnte *nichts* tun! Nicht mal aufschreien.

Er würde sterben.

»Du wirst diesen Feinden zeigen, was wahre Macht ist!« rief Ivaroth dem alten Mann über die Schulter zu.

Der Griff um Endryns Kehle löste sich, und er atmete gierig und in japsenden Zügen die kalte Winterluft ein.

Ivaroth warf ihm einen flüchtigen Blick zu, und seine Miene wirkte plötzlich neugierig. »Was ist los?« fragte er brüsk.

Endryn schüttelte den Kopf. »Nichts«, log er. Dann, ein Grinsen auf seine Züge zaubernd: »Nur das alte Bauchgrimmen vor der Schlacht.«

Ivaroth stieß ein lautes Gelächter aus, obwohl auch das, wie Endryn bemerkte, Spuren von Wahnsinn trug.

Den Rest des Ritts über verbannte er sorgfältig all solche Überlegungen aus seinen Gedanken.

Dann kam eine Gruppe von Reitern auf sie zu.

»Wo?« fragte Ivaroth, bevor einer von ihnen auch nur zum Sprechen ansetzen konnte.

Eine zitternde Hand wies auf einen nahen Hügel. »Von da oben kannst du sie sehen, Mareth Hai.«

Ivaroth preschte an dem Sprecher vorbei und trieb sein Reittier erbarmungslos den Hügel hinauf. Endryn und Greynyr folgten ihm.

Als sie die Hügelkuppe erreichten, kam das kleine Bauernhaus unten in Sicht. Vor ihm lagen die toten und sterbenden Leiber von Männern und Pferden. Hinter einer niedrigen, das Haus umschließenden Mauer waren die Verteidiger in Deckung gegangen, die sein Vorrücken auf Viernce zum Stillstand gebracht hatten.

»Eine Handvoll«, zischte er, und seine Stimme war heiser vor lauter Ungläubigkeit. »Nichts als eine Handvoll.«

Er sah sich zu dem Blinden um. »Vernichte sie«, befahl er. »Zerschmettere dieses Haus, entwurzele diese Bäume, reiß sie entzwei, wie du das Pferd dieses Boten entzweigerissen hast. Ramm sie in die harte Erde, wie du es mit dem Jungen gemacht hast – damit wir unseren Spaß daran haben.«

Der Blinde indes schien mit seinen Gedanken ganz woanders zu sein. Er stieg ab und schritt vorwärts, und sein Kopf ruckte hin und her wie ein Raubtier, das seine Beute wittert. Klauengleich streckte er seine Hände aus.

Schweigend neben Estaan kauernd, sah Antyr zu den Gestalten hoch, die auf der Hügelkuppe aufgetaucht waren. Zusätzlich zu der Furcht, die bereits sein gesamtes Sein durchdrang, begann sich ein unheilvolles Zittern bemerkbar zu machen. Es war, als suchten dunkle, entsetzliche Augen nach ihm.

Er streckte die Hand aus und berührte in einer fast kindlichen Geste Estaans Arm.

Doch auch Estaan starrte zu den Gestalten hinauf, und sein Gesicht war sorgenvoll gefurcht, als versuche er sich an etwas zu erinnern. Genau wie Haster und Jadric und die übrigen Mantynnai.

Dann breitete die Gestalt auf der Hügelkuppe beide Arme aus, als wolle sie das ganze Land in ihre Umarmung zwingen.

»Aaaah!«

Ivaroth vernahm das Ende seiner Welt im Stöhnen des Blinden.

Nein! Er würde es nicht zulassen. Nicht jetzt. Nicht, nachdem soviel bereits geschehen war.

»*Vernichtet sie alle!*« kreischte er seiner am Fuß des Hügels wartenden Armee zu. »*Stampft sie in Grund und Boden!*«

Dann ließ er sein Schwert auf das Haupt des Alten niedersausen.

»Er ist es!« keuchte Antyr, erhob sich und taumelte zurück, die Arme hochgerissen, als wolle er sich gegen eine unsichtbare Attacke schützen.

In einer gewaltigen, schwarzen, gellenden Flut strömte Ivaroths Horde zwischen den beiden Hügeln hervor.

Der Blinde drehte sich um und wischte Ivaroths niederfahrenden Hieb beiseite, als sei er nicht mehr als ein herabfallendes Blatt.

»Komm, Ivaroth Ungwyl«, sagte er, und entrückter Triumph schwang in seiner Stimme. »Komm und blicke dein Schicksal. Du bist mein Weg zur Macht, welche die Macht des Meisters meines Meisters ist. Sein Mantel *wird* mir gehören. Neigen wird er sich vor mir, und ich werde alles sein. Erderschütterer, Weber der Winde, Peitsche der Sturmfluten. Ich werde seine großen Stätten der Macht wieder aufrichten. Seine Feinde werden mir gehören, und ich werde alle ihre

Werke so gründlich zerstören, daß nicht das kleinste Staubkorn mehr eine Erinnerung an sie trägt. Dann werde ich die Welt neu erbauen nach meinem Bild.«

Ivaroth rutschte aus dem Sattel und krachte zu Boden. Seine Augen waren schwarz wie Minenschächte, die in unkennbare, höllische Abgründe hinabführten.

Und schwarz waren auch Antyrs Augen, als er zurückfiel und reglos auf dem winterkalten Gras lag.

Estaan kniete sich mit verzweifelter Miene neben ihn, doch ein wuchtiger Stoß von Tarrian warf ihn zur Seite. Als er sein Gleichgewicht wiederfand, umschritten Tarrian und Grayle, die Augen gelb und wild funkelnd, den Körper des Traumfinders auf drohender Wacht.

Ivaroths Männer fielen wie Korn unter der Sense des Schnitters, als die Pfeile von Ibris' Leibgarde gnadenlos ihr Ziel fanden. Verletzte Pferde stolperten, warfen ihre Reiter ab und drängten gegen jene, die ihnen dichtauf folgten. Die Luft war angefüllt vom Schreien der Männer und Tiere; in Furcht, Schmerz, Kampfeswut und Todespein.

Doch die schwarze Flut war unermeßlich, und die gefallenen Männer und Rösser wurden durch neue ersetzt. Und jene, die nur abgeworfen worden waren, erhoben sich erneut und griffen zu Fuß an. Schon bald herrschte ein grausames Handgemenge auf manchen Abschnitten der Mauer.

Endryn und Greynyr starrten den gefällten Körper ihres Führers an und griffen dann wie ein Mann nach ihren Schwertern. Beide waren sie fähige und kampferprobte Krieger, und obwohl sie nicht mehr ganz jung waren, vermochten sie doch, immer noch gnadenlos schnell zu töten, wenn es sein mußte.

Doch noch bevor sie sich ihrer Absicht überhaupt bewußt wurden, ahnten sie schon, daß sie unterliegen würden.

Der Blinde streckte ihnen die Arme entgegen. Endryn wurde aus dem Sattel gehoben und gut zwanzig Schritte weit geschleudert. Sein Körper schlug zweimal auf, bevor er den Abhang hinunter und unter die Hufe der rasenden

Armee unten rollte. Greynyr umklammerte seine Kehle, seine Augen traten aus den Höhlen, und mit dem Gesicht nach unten krachte er zu Boden neben seinen einstigen Herrn.

Arwain schwang sein Schwert auf den Schädel eines der Stammeskrieger, die die Mauer erreicht hatten. Der Mann taumelte vorwärts, und Arwain riß seine Klinge mühevoll los. Mit noch größerer Mühe riß er seinen Blick vom Gesicht des Sterbenden.

Er blickte sich um. Ein Dutzend kleiner Vögel flog, nur ihren eigenen Bedürfnissen gehorchend, über den Himmel, und blendendes Sonnenlicht überstrahlte die Landschaft um sie herum mit eisiger Winterklarheit und sprach dem nackten, mühevollen, hohlen Treiben um das alte Bauernhaus Hohn. Die Sturmwolken zogen näher.

Verzweiflung wallte in ihm auf. Bislang waren nur wenige aus seiner Truppe verwundet worden, wohingegen der Feind schmerzliche Verluste hatte hinnehmen müssen. Doch die schiere Anzahl der Angreifer war überwältigend, und diese Invasoren fochten, als bedeute der Tod ihnen nichts.

Und es war nur eine Frage der Zeit, bis sie alle Pfeile verschossen hatten. Dann …

»Lord.« Es war Haster. Er drückte ihm ein Bündel Pfeile in die Hand. »Das sind die letzten«, sagte er einfach.

Arwains Befehl hallte über die stark bedrängten Reihen. »Alles fertig zum Rückzug!«

Es war eine Welt aus tosender Finsternis und Lärm, erhellt nur durch Blitze, die von einem gepeinigten, drückenden Himmel herniederschossen. Blitze, die von Wolke zu Wolke zuckten. Blitze, die ihre gräßliche Laune auf die bebende Erde unter ihnen entluden. Blitze, die still und unheilverkündend im Innern der Wolke glommen wie das Gas eines schon lange verwesten Sumpfes. Blitze, die weißglühend und fiebrig gelb und rot wie die Feuer einer Schwertschmiede waren.

Antyr ließ den Blick in die Runde schweifen. Sein Entsetzen schien in der Luft um ihn mitzuschwingen.

In allen Träumen, durch die er gewandelt war, hatte er noch nie einen solch grauenvollen Ort wie diesen gesehen. Und er war allein! Hier war kein Zeichen, keine auch noch so kleine Andeutung auf die Gegenwart von Tarrian oder Grayle.

Ein düsterer, glimmender Nebel hing über der bebenden Erde und verdunkelte sich vollständig.

Schatten huschten um ihn, einmal klar und lebendig, dann wieder verschwommen wie vom Wind verwehter Rauch.

Und doch waren sie ihm vertraut.

Ebenso wie das Geräusch, das sich in den grollenden Donner mischte.

Dann vereinigten sich Laute und Bilder in Antyrs Geist, um ein abstoßendes Ganzes zu bilden. Es war die Schlacht! Wo immer er auch hingeschleudert worden war, die Schwellenwelt war es nicht. Es war ganz in der Nähe des gräßlichen Kampfes in seiner Heimatwelt; ein gequältes, als Alptraum geschaffenes Reich und die Realität begannen sich zu vermengen.

»Tarrian! Grayle!« rief er, doch obwohl die Worte in seinem Kopf hallten, wurde kein Ton laut. Die schattenstrotzende Luft um ihn schien vor seiner Stimme zu scheuen, zurückzuweichen.

Er wandte sich um, auf der Suche nach einem Gegenstand, mit dessen Hilfe er seine haltlos wirbelnden, panikerfüllten Gedanken wieder bündeln könnte.

Dann, kaum ein Dutzend Schritte entfernt, erblickte er eine Gestalt, deren Silhouette sich dunkel und unheilverkündend vor dem irren, blitzdurchzuckten Hintergrund abhob.

Dennoch, es war eine andere Person, ein anderer Mensch an diesem Ort des Wahnsinns. Antyr streckte bittend die Hand nach ihm aus.

Die Gestalt neigte fragend ihren Kopf und trat dann vor. Der Himmel flammte rot auf und ließ die Klinge des Schwerts, das sie trug, auffunkeln. Dann spürte Antyr die tödliche Drohung, die von ihr ausging.

Er wich zurück. »Wer bist du? Was willst du?« fragte er ohne Worte.

Doch die Gestalt antwortete nicht, sie rückte nur unerbittlich näher, durch die zuckenden Schatten der Schlacht in der anderen Welt hindurch.

Zitternd zog Antyr sein eigenes Schwert, hielt es mit beiden Händen vor sich und nahm eine unsichere Verteidigungsposition ein. Die Gestalt hielt inne, und eine Stimme voller Hohn und grimmigem Humor flutete durch Antyr hindurch.

»Und ich dachte, du seist ein Dämon«, röhrte Ivaroths lachende Stimme. »Du bist nur ein Mensch, wie ich es bin. Es sieht so aus, als habe sich dein Beschützer genauso verlaufen wie der meine.« Nochmals stieß er ein leises, finsteres Lachen aus. »Ich weiß nicht, wo dieser alte Teufel uns mit seiner vielgepriesenen Macht hingeschickt hat, doch er hat sich irgendwo verlaufen – für immer, wie ich hoffe. Während du, seine lüstern ersehnte Beute, die Ursache von allem, hier bist, schutzlos, auf daß ich dich aufspießen kann wie ein Spanferkel.«

Antyr versuchte sich an Estaans Lehren zu erinnern, doch sein ganzes Wissen schien verschwunden zu sein. Angst beherrschte ihn.

»Tarrian! Grayle!« Wieder versuchte er es, wieder erhielt er keine Antwort.

Ivaroth wartete noch einen Augenblick und schwang dann das Schwert mit Gebrüll gegen Antyrs Haupt.

Antyr sprang verzweifelt zurück und stieß mit seinem eigenen Schwert nach vorn, um den Angriff zu parieren. Ivaroths kräftiger Hieb jedoch schlug seine Klinge einfach zur Seite, so daß Antyr aus dem Gleichgewicht geriet.

Die Schatten der Schlacht tanzten und huschten zwischen den beiden Männern hin und her, während Ivaroth Hieb um Hieb gegen den ausweichenden Traumfinder führte.

Antyrs überwältigender Instinkt riet ihm, zu fliehen. Aber wohin? Gab es an diesem Ort überhaupt so etwas wie Schutz und Deckung? Diese furchteinflößende Halbwelt, die nur für die beiden Männer geschaffen zu sein schien.

Ivaroth griff wieder an, und sein Zorn über diesen zaghaften, erbärmlichen Gegner, vor dem er einst die Flucht ergriffen hatte, wuchs und wuchs. Mit einem Mal sah sich Antyr solcherart von Entsetzen übermannt, daß er wie rasend vor Wut mit seinem Schwert nach links und rechts hackte und sich mit einem gellenden Schrei auf Ivaroth warf.

Der wich dem Ansturm aus, aus kalter Berechnung indes, nicht aus Furcht. Der Augenblick seines Triumphes war nahe, das wußte er. Schon viele zu Tode erschreckte Wesen hatten in der Vergangenheit ihr Schwert so gegen ihn geschwungen. Er labte sich am Gestank von Antyrs Furcht.

Und jetzt war der Augenblick des Sieges gekommen!

Mit einer flinken Drehung seiner Klinge wickelte er Antyrs Schwert ein und katapultierte es hoch in die dunkle Luft. Das Schleifen von Metall auf Metall übertönte das Poltern des Donners und der Schlacht, und die Klinge flimmerte rot und weiß und gelb auf, während sie sich drehte und drehte und unter dem grollenden Himmel ihre blitzenden Kreise zog.

Antyr stolperte unter der Wucht von Ivaroths plötzlichem Gegenangriff zurück und fiel – höchst unzeitig – zu Boden. Die klebrigen Nebelschwaden blähten sich um ihn auf.

Ivaroth richtete das Schwert auf ihn, nahm es dann zur Seite und beugte sich, sein Gesicht ganz nah an das von Antyr bringend, zu seinem Gegner hinunter.

»Wisse, Traumfinder, daß es eine Ehre ist, durch das Schwert von Ivaroth zu sterben, dem Herrn aller Stämme, dem Mareth Hai. Wisse!«

Antyr verzagte angesichts der nachtschwarzen Augen und der nachtschwarzen Leere, die Ivaroths Mund war. Dann, sich kaum bewußt, was er da tat, spie er in die furchtbare Maske seines drohenden Todes.

Einen kurzen Moment lang schien es, als hätten alle Geräusche, alle Bewegungen einfach aufgehört.

Dann sah er durch das Schweigen hindurch, wie seine linke Hand Ivaroths Schwertarm ergriff.

Und der Tumult war wieder zum Leben erwacht.

Antyrs Rechte stieß Hauptmann Larnss' Messer mit aller Gewalt nach oben – hinein in Ivaroths Brustkorb.

Die Schwärze verschwand aus Ivaroths Augen, und Antyr zögerte angesichts der Verwirrung und des Schmerzes, die er jetzt dort geschrieben fand.

Doch noch in derselben Sekunde spürte er eine Reaktion seines Opfers und sah, wie die Botschaft sich wandelte und wahnsinnige, mörderische Wut an Stelle des Schmerzes trat. Und er hörte Ryllans' Ruf in der Exerzierhalle.

»Hör nicht auf. Erledige ihn! Erledige ihn!«

Dann brach Estaans *wahre* Ausbildung hervor, und Antyrs ganzes Ich akzeptierte die Wirklichkeit seiner Bedürfnisse und tat, was nötig war für sein Überleben.

Er verstärkte seinen Griff um Ivaroths Schwertarm und Larnss' Messer, ließ seine Zweifel, sein Zaudern hinter sich, erhob sich von dem nebelumwallten Boden und warf sich auf seinen Feind, drückte, drückte, drückte, obwohl seine Stimme schrie und schrie, als könne er so die Erinnerung an diese Tat für immer auslöschen.

Dann schlugen sie zu Boden.

Antyr sah, wie das Leben aus Ivaroth entwich, so gewiß, wie er sein Schwert aus seiner Hand trudeln gesehen hatte.

Und für einen kurzen Augenblick waren die Schatten um ihn ganz und wieder fest. Die Leibgarde, deren Pfeile verschossen waren, hatte einen Verteidigungsring gebildet, und Bilder von auskeilenden Hufen, aufgerissenen Augen und niederfahrenden Klingen überfluteten ihn. Und mit den Bildern der gräßliche Lärm.

Doch mit dem Lärm drang auch ein anderer Laut an sein Ohr. Ein Laut, der nach ihm griff, um ihn zurückzuholen.

»Nein, Antyr, Traumfinder, mein Führer. Diese Welt wird nicht mehr sein. Dein Schicksal liegt an einem anderen Ort. Du wirst mein geliebter Günstling sein, wenn das innere Tor gefunden ist.«

Antyr schwebte in zeitloser, gestaltloser Trübheit.

Vor ihm – weiße, blicklose Augen, die alles sahen – war der Blinde.

»Mynedarion«, sagte Antyr mit heiserer Stimme. »Greuel. Ich …«

Der Blinde griff nach ihm, und Antyrs Stimme versagte. »Es ist gut, daß du triumphiert hast«, sagte er. »Andernfalls wäre ich verloren gewesen. Ivaroth war ein Verräter bis zum Ende. Doch die Macht wußte von meinem Kommen und hat mich gerettet.«

»Tarrian! Grayle!« versuchte Antyr zu rufen, doch eine Geste der langen, klauengleichen Hand schien selbst seine Gedanken zum Schweigen zu zwingen.

»Hier gibt es nichts außer meinem Willen, Traumfinder«, fuhr der Blinde fort. »Und mein Wille ist es, daß du das innere Tor findest, das mich zur Macht bringen wird. Es ist nah, ganz nah. Denn es hat dich hierhergezogen. Das weiß ich. Das kann ich fühlen. Doch du mußt mich leiten.« Seine Stimme wurde zu einem verführerischen Raunen. »Ist das einmal getan, dann wird alles dein sein.«

Antyr merkte erneut, daß sich sein Geist mit Bildern von Reichtum und Luxus und Macht füllte. Es schien, als sei jeder sehnliche Wunsch, den er jemals gehegt hatte, nur um Haaresbreite davon entfernt, erfüllt zu werden. Alles, was er jemals gewollt hatte. Und es bedurfte nur einer einzigen Tat.

Doch das Schlachtengemetzel und Ivaroths Tod waren noch zu nah. Kein Reichtum, kein Luxus, keine Macht vermochten dem blutigen Vergleich mit solchen Wahrheiten standzuhalten.

Und ganz plötzlich war er frei. War frei, rannte durch die Trübheit.

Und doch nicht frei. Irgendwie wußte er, daß ihn der Blinde verfolgte.

Antyr lief und lief. Alles war Trübheit, doch um sich herum ahnte er viele verschiedene Wege.

Und dann wußte er, obwohl alles noch immer Trübheit und Grau war, daß ihm der Alte dicht auf den Fersen war. Ihn jagte. Oder *folgte* er ihm bloß? Er spürte, wie die schreckliche Bedrohung wieder nach ihm langte, um ihn für immer zu binden.

Mit einem Mal drehte er sich um. Dort, vor ihm, lag sein Fluchtweg. Hoffnung strömte durch seine Adern. Er stürzte auf den Weg zu.

Und schritt durch das innere Tor, während sich die triumphierende Hand des Blinden in seine Schulter krallte.

Auf hohen, fernen Winden getragen, zogen die dunklen Sturmwolken vor die Sonne und tauchten das Schlachtfeld in eine plötzlich hereinfallende, verfrühte Nacht.

Die Schlacht stockte vorübergehend.

Dann, als eiferten sie den Wolken selbst nach, drangen Ivaroths Horden wieder vor. Ibris' Leibgarde focht nun über einem greulichen Bollwerk aus toten und sterbenden Männern und Pferden, und immer noch fluteten die Stammeskrieger heran, schwarze, endlose Wogen, die gegen diesen winzigen, entschlossenen Felsen brandeten.

Zwei krochen über den Haufen und stürzten auf Antyrs reglosen Körper zu. Estaan, blutbesudelt und erschöpft, nagelte den einen mit einem Speer auf den Boden, den er irgendeinem Unbekannten entrungen hatte. Grayle riß dem anderen in mörderischem Rausch die Kehle auf.

Mit hochgestelltem Nackenhaar, stachlig wie Waffenbolzen, die Zähne in ihrer ganzen knochenzermalmenden Kraft gebleckt, die Augen strahlender als die Mittagssonne, wandte Tarrian sich Estaan zu.

»Nimm uns nicht noch einmal unsere Menschenbeute weg, auch wenn du ein Freund sein magst.«

Estaan wandte sich wieder dem Gemetzel zu. Es war der geringste Schrecken in diesem Kreis.

»Er ist hier … Er ist hier … Er ist hier …«

Die Stimmen schickten ihre Echos durch Antyr.

»Der Adept … Der Adept …«

Antyr war wieder ganz. Er stand auf einem seltsamen Aussichtspunkt hinter dem Blinden.

Doch er blickte um sich mit Augen, die keine Augen

waren, sah mit einem Blick, der kein Blick war. Er wußte, um ihn herum waren Myriaden von Welten in ihrer Gesamtheit; sie bewegten, wandelten, vermengten sich. All die Ebenen der Existenz, die es gab, die es geben konnte, die es geben würde. Und die zahllosen Welten der Schwelle, wie an einem Halsband aufgereiht und vereint um jene Wunde, die seine Heimatwelt war.

Er konnte ausgreifen und berühren und wissen. Alles wissen. Vom Geringsten bis zum Höchsten.

Dies war der Große Traum.

Staunen und Entsetzen überwältigten ihn.

Er spürte, wie sein Geist aus seinen Angeln gehoben wurde.

»Wo ist die Macht?«

Die Worte des Blinden kamen zerhackt und nörgelnd heraus, zerspringende Kristalle inmitten dieses Wunders, doch sie gaben Antyr an dieser Stätte der Unendlichkeiten wieder einen Mittelpunkt.

»Wir haben die Macht«, sagten die Stimmen. »Der Adept ist unser Weg. Du, unser Werkzeug, Treuer du.«

Antyrs Seele gefror unter der Berührung des Willens, der hinter den Stimmen steckte.

»Gewartet haben wir, lange, lange Äonen hindurch, seit wir hier in Ketten geschlagen wurden. Nun werden wir alle freikommen. In dir werden wir von neuem zu jener Entweihung schreiten, in der du schwelgst, und werden seine verderbte Unbilligkeit zum Recht machen.«

»Wer seid ihr?« gelang es Antyr zu stammeln.

Finstre Erheiterung schwang in der Antwort mit.

»Wir sind die Geister jener, die das Land besetzten und aus ihm vertrieben wurden. Jene, die die wahre Macht erkannten und sie gegen unsere Feinde einsetzten. Jene, die in den Bergen weilten, bevor unser Volk uns verließ und in die Steppen flüchtete und *sie* kamen, uns hier anzuketten, jenseits aller Dinge.«

Die Stimmen hielten inne.

»Doch nun sind wir klüger. Denn hier sind andere. Nun wissen wir, daß unsere Qualen nur Teil eines allumfassenden Übels waren. Nun werden wir uns rächen, und wir werden die Vorhut sein für die Neuerschaffung der Welt.«

»Ich werde mich euch widersetzen«, sagte Antyr, und die Worte flossen ohne sein Zutun.

»Das liegt nicht in deiner Macht«, erwiderten die Stimmen, und pure Bosheit vibrierte in ihren Worten.

Eine Erinnerung kam Antyr in den Sinn. »Adept habt ihr mich genannt, und ein Adept bin ich auch«, erklärte er. »Und Adepten des Weißen Wegs waren es, die euch hier banden, außer Reichweite aller, es sei denn des gröbsten Mißgeschicks.«

»Diese Fähigkeit besitzt du nicht, Stümper. Sie waren groß und mächtig, mehr, als du es dir vorzustellen vermagst. Du bist kaum zum Lehrling gereift. Du bist ein Geschöpf aus Lehm und Unrat, und nur ein winziges Stäubchen vergangener Größe ist in dir eingeschlossen.«

Für einen zeitlosen, fließenden Moment, obwohl er doch mitten im Großen Traum stand, war Antyr wieder auf dem finsteren Schlachtfeld. Er fühlte den furchteinflößenden Sturm von Ivaroths Horde und die eiserne Entschlossenheit der Verteidiger; und tief in ihm hielten ihn die Geister von Tarrian und Grayle an der Erde fest, und ihre ruhige Gelassenheit strafte ihren geifernden, wildäugigen Stand um seinen halbverlassenen Leib Lügen.

Er sprach: »Ich bin in der Tat ein schwaches Gefäß, doch meine Erschaffung übersteigt euer Wissen bei weitem, der ich geformt bin in einer Welt, deren zufällige Schöpfung selbst Mara Vestriss als Maß seiner Weisheit diente. Ich bin besudelt durch eure Werke und die Werke euresgleichen, und besudelt sind wir alle. Doch ich *bin* aus der Blutlinie der Traumkrieger, und ich sehe den Makel, und ich erkenne ihn als das, was er ist. Und ich werde nicht dulden, daß er mich der Wahrheit oder dem Licht entfremdet.«

Ein schreckliches Schweigen setzte ein. Es schien Antyr, als warteten die Welten um ihn herum.

Dann: »Mynedarion. Laß ihn unsere Macht spüren«, befahlen die Stimmen.

Antyr wandte sich um und stellte sich dem Blinden entgegen.

»Du bist vielen falschen Pfaden gefolgt, alter Mann«, sagte er. »Und du hast großen Schaden angerichtet. Doch du bist von meiner Welt. Erkenne deine Schwäche jetzt, bevor es zu spät ist.«

»Gehorchen wirst du mir, Sklave«, zischte der Blinde. »Oder du wirst solche Qualen erleiden, wie du sie niemals für möglich gehalten hast. Und selbst wenn du um den Tod betteln solltest, *wirst du doch ewig leben müssen*. Gehorche, denn dies ist dein letzter Trotz, ganz gleich, was du bezweckst.«

Seine knochigen Hände langten nach Antyr.

Antyr hielt seinem Blick stand und streckte dann seinerseits die Hände aus, um die drohenden Klauen des anderen zu ergreifen.

Und er war der Blinde. Sah durch seine blicklosen Augen. Kannte seine gräßlichen Geheimnisse, seine verderbte Lehrlingszeit, seinen fürchterlichen Verlust, der ihm Augenlicht und Verstand geraubt hatte. Die zahllosen brennenden Begierden, die ihn gefangenhielten.

Uferloses Mitleid erfüllte ihn.

Doch er konnte nicht anders; er mußte tun, was er tun mußte.

Denn auch er kannte die Macht. Kannte das Herz der Macht. Wußte, daß ihr Gebrauch oder Mißbrauch stets in der Hand dessen lag, der sie benutzte.

Und war wieder er selbst.

Der Blinde taumelte, im Innersten erschüttert darüber, sich im Körper eines anderen wiedergefunden zu haben, sich selbst durch sehende Augen erblickt zu haben. Doch anders als Antyr hatte er in diesem zeitlosen Augenblick nicht wahrhaft gesehen, was er geworden war: hatte nicht zu lernen verstanden.

Er riß seine Hände los und entfesselte in seiner rasenden Wut die Macht, die Antyr auf immer binden würde.

Weit, weit breitete Antyr die Arme aus, um sie zu empfangen.

Unbeschreiblicher Schmerz und Schrecken drangen durch seine Seele, doch in seiner Mitte hielt er sein wahres Selbst fest.

Dann kehrte er mit seinem neugewonnenen Wissen die Macht des Blinden um, reinigte sie von Bosheit und Haß und all ihrer Verderbnis.

Dunkelheit, tosend und stürmisch, überwältigte den Aussichtspunkt, und ein entsetzlicher Schrei von Verzweiflung und gleißender Wut stieg von dem Blinden auf, als er seinen eigenen Wahnsinn sah und erkannte und die Ohnmacht seiner so lange und sorgsam erworbenen Fähigkeiten gegen diesen seinen eigenhändig entfesselten Sturm spürte.

Und ein schrecklicher Schrei stieg auch von den lange gebundenen Geistern auf, als ihre eigene Bosheit auf sie zurückschlug und ihre uralten Fesseln neu und noch fester schmiedete.

Wieder griff Antyr nach dem alten Mann, der wie verrückt vor der gequälten Düsternis schwankte, mit den Armen um sich schlug, der Mund ein klaffendes, alles verschlingendes Loch. Doch Antyr berührte nichts.

Und er lag mit weitgeöffneten Augen im Mittelpunkt des Blutkreises vor dem Bauernhaus, und sein ganzes Selbst hallte wider von dem letzten Schrei des Menedrion, als dieser ins Vergessen geschleudert wurde.

Dann waren die Geräusche um ihn wieder die der Schlacht. Obwohl sie nun anders klangen.

Worte, schrecklicher als jedes Mantynnai-Schwert, schnitten durch die dicht gestaffelten Reihen der Invasoren: »Der Mareth Hai ist tot! Der Mareth Hai ist tot!«

Und bald mußten die Verteidiger nichts mehr tun. Sahen nur durch schlachtenmüde Augen, wie die große Flut, die Ivaroths Heer gewesen war, davonebbte.

KAPITEL 42

Auf dem anderen Schlachtfeld trennten sich derweil die beiden Heeraufgebote. Die Serens vollführten Manöver von Kampfreihe zur Marschkolonne und zogen sich in östlicher Richtung auf Whendrak zurück, die Bethlarii gingen auseinander und verstreuten sich, zogen zu ihren jeweiligen Heimstätten. Die Schlacht – ungeschlagen.

Als Menedrion seinen Arm emporgestoßen hatte, um das Signal zum Vorrücken zu geben, hatte ihm Feranc ungewöhnlich erregt die Hand auf den Arm gelegt.

»Nein«, hatte er gesagt. »Noch nicht. Ihre Reihen werden zusammenbrechen. Wenn wir jetzt angreifen, stehen sie wieder zusammen, ganz gewiß.«

Und noch während er sprach, begannen sich die Bethlarii-Linien aufzulösen.

Innerhalb einer Stunde hatten Veteranen mit weißen Flaggen Menedrion die Neuigkeit überbracht.

»Es hat wachsende Unzufriedenheit mit dem zunehmenden Einfluß der Priester gegeben«, lautete ihre Botschaft. »Wenige von uns wollten diesen Krieg, und noch weniger spendeten der Art und Weise Beifall, wie er vom Zaun gebrochen wurde. Nun haben wir die Nachricht erhalten, daß Navra, Endir, ja tatsächlich der ganze Nordosten von Reiterhorden von jenseits der Berge eingenommen worden sind. Es ist möglich, daß sie sich in diesem Augenblick gegen Euer eigenes Herrschaftsgebiet wenden. Es scheint, als hätten sich die Priester unbefugt in die Angelegenheiten der

Götter gemischt und als müsse unser ganzes Land nun den Preis für ihre Torheit zahlen.«

»Ich will Euch nicht länger in Aberglauben und Unwissenheit verharren lassen«, teilte Menedrion ihnen mit. »Es waren keine Götter, die Euch diese Neuigkeiten übermittelt haben, sondern meines Vaters Traumfinder. Sie waren es, die die Wahrheit über jenes Täuschungsmanöver herausfanden, dem Ihr zum Opfer gefallen seid, und sie waren es auch, die Euch in der letzten Nacht aufsuchten, um Euch die Wahrheit zu sagen und Euren Kampfwillen zu untergraben.«

Ein wichtiges Eingeständnis.

Diese Träume wären nur Prüfungen, die Ar-Hyrdyn gesandt hätte, hatten die Priester völlig konfus und verzweifelt behauptet, als Jahre des Abscheus über ihre Willkürherrschaft inmitten der schlachtbereiten Bethlarii zum Leben erwacht waren, angestachelt von Antyrs und Pandras seltsamen Sendbotschaften. Dann waren erschöpfte Nachzügler aus Endir eingetroffen, die die Nachrichten mit anschaulichen, allzu anschaulichen Einzelheiten bestätigt hatten, und alle weiteren priesterlichen Beschwichtigungsversuche und Drohungen waren einfach beiseite gefegt worden.

Nun zerstreuten Menedrions Enthüllungen auch den letzten Rest von Zweifel in den Köpfen der Bethlarii, daß sie vielleicht doch auf die Laune irgendeines Gottes hin aufs Schlachtfeld gerufen und wieder weggeschickt worden seien.

Der Anführer der Kämpen trat vor und ergriff Menedrions Hand. »Ihr und ich hätten einen ehrenvollen Krieg gefochten, zukünftiger Herzog, wenn es einen wahrhaftigen Grund gegeben hätte. Wenn all dies vorüber ist, werden wir über einen ehrenhaften Friedensschluß verhandeln.«

»Ihr und ich mögen das wohl wollen, Soldat«, erwiderte Menedrion. »Doch Ihr habt Eure Hanestra und Euren Fünferrat ...«

Der Bethlarii blickte ihn entschlossen an.

»Wenn all dies vorüber ist, werden wir über einen ehrenhaften Friedensschluß verhandeln«, wiederholte er bedächtig und gemessen.

Ibris, der auf der einen Seite stand, lächelte, da er einen Willen spürte, der seinem eigenen vergleichbar war, und wußte, daß die Worte keiner näheren Erläuterung bedurften.

Wieder ergriff der Kämpe das Wort. »Doch nun marschieren wir gen Nordosten, um unsere Städte zu befreien und diese Eindringlinge zu züchtigen. Ist das erledigt, werden wir *anständige* Gesandte nach Whendrak und Serenstad schicken, um entsprechende Entschädigungsleistungen und den Abschluß eines weiteren Vertrages zwischen uns zu besprechen. Die Herrschaft der Priester ist vorbei.«

»Möge die Schnelligkeit Eures Marsches in die Legenden eingehen, Bethlarii«, erwiderte Menedrion. »Auch wir gehen nun, wenn auch einen anderen Weg. Ich befürchte, ich könnte in eben diesem Augenblick den Sohn meines Vaters und seine besten Krieger an diesen Widersacher verlieren.«

Als Menedrion und Feranc und der Rest von Ibris' Leibgardenregimentern jedoch das Bauerngehöft erreichten, konnten sie nur noch dem magenumdrehenden Schrecken der Schlachtfeldsäuberung beiwohnen.

Die Aufgabe war einem Reservebataillon aus Viernce zugefallen, das auf eine der vielen Botschaften hin angerückt war, die Ibris nach Antyrs Enthüllungen über Ivaroth abgeschickt hatte.

Die zerfetzten und zermalmten Leichen von Pferden und Männern wurden über die schäumende Erde geschleift und in große Feuer geworfen. Vögel und kleine Säugetiere huschten über das Feld, und trotz der Kälte waren gewaltige Fliegenschwärme aufgetaucht. Jene Verwundete, die von ihren fliehenden Kameraden im Stich gelassen worden waren und denen noch zu helfen war, wurden pflichtschuldigst versorgt, doch vielen konnten nur noch die langen Messer der Bader Erlösung bringen.

Ivaroths Tote wurden nicht gezählt, aber es mußten viele hundert sein. Von Arwains Truppe waren fünfzehn gefallen; sechs Mantynnai, neun Serens.

Als die Bethlarii Navra und Endir erreichten, fanden sie die Städte von den Stammeskriegern verlassen vor. Sie folgten der Spur, die ihr wilder Rückzug hinterlassen hatte, noch eine Weile, doch erschöpft, wie sie von ihrem ungeheuren Gewaltmarsch durch das Land waren, unternahmen sie keinen Versuch, sie ins Gebirge hinein zu verfolgen.

Die Geschichte von der Rückkehr der Stämme zu den Steppen des Nordens wird ein andermal erzählt werden.

Ivaroths Leiche wurde auf der Hügelkuppe gefunden, doch von dem Blinden gab es keine Spur.

»Wo ist er?« fragte Ibris Antyr, besorgt, daß diese entsetzliche Bedrohung als dunkler Racheengel zurückkehren würde, doch der Traumfinder schüttelte nur den Kopf und sagte: »Ich weiß es nicht, Sire. Doch aus dieser Welt ist er vertilgt. Und nun ist er zweifach geblendet.«

Ciarll Feranc und die Mantynnai sprachen lange mit Haster und Jadric, während sie von der Schlacht zurückritten, doch auch das ist eine andere Geschichte.

In Ibris' Herrschaftsgebiet hatte sich viel verändert, und vieles blieb gleich.

Das Gemetzel an Larnss' Reservisten rief einen großen Schock und ebensolche Bestürzung im ganzen Land hervor, während der Stand von Arwains Streitmacht am Kirstfeorrd ins Reich der Legenden einzugehen versprach.

Über Antyrs Rolle in der dunkleren der Schlachten, die an jenem Tag gefochten worden waren, wußten nur wenige Bescheid, und auch er selbst gab nicht vor, zu verstehen, was genau er da vollbracht hatte.

Die Sened und der Gythrin-Dy sprachen und debattierten in endloser Länge. Die Gilden und großen Handelshäuser protestierten gegen die auf die Generalmobilmachung zurückzuführenden Einbrüche in ihrem Geschäftsleben, auch wenn niemand zu laut jammerte. Die Erkenntnis, daß ihr Land von mächtigen Kräften von jenseits ihrer Grenzen bedroht werden konnte, trug mehr als jedes Drängen von Ibris' Seite dazu bei, den schlimmsten Parteienhader und politischen Zank zu unterbinden.

Selbst Nefron gab sich eigenartig gefügig, und einstige Gegner von Ibris merkten schon bald, daß sie nicht länger mit ihrer heimlichen Unterstützung rechnen durften. Ja, in der Tat munkelte man gar, aus der kalten und bitteren Asche ihrer lange verglühten Leidenschaft sprössen grüne Freundschaftstriebe hervor ...

Arwain kehrte zu seiner Frau zurück, während sich Menedrion, wenn auch mit halbem Herzen, an weitere Eroberungen machte. Bald schon jedoch heiratete er eine wunderschöne Frau, deren Augen die Farbe von Schlehen hatten.

Eine Freundin aus Kinderzeiten, die immer über ihm gewacht und ihn behütet, auf ihn gewartet und stumm seinen törichten Bedürfnissen Vorschub geleistet hatte, bis er sich und sie besser kennenlernen würde.

Ibris registrierte mit einer gewissen Ironie, daß sein friedliebender Sohn die schrecklichen Schlachten gefochten hatte, während sein Kriegersohn den Frieden besiegelt hatte. Er registrierte auch, daß sie beide jetzt klüger waren, und er freute sich darüber.

Sein anderer Sohn, Goran, wandte sich wieder seiner Malerei und seinen Architekturstudien zu, nachdem er von seinem Vater, dem beileibe nichts Passenderes für ihn eingefallen war, mit der Aufgabe des Barackenbaus für die vielen Freiwilligen und Reservisten betraut worden war, welche man durch die Mobilmachung zusammengezogen hatte. »Du beschäftigst dich doch gerne mit Gebäuden, oder?« hatte Ibris ihn gefragt.

Pandra ging in den verdienten Ruhestand, wenn auch nicht für lange. Noch vor Ablauf eines Monats nach seiner Rückkehr erwies er sich als ständiger Stachel im Fleisch des Rats der Traumfindergilde. Mehrere Mitglieder reichten ihren Abschied ein – aus Protest gegen den Mangel an

Respekt, den er an den Tag lege, behaupteten sie; ihre Gefährten taten es ihnen gleich: hauptsächlich Katzen.

Haster und Jadric machten sich bereit, das Land so unauffällig, wie sie es betreten hatten, wieder zu verlassen, doch als Ibris von ihrer Absicht erfuhr, schaltete er sich höchstpersönlich ein.

»Was ist mit Eurer Pflicht gegenüber Eurem König?« fragte er und baute sich vor ihnen auf, als sie soeben den Palast verlassen wollten. »Nehmt Ihr die Mantynnai nicht mit zu Wiedergutmachung und Urteilsspruch?«

Haster lächelte angesichts dieses hinterhältigen Überfalls. »Unsere Pflicht gegenüber unserer *Königin* und unserem Volk, Lord, war es, unsere ehemaligen Landsleute zu finden und sie wissen zu lassen, daß man eine Wiedergutmachung von ihnen fordere. Wir haben erfahren, was Eure Mantynnai seit ihrem Eintreffen hier geleistet haben, und wir erachten ihre Schuld als gesühnt.«

»Habt Ihr Vollmachten, Soldat?« bohrte Ibris nach.

Hasters Lächeln wurde breiter. »Ich übernehme die Verantwortung dafür«, erwiderte er.

Ibris nickte. »Wie ihr wünscht«, sagte er. »Doch unabhängig von Euren Plänen muß ich Euch mitteilen, daß Ihr jetzt nicht Abschied von uns nehmen dürft.«

Haster runzelte ein wenig die Stirn, aber Ibris warf anstelle einer Erklärung einen Blick nach oben. Die schwarzen Umrisse der ersten Winterschneeflocken trudelten träge aus dem stumpfgrauen Himmel hernieder.

»Die Berge werden unpassierbar sein, das Meer rauh. Seid bis zum Frühjahr meine Gäste«, bat Ibris.

Haster schenkte dem Schnee, der nun rascher zu fallen begann, einen vorwurfsvollen Blick. »Wir sind nicht ganz ungeschickt, was solche Reisen anbetrifft, Lord«, erwiderte er. »Und es gibt wesentlich Schlimmere als die Mantynnai unter jenen, die dem Bösen folgten. Sie waren schwach und töricht und ließen sich verlocken, wie es vielen von uns widerfahren mag. Sie haben lange gesühnt. Doch es gibt andere, die Taten begangen haben, für die man sie aufspüren und zu Wiedergutmachung und Richterspruch heimbringen *muß*, ganz gleich, wo sie sich verbergen, ganz gleich, wie lange das dauern mag.«

Ibris runzelte nun seinerseits die Stirn angesichts der grimmigen und furchterregenden Entschlossenheit in der Stimme des Mannes, blieb aber hartnäckig. »Bleibt trotzdem bis zum Frühjahr bei mir«, bat er erneut. »Erzählt uns von Eurem Volk und seinen Gepflogenheiten und über Euren schrecklichen Krieg, der seinen Schatten so weit geworfen hat. Spendet uns Euer Licht, um ihn zu vertreiben.«

Nur Antyr schien sich schlecht zu fühlen. Höflich die Ehrenbezeugungen ablehnend, die Ibris auf ihn häufen wollte, kehrte er in sein eigenes kleines Heim zurück und beschäftigte sich mit Aufgaben wie der Reparatur der Dachrinne, Malerarbeiten und dem Ölen der quietschenden Haustür. Nur auf Tarrians Drängen – »Stell dich bloß nicht so ausgesprochen dumm an, Mann!« – wies er Ibris' Angebot einer großzügigen lebenslangen Pension *nicht* zurück.

Seine neuen Freunde jedoch besuchten ihn häufig, unterhielten sich mit ihm über Palastangelegenheiten und versuchten hin und wieder, ihn mit der größeren Bequemlichkeit des Palasts zu locken. Aber er lehnte immer ab.

»Ich muß nachdenken«, meinte er. »Ich muß verstehen lernen, was ich gesehen habe, was ich getan habe. Aber es geht mir gut«, schloß er dann immer mit einem betrübten Lächeln.

Dann sagte er eines Tages zu Haster und Jadric: »Ich fürchte meine Unwissenheit, ich spüre, daß ich eine große … Gabe … habe, doch ich vermag ihre wahre Bedeutung nicht zu ermessen. Und so sehrich mich auch plage, ich werde nicht klüger.« Er schwieg eine Zeitlang. Seine beiden Zuhörer warteten. »Es belastet mich sehr. Sie behaupten, ich sei kaum ein Lehrling«, sagte er schließlich. »Ich muß lernen, aber niemand kann mir helfen.«

Haster und Jadric tauschten vielsagende Blicke miteinander und unterhielten sich kurz in ihrer Muttersprache. Dann redeten sie mit Antyr.

Die Stadt pulsierte im Takt des Winterfests, den Feierlichkeiten rund um die Wintersonnenwende. Schnee bedeckte die Dächer und bildete hohe Hauben auf Simsen und Mauern, und wenn er von sorgsamen Hausbesitzern weggefegt wurde, hinterließ er trügerische Eisflächen für den Unvorsichtigen. Des Nachts sorgte die Gilde der Fackelentzünder mit klammkalten Fingern, aber pflichtbewußt wie immer dafür, daß die Stadt in einem Glanz und einer Schönheit erstrahlte, die nach einhelliger Meinung ihrer wahren Natur Hohn sprachen. So ist das mit dem Schnee.

Ibris entfernte sich vorübergehend vom großen Fest der Wintersonnenwende und überblickte schweigend seine funkelnde, atemberaubende Stadt. »Ich bin froh, daß Ihr heute nacht gekommen seid, Antyr«, wandte er sich an die ungewöhnlich gepflegte Erscheinung an seiner Seite. »Es bekümmert mich, daß ich nach allem, was Ihr getan habt, so wenig für Euch zu tun vermag.«

»Macht nur so weiter wie zuvor, Sire«, erwiderte Antyr. »Baut an Eurer großen Stadt und sorgt für ihre Bewohner, während sie lernen, für sich selbst zu sorgen. Ich könnte Euch nicht um mehr bitten.«

Ibris nickte. »Das ist mir ein wenig zu unpersönlich«, meinte er.

Antyr lächelte. »Nun gut denn«, erwiderte er. »Wenn Ihr mir persönlich etwas Gutes tun wollt, dann sagt Aaken, er möge meine Pension in Zukunft etwas pünktlicher auszahlen. Das wird Tarrian davon abhalten, mich unablässig damit zu belästigen.«

Ibris lachte und verpfändete sein heiliges Ehrenwort.

Später war ein leises Pochen an Antyrs Tür zu hören. Es schien ihn nicht weiter zu überraschen, und auch Tarrian und Grayle zeigten nicht die geringste Unruhe. Während er den Umhang enger um sich zog und sein Bündel schulterte, öffnete er die Tür. Sie gab keinen Laut von sich.

Schweigend standen die beiden Reiter in dem kalten, fackelerleuchteten Schnee. Sie führten ein Packpferd und ein reiterloses Pferd mit zwei gewaltigen Satteltaschen mit sich.

Als Antyr auf die Straße trat, tauchte aus dem Schatten neben dem Haus eine Gestalt auf. Beide Reiter fuhren leicht zusammen.

»Du hast nichts von deinen früheren Fähigkeiten eingebüßt, – Ciarll«, sagte Haster. Er beugte sich hinunter und ergriff Ferancs Hand. »Es tut gut, dich wiederzusehen. Es bekümmert mich noch immer, daß wir nach dem Winterfeldzug nicht länger nach dir Ausschau gehalten haben. Wirst auch du mit uns zurückkehren, oder bist du gekommen, um dir Antyr zu schnappen?«

Feranc schüttelte den Kopf. »Weder noch«, gab er zur Antwort. »Ich habe eure Verschwörung gerochen und bin nur gekommen, um Lebewohl zu sagen. Gräm dich nicht mehr, ... Haster ... Niemand hätte mich auf meiner Flucht finden können, doch deine leitende Hand hat mich durch die Berge und meinen Wahnsinn gebracht, als wärst du an meiner Seite gewesen. Mein Platz ist nunmehr hier – wie auch der der Mantynnai. Und während Ibris etwas nach dem Bilde unseres Heimatlandes aufbaut, diene ich noch immer dem König ... der Königin.«

Haster nickte und ließ seine Hand los.

Feranc wandte sich Antyr zu und nahm seine Hand. »Lebewohl, und das Licht sei mit dir, Traumfinder«, sagte er. »Ich werde dem Herzog von Euren Nöten berichten. Und daß Ihr eines Tages zurückkehren werdet.«

Dann war er fort, ganz still und lautlos.

Antyr winkte seine beiden Gefährten zu sich und hievte sie mit einer recht unwürdigen Kraftanstrengung, begleitet von viel Um-sich-Treten und Kratzen, in die Satteltaschen.

»Wir werden Euch in ein Land bringen, das an das unsere grenzt und das wir auf unserem Weg durchqueren müssen«, hatte Haster erklärt. »Ein Land, das sogar noch schöner als das unsrige ist, und dort gibt es einen Ort, wo Ihr großes Wissen finden werdet. Und einen Mann von großer Weisheit; einen Heiler. Mein Herz sagt mir, es ist wichtig, daß Ihr ihm begegnet.«

»Liegt ihr bequem?« fragte Antyr seine Gefährten. Tarrians schläfrige Stimme antwortete ihm.

»Ja«, sagte er. »Hier ist es wirklich sehr geräumig.« Er gähnte geräuschvoll. Wie auch Grayle; tiefsinniger, schweigsamer Grayle. »Ist nett, wieder nach Hause zu kommen. Den Gesang zu hören. Den … Heiler … wiederzusehen.«

»Was?« fragte Antyr, und seine Stimme überschlug sich, als er in Tarrians Satteltasche spähte. »Wir reiten in *dein* Land?«

»So ist es«, erklang die schläfrige Antwort.

»Warum hast du mir nichts davon erzählt?«

»Du hast nie gefragt.«

Antyr griff in die Satteltasche und streichelte Tarrians Kopf, dann schritt er um das Pferd herum und streichelte Grayle.

Sachte klappte er die Deckel der Satteltaschen herunter und ließ noch einmal den Blick über die Fassade seines Hauses gleiten. Die Tür stand offen, und im Flur leuchtete treu eine durchgebogene Kerze von ihrem gesprungenen Steinguthalter.

Er ging wieder hinein und nahm den Kerzenhalter und die Zündschachtel daneben an sich. Dann spähte er in sein verdunkeltes Haus; seines Vaters Haus; das Haus seiner Kindheit.

»Danke«, sagte er leise, und ein heiseres Krächzen stahl sich in seine Stimme.

Behutsam zog er die Tür zu.

Der Schnee knirschte unter seinen Füßen, als er zu seinen Führern zurückkehrte, und seine Augen strahlten hell, als er den Blick zu ihnen hob.

Dann hielt er die Kerze an seinen Mund und blies sie sachte aus.

ENDE

Band 20 280

Roger Taylor

Aufbruch nach Riddin

Deutsche Erstveröffentlichung

Solange die Menschen denken können, steht die Festung Anderras Darion verlassen hinter verschlossenen Mauern. Doch dann taucht aus den Bergen ein Mann ohne Gedächtnis auf: Hawklan der Heiler, begleitet von seinem Raben Gavor – und vor ihm öffnen sich die mächtigen Tore.
Vor langer Zeit errang der legendäre Held Ethriss zusammen mit den vereinigten Reichen von Orthlund, Riddin und Fyorlund einen bitteren Sieg über den Dunklen Lord Sumeral und seine schrecklichen Wesen, die Mandrocs. Nun breiten sich neue Unruhen im Land aus. Rgoric, regierender König von Fyorlund, ist unter den bösen Einfluß von Lord Dan-Tor gefallen. Beunruhigende Gerüchte über Mandrocs verbreiten sich – und es heißt, daß Sumeral selbst sich wieder regt. Tief in der Einsamkeit von Anderras Darion vernimmt Hawklan einen uralten, doch vertrauten Ruf zu den Waffen und bricht nach Riddin auf . . .

Dies ist der Beginn einer außergewöhnlichen Saga von einem Meister der epischen Fantasy.

BASTEI LÜBBE

Sie erhalten diesen Band im Buchhandel, bei Ihrem Zeitschriftenhändler sowie im Bahnhofsbuchhandel.

Angus Wells
DER GÖTTERKRIEG

Der Verrückte Gott ist zu neuem Leben erwacht – und nur ein verschollenes Buch enthält den Schlüssel, ihn auf ewig zu verdammen. Ein wahrhaft magisches Epos voller Abenteuer und Heldenmut!

Band 20241: Das verschollene Buch

Band 20245: Der Verrückte Gott

Band 20249: Die verbotene Magie

BASTEI LÜBBE

Sie erhalten diese Bände im Buchhandel, bei Ihrem Zeitschriftenhändler sowie im Bahnhofsbuchhandel.

Barbara Hambly

Die Chroniken von Windrose

Ein verbannter Zauberer und eine junge Programmiererin – gemeinsam kämpfen sie gegen den machthungrigen Magier Suraklin. Neue fabelhafte Fantasy von einer großen Erzählerin.

Band 20239 Der Zauber-Turm

Band 20243 Der Megabyte-Magier

Band 20247 Das Dämonentor

BASTEI LÜBBE

Sie erhalten diese Bände im Buchhandel, bei Ihrem Zeitschriftenhändler sowie im Bahnhofsbuchhandel.

MARGARET WEIS & TRACY HICKMAN

DIE VERGESSENEN REICHE

ENTDECKEN SIE DAS GEHEIMNIS DER VIER VERGESSENEN REICHE

... und das Geheimnis eines unvergleichlichen Erfolgs: Mit diesem abenteuerlichen Zyklus haben die beiden Autoren neue Maßstäbe für epische Fantasy gesetzt.

Folgende Bände sind
bereits als Taschenbuch
erschienen:
Band 21210
Himmelsstürmer
Band 20238
Elfenstern
Band 20248
Feuersee
Band 20260
Drachenmagier

Bereits als Paperback erschienen:

Band 28198 Himmelsstürmer
Band 28201 Elfenstern
Band 28205 Feuersee
Band 28210 Drachenmagier
Band 28216 Drachenelfen
Band 28219 Irrwege
Band 28227 Das siebte Tor

BASTEI
LÜBBE

Sie erhalten diese Bände
im Buchhandel, bei Ihrem
Zeitschriftenhändler sowie
im Bahnhofsbuchhandel.